普利策奖入围作品
《泰晤士报文学增刊》年度图书
一个充满文化、魅力与特权的世界
一首唱给世纪末巴黎的挽歌

〔美〕卡罗琳·韦伯 / 著

〔上〕

CAROLINE WEBER

马 睿 / 译

Proust's
Duchess

普鲁斯特的
公爵夫人与世纪末的
巴黎

How Three Celebrated Women Captured the Imagination of
Fin-de-Siecle Paris

社会科学文献出版社
SOCIAL SCIENCES ACADEMIC PRESS (CHINA)

献给格洛丽亚·范德比尔特·库珀，

以崇拜，以热爱

让我的血液流入你的思想。

让我的血脉涌进你的梦境，

为它们填满美丽的猫眼石。

你的爱，由我的梦筑成。

——伊丽莎白·格雷弗耶，《与你有关》（*Tua Res Agitur*）

（1887 年前后）

如此说来，那世间最美的梦之花

叶脉中流淌着我们的血，又以我们的心灵为根。

——马塞尔·普鲁斯特，《路易·冈德拉先生的〈小鞋子〉》

（1892 年）

序曲　宛如天鹅　/ 001

第一部分

/　第1章　稀世珍禽（1885年6月2日）/ 045

主题旋律　美丽的鸟儿　/ 090

/　第2章　我的唐璜，我的浮士德　/ 091
/　第3章　阴影王国　/ 154

哈巴涅拉舞曲　自由的鸟儿　/ 213

/　第4章　波希米亚的孩子　/ 214
/　第5章　衰亡与兴替　/ 287
/　第6章　余桃偷香，红杏出墙　/ 335

即兴曲　鸟鸣和鸟羽　/ 360

/　第7章　被看见的艺术　/ 361

短曲　鸟之歌　/ 433

/　第8章　白马王子　/ 434
/　第9章　巴黎，无论高低贵贱　/ 475
/　第10章　当代阿拉米斯　/ 511

众赞歌　相思鸟 / *545*

/　　第11章　疯子、情种和诗人 / *546*
/　　第12章　跛脚鸭 / *581*

第二部分

变奏曲　笼中鸟 / *613*

/　　第13章　未曾送出的吻 / *614*
/　　第14章　十四行诗的素材 / *676*
/　　第15章　天堂鸟 / *706*
/　　第16章　比才夫人的画像 / *727*

华彩段　画家、作家、鹦鹉、先知 / *769*

/　　第17章　优雅入门 / *770*
/　　第18章　我们的心 / *796*

帕凡舞曲　配对 / *829*

/　　第19章　普鲁斯特的幻灭 / *830*

挽歌　悲情鸟 / *837*

/　　第20章　人已逝，爱未央 / *839*
/　　第21章　后备情郎 / *883*

/ 第22章 女神与恶魔 / *899*

/ 第23章 只要姿态优美 / *924*

/ 第24章 须臾之物的王（1894年5月30日） / *949*

回旋曲 真正的禽鸟之王，或幼王万岁 / *992*

尾声 天鹅绝唱 / *993*

致 谢 / *994*

附录一 作者附言 / *999*

附录二 法国政权更迭年表，1792—1870年 / *1001*

附录三 社交专栏作家普鲁斯特 / *1004*

插图权利说明 / *1026*

参考文献 / *1028*

索 引 / *1057*

序曲
宛如天鹅

马塞尔·普鲁斯特从来不是个早起的人，但 1892 年春天有一阵子，他每天很早就起床了。[1]

他的作息习惯始终如一。普鲁斯特家的公寓楼位于玛德莱娜广场附近，是短短几十年前与巴黎的城市大道一起拔地而起的奢华住宅楼之一。每天匆匆梳洗穿戴完毕后，他出门一路向西，走去右岸最著名的街区——圣奥诺雷区（Faubourg Saint-Honoré）。

19 世纪下半叶，这里到处是闲游者，但时年 20 岁的法学生普鲁斯特可不是个无所事事的花花公子。他迈着坚定的步伐去追寻优雅，虽然他并不认识她（没错，优雅的化身是一位女士），但知道她住在哪里。他每天早上不顾惜自己虚弱的身体，正是要赶向那里。正如他在四分之一个世纪后向她坦白的那样，"当年，每次见到你，我的心脏病都会发作"[2]。

他每天踏上的危险旅程是同一条路，还特意为它取名为"我的希望路线"[3]。它的起始点是普鲁斯特家的公寓楼，那座七层的石灰岩楔形建筑就像迎头穿过激流的船首一样，把马勒塞尔布大道（boulevard Malesherbes）上繁忙的交通一切两半。出门向右急转弯，立刻就来到了阴森静默的德·拉维勒-勒维克街（rue de la Ville-l'Évêque），那条短短的小巷沿街有一排单门独户的府邸，或称私宅。快到内政部时，普鲁斯特会突然左转，沿着仅有一个街区那么长的柳林街（rue des Saussaies）走进博瓦乌广场（place Beauvau），在那里稍停片刻，时间刚够他记下埃米尔-保罗书店橱窗里展示的那些书名。然后他再次右转，进入宁静的街区。再快步走五分钟就到目的地了：米罗梅尼尔街（rue de Miromesnil）34 号，一座狭窄的四层住宅楼。

这座建筑的外立面是廉价的灰泥外墙，装着老虎窗的屋顶呈炭黑色，看上去并无出奇之处。它建于一个世纪之前，里面没有普鲁斯特与家人在家中享受的那些现代设施：电梯、高效的通风装置和有自来水的浴室。然而这座建筑物的破败一隅就是他眼中的"应许之地"，神圣的原因是有一位女神住在那里，他此刻站立在大楼前门对面的人行道上，焦急地等待着女神的出现。

大多数早晨，他无须等太久便能看到她款款而出。这位娇小的金发伯爵夫人年纪在三十出头，尽管米罗梅尼尔街既不繁忙也不宽阔，但很难不注意到他，她也不会显露出自己看到了街对面呆望着她的那个黑眼睛、黑头发的年轻人。她像往常一样左转进入博瓦乌广场，普鲁斯特会让她先行几步，然后一路小跑跟在她身后。他还算幸运，她这时出门散步往往不会带一位身穿制服的贴身男仆，那是她那个阶层的大多数女性必不可少的陪护，为的正是震慑普鲁斯特的这种行为。

他的夫人迈着矫健轻快的步伐在整个街区漫步（她身材苗条，也希望保持曼妙身材），他紧随其后。她走进富丽堂皇的府邸留下自己的名片时，他就流连在门外；她购物时，他等在精品店外；她每天两次造访协和广场旁边的公爵府（那是她繁忙的社交活动的起点和终点），他也在府外徜徉。他沿着她最喜欢的香榭丽舍大道一路慢跑，尾随在她的身后，左右躲避着马车和行人，生怕自己跟丢了。他与她保持着一段谨慎的距离，时而够着瞥一眼她挺拔的身形和她"那双清澈澄蓝的眼睛，那是法国天空的颜色"[4]——也是她帽子上矢车菊的颜色。他把她的面孔和服饰的每一个细节记在心里，惊叹着她竟有如此神秘的力量"把普

1892年春，普鲁斯特每天早晨都会途径博瓦乌广场的埃米尔－保罗书店（最左），去见德·舍维涅夫人

普通通的晨间散步……变成一首优雅的诗作、最精美的饰品和全天下最珍奇的花朵"[5]。

　　很显然，一个如此令人心驰神往的尤物不可能只是个普通人，她也的确不是。让普鲁斯特魂牵梦萦的是一位名流（社交场的名女人）①：王室之友、艺术家的缪斯、贵族圈的焦点、社会专

---

①　读者在本书后文中还会看到这个词的一个同义词，即"名媛"（grande mondaine）；这个词既可作为名词又可用作形容词，它的阳性和中性形式为"名流"（mondain）。为简洁起见，在使用名词时，我更喜欢用这两个词而不是稍显优雅且（在我描述的情境中）更广泛使用的"上流贵妇"（femme du monde）、"上流名士"（homme du monde）和"社交界人士"（gens du monde）。与这些词语最接近的英语单词"socialite"（风流人物）带有一些贪婪的轻微贬义或轻蔑的内涵，不适合世纪末巴黎的语境，在那里，mondains 一词至少在正式场合还是表示尊重的。——作者注（本书脚注除特别注明为作者注，其余均为译者注）

栏的宠儿、陌生人的奇想，以及，他写道，最为"至高无上的荣耀"[6]之精华——除了她，只有"白孔雀、黑天鹅……皇宫禁苑里的女王"才会拥有这一切。然而这些特质也让她在这位年轻的崇拜者眼中那样高高在上、遥不可及，因为他和他的名媛虽然住在同一个城区，但他们的社交圈子却有着天壤之别——她来自上层贵族，而他来自上层资产阶级。

尽管如此，普鲁斯特仍然怀揣希望，渴盼着有一天她能够把他收入她的羽翼之下，带他去那纯洁而妙不可言的美丽仙境。因此他每天早晨都紧跟在她身后，像一条尾随着天鹅的流浪狗。

正如传记作家乔治·佩因特（George Painter）所说，这是"一种荒谬的求偶方式"[7]——普鲁斯特本人中年时也定会得出同样的结论，那时他感伤地说到自己少年时企图"在加布里埃尔大街的树荫下抓住一只天堂之鸟"[8]。在当时，那场徒劳的追求确实给他带来了惨痛的教训。他的跟踪行动持续了好几个星期后，一个春天的早晨，伯爵夫人猛然转过头来对着他，发出尖利的斥责之声："菲特亚穆在等着我呢！"[9]

她对普鲁斯特说的这第一句话就让他彻底泄气了，原因有二。罗贝尔-詹姆斯伯爵①与普鲁斯特可谓天上地下：他是勇敢的海军前军官和波旁王朝的廷臣，家人和朋友的名字出现在《哥达年鉴》（*Almanach de Gotha*）中，那是王室和上层贵族阶级

---

① 罗贝尔·德·菲茨-詹姆斯伯爵（Comte Robert de Fitz-James, 1835-1900），19世纪的法国贵族。法国政治家博尼·德·卡斯特兰对他的评价是"脾气暴躁的罗贝尔·德·菲茨-詹姆斯伯爵是那种贵族交际家，前水手，有着多种天赋；他画画非常拿手，尽管他对品位并不特别关注。他珍爱所有的女人，特别是某种类型的，对和自己一样行事的人却非常严厉。他的天性被我们的饮食所改变。如果他以自己的出身和天赋在不那么民主的时代为自己谋得一席之地的话，他将会是一个伟人"。

的社交名人录。（伯爵家的一家之主，阿尔瓦、贝里克和菲茨－詹姆斯公爵①据说是全欧洲头衔最多的男人，衣服上的纹章比英女王的还要多。）只有贵族们知道菲茨－詹姆斯这个姓氏的法语发音是"菲特亚穆"，他是出色的骑手和射手，是巴黎最崇尚动感、筛选最严格的男子俱乐部"骑师俱乐部"（Jockey）的中流砥柱，该俱乐部拒不接受平民和犹太人早已尽人皆知。论起让他的少妇心有所钟的情敌，年轻的普鲁斯特不可能想到比罗贝尔·德·菲特亚穆更令他望而却步的对手了。②

更令普鲁斯特心灰意冷的是，女神的声音一点儿也不符合他在头脑中为她构造的绝美形象。她总算开口跟他说话了，他本该听到天籁之音，但事实上听到的却是一只坏脾气鹦鹉的嘶哑叫声。他的稀世珍禽就这样消失了。"或许关于她的美，最为真实的东西存在于我的欲望中，"第二年他在一篇文章中写道，"她过着自己的生活，但或许只有我曾在梦中与她相遇。"10

这个结论只对了一半。的确，普鲁斯特在现实世界见到了自己梦里的珍禽。然而在他出现之前，有无数人也曾梦到过她，将她想象成为一首诗、一个女王、一朵奇花，抑或一只仙界的天鹅。或许他并没有意识到，他们的梦曾经渲染和影响了他自己的梦境。

夫人自己的梦也是一样。她的确过着自己的生活，但她有现实和虚构两种生活，而且和梦到过她的无数人一样，她也强烈偏

---

① 阿尔瓦、贝里克和菲茨－詹姆斯公爵（Duke of Alba, Berwick, and Fitz-James），阿尔瓦公爵的全称是阿尔瓦－德托梅斯公爵（Duke of Alba de Tormes），是西班牙的元勋贵族头衔；贝里克公爵是英国为詹姆斯·菲茨－詹姆斯设立的英格兰贵族头衔；而菲茨－詹姆斯公爵则是法国为他设立的贵族头衔。

② 如果读者想更多地了解本书对贵族称呼以及王室和贵族头衔的处理规则，请参考附录一中的"关于命名和大小写的说明"。——作者注

爱虚构的领域。不仅他们的梦如此，她也会在梦中看到自己重生为一首诗、一个女王、一朵奇花和一只仙界的天鹅。事实上她不仅在他们的眼中，也在自己的心目中，变成了一个虚构的人物。早在她与一个名叫马塞尔·普鲁斯特的无名小子遭遇之前，这样的变化就已经开始了。

本书讲述了真实人物如何在一个阶级的语境中变成虚构的故事，19世纪末，法国贵族阶级作为政治势力已是强弩之末，却重生为一个神话。那个象征性重生的核心，就是巴黎上流社会的三个资深社交名媛把自己——同时也被她们身边的人——转变为传奇：集高贵、优雅和时尚于一身的完美典范。她们的名字是热纳维耶芙·阿莱维·比才·斯特劳斯（Geneviève Halévy Bizet Straus，1849-1926）、阿代奥姆·德·舍维涅（Adhéaume de Chevigné）伯爵夫人洛尔·德·萨德（Laure de Sade，1859-1936），以及格雷弗耶子爵夫人（Vicomtesse Greffulhe，后升为伯爵夫人）伊丽莎白·德·里凯·德·卡拉曼-希迈（Élisabeth de Riquet de Caraman-Chimay，1860-1952）。

《天鹅之舞》是这三个女人的传记。本书追踪了她们走上社交巅峰所选择的纵横交错的路径，研究了她们为实现这一目标所采取的富有创意的策略。本书讨论了她们如何征服了一个世界，在那样一个世界，确立形象是归属其中的前提和必须付出的代价。本书揭示了她们的得失，当自我变成人物、生活变成故事，她们隐藏了什么，又将什么公之于世。本书论述了她们最耀眼的成功，也揭开了她们最幽暗的秘密。本书跟着她们一起走进众星捧月的炫目光耀之地，也随她们再度遁入强光近旁的孤独暗影。本书既展示了她们希望在世人眼中留下的形象，也剖析了她们在观众退去之后现出的孤形单影。

本书的三位女主人公均受困于不幸的婚姻和既有的性别规范，通过把自己重塑为偶像，寻求一定程度的自由和满足。她们把自己重塑为一个传奇的巴黎封邑的原型人物，那块封邑是由来访的各国王公和当地贵族组成的，有人称之为"社交界"（上流社交界的简称），有人称之为"上层"，也有人称之为"城区"（贵族城区的简称）。①

这个社会简直是时代倒错，它所依靠的世袭特权和宫廷雅趣传统是不复存在的旧制度的残留。这些传统与一个世纪以前法国大革命（1789—1799）的领袖们推翻君主制、铲除贵族阶层所高举的平等主义旗帜背道而驰，第三共和国（1870—1940）政府仍旧在宣扬那些原则，毫不顾及贵族的利益。②

然而悖论是，整个世纪末，城区始终保持着绝对的社会和文化权威；法国的确已经民主，但贵族头衔仍是终极的地位象征。在这一点上，没有谁比第三共和国的首任总统、资产阶级政治家阿道夫·梯也尔③的态度更加坦诚了。1871年，当法国头衔最高的贵族德·于扎伊公爵（Duc d'Uzès）祝贺他当选总统时，梯也尔脱口而出："哦，但梯也尔夫人觉得还是当公爵夫人更光彩

---

① 严格来说，贵族城区就是指圣日耳曼城区（Faubourg Saint-Germain），也就是气势不凡的左岸街区，那是旧制度存在的最后一个世纪里，贵族阶层在法国首都的据点。然而在19世纪，这个词的范围已经扩大，也包括圣奥诺雷区，它位于塞纳河对岸，是个不那么宁静、更加豪奢的富人区。民间流传着"圣日耳曼区是贵族区，圣奥诺雷区是富人区"的说法。——作者注

② 与第一共和国和第二共和国一样，在法兰西第三共和国，人人生而平等的概念只适用于男性。法国女性直到1945年才获得了选举权。——作者注

③ 阿道夫·梯也尔（Adolphe Thiers, 1797-1877），法国政治家、历史学家。路易-菲利普一世时期的首相。他在第二帝国灭亡后再度掌权，因镇压巴黎公社而知名。

些！"[11]

如此垂涎贵族荣耀的绝非总统夫人一人。正如1898年小说家儒勒·列那尔[①]所写的，

> 自革命以来，我们的共和国丝毫没有朝着（平等）或自由迈出一步。在这个共和国，人人都渴望受邀去格雷弗耶（夫人）的家中做客。[12]

还有一位评论家称之为"公爵夫人们的胜利"[13]，如此口是心非的矛盾状况和上流社会本身一样持续着，直到颠倒乾坤的第一次世界大战爆发。

作为这座英灵殿中的女神，德·舍维涅夫人、格雷弗耶夫人和斯特劳斯夫人对她们那个特权圈子内外的同胞都充满了无限魅力，然而三人中无一是公爵夫人，斯特劳斯夫人甚至根本没有贵族头衔。这突出了她们非凡而出奇的成就。在社交界，公爵夫人本来就比伯爵夫人（更不用说平民）优越，这一贯毋庸置疑。如果说这三个女人的光芒渐渐盖过了圈子里的公爵夫人们，她们并非通过拒斥世袭和头衔这类久经考验的价值观，而是以一种前瞻性的方式重塑了那些价值观。在大众传媒兴起的历史时刻，民意在法国逐渐成为一股不可小觑的势力，有着前所未有、闻所未闻的能量，这三个女人不但清楚阶级特权对势利之人的吸引力，还为它注入了一套全然现代的公关传播和自我宣传的技巧。

作为连接历史和现代的桥梁人物，格雷弗耶夫人、斯特劳斯

---

① 儒勒·列那尔（Jules Renard，1864-1910），法国小说家、散文家。著有《乡村的犯罪》（1888），《胡萝卜须》（1894）等。

夫人和德·舍维涅夫人要同时面对两种不同的观众：一种是上层精英，另一种是一般公众。为了在贵族阶级内部树立和维持自己的声望，她们采纳了那个圈子中久负盛名的优雅和排外信条，完善了其追求奢华的贵族风格方面的天赋，结交出身全欧洲最宏伟奢侈的庄园的朋友。与此同时，为了吸引更广泛的公众，她们培养了一批颇有影响力的新闻记者、编辑、画家、雕塑家、作曲家、小说家、剧作家、诗人、服装设计师和摄影师。她们作为先驱预言了一个新世界的诞生，在这个世界里，声名本身便足以彰显社会影响和文化价值。用一位作家的话说，她们把自己"作为有血有肉的素材"献祭给了"十四行诗和小说"[14]，许多作家都曾在作品中写到过她们，说此话的人就是其中之一。

同样，斯特劳斯夫人、德·舍维涅夫人和格雷弗耶夫人也没有单纯依靠他人来构建自己的公共形象。她们摆出的姿态和编织的故事为塑造自己令人难忘的人格起到了积极乃至极其重要的作用。在此过程中，她们在创造力和社交声望之间进行了复杂精妙的权衡。发挥想象力除了创造审美价值外，还为这三个女人发挥了多种不同的功能，它是逃生出路，又是自我营销的高招；是应对机制，又是诱惑技巧；是对历史的修正，又是对自我的肯定。它诱惑她们每个人，时而是逃离现实的手段，时而是精神失落的解毒剂，时而是爱的替代品。即便素日维护贵族荣耀的政治秩序正在她们身边分崩离析，狭义和广义的艺术创作仍使她们得以演出一部彰显贵族荣耀的奇幻人生。

本书记录了这三位女性如何一步步登上不久便会彻底消失的社交界的顶峰，揭示了普鲁斯特即将在他的七卷本半自传体小说《追忆似水年华》（1913—1927）中讲述的那个半真实故事的真实前史：贵族理想的式微和终结。

天鹅死去之前，必先高歌一曲。

　　马塞尔·普鲁斯特对真人转化为虚构之事略知一二。在《追忆似水年华》的第一段，第一人称叙述者（后来被称为"马塞尔"）忆起孩童时期在床上读书的场景。他迷迷糊糊地睡去之时，成年马塞尔回忆那个年轻的自己，"我总觉得书里说的事儿……全都同我直接有关"15①。全书充斥着这样的沉迷幻想，整部小说记录了叙述者逐渐成长为一个作家的过程。

　　《追忆似水年华》的主人公出身的家庭就是以文学和艺术的方式来看待世界的。他至关重要的童年记忆之一，就是母亲为他大声朗读乔治·桑的《弃儿弗朗沙》（*François le champi*，1848）。即便她跳过了桑的小说中那些更有性暗示意味的段落——书名中的那位弃儿与抚养他长大的老年女性之间的爱情，其核心的类乱伦式爱情也呼应了她与马塞尔之间极为亲密的情感。16

　　文字同样在叙述者的母亲与外祖母之间扮演着重要角色，两位女人互相使用的那种温柔的私密语言起源于塞维涅夫人②的母女通信，那些信件记录了路易十四时代的社会规范。另一位为长期执政的国王路易十四时代作传的作家圣西蒙公爵③，他的那些

---

①　译文引自马塞尔·普鲁斯特：《追忆似水年华》，李恒基、徐继曾等译（南京：译林出版社，2001年版），第3页。

②　塞维涅夫人（Mme de Sévigné，1626-1696），法国书信作家。其尺牍生动、风趣，反映了路易十四时代法国的社会风貌，被奉为法国文学的瑰宝。她幼失怙恃，在外祖父母家成长，受过良好的教育。18岁出嫁，育有一子一女，26岁丧偶，后未再嫁。她把女儿奉为掌上明珠，现存书信的大部分都是写给女儿的。

③　圣西蒙公爵路易·德·鲁弗鲁瓦（Louis de Rouvroy，Duke de Saint-Simon，1675-1755），法国政治人物。父亲是路易十三的宠臣，他早年从军，1702年进入凡尔赛宫，侍奉路易十四。1715年路易十四去世后，他在路易十五的摄政委员会任职，晚年在自己的庄园著书立说。

轻慢的讽刺语句可见于马塞尔的祖父和他们家的老朋友——一位名叫夏尔·斯万的人物之间的彼此揶揄。当祖父怀疑孙子的一位同学可能是犹太人时，他狡猾地哼起了弗洛蒙塔尔·阿莱维 [①] 的歌剧《犹太女》（La Juive，1835）。多年后，当一家妓院的鸨母给叙述者本人介绍一位与歌剧中的女主人公同名的充满"异国风情"的犹太妓女时，他也忆起那部歌剧中的咏叹调——"拉谢尔，当从天主！" [17]

对马塞尔而言，剧作家让·拉辛 [②] 的悲剧是他自始至终的参照物，不管是在父母逼迫他穿着夸张行头照相而大哭的时候，还是在注意到两位隐瞒性取向的同性恋贵族青年对聚会上的一群外国年轻外交官产生了性欲之时，他都会想到那些悲剧。绘画则为他提供了另一套丰富的类比。当他震惊地听说一位尊贵的侯爵夫人认识他的父亲时——父亲是一位中产阶级公务员，与夫人的社交圈并无明显交集，马塞尔把她比作居斯塔夫·莫罗 [③] 的《朱庇特与塞墨勒》（Jupiter and Semele，1895）中那位超大号的众神之王，把自己的父亲想象成聚集在朱庇特王座下面的那一群蚂蚁大小的人物中的一员。戴着白色领结的男爵会让他想起惠斯

[①] 弗洛蒙塔尔·阿莱维（Fromental Halévy，1799-1862），犹太血统的法国作曲家。大歌剧《犹太女》是他的代表作。阿莱维是法国大歌剧最重要的作曲家之一。他的歌剧内容多表现宏大场面和尖锐冲突，常带有民族解放的内涵。

[②] 让·拉辛（Jean Racine，1639-1699），法国剧作家，与高乃依和莫里哀合称为法国 17 世纪最伟大的三位剧作家。代表作有《昂朵马格》（又译作《安德洛玛刻》）和《费德尔》等。

[③] 居斯塔夫·莫罗（Gustave Moreau，1826-1898），法国象征主义画家，他的绘画主要从基督教传说和神话故事中取材。正是出于这个原因，莫罗的绘画作品中往往包含着文学要素，因此莫罗往往被同时代的象征主义作家和艺术家尊为先驱。

勒①的《黑白协奏曲》。在诺曼底的一个海滨度假村，海鸥布满淡蓝色的天空，恰如"莫奈……一幅油画中的睡莲"。

《追忆似水年华》中的主人公习惯了戴着艺术的透镜来观察生活，因而在他看来，爱情也同样首先是发挥想象力的练习。他最早倾注情感的对象是他家的一位邻居，德·盖尔芒特公爵夫人奥丽阿娜·德·盖尔芒特（Oriane de Guermantes）。这位贵妇人的年纪更接近于他的母亲，而他也从未见过她。叙述者的痴迷起源于他着迷地研究德·盖尔芒特夫人祖先的画像，他们是法国最古老、最伟大的贵族王朝的后裔。18② 稚气的他痴念着那些描绘着中世纪女城堡主布拉邦的热纳维耶芙③的传说的幻灯片，据说公爵夫人就是那位女城堡主的后裔，他还会细细欣赏家附近教

---

① 詹姆斯·阿博特·麦克尼尔·惠斯勒（James Abbott McNeill Whistler，1834-1903），著名印象派画家，出生于马萨诸塞州，21 岁时怀着成为艺术家的雄心前往巴黎。他在伦敦建立起事业，从此再未返回美国，多年后成为19 世纪美术史上最前卫的画家之一。

② 真正的"盖尔芒特"并非持剑贵族（noblesse d'épée）中最重要的家族之一，而是属于一种没那么古老和尊贵的长袍贵族（noblesse de robe），该贵族阶级是通过在国王的政府中担任重要的司法或管理职位而获得贵族头衔的。不过普鲁斯特在写作《追忆似水年华》时，希望用一个业已消失的姓氏创造一个贵族王朝，"盖尔芒特"这个姓氏的发音让他浮想联翩，当下又无人用这个姓氏，他就决定把它用在自己的小说中。——作者注

③ 布拉邦的热纳维耶芙（Geneviève de Brabant），中世纪传奇故事的女主人公。她的故事是广泛流传的忠贞妻子凭被她拒绝之人的一面之词而遭到陷害和遗弃的典型例子。相传布拉邦的热纳维耶芙是巴拉丁领主特雷夫的西格弗里德之妻，受到管家戈洛的诬告被判死刑，却被刽子手放逃，她在牝黇鹿的喂养下，与儿子在阿登的一个山洞里生活了六年。在此期间，西格弗里德发现了戈洛的诡计，他在追猎黇鹿时找到了她的藏身之所，为她恢复了名誉。故事的原型据说是巴伐利亚公爵、莱茵王权伯爵路德维希二世的妻子——布拉邦的玛丽。名字从玛丽变成了热纳维耶芙，或许可以追溯到对巴黎的主保圣人热纳维耶芙的崇拜。

堂里的彩色玻璃窗和挂毯，在那里寻找其他封建时代的盖尔芒特家人的影子。

　　基于这些描述，马塞尔逐渐把公爵夫人想象成法国那个浪漫的、骑士的、以贵族为主的过去的象征。"过去一想到德·盖尔芒特夫人，"他解释说，"我总是在心中用挂毯或彩色玻璃窗的色调描绘她的形象，把她想象成另一个世纪的模样，举止气派与普通人完全不同。"就连"盖尔芒特这个姓氏"也会让他想起"童话故事，布拉邦的热纳维耶芙……画着国王查理八世的挂毯"，或者正如学者多米尼克·于连（Dominique Jullien）所说，让人想起中世纪怪物大全中的"加拉曼特① 神鸟"[19]。

　　成年后，叙述者对公爵夫人的兴趣从中世纪转到了现代，但仍然保留着幻想的特质。从她的朋友斯万那里听说德·盖尔芒特夫人是"巴黎最高贵的人，是千里挑一、万里挑一的菁华"[20]②，马塞尔现在把她看成魔法王国的守护人和女王，他担心自己低微的出身会永远将他隔绝在那座王国之外，那是历史和神话继续存在的疆土，还顶着当代最时髦的光环。他在报纸的社会版面读到她在德·莱昂亲王夫人（Princesse de Léon，那是世纪末上层社会真正的行家里手）举办的化装舞会上轰动一时的穿着，并一丝不苟地记下那些细节。在歌剧院，叙述者坐在远处凝视着公爵夫人和她的一位表亲德·盖尔芒特亲王夫人，把"这两位富有诗意的女性"[21]比作古典神话中的女神——"美丽超凡的迪安

---

① 加拉曼特（Garamantes），希罗多德提到过的一个文明和部落。人们认为他们对应于古利比亚西南部铁器时代的柏柏尔人部落。

② 译文引自马塞尔·普鲁斯特：《追忆似水年华》，李恒基、徐继曾等译（南京：译林出版社，2001 年版），第 585 页。

娜①"22 与 "（手持）饰有流苏、闪闪发光神盾的米涅瓦②"23。公爵夫人那件素雅而时髦的服饰在他看来就像 "鸟的羽毛，不仅是美的装饰品，而且是身躯的外延部分"24③。

有几个月，他甚至在德·盖尔芒特夫人每天沿右岸散步时跟踪过她。在那些出行中，马塞尔想象自己正尾随着 "一个变成月桂树或天鹅的天神"，每想到这里，便更是激动不已。然而有一天，他看到公爵夫人心烦意乱地扯拽自己的面纱和大衣，"像个普通女人那样" 对自己的外表吹毛求疵。这个小插曲中的平凡性让普鲁斯特感到恐惧，但讽刺的是，他再度启用自己的神话奇想，把她比作 "像天神变成的天鹅，做着它那一类动物的种种动作……忽然向前抓住门把或雨伞，完全是天鹅的动作，忘记了自己是天神"25。

德·盖尔芒特夫人突然丧失神性给叙述者带来的惊恐，暴露出他用虚构改写事实的习惯。对他来说，未加粉饰的真实看起来永远不如经过一番华丽装饰来得美好；现实总是令他失望。在公爵夫人的例子中，马塞尔只在她的宅邸参加了一次晚宴，就发现他梦想中的女郎事实上竟然是一个噩梦。她任性、冷漠、做作而浅薄，只关心哪些琐碎的细节能改善她的绝妙形象：她买来画作和书籍不为欣赏和阅读，而是为了炫耀自我标榜的知性；她与知名艺术家的 "友谊" 也同样为了装饰，虽然她浮夸地

---

① 迪安娜（Diana），又译作 "狄阿娜"，罗马神话中的月亮女神和狩猎女神，众神之王朱庇特和温柔的暗夜女神拉托娜的女儿，太阳神阿波罗的孪生妹妹。迪安娜也是司管贞洁的女神，形象通常为一个持弓的圣洁少女。

② 米涅瓦（Minerva），又译作 "弥涅耳瓦"，罗马神话中的智慧女神、战神和艺术家与手工艺人的保护神。猫头鹰是她的标志物，象征着理性和智慧。

③ 译文引自马塞尔·普鲁斯特：《追忆似水年华》，李恒基、徐继曾等译（南京：译林出版社，2001年版），第584~585页。

宣称"在她看来，天才胜过一切"，事实证明，她对他们的画作要么嗤之以鼻，要么一无所知；她骄傲地提及自己的家族关系，却对他们没有丝毫真诚的情谊；表面上对仆人"充满仁慈"，私下里却总是虐待他们。就连她为社交界友人们一致称道的机敏诙谐，"也大多是些空洞的笑话、羞辱的言辞、令人不知所措和幼稚自大的双关语"。她那些贵族头衔的朋友们也同样令人失望——他们和女主人一样浅薄，甚至连她那点虚有其表的教养和魅力也没有。[26]

在近距离观察公爵夫人及其同类之后，叙述者意识到在他们所处的环境中，"由于残留的宫廷礼仪规范被彻底颠倒……肤浅的表面（已经）变得必不可少且意义深远"[27]。虽然之后数年他仍常常光顾盖尔芒特家的聚会——好不容易奇迹般地（简直如幻似梦）受到了那个圈子的欢迎，他可不准备放弃这个特权——马

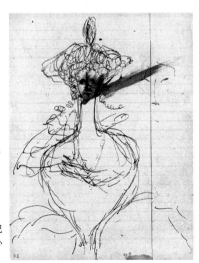

这是普鲁斯特的一个从未出版的手稿笔记本，他在里面画了一幅素描，从中可见他心目中的理想贵妇形象介于女神和天鹅之间

塞尔却不再把他们看作尊贵的"一群天神"下凡了。

在他那部寻找意义的4000页巨著中，还有很多其他幻灭的场景，这次祛魅只是其中之一。如果说"盖尔芒特家那边"与他的期待相去甚远，那么叙述者接二连三为追寻意义所做的其他一切也是一样：家庭、友谊、情爱、性爱、主教堂、演奏会、侦查、怠惰、旅行、新闻报道、印象派、窥阴癖、头戴花朵的少女、身穿制服的少年，等等。一直到《追忆似水年华》的最后一卷《重现的时光》（*Le Temps retrouvé*，1927），马塞尔才终于在一个顿悟的时刻解开了自己的谜题，生动地呼应了他孩童时期那个与睡前故事难解难分的梦境。[28]

那个场景发生在第一次世界大战后不久，地点是德·盖尔芒特亲王和亲王夫人的巴黎府邸。叙述者人到中年又疾病缠身，战争的最后几年都是城外的疗养院度过的，不久前刚刚从那里回来。一到招待会，他就发现在自己离开巴黎的这些年，年轻时的那些显要人物已经衰老得快要认不出了。他们的样貌衰变得如此剧烈，以至于有那么一刻，他怀疑自己是不是漏掉了这场聚会的某个变态的着装要求：带着你自己的死亡面具。这个被他挖苦地称为死亡面具舞会[29]的场合再度表明，这些上层的"美丽的人儿"并不值得他当年那般尊崇，他们已经不复美丽。就连德·盖尔芒特夫人也年老色衰，随着她从天鹅女神变成了"一条年岁久远的神圣的鱼"，有些容颜已经淹没在似水年华和蹉跎岁月（法语的"Temps perdu"既有"似水年华"之意，又有"蹉跎岁月"之意）的原始泥沼中。即便战争已经摧毁了她那个浮夸和特权的世界，她早已是明日黄花，年龄仍然不依不饶地侵蚀了她的容貌。

与公爵夫人无关紧要地寒暄几句之后，马塞尔退到主人的书房，她那特有的沙哑刺耳的声音仍然萦绕在耳际，"就好比宣布世界末日就要来临"，但他在那里最终顿悟了："唯一值得过的生活"是"在书中被照亮和……实现的生活"。[30] 他在书架上看到了一本《弃儿弗朗沙》，突然意识到只要把那一切——转瞬即逝的快乐、空洞虚假的希望，还有其间的一切——平移到文学中，他便可以找回他担心流逝或蹉跎的所有旧时光。通过为了艺术真实而挖掘自己的经历，他完全可以为那些经历注入它们初次发生时看似缺乏的意义。这一解决方案将艺术和生活编织成一个牢固的戈耳狄俄斯之结①，把读者手握的《追忆似水年华》变成了书中的叙述者正要加速书写，以便为自己的故事画上句号的书。是结束，同时也是开始。[31]

　　普鲁斯特的叙事充满各式各样的人物，背景设置为世纪末巴黎的娇纵阶级，书中的人物与当时当地（那碰巧还是他自己生活的时间和地点）的知名人物极其相似，因而进一步模糊了写作与现实之间的界限。[32] 虽然普鲁斯特笔下的人物与他生活中的熟人之间往往有着极其明显的相似，他却始终坚称自己的代表作不是一部影射小说——为容易辨认的当代人物戴上徒有其表的虚构面具的小说。塞莱斯特·阿尔巴雷（Céleste Albaret）曾经在普鲁斯特写作《追忆似水年华》时作为管家服侍过他。普鲁斯特曾对她抱怨说，一个朋友"问我要开启我这本书的'钥匙'……这我可给不了。不是因为我害怕或者想把钥匙藏起来，而是因为每个人物都有太多的钥匙"。[33]

　　然而，普鲁斯特又给了他的叙述者马塞尔许多他自己的识

---

① 戈耳狄俄斯之结（Gordian knot），传说在很久以前，弗里吉亚的国王戈耳狄俄斯编织了一个绳结，绳结之外没有绳头，因而看似不可解。亚历山大大帝来到弗里吉亚见到这个绳结之后，拿出剑将其劈为两半，解开了这个结。

别特征：他的上层资产阶级家庭；他那位公务员父亲［阿德里安·普鲁斯特（Adrien Proust）是一位备受尊敬的流行病医生和公共卫生官员］；他对母亲的过度依赖，母亲是拉辛、塞维涅和乔治·桑的热心读者；他自己不切实际的学究气质；他的慢性病；他不喜欢为谋生而工作；他在爱情方面的坏运气；以及他对上流社会的强烈兴趣，所有这一切又都引诱人们猜疑他写的就是真实的生活。（普鲁斯特本人还有两个所谓的缺点，他倒没有将之赋予笔下的叙述者：母亲是犹太裔，以及他对男性更感兴趣。他还把他的第二自我写成了独子，因而抹去了他弟弟罗贝尔的存在。）普鲁斯特声称，他的主人公和自己的这些共同点只是因为他自己的怠惰："我给了主人公我本人拥有的特质，就省去了创造他的麻烦。"[34] 怠惰是他与虚构的马塞尔另一个共有特质。

为了给全巴黎最显贵的巨人们画像，普鲁斯特随意借鉴现实中实实在在的人物。夏尔·斯万这位儒雅而时髦的人物虽然出身中产阶级，又是德国犹太人后裔，却仍然受到社交界的欢迎，普鲁斯特创造这个人物的原型是一位名叫夏尔·阿斯（Charles Haas，1833-1902）的人，他交友广泛，颇受欢迎。[35] 罗贝尔·德·孟德斯鸠－费赞萨克伯爵 ①（1855—1921）无意间也把自己的贵族出身、同性恋取向、博学多闻、刻薄气质以及他那件值得惠斯勒为之作画的晚礼服，和他极其好斗的傲慢不逊等特质借给

① 罗贝尔·德·孟德斯鸠－费赞萨克伯爵（Comte Robert de Montesquiou-Fezensac），即马里·约瑟夫·罗贝尔·阿纳托莱（Marie Joseph Robert Anatole，1855-1921），也即后文中的阿纳托尔·德·孟德斯鸠－费赞萨克伯爵，法国审美家、象征主义诗人、艺术品收藏家和花花公子。他因为是法国颓废派作家约里斯·卡尔·于斯曼的小说《逆流》中的人物让·德埃森特，以及普鲁斯特《追忆似水年华》中的夏吕斯男爵的人物原型而闻名。

了马塞尔未来的导师德·夏吕斯（男爵）。³⁶ 孟德斯鸠的外甥女婿格雷弗耶伯爵亨利（Henry, Comte Greffulhe, 1848-1932）则是夏吕斯那位富有、冷漠、自命不凡的兄弟——德·盖尔芒特公爵巴赞的模板，他难以控制的拈花惹草让他的妻子奥丽阿娜成为"全巴黎最美丽但受骗最深的女人"，他暴烈的脾气则为他赢得了一个绰号，它同样属于爱发脾气的格雷弗耶——"电闪雷鸣的朱庇特"（Jupiter Tonnant）。³⁷

最后，德·盖尔芒特公爵夫人这个人物是普鲁斯特以三位贵妇人为原型复合而成的，她们共同构成了他关于贵族阶层的优雅和风度的梦想。³⁸ 他在写给这三个女人的信件和关于她们的信件以及其他许多记录详尽的通信中，确认了这三重联系。他的朋友费尔南·格雷格①的总结最为言简意赅："德·盖尔芒特公爵夫人就是斯特劳斯夫人加上德·舍维涅夫人……还有一点格雷弗耶夫人的影子。"

这三个女人在她们所处的时代家喻户晓，就连陌生人也看一眼便知她们就是德·盖尔芒特夫人的原型。她们既得到了自己贵族同类的崇拜，也是普罗大众的偶像，在当时所引发的惊叹、迷恋和幼稚的渴望，与 21 世纪美国社会对公众人物、体育明星和亿万富翁的着迷并无二致。伊丽莎白·格雷弗耶一生中收到过无数的仰慕信，以至于她的档案中有个很大的卷宗，标记就是"来自素不相识之人的敬辞和赏识"。（这个卷宗里的文件夹上有诸如"单相思的陌生人的诗歌"和"匿名者的爱慕——1888 年"³⁹等撩人的标签。）热纳维耶芙·斯特劳斯和洛尔·德·舍维涅都没有那么仔细地保留个人记录，但她们也同样诱发过无数爱慕之

---

① 费尔南·格雷格（Fernand Gregh, 1873-1960），法国诗人和文学批评家。1953 年当选法兰西学术院院士。

情，无论匿名与否。她们也曾令一个时代浮想联翩。

历史的悖论之一，就是这三个在自己的时代名满天下的人，如今只会因为不自觉地把自己的特质借给了一个虚构人物而被世人铭记，哪怕这个虚构人物来自史上最伟大的小说之一。不过说起来，写过这几个女人的几位传记作家也在很大程度上成为让她们沦为小说家艺术素材的同谋。最早的这类研究，比贝斯科亲王夫人①的《德·盖尔芒特公爵夫人：德·舍维涅伯爵夫人洛尔·德》（*La Duchesse de Guermantes: Laure de Sade, Comtesse de Chevigné*，1950）就把虚构的公爵夫人直接等同于真实的伯爵夫人；最近的一部著作，洛尔·伊勒兰（Laure Hillerin）的《格雷弗耶伯爵夫人：盖尔芒特一家的影子》（*La Comtesse Greffulhe: L'Ombre des Guermantes*，2015）则逐点分析了她的传主无意间为德·盖尔芒特夫人这个人物贡献了多少素材，大到她的高贵出身，小到她的奥布松扶手椅。[40]

将虚构和真实人物等同起来的做法，逆转了在1913年《追忆似水年华》第一卷《在斯万家那边》四分之一个世纪的存在于小说家和他的缪斯们之间的力量对比，因而歪曲了真实的历史。在过去的这一百年间，世人只因为普鲁斯特才会去关注德·舍维涅夫人、斯特劳斯夫人和格雷弗耶夫人。然而他之所以对她们感兴趣，是因为整个社会对她们感兴趣，而整个社会为何会对她们感兴趣，还是迄今尚未有人讲述的故事，无论传记作家、历史学家还是《追忆似水年华》的作者都没有讲述过。

碰巧，普鲁斯特对这几位"摆好姿势"（他自己的用词）让他

---

① 玛尔特·比贝斯科亲王夫人（Marthe, Princesse Bibesco, 1886-1973），著名的罗马尼亚-法国作家、社会名流、时尚偶像和政治沙龙女主人。

为德·盖尔芒特公爵夫人绘制文学肖像的女人们所知甚少。他在1890年代初开始朝巴黎社交界的顶端缓慢而艰难地攀爬之时，其公爵夫人的三位原型早已稳稳地站在巅峰了。她们大他11岁到22岁，都在过去的十年中升到了社交界的荣耀之巅，而他那时还是个读书的少年。普鲁斯特最初在报纸上读到她们之时，三位夫人主持的沙龙都像德·盖尔芒特夫人的沙龙一样，吸引了"千里挑一、万里挑一的菁华"：王公贵族、其他显贵，还有精挑细选的各类著名艺术家。正如格雷弗耶夫人的一位宾客对她所说的，"您请王公贵族来给天才们传授礼仪，又请天才们来给王宫贵族们助兴"。或者正如普鲁斯特本人后来提到他笔下的公爵夫人的娱乐哲学时所说，"德·盖尔芒特夫人恰如其分地认为，高品质的'沙龙'是建立在牺牲"[41]——也就是严格筛选的原则之上的。

在这种背景下，一个名不见经传，还有一半犹太血统的资产阶级青年的社交前景实在算不得光明，但他充分利用了自己唯一一份进入社交界的介绍信：他高中时代与斯特劳斯夫人的儿子雅克·比才的友谊。凭借这层关系，普鲁斯特于1889年开始参加斯特劳斯夫人的沙龙，那时他18岁，很快就成了那里的常客。即便如此，他足足花了十年时间才与女主人建立了真正的友谊，而即便在那以后，他们的关系仍始终保留着初见时的那一丝拘谨。1910年代，塞莱斯特·阿尔巴雷有些惊讶地注意到，每次斯特劳斯夫人来拜访普鲁斯特（通常都是在她看过牙医之后，因为牙医诊所就在同一座楼里），"她总会按门铃，问我普鲁斯特先生身体如何。她从不越过门厅，普鲁斯特先生从未邀请她进屋，她也从没有提出想要进屋"。

在他成为斯特劳斯夫人客厅里常客的第一个十年里，普鲁斯特不得不委屈自己被视为二等公民。[42] 在极其偶然的场合，她会邀请他参加午宴或晚宴（那是比她每周的招待会规模小一些、筛选更严格的活动），其间她总是把"小马塞尔"安排在位次最末的座位上。还有一次，她在其他更尊贵的客人（那是她精心配置的一群贵族、富豪和艺术家）面前羞辱他，说她之所以邀请普鲁斯特来，无非是想让他的父亲帮助雅克进入医学院。（普鲁斯特医生照做了。）

通过一场同样长久而执拗的魅力攻势，普鲁斯特终于在1890年代中期与德·舍维涅夫人培养了真挚的友谊，也就是他1892年每天跟踪沿右岸附近散步的那位轻灵的金发女郎。然而她对他也同样势利。和斯特劳斯夫人一样，她也在巴黎举办严选宾客的高级沙龙，但她的沙龙只对像（并包括）"菲特亚穆"那样出身高贵的社交家开放。德·舍维涅夫人招待会的常客正是普鲁斯特最想要结交的那些人——他本人根本没机会进入骑师俱乐部［事实上，就连相对"波希米亚风"的艺术家联盟俱乐部（Cercle de l'Union Artistique）都拒绝接受他］，他从社交界新闻上获知，他们的声望是无与伦比的。然而德·舍维涅夫人固执地拒绝把普鲁斯特引荐给他们。1909年，他说在他和伯爵夫人相识的25年里，她从未邀请他来参加自己的沙龙——要知道自1880年代初以来，她几乎每天都会举办沙龙。[43] 只有当她推定自己交际的人是普鲁斯特的同类——中产阶级和／或犹太裔的艺术家时，才会对他发出邀请。他曾抱怨说，"德·舍维涅夫人总是试图把我和波托－里什① 划为一类"，意指大他22岁的著名犹太作家。"她不明白：我就是波托－里什！"[44] 说此话时，普鲁斯特或许并没有意识到事实正是如此。波托－里什和德·

---

① 乔治·德·波托－里什（Georges de Porto-Riche, 1849-1930），法国剧作家、小说家。

舍维涅夫人是长达近半个世纪的密友，他们之间的通信至少比洛尔一生中跟其他任何人都更加频繁和真诚。然而波托－里什也一样，到死也没有受邀参加过一次她的招待会。

至于格雷弗耶夫人，普鲁斯特与她的关系就更脆弱了。他为设法见她所花费的时间最长，她无疑是他未来人物的三位原型中最高高在上的一位。她的表舅和密友罗贝尔·德·孟德斯鸠（1893 年，普鲁斯特请求他作为中间人介绍他们认识）喜欢这么问普鲁斯特："你难道不知道，你出现在她的沙龙中，恰恰破坏了你希望它具备的高贵感吗？"[45] 1894 年，普鲁斯特终于说服了孟德斯鸠为他引见。但格雷弗耶夫人在其后多年仍然无视普鲁斯特的存在，直到她的女儿 1904 年嫁给他的朋友吉什公爵阿尔芒①之后，才有所缓和。从那以后，她偶尔会屈尊让他来剧院她的包厢里填补空位，或者在她的晚宴上扮演"牙签"——茶余饭后为更重要的宾客取乐的人。但她从未喜欢过他；老年的她对孙辈回忆起普鲁斯特时，说他是个"令人不快的小个子男人，总是躲在门廊那里鬼鬼祟祟的"。[46] 有一位美国作家问及他时，格雷弗耶夫人说，"我不喜欢他……他很烦人"。[47]

/ 014

有这段历史作为背景，难怪普鲁斯特终其一生对这三位女性的看法始终保留着最初的那种"迷弟崇拜"。[48] 他小说中那位公爵夫人身上的梦幻气质，也是他在现实生活中为之神往的三位名媛的特质。在他着手创作《追忆似水年华》前数十年，小说叙述者赞美德·盖尔芒特夫人所用的那些仙界和鸟类的比喻就已经大

---

① 吉什公爵阿尔芒（Armand, Duc de Guiche），即阿尔芒·德·格拉蒙（Armand de Gramont，1879-1962），法国贵族、科学家和企业家，第 12 代格拉蒙公爵。在 1925 年继承其父的正式贵族头衔之前，以其礼称"吉什公爵"而闻名。

马塞尔·普鲁斯特摆出一副世故的姿态，奥托·韦格纳（Otto Wegener）摄于1900年前后。

/ 015

量出现在普鲁斯特关于这三大社交宠儿的作品（多半是非虚构作品）中了。斯特劳斯夫人是"销魂夺魄的天使"[49]。舍维涅夫人"是个特殊的物种，介于女神和鸟儿之间。她是……一只长着雪白双翅的孔雀，一只拥有宝石双眸的文雀"。格雷弗耶夫人是一只即将展翅高飞的"巨大的金鸟"[①][50]，她的光芒就"像来自高空的恩宠，像满天星辰那神秘而透明的芬芳"（这最后两句摘自普鲁斯特写于1902年的一篇关于格雷弗耶夫人沙龙的文章；长

① 这个典故来自若瑟–马里亚·德·埃雷迪亚（José-Maria de Heredia）的十四行诗《塔索斯河》（"Le Cydnus"，1893），其中把克利奥帕特拉想象成为"一只巨大的金鸟从高处接近猎物"。普鲁斯特至少在两篇文章里用这一比喻来形容格雷弗耶夫人。——作者注

期以来人们一直以为这篇文章遗失了，本书末尾附有该篇的英译文）。[①] 这些修辞手法也以各种变换的形式出现在《追忆似水年华》中，用于描述超脱尘俗的人，她们所在的天堂是普鲁斯特这样的凡夫俗子永远无法企及的。

随着时间的流逝，普鲁斯特对他的几位夫人的理想化认知开始变得无望，但同样充满异想，同样不属凡间，进一步预言了叙述者对德·盖尔芒特夫人的态度。1896 年，普鲁斯特开始撰写一部杂乱无章的自传体小说《让·桑特伊》（Jean Santeuil），但几年后就放弃了，他在其中刻薄地写道："S 夫人从未去过卢浮宫，因为她根本不喜欢绘画。但因为她有钱，她收藏了华托[②]的画作和居斯塔夫·莫罗的早期作品。"[51] 这位不知廉耻的浅薄贵妇看重这些画作，仅仅是为了炫耀她的优雅品位。在《让·桑特伊》的其他地方，普鲁斯特讥讽地把斯特劳斯夫人写成"马梅特夫人"，一个虚伪的中产阶级攀爬者，她的名字"马梅特"在法语中意为"土拨鼠"，把她比作一个拼命朝社交食物链顶端攀爬的讨厌生物。

虽说普鲁斯特总算没有把格雷弗耶夫人比作啮齿类动物，但他写她的刻薄话也不少。1907 年，他嘲笑她被大肆吹捧的"对有趣的事物（文学和艺术）充满热爱"会让"那些有趣的事物感到讨厌"，因为那只是表演，"不能提升这个女人本身，只能提升她的名气"。[52] 他还说，"就像胭脂一样"，她在文化方面的

---

① 见附录三，其中还翻译了《高卢人报》1893 年的一篇文章，将斯特劳斯夫人和格雷弗耶夫人列为全城首屈一指的沙龙女主人。这篇文章署名为"全体巴黎人"，此前人们认为它并非普鲁斯特所写，但我列举了详细的证据，证明他就是这篇文章的作者。——作者注

② 让 - 安托万·华托（Jean-Antoine Watteau，1684-1721），法国洛可可时代的代表画家。

装腔作势让她"远远望去超凡脱俗",却根本无法使她成为"天才之人真正的朋友"。

不久,阿代奥姆·德·舍维涅伯爵夫人也丧失了普鲁斯特在想象中赋予她的万丈光芒。虽然这个过程在她第一次斥责他、提到菲特亚穆时就开始了,但其后数年,随着普鲁斯特对她的了解日渐加深,她的缺点越来越尖锐地突显,他对她也越来越失望。他写过的最恶毒的信件之一,就是在生命最后几年写给她的;那封信开头写道:"当一个人曾经热爱的东西变得非常愚蠢……"[53] 大约同时,他向塞莱斯特·阿尔巴雷抱怨说伯爵夫人"过去那么美……而今却不过是个长着鹰钩鼻、声音沙哑刺耳的老女人"。[54] 他还曾对另一个密友轻蔑地说她是"一只粗鲁的老鸟,很久以前我竟然误以为她是一只天堂之鸟"。[55] 他承认自己把德·舍维涅夫人作为德·盖尔芒特夫人的原型,还说:"我把她变成了一只可怕的秃鹫,这么做至少能阻止他人误以为她是一只卑劣的老母鸡。"[56]

与普鲁斯特"仙界的天鹅"的赞词相比,这些诨名符合法国评论家罗兰·巴特发现的贯穿《追忆似水年华》全书的一个关键的结构原则:本体倒错。[57] 马塞尔从头到尾都惊奇地发现,人们跟他们的外貌表象如此不同:他一次次地看到一个已知的自我(x)背后还隐藏着一个未知的、相反的自我(非x)。"倒错"也是普鲁斯特喜欢用来表示同性恋的词语,他的叙述者的发现往往会暴露出,那些被看作异性恋的同性恋人物过着双重性爱生活。无论少女还是鳏夫,外交官还是伪名媛,佩戴勋章的战争英雄还是极端正统的天主教亲王——无论这些人表面上看起来多么不可能"倒错",事实上异性恋身份(x)的背后始终掩藏着一个同性恋身份(非x)。

然而倒错的动态在卧室之外也一样存在——特别是德·盖尔

芒特夫人，她是《追忆似水年华》中少数几位丝毫不隐瞒自己的同性恋癖性（或其他任何性秘密）的主要人物之一。58① 对公爵夫人而言，倒错的是一种抽象的、审美的理想，与关于贵族光环、高高在上和"阶级"的想象密切相关。在该书结尾，被马塞尔一度美化为神鸟的女人、那个为天堂而重生的存在，沦落为来自深海的丑陋生灵。59 她显赫的同类们也遭遇了差不多的命运，从天神荟萃沦为僵尸鸠集。

普鲁斯特虽然一贯否认他和他的叙述者是同一个人，但两位马塞尔无疑在一点上是重合的，那就是他们都认为社交女郎、一个贵族精英阶层的化身，要么是一位女神，要么是一个魔鬼。她要么太神圣、要么太卑劣，无法占据普通人生命中那块灰色的中间地带，大多数人惯常以混沌的姿态在那里浑浑噩噩、得过且过。无论被理想化还是被轻慢贬损，德·盖尔芒特夫人始终缺乏人性，这使她很方便地变成了马塞尔投射自己思想的一块屏幕——关于法国封建历史和世袭贵族的传奇，关于现代巴黎社会和他自己在其中的地位，关于梦想的确会成真的一个朦胧仙境。60

马塞尔在《重现的时光》中最后一次与公爵夫人谈话时，她顺便说了一句："人们以为他们了解我，其实不然。"61 我喜欢把这句话解读为普鲁斯特微妙地承认了他自己和他的叙述者都无法

---

① 与她反复出轨的丈夫相反，《追忆似水年华》自始至终把德·盖尔芒特夫人描写为一个忠于婚姻的典范——她没有什么秘密的情爱生活。在《重现的时光》中，叙述者有过跟这个看法矛盾的简短回忆。他记得她的表兄夏吕斯曾对他说："公爵夫人纯洁无瑕的说法实际上是由巧妙掩盖起来的无数次风流韵事拼凑成的。"然而夏吕斯的断言并没有促使叙述者深究下去。"我从来没听说过这样的说法，"他想，"她在大家心目中是无可指摘的。"如果普鲁斯特听说过（或关心过）我在本书后文中记述的无数次风流韵事，他大概有足够的素材让他那位无可指摘的公爵夫人的形象变得复杂得多。——作者注

从三个层面来看待他们的名媛典范。无论好坏，这些女人自始至终都是符号，从来不是真实的人。[62]

我希望《天鹅之舞》能够补全这一人物架构，因为太长时间以来，过于简化的虚构一直被当作事实。毫无疑问，和她们的虚构自我一样，德·舍维涅夫人、斯特劳斯夫人和格雷弗耶夫人全都秉持着一个观念，即肤浅的表面不可或缺且意义深远。然而我在长达六年详尽无遗的档案调查中发现，她们追求表面的雍容典雅同样揭示了极为复杂的人性。事实上，我发现她们的故事如此丰富有趣，根本无法以一本书的篇幅全部讲完。虽然这三个女人都活到了 20 世纪以后，至死都在高调经营着自身的辉煌，但我选择在本书中重点讨论 1870 年代末至 1890 年代初这段相对短暂的时期。虽然自德雷福斯事件[①]于 1897 年秋成为全国性政治丑闻开始，她们的生活又有了很多值得关注的转变，但事实上她们的生平大事最密集的时段却是在这较早的时期，因为正是在那时，她们成为巴黎社交界最亮的明星。

从路易十四时代以后，法国贵族一直保持着偏爱外表和形式（x）胜过真实和内容（非 x）的传统。这种外表崇拜成为世纪末城区的过时观念，而斯特劳斯夫人、格雷弗耶夫人和德·舍维涅夫人虽然在广义上恪守这一观念，却以很多非正统的方式修正了它的细节，影响颇为深远。她们采纳了优雅外观这个来自宫廷的古老模式，把它与一种新兴的媒体文化融合，将自己呈现为崭新

---

① 德雷福斯事件（法语：Affaire Dreyfus），或称德雷福斯丑闻、德雷福斯冤案，是 19 世纪末发生在法国的一起政治事件，事件起于法国犹太裔军官阿尔弗雷德·德雷福斯被误判为叛国，法国社会因此爆发了严重的冲突和争议。此后经过重审及政治环境的变化，冤情终于在 1906 年 7 月 12 日获得平反，德雷福斯也成为国家的英雄。

的、更好的贵族风范的化身。如今我们早已熟悉了个人变成一个形象或"品牌"，公众的谄媚和吹捧成为终极奖赏，而她们则是这方面的先驱人物。

对这一发展至关重要的，是三个女人启迪了她们那一代大大小小的天才们大量创作作品。这些艺术家中如今仍举世皆知的只有少数几位——乔治·比才、居伊·德·莫泊桑、埃德加·德加①、居斯塔夫·莫罗。然而他们几乎每个人都是那个时代的名人，他们的耀目星光让他们的缪斯变得更加光芒四射（反之亦然）。和给他们灵感的女人们一样，这些艺术家也大多比普鲁斯特大十岁到二十岁，许多人早已是扬名立万的天才，而他本人直到去世前几年才刚刚获得天才的封号（他于1922年去世，享年51岁）。在普鲁斯特的成年时代，这些人为他的偶像们创作的画像弥漫在整个文化空间，为他那位温室名媛、那株"太阳底下最名贵的花朵"最终生根发芽的土壤供足了养分。

本书的三位女主人公全都要面对来自现实世界的巨大挑战，那是再多的光环、名声和幻想也无法消弭的。她们深爱的人往往毫无征兆地英年早逝。她们要对付难缠的亲戚和不忠的朋友。她们对自己的孩子疏于照管。她们的丈夫总是背叛妻子。她们担心名声，担心财富，担心人老珠黄。不安全感和丑闻令她们心力交瘁，心理疾病和药物上瘾让她们疲惫不堪。她们也有单相思的暗

---

① 埃德加·伊莱尔·热耳曼·德加（Edgar Hilaire Germain de Gas，1834-1917），生于巴黎的印象派画家、雕塑家。德加富于创新的构图、细致的描绘和对动作的透彻表达使他成为19世纪末的现代艺术大师之一。他最著名的绘画题材包括芭蕾舞演员和其他女性，以及赛马。他通常被认为属于印象派，但他的有些作品更具古典、现实主义或者浪漫主义画派的风格。

恋和不快乐的苦恋。她们要直面"倒错"的问题。她们都有一颗破碎的心，其中一人还有一副破碎的鼻骨。

这些女人不但在爱情上连连押错赌注，在其他领域也一样，从艺术到政治再到真正的赛马（斯特劳斯夫人和德·舍维涅夫人都热爱这项娱乐，两人都是狂热的赌徒）。作为艺术收藏家，斯特劳斯夫人偏爱朱尔-埃利·德洛奈①胜过埃德加·德加，偏爱亚历山大·法尔吉埃②胜过奥古斯特·罗丹③。同样，德·舍维涅夫人和格雷弗耶夫人也资助了一群时髦的社交界肖像画家如费代里科·德·马德拉索④和保罗·塞萨尔·埃勒⑤，却无视约翰·辛格·萨金特⑥和亨利·德·图卢兹-洛特雷

---

① 朱尔-埃利·德洛奈（Jules-Élie Delaunay，1828-1891），法国学院派画家。在他生命的最后十年，他作为肖像画家而大受欢迎。

② 亚历山大·法尔吉埃（Alexandre Falguière，1831-1900），法国雕塑家和画家。1882 年荣任法兰西艺术院院士。

③ 奥古斯特·罗丹（Auguste Rodin，1840-1917），法国雕塑家。罗丹善于用丰富多样的绘画性手法塑造出神态生动富有力量的艺术形象。除雕塑外，他还创作了许多插图、铜版画和素描，他还写过几部著作，主要著作有《艺术论》，主要雕塑作品有《沉思者》《维克多·雨果像》《阿根廷总统萨米恩托像》等。

④ 费代里科·德·马德拉索（Federico de Madrazo，1815-1894），西班牙画家。马德拉索家族人才辈出，被誉为 19 世纪西班牙帝国最重要的绘画世家之一。1846 年，他荣获法国荣誉军团勋章；1853 年成为法兰西艺术院通讯院士。后又担任普拉多博物馆馆长和皇家圣费尔南多美术学院院长。

⑤ 保罗·塞萨尔·埃勒（Paul César Helleu，1859-1927），法国油画家、粉彩艺术家、铜版雕刻家、设计师。以其为"美好时代"的交际花所画的大量肖像画而闻名。

⑥ 约翰·辛格·萨金特（John Singer Sargent，1856-1925），美国艺术家，因为描绘了爱德华时代的奢华而成为"当时的领军肖像画家"。他的父母皆为美国人，但他本人在迁居伦敦之前，都在巴黎接受训练。他一生中创作了 900 幅油画，逾 2000 幅水彩画，以及无数素描画、炭笔画，描绘了他游历世界各地时的所见见闻。

克 ① 等超群拔类的天才。德·舍维涅夫人曾经与一位流亡的王位觊觎者为伍，但后者从未登上王座，她还支持过一次未曾出师的保王派军事政变。格雷弗耶夫人曾经胸怀抱负，认为丈夫在政治上必将大展宏图，事实上她丈夫的政治事业在一个丑闻缠身的开局之后就折戟沉沙了。斯特劳斯夫人的沙龙邀请了来自各个意识形态阵线的宾客，包括好几位恶毒的反犹主义者。然而在德雷福斯事件期间，他们的偏执却成了她要面对的难题，看到她支持被无端迫害的犹太裔陆军上尉阿尔弗雷德·德雷福斯，他们把她看作一个制造麻烦的犹太人，从此离她而去，避之不及。

三人中只有格雷弗耶夫人曾梦想过成为作家，虽然从未公开，但那是她一生孜孜追求的目标。她写过数百篇文学作品，大多是自传体，但只发表过其中几篇，而且都是匿名发表的。因此，普鲁斯特无从得知他借以构建自己的文学人物的女人也习惯把自己构建成一个文学人物。他从未识破在她扮演耀眼明星角色的无数文字中，有几篇竟然是以当代上层为背景的影射小说习作。不过这样的倒错一定会让他喜出望外：贵族（x）的面具背后竟然是艺术家（非 x）。

如果普鲁斯特真的了解她们，他一定会看到，和所有人一样，他的三位缪斯也至少戴着上百副面具。他会看到，她们和所

---

① 亨利·玛丽·雷蒙·德·图卢兹－洛特雷克－蒙法（Henri Marie Raymond de Toulouse-Lautrec-Monfa，1864-1901），简称亨利·德·图卢兹－洛特雷克，法国贵族、后印象派画家、近代海报设计与石版画艺术先驱，为称作"蒙马特尔之魂"。洛特雷克承袭印象派画家奥斯卡－克劳德·莫奈、卡米耶·毕沙罗等人画风，受日本浮世绘之影响，开拓出新的绘画写实技巧。他擅长人物画，对象多为巴黎蒙马特尔一带的舞者、女伶、妓女等中下阶层人物。其写实、深刻的绘画不但深具针砭现实的意味，也影响日后巴勃罗·毕加索等画家的人物画风格。

有人一样，也有无数夹缠不清的秘密与渴望、伤痛和恐惧。最重要的是，他会看到，如果不是和所有人一样，她们至少和他本人一样，也希望现实是别样的，并以自己的超越梦想来对抗眼前的现实。无论它是否空洞虚假、误入歧途或注定失败，正是那个梦想驱使着她们高高在上、引吭歌唱，驱使着她们面对羽翼受伤、声带颤抖，面对暗云涌动、末日在前，仍继续高高在上、引吭歌唱。如果有知音，定会听到她们以优美的旋律唱道：我如天鹅般死去，但请记住，旧日的我曾是女神。

注　释

本书未删节的完整注释共有逾 800 页。为了缩减篇幅，给读者减少负担，我尽可能地精简了引用，附上了完整的参考书目。除特别说明外，非英文原文的引文都是由我自己翻译的。

缩略语

经常引用的一手资料作者

为简单起见，我对本书三位主要的女性人物使用了同样的缩略语，而不是用不同的缩略语来反映她们的闺名，就热纳维耶芙·斯特劳斯而言，我也没有反映她第一次婚姻的夫家姓氏。

CA：塞莱斯特·阿尔巴雷
CCB：康斯坦丝·德·布勒特伊，娘家姓卡斯泰尔巴雅克
FB：费迪南·巴克（费迪南－西吉斯蒙迪·巴克的艺名）
GB：乔治·比才

GBB：乔万尼·巴蒂斯塔·博尔盖塞

HB：亨利·德·布勒特伊

JB：雅克·比才

JEB：雅克－埃米尔（雅克）·布朗什

MB：玛尔特·比贝斯科，娘家姓拉霍瓦里（Lahovary）

RB：罗贝尔·德·比伊

AC：阿代奥姆·德·舍维涅

GCC：吉莱纳·德·卡拉曼－希迈

LC：洛尔·德·舍维涅，娘家姓德·萨德

MACC：玛丽－艾丽斯·德·卡拉曼－希迈

MCC：玛丽（米米）·德·卡拉曼－希迈，娘家姓孟德斯鸠－费赞萨克

ED：埃杜瓦尔·德吕蒙

LD：莱昂·都德

RD：罗贝尔·德雷福斯

AF：阿尔贝·弗拉芒

AdF：安德烈·德·富基埃

RF：罗贝尔

AG：安德烈·热尔曼

AGG：吉什公爵（后来的德·格拉蒙公爵）阿尔芒·德·格拉蒙

EG：伊丽莎白·格雷弗耶，娘家姓里凯·德·卡拉曼－希迈

EdG：埃德蒙·德·龚古尔

FG：费尔南·格雷格

HG：亨利·格雷弗耶

LG：德·克莱蒙－托内尔公爵夫人伊丽莎白（莉莉）德·格拉蒙

DH：达尼埃尔·阿莱维

LH：卢多维克·阿莱维

NH：亚历山德里娜（纳尼内）·阿莱维，娘家姓勒巴斯（Le Bas）

BL：芭芭拉·利斯特（威尔森夫人）

GL：乔治·德·洛里

LL：利顿勋爵罗伯特·布尔沃－利顿

AM：穆尼埃神父

GM：居伊·德·莫泊桑

OM：欧文·梅雷迪斯（LL 的笔名）

PM：保罗·莫朗

RM：罗贝尔·德·孟德斯鸠－费赞萨克

GLP：加布里埃尔－路易·普兰盖

MP：马塞尔·普鲁斯特

GPR：乔治·德·波托－里什

HR：亨利·德·雷尼埃

ES：埃米尔·斯特劳斯

GS：热纳维耶芙·比才·斯特劳斯，娘家姓阿莱维

PV：保罗·瓦西里（朱丽叶·亚当的笔名）

马塞尔·普鲁斯特成书的作品

以下除特别说明外，这些文本所有详细的参考书目信息都列在了"参考书目"中。

RTP：《追忆似水年华》

AD：《追忆似水年华》第四卷，《女逃亡者》

CCS：《追忆似水年华》第一卷，《在斯万家那边》

CG：《追忆似水年华》第三卷，《盖尔芒特家那边》

CSB：《驳圣伯夫》（*Contre Sainte-Beuve*）

JS：《让·桑特伊》

LP：《追忆似水年华》第五卷，《女囚》

OJFF：《追忆似水年华》第二卷，《在少女们身旁》

MPG：《在德·盖尔芒特亲王夫人家的下午聚会》（*Matinée chez la Princesse de Guermantes*）

PJ：《欢乐与时日》

SG：《追忆似水年华》第四卷，《索多姆和戈摩尔》

TR：《追忆似水年华》第七卷，《重现的时光》

1　Maurice Duplay, *Mon ami Marcel Proust: Souvenirs intimes* (Paris: Gallimard, 1972), 23.

2　MP 致 LC，见 MP, *Correspondance*, ed. Philip Kolb, vol. 19 (Paris: Plon, 1970−1992) (hereafter Kolb, ed.), 212；又见 Jeanine Huas, *Proust et les femmes* (Paris: Hachette, 1971), 163; George D. Painter, *Marcel Proust: A Biography*, vol. 1 (London: Chatto & Windus, 1959), 110; and Henri Raczymow, *Le Paris retrouvé de Proust* (Paris: Parigramme, 2005), 134。众所周知，MP 惯于不为信件署期，RD 在 RD, *De Monsieur Thiers à Marcel Proust* (Paris: Plon, 1939), 15 中一个幽默的段落中提到了这一点。在许多情况下，Kolb 的广泛研究再加上关于当代报刊和其他人的信件的研究，让我们得以确定 MP 写信的日期，无论是大致日期还是具体日期。只要获得这类信息，我就会在文本中提供该信息。为避免啰唆，在引用 MP 的信件时，如果收信人在这些段落的故事中无关紧要，我不会提到她／他的名字。

3　MP，见 Kolb, ed., ibid., vol. 1, 382。关于 MP 的"希望路线"，又见 Huas, ibid., 162−63。

4　Helene Iswolsky, *No Time to Grieve: An Autobiographical Journey* (Philadelphia: Winchell, 1985), 91.

5　MP, CG, 358. MP 曾招募 RB 与他一起"跟踪"LC；关于这一经历的一手记述，见 RB, *Marcel Proust: Lettres et conversations* (Paris: Portiques, 1930),

79-80。MP 在他的文章 "La Comtesse" 中记录了同样的经历，见 CSB, 86-93, 90。

6　MP, "Portrait de Mme ***"，见 MP, PJ, 225。本书第 22 章详细讨论了这篇文章，它最初在《酒筵》上发表的标题是 "A Sketch Based on Mme de ***"，那是 MP 在 1892 年与一群朋友一起创建的文学杂志。MP 对杂志的共同创办人们说 "Mme de ***" 就是 LC；见 RD, *Souvenirs sur Marcel Proust* (Paris: Grasset, 1926), 71。

7　Painter, op. cit., vol. 1, 110.

8　MP 致 AGG，见 Kolb, ed., op. cit., vol. 20, 349。这封信也被引用在 Carassus, op. cit., 540 并全文摘录于 MB, *Le Voyageur voilé* (Geneva: La Palatine, 1947), 106-11。

9　引自 MP 致 AGG，见 Kolb (ed.), op. cit., vol. 20, 349; and in Painter, op. cit., vol. 1, 112。

10　MP, "Reliques"，见 PJ, 176。同样，MP 在 "La Comtesse" 中写道："我如今想起伯爵夫人，意识到她……是那种拥有一盏小小的神灯，却没有意识到自己身上发光的那种人。一旦认识他们，与他们交谈，变得和他们一样，就看不到他们神秘的光芒、魅力和色彩了。他们也就丧失了所有的诗意。" MP, CSB, 87-88.

11　引自 Anne de Rochechouart de Mortemart, Duchesse d'Uzès, *Souvenirs 1847-1933* (Paris: Lacurne, 2011), 41。

12　Jules Renard, *Journal inédit* (Paris: Bernouard, 1927), entry of January 3, 1898; 引自 Richard Langham Smith and Caroline Potter, eds., *French Music Since Berlioz* (London: Ashgate, 2006), 111, n. 1。

13　引自 Suzanne Fiette, *La noblesse française des Lumières à la Belle Époque* (Paris: Perrin, 2015), 206。关于上层及其消亡，又见 GLP, "Gratin (Le)," in *Dictionnaire du snobisme*, ed. Philippe Jullian (Paris: Plon, 1958), 87; 以及 Alice Bernard, "Le grand monde parisien à l'épreuve de la guerre"，见 *Vingtième siècle* 99 (July-September 2008): 13-32。

14　GPR, *Théâtre d'amour* (Paris: Paul Ollendorff, 1921), 344.

15　MP, CCS, 3.

16　关于 RTP 中母子亲密关系的简要讨论，见 Judith Thurman, "I Never Took My Eyes off My Mother," 发表于 *The Proust Project*, ed. André Aciman (New York: FSG/Books & Co./ Helen Marx Books, 2004), 6-7。

17 关于 RTP 中对艺术－历史资料的处理，见 Eric Karpeles, *Proust and Painting: A Visual Companion to* "In Search of Lost Time" (London: Thames & Hudson, 2008)。Karpeles 在 110–111 页摘录并解释了关于莫罗的《朱庇特与塞墨勒》的段落；他分别在 198 页和 211 页引用了"惠斯勒的《黑白协奏曲》"和"莫奈……一幅油画中的睡莲"。

18 MP, CCS, op. cit., 9–10 and 59–60; Samuel Beckett, *Proust* (London: Chatto & Windus, 1931), 45; Howard Moss, *The Magic Lantern of Marcel Proust: A Critical Study of* "The Remembrance of Things Past" (Philadelphia: Paul Dry Books, 2012 [1962]), 62–63.

19 Dominique Jullien, *Proust et ses modèles* (Paris: José Corti, 1989), 134.

20 MP, CG, 356.

21 Ibid.

22 Ibid., 357.

23 Ibid., 357.

24 Ibid.

25 Ibid., 329.

26 关于"德·盖尔芒特的心灵"的局限性，见 James Litvak, "Strange Gourmet: Taste, Waste, Proust," in *Studies in the Novel*, 28, no. 3 (Fall 1996): 338–56, 348。

27 MP, CG, 719.

28 关于 MP 对社交界的幻灭，见 Léon Pierre-Quint, *Marcel Proust: Sa vie, son œuvre* (Paris: Simon Kra, 1925), 176–77; 关于祛魅是 RTP 的一个基本特征，见 Walter Benjamin, *Sur Proust* (Caen: Nous, 2010), 22–23。

29 这个双关语也讽刺了德·萨冈亲王夫人 1885 年的"野兽舞会"，详见第 1 章。"死亡面具舞会"是 MP 描述 RTP 的最后一个聚会场景的原始题目，在他去世后发表，题目是 *Une matinée chez la Princesse de Guermantes*，见 MP, MPG, 15。关于普鲁斯特的"死亡面具舞会"与《圣西蒙公爵回忆录》的关系的精辟分析，见 Marc Hersant and Muriel Adès, "D'un bal de têtes à l'autre," in "Le Temps retrouvé" *80 ans après: Essais critiques*, ed. Adam Andrew Watt (New York: Peter Lang, 2009), 10–21。

30 MP, TR, 337; 又见 ibid., 899，其中 MP 写道，艺术作品是"能够重现失去的时光的唯一途径"。

31 关于 RTP 的环状结构，见 Antoine Compagnon's preface to the French

Folio edition of MP, CCS, ed. Antoine Compagnon (Paris: Gallimard/Folio, 1988), xxv。

32 Howard Moss, op. cit., 22：“(《追忆似水年华》)是一座镜宫，其中有真实的人、自然的物体和机构出现，为了通往真实而诉诸扭曲。”

33 引自 CA, *Monsieur Proust*, as told to Georges Belmont, trans. Barbara Bray, foreword by André Aciman (New York: New York Review Books, 2003), 241；关于 MP 的“钥匙”问题，又见 ibid., 153–57, 243–45, and 248; A. Adam, “Le Roman de Proust et le problème des clefs,” *La Revue des sciences humaines*, 65 (1952); RD, *De Monsieur Thiers à Marcel Proust*, op. cit., “Les Clefs de Proust,” 37–44; Jacques de Lacretelle, “Les Clefs de l'œuvre de Proust,” in *La Nouvelle Revue Française* 112 (January 1923); André Maurois, *Quest for Proust*, trans. Gerald Hopkins (New York: Penguin, 1962 [1950]); Henri Raczymow, *Le Cygne de Proust* (Paris: Gallimard, 1989), 51–63; and Roland Barthes, *The Preparation of the Novel*, trans. Kate Briggs (New York: Columbia University Press, 2011), 313–15。

34 MP，见 Kolb, ed., op. cit., vol. 19, **。

35 首先见 RB, op. cit., 65; RD, *Souvenirs sur Marcel Proust*, 190–92; DH, *Pays parisiens* (Paris: Grasset, 1932), 81–83；以及 Raczymow, *Le Cygne de Proust*, 51–64。在她与 MP 的通信中，GS 提到了 MP 最初在她的沙龙里认识的阿斯为“斯万－阿斯”（被引用在 Raczymow, op. cit., 51）。（据 RB 说，MP 至少在两个不同的场合对他说过阿斯就是斯万的原型。）Edmund de Waal 在他出色的家族传记中讨论了另一把“钥匙”Charles Ephrussi 与夏尔·阿斯的关系：*The Hare with Amber Eyes: A Hidden Inheritance* (New York: Picador, 2010), 104–7; Ephrussi 最终成为 EG 和 HG 两个人的好朋友，但由于那段友谊发生的时间在我考察的时间之后，同时也因为 Ephrussi 与 GS 和 LC 都不够亲近，他没有作为主要人物出现在本研究中。

36 CA, op. cit., 255–65; William C. Carter, *Marcel Proust: A Life* (New Haven and London: Yale University Press, 2013), 126, 147, 176, 243–44, 442–43, and 756–57; Patrick Chaleyssin, *Robert de Montesquiou: Mécène et dandy* (Paris: Somology, 1992), 185–97; FG, *Mon amitié avec Marcel Proust* (Paris: Grasset, 1958), 33–34; LG, *Robert de Montesquiou et Marcel Proust* (Paris: Flammarion, 1925); Philippe Jullian, *Robert de Montesquiou, prince de 1900* (Paris: Perrin, 1965); Ursula Link-Heer, “Mode, Möbel, façons et manières:

Robert de Montesquiou und Marcel Proust," in *Marcel Proust und die Belle Époque*, ed. Thomas Hunkeler (Frankfurt: Insel, 2002), 84–120; and Edgar Munhall, ed., *Whistler and Montesquiou: The Butterfly and the Bat* (New York and Paris: The Frick Collection & Flammarion, 1995), 28 and 53.

37 Painter, op. cit., vol. 1, 148. 关于 HG 是德·盖尔芒特公爵的一个原型，见 Philippe Michel-Thiriet, *Le Livre de Proust* (London: Chatto & Windus, 1989), 186。

38 FG, *Mon amitié*, 45. CA 声称据 MP 说："德·盖尔芒特公爵夫人这个人物的部分原型是格雷弗耶伯爵夫人，还参照了斯特劳斯夫人和德·舍维涅伯爵夫人。"CA, op. cit., 241, 153–57 and 243–48. 而其他提到 LC, EG 和／或 GS 是德·盖尔芒特夫人的原型的资料太多，无法一一全文引用，其中几个值得注意的资料来源包括：Anne-Marie Bernard, ed., *The World of Proust as Seen by Paul Nadar*, trans. Susan Wise (Cambridge and London: The MIT Press, 2002), 69, 72, and 97; MB, *La Duchesse de Guermantes: Laure de Sade, Comtesse de Chevigné* (Paris: Plon, 1950), i-xii, 35, 133–35, and 138–42; MB, Le Voyageur voilé, op cit., 49–118; RB, op. cit., 79–80; Carter, *Marcel Proust*, 129–30, 144, and 673; RD, "Madame Straus et Marcel Proust," in *La Revue de Paris* 42 (October 15, 1936): 803–14; RD, *De Monsieur Thiers à Marcel Proust*, 17–25 and 34; AdF, *Mon Paris et ses Parisiens*, vol. 1: *Les Quartiers de l'Étoile* (Paris: Pierre Horay, 1953), 105 and 138–39; AdF, *Mon Paris et ses Parisiens*, vol. 1: *Le Faubourg Saint-Honoré* (Paris: Pierre Horay, 1956), 88; FG, *L'Âge d'or* (Paris: Grasset, 1947), 158; AG, *Les Clés de Proust, suivies de Portraits*, "La Duchesse de Guermantes" (Paris: Sun, 1953), 29–45; Huas, op. cit., "Oriane," 155–98; Maurois, *Quest for Proust*, op. cit., 160–79; Painter, op. cit., vol. 1, 150; and Jean-Yves Tadié, *Marcel Proust*, trans. Euan Cameron (New York: Viking, 2000), 117。MP 以这三个女人为原型创造了德·盖尔芒特夫人，甚至在一些全面的作品中也有所提及，诸如 William Amos, *The Originals: Who's Really Who in Literature* (London: Cardinal, 1990), 221。

39 EG, in AP(II)/101/1. EG 档案文件中绝大多数没有标题和署期，但只要可能，我都会补全那一信息。

40 在她关于 LC 的传记中，MB 甚至曾称她是"洛尔－奥丽阿娜"；见 MB, *La Duchesse de Guermantes*, 56. 至于 EG 与德·盖尔芒特夫人的逐点比对分析，见 Laure Hillerin, *La Comtesse Greffulhe, l'ombre des Guermantes* (Paris: Flammarion, 2014), 16−17, 423−47, and 539−43。

41 MP, CG, 744.

42 MP, *Lettres à Madame et Monsieur Émile Straus*, ed. Robert Proust (Paris: Plon, 1936), 11.

43 Jean-Baptiste Proyart, "Marcel Proust et la Comtesse de Chevigné: envoi autographe sur *Le Côté de Guermantes* I et correspondance" (June 2008): 4. MP 在一封并非写给 LC 而是写给 AC 的信中抱怨从未受邀去过 LC 的沙龙，后者可怜 MP，最终邀请了他。关于 MP 具体的希望见到却未能见到的上层交际家们，见 Émilien Carassus, *Le Snobisme et les lettres françaises de Paul Bourget à Marcel Proust, 1884−1914* (Paris: Armand Colin, 1966), 543, n. 80。

44 LG, *Robert de Montesquiou et Marcel Proust* (Paris: Flammarion, 1925), 19; Maurois, *Quest for Proust*, 67.

45 Bernard Briais, *Au temps des Frou-Frou: Femmes célèbres de la Belle Époque* (Paris: Imprimerie de Frou-Frou, 1902), 267; Chaleyssin, op. cit., 110.

46 Joseph Confavreux and Nathalie Battus, *Guermantes en héritage*, a documentary aired by France-Culture on February 19, 2007.

47 Mina Curtiss, *Other People's Letters* (New York: Helen Marx Books, 2005), 168.

48 Litvak, op. cit.; and Wayne Koestenbaum, "I Went by a Devious Route," in Aciman, ed., op. cit., 57−58. Litvak 把德·盖尔芒特夫人令 MP 的叙述者浮想联翩描写为 "对得不到的事物的着迷"，夫人本人则是马塞尔那个得不到的终极事物的 "异性恋和同性恋" 版本："母亲"。"他从未有一刻怀疑过自己对她（公爵夫人）的强烈的爱，" Litvak 写道，"我们可以打个比方，把它比作某个同性恋男子对玛琳·黛德丽（Marlene Dietrich）的爱。"(Litvak, op. cit., 347)。在 MP（而非马塞尔）的生活中，同样理想化的 "同性恋男子之'爱'" 也影响着他对 LC、GS 和 EG 的态度。在评论这一现象时，MP 的同时代人用 "虔诚" 替代了 "同性恋"。诸如，"他对社交界的贵妇人们的崇拜近乎虔诚；（RM）和（EG）尤其令他敬畏"。见 AdF, *Cinquante ans de panache* (Paris: Pierre Horay, 1951), 71。值得注意的是，AdF 把 EG 和 RM 两人都称为 "贵妇人"。

49 MP 致 GS，见 MP, *Correspondance avec Mme Straus*, preface by Susy

Mante-Proust (Paris: Plon, 1936), 15–16。

50　Dominique (MP 的笔名), "Le Salon de la Comtesse Greffulhe." 在本书附录三中首次被翻译成英文发表。

51　MP, JS, 435.

52　MP, 见 Kolb, ed., op. cit., vol. 7, 77。MP 进一步评价说 EG 不是 "雷加米埃夫人"——提到了一位传奇沙龙女主人, 正如我在本书第 20 章所述, EG 事实上试图在精神上认同这位夫人。

53　Huas, op. cit., 168.

54　CA, op. cit., 243–44.

55　MP 致 AGG, in Kolb, ed., op. cit., vol. 20, 349。

56　Ibid.

57　巴特首次论述倒错是 RTP 的 "基本原则" 是在 1977 年在瑟里西的一次学术研讨会上, 后来扩充后的内容见 Roland Barthes, *The Rustle of Language*, trans. Richard Howard (Berkeley: University of California Press, 1989), 272–80。关于 RTP 中的 "倒错" 的典型范例, 又见 Pierre Zoberman, "L'Inversion comme prisme universel," in *Le Magazine Littéraire: Marcel Proust* (2013): 81–86; Laure Murat, "Les Souliers rouges de la duchesse, ou la vulgarité de l'aristocratie française," in Forest and Audeguy, eds., op. cit., 97 ("The *Search* [is] the great book of inversion"); 以及 Peter Brooks 尚未出版的演讲, 发表于 2013 年在 Columbia University Maison Française 举办的一次学术研讨会上。Brooks 在讨论《追忆似水年华》中人物的隐秘的同性恋时, 指出: "普鲁斯特笔下的 '性欲倒错者' 的生活恰恰颠倒了我们对现实的观感和观点。"(Brooks 还在他的 "Persons and Optics" 一文中提到了这个问题, 见 *Arcade* [March 16, 2015]: n.p.) Nicolas Grimaldi 就这一(*x*)变成(非 *x*)的现象也做出了精辟的概要分析, "一个人永远无法确定自己真正了解另一个人。在整部《追忆似水年华》中, 没有什么比这一定理得到过更多、更持久的验证……没有一种人际关系不是建立在(相互)误解的基础上的"。Nicolas Grimaldi, *Proust, les horreurs de l'amour* (Paris: PUF, 2008), 87.

58　MP, TR, 328.

59　RTP, tome IV, 600.

60　关于年轻的 MP 对法国古老家族的 "神秘" 敬畏, 见 Jean Recanti, *Profils juifs de Marcel Proust* (Paris: Buchet/Chastel, 1979), 18; 以及 RB, op. cit.,

86。

61 Ibid.

62 早期委托他人为自己作画时，EG 考虑过萨金特，但最终否决了他，选择了如今已被人遗忘的社交界肖像画家卡罗勒斯－杜兰；见 James S. Harding, "Art Notes from Paris," *Art Amateur* 17, no. 2 (July 1887): 31。这一决定表明了 EG 在绘画方面的品位。Madrazo 为 LC 所绘的肖像复制品见本书后半部。据 A. Adam 说，op. cit., Madrazo 是 RTP 中的雕塑家茨基的原型。

第一部分

　　事后报道德·萨冈亲王夫人 ① 那场年度化装舞会的社会新闻把它比作挪亚方舟、《一千零一夜》和一场幻梦，不过论其宏大的奇妙场景本身，它很可能有过之而无不及。这一年，女主人以动物王国为主题，要求她的一千七百多位宾客以布封伯爵的插图版著作为服饰参考 ②，这位启蒙时代的博物学家曾研究环境对植被的"变性"作用。

　　一座巨大的庆典庭院把德·萨冈夫人位于巴黎圣日耳曼区的私人宅邸与不远处的市井喧杂隔绝开来。庭院里，五十位头戴白色假发、身穿红金色制服的男仆忙着招呼相继到来的宾客，把他们从饰有家徽的马车上搀扶下来，引他们走进一座淡紫色电灯光照亮的大客厅。1（这座宅邸的女主人认为"斯万 - 爱迪生电灯" ③——当时灯泡在巴黎还十分罕见——要比蜡烛或煤气灯光更喜庆。）在一位瑞士护卫宣布他们的姓名和头衔之后，受邀的宾客走上一段白色大理石楼梯，楼梯两侧列着另外五十位身穿制

---

① 让娜·塞埃（Jeanne Seillière，1839-1905），19 世纪巴黎的艺术收藏家和社交名媛，德·萨冈亲王博松·德·塔勒兰德 - 佩里戈尔之妻。

② 乔治 - 路易·勒克莱尔，布封伯爵（Georges-Louis Leclerc，Comte de Buffon，1707-1788），法国博物学家、数学家、生物学家、启蒙时代著名作家。布封的思想影响了之后两代的博物学家，包括达尔文和拉马克，他被誉为"18 世纪后半叶的博物学之父"。

③ 约瑟夫·斯万（Joseph Wilson Swan，1828-1914），英国物理学家、化学家、发明家，他最著名的事迹是在 1878 年获得第一个白炽灯专利。他的居所是世界第一个用电灯照明的私人住所。1860 年，约瑟夫·斯万发明了白炽灯的原型——半真空碳丝电灯，由于当时真空技术的限制，电灯寿命不够长。1875 年，斯万改进了他的发明。1878 年，斯万早于爱迪生一年获得白炽灯专利权。由于专利方面的争议，1883 年，约瑟夫·斯万与托马斯·爱迪生一起成立了电灯公司。1894 年，约瑟夫·斯万成为英国皇家学会会员。

服的男仆和同样数目的红斑岩花瓶。楼梯上铺着古色古香的奥布松地毯。

在那段楼梯的尽头，宾客们来到了一排豪华的正式接待厅，它们的装饰风格依次是路易十六、路易十五和路易十四时期的，仿佛带着来宾穿越时光回到过去。其中一间客厅里悬挂着古董级哥白林壁饰挂毯，它们极为昂贵，萨冈夫人每十年才把它们挂出来展示一次。另一间客厅里，手工雕刻的墙板上镀有50磅纯金，而第三间客厅的墙面都是顶天立地的镜子，仿照凡尔赛宫镜厅的风格。虽然这座宅邸的前主人是"希望钻石"①的所有人、挥金如土的亨利·托马斯·霍普，但自从新主人迁入以来，它的装饰变得更加奢华了。46岁的德·萨冈亲王夫人身材高大、金发碧眼，有着贵族的高颧骨和光滑细腻的白皮肤，她常常觉得自己的长相酷似玛丽·安托瓦内特。[2]

萨冈府邸的豪华装饰光耀夺目，但跟当晚聚集于此的一群动物相比，它们还是黯然失色了：那各色各样的珍禽异兽显然是在公然违抗自然——和文化——的法则。作为上流社会的成员，那些狂欢者是巴黎公认的出身优越和品位良好的典范。今晚，他们逆规则而行，装扮成野蛮的兽类，把传说中的彬彬有礼当作儿戏。

和社交界的所有活动一样，在这场所谓的野兽舞会上，宾客们的穿戴都极尽时髦风范，只不过这一天，他们的优雅精致带有

---

① "希望钻石"（Hope Diamond），世上现存最大的一颗蓝色钻石，重45.52克拉。目前藏于美国首都华盛顿史密森尼博物院的美国国立自然历史博物馆中。传说这是一颗受诅咒的宝石，会为拥有者带来厄运。1824年，著名收藏家亨利·菲利普·霍普（Henry Philip Hope，1774-1839）买下了该钻石，并用自己的姓氏为其命名。由于hope意即希望，故此钻石得名"希望钻石"。

德·萨冈府邸的外立面和庭院，1885 年 6 月，贵族们聚集在那里，举办了一场奢华的化装舞会

一种令人不安的古怪样貌。这些头戴定制的高顶丝质礼帽、身穿裁剪完美的西装的交际家们（他们都是"骑师俱乐部"和"联盟俱乐部"等巴黎男性尊贵社交俱乐部的成员），今晚却戴着用硬纸雕成的夸张头饰，装作昆虫或害虫、甲壳虫或大猎物。女士们则在清一色的晚礼服和珠宝首饰之外，加戴了毛皮、面具和奇异艳丽的羽毛。美如雕塑的德·萨冈夫人身穿"鸟王后"的服饰，包括一个覆盖着羽毛和宝石的巨大机械尾，它可以随意伸缩。她甚至还把一个制成动物标本的孔雀头戴在自己的头上，那双镶钻的孔雀眼睛在电灯下闪着诡异的光。

时年 26 岁、傲视群芳的阿代奥姆·德·舍维涅伯爵夫人也动了同样可怕的心思，把一只死雪鸮的头掖在了自己的头巾帽里。[3] 伯爵夫人精通古典神话，自称"智慧女神米涅瓦的朋友"，但她头戴米涅瓦的鸟类标志物这一举动却与 sagesse（智慧）一词的另一个意思——"端庄"或"得体"——截然相反。说起来，德·舍维涅夫人雪白色的薄纱晚礼服和羽毛倒还算矜持不苟，但她头顶那只鸮头的眼窝里闪烁的那对巨型血红色宝石就是另一回事了。它们是一头怪物、一个恶魔、一具猫头鹰腐尸的眸子。

这样的对比研究刻意强调了闺名为洛尔·德·萨德的伯爵夫人广为人知的矛盾特质。她看起来像一位公主。眼皮松弛的蓝色双眸、光滑柔顺的金色卷发和轮廓清晰的苗条身材，让她像极了意大利诗人彼特拉克①笔下的她的同名女性祖先，于格·德·萨德伯爵夫人洛尔·德·诺韦斯。然而她说起话来却像个乡下人，拖长的语调过时而野蛮，还像个码头搬运工一样满口脏话，一口污秽的土语像极了她的另一位著名的文学先辈德·萨德侯爵②。[4] 除了喜欢射箭、骑马和定制男装外，她说话语气强硬，一位朋友给她取名"彼特拉克下士"[5]。这一诨名突出了德·舍维涅夫人为自己设计的对立人设：集阴柔与阳刚、圣洁与亵圣于一体。

她的粗鲁作风和挑逗的"男士派头"[6]（她另一位朋友的话）

---

① 弗兰切斯科·彼特拉克（Francesco Petrarca，1304-1374），意大利学者、诗人和早期的人文主义者。1327 年，一位名为洛尔的女士在阿维尼翁的教堂里演出，她的身影激发了彼特拉克旷日持久的创作冲动。后来那些沿袭其风格的文艺复兴诗人们把这三百多首诗的合集称为《歌本》（Canzoniere）。洛尔本人可能是于格·德·萨德（Hugues de Sade，萨德侯爵的祖先）的妻子洛尔·德·诺韦斯（Laure de Noves），也可能只是被诗人理想化或假想的人物。

② 唐纳蒂安·阿尔丰斯·弗朗索瓦·德·萨德（Donatien Alphonse François de Sade，1740-1814），简称德·萨德侯爵（Marquis de Sade），法国贵族出身的哲学家、作家和政治人物，写过一系列色情和哲学书籍，以色情描写及由此引发的社会丑闻而出名。萨德在波旁王朝、共和国、执政府和帝国时期均曾身陷囹圄，他 64 年的人生有 29 年都在监狱和疯人院中度过。以其姓氏命名的"萨德主义（Sadism）"成为西方语言对性虐恋的通称。

引得上流社会的许多人大献殷勤，据传其中有好几个人曾与德·舍维涅夫人有过床笫之欢。在萨冈舞会上，她就和其中一位仰慕者约瑟夫·德·贡托伯爵（Comte Joseph de Gontaut）调情，全然不顾两人的配偶都在场（也不顾贡托的装束愚蠢至极：他装扮的是一只长颈鹿的臀部和后腿，他的两位男亲戚分别装扮成长颈鹿的躯干和头部）。一般来说，这样不顾廉耻的出格行为在上流社会是不被容忍的，婚外恋只能秘密进行。然而奇怪的是，德·舍维涅夫人那些叛逆的危险举动倒让她受到了圈子里很多最显赫的大人物的青睐：王公贵胄们已经厌倦了他们圈子里无趣的拘谨礼仪。对那些达官贵人来说，这位年轻女贵族挑战优雅礼节的做派就像降神会或电话一样，是新奇刺激的调剂品。[7]

有了带金佩紫的朋友们的喜爱，德·舍维涅夫人对她自视为最丢脸的特质——不够有钱——也能一笑置之，宣称自己"收入不高，但殿下不少"[8]。当社交太太团纷纷猜测她那只猫头鹰头上镶嵌的红宝石是一位罗曼诺夫大公的礼物时，她不置可否。然而在另一次功力极深的炫耀中，她却对那位传说中的恩主的好品位颇有微词。她讲述了与罗曼诺夫大公的另一件礼物有关的故事——一条塞满绿松石的鲟鱼——她耸耸肩说那东西黏乎乎的，并总结说："不管怎么说吧，我去过沙皇村①，那里一点儿都不时髦！"[9] 这些话都是德·舍维涅夫人棋高一着的妙举：收到一位殿下奉上的特别礼物就足够引人注目了，对那些礼物嗤之以鼻简直就是盛气凌人。

伯爵夫人与长颈鹿臀部的调情后来被一只双翼星钻点点的蜂鸟[10]打断了，蜂鸟把她拉到一旁，耳语了几句。这一打断，贡托

---

① 沙皇村（Tsarskoe Selo），俄罗斯圣彼得堡郊外的村庄，是俄罗斯帝国时期俄罗斯皇族罗曼诺夫家族成员的居住地之一。

一份刊登在报纸上的野兽舞会的素描画，贵族们装扮成昆虫和鸟兽。最上排右四就是德·舍维涅夫人，她装扮成一只雪鸮

自去找他的长颈鹿头和躯干了，他们合在一起，成了当天舞会上最大的野兽。他们曾听说另一位宾客打算扮成大象来参加舞会，这时欣慰地发现女主人在最后一刻否决了该计划，说那有可能会破坏她府邸天花板上由绘画大师创作的壁画。

亲王夫人还宣布不准装扮成鱼，理由是如此扮相的宾客必然想要游泳，而她不能保证府里（据说很大）的水族馆的温度合适。这一警告并没有制止一位悍妇扮成一条鲑鱼，那曲线毕露的艳粉色鱼尾装饰是专为吸引眼球而设计的。很遗憾，这个女人的服饰之所以招来了更多的注意，却是因为另一位妖媚妇人，圈子里的太太们称她为"金发碧眼的克利奥帕特拉"。那人碰巧穿了一件近乎同一色调的紧身衣，装扮成一只鹦。两位粉红色妖怪在府邸后面那座有公园那么大的花园里小心地观察着彼此，那里有好几千只斯万－爱迪生灯泡，把古老的栗树下照得皎如日星。

　　室内，一位发福的公爵夫人和一位苗条的子爵夫人之间的较量正在升温，两位都选择了穿豹纹[11]现身。虽然论头衔，25岁的格雷弗耶子爵夫人不如对手尊贵，但她的优势显然无可争议。她体态端盈、身姿柔曼、脖颈优美，那双深色的大眼睛犹如三色堇碎花。伊丽莎白·格雷弗耶闺名里凯·德·卡拉曼－希迈，是巴黎社交场上最著名的美女之一。她的同代人通常把她比作爱神维纳斯和贞洁超凡的月神和狩猎女神迪安娜。人老珠黄的德·比萨克公爵夫人（Duchesse de Bisaccia）则不会令人联想起任何此类神祇。旁观者们开玩笑说，这只瘦豹子和胖豹子的鲜明对比还不算最有趣的，看看比萨克夫人那一脸的不高兴，再想想她家徽上的座右铭——"是我的荣幸"（C'est mon plaisir）[12]，那才令人捧腹。

众所周知，伊丽莎白·格雷弗耶的装扮参考了著名的艺术作品，如列奥纳多·达·芬奇的《施洗者圣约翰》（*John the Baptist*, 1513-1515）

荣幸当属格雷弗耶夫人。然而她并没有显出享受胜利的样子，只是全程带着唇上那一抹冷冷的蒙娜丽莎式微笑，那是她经典的表情。正如她的一位亲戚所说，"她无时无地不美丽。但她的生活绝不是一顿漫不经心的野餐，做巴黎最美丽的女人可不是什么无关紧要的乐子"。[13] 子爵夫人自己也承认，她在每一个场合中的首要目标就是要打造"无出其右的尊贵形象"[14]。为实现这一效果，她偏爱能够引发轰动和惊叹的服饰，今晚也不例外。她往往在一种冰雪女王的审美基调上寻求各种变化，正与她无可挑剔的贞洁美名相配。[她的家族座右铭是"虔诚与我同在"[15]（Juvat pietas），真让许多迷恋她的俱乐部成员绝望。]然而在野兽舞会上，她却变形为一头凶猛的野兽。她避开了其他野兽装束中的晚礼服，只用一件沙沙作响的女士内衣把自己包裹起来，外面披一张真正的豹皮。一头柔软光亮的栗色卷发上戴着些闪闪发光的黑玉发饰，松松地散开搭在肩膀上。

更令格雷弗耶夫人的服饰魅力四射的，是她没有像其他客人那样参考布封的插图形象，而是参考了一件被卢浮宫永久收藏的珍品：列奥纳多·达·芬奇的《施洗者圣约翰》。除了美丽之外，她最引以为傲的就是热爱艺术，她还有个坏名声就是常常以此凌驾于同侪之上。她的《施洗者圣约翰》服饰典型地表现了其阳春白雪的装腔作势，她自以为那能使她在上层鹤立鸡群。整套服饰非常讲究，表明她对列奥纳多的画作有过仔细研究，从巧妙地披挂豹皮到垂下的深色卷曲头发，更不用说那抹冷冷的蒙娜丽莎式微笑了。

另外，她这身行头也提出了关于她为什么会选择那幅作品作为装扮原型的问题；因为列奥纳多的约翰是个标致的阴阳人，他的容貌被认为参考了画家那位年轻的男性情人。[16] 就算对洛尔·

德·舍维涅那样的假小子来说，这样性别扭转的服饰也算大胆了——易装要到几十年后才会成为社交圈化装舞会的主流——但至少还符合她的"阳刚气质"。而伊丽莎白·格雷弗耶装扮成这样就更不合情理了。不管那引发了她的贵族伙伴们何种猜测，这套装扮背后的逻辑一直是她撩人遐想的小秘密。

与此同时，两位豹子之间的视觉差异也吸引了一位局外人小青蛙的注意，此人黑眼睛、橄榄色皮肤，是社交圈的新人。这位青蛙一贯风趣幽默，便对两位豹子的装束借题发挥，跟同伴们讲起了令人捧腹的笑话：说三位罗斯柴尔德的女继承人分别装扮成一头金钱豹、一只蝙蝠，还有一只亮橙色热带鸟。然后青蛙就开始嘲笑公爵夫人那头豹子的庞大体形了，那后来成为她最著名的风趣笑话之一，但经过不断被人引用和修正，可怕的丛林捕食者变成了一头无趣的圈养食草动物。整整一个世代之后，这个笑话的最终版本仍在巴黎城区流传着："她可不是一头母牛哦，她是一群母牛！"

如果说这类羞辱因为风趣幽默而在巴黎社交圈流传的话，它们也揭示了那个贵族世界的光鲜外表下涌动的恶意，使得那个阶层本身变成了一个古怪杂居的物种：齿如瓠犀，却长着一双血淋淋的利爪。在野兽舞会上，当一声猎号突然吹响，人类装扮的一群猎鹿犬冲进府邸时，这样的两重性暴露得一览无余。那些"动物"戴着狗的面具、身穿粉色猎装，在光滑的大理石镶木地板上咆哮着横冲直撞，追得人扮的一头雄鹿四处逃窜。

这场追逐的结果如何，后世不得而知，但这个场面却揭露了参与者的某种本质特征。和它所模仿的游戏一样，这一仿制的猎鹿场面是一种暴力仪式，是用刻意的程式来疏导法国廷臣阶级昔日对国王潜伏的敌意。在国王路易十四（1638—1715）把一间简陋的王室狩猎小屋变成全欧洲最富丽堂皇的宫廷 ① 之前，他成年时正逢贵族不满君主专制主义的自大，贵族发起了针对王权的内战，几乎将其一举颠覆，这一切绝非巧合。为了制止更多煽动叛乱的言行，年轻的君主独创出一个天才的做法，把封臣们的暴力欲望引入一个只有他才能界定和控制的领域：宫廷庆典。

这一标题项下的某些活动，如王室狩猎和宫廷舞会，已经足够费力，完全可以为廷臣们的攻击性提供一个倾泻体力的出口。然而"太阳王"（路易十四在某些早期宫廷古装庆典中扮演太阳的角色，给自己创造了这样一个人格）还有一个更加抽象的方式来消灭这一威胁，那就是为他的凡尔赛宫的随从们规定一套极为复杂精细的礼节，几乎一举一动、一言一行都要符合每个人在等级森严的宫廷中的地位。宫廷成员每天聚集在一起侍奉国王用膳时，哪些人有权在国王面前落座？而这样一群小精英团体中，谁会有幸得到一张脚凳，谁能得到一把端椅？当一位法国公爵走进房间，他应该走在一位合法的私生龙子（路易十四有很多这样的私生子）前面还是后面？谁有特权开启或结束谈话？谁有特权在服侍国王上床入睡时为他擎着烛台？国王在王室的马镫上经历了漫长而疲惫的一天之后，谁有特权为国王脱下马靴？太阳王的天才在于，他说服宫廷的成员们将这些琐碎的问题视为（象征性的）生死攸关的大事。他以这种方式来训练自己的贵族成员嫉妒彼此而不是嫉妒他，如此一来，如果打猎和跳舞还未能耗光他们的充沛精力，他们也至少不会再对着王位虎视眈眈了。[17]

---

① 指位于巴黎西南郊外伊夫林省省会凡尔赛镇的凡尔赛宫，它所在的地方原来是一片森林和沼泽荒地，1624 年，法国国王路易十三以 1 万里弗尔的价格买下了 117 法亩荒地，在这里修建了一座二层的红砖楼房，用作狩猎行宫。

至世纪末，在整整一个世纪的风起云涌的政治暴动[①]废黜了路易十四的王室后裔、波旁王朝（以及他们的劲敌表亲奥尔良王朝和白手起家的皇帝波拿巴）之后，法国贵族仍然保留了对铺张和排场的返祖式热爱。然而贵族积怨的对象发生了变化。如今它最强大的对手不再是一个拥有无上权力的国王，而是资产阶级。他们受过良好教育，成就斐然，且在这样一个工业化时代变得越来越富有。过去半个世纪以来，这部分人口已经在几乎每一个重要领域显示出自己的实力：政治、金融、工业、技术、科学、传媒和艺术。到萨冈舞会举办之时，资产阶级在所有这些领域取得的巨大进步已经把法国带入了一个历史上的黄金时代：一个显示出前所未有的经济、工业、科学和文化活力的时期，直到1914年世界大战爆发，这一时期才告终结，后来的历史学家们追溯性地称之为"美好年代"（Belle Époque）。[18]

资产阶级虽然对整个国家做出了巨大贡献，但它显而易见且势不可挡的成功却伤害了世袭精英们的傲气，那个阶层的成员自出生其接受的规训，就是视平民为天生的劣等人。贵族作家和美学家爱德蒙·德·龚古尔[②]曾以其特有的傲慢说："资产阶级就是一群乌合之众。"[19] 有时候法国贵族稍许不那么无礼，会把那些据信较为劣等的同胞称为"无生"[20]之人，仿佛生来不是贵族后裔的人根本不存在一样。

从这个角度来看，低阶公民的成就公然挑衅了巴黎贵族的天

---

① 关于1792年第一共和国建立到1870年第三共和国建立期间的一系列政权更迭——波旁王朝、波拿巴帝国、奥尔良王朝和共和国政府，见附录二。——作者注

② 爱德蒙·德·龚古尔（Edmond de Goncourt，1822-1896），法国小说家。曾与福楼拜、都德、左拉等结下友谊，小说多用心理学和病理学观点分析人物的精神状态。他是一年一度的法国龚古尔文学奖的创始人。

生尊贵感，最近刚刚去世的维克多·雨果（1802—1885）在死后还给了贵族们重重一击。雨果被称为19世纪最伟大的法国作家，他在距离野兽舞会不到两周时刚刚去世，享年83岁，雨果之死在整个法国民众中引发了极大震动，以至于德·萨冈夫人确实考虑过取消自己的舞会，以免被雨果的葬礼抢了风头。

她的担心是很有道理的。几十年来，法国民众视雨果为偶像，他不但在诗歌、小说和戏剧创作方面才华出众，还大无畏地致力于自由、平等和社会公正。[21] 雨果以他迅速崛起的事业轨迹和直率的自由主义政治观点，早已成为法国民众的心目中共和理想的英雄化身，并因此成为世袭特权的对立面。然而正是由于这些原因，他的许多上层同胞对他深恶痛绝。政府决定为雨果举办

路易十四，即所谓的"太阳王"，在宫廷舞会上扮成阿波罗。凡尔赛宫的宫廷舞会被他确定为制度化的宫廷盛典

大型国葬则进一步加深了他们的恨意。

　　最后，亲王夫人的朋友们说服了她，不要让民粹们对雨果葬礼的大惊小怪打扰他们享受好时光。尽管如此，全然无视这场葬礼是根本不可能的。6月1日，也就是萨冈舞会的前一天，200万名悼念者涌入巴黎的街道，目送那位伟人的灵车从凯旋门（当天为悼念他而垂挂黑纱）沿着香榭丽舍大道，穿过塞纳河缓缓行至先贤祠。在那里，他将被安葬在同为文学巨匠的伏尔泰和卢梭的近旁。[22] 正如《纽约时报》所报道的，雨果的葬礼将作为"法国历史上最大的盛况之一"[23] 而被载入史册。上流社会的绅士们在宅邸和俱乐部的阳台上观看着送葬队伍，在看到他的灵柩时拒不脱帽，表达对死者的鄙视。整个场面深深地激怒了这些贵族，这只是他们无效的小抗议而已。天违人愿，那位大作家被正式封圣，这再次提醒他们，在志在必得的下层阶级面前，他们已然落败了。

　　"有生"阶层的相对低效性，是靠一种基于土地所有权的世袭财富的长久传统得以维系的，这培养了他们对雨果所代表的资产阶级检验标准的厌恶：自我提升和勤奋努力。世纪末的贵族还不能接受一个事实，即只有接受这些价值观，他们才有望真正接近对手的成就，更遑论超越对手。相反，用历史学家戴维·希格斯 ① 的话说，"他们发现自己还掌握着优雅行为的标准，那是他们社会权力的最后一座堡垒"。[24] 和他们凡尔赛宫的祖先一样，他们也用这些首先是象征性的观点来看待竞争，把他们屡受挫败的野心和一触即发的敌意升华为一场争夺社交威望的永无止境的

---

　　① 戴维·希格斯（David Higgs, 1939-2014），加拿大历史学家，多伦多大学历史系教授，著有《19世纪的法国贵族：不平等主义的实践》（*Nobles in 19th-Century France: The Practice of Inegalitarianism*，1987）等。

战斗。

　　然而没有了宫廷，贵族男女们就丧失了争夺这一奖项的正式角斗场，正如没有了国王，他们就再也无法向某一个确定的权威人物索要奖赏了。这样的困境源于法国 1870 年 9 月再度成为共和国。这是自法国大革命（1789—1799）以来，这个国家第三次试图在自由、平等和博爱的原则下确立新政体。援引同样的三大原则建立起来的第三共和国也消灭了贵族阶层这个合法实体，但还允许这个阶层的子弟继续使用他们的世袭头衔。

　　为抵御这样的蚕食，城区的上等人们汲取了先辈的智慧，调整了凡尔赛宫那种制度化的故作姿态，使之适应更为现代化的社

1885 年 6 月 1 日，维克多·雨果的葬礼：200 万民众涌入巴黎的街道，向这位最受法国人爱戴的作家致敬

会环境。他们展示奢华的新背景是巴黎本身，这座城市经过拿破仑三世手下那位富有远见的城市规划师乔治-欧仁·奥斯曼 ① 的改造，已经在第二帝国时期（1852—1870）令人惊叹地焕然一新了。[25] 奥斯曼为巴黎打造了巨大的公共空间，包括宽阔的街道、公园和表演大厅。在那些地方，巴黎上流社会成员们的知名度远远大于他们那些被关在距离市中心 12 英里的王室宫廷里的先辈。

在这一背景下，上层不间断的浮夸消遣让公众不仅深刻地意识到它仍然拥有十足的特权，也让他们看到它决心将平民拒之门外，以此来保留那一特权。法裔罗马尼亚小说家和社交行家玛尔特·比贝斯科亲王夫人在《平等》（Égalité，1935）中回忆：

> 贵族得意于尊贵的仪式感，它被他们带入生活的方方面面。那不是炫耀，而是奢侈，大方自然的庄严姿态。这是一座要塞和城防坚固的城堡，（外人）永远无法进入，也根本不该试图进入……经过了那么多革命，经过了法国大革命本身，这种诱人的魅惑氛围仍然存在；在巴黎市中心，它构成了一个远离市井平民的世界，就像高高在上的月亮之于地球，就像一个不受时间支配的外星世界。[26]

一个社会其他阶层无法接近的、曲高和寡的平行宇宙的存在，对被它排除在外的人来说是一个巨大的谜题，令他们恼火。世袭贵族蔑视那段所谓破坏了它自身的历史，大肆展现出身所赋予的特权力量。

---

① 乔治-欧仁·奥斯曼（Georges-Eugène Haussmann，1809-1891），法国城市规划师，因获拿破仑三世重用，因主持 1852 年至 1870 年的巴黎城市规划而闻名。当今巴黎的辐射状街道网络即其代表作。

然而，社交界既然把那种仪式感带到"巴黎城中央"，就要接受几位巧妙选择的外人，这群人被一位交际家称为"资产阶级顺势疗法的一剂良药"。经过过去那一个世纪的政治动乱，许多贵族家庭的财务境况已经与他们传统的尊贵身份极不相称，把他们残存的荣耀——城区的私家大宅和乡间的庄园——变成了无以为继的财务负担。为了避免亲自"经商"的羞辱，囊中羞涩的贵族们开始靠婚姻圈钱。[27] 这一策略被俗称为"为家徽重新镀金"（redorer son blason）或"为家族的土地施肥"（fumer ses terres），实施者基本上都是贵族男性，根据长子继承权的传统，除了与生俱来的特权，他们往往也要继承家族的财务压力。这也是出席野兽舞会的好几位最显赫的贵族成员采取的策略，包括女主人自己的丈夫，德·萨冈亲王博松－佩里戈尔（Boson de Talleyrand-périgord，1832—1910）。

萨冈夫妇的婚姻成为重新镀金现象的典型范例，也揭示了它的种种缺陷。53 岁的德·萨冈亲王的优雅服饰自是完美无瑕，他有一头与众不同的浓密白发，扣眼上别着一朵古朴雅致的白色康乃馨，过去 30 年来，他一直是巴黎无可争议的"时尚之王"[28]。萨冈以此荣誉为傲，喜欢戏仿路易十四的专制主义格言"朕即国家"，宣称"我就是社交界"[29]，没有哪一位自尊自爱的贵族梦想过在这一点上挑战他的地位。正如一位同代人所说，"德·萨冈亲王的单片眼镜就是照亮社交界的太阳"。和太阳王的政治权威一样，萨冈也拥有绝对的社交权威。

然而正如另一位同侪所说，亲王"素来就热爱两样东西，优雅和女人……两样都很昂贵"，与路易十四不同，如果没有可观的财务支持，他哪一样也玩不起。据同一位评论家所说，萨冈幼稚地认为"他应该拥有一位听话的魔法师，一位童话中的人物，能应需要把石头变成红宝石和珍珠"。[30]

这样的事情自然不会有，出于权宜考虑，亲王于1858年娶了富可敌国的银行家和军火商的女儿让娜·塞埃（1839—1905）。萨冈鄙视她的卑贱出身，既不爱他的新娘，也毫无尊重可言。然而既然屈尊给了她高贵的姓氏，他希望她的家族能以让他全权处理他们的财产作为回报。（正如他对她的父亲所说，"想要购买王冠的人当然要做好解囊的准备"[31]。）相反，亲王震惊地发现，他的妻子不愿意支付他昂贵的裁缝账单和赌债，还给他确定了一笔年金，根本无法满足其需要。她对自己最好的朋友德·加利费侯爵夫人乔治娜倒是十分慷慨，又是给钱，又是送昂贵的礼物，这更加深了萨冈对妻子的恨意。作为报复，他对朋友们蔑称她为"下等丫头"。

萨冈对已故的岳父阿希尔·塞埃（Achille Seillière）也一样鄙夷不屑。塞埃曾在普法战争（1870—1871）中给法国士兵配备纸鞋底的靴子，敛集了巨额财富，事情曝光后，他于1873年自杀了。[32]该丑闻一经曝光，亲王立即愤怒地搬出了"用不义之财购买的"萨冈府邸，搬到他位于皇家路（rue Royale）俱乐部楼上的一间简陋的两室套房里（还把他最值钱的古董都寄放在一位朋友家里，以防妻子或债主拿走）。萨冈彻底疏远了伴侣，甚至拒绝在她举办的聚会上与她并肩接待宾客，而是让她臭名昭著的疯子弟弟雷蒙·塞埃（Raymond Seillière）代替他站在接待席上。（塞埃对自己和姐姐的出身戒心十足，总喜欢狂暴地宣称他们"是朱庇特和朱诺、孔子、所罗门王、穆罕默德的直系后裔"！[33]）亲王通常会拒绝出现在妻子的聚会上，不过今晚他倒是不再抵制，为的是能跟格雷弗耶夫人来一出送暖偷寒。

至于亲王夫人，她硬着头皮面对这一切，希望以比谁都慷慨铺张的方式来娱乐城中显贵，她付出那么昂贵的代价买来头衔，当然要苦心维系来之不易的地位。虽然包括她丈夫在内的一小撮贵族或许会嘲笑她那股子暴发户的粗俗气，但社交界的其他人似乎很欣赏她投入不可估量的巨额财富来取悦他们。既然他们为贵族们富丽堂皇的消遣倾向提供了资金，像萨冈夫人这样有钱的暴发户自然在城区拥有重要的一席之地。城区的人们哪怕不情不愿，也须忍受这样的事实。

除此之外，对那些有着出色的个人魅力和才情的外人，上层也表示欢迎，用一位作家后来的说法，这些人会大大增加聚会的"智慧系数"[34]。像德·萨冈亲王那样的庄严贵族无疑是任何名副其实的社交界聚会的一分子，但就连他的崇拜者们也承认，他这人"资质平庸、非常肤浅、非常无知"[35]，以至于如果谈论的中心话题不是打猎、骑马、穿衣和俱乐部，他就完全插不上话。更糟的是，他还会脱口说出一些他自以为富有诗意的不当推论，试图掩饰自己的尴尬。有一次，他把夜晚的星空比作"长了一脸天花的黑鬼"[36]。这类严重错误让他的对话者哑口无言，迫使女主人们吸取教训，不能指望他来做谈笑间的鸿儒。

社交界的女前辈们对等级森严的巴黎社交界的巅峰人物，也就是王室的陛下和殿下们也得出了类似的结论，也同样有理有据。除瑞士外，法国是世纪末欧洲唯一的非君主制政权，自1870年第三共和国建立以来，欧洲各君主制大国迟迟不愿与它建立外交关系。[37]而如此对它爱答不理却并没有减弱外国君主们来巴黎享乐的热情（通常认为，欧洲其他各国的首都加起来，也没有巴黎那样的醉人盛景）。当这些显赫的男女来到巴黎时，上层以近乎宗教的敬慕欢迎他们，举办最奢华的宴会向他们致敬。但与其说仰慕那些王室宾客，不如说敬畏他们的地位，因为出身王宫，他们所背负的压力往往会限制他们个性的发展。欧洲统治王朝的子弟生来便受训要在对他们肃然起敬的民众面前摆出高贵姿态，但他们往往更擅于伪装，而非真正地施展魅力。这方面最好的例子是样貌倾城但头脑愚钝的亚历山德拉亲王夫人[①]（亚丽克丝），论身份尊贵，她和丈夫威尔士亲王阿尔伯特·爱德华[②]（伯蒂）在社交圈的聚会宾客名单中高居榜首。一位法国外交官曾写信给亚丽克丝的父亲、丹麦国王克里斯蒂安九世[③]，描述了她和兄弟姐妹们装聪明的特殊技能：

> 为了给公众留下他们正在热烈交谈的印象，王子和公主们养成了从 1 数到 100，再从头开始数数的习惯。"1，2，3，4，5，6"，罗亚尔王子说。
>
> "7，8，9，10，11"，罗亚尔公主答道。
>
> "12，13，14"，英厄堡公主一脸坚定地插嘴。
>
> "15，16，17，18，19，20，21，22"，赛拉公主答道，她可是个话匣子。
>
> 公众会高兴地想，"王子和公主们度过了多么愉快的一

[①] 亚历山德拉亲王夫人（Princess Alexandra），即丹麦的亚历山德拉（Alexandra of Denmark，1844-1925），婚前是丹麦的公主，丹麦国王克里斯蒂安九世的长女，16 岁时嫁给威尔士亲王阿尔伯特·爱德华，成为威尔士亲王夫人。1901 年，随着威尔士亲王登基她也成为英国王后和印度皇后。

[②] 阿尔伯特·爱德华（Albert Edward，1841-1910），维多利亚女王和阿尔伯特亲王的第二个孩子及长子，出生当年即被封为威尔士亲王。他在 60 岁时登基成为英国国王和印度皇帝，称爱德华七世。

[③] 克里斯蒂安九世（King Christian IX，1818-1906），丹麦国王（1863—1906年在位）。格吕克斯堡公爵腓特烈·威廉第四子。1863 年，丹麦国王弗雷德里克七世无嗣而崩。克里斯蒂安王子受议会拥立，入继丹麦王位，成为丹麦国王克里斯蒂安九世，开始了丹麦的格吕克斯堡王朝。

晚啊"！

这样的伎俩暴露了王室里连正常的聊天都没有，这对整个社交圈的交谈打趣更是泼了一盆冷水。

于是，希望自己的聚会优雅与趣味并存的女主人们只好到社交界以外寻找元气十足的人来弥补这些笨蛋。正如拿破仑三世统治时期，国王的堂妹、著名的沙龙女主人玛蒂尔德·波拿巴公主 ①（1820—1904）解释她为何向著名小说家大仲马发出友好邀请时所说，

> 我不会因为他出身高贵而邀请他，他只是个有一半黑人血统的私生子；我不会因为他位高权重而邀请他，他什么都不是。那么就是他的才智，只是因为他的才智，让我选中了他。我希望他那……永远澎湃的激情让我的招待会充满生气。38

她毫不掩饰对一位艺术家高高在上的态度，但在整个第二帝国时期，艺术家们还是对玛蒂尔德公主的沙龙趋之若鹜，她因此而被昵称为"艺术圣母"39。

尽管如此，公主的"艺术"小圈子仍然是城区的反常现象，社交界往往认为搞艺术创作的人是一群迷人但声名狼藉的异类。他们更频繁也公认为更安全的选择是夏尔·阿斯，这位52岁的交际家和蔼可亲又风趣幽默，威尔士亲王和德·萨冈亲王都把他

---

① 玛蒂尔德·波拿巴公主（Princesse Mathilde Bonaparte），拿破仑的幼弟、法国元帅及威斯特法伦王国国王热罗姆·波拿巴与续弦的妻子、符腾堡王国的国王腓特烈一世之女符腾堡的卡塔里娜的女儿。

纳入了自己最亲密的朋友圈。阿斯的父亲出生在德国，曾做过罗斯柴尔德家族的证券经纪人，过去四分之一个世纪，他从资产阶级的犹太人背景脱颖而出，成为深受上层喜爱的一员，到处都能见到他的身影。风趣的揶揄是他的招牌，例如当素有多嘴饶舌之名的德·波尔塔莱伯爵夫人梅拉妮① 邀请他陪她去听歌剧时，他回嘴道："我很荣幸——我还没在《浮士德》里听到过您的声音呢！"[40]

阿斯不但用他那不失亲切的刻薄天赋揶揄他人，也常常用它来自嘲。[41] 常开玩笑说他那些王室和贵族同伴们喜欢他的唯一原因就是，他是他们遇到过的唯一一位穷鬼以色列人（社交圈对犹太人的称呼）[42]。"穷鬼"用在阿斯的身上只是个相对的说法。他虽然算不上暴富，却也从父亲那里继承了足够的遗产，维持他自己选择的有闲阶层的生活方式不成问题。然而他的自我贬低却让"有生"阶层的成员安心，虽然他们名义上收留了他，但阿斯总算没有丧失一个他那种出身的人在他们跟前应有的谦和。

在他社交生涯的早期，阿斯曾经连续四年申请加入骑师俱乐部，表现出了同样令人愉快的克己态度：他创下了该俱乐部历史上被拒次数最多的纪录。在他第五次尝试申请时，骑师俱乐部的头目们为了奖励他的谦卑，最终把他收编。即便考虑到他此前经历的一切难堪，他们的决定仍然是第一等的社交奇迹，因为俱乐部明确表示过，入会要看血统和头衔。根据社交界一个众所周知

---

① 德·波尔塔莱伯爵夫人梅拉妮（Mélanie, Comtesse de Pourtalès），即梅拉妮·德·波尔塔莱（Mélanie de Pourtalès，1836-1914），法国宫廷女侍官，沙龙女主人。她是阿斯弗雷德·勒努阿尔·德·比西埃男爵之女，1857年嫁给银行家埃德蒙·德·波尔塔莱伯爵。她的沙龙被认为是法兰西第二帝国期间最负盛名的沙龙之一，而她也被认为是巴黎上流社会和帝国宫廷生活中的领袖人物。

的传闻，脾气暴躁的德·杜多维尔公爵 ① 担任俱乐部主席期间，曾否决了"无生"阶级小说家保罗·布尔热 ② 的入会请求，宣称"我认为整个巴黎终归得有那么一个地方是不计个人成就的"。[43] 阿斯所能凭借的也只有个人成就，但他还是设法入选了。

考虑到俱乐部严格禁止接受犹太人，阿斯入选骑师俱乐部更是奇事一桩。除阿斯之外，俱乐部只对三位法裔罗斯柴尔德男爵打破过这一禁令，他们巨大的财富和工业帝国让他们成为当时世界上最富有的人。和德·萨冈夫人一样，阿方斯、居斯塔夫和埃德蒙·德·罗斯柴尔德三位男爵能够有条件地进入社交界，得益于他们挥金如土的慷慨大度。和德·萨冈府邸一样，他们的宅邸也因富丽堂皇而位居能够接待王室宾客的少数巴黎私人宅邸之列。许多贵族私下里不满罗斯柴尔德家族的惊人财富，包括德·萨冈亲王在内的少数人甚至公开鄙视他们。（一个著名的例子是，在巴黎歌剧院举办的一次社交界筹款聚会上，萨冈安排罗斯柴尔德家族的人全都坐在立柱后面，他们什么也看不到，别人也看不到他们。[44]）这种对罗斯柴尔德家族发自内心的厌恶解释了巴黎贵族们为什么会尖刻地"忘记了"他们的骑师俱乐部会员身份，称阿斯是"骑师中唯一的以色列人"和"骑师俱乐部的犹太人"。[45]

一如他的社交才能，阿斯对自己的品位和艺术鉴赏力也不事张扬。他在第二帝国期间担任过拿破仑三世的名胜古迹鉴定人，后来又担任艺术画作鉴定人。[46] 天生慧眼再加上他凭借这些职位

---

① 德·杜多维尔公爵（Duc de Doudeauville），即索斯特内二世·马里·夏尔·加布里埃尔·德·拉罗什富科（Sosthène Ⅱ Marie Charles Gabriel de La Rochefoucauld，1825-1908），法兰西第三共和国时期的政治家，1887年继承其兄的杜多维尔公爵头衔。

② 保罗·布尔热（Paul Bourget，1852-1935），法国小说家和评论家，著有《门徒》（Le Disciple，1889）等，曾五次获得诺贝尔文学奖提名。

获得的社会关系和专业技能，阿斯成为巴黎首屈一指的鉴赏家。第二帝国衰落后，阿斯失业了，不得不靠给社交界朋友们提供关于艺术品收藏的建议来获得满足。这一业余爱好或许无法让他才尽其用，但在上层社会，这可是一项极有价值的服务。巴黎贵族们虽然非常精通那些无关紧要的优雅艺术，在画作方面可并非总是那么博学多闻。而因为艺术品是地位的必要象征，他们又希望了解自己购买、继承或出售的东西。但他们常常又羞于承认自己的无知，每到这时，阿斯那种无害而谦和的咨询风格就让他们备感放松。阿斯总是巧妙地让他们相信，他的建议正是他们一直以来心中所想，就连社交界最自信的审美家也很受用。正如格雷弗耶夫人所写的那样，"我喜欢和阿斯一起参加巴黎沙龙"——一

詹姆斯·蒂索（James Tissot），法国优雅交际家的画像《皇家路上的小圈子》（*Cercle de la rue Royale*，1868）。夏尔·阿斯，普鲁斯特未来作品中夏尔·斯万的原型，就站在最右边

年一度的法国学院派艺术展——"他能帮我厘清自己的观点"。[47]

　　从不缺席任何欢乐聚会的阿斯也参加了野兽舞会，一如往常，那天他最大的问题是抽空对每个跟他高声聊天的人说上一两句俏皮话。他选择了什么装束不得而知，但他大概加入了一群扮成复活节白尾兔的交际家行列，一位新闻记者提到了他们，只是没有一一辨认兔子们的身份。（阿斯选择这样的装扮也显示了他特有的机智幽默，他的姓"Haas"很像"Hase"，也就是德语的"兔子"。）骑师俱乐部的犹太人不停地开着玩笑，恭维这个，闲聊那个，像素日一样靠自己的机智获取他人的好感。如此一来，他也为当晚在场的另一位年轻的以色列人树立了榜样——他的朋友，36 岁的热纳维耶芙（贝贝）·阿莱维·比才［Geneviève（Bébé）Halévy Bizet］。她打扮成一只漂亮时髦的青蛙，和罗斯柴尔德家族的夫人们（上文提到的银行家男爵们的妻子）装扮的鹅群待在一起。比才夫人能受邀参加舞会，也是因为她无法抵挡个人魅力，在这一点上她很像阿斯。但他那种谈笑风生的自谦风格倒不怎么适合她。她在自己的世界已然是一颗闪亮的明星了，并把那种自信带入了城区。谁也不会觉得贝贝是等闲之辈。

　　奇怪的是，比才夫人的自信与她那些社交界新相识们的自信相得益彰，这是因为她也是基于出身而自信。她算是犹太人群体中的贵族，因为她已故的母亲娘家姓格拉迪斯（Gradis），是古老而极为富有的塞法迪犹太人[①]的一支。格拉迪斯一族最早来自巴勒斯坦，于公元 2 世纪迁居葡萄牙，在那里，族中的一位女性

[①]　塞法迪犹太人（Sephardic Jews），15 世纪被驱逐祖籍伊比利亚半岛，遵守西班牙裔犹太人生活习惯的犹太人，是犹太教正统派的一支，占犹太人总数约 20%。由于长期生活在伊比利亚半岛上，生活习惯与其他分支颇为不同，他们说拉迪诺语。"塞法迪"一词意为"西班牙的"，是犹太人称呼伊比利亚半岛的名字。

嫁入了布拉甘萨王朝①的公爵府。15世纪末犹太人被逐出伊比利亚半岛之后，格拉迪斯又迁居波尔多，在那里重新起家成为航运业大亨。到18世纪末，他们已经全面控制了法国与其加勒比殖民地之间利润丰厚的贸易路线，以至于法王路易十六主动提出给他们加封贵族。但他们的无上光荣——他们高贵身份的最佳证明——就在于他们拒绝了国王的好意，因为要接受那样的提议，他们就必须以《圣约·新约》的名义起誓②。在这方面，格拉迪斯与罗斯柴尔德家族形成了鲜明对比，后者在一个世代之后便欣然接受了奥地利皇帝弗朗茨一世为他们加封的贵族头衔，皇帝以此举换取他们资助他和盟友们在拿破仑战争（1803—1815）中对法开战。

祖辈们对获封爵位不感兴趣让比才夫人感到高兴，不是因为她对罗斯柴尔德家族心怀敌意——她宣称他们是她最亲密的朋友；也不是因为她承诺忠于犹太教，她在这方面没有什么承诺可言。（有一次，当有人问她是否考虑皈依天主教时，她避重就轻地说："我没有多少宗教可改。"48）格拉迪斯拒绝封爵只是符合了比才夫人从她的父系长辈们那里继承的一个信念，即真正的荣耀不是王室赠予的礼物，而是靠天赋赢得的奖杯。

她已故的父亲就是这一原则的最佳典范。阿什肯纳兹③德国移民的儿子弗洛蒙塔尔·阿莱维（1799—1862）是一位音

---

① 布拉甘萨王朝（Braganza），1640年葡萄牙脱离西班牙获得独立后，第八代布拉甘萨公爵约翰四世继承葡萄牙王位而成立的王朝，该王朝统治葡萄牙直至1910年，是统治葡萄牙王国最后的王朝。

② 犹太教的圣经在基督教中称为《圣经·旧约》，这是犹太教和基督教共同承认的经书。

③ 阿什肯纳兹犹太人（Ashkenazi），源于中世纪德国莱茵兰一带的犹太人后裔。其中很多人从10世纪至19世纪期间向东欧迁移。从中世纪到20世纪中叶，他们普遍采用意第绪语或斯拉夫语言作为通用语。其文化和宗教习俗受到周边其他国家的影响。

乐奇才和作曲家，他的代表作《犹太女》（*La Juive*，1835）一度成为全欧洲上演次数最多的歌剧。[49] 随着他在国际上声名鹊起，阿莱维的同胞也给予了他无上的荣誉和盛赞。他去世时，成千上万的哀悼者涌入街道，目送他的灵车从左岸的法兰西学会（Institut de France）徐徐驶向右岸最北端的蒙马特尔公墓，而全城的剧院和音乐厅也关闭灯光，向他致敬。[50] 虽然送葬队伍的规模比不上最近的雨果，但公众集体悼念阿莱维之死也同样确定无疑地让他获得了国宝的神圣地位。

在她自己这一代人里，比才夫人的堂兄卢多维克·阿莱维（Ludovic Halévy，1834-1908），即弗洛蒙塔尔·阿莱维的弟弟莱昂·阿莱维的儿子，也同样声名远扬，他是一位小说家和轻歌剧的剧本作者，还是滑稽不恭的大道派① 编剧。卢多维克长期与亨利·梅亚克② 合作，两人共同开创了一种俏皮浮夸的喜剧类型，被公认为体现了现代巴黎精神的精华，俗称为"梅亚克-阿莱维式才思"。1884年12月，卢多维克获得了法国文人的最高荣誉：入选法兰西学术院（Académie Française），这个有着250年历史、由40位成员组成的学术机构负责保护和提升法兰西语言的瑰宝。（直至今日，法兰西学术院仍然是法国官方文化等级制度中的最高梯级；它的成员被称为"不朽者"，这个称号毫无讥讽之意。）被选为新的"不朽者"一贯被视为巴黎城中的

---

① 大道派戏剧（Boulevard theater）是起源于巴黎旧城街道的一种戏剧美学。从18世纪下半叶开始，通俗戏剧和资产阶级戏剧开始在巴黎的圣殿大道（boulevard du Temple）上演，由于其中有许多通俗剧和谋杀故事，当时圣殿大道又被称为"犯罪大道"（boulevard du Crime）。

② 亨利·梅亚克（Henri Meilhac，1830-1897），法国剧作家、歌剧歌词作者。以其与卢多维克·阿莱维在比才的《卡门》、雅克·奥芬巴赫的多部作品，以及儒勒·马斯内的《玛农》等剧目上的合作而闻名。

重大事件，但卢多维克入选尤其事关重大：他是有史以来第一位获此殊荣的犹太人。[51]

卢多维克还曾与梅亚克一起为比才夫人已故的丈夫乔治的作品《卡门》（1875）创作了歌词。比才在该剧首演后数月便英年早逝，但这部歌剧在他死后继续在世界各地大获成功，让他与已故的岳父一样垂世不朽。到野兽舞会举办之时，比才和阿莱维这两个姓氏已经成为法国音乐天才的同义词了。

正如一位新闻记者所说，这两个"光荣的名字，（为比才夫人）罩上了无与伦比的耀目光环"。[52] 她也没有辜负自己的神秘光环，身边总是围绕着巴黎顶尖的艺术人才，他们成群出现在她每周在蒙马特尔举办的沙龙中。她的信徒来自各个领域，从埃德加·德加到居伊·德·莫泊桑，前者将他无出其右的眼光和精湛技艺瞄准乌烟瘴气的舞蹈家、苦艾酒鬼和妓女的世界，后者沉迷于性爱、毒品和麻烦，贪婪的程度怕只有他惊世的文学才华能够匹敌。比才夫人能吸引这样一群精彩绝伦、成就斐然的追随者，本身就激发了社交界对她的好奇心，特别是在第二帝国崩溃、玛蒂尔德公主星光黯淡之后。其他贵族女主人们也会开门欢迎一两个附庸风雅的宾客——尤其是涉猎纯文学的贵族，但比才夫人交往的可都是天之骄子，而且与"艺术圣母"不同，她娘家和夫家的姓氏都让她当之无愧地成为他们中间的一员。

更妙的是，那些光顾比才夫人的沙龙的才子们盛赞她就是"梅亚克－阿莱维式才思"的化身。这样的名声表明，她那粗鲁的、反讽的诙谐气质会让人想起她的堂兄卢多维克创作的深受青睐的喜剧，当然在社交界听来，还有些夏尔·阿斯的简练机妙的调子。因此，她的幽默感让她在上层的受欢迎程度加倍，使她的名字出现在许多贵客名单中。[53]

然而贵族的雅量是有限的。要进入他们优雅尊贵的小圈子，像比才夫人和夏尔·阿斯这样的平民不仅要给众人取乐，还要大度地忍受社交界礼仪中配备的蓄意羞辱。比方说，在萨冈舞会这样的正式场合，资产阶级宾客每从一个会客厅走向另一个会客厅，就不得不接受自己地位低人一等的事实。在贵族府邸，总有高高的双扇门（portes à deux battants）把这些会客厅隔开，每每来到这样的双扇门前，礼仪要求"无生"阶层的人必须停下来，让有爵位之人从右侧走到他们前面。这一做法名为"让风头"[54]，英文是"giving the hand"（法语是"donner la main"），hand 的用法同"占上风"（"upper hand"），这一礼仪在路易十四的宫廷中日臻完善，目的是在王室和贵族之间实施严格的等级制度。虽然内在机制相当微妙，但它的意义一目了然，是"无生"阶层必须接受的从属姿势。绅士们固然时兴众所周知的"女士优先"，哪怕是对资产阶级女性，但他们的女性同类可不需要这么做。在这样一个象征意义上，贝贝有可能而且的确被视为等闲之辈。

同样的偏见也出现在晚宴的座次安排中，德·萨冈夫人召集包括阿斯在内的仅仅 40 位优待宾客在当晚典礼之前参加的晚宴就是如此。在受邀的所有其他宾客翩翩而来之前两个小时，亲王夫人招待她那个亲密的小圈子享受了孔代亲王鳟鱼、法式慕斯鹅肝和维也纳会议利口酒。就算身着动物服装，上层也遵守着严格的等级阶序：爵位越高，座位离主座越近；地位越低，座位就越靠近桌脚或下席（英语称之为"盐罐的下首"）。当聚会中有中产阶级庶民在场时，这样的羞辱一定会针对他们，不管他们在整个社会中的地位有多高。一位社交新手曾经询问萨冈亲王的侄子，即被公认为其"时尚王国"理所当然的继承人的博尼费斯（博尼）·德·卡斯特兰伯爵①，假设有两位晚宴宾客，一位是八旬老人维克多·雨果，另一位是个少年公爵，他会把谁安排在上座。卡斯特兰斩钉截铁地回答说："当然是公爵。这根本就不是个问题。"55

　　就算所有的宾客都是贵族，座位的安排也能反映出基于爵位和家室的复杂算计，最终的排座有时会引起不快。德·萨冈夫人的舞会前宴会上还有一位客人，就是傲慢的艾默里·德·拉罗什富科（Aimery de La Rochefoucauld）伯爵，此人有一次看到自己被安排在下席（这全拜他那位中产阶级母亲所赐，每当不得不勉强承认有这样一位母亲时，他都会耸耸肩，说自己跟她"不常走动"56），于是恼羞成怒，高声质问女主人："请赐教，亲王夫人，我们这些坐在下面的人吃到的菜品和你们坐在上面的人是一样的吗？"57伯爵的暴怒违反了一个更微妙的处世法则，那就是面对任何煎熬和痛苦都要保持风度。同桌之人对他的失态幸灾乐祸，给他取了一个他再也甩不掉的绰号："座次"·德·拉罗什富科。

　　要在每一次交际中如此紧张焦虑地确认身份地位，社交界也不外乎是丛林，在这样一个达尔文世界，居民们淹没在没完没了的社会生存竞争中，耗尽体力。在野兽舞会上，这些不仅体现在动物装扮上，或门厅或座次安排的礼节规矩上，或模仿猎鹿赛局（该赛局也颇合规矩，一位平民扮演鹿，贵族们扮演猎犬）上，或许也最为明显地体现在被德·萨冈夫人安排为当晚压轴戏的特别表演中。当府邸各处敲响午夜钟声之时，她招呼宾客们进入舞

---

① 博尼费斯（博尼）·德·卡斯特兰伯爵［Boniface（Boni）de Castellane，1867-1932］，法国贵族、政治家。他是"美好时代"首屈一指的时髦风尚带头人，也是美国铁路大亨的女继承人安娜·古尔德的首任丈夫。

厅，那里太过空旷，她不得不请了两个互不相干的乐队同时演奏，各占舞池的一端。

一阵鼓声过后，亲王夫人收起她的孔雀尾巴，走上舞厅中央的舞台，拉开大幕，幕布后面出现了一个巨大的金色蜂箱。随着两个乐队奏响旋律，11对"蜜蜂"男和"黄蜂"女涌出蜂箱，跳起了夸张的交欢舞。这段舞曲由俄裔法国编舞师约瑟夫·吕西安·珀蒂帕［Joseph Lucien Petipa，他与著名的《睡美人》的编舞莫里斯·珀蒂帕（Marius Petipa）是兄弟］专为这次舞会编排，是根据比才夫人已故父亲的歌剧《流浪的犹太人》（Le Juif-Errant，1852）中一个著名的舞蹈片段改编的。[58] 那场歌剧

Épisode du bal costumé donné par S. M. l'Impératrice (ballet des abeilles, l'arrivée des ruches).

1863 年在拿破仑的宫廷中表演的蜜蜂芭蕾舞，22 年后在萨冈舞会上复活了

轰动的首演后不久，"蜜蜂芭蕾舞"就在拿破仑三世的宫廷中作为宫廷舞剧重演，备受关注；拿破仑三世希望通过复兴旧制度中凡尔赛宫的盛典来使自己（通过政变攫取）的政权合法化。如今在自称酷似玛丽·安托瓦内特的女主人的安排下，同样的场面再度重演，而重演所在的场景也配得上太阳王本人。

在德·萨冈夫人委托编排的舞剧中，跳舞的蜜蜂全都从贵族的最高阶层中选出，姓氏都是德·卡斯特、加利费、拉罗什富科。他们身穿金色条纹的锦缎短袍，头戴小小的金头盔，装饰着金银细丝的触须。在这些装束下，他们的身份很容易辨认。[59] 舞伴们跳着加伏特舞绕金色蜂箱旋转时，蜂群聚集、分散，又重新聚集在弗朗索瓦·德·贡托－比龙伯爵夫人（Comtesse François de Gontaut-Biron，她是和德·舍维涅夫人调情的那位长颈鹿屁股的女亲戚）的周围。在一场刻意安排的顺从表演中，其他扮演黄蜂的女芭蕾演员拥戴德·贡托－比龙夫人为蜂后，而她称德·博蒙伯爵（Comte de Beaumont）为她的王。然后，这一对开始跳起了胜利的双人舞，其他人则一对一对悄无声息地滑回了蜂箱。到音乐结束时，只有"王室"夫妇还留在舞台上，凭借自己至高无上的地位征服了这片领地。这段舞蹈表达的意思很清楚：即便在第三共和国时期的法国，有些动物也要比其他动物更加平等一些。

果真如此吗？按照另一位"无生"阶层的晚会宾客、左倾作家朱丽叶·亚当①的说法，蜜蜂芭蕾舞成为当晚庆典的一个转折点，

---

① 朱丽叶·亚当（Juliette Adam，1836-1936），法国作家、女性主义者。1870年代，莱昂·甘必大和反对保王党的其他共和派领袖经常参加她举办的沙龙。出于同样的兴趣，她在1879年创办了《新评论》（Nouvelle Revue），出版了保罗·布尔热、皮埃尔·洛蒂、居伊·德·莫泊桑，以及奥克塔夫·米尔博等人的著作。她还参加了让娜·施马尔在1893年创办的先驱联盟，呼吁女性有权为公共和私人行为作证。

而且不是什么好的转折点。在以"保罗·瓦西里伯爵"为笔名发表的报道中，亚当写道，人们为蜜蜂们鼓掌的掌声刚刚落下，一种明显的不适感便"弥漫在整个人群中，疑虑像火药味一样散布（在我们中间）"。[60] 这场表演之前，宾客们"以最为欢愉的语词"向彼此致意，此刻却纷纷厌恶地看着彼此。他们不再赞美朋友的戏服，开始了苛责的批评。谈话变成了抱怨、咆哮和低俗的动物双关语（"嘿，你这只丑小鸭！""你不也一样么，老山羊！"①）。

虽然晚会节目单——模仿小报的样式，取名为《鸭鸣报》（Le Canard，法语"鸭子"用在报纸上的意思就是"小报"）——承诺清晨四时三十分还会有一顿冷餐，但留下来参加冷餐会的人寥寥无几。"午夜刚过不久，"亚当写道，"我们大多数人已经准备早退了，我们也确实早退了，走时还带着对彼此和对自己的一种说不清道不明的不满。"年轻的名媛德·布勒特伊侯爵夫人（Marquise de Breteuil）觉得规定的动物装束可能"很不方便，而且样子多半极蠢"[61] 而决定不参加当晚的舞会，后来深为自己的决定感到得意，因为朋友们纷纷传说"舞会不怎么愉快……很严肃，一点儿都没意思"。

由此说来，野兽舞会并未大获成功，反而掀起了小小波澜。导致狂欢者们不满的是什么？珀蒂帕以王室为原型的芭蕾舞为何未能让现场的气氛更加欢快？舞会的评论者们无一给出解释。然而除了"聚会疲劳"（社交界本季的聚会从复活节刚过就开始了，这样漫长的社交马拉松着实让人疲惫不堪，萨冈舞会是本季的压轴大戏）这样笼统的猜想之外，还有几个可能的解释。其一，蜜蜂芭蕾舞大概让数位来宾觉得等级体系不够严谨：在

---

① 丑小鸭（odd duck）有格格不入之意，而老山羊（old goat）有老色鬼的意思。

场的每个人都非常清楚，弗朗索瓦·德·贡托－比龙伯爵夫人绝不是跳舞的"黄蜂"中头衔最高的——德·格拉蒙公爵夫人（Duchesse de Gramont）才是。因此，德·贡托－比龙夫人被尊为蜂后非但没有肯定，反而违背了贵族的等级次序。

另一方面，虽然德·格拉蒙公爵夫人的丈夫来自"血统纯正"（pure souche）的法国天主教王朝，其历史可以追溯到中世纪，但她本人却是犹太人出身——的确，她来自罗斯柴尔德家族，是最有效地为格拉蒙的家徽重新镀金的姓氏，但依然是犹太人。近年来，对某些贵族来说，犹太人身份有着令人不快的含义，让人想起都市化、世界性的资本主义经济，在该经济体制下，信仰不同宗教的暴发户在争夺钱财的竞争中全面击败了乡绅阶层。此外，法国的反犹分子把犹太人和一种外国血统，具体而言是日耳曼血统联系起来。法国最近在普法战争中的惨败已经把这种概念变成了仇外的集结号，城区内外都是如此。更何况德·格拉蒙夫来自罗斯柴尔德家族的法兰克福支系，说法语还带着些德语口音。有些宾客大概不会觉得她被群舞演员加冕封后是她应得的荣誉，而会认为她名不副实。

另一个可能的解释是，这场表演之所以让在场者感到不安，是因为它对头衔和等级的混淆暴露了社交界阶级划分本身的不稳定性。无论上层的男男女女如何坚决地捍卫他们象征性的高贵传统，他们都生活在一个共和国，而且是现代资本主义发展的核心地带之一。与贵族的祖传地产所在的虔诚信仰天主教的外省农业采邑全然不同，法国的资本正在迅速打破这个国家的经济平衡，日渐偏离乡绅农业而倾向于国际商业、工业和金融。因此，即便是只有部分时间住在巴黎的贵族们，也感到自己像布封专题研究中的某些物种一样，被迫适应陌生环境中的种种压力。于是，面对资产阶级"乌合之众"的排山倒海之势，他们不得不做出令他们的祖辈痛心疾首的让步：大到德·萨冈亲王和德·格拉蒙公爵为了金钱利益而门不当户不对的婚姻，小到像阿斯和比才夫人这等资产阶级不速之客也受邀参加舞会。

虽然只是权宜之计，但这些外来者侵入社交界有一个尤其不受欢迎的副作用：他们有时候会获得一些特权，这些特权即便那些声称比他们高贵的人也未必会得到。阿斯入选骑师俱乐部就是这一现象的最好例证，就连"有生"的候选人也频繁地被该俱乐部拒之门外，他受邀参加德·萨冈夫人舞会前的 40 人晚餐也是一例。这类意外的成功不仅证明了阿斯在社交场上的巨大魅力，也表明上流社会与外面那个更大的世界之间的边界是极不稳定的。

如此看来，蜜蜂芭蕾舞不单是社会等级制度遭到破坏的一桩孤例，还证明了一种远为普遍和致命的社会现象：上层的解体。正如关于萨冈舞会的媒体评论在其后几周乃至数月所证实的，在法国，对此趋势不满的可不止巴黎的贵族这一群人。

舞会嘉宾的抱怨并没有出现在社交界新闻中，也就是把城区的新闻报道给巴黎大众的那一大批蒸蒸日上的巴黎日报、周报和月报。这些出版物对野兽舞会的报道充满情怀，也有着明显的偏见。亲王夫人再次展示出不少保守贵族认为过分包容的社交本能，邀请了几位社交新闻记者参加聚会。为答谢她的好意，他们纷纷在自己的专栏中不吝笔墨，对这场聚会大加赞扬。① 《高卢

---

① 通常，社交界新闻是通过以下两种不体面的方式获得关于各类社交事件的细节的：（一）他们乔装打扮后偷偷潜入聚会；（二）他们付钱贿赂用人、服务提供商（马车夫、女装裁缝、花匠）和／或赌债缠身的贵族宾客。十年后，普鲁斯特本人也将动用第二种策略，贿赂格雷弗耶夫人的仆人，获知关于她在巴黎的府邸中的一切。——作者注

人报》（*Le Gaulois*）的一位记者用了六段文字赞美蜜蜂芭蕾舞这个"非凡"的节目，也用同样冗长的文字记述了当晚的服装、餐饮、音乐和装饰多么令人着迷。《费加罗报》（*Le Figaro*）的八卦专栏记者"星火"［Étincelle，勤奋进取的德·佩罗妮子爵夫人（*Vicomtesse de Peyronny*）的笔名］[62] 也不甘示弱，将德·萨冈夫人的社交娱乐天赋与她的假想孪生姐妹玛丽·安托瓦内特相提并论。"星火"还说，就连午夜过后宾客们开始互称的那些虚弱无力的动物双关，事实上也是一种"如此奇幻的野兽交际方式"。

亲王夫人或许会觉得这类褒扬之声让她的花费物有所值，至少它们赞美她是长袖善舞的典范。但这些报道见诸法国外省时，便引发了一种强烈的抵制，那里的人们对颓废、挥霍且有可能来自"外国"的都市人的敌意日渐加深。政治派别的两端——拥护共和制的世俗左派和拥护君主制的天主教右派——都有报纸谴责城区放任地堕落为浮夸和妄自菲薄。"继续吧，"自由派报纸《卢瓦尔河与上卢瓦尔河共和报》（*Républicain de la Loire et de la Haute Loire*）的一位记者提到萨冈的动物展览时说："继续欢腾、呼哨、喵喵叫吧，继续沉迷在你们自己的达尔文世界里，你们终有一天会后悔的，到那时一切都太迟了！"这些文字的背后隐隐透着一种威胁：另一场反对贵族的灾难性起义一触即发。言外之意是，正如贵族们在 1789 年未曾预料到它的爆发那般，如今他们显然也没有注意到它的潜伏。[63]

天主教大报《朝圣者报》（*Le Pèlerin*）的一位专栏记者也表达了类似的反感。他假定自己的读者熟悉《但以理书》①，把社

---

① 《但以理书》（Book of Daniel），《圣经·旧约》中的大先知书之一。历来犹太教与基督教会都同意但以理（Daniel）是该书的作者，该书是公元前 6 世纪的作品，也有学者认为该书部分或全部是公元前 2 世纪写作的。

交界比作巴比伦王尼布甲尼撒二世①，后者因骄傲而受到上帝的惩罚，被迫以动物之身活了七年（他的头发"长得像老鹰的羽毛，指甲像禽鸟的爪子"[64]）：

> 在如今这样一个亵渎神灵的时代，这场兽化（甚至不能单单称之为化装）舞会破坏了那些本来应该为社会其他阶层做出表率之人的公信力。不知这能否给他们以教训，就像尼布甲尼撒二世在他的"舞会"之后用了整整七年时间学到的教训那样——提醒他们不管在哪里，哪怕是自己的沙龙，也不能如此藐视上帝，让基督教世界蒙羞。[65]

另一份保守出版物《宇宙报》（*L'Univers*）的一位记者未必这么想，他的文字里透着一股末日临头的意味：

> 关于一位贵族夫人近日为朋友们举办的怪异娱乐的报道不光是丑闻——它们引发了一种真正的恐怖感，那是一种掺杂着理所当然的愤怒的恐怖感。如果我们注意到这类令人难过的狂欢如何令那些为它们唱赞歌的人欢欣鼓舞，我们又如何不恐怖？那些人欢欣鼓舞地看到，昔日法国的残余就要陷入愚妄并彻底消失了。[66]

---

① 尼布甲尼撒二世（Nebuchadnezzar，约公元前634—前562），位于巴比伦的迦勒底帝国最伟大的君主，在位时间约为公元前605—前562年。他因在首都巴比伦建成著名的空中花园而为人赞颂，同时也因毁掉了所罗门圣殿而为人熟知。他曾征服犹大王国和耶路撒冷，并流放犹太人，《圣经》上对此也有所记载，主要记录在《但以理书》中，《圣经》的其他章节也提到了他。

在这些评论家看来，野兽舞会意味着法国阶级体系的根本危机。如果说除去所有炫耀的装腔作势之外，贵族还有什么更深的政治意义的话，那就是它意味着王权和宗教。它意味着秩序（天主教君主制）的力量会战胜混乱（无神论共和制）的力量。它意味着荣誉、传统，以及"存在即合理"。从这一视角看来，这样一群人出席像野兽舞会这么一个愚蠢至极、放浪形骸的聚会不仅仅是自我毁灭，也是对法国这个光荣的王国的毁灭——虽然那个王国早在近百年前就已经消失在断头台上了，很多保守派人士仍然梦想着复兴它的旧日荣光。

很多，但并非全部。至少有一位学者认为复兴事业败局已定，它的丧钟就在德·萨冈夫人那个人造的动物王国里敲响。舞会刚刚过去的那些天，埃杜瓦尔·德吕蒙①的名字并没有从第四阶级②狂喷的刻薄报道中凸显出来。然而一年后，这位来自里尔、一直默默无闻的评论家却在法国政界引爆了一枚炸弹：《法国犹太人》（*La France juive*，1886），这本长达 1200 页、疯狂攻击犹太人的宣传册指责法国各地的犹太人正在密谋从内部瓦解这个国家。德吕蒙将野兽舞会上的"犹太化"社会混乱视为该阴谋存在及其胜利的实证。他甚至点名提到夏尔·阿斯和洛尔·德·舍维涅及其他社交名流，让两人预先体验了一把出名的滋味，一个世代之后，还会有另一位作家（虽然出于全然不同的动

① 埃杜瓦尔·德吕蒙（Edouard Drumont，1844-1917），法国新闻记者、作家。1889 年，他发起了法国反犹联盟，还是《自由言论报》的创办人和编辑。
② 第四阶级（Fourth Estate），又被称作第四权，大众广泛认知的"第四权"是指在行政权、立法权、司法权之外的第四种制衡的力量，但事实上"第四权"的真正的意涵是指封建时代社会三阶级（贵族、僧侣、平民）以外的"第四阶级"，即媒体、公众视听。第四阶级的观点认为，新闻界在宪法里担负着一个非官方却是中心的角色。

机，结果也大相径庭）让他们声名远扬。[67]

《法国犹太人》在首版后的十年内发行了140版，足见其畅销，它突然释放出一种仇外的种族主义偏执，成为法国政治中一股强大潮流。该书没有对勇敢的封建贵族抒发什么怀旧之情，而是想象出了一个梦魇般的当代地狱，在那里，"一切都掌握在犹太人手中"，而"真正历史悠久的法国贵族"却成为惨遭犹太人毁灭的众多牺牲者之一。[68] 三年后，正好赶上法国大革命100周年，德吕蒙重新推出了这一套侮辱性论断——再次援引野兽舞会，证明"如今的贵族如何沦为"邪恶的犹太人玩弄阴谋的牺牲品——写了一本续集，书的标题说明了一切：《世界的末日》（*La Fin d'un monde*，1889）。

然而，一定还有另一个时刻，有另一种想象的结局。在德吕蒙成为家喻户晓的名字，为这个国家带来灾难性的影响之前；在社会专栏作家们关于野兽舞会的报道见诸报端（他们更不知道那些会成为丑闻）之前；在恐惧和（自我）咒骂的火药味弥漫于德·萨冈府邸，促使宾客们早退之前；一定有一个时刻，另一种比这一切远为动人的结果在诱惑着众人。在那样一个时刻，舞者们为他们"错误的"王后封圣，无意间偏离了传统的社交脚本，在那间灯火通明的舞厅里发射了一颗小小的照明弹。在那个时刻，三位年轻的女性宾客——一只妙语连珠的青蛙、一头女扮男装的豹子和一只猫头鹰的腐尸——在德·贡托－比龙夫人被加冕的那一刻瞥见了自己的进阶、升华和荣耀。夏尔·阿斯作为这三位尤物的慈父般的朋友，已经看到了这样的时刻和这样的结果。然而正如蜜蜂芭蕾舞所显示的那样，上流社会对名望的追求也是一场女人的游戏。当时，三位女性没有理由不参与其中，没有理由不为胜利而战。

很久以后，她们会看到理由。很久以后，她们会质疑、反思甚至后悔当初的选择。还是在很久以后，她们会看到她们宣誓效忠的那个世界——那个显贵的世界——在一位（半）犹太人巧妙而毫无怜悯的笔下全然崩溃，但此人可没有参与德吕蒙想象的那种阴谋，因为他在表演他一个人的蜜蜂芭蕾舞，从贵族的花园里采集花粉，把它们转化成他小说的"黑蜜糖"。[69] 但此时，在这一刻，这三位年轻的女人并非濒危物种——她们是稀世珍禽。此时，在这一刻，世界还没有结束。它才刚刚开始。

注　释

1　在塞埃／萨冈家族购买之前，圣多米尼克路 57 号的宅邸被称为德·摩纳哥府，取自它 18 世纪的主人，即被一位摩纳哥亲王疏远的妻子。对德·萨冈府邸和野兽舞会的描写多取自当代的资料来源，包括 *L'Art et la mode* (June 16, 1885): 6–7; Jules Claretie, *La Vie à Paris: 1880–1885*, vols. 1–6 (Paris: Victor Havard, 1880–1885), vol. 1, 175; Étincelle (pseud. Vtesse Peyronny), *Carnet d'un mondain* (Paris: Édouard Rouveyre, 1881), 47–60; *Le Figaro* (May 28, 1885): 1; *Le Figaro* (June 3, 1885): 1; *Le Figaro* (June 5, 1885): 1–2; *Le Gaulois* (May 26, 1880): 1; *Le Gaulois* (May 10, 1885): 2; *Le Gaulois* (May 29, 1885): 1; *Le Gaulois* (June 3, 1885): 1–2; *La Lanterne* (June 1885): 2; Parisis (pseud. Émile Blavet), "Le bal Sagan," in *La Vie parisienne: la ville et le théâtre*, preface by Aurélien Scholl (Paris: Paul Ollendorff, 1886), 116–23; Abbé Sadinet, "Le Bal des bêtes," in *La Vie moderne* (June 15, 1885): 392–93; *Truth: A Weekly Journal* 7, no. 174 (June 3, 1880): 713–15; and *Le Voleur illustré* (June 11, 1885): 382–83. 关于萨冈府邸和萨冈婚姻的其他记述，见 An American (pseud.), "To Blow Up a Princess: Dynamite Bombs Explode in the Doorway of the Princesse de Sagan," *Baltimore American* (March 1, 1892): 1; J. Sillery, *Monographie de l'hôtel de Sagan* (Paris: Frazier, 1909);

"Historic Residences of Paris Now Occupied by Antiquaries," *New York Herald* (January 2, 1910): 11; A Veteran Diplomat (pseud.), "The Passing of Talleyrand, le roi du chic: A Chapter in the Fall of Past Grandeur," *New York Times* (February 27, 1910): n.p.; AdF, "Une saison de printemps commence," *La Semaine à Paris* (May 8, 1936): 4; and Pierre Guiral, "Les Écrivains français et la notion de la décadence," *Romantisme* 13, no. 32 (1983): 9–22。

2 *Truth: A Weekly Journal* 7, no. 176 (May 13, 1880): 682; and de V... (pseud.), "Nos Grandes Mondaines: la Princesse de Sagan," *La Revue mondaine illustrée* (February 10, 1893), n.p.

3 关于"美丽的洛尔"的样貌，见 Stéphanie-Félicité du Crest de Saint-Aubin, Comtesse de Genlis, *Pétrarque et Laure* (Paris: E. Ladvocat, 1819), 174。

4 MB, *La Duchesse de Guermantes*, 89; and Claude Arnaud, *Proust contre Cocteau* (Paris: Grasset, 2013), 75. 23 "Corporal Petrarch"：Arnaud, 77.

5 Arnaud, 77.

6 Ibid., 74.

7 关于上层对（谨慎的）通奸的容忍，见 GLP, "Gratin (Le)," in *Dictionnaire du snobisme*, ed. Jullian, 89。

8 AG, *Les Clés de Proust*, 30.

9 AF, *Le Bal du Pré-Catelan* (Paris: Arthème Fayard, 1946), 312–13.

10 Sadinet, op. cit., 392.

11 关于 EG 在 RM 的豹纹装束的全面描写，见 RM, *Têtes couronnées* (Paris: Sansot, 1916), 253–54; and in RM's preface to the *Catalogue des tableaux par Gustave Jacquet* (Paris: Galerie Georges Petit, 1909), 10。

12 Comte O. de Bessas de la Mégie, ed., *Légendaire de la noblesse française: devises, cris de guerre, dictons, etc.* (Paris: Librairie Centrale, 1865), 119.

13 LG, *Mémoires*, vol. 2, *Les Marronniers en fleurs* (Paris: Grasset, 1929), 22.

14 EG,见 AP(II)/101/150; Anne de Cossé-Brissac, *La Comtesse Greffulhe* (Paris: Perrin, 1991), 53.

15 Louis de la Roque, ed., *Bulletin héraldique de France, ou revue historique de la noblesse*, vol. 9 (Paris: Administration du Bulletin Héraldique de France, 1890), 49.

16 Inti Landauro, "Louvre to Restore da Vinci's *John the Baptist*," *Wall Street Journal* (January 13 2016); James M. Saslow, *Ganymede in the Renaissance:*

Homosexuality in Art and Society (New Haven and London: Yale University Press, 1986), 89–90.

17 关于凡尔赛宫的王室礼拜堂的规矩，见 Alexandre Maral, *La Chapelle royale de Versailles sous Louis XIV* (Wavre: Mardaga, 2010), 109–22。

18 关于路易十四宫廷的礼仪，见 Pierre Dominique, "Sous le règne de l'étiquette," *Le Crapouillot: Les Bonnes Manières* 19 (1952): 19–25; Norbert Elias, *La Société de cour* (Paris: Calmann-Lévy, 1974), 79–93; Lucy Norton, ed., *Saint-Simon at Versailles* (London: Hamish Hamilton, 1980), 223–35; and Louis de Rouvroy, *Duc de Saint-Simon, Mémoires*, ed. M. Chéruel, preface by Charles-Augustin Sainte-Beuve, vol. 12 (Paris: Hachette, 1858), ch. 19。Elias 指出，在路易十四的廷臣中，争名夺利是一个零和游戏，因为"一个人职位的提升必定会引发另一个人遭到贬谪"(79)。

19 EdG, 日志, op. cit., 1867 年 9 月 5 日的日记。

20 Georges Renard, "Les Femmes du monde et leur rôle politique," in *La Revue politique et parlementaire*, tome XXXVII, no. 3 (September 1903), 601–16, 605.

21 关于法国民众对维克多·雨果的"普遍盛赞"，以及关于后者的"中产积极自由主义"，见 Robert Harborough Sherard, *Twenty Years in Paris: Being Some Recollections of a Literary Life* (London: Hutchinson, 1905), 6, 11。

22 CCB, *Journal: 1885–1886*, ed. Éric Mension-Rigau (Paris: Perrin, 2003), 39–41; AM, Journal (1879–1939), ed. Marcel Billot (Paris: Mercure de France, 1985), 49–52; and Graham Robb, *Victor Hugo: A Biography* (New York: W. W. Norton, 1999), 525–32. 关于德·萨冈夫人因雨果的葬礼而取消舞会的一闪而过的念头，见 *Le Gaulois* (May 29, 1885): 1。

23 Frederick Brown, *For the Soul of France: Culture Wars in the Age of Dreyfus* (New York: Alfred A. Knopf, 2010), 126.

24 David Higgs, *Nobles in Nineteenth-Century France: The Prac tice of Inegalitarianism* (Baltimore and London: The Johns Hopkins University Press, 1987), 229. Suzanne Fiette 也有过同样的论述，写道："在世纪末，贵族通过占据优雅生活的绝对顶峰来报复他们丧失的政治权力。"见 *La Noblesse française*, 206。关于世纪末贵族一心维护社会地位的其他资料包括 Jean-pierre Chaline, "La Sociabilité mondaine au XIXᵉ siècle," in *Élites et sociabilité en France: Actes du colloque de Paris, 23 janvier 2003*, ed.

Marc Fumaroli, Gabriel de Broglie, and Jean-Pierre Chaline (Paris: Perrin, 2003), 25; Christophe Charle, "Noblesses et élites en France au début du XXe siècle," in *Les Noblesses européennes au XIXe siècle: Actes du colloque organisé par l'École Française de Rome et l'Université de Milan, Milan-Rome, 21−23 novembre 1985* (Milan: EFR, 1988), 427; Anne Martin-Fugier, *Les Salons de la IIIe République* (Paris: Perrin, 2003); and Guillaume Pinson, *Fiction du monde: analyse littéraire et médiatique de la Mondanité*, Ph.D. dissertation (Montreal: McGill University, 2005), 19−28。

25 Marie-Claire Bancquart, *Paris "Fin-de-Siècle"* (Paris: SNELA, 2009), 372−83.

26 MB, *Égalité* (Paris: Grasset, 1935), 167.

27 Fiette, op. cit., 211; and Vicomte André de Royer-Saint-Micaud, "Avons-nous une noblesse française?" *La Revue des revues* (October 1898): 1−20, 12.

28 Gaston Jollivet, *Souvenirs de la vie de plaisir sous le Second Empire* (Paris: Tallandier, 1927), 97; A Veteran Diplomat (pseud.), op. cit. 关于德·萨冈亲王的品位、财务状况和婚姻，又见 AdF, *Cinquante ans de panache*, op. cit., 48−50; and Martin-Fugier, *Les Salons de la IIIe République*, 23−24。

29 Marcel Fouquier, *Jours heureux d'autrefois: Une société et son époque, 1885−1935* (Paris: Albin Michel, 1941), 53.

30 CCB, op. cit., 215.

31 An American (pseud.), op. cit., 1.

32 Léon Techener, *Bulletin du bibliophile et du bibliothécaire* (Paris: L. Techener, 1873), 193; A Veteran Diplomat (pseud.), op. cit.; and AdF, *Cinquante ans de panache*, 49.

33 "Société Medico-psychologique—le cas du Baron Seillière," *La Petite République française*, June 30, 1887; reproduced in *Papers Relating to the Foreign Relations of the United States in the Year 1887* (Washington, DC: US Government Printing Office, 1888), 336.

34 MP, CG, 744.

35 CCB, op. cit., 214.

36 A Veteran Diplomat (pseud.), op. cit.

37 作为被"一个家族的多位头戴王冠的表亲"统治的欧洲大陆上仅有的两个

共和国之一，法国的外交孤立见 FB, *Intimités de la IIIe République: La Fin des temps "délicieux"* (Paris: Hachette, 1935), 38–39。

38 Horace de Viel-Castel, *Mémoires sur le règne de Napoléon III*, vol. 2 (Paris: Guy Le Prat, 1979), 95.

39 Raczymow, *Le Paris retrouvé de Proust*, 137.

40 Chaleyssin, op. cit., 77.

41 Raczymow, *Le Cygne de Proust*, 17; 关于阿斯创下了骑师俱乐部历史上被拒次数最多的纪录，见 ibid., 16。

42 Luc Sante 解释说"希伯来人"是历史悠久的法国犹太人（通常是像 GS 的母亲那样的塞法迪犹太人），而"犹太人"是新近的移民（按照刻板印象，都是像 GS 的父亲那样的阿什肯纳兹犹太人）。Luc Sante, *The Other Paris* (New York: Farrar, Straus, & Giroux, 2015), 82.

43 Guillaume Hanoteau, *Paris: Anecdotes et portraits* (Paris: Fayard, 1974), 90. 关于家族传统和家世对入选骑师俱乐部的重要作用，又见 Robert Burnand, *La Vie quotidienne en France de 1870 à 1900* (Paris: Hachette, 1948), 147。

44 CCB, op. cit., 135.

45 Raczymow, *Le Cygne de Proust*, 17.

46 X. (pseud.), "Choses et autres," *La Vie parisienne* (February 5, 1870): 113; and Raoul Chéron, "Nécrologie: M. Charles Haas," *Le Gaulois* (July 6, 1902): 2.

47 EG, undated note in AP(II)/101/149.

48 RD, *De Monsieur Thiers à Marcel Proust*, 31, n. 1.

49 标准说法是，这是自首演后 25~30 年中上演次数最多的歌剧。Mathias Énard 的表述稍有不同，他说这是"1930 年代前在巴黎歌剧院上演最为频繁的歌剧"。见 Mathias Énard, *Boussole* (Paris: Actes Sud, 2015), 262. 感谢 Julie Elsky 提醒我注意这份资料。

50 Ruth Jordan, *Fromental Halévy: His Life and Music* (New York: Limelight, 1996), 197–99 and 208.

51 关于 LH 的"特殊气质，他独一无二的反讽风格，他独特而无法模仿的风度"的详细讨论，见 Claretie, *La Vie à Paris: 1880*, vol. 1, 225–32。

52 AF, *Le Bal du Pré-Catelan*, 158.

53 关于社交界对艺术家的矛盾心态，见 Martin-Fugier, *Les Salons de la IIIᵉ République*, 12–15。

54 关于这一礼仪的起源和意义，见 Daria Galateria, *L'Étiquette à la cour de Versailles*, trans. Françoise Antoine (Paris: Flammarion, 2017), 115-17。

55 Misia Sert, *Misia and the Muses: The Memoirs of Misia Sert* (New York: The John Day Company, 1953), 126-27.

56 Jullian, *Robert de Montesquiou*, 30.

57 GLP, *Trente ans de dîners en ville* (Paris: Revue Adam, 1948), 45. 关于艾默里·德·拉罗什富科是"一位寻常圣西蒙"，见 PW, *Society in Paris: Letters to a Young French Diplomat, trans. Raphael Ledos de Beaufort* (London: Chatto & Windus, 1890), 134。GLP 认出了 PV 就是朱丽叶·亚当 (ibid., 29)。

58 关于阿莱维歌剧中的蜜蜂芭蕾舞，见 Paul Smith, "Théâtre du Grand Opéra: *Le Juif-Errant*," *Revue et gazette musicale de Paris*, 17 (April 25, 1852): 137-40, 139. 关于蜜蜂芭蕾舞在第二帝国时期盛行一时，见 Damien Colas, "Halévy and His Contribution to the Evolution of the Orchestra," in Niels Martin Jensen and Franco Piperno, *The Impact of Composers and Works on the Orchestra: Case Studies* (Berlin: Berliner Wissenschafts Verlag, 2007), 143-84 and 177-78。

59 关于萨冈舞会中的舞者名单，见 ED, *La France juive: Essai d'histoire contemporaine*, vol. 2, 43rd ed. (Paris: Marpon & Flammarion, 1886), 180-81。

60 PV, *Le Grand Monde* (Paris: La Nouvelle Revue, 1887), 306. 又见 PV, *Society in Paris*, 202。

61 CCB, op. cit., 203).

62 关于《费加罗报》的这位主要八卦专栏作家的真实身份就是德·佩罗妮子爵夫人，见 "Le mariage d'Étincelle," *La Revue des grands procès contemporains* 14 (1896): 266-348. 她的同代人把她在事业上的成功归功于这样一个事实，当她写作时，"我们可以听到一位真正的名媛在说她的母语；可以分辨出她的话不是某一位专业人士的虚假作品"——"专业人士"意即"无生"的"新闻记者"。(引文见 "Le Mariage d'Étincelle," ibid., 266。) 关于巴黎时尚和社交报刊上匿名作者使用的少女一般的绰号，见 Lisa Tiersten, *Marianne in the Market: Envisioning Consumer Society in Fin-de-Siècle France* (Berkeley: University of California Press, 2001), 137。

63 关于世纪末法国反犹主义的仇外性，见 Jérôme Hélie, "L'Arche sainte

fracturée," in Général André Bach, *L'Année Dreyfus: Une histoire politique de l'armée française de Charles X à "l'Affaire"* (Paris: Tallandier, 2004)。Hélie 写道，在世纪末的众多法国保守主义者看来，"犹太人是'新'人群崛起的强烈标记，也就是没有血统正统性、在这个国家没有根基的一群人，很容易与'可恨的德国'混为一谈的人"。(231)

64　Daniel 4:33.

65　*Le Pèlerin* (July 1885). 关于右翼对野兽舞会的其他报道，见 *Annales catholiques* (June 27, 1885 and July 16, 1885); *La Croix* (June 18, 1885, February 16, 1889, and February 13, 1894); and *La Légitimité* (August 1, 1896): 165–66。

66　*L'Univers*, June 7, 1885.

67　ED, *La France juive*, vol. 2, 94–97 and 177–82; and *La Fin d'un monde* (Paris: Savine, 1889), 386–89. ED 还批评了世纪末城区那些不容置疑的习俗，尚博尔伯爵（以下简称"爵爷"）及其正统王朝拥趸在抵制法国的"犹太化"共和制潮流方面效率太差，见 *La France juive*, vol. 1, 436–44; 他在 ED, Testament d'un antisémite (Paris: E. Dentu, 1891), 4–10 中重申了这一观点。

68　ED, *La France juive*, vol. 1, 174. 又可见 ED, *Testament d'un antisémite*, "是犹太人。一切都掌握在犹太人手中"。(115)

69　MP 把自己的艺术创作过程描写为一只制造蜜糖的蜜蜂的文字引文见 Duplay, op. cit., 72; 以及 CA, op. cit., 145。关于 MP 从上层的几位夫人那里收集花粉制造"黑蜜糖"，见 William Fifield, "Interview with Jean Cocteau," *Paris Review* 32 (Summer-Fall 1964)。

主题旋律
美丽的鸟儿

歌儿啊，我本不是那片金色云朵
在一场珍贵的细雨中降落
以稍稍平息朱庇特的万丈怒火；
但我必曾是被爱的一瞥点燃的烈焰
我必是空中飞得最高的那只禽鸟
用我的赞美把她带离尘嚣。

——彼特拉克，《歌集》（ *Rime Sparse*，
约 1327—1374 ）

我们未必容易理解飞翔在一片旷野上空的鸟儿、离开河水飞往高空的天鹅……无时无刻不令一位伟大的天才神往……并获得后世的崇拜。

——马塞尔·普鲁斯特，
《记居斯塔夫·莫罗的神秘世界》
（ "Notes on the Mysterious World of
Gustave Moreau"，1898 ）

约瑟夫亲王和玛丽（米米）·德·卡拉曼 - 希迈亲王夫人喜欢为他们的六个孩子布置短小的作文。1874 年，就在二人开始为 14 岁的长女伊丽莎白寻找结婚对象时，他们要求她和 16 岁的哥哥约瑟夫写一篇两只笼中鸟的对话。按照父母的规定，其中一只是笼养鸟，另一只是野生鸟。

伊丽莎白的文章重点写了后一只金丝雀的悲惨生活，少时的自由令它魂牵梦萦：

> 每每忆起童年，想到此生再也无缘一见的巢居，它就痛心切骨——它在那鸟巢里长大，也在那里学会了飞翔！每每忆起曾在山楂树间和森林深处与同伴们齐声欢歌，它就心如刀割！现在被困在一间铁屋里，只有一两处栖木可供歇息，它终将在这里郁郁而死。

它的同伴不懂它的绝望，问它为何伤悲，这只鸟儿哭叫道：

> 你难道不知道，那天地间的万物，那广袤而美丽的大自然的一切，曾经全都属于我吗？你难道不知道我长大的鸟巢四周铺就着五彩的羽毛，坐落在高高的山楂树上？……失去了这等幸福时光，让我如何快乐起来？我再不能像你一样歌唱了，你习惯了在这囚笼中生活……而我，我知道自由的滋味（也）舔尝过它的甘美……如今却被囚入笼中，失去了所有的希望。唯有一死，才能让我获得解脱。

婚后的伊丽莎白回首自己写下的这些文字时，一定悲从中来，没想到她竟然一语成谶，预言了自己作为格雷弗耶子爵夫人的未来。

1878 年夏，18 岁的法国－比利时女伯爵伊丽莎白·德·卡拉曼－希迈与全法国最抢手的未婚男子之一、29 岁的格雷弗耶子爵亨利订婚了。[1] 按照当时贵族通婚的规矩，这对夫妇的婚约也是双方家族本着互利原则进行的一桩交易，现实利益大于爱情。伊丽莎白家世显赫，父亲是比利时亲王，即将成为第 18 代希迈亲王的约瑟夫·德·里凯·德·卡拉曼－希迈，母亲米米·德·孟德斯鸠－费赞萨克来自法国贵族阶层最古老的家族之一。和卡拉曼－希迈家族的所有女性一样，伊丽莎白一出生就是女伯爵①；她的家徽上有一顶箍冠（couronne fermée），标志着家族血统高贵。她的祖先包括公元 7 世纪统治法国的墨洛温王朝②的国王克洛泰尔二世③；督政府时期巴黎最著名的沙龙女主人塔利安夫人④；一位名叫达达尼昂（d'Artagnan）的 17 世纪骑士，据说是大仲马的小说《三个

---

① 很多年后，伊丽莎白和她的妹妹们都长大成人了，比利时王室授权里凯·德·卡拉曼－希迈家族未来的女儿们自出生起全部自称公主（而非女伯爵）。之所以赋予该家族这一荣誉，是为了奖励吉莱纳（吉吉）·德·卡拉曼－希迈在王宫里尽心尽力地服侍比利时王后玛丽－亨丽特。——作者注

② 墨洛温王朝（Merovingian dynasty），中世纪法兰克王国的第一个王朝。希尔德里克一世是王朝的创立者，在公元 457 年第一次被文献提及，之后他的儿子克洛维一世在 481 年降服了高卢北部和中部并建立了法兰克王国。墨洛温王朝在此之后一直统治着法兰克王国，直到公元 751 年 3 月希尔德里克三世被矮子丕平废黜。由于墨洛温王朝的扩张，法兰克王国获得了除塞普提马尼亚以外的所有高卢地区。

③ 克洛泰尔二世（Clotaire II，584-629），墨洛温王朝的国王。

④ 塔利安夫人（Mme Tallien），即泰雷扎·卡巴吕·德·丰特奈·塔利安（Thérésa Cabarrus de Fontenay Tallien，1773-1835），出生于西班牙的法国贵族，大革命时期的沙龙女主人和社交名人。后成为希迈亲王夫人。

伊丽莎白·德·卡拉曼－希迈女伯爵与格雷弗耶子爵亨利的订婚照，摄于 1878 年；亨利照相时总是让伊丽莎白坐着，以显得他本人高大一些

火枪手》（*Three Musketeers*，1844）中人物的原型；以及法国皇帝拿破仑一世，伊丽莎白的祖母埃米莉·德·佩拉普拉（Émilie de Pellapra）声称是这位皇帝的私生女。这样的家底在世纪末的社交界意义重大，它所代表的声望和权威是金钱买不到的。

　　然而亲王们吃穿用度也需要钱，说起来，伊丽莎白的娘家也阔气过。两个世纪前，她父亲的祖辈里凯一族曾带头开拓那个时代野心最大的公共工程——连接加龙河与地中海的米迪运河①，

/ 048

---

　① 米迪运河（Canal du Midi），法国南部的一条连接加龙河（Garonne River）与地中海的运河，是沟通地中海和大西洋比斯开湾间内陆水路系统的主要连接线。运河东起地中海港口城市、埃罗省的塞特港，西至上加龙省首府图卢兹附近与加龙河相接。建于 1667 年至 1694 年之间，是 17 世纪法国的重要工程。运河设计师皮埃尔－保罗·德·里凯（Pierre-Paul de Riquet，1609-1680）在设计上匠心独运，使运河与周边环境融为一体。

积聚了大笔财富。² 然而自那以后，整个家族的财产日益缩水，很大一部分花费都用于维护他们在各处持有的富丽堂皇的房地产了。该家族位于比利时埃诺省（Hainaut）的"希迈城堡"筑有堡垒和角楼，很多建筑元素已有一千多年历史，还有以法国王室的枫丹白露宫剧院为原型建造的私人剧院。家族在巴黎的住处是一座富丽堂皇的宅邸，名为"希迈府邸"，气派一点儿也不输"希迈城堡"。1884 年，《纽约时报》称之为"法国最著名的豪宅之一"，该地产占地 54000 平方英尺，位于圣日耳曼区，在马拉凯码头上俯瞰塞纳河。这里的一切都会让人想起旧制度的光辉岁月，确切地说是路易十六时期的风光。希迈府邸的建筑设计师是弗朗索瓦·芒萨尔①，室内壁画是夏尔·勒布朗②的作品，景观设计师是安德烈·勒诺特尔③，整个工程启用的恰是太阳王为美化凡尔赛宫而聘请的同一个设计团队。

仿佛如此巨额花销还嫌不够，约瑟夫亲王为比利时国王利奥波德二世④担任外交使节，前往欧洲各国的首都——圣彼得堡、

---

① 弗朗索瓦·芒萨尔（François Mansart，1598-1666），法国建筑师，据称是将古典主义风格融入法国巴洛克式建筑的第一人。《不列颠百科全书》称他是 17 世纪法国最有成就的建筑师，他的作品"因其高度的精致、绝妙和优雅而远近闻名"。

② 夏尔·勒布朗（Charles Le Brun，1619-1690），法国画家、艺术理论家、室内装潢师和当时好几个艺术学校的董事。他曾是国王路易十四的宫廷画师，被后者称为"法国历史上最伟大的艺术家"，他是 17 世纪法国艺术界的重要人物。

③ 安德烈·勒诺特尔（André Le Nôtre，1613-1700），法国景观设计师，法王路易十六的首席园艺师。他最著名的功绩是设计了凡尔赛宫的花园。他的作品代表了法国规整式园林的最高成就。

④ 利奥波德二世（Leopold II，1835-1909），比利时国王，1865 年继承了父亲利奥波德一世的王位。他是刚果自由邦的创立人和拥有者。他在 1865 年之前曾任职中将，并游历过印度、中国、埃及和地中海沿岸各地。

伯恩、巴黎、罗马，也耗费了自己的大量财产，任职协议规定他必须自掏腰包设宴款待宾客。（由于它迫使从业人员花钱而非挣钱，外交被认为是适合出身高贵之人的少数职业之一；伊丽莎白的祖父也体面地担任过外交官。）少女时代的伊丽莎白就开心地跟随父亲前往各个外国驻地，如饥似渴地学习每一个新环境的语言。然而这些工作耗尽了约瑟夫亲王的积蓄，以至于当利奥波德二世1870年请他担任埃诺省督时，他毫不犹豫地接受了任命。从那以后，他和米米就在那里和巴黎两地抚养他们的六个孩子。

　　生活安排的改变多少有助于减轻这对夫妇的开销，让儿女全都在家里接受教育的决定也一样。作为最年长的两个孩子，伊丽莎白和约瑟夫一起上课。从伊丽莎白四岁、约瑟夫六岁起，家庭教师每周二、周四和周六登门给他们上课。每周的其他几天，孩子们的家庭女教师和父母监督他们学习。到伊丽莎白十几岁时，这类学习就几乎只关注文学了。她那些年的笔记本上密密麻麻地记录着关于希腊语、拉丁语、西班牙语、意大利语、德语、英语和法语作家们的作品的详细评论，所涉及的体裁和历史时期广得惊人。[3] 伊丽莎白沉迷于这类阅读，16岁时，她甚至劝说父母让她去参加教师资格考试。她和父母都没有认真考虑过选择那样一条职业道路，但她还是单纯地热爱自己的课业。后来弟弟妹妹们在学习上需要帮助时，她受过的培训也派上了用场。

　　一家人住在一起还有一个额外的好处，就是在父母和孩子们之间培养了一种重要的亲近感。当时（如今也一样）的欧洲贵族都喜欢给孩子取模仿儿语的昵称，伊丽莎白叫贝贝斯、约瑟夫叫约、两个妹妹吉莱纳和热纳维耶芙分别叫吉吉和米奈。两个弟弟皮埃尔和亚历山大被称为托托和莫斯。孩子们常常像一般的兄弟姐妹一样为小事争吵，也对彼此玩些淘气的恶作剧。（贝贝斯最恶意的一次是让吉吉吃掉了一条鼻涕虫。4)尽管如此，他们仍是一群亲密的兄弟姐妹，在父母温暖而周到的关怀下快乐成长。

父亲的省钱措施并没有让家庭的财务状况恢复足够的元气，以满足他的掌上明珠贝贝斯那些门当户对的追求者们通常提出的嫁妆标准。他和米米一直希望把她许给她的表哥，德·利涅亲王路易（Louis, Prince de Ligne）。路易与伊丽莎白在埃诺青梅竹马，过去几年，他处处显示出对这个表妹的痴迷。然而他有自己金钱上的麻烦。祖父在1880年去世后，路易继承了家族那座有护城河环绕的14世纪城堡，苦心经营，艰难维系。年轻的路易即便爱恋着伊丽莎白，也支撑不起为爱结婚的奢侈。

伊丽莎白也很喜欢表哥，但她一点儿也不为自己没有机会成为路易的新娘而遗憾。她自幼便知自己早晚要成为别人的妻子。除去当修女（自法国革命前夕，贵族女孩们就不再走这条路了）或入宫做女侍官（她的妹妹吉吉成年后就选择了这个职业）之外，她这个阶层的姑娘们很少有其他选择。她虽然有资格从事教师职业，但亲王的女儿从事该职业终究不体面。私下里考虑自己的未来时，伊丽莎白有过一些模糊的空想，希望将来能嫁给母亲的堂弟罗贝尔·德·孟德斯鸠－费赞萨克伯爵。在法语中，隔代堂表亲"按布列塔尼人①的规矩"被称为舅舅或姨妈，按照该称呼，伊丽莎白认为罗贝尔·德·孟德斯鸠是自己的舅舅，她也是这么叫他的，但他只比她年长五岁。孩提时，他们常到他和米米的祖父母在法国的城堡去玩，那一直是很开心的时光。特别是罗贝尔舅舅喜欢和伊丽莎白一起玩乔装打扮的游戏，把她蓬乱的卷发梳理得像侯爵夫人的发型（coiffure marquise）那般典雅，

---

① 布列塔尼人（Breton），法国西北部布列塔尼半岛上的民族。使用布列塔尼语，属于印欧语系凯尔特语族不列颠语支。

还为她的娃娃们设计新衣服。[5] 因此，她觉得罗贝尔舅舅会成为
"最理想的丈夫"。

和那一代许多同性恋贵族男性不同，罗贝尔·德·孟德斯鸠不打算用假结婚来隐瞒把自己的性取向；他终生未娶。既然他不想结婚，伊丽莎白也开始怀疑自己大概最好也保持单身。她在日记中吐露说，最理想的世界是，她会和自己最爱的两个人共度余生：父亲和母亲。她把儿时的家称为"天堂"，如果能一生住在"天堂"里，即便要做一个教师，毫无体面地为那点微薄的薪水打拼，也是值得的。

父母二人都有特别的理由得到长女的爱。约瑟夫亲王一直让伊丽莎白觉得自己是个人物，仿佛即便她是个女孩子，也能成就一番大事业。近年来，他常常在撰写和演练总督发言稿时请她帮忙，严肃地对待她的意见，以至于伊丽莎白觉得终稿是她和父亲共同完成的。约瑟夫亲王还喜欢带她出国，他有时仍然会遵从比利时国王的命令进行一些外交旅行。在那些旅行中，伊丽莎白就是父亲的非官方秘书，继续从事他的演讲稿撰写人和公共演讲辅导的工作。她还是他的正式同伴，和他一起参加使馆活动，其间流利地操持各国语言与使馆随员和各国元首谈笑风生。

从现实层面上来讲，约瑟夫让伊丽莎白陪他旅行，就能让他的外交伴侣米米在家里陪伴其他孩子了。但这些旅行却让伊丽莎白得以一瞥外面的世界，那是她这个背景的女孩子很少有机会冒险为之的。正如小说家埃米尔·左拉 1878 年在一篇关于"当今女性"的报纸文章上所写的，

> 家世良好的少女被加以极为严格的监督，没有年长女伴的陪同绝对不得出门……她所受的全部教育，一言以蔽之，

就是在结婚前长期处于被监视和与世隔绝的状态。[6]

　　若以此为标准，伊丽莎白随同父亲旅行是极不寻常的。她对此十分清楚，因而更加对父亲充满敬重和热爱。

　　米米也是她的至亲之人，或许更得她心。伊丽莎白喜欢母亲甜美的性情、明智的忠告，喜欢她一条粗粗的大辫子盘在头顶，喜欢她那张写满关切的漂亮脸蛋。[7] 她敬重米米温柔但坚定地要求伊丽莎白和兄弟姐妹们"谦虚、亲和、诚实、自然"，同时要"培养对杰出观点的敏感和对美好事物的欣赏"[8]，首先就是艺术。米米年轻时接受过音乐会钢琴演奏家的培训，师从克拉拉·舒曼①，甚至还曾为弗朗茨·李斯特演奏过，这在她那一代贵族女性中是绝无仅有的。由于丈夫也是一位出色的小提琴手，在他的支持下，米米注意为儿子和女儿们提供同样严格的音乐教育。作为该教育的一部分，她创办了一个小型家庭乐队，每个孩子演奏一种不同的乐器。伊丽莎白被分配弹钢琴，她最快乐的时光就是和母亲在键盘上演奏四手联弹，其他孩子各自吹弹着铜管、木管和弦乐器加入进来——约瑟夫亲王也拉着心爱的斯特拉迪瓦里琴②为他们伴奏。

　　有时，当伊丽莎白按照女家庭教师坚持要三姊妹学习的要求，不情不愿地在"女红"课上绣花或编织时，米米会鼓励她把针线活放下，尝试点儿更充实的活动：读诗、画画、写故事。

---

① 克拉拉·舒曼（Clara Schumann, 1819-1896），著名德国钢琴家与作曲家罗伯特·舒曼之妻，也是浪漫主义最重要的钢琴师之一。
② 斯特拉迪瓦里琴（Stradivarius），意大利斯特拉迪瓦里家族，尤其是乐器制造师安东尼奥·斯特拉迪瓦里所制作的弦乐器。斯特拉迪瓦里琴被认为是历史上最好的弦乐器之一。

米米还鼓励伊丽莎白和妹妹们与约瑟夫亲王的弟弟欧仁·德·里凯·德·卡拉曼－希迈亲王的四个女儿共处，欧仁亲王和家人每年有半年时间住在比利时，另外半年住在法国的乡村别墅。伊丽莎白、吉吉和米奈把自己和几位堂姐妹统称为"七姐妹"[9]，彼此充满了喜爱。每当她们去希迈城堡探望祖父时，七个女孩儿会从阁楼里翻出祖辈的奇装异服穿在身上当作戏服，一起在私人剧院上演即兴剧。伊丽莎白最喜欢的堂妹是文静内向的玛丽－艾丽斯，她比伊丽莎白小八岁，对这个堂姐很是崇拜。[10]

正是这些简单的快乐，让伊丽莎白对这个家依依不舍，多待一日都心怀感激。但离家的日子近在眼前。她在家中享受为数不多的快乐时光时，父母继续为她寻找合适的丈夫，1878年夏初，他们终于定下了格雷弗耶子爵亨利。子爵在巴黎社交圈外号"金牛犊"[11]，取自夏尔·古诺① 的《浮士德》（1859）中一段很受欢迎的咏叹调，因为他能从父亲格雷弗耶伯爵夏尔和无子嗣的叔叔亨利·格雷弗耶两人那里继承一笔巨额遗产。格雷弗耶家族的银行家先辈最初在法国大革命期间通过精明的金融交易获得第一桶金，如今则拥有由地产、铁路、运河及其他位于法国和英格兰的工业组成的庞大资产组合。在巴黎的圣奥诺雷区，亨利和他的家人有一个富丽堂皇的建筑群，相邻的私人豪宅配有硕大的私家花园和就地马厩（那里养着30匹马，在城市中心养这么多马是前所未闻的）。[12] 此外，格雷弗耶家族还在塞纳－马恩地区（Seine-et-Marne）拥有好几处地产，那里距离

---

① 夏尔·古诺（Charles Gounod，1818-1893），法国作曲家，歌剧《浮士德》是他的代表作。他于1859年根据歌德作品改编而成的歌剧《浮士德》取得极大的成功，因为曲调通俗，色彩丰富，抒情柔美，开创了一代新风，奠定了他世界性的地位。

巴黎很近，是上流社会乡村度假的胜地。[13] 该家族最喜欢的打猎场布德朗森林（Bois-Boudran）就在巴黎西南，距离城市还不到50英里。

家徽上镀了如此厚厚的一层黄金，这样的追求者可遇而不可求。[14] 据米米和约瑟夫所知，子爵唯一潜在的缺陷，就是他的格雷弗耶祖先们曾经"经商"，他们的贵族爵位只有短短70年历史。（因为在拿破仑一世去世之后慷慨地出资支持波旁王朝复辟，亨利的祖父于1818年受封世袭贵族爵位。）尽管如此，这个家族依然在社交界声望极高，据说这时他们的名望甚至超过了卡拉曼-希迈家族，因为格雷弗耶家族的财富能让他们过上象箸玉杯的生活。[15]

伊丽莎白的亲戚罗贝尔·德·孟德斯鸠称亨利为"大榆木脑袋"，因为他的头骨看起来像个长方形

亨利·格雷弗耶与父亲和叔叔亨利都是巴黎两个最尊贵的男性俱乐部——联盟俱乐部和骑师俱乐部——的成员，那是法国贵族和欧洲各国君主的安乐窝。亨利的母亲费利西泰还属于拉罗什富科家族的德·埃斯蒂萨克一支，拉罗什富科是法国最尊贵的公爵家族之一；他的两个妹妹让娜和路易丝都嫁入了同样显赫的豪门，分别成为奥古斯特·德·阿伦贝格亲王夫人（Princesse Auguste d'Arenberg）和德·拉艾格勒伯爵夫人（Comtesse de L'Aigle，后升为侯爵夫人）。这些王公贵族都没有回避与格雷弗耶建立姻亲关系，这打消了约瑟夫和米米的疑虑，觉得如果他们与该家族联姻，贵族们也不会认为这桩婚姻不光彩。此外，亲王和夫人还没有蠢到垂涎欲滴地盯着金牛犊（和他那个养着30匹马的城市马厩）的程度。和路易·德·利涅不同，亨利·格雷弗耶财大气粗，完全不在乎新娘的嫁妆多少。单从这些来看，他们的贝贝斯就算是有幸觅得佳婿了。

在亨利一方，这桩婚姻也是一番精明算计。7月，在他与伊丽莎白（按规矩有年长女伴陪同）及其父母几次短暂的会面（先是在巴黎，后来又在多维尔①，两个家庭那年夏天都在海边租住度假村）之后，子爵向她求婚了。准确地说，根据贵族求婚礼仪，是他的父亲向约瑟夫亲王提亲了。替亨利向亲王求婚时，格雷弗耶伯爵再次申明，他的儿子会宽容地接纳伊丽莎白那点卑微的、只有5000法郎年金的嫁妆，跟亨利自己的400000法郎年金相比，那简直是九牛一毛，这还不算他一结婚就能得到的800万法郎。（他有权在父亲和叔叔亨利去世时继承6000万法

---

① 多维尔（Deauville），濒临大西洋英吉利海峡的法国诺曼底大区卡尔瓦多斯省一城市，是享誉法国的一个靠海休闲的度假小城。

郎的遗产。[16][①]）然而格雷弗耶的求婚并非慈善之举。正如亨利的一位密友布勒特伊侯爵亨利·勒托内利耶（Henri Le Tonnelier, Marquis de Breteuil）推论的那样，"格雷弗耶决定娶（伊丽莎白）只有一个原因：她是一位亲王的漂亮女儿，身世显赫"。[17]

布勒特伊分析得颇有道理。亨利很清楚，与卡拉曼－希迈家族联姻将进一步提升他已经令人艳羡的社会地位，还会大大改善他未来的政治生涯。婚后，亨利打算谋求进入法国国家立法机构——国民议会（Assemblée Nationale），他的叔叔亨利和已故的祖父都曾在该机构任职。年轻人认为最好能继续发扬这一家族传统，并为法国君主复辟尽一份力。

1870年代末，第三共和国的未来尚在未定之天。不光领导层内部总是被琐碎的内讧争吵和经常发生的丑闻所困扰，两个被驱逐的法国王室的对立支系——波旁主系的族长尚博尔伯爵（Comte de Chambord）和奥尔良旁支的族长巴黎伯爵（Comte de Paris）——也都蓄势待发，伺机东山再起。格雷弗耶家族把赌注压在了奥尔良派，它看起来要比极端保守的波旁派更加善待较为近代的财富。（法国至此唯一一位奥尔良国王路易－菲利普[②]

---

① 要把历史货币转换为当今货币的购买力在方法论上实非易事，超出了本书的范围。不过布勒特伊的朋友阿尔贝·德·曼伯爵（Comte Albert de Mun）在贵族圈里算是一个富人了，他的年金是70000法郎。——作者注

② 路易－菲利普（Louis-Philippe, 1773-1850），法国国王（1830—1848年在位）。又称"路易腓力"。1830年，查理十世试图推行镇压法令，触发了七月革命。立法议会选举他为王国摄政。两天后查理退位，路易－菲利普加冕为法国国王。他在右翼极端君主派和社会党人及其他共和党人之间采取中间路线，以巩固自己的权力。

于 1830 年他的波旁表亲查理十世 ① 被迫退位后登基，直到 1848 年被推翻，他曾支持过一个两字政治纲领："致富！"）格雷弗耶已故的祖父、父亲和叔叔都是奥尔良派复辟的长期拥护者，他也通过他们与巴黎伯爵建立了密切关系，希望能帮助后者重登王位。

由于这一努力需要国际支持，布勒特伊——维多利亚女王曾亲自命令他在女王的长子和继承人威尔士亲王伯蒂频繁前往巴黎寻欢作乐期间照顾他——也在努力说服未来的英格兰国王支持奥尔良派再次登上王位。子爵避开了更为实质性的政治讨论，但因为对打猎的共同热爱，他与威尔士亲王也建立了亲密友好的关系。（他和伯蒂曾经在女王名下一个庄园的鸟类保护区玩射击游戏，被女王知道后，亲自斥责了他们一顿；这一事件可能让女王对格雷弗耶子爵产生了反感，却成了伯蒂和他两人最愉快的回忆。[18]）在格雷弗耶看来，这样的人际关系足以助他跻身政界高层；他对自己身为政界推手和领导人物的未来满怀期待。如此强大的人脉再加上他的真命天女，他必定前途无量。

054

子爵对婚姻既有如此功利的考虑，自然不会看重他与未婚妻是否相爱的问题。布勒特伊认为他的朋友"从未"像他"爱慕"有过床笫之欢（那是"他至今唯一的职业"[19]）的几十个女人那样"爱过伊丽莎白"。不过格雷弗耶并非为了爱情而娶伊丽莎白，他看重的是资质，而她的资质完美得无可指摘。她有高贵的

---

① 查理十世（Charles X，1757-1836），本名查理 - 菲利普，是法国波旁复辟后的第二个法兰西及纳瓦尔国王（1824—1830 年在位）。他是路易十五之孙、路易十六及路易十八之弟，历经其兄路易十八的十年复辟之后，67 岁时才继承王位。由于他对天主教的强烈热情和对贵族政治的厌恶，引起人民的强烈不满，并引发 1830 年的七月革命，查理被迫逊位，流亡英国。

姓氏，还有一顶箍冠。（格雷弗耶家族的盾徽上只有一个次等的箍环。）她有三个兄弟，父母正在培养他们进入欧洲外交界的最高梯队。她的父亲受到国王利奥波德二世至高无上的敬重，据说国王认为他是比利时下一届外交部长的不二人选。子爵进入公共生活后，这样的裙带关系无疑会让他如虎添翼。

更让他心神荡漾的，是得知伊丽莎白在随同约瑟夫亲王旅行期间还遇到了很多欧洲王室贵胄，并与他们建立了友谊。例如，在陪同父亲出使俄国期间，她得到了俄国的弗拉基米尔大

冠和头盔

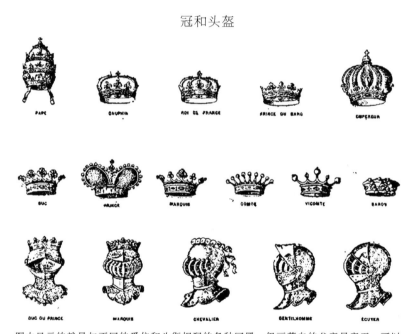

图中显示的就是与不同的爵位和头衔相配的各种冠冕。伊丽莎白的父亲是亲王，可以佩戴箍冠（中间行，左二），而她的未婚夫只是子爵，只有资格佩戴箍环（中间行，右二）

公①和他魅力非凡的妻子玛丽亚·帕夫洛夫娜②的赞赏，弗拉基米尔大公是在位沙皇亚历山大二世之子，也是未来的沙皇亚历山大三世的兄弟。（大公夫人的父系与奥尔良旁系是亲戚，因此在格雷弗耶这样的奥尔良派看来，她和大公是尤为宝贵的人脉。）伊丽莎白本人对子爵说过，她不难想象他就是未来的法国驻俄国大使。²⁰ 这样的职位能把他带入世界上最有权力的统治者的宫廷，这极大地满足了格雷弗耶妄自尊大的膨胀感。而如果未来的妻子可以想象他担任如此受人尊敬的职位令他很开心的话，那么她能帮他获得这一职位就更让他心花怒放了。

这些因素抵消了格雷弗耶看到的未婚妻身上的不足，从她每每谈到娘家就变得眼泪汪汪，到她公开反感他最喜欢的打猎运动。最让他厌烦的还是她的艺术天分，虽然他对自己那点儿肤浅的教养极为自豪。（正如他和伊丽莎白的女儿很多年后写的奉承他的话："爸爸……讨厌一切不够诗意、没有乐感和无关文学的东西。"²¹）和他那个阶层的许多保守派一样，子爵也坚信一个女人修身养性——当个"才女"²²——难免会丧失女人味。正如另一位贵族所说，"才女……一点儿都不勾魂摄魄。她会是个蹩脚的花瓶"。这就是格雷弗耶的世界观，他准备按照自己的观念彻底改造妻子。

他一直对金发碧眼情有独钟，而伊丽莎白的黑头发和黑眼睛是他无力改变的。不过至少她的容貌还有一些补偿的价值，虽然

---

① 弗拉基米尔大公（Grand-Duc Wladimir，1847-1909），沙皇亚历山大二世之子，也是后来俄国皇室的家族领袖及俄国沙皇的假定继承人基里尔·弗拉基米洛维奇的父亲。

② 玛丽亚·帕夫洛夫娜（Maria Pawlowna，1854-1920），德国梅克伦堡－什未林大公弗里德里希·弗朗茨二世之女，1874 年与弗拉基米尔大公成婚。她经常举办各种活动和聚会，因此被视为莫斯科最有名的社交名媛。

子爵本人对她的样子不以为然，但除他之外，每个人似乎都觉得她美如璞玉。布勒特伊那时已经跟格雷弗耶轻盈优雅的金发表妹康斯坦丝·德·卡斯泰尔巴雅克（Constance de Castelbajac）订下婚约，当他对布勒特伊抱怨说伊丽莎白"根本不是他喜欢的类型"时，他的朋友机敏地回答说，未来的格雷弗耶夫人有自己独特的夺人心魄的美，"就像来自东方的海妖，或童话里的公主"。布勒特伊赞美：

> 她那纤细的腰身，优雅的姿态，她的侧影，都是无与伦比的；人们看到她走过必会惊异地回头，以为她是在云中漫步。[23]

布勒特伊不是唯一一个这么早就着迷于伊丽莎白的样貌的人。在她婚前几个月，小说家和学术院院士奥克塔夫·弗耶（Octave Feuillet）曾在希迈府邸的晚宴上坐在她旁边，也觉得她令人迷醉：

> 我扎着白色领结步行至马拉凯码头。晚宴上，我坐在年轻的（女伯爵）身旁，她睁着一双黑眼睛凝视着世界，那双眼睛大得有些出奇，双唇饱满鲜嫩，宛如清晨的花朵。那一头浓密的黑发啊，压得她的头颅几乎都有些无力承受了。她美得像透明的琥珀，充满智慧，那双又深又亮的眼睛像个仙女或精灵，像个小小的牧羊女那样笑着，这姑娘……本人就是奇珍异宝。[24]

子爵觉得女人的智慧毫无用处——诚然，他之所以不喜欢伊丽莎白的"才女"气质，大概至少部分归因于他怀疑她比自己聪明，这样的怀疑并非没有道理。（虽然他的学习成绩记录很难找到，但他在中学毕业会考中曾八次落榜，而且显然在那以后就放弃了学业。[25]）但艺术品位就是另一回事了。除了沉迷女色、骑马和打猎之外，他最喜欢的休闲活动就是购买艺术品和珍本书，扩充他父亲和叔叔的收藏。格雷弗耶对待这一嗜好的态度和其他三个嗜好一样，定要与人争个高低，因此他只会去追逐市面上最受人垂涎的物品。虽说——还是布勒特伊所说——"他只会对另一种样貌的美人有所反应"（金发碧眼的女郎），子爵的结论似乎是，既然别的男人都觉得伊丽莎白美若天仙，她应当可以算他的又一件极品收藏。

在他们四个月的恋爱期，伊丽莎白并不知道自己在他眼中是这样的。当父母第一次跟她提起子爵时，她想到要见他就脸色发白了，一个从未谋面的陌生人居然敢把她从至爱的身边带走，这令她愤愤不平。第一次见面时，双方的母亲都在场，她只是用那双大大的黑眼睛盯着子爵，说话全是米米的事。然而，和她那个阶层的大多数未婚少女一样，伊丽莎白从未与非亲非故的男子有过任何长时间的接触。[26] 这让她对格雷弗耶的魅力攻势毫无抵抗力，格雷弗耶可是情场老手，简直没费什么力气就赢取了她的芳心，他大谈艺术、书籍和政治，那种夸夸其谈被她误以为是男性的阳刚之气——他的高声大嗓让社交圈的人给他取了另一个绰号，"电闪雷鸣的朱庇特"——他的奉承话全是有备而来，她却误以为是对她情有独钟。

布勒特伊写道，虽然他的朋友倾向于"说一堆蠢话，讲些只有他自己（觉得）好笑的笑话"[27]，但格雷弗耶的自恋——由"大袋大袋的现金"和拉罗什富科家族的出身支撑的自恋——还

057

婚后两年、20 岁的伊丽莎白，已经是公认的美人了

是很有感染力。伊丽莎白的反应就验证了这个说法。她没有注意到子爵的缺点，反而和他一样笃信他有着无与伦比的洞察和魅力。初次见面仅仅几周，她就又羞怯又激动地对父母说，如果有谁能战胜她对婚姻的抵制，毫无疑问是魅力不可挡的格雷弗耶子爵。

　　她还喜欢他"北欧式的"英俊，热情地狂赞他"匀称的五官、漂亮的蓝眼睛和浓密的金色大胡子"。[28] 这些也是她从这个男人那里获得的暗示，正如布勒特伊幽默地说过的，这个男人"觉得自己算是天底下最最英俊的人了"。（伊丽莎白后来还认定布勒特伊忌妒她丈夫健壮的体格，因为他虽然五官漂亮，但有些驼背。[29]）也不是人人都觉得子爵英俊；他的胡子和头都呈现一种古怪的长方形，大家都觉得他长得像扑克牌中的国王。[30] 但在伊丽莎白看来，这恰恰突出了他血管流着王室的血液这一令人欣慰的事实：格雷弗耶的曾祖父夏尔·德·温迪米勒·迪卢克（Charles de Vintimille du Luc）是路易十五的私生子，还曾因跟那位国王神似而得了"半路易"的诨名。

要是新娘再挑剔一些，可能会觉得格雷弗耶的身高是个减分项。伊丽莎白在当时算是高挑的——她的身份证件上标注的身高是1.68米（5英尺6英寸），但子爵很矮，至少比她还矮几英寸。[31]更糟的是，他对此差异很敏感，在两人拍订婚照时，强烈要求她坐下来而他保持站姿，否则就拒绝拍照。但作为一个既有钱又有品位的男人，他知道如何扬长避短。他的萨维尔街① 西装的裁剪大大突出了他宽阔的双肩和胸膛，很好地遮掩了他矮胖的身材。

058

格雷弗耶是献殷勤的行家里手，事实证明，这是伊丽莎白那样天真烂漫的姑娘无法抗拒的。一个月光皎洁的夜晚，他在希迈府邸她的卧室窗户下面唱起了小夜曲。他穿着合身的深红色骑手上衣，头戴黑色天鹅绒软帽，手拿一支红玫瑰，让伊丽莎白想起了一部歌剧中的男主角，他那清晰有力的男高音更加深了这一印象。其后几周，他每次来拜访，她都会说服他跟她一起为她的父母唱一曲二重唱。她最喜欢的选段来自古诺的《浮士德》和莫扎特的《唐璜》，由此灵感，她总是温柔地把他想象为"我的唐璜"和"我的浮士德"。那时她还没有想过，她的爱人竟会变得像前者一样没有心肝，像后者一样没有灵魂。

伊丽莎白的确注意到，子爵在几个重要话题上和她意见不一致，而他也不乐意包容异议。他们的第一次争吵发生在5月，他陪她和米米一起去参观法国有史以来第一次世界博览会，这场博

---

① 萨维尔街（Savile Row），伦敦市中心梅费尔（Mayfair）的购物街区，因为传统的定制男士服装行业而闻名。萨维尔街从17世纪便声名鹊起，当时这里是欧洲皇家贵胄信赖与炫耀个人财富品位的地方。

览会由巴黎政府组织，意在向全世界表明，这个国家已经从七年前与普鲁士战败的厄运中恢复了元气。参观博览会的现代法国艺术展时，伊丽莎白迷上了《花园里的莎乐美》（*Salome in the Garden*，1878），这幅神秘的水彩画是由她母亲最喜欢的艺术家之一、象征主义画家居斯塔夫·莫罗创作的。[32] 米米附议女儿的赞美，说她和约瑟夫亲王或许可以设法买下这幅画，送给女儿女婿作为结婚礼物。令母女俩大吃一惊的是，格雷弗耶打断了她们的谈话，高声怒斥莫罗的画作一点儿也不美，古怪至极，但凡有一点品位或判断，都不会觉得它美。看看夏尔·沙普兰①吧，那才是艺术家！子爵骄傲地说他收藏有沙普兰的好几幅作品（他专攻媚人的学院派裸体画和古板的社交肖像画），而莫罗——开什么玩笑！[33]

目瞪口呆的母女俩赶忙把他从那幅引发不满的作品前引开，虽然他很快就恢复了平静，但他的爆发还是让伊丽莎白困扰了一阵子。"她的浮士德"似乎脾气很大啊，而且这么轻易就把脾气发泄在她身上——更不要说对她喜欢的画家和至爱之人。她觉得恐惧。米米倒没有那么容易被吓住，她还是买下了《花园里的莎乐美》，但只是送给了伊丽莎白一人作礼物，而不是送给她和子爵两人。

几周后，他再次发作了，这一次事关他们婚后共同的生活。伊丽莎白盼望着在巴黎参加所有聚会和舞会。她对他说，困在乏味的埃诺乡下期间，她一直关注城区贵族朋友们的那些令人眼花缭乱的社交生活的报道，已经迫不及待地想要亲身体验了。听到

---

① 夏尔·约书亚·沙普兰（Charles Joshua Chaplin，1825-1891），法国画家和版画家，主要画风景画和肖像画。他是一位多才多艺的艺术家，掌握不同的技巧，如粉彩、平版印刷、水彩、粉笔、油画和蚀刻。以画年轻女性的优雅肖像而闻名。

这里，格雷弗耶爆发了。他用"电闪雷鸣的朱庇特"的大嗓门喊道，上层的高调聚会都是愚蠢的宣传崇拜的症状，那种崇拜正在毁掉他们所在的阶级。他的夫人不该期待，甚至想都别想去参加这种讨厌的瓦解阶级的放荡狂欢。

这一次，伊丽莎白的惊异一定表现在了脸上，因为他在长篇大论的中途，突然换了一副腔调。"好啦，你不会那么喜欢社交圈的，对吧，贝贝斯？"他用一种温柔的、诱哄的语气说。

> **你这么聪明的女人，不会喜欢上流社会的——去舞会根本就是宝宝们干的蠢事（bête）！还华尔兹，多白痴的娱乐！不，唯一值得过的生活是私生活，隐秘的生活。**[34]

带着屈尊的傲慢提起她童年的昵称［突出"贝贝斯"和"bébête"（意为"愚蠢""幼稚"）的发音相近］之后，子爵宣布话题结束，像往常一样结束了争论。

伊丽莎白内心并没有改变立场，继续幻想着社交圈的欢乐场景。不过她决定不再就此话题跟他争论了。8月30日，她婚礼日的前几周，她开始在一个新日记本上写日记——婚姻日志。她在第一页上安慰自己，觉得她的柔韧性情一定能确保她和这个人一起过上幸福的生活，此刻，作为他不久后的新娘，她提到他时已经开始用教名了：

> 我深爱着亨利，完全被他迷住了。当然，他有自己的习惯和信念，但是我……我必须一心只关注那些让我更亲近他的东西。[35]

这段文字表明，伊丽莎白并不像她那个阶层的许多姑娘那样命运悲惨——因为家境一贫如洗而嫁给她们根本不可能爱上的人。然而尽管如此，想到要和亨利厮守终生，她天真的爱意中仍带有一丝困扰的矛盾心理。在婚姻日志的第一篇，她重忆起自己曾经幻想永远生活在父母身边。想起因为意外地爱上了亨利，她只能放弃这个梦想了，她不无焦虑地意识到自己还不清楚他是否一样爱她。"他会比世界上任何人都更爱我一些吗？"她想。答案必须是肯定的——即便亨利本人没有说过，米米已经向她保证了这一点。但若果真如此，伊丽莎白想，那"为什么我在快乐之余，会感到如此悲伤呢"？ 36

她把自己的忧郁心情归咎于一个事实，那就是结婚，即便是和亨利结婚，也会最终结束"我曾经的那个年轻女孩的王国"：

> 永别了，我深爱的一切——永别了，我少女时代的梦想和诗意——啊，我这样爱你们！那个少女时代的我不久就会死去了——我要结婚了——我，那个总觉得自己不适合婚姻状态、对结婚的后果只有反感，因而总是发誓永远不会结婚的我。但爱情以如此迷人的方式降临了，我的心被它从未有过的一丝痛楚击中，我终于不得不直面那个可怕的词语——婚姻。我将给自己的生命带上锁链，永远——永远！——我的命运将不再掌握在我自己手中；结婚，就必须接受它的后果……勇敢地跟我现在的生活说再见，不再回头，免得泪流满面。再见了，永别了，我珍爱的一切。

喜读诗书的伊丽莎白不止一次读到过"甜蜜而忧伤的爱"这种彼特拉克式的修辞，因而她自己对爱人的渴望也不乏抒情。事实上，她的外祖父阿纳托尔·德·孟德斯鸠-费赞萨克伯爵就是彼特拉克诗歌的著名译者。即便如此，她仍然害怕即将托付一生的"后果"。[37]

她写下的"后果"一词可能至少意味着以下二者之一。首先，伊丽莎白的父母注重培养她的心智、发掘她的艺术天赋，他们心目中的女儿不是——不仅仅是——一个只会服从的奴隶。然而尽管如此，在世纪末的社交界，这却是为人妻子的本分。那个时代最好的传记作家之一，克莱蒙-托内尔公爵夫人伊丽莎白（莉莉）·德·格拉蒙 [Élisabeth (Lily) de Gramont, Duchesse de Clermont-tonnerre，她同父异母的弟弟阿尔芒后来娶了伊丽莎白和亨利的女儿埃莱娜] 曾经评价这一失衡状态：

> 在那个时代，妻子必须服从丈夫，其程度简直令今人难以置信；她们无权拥有自己的观点，无权随心所欲地花自己的时间或金钱。我曾经认识一位贵妇人低声下气地请丈夫给她一些邮票，他答道："昨天不是给过你了吗。"我父母邀请我的格拉蒙·德·阿斯特尔（Gramont d'Aster）家的表姐去歌剧院时，即便她年事已高，头发全白了，她还是转头问丈夫："你会同意我去吗，安托万？"[38]

如果说婚姻制度本身妨碍了女人独立的话，那么嫁给亨利这个对最微弱的反对意见也绝不宽容的人，简直就令人窒息。从她亲身经历的两次爆发来看，伊丽莎白或许已经直觉地感受到，她得益于父母宽容而获得的那种思想或表达自由，在他这里绝无可能。和她与哥哥曾在对话作文中写到的那只笼中金丝雀一样，她也常常回想起那种自由，伤心地哀叹自己彻底失去了它。

她对婚姻的保留态度还有另一个解释，但两者绝不矛盾，那就是格雷弗耶家族传说，伊丽莎白极端厌恶性爱和怀孕。在一个全靠不断繁衍继承人和备用继承人才能维持存续的阶层，这是婚姻的必然结果，毫无商量余地。她的后代就证明了这一恐惧症，她只"给"亨利生了一个孩子，1882 年 3 月出生的埃莱娜，因为身为女孩，她既无法继承父亲的贵族头衔，也无法延续他的姓氏（因此这个姓氏就随着他的死亡而消失了）。因为伊丽莎白和亨利似乎没有再努力一次，没有不停地努力来孕育一个至关重要的儿子，所以公然违反了贵族社会对儿孙满堂的喜好——像伊丽莎白自己的娘家那样，连她自己的女儿出嫁后也生了四个儿子和一个女儿。[39] 就此而言，伊丽莎白的生育能力受到了同时代人的非议，其不同寻常的程度足够表明她宣称的对婚姻的"厌恶"，尤其是对性爱的反感。她的一位重孙辈曾用直接取自世纪末的委婉语说："我们家里人提起她时都说：'她对"那一类事情"充满恐惧。'"[40]

伊丽莎白的恐惧或许跟她完全没有任何性意识有关。父母抚养她的方式在很多方面都非常先进，但他们没有给她灌输过女孩应有的对生育"那一类事情"的认识。我们很难确切地了解一个姑娘成长过程中的这一方面，因为它在很大程度上关乎她不知道的东西，但伊丽莎白档案中有好几个文件提供了值得注意的线索。在她订婚前的日记中，她曾写道她很难分清楚自己遇到的那些男人有何差别，除了她喜爱的舅舅罗贝尔·德·孟德斯鸠之外，男人在她眼里都是"从一个黄不拉叽的恶心模子里造出来的"。[41] 她在临终前接受的一个未经发表的访谈中，透露自己还是个少女时，父母明确禁止她参与任何形式的"男人不得不用双臂抱住我"的舞蹈。[42]（就连华尔兹舞也在被禁之列。）她对访问者说，在埃诺的一个舞会上，一位年轻的法国军官试图出其不意地吻她一下，"我着实吓坏了，因为我觉得只要有人吻我一下，我就会怀孕生子"！

虽说贵族的处女新娘一般都是这样，但伊丽莎白似乎在完全了解生孩子是怎么一回事后很久，还是条件反射地惧怕和任何男人有最轻微的身体接触。或许这也不是偶然，她的妹妹们似乎也是一样。她的小妹妹米奈直到 24 岁的高龄（在社交界看来的确如此），才嫁给了据说对女人不感兴趣的职业军官查尔斯（查利）·波谢·勒巴尔比耶·德·蒂南［Charles (Charley) Pochet Le Barbier de Tinan］。他们婚后没有子嗣。而伊丽莎白一生都与之保持着亲密关系的妹妹吉吉选择根本不结婚，成了比利时的玛丽－亨丽埃特王后的宫廷女侍官。"我发自内心地害怕'那一类事情'，"吉吉这样解释自己逃避婚姻状态，"一想起'那个'我就浑身发抖。"[43]

伊丽莎白对性爱的保留态度本身，大概就足以使她与亨利龃龉不合了。就算在男人调戏女人像呼吸一样正常和随意的城区，他的性欲也被认为高得惊人。社交界谣传，他在整个巴黎有一个"名副其实的（情妇）后宫"[44]，只要他在城里，就每天接连不断地与她们每一个人颠鸾倒凤。事实上，亨利若干年如一日地遵循着自己的性爱日程，以至于拉着他那辆时髦的两轮双门马车——车身上绘着格雷弗耶家徽（蓝色球体、黑色秃鹫、金色王冠，还有条状银色背景上的金色星星）——的马儿们根本无需驾车人的命令，会自动在他每日行程的每一个地址停下来。

如果说伊丽莎白在他们订婚期间对亨利的后宫一无所知，在他们婚礼当天，从圣日耳曼德佩区教堂驱车前往希迈府邸拐角处的接待厅时，却无意中得到了一点关于后宫的暗示——圣日耳曼德佩区教堂建于公元 6 世纪，她的祖先，法国古老的墨洛温王朝的国王们即埋骨于此，她和新郎那场盛大壮观的婚礼也在那里举行，宾客多达 1500 位，包括奥尔良亲王的整支船队。亨利穿着深蓝色晨礼服，看起来光彩照人，伊丽莎白那条象牙白色的锦缎长裙后面拖着 16 英尺的裙裾，更是光芒四射。她父母提携的作曲家埃利塞奥·吕卡（Eliseo Lucat）专为他们的婚礼创作了一首名为《要幸福》（"Soyez heureuse"）的马祖卡曲，题献给伊丽莎白。婚礼结束，她和亨利两人走出教堂时，它那欢庆的旋律与组钟敲出的庆典钟声融为一体，却被另一种喜悦的噪音淹没：4000 个陌生人聚集在教堂门外，痴痴地看着这对迷人的新婚夫妇，看到他们出来，发出了震耳欲聋的欢呼。45

伊丽莎白在婚姻日志中写道，这是她最快乐的一刻，不仅因为她已经与至爱终成眷属，更因为那些争先恐后看她一眼的祝福者们如见天人：

> 我们在婚礼祝祷之后出现在教堂门口时，听到这些人高喊："他们多漂亮啊！"我必须承认，那座教堂，那座我小时候只要在巴黎，每周日都会去的教堂本身，似乎已经换了天地，正如我本人已今非昔比，我心中尽是喜悦。他们喊道："她好美！""多么迷人的少妇！""他真是个幸运的男人！"——听起来很蠢，但我心花怒放，又得意扬扬。

伊丽莎白在这里暴露了后来逐渐成为她成年后的主要特质：单纯地为自己的美而昂然自得，并因身边其他人对她的赞赏而神怡心醉。

这一次，她和亨利一坐上他的马车，伊丽莎白的喜悦就黯淡下来了，马车一直等在教堂的鹅卵石广场对面的波拿巴路（rue Bonaparte）上。他们乘车前往希迈府邸，她后来写道：

> 亨利似乎一心想着的马；事实上这让我很生气，因为我本期待着我们终于独自坐上了马车时，他会对我百般温存，但他的眼睛盯着他的马——整条波拿巴路上夹道欢迎的人们朝我们掷来花束，亨利却只是盯着外面，不停地说"亲爱的，你可得规矩点儿啊，人们都看着我们呢"。但爸爸曾开玩笑说，我们可以把（马车窗户上的）小窗帘拉上，有点儿隐私！我最后发现，亨利甚至在我们路过的那些商店的橱窗里观察马的动静。我气坏了，但我们很快就到了马拉凯码头，除了可爱的老姨妈夏洛特等在那里，别人都还没到呢，夏洛特姨妈像个小小的亚婆（她的确是呢）一样前后晃着头，对亨利说："漂亮的太太，漂亮的马，让我们走着瞧，走着瞧吧"——这是令人害怕的预言，从自己的姨妈嘴里说出来尤其令人心惊。[46]

伊丽莎白后来才得知，亨利之所以目不转睛地盯着马，是因为他担心它们会停在某一位情妇的门口，泄露了他那个后宫的秘密。

这个秘密在夫妇俩在塞纳-马恩地区度蜜月期间败露了，但不是立刻败露的。他们先是在拉里维埃（La Rivière）城堡暂住了两周，那是亨利父母名下的地产，位于历史名城枫丹白露（Fontainebleau）郊外。一个美丽的秋日午后，她和亨利去枫丹白露那树影斑驳的森林里骑马。伊丽莎白觉得风景太浪漫了，当即宣布那是她有生以来最快乐的一天。为了纪念那个时刻，她跳下马，采了一小簇石楠花。"我要把它保存一生！"她喊道，一边在丈夫的眼前摇着那束花，如弗耶所说，像个小小的牧羊女那样笑着。[47] 和亨利一起回到拉里维埃后，她把那些石楠花枝夹在一本书里，待它们干了，又夹在她的婚姻日志里保存。它们至今仍然夹在那里。

在拉里维埃，伊丽莎白开始试穿婚后女人的服装。她有生以来第一次拥有了自己的贴身女仆阿孙塔，后者用浓重的西班牙口音叫她"子爵啊夫人啊"，负责为她穿衣梳头。（阿孙塔忙着那些束腹撑和发卡时，"子爵啊夫人啊"还在勉为其难地写东西：日记、待办事项、创作篇章，还有写不完的家信。）伊丽莎白喜欢自己那些优雅的成年服装——米米在婚礼前为她买了几套新衣服——喜欢妆奁内那些令人心旷神怡的精美首饰。[48] 虽然父母财务拮据，但还是为她准备了体面的嫁妆：48条睡裙、24件绣花内衬衣、2件紧身衣、1件羊毛浴袍、34条衬裙、10件晨衣。96双袜子、96块毛巾、96条手帕，（除了毛巾和浴袍外）全都装饰着各式各样的手工蕾丝花边。"我觉得自己简直就是个贵妇人"，她写信给米米说。

表面看来，伊丽莎白和亨利是一对神仙眷侣。"你们看上去就像两个君主"，她新晋的小姑子路易丝·德·拉艾格勒说。[49] 伊丽莎白的第一反应是把它当成一句恭维话。但不久就发现路易丝这句话暗含讽刺，她便认定亨利的妹妹只是忌妒。伊丽莎白在日记中写道："丑陋的女人都对美怀有深深的恨意。"在另一篇文字中，她沉思道："没有什么比另一个漂亮女人的照片更让女人反感了。"[50] 伊丽莎白把她和亨利的订婚照放在拉里维埃客厅的壁炉架上。

然而在光鲜的外表之下，在她和自己英俊的新郎之间，麻烦正暗自酝酿着。关于新婚之夜，通常十分啰唆的伊丽莎白在自己的婚姻日志中未置一词，只是说亨利首次进入她的卧室时，她的心"跳得更快了"。但米米寄到拉里维埃的一封信却表明，伊丽莎白完全没有准备好身为人妇。米米意识到女儿缺乏经验，试图给她打气：

> 我知道你烦躁不安，但请立即平静下来吧。你爱亨利，那么就要信任他——毫无畏惧地把自己献给他。你说你准备穿着浴袍睡在贵妃椅（而非床）上。千万别那么做……如果我在，可以在夜晚替你的女仆当班，我会用一个吻把你哄到床上，让你像个乖孩子一样，安静地待在那里。你必须那么做，上床去吧。把心交给上帝，交给（亨利）。不要胡闹，不要闩上门……不要刚开始一起生活就伤害他——那伤害之深，可能远超你的想象。[51]

这封信的结尾或许表明，米米多少对亨利拈花惹草的癖性有了一些耳闻，因而更加急切地恳求伊丽莎白不要"伤害他"。然而伊丽莎白仍然畏缩不前，以近乎滑稽的轻描淡写拒绝此事："但是妈妈，有很多事情你从没对我说过啊！"[52] 这次交流之后，她和母亲再也没有讨论过性事。

但伊丽莎白以一位"德·蒙泰伊昂公爵夫人玛丽－爱丽丝"的日记之名，对她的新婚之夜有过委婉的描述。这位公爵夫人的名字取自她甜美可爱的堂妹玛丽－艾丽斯·德·卡拉曼－希迈（Marie-Alys de Caraman-Chimay），年方二九、新婚宴尔，出身高贵、样貌出众、冰雪聪明。她的娘家温馨有爱，但陷入贫困，就把她嫁给了一位富可敌国的法国公爵①，而玛丽－爱丽丝对这桩婚姻很满意……直到她的新婚之夜。出于礼节，她没有详细记录那晚的对峙，只是在第二天早晨把它描写成她有生之年最伤痛的经历。玛丽－爱丽丝哀叹道，她少女时代那些"关于身着绿衣的白马王子，关于月光骑士"的梦想，让她荒诞地全然没有准备好面对婚床上那个"玷污（她的）无瑕之美的丈夫"[53]：

当人们最初对我提到婚姻一词时，我以为那是献身和约束的同义词……我以为它是个社交行为，我的家人热切地希望我执行的社交行为。我没有料到——哦，我完全没有料到！——婚姻行为所意味的一切……的确，意味着献身和约束。但那未知的兽性啊，那包裹在美好语词中的玷污！哦，可怕啊！哦，蹂躏啊！在签订这样一纸合同之时，双方中只有一方了解它真正的含义，真的公平吗？……我该向谁抗议？我该责怪什么？风俗？法律？他，公爵？他只是在"履行丈夫的职责"……至少他是那么说的。[54]

这一段被录入伊丽莎白档案中的一份未装订的单页校样，是她其后 20 年断断续续地写的一本自传体小说的一部分。亨利根本不知道这部小说的存在。她是否以另一种方式让他觉出自己对"那种事"的恐惧，就只有天知道了。

---

① 注意：伊丽莎白虚构的第二自我的爵位比伊丽莎白的真实情况高得多。普鲁斯特笔下的德·盖尔芒特夫人是一位公爵夫人，而这个人物的三个原型中有两个是伯爵夫人，另一个是资产阶级，也同样提升了她们的身份。在普鲁斯特为《追忆似水年华》记录的最早的笔记中，德·盖尔芒特夫人"只"是一位伯爵夫人。——作者注

在拉里维埃待了两周后，新婚夫妇乘坐马车来了一趟短途旅行，穿过枫丹白露森林向东北驶去，前往壁垒森严的中世纪小城默伦（Melun）。路上，他们在大庄园（La Grande Commune）停下来，那是格雷弗耶家族在该地区拥有的好几处猎场中的第一处，伊丽莎白和亨利没在那里久留，时间刚够他对当地人发表一篇演说，接受他们对他结婚的祝贺——这些都是封建时代遗留的传统。

从大庄园出发，夫妇俩启程前往布德朗森林，每年秋冬，从打猎季开始一直到新年，格雷弗耶大家族的人都要聚集在这座占地 7500 英亩的庄园里，这对新人也将在那里度完他们的蜜月。这座城堡的形状是难看的 L 形，历史比格雷弗耶的贵族爵位久不了多少，完全没有孟德斯鸠和希迈家族建筑物的那种光泽感和历史感。它的样子让伊丽莎白想起了兵营。[55] 除了城堡入口处两旁过道上高大的铁杉，以及建筑物后面草地上那个周围长着荆棘丛的小池塘外，这里的景观也差强人意，一排看上去毫无人性的大温室代替花园，伊丽莎白觉得整个外观"别提多乏味了"。[56]

这类美学缺陷丝毫没有困扰她的丈夫和姻亲们，他们来布德朗森林不是为欣赏美景，而是为运动的。亨利的祖父在 1814 年买下这个地方，之所以选择这里，就是因为它的森林和草地是全法国最好的射击场。从那以后，格雷弗耶家族不断买入邻近的一块又一块土地，买断了许多佃农的耕地，迫使更多人背井离乡，创造了至此时为止最大的私家围场。在一篇关于"大首都为本地带来的祸患"的揭露文章中，当地报纸《大伯瑞犬》（Le Briard）的出版人报道说，格雷弗耶家族为享乐而吞并大片土地，迫使整个社区的农民和小农场主背井离乡，要知道那些人已经在该地区居住和耕作了几个世纪。这些贫苦之人不仅被迁往格雷弗耶庄园的最外围，连世代都是公共交通路线的道路、马道和人行道也严禁他们使用。《大伯瑞犬》的出版人以笔名撰写这篇文章，猜想"格雷弗耶的个人梦想一定是要把整个塞纳－马恩地区变成只属于他自己和其他几位像他一样的大地主的庞大围场……在他的心目中，（该地区的）小农户的命还没有一窝山鹑值钱"。[57]

为了保护那些山鹑和地产上所有其他猎物，格雷弗耶家族雇用了一支场地管理员和护卫的常备军，领头的是一位好勇斗狠的彪形大汉，名叫"大胡子"。[58] 这些全副武装的人负责不惜一切代价保护该家族"神圣不可侵犯的猎物"，对入侵者和偷猎者实施残酷的惩罚。"大胡子"觉得每一个当地人，不分男女老幼，都是潜在的罪犯。"我们是金属工具，你们不过是陶土罐，"他曾对一群嫌疑人说，"我们会把你们砸得粉碎。"[59] 结果，《大伯瑞犬》报道说："'大胡子'比格雷弗耶家的人更可恨，更可怕。"[60] 但说到底，"大胡子"的确只是工具——是他的老板公然无视平民的明证。手下人以他们的名义实施威吓手段表明在第三共和国，有产者和无产者之间仍隔着不可跨越的鸿沟。

但对有产者——至少对那些热爱打猎的人而言，布德朗森林可谓人间天堂，可与有数世纪历史的法国王室的打猎场、传奇的尚蒂伊庄园（domaine de Chantilly）一类的围场媲美。[61] 尚蒂伊庄园如今属于德·欧马勒公爵（Duc d'Aumale），他是已故国王路易－菲利普的幼子，也是（除了罗斯柴尔德家族之外）活着的法国人里少有的几位比格雷弗耶家族富有的人之一。就连德·欧马勒公爵也希望收到布德朗森林的邀请，他和他的奥尔良亲戚们偶尔会位列格雷弗耶家族的贵宾席。经常在那里和亨利一起打猎的人被称为"发起人"。除了亨利的妹夫们、父亲和叔叔亨利之外，这个小圈子还包括亨利·德·布勒特伊、德·拉福斯公爵（Duc de La Force）、迪洛·德·阿勒曼侯爵（Marquis du Lau d'Allemans）、科斯塔·德·博勒加尔侯爵（Marquis Costa de Beauregard）、阿瑟·奥康纳（Arthur O'Connor）以及奥廷格兄弟鲁道夫和弗朗索瓦，这最后两位是和格雷弗耶家族一样的新教银行家家族的子弟。作为布德朗森林围场的常客，发起人都有一种特殊的纽扣，上面饰有庄园名称和一个野猪头。

野猪是布德朗森林的特产猎物，格雷弗耶家族在那里豢养和训练了40条野猪猎犬（un vautrait）专门用于这一目的，此外还有几十条普通猎犬（une meute）用于狩猎其他野兽，包括狐狸、狼和雄鹿。但尽管动物品种不一，狩猎的仪式却大致相同。布德朗森林的枪手们身穿蓝金色制服，策马狂追猎物，有几

布德朗森林是格雷弗耶家族最喜欢的围场，位于塞纳－马恩地区，他们每年秋冬的大部分时间都在那里度过

这张明信片上显示的是在布德朗森林一天所获的猎物

格雷弗耶家族和他们的亲戚都是贪婪的猎人，包括创作这幅水彩画的鲍勃·德·拉艾格勒（Bob de L'Aigle）在内

百年历史的狩猎自有一套大阵仗：狩猎专家、猎人、狩猎号和一群猎犬。一大群人横穿森林和草地狂奔几个小时，猎物为活命而奔逃。直到最后，猎物半是累死半是吓死，在狂暴的犬牙和武器（霰弹枪、来复枪、左轮手枪乃至匕首）之下悲惨地送命。猎犬及其主人杀得正酣时，胜利的号角高声吹响，却不能完全盖住牺牲品们绝望的哀号。

虽说每一位发起人都热爱狩猎，但它并非布德朗森林唯一的纵欲方式。格雷弗耶家人和宾客们还享受那种最奢华的射猎方式：驱射（battue），即一大群驱猎者把野禽和野猪赶出它们的躲藏地，驱赶它们走向大批的枪支。[62] 一位驱射老手写道，在布德朗森林这样规模的庄园上，这种游戏可以引发一场对动物的"真正的大屠杀"。每个打猎季，除了那里自然野生的数万只鸟类外，格雷弗耶家族在庄园里储备的野禽也数量惊人——30000只野鸡、7000只山鹑，等等。[63] 按照德·拉福斯公爵的说法，在布德朗森林里驱射一天，一个神枪手不费吹灰之力就能收获1500"件"战利品。有一年，巴黎伯爵那位风流潇洒的弟弟德·沙特尔公爵罗贝尔·德·奥尔良（Robert d'Orléans, Duc de Chartres）表现出众，仅用两天时间就猎杀了3400只鹌鹑。

对打猎爱好者来说，打猎的传统（和放纵）完全能够解释为什么历史上它被称为"帝王的游戏"。亨利对这一联想甚是自豪，认为和他与伊丽莎白结婚一样，布德朗森林也能给王室和国家首脑留下良好印象。（城堡虽然名义上属于他的叔叔亨利，但作为格雷弗耶家族的最后一位男性，亨利继承它已经是板上钉钉的事了。）他第一次带领贝贝斯参观庄园时，就带着骄傲的神情对她说，共和国的现任总统、贵族出身的元帅德·麦

克马洪 ① 将在 12 月初来这里，和众发起人一起进行几天的射猎活动。

　　这个消息让伊丽莎白大吃一惊。她们希迈家族跟麦克马洪有亲戚关系——用上层的术语来说，她和元帅算是"沾亲带故"——他的妻子闺名伊丽莎白·德·拉克鲁瓦·德·卡斯特（Élisabeth de La Croix de Castries），则是伊丽莎白的教母，也是米米最好的朋友。然而伊丽莎白没料到，她那位痛恨共和派、宣称他们全都"臭气熏天"的丈夫竟然还愿意与麦克马洪结交。不过亨利坚称无论在政治上还是在社交上，元帅都是"我们的人"，应该结交。"此外，"他还说，"虽说在政治上洁身自好并非不可能，但有时还是得做一些奇怪的事情。"⁶⁴ 伊丽莎白当时不可能了解这句话概括了亨利全部的政治哲学，那就是在个人利益面前，原则不值一提。

　　说到打猎，亨利就远没有那么灵活了。正如他对贝贝斯解释的，布德朗森林的日常活动不容许任何例外：按家族规矩，无论天气有多恶劣，无论她有多不情愿，她每天必须和其他女人，包括她的婆婆格雷弗耶伯爵夫人费利西泰，她的大姑子拉艾格勒伯爵夫人路易丝和让娜·德·阿伦贝格亲王夫人，还有每一位男性客人的夫人，一起跟着打猎队伍。伊丽莎白沮丧极了。她试图让亨利知道，她一点儿也不喜欢打猎：不喜欢那阴冷潮湿；不喜欢在猎犬追逐猎物、男人们端枪射击时无尽的等待；不喜欢在马鞍上和敞篷单门篷车里待好几个小时；不喜欢本地农民和村民们一

---

① 帕特里斯·德·麦克马洪（Patrice de MacMahon, 1808-1893），法国军人，法兰西第三共和国的第二任总统（1873—1879 年在位）。他在克里米亚战争及意大利马真塔战役（1859）中扬名，后晋升为法国元帅，并受封为德·马真塔公爵（duc de Magenta）。

听到号角就从整个乡野蜂拥而至，唯恐晚了便看不见猎物；不喜欢那些咆哮声、尖叫声，以及整场活动结束后凝结成块的血迹。她一点儿也不喜欢。她碰巧骑术很好，在马背上姿势优雅倒还算是一点安慰，但并不足以让她放弃立场，喜欢上这么糟糕的追捕游戏。

话虽如此，但她太害怕丈夫发脾气，根本不敢公开跟他作对。因此她敦促他考虑一下他的表妹康斯坦丝娇弱的身体，她与亨利·德·布勒特伊的婚礼只先于亨利和伊丽莎白的婚礼一个星期。用那个时代的惯用语来说，年轻的布勒特伊侯爵夫人有痨病（饱受肺部和胸部虚弱之苦）。因此，伊丽莎白推论道，康斯坦丝最好待在有火炉的室内，而她既然是格雷弗耶家的客人，就不

虽然伊丽莎白颇擅骑术，但她丝毫没有丈夫对这种帝王游戏的热爱

该被独自一人留在那里。

这是个聪明的说法，迎合了亨利对标准"贵族式"拘泥于形式的专注。（按照一位社会讽刺作家的说法，上流社会对"要有礼貌"的重视程度比对整个《十诫》加起来还要多。[65]）不过亨利很快就识破了伊丽莎白的诡计，对她说此事要由他的父亲和亨利叔叔来决定，让他异常震惊的是，他们居然支持伊丽莎白的计划。亨利的父亲夏尔急不可待地想要孙辈来传宗接代。因此他觉得不让负责生育格雷弗耶家下一代的女人受累去打猎不但合理，而且明智。（事实上，伊丽莎白好笑地记录说，如果让她的公公说了算，他根本不会让她动弹一下："为了我的健康考虑，我觉得他会希望看到我困在轮椅上！他总是给我送来各种吃的喝的，还拉过来椅子让我坐。"[66]）至于亨利叔叔，他已经病入膏肓（第二年春天就因病去世了），深知发起人的打猎生活习惯会给他们的身体带来怎样的惩罚。他也同意夏尔的看法：其他人在野外打猎时，两位少妇应该获准留在家里。

然而如果说亨利的父亲和叔叔倾向于把两位新娘排除在帝王游戏之外的话，他的母亲可不这么看。费利西泰争辩说，无论是康斯坦丝的肺还是伊丽莎白未出世的孩子都与此事无关；在布德朗森林，每个人都要参与打猎，不由分说。这次轮到伊丽莎白震惊了——夏尔和亨利·格雷弗耶立即屈服了，请求她按费利西泰说的做。

这次交流让伊丽莎白首次了解到格雷弗耶家族的另一个传统：要绝对地、心存畏惧地服从婆婆。费利西泰绝非美女，但她有着埃斯蒂萨克那一支拉罗什富科家族每个人都有的锐利的蓝眼睛和鹰钩鼻。年轻时，这些特征至少让她显得有些与众不同。不过自那以后，她早已头童齿豁，如今显然戴着假牙和假发。（她的假发黑得像鞋油，看上去特别假。）这些饰物给了她一种可怕的气势，让她整个人看上去就像个军事教官或近卫军掷弹兵，她那股子唐突专横的派头更是雪上加霜。她的丈夫在与其他人打交道时都十分和蔼自信，在她面前却畏缩得像个小学生，亨利叔叔也是如此。伊丽莎白在日记中抱怨说，格雷弗耶家族"把握权柄"的是费利西泰，其次就是路易丝·德·拉艾格勒，这另一位"身穿制服的掷弹兵"显然很乐意帮助母亲驳倒贝贝斯对其权威的挑战。[67]

伊丽莎白别无选择，只好每天陪着一起打猎，跟她做伴的还有康斯坦丝·德·布勒特伊（她几年后死于肺炎）。不过她的屈服并没有让她和夫家女眷间的关系归于和平。高大而阴郁的路易丝态度和做派都和她母亲一样令人不安，她冷若冰霜，总是沉默地表示不满，而费利西泰公开咆哮地指责伊丽莎白不是个合格的打猎爱好者。在她所有的夫家女眷中，只有让娜·德·阿伦贝格这位娇小玲珑的金发女子偶尔会对她示好。但和夏尔及亨利叔叔一样，让娜也太胆小，不敢公然与费利西泰作对。伊丽莎白身陷敌营，孤立无援。

/ 072

她的婚姻日志现在变成了无尽的失望和伤悲的记录。伊丽莎白在描述典型的野外打猎日时写道：

> 今天我在婆婆的单门篷车里，追着打猎队伍在户外待了五个小时，我真的喊出了声：太冷了！她一刻不停地实况解说："猎人们到那边去了，不，他们到这边来了，我们得看看有什么东西窜出来了……"突然，16只野猪跃入眼帘。但我只看到了6只，我婆婆很生气，因为我说看不清最后一只是不是母猪。显然，我还有"很多东西要学"。[68]

　　婆婆找碴就已经够令人不快了，但发现了这一切的起因后，伊丽莎白愈加烦恼，那就是费利西泰坚信，哪个女人也配不上她唯一的儿子。就连让娜乃至路易丝私下里也承认，他们的母亲养育亨利的方式让亨利本人也坚信这一点，家里的其他人也都忍受不了他的跋扈。[69] 在她的日记和家信中，伊丽莎白给费利西泰取了一个代号："地狱犬"（Cerberus），原型是古典神话里那只长着三个头的邪恶看门狗。"地狱犬一刻不停地盯着我，不错过任何一个细节，态度冷淡极了，"她写道，"她的个性处处跟我相反。"[70]

　　一天，当猎犬们袭击了一位老农妇而不是它们屠杀的猎物时，费利西泰的冷淡中露出了邪恶的一面。伊丽莎白亲眼见到她婆婆听说狗群把那位老迈的受害者的嘴唇"咬下来一大块"时，居然"变得很兴奋"，这真是让她目瞪口呆。自始至终，费利西泰对被狗群狂屠的女人没有一点关心，而是不停地高声尖叫着："它们咬了那个老东西！好棒的狗！"[71] 如果说伊丽莎白曾经怀疑过"地狱犬"这个绰号是否欠妥的话，经过这一事件，她一点儿疑虑也没有了。的确，她现在亲眼看到了她的新家庭为什么如此不受当地人欢迎，为什么当地的报纸如此不遗余力地谴责"（格雷弗耶家族）在这片可悲可怜的角落上实施压迫，在这里，主人的意志高于法律"。[72]

　　伊丽莎白把婆婆划归魔鬼之列并非难事，但让她接受亨利同样恶劣就要难得多——更重要的是，他对她也一样恶劣。他以母亲为榜样，利用贝贝斯不喜欢打猎这件事作为借口，对她随意责骂。10月19日，他在一大群猎人面前对伊丽莎白大发雷霆，原因是按照他的说法，她"看到他对鸭子开枪时，那样子就像奥

菲丽娅 ①"。[73] 这个比喻与其说证明了伊丽莎白的所谓不当行为，倒不如说显示出亨利不学无术，因为她惹他生气的事情——缩在羊毛毯子下面，牙齿打战——与发疯的奥菲丽娅溺水而死没有任何相同之处。但亨利似乎无论如何就是要对伊丽莎白吹毛求疵。几天后，他正端枪准备射击时，她听到康斯坦丝的一句蠢话而笑起来，这又让他爆发了。他再次当着所有人的面对贝贝斯大肆咆哮。她在日记中写道，那天他说尽刻薄话之后才停止咆哮，并断然得出结论说："嗯，看来你这辈子从来没打过猎！"[74] 那句致命的侮辱过后，他才扭转马头，骑马走了。

打猎结束、吃饭锣敲响时，伊丽莎白在布德朗森林的折磨并没有跟着结束。和在城里一样，在乡下，人人也要穿戴整齐地出来吃晚餐。然而在这一层表面的优雅之下，餐间谈话仍围绕着枪支猎物，这让伊丽莎白觉得乏味得难以忍受。正如她在一封家信中抱怨的那样，布德朗森林饭桌上的谈话"主要是把白天打猎的那些细节重复一遍"——仿佛那些细节多么激动人心，值得重复和进一步分析似的。她后来发现，这样的做法倒不是布德朗森林独有的。德·拉艾格勒家族也有自己巨大的围场庄园弗朗克波特（Francport），那块 13000 英亩的森林庄园就在孔皮埃涅（Compiègne）森林旁边，发起人也喜欢在那里聚会。[75] 在那里，正餐时间的习俗是在吃饭开始时朗读当天的打猎记录，然后对涉及的每一枪和未打中或屠杀的每一"件"战利品细细回味一番。经历过几次这样的晚餐会后，伊丽莎白简直要庆幸自己没有在弗

---

① 奥菲丽娅（Ophelia），《哈姆雷特》中的人物。她深受哈姆雷特喜爱，这段感情却受到其父御前大臣的万般阻拦；御前大臣后被哈姆莱特刺死，奥菲丽娅得知后，面对亲人和爱人的矛盾彻底崩溃，整天唱着古怪的歌到处游荡，不幸落水淹死。

朗克波特度蜜月了。不过要是没有在布德朗森林度蜜月，她也会一样庆幸。

发起人在餐桌上还喜欢谈论另一个话题，但那个话题是农场经营。和大多数乡绅贵族一样，格雷弗耶家族及其朋友们也把农业和畜牧业看成乡绅的神圣职责。因为天性偏好智识和艺术，又自幼游历四方，伊丽莎白对此没有任何兴趣，十分困惑夫家人何以对"小鸡、火鸡，甚至猪"如此着迷。她对米米承认说，当饭桌上进行这类讨论时，她只能像"萨拉·伯恩哈特①在（维克多·雨果的）《爱尔那尼》②中问她的情人是否还活着时一样，装出动情的样子"。[76] 一天傍晚，伊丽莎白在全桌人热切地讨论最好用什么饲料喂养野鸡时，逼迫自己参与了讨论。她努力装出萨拉·伯恩哈特那种动情的样子争论说小虫子比蚂蚁卵更好，总算赢来了亨利难得的赞许的微笑。

然而伊丽莎白发自内心地不喜欢"这里无比乏味的晚间聚会"。她在日记中试图提醒自己，尊重亨利的品位和愿望是身为人妻的职责所在：

> 我必须记住，我现在过这种生活是为了让我丈夫高兴。尽管实在很难逼自己去喜欢完全没有兴趣的东西，但或许我对这一切的感情会随着时间的流逝而改变。[77]

---

① 莎拉·伯恩哈特（Sarah Bernhardt，约 1844–1923），19 世纪和 20 世纪初法国舞台剧和电影女演员，被认为是"世界上最著名的女演员"，圣女贞德之后最有名的法国女人。在 1870 年代——"美好年代"的初期，伯恩哈特就以她在法国的舞台剧表演而出名，其后闻名于欧洲和美洲。

② 《爱尔那尼》（*Hernani*），法国浪漫主义作家维克多·雨果的戏剧作品，标题来自西班牙南巴斯克县的一个小镇，该剧于 1830 年 2 月 25 日在巴黎首演。

　　想到亨利不遗余力地毁谤她自己的兴趣，例如读书，这样合理化的自我安慰就更难接受了。虽然他也收藏书，但不怎么喜欢阅读；和他花同样多的时间收购的艺术作品一样，在他看来，他买来的那些珍本只是身份的象征，除此再无他用。伊丽莎白对父母抱怨说，这就是为什么"这里的图书室总是锁着。亨利无法想象居然还真有人想进去找点东西读"。更糟的是，她渐渐明白，他把她爱书看作一种性格缺陷，他有责任改正这种缺陷。有一次他从她的手中夺过一本诗集，高叫道："爱我比爱任何小说都强！"

　　当伊丽莎白试图让他了解，她的生命中不能没有小说（或诗歌）时，亨利提出了一个假装妥协的方案。他提出为她订阅《法国公报》（*Gazette de France*），就是他母亲偶尔细读的一份保王党报纸。但伊丽莎白的灵魂需要的是文学，她拒绝放弃。[78]亨利看到她蜷缩在那里阅读维克多·雨果的一本书，大发脾气，尖叫着说她"品位太差"。他的发作让伊丽莎白也火了。"每当有人攻击我热爱的东西，"她后来写道，"我会被激怒，也会失态。"[79]

　　正因为在布德朗森林的生活如此烦闷，伊丽莎白起初很盼望她和亨利那年秋天的另一项主要娱乐：作为夫妻，义不容辞地首次拜访该地区的亲朋好友。她对有机会离开庄园和夫家人心怀感激。然而正是在一次这样的出行中，她第一次瞥见了丈夫秘密的婚外恋，她在婚姻日志中布满泪痕的三页纸上记录了这一发现。"那块遮眼布从我的眼前扯下了，"署期为 1878 年 10 月 23 日的日记第一页写道："整个天地一下子明光锃亮，刺眼的光芒带来的是无穷无尽、无以言说的痛楚。"第二页只写着一个名字——

"德·奥松维尔子爵夫人德·阿尔古小姐（波利娜）"①，第三页是她对整个事件的叙述。那天傍晚德·奥松维尔子爵和子爵夫人（后来的伯爵和伯爵夫人）在他们位于附近的古尔西（Gurcy）城堡为伊丽莎白和丈夫举办晚宴，其间她发现庄园的女主人与亨利眉来眼去，"对他投来无数小小的爱意和渴望"，暴露出二人的关系毫无疑问异常亲密。

突然间，亨利频繁地离开布德朗森林——包括有一次短期前往巴黎去参加一个婚礼，伊丽莎白也接到了邀请，但他禁止她参加——被赋予了一个可怕的全新意义。[根据社交界的传言，亨利蜜月中的大部分时间都与波利娜·德·奥松维尔幽会，不仅在巴黎，也在布德朗庄园距离古尔西很近的一座建筑——桦木屋（Les Bouleaux）。]

亨利与波利娜的婚外情也解释了他最近为什么几乎随意对伊丽莎白发脾气，哪怕争论的焦点根本不是她是否算个女猎手。那晚在古尔西的宴会上，她意识到如果说亨利"如今对我既不温存也不体贴"了，那不仅仅是因为他脾气不好、性情冷漠——虽然这些的确是他的特质。不，她的丈夫之所以对她劈头盖脸，是因为她不是波利娜，还因为天真烂漫的伊丽莎白希望他无论如何都是爱她的。

这是个无法实现的愿望。德·奥松维尔子爵夫人波利娜娘家姓德·阿尔古，在很多方面，她与亨利才是天造地设的一对，伊丽莎白望尘莫及。波利娜是一位完美的贵妇，对自己有着近一千年历史的贵族血统深感自豪，甚至可以花好几个小时冥想

---

① 波利娜·德·阿尔古（Pauline d'Harcourt, 1846-1922），出身于古老的法国贵族家族的女性活动家。她曾在 1907—1923 年任伤兵救济协会（SSBM）女士委员会主席，该组织是法国红十字会（1940）的前身。

自己和丈夫的家世有多伟大，她的丈夫奥特南也有一位姓德·阿尔古的祖母，这更令她志得意满。（这对夫妇的父系祖父曾在路易十六的王宫里担任高阶廷臣，既是好友又是姻亲，两人的儿子又安排自己的孩子联姻，更是亲上加亲。）波利娜对祖先的崇拜让她与亨利气味相投，亨利喜欢吹嘘她母亲家族的制服是紫色的，那是王室服丧的颜色，历史可以追溯至 12 世纪，一位耶路撒冷的拉罗什富科国王穿上它，"悼念耶稣基督之死"。[80]这个传说会让波利娜重提德·阿尔古家族在"圣地"的功绩，他们曾在"狮心王"理查一世[①]的旗帜下，向圣地发起过十字军东征。

除了背家谱之外，波利娜的主要信条就是上流人士的"单纯"品质。在理想的贵族用法中，这个词表达的是一种值得赞美的低调谦和，一种务实的亲切优雅，表示一个人不管地位多高贵，都不会误以为自己事实上高人一等。但在世纪末的城区，这样的品质已经相当稀有了，或许是因为贵族已经丧失了太多特权，没有定力再对自己所剩不多的一项特权——表面上与生俱来的高贵——淡然处之。和她的贵族同伴们一样，波利娜的"单纯"也只是一种骗术。她假装对自己事实上最为骄傲的价值——出身和头衔——不以为然，如此恰能以一种迂回的方式表明她真正出身高贵。正如评论家亨利·拉齐莫[②]所说，"赞美一个人

---

① 理查一世（Richard Ⅰ，1157-1199），中世纪英格兰王国的国王，因勇猛善战而得到了"狮心王"（Richard the Lionheart）的称号。理查一世身为天主教徒，曾加入教廷发起的十字军东征。他是第三次十字军远征的将领，于阿苏夫会战中击败穆斯林军队。

② 亨利·拉齐莫（Henri Raczymow，1948-），法国作家。他自 1970 年代起，在巴黎担任文学教授。著有《占领》（La saisie，1973），《我们亲爱的马塞尔在这一夜过世》（Notre cher Marcel est mort ce soir，2014）等。

'单纯',意思就是她有足够的理由不单纯"。[81]

就这个意义而言,上层人士中没有谁比亨利那位自大的表兄艾默里·"座次"·德·拉罗什富科更不单纯了。[82] 于是波利娜就常常通过嘲弄他来展示自己的"单纯",通过嘲笑艾默里对出身的得意来淡化自己对此事的虚荣。一位参加过她在巴黎举办的招待会的社交界绅士(*hommes du monde*)曾说:

> 德·奥松维尔夫人真是骨子里的单纯,她常常说起"她亲爱的艾默里·德·拉罗什富科伯爵"……"如果艾默里不随身带一本家谱,就是个魅力无限的绅士了。"她会揶揄(他)有一次和一群(拉罗什富科)亲戚一起去日内瓦湖上划船。突然,湖上刮起了一阵大风,看样子船马上就要沉了,伯爵对赶来帮助他们的救援者们大喊:"先救家族中更高贵的那一支!"

除了装出一副姿态,表明自己不会如此野蛮可笑地狂妄自大之外,波利娜的故事另有一个好处,那就是支撑起了她的情人那点脆弱的虚荣心。他也一样对自己的拉罗什富科血统沾沾自喜,但亨利痛苦地意识到,"格雷弗耶"这个姓氏有着中产阶级新教徒的意味,缺乏一个贵族小品词("德")①,而且它的贵族头衔的历史还不到一个世纪,所有这些当然无法让艾默里这样的血统纯正论者景仰,为了弥补母亲的资产阶级出身的坏影响,艾默里常常"指出那些备受吹捧的血统中的弱点,就连一百多年前结成

---

① 虽说小品词"德"既不是证明贵族血统的必要条件也非充分条件,但这个词的确出现在绝大多数法国贵族的姓氏中。亨利·格雷弗耶很介意自己的姓氏中没有这个词。据安德烈·德·富基埃说,他坚称格雷弗耶这个姓氏本身"比任何小品词都要高贵"。——作者注

的那些门不当户不对的婚姻也要嘲笑一番"。[83] 表兄的这个习惯带出了亨利最邪恶的一面，他自视过高，根本容不得对他的血统有任何中伤。波利娜迫使艾默里采取守势，抚慰了他的心灵。

然而，她在这方面的玩笑绝没有让她的态度变得平易近人。正如她的朋友加布里埃尔－路易·普兰盖① 所说，波利娜认为自己仿佛"远远高人一等……头上戴着一顶隐形的王冠：谁见了她，都想要向她俯首鞠躬呢"。同样，莉莉·德·格拉蒙也说她：

> 温柔可亲，但近乎固执地陈腐，仿佛她是一位女王，屈尊俯就地跟低她一等的人寒暄似的。她称呼他人也用昵称，对他们嘘寒问暖，但她那双冷漠的大眼睛可丝毫不参与言辞和手势传递的温情……她的姿态非常高傲。[84]

康斯坦丝·德·布勒特伊的评价更刻薄："德·奥松维尔夫人的人品很差。"[85] 但波利娜的高傲让她与亨利非常亲近，亨利的母亲从小就教育他，傲慢是"出众和出身的标志"。他还很看重波利娜与奥尔良派的王位觊觎者巴黎伯爵和伯爵夫人的亲密友谊。只要那些君主能够东山再起（亨利希望如此，也为此做了充分的打算），他们无疑会征召波利娜和她的丈夫担任高位，那样以来，德·奥松维尔家族就能够接近王位，就连与比利时王室关系密切的卡拉曼－希迈家族也无法与之媲美了。[86]

---

① 加布里埃尔－路易·普兰盖（Gabriel-Louis Pringué, 1885–1965），法国作家和专栏作者，著有《城中30年晚餐记》（*30 ans de dîners en ville*, 1948）、《画像与幽灵》（*Portraits et Fantômes*, 1951），以及《盛装归来》（*Revenants en habits de gala*, 1955）等。

然而，如果说波利娜出众的社交和政治资质本身就已足够吸引亨利，那么她的美貌也同样令他着迷——上层称她为"美女波利娜"并非空口无凭。波利娜虽比伊丽莎白大14岁，但伊丽莎白在日记中承认，亨利的情妇仍然是个

> 美丽的妇人，身材高大，金发碧眼，美如雕塑。她的皮肤或许因为玫瑰痤疮而显得太红了，但她的鼻子挺拔而漂亮，还有路易十五那样一双眼皮松弛的眼睛。

这最后一个特质或许说明亨利被波利娜吸引有一种自恋的成分：她很像他自己所谓的王室祖先，或许更重要的是，她很像他自己。正如布勒特伊所说，"格雷弗耶的情妇们都是金发女郎——她们的头发全都是同一种草莓金色调，这让她们看起来像一家人"。[87] 这也让她们和她们那位草莓金色头发的情夫看起来像一家人。

至于奥特南·德·奥松维尔，如果他对妻子与亨利的私情略知一二的话，他似乎并不为此而苦恼——原因或许是他自己据说也跟配偶以外的其他人有染。德·奥松维尔的同代人注意到他对波利娜"无可挑剔、近乎吓人的殷勤"[88]，但社交界都知道他是乔治·比才夫人的忠实拥趸，就是父亲和亡夫都是伟大作曲家的那位比才夫人。只要在巴黎，他从未缺席过比才夫人的周日招待会，他的妻子从不跟他一起参加这类活动。比才夫人这种放荡不羁的资产阶级犹太人，正是傲慢的波利娜希望躲开的那一类人。不过老实说，她倒也不必担心会跟这人狭路相逢；比才夫人劝她的男性朋友来拜访她时最好都别带家属。

伊丽莎白完全理解戴眼镜的严肃绅士奥特南·德·奥松维尔

何以被比才夫人所吸引，她在蒙马特尔举办的沙龙让一大群成就斐然的名人趋之若鹜。毕竟，他本人就是一位严肃的知识分子，出身的家庭既是"有生"阶层，也是有头脑的。他的母亲是一位传记作家，传主既包括文艺复兴时期的作家玛格丽特·德·那瓦尔[1]，也包括现代文学评论家沙尔-奥古斯丁·圣伯夫[2]，而她的祖母热尔梅娜·德·斯戴尔[3]则是法国文学史上最著名的女小说家之一。他的父亲，目前的德·奥松维尔伯爵，是著名历史学家，也是法兰西学术院院士。奥特南本人也是一位受人尊敬的作家，有志于将来接替父亲进入学术院，据说认识不少"不朽者"的比才夫人正在帮助他实现这一抱负。

/ 078

　　格雷弗耶夫妇拜访古尔西前不久，奥特南刚刚完成了一部关于缺乏教育和无家可归对城市贫民孩子的负面影响的专著。他现在正奋笔疾书，撰写一部他的高祖母苏珊·内克尔[4]的传记。不仅她的女儿德·斯戴尔夫人是个名人，内克尔夫人也是路易十六的财政大臣雅克·内克尔[5]的妻子，1789 年 7 月 11 日他被国王

---

① 玛格丽特·德·那瓦尔（Marguerite de Navarre，1492-1549），文艺复兴时期的法国贵族之一，是著名作家与文人的保护人。她醉心于文化沙龙事业，也为艺术家与作家大力提供赞助。在当时的法国和欧洲均产生了极大影响。

② 沙尔-奥古斯丁·圣伯夫（Charles-Augustin Sainte-Beuve，1804-1869），法国作家、文艺批评家。圣伯夫出生于布洛涅的一个旧贵族家庭，1823 年进入医学院学习，1857 至 1861 年在巴黎高等师范学院任教。他作为批评家的名声在第二帝国时期达到顶峰。

③ 热尔梅娜·德·斯戴尔（Germaine de Staël，1766-1817），法国女小说家、随笔作者。她将那些当时并不为人所知的德语作家的浪漫主义作品推广开来，并以此而闻名，也奠定了自己的文学地位。

④ 苏珊·内克尔（Suzanne Necker，1737-1794），法国-瑞士沙龙女主人和作家。她主持了旧制度时期最著名的沙龙之一，还领导了法国临终关怀医院的建设。

⑤ 雅克·内克尔（Jacques Necker，1732-1804），法王路易十六的财务总监和银行家，在法国大革命期间和其后发挥了重要作用。

解职，加速了三天后对巴士底狱的狂攻。在法国革命的前十年，她在巴黎的沙龙吸引了法国启蒙时代的领袖人物，包括哲学家德尼·狄德罗和让·勒朗·达朗贝尔①，以及博物学家德·布封伯爵乔治。

奥特南对内克尔夫人的研究让伊丽莎白很感兴趣，她自己的曾祖母塔利安夫人也曾在革命后那十年主持过相当重要的沙龙。（事实上，塔利安夫人就是通过德·斯戴尔夫人认识了她未来的丈夫、伊丽莎白的曾祖父德·希迈亲王的。）同样让伊丽莎白感动的，还有他显然为高祖母的成就感到骄傲；除了她那些希迈家和孟德斯鸠家的亲戚外，伊丽莎白很少遇到贵族成员重视祖先的智识或艺术造诣，而不是贵族头衔的悠久历史。［米米资助的作家阿贝尔·埃尔芒②曾在他1899年的风尚喜剧《城区》（Le Faubourg）中，入木三分地讽刺了这一态度。剧中，守旧的老处女瞧不起一个贵族家庭，说他们"在12世纪中期的时候还是无名小卒呢！"[89]］伊丽莎白有墨洛温王朝的王室血脉，按说她比谁都有资格睥睨众生。但她一贯觉得塔利安夫人才是她最喜欢的先辈，因而看到奥特南也同样为内克尔夫人感到骄傲，她深有感触。

波利娜对这些可没什么热情。和亨利一样，她也对艺术气质嗤之以鼻，认为它有损优雅。她自己感兴趣的是慈善，那是她那

---

① 让·勒朗·达朗贝尔（Jean Le Rond d'Alembert，1717-1783），法国物理学家、数学家和天文学家。他一生涉猎很多领域，在数学、力学、天文学、哲学、音乐和社会活动方面都有很多建树。著有八卷本巨著《数学手册》、力学专著《动力学》、二十三卷本《文集》，还为《百科全书》撰写了序言。

② 阿贝尔·埃尔芒（Abel Hermant，1862-1950），法国小说家、编剧、散文家和作家，也是法国学术院的成员。他的第一部半自传体小说《拉博森先生》（Monsieur Rabosson，1884）便奠定了他作为讽刺性社会观察者的声誉。

个阶层的夫人们的标准副业。[90] 她是城区最著名的慈善组织"慈善协会"的积极会员，该机构成立于 18 世纪末，为穷人提供食物和关照。亨利的母亲和妹妹们在巴黎时，也把大量时间花费在该机构。事实上，格雷弗耶家族的女人们已经向伊丽莎白施加压力，敦促她加入该协会了。她目前尚在犹豫，私下里觉得那是一群叽叽喳喳、既吝啬又好胜的老太婆，她们不关心自己做了什么善事，只关心自己在年度慈善义卖会上是否赢了众人。就此而言，伊丽莎白的观点和行为与亨利的契合度也不如波利娜。两个女人之间的差异让他越来越反感妻子遗世独立的才女做派。

伊丽莎白得知亨利的不忠时极为震惊，这是令人痛苦的证据，证明了他事实上并没有"比世界上任何人都更爱我一些"。仿佛是为了进一步证实这个可怕的发现，在古尔西那场让她开眼的晚宴后不久，布德朗森林的发起人之一、精力充沛的法国–爱尔兰外交官阿瑟·奥康纳还送了她一个恶作剧的礼物:《亨利四世之爱》(*Les Amours d'Henri IV*) 的一册珍本，里面是对那位国王放浪形骸的滥情生活的历史记述。[91] 亨利对奥康纳发火，说他纯属吃饱撑的，花 450 法郎——"这么一大笔钱!"——开这么一个愚蠢的玩笑（当时书的平均价格是 3 法郎）。就在"电闪雷鸣的朱庇特"对朋友发作之时，伊丽莎白转身上楼奔向了自己的卧室，泪流满面。

/ 079

虽然伊丽莎白没有费利西泰或波利娜那么冷若冰霜，但她也不喜欢像这样公开表达情感;她看重自己作为一个出身高贵的女人的尊严，绝不喜怒形于色。正如她几十年后对亨利坦白的那样，"经历了那么多痛苦和磨难，我竭尽全力不让人们看出来在心如刀绞的同时还要满面笑容，这对我来说有多难"。[92] 在拜访德·奥松维尔庄园后的那几周，她把那个策略付诸实践，努力在布德朗森林摆出一副平静和开心的样子。她没有让《亨利四世之爱》折磨自己，而是拿起了亨利叔叔送给她的一本上流社会格言集，从中搜索有用的窍门。从这本小书中——因为是她的叔叔给的，亨利只好容忍她阅读——她推论出"美丽的女人和丑陋的女人是全然不同的两个性别"，以及她本人必须在美丽的阵营中占有一席之地，方能好过一些。这显然是对付"美女波利娜"的一计良策。[93]

对伊丽莎白来说，把自己重新塑造为一位魅力四射的女人，需要投入大量的精力和时间。但她直面挑战，对自己又有了新的使命感而心怀感激。她开始每天花很长时间与阿孙塔商量，试验各种盘发和佩戴首饰的新式样。她最喜欢的创新之一，是把一个很长的珍珠项饰在后颈上部的一个发髻上缠一圈，让剩下的"珍珠河"松松地挂在脖颈后面两个肩胛骨之间；在更随意的穿戴中，她会把珍珠换成一条拖尾丝巾。她派人从巴黎请来女裁缝，当场完成她自己设计的各种华丽装束，那些设计的灵感都是从她新家的艺术和书籍收藏中获得的。

伊丽莎白这类风格的第一个实验，模仿的是一件娴静端庄的白色宫廷礼服。这件礼服来自一件古董雕刻作品，穿在一位与她同名的王室公主身上，它一下子就吸引了她的注意。伊丽莎白女士是路易十六的一个虔诚的妹妹，曾在法国大革命期间与路易十六和玛丽·安托瓦内特一起被禁闭，又在他们之后不久被送上了断头台。伊丽莎白女士以坚定的勇气和从容面对死亡，在拥护君主制的圈子里几乎被尊为圣人。她从未结婚，这更让她有着天使般的贞洁美名，保王派为她而作的画像一般都会描绘身穿白衣的她，以便突出这一点。这是伊丽莎白·格雷弗耶完全认同的人物。

这件灵感来自她的王室同名者的衣服用富有光泽感的白色锦缎制成：格雷弗耶家族其他女性的衣橱中不大使用这种布料。（正如伊丽莎白在日记中所写，费利西泰鼓励路易丝和让娜"选择礼服时从两种色调中选择：毛毡和尘土"[94]，让娜干脆什么颜色也不用，只穿黑色。[95]）有膨胀的裙撑和华美的长拖裾，伊丽莎白·格雷弗耶模仿的这件礼服显然唤起了人们对旧制度的记忆；它与当时巴黎流行的那种细腰宽袖的时髦女服完全不同。穿上这件礼服，伊丽莎白写道，她几乎能够听到一个声音"在（她）耳边耳语，说（她是那么）鹤立鸡群"。[96]

和未来的很多时候一样，伊丽莎白的时尚宣言是一种真正的主张，她所采纳的风格不仅仅是宣示身份，更是在彰显理想。在这一例中，她的装束明明白白地将自己比作贞洁的伊丽莎白女士。让她的丈夫像亨利四世那样与情妇们投怀送抱去吧；伊丽莎白可以寻找一个高贵得多的典范，圣洁的、在迫害面前绝不低下高贵头颅的殉难公主。伊丽莎白似乎在说，她或许不得不容忍亨利的背叛，但她不准备让他高她一筹。在王室姿态方面，他还得从自己这位"小小的女王"妻子身上学到一二。

虽然这件新衣服有着王室的弦外之音，但伊丽莎白没有穿着它去参加帝王的游戏；它是为舞会，不是为猎鸭掩体而制的。此外，只要打猎和农事仍然占据着每晚的餐桌谈话，她那些典雅出众的服饰就不可能实现理想的效果。为了创造一种更适合展示时尚的环境，伊丽莎白鼓起勇气，决心"为这个家定下一些违背旧例的新规"。

12月初，这样一个机会意外地出现了，亨利叔叔患流感病倒在床。他的身体本来就不好，这时急剧恶化，他和亨利的父母不得不离开布德朗森林，前往阳光充裕的里维埃拉，那里的气候更有益健康。他们缺席期间，伊丽莎白接过管家之职，确立了庄园新一代女主人的地位。她虽然无力阻止发起人白天打猎，却成功地把晚间的主要活动改成了更复杂多样的娱乐项目，既有庄严的（例如她在德·麦克马洪元帅来访期间举办的化装舞会），也有荒诞的（例如一种室内游戏，最后一本正经的来访外交官同意用皮带拴着"一只谷场里最漂亮的鹅"绕客厅一周）。圣诞节到来时，这类娱乐活动已经成了布德朗森林的新规范。"现在我们这里变得很优雅，很有社交范儿了。"伊丽莎白在写给米米的一封信中喜形于色。[97] "我们又笑又唱……谈论的是打猎之外的话题！布德朗森林变样了！在我看来，就像发生了奇迹。"[98]

　　就在那前后，她身穿自己大受欢迎的新礼服出现在圣诞节（也是亨利的 30 岁生日）晚宴上时，经历了一个与此相关的顿悟时刻。看到其他客人在她入场的那一刻"惊叹地陷入深深的沉默"，伊丽莎白狂喜地意识到，"人们觉得我很美！就连我的婆婆也惊呆地看着我，像从未见过我一样"。[99]（这时费利西泰和夏尔已经回到了布德朗森林，亨利叔叔留在尼斯，奄奄一息。）正如人群在她的婚礼那天对她欢呼一样，伊丽莎白对于自己身为美人的力量充满陶醉。

　　这种力量当然有局限，尤其在亨利那里，他会继续毫无节制、毫无内疚，并且随着时间的流逝，越来越明目张胆地调戏女人，直到他于 1932 年去世。在那以前很久，伊丽莎白将不得不直面一个事实，那就是世上没有任何一件礼服能够让他对自己忠心。不过从他们的蜜月一开始，她就注意到他"总想看看我给其他每个人留下了什么印象"[100]，并不停地敦促她"保持高贵的姿态"[101]——令人想起波利娜·德·奥松维尔——让"人们看到你就想说：'那个亨利真是个幸运的小子！他娶了全法国最美的女人！'"伊丽莎白记得他们的这类对白，开始享受并积极策划各种场合，让"亨利的朋友们觉得我惊鸿一瞥——让他兴奋起来"。[102]即便这些无法激发他的性欲，但至少满足了他的虚荣心。

更准确地说，这刺激了她自己的虚荣心乃至性冲动——后者对她来说，至多是次要的事情。伊丽莎白讨厌婚姻的性"后果"，显然更偏爱自我的抽象快感而非本我的世俗乐趣——她后来与其他男人打交道也在不断证实这一偏好。面对首次发现亨利的不忠，面对他对她越来越狠心的态度，伊丽莎白选择到自己的婚姻之外去寻找信心。正如她对米米倾诉的，

> 既然嫁了一个弃我于不顾的丈夫，我就试图充分利用这一点，尽可能制造一点我自己的成功，而不是沉浸在自怜自伤中，因为……我对他越是关心、投入和爱，他就越享受离开我，越……（似乎）和另一个女人厮混在一起。我能做的只是装作一切正常，追求我自己的生活和快乐……这倒是很方便，因为（亨利）本人也希望我光芒四射；否则，别人会说他娶了一个笨蛋。[103]

不过，"我自己的生活和快乐"当然（还）不是指同样的浪漫史。她把大部分精力和希望都放在了从众人的崇拜而不是从一个男人的爱中获得快乐：

> 我觉得世界上没有什么快乐堪比一个女人成为所有的目光凝视的对象，并从众人那里汲取养分和愉悦时的狂喜。这是一种无法抗拒的欢喜、骄傲、陶醉、慷慨和统治的感觉，

是被给予一项王冠又对它不屑一顾（的感觉）。只有伟大的诗人、伟大的船长和伟大的演说家才会懂得这种感觉，当他们以自己的精湛技艺和天赋让公众陷入疯狂的欢呼呐喊时，就是那样的感觉。[104]

虽然忍受了种种羞辱，并且还将继续忍受下去，但伊丽莎白在婚姻中对自己的魅力培养了果敢的信心。她会依仗自己不可思议的美，成为自己的诗人、船长和演说家。

然而正如诗人需要读者、船长需要舰船、演说家需要听众，如果伊丽莎白那精巧的魔力只在家人和朋友中间施展，就不会有什么建树。她在布德朗森林确立下来的定期狂欢是她在正确道路上迈出的第一步，她利用那些机会享受男性宾客的低语和凝视——偶尔还会有久久不放的吻手礼或悄悄传递的情书。她尤其高兴的是收到了奥特南·德·奥松维尔本人的一首十四行诗，把她比作贞洁的狩猎和月亮女神迪安娜。[105] 他在敬辞的最后宣称，伊丽莎白的"高贵姿态和迷人风度（已经）征服了奥林匹斯山上的众神"。

这首十四行诗似乎为伊丽莎白终其一生将自己比作迪安娜开了个头，在她的公众形象中，迪安娜一直占据着核心地位。这种认同还促使她购买了一座由让-安东尼·乌敦① 雕刻的巨大的迪安娜半身像，那也是她最珍视的收藏。（她对妹妹吉吉描述那座半身像时写道："她的神情令人难忘，她的美就是我的传奇。"[106]）事实上，她初次与德·奥松维尔家族交流时就获得了应得的奖

---

① 让-安东尼·乌敦（Jean-Antoine Houdon，1741-1828），法国新古典主义的雕塑家。1771 年当选法兰西艺术院院士，1778 年被任命为教授。由于路易十六的赞赏，他和宫廷的关系非常密切，在法国大革命期间受到冲击，但侥幸逃过牢狱之灾，后来在执政府和法兰西第一帝国时代又重新走红。

赏。波利娜或许迫使伊丽莎白面对亨利不忠于婚姻的事实，但奥特南帮她找到了想象中的自我：那个自我飘飘欲仙、遥不可及、超凡脱俗。

然而如此令人惊叹的人格需要更大的观众群，而不仅仅是亨利的家人和朋友，还好，伊丽莎白知道到哪里去寻找。1879 年元旦，她和亨利离开布德朗森林前往巴黎。她在日记中记录了这次旅行，承认自己虽然不想让他看出重返首都令她多么激动，却难以抑制地暗中微笑起来，那是期待胜利的微微笑意。[107]"你不怎么喜欢社交界，对吧，贝贝斯？"亨利用甜言蜜语哄骗她说。事实上，她正准备沉醉其中，乐而忘返。

注　释

1　关于 EG 的祖先，见 cossé-Brissac, op. cit., 44-45; AG, *Les Clefs de Proust*, 34-37; 以及 AP(II)/101/3 中的各种家谱文件。

2　关于里凯家族建造这条运河［又称朗格多克运河（Canal de Languedoc）］的事，见 A. Borel d'Hauterive, ed., *Annuaire de la pairie et de la noblesse de France et des maisons souveraines de l'Europe*, no. 3 (Paris: Bureau de la Revue Pittoresque, 1845), 245。

3　AP(II)/101/1-2.

4　AG, *Les Clés de Proust*, 39.

5　Hillerin, op. cit., 41.

6　Émile Zola, "Types de femmes en France," *Le Messager de l'Europe*, June 1878, n.p.

7　cossé-Brissac, op. cit., 44.

8　EG 致 MCC 署期 1880 年 9 月 20 日的信件，见 AP(II)/101/ 40。

9　MACC 致 EG 署期 1900 年 12 月 30 日的信件，见 AP(II)/101/53。

10　EG 的私人档案中有一个大文件，内容为 MACC 致 EG 及其姊妹的信件；见

AP (II)/101/53。

11 RM 写过一篇关于 HG 的讽刺诗，每一句都和 "Veau d'Or"（金牛犊）押韵，引文见 Chaleyssin, op. cit., 84; 又见 Jullian, *Robert de Montesquiou*, 103。

12 Béatrice de Andia, ed., *Autour de la Madeleine* (Paris: Action Artistique de la Ville de Paris, 2005), 83.

13 关于塞纳－马恩地区，见 Tom (pseud.), "La Grande Villégiature," *L'Illustration* 92 (July 21, 1888): 39。

14 关于 HG 的财富，见 cossé-Brissac, op. cit., 18−21。

15 关于 HG 的父系祖先，见 Guy Antonetti, *Une maison de banque à Paris au XVIIIᵉ siècle: Greffulhe Montz et Cie* (Paris: Cujas, 1963); Jean-Baptiste de Courcelles, ed., *Histoire généalogique et héraldique des pairs de France, des grands dignitaires de la couronne, des principales familles nobles du royaume*, vol. 7 (Paris: Arthus, 1826), 93; FB, op. cit.; and JEB, *La Pêche aux souvenirs* (Paris: Flammarion, 1949): "格雷弗耶家族的祖先并没有消失在时间的迷雾中" (202)。

16 Éric Legay, *Le Comte Henry Greffulhe, un grand notable en Seine-et-Marne. Master's thesis presented at the Université de Paris X Nanterre* (1986−1987), 55, note 1.

17 HB, *La Haute Société: journal secret 1886−1889* (Paris: Atelier Marcel Jullian, 1979), 40.

18 LG, *Mémoires*, vol. 2, 20. LG 还说，当两个年轻人在非法打猎期间看到维多利亚女王走向他们时，他们 "像两个少年一样藏进了灌木丛中"。

19 HB, op. cit., 39.

20 Hillerin, op. cit., 66−67.

21 Élaine Greffulhe, "Papa," in AP(II)/101/33.

22 Astolphe-Louis-Léonor, Marquis de Custine, "Bas-bleu," in *Dictionnaire du snobisme*, ed. Jullian, 35.

23 Ibid., 40.

24 Octave Feuillet, in "Hommages et appréciations," AP(II)/101/1.

25 Legay, op. cit., 49−50. Legay 对法国国家档案馆内保存的 19 世纪中学毕业会考成绩的研究表明，起初的八次努力之后，HG 后来也从未通过该考试。Legay 的研究进一步表明 HG 设法逃过了服兵役，兵役对当时的法国男性公民来说是强制性的，但据 Legay 说，HG 可能付钱请其他人来顶替他服了兵役。鉴于 HG 常常宣称他身为持剑贵族，很珍视荣誉，人们大概不难以为他亲自履行了这项公民义务。见 Legay, op. cit., 50。

26 EG 少女时代的日记，标注为 *Mes premières amours*，见 AP(II)/101/1, n.p.。

27 HB, op. cit., 40。

28 AdF, *Mon Paris et ses Parisiens*, vol. 4, 90.

29 Painter, op. cit., vol. 1, 151. Painter 指出，这一缺陷后来引起了 MP 的注意，后者在《追忆似水年华》中说他是"加西莫多·德·布勒特伊"。

30 JEB, *La Pêche aux souvenirs*, op. cit., 203；关于 HG 的祖先曾流着"一半国王路易的血"，见 Pauline de Broglie, *Comtesse de Pange, Comment j'ai vu 1900* (Paris: Grasset, 1962), 49；以及 AdF, *Mon Paris et ses Parisiens*, vol. 4, 90。

31 EG 的身份证存档于 AP(II)/101/1。在同一份身份证上，她把自己的年龄减去了 8 岁，说自己是 1868 年出生的。

32 关于 EG 得到的这幅画，见 Jean Laran, ed., *L'Art de notre temps: Gustave Moreau* (Paris: Librairie Centrale des Beaux-Arts, 1914), 73; RM, *Les Pas effacés*, vol. 2 (Paris: Émile-Paul, 1923), 233–34; and RM, *Altesses sérénissimes* (Paris: Félix Juven, 1907), 11, 44。

33 关于 MCC 和 EG 对莫罗的喜爱，见 RM's preface to *Exposition Gustave Moreau* (Paris: Galerie Georges Petit, 1906), 11–12；关于 HG 对莫罗的长篇大论的抨击（以及他对夏尔·沙普兰的偏爱），见 Cossé-Brissac, op. cit., 15 and 34–35。

34 EG 在她的婚姻日志（1878—1879）中引用 HG 的话，n.p., in AP(II)/101/1。

35 同上，1878 年 10 月 19 日的日记。

36 同上，1878 年 9 月 26 日的日记。

37 例如，16 世纪的彼特拉克风格的诗人 Pernette du Guillet 就曾在她的 *Rymes* 的第三首诗中提到"爱的痛楚"之"甜蜜而忧伤"。*Rymes*, ed. Victor E. Graham (Geneva: Droz, 1968), 41. 关于 EG 对彼特拉克诗歌，特别是对彼特拉克笔下的洛尔的着迷，见 EG 的上课笔记，AP(II)/101/1；以及 Hillerin, op. cit., 25. Hillerin 没有提到 EG 的外祖父将彼特拉克的诗歌译成法文。

38 LG, *Souvenirs du monde: 1890 à 1940* (Paris: Grasset, 1966), 87–88.

39 对格雷弗耶家族来说，上流社会的看法"远远不够"，见 HB, op. cit., 44。

40 对 Armand-Ghislain, Comte de Maigret 的访问，Paris, March 14, 2012。

41 EG, *Mes premières amours*, op. cit., entry of February 3, 1877.

42 EG 在一次未经发表、没有署期的访问中对一个没有标明身份的访问者说的话，见 AP(II)/101/1。

43 Hillerin, op. cit., 231.

44 LG, *Souvenirs du monde*, 131.

45 *Le Petit Parisien*, September 27, 1887, 1.

46 EG，婚姻日志，1878 年 9 月 25 日的日记。

47 Cossé-Brissac, op. cit., 25.

48 关于 EG 的嫁妆，完整记录保存在 AP(II)/101/1。Jean-philippe Bouilloud, ed., *Un univers d'artistes* (Paris: L'Harmattan, 2004), 31。

49 cossé-Brissac, op. cit., 27.

50 EG，见 AP(II)/101/150。

51 MCC 致 EG，见 AP(II)/101/41。

52 EG 致 MCC，见 AP(II)/101/40。

53 一份未装订的单页校样，构成了未具名的"玛丽-爱丽丝日记"。这里引用的摘自标题为"蒙泰伊昂城堡，新婚第二天"的一页。见 AP(II)/101/149 [副本见 AP(II)/101/152]。EG 未曾为该文本加标题，但我在下文中提到时都会称之为她的"玛丽-爱丽丝"项目。

54 同上。数十年后，EG 似乎把她的"玛丽-爱丽丝"部分传给了当时与之交好的小说家 Adolphe Aderer 看，因为后者的 *Une Grande Dame aima* (Paris: Calmann-Lévy, 1906) 中包含一段新婚之夜的描写与 EG 写的异常相似，女主人公也神似玛丽-爱丽丝·德·蒙泰伊昂。在动笔写 *Une Grande Dame aima* 几年前，Aderer 曾把另一部小说，*L'Impossible Amour* (Paris: Calmann-Lévy, 1903) 题献给了伊丽莎白。我正在对两人的关系，以及 EG 自 1890 年代中期以后的其他秘密文学合作进行深入研究。

55 EG，婚姻日志，1878 年 10 月 6 日的日记；关于铁杉小道，见 Agnes Herrick and George Herrick, *Paris Embassy Diary* (Lanham, Md.: University Press of America, 2007), 20-21。

56 JEB, *La Pêche aux souvenirs*, 203.

57 Le Père Gérôme (pseud. A. Vernant), "Notes sur la Grande Propriété: Chez M. le Comte Greffulhe," *Le Briard* (October 22, 1892)：我从一个法国珍本商人那里买到了这一期《大伯瑞犬》。不过这里引用的文章于 1892 年 10 月 21 至 10 月 25 日以同一标题分三期连载在该报纸上。这三期报纸都保存在

Archives Départementales de Seine-et-Marne，微型胶卷 PZ 34/44Mi306。

58　同上。

59　同上。

60　同上。

61　关于布德朗森林和尚蒂伊猎场的出色品质，见 Georges de Wailly, "La Vénérie moderne," in *La Nouvelle Revue*, vol. 80 (January-February 1893): 167–77, 168–69; and Legay, op. cit., 111–112。

62　关于驱射和一般的射击狩猎的详情，见 Gaston, Marquis de Castelbajac, "La Chasse à tir," in *Le Protocole mondain*, ed. AdF (Paris: Levallois-Perret, n.d.), 359–64; Crafty [pseud.], *La Chasse à tir: Notes et croquis* (Paris: Plon, 1887); and "Les Battues," in *La Chasse moderne. Encyclopédie du chasseur*, ed. M. H. Adelon, G. Benoist, et al. (Paris: Larousse, 1912), 291–314。

63　Le Père Gérôme (pseud. Vernant), "Notes sur la Grande Propriété: Chez M. le Comte Greffulhe," *Le Briard* (October 21, 1892): 1; 关于 1500 "件" 战利品的数字，见 La Force, op. cit., 77; 关于沙特尔公爵两天射杀了 3400 只鹌鹑，见 Olivier Coutau-Bégarie, ed., *Souvenirs historiques: Archives et collections de la princesse Marie d'Orléans* (Paris: Drouot, 2014), 52。

64　HG，引文见 EG in AP(II)/101/150。

65　Quint, op. cit., 180.

66　EG，婚姻日志，1878 年 11 月 20 日的日记。

67　关于费利西泰的相貌，见 CCB, op. cit., 43; 以及 Hillerin, op. cit., 29。关于费利西泰对她丈夫和亨利叔叔的威吓，见 PW, *Les Soirées de Paris* (Paris: La Nouvelle Revue, 1887); 以及 Hillerin, op. cit., 30。

68　EG，婚姻日志，1878 年 11 月 20 日的日记。

69　关于路易丝·德·拉艾格勒承认费利西泰对 HG 的偏袒是整个家族的灾难，见 AP(II)/101/54。

70　EG，婚姻日志，1878 年 10 月 11 日的日记。

71　同上，1878 年 11 月 10 日的日记。

72　Le Père Gérôme (pseud. Vernant), "Notes sur la Grande Propriété: Chez M. le Comte Greffulhe," *Le Briard* (October 21, 1892): 1.

73　EG，婚姻日志，1878 年 10 月 9 日的日记。

74　同上，1878 年 11 月 5 日的日记。

75　见 "Society," *Lady's Realm* 14 (May-October 1903): 675–78, 676。

76 引文见 cossé-Brissac, op. cit, 49。

77 EG，婚姻日志，1878 年 11 月 20 日的日记。

78 关于 HG 赞同《法国公报》以及 EG 对它毫无兴趣，见 Hillerin, op. cit., 31。

79 EG in AP(II)/101/5. 在她的婚姻日志中，EG 写道："亨利对我觉得美好的一切无端发作。"1878 年 11 月 13 日的日记。

80 GLP, *Trente ans de dîners en ville*, 45.

81 Raczymow, *Le Cygne de Proust*, 90.

82 关于艾默里·德·拉罗什富科的血统"纯正论"，见 AdF, *Mon Paris et ses Parisiens*, vol. 4, 87.

83 PV, Les Soirées de Paris, 135.

84 LG, Mémoires, vol. 1, 110.

85 CCB, op. cit., 122. MP 后来写了一篇阿谀奉承的文章《德·奥松维尔伯爵夫人的沙龙》，以 Horatio 为笔名发表在《费加罗报》(1904 年 1 月 4 日）上。这篇文章的副本见 MP, *Le Salon de Mme de...* (Paris: L'Herne, 2009), 64–75. 在这篇文章中，MP 将波利娜和奥特南称为"智识、道德和容貌高贵"的两位典范（66）。但除了浮皮潦草地用了两行文字赞美波利娜（72）外，整篇文章都在谈论奥特南的成就和人品，MP 是通过 GS 认识他的。

86 Paul-Gabriel Othenin, Comte d'Haussonville, *Le Comte de Paris: souvenirs personnels* (Paris: Calmann-Lévy, 1895); and MB, *La Duchesse de Guermantes*, 104.

87 HB, op. cit., 40.

88 GLP, *Trente ans de dîners en ville*, op. cit., 105.

89 Abel Hermant, *Le Faubourg* (Paris: Paul Ollendorff, 1900 [1899]), 32. 据 PM 说，MP 记录艾默里·德·拉罗什富科伯爵说过一句类似的话："他们在公元 1000 年时没有任何社会地位可言。"PM, *Journal d'un attaché d'ambassade* (Paris: Gallimard/NRF, 1963), 194. Painter 以稍有不同的方式引用了这句话，但也同样把它归功于"座次"："他们在公元 1000 年时还是无名之辈。"Painter, op. cit., vol. 1, 153.

90 Boniface de Castellane, *Vingt ans de Paris* (Paris: Fayard, 1925), 105; and Marie-Thérèse Guichard, *Les Égéries de la IIIe République* (Paris: Payot, 1991), 114–15. 在 EG 的文学作品全集存档的数百份没有装订的样张中，她以消极反抗的姿态讽刺了两位贵族女人，贬损了她们在即将到来的慈善晚宴

上的捐助；见 EG, in AP(II)/101/150。

91　署期为 1881 年 1 月 8 日的 EG 致 MCC 的信件，见 AP(II)/101/40；以及 Cossé-Brissac, op. cit., 52。

92　1912 年 10 月 14 日 EG 致 HG 的信，见 AP(I)/101/22。

93　EG，婚姻日志，1878 年 11 月 10 日的日记；关于 EG 为美丽所付出的巨大努力，见 LG, *Mémoires*, vol. 2, 22。

94　EG, in AP(II)/101/150.

95　Louise d'Arenberg, marquise de Vogüé, *Logis d'autrefois* (Paris: n.p.), n.p. 注：这份打字手稿中的某些部分有编号，其他部分则没有，因此我从中引用的文字中偶尔会缺失页码。

96　EG，AP(II)/101/151.

97　EG，婚姻日志，1878 年 12 月 12 日的日记。

98　同上，1878 年 12 月 15 日的日记。

99　同上，1878 年 11 月 16 日的日记。

100　同上，1878 年 10 月 7 日的日记。

101　同上，1878 年 10 月 26 日的日记。

102　同上。

103　1882 年 11 月 18 日 EG 致 MCC 的信件，见 AP(II)/101/40。

104　引文见 RM, *La Divine Comtesse* (Paris: Manzi, Joyant, 1913), 205。

105　德·奥松维尔的无题十四行诗，后来由 EG 的一位秘书重新打字，以 "Hommages et appréciations" 为标签存入了 AP(II)/101/1。

106　EG 致 GCC，见 AP(II)/101/50。关于 EG 收购这座半身像的过程，见 EdG，日志，1891 年 7 月 7 日的日记；以及本书附录三全文摘录的，Dominique（MP 的笔名）:《格雷弗耶伯爵夫人的沙龙》。

107　关于 EG 重返巴黎，见 EG，婚姻日志，1878 年 12 月 25 日的日记。

格雷弗耶夫妇回到巴黎之后一个月，另一对错配的贵族夫妻也走向了婚姻殿堂：19 岁的洛尔·德·萨德和 31 岁的阿代奥姆·德·舍维涅伯爵。和比她小一岁的伊丽莎白·格雷弗耶一样，洛尔·德·舍维涅也没有感受到多少婚姻的乐趣，不久以后，她也会在社交界寻找慰藉和意义。同样和伊丽莎白·格雷弗耶一样，洛尔·德·舍维涅也是间隔了一段过渡期之后，才从少女新娘变成名媛的。伊丽莎白是在布德朗森林度过了一个季节之后才开始征服城区，而洛尔则先是在一个被她称为"阴影王国"[1]的地方久久迂回，之后才迎来了自己的胜利。

洛尔·德·萨德是奥古斯特·德·萨德伯爵两个孩子中的次女，1859 年出生于巴黎西郊外一个宁谧的河边小镇帕西（Passy）。遵循家族中长达 500 年的传统，她也是以祖先于格·德·萨德伯爵夫人洛尔·德·诺韦斯（1310—1348）的名字命名的。在死于黑死病前，洛尔·德·诺韦斯以"美丽的洛尔"［意大利语写作"Laura"（劳拉）］之名得到了永恒：彼特拉克在 1327 年耶稣受难日那天在阿维尼翁的教堂里瞥见了她的身影，一见倾心，那以后，彼特拉克便献身于诗歌写作，在诗篇中倾诉对这位已婚伯爵夫人的禁忌之爱。

他的十四行组诗，特别是《歌集》，为整个西方世界的抒情诗奠定了基础，这一成就使得给他以灵感的女人在文学史上拥有了独一无二的地位。五百多年后，"美丽的洛尔"的后代仍然为她无意间获得的盛名而自豪，每一代至少有一个女孩子要以她的名字命名，以示纪念。当奥古斯特·德·萨德为他们的女儿取名洛尔时，他们根本无法预料到，有一天她也会无意间成为天才的缪斯，获得永恒的声名。

洛尔的父亲就是在她那位同名祖先的影子里长大的，他的家族府邸孔戴城堡里处处装饰着彼特拉克和洛尔·德·诺韦斯的肖像挂饰。这座筑有塔楼的庄园是德·萨德家族财富的主要部分，奥古斯特 1819 年在那里出生时，法国大革命已经过去了 30 年，他那样的贵族家族的财富和特权已被大大削弱。然而长子继承权的传统仍然维持着，因此作为家里五个孩子中的幼子，奥古斯特没有资格继承家族的城堡。他何时乃至为何选择安家帕西不得而知，或许是出于某种健康原因，那个村庄里的温泉很吸引健康状况不佳之人，他们认为温泉疗养能够治愈他们的疾病。

奥古斯特·德·萨德伯爵没有什么正式的职业，这在他那个时代的贵族中不算罕见。他出身持剑贵族（自封建时代以来，这个古老的世袭贵族阶层一直是法国军队的主力），本来应该成为旧制度下的一名军官。① 德·萨德的祖先源于普罗旺斯地区的阿维尼翁城，起初是商人，该家族的第一位于格·德·萨德（后来还有许多同名者）在 1249 年跟随路易九世（后来人称"圣路易"）向埃及发动圣战后，获封了贵族头衔。虽然这场远征以法国军队的失败和法王被监禁而结束，但德·萨德的参与仍使他们的家徽（红色背景上的一颗八角黄星，正中是双头黑鹰）出现在了凡尔赛宫的十字军东征大厅（这个圣殿由五间房屋组成，用于纪念法国古老的武士阶层）和阿维尼翁著名的桥梁上。²

自那以后，德·萨德家族的每一代人都会坚守为王室征战的传统，充满自豪地把男孩们变成军官，把女儿们变成洛尔。然

---

① 持剑贵族家中的幼子传统上都会成为神职人员，但由于天主教神父有禁欲的要求，已婚的贵族成员无法从事这一职业。——作者注

而奥古斯特遵循这条职业道路的机会却被 1830 年所谓的七月革命①阻断了，极端保守的波旁王朝君主查理十世被推翻，他较为开明的奥尔良表亲，自称"资产阶级国王"的路易－菲利普取而代之。某些贵族家庭集结在这位新君主的周围，但也有许多贵族不屑于此，其中就包括德·萨德家族。

总的来说，被推翻的波旁王朝的那群支持者比奥尔良派更传统，自称"正统王朝拥护派"。他们傲慢地拒绝为自己不认可其权威的统治者服务，同样的态度也延伸到了第二共和国（1848—1852）和第二帝国（1852—1870）政府。这一系列"非正统"政权在时间上横跨奥古斯特·德·萨德的整个成年时代；对他来说，回避法国武装部队是关乎政治原则的大事。

不过，他的政治观点并不妨碍他在 1844 年娶热尔梅娜·德·莫雄（Germaine de Maussion）为妻，虽然她的父亲在四分之一个世纪前刚刚从拿破仑一世那里受封准男爵的爵位。（历史更悠久的持剑贵族的后代往往看不起帝国贵族，也就是拿破仑一世分封的阶层。到 19 世纪中后期，这种偏见越来越弱。）这对夫妇在婚后第三年，也就是 1847 年，迎来了他们的第一个孩子瓦伦丁。12 年后，洛尔才出生，那时父母都已经 40 多岁了，她大概是父母偶然得女。

她成长期间，家人一直住在帕西的马罗尼埃街（rue des Marronniers）9 号那座平凡无奇的红砖公寓楼里，如今那里已经成了一个口腔医学院。成年后，洛尔回忆起那条街，说那是个"冬天下午四点后，你就会想割喉的地方"。[3] 然而就此而言（许

---

① 七月革命（July Revolution）是 1830 年席卷欧洲的革命浪潮的序曲，因为波旁王室的专制统治令经历过大革命的法国人民难以忍受，于是他们群起反抗法王查理十世的统治。

德·萨德家族的府邸孔戴城堡，洛尔后来成为孤儿后，有时会在那里住一阵子

多其他事情也一样），她所说的倒是符合事实：马罗尼埃街是条安静的郊区小街。不过与巴黎那些繁华的街道相比，它确实有一种荒凉感，特别是在冬天，太阳落山很早，这条街得名的那些板栗树（marronniers 是"板栗"之意）也都光秃秃的。

孩童时期的洛尔就对光之城①充满了向往。父母在她四岁时第一次带她去那里，参加 17 岁的姐姐瓦伦丁与年轻的海军上尉彼埃尔·洛朗斯·德·瓦鲁（Pierre Laurens de Waru）男爵的婚礼。4 婚礼在右岸的第九区举行，那是年轻夫妇准备定居的一个中产阶级街区。从古板的帕西来到这里，第九区的热闹让洛尔大开眼界——从奥斯曼大道（boulevard Haussmann）两旁那些平板玻璃门的百货商店，到铺着鹅卵石的殉道者路（rue des Martyrs）上的农产品摊位，从里薛路（rue Richer）上令人眼花缭乱的女神游乐厅（Folies-Bergère），到皮加勒广场（place Pigalle）上那些下流的舞厅和妓院。

虽不如圣日耳曼区和圣奥诺雷区那么富丽堂皇，瓦伦丁定居

---

① 光之城（City of Light）是巴黎的别称。

2. SADE

洛尔喜欢提醒同代人，她的家徽装饰着德·萨德祖先所在地、普罗旺斯的阿维尼翁那座著名的桥梁

的新街区还是让年幼的妹妹对其他名流鄙视的那一带城区心驰神往。洛尔也喜欢贵族城区。她央求父母只要有空就让她去拜访瓦鲁夫妇，整日幻想着住在那里。据她的好友莉莉·德·格拉蒙说，洛尔"对她心爱的巴黎太着迷了，根本没想过要离家前往更远的远方"。[5]

然而当家庭悲剧发生时，她却不得不去向远方。1868年5月，离洛尔九岁生日还有三周，父亲去世了。母亲在八年后也撒手人寰。热尔梅娜去世时，洛尔太小，无法独自住在马罗尼埃街，但是要搬去和瓦伦丁与皮埃尔一起住在巴黎，她的年纪又太大了，那对夫妇自己也养育着几个年幼的孩子。

照顾洛尔的责任落在了一个由姨妈姑妈、叔叔舅舅和成年表亲组成的松散网络身上，他们在自己的外省庄园里轮流照顾她。德·萨德家族这边，有布里（Brie）的孔戴城堡，普罗旺斯的马赞庄园；在莫雄家族那边，有巴黎以西大约60英里的亚姆维尔城堡。（洛尔最亲近的亲戚、她母亲的姐姐玛罗切蒂男爵夫人卡米耶，与她意大利裔的丈夫居住在伦敦，由于距离太远而无法承担监护人的责任。⁶）不管洛尔此前接受过什么教育（无论是在家里接受家庭教师的授课，还是前往当地修道院上学），她被亲戚们从一个城堡带到另一个城堡，课业也就半途而废了。

洛尔这种居无定所的生活安排并非永久性的；监护人们的打算是只要找到合适的结婚对象，就把她嫁出去。（因为当时的法国民法认为女人终身都是未成年状态，应该直接从父亲手中转交给丈夫控制，因此实质上，洛尔的亲戚们一直在为她寻找一个新的监护人。）然而说成一桩亲事着实不易，虽然她漂亮活泼，出身良好，对她那个阶层的男性来说，洛尔却并不是在传统意义上很有吸引力的结婚对象。

问题之一就是洛尔的嫁妆。虽然她的嫁妆不像伊丽莎白·德·卡拉曼－希迈那样可怜，却因无法变现而令人踟蹰不前，主要包括阿尔勒（Arles）附近的一个名为卡巴纳酒庄（domaine de Cabannes）的农场，那里的主要住所是个粗糙破旧的石头农舍，按洛尔的说法，那里简直四面透风。那座庄园原本是个葡萄园，因为几个世代疏于照管，已经没什么收成了。作为洛尔嫁妆的主要部分，卡巴纳酒庄实在没什么吸引力。⁷

瓦伦丁在进入婚姻市场时，除了姓氏之外也没有什么值得炫耀的资产，但彼埃尔·德·瓦鲁足够富有，完全能养活两人。他的父亲德·瓦鲁男爵阿道夫·洛朗斯（Adolphe Laurens）是法兰西银行的一位顶级银行家，利用自己在法兰西银行的人脉，为彼埃尔在巴黎－奥尔良铁路公司和国家保险公司董事会谋得了有利可图的职位。⁸ 因此，彼埃尔无须为钱娶妻。鉴于贵族们对"经商"之人的偏见，像他那样的单身汉倒是法国社会中的异数。也是出于同样的偏见，洛尔的亲戚们给她参谋的结婚对象多半也需要找到有钱的配偶。随着贵族阶层越来越穷，洛尔寻找丈夫的机会也越来越渺茫。

她的姓氏更是雪上加霜。家族人脉对法国贵族来说至关重要，从通告（faire-part）等习俗就可见一斑。家族中如有成员结婚或死亡，就会以父母、祖父母、兄弟姐妹、子女、孙辈、重孙辈、侄子外甥、侄女外甥女、侄孙甥孙、侄孙女甥孙女、姑妈姨妈、姑婆姨婆、叔伯舅舅、叔祖舅爷和表亲等全体成员的名义，发放一个铜版印刷的通告，只要他们与结婚或死亡之人有一点关系，不管是血亲还是姻亲。这类做法使德·萨德小姐和她的丈夫永远也摆脱不了她的娘家姓氏。虽然"彼特拉克的缪斯"给这个姓氏蒙上了光环，但它还有另一个可怕的内涵，全要拜洛尔的另一位家喻户晓的祖先所赐，那就是她的父系曾祖父，唐纳蒂安·阿尔丰斯·弗朗索瓦·德·萨德侯爵（1740—1814）。

作为一个社会阶层，"有生"者并非什么道德典范；亨利·格雷弗耶与德·奥松维尔夫人的情事就表明，奸淫苟且在那个阶层十分泛滥。然而尽管如此，法国贵族男女一直并且仍然很讲究装门面——这正是唐纳蒂安·德·萨德至死藐视的东西。他用一个又一个丑闻让家族蒙羞，还犯下了一系列罪行，他骄傲地称之为"爱之罪"。这些包括绑架并折磨一个乞丐；鞭打几个妓女并给她们下毒；劫持他妻子的妹妹，一位与世隔绝的修女，然后玷污了她并和她一起私奔到意大利；在自己位于普罗旺斯的城堡狂欢痛饮；将耶稣受难像、圣餐饼和其他宗教用品用作性玩具；撰写了大量充满可怕暴力和野蛮反教权的色情小说。

唐纳蒂安认为，他藐视权威的行为与他家徽上的口号——在萨德看来（Opinione de Sado）[9]——是一致的。虽然该座右铭所传递的权利意识很难说与唐纳蒂安的贵族同侪格格不入，但拒绝为自己的出格违法行为裹上哪怕最轻薄的得体的外衣却构成了冒犯。不管他的亲戚和同侪如何指责他让家族和所在的阶级蒙羞，他还是认为自己宁愿"用地狱的色彩包裹（他的）罪行"[10]，也不愿顺从他们空洞虚伪的体面和规矩的观念。"是的，我放荡，"他写道，

> 傲慢、残忍、喜欢诉诸极端的想象，因为有着无与伦比的颠倒的是非之心……一言以蔽之，我就是这样；还有，要么杀了我，要么接受我，因为我是不会改变的。[11]

让整个家族震惊的是，这样的态度屡次让唐纳蒂安作奸犯科，也让他一生总共有 28 年的时间身陷囹圄。至今，他仍然是法国历史上一项纪录的保持者，那就是作为一个作家，他服刑历经了最多的政权，从路易十五和路易十六统治时期到第一共和国、督政府①、执政府②，直到拿破仑一世的帝国。他于 1814 年死于沙朗东（Charenton），一座监禁疯子罪犯的疯人院。

089

自那以后，关于这位无法无天的侯爵的传说[12]便渗透到法国

---

① 督政府（Directoire exécutif，1795-1799 年），法国大革命期间掌握法国最高政权的政府，前承国民公会，后启执政府。1795 年 8 月，热月党控制的国民公会颁布了新的共和三年宪法，规定新立法机构分为上下两院，上院称元老院，由 250 人组成，下院称五百人院，由 500 人组成。

② 执政府（Le Consulat，1799-1804），1799 年，拿破仑从埃及返国，并连同富歇和塔勒兰德密谋政变。同年 11 月 9 日，拿破仑军队控制督政府，迫使督政辞职，解散法国议会和元老院，夺取议会大权，并宣布执政府成立，督政府正式灭亡。执政府成立后，拿破仑担任第一执政，掌握了最高权力，并开始实行一连串改革措施。拿破仑 1802 年 8 月修改共和八年宪法，改为终身执政，更在 1804 年策动公民投票，加冕自己为"法兰西人的皇帝"，法兰西第一帝国成立，执政府正式灭亡。

文化中，在很大程度上要归因于后来数代文学叛逆者对他的崇拜，在 19 世纪的巴黎作家中，他最主要的拥护者包括夏尔·波德莱尔 [13] 和居伊·德·莫泊桑 [14]。20 世纪初，德·萨德对色情残忍的关注又让他成为评判马塞尔·普鲁斯特和诗人纪尧姆·阿波利奈尔 ① 的试金石，后者讽刺地称他为"神圣侯爵"。[15] 与此同时，世纪末新兴的精神病学和心理分析等学科发明了"施虐狂"一词，将唐纳蒂安的癖性载入语言、科学和哲学经典。[16] 所有这些因素共同作用，使他曾孙女的姓氏成为"变态"的同义词，把未来的新郎们吓得不敢近前。

最后，洛尔有两年时间都在等待亲戚们找人来接管她。在那段居无定所的时期，她频繁往来于孔戴、马赞和亚姆维尔，基本上被三个地方疏于看管，知道如果没有丈夫，她将注定余生都是家族慈善的对象：那时她将不再只是暂时待字闺中（jeune fille à marier），缺衣少食，而会变成一个永远寄人篱下的老处女（vieille fille）。然而她的一位朋友记述，那段时间洛尔始终是"武士灵魂的化身"[17]，拥有太多"勇气、头脑和精力"[18]，绝不顾影自怜，独自垂泪。

为了对抗那种相对的孤立状态，洛尔跟着莫雄家那些喜好运动的表亲们学会了像男人一样出色地骑马和射击，与那些为她打猎提供方便的猎场看守人、猎人、驯兽师和马倌等劳动者建立了深厚感情。从这些作为社会中坚力量的外省人身上，她学会了大量丰富多彩的村话和乡音，使她说话时有种不合时宜的乡野风情。[19] 她还学会了下层阶级不加区别对谁都称"你"的

---

① 纪尧姆·阿波利奈尔（Guillaume Apollinaire，1880-1918），法国诗人、剧作家、艺术评论家，其诗歌和戏剧在表达形式上多有创新，被认为是超现实主义的先驱之一。

称呼习惯——不管对方的年纪和社会地位如何——喜欢用最短的词，特别是用"ça"而不是"cela"来表示"那个"。[20] 她最喜欢的一个谈话招数是说出一个不为人知的事实或做出一个古怪的断语，然后耸耸肩说："那个，人人都知道的嘛（Tout le monde connaît ça; tout le monde sait ça）。"[21] 这句结束语的最后一个字在世纪末的人们听来，有种用"否也"来代替"不是"的俚语腔调，突出了前面谈话的惊奇或震惊效果。作为语言上跨越雷池的必然结果，洛尔也染上了吸烟的习惯，常常躲在谷仓后面和她的大老粗伙计们吞云吐雾。

090

洛尔的头脑和四肢一样发达，不过她注意不过多地谈论自己的读书兴趣；她意识到在她所处的那个阶层，才女没有多少吸引力。[22] 在她家族各个城堡的图书室里，她每周都能速读完好几本书，至死都保持着这个习惯。在孔戴的收藏中浏览一番之后，她发现自己的叔公路易－马里·德·萨德（Louis-Marie de Sade）关于历史和神话的著述颇丰——却没有他父亲"神圣侯爵"那么尽人皆知。[23] 他的著作很吸引她，因为他把这两个主题合而为一了。在他的《法兰西民族的历史：第一种族》（*History of the French Nation: The First Race*，1805）中，路易－马里将这样的神话断言为事实：在如今被称为法国的这片领土被罗马人（他们称它为高卢）占领之前，这片土地的统治者是冥府和死亡之神普鲁托①，后者繁殖了优越的人种。[24] 这种天马行空的想法对洛尔关于法国君主制，以及后来在德雷福斯事件期间，关于整个法兰西"种族"的观念都产生了决定性的影响。

另一位亲戚舍瓦利耶·路易·德·萨德（Chevalier Louis

---

① 普鲁托（Pluto），古典神话中冥府的统治者。

de Sade）的政治专著也影响了她的观点。在法国革命期间，这位勇士①移民英格兰，在那里发表了大量关于革命意识形态和共和政府之危害的宣传册。他于1815年波旁王朝复辟之后回到法国，对波旁王朝统治的拥护一直持续到它于15年后被推翻。在他的《政治辞典》（*Political Lexicon*，1831）中，这位勇士煽动性地呼吁法国"真正的保王派，那些珍视和尊敬君主制和正统领袖，（并深深）依赖王室的权力和君主制度稳定的人"团结起来。²⁵ 虽说这一呐喊并没有给被废黜的波旁王朝带来多少帮助，却很好地总结了洛尔本人的政治观点。

她继续沉浸在家族故事中，自学了德·萨德祖先所在地的方言普罗旺斯语，还阅读了大量彼特拉克所著和关于他的著作。她得知自己从"美丽的洛尔"那里继承的教名成为彼特拉克的灵感，启迪后者写了好几个以"金色"（l'oro）和"月桂"（l'alloro）等同韵字为主题的重复段落。她从这一发现中获得启发，养成了另一个持续一生的习惯，用一片月桂叶作为信件结尾的签名。

出于对自己的同名祖辈的好奇，她阅读了一部关于彼特拉克及其缪斯的双人传记，作者是她的高祖辈德·萨德神父，该书写于1764年。虽然位居神职，但这位神父几乎和他最喜欢的侄子唐纳蒂安一样放荡不羁，他关于彼特拉克和洛尔的研究充斥着污言秽语，揭穿了诗人对洛尔的所谓柏拉图之恋的谎言。例如，"彼特拉克把玩（洛尔）就像药店里的老鼠把玩那里的药丸，伸舌头去舔那些装着药丸的瓶子"。²⁶ 倘若洛尔的监护人们知道她居然在读这类东西，想必会阻止她，因为在那个阶层，就算已婚

---

① 舍瓦利耶（Chevalier）之名有"勇士"之意。

妇女阅读这类有伤风化的文字也属出格。但他们对洛尔不闻不问，因而助长了她对这种禁忌话题的兴趣，在马倌同伴的指导下，她甚至敢于直呼那个禁忌的名词：肏 *。

091

关于这个话题，她的曾祖父唐纳蒂安可是有一肚子的话要说。洛尔在阅读他的小说时，陶醉于其中的淫秽低俗和残暴的黑色幽默。德·萨德的作品共有数千页，为虐待、强奸、鸡奸、娈童、乱伦、兽奸、食粪癖、食人和杀人的乐趣大呼过瘾。它称卖淫是女人最崇高的使命，女德则是有违人性的罪行。它贬斥上帝是"一个微不足道的野蛮人"，圣母玛利亚是个"犹太娼妓"，耶稣基督则是"无知、羸弱而愚蠢的江湖骗子""就该被当作最下流的无赖之王"。在这个虚构的宇宙中，恶贯满盈的人总能飞黄腾达，而德行兼备者总是遭到殴打（或被暴揍一顿，或被殴打致死）。修道院是疯狂肛交的温床，而护城河环绕的宫殿则是屠杀人类的屠宰场，没人能听到被杀者的尖叫。

阅读这样的文字大概为洛尔对恶行的定义设置了一个很高的阈值，也让她变得大胆，敢于公开发表惊人的观点。在她漫长的社交生涯中，只要洛尔听到有人中伤她的曾祖父，她就会耸耸肩，说他的作品既不淫荡也不污秽，只是"无趣"而已。"再说，"她还会不动声色地说，"他确实是个很不错的丈夫。"洛尔非常清楚，唐纳蒂安对待他那位虔诚而坚忍的妻子的方式绝对无法证实这样的结论。他在欢场和妓院里挥霍了她的嫁妆，和她的妹妹（修道院的修女）私奔了，他无尽的刑期更是把她的生活搅得一团糟。就连在监狱里他也没有忘记折磨她，强迫她定期花钱购买定制的假阳具，补充他巨大的收藏。若想知道这场婚姻给她带来多大的痛苦，只需看看革命的法国刚刚宣布离婚合法化，她就不顾宗教禁忌，利用新法律与丈夫断绝关系。洛尔只是因为刚愎自用，才在这个话题上反驳传统观念。毕竟，"在萨德看来"也是她的家族座右铭，而在洛尔看来，她有权按照自己的观点重新定义道德，或者重写历史。

和她那位曾祖父一样，对洛尔而言，重新定义的一部分就是对限制级语言的喜好。唐纳蒂安几乎在每一页文学作品中都毫不掩饰这一喜好，还把理论和实际结合起来，编造了这一段格言，解释自己为何如此喜爱：

> 说些淫词秽语，（而且）毫不吝于使用这类词汇；目的就是尽可能造出最大的丑闻，因为丑闻缠身的感觉太美妙了。[27]

同样，鉴于洛尔的阶级、年龄和性别，如此为丑闻正名简直不可思议。正如一位评论家所说，在她所处的那个社会，"有些词语是体面的女人到死都不能说出口的"。这套词汇的范围很全面，从下流的诨号到最平实的人类解剖学和生物学术语。但洛尔对它们甘之如饴。在她看来，哪怕最无聊的乡间夜晚，也能因为晚餐谈话中插进一两句下流话而变得生动起来。

洛尔利用自己在乡下的日子提高了好几个特殊技能——轻松的运动气质、模仿粗人的土话、反叛精神——正是这些，让她后来在巴黎受到众人的倾慕。甚至可以说彼时的她正在为这一角色做准备呢。用她的好友比贝斯科亲王夫人玛尔特的话说，洛尔始终坚持自己的原则："巴黎很有趣，其他地方都很乏味。但你必须明白如何忍受无聊，因为没有炼狱的天堂是无法想象的……除非你是圣人。"[28] 洛尔和亲戚们住在一起的那段日子没有为超凡入圣做分毫修炼，反而越来越狂野放肆。他们真恨不得马上就把她打发走。

1878 年，他们总算成功了。她的堂姐德·兰古男爵夫人洛尔（Laure, Baronne de Raincourt，娘家姓也是德·萨德）向阿代奥姆·德·舍维涅伯爵提到了她。当时，这位 30 岁的单身汉和兰古夫妇一起，担任法国王室家族嫡系的最后一个王位觊觎者尚博尔伯爵亨利·德·阿图瓦（Henri d'Artois）的侍从。自从 1830 年政变终结了波旁王朝的统治，尚博尔和他手下那群坚定的正统王朝拥护者就把根据地设在了奥地利的弗罗斯多夫（Frohsdorf）城堡。这个微型宫廷的主要人物就是尚博尔，被称为"爵爷"，也被追随者们拥戴为"国王亨利五世"；他的王后玛丽－泰蕾兹·德·莫德内（Marie-thérèse de Modène）被称为"夫人"，是个年老耳聋、爱发牢骚的哈布斯堡王朝公主；宫廷里还有十几个杂役，每天的工作包括给爵爷系鞋带和领带（他自始至终也没有学会自己做这两件事）以及为他口述的通信做笔录。最后这个任务就落在了阿代奥姆·德·舍维涅肩上，他是国王的两个私人秘书之一。[29]

弗罗斯多夫是个庄重而极其保守的地方，它守卫着一些古老的法国价值观，诸如君权神授和天主教信仰神圣不可侵犯。王室夫妇虔诚地信仰天主教——认为禁欲后的婚姻是人类所能达到的最神圣境界——让他们那些未婚侍从们也承受很大的结婚压力。作为尚博尔夫妇小圈子的一员，舍维涅需要的新娘当来自一个同情正统王室又长期拥护君主主义的贵族家庭。德·萨德家族 500 年忠于王室的历史是洛尔的优势所在，与之相比，"神圣侯爵"的那些小过失都可以忽略不计了。

作为持剑贵族的象征，深受正统王朝拥护者重视的为王室服务的传统主要有两种形式：一是在王室的武装部队服役，二是在宫廷和国王的外交使团中服务。舍维涅来弗罗斯多夫城堡之前参加过普法战争，也就是说他一人完成了这两项使命。他的父系和母系两边的祖辈都曾在军队和宫廷中建功立业，从 1220 年代路易九世的母亲卡斯蒂利亚的布兰卡① 摄政时期，到六个世纪后的路易十八统治时代。舍维涅的哥哥奥利维耶曾先于他在弗罗斯多夫城堡担任爵爷的侍从，如今则在巴黎领导着一群顽固的正统王朝拥护者，每年亨利五世的生日宴会和路易十六被处决纪念日的宴会都由他组织。

　　德·萨德家族则是典型的封建军阀，严守在自己坚固的外省城堡中，在君主需要时为王室出征。但 18 世纪中期，唐纳蒂安·德·萨德的父亲让－巴蒂斯特（约 1701—1767）却离开出生地普罗旺斯前往凡尔赛，希望能用自己英俊的相貌、风趣的才思和权谋手段在路易十五（1710—1774）的宫廷里谋得高位。让－巴蒂斯特凭借着这些特质和与双性伴侣奸淫放荡的口味，很快就得到了整日沉迷于酒色声乐的国王的宠爱。据说让－巴蒂斯特成了国王陛下的皮条客，大概也是他的情人之一。路易十五为表示对此人的赞赏，提名让－巴蒂斯特担任一系列大使的美差。

　　1733 年，路易十五恩准让－巴蒂斯特娶了德·孔戴亲王夫

① 卡斯蒂利亚的布兰卡（Blanche de Castille，1188-1252），卡斯蒂利亚国王阿方索八世和妻子埃莉诺的女儿，1223—1226 为法国国王路易八世的王后。在儿子路易九世未成年时，出任摄政（1226—1236），统治国家。法国人尊称她为"仁慈的布兰卡太后"，也称她为"贤母布兰卡"。刚摄政时，她冷静果断地平息了贵族叛乱、控制了王国大权，并在十年摄政期间让法国蒸蒸日上。她签署了阿尔比十字军的《巴黎条约》（1229），使图卢兹伯爵的大部分领土落入卡佩王朝手中，并迫使英王将普瓦图让给法国。1236 年她归政给已成年的路易九世，但实际上仍在幕后操纵国政，直到 1252 年去世。她与其子"圣路易"创造了中世纪法国的黄金时代。

人的一个女侍官。(让－巴蒂斯特和亲王夫人本人也有过一段如胶似漆的情事，他的婚姻方便地掩护了这段婚外情。)这一结合将使德·萨德家族的声望达到顶峰：与君主本人的亲戚结成了姻亲。

让－巴蒂斯特及其家族在巴黎那座富丽堂皇的孔戴府邸得到了一处住所，他们的长子唐纳蒂安就出生在那里，和孔戴家的长子一起长大，无人注意时，唐纳蒂安还喜欢把孔戴家的那位长子痛打一顿。1756 年"七年战争"爆发时，唐纳蒂安参军服役，算是为自己好战的天性找到了一个发泄口，但就连战争也无法满足他对暴力的渴望。[30] 战后不久，他就因绑架和折磨一个女乞丐而被捕了，后者对当局说，他蒙住她的眼睛，用一把小刀毁伤她的肉体，在伤口上泼洒灼热的烛蜡，并强迫她亵渎十字架。路易十五私下里帮了让－巴蒂斯特一把，出面让当局释放了这个年轻人。但唐纳蒂安继续无耻地违法犯罪，不久就被同一个国王下令关回了监狱。

法国革命为唐纳蒂安的人生开启了一个新篇章。因为天生叛逆，他标榜自己认同和支持平民为自由而战。在 1789 年 7 月 14 日一伙暴民攻占巴士底狱之前几天，他碰巧又入狱了。后来他声称是自己透过监狱墙上的一道缝隙对群众高喊，煽动他们发起了暴动。起初，这个故事让他在平民伙伴中赢得了好感。但在君主制 1792 年被推翻、次年 1 月路易十六被处决之后，政治环境对贵族日益危险。新的共和国剥夺了他们的头衔和特权，在马克西米利安·德·罗伯斯庇尔（Maximilien de Robespierre）在全国范围内清洗国家公敌嫌疑人的恐怖统治时期，他们更是遭到了围捕。

1794 年 3 月，唐纳蒂安以反革命罪名被捕，又一次遭到监禁，等待着革命法庭的审判。这类审判本身就是对公正的蔑视，几乎每一位被审判者都会走向断头台。但罗伯斯庇尔及其党羽逮捕的人数过多，法庭跟不上他们的速度。唐纳蒂安后来总是说，他在等待审判日期间所在的皮克毕（Picpus）监狱是他见过的最恐怖的人间地狱；从那里可以看到断头台罹难者的集体坟冢，据他说，他和狱友们被迫"在 35 天里埋葬了 1800 具（无头尸体），其中三分之一都是从我们这个倒霉的监狱里拉出去被处决的"。[31] 他本人能逃过死劫，完全是因为罗伯斯庇尔政权在唐纳蒂安原定的审判日之前几周被推翻了。

正是在皮克毕监狱里受苦的经历挽救了德·萨德侯爵在舍维涅这类人心目中的形象。对很多世纪末贵族来说，祖先在恐怖统治时期受到过迫害变成了一枚荣誉勋章，再次证明他们与"无生"阶层之间的巨大鸿沟。这种信念引发了一个话题：攀比自己有多少祖先死于断头台。在小说《平等》中，比贝斯科亲王夫人讽刺了这种革命受害者情结，指出在皮克毕掩埋的无头尸体中，贵族出身的还不到一半。

在舍维涅所在的那种君主主义圈子里，提及"殉难的"祖辈突出了一种隐含的对君主的政治效忠，一俟将亨利五世推上王位的政变启动，就会再次需要这样的忠诚。舍维涅在评估是否应娶洛尔为妻时，大概把她曾祖父在恐怖统治时期所受的煎熬看成一项不错的家族荣誉了。事实上，舍维涅自己的一位祖先也曾被关入皮克毕监狱，也多亏了罗伯斯庇尔倒台才没有被送上断头台。

德·萨德家族宣誓效忠王室一定也让舍维涅忽视了洛尔家谱中其他门不当户不对的婚姻——也就是贵族与较低阶层的通婚。洛尔尽量不提此事，但她母亲一方的出身是新教徒商人特勒森家族，他们在 17 世纪末期为躲避宗教迫害而逃离法国，在日内瓦创立了一家银行。路易十六统治时期，洛尔的母系高祖乔治－托比·特勒森（Georges-Tobie Thellusson）又把自己那一支族亲迁回法国，在那里购买了一座宅子，还附带准男爵爵位。通过慷慨地为王室金库捐款，他获得了国王的许可，使用贵族小品词"德"，并在巴黎的玛莱区建造了一座富丽堂皇的宅邸来庆祝自己社会地位的提升，那座宅邸前还有一个 30 英尺高的凯旋拱门。

如此说来，特勒森家族和格雷弗耶家族采取了相同的策略，都是新教徒银行家通过与历史更悠久但需要为家徽重新镀金的持剑贵族通婚而获得了贵族地位。然而革命之后，特勒森家族财运渐衰，但格雷弗耶家族却风兴云蒸，这种分化也反映在他们的婚

特勒森家族出身新教徒商人，在 18 世纪末买了一个准男爵爵位，建造了这座庄严宏伟的巴黎宅邸，后来他们的财富日渐缩水

姻上。亨利·格雷弗耶的父亲娶了拥有公爵爵位的拉罗什富科姓氏的女子，而洛尔的母亲却不得不嫁给一个外省乡绅的不名一文的儿子，还拖带着一个颇有争议的姓氏，洛尔的姨妈卡米耶则只好嫁给一位意大利雕塑家玛罗切蒂男爵，他获得爵位的历史短得可怜。

权衡这些利弊之后，舍维涅在 1878—1879 年冬天的某个日子向洛尔求婚了。他大概是派代表上门提亲的，因为似乎没有记录表明他曾在婚礼前离开奥地利前往法国。舍维涅的求婚有利有弊。舍维涅是布列塔尼古老的贵族姓氏之一，洛尔能嫁给这样的姓氏自然是脸上有光，婚后就能获得伯爵夫人的头衔。出身卡拉曼－希迈等外国亲王家族的女孩子一出生就能获得爵位，与之相反，法国贵族的女儿们一般只有在结婚后才能获得这类敬称。而洛尔坚信奥托·冯·俾斯麦的格言"生命始于男爵"，当然希望自己至少像母亲和那么多女性先辈一样获得爵位。她的一位孙女后来说过，洛尔一生中最大的遗憾，莫过于嫁给了一位伯爵而不是公爵。

只有舍维涅家族的男性才有的阿代奥姆这个怪异的名字，会令人愉快地回想起封建时代：它从"heaume"这个词派生而来，意为骑士帽盔上的凹槽。[32] 既然洛尔以出身持剑贵族为荣，舍维涅的贵族社会地位算是个好消息。他受雇于弗罗斯多夫城堡也一样，据洛尔的兰古表亲们说，他是亨利五世最信任的顾问之一。一旦有正统君主主义政变发生，舍维涅一定会位列王国中最有权

力的人。（事实上，近年来另一个波旁王朝复辟的可能性已经大大减小了，至于原因，洛尔不久就会明白。）

舍维涅的地位也有其不利的一面：他和国王的其他侍从一样，工作都是不拿薪水的。他有几个同事靠变卖在国内继承的局

部土地权来养活自己。其中一位，亨利·格雷弗耶的一个很远的亲戚，最终不得不放弃了位于塞纳－马恩地区的一处地产，即盖尔芒特城堡。[33]

舍维涅本人没有资产可以变现。19世纪初，他的伯祖、当时阿代奥姆这一支的族长德·舍维涅侯爵阿瑟，因为一项不明智的地产交易而破产了。阿瑟的弟弟路易——也就是阿代奥姆的祖父——克服重重困难才总算保住了家族的老宅，即位于法国西海岸的大西洋卢瓦尔省的圣托马斯城堡。他去世时，城堡由他的长子、另一位路易·德·舍维涅伯爵继承，也就是阿代奥姆的父亲。但庄园的农业无法产出足够的收入养活这位路易的满堂儿孙：1854年路易去世时，留下了四个儿子，阿代奥姆排行最末，三个哥哥都已经结婚了，一共生了九个孩子。此外，圣托马斯属于路易的长孙奥古斯丁，后者在他的父亲、阿代奥姆的大哥阿瑟1869年去世后继承了庄园。因此，当时家族的财富已经没有多少了，阿代奥姆分得的财产更是少之又少，他用那点收入勉强维持着王室的工作。

这样的经济窘况带来了一个社交困境。在巴黎，舍维涅家族的富有和高贵是众所周知的，但这些富人跟阿代奥姆的关系可没那么亲近。大约60年前，来自该家族另一支系的一位路易·德·舍维涅曾经娶了（"无生"阶层的）凯歌香槟[①]女继承人。这次婚姻带来了巨额的现金财富，这对夫妇的子嗣因而与法国贵族最古老、最显赫的氏族联姻：莫特马尔家族和德·于扎伊家族。作为这些舍维涅族人的远亲，阿代奥姆称自己是他们的亲戚自是合

---

① 凯歌香槟（Veuve Clicquot Champagne），法国兰斯的一家香槟酒厂，专门生产优质的香槟。凯歌香槟由菲利普·克利科（Philippe Clicquot）于1772年创建，是世界最大的香槟酒厂之一。

法合理，但他在他们眼中却只是个不值一提的穷亲戚。由此可推论，他的妻子在他们眼中也没什么地位——除非她能想办法改变这一切。

考虑到这一切，大多数有适婚女儿的贵族家庭都不会欣然接受阿代奥姆·德·舍维涅伯爵的求婚，但洛尔的监护人们可没心思挑三拣四。他们急于敲定这门亲事，让洛尔以为他或许是她能接受的最好的求婚对象，甚至有可能是唯一的。最终为她确定这桩亲事的条件是，舍维涅在圣奥诺雷城区的柯里塞街（rue du Colisée）1号租下了一个很小的住处，供夫妇俩离开尚博尔的宫廷休假之用。[34]

1879年2月6日，19岁的洛尔·德·萨德小姐和31岁的阿代奥姆·德·舍维涅伯爵在巴黎的一个传统的天主教婚礼弥撒上宣誓对彼此永远忠诚。据朋友们回忆，那天跪在圣坛前的少妇是个娇小玲珑的金发女郎，"髋部苗条、双肩宽阔、脖颈纤细"。她那双低垂的蓝色大眼睛冷若冰霜，但时不时会闪出狡黠的光芒。跪在她身旁的男人身材瘦长，一双棕色眼睛的瞳距很小，唇

洛尔并非传统意义上的美女，但她的淡黄色头发、眼皮松弛的蓝眼睛和高高的鹰钩鼻给了她一种优雅高贵的气质

上有浓密的棕色胡须，渐秃的头顶边缘还竖立着两簇深棕色的头发。舍维涅那张瘦骨嶙峋的"短斧脸"[35]（套用一位熟人的话）总是涨红着，仿佛永远为自己难看的高个子感到抱歉，又仿佛有什么难言之隐。不管他们最初对彼此的印象如何，新娘和新郎明知与对方缔结了终身的婚约，还是会心怀芥蒂。在1879年的法国，离婚还是非法的。

阿代奥姆·德·舍维涅夫妇在巴黎城区还没有足够高的地位，因而最杰出的名人新闻日报《高卢人报》只用一行字报道了他们的婚礼，要知道这家日报往往会用几段甚至几页篇幅来报道更有名的姓氏之间的通婚。（该报用三篇头版文章来报道格雷弗耶／卡拉曼－希迈的婚礼。）但有一家开办不久也不大有名的社交界小报，《特里布莱报》（*Le Triboulet*），却刊登了一篇较长篇幅的公告，可想而知，它突出了新郎在弗罗斯多夫的地位，并列出了参加婚礼的其他尚博尔拥护者的名字，进而强调他们拥护正统王朝的立场。[36] 其他文字更为笼统地讲述了新婚夫妇的家世，例如舍维涅曾在普法战争中服役，以及婚礼的地点鲁莱圣斐理伯教堂（église Saint-philippe du Roule），是右岸最世俗化的教堂之一。

不过，《特里布莱报》上的文章有一个古怪之处，那就是它把新娘的姓氏写成了"巴德"（"巴登"的法语拼法，就是德国温泉小镇巴登－巴登所在的那个地区）而不是"萨德"。这个错误把她和巴登的大公们联系了起来，那是一群极其富有的条顿①显贵，或许是因为新郎在奥地利工作，他们才会犯这样的错误。又或许它反映出人们对新娘那个不体面的姓氏持有偏见。[37] "在

---

① 条顿人（Teutonic），古代日耳曼人的一个分支，公元前四世纪时大致分布在易北河下游的沿海地带，后来逐步和日耳曼其他部落融合。后世常以条顿人泛指日耳曼人及其后裔，或是直接以此称呼德国人。

（德·舍维涅夫人）生活的那个世界，"后来与洛尔结成好友的银行家继承人安德烈·热尔曼（André Germain）写道，"生于德·萨德之家可不是件令人欣喜若狂的事儿。"[38]

如此意外地被提升了头衔可能会令人感到荣幸，但洛尔却不允许它存在。接下来那一周，《特里布莱报》刊登了一则详细的更正启事：

> 本报上一期有一处印刷错误，即阿代奥姆·德·舍维涅先生娶了德·巴德小姐，该姓氏应该写成"德·萨德"。德·萨德小姐的祖上正是彼特拉克诗中所赞美的那位"美丽的洛尔"·德·诺韦斯。阿代奥姆·德·舍维涅先生则来自法国最古老的家族之一，有幸得到了尚博尔伯爵爵爷（原文如此）的特别重用。[39]

这则补遗只可能来自洛尔本人。因为参加她婚礼的大部分宾客都来自外省或外国，他们不大可能看到像《特里布莱报》这样一份名不见经传的巴黎报纸。鉴于她和丈夫在社交圈尚且没有什么名气，在她最亲近的圈子之外，也不可能有谁会注意到这个错误。舍维涅或许有可能请他们更正，但他厌恶公开宣传，不会关注关于自己婚礼的公告。此外，他也绝不会像《特里布莱报》的更正启事那样，称自己的雇主为"尚博尔伯爵爵爷"。按照礼仪，波旁王朝觊觎者要么被称为"尚博尔伯爵先生"，要么被称为"爵爷"，干脆利落①（《特里布莱报》的作者第一次倒是没有弄错这个细节）。错误叫法表明，刊登这则启事的人并不熟悉王

---

① 当时，"伯爵爵爷"是巴黎伯爵专用的叫法，表明他的法国王位继承者地位是排在尚博尔伯爵之后的。——作者注

公贵族称谓的细节——比如洛尔这样的人。

比她的失礼更有趣的，是她提请编辑注意三个要点：她的祖上是彼特拉克的缪斯"美丽的洛尔"，她丈夫的古老血统，以及尚博尔对他的"特别重用"。这些都是她其后 50 年在巴黎社交圈不断重复的细节，因为她总是不遗余力、不厌其烦地强调，连那些不认识她的人也会用这套话来介绍她了。[40] 正如比贝斯科亲王夫人所说，洛尔特别能够"把关于自己的诗意看法强加在周围人的头脑中，让他们把她重新想象为一个全新的、绝妙的人物，继而把那个人物——可以说是她的替身——投射在公众想象的镜子里"。[41]《特里布莱报》上的更正启事表明，洛尔在婚姻生活之初就开始施展自己的这一天赋了。婚礼后还不到两周，她就已经向世界交出了自己的一个理想化新版本。

洛尔从未提起或写到过这种重塑自身的努力，更不要说她这么做的动机了。但我们不难想象为什么一个 19 岁的孤儿急于把自己近些年的孤独、流离和不安全感抛诸脑后。母亲去世后有两年多，无父无母、无家可归、不名一文的状态把她变成了一个局外人——她的确生活在城堡中，却活得像个需要怜悯的女孩，像个亟待解决的问题。然而这种凄凉的人设却跟她生活在亲戚家时为自己构想的人格面貌格格不入：文学的后裔洛尔、英勇无畏的女猎人洛尔、风趣幽默的古怪精灵洛尔、世故老练的巴黎人洛尔。婚后，她终于有机会把这些第二自我焊合成一个更加美妙的形象——一个深受诗人、交际家和国王们钟爱的贵妇人，永远摆脱了孤儿的身份。不管身为孤儿遭受了多少屈辱和委屈，她都会被她投射在公众想象之镜里的迷人的第二自我所救赎，起码这一新形象会让人们忘记那一切。

虽然严格来说，洛尔的丈夫是她的老爷和主人，但他对于塑造她的新形象却没起到什么明显的作用。那些后来慢慢了解她的人一致认为，给了她一个新的姓氏、新的头衔、一个宫廷职位和一个巴黎的地址之后，"她可怜的阿代奥姆对她就不再有什么大用了"。[42] 这不是说舍维涅没有讨她喜欢的优点。据他的一位战友说，他"紧张的特质和病态的外表"下有很多优秀的品质，使得他和新婚妻子之间培养了一定的好感。舍维涅和洛尔一样热爱阅读，只不过他最喜欢的题材（地理学、歌剧和农学）她不感兴趣。他是个天赋异禀的音乐家，但现存的资料没有说明他演奏的是哪种乐器。他的举止风度无可挑剔。就算在最高道德准则是"要有礼貌"的贵族圈子里，舍维涅也是绅士风度的典范，他曾救助过三个陌生人，两个女人和一个孩子，他们的马车在布洛涅森林（Bois de Boulogne）里撞毁了。他亲自为他们包扎伤口之后，用自己的双马四轮马车把几位伤者送回了家。[43] 最重要的是，他有一种"内敛的智慧"[44]，让冰雪聪明的洛尔难抑喜爱和欣赏。她喜欢带着社交界人士吹牛时特有的那种低调说，"阿代奥姆可不是个傻子"。[45]

100

然而，虽然舍维涅有很多优点，但他在一个关键方面却很令人失望：他缺乏在社交界变成举足轻重的人物所必需的野心和才干。到他和洛尔举办婚礼之时，他只加入了一个俱乐部：地理学会。那是个高尚体面的组织，是世界上最古老的地理学会，但它不是巴黎社交精英们聚集的地方。在洛尔的积极鼓励下，舍维涅很快就设法入选了骑师俱乐部，这是个更加了不起的功绩，因为他是舍维涅家族有史以来第一个入选该俱乐部的人。[46] 然而让洛尔失望的是，他没有兴趣利用自己的俱乐部会员身份在城区有所建树。

舍维涅置身于上流社交圈之外的部分原因，是他还没有把巴黎当作自己的家，他也无法如此，毕竟在弗罗斯多夫城堡任职，使他每年有八个月的时间不在法国。[47] 当然，他之所以远离上层，另一部分原因是那里没完没了的奢侈化装舞会、赛马和慈善晚宴要花大笔金钱，而他不得不精打细算——这是让他年轻的新娘感到不快的另一件事。不过舍维涅在社交界保持低调的最重要原因，是他喜欢独处，追求宁静平和的生活。相反，洛尔觉得在帕西和外省的那些年获得的平和宁静足够她一生回味了。她决心发现巴黎并让巴黎发现她——不管"她可怜的阿代奥姆"是否在她身边。

洛尔愿意在没有丈夫帮助的情况下为自己开辟一条道路，或许还与他们的性生活有关，或者至少与他的性生活有关。在两人举办婚礼之时，舍维涅的亲戚朋友们都知道在定期离开弗罗斯多夫城堡来巴黎期间，他一直跟一位名叫埃米莉·威廉斯（Émilie Williams）的英国中年妓女有来往，她有个著名的绰号叫"海豹"。[48] 更有甚者，他向那些了解内情的人透露，他没打算在婚后与威廉斯断绝关系。这样一桩风流韵事本来不会让巴黎社交界的人大惊小怪，在那里，交际花和已婚或未婚贵族男性有染的事数不胜数。但舍维涅对"海豹"如此投入却让他的同伴们不解，因为她相貌平平，对她那个职业的女性来说，这是最非同小可的缺陷了。她那双温和而茫然的棕色眼睛和微隆的白色腹部，难免让人想起她那个绰号的动物，"'海豹'一点儿也不美，甚至连好看都谈不上"，一位八卦专栏记者如是说。

就算在她青春年少的时期，那是舍维涅婚前整整15年，威廉斯最响亮的名声也是其他漂亮交际花的陪衬。一个著名的场景是，一位有恶毒趣味的交际家让人按照那个时代最抢手的妓女科拉·珀尔胸部的样子做了一只黑玛瑙大酒杯，后来又把它送给了

"海豹"，以此来证明珀尔的魅力更胜一筹。另一个臭名昭著的事件是，威廉斯因一位同事抢走了自己的情人而在公开场合跟她大打出手，把情敌的一簇簇头发都拽了出来。媒体戏称这一事件为"发髻战争"。[49]

然而虽说威廉斯的样貌平平是显而易见的，她却用自己"是个极为善解人意的女人，比周围任何人都要开明贤惠"的名声弥补了这一缺陷。[50] 所谓开明延伸到了一种特殊的性行为，她的绰号对此也有所指，她还把它刻印在自己的信纸上："海豹说妈妈，海豹说爸爸。"[51] 正如在维多利亚时期的英格兰，同时代人对此也一本正经地讳莫如深，世纪末的巴黎人对这种色情专长的具体含义也不会明言。在威廉斯与恩客的嬉戏中还有其他的女人出场？抑或她迎合的那些男人更偏爱"爸爸"而非"妈妈"，招呼她来，用洛尔自己的曾祖父德·萨德的话说，"玩鸡奸"？现存的记录对此不置一词。[52]

但法国文化传说中有两点似乎能确认威廉斯的绰号与那些不合常规的性别或性规范有关。首先是德·布封伯爵认为海豹既不是鱼类也不是禽类，"这种奇怪的物种"似乎既不属于陆地生物也不属于海洋生物。这种两栖性质的"奇异之处"[53] 使得海豹成为模棱两可的性行为的独特隐喻，例如作家让·洛兰 ① 曾在一部1901 年的小说《德·福卡斯先生》(*Monsieur de Phocas*) 中塑造了脸谱化的人物、娘娘腔的审美家德·福卡斯先生（海豹先生），以此来影射同为同性恋的仇敌罗贝尔·德·孟德斯鸠。[54] 第二个线索更平实一些，那就是法语中有一个俚语是"gay as a seal"，意思是"像海豹一样基情四溢"，相当于英语中的"基

---

① 让·洛兰（Jean Lorrain, 1855-1906），法国象征派诗人和小说家，同性恋者。

情一只鹅"（gay as a goose）。

海豹和她的"妈妈／爸爸"口号成了巴黎大道派戏院和男士俱乐部中流传的艳俗笑话，但它也引出了舍维涅的性偏好的问题，以至于他和洛尔结婚十多年后，一个每年更新的贵族圈指南仍然称他单身无子嗣[55]：这是上流社会对（像海豹一样）"同性恋"的含糊说法。[56] 这一细节或许能够给我们一些背景知识，解释洛尔最不名誉的萨德式宣言："丈夫可教不了你怎么肏。"[57]

婚礼之后，洛尔与舍维涅在巴黎度过短暂的蜜月，便启程前往弗罗斯多夫，他的职责要求他尽快把新娘介绍给国王和王后。乘火车前往奥地利要 30 个小时，让洛尔有了足够的时间幻想自己此行抵达的王室。她听说"弗罗斯多夫"在德语中是"快乐的村庄"的意思，虽说那显然不是巴黎，但她希望那里比她少女时期住过的那些乏味的住处强一些。

然而，当她终于抵达小小的弗罗斯多夫火车站时，她发现那个喜气洋洋的地名掩盖了一个令人沮丧的现实。据她同时代的人说，描绘那个小镇的最佳形容词是

在与洛尔结婚之前，阿代奥姆跟一位绰号为"海豹"的情妇交往已久。她有一句隐晦却显然与性有关的座右铭："海豹说妈妈，海豹说爸爸"

　　单调和平庸。当地人生活在一种无动于衷和与世无争的氛围中，那是法国城市和城镇中看不到的。整个地区充斥着一种深入骨髓的无聊气氛，连美丽如画的阿尔卑斯山景也无法驱散那种气氛。你会觉得十分愕然，不禁奇怪尚博尔伯爵怎么……受得了住在这么个地方。

　　至于城堡本身，那座乏善可陈的芥黄色庄园实在太过沉闷荒凉，任谁住在那里都忍不住会感到沮丧。洛尔夫家的远亲德·于扎伊公爵夫人曾用"阴郁"一词来形容典型的上流社会游人对这里的看法。舍维涅的另一位亲戚，同为王室侍从的勒内·德·蒙蒂·德·雷泽（René de Monti de Rezé），曾经试图看到这一缺陷的积极一面，声称"这座城堡无可否认的简朴外观，正好符合王室流亡海外的忧郁心境"。那座精心修剪的法式花园大概本意是为了让人想起凡尔赛宫，但环绕着城堡的护城河已经干涸，破坏了花园的壮观，反而凸显出波旁王朝已经沦落到这般境地。（我们很难想象凡尔赛宫会被用作国家邮政的办公楼，但自1955年以来，弗罗斯多夫的确变成了一座国家邮政大楼。）

　　关于城堡，最可称道的要数它的场地，号称一流的打猎和射击场：有一个猎鹿场、一个打靶场，还有数百英亩茂密的森林和草地。城堡北边外墙附近有一大片犬舍和马厩，证明在这样一个君主因为丧失了王国而无事可做的宫廷里，帝王的游戏何等重要。[58] 爵爷声称自己愿意放弃大多数奢侈享受，却拒绝在马身上吝啬。他拥有一百对完美配种的纯种马，马身全是毫无瑕疵的白色，就像他家徽上的象征：百合花。

　　城堡的内部装饰介于狩猎小屋和陵墓之间。波旁王朝的其他

尚博尔伯爵流亡期间的小型王宫所在地弗罗斯多夫城堡，它简陋的建筑和乏味的内饰实在令游人提不起兴趣

宫廷里都装饰着大量的镀金、大理石、壁画、镜子和护壁板，而这座建筑的内墙只用朴素的白色粉刷，挂着各种鹿角、马蹄和动物头骨；一间房子里摆满了玻璃柜，展示着各种鸟类的剥制标本。其他房间则摆满了让人想起波旁家族伤心过往的纪念品：从1654年路易十六加冕时穿着的钻石搭扣的鞋子，到维热·勒布伦① 为爵爷的伯祖母玛丽·安托瓦内特所绘的画像，画像上仍带着刀刺的破损，那是一伙革命暴徒在1789年10月冲入凡尔赛宫，叫嚣着要割下王后的头时留下的。爵爷已故的姑妈德·昂古

---

① 伊丽莎白·维热·勒布伦（Elizabeth Vigee Lebrun，1755-1842），法国女画家，因给王后玛丽·安托瓦内特画肖像而出名，法国大革命后离开法国到欧洲各地作画，一生创作有六百多幅肖像画和两百多幅风景画。

莱姆公爵夫人（Duchesse d'Angoulême）——玛丽·安托瓦内特和路易十六的长女，也是他们的直系亲属中唯一在大革命中活下来的成员——正是在那间卧室中去世的，那间卧室也被保留为祠堂来纪念她。[59]

在城堡内所有的遗物中，最令人毛骨悚然的，当属一个水晶的遗骨匣，上面有一支金色的百合花，刻着"L. XVII"的字样。匣子里装着玛丽·安托瓦内特和路易十六之子的小心脏，君主主义者们在他的父亲1793年被处决时尊奉他为路易十七，但他还未来得及与共和派一争高下并确立自己的权威，就被狱卒们杀死了。（被杀时，他还不到十岁。）亨利五世的一位追随者写道，对他来说，小男孩的心脏"几乎带着一种宗教意义"，正如在它旁边展示的两件物事：玛丽·安托瓦内特走上断头台时戴着的那顶破碎的白色帽子和染有血迹的白色三角巾。和宗教遗物一样，这些物品意在赞美它们原本所属的罹难者，同时也提醒活着的人，王室成员有过怎样惨痛的经历。

除了这些恐怖的纪念品之外，弗罗斯多夫城堡的内饰最主要的特点就是乏味枯燥。私人住处都是些光线阴暗、设备不足的狭窄房间，至于那些设备简陋的接待室，除了墙上排列的家族肖像和有着百合花图案的地毯外，根本看不出什么王室气派。就连位于红色沙龙正中央的"王座"，就是爵爷和夫人接受朝拜的地方，也不过是把普通的扶手椅，椅身上有一些镀金，椅背顶上有木刻的纹章，坐垫上缝着法国国徽（由一顶箍冠和三支百合花装饰的纹章盾）而已。[60] 但这些装饰也许是故意弄得平淡无奇的。经历了欧洲历史上最长的君主流亡生涯——已经49年，并且还在继续——尚博尔伯爵不想让人以为他已经把奥地利当作祖国了。"人只有在祖国才能安家，"他声称，"在国外只是露营，只有等待。"[61]

尽管如此，弗罗斯多夫城堡却保留了其主人名分的一个宝贵特点：200 年前，他的太祖父路易十四在凡尔赛宫庄严确定下来的繁复的宫廷礼节。亨利五世和太阳王一样严格保留那一套礼仪，要求廷臣们每次经过王座时都要（根据性别不同）鞠躬或行屈膝礼，哪怕它是空置的状态；在请求从王室成员面前退下时要倒退着走出房间；只有在被问到时才能对爵爷和夫人说话，且只能用第三人称（"既蒙爵爷垂问，臣有幸向爵爷进言……"）；每天早上六点半做弥撒，中午 11 时用午餐，晚上六时用晚餐，还有其间的每次打猎出行、马车出行、炉边闲聊和打扑克，都要陪伴在君主左右；如此等等，用空洞的繁文缛节打发着无聊的时光。

跟舍维涅夫妇直接相关的，是规定每个新到城堡的人都必须立即被引荐给王室夫妇，不得耽搁。为遵守这一规定，洛尔和丈夫到达自己的简朴住处之后，一刻也不得休息或安顿。相反，她要立即换上规定的宫廷服饰：一身过时的黑色装扮，一个笨重的有箍衬裙外面罩一条长拖裾，恰是男孩子气的洛尔最不喜欢的那种装扮。随后她和阿代奥姆便立刻前往红色沙龙，爵爷和夫人已经端坐在王座上，两边站立着这座微型宫廷的十几位成员。[62]

按照阿代奥姆事先跟她描述过的礼仪，洛尔在接见厅的门口停下来，行了一个很低的屈膝礼——整套礼仪需要行三个屈膝礼，这是第一个。然后她慢慢地走向王室夫妇，映入眼帘的是男仆（他们都遵循旧制度下的凡尔赛宫风格，带着扑粉假发，身穿蓝色制服），墙角处伊丽莎白·维热·勒布伦给玛丽·安托瓦内特画的肖像（其上的刺刀扎孔非常明显）、夫人脖子上那一圈核桃大小的珍珠（事实上，那正是玛丽·安托瓦内特在维热的画像中所戴的那一串珍珠项链）。洛尔在王后和国王面前又行了两个屈膝礼，她深躬下身，前额都擦着镶木地板了。随后她保持着平伏在地的姿势，脱下右手的手套，握住尚博尔伯爵夫人裙子的下摆，亲吻它。

在象征意义上，这些动作不但证明了洛尔对君主的忠诚，也让人想起她的祖先为君主效忠的悠久历史。对她来说，一生中首次见到王室成员，是一个激动人心的成人礼。眼前这个男人为了自己的利益要求她奉行这一套做法，规规矩矩地俯伏在地，她却对他所知甚少。当他心情不错时，亨利五世会把这套仪式看成私下作乐的机会：他喜欢在跟男性侍从们开玩笑时称女性廷臣的这套"出场体操"为"开阴 * 礼"。[63]

尚博尔对下流话的喜好是他比较迷人的特质之一。除此之外，他身上实在没有多少荣耀的波旁家族男儿的气质。59 岁的

尚博尔伯爵，这张照片是在洛尔初次见他之前18 年拍下的；那时他已经因为一次骑马意外而跛足了

爵爷有点儿对眼，体态肥胖，因为很久以前的一次骑马事故而跛足，跟他的先辈太阳王没什么可比之处，正如他的红色沙龙一点儿也不像镜厅。⁶⁴ 他没有穿镶嵌珠宝的宫廷服饰，而是套着一件邋遢的羊驼毛开衫，脚上穿着白袜子和黑色居家拖鞋。"那套装束，"一位评论家曾写道，"就像一个小资产阶级的巴黎人早晨去公园散步的穿着。"⁶⁵ 他的肩膀、胡子和硕大的双下巴都以一种再也无法重整旗鼓的姿势下垂着——自从他五年半以前放弃重新执政以来，就一直是这个姿态了。

/ 106

洛尔还太年轻，没有读过爵爷试图发动政变的媒体报道。但舍维涅作为那次事件的亲历者，向她描述了当年的情况。1873年秋，在羽翼未丰的第三共和国政府中占绝大多数的保王党的鼓励下，当时 53 岁的尚博尔违反了让他离国四十多年的流亡法，乔装化名从弗罗斯多夫回到了法国。他先是在凡尔赛宫短暂停留，希望共和国总统德·麦克马洪元帅欢迎他回来并带他凯旋巴黎，确保人民赞同他重登王位。尚博尔甚至带回了一匹高大的白色纯种马，名叫"群众的要求"（Vœu Populaire），准备在那荣耀的一天骑马进城。

然而他在法国国旗上的倔强立场证明了他的无力。爵爷狂热地希望恢复波旁王朝的白色旗帜，以纪念波旁王朝的百合花。然而，最初由 1789 年的革命者们打出的蓝、白、红三色旗已经成为法国人民倍加珍视的政治象征，他们绝不舍得放弃。不少头脑清楚的人劝他屈服——这恰恰是屈服于"群众的要求"——但尚博尔态度坚决。他在声明中坚称"亨利五世绝不能放弃亨利四世的旗帜"，就连骨子里是个保王党的麦克马洪也不同意他的立场，甚至拒绝见他。这次挫折迫使爵爷在屈辱中离开了自己的祖国。据舍维涅说，他在返回奥地利的途中哭了一路。[66]

爵爷未能重获王权，这加重了他几十年来一直与之抗争的压抑的悲苦和无力的愤怒。他每天都会痛苦地想到家人被迫经受的考验：伯祖父路易十六被第一共和国的创建者们监禁、推翻和处决（弑君的决定性一票居然是由国王的表亲奥尔良公爵投出的）；玛丽·安托瓦内特、伊丽莎白女士和路易十七被同一伙人监禁和杀害；父亲德·贝里公爵（Duc de Berry）在1820年被暗杀，那时爵爷尚未出生；他的祖父查理十世1830年被迫退位，紧接着另一位奥尔良表亲路易－菲利普就篡夺了王位；1832年，母亲德·贝里公爵夫人密谋对这位表亲发动政变而失败；波旁家族被祖国流放；最近，他和妻子生育继承人的努力也失败了。经历过这一切屈辱，他等待已久的重整河山的机会还是挫败了，这几乎令尚博尔无法承受。

他的追随者们也一样沮丧，但他们想尽一切办法让萎靡的他振作起来。在弗罗斯多夫城堡，他们让波旁王朝加冕礼所需的装饰始终处于备用状态：爵爷和夫人的紫色纯白边斗篷；他们自己的专用制服；一辆华美的加冕马车；那匹名为"群众的要求"的马。[67] 在每天早晨必行的弥撒上，他们继续为领袖再度登上王位而祈祷，他们在巴黎有不少拥护正统王朝的密友，其中有些人还在谋划着正统王朝的复辟。

然而败局像裹尸布一样紧紧地缠着他们的英雄。乐观的时候，尚博尔会引用圣保罗的句子"在无可指望的时候，因信仍有指望"①作为自己的座右铭。[68] 现在他更喜欢这类威吓的箴言，如"没有原则的话"——所谓原则就是他作为波旁王朝所剩的唯

---

① *Spes contra spem*，引自《圣经·新约》，《罗马书》4:18。

一一位正统的王位索要者，应该统治法国——"我不过是个跛脚的肥胖男人"以及"唯一能毁灭一位亲王的法律就是流亡法"。[69] 洛尔后来在巴黎对她的告解神父说，她到达弗罗斯多夫时，亨利五世经年累月的伤怀早已消磨了他最后一丝统治的意志。不管廷臣多么英勇无畏地劝说他（以及他们自己）情况并非如此，但在这位初见尚博尔的少妇看来，波旁王朝的统治显然绝不会在他的任期内复兴。1879 年 2 月，它在弗罗斯多夫已经奄奄一息了；洛尔给这里取了个别号，叫"阴影王国"。[70]

城堡里垂死挣扎的氛围或许很容易让洛尔对自己的状况感到沮丧，她的婚姻让她摆脱了阴郁孤立的不安定状态，却陷入了另一种同样的状态——距离她向往的欣欣向荣的大都市反而更远了。但她知道光之城正等待着她，而且时间并不需要太久，这总算有所安慰：阿代奥姆已经向她保证，他们这回来弗罗斯多夫只会待几个月就重返法国。他在首都有些政治事务要处理，其间洛尔可以开始布置他们在圣奥诺雷区的家，然后他们还会去圣-托马斯城堡短住，拜访他守寡的母亲。那以后，她可以独自一人留在巴黎，想待多久都可以，而她的丈夫将在奥地利继续婚前的工作日程。[71]（按规定，尚博尔伯爵鼓励他新婚的侍从把每年八个月的服务期限减半，以便在宫廷外开始自己的家庭生活，但舍维涅恭敬地谢绝了这个好意。）

他唯一的请求是，洛尔将来每年至少在奥地利生活两个月，以防有人猜测他们是假结婚，也就是没有行婚姻之实。在洛尔看来，这个条件不但合理，简直就是超出她想象的姑息纵容。她那个阶层的女人很少有机会单独待在家里，更遑论独自跨越国界。按照风俗，她们无论到哪里，至少都有一位身穿制服的男仆陪同，一般还需要一位（或几位）家庭成员提供额外的、象征性的保护。舍维涅提议的安排史无前例地偏离了女性礼仪的要求，将在洛尔梦想的城市里给她史无前例的自由。如此自由的未来让一切都变得可以忍受了，哪怕一年中有部分时间要困在阴影王国里。

洛尔在弗罗斯多夫的第一天是在混沌中度过的。身穿束腰的紧身衣经历了三天火车旅行，而后又在红色沙龙按规定行了一整套屈膝礼，她一定累坏了，迫不及待想上床睡觉。然而在首次觐见时发生了一件事，让她久久难以释怀。敬礼和亲吻裙摆全部完毕之后，她在君王夫妇的脚下保持着半仰卧位，阿代奥姆提醒过她，只有当爵爷说几句通常都是套话的欢迎词之后，她才能站起身。但国王没有说话——没有立刻开口说话。他不慌不忙地注视着脚下蹲伏的苗条身影。洛尔目光低垂，或许在想她是不是做错了哪一个屈膝礼，或许在心中暗自诅咒着她那条难看的裙子的裁剪。她的丈夫一定像往常一样涨红了脸。肥硕的、61岁的尚博尔伯爵夫人一定也像平常一样一脸迷惑；她完全聋了，总觉得自己大概没听到什么重要的事，这让她的生活变得更加吃力。廷臣们站着一动不动。身穿制服的男仆——其中有两位名叫夏马尔涅——凝神屏息。[72] 墙角那口老古董时钟嘀嗒作响，最后爵爷毫无征兆地打破了沉默。"你得当心啊，阿代奥姆！"他高声说道，"你一不小心，就会有人带着她跑掉呢！"[73]

这不是传统的问候——诸如"欢迎你，我的孩子"那一类——却是亨利五世典型的做派。他的一位廷臣曾经写道，在大多数交际中，爵爷会戴上"一副像神父一般忧郁的面具"。但有时他的沮丧会占上风，这时他要么盛怒，要么开个不得体的玩笑。[74] 这句关于舍维涅新娘的俏皮话就是后一种情况的典型表现，那些侍从像往常一样尴尬地微笑起来；他们很了解自己的主人，不会把此话当真。拙劣归拙劣，他这是在试图献殷勤呢，佯装提出王室的初夜权来对初来乍到者道出赞美之词。

如果这句俏皮话出自某一位更强健的法国君主之口，它大概会预示着真正的性威胁：比方说，路易十四和路易十五都会毫不迟疑地霸占某个侍从的妻子，爵爷那位 16 世纪的同名祖辈亨利四世也一样，后者是波旁王朝王室血统的创立者，也是出了名地喜欢在女人中间厮混。的确，早先那位亨利曾骄傲地昭告天下，他那只巨大的鼻子和总别在帽子上的巨大羽饰（panache），都是他的生殖器官强大过人的标志。自从他统治以来，国王的臣民就认为他的性能力与他的政治权力相关，性能力又进一步强化了他的政治权力。① 然而这种联系在爵爷的伯祖父路易十六即位之后就瓦解了，后者在近七年的时间里拒绝与玛丽·安托瓦内特同房，他死于断头台更是适得其所，以至于某些恶意批评者称他的政权为"阉人"统治。

自那以后，尚博尔伯爵的追随者们都很清楚，波旁王朝性基因的失能性突变一直持续着，对王室造成了可怕的后果。路易十六的两个弟弟之一，路易十八，死后没有子嗣，据说他从未跟妻子同过床；他另一个弟弟的儿子、爵爷已故的叔叔德·安古莱姆公爵（Duc d'Angoulême）也一样。（事实上，德·安古莱姆公爵夫人在遗嘱中有言，禁止验尸官查看她的尸体；她的侍从中有人传言说她不想让世人知道她到死都是个处女。）

等待爵爷本人的也是同样的结局，他对自己与夫人的结合从未有过明显的激情，也没有什么已知的证据表明他在婚姻之外展示过性爱的活力。他的封臣们对他的这一行为倍感担忧，以至于

---

① 在弗洛茨多夫展示王室纪念品中就包括这件羽饰，仿佛每天都在责备亨利五世未能永远延续他的同名祖先开创的王朝。——作者注

在他结婚多年后的某夜，他们曾安排一位出名"放荡"的贵族美女在弗罗斯多夫的亲王卧室里等他。他们原计划让她帮助他摆脱童子状态，以防尚博尔伯爵夫人在这方面失败，如此便能燃起他继续跟妻子做爱的兴趣了。但让美女和他们本人大为诧异的是，爵爷发现她在自己的床上后，立刻冲出了房间，脸色像他珍视的法国旗一样苍白无色。安排了这次幽会的人劝诱那位行事未遂的王室狐狸精发誓对发生的一切保密。然而在他自己的小圈子里，国王的反应证实了他的性冷淡，这是追随者们最担心的，就连他那两百匹马的颜色后来似乎都证明了他们的担心。一个知情人说到尚博尔全白色的马队时，曾狡黠地说："毫无疑问，他特别喜欢那种贞洁的色调。"[75]

诚然，亨利五世对性爱缺乏激情也可能与他的婚姻没有子嗣毫无关系。但在廷臣们的心目中，这两件事是彼此关联的，在他们看来，他没有子嗣就意味着他们珍视的一切必将终结，因为"拥护正统王朝"就意味着王位从一个正统（波旁家族的男性）继承人传给下一个。如果他死后没有继承人，此时看来这是确定无疑的了，拥护正统王朝的事业也将随着他的离世而彻底失败。[76]

然而，亲王在饭桌上却显示出旺盛的食欲，洛尔几乎在觐见之后立刻发现了这一点。她刚行完礼站起身，又在夫人脚下行了三个礼之后，墙角的时钟就敲了六下，一听到这个信号，王室夫妇立刻从王座上弹起来，快步走出了红色沙龙，廷臣们一路快走跟着他们。这是弗罗斯多夫的晚餐时间。阿代奥姆在他们和其他人一起冲向餐厅时对她说，爵爷喜欢吃饭不但要及时，还要迅速，繁复的礼节越少越好。洛尔在宫廷的第一个晚上，被指定坐在国王左边的上座。（他的妻子作为在场地位最高的女人，总是坐在他的右边。）但她可不能指望爵爷会在吃饭时跟她说话。同样，和所有君主一样，礼节禁止她先开口对他说话。

洛尔根本没有太多时间考虑违背这一礼节，因为和爵爷一起用餐的时间飞快地过去了。虽然丈夫事先提醒过她，但晚餐的招待和食用如此粗野还是令她吃惊，的确，弗罗斯多夫的大多数新来者都对此深感震惊。德·于扎伊公爵夫人曾抱怨晚餐招待的"速度快得让人害怕"。[77] 另一位来访者沃特福德侯爵夫人（Marchioness of Waterford）也说起过类似的经历，说她和朋友们"得到警告说我们不能错过任何东西，要不就没有晚餐可吃了"，因为那一小队身穿制服的男仆服侍晚餐时，任何一道菜都不会重复端上来。[78] 的确，侯爵夫人说，"汤端上来时"，她的同伴"一直在聊天，而我一直在听，汤就被端走了，其他每一样食物几乎也都是如此"。那天晚上她饿着肚子上床睡觉：这是城堡来客最典型的抱怨。

不过洛尔反正一直吃得很少——她很严格地控制饮食，靠连续抽烟来抑制胃口——因此弗罗斯多夫的这个程序倒没有让她觉得太难过。然而晚餐之后的礼仪成了更大的难题。每晚用过甜点和咖啡后，国王会退到吸烟室和其他男人一起抽雪茄，而女人们和夫人一起聚在会客厅绣花、玩牌、"聊天"。这一习惯成为洛尔每晚的磨难，因为她虽然为自己生动风趣的应答而自豪，但在王后钟爱的那些话题上，包括耶稣基督、天气，以及奥尔良家族的背信弃义，她却根本没有用武之地。[79]（这老三样中的第三个甚至成为尚博尔伯爵夫人版本的主祷文中的重要主题，她不但祈祷自己摆脱邪恶，也祈祷自己能"摆脱整个奥尔良家族"。[80]）夫人个性阴郁，又如她的一位天性善良的追随者所说，"资质平庸"，拒绝偏离这三个话题，她还对同伴们假装对她的独白感兴趣信以为真，总是用更大的音量一遍遍重提。

夫人拒绝引入其他话题或许跟她掌握的法语太初级有关（与波旁王朝的假定国王结婚三十多年后，她的法语仍然带着浓重的意大利口音），或许也跟她的听力不好有关。遗憾的是，爵爷总是嘲笑她这两个缺陷，这让她更加局促不安——他对她说不好他的法国名字尤其不留情面，每当她试图发出听起来像发牢骚的"恩里科？"时，他总是高声大嗓地奚落她。

刚到弗罗斯多夫时，洛尔还不知道王后为何总是握住这些老旧的脚本不放，便决定改变现状，把谈话引向她自己的固定话题：巴黎。尝试失败了，原因是夫人有个古怪的癖性，洛尔刚来弗罗斯多夫，不知道要把这个考虑在内。尚博尔伯爵夫人生来就面部畸形，用德·于扎伊公爵夫人（她本人也不是什么选美皇后）的话说，伯爵夫人"长得太丑了，仿佛'丑'这个词就是专门为她发明的"。[81] 夫人对自己丑陋非常敏感，而且尽管她和丈夫是无性婚姻，她却对丈夫有着极大的占有欲，因而她惧怕法国首都，在她的心目中，那里就是个放荡淫乱的疯人院，里面充斥着要把他引入歧途的贱货。"我对统治没多大兴趣，"她高声抱怨说，"巴黎到处都是美女。"[82] 洛尔居然能冲破女主人隔阂的迷雾谈起巴黎，让在场的其他女人深感钦佩，但新来的廷臣洛尔吸取了教训：还是聊王后熟悉的魔鬼（那些奥尔良叛徒们），把其他的一切抛诸脑后吧。

起初，夫人的听力损伤让洛尔有一种错误的安全感，以为可以当着这位老太太的面口无禁忌。在红色沙龙首次觐见之后不久，洛尔受到召唤，她要和王后一起乘马车在城堡的庭院里转转。按照罗贝尔·德·菲茨－詹姆斯伯爵的说法，这一邀约是个好兆头，表示洛尔将在城堡里一帆风顺，因为这表明她给王室夫妇留下了不错的印象；菲茨－詹姆斯伯爵是弗罗斯多夫的老资格了，他大献殷勤，将给洛尔指导宫廷里不成文的规矩视为己任。虽然菲茨－詹姆斯的判断让她为之一振，但洛尔还是很讨厌这乏味无聊的出行。因此当她前去报到，爬上马车坐在王后身边时，洛尔像年少时那样寻求声援。"上帝啊，约瑟夫，"她用粗哑的烟嗓冲着马车夫喊道，"我一辈子也没这么无聊过。"[83]

让洛尔后悔的是，回答她的不是男仆而是王后，后者一反常态地低声说，"可怜的孩子，我很抱歉"。然后，夫人解释说，有时候马车在凹凸不平的石板路上颠簸会让她短暂地恢复听力。洛尔支支吾吾地道歉，除了波旁家族的奥尔良支系之外，夫人对每个人都怀有基督徒的宽宏慈悲，不但原谅了她，还因为她在那短暂的一刻表达了自己的沮丧而更喜欢她了。从那天起，尚博尔和德·舍维涅两位伯爵夫人每天下午都乘马车一起出行。

洛尔要想讨好亨利五世就更容易了，首先是因为两人都喜欢骑马、打猎和射击。这些运动让洛尔尽显优势，突出了另一位打猎爱好者所谓的"她身上那种森女气质和骑士风度，以及亚马孙族女战士一般妙不可言的特性"。[84]她穿马裤而不是长裙，横跨在马身上而非侧身坐在上面，无不凸显她的"英武之气"。碰巧，爵爷打猎时也像变了一个人似的。他走路虽然跛脚，但骑马的姿态却极其优雅，也是个绝佳的猎手。在弗罗斯多夫周围的田野和树林里引领众人狩猎，让老僭越王忘记了自己的忧虑，让他"超越了时空"，拥有了一种极乐的幻觉（尽管转瞬即逝），仿佛他正"过着法国国王的生活，自希尔德贝尔特一世①以来，法国国王顾名思义就是狩猎之王"。[85]

在洛尔来弗罗斯多夫之前，女人并非王室狩猎的固定参与者。夫人本人不骑马，男人们带着武器、号角和猎犬在乡间飞驰时，她的女侍官们安分守己地陪她待在城堡里。因此，看到洛尔对这项运动如此热爱，爵爷既吃惊又高兴。他特别欣赏她对猎杀的热爱：一闻到火药味，她的鼻孔都张开了，就像一个嗅觉猎犬闻到了鲜血的味道。如此奇异的场景让尚博尔发自内心地狂笑，夸她是个"好枪手"。此话从这位现代希尔德贝尔特嘴里说出来，是至高无上的赞美。

同样不和谐但同样让国王开心的，是洛尔的粗口。爵爷本人也喜欢说脏话，但他从未遇到过洛尔这样血统和头衔的女人有此癖好。同样有趣的是她故意学来的土话鼻音，她会轻蔑地嘲笑他的老对头麦克马洪元帅："麦克马洪？人人都知道他是一只呆头鹅昂（原文如此），他明摆着就是嘛！"或者她会贬低自己显然超群的智商，慢吞吞地拉长语调说："我就是杠小傻瓜，一杠小乡巴佬。"[86]

尚博尔对这个胆量过人的贵族少妇的亲切感变成了一种充满温情的依赖感，以至于他希望，甚至要求，每次射击时她都要在场。他素来不喜欢给随从起绰号，却昵称洛尔为老丫头（la vieille）——她还年轻呢，所以这个称呼颇有些讽刺——证明他们之间的友好情谊。[87] 她以自己充满阳刚之气的骑马装束、勇敢

---

① 希尔德贝尔特一世（Childebert，496-558），法兰克人之王和巴黎国王。他是克洛维一世的第三个儿子，出生于兰斯。公元 511 年克洛维去世后，其领地被分给了他和三个兄弟。长兄提乌德里克一世在梅斯，次兄克洛多米尔在奥尔良，幼弟克洛泰尔一世在苏瓦松，而希尔德贝尔特一世则在巴黎。

无畏的运动天赋和放荡下流的幽默感而成为国王实际上的亲信之一。

洛尔不久就发现，君主对她的喜爱使她能够以其他侍从根本不敢尝试的方式，挑战他的权威。例如，她注意到他以"在（每一次）谈话中都像暴君一样占得上风"来弥补自己缺乏真正的政治权威，不管对话者是谁，也不管他们企图告诉他的内容。正如他的另一位追随者所说，除了那些支持自己的意见之外，"他从来不听人说话，从来不想听懂任何事情"。[88] 洛尔有一种天生的（也许是遗传的）出格做派，爵爷"浮夸的冥顽不化"实实在在地激起了她的反叛，因而她养成了故意激怒他的习惯。其他侍从向来对他俯首垂立，但她却摆出沉着的姿态从容应对爵爷的疯话，笃定地知道他不久就会自己大喊大叫累了，那时他就会怯懦地请求她原谅自己的失态。每到这时，洛尔不会像一般仆从那样立即安慰他，而是乘胜追击，用那双蓝眼睛冷冷地盯着他，用刺耳的声音说："爵爷跟我道歉，我还能说什么？爵爷为什么不能先克制一下自己的愤怒呢？"[89]

对于一个虽然经历了无数"不可思议的挫折"，但从小就坚信上帝派他到人间来统治自己同胞的人来说，洛尔的傲慢无礼着实令人震惊，但也令他病态地感到惊喜。当她像数落淘气的孩子那样责备他时，洛尔不但如另一个贵族所说"完全没有一丝恐惧"，还展示出她让自己的所谓上司无地自容的撩人冲动。考虑到尚博尔夫妇虔诚的宗教信仰，她没有在他们面前提到她的萨德祖先。不过说起来，她身为那位恶棍侯爵的后代之事，或许会让国王更加痴迷于她的大胆无畏。

然而就算对洛尔，尚博尔的和蔼敦厚也是有限度的。尽管他喜欢有人偶尔貌似挑战一下他的权威，但他只会允许这类贬低按照他的规则、符合他当时的情绪，而他的情绪向来善变。这一秒钟让他开怀的事，可能马上就会令他勃然大怒：弗罗斯多夫的前辈们至今仍然颤抖不止地记得一个令人不快的往事——一个可怜虫被爵爷的欢乐误导，伸出手去拍了拍君王的肚子。[90] 为避免这类灾难发生，他的侍从们必须懂得何时停止玩笑，开始卑躬屈膝。他们还必须遵守一套固定的俯首帖耳的礼节，天衣无缝地执行君王希望周围每个人遵从的一套形式化的自我贬低的仪式，哪怕像亨利五世本人这样的君王也觉得那套仪式太过繁琐。

因此，洛尔单指望用自己的傲慢便在宫廷里获得成功并不明智。她还必须掌握错综复杂的王室礼节，在罗贝尔·德·菲茨－詹姆斯伯爵的指导下——他陪伴她的时间明显超过了她丈夫——她学会了自己该学的东西。菲茨－詹姆斯训练她在和君主夫妇说话时用第三人称而非第二人称；在打猎时把一个特别（或容易）出风头的机会让给国王，或出身王室的其他任何打猎同伴；在与君主和殿下们打牌时输给他们，又不输得太明显；在房间里头衔最高的亲王坐下之前，要始终保持站立。（这位亲王往往根本不坐下，众所周知，君王们总是故意让身边的每个人站很长时间，没别的原因，就是他们有权这么做。别看爵爷的腿残疾了，他也是玩这一套的行家里手。）对君王们来说，这些礼节每天都在让他们安心地觉得，比起其他人，他们有着天赋的优越性。

洛尔对礼节规矩的研究也让她对其他同伴的相对社会地位有了敏锐的认识。她会在"标记距离"时表现出这一敏感性，所谓"标记距离"，就是对正规礼节做出详细的标定。[91] 在向某人致意时，洛尔的屈膝礼的深度与那人的头衔高低直接相关。去用餐时，她在队列中的位置在某些贵妇人的前面，但要"敬让"另一些头衔高于她的人。她学会了不对宫廷里每天必行的一个主要仪式大惊小怪，即男仆们站在整个城堡的每一个双门入口两边，为王室夫妇执双门，但只为其他人执单门。洛尔后来很感激菲茨－詹姆斯帮助她掌握了新环境的这一套繁复的仪式。这样一来，他便为她作为廷臣的长期事业做好了成功的准备——不光对亨利五世及其王后而言，对她后来在巴黎社交圈结交的许多其他君王也是如此。

洛尔与爵爷的关系特别融洽，但并不一定意味着她与宫廷里的其他人关系和睦。多年顾全大局的奉承谄媚和叩首称臣，既要为他系鞋带又要咬紧牙关忍着他的无名怒火，爵爷的许多廷臣发现，几乎在一夜之间，自己就被这个来自帕西、满嘴脏话的 19 岁新秀占了上风。但他们的怨恨并没有让洛尔慌成一团，因为正如菲茨－詹姆斯解释的，那只能证明她在争夺尚博尔的喜爱这场无声无息的竞争中一举夺魁了。同样，菲茨－詹姆斯也提醒她，那些心怀妒忌又无事可做的同事们必然会想方设法在国王的面前败坏她的名声。她得到了这样的警告，便设法挫败了他们诋毁她的计划。

洛尔的对手们或许把君王的赞许看成终极的荣耀，但她玩这场游戏却是为了一个全然不同（但也并非无关）的奖杯：在社交界的声望。她屈指数着和丈夫一起回巴黎的日子，决心跻身社交圈领导潮流的人物，她和尚博尔的友谊会让她如虎添翼。洛尔坚信她未来前往首都后，将把自己——而不是"可怜的阿代奥姆"——描述成亨利五世最宠爱的廷臣。就像中世纪画作中的圣徒挥舞着自己的殉道工具一样，洛尔挥舞着君主给予她的"特别重用"出现在上层。正如圣巴斯弟盎的乱箭 ① 和圣加大肋

---

① 圣巴斯弟盎（Saint Sebastian，约 256-288），基督教早期的圣人和殉难者，传说他受到罗马皇帝迫害，被绑在树桩上用乱箭射死。

纳①的磔轮成就了他们升入天堂，王室恩主对她的喜爱也将助她登上贵族城区的巅峰。

与此同时，洛尔预见到，要利用她和爵爷的关系促成这一桩奇迹，那他们的关系就必须引人遐想，因此就需要表现得有一种比小圈子的欢乐友情更令人心驰神荡的情感基础。在为生动再现她的弗罗斯多夫叙事找寻细节时，她想起了自己在红色沙龙首次亮相时尚博尔的那句俏皮话："你一不小心，就会有人带着她跑掉呢！"

这句话将成为洛尔征服社交界的一把钥匙。它与她的"阴影王国"奇想和能够不在丈夫的陪伴下跨国旅行的自由一起，成为她的得力工具，为她罩上一层神秘的光环，重新书写她熟记在心的彼特拉克《爱之胜利》的经典爱情故事："想想普鲁托吧，他和普洛塞庇娜②的故事：爱追随着这位神祇一直到地狱深处。"92 在社交界提到她在弗罗斯多夫的生活时，洛尔会把自己描述成普洛塞庇娜——被罗马神话中的冥府之神和君王普鲁托劫持，并监禁在遗忘河③岸那座以自己的名字命名的王国中（虽然每年只有部分时间）的美丽少女。93［那条流经弗罗斯多夫城的河流碰巧

---

① 圣加大肋纳（Saint Catherine，约282-约305），基督教早期的圣人和殉难者。据说她多次拜访罗马皇帝马克森提乌斯（Maxentius），并试图劝说他相信，迫害基督徒是个道德错误。她成功地劝说皇后皈依了基督教，皇帝派来与她论辩的许多异教徒哲学家也纷纷皈依。皇帝把她关进监狱，后来以磔轮（breaking wheel）这一酷刑将她处死。传说她一触到轮子，轮子就坏了，最后被斩首而死。

② 普洛塞庇娜（Proserpina），罗马神话中冥王普鲁托的妻子，神话传说她被普鲁托劫持之后，被迫吃下了六颗石榴籽，因此每年有六个月的时间必须待在阴间，另外六个月则回到阳间跟母亲一起生活。

③ 遗忘河（Lethe River），神话中的河流，为冥界的五条河之一，亡者到了冥界会被要求喝下遗忘河的河水，以忘却尘世间的事。

洛尔把弗罗斯多夫称为"阴影王国"，把自己描述为普洛塞庇娜，那位被冥府之神普鲁托劫持的迷人少女。左图是贝尼尼①根据这一主题创作的雕塑，收藏于罗马的贝佳斯画廊博物馆（Borghese Gallery）

/ 115

叫莱塔河（Leitha），与遗忘河（Lethe）发音相似。]在这个戏剧化的故事中，尚博尔会出演她的普鲁托：不是亲切和蔼的打猎同伴，而是忧伤且痴迷于她的王室劫持者。

洛尔明智地认识到，这个对事实大加渲染的版本只能说给没有亲眼见过弗罗斯多夫或国王本人的人听。毋庸置疑，亨利五世并没有把她监禁在自己的城堡：她来去自由，丈夫也是自愿生活在那里的。同样，那位爱发脾气、爱耍性子的"跛脚胖男人"显

---

① 乔凡尼·洛伦佐·贝尼尼（Gianlorenzo Bernini，1598-1680），意大利雕塑家、建筑家、画家。早期杰出的巴洛克艺术家，17世纪最伟大的艺术大师。贝尼尼主要的成就在雕塑和建筑设计，另外，他也是画家、绘图师、舞台设计师、烟花制造者和葬礼设计师。

然也不是凶猛的地狱之王，抓住他迷人的金发女人质不放。

洛尔不需要自己的王室浪漫故事有多大的真实性，她只需要让它在上层子弟们听起来像真的就行了。她还预见到，在大多数上流社交圈子里，没有人会质疑她这个故事的真实性，因为虽然巴黎贵族全都听说过尚博尔伯爵，但认识他的人少之又少。自1830年革命将他和法国波旁家族的其他人驱逐流放以来，已经过去了将近50年，弗罗斯多夫距离太遥远、处境太凄凉，不会吸引太多的城区贵族前去朝拜。

以普洛塞庇娜的神话为原型建构自己的叙事有三个优势。第一，这样就把"她可怜的阿代奥姆"贬为她生活故事的边缘人物，这正是洛尔希望给他的位置。第二，如此就编造了一个令人难忘的故事。不管是先天禀赋（她的文学祖先）还是后天培养（她良好的阅读习惯），洛尔很有讲故事的天赋。因此，她知道比起一个生活乏味的外省新娘与一个没有王位的倒霉蛋国王的故事，普洛塞庇娜及其劫持者的戏剧性情节的叙事张力要大得多。第三，洛尔把自己描述成为爵爷（对）眼中的尤物，也就把自己变成了极其荣幸的人群中的一员。纵观历史，法国国王的迷恋给了他们的情妇们无与伦比的声望：阿涅丝·索雷尔①、迪亚娜·德·普瓦捷②、加布丽埃勒·德·埃斯特雷③、蒙特斯庞

---

① 阿涅丝·索雷尔（Agnès Sorel，1422-1450），号称法国历史上最美的女人，查理七世的情妇。传言查理七世对她一见钟情，相见第一晚便辗转难眠。后世更认为是她给予查理七世无比的勇气与自信，从英国人手中夺回诺曼底省。

② 迪亚娜·德·普瓦捷（Diane de Poitiers，1500-1566），法王弗朗索瓦一世和其子亨利二世在位期间的一位重要的宫廷贵族女性，后来成为亨利二世的"首席情妇"，更曾公开和亨利一起行使政治权力，权倾朝野。

③ 加布丽埃勒·德·埃斯特雷（Gabrielle d'Estrées，1573-1599），法王亨利四世的情妇、红颜知己和顾问。她说服亨利在1593年放弃新教，支持天主教，后来又敦促法国天主教徒接受南特敕令，该法令授予新教徒某些权利。

夫人①和曼特农夫人②、蓬帕杜尔夫人③和杜巴利伯爵夫人④，就算在死后，这些情妇们也沐浴着圣恩的永恒光辉，耀眼的光芒令子孙后代与有荣焉。

这就是为什么亨利·格雷弗耶宁愿顶着私生子的耻辱，也要吹嘘他的祖先是路易十五的私生子之一。这就是为什么罗贝尔·德·菲茨-詹姆斯如此自豪地宣称，他的祖先是国王詹姆斯二世⑤的一位被承认为嫡出的私生子（"菲茨"在中世纪的诺曼底语言中就是"儿子"的意思）。这就是为什么莫特马尔家族的人虽然是极其古老正统的贵族血统，却仍然因为他们与阿泰纳伊斯·德·蒙特斯庞的亲戚关系而受邀赴宴，后者充满活力的智慧风趣曾让伟大的路易十四神魂颠倒。这就是为什么格拉蒙公爵们一直有给女儿取名科丽桑德的传统，以纪念她们的女性先辈科丽

---

① 蒙特斯庞夫人（Mme de Montespan，1640-1707），即弗朗索瓦丝-阿泰纳伊斯·德·罗什舒阿尔（Françoise-Athénaïs de Rochechouart），法王路易十四最著名的情妇。她出身法国历史悠久的贵族罗什舒阿尔家族，与路易十四生了七个私生子女。由于她与路易十四的浪漫关系，她的影响力在法国宫廷无处不在，有时被称为"法国真正的王后"。

② 曼特农夫人（Mme de Maintenon，1635-1719），即曼特农侯爵夫人弗朗索瓦丝·德·奥比涅（Françoise d'Aubigné），法王路易十四的第二任妻子。她与国王的婚姻既没有公开宣布，也没有得到承认，因此她并不被认可为法国王后，但她在宫廷里的影响力极大，也是国王最亲密的顾问之一。

③ 蓬帕杜尔夫人（Mme de Pompadour，1721-1764），即蓬帕杜尔侯爵夫人让娜-安托瓦内特·普瓦松（Jeanne Antoinette Poisson,），法王路易十五的著名情妇、交际花，王室秘密后宫"鹿苑"的总管。

④ 杜巴利伯爵夫人（Mme du Barry，1743-1793），即让娜·贝库（Jeanne Bécu），法王路易十五的情妇，也是恐怖统治时期中最知名的受害者之一。

⑤ 詹姆斯二世（James II，1633-1701），英格兰、苏格兰和爱尔兰的国王（1685—1688年在位），也是最后一位信奉天主教的英国国王。他的宗教政策和专权都遭到臣民反对，最终在光荣革命中被剥夺王位。他逃亡法国，受到法王路易十四的保护。

桑德·德·吉什 ①，亨利四世和他的阳刚羽饰的宠儿。

洛尔预见到，在这些家族统治的世界里，她只有想方设法在他们贩卖地位的游戏中击败他们，才能获得成功。格雷弗耶家族、莫特马尔家族、菲茨－詹姆斯家族和格拉蒙家族强调他们与昔日的王室情妇们的血亲关系，而在她发明的虚构叙事中，她自己扮演了现任王室中这一令人艳羡的角色。

洛尔自我夸大的天赋很像她未来的邻居和朋友伊丽莎白·格雷弗耶，后者最近把自己装扮成路易十六那位贞洁的殉难者妹妹，就展示了同样的天分。和伊丽莎白一样，洛尔的神秘姿态也需要一个更大、更好的观众群，绝非她婚姻之初的那一小群人能满足的。弗罗斯多夫就是洛尔的布德朗森林：一个她将在巴黎日臻成熟的戏剧搬上舞台的试验场。

婚礼之后还不到四个月，洛尔就回到了圣奥诺雷区，开始出门交友，对任何愿意倾听的人谈论她刚刚从弗罗斯多夫回来，就像一个起死回生的人：有些晕眩，却因重获新生而狂喜。[94]

注 释

1　Marcel Schneider, *Innocence et vérité*, vol. 2, *L'Éternité fragile* (Paris, Grasset: 1991), 295. MB 提到，LC 也把弗罗斯多夫称为"死亡帝国"（"the empire of the dead"）；见 MB, *La Duchesse de Guermantes*, 29。

2　A. Borel d'Hauterive, "Musée de Versailles: notice sur les cinq salles des Croisades," *Annuaire historique pour la Société de l'Histoire de France* 9

---

①　科丽桑德·德·吉什（Corisande de Guiche），即德·吉什伯爵夫人迪亚娜·德·安杜恩（Diane d'Andoins, 1554-1621），被称作"美丽的科丽桑德"，1582—1591 年是纳瓦拉国王亨利三世（未来的法王亨利四世）的情妇。

(1845): 127-95, 180.

3　引文见 LG, *Souvenirs du monde*, 153. 又见 LG, *Mémoires*, vol. 2, 30。LG 把 LC 长大的那条街名写对了，却错误地把它的所在地写成了奥特伊而非帕西。在奥斯曼重新设计的巴黎，这两个历史上相连的镇子在 1860 年，也就是 LC 出生前一年，被并入了首都的第十六区。

4　关于瓦伦丁与彼埃尔·德·瓦鲁的婚姻，见《高卢人报》（1868 年 7 月 15 日）第一版；以及 *L'Indicateur des mariages* (August 21-28, 1864): 3. 关于瓦鲁生平的详情，见《高卢人报》（1914 年 4 月 29 日）第二版刊登的他的讣告以及（1914 年 5 月 2 日）关于他的葬礼的报道。

5　LG, *Souvenirs du monde*, 153.

6　Silvia Silvestri, "Marochetti, Carlo," in *Dizionaio biografico degli Italiani*, vol. 70 (Rome: Treccani, 2008), n.p.

7　现存的资料极少（又称莱卡巴纳、马斯-德-卡巴纳或拉卡巴纳）。该地产显然最初是在"第 11 位得到该姓氏的让·德·萨德"于 1590 年代成为"拉卡巴纳的共同主人"时被传给德·萨德家族的。François-alexandre Aubert de La Chesnaye-Desbois, ed., *Dictionnaire de la noblesse*, vol. 18 (Paris: Schlesinger Frères, 1873), 32. 舍维涅家在第二次世界大战后把它出售给了法国政府。

8　关于阿道夫·德·瓦鲁受雇于法兰西银行，以及瓦鲁家族的整体情况，见 Alain Plessis, *Régents et gouverneurs de la Banque de France sous le Second Empire* (Geneva: Droz, 1985), 48-51。

9　Comte de Burey, ed., *Annuaire général héraldique* (Paris: Jules Wigniolle, 1902), 986.

10　引文见 Lawrence W. Lynch, *The Marquis de Sade* (Boston: Twayne, 1984), ii。

11　引文同上，13-14。

12　这个传说被写入 Jules Janin 很有影响力的传记作品 *Le Marquis de Sade* (Paris: Chez les marchands de nouveautés, 1834)，流传开来。

13　关于德·萨德对波德莱尔的影响，见 Damian Catani, "Notions of Evil in Baudelaire," *Modern Language Review*, vol. 102, no. 4, 996-98。

14　关于 GM 对德·萨德的兴趣，见 Bancquart, op. cit., 234. 关于 MP（通过阅读波德莱尔）对德·萨德的兴趣，除其他外，见 Simone Kadi, *Proust et Baudelaire* (Paris: La Pensée Universelle, 1975), 93-96。

15　Guillaume Apollinaire, "Le Divin Marquis" (1909), in *Œuvres en prose complètes*, ed. Michel Décaudin, vol. 3 (Paris: Gallimard, 1993), 785. 侯爵的作品也对超现实主义运动的艺术家产生了重要影响；见 Paul Éluard, "L'Intelligence révolutionnaire du Marquis de Sade," *Clarté* (February 1927)；以及 Claude Mauriac, "Sade déifié," in *Hommes et idées d'aujourd'hui* (Paris: Albin Michel, 1953), 117–30。

16　世纪末关于波德莱尔作品中的"施虐狂"的评论包括 Paul Bourget, *Essais de psychologie contemporaine*, vol. 1 (Paris: Plon, 1920 [1883]), 5–9; 以及 Max Nordau, *Degeneration* (London: D. Appleton & Co., 1895), 286–87 and 317。从 19 世纪末以来，关于施虐狂的临床讨论包括 Nordau, ibid., 450–51; F. C. Forberg, *Manuel d'érotologie classique* (Paris: Isidore Liseux, 1883); Dr. Jacobus X. (pseud.), *Le Marquis de Sade et son œuvre devant la science médicale et la littérature moderne* (Paris: Charles Carrington, 1901), 19–28; and Dr. Marciat, "Le Marquis de Sade et le sadisme," in *Vacher l'éventreur et les crimes sadiques*, ed. A. Lacassagne (Paris: Masson, 1899), 185–237。在 1972 年的一个电视采访中，德·萨德侯爵格扎维埃发起了"在法语中禁止""施虐狂"一词及其变体的运动，理由是这个术语"对整个家族造成了伤害"。可访问以下网址观看采访：http://www.ina.fr/video/CAF97037725.

17　MB, *La Duchesse de Guermantes*, 74.

18　BL, *The House of Memories* (London: William Heinemann, 1929). MB 补充说，每一次面对亲人离世，LC 都"高昂起头，拒绝抱怨"(90)。

19　关于 LC 做作的村话被写在了德·盖尔芒特夫人身上，尤其见 MP, CSB, 234："伯爵夫人说话时有种美妙的'泥土'味儿。她会说：'她是阿斯托尔夫的堂妹，笨得像头呆鹅。'"又见 MP, *Carnets*, Florence Callu and Antoine Compagnon, eds. (Paris: Gallimard/NRF, 2002), 397："这是德·盖尔芒特夫人的好友。德·盖尔芒特夫人的资本就是用舍维涅如野兽般的声音表现斯特劳斯的精神。"还有 RTP 的这句脚注："我是一头野兽，说话像个农民。"(n. 220) 注：我把"eun"翻译成了"uhh"。

20　MB, *La Duchesse de Guermantes*, 13.

21　引文见 AM, op. cit., 104; on LC's use of "ça," 又见 MB, *La Duchesse de Guermantes*, 104; and AF, "Le Salon de l'Europe," *La Revue de Paris* 7, no. 44 (November 15, 1936): 457–76, 464, and 469。

22　MB, *La Duchesse de Guermantes*, 69.

23 路易－马里·德·萨德文学成就的简述见 Ernest Desplaces and Louis Gabriel Michaud, eds., *Biographie universelle, ancienne et moderne*, vol. 37 (Paris: Chez Mme Desplaces, 1843), 224。

24 Louis-Marie de Sade, *Histoire de la nation française, première race* (Paris: Delaunay, 1805), v-vi.

25 Chevalier Louis de Sade, *Extraits du "Lexicon politique"* (Paris: A. Barbier, 1831), 1.

26 Abbé de Sade, *Mémoires pour la vie de François Pétrarque*, vol. 2 (Amsterdam: Arskée & Mercus, 1764), 478.

27 D.A.F., Marquis de Sade, *La Philosophie dans le boudoir, ou les instituteurs immoraux* (Quebec: Bibliothèque Électronique de Québec, n.d. [1795]), 134.

28 MB, *La Duchesse de Guermantes*, 80.

29 关于廷臣们每天在弗罗斯多夫的工作，见 Monti de Rézé, *Souvenirs sur le Comte de Chambord* (Paris: Émile-Paul, 1930), 41。关于 AC 在军队服役，见 Fidus (pseud. Arthur Meyer), "Le Jour de l'An à Goritz," *Le Gaulois* (January 2, 1881): 1; and *Le Vétéran*, 10 (May 20, 1910): 20。

30 Maurice Lever, *Sade: A Biography*, trans. Arthur Goldhammer (New York: Farrar Straus & Giroux, 1993), 77-78, 83.

31 Lynch, op. cit., 18. 关于 19 世纪贵族的 "殉难"，见 Fiette, op. cit., 125; 贵族关于皮克毕监狱里无头尸体的夸张说法，见 MB, *Égalité*, 166; 关于 AC 的祖先也曾被关在皮克毕监狱，见 René Pocard de Cosquer de Kerviler, Sir Humphrey Davy, and Louis-Marie Chauffier, eds., *Répertoire général de bio-bibliographie bretonne*, book 1, vol. 9 (Rennes: Plihon & Hervé, 1897), 201。

32 关于 "阿代奥姆" 这个名字的衍生，见 Kerviler, Davy, and Chauffier, eds., op. cit., 200。

33 关于爵爷的廷臣们在财务上的牺牲，见 CCB, op. cit., 211。

34 关于柯里塞街上的公寓，见 MB, *La Duchesse de Guermantes*, 60; 以及 Huas, op. cit., 164. 1884 年，这对夫妇已经搬到了几个街区远的珀西尔大街 1 号。*Bulletin de la Société d'Acclimatation Nationale de France* 1, no. 4 (May 3, 1884): xxiii.

35 BL, op. cit., 76; 关于 AC 外形容貌的其他信息见 MB, *La Duchesse de Guermantes*, 29; Françoise Benaïm, *Marie-laure de Noailles, vicomtesse du*

bizarre (Paris: Grasset, 2002), 37; Bernard Xau, "Derniers échos de Göritz," 《吉尔·布拉斯报》(1883 年 9 月 9 日), 1–2; and Painter, op. cit., vol. 1, 111。现存被收入公开资料的唯一一张 AC 的照片出现在一部回忆录中，作者是他的一位同属弗罗斯多夫廷臣的表兄。Monti de Rezé, op. cit., 175.

36 《高卢人报》(1879 年 2 月 2 日)：第 4 版；关于 HG/EG 婚礼的头版报道，见《高卢人报》(1878 年 7 月 27 日)：第 1 版；《高卢人报》(1878 年 8 月 23 日)：第 1 版；以及《高卢人报》(1878 年 9 月 27 日)：第 1 版。关于 AC/LC 婚礼的篇幅较长的报道，见《特里布莱报》(1879 年 2 月 9 日)：第 12 版。

37 关于爵爷在弗罗斯多夫的侍臣和宫廷，见《高卢人报》(1885 年 8 月 23 日)：第 2 版；《高卢人报》(1883 年 9 月 8 日)：第 37 版；以及 Théodore Anne, *M. le Comte de Chambord: souvenirs d'août 1850* (Paris: E. Dentu, 1850), 199–216。

38 AG, *Les Clés de Proust*, 31.

39 《特里布莱报》(1879 年 2 月 16 日)：第 12 版。

40 PV, *Les Soirées de Paris*, 403。

41 MB, *La Duchesse de Guermantes*, 34.

42 AG, *Les Clés de Proust*, 30.

43 引文见 Quint, op. cit., 180; AC 对马车出事伤者的侠义救助报道见《吉尔·布拉斯报》(1883 年 7 月 13 日)：1。

44 L. Massenet de Marancour, *Les Échos du Vatican* (Paris: n.p., 1864), 113–14.

45 MB, *La Duchesse de Guermantes*, 105.

46 *Le Diable Boiteux* (pseud. Baron de Vaux), "Nouvelles et échos," 《吉尔·布拉斯报》(1880 年 1 月 31 日)。

47 AF, "Le Salon de l'Europe," *La Revue de Paris* 7, no. 44 (November 15, 1936): 457–76, 467.

48 Bénaïm, op. cit., 37; 关于海豹的其他传说见 Arsène Houssaye, *Les Mille et une nuits parisiennes*, vol. 4 (Paris: E. Dentu, 1878), n.p.; Cora Pearl (pseud. Emma Crouch), *Mémoires de Cora Pearl* (Paris: J. Lévy, 1886), 245; Richard O'Monroy, *La Soirée parisienne* (Paris: Arnould, 1891), 128–29; Virginia Rounding, *Grandes Horizontales: The Lives and Legends of Four Nineteenth-Century Courtesans* (New York: Bloomsbury USA, 2003); and Zed (pseud. Comte Albert de Maugny), *Le Demi-monde sous le*

Second Empire: souvenirs d'un sybarite (Paris: E. Kolb, 1892), 105。Arsène Houssaye 还说 "海豹" 是 1860 年代统治妓女圈的一群 "毁灭妃子" 中的一个次要人物。

49 Gabrielle Houbre, ed., *Le Livre des courtisanes: Archives secrètes de la police des mœurs 1861-1876* (Paris: Tallandier, 2006), 197-98.

50 Ibid., 198; and Zed, op. cit., 106.

51 Étincelle (pseud. Vicomtesse de Peyronny), *Carnet d'un mondain*; "La Journée parisienne," *Le Gaulois* (January 21, 1880); Maxime Gaucher, "Causerie littéraire," in *La Revue bleue* (July 4, 1885): 663-67, 666.

52 世纪末许多关于德·萨德侯爵的讨论都明确把他称为 "性欲倒错者"。例如 D.A.F., Marquis de Sade, *Idée sur les romans*, preface by Octave Uzanne (Paris: Rouveyre, 1878), 7; and Dr. Jacobus X, op. cit., 19-28。

53 Buffon, *Œuvres complètes*, vol. 6, 384.

54 "海豹" 的法文 phoque 来源于拉丁文 phoca；这两个词基本上是同音词。关于洛兰对 RM 的戏仿，除其他外，见 Jean Lorrain (pseud. Paul Duval), *Monsieur de Phocas: Astarté* (Paris: Paul Ollendorff, 1901), 1-12。

55 René Pocard de Cosquer de Kerviler, Sir Humphrey Davy, and Louis-Marie Chauffier, eds., *Répertoire général de la biographie bretonne* (Rennes: 1898), 207.

56 GS 的表兄维利·布斯纳什写过一部喜剧，名为《白腹海豹》(*Le Phoque à ventre blanc*, 1883)，其中一个人物引用 "海豹说妈妈，海豹说爸爸" 作为交际家们喜欢的有伤风化的幽默例子。

57 PM, *L'Allure de Chanel* (Paris: Hermann, 1996), 107-8 and 196; and Arnaud, op. cit., 75. Descriptions of Frohsdorf are taken from (in order cited): Fidus (pseud. Meyer), "Le Château de Frohsdorf," *Le Gaulois* (July 5, 1883): 1; Xau, op. cit., 1-2; d'Uzès, op. cit., 18; Monti de Rezé, op. cit., 10-12; Gyp (pseud. Comtesse de Mirabeau-Martel), *La Joyeuse Enfance de la IIIe République* (Paris: Calmann-Lévy, 1931), 131; and Jules Cornély, *Le Czar et le roi* (Paris: Clairon, 1884), 252-54.

58 Comte de Pimodan, *Simples Souvenirs, 1859-1907* (Paris: Plon, 1908), 162.

59 Bader, op. cit., 66-67;关于装有路易十七心脏的遗骨匣，以及它 "几乎带着一种宗教意义"，见 Jan Bondeson, *The Great Pretenders* (New York: W. W. Norton, 2005), 69-70。

60 关于红色沙龙及弗罗斯多夫内部装饰的描写参考了 Cornély, op. cit., 255 and 262; and Homme d'État (pseud.), *Histoire du Comte de Chambord* (Paris: Bray & Retaux, 1880), 249–50。

61 Fidus (pseud. Meyer), "Le Jour de l'An à Göritz," *Le Gaulois* (January 2, 1880): 1.

62 MB, *La Duchesse de Guermantes*, 99–100; and Monti de Rezé, op. cit., 21–31; 关于弗罗斯多夫的制服，见 MB, *La Duchesse de Guermantes*, 99。

63 Monti de Rezé, op. cit., 33.

64 Homme d'État (pseud.), op. cit., 250.

65 Cornély, op. cit., 255.

66 爵爷在 1873 年 10 月发表的《萨尔茨堡宣言》中明确地表达了他关于法国国旗的立场，转录在 Henri d'Artois, Comte de Chambord, *Lettres d'Henri V depuis 1841 jusqu'à présent*, ed. Adrien Peladan (Nîmes: P. Lafare, 1873), 234–36; 又见 Comte [Albert] de Maugny, *Cinquante ans de souvenirs, 1859–1909*, ed. René Doumic (Paris: Plon, 1914), 195–96; and La Force, op. cit., 107–10。关于爵爷的国旗立场的政治影响，见 Alan Grubb, *The Politics of Pessimism: Albert de Broglie and Conservative Politics in the Early Third Republic* (Wilmington: University of Delaware Press, 1996), 50。关于 AC 对爵爷在回弗罗斯多夫的路程中哭了一路的叙述，见 AM, op. cit., 304–5。

67 Luigi Bader, *Album: le Comte de Chambord et les siens en exil* (Paris: Diffusion Université-Culture, 1983), 88. 关于包括 AC 在内的廷臣们为君主这次失败的重登王位努力所做的制服，见 AM, op. cit., 343。据 AM 说，LC 像保留遗物一样保留着那套制服。

68 《罗马书》4:18。

69 AM, op. cit., 344.

70 Schneider, *L'Éternité fragile*, 295; AF, "Le Salon de l'Europe," 457–76; and MB, *La Duchesse de Guermantes*, 81 and 105–6.

71 关于 AC 在弗罗斯多夫的任期，见《费加罗报》(1884 年 9 月 24 日)：第 1 版；关于 AC 给予 LC 可以单独回巴黎的自由，见 Schneider, *L'Éternité fragile*, 295–96。

72 这两个男仆是一对父子。父亲服侍了爵爷五十多年，直到临终前的最后一刻；见 Cornély, op. cit., 277 and 362。

73　LG, *Mémoires*, vol. 2, 29–30.

74　Monti de Rezé, op. cit., 33. 关于爵爷"逗趣的示好", 见 Dubosc de Pesquidoux, *Le Comte de Chambord d'après lui-même* (Paris: Victor Palmé, 1887), 68–70。

75　LG, *Mémoires*, vol. 2, 28.

76　René de La Croix, Duc de Castries, *Le Testament de la Monarchie*, vol. 5 (Paris: Fayard, 1970), 33.

77　d'Uzès, op. cit., 19.

78　Augustus Hare, *The Story of Two Noble Lives: Memoirs of Louisa, Marchioness of Waterford*, vol. 3 (London: George Allen, 1893), 265.

79　d'Uzès, op. cit., 19; and LG, *Mémoires*, vol. 2, 28.

80　Luz, *Henri V*, 130. 关于夫人对奥尔良派的憎恶, 见 Guillelmine Lucie Marie de La Ferronays, *Mémoires de Mme de La Ferronays* (Paris: Ollendorf, 1900), 261–62; and Otto Friedrichs, "Desinit in Piscem," *La Légitimité* 19 (May 16, 1886): 289–93, 290。LC 后来对 AM 和 MB 说爵爷也恨奥尔良派, 如果皇子拿破仑四世没有在非洲被杀, 他本打算收养他并立他(而不是巴黎伯爵)为继承人的。MB, *La Duchesse de Guermantes*, 108.

81　d'Uzès, op. cit., 18.

82　LG, *Mémoires*, vol. 2, 29. 关于夫人不想看到丈夫登上王位和她对漂亮的巴黎女人的恐惧之间的联系, 见 La Force, op. cit., 110。

83　Huas, *Les Femmes de Proust*, 164–65; and in MB, *La Duchesse de Guermantes*, 101. 关于 LC 这次失礼之后每天下午和夫人一起乘车出行, 见 AF, "Le Salon de l'Europe," 461–62。

84　MB, *La Duchesse de Guermantes*, 70; 关于爵爷骑马打猎的嗜好, 见 LG, *Mémoires*, vol. 2, 28; and Cornély, op. cit., 263。

85　MB, *La Duchesse de Guermantes*, 70.

86　ibid., 10.

87　AM, op. cit., 343.

88　PV, *Les Soirées de Paris*, 33.

89　AM, op. cit., 344.

90　LH, *Carnets: 1878–1883* (Paris: Calmann-Lévy, 1935), 838. LH 是从 AC 在弗罗斯多夫的一位廷臣德·布拉卡伯爵(Comte de Blacas)那里听到这个故事的。

91 MB, *La Duchesse de Guermantes*, 49. 另一位 "标记距离" 的行家里手是波利娜·德·奥松维尔；见 MP, "Le Salon de la Comtesse d'Haussonville," 72。

92 Francesco Petrarcah, "Le Triomphe de l'Amour," in *Pétrarque: Ép î tres, éclogues, triomphes*, trans. (into French) by Comte Anatole de Montesquiou-Fezensac (Paris: Aymont, 1843), 97.

93 MB, *La Duchesse de Guermantes*, 29; and MB on LC in NAF 28220, carton 57.

94 Schneider, *L'Éternité fragile*, 296; and "Échos du High-Life," *Le Triboulet* (June 29, 1879): 12.

哈巴涅拉舞曲
自由的鸟儿

/ 117

爱情像一只自由鸟，谁也无法将它驯服。

> ——《哈巴涅拉舞曲》，选自乔治·比才，《卡门》；
> 亨利·梅亚克和卢多维克·阿莱维作词

我跟着清风，我跟着姑娘，
我跟着心随着希望一起跳动的诗人……
不要对我诚实——就让我吻你的黑色双眸吧，
它们浓密的睫毛像蜂鸟的翅膀一样颤振。

> ——乔治·德·波托－里什，
> 《夏娃的苹果》（*Pommes d'Ève*）中的《信札》
> （*Letters*，1874）

"难道说乔治背叛了我，正在跟我那位狐狸精朋友洛尔眉来眼去？快告诉我！"[1] 1880 年 7 月，31 岁的热纳维耶芙（贝贝）·比才从瑞士的一个温泉疗养地写信给莉泽洛特（莉佐特）·德·波托 - 里什 [Liselote（Lizote）de Porto-Riche]。这里所说的乔治是莉泽洛特的丈夫，25 岁的诗人和剧作家乔治·德·波托 - 里什。多年来，放荡子波托 - 里什一直试图哄骗他的表姐兼密友贝贝跟他上床，自她的丈夫五年前去世，他越发不知廉耻地得寸进尺了。最近，他送给贝贝一首充满性暗示的诗歌，露骨至此，贝贝只好请求莉佐特管管他的"无礼"。不过事实上，贝贝很享受表亲的迷恋。甚至可以说，她就指望着这份爱恋呢。这就是为什么一想到有情敌要把他夺走，她就坐立不安。

事实上，波托 - 里什能认识洛尔，正是通过贝贝本人介绍；他们在贝贝和另一位爱恋她的堂兄卢多维克（卢多）·阿莱维每周四在蒙马特尔的杜艾街（rue de Douai）22 号共同主持的沙龙上相识。（私下里，沙龙是贝贝主持的，但由于单身女人不该在家里接待男宾，她就在卢多维克家举办聚会，他们住在同一座公寓楼里，卢多维克就住在她的楼下。[2]）① 当时，贝贝曾注意到洛尔和波托 - 里什之间擦出了明显的火花，但直到此刻出国度

---

① 杜艾街（rue de Douai）22 号那座四层楼的住户几乎全都是阿莱维一家和他们的亲戚。热纳维耶芙住在三层的公寓里（她与比才的整个婚姻期间以及后来守寡的 11 年都是如此），她的堂兄卢多维克·阿莱维一家——妻子路易丝和两个儿子埃利和达尼埃尔——住在二层。卢多维克的父母、贝贝的叔叔莱昂和婶婶纳尼内·阿莱维（Nanine Halévy），与他们的未婚女儿瓦伦丁同住在一层。1873 年到 1875 年期间，乔治·比才的父亲阿道夫也住在这座楼的底层公寓里。（注：和英语不同，"底层"和"一层"在法语中不是同义词，法语的"一层"翻译成英文是"二层"，以此类推。）——作者注

夏，她才明白应该有所警惕了。贝贝的确不想与波托－里什有什么风流韵事，但这并不意味着她希望他跟自己的某一位朋友交往，尤其是狐媚的德·舍维涅伯爵夫人。

贝贝此时回想起来，她的表弟与洛尔初遇时就已经过于亲热，实在令她不快。洛尔漫不经心地无视礼貌谈话的规矩，从一开始就把波托－里什当成老友，直呼其名"波托"（按照礼节，她本应称他"先生"），还欢快地讲出一连串只有她的曾祖父德·萨德才说得出口的下流话。在城区的客厅和舞厅里，如此渎圣是不可想象的，在贝贝的沙龙里也一样耸人听闻。虽然贝贝在自己家里招待艺术家，但她来自特权阶级，言谈举止和受人敬重的贵妇人一样得体。就连她圈子里的那些暴民煽动者在贝贝面前都会注意自己的言行。但洛尔对此毫不在意。

/ 119

热纳维耶芙·阿莱维·比才的英俊表弟乔治·德·波托－里什追求过她和其他许多女人。他发明了一种戏剧体裁，名为"情爱剧"

波托－里什显然被洛尔的大胆弄得心痒难熬，尤其她还是一位伯爵夫人，贝贝知道，这个头衔也让他着迷。波托－里什有着极端左翼的政治观。1871年，他曾因在巴黎公社加入了激进叛乱者的战斗队伍，险些被行刑。然而他还不大习惯贵族的声望。和贝贝一样，他也出身犹太人上层资产阶级的富裕家庭，从小接受良好的教育，对巴黎的社会精英有着天然的亲近感。波托－里什因为追求文学事业而与父母疏远之后，一直都捉襟见肘，变卖了不少传家宝来支持自己的艺术。但有一项最宝贵的财产是他绝不舍得丢掉的：一把珍贵的古董剑。朋友们猜测他之所以留着那件宝物，是因为他一厢情愿地"自认是……持剑贵族"。[3]作为一个到此时仍寂寂无名的作家——还是个犹太作家——波托－里什很少有机会与那个阶层的人交际，更不用说那些美丽的女主人们。整个巴黎贵妇阶层看起来都那么遥不可及，令这位屡教不改的色迷焦躁又心烦。因此，有人介绍他认识一位轻浮放浪的贵妇人简直是天降好运。他一定要好好把握这个机会。

见到"波托"也同样令洛尔兴奋，滔滔不绝地跟他讲起了自己的文学祖先，还说她天生对作家充满好感。这些特质至少在社交圈的女人中十分罕见——的确，洛尔出现在贝贝的沙龙本身，就显示了她不同于典型社交老手的冒险倾向。同样不同凡响的，是她毫不掩饰自己对男人的喜欢。这对波托－里什是个好消息，因为他的同行们一致认为他是"最性感的男人"。由于"凌乱的黑发（和）阴郁浪漫的苍白面色"，他让肖像画家雅克·布朗什① 想起

---

① 雅克·布朗什（Jacques Blanche，1861-1942），法国艺术家。尽管他曾经接受过画家亨利·热尔韦的指导，但基本上靠自学成才，在伦敦和巴黎成为一名成功的肖像画家，画风接近托马斯·庚斯伯罗等18世纪英国画家，以及爱德华·马奈、约翰·辛格·萨金特等人。

"一位来自巴格达的诗人"⁴，让剧院经理安德烈·安托万^①想起
"一位文艺复兴时期的意大利人"。上流社会编年史家安德烈·
德·富基埃^②后来通过洛尔认识波托－里什，也用类似的语词描
写他：

> 他长着一张轮廓分明的精致面孔，浓密的头发看起来总
> 像是刚刚被一股浪漫主义风暴吹乱，那双黑色的眼睛爱抚而
> 忧郁地望着你，波托－里什是个天生的情种。⁵

正如波托的世界里缺少贵妇人，如此一目了然的性感在洛尔
的世界里也一样稀有。这么比较的确不公平，但他闷骚的英俊面
孔和潇洒风度确实让性能力低下的尚博尔伯爵和德·舍维涅伯爵
都自愧不如。洛尔即刻就用那双眼睛挑逗起诗人，请他评价一下
她本人像不像彼特拉克的缪斯。首次见面为她和波托持续一生的
友谊开了个好头。

这两位的友谊和他们的婚外情一样令贝贝难以接受。波
托－里什是贝贝沙龙里的常客，她把那群男人称为忠实门徒
（fidèles），跟他们有一个心照不宣的协定：他们有幸来陪伴她，
作为回报，他们必须把她视为生命中最重要的女人。这并不是
说她希望他们抛弃妻子或情人——很多忠实门徒，如波托－里

---

① 安德烈·安托万（André Antoine，1858-1943），法国演员、剧院经理、电
影导演、作家、批评家，被认为是法国现代场面调度之父。
② 安德烈·德·富基埃（André de Fouquières，1874-1959），法国演讲家、
文人和"名流"。他致力于"公共事务"和政治，是莫莱－托克维尔辩论协
会的成员。在政治选举中两度受挫后，他放弃了政治，但继续与旧制度的名
人来往并出入于欧洲各个宫廷。他与多人合作，写过几部戏剧，并撰写过多
部回忆录。

什，往往既有妻子又有情人。贝贝提出这个条件也不是因为她希望追随者们成为她的情人，她固执地不跟他们中间的任何一个人上床。她希望从忠实门徒们那里得到的爱，事实上恰恰就是彼特拉克对洛尔的同名祖辈所怀有的那种爱：绝对尊重，没有一点点性爱的企图。因此，当贝贝问波托－里什是否"背叛"了她时，她知道他的过错首先是一种精神出轨——比身体出轨严重多了。

贝贝对此坚信不疑，以至于她毫不迟疑地问了莉佐特一连串关于洛尔有无可能成为情敌的问题，那个胆小心善的女人总是因为丈夫的淫乱而苦恼不已。而贝贝对于禁止莉佐特和其他大多数人的妻子（情人更是明令禁止）来参加自己的沙龙，也一点儿没有内疚感。

除了罕见的几例之外，贝贝极少允许女性宾客进入自己的圈子，这是她慎重考虑后的决定，为的是让自己在追随者眼中更加光芒四射。洛尔能够完美地实现这一目的。作为一个很受欢迎且很有魅力的贵妇人——传说的流亡国君亨利五世的宠儿——她是贝贝用来炫耀的宾客，可以向忠实门徒们展示自己了不起的社会关系。正如卢多维克·阿莱维的儿子达尼埃尔后来回忆的那样，德·舍维涅夫人沿着他们家公寓楼梯欢快地拾级而上，本身就向贝贝沙龙里的常客表明，他们那位永远出色的女主人做了一件不可能之事：引诱"有生"阶层的一员进入了波希米亚人的圈子。[6]

1880年6月底7月初，贝贝离开自己位于蒙马特尔的家前往瑞士的古尔尼格尔（Gurnigel），同行的有她八岁的儿子雅克，以及另一对母子：资质平庸的学院派历史画家的妻子本杰明·（厄拉利·）于尔曼夫人［Mme Benjamin (Eulalie) Ulmann］和她的女儿、比雅克小六个月的玛塞勒。贝贝这次旅行既是度假也是温泉疗养，以便缓解她一生大部分时间都深受其苦的神经疾病。

贝贝的父母双方都有遗传的精神问题，在她身上体现为神经衰弱，巴黎首屈一指的神经科医生和精神病学家让-马丁·沙尔科（Jean-Martin Charcot）医生认为，这一疾病最常出现在女人和犹太人身上。[7] 贝贝的症状表现为紧张不安的焦虑和萎靡不振的绝望交替发作，其他症状包括疲惫、食欲不振、呕吐、背部痉挛以及面部抽搐的加重，九年前她与母亲莱奥妮·阿莱维（Léonie Halévy）发生了一场极不愉快的冲突，首次出现了最后这种症状。[8]① 从那以后，贝贝一直尽量避免与莱奥妮见面。但那年夏初，她鼓起勇气和母亲见了一面，却付出了沉重的代价：症状复发了。这次挫败迫使贝贝意识到她的精神有多脆弱。因此如果医生命令她在瑞士-德国边境的阿尔卑斯山区休养几周——"想看到最近的文明世界的迹象，要走六个小时的路程"，她在一封信中对卢多维克的母亲亚历山德里娜·（纳尼内·）阿莱维抱怨说——那么贝贝知道不管愿不愿意，她都应该遵医嘱。[9]

此刻，她一点儿也不喜欢待在这里。新鲜的山区空气和田园风光本该让她安心，但远离家中那些令人鼓舞的娱乐活动，让她的心情比以往任何时候更糟。如果她还在巴黎，就能在杜艾街上卢多维克的客厅里接待崇拜者，穿一件她喜欢在会客时穿的不雅的睡衣斜靠在躺椅上，八卦、调情，时不时给自己黑色的宝贝贵宾犬薇薇特［这个名字取自她亡夫的歌剧《阿莱城姑娘》（*The*

---

① 贝贝的抽搐包括眼睛突然不自觉地睁大然后眨眼，伴以下唇突然突出，头朝左肩部下沉。这些抽搐动作往往会让首次见她的人吓一跳。不过据费尔南·格雷说，只要认识了她，"就会习惯这些破坏了她那美丽的吉卜赛（原文如此）面容的抽搐了"。——作者注

Girl from Arles）中的一个人物］喂点儿羊角面包屑。[10] 她会在玩牌时让梅亚克赢——不然他就会像个学步的幼儿那样闷闷不乐。[11] 她会让德加陪她去女帽商那里。[12] 他之所以同意陪她做这差事，往往是因为他喜欢研究女店员们长满老茧的红色手指，不过这些出行中至少有一次被他当成了为贝贝本人画素描的机会。她会在朋友亚历山大·仲马（小仲马）的新剧首演时为之鼓掌欢呼，或是在她亡夫或亡父的某个剧作重演时坐在前排的重要位置。她会摆好姿势让某一位画家朋友为自己画像，她喜欢这位朋友的肖像画胜过德加的——埃利·德洛奈，他在自己的寓言人物画中借用了她的脸，也创作了她最喜欢的自己的肖像画；或者奥古斯特·图尔穆什 [①]，他以她为原型，创作了颇受欢迎（且身份不明的）"现代美女图"。[13] 她会骑着自己的马"尼普顿"在布洛涅森林里漫步，享受路人投来的凝视——尤其是那些头戴高礼帽、身穿长礼服的交际家们，她在社交专栏中读到过他们的名字，他们或许也知道她的芳名。

作为一个神经衰弱的人，贝贝不得不长年外出旅行："温泉疗养"之行是她精神健康疗法的一个定期处方。然而她讨厌离开巴黎——向来如此。就算如今，在近 20 年后，她仍然能记起 1861—1862 年冬天，自己只有 11 岁，父母带她和姐姐埃斯特前往尼斯时，她有多义愤填膺——实际上，那是医生为她们的父亲开的温泉疗养的处方。比她大六岁的埃斯特在全家出行时充当了她的家庭教师。在尼斯短暂停留期间，埃斯特让贝贝写一篇作文，题目自选。作为土生土长的巴黎人，贝贝认为自己来自大城市，实在受不了里维埃拉慢节奏的乡下生活，因而写了一篇文

---

① 奥古斯特·图尔穆什（Auguste Toulmouche, 1829-1890），法国画家，以其笔下精美的巴黎妇女肖像画而闻名。

章来赞美自己家乡的优越性。她开门见山地写道:"我一再重申,世界上只有一个城市适宜生活,那就是巴黎。"[14]

贝贝接着写道,对任何有点自尊的城市居民来说,就算短期离开首都,"也会无聊至死",因为"美丽的大自然、新鲜的奶油、野草莓,还有装着绿色百叶窗的农舍"根本不足以取代家中"轰轰烈烈的聚会和娱乐"。在文章结尾,贝贝重申了开头的论点,还幻想出了一个由她作为君主统治的世界:

> 如果有朝一日我当上皇帝,或至少当上皇后,我会对每一个抱怨城市拥挤和噪音的人玩这么一个小伎俩:我会强迫他们住在首都之外不准回来,直到他们自己也坚信人只能生活在巴黎,除此之外不管在哪里,都只会有乏味无聊的生活![15]

从贝贝写下这些句子后,将近 20 年过去了——法国皇帝退位也过去了十年——但她关于巴黎的看法却始终未变。她对自己身为"青蛙"极为自豪,那是旧制度下凡尔赛宫的廷臣对巴黎人

埃德加·德加,《在女帽商店里》(*At the Milliner*, 1882-1885):德加是热纳维耶芙一家的老朋友。他有时会陪她一起去买衣服和帽子,还喜欢看她梳头发

的昵称。[16] 让洛尔·德·舍维涅之流的贵族朋友们去吹嘘他们纯种乡绅的古老历史吧。作为"青蛙"和犹太人，贝贝是彻头彻尾的世界主义者；她常说这两个属性把她变成了"双料巴黎人"。[17]

古尔尼格尔是她去过的最不像巴黎的地方，远比尼斯无聊；贝贝决定她再也不会回到这里来了。虽然遵从了阿尔卑斯山疗养的程序——泡温泉、漱喉、催眠按摩、为恢复健康而在大自然中散步——但她焦虑地思考着她的缺席会给家中的追随者造成怎样的影响。此处距离巴黎山长水远，她无法那么笃定他们的忠诚了。是时候采取行动了。

写完给莉佐特的短信后，贝贝很快另写了一封信给波托－里什。这是个顽皮的奇袭，万一他已经忘了她，这封信算是提醒她的存在：

> 我亲爱的朋友，我在这世界的尽头，真让人沮丧，沮丧极了！不过我很自私地想，要是你在这里陪着我就好了……请给我一些你的消息吧——我需要知道我们每一位朋友的近况，因为我此刻所在的乡下简直跟德国一样沉闷……我在这里没有丝毫乐趣，我担心随着年龄的增长（31岁），生活中的乐趣会越来越少。此刻我正要出去骑马，重拾一点生趣。要是没用，我就别无选择了，只好弄弄室内装饰——或者与人偷情！来这里看看我吧，看你还有没有别的坏主意！[18]

她简直就像是与波托－里什直接交谈，这些文字传递的风趣轻佻的调调一点儿也不亚于和忠实信徒们直接交谈。尽管贝贝公然和每一位男性同伴调情，但她严格恪守"只是朋友"的原则，把他们中的许多人都推向了绝望边缘。每当她看似要把其中的某一位永久逐出自己的圈子时，她会让那人想想或许，只是或许，她可以被说服，只为喜欢他而对他网开一面，如此再把他拉回到自己的股掌之上。她是亡夫的《卡门》（1875）中那个红颜祸水的标题人物的灵感来源，并非事出无因；据她的表兄、同为忠实信徒的路易·冈德拉 ① 说，比才本人曾说过，她就是那个人物的原型。贝贝根据经验知道，一点点性承诺的暗示可以管用很长时间。如果她让波托－里什觉得她最终还是可以跟他缠绵缱绻的，那么理想情况下，他就不会再想洛尔·德·舍维涅，又要对她想入非非了。

贝贝需要波托－里什保证对自己的爱意未改或许不能正式列入她的神经衰弱症状，但不需要太专业的精神健康方面的知识就能看出，正因如此（用她一位朋友的话说）"病态地惧怕孤独"，才刺激了她的人际关系。[19] 的确，贝贝的整个人生规划都围绕着一种远离孤独的渴望。一个有安全感的女人会觉得有这么一大群忠实的朋友已经足够证明自己被爱了，但贝贝打心底里觉得，只要她没有足够用心地经营那些友谊，她必会孑然一身，孤独终老。

每次向忠实信徒们道出这一担忧时，她往往会用一种轻快的口气，就像开玩笑地请求波托－里什给她出点儿"坏主意"。曾有一次，两人都在巴黎，但他没有像往常一样出现在杜艾街，她寄给他一张卡，也用了同样开玩笑的口气："我不耐烦地等了五分钟，然后开始在家具下面找你——但没看见波托－里什！快回到我跟前来吧，你这胆小鬼逃兵。"[20] 另一次，她把自己的一幅肖像的带框复制品寄给他，"这样你似乎就能在模拟像里跟我神

① 路易·冈德拉（Louis Ganderax，1855-1940），法国记者、戏剧批评家。他是《巴黎评论》（*Revue de Paris*）的文学编辑，也是法兰西学术院的成员。

交"，就"不会丢了爱我的习惯啦"！

有时，她的恐惧会以一种更露骨的方式表现出来。在另一封未署期的致波托－里什的长信中，她写道：

> 我希望不久以后就能见到你，因为当你厌倦了让那些事实上只有一点点爱你的人给你很多爱……一定会留五分钟时间给最亲密的老朋友。

如这一段落所示，贝贝也不过是一般性地动用些手段，让自己的忠仆们心驰神往。她暗示波托－里什的新同伴们不像她那样喜欢他，就发出了一个不怎么含蓄的讯息：他应该放弃她们，转而投向她这个"最亲密的老朋友"。但她的狡黠出卖了那种灼烧内心的焦虑，那就是在每一位忠实信徒的心底，都藏着一个潜在的逃兵。这个词常常出现在贝贝的通信里，不光是与波托－里什的通信，与沙龙很多常客的通信都是如此，马塞尔·普鲁斯特最终也包括在内。1922 年，在他死前几个月，也就是她自己过世前几年，她写信给他，问自己是否已经"在（他的）心目中'破碎成灰'"，然后又先声夺人地感谢他"没有抛弃我，让我孤身一人死去"。[21]

贝贝一方面担心被生命中的男人们抛弃，另一方面又因为无法控制身边的几位女人而烦躁不安。其中最主要的就是她的婶婶纳尼内·阿莱维，后者跟她一样有种滑稽不恭的幽默感（纳尼内的临终遗言是"哦，孩子们，我多么热爱……语法啊！"[22]）。贝贝视纳尼内为同道中人，跟她频繁通信，时不时吓唬对方她们对彼此的感情可能会慢慢消失。"不要太习惯于没有我的生活，我亲爱的小婶娘，"贝贝在 1878 年写信给她说，"因为我即将回家，收复我的宠儿的地位。"[23]

贝贝大概不愿意承认，但在某种程度上，她从母亲身上继承了那种强迫症般独占一切的社交倾向，莱奥妮娘家姓罗德里格斯－昂里凯斯（Rodrigues-Henriques），在贝贝的整个童年和青春期，莱奥妮总是不停地交际娱乐。作为闻名于世的作曲家弗洛蒙塔尔·阿莱维的妻子，她本人也是个雄心勃勃的雕塑家，莱奥妮喜欢召集一群艺术家在身边，他们位于巴黎第九区的公寓一周七天大宴宾客。莱奥妮在波尔多的富裕犹太人社区长大，母亲来自格拉迪斯家族，因而也继承了一部分家族王朝从海运业中获得的巨额财富。这样的财富使得莱奥妮摆脱了其他巴黎艺术家妻子的家务负担，可以把全部精力投注在朋友们身上。她比弗洛蒙塔尔小 21 岁，主持着一个巨大而热闹的沙龙。

根据阿莱维家的一位常客、画家欧仁·德拉克洛瓦① 的说法，在全盛时期，这对夫妇的客厅就像"一间真正的苏格拉底的小屋"，充斥着"天才人物"和他们的作品。[24]（莱奥妮从她的波尔多家族那里继承了不少珍贵的艺术品，也花费巨资来扩充自己的收藏。）但即便有一群男仆和女佣来伺候她和朋友们，家里还是过于拥挤，近乎混乱。弗洛蒙塔尔在一个巨大的钢琴柜上作曲，钢琴柜正中间的抽屉拉出来是一个全尺寸的钢琴键盘。这是弗洛蒙塔尔自己发明的家具，家里除了妻子举办招待会的客厅外，哪儿也放不下这个庞然大物。因为这一限制，他不得不培养

---

① 欧仁·德拉克洛瓦（Eugène Delacroix，1798-1863），法国著名的浪漫主义画家。他的画作对后期崛起的印象派画家和凡·高的画风有很大的影响，他 1830 年的著名画作《自由引导人民》影响了浪漫主义作家维克多·雨果。

出巴黎歌剧院经理爱德华·莫奈斯[①]所谓的"一种全然不为外界所动的专注"。莫奈斯怀疑，如果没有那样的专注，弗洛蒙塔尔根本不可能"作曲……因为家里从早到晚都人声鼎沸"。[25]

德拉克洛瓦与莫奈斯一样担心这种生活方式会对其朋友的创造力产生负面影响。"他怎么能在这样的吵闹声中完成任何严肃的作品呢？"德拉克洛瓦在自己的日记中问道。贝贝儿时的一个夏天，他说服阿莱维一家离开城市到科尔贝（Corbeil）休息一阵子，他在那个河边的小村落里有一座避暑别墅。弗洛蒙塔尔很喜欢这个建议，以至于他不仅在科尔贝租下一处宅子，还买了一个别墅。然而在那里住了仅仅几天后，莱奥妮就崩溃了，认为那里的宁静和安逸"令人窒息"，要求全家人立刻赶回巴黎。"我只见了 F. 阿莱维夫妇两次，他们就已经要走了，"德拉克洛瓦抱怨说，"他们这些社交名士啊，一周中每晚都得请朋友们来打扑克，要不就活不下去。"多年后，德加对他们的小女儿重复了这句对"F. 阿莱维夫妇"的指责，他不满地提到贝贝"被她的社交生活吞噬了"。[26]

贝贝疯狂地沉迷于社交生活，与其说是对莱奥妮的自觉模仿，或许倒不如说是对父母在她成长过程中极少培养她"全然不为外界所动的专注"的延迟反应。1849 年 2 月 26 日，贝贝出生时，父亲已经 49 岁了，正处在一个艺术创作复兴期。三个月前，他的新歌剧《安道尔山谷》（Le Val d'Andorre，1848）开演，好评如潮。这是他自《犹太女》以来最大的成功，在评论界和普通观众中广受好评。《犹太女》是一部大歌剧，写的是犹太女人

---

① 爱德华·莫奈斯（Édouard Monnais，1798-1868），法国报人、剧院经理、编剧和歌词作者。他曾任《巴黎杂志音乐公报》主编，后出任法国内政部歌剧专员、巴黎国立高等音乐舞蹈学院院长，以及巴黎歌剧院联席院长。

拉谢尔和基督教王子利奥波德之间注定没有结果的爱情。这部世界闻名的歌剧被理查德·瓦格纳称为"有史以来最伟大的歌剧之一"，它收获的巨大声誉令弗洛蒙塔尔在它首演后的那些年一度担心自己此生还能否超越它。《安道尔山谷》的成功让他重拾艺术自信，开启了一段疯狂的创作期。贝贝是他和莱奥妮的次女，她降生时，他正完全沉浸在下一部喜歌剧《玫瑰仙女》（*La Fée aux roses*，1849）的创作中。他还忙着在巴黎音乐学院教导年轻的作曲家。那是他的母校，也是法国最好的音乐学府。他全身心地投入专业，而莱奥妮又沉迷于社交，阿莱维夫妇很少有时间照顾他们的新生儿——也没多少时间去管他们早熟的大女儿、时年六岁的埃斯特。

贝贝还在襁褓中时，全家曾短期旅居伦敦，以便弗洛蒙塔尔监督他根据莎士比亚的《暴风雨》改编、与《犹太女》的剧本作者欧仁·斯克里布共同创作的音乐剧的排练，同时也是为了参加《犹太女》和《安道尔山谷》在英国的公演。[27] 阿莱维一家到达后不久，就应邀觐见了1848年被推翻后一直流亡英格兰的法国国王路易-菲利普。王室的召见确认了弗洛蒙塔尔跻身法国当世最伟大艺术家的地位，也开启了阿莱维一家在伦敦的昂贵的社交生活。

一年后，全家回到巴黎，弗洛蒙塔尔继续通宵达旦地创作，一举创作了另外两部喜歌剧《黑桃皇后》（*La Dame de pique*，1850）和《流浪的犹太人》（*Le Juif-Errant*，1852），还在音乐学院承担了更多的教学任务。他主动应征国民自卫军①——有一

---

① 国民自卫军（National Guard），法国大革命时期，各城市效仿巴黎而组建的民兵组织。这是一支区别于正规军的独立军事力量，对革命有一定影响，但后来被拿破仑解除武装。在君主被流放后，国民自卫军重建并继续在19世纪的每一次革命中扮演重要角色。

爱德华·迪比夫①:《孩童时期的比才-斯特劳斯夫人》(*Mme Bizet Straus as a Child*, 约1850年代）：热纳维耶芙生在物质生活奢侈的家庭，但父母没有给过她多少关爱

批像他本人这样的中年法国艺术家年轻时曾因获得了荣耀的罗马大奖②而被免除了服兵役的义务，因而十分重视这项公民义务。所有这些职责已经让他筋疲力尽了，而在1854年，他又担起了另一项职责：法兰西艺术院的终身秘书。这个德高望重的闲职是拿破仑三世政府赋予他的，他担任该职位后，还获得了位于左岸的法兰西学会大楼里的荣誉住处，那里是包括法兰西学术院在内的法国全部（五个）学术学会的所在地。阿莱维一家位于孔蒂码头那座金色穹顶大楼里的公寓，这里成为莱奥妮昼夜不停地举行

① 爱德华·迪比夫（Édouard Dubufé, 1819-1883），法国肖像画家。他作为肖像画家的生涯正式始于1853年为皇帝拿破仑三世和皇后欧珍妮所画的肖像。

② 罗马大奖（Prix de Rome），路易十四在位期间主要为艺术生设立的奖学金。起初由法国王室绘画和雕塑学院在其学员中经过严格选拔而出，共有四个名额，获奖者可以前往罗马，在著名的美第奇别墅居住三年，并接受意大利著名艺术家的指导。获奖者在罗马期间的所有支出由法国国王负担。

招待会的新基地。

就算在金碧辉煌、将塞纳河美景尽收眼底的新公寓里，贝贝的母亲也焦躁不安。她除了每天的沙龙外，还有大量的通信。这些信件的本意是为了密切关注自己的朋友，很像贝贝后来在自己整个成年生活中写信的口吻——文风中既有责备，也有挑逗。"说说你的近况吧，"莱奥妮对一位偶尔来孔蒂码头做客的人说，

> 一旦有谁成了我的朋友，我就想知道他们在做什么，在想什么……或许我不该问你在做什么！此时此刻我都能想象出你的嘴唇嘟起来、眉头皱起来的样子。唷！我收回——我什么也不想知道！我只想告诉你，我有多喜欢和欣赏你。[28]

正如她后来对贝贝解释的那样，"关爱是唯一能给我帮助的东西"。[29]

莱奥妮的确需要临床意义上的帮助。她和弗洛蒙塔尔都患有遗传性精神疾病，如今应可算作临床抑郁症。莱奥妮患的很可能是躁狂症，表现方式先是狂乱的精力充沛和怪异的沾沾自喜，紧接着就陷入抑郁。她疯狂时，过度活跃的目光掠过自己的沙龙和雕塑，二者都让她自以为是地夸耀起"我但凡是个男人"，她的艺术天分本该让她举世闻名。

在这种过于兴奋的状态中，莱奥妮也会开启惊人的购物狂欢，一车一车地拉回各种装饰品，塞进他们位于孔蒂码头的公寓里。[30] 虽然见多识广，但她在狂欢中收集的那些"艺术品"却多半是垃圾：坏了的小型取暖器、破碎的陶瓷、有裂缝的锅碗瓢盆。莱奥妮花费巨资买来这些丑陋无用的东西，德拉克洛瓦甚至担心她总有一天会把整个家庭"拖进救济站"。作家和美学家

爱德蒙·德·龚古尔把阿莱维家日益凌乱的住处比作"小型沙朗东"（也就是1814年德·萨德侯爵去世的那家疯人院）。

自小生长在这样的环境里，贝贝也经历了同样难以忍受的吵闹和孤单。如果说这些对她的影响大于对她姐姐的影响，那或许是因为埃斯特当时已经跟她们喜爱和敬重的堂哥卢多维克·阿莱维订婚，可以指望即将到来的婚姻让她逃离家中的一切。人人都说埃斯特是个聪明有爱的少女，她总是尽可能地对妹妹尽到母亲的责任。但她无法弥补父母彻底无视贝贝的需求。贝贝八岁时写给父母的一封信就明白无误地展现了那种无视，令人揪心，那时他们离开她，把她无限期地留给祖母照看：

> 我亲爱的爸妈，我很难过你们今天又没来，请求你们明天一定要来。跟你们讲讲我昨天是怎么过的吧。我醒来后洗了个澡，然后去散步，再然后就上楼学习了。后来我下喽（原文如此），在奶奶身边安静地读书。然后我们上楼干活到四点。有的时候不得不整理线头到五点，让我心烦意乱。然后我吓（原文如此）楼到前门去看你们有没有来，因为我们不能去找你们……门口站着一个你们派来的人，替你们对我们说你们不会来了，这让我们非常不安……那就是我的一天，我亲爱的爸爸妈妈，全心全意地吻你们。贝贝。[31]

和洛尔·德·萨德一样，贝贝·阿莱维也培养出迷人的个性，来应对成长过程中的压力。成年后，她用一个难忘的说法来描述自己的少女时代："我孩提时就被父母抛弃了，像大拇指汤姆①那

---

① 大拇指汤姆（Tom Thumb），英国民间传说中的人物，汤姆生下来只有父亲的大拇指一样高，故而得名。

样——只不过我是被留在法兰西学会的楼顶上自生自灭！"[32] 在某种意义上，这句话强调了她作为知名艺术家之女（后来又成为知名艺术家之妻）高不可攀的地位。鉴于法国人对文化和学术成就的极大敬畏，法兰西学会大楼是全国最负盛名的建筑物之一。从塞纳河望去，它那金光闪闪的宏伟穹顶是左岸天际线的主要景观，在穹顶周围的楼顶上玩耍的故事在法国人听起来魅力无限，就像英语世界的人听到有人在白金汉宫或白宫的楼顶度过了整个童年。

不过在另一个层面上，她被父母抛弃本身并没有什么神秘性可言，每当莱奥妮因为疯狂症状加重而再度进入精神病院，此事就会噩梦成真。[33] 1854 年贝贝五岁，莱奥妮那年的大部分时间

作为法兰西艺术院的终身秘书，热纳维耶芙的父亲在俯瞰塞纳河的法兰西学会大楼里得到了一间公寓

都是在埃米尔·布朗什①医生位于帕西的疗养院里度过的，布朗什的病患多是巴黎最有钱也最有名的人，其中很多都是闻名遐迩的艺术家。（贝贝在写给堂姐瓦伦丁的一封信中回忆起小时候去那里探病的情况："我很害怕那些疯子。但布朗什夫人安慰我说，他们都是我认识的人！"³⁴）布朗什的疗养院所在地距离洛尔·德·萨德长大的那条街不远，是一座18世纪的庄园，曾经是法国正统王妃德·朗巴勒亲王夫人②名下的财产。精心修建的草坪占地12英亩，上面点缀着不少凉亭，病人可以在那里进行整套治疗，大部分疗法都要利用帕西著名的温泉：洗肠、漱喉、冷水澡，以及持续几个小时乃至几天的泡澡。

布朗什医生虽然自称专家，却无法治愈莱奥妮。1864年春天，贝贝15岁生日后不久，母亲再度住进了他的诊所，一住就是四年。这一次，弗洛蒙塔尔的两个未婚的姐姐弗洛尔和梅拉妮·阿莱维也和她一起入院，这两位此前一直都和埃斯特（以及一位英国女家庭教师）一起承担照顾贝贝的责任。让她们的小侄女难过的是，她们余生都是在精神病院里度过的，布朗什医生诊断她们患上了"彻底的痴呆症"。³⁵

到母亲和姑妈们开始在帕西长住之时，贝贝已经失去了父亲，1862年3月他去世时，已经有一个星期处于疯癫失常的状态。他的弟弟莱昂·阿莱维（也是布朗什诊所的病友）写道，在

---

① 埃米尔·布朗什（Émile Blanche，1820-1893），法国精神病学家。他是画家雅克·布朗什的父亲。

② 德·朗巴勒亲王夫人（Princess de Lamballe），即玛丽-路易丝-泰蕾兹·萨瓦-卡里尼昂（Marie-Thérèse-Louise de Savoie-Carignan，1749-1792），意大利萨伏依王朝分支的成员，17岁时嫁给了波旁王朝的正统继承人德·朗巴勒亲王路易·亚历山大·波旁。她是王后玛丽·安托瓦内特身边最亲密的朋友之一。

热纳维耶芙的许多亲戚都曾在布朗什医生位于帕西的著名精神病院里寻求治疗。她的姐姐在那里离奇死亡

他生命最后一天的上午，弗洛蒙塔尔让埃斯特和贝贝"按照音阶 do，re，mi，fa，so，la，ti，do 的顺序（把他平放在沙发上），最后再把他的头放在靠垫上"。女儿们刚刚把他放好，他就去世了。

弗洛蒙塔尔被安葬在许多著名法国艺术家的长眠之处蒙马特尔公墓，贝贝和埃斯特不得不在没有母亲陪伴的情况下走在送葬队伍中；莱奥妮再次入院和父亲去世的那段时间里，她们变成了真正无父无母的孤儿。从孔蒂码头横穿巴黎到蒙马特尔高地那段路程，两旁有无数乐迷列队送葬，那一定是两个女孩一生中很恐怖的经历，也对贝贝的精神状态造成了明显的伤害。一位弗洛蒙塔尔的抬棺者后来说:"母亲完全是个癫狂的疯子,小女儿也越来越像母亲了。"[36]

两年后,贝贝遭受了另一记重大打击,埃斯特——"唯一一个让我有可能经受住苦难的人"[37]——在布朗什医生的诊所离奇死亡。1864 年 4 月初,22 岁的埃斯特去诊所陪伴莱奥妮,或许她自己也在那里接受某种治疗(但她母亲后来坚称,埃斯特来时身体十分健康)。贝贝和家庭女教师一起留在巴黎。到诊所两周后,据称埃斯特患上了支气管炎。三天后的 4 月 19 日,贝贝的奶妈带着她赶到帕西,只来得及见姐姐最后一面,埃斯特死在了妹妹的怀里。

几十年后,卢多维克的儿子达尼埃尔·阿莱维曾写道,贝贝的一位表兄——路易·冈德拉的弟弟艾蒂安曾向他透露过埃斯特之死的真相。一天晚上,莱奥妮试图在疗养院的一个池塘里自杀,大女儿跳入水中救了她,但自己随后患上了致命的高烧。这个故事听起来似乎可信,但并不符合布朗什医生的儿子、画家雅克 - 埃米尔(雅克)·布朗什的说法:诊所所在地根本没有池塘,这是老布朗什当年刻意做出的景观设计,"以免诱惑自杀之人"。[38]

埃斯特死后好几个月,布朗什医生一直瞒着莱奥妮。当他最终透露这个消息时,莱奥妮爆发出一阵偏执狂的、歇斯底里的愤怒,叫嚷说是贝贝杀死了埃斯特。莱奥妮不愿意动摇这个想法,禁止贝贝出现在她的面前,让贝贝发布法律声明,宣布自己是一个亲戚——巴黎银行、铁路和房地产大亨埃米尔·佩雷尔(Émile Pereire)——的被监护人。[39] 就这样,贝贝被踢出了父母在孔蒂码头的公寓,搬到了佩雷尔位于蒙索平原(la plaine Monceau)的庄园里,蒙索平原是佩雷尔和弟弟伊萨克参与开发的右岸富人住宅区。

贝贝如今失去了全部最亲近的家人，还被母亲指控犯下了莫可名状的罪行，她陷入抑郁，这种状态持续了好几年。她的监护人无法为她重建安全感；事实上反而无意间增加了她的精神压力。1852年，埃米尔和伊萨克·佩雷尔创立了一家银行，动产信贷（Crédit Mobilier）银行，它后来成为全世界最大的金融机构之一。但贝贝成为埃米尔的被监护人之后不久，银行经营状况就直线下滑，归咎于投机性的投资决策、可疑的业务和山雨欲来的国际金融危机，佩雷尔兄弟的对手罗斯柴尔德家族也毫不手软。[40] 到1866年，动产信贷银行已经损失了近9500万法国法郎。一年后，银行倒闭。1869年，罗斯柴尔德家族买下了佩雷尔位于蒙索平原的宅邸，出价比兄弟俩十年前购买的价格低40%。

监护人的财富地位急剧下降加重了贝贝的痛苦，她的堂兄卢多维克痛心地注意到这一点。"这么多年，有太多的灾难降临在那个可怜的孩子身上！"他写道。"这么多痛苦，失去了这么多亲人！"[41] 深爱着埃斯特的卢多维克也经历着爱人离世的巨大痛苦。他的母亲纳尼内·阿莱维担心卢多维克会因悲伤而移情明显受到精神困扰的贝贝。于是在1868年，纳尼内催促他与路易丝·布勒盖（Louise Breguet）结婚，她是一个瑞士钟表世家的新教徒女继承人。婚礼之后，卢多维克精神失常了几周时间，一度变得对路易丝充满"攻击性"[42]，以至于双方的父母都担心她的安全，在布朗什医生干预之下，把他带离了她的身边。几个月后，卢多维克恢复了理智，和路易丝团聚。路易丝曾私下里担心"或许卢多维克（对他们的婚姻）缺乏热情"是因为他觉得她"或许是（某种）恶魔"[43]，现在这样的担心也消除了。不过传记作家曾指出，卢多维克从来没有真正从埃斯特死亡的阴影中走

/ 132

出来，他一生对她都充满痴迷，还把爱意延伸到了贝贝身上。

卢多维克结婚时，贝贝仍旧在丧亲之痛中拼命挣扎。在日记中，她请求上帝为她抚平伤痛：

> 岁月流逝，却无法抹去那些残酷时光的可怕记忆：让我和我爱的一切天人永隔。它们（岁月）既无法抹去，也无法治愈我的伤痛。哦，埃斯特，我亲爱的姐姐，有你在身边，我可以承担一切，上帝在这尘世把我们分开了，愿他赐我力量，有朝一日能有幸在你身边获得一席之地。哦，主啊，您把我在这个世界上最珍贵的东西拿走了，您把我那么深爱的、让我的心灵和生活充满欢乐的姐姐带走了，我还没有来得及体会父亲带给我的欢乐，就失去了敬爱的父亲，而您甚至没有留下母亲的爱来安慰我——我也不可以试图用我的关爱抚平她的创伤和不快！您让我在这世上孑然一身，哦，主啊！……一切对我来说已经结束了，永远结束了，您难道不能赐予我一些怜悯吗？如果我不够好，请想想看，至少我也非常不幸，我请求您的原谅，还有您的帮助啊……请不要弃我而去……在我痛苦的时候给我一些慈悲吧，帮助我，让我值得被您垂怜，让我配得上我悼念的那些人的爱。[44]

用传记作家尚塔尔·比朔夫（Chantal Bischoff）的话说，这篇日记是典型的幸存者负罪感案例：

> 热纳维耶芙充满了无可挽救的负罪感——她因为父亲和姐姐都死了而她还活着而内疚，因为没有给父亲足够的爱而内疚，因为没有在拥有爱的时候充分享受快乐而内疚，因为

没能安慰母亲而内疚……如果上帝让她所爱的每一个人都离开了她，那是因为她配不上他们！ [45]

比朔夫进而指出，虽然贝贝这篇充满罪恶和原谅语词的祈祷文听起来"更像个基督徒而非犹太人" [46]，它事实上呼应了《犹太女》的同名女主人公拉谢尔剧中的那句"配得上父亲和她的亲人"。贝贝恳求上帝，也证明她后来自称"我没有多少宗教可改"不是实话，且表明如果说她在成年后没有宗教信仰，或许并非因为她从未有过，而是因为她在自己黑暗而动荡的青年时代失去了信仰。

自责和绝望永远留在了贝贝的心里，每当更多丧失亲人的痛楚逼近，它就会变本加厉地浮出水面——伴以关于溺水的逼真幻觉和对精神失常的恐惧。"温柔的心永远不会忘记。"19 岁的她在日记中如此写道。"对它们来说，"她又写道，"过去不死——只是缺席。" [47] 如今读来，很像威廉·福克纳那句经常被引用的格言。[48]

1869 年春，20 岁的贝贝与 30 岁的乔治·比才订婚时，那片乌云才暂时散去了，身材魁梧、满脸胡须的比才曾在音乐学院跟随贝贝的父亲学作曲。比才的热情奔放与贝贝的忧郁矜持形成了鲜明的对比。这位外省长大的孩子喜欢穿海军条纹休闲上衣、戴针织围巾和草帽：她那些头戴高顶礼帽的巴黎亲戚们很少会穿戴成这样。然而这位貌不惊人的乡下淳朴小伙子有着惊人的天赋，贝贝已故的父亲很赏识这一点。从音乐学院毕业后，比才像弗洛蒙塔尔一样，获得了声望极高的罗马大奖。

贝贝之所以决定嫁给比才，很大程度上是因为他与弗洛蒙塔尔的关系。她在接受他的求婚之前，曾私下里与一位名叫亨利·

勒尼奥（Henri Regnault）的学院派艺术家订了婚，后者也是罗马大奖获得者。[49] 然而父亲的死似乎让贝贝倾向于他的得意门生，鉴于在生命最后数年里，弗洛蒙塔尔与学生在一起的时间远远多于自己的孩子，这样的变化似乎也是合理的。从象征意义上，与比才的关系对贝贝而言就像是获得了重新与父亲建立联系的机会，早在父亲死前多年，工作就已经把他从女儿的身边带走了。

很久以后，贝贝甚至会编出一个故事，说弗洛蒙塔尔曾"有一天走进她的房间，说'我的学生比才想要娶你为妻。不知道你是否愿意，不过你瞧，我跟你说过了。'"而她回答："我愿意。"[50] 然而如果她对小说家朱利安·本达 ① 描述的这一场景属实，那就意味着她的父亲在她至多 12 岁时就向她传达了比才的求婚意愿，因为弗洛蒙塔尔去世时，贝贝刚满 13 岁。此外，虽然她青年时代或许很可能曾在各种演出中碰到过比才，他却并没有在通信中提到过她。直到她 17 岁那年，比才对自己的一位音乐学生埃德蒙·加拉贝尔（Edmond Galabert）透露："我遇到了一个深得我爱的天真女孩！两年后，我一定要娶她为妻！"[51] 比才不得不等到贝贝年满 19 岁才能嫁给他的说法，显然与她对本达讲述的事件版本相矛盾。不过她把弗洛蒙塔尔作为自己婚姻的中间人表明，当她决定嫁给比才时，父亲的记忆起到了重要作用。

或许是母亲对这桩婚姻的强烈反对，让贝贝把父亲的祝福当成了一剂解药。作为显赫的犹太人格拉迪斯氏族的后代，莱奥妮

---

① 朱利安·本达（Julien Benda, 1867-1956），法国哲学家、小说家、评论家。曾经获得四次诺贝尔文学奖与一次龚古尔文学奖的提名。他善于写作论理性文章，代表作有《知识分子的背叛》（*La Trahison des Clercs*, 1927）等。

觉得不名一文的小资产阶级、非犹太人比才——一个做了钢琴教师的外省理发师的儿子——作为她仅剩的女儿的结婚对象，是不可接受的人选。到此时，莱奥妮已经在巴黎郊外的另一所疗养院住下了，她在布朗什医生位于帕西的诊所住了四年之后，后者把她送到了那里。虽然她怒不可遏地反对贝贝订婚都是通过信件表达的，但她的不快还是让比才很受伤。他对卢多维克抱怨说："阿莱维夫人只尊重那些有社会地位（和）钱的人！！！！！"52

比才的家人同样不支持这桩婚姻。他鳏居的父亲阿道夫·比才（Adolphe Bizet）逐渐接受了来自巴黎的犹太人儿媳妇，但其他亲戚却和莱奥妮一样强烈反对——他们是一群极端保守的低中产阶级天主教乡下人。（在他们的观念里，"娶个犹太女人是世上最大的灾难"。53）但这对夫妇顶住了压力。1869年6月3日，他们在第九区举办了一场世俗婚礼，婚礼只有几位家人参加，包括新郎的父亲和新娘善良的舅舅、莱奥妮的弟弟伊波利特（伊波）·罗德里格斯［Hippolyte (Hippo) Rodrigues］。伊波是来自波尔多的成功银行家，他挺身而出，给了这对新婚夫妇精神和财务上的支持。54

结婚头几年，比才对朋友说他和他的"宝贝"（这是他对她的昵称）"在一起很快乐"55，"非常快乐"56。贝贝在婚礼后就放弃了写日记的习惯，但她丈夫这段时期写下的文字表明他们的关系充满关爱与和谐。和每一桩婚姻一样，他们也有自己的问题要解决，特别是关于钱的问题。为了维持生计，比才不得不教授钢琴课，而当从小过惯了奢侈生活的贝贝知道他们只雇得起一个侍女时，大吃一惊。在丈夫的请求下，她雇了一位名叫玛丽·赖特尔的年轻女人，后者曾在外省伺候过比才的父母。那时，贝贝相信了丈夫其他的家庭成员认定的事：玛丽·赖特尔的小儿子让是阿道夫·比才的私生子，因而是乔治同父异母的兄弟。

在赖特尔一家的陪伴下，这对新婚夫妇搬到了巴黎北部郊外的蒙马特尔镇。镇子坐落在一个 425 英尺的高地上，顶上居然有三架风车，对于那片浓雾弥漫的天际线，这可是出乎意料的点缀。从整个巴黎都能仰望到那一带充满田园牧歌风情的轮廓，但那片街区却是有名的滋生暴动和渎职的温床。蒙马特尔在 1871 年爆发了最残酷的平民大屠杀，在部分意义上解释了它何以恶名远扬，在全部意义上解释了它最高处那座搭着脚手架、蒜头一样的白色轮廓：圣心堂，政府当时正在建造那座教堂，为巴黎公社的血腥流血事件和普法战争的国耻赎罪。然而蒙马特尔那种反主流文化的神秘性也源自在那里安家的艺术家们，

乔治·比才是热纳维耶芙的父亲在巴黎音乐学院的学生和信徒。她为了嫁给他，解除了与画家亨利·勒尼奥的婚约

亨利·穆杰 ① 在浪漫故事集《波希米亚人的生活情景》（1851）中记录了他们的生活。"波希米亚人"涌入这一区域不仅仅为了那里活泼自由的氛围，也因为那是全城租金最便宜的地区之一。地势越低，距离巴黎市中心越近，房价就越高。不过蒙马特尔地势较低的部分也有一种艺术家云集的感觉，为巴黎创作阶层中较为富裕的成员所青睐。

贝贝和丈夫就在这片街区中相对奢侈的地段安了家，位于杜艾街 22 号那座简朴的石灰岩四层大楼中。他们是通过卢多维克·阿莱维找到此地的，卢多维克与妻子及两个幼子一起住在二层的整层公寓中，比才夫妇选择了楼上的单元住宅。它最好的特点是有个全景露天平台，从那里可以看到穆杰描述的如画场景：烟囱顶上冒着炊烟，铺着石板瓦、瓦片甚至稻草的屋顶，三架风车，还有旧海关大楼的遗址，让人想起城市周围由堡垒和卫兵关卡环绕的历史。在高地半山坡，还有牛羊在参差不齐的一行行草地上吃草。

杜艾街这座楼里的阿莱维和比才两家成为这一带艺术家们喜爱的聚会地点，它那深蓝色的前门成了当地的一道风景。卢多维克的老朋友埃德加·德加在隔壁的一个工作室里居住和工作，此人自诩不食人间烟火，却几乎每天都要来坐一会儿，有时是一个人来，有时带上他迷人的情妇奥尔唐斯·豪兰（Hortense Howland），她本是法国人，嫁给了一位富有的美国侨民；有时他还带着阿莱维家的另一位老友阿尔贝·布朗热－卡韦（Albert

/ 136

---

① 亨利·穆杰（Henri Murger, 1822-1861），法国小说家和诗人。他最著名的作品就是《波希米亚人的生活情景》（Scènes de la vie de Bohème, 1851），其内容为根据自己经历写成，讲述的是一个生活在巴黎阁楼的极度贫穷的作家的故事。

Boulanger-Cavé），他是个活泼的社交家，也是艺术鉴赏家。（德加画了一幅两人一起在歌剧院的肖像画送给了卢多维克，这幅画被挂在阿莱维家客厅墙上的显眼位置。）其他邻居也以不同的频率来访，包括小说家伊万·屠格涅夫；作曲家埃克托·柏辽兹、儒勒·马斯内①和夏尔·古诺；画家居斯塔夫·多雷②、爱德华·德太耶③和居斯塔夫·莫罗。皮埃尔·皮维·德·沙瓦纳④也在附近有个工作室，但较少来访，或许是被同事们给他取的绰号"马耻骨"⑤给耽搁了。

在婚姻的这一阶段，比才夫妇给周围人的印象是一对非常般配的夫妻，虽有差异，但关系融洽。贝贝的冷幽默正好搭配丈夫活泼的乡村男孩风貌，而他豪爽的个性也抵消了她那种完全可以理解的焦虑倾向。那种倾向让比才很震惊。他在追求贝贝时对她还不是十分了解，不知道她的心理问题有多严重，她家里也没有任何人在事后对他讲过她与莱奥妮充满困扰的过去。不过他很乐意承担起让自己的新娘幸福的责任。婚礼几个月后，比才给伊波舅舅写信说：

---

① 儒勒·马斯内（Jules Massenet，1842-1912），法国浪漫主义时期的作曲家和音乐教育家，尤以其歌剧而闻名。他上演最频繁的歌剧作品是《玛农》（*Manon*，1884）和《韦尔泰》（*Werther*，1892）。

② 居斯塔夫·多雷（Gustave Doré，1832-1883），法国艺术家、版画家、漫画家、插画家和木雕雕刻家。他的作品多是黑白两色。作品充实饱满、层次分明、质感强烈。

③ 爱德华·德太耶（Édouard Detaille，1848-1912），法国学院派画家、军事题材艺术家，以其精准和现实主义的细节而著称。他被认为是"法国军队半官方的艺术家"。

④ 皮埃尔·皮维·德·沙瓦纳（Pierre Puvis de Chavannes，1824-1898），法国画家，尤以其壁画而闻名。他是法国国家美术协会的共同创办人和主席，其作品对其他许多艺术家产生了重大影响。

⑤ "马耻骨"（Pubis de Cheval）是他的名字 Puvis de Chavannes 的谐音。

我对于提前防范，确保我亲爱的贝贝的健康已经很有经
验了（哈！热纳维耶芙自带操作手册呢！）。她的总体情况
很好：睡眠、胃口，一切都一如所愿——来自我这边的好消
息！ 57

1870 年 7 月 19 日，法国对普鲁士宣战，让这对夫妇的好
日子戛然而止。贝贝家中又一重悲剧的消息传来，卢多维克 40
岁的异母兄长吕西安 - 阿纳托尔（阿纳托尔）·普雷沃 - 帕拉
多尔〔Lucien-Anatole (Anatole) Prévost-paradol〕被逼自杀
了。58 阿纳托尔是莱昂·阿莱维与歌剧演员吕桑德·帕拉多尔
（Lucinde Paradol）婚外情所生，是个才华横溢的作家和外交
官，他从小和父亲的婚生子女一起长大，那些孩子把他看成亲哥
哥，贝贝也一样。她和卢多维克还未从亲人离世中缓过神来，普
法战争就震惊了全国。9 月，普鲁士人在色当会战 ① 中击败了法
国，拿破仑三世投降后被监禁。在巴黎，他的政府瓦解了，让位
给第三共和国。倒台皇帝的配偶欧亨妮乘坐马车和她的美国牙医
一起逃跑了。两周后，德国皇帝的军队逼近巴黎，对这座城市的
封锁持续了整个秋冬。

封锁期间，比才试图帮助贝贝保持乐观，但他自己也在通
信中哀鸣眼前的世界末日。"真令人心碎，"他对一个朋友写道，
"我们失去了（和平和友爱），代之以血泪、堆积成山的尸体，

---

① 色当会战（Battle of Sedan），普法战争中最具决定性的一场战役，发生于
1870 年 9 月 1 日，结果为法军惨败，德军大获全胜，大量法军被俘，连法皇
拿破仑三世本人亦沦为阶下囚。虽然德军仍需要与即时重组的法国政府作战，
但此战实际上已经决定了在普法战争中普鲁士及其盟军的胜利。

还有不计其数、没有止境的犯罪！"⁵⁹ 或许因为希望自己敏感而抑郁的新娘得到更多支持，他鼓励她写信给母亲，莱奥妮已经不顾全家人对她能否在精神病院外正常生活的合理担心，离开郊外的诊所，回到了出生地波尔多。为了逃离普鲁士人的屠杀，大量巴黎妇孺也和新成立的第三共和国政府一起迁往那里。

然而贝贝却选择留在蒙马特尔，那时比才在国民自卫军中服役，这位罗马大奖获得者也是为了补上年轻时未服的兵役。夫妇俩决定留在原地，这让原本已经问题重重的莱奥妮有了歇斯底里的借口，尤其是有报道说巴黎面临大规模的饥荒和燃料短缺。11月下旬，贝贝给莱奥妮写了一封口吻愉快乐观的信，坚称虽然普军兵临城下，但她和乔治过得还不错：

> 妈妈，我们在这里一切都好，还没有饿死，而且我必须说，到此时为止我还没有吃过猫、狗、耗子，嗯，听人说完美社会的人都吃这些。今天我第一次尝了尝驴肉的味道……虽然我们本应胃口全无，但自从这可怕的封锁开始以来，我们反而比以往吃得更多了呢！⁶⁰

在贝贝轻松的语调背后，我们看到在战争的那一阶段，她和乔治仍然享受着非同一般的特权。普鲁士军队包围了三个月，许多巴黎人的确已经沦落到吃猫吃老鼠的境地了，更多的人忍饥挨饿。然而因为贝贝的佩雷尔亲戚的资助，她和比才还能获得较富足的新鲜供给。在农产品逐渐从城中消失的时候，埃米尔和伊萨克·佩雷尔还能差人从他们位于塞纳－马恩地区的庄园运来新鲜水果和蔬菜。在巴黎的家中，佩雷尔兄弟还保有一个上千瓶红酒的酒窖，并继续享用他们在和平年代保存的陈年好酒，直到一伙暴民冲进来抢劫一空。

随着封锁继续，就连佩雷尔兄弟的生活水准都下降了，也开始品尝其他巴黎人早已太过熟悉的艰难况味。到圣诞节前后，比才写信给他的朋友埃内斯特·吉罗①，"我们已经吃不上饭了。过不了多久，我们的晚餐就只能吃几块马肉骨头；热纳维耶芙每晚都会梦到鸡肉和龙虾"。[61]

贝贝的精神开始低落，她信中那种妙趣横生的幽默感也逐渐消失了。在一封写给堂姐、卢多维克的妹妹瓦伦丁·阿莱维的短信中，她抱怨比才要服兵役，总是不在家："想想看吧，乔治去守卫城防时，我有 26 个小时都独自一人待在家里，是的，独自一人……乔治觉得没问题，但我觉得等待的时间很长。"[62] 他执行任务期间回到公寓时往往已是深夜，贝贝已经睡了。再度悄悄出门之前，他会在贝贝的床头柜上留下情书，让她一醒来就能看到。但这些语词温柔的信件却无法消除她对于还要失去一个深爱之人的恐惧。（"如果每天收不到他的短信，"她对瓦伦丁说，"我根本活不下去。"）

不久，贝贝不吃、不笑，拒绝离开卧室，甚至根本不下床。她的状况极度恶化，比才慌了，于是在 1871 年新年后几周决定带她离开巴黎。"热纳维耶芙会没事的！热纳维耶芙就是我的命！"他安慰伊波舅舅说，后者请求他们来波尔多与他和莱奥妮住在一起。1 月 28 日，巴黎被普军占领。几天后，比才夫妇逃离这座城市，投奔贝贝的舅舅和母亲去了。她真正的麻烦就是从那时开始的。

---

① 埃内斯特·吉罗（Ernest Guiraud, 1837-1892），法国作曲家和音乐教师。他以创作了比才歌剧《卡门》，以及奥芬巴赫的歌剧《霍夫曼的故事》中的传统管弦乐宣叙调而闻名。

和姐姐的死一样，贝贝在波尔多精神崩溃的原因至今仍是个谜，其细节只能从比才、卢多维克和伊波舅舅后来慌忙通信的字里行间捕捉一些。据比才说，贝贝重新见到母亲的那一刻，就爆发出歇斯底里的抽泣——不是欣慰，而是因为彻底的、完全无法控制的绝望而抽泣。"前所未有的剧烈"痉挛扭曲了贝贝的脸，折磨着她的身体，剧烈得她根本无法说话或走路。比才在惊恐中把她打发去了他们的旅店房间，承诺说，只要睡一晚好觉，贝贝就会恢复平静了。但第二天早晨，比才写道：

> 贝贝听到旅店走廊里有人声——你简直想象不出她的脸色变得多苍白！她扑到我的怀里，哭喊道："那是她！要是再见她一次，我就要死了！"她的脸看上去吓人极了！

贝贝恳求比才立即带她离开母亲，他一心想要平息她的情绪，就答应了。他们定了下一趟去巴黎的火车票，比才提前发电报给卢多维克，讲述了这里发生的一切：

> 热纳维耶芙过去几个月日渐消瘦；从阿莱维夫人再度出现在她生活中的那一刻起，热纳维耶芙整个人就充满恐惧……绝对病态的恐惧……我陷入了可怕的窘境……我该怎么做……只能说在我们到达后还不到 22 个小时，热纳维耶芙就彻底发狂了，她精神失常，不停地对我说："带我离开这里，快！快！要不我就要像埃斯特那样被她杀死了！"

他们一回到巴黎，贝贝就部分恢复了平静，只是她的脸还在继续战栗和抽动，伴之以"明显过于紧张激动的样子，你根本想象不出有多严重。至于阿莱维夫人",比才最后说,"她一定不知道,单是她在场,就能要了她女儿的命"。[63]

无论当时还是过后,贝贝从未解释过她为什么突然如此坚信是她母亲,此前指控她杀死了埃斯特的母亲,犯下了那一罪行,也没有提到过为什么她会觉得莱奥妮也想杀死她。从波尔图回来后,贝贝每晚都噩梦连连,她说自己甚至羞于与丈夫谈起那些噩梦。她的神经性抽搐仍在继续,只有极少数相对平静的时候才有所缓解。

莱奥妮极端自私,以至于她甚至没怎么注意到女儿匆匆离开她回到了巴黎。但她继续用信件操控贝贝,写信给她和比才说:"感谢上帝,你们没有理由对我冷眼相对或无动于衷,我要求你们爱我胜过一切。"然后,莱奥妮认为贝贝仍然因为埃斯特的死而内疚,便打出了自己的王牌:"你们两人现在得给我四个人的爱。"[64] 比才口头答应了这一要求,接过了跟莱奥妮通信的任务,以便让贝贝脱身。他越了解岳母,就越厌恶她,对卢多维克说她是个"肤浅至极的女人……自称爱每一个人,事实上她只爱自己……简直自恋得令人难以置信"![65]

这一观点让比才更加坚信"她和热纳维耶芙水火不容(但她们都是病人)"。他妻子的医生们同意这一做法:"我咨询的所有专家都说,(贝贝)一次也不能再看见她母亲了。"[66] 这些专家或许也给了贝贝一些镇定药,帮助她从波尔多的创伤中恢复过来,不过她在信中没有提到过任何具体药物,直到七年后,她哀叹说医生为了治疗神经性抽搐给她开的药太苦了。总有一天,她会喜欢用药物来保护自己不再回到那段并未真正死亡的过去。但此刻,她还指望着丈夫帮她驱走那些纠缠不休的幽灵呢。

外部状况再次让比才无法如她所愿留在身边照顾她。回到被占领的城市后,他重新加入了国民自卫军,贝贝强烈反对他这个决定。3月1日，普军在香榭丽舍大道上举行胜利游行，那里距离比才的公寓还不到两英里。[67] 对巴黎人来说，看着侵略者趾高气扬地从凯旋门行军至协和广场，挥着刺刀耀武扬威，真是莫大的耻辱。然而贝贝只担心比才一人。她在游行那天写给瓦伦丁的信中只字未提普鲁士人，而是抱怨说："我们这些不快乐的可怜妻子不得不在丈夫出门后独守在家中，天知道他们去了哪里！"几周后，她又对瓦伦丁报告说："乔治已经三天……没回家了——你能想象我有多讨厌这种生活！我头昏眼花，恍恍惚惚。"

这种恍惚状态让贝贝对威胁着自己的城市和故乡的动荡更加无感，但动荡随即找上门来。5月10日，普鲁士帝国和第三共和国签署了和平条约，对后者施加了极其苛刻的条件。法国同意割让大片土地（两国边境的省份阿尔萨斯和大部分洛林地区）给普鲁士，并支付50亿法郎的战争赔款。这些屈辱让步引发了法国首都的大规模骚动，激进的持不同政见者聚集在巴黎公社的红旗下。这一暴力的社会主义机构被卡尔·马克思认为是"无产阶级专政"[68] 的典范，它拒绝停战协议的条款，不承认第三共和国的权威。它的发源地正是蒙马特尔。

比才夫妇所在的街区成为随后的国内冲突的爆发点。[69] 他们的公寓楼距离克里希广场（place de Clichy）只有几个街区，该广场在5月21—28日所谓"血腥一周"（Semaine Sanglante）中成为主要战场，政府军进入巴黎，剿灭了公社。冲突造成了约20000名巴黎人死亡，结束的方式也极其恐怖。贵族出身的将军德·加利费侯爵① 下令将几百个公社战俘就地处决，兑现了自己

① 将军加利费侯爵（Marquis-Général de Galliffet），即加斯东·亚历山大·奥古斯特（Gaston Alexandre Auguste，1830-1909），法国将军，以参与镇压1871年巴黎公社而闻名。

臭名昭著的公告："你们蒙马特尔人大概会觉得我无情，但我比你们想象的更加残暴。"[70]

作为特权阶级的子弟（以及国民自卫军士兵的妻子），贝贝不支持公社起义。但她的很多艺术家朋友支持，包括波托－里什，他被加利费的军队俘虏后，侥幸逃脱了处决。幸运的是，杜艾街上的那座大楼也没有受损。然而，"血腥一周"的恐怖让贝贝的精神陷入危机。6月，她听说莱奥妮不久就要从波尔多回巴黎了，再度精神崩溃，而由于比才担起了与她母亲通信的责任，贝贝对他也有了一种"奇怪的恐惧"。[71] 他们的婚姻陷入了一个令人悲哀的悖论，比才介入她和莱奥妮之间本是出于善意，但贝贝偏执地疑心他向着母亲，怀疑他们二人合起伙来害她。

10月，贝贝拾起了久已不写的日记，时间刚够她用潦草的字迹重复早先祈求神灵的那段话语：

> 主啊，我痛苦，哭泣，恳求您……即便您觉得我不配拥有自己曾经梦想的快乐，难道就不能至少不要再让一切如此清晰地展现在我眼前吗？给我一丝希望，指引我吧。不要只让绝望来指引我所有的行动。[72]

接下来那个夏天，的确有一线希望闪现在眼前，比才的第一个（也是唯一的一个）孩子降生了。雅克－弗洛蒙塔尔·比才生于1872年7月10日，以他已故的外祖父命名。然而，雅克的降生增加了初为人父的比才赚钱谋生的压力，他更没有时间陪伴贝贝了。比才接受了巴黎最卓越的经理人之一莱昂·卡瓦略（Léon Carvalho）的委托，为《阿莱城姑娘》谱曲，这部情节夸张的"乡村悲剧"预计于那年秋天在巴黎轻喜剧院（Théâtre du Vaudeville）开演。

鉴于卡瓦略和阿方斯·都德——这位备受尊敬的作家不久将成为法兰西学术院院士，他把自己的一部中篇小说改编成了这部剧作（小说本身则是由普罗旺斯诗人弗雷德里克·米斯特拉尔①讲述的一个故事改编的）——的显赫声名，《阿莱城姑娘》本该是乔治至此时为止最引人注目的作品，他在这个项目上投注了全部精力。卡瓦略为这部歌剧指定了非常规的 26 件乐器的乐队，比才仅用几个月时间就为它创作出了二十五六首音乐曲目，其中大多才华横溢。古怪的配器包括两支长笛、两支法国号、七把小提琴、五把大提琴、两把低音大提琴、两支巴松管、一支双簧管、一个铃鼓、一架钢琴、一个定音鼓和一台幕后簧风琴。

《阿莱城姑娘》于 10 月 1 日首演，比原计划提前了；事出紧急，卡瓦略不得不用它替换了另一部未能按计划开演的作品。观众被这种偷梁换柱的做法激怒了，把怒气发泄到《阿莱城姑娘》上。虽然比才的音乐非常美妙，但演出在开演当晚得到的反应却相当冷淡，最终仅演了 21 场就结束了。[73]

比才对这一挫折的回应是，他从原来的音乐中选出了四首曲子，把它们重新编排成了大乐队演奏的曲目。这样形成的组曲在一个月后首演，获得了极其热烈的反响，成为比才在专业上取得的首次重大成功。不久以后，声誉极高、在巴黎音乐演出场所中仅次于巴黎歌剧院的喜歌剧院（Opéra-Comique）委托他写一部自选主题的歌剧。在为《阿莱城姑娘》谱曲时，比才开始对地中海一带的民间传说感兴趣，因此他提议改编普罗斯佩·梅里

---

① 弗雷德里克·米斯特拉尔（Frédéric Mistral, 1830-1914），法国诗人、语言学家，曾带领 19 世纪的奥克语（普罗旺斯语）文学复兴。他在 1904 年与西班牙剧作家何塞·埃切加赖共同获得诺贝尔文学奖。

美①著名的中篇小说《卡门》（*Carmen*，1845）。得到了喜歌剧院的许可后，他雇用卢多维克·阿莱维和亨利·梅亚克——很久以来，他们在歌剧和喜剧领域一直有非常成功的合作，成为法国戏剧史上最著名的创作搭档——来为歌剧作词，他立即着手为它谱曲。

如果说这些发展预示着比才在音乐道路上的前途不可限量，它们对贝贝可不是什么好消息。随着他投身于音乐创作，她被抛弃的感觉日益强烈。迫切需要照顾新生儿雅克更加重了她的孤立感。身为人母或许曾经是贝贝担心上帝不会给她的"快乐"之一，但婴儿那永无餍足的需求让她根本无暇顾及自己的需要，而这不单是因为照顾新生儿本身就是一个消耗体力的工作。更糟的是，贝贝觉得每当丈夫好不容易从工作中抬起头来，他对孩子倒是比对她更感兴趣，称孩子是自己"伟大的、美丽的宝贝"（雅克甚至偷走了她的昵称）。

/ 142

在比才的感情序列中明显降级让贝贝十分恼怒，于是她对待自己的孩子很像小时候父母对待她的方式——疏于照管。卢多维克的幼子达尼埃尔后来（按布列塔尼人的规矩）批评他的姑姑对雅克的幸福全然无动于衷：

> 她如魔鬼一般任性，又如玩偶一般轻率，坚信自己已经为孩子做了该做的一切，事实上她只不过在自己醒着时差人把他送来卧室，让他和她的狗一起在她那安逸的、喷洒了太多香水的床上坐一会儿。[74]

---

① 普罗斯佩·梅里美（Prosper Mérimée，1803-1870），法国现实主义作家、中短篇小说大师、剧作家、历史学家。梅里美终身衣食无忧，学识渊博，是法国现实主义文学中鲜有的学者型作家。

达尼埃尔写道，"热纳维耶芙姑姑每天……爱抚雅克的时间（至多）不超过一个小时。我一次也没有见过她跨入他那间又大又脏的卧室的门"，她"从早到晚把他扔在那里"。如果这些对贝贝育儿方式的总结属实，那就表明她与那位一心只顾自己的母亲有着惊人的相似，着实令人不安。

很多年后，贝贝和卢多维克烧掉了她婚姻这一阶段的所有信件，以及比才的大部分信件。[75] 因此，关于这对夫妇关系的最详细的描述就来自达尼埃尔·阿莱维，或许这些是他从父母和其他成年亲戚那里听到的。（比才和卢多维克一起创作《卡门》时，达尼埃尔还和雅克一样，是个襁褓中的孩子。）据达尼埃尔说，当比才"从早到晚工作，创作最美妙的音乐而开始为世人所知时"，贝贝"缺乏认真生活的心态"，因而不认为这种生活是充实的。相反，"她想社交，而丈夫因为太爱她而没有反对"。[76]

贝贝重走母亲的老路，成为一大群波希米亚人的女主人，对他们敞开公寓的大门，鼓励他们随时想来就来。和莱奥妮一样，她也对八卦和牌戏有着无法抑制的渴求，最重要的是他人的陪伴，并且认为自己根本不需要放弃这些娱乐。蒙马特尔是很多著名夜总会的所在地，如红磨坊（Moulin Rouge）、煎饼磨坊（Moulin de la Galette）和黑猫（Chat-noir）夜总会，那里喧闹的夜生活每天持续到深夜，贝贝也一样。从一开始，她位于杜艾街的客厅就吸引了一群她从小一起长大，以及通过比才认识的那一类创作天才。

关于贝贝这一时期的沙龙，最生动的描写出自画家雅克·布朗什。多年来，贝贝的许多亲戚都曾在他父亲那里治疗，布朗什和他的父母把阿莱维一家当成自己的家人——"比我们自己的叔父和表亲们更亲近"。[77] 年轻的布朗什比雅克·比才大 11 岁，他一生都记得杜艾街上的那间公寓，记得在那里接见宾客的那个女人：

> 我还能清晰地忆起那个房间，贴着花朵壁纸，那种凌乱不堪的感觉让我觉得很"艺术"，或者更准确地说，很"波希米亚"。漂亮的热纳维耶芙身穿睡衣躺在沙发上；我还能记起她那双兴奋的双眼皮的黑眼睛，看上去像仁慈的友弟德①，一头黑发下面的脸苍白如山茶花，厚厚的嘴唇总是轻轻抖动着。[78]

这段对贝贝的描述中强调的好几个特点，也被她后来的崇拜者们着重指出：她慵懒的姿态；她暴露的、更适合睡房而非客厅的裙子；她神经质的颤抖和"兴奋"的状态。还有最重要的，她是个厚嘴唇的黑发美女，这里提到友弟德，就突出了犹太人的特征。埃利·德洛奈也曾赞美她的容貌透着异国情调，称她是"有一双天鹅绒眸子的大宫女"，并写道："至少从眼睛看，你真的是充满东方风情！"[79]

除了布朗什、德洛奈和德加之外，贝贝早期的常客还包括她童年时代的钢琴教师夏尔·古诺及其作曲家同伴儒勒·马斯内、

---

① 友弟德（Judith），《伪经》及天主教核定英译本《圣经》中《友弟德书》（Book of Judith）中的人物，又译为"朱迪斯"。她是以色列女英雄，在亚述大军围攻其家乡伯图里亚时，与她的女仆潜入亚述军营，获得了亚述统帅赫罗弗尼斯的信任与爱慕，后来在赫罗佛尼斯醉酒之后将其刺杀，斩下敌帅首级之后与女仆返回伯图里亚。亚述军队因主帅遇刺而溃败。

埃内斯特·吉罗和加布里埃尔·福莱①，著名剧作家小仲马、亨利·梅亚克和维克托里安·萨尔杜②，象征主义诗人若瑟-马里亚·德·埃雷迪亚③和亨利·德·雷尼埃④，以及一群前途光明的作家，他们被誉为"未来评论界的王子们"80：剧作家兼剧评人朱尔·勒迈特⑤、小说家兼文学评论家保罗·布尔热，以及小说家兼剧作家保罗·艾尔维厄⑥。还有她的许多艺术家表亲——写过滑稽大道闹剧的维利·布斯纳什（Willie Busnach），如《白腹海豹》（*Le Phoque à ventre blanc*，1883年，该剧用了埃米莉·威廉斯那句晦涩难懂的口号作为结束语）；很有影响力的编辑和评论家路易和艾蒂安·冈德拉；当然还有波托-里什和卢

---

① 加布里埃尔·福莱（Gabriel Fauré，1845-1924），法国作曲家、管风琴家、钢琴家以及音乐教育家。福莱前承圣桑，后继者则有拉威尔与德彪西。早期与圣桑一同为法国国民乐派奠基，后期在巴黎音乐学院任内力行改革，提拔后进，对于法国近代音乐发展起了轴承的作用。福莱的音乐作品以声乐与室内乐闻名，在和声与旋律的语法上也影响了他的后辈。

② 维克托里安·萨尔杜（Victorien Sardou，1831-1908），法国剧作家。他最初的成功源于为女演员维尔日妮·德雅泽创作的作品，一生共写有几十部剧本，师承欧仁·斯克里布的佳构剧传统。知名作品包括《潦草的小字》《费朵拉》《托斯卡》等。此外，他还写过大量轻松喜剧。1877年当选为法兰西学术院院士。

③ 若瑟-马里亚·德·埃雷迪亚（José-Maria de Heredia，1842-1905），出生于古巴圣地亚哥的法国诗人，高踏派的代表人物之一。他以杰出的十四行诗而知名。1894年当选法兰西学术院院士。

④ 亨利·德·雷尼埃（Henri de Régnier，1864-1936），法国象征主义诗人，被认为是法国20世纪初期最重要的艺术家之一。

⑤ 朱尔·勒迈特（Jules Lemaître，1853-1914），法国批评家和剧作家。1884年，他辞去教授的职位，先后成为《辩论杂志》和《两大陆评论》的戏剧评论家。1896年入选法兰西学术院。

⑥ 保罗·艾尔维厄（Paul Hervieu，1857-1915），法国小说家和剧作家，著有短篇小说集《小狗迪奥热纳》（*Diogène le Chien*，1882），《调情》（*Flirt*，1890）。1900年入选法兰西学术院。

多维克。波托－里什早先就认定，贝贝有如此惊人的社会关系，是推动他文学事业的不二人选。"你将把我变成名人"，他对她说，把希望认作事实。"你将主持那些仪式。"[81]

在她社交事业的这一阶段，贝贝喜欢推动朋友们的事业。这里毕竟是蒙马特尔，艺术是凝聚这个社区的黏合剂。她用自己的高妙手段和奕奕神采为作者和编辑、画家和收藏家、演员和剧院经理、剧作家和评论家充当中间人。她为小说、诗歌和报纸专栏提供反馈。她主持新剧彩排和新音乐表演。正如她的一位作家朋友后来回忆时所说，

/ 144

> 她欢迎……艺术和文学世界中最优秀的一切来到她的沙龙……天然地营造出一种风趣、高雅、友爱和动人的安乐氛围。[82]

由于贝贝神情怠惰、身穿薄款睡衣，保罗·布尔热戏称她为"最慵懒的缪斯"。[83] 但刚开始做沙龙女主人的这几年，贝贝对朋友们的事还是很上心的。

对忠实信徒的依恋或许是贝贝的灵丹妙药，却让比才很苦恼，他虽然忙，但也注意到自己的位置被取代了。达尼埃尔·阿莱维说："发现热纳维耶芙姑姑的心越来越不属于他，比才很痛苦！她对他仍然有爱，但另一种爱已经超越了它：那就是对社交圈的迷恋。"比才在 1873 年写给吉罗的一封信中暗示自己对事情有所警觉，他讲了最近做的一个梦：

> 我们去了那不勒斯，住在一个漂亮的庄园里；那里的统治者是一个纯粹的艺术政府。元老院成员有贝多芬、米开朗

琪罗、莎士比亚、乔尔乔内① 等人。国民自卫军被一支巨大的乐队取代……贝贝与歌德的关系有点过于友好，不过除了这一点不便之外，从这样的梦中醒来还是非常残酷的事。[84]

有趣的是，在比才的梦里，贝贝与其"关系有点过于友好"的人恰是她（和她母亲）最喜欢的那种类型：天才之人。虽然忠实信徒中没有著名的德国作家——自从战争以来，贝贝对普鲁士人产生了强烈的恨意——但她那位经历了同一场战争的丈夫怀疑她窝藏敌军却也没错：就是那些随时准备包围他的新娘的艺术家朋友们。

无法言说的怨恨和无法调和的需求伤害了两人的感情，比才夫妇的婚姻不久后就到了崩溃的边缘。1874 年初，因为可能在她和卢多维克后来烧毁的信中提到的原因，贝贝搬出杜艾街，住进了卢多维克·阿莱维位于巴黎以西的圣日耳曼昂莱（Saint-Germain-en-Laye）的乡下别墅。[85] 她把雅克留给仍住在蒙马特尔的丈夫和她母亲共同照顾，虽然此前她一直试图不让母亲见自己的儿子。只有少数几封信逃脱了贝贝和卢多维克的火刑，在其中一封信中，比才温柔地询问她"小脑袋"的状况如何，并就他和莱奥妮关于雅克所做的安排询问她的建议，还一再说他爱她。[86]那是 2 月的事。到那年 6 月，他与贝贝和好了。

贝贝一定觉得自己对丈夫做出了极大的让步，同意不立即恢复社交生活，因为比才如今要在父亲过去的那一架钢琴上工作，却又没有弗洛蒙塔尔·阿莱维那"全然不为外界所动的专注"。比才必须赶在那年秋天之前完成长达 1200 页的谱曲，那时《卡

---

① 乔尔乔内（Giorgione，1478-1510），意大利文艺复兴时期的艺术大师，威尼斯画派画家。

门》就要在喜歌剧院彩排了，为了他的工作便利，贝贝同意和他一起搬到他在布吉瓦尔（Bougival）租下的一座刷成黄色的砖体别墅里度夏，布吉瓦尔是塞纳河边的一个小村庄，位于巴黎以西十英里处，离圣日耳曼昂莱很近。[87]

起初，她抱怨偏僻的乡村生活太无聊了，正如在贝贝小时候，弗洛蒙塔尔试图举家搬到科尔贝时莱奥妮的牢骚一样。比才开始定期回巴黎与评论家和演员见面时，贝贝对自己被流放在布吉瓦尔更是深恶痛绝。他不在期间，她独自留在别墅，只有雅克和赖特尔一家与她做伴：这在贝贝看来可不是个愉快的安排。虽然雅克可以和小男孩让·赖特尔愉快地玩耍，但贝贝可不想和那个小男孩的妈妈有什么交集。玛丽·赖特尔在比才家里工作时或许跟他们亲如一家，但贝贝不觉得和她交朋友是什么体面的事。

而贝贝自己找的玩伴大概更成问题。和德拉克洛瓦的科尔贝一样，布吉瓦尔也成为希望逃离首都的疯狂喧嚣、寻找新鲜空气和阳光艺术家们的避风港。贝贝的朋友小仲马和伊万·屠格涅夫就是这座小村庄最著名的文学人物。常住在这里的画家包括皮埃尔－奥古斯特·雷诺阿、阿尔弗雷德·西斯莱①、克洛德·莫奈和贝尔特·莫里索②，音乐界的代表人物则是埃内斯特·吉罗和

---

① 阿尔弗雷德·西斯莱（Alfred Sisley, 1839-1899），法国印象派艺术的创始人之一。他出生于法国巴黎的一个英国人家庭，之后恢复英国国籍，但一生中的大部分时光在法国度过。西斯莱主要创作风景画，风格受到印象派同道和柯罗的影响，主要作品有《枫丹白露河边》《鲁弗申的雪》《马尔利港的洪水》《洪水泛滥中的小舟》等。

② 贝尔特·莫里索（Berthe Morisot, 1841-1895），法国女画家，也是巴黎印象派团体的一员。法国评论家葛斯塔夫·杰夫华将她与另外两位女画家玛丽·布哈可蒙、玛丽·卡萨特并列为印象派三姝。1864年，也就是莫里索23岁那年，她首次在声誉卓著的学院派巴黎沙龙里展出作品，被选中的作品是两幅风景画。

伊雷姆（埃利）·德拉博尔德［Eraïm (Élie) Delaborde］。比才与最后这两人很亲近，请他们在自己离开期间帮忙照看妻儿，没过多久，他们也成了贝贝的好友。不过，比才学者们猜测她与德拉博尔德的关系逐渐超出了单纯的友谊，后来的事件似乎也能证实这一说法，不过现存的资料无法证实两人究竟是何时开始这段婚外情的。

德拉博尔德与乔治·比才有很多相像之处。和著名作曲家一样，他也比贝贝大得多，1874年夏，他35岁，贝贝25岁。也和比才一样，德拉博尔德有着结实的体格和与之相匹配的超常魅力；同时代人称他是有足够天赋挥霍的超群之人。据说德拉博尔德是作曲家夏尔–瓦朗坦·阿尔康①与一位贵族音乐学生的私生子，五岁起就展现出钢琴演奏家的惊人天赋。其后20年的学习和表演让他34岁时便在巴黎音乐学院获得了一份荣誉教职，就连他才华横溢的父亲都从未获得过这一殊荣。在音乐学院，比才是弗洛蒙塔尔·阿莱维的学生，而德拉博尔德却是阿莱维的同事。

用音乐学院另一位教职人员安托万·马蒙泰尔（Antoine Marmontel）的话说，钢琴家德拉博尔德不但能用"技艺纯熟的音乐家的权威和极致……以伟大的表现力和无与伦比的魅力"驾驭最难的曲子，还能背谱演奏。[88] 他利用这一技巧谋得了一份乐队钢琴家的赚钱副业，在欧洲各地的音乐厅里吸引了大量观众。德拉博尔德在自己的出生地巴黎极受欢迎，1870—1871年冬天，

---

① 夏尔–瓦朗坦·阿尔康（Charles-Valentin Alkan，1813-1888），犹太血统的法国作曲家、钢琴家。阿尔康是19世纪重要的钢琴作曲家，他的音乐极大地开拓了钢琴音乐发展的道路，拓宽了钢琴音乐的范围，提高了钢琴的表现力，其历史意义越来越得到重视。

在他的朋友比才为《卡门》作曲而"忽略"
了热纳维耶芙时，钢琴家埃利·德拉博尔德
一直在她的身边陪伴她。比才死后，她和德
拉博尔德曾秘密订婚

他的乐迷们在整个封锁期间（仍克服困难）出门去看他的演出。

另一个与贝贝丈夫的相似之处是，德拉博尔德也喜欢与其他
艺术家结交，他多方面的天赋给他们留下了深刻印象。他最亲密
的朋友之一是爱德华·马奈，他称赞德拉博尔德"拥有真正的绘
画才能"，这一称赞很可能是真诚的。[89] 德拉博尔德在画作上签
名用的是自己的中名"米利亚姆"（Miriam），他的有些画作在
一年一度的巴黎沙龙上展出，对一个没有受过训练的业余画家来
说，这是一项不小的成就。

德拉博尔德也和比才一样喜欢多姿多彩的装饰，不过他的装
饰是动物而非服装。1871 年春，他到伦敦旅行时，随身带着至
少 121 只凤头鹦鹉和其他鹦鹉。[90]（在其他旅行中，他的移动动
物园里还有两只宠物猴。）此外，德拉博尔德运动天赋极佳，在

巴黎时每天都会去击剑。在布吉瓦尔，他在凉爽宜人的塞纳河水中长距离游泳，有时候比才也会和他一起游。

然而虽然两个男人有这么多共同点，但他们的几个不同之处或许让贝贝更倾向于德拉博尔德。首先，他是犹太人。贝贝的家庭把犹太人身份看成一项天赋的文化权利，而不一定是一种宗教信仰。在阿莱维一方，这一传统可以追溯到她的祖父创建的法国犹太人群体的第一份报纸。她的父亲也一直在自己的作品中关注犹太人主题［从《犹太女》到《流浪的犹太人》，再到未完成的《诺阿》（*Noé*，1862）］，叔叔莱昂·阿莱维除剧作家的正职之外，还在业余时间写了一部关于犹太人历史的两卷本权威著作。在贝贝这一代，堂兄约瑟夫·阿莱维是研究闪米特人文化的考古学家，1880 年他和罗斯柴尔德家族的一些成员一起，成立了一个在法国推动犹太人学术研究的组织。[91] 巧合的是，该组织的另一位创始成员正是贝贝未来的第二任丈夫埃米尔·斯特劳斯（Émile Straus）。

在贝贝的母亲这一边，投身犹太教学术研究的传统也同样强烈。莱奥妮的弟弟伊波·罗德里格斯虽然是一位股票经纪人，却创建了犹太人科学和文学学会（Société scientifique-littéraire israélite），还写下了关于犹太人历史的巨著。贝贝已故的姨妈欧亨尼·福阿 ① 也一样了不起，她是第一位靠写作维持生活的法国犹太女人；福阿也喜欢在小说中写与犹太人有关的题材。[92]

德拉博尔德的犹太人身份来自他的父亲阿尔康，这位阿什肯

---

① 欧亨尼·福阿（Eugénie Foa，1796-1852），法国作家。她是塞法迪犹太人的后裔，母亲出自格拉迪斯家族。在结束与丈夫约瑟夫·福阿的短暂婚姻后，她便以写作来维持生活。著有《吉都什》（*Le kidouschim*，1830）和《老巴黎》（*Le vieux Paris*，1840）等。

纳兹犹太人对犹太教有着浓厚的兴趣。事实上，贝贝的父亲曾有一次试图招募阿尔康在巴黎首屈一指的犹太会堂里担任风琴手。和贝贝的叔叔莱昂和舅舅伊波一样，德拉博尔德的父亲在业余时间里也是一位学者，纯粹出于兴趣而把整部《旧约全书》从希伯来语翻译成了法语。[93] 他也在自己谱写的音乐中用到了自己的学识，音乐学家戴维·康韦①认为那是"正式出版的第一部专门运用犹太人主题和观念的音乐艺术作品"。[94] 除了包括《创世纪》和《所罗门之歌》中的希伯来语引文之外，阿尔康的许多作品都基于犹太礼拜音乐的曲式。德拉博尔德本人因为编撰了父亲的作品合辑并把它们纳入自己的表演曲目，所以对这类材料也非常熟悉。

德拉博尔德还自称"埃利"（伊莱贾），进一步渲染自己的犹太人身份，这是像贝贝这样的犹太人家庭中最常见的名字：她的阿莱维祖父和卢多维克的长子都叫"埃利"。如此一来，她和德拉博尔德共有一套从家族继承的信仰准则，这对两人都是慰藉。她的丈夫虽然才华过人，但他那小资产阶级的天主教祖先却没有给他，当然也给不了他这样的教育。

至少在贝贝看来同样不可抗拒的，是德拉博尔德也与一位有着严重精神问题的家长维持着艰难的关系。德拉博尔德是由养母（他跟这位养母姓）抚养长大的，但他长大后听说自己与阿尔康的血缘关系，花了几十年的时间试图赢得父亲的赞许乃至父爱。这一努力非常艰难，因为阿尔康是个出名的怪人，致病因是恐惧人类。[95] 他曾有一次拒绝了在一个很有声望的沙龙里演奏的邀

---

① 戴维·康韦（David Conway，1950- ），英国音乐历史学家，著有《音乐圈里的犹太人》（*Jewry in Music: Entry to the Profession from the Enlightenment to Richard Wagner*，2012）等。

请，对女主人说与人类接触一个半小时会让他"倒在医院里"。他的社交恐惧症非常严重，以至于 1838 年，他年仅 24 岁就举办了最后一场音乐会，随后便与世隔绝 35 年。1862 年，阿尔康在写给他仅存的几位好友之一的信中这样描述他强加给自己的孤独：

> 和往常一样，我什么也没做……如果不是读了一些书的话，我活得多少像一棵卷心菜或一只蘑菇、一簇真菌，只不过是能听懂音乐的真菌。[96]

随着年岁的增长，阿尔康越来越隐秘，到了妄想症的地步，坚信有人密谋偷走他一生的积蓄。音乐学家斯蒂芬妮·麦卡勒姆（Stephanie McCallum）曾指出，这些可能是精神分裂症的症状。

阿尔康的怪癖使他不可能与儿子或其他任何人保持亲密关系。德拉博尔德试图跟着他学音乐，并通过编辑和表演他的曲目来消除隔阂。阿尔康如何看待儿子这些表达孝心的方式不得而知。不过就德拉博尔德与贝贝的亲密关系而言，超越父母精神失常障碍的历史，或许让两人拥有了极其丰富的共同经历。

最后，由于音乐会巡演的成功，德拉博尔德相对较为富裕，而贝贝在这方面绝对是有其母必有其女，天生热爱奢侈的生活，结婚后拮据的财务状况完全压抑了这一热情。（她花费巨资购买时髦的服装，囤积大量她根本吃不完的昂贵巧克力和没时间戴的手套。[97]）由于她嫁给比才后就不再写日记，后来还烧掉了那些可能有损他们的理想爱情故事的信件，我们无从知道贝贝对嫁给比才导致自己的经济状况下滑究竟做何感想。但前后变化可能很明显；嫁给比才之后，贝贝从一个国际知名艺术家的女儿和骄纵的女继承人，变成了一个靠教授钢琴课赚钱谋生的无名作曲家的妻子。

由于她是在比才根本没有名气时选择嫁给他的，我们不能假设贝贝和她母亲一样，"只尊重那些有社会地位（和）钱的人！！！！！"即便如此，她和莱奥妮一样，把这两样看得极为重要。弗洛蒙塔尔·阿莱维地位最高的恩主之一玛蒂尔德·波拿巴公主后来有一次语带讥讽地说："真是难以置信，每次只要有一位罗斯柴尔德出现在视线中，热纳维耶芙必定会趋之若鹜！"[98]公平地说，她之所以为罗斯柴尔德家族的人所吸引，或许不仅仅是仰慕他们的财富和社会地位。少女时期的她曾目睹母亲的佩雷尔表兄弟的衰落，他们的财富和影响力一度可以媲美罗斯柴尔德家族，事实上他们的铁路公司最初还是与詹姆斯男爵①合伙创建的。在贝贝的心目中，罗斯柴尔德家族或许是她那个麻烦重重的原生家庭的假想替代物。佩雷尔兄弟垮掉时，罗斯柴尔德家族继续兴旺，不仅买下了手下败将在巴黎的宅邸，还在 1880 年买下了他们的乡村庄园。[99]当然，贝贝的祖先曾婉拒了封爵的提议，但罗斯柴尔德家族却有了世袭男爵之位。贝贝了解这些差别，或许将罗斯柴尔德家族看作她那种出身的犹太人财阀的更佳版本。

除了传说他的生母出身贵族之外，德拉博尔德与上层毫无关系，他当然也没有像坊间传言的罗斯柴尔德家族那样"富可敌神"。但贝贝初遇他时，他比比才富裕多了。此外，德拉博尔德穿得也像个有钱人。他从伦敦定制的西装与她丈夫那身粗糙土气

---

① 詹姆斯男爵（Baron James），即詹姆斯·马耶尔·德·罗斯柴尔德（James Mayer de Rothschild, 1792-1868），德 - 法银行家，罗斯柴尔德家族法国分支的创始人。1822 年获奥地利皇帝弗朗茨一世封为男爵。

的古怪行头形成了鲜明对比——特别是在迁居布吉瓦尔之后，比才仿佛觉得自己不够土气似的，还整日叼着一支玉米芯烟斗。作为一个巴黎人，贝贝对自己见多识广的时尚品位颇感自豪，她对最新时尚投注的宗教热情远大于对犹太人仪式或假日的关注，当然会对两个男人的个人风格差异极为敏感。

最后但绝对同样重要的是，德拉博尔德之所以吸引贝贝，是因为他真的有时间陪她，这是比才做不到的。在布吉瓦尔期间，德拉博尔德正处于教学和巡演的间歇期，没有什么迫切的原因会像贝贝的丈夫那样常常把她一个人丢下。比才把全部心思都倾注于《卡门》（据传言，扮演女主角的演员加利 - 玛丽①或许也分了一杯羹）之时，德拉博尔德走进了贝贝的生活。即便德拉博尔德没有其他弥补缺憾的品质，他的关注本身也对贝贝意义重大；由于过去的经历，她对孤独充满病态的恐惧，那恐惧从未完全消失过。

德拉博尔德在布吉瓦尔兢兢业业地守护着比才的妻子，此事并非没有引起朋友和邻居们的注意。按照某些传记作者的看法，比才本人也很清楚两人的友谊日渐加深。[100] 米纳·柯蒂斯②在比才去世一个世纪后发现了一叠他隐藏的私人文件，甚至指出作曲家不但知道，而且默许了贝贝与德拉博尔德的风流韵事，因为如此一来"他就卸下了妻子永远需要关注的负担"，能够专心为《卡门》谱曲了。另一位传记作家的看法完全相反，认为贝贝与

---

① 塞莱斯蒂纳·加利 - 玛丽（Célestine Galli-Marié，1837-1905），法国女中音歌唱家，以其在歌剧《卡门》中扮演同名女主角而闻名。

② 米纳·柯蒂斯（Mina Curtiss，1896-1985），美国作家、编辑、翻译家和教师，曾任史密斯学院副教授。她翻译并编辑过《马塞尔·普鲁斯特的信件》等一系列书籍，并著有传记《比才和他的世界》（Bizet and His World，1958）等。1960年，她荣获法国荣誉军团勋章。

27 岁的格雷弗耶子爵夫人（后升为伯爵夫人）伊丽莎白·德·里凯·德·卡拉曼－希迈（约1887 年），波托－里什开始在玛德莱娜教堂她的祷告长椅上留下匿名情书的那段时期。纳达尔摄

26 岁的阿代奥姆·德·舍维涅伯爵夫人洛尔·德·萨德（1885 年）。普鲁斯特喜欢她那双眼皮耷拉的碧眸、淡红金色的头发和精致的鹰钩鼻。纳达尔摄

埃米尔·斯特劳斯夫人（1887 年），38 岁的热纳维耶芙，也就是 16 岁的普鲁斯特首次在高中学校里与她的儿子雅克·比才建立友谊的那一年。纳达尔摄

意大利文艺复兴时期诗人彼特拉克为洛尔的女性祖先洛尔·德·诺韦斯创作了大量抒情诗，1327 年，他在阿维尼翁远远地爱上了这位女士。洛尔身为这位著名缪斯的后代，成为她人格面貌的一个不可或缺的面向

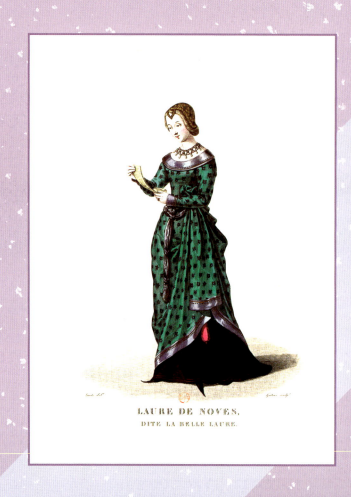

LAURE DE NOVES,
DITE LA BELLE LAURE.

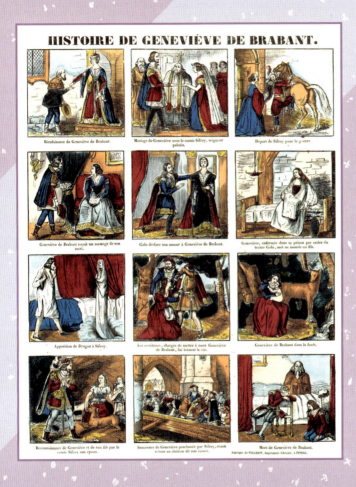

在《追忆似水年华》中，马塞尔对德·盖尔芒特公爵夫人奥丽阿娜的着迷始于他童年时期观看讲述她的一位中世纪祖先布拉邦的热纳维耶芙故事的幻灯片。洛尔声称自己是她的后代

上图：巴黎最时髦的街道之一，香榭丽舍大道，成为本书中许多重要事件的场景，从维克多·雨果 1885 年 6 月的葬礼到伊丽莎白·格雷弗耶 1887 年 5 月在短程加速赛上露面，再到马塞尔·普罗斯特 1892 年春天跟踪洛尔·德·舍维涅

下图：19 世纪末的右岸

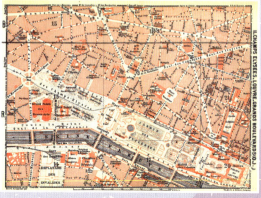

1885 年萨冈舞会上的蜜蜂芭蕾舞源于弗洛蒙塔尔·阿莱维的《流浪的犹太人》中的一个舞蹈片段。在德·萨冈亲王夫人的版本中，舞者是来自巴黎贵族最高阶层的 24 位"蜜蜂"

古老的德·希迈城堡，有护城河环绕，位于比利时埃诺省，这是伊丽莎白父亲家族的祖宅。孩童时期，她和兄弟姐妹与亲戚家的孩子们一起在城堡的私人剧院里上演戏剧，那是效仿法国王室的枫丹白露宫剧院建造的

居斯塔夫·莫罗的《花园里的莎乐美》。伊丽莎白和母亲一起在 1878 年的巴黎世界博览
会上看到这幅水彩画，母亲米米后来买下了这幅画送给她。伊丽莎白对这位有着致命诱惑
力的圣经公主有一种特别的亲近感

这幅法国波旁王朝最后一位王位觊觎者、流亡的德·尚博尔伯爵的漫画刻画了他骑在自己的爱马"群众的要求"上的形象。他在 1873 年复辟的失败，揭穿了他关于法国人盼望他回来登基的谎言

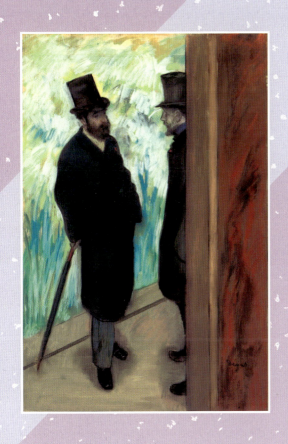

埃德加·德加的《卢多维克·阿莱维与阿尔贝·布朗热－卡韦在歌剧院后台》(1878~1879)。
热纳维耶芙的堂兄卢多维克（左）是一位备受赞誉的剧本作者、剧作家和小说家。他的许
多艺术家朋友，包括德加，都成为她沙龙里的常客

弗洛蒙塔尔·阿莱维是 19 世纪最杰出的作曲家之一。作为他的女儿，热纳维耶芙自幼在音乐家、作家和艺术家中间长大。她的第一位丈夫乔治·比才曾在巴黎音乐学院跟随弗洛蒙塔尔学习

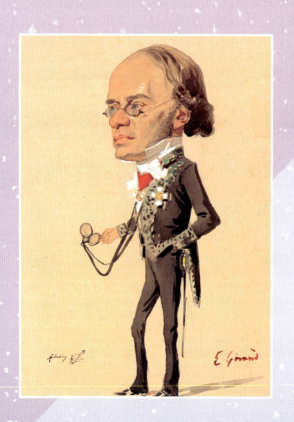

让·贝罗的《一场晚会》（1877 年）。这个聚会场景精准描绘了世纪末巴黎社交界那种优雅的氛围，晚会要求女性必须穿有紧身衣的曳地长裙，男性必须穿着正式晚礼服，男女都必须戴手套

欧仁·拉米《德·萨冈亲王夫人举办的一场化装舞会》（1883 年）的试画。亨利·格雷弗耶委托他创作了这幅作品，亨利（正中）装扮成扑克牌中的国王参加了 1883 年的萨冈舞会。伊丽莎白（左）装扮成"夜后"。她身后那位红头发、络腮胡、戴着白色轮状皱领的男人就是无处不在的夏尔·阿斯

出现在伊丽莎白和热纳维耶芙两人沙龙中的博物馆级法国古董——有博韦绣帷的 18 世纪长靠椅，绣帷上再现了画家让－巴蒂斯特·乌德里为《拉封丹寓言》（1694 年）所绘的插图

罗贝尔·德·孟德斯鸠的《蝙蝠猎人》（1885 年）。伊丽莎白"按布列塔尼人的规矩称之为舅舅"的孟德斯鸠在这幅自画像中时年 30 岁，他是个浮夸的同性恋美学家和诗人，鼓励她形成了一种极尽奢华的个人风格。蝙蝠是他的图腾

德拉博尔德的婚外情让比才妒火中烧，一直折磨他到生命的最后一刻。

无论如何，贝贝的不忠对比才或许的确有些艺术价值，如果正如他对路易·冈德拉所说，他以她为原型创作了笔下的女主人公——那个充满异国风情、拒绝对任何男人伏低做小的伊比利亚吉卜赛女郎。（不管出自何方，对一个与丈夫的朋友有婚外情的女人来说，"如果我爱上你，你可要当心"无疑都是个恰如其分的口号。）如果比才的确怀疑贝贝和德拉博尔德有染，那么他不仅没有采取行动制止，反而继续请德拉博尔德陪伴她。直到他去世的那一天，比才都一直指望这位朋友担起这份责任。

任谁都没有料到，那一天过早地来到了。1875年3月3日，

比才对热纳维耶芙的表兄说，《卡门》中那位极其独立、充满异国风情的女主人公的原型是他那位（伊比利亚塞法迪犹太裔）新娘。
但有人怀疑他与1875年演绎了那位标题人物的歌唱家加利-玛丽有染

《卡门》在喜歌剧院首演。比才夫妇那时已搬回巴黎，但贝贝没有参加首演，显然是染上了睑腺炎，不得不留在蒙马特尔家里。但比才的其他朋友悉数到场支持他，这部歌剧的第一幕开始时，观众似乎先入为主地认为他的歌剧一定错不了。然而没过多久，新奇的音乐和出格的女主人公就得罪了观众。第二天，卢多维克·阿莱维概括了首演的灾难：

> 第一幕很受好评。（卡门的）第一首歌得到了喝彩，米凯拉和堂·何塞的二重唱也一样。第一幕结尾不错——掌声，叫幕声……大家涌到比才身边祝贺他。第二幕就没那么好运了。开头很棒。《斗牛士之歌》产生了很好的效果，接下来就冷场了。从那以后……观众越来越震惊、不安、困惑。幕间曲时来到比才身边的人少了，祝贺之词也没那么真诚了——（他的朋友们）很尴尬，很不自然。第三幕的冷场更明显……观众对第四幕的反应从头到尾都冷若冰霜，除了比才的三四个真正的朋友之外，没有什么人（留下）。他们嘴上说着安慰的话，眼睛里却满是悲哀。《卡门》失败了。[101]

到最后的大幕落下之时，比才整个人陷入了混乱状态。他向自始至终都在他身边的吉罗坦白说，他没法在失败后回家面对贝贝——现在不行。于是两个朋友漫步深夜的巴黎，在空无一人的街道上走了好几个小时，其间比才一直都在"倾诉他内心的苦楚"。[102]

然而他一到杜艾街就因扁桃体炎而倒下了。其后几周，扁桃体炎又犯了很多次，还伴以疼得无法走路的关节风湿肿痛，左耳还长了一个很大的脓肿。仿佛为了应和贝贝那位以 *do-re-mi* 音阶躺下等死的父亲，比才也用音乐术语表达了自己的痛苦。"想象一下一个降 A 调 / 降 E 调双踏板在你的头脑中轰然响起，从左耳到右耳响个不停，"他写信给吉罗说，"我不堪其扰。"[103]

5 月下旬，比才以城里的空气毒害健康为由，说服贝贝和他一起再度逃往布吉瓦尔，等身体恢复了再搬回来住。但这次迁居似乎让他更衰弱了。5 月 27 日到 29 日之间的某个时候——历史学家们对具体的日期莫衷一是——比才和德拉博尔德一起去游泳，事后看来，这个决定似乎证实了他的朋友古诺的理论：《卡门》的失败让作曲家产生了自杀倾向。[104] 无论成心与否，跳入塞纳河让比才受了寒，很快就转为发烧和更严重的风湿性炎症。6 月 1 日，他心脏病发作，第二天又发作了一次。

那以后他很快就走到了生命的尽头。在病榻上，比才叫来了贝贝、雅克和赖特尔一家。他此刻才吐露，让·赖特尔不是他父亲的私生子，而是他自己的。[105] 比才让贝贝答应承担起把让抚养成人的责任，并继续留玛丽·赖特尔在她身边服侍。忧心如焚的贝贝含泪答应了，她也的确践行了诺言。后来她让自己的儿子相信他和让·赖特尔是乳奶兄弟——婴儿时代吸吮着同一个女人的母乳的兄弟——余生也一直留着玛丽·赖特尔做她的管家。她对保留这些关系做何感想我们不得而知；她从未在通信里提过两位赖特尔中的任何一位。

在不眠不休地在病床前照顾丈夫时，贝贝一度觉得自己听见他气喘吁吁地说："德拉博尔德！快去把德拉博尔德找来！"[106] 德拉博尔德来到他们家里时，比才已经昏过去了，不知是贝贝还是赶来帮忙的卢多维克跑去叫来了医生。医生一到，当场就宣布比才去世。那是 1875 年 6 月 3 日凌晨 3 时：三个月前的这一天，《卡门》在喜歌剧院首演，六年前的这一天，他和贝贝举行了婚礼。

和母亲当年的状况一样，26 岁的贝贝也陷入了癫狂，无法出席丈夫的葬礼[107]，但有四千多位悼念者涌入蒙马特尔公墓致哀。[108] 在比才的墓前，古诺在朗读贝贝的悼词时泣不成声[109]："她愿意和他一起重温他们婚姻生活的每一分、每一秒。"[110]

那以后数月乃至数年，贝贝全力扮演着比才的悲伤寡妇的角色。按照习俗，她须在丈夫死后一年服全丧，但一年过后，她决定继续身着寡妇丧服。两年后她请朋友埃利·德洛奈给她画肖像画时，仍是一袭黑衣。德洛奈得到她的允许后，在 1878 年的巴黎沙龙上展出了那幅画：头戴黑纱、身穿黑衣的贝贝用一双悲伤的黑眼睛凝视前方，眼神令人久久不能忘怀。

德洛奈将这幅肖像画送展的时机也刚刚好。《卡门》首演失利后的那些年，公众渐渐改变了对那部歌剧及其作曲家的看法，

热纳维耶芙在丈夫死后为他服丧五年，成为著名的"比才的寡妇"

认为该歌剧是一项重大成就，作曲家是个天才。要求上演比才作品的信件从欧洲各地飞来，贝贝在卢多维克的帮助下处理那些信件。这些重演不但带来了版税——贝贝突然间有了很多钱——也带来了欧洲各国最高君主的关注。维多利亚女王要求上演《卡门》专场，沙皇亚历山大二世也是如此，贝贝骄傲地把沙皇就此事的来信透露给了媒体。[111]

　　艺术家和作家们也加入了身后盛赞的行列。俄国作曲家彼得·伊里奇·柴可夫斯基称《卡门》是"真正意义上的杰作……是注定反映整个时代最强大的音乐抱负的罕见作品"[112]。弗里德里希·尼采则在听那部歌剧时宣称，"这部作品本身就是'杰作'"[113]。（这位德国哲学家尤其感兴趣的，是《卡门》"残酷而悲观地"把爱情描述称为"一个悲壮的玩笑"[114]。）

　　这些喝彩声再加上德洛奈那幅令人心动的《乔治·比才夫人的画像》（1878）引发了公众对作曲家那位充满异国风情的年轻寡妇的兴趣。作为娱乐业的产儿，贝贝拥有读懂观众的第六感，给了人们他们想要的东西，用传记作家安妮·博雷尔（Anne Borrel）的话说：

> 德洛奈那幅忧郁的《乔治·比才夫人的画像》……在世人面前塑造了一个新的人物：在这幅作品中，美丽的被画者得到重生，成为她创作的关于自己的小说中活生生的女主人公——预感到她还会继续启迪很多其他小说的写作。[115]

　　为了维系德洛奈的画作赋予她的那种令人难忘的公共形象，贝贝在1878年的沙龙之后又服了整整两年的全丧。

　　直到1880年，她才最终脱下丧服，换成了半丧服（demi-deuil），一种以淡紫色、灰色和白色为主色调的衣着风格，以免突兀地从全黑过渡到无拘无束的彩色。不过贝贝的这一改变，与其说是为自己那个"比才的寡妇"的人格画上了句号，不如说是改进了那个人格。她永久性地穿着半丧服，永远提醒所有见到她的人，她曾经深爱并失去了那位天才。（她还特意定制了大量信纸，色调也是浅灰、淡紫和粉色，如她在一封信中所写，"堇色的哀思近于黑"。[116]）在她最亲近的人当中，这一时尚宣言为她赢得了"紫衣缪斯"的绰号。

对普通巴黎公众来说，贝贝的寡妇服饰表明，她乐意满足人们对比才的好奇。乐迷们纷纷到她位于杜艾街上的公寓朝圣，她非但没有赶走陌生人，反而邀请他们进去，非正式地带他们参观自己的家。一位来访者记得她领着一群人穿过作曲家的办公室和卧室，指着那台钢琴柜和布雷顿水手服，泪眼蒙眬地说："这是他创作的地方，那些是他的衣服。"[117] 人们结束参观时，被比才夫人深深打动，她显然一刻也没有忘记已故的丈夫。

但她悲悼的公共形象掩盖了一个没那么体面的现实。比才死后还不到十个月，贝贝就秘密地通知最亲近的人，她和埃利·德拉博尔德订婚了。[118] 四个月之后的 1876 年 8 月，她和德拉博尔德在她母亲的公证员面前签署了一份结婚契约。说到姑母时永远都充满刻薄的达尼埃尔·阿莱维说，贝贝虽然失去了丈夫，但"她可连一天孤独的寡妇都没当过"。[119]

只不过在阿尔卑斯山区的度假村里，她基本上都是孤身一人，只拖着厄拉利·于尔曼这个累赘——在贝贝的信中，此人不过是个方便的帮手：占据着她不得不离开的那些更有趣的人的位置。就连她的儿子雅克也不在身边，雅克一见她就兴高采烈，还算给了贝贝一点指望。他们刚到古尔尼格尔后不久，小玛塞勒就开始有咳嗽的症状，因此医生命令她和雅克分别隔离在两处。于是此时雅克回到法国和他的比才爷爷住在一起，总是用拼写错误的长信对母亲狂轰滥炸，里面多半都是责备（"你为什么从不写信给我？都是我写给你！我睡觉时还把你的信放在胸口！"[120]）而很少有什么消息。贝贝渴望的是消息，关于巴黎和她的忠实信徒们的消息。

纳尼内婶婶往往是个可靠的八卦来源，"因为我们俩都有股子轻浮劲儿"[121]，她对婶婶说古尔尼格尔"糟糕得难以言说"，与其说是因为它本身地处偏远（虽然那也没让它好多少），不如说是因为

这里看不到一个法国人，只有说德语的瑞士人，和根本不说话的德国人！……最可怕的，比与世隔绝或冰天雪地还

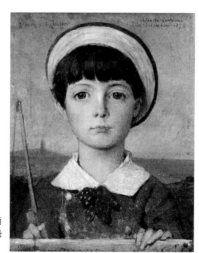

热纳维耶芙的儿子雅克·比才六岁时的肖像，由她的朋友埃利·德洛奈所画，他对母亲有强烈的依赖，母亲对他却无动于衷

> 要可怕的……是根本听不到一个法语词……连狗都用德语叫唤——而且它们还极少叫唤。我试图跟其中一只大狗交个朋友，但他根本听不懂我的话，轻蔑地走开了，冲着一个来自法兰克福的老头跑了过去。[122]

关于狗只用德语叫唤那句话，是贝贝逗自己的忠实信徒们开心时使用的典型的新奇荒诞的句式。然而它也表达了她在瑞士有多孤单，又是多么归心似箭。

除了那一纸婚姻契约外，贝贝没有留下任何文件，让后世探知她与德拉博尔德的情事。但她与古尔尼格尔当地动物们的交流或许提醒了她，她是乐意取消婚约的。贝贝喜欢狗，但她不喜欢凤头鹦鹉、其他鹦鹉和猴子，带着一百多只这类动物旅行——更别说还要跟它们住在一起——那无数粗俗不雅的麻烦，轻易就抵消了萨维尔街定制西装和一位犹太人疯子父亲赋予他的吸引力。在与德拉博尔德订婚两年之后，她恳求卢多维克代表她与他断绝了关系。她无法解释自己的理由，只是说"她的朋友，她的自由——她无法去考虑任何别的东西"。[123]

从那个角度来看，贝贝被困在德国人和他们毫无反应的宠物中间，这的确令她心灰意冷。在写给吉罗（自比才死后，她一直和吉罗保持着亲密的关系）的一封信中，她抱怨说虽然她和于尔曼夫人在那么多条顿人中间找到了两个看样子有些魅力的候选人——一个美国人，一个意大利人——但两人不知为何似乎对她的魅力无动于衷。（贝贝没有提到于尔曼夫人的魅力，想必跟她自己没有什么可比性。）7 月 11 日，吉罗用挑逗的口气回信说：

> 自从你离开之后，巴黎简直乏味得无法忍受。……我要

告诉你的是，我全心全意地爱着你，还有我喜欢你，但你对此和我一样心知肚明，如果我顺着这个写下去，一定会把你烦死。所以如果你愿意，我们来谈谈你碰到的那两个男人吧——你的美国人和意大利人。……此刻，我打赌你已经把两人都列入你著名的被害人名单了——那名单就要变得和唐璜的（一千零三个）一样长了！我只请求你一件事，不要让他们占了我的位子。[124]

贝贝在与仰慕者们的通信中收到了很多性暗示，这封信是其中比较直言不讳的；遗憾的是，她的回信没有留下来。尽管如此，吉罗的信表明，两人的关系非常亲密——他们似乎在其他语境下也都很享受这种半开玩笑的调情。贝贝总是讲述吉罗漫不经心的品行来逗忠实信徒们开心，有一次她问他的私生女像不像母亲，吉罗得意地笑着说："我哪知道。我见到她时，她总是戴着帽子。"[125] 这一对话暴露出两人明显违反了两性间的礼节，但也突出了贝贝天生就是个会讲故事的人。

至于吉罗断言贝贝征服的人在人数上已经可与唐璜媲美，这句话暗示了在守寡期间，比才的寡妇还真是个快乐寡妇。关于自己最近在古尔尼格尔遇到的绅士，贝贝本人在向纳尼内婶婶描述宏大计划时，也透露了这一点。她先前在旅馆餐厅里就注意到他了，他正在读《费加罗报》，"说一口没有口音的法语。……他竟然是个巴黎人！这里唯一的一个！他看上去很有钱，很出众；我已经在培养他走入卢多维克家了"。[126] 出于同样的原因，她假装哀叹道："我担心他最终不过是个旅行中的推销员。"贝贝还说，在排除那一可能性之前，她将不得不请婶婶先不要告诉家里的其他任何人"我这位新的未婚夫。我还不知道他的净值有多少；我可不想无缘无故地提高（大家的）期望值"。[127]

到夏天结束时，"新的未婚夫"[后来我们得知他的名字叫居斯塔夫·马克斯（Gustave Marx）]已经被遗忘了，于尔曼夫人和她生病的幼女也一样。一回到巴黎，这些小角色就不再有资格进入"卢多维克家"了，在那里，明星女主人对自己的配角有更高的标准，可选的演员也更出色。例如，波托－里什和洛尔·德·舍维涅仍在贝贝的沙龙里受到欢迎，虽然她无法阻止他们刚刚萌芽的友谊。（洛尔那年秋天会住在阿代奥姆家族的城堡里，等待着他们的第一个孩子在 10 月降生，贝贝得知此事，或许会很开心。）

不过她的干预确实产生了一个意想不到的好处。在就那位狐狸精朋友洛尔的行踪而纠缠波托－里什夫妇时，她搜集到了一点有用的情报。贝贝在出发去古尔吉格尔之前不久遇到的一位极为合意的犹太律师——令人钦佩的迈特尔·埃米尔·斯特劳斯，据信是已故的詹姆斯·德·罗斯柴尔德男爵的私生子——曾在她离开期间向波托－里什打听过她。[128] 听说"可怜的比才夫人"被困在阿尔卑斯山区，她的幼子还被隔离了，斯特劳斯恳求波托－里什随时向他通报他们最新的情况。[129] 换句话说，斯特劳斯对贝贝感兴趣。与居斯塔夫·马克斯不同，斯特劳斯毫无疑问是个大人物：见多识广、人脉深广、腰缠万贯。斯特劳斯一定会从贝贝著名的被害人名单中脱颖而出。

从瑞士回来之后短短数月，贝贝和斯特劳斯就开始出双入对；或者更确切地说，热纳维耶芙和斯特劳斯开始出双入对。他不喜欢她儿时的昵称，说服她放弃了那个名字——这看上去只是个小小的改变，却预示着她的人生轨迹将发生重大变化。快乐寡妇此时即将步入第二段婚姻，也即将进入社交界。

她和斯特劳斯第一次有记录的共同出行是在 1881 年 3 月。在卢多维克和另一位朋友的陪伴下，他们拜访了罗斯柴尔德家族位于塞纳－马恩地区的那座有名的城堡，费里埃（Ferrières）。[130]这座法国最大的城堡由詹姆斯·德·罗斯柴尔德男爵在 1850 年代建成，是一座庞大的正方形新文艺复兴风格建筑，四角各有一座显眼的圆顶塔。单是大厅就有"微型博物馆"的盛名：墙上挂满了昂贵的艺术作品，并镶嵌着杂青金石、大理石和青铜；60英尺高的天花板上装着水晶屋顶。城堡图书室有 8000 多册藏书，共有 80 间客用套房——按照各个套房中墙上悬挂的古董挂毯的主题被命名为"花香卧室""雉鸡卧室"，等等，每一间都配有闻所未闻的顶级奢侈品：一个私密的洗手间。（每个套房的洗手间墙上还挂有更多同样主题的挂毯。）另一个值得注意的特点是家中的犹太会堂，这是主人们坚定地奉行犹太教的标志（在他们看来，他们受封的异教徒爵位与这一点并无矛盾）。1836 年，德裔犹太诗人海因里希·海涅曾把詹姆斯男爵位于巴黎的豪宅称为罗斯柴尔德家族建立的"财阀专制国家的凡尔赛宫"。海涅的说法同样适用于费里埃。在巴黎上层犹太人看来，它完全等同于王室宫殿，达到了犹太人权力和地位的顶峰。

如此夸张的奢侈让"有生"阶层的许多人嗤之以鼻。[131] 普鲁士首相奥托·冯·俾斯麦把费里埃比作"掀翻的五斗橱"，而自称法国人品位守护者的爱德蒙·德·龚古尔则称之为"愚蠢而荒谬的奢侈品，是穷尽想象的种种风格的大杂烩"。[132] 尽管如此，内部装潢（设计师是欧仁·拉米①）的王宫气派和巨大的打猎场

---

① 欧仁·拉米（Eugène Lami，1800-1890），法国画家、水彩画家、平版画家、插画家和设计师。他在七月王朝和法兰西第二帝国期间是时尚巴黎的画家，也曾为《吉尔·布拉斯》和《曼侬·莱斯戈》等书绘制插图。

普法战争（1870—1871）期间，德国皇帝威廉一世征用了罗斯柴尔德家族的著名城堡费里埃作为他私人的作战基地

地（占地 18 平方英里的上好森林、河流和草地）还是为它吸引了许多来自欧洲统治精英阶层的拥趸，包括瑞典和英格兰未来的国王。1862 年，拿破仑三世看到费里埃的奢华后"陷入了狂喜"。八年后，德国皇帝威廉一世①征用费里埃作为他个人在普法战争期间的作战基地。这位皇帝反对首相的负面意见，宣称"多么非同寻常的宫殿啊！国王可没办法偷偷拥有这样的东西——只有罗

①　威廉一世（Kaiser Wilhelm I），全名威廉·腓特烈·路德维希（Wilhelm Friedrich Ludwig，1797-1888），普鲁士国王，1871 年 1 月 18 日就任德意志帝国第一任皇帝。他死后，因为德意志统一而被其孙威廉二世尊为大帝，号称"威廉大帝"。

这是热纳维耶芙和未来的丈夫埃米尔·斯特劳斯（左一）现存最早的合照。她被他的财富和罗斯柴尔德家族的社会关系所吸引

斯柴尔德家族的人才有这样的特权"。战争结束后，他把城堡归还给了主人，内中价值连城的艺术品和红酒收藏均完好无损。[133]

在热纳维耶芙看来，受邀前往费里埃是美梦成真，不仅有机会在富可敌国的氛围里住上几天，也有机会促成罗斯柴尔德家族与她自家亲戚之间的非正式和解。这必将是一份身后的停战协议，因为热纳维耶芙的亲戚和前监护人埃米尔·佩雷尔已经在1875年去世了，五年后他的弟弟伊萨克也与世长辞。伊萨克死后，罗斯柴尔德家族买下佩雷尔兄弟乡下的地产，由于其位置正好距离费里埃很近，两处地产就合二为一了。尽管如此，和解对热纳维耶芙来说仍大有深意。她渴望把家族的仇恨抛在脑后，开启新的人生，让自己和这个时代的赢家结盟。她已经准备好迎接更宏大、更美好的生活，就像来拜访费里埃，以及其中所暗含的社交关系的大大提升。一边手挽着斯特劳斯，一边与罗斯柴尔德家族的人相谈甚欢，热纳维耶芙迈向了未来。

注　释

1　引文见 Bischoff, op. cit., 100; GPR 为 GS 而作的色情诗题为《一位卡门》（ "A Carmen"），见 GPR, *Tout n'est pas rose* (Paris: Calmann-Lévy, 1877), 169–70; GS 向莉佐特抱怨这首诗 "无礼" 的文字，见 NAF 24981, folio 240。GPR 早期创作的另一首献给 GS 的诗题为《一位 B 夫人》（ "A Mme B", 1870），见 GPR, *Pommes d'Èvee* (Paris: 1874), 84–85. 关于 GS 与 GPR 的关系，见 Bischoff, op. cit., 246–50。

2　Sébastien Laurent, *Daniel Halévy: Du libéralisme au traditionalisme* (Paris: Grasset, 2001), 60.

3　Henri Lavedan, "Un raffiné: Georges de Porto-Riche," *Le Journal* (May 16, 1894): 1. 关于评论家们对 GPR 的看法，见 *Un Monsieur de l'Orchestre* (pseud. of Émile Blavet), "La Soirée théâtrale: *L'Infidèle*," *Le Figaro* (April 26, 1891): 2; and Hendrik Brugmans, *Georges de Porto-Riche: sa vie, son œuvre* (Geneva: Slatkine, 1976), 121. 关于 GPR 的古董剑，见 HR, *Nos rencontres* (Paris: Mercure de France, 1931), 124–25。

4　JEB, *Mes modèles: souvenirs littéraires* (Paris: Stock, 1984 [1928]), 114.

5　AdF, *Mon Paris et ses Parisiens*, vol. 4, 143. 关于 GPR 的男性魅力，又见 FG, "Hommage à Porto-Riche," *Les Nouvelles littéraires* (September 13, 1930): 46–47。

6　DH, "Deux portraits de Mme Straus," 抄录于 *Marcel Proust: Correspondance avec Daniel Halévy*, ed. Anne Borrel and Jean-Pierre Halévy (hereaf ter Borrel

& J.-P. Halévy, eds.) (Paris: Fallos, 1992), 173-180, 177。

7   Georges Guinon, ed., *Clinique des maladies du système nerveux: M. le Professeur Charcot, Hospice de la Salpêtrière*, vol. 2 (Paris: Progrès Médical, 1893), 319. George Miller Beard, *A Practical Treatise on Nervous Exhaustion (Neurasthenia)* (New York: Treat, 1880), 53; and Michael R. Finn, *Proust, the Body, and Literary Form* (Cambridge and London: Cambridge University Press, 1999), 10-12 and 38-41. 至于 GS 的具体症状，她在所有通信中都曾提到，她的家人和朋友也一样。仅举一例，GPR 写过 GS "焦虑和抑郁交替发作"。Françoise Balard, ed., *Geneviève Straus: Biographie et correspondance avec Ludovic Halévy: 1855-1908* (Paris: CNRS Éditions, 2002), 249.

8   FG, *L'Âge d'or*, 168; and AF, *Le Bal du Pré-Catelan*, 158; 正是 AF 引用另一个朋友关于 GS 抽搐的话说它 "就像夏日天空的闪电"。朱塞佩（热热）·普里莫利伯爵稍带恶意地说 GS 的面部痉挛让她 "像个疯女人，……所以出于礼貌，我总是避免看她"；见 Primoli, *Notes intimes*, n.p., 引文见 Emily D. Bilsky and Emily Braun, eds., *Jewish Women and Their Salons: The Power of Conversation* (New York: Jewish Museum, 2005), 230, n. 103。关于 GS 的抽搐的讨论，又见 Bilsky and Braun, eds., 72; and in George Painter, op. cit., vol. 1, 91。

9   1880 年 7 月 6 日 GS 致莱昂·（纳尼内·）阿莱维夫人，抄录于 Balard, ed., op. cit., 134。从 GS 的通信中引用原文时，我尝试尽可能提供出版源信息而非档案源信息，以便感兴趣的读者追溯原文。关于 GB, LH, GPR, ES 和 GS 档案的详情，见 "参考文献" 部分。

10 关于 GS 穿睡衣待客的习惯，见 GS 致 GPR 未署期的信件，存于 NAF 24944, folio 442/443。

11 HR, *Les Cahiers inédits*, ed. David J. Niederauer and François Broche (Paris: Pygmalion/Gérard Watelet, 2002), 322.

12 关于 GS 与德加和其他艺术家朋友一起进行的活动，见 Bischoff, op. cit., 131-47; LG, *Souvenirs du monde*, op. cit., 289; Laurent, op. cit., 60。

13 1881 年 9 月 20 日 GS 致 NH 的信，见 Balard, ed., op. cit., 138。在这封信中，GS 说德洛奈把自己化了成秋神、夜神和一位护士等多种形象。GS 没说图尔穆什的哪一幅画是以她为原型创作的，她只是说他请他她来让他画画时穿上时尚的现代裙装。图尔穆什看似借用 GS 的容貌创作的画作包括 *Awaiting the Visitor* (*Attendant le visiteur*, 1878); *Exotic Beauty* (*Beauté exotique*, c.

1880s); and *The Love Letter* (*Le Billet-doux*, 1883), 见本书彩页的复制版。他还在 1886 年为她画了一幅肖像，但那幅作品已经丢失。

14 GS，日记，署期为 1862 年 1 月；抄录于 Bischoff, op. cit., 34。

15 同上，34–35。

16 Louis-Sébastien Mercier, *Tableau de Paris*, vol. 1 (Paris: Virchaux, 1781), 44. 这或许就是为什么 GS 出席德·萨冈夫人的野兽舞会时装扮成了青蛙。

17 LG, *Mémoires*, vol. 2, op. cit., 199; LG, "L'entresol," *Le Figaro: supplément littéraire* (March 3, 1926): 3; and FG, *L'Âge d'or*, 164.

18 Bischoff, op. cit., 99.

19 Lucien Corpechot, *Souvenirs d'un journaliste* (Paris: Plon, 1936), 119; and Bischoff, op. cit., 114 and 132.

20 Bischoff, op. cit., 248–49. GS 称 GPR 为"逃兵"（lâcheur）的其他信件的例子，见 NAF 24971, folio 270/271, folio 290/291, and folio 276/277; and NAF 24944, folio 295, folio 329, and folio 337。

21 GS 致 MP，署期为"5 月 27 日，周六"的信，见耶鲁大学的普鲁斯特档案文件，GEN MSS 601, box 49, folder 1022。

22 JEB, *La Pêche aux souvenirs*, op. cit., 108, n. 1.

23 1878 年 8 月 6 日 GS 致 NH，见 Balard, ed., op. cit., 133。

24 Bischoff, op. cit., 18–23; 以及 Eugène Delacroix, *Journal* (Paris: Plon, 1932), 422–25 及各处。

25 爱德华·莫奈斯，*Souvenir d'un ami pour joindre à ceux d'un frère* (Paris: Imprimerie Centrale, n.d.), 12。又见 Bischoff, op. cit., 23。

26 Bischoff, op. cit., 141.

27 R. Jordan, op. cit., 139; 关于弗洛蒙塔尔·阿莱维在巴黎工作的繁忙日程，见 Bischoff, op. cit., 105–12。

28 Bischoff, ibid., 112.

29 *Mina Curtiss, Bizet and His World* (New York: Alfred A. Knopf, 1958), 266.

30 Bischoff, op. cit., 19–23; R. Jordan, op. cit., 110 and 168–69, and Laure Murat, *La Maison du docteur Blanche* (Paris: Hachette/Lattès, 2001), 139–43 and 199–202.

31 这封信全文抄录于 Bischoff, op. cit., 19。

32 引文同上，29; 以及 Balard, ed., op. cit., 111。又见 Huas, op. cit., 188。

33 Balard, op. cit., 12 and 23; Delacroix, *Journal*, 499; and Murat, *La Maison*

34 1863 年 GS 致瓦伦丁·阿莱维的一封没有署期的信，见 Balard, ed., op. cit., 52。

35 Murat, *La Maison du docteur Blanche*, 180-81.

36 Andrée Jacob, *Il y a un siècle··· quand les dames tenaient salon* (Paris: Arnaud Seydoux, 1991), 141.

37 Balard, ed., op. cit., 49.

38 JEB, *La Pêche aux souvenirs*, 30; Murat, *La Maison du docteur Blanche*, 200.

39 见埃米尔·佩雷尔签署的一份经公证的文件，署期为 1864 年 10 月 18 日，犹太教艺术与历史博物馆（Musée d'Art et d'Histoire du Judaïsme）数字档案，编号 inv. 2000.24.038。奇怪的是，这份文件还指出埃斯特·阿莱维并非死于帕西，而是死于巴黎第九区的 19 bis, rue de la Chaussée d'Antin。我无法找到其他证据来证实这一古怪说法，阿莱维家族的其他学者或传记作家也从未提到过。根据巴黎的一家英文书店 Galignani 发布的一份当代指南，19 bis, rue de la Chaussée d'Antin 是一家巴黎新教徒"较富裕阶层"的年轻太太学校的地址。*Gaglignani's New Paris Guide* (London: Simpkin, Marshall & Co., 1863), 116.

40 关于佩雷尔兄弟的破产和罗斯柴尔德家族在其中扮演的角色，见 Romaric Godin, "Les Frères Pereire, le salut par le crédit," *La Tribune* (December 26, 2011); and Niall Ferguson, *House of Rothschild*, vol. 2, *The World's Banker, 1849-1999* (New York: Penguin, 2000), 158-59。

41 Bischoff, op. cit., 61.

42 这个故事的来源是 EdG，他是从阿莱维的朋友 Sichel 夫人那里听说的，而后者又是从布朗什医生那里听说的。J.-P. Halévy, "Ludovic Halévy par lui-même," 143-44.

43 同上。

44 Bischoff, op. cit., 39.

45 同上书，40。

46 同上。

47 同上书，68。

48 威廉·福克纳那句经常被引用的格言，"过去从未死去。它甚至尚未过去"，见威廉·福克纳, *Requiem for a Nun* (New York: Knopf Doubleday, 2011 [1951]), 69.

49 AG, *Les Clefs de Proust*, 29.

50 Bischoff, op. cit., 54.

51 同上书，53。

52 同上。

53 同上书，54。

54 关于这些前往阿莱维／比才家做客的宾客的家庭住址，见 Jetta Sophia Wolff, *Historic Paris* (Paris: John Lane, 1923), 227–28; *Tout-paris: Annuaire de la société parisienne* (Paris: A. La Fare, 1893), 69, 80, 155, 237, and 400。感谢 Alain Bertaud 告诉我 "Pubis de Cheval" 的意思，起这个讽刺绰号的是美术学院的一位不敬尊长的学生。

55 GB 致伊波·罗德里格斯，见 NAF 14345, folio 267。

56 Bischoff, op. cit., 62.

57 同上书，64。

58 Jean-Pierre Halévy, "La Famille Halévy," in *Entre le théâtre et l'histoire: la famille Halévy, ed. Henri Loyrette* (Paris: Fayard, 1996), 18–37.

59 Hugh MacDonald, Bizet (Oxford: Oxford University Press, 2014), 166.

60 Bischoff, op. cit., 67.

61 Borrel, "Geneviève Straus," 106–27, 116.

62 Bischoff, op. cit., 67.

63 Winton Dean, *Georges Bizet: His Life and His Work* (London: J. M. Dent & Sons, 1965), 87; and in Bischoff, op. cit., 71–72.

64 Rémy Stricker, *Georges Bizet* (Paris: Gallimard, 1999), 153.

65 Borrel, "Geneviève Straus," 117.

66 Bischoff, op. cit., 72 and 74–75.

67 Peter Brooks, *Flaubert in the Ruins of Paris: The Story of a Friendship, a Novel, and a Terrible Year* (New York: Basic Books, 2017), 37.

68 Jacques Rougerie, *Paris libre: 1871* (Paris: Seuil, 2004), 265–70.

69 关于巴黎公社期间的 GS 和 GB，同上书，76–81。关于巴黎公社的基本资料，同上。Alistair Horne, *The Fall of Paris: The Siege and the Commune 1870–71* (London: Reprint Society, 1965), 245–433; and John Merriman, *Massacre: The Life and Death of the Paris Commune* (New York: Basic Books, 2014).

70 Horne, op. cit., 406.

71 Dean, op. cit., 91.

72 Bischoff, op. cit., 103.

73 关于评论界对《阿莱城姑娘》的反应，见 Dean, op. cit., 103; 以及 Konrad von Abel 指挥的比才《阿莱城姑娘》的节目单, Jürgen Höflich Musikproduktion (Munich, 2005)：未出版。

74 Balard, ed., op. cit., 118; and Hervé Lacombe, *Georges Bizet: Naissance d'une identité créatrice* (Paris: Fayard, 2000), 744.

75 Borrel, "Geneviève Straus," 119.

76 Balard, ed., op. cit., 106.

77 JEB, *La Pêche aux souvenirs*, 107.

78 同上；引文又见 Jacob, op. cit., 150。

79 1884 年 9 月和 1890 年 5 月 18 日埃利·德洛奈致 GS 的信，分别见 NAF 24384 folio 66/67 and folio 82/83。

80 Georges François Renard, *Les Princes de la jeune critique* (Paris: La Nouvelle Revue, 1890).

81 Bischoff, op. cit., 134. 在为入选法兰西学术院而寻求 GS 的帮助时，约瑟夫·雷纳克也说过类似的话："你如此广结良友，有你引荐，我会结交很多既优雅又有影响力的人。"雷纳克致 GS，未署期，标注为 "Porter's Lodge [Pavillon du Concierge], Montjoye, Rambouillet, Friday," in NAF 14383, folio 106/107。

82 RF, "Mort de Mme Émile Straus," *Le Figaro* (December 23, 1926): 2.

83 1887 年 12 月 28 日保罗·布尔热致 GS；引文见 Bischoff, op. cit., 261。

84 Dean, op. cit., 86; 以及 Curtiss, *Bizet and His World*, 266–67.

85 Curtiss, *Bizet and His World*, 366. Curtiss 引用了 GB 致 GS 的一封署期为 1874 年 2 月的信，其中说莱奥尼"想长期带孩子，要么就不带。我们决定不让她带。让我听听你的说法，是留下雅克还是把他送往别处"（366）；GS 做了哪一种选择不得而知。关于 GS 不让莱奥尼接触 JB 的努力，见 Dean, op. cit., 101。

86 Curtiss, *Bizet and His World*, 366.

87 LH 在日记中记录，《卡门》于 1874 年 9 月 1 日彩排。但因为迄今未知的原因，彩排"混乱"而"争吵激烈"，充满了难以解释的打断和延迟。同上书，373–74; and Dean, op. cit., 105。

88 Jean-Yves Bras, "Qui était Éraïm Miriam Delaborde?" *Bulletin de la Société*

Alkan 4 (March 1987): 3–6.

89　Curtiss, *Bizet and His World*, 369.

90　Balard, ed., op. cit., 116; Curtiss, *Bizet and His World*, 368; and Ruth Harris, *Dreyfus: Politics, Emotion, and the Scandal of the Century* (Macmillan: New York, 2010), 284.

91　该组织名为"犹太研究学会",至今仍在运作。关于创建成员名单,见该学会杂志第一卷中的使命宣言:《呼吁成立犹太研究学会》, *La Revue des études juives*, vol. 1 (1880): 160–61。关于 ES 参与该学会的活动,又见 "Procès-verbaux des Assemblées Générales et du Conseil (1879–1880)," in ibid., 152–59。

92　关于阿莱维和罗德里格斯－昂里凯斯／格拉迪斯／福阿等家族对法国犹太人文化的贡献,见 Michèle Bo Bramsen, *Portrait d'Élie Halévy* (Amsterdam: John Benjamins Publishing Company, 1968), 1–5; Loyrette, ed., op. cit.; 以及 Maurice Samuels 的开拓性研究, *Inventing the Israelite: Jewish Fiction in Nineteenth-Century France* (Palo Alto, Calif.: Stanford University Press, 2008), 39–46。

93　关于阿尔康的犹太文化活动,见 Bras, op. cit., 5; and David Conway, *Jewry in Music: Entry to the Profession from the Enlightenment to Richard Wagner* (Cambridge and London: Cambridge University Press, 2011), 231; and R. Jordan, op. cit., 179。

94　Conway, op. cit., 235; 关于爱尔康根据犹太礼拜音乐曲式改编的音乐,同上书, 222–37。

95　关于阿尔康的精神疾病的讨论,主要来源是 Stephanie McCallum, "Alkan: Enigma or Schizophrenia?" *Alkan Society Bulletin* 75 (April 2007): 2–10。

96　同上书, 8。

97　RD, *De Monsieur Thiers à Marcel Proust*, 28–29; and *Maurice Sachs, Le Sabbat: souvenirs d'une jeunesse orageuse* (Paris: Gallimard, 1960), 16。

98　EdG, 1887 年 12 月 28 日的日记。据 EdG 说,玛蒂尔德公主说此话时 GS 也在场,而且声音大得她一定能听到。

99　Ferguson, op. cit., 158。

100　Lacombe, op. cit., 744; and Dean, op. cit., 111。

101　Dean, op. cit., 114–15。

102　同上书, 116。

103 Dean, op. cit., 116.

104 Lacombe, op. cit., 736.

105 GB、GS 和赖特尔一家的关系值得进一步研究。以前由 GB 保有的让和玛丽的少量照片如今保存在 Mina Curtiss Collection in the Music Division of the New York Public Library, JPB 93–95, series 7, box 4, folios 193–99。

106 Hugues Imbert, *Médaillons contemporains* (Paris: Fischbacher, 1902), 51.

107 Borrel, "Geneviève Straus," 120.

108 Bischoff, op. cit., 94. GB 虽然被葬在蒙马特尔公墓，但他的遗体后来被迁到了拉雪兹神父公墓（Père-Lachaise Cemetery）。

109 Jacques-Gabriel Prod'homme and Arthur Dandelot, *Gounod: sa vie et ses œuvres, d'après des documents inédits* (Paris: Charles Delagrave, 1919), 182, n. 4.

110 Dean, op. cit., 128. Dean 认为是 Gounod 写的这份声明，而不是 GS。

111 他要求上演《卡门》的信件节选见《高卢人报》（1877 年 7 月 24 日），第二版。

112 Susan McClary, *Georges Bizet: Carmen* (Cambridge and London: Cambridge University Press, 1992), 117.

113 引文同上书，118.

114 同上。

115 Borrel, "Geneviève Straus," 120.

116 Borrell, "Geneviève Straus," 210; 又见雷纳克致 GS 未署期的信件，存于 NAF 14826, folio 100/101。

117 Balard, ed., op. cit., 116.

118 Leslie A. Wright, *Bizet Before Carmen* (New York: 1985), 14. 关于 GS 与德拉博尔德订婚和打算嫁给他的媒体报道，见 *Musical Standard* (October 14, 1876): 247。

119 Borrel, "Geneviève Straus," 121.

120 JB 致 GS, NAF 14383, folio 9/10。JB 童年时写给 GS 的其他未出版信件见卷宗 5–28。

121 1878 年 7 月 24 日 GS 致 NH 的信，见 Balard, ed., op. cit., 132–33。

122 1880 年 7 月 6 日 GS 致 NH 的信，同上书，134。

123 DH, "Deux portraits de Mme Straus," 176.

124 Bischoff, op. cit., 97–98.

125　Carter, Marcel Proust, 207.

126　1880 年 7 月 6 日 GS 致 NH 的信，见 Balard, ed., op. cit., 134。

127　同上。

128　关于 ES 传说中的罗斯柴尔德父亲，本书第 10 章有更长篇幅的讨论，见 Borrel, "Geneviève Straus," 106; EdG, 1883 年 11 月 23 日 和 1885 年 6 月 6 日 的 日 记; Jacob, op. cit., 165; and Herbert Lottman, *The Return of the Rothschilds: The Great Banking Dynasty Through Two Turbulent Centuries* (London: I. B. Tauris, 1995), 88。

129　Bischoff, op. cit., 98-99; and GPR to GS, in NAF 24971, folio 240/241.

130　Fredric Bedoire, *The Jewish Contribution to Modern Architecture: 1830-1930*, trans. Roger Tanner (Stockholm: Ktav, 2004), 18 and 85-92; Ferguson, op. cit., 45-48 and 108-10; and Guy de Rothschild, *Contre bonne fortune*… (Paris: Pierre Belfond, 1983), 11-42.

131　关于德雷福斯事件之前就罗斯柴尔德家族的无限权力引发的反犹言论，见 Anka Muhlstein, *Baron James: The Rise of the French Rothschilds* (New York and Paris: The Vendome Press, 1983), 114; Jacques de Biez, *Rothschild et le péril juif* (Paris: Chez l'Auteur, 1891); and Un Banquier (pseud.), *Que nous veut-on avec ce Rothschild Ier, roi des Juifs et dieu de la finance?* (Brussels: Chez les Principaux Libraires de la Belgique, 1846), 7: "The royalty of Rothschild Ist," the pseudonymous "Banker" states, "is an officially recognized fact, as indisputable as that of a Bourbon, a d'Orléans or a Cobourg."

132　Bedoire, op. cit., 88.

133　G. de Rothschild, op. cit., 18. Niall Ferguson 引用的这最后一句话稍有出入："我们这些人无法敛聚如此巨大的财富，只有罗斯柴尔德家族的人才能有这样的成就。"见 Ferguson, op. cit., 199。关于普鲁士人占据费里埃，同上书，198-201; and G. de Rothschild, op. cit., 19。

1883 年 8 月 24 日，忍受了两个月的腹痛折磨之后，尚博尔伯爵在弗罗斯多夫城堡去世了。[1] 他几乎活到了自己 63 岁生日的那一天，已经超出自己家族男性寿命十多年了。尽管如此，对于把一切希望寄托在他复辟的保王派来说，他的死仍是一个重大的灾难。正如一位编年史家谈及弗罗斯多夫城堡那年夏天的紧张气氛时所写的，爵爷那个小圈子的成员：

> 不敢相信法国国王居然真的死在了异国他乡。他们不解："如果不是为了登基统治，他活着又是为了什么呢？"在他们看来，他就是法国君主制的化身。如果他消失了，就意味着一切都结束了。

一场重大的地质灾难加重了笼罩在焦虑的王室上空的烟霾。那年 5 月底到 8 月底期间，印度尼西亚的喀拉喀托岛经历了一连串火山爆发，引发了一场高达百英尺的海啸，吞噬了 36000 人的性命。另有 60000 人死于席卷全球的强烈气流引发的火灾、尘灰、砂砾和大气扰动，从斯堪的纳维亚到好望角，到处都天昏地暗、翻江倒海。这是自 1755 年里斯本地震以来最为严重的自然灾害，里斯本地震也造成了同样的死亡人数，而波旁王朝殉难的守护圣人、尚博尔伯爵的伯祖母玛丽·安托瓦内特碰巧是那年出生的。在迷信的廷臣们看来，这一巧合预示着塌天大祸。

洛尔·德·舍维涅在她的君主病痛开始前几周逃回了巴黎，因而在君主最后的日子里并没有陪伴在侧。（他的死因究竟是胃癌、溃疡、心脏病还是中毒，医生团队始终没有达成一致，他们

最初的诊断是胃炎，因为他在 6 月食用了过熟的草莓。）但 8 月
4 日上午，尚博尔在病榻上曾试图传唤洛尔。舍维涅提醒他洛尔
出国度夏去了，国王突然想起来，他在她离开的前夜曾为她画过
一幅素描。在那幅小小的肖像画中，洛尔的周围到处是扁衣箱、
行李员，还有无数的鹦鹉。

尚博尔伯爵死于 1883 年 8 月 24 日，粉碎了追随者们复辟正统
王朝的希望

爵爷让人把那幅画取来，把它送给舍维涅作为他尊贵身份的象征。他继而解释说他死后，夫人会解散弗罗斯多夫城堡的宫廷，搬到亚得里亚海滨小镇格里茨（Göritz），这对王室夫妇在那里有一个冬季住所，他会和很多客死他乡的波旁家族人士一起葬在那里，其中包括他的祖父、1836年在那里死于霍乱的查理十世。将死之人提议道，在永远离开城堡之前，舍维涅可以随意取几件纪念品。"你喜欢什么就拿什么，"他咧嘴笑着并用刺耳的声音说道，"要是老丫头在，她能塞满两个旅行箱！"[2] 根据洛尔的转述，这是亨利五世临终前说的最后一句话。（其他目击证人则宣称，他死前吐出的最后一个词是"法国"。[3]）

十天后，欧洲各国的君主来到温暖的格里茨，吊唁法国波旁王朝的最后一个王位觊觎者。亨利五世去世时没有子嗣，因而任命他45岁的表弟巴黎伯爵菲利普·德·奥尔良为继承人，全然不顾他们分别代表的王室家族的两个分支已经敌对了一个世纪之久。[4] 这一和解举动虽意在弥合法国保王派内部的分歧，却激怒了舍维涅这类一生都在斥责奥尔良派企图篡位的纯粹正统王朝拥护者。舍维涅和同事们在公开场合当然宣称支持君主任命的继承人。但私下里，他们中的许多人对腓力七世①统治王朝的前景并不看好。[5]

尚博尔的葬礼本就令这些保王派愁肠百结，又因为各种节省

---

① 腓力七世（Philippe Ⅶ），即巴黎伯爵路易·菲利普·阿尔贝（Louis Philippe Albert，1838-1894），也就是这里所说的菲利普·德·奥尔良（Philippe d'Orléans），王号路易-菲利普二世。他是法国奥尔良王朝国王路易-菲利普一世的长孙，早逝王储费迪南·菲利普的长子。1848年"二月革命"爆发，被迫逊位的法王路易-菲利普一世曾希望长孙以路易-菲利普二世的名号继位延续王朝，但民众普遍不支持，最后法兰西第二共和国成立，王朝结束。

开支的措施而变得愁云惨雾，负责组织葬礼的舍维涅不得不用硬纸板制成的法国王室纹章来装点格里茨天主教堂。看到那些粗制滥造的廉价装饰品，正统王朝拥护者们对法国波旁王朝黯然落幕更是伤心不已。保王派政治家阿尔贝·德·曼伯爵 ① 专程从巴黎赶来参加葬礼，据他说，这些忠实信徒"不仅在哀悼国王，也是在哀悼君主制本身，哀悼（他们）曾热爱并如此慷慨和虔诚地为之献身的事业"。[6] 在另一位旁观者看来，他们显然难过地"意识到自己浪费了生命；他们把青春年华、聪明才智和毕生精力都献给了……一种永远不可能实现的希望"。[7] 弗罗斯多夫的有些成员伏在爵爷的尸体上痛哭，他的尸体裹着祖先的白色旗帜，平放在雕刻着百合花的白色大理石棺椁中。

也有廷臣窃笑夫人决定让她丈夫的西班牙波旁亲戚和他的外甥们［由他唯一的姐姐、已故的德·帕默公爵夫人（Duchesse de Parme）所生］走在送葬队伍的最前列，这一举动象征性地否定了巴黎伯爵刚刚得到的假定法国国王的地位。[8]② （因此他本该走在其他所有哀悼者的前面。）菲利普·德·奥尔良深感上当，除了抵制葬礼之外别无选择，尽管他的仆人们恳求他只需在教堂里把自己的祷告椅相对于其他人前移十米即可。为表示对这位受到轻视亲王的尊重，许多欧洲王室和贵族的子弟也没来参加葬礼。但去世国王的寡妇大概会咆哮着引用一句她最喜欢的赞美

---

① 阿尔贝·德·曼伯爵（Comte Albert de Mun, 1841–1914），法国政治人物，社会改革家。

② 根据乌得勒支条约（Treaty of Utrecht, 1713），路易十四之孙费利佩五世（Felipe V）要想继承西班牙王位，就必须放弃他和他的后裔们对法国王位的继承权。亨利五世死后，正统王朝拥护者中有一个很小的分裂派倾向于由西班牙波旁王朝的族长担任统治者，恢复法国的君主制。但这一派别在第三共和国的政界没有形成气候。——作者注

丈夫死后，尚博尔伯爵夫人请人在隐居庄园的花园里仿照著名的卢尔德圣母朝圣地建造了一个圣祠

诗来为自己辩解：她对奥尔良派的憎恨猛如死亡 ①。

　　这是尚博尔伯爵遗孀最后一次徒劳地宣示波旁家族至高无上的权力，随后她不但与心爱的"恩里科"永别，也结束了自己的政治生活，毕竟在过去的 37 年里，她还是和他一起参与了一些政治活动的。葬礼之后，她关闭了弗罗斯多夫城堡，解散了廷臣和员工，随后迁居至位于格里茨的那座 16 世纪庄园，她差人在庄园的花园里仿照卢尔德 ② 的圣母朝圣地（Virgin's Grotto）建

---

①　出自《圣经·雅歌》8:6，原句是 "for love is strong as death"。

②　卢尔德（Lourdes），位于法国西南部上比利牛斯省的一个市镇，也是全法国最大的天主教朝圣地。

造了一座专门敬奉圣母的圣祠。一俟完工，这位很可能仍是处女的夫人余生每天都会在那里祈祷好几次。她再也没有回弗罗斯多夫，那里的其他常客也是如此。亨利五世的宫廷和它的主人一样销声匿迹了。[9]

没有了国王、地位乃至整个生存的意义，舍维涅要么因为事情太多，要么是客气，否则就是太悲痛了，根本没心情在最后一次离开弗罗斯多夫之前收集王室的收藏品。除了他和洛尔要在之后六个月（和黑色的丧服一起）佩戴的正统王室悼念胸针外，他带回法国的唯一一件纪念品就是他为十年前那次失败的正统王朝政变特制的制服，以及君主在遗嘱中留给他的一件没有特别说明的赠品。还有爵爷在病榻上送给他的那幅洛尔的肖像。

那套制服被收在了舍维涅夫妇位于圣奥诺雷区那间新公寓的壁橱里。[夫妇俩如今在珀西尔大街（avenue Percier）1号租了一套公寓，距离他们此前那间位于柯里塞街的备用公寓不远，几家之遥就是格雷弗耶家族租来用作奥尔良派总部的住宅。[10]]但洛尔把第二件弗罗斯多夫的纪念品放在了客厅的显著位置，把它和一幅德·萨德侯爵的18世纪水彩肖像画并排悬挂在一起。如此一来，这幅王室素描画就被供奉起来，始终提醒着人们关于洛尔其人的传说：她曾经像"可怜的阿代奥姆"一样，不辞辛劳地为爵爷的君主复辟而努力，与丈夫的使命不同，她的事业在爵爷死后很长时间仍然风生水起。

自从洛尔作为新娘第一次前往弗罗斯多夫以来，五年过去了，如今洛尔已经24岁。婚后，她听从丈夫的要求，每年至少有两个月和他一起待在弗罗斯多夫城堡。她还完成了身为妻子的另一个任务，没有耽搁就生下了两个孩子：1880年10月出生的玛丽－泰蕾兹（以她的王室教母尚博尔伯爵夫人命名），以及两年后降生的弗朗索瓦这个必不可少的男性继承人。履行了这些身为人妻的义务之后，洛尔便充分利用舍维涅作为交换而给她的刺激，在没有他陪伴的情况下回到巴黎，她回来得越来越频繁，待的时间也越来越长。

根据礼节，洛尔每次离开宫廷之前，都必须请求君主夫妇批准。为迎合他们虔诚的天主教信仰，她每次请求这一恩赐时大概都会提出自己初为人母的义务。[11] 由于礼仪禁止廷臣的孩子住在国王的住所，玛丽－泰蕾兹和弗朗索瓦·德·舍维涅不能与父母一起住在弗罗斯多夫，洛尔每年有几个月的时间把他们送到圣托马斯城堡自己的婆婆那里，但孀居的德·舍维涅伯爵夫人坚称，超过几个月，她就付不起孩子们的食宿了。（洛尔偶尔在舍维涅家族的城堡里短居，亲眼见到婆婆的生活有多悭吝：为削减燃料开支，阿代奥姆的母亲命令整个城堡晚上十点后宵禁，还在深夜亲自沿着黑暗的过道巡察，透过卧室门下面的缝隙窥视哪间屋子里有火光或灯光。[12]）因此在一年中剩下的时间，玛丽－泰蕾兹和弗朗索瓦就不得不待在巴黎——说起来是跟母亲住在一起。

不过事实上，洛尔在巴黎期间也很少和孩子们见面。相反，她把他们委托给一位住家的女家庭教师照顾（这位发福的、终日抱怨的爱尔兰女人名叫弗朗西斯），然后专注于自己的社交生活。起初回巴黎时，洛尔依靠当地的亲戚（她的舍维涅姐夫瓦鲁兄弟，以及两边家族各色各样的堂表兄弟姐妹）和正统王朝拥护者（弗罗斯多夫廷臣的亲戚）把她引荐给社交界。但没过多久，她就在那个圈子里培养了自己的人脉，成为各类活动的中心人物。

正如她所预料的那样，洛尔在社交界的成功，很大程度上得益于她自封的亨利五世宠儿的地位。在城区社交时，她选择的立足点便是给新认识的人们讲述"阴影王国"的逸闻趣事。她的贵族同伴们好像永远听不腻那些故事：她首次出现在红色沙龙时，尚博尔伯爵如何开玩笑说要跟她私奔。宫廷里所有的女人中只有她一人每天跟他一起打猎——"因为打猎也给我带来安慰"。只有她敢于在爵爷发君主的脾气时责备他。只有她敢于说些渎圣的话与他打趣，那些话就连猎人们听了都要脸红。只有她有一幅由法国波旁王朝最后一位王位觊觎者所画的素描，就挂在她巴黎的家里。在一遍遍讲述这些故事时，洛尔精湛地展示了自己的"天真"，强调国王的崇高地位根本没有让她惊慌失措。同时，也同样重要的是，她鼓励听众对这些片段所暗示的惊人的亲密关系浮想联翩。

洛尔的孩子玛丽-泰蕾兹和弗朗索瓦·德·舍维涅，1888—1889 年前后

洛尔有时甚至会暗示，爵爷才是她两个孩子的生父。她欲盖弥彰地请求听众不要这么想。她会高喊："我的两个孩子都是阿代奥姆的——我发誓！"自己驳斥自己的含沙射影。"没有私生子——那是底线！"[13] 由于"有生"阶层的成员向来青睐王室的私生子，洛尔显然认定，对孩子的生父做出这般"此地无银三百两"的声明，在孩子们将来进入社交界时会对他们有百利而无一害。

另外，她还精明地算出作为一位假定国王的假定情妇，很少甚至没有哪一位贵族的大门会对她关闭，这一赌果然赢了。五年之内，她把自己从一个寂寂无名的乡下新娘，转变为巴黎社交界最受欢迎的少妇之一。

这一变化带来了社交界接二连三的邀请，一位观察家写道：

> 永无止境的狂欢，包括盛大的宴会和亲密的晚餐会，公开的音乐会和私人的戏剧表演，游园会和茶会，白衣舞会（bals blancs：为初进社交界的少女举办）、玫瑰舞会（bals roses：为年轻的已婚夫妇举办）、沙龙舞会、集会、慈善晚宴和晚会，中间还穿插着晚会演出、画展开幕式、冷餐会、订婚宴、变装舞会、大使馆舞会和其他数不尽的灯红酒绿的活动。

洛尔在巴黎期间，这些活动排在她优先事项的前列，就算在爵爷去世、她和丈夫迁居圣奥诺雷区长住之后，也是如此。1883年秋，"可怜的阿代奥姆"永别弗罗斯多夫。如今他回来了却发现在他离开期间，洛尔已经建立了繁忙且完全自治的日常生活，而且不愿意把他纳入自己的生活中。至于舍维涅抛下洛尔又在首都有着怎样的业余消遣，后文会有详述。但从她的视角来看，阿代奥姆的永久迁回巴黎，并不需要她对自己的社交习惯做出任何重大改变。

孩子们在她的生活中也始终处于次要地位，这总是引发保姆滔滔不绝地抱怨。一位拜访舍维涅夫妇公寓的访客曾在无意中听到弗朗西斯痛斥洛尔——她那怪腔怪调的法语夹杂着蒂珀雷里[①]土腔，吵闹得厉害——"打扮成一朵铃兰（muguet）的样子去参加某个化装舞会了"，根本不顾五岁的玛丽-泰蕾兹"正在出麻疹，烧到了 102 ℉[②]！"[14] 但洛尔可不是好欺负的，就算体格大她一倍的爱尔兰怒妇也别想欺负她。她自己成长期间就没有受到多少父母的照顾，因而也不觉得不陪伴孩子有什么错。

她也绝不是唯一一位把社交生活排在母亲身份之前的人，巴黎贵族有许多人都会做出同样的选择。对包括洛尔在内的许多这类女人来说，社交活动"永无止境的狂欢"是一种职业而非消遣，是她们维系家族和阶层荣耀、在公共生活中发挥作用（哪怕是很小的作用）的机会。除此之外，她们在第三共和国鲜有这种机缘。[15] 和那个制度下所有的法国女人一样，贵族女人的法律地位也相当于未成年人。她们无权投票选举或担当政治职位。她们不得进入那个国家的精英大学、军校或职业学校学习。她们不得参加武装军队或外交使团，不得入选公司董事会或法兰西学术院之类的学术机构。与此相反，贵族阶级的男性理所当然地拥有上述全部特权，以及在排他性的社交俱乐部集会的权利，那些俱乐部也不接受女性会员。

后来的 1917 年，洛尔会反抗最后一项不公，参与建立了巴

---

① 蒂珀雷里（Tipperary），爱尔兰的一个郡，位于爱尔兰岛南部。
② 此为华氏度，约合 38.9℃。

黎第一个男女社交俱乐部：行际盟友联盟（Union Interalliée）。但在她年轻时，她对社交界的态度是全然接受的，认为那是她进入比家庭更大，因而也可能更刺激，且无疑更有名望的领域的最佳机会，她珍视这个机会。

在这一点上，洛尔同样是她所处环境的产物。由于上文提到的那些不公，法国女性主义运动的最初萌芽在 1890 年前后初现端倪。但贵族女性显然不愿意与之为伍，就算在较下层的女性中间，它也最多是个少数人的事业。[16]（伊丽莎白·格雷弗耶虽然反传统地写到过两性之间的不平等，但她也很谨慎，只是私下里有这些想法而已。）在考察这一时期贵妇们的无动于衷时，女性主义领袖卡罗琳·考夫曼（Caroline Kaufmann）写道：

> 她们是凤凰、珍禽、无价之宝，并希望继续保持这样的身份。她们根本不关心女性解放，理由也很充分——争取女性解放对她们没有什么好处。[17]

当然，把自己当作"珍禽、无价之宝"本身也是一种政治举动，只不过这一举动与女性的姐妹情谊无关。洛尔全身心地投入上流社会那些在本质上属于修饰性、象征性的活动本身，就是对自己的性别、对自己的阶层效忠。如果说她有政治兴趣的话，那么她的政治兴趣更倾向于旧制度，而非"第二性"。[18]

洛尔投身的聚会狂欢可不是为意志薄弱之人准备的；它的日程安排耗时耗力，每年、每月、每周、每天，无休无止。最广义地讲，社交界的年历分为三部分：巴黎的社交季（1—6 月）；海边、山区或出国度夏旅行（7—8 月）；乡间的秋／冬打猎季（9—12 月）。夏天、秋天和冬天暂时离开巴黎，也就是所谓出城度假的那段时间，贵妇们会待在自己、家族或朋友名下的别墅、乡间庄园或城堡里。[19]

这些节庆和假日只是贵妇们社交义务的一部分。洛尔圈子里的女人没完没了地出访和接受拜访。按照历史学家安妮·马丁－菲吉耶（Anne Martin-Fugier）的说法，每年，这套仪式始于

> 新年走访：每年第一周是留给近亲属的，第二周拜访朋友，（1月的）最后两周留给亲戚。然后是"消食"走访。在受邀参加某个晚宴或舞会（无论是否出席）之后一周内，必须去拜访邀请者。之后就是（对订婚、结婚和获奖）表示祝贺的走访或上门慰唁。"顺便"的走动，就是每年要对希望保持良好关系但无须过多交往的人有三四次登门拜访。还有在旅行之前或之后上门问候或道别的拜访。[20]

并非所有这些拜访都须见面。如果登门时主人不在家，只需留下名刺（carte de visite）或拜帖即可，在右上角或沿右边折叠一下，表示本人曾亲自登门拜访。在这种情况下，收到名帖的人必须回访。另一种方式是派男仆代表本人向朋友或熟人"发名帖"（poser les cartes）。如果名帖是以这种方式分发的，右侧没有折叠，就无须回访了。名帖的左下角或左侧折叠表示主人已结束旅行回到城里，这也无须回访。在住宅入口处，女主人会放置银质托盘，请人们把名帖留在那里。伊丽莎白·格雷弗耶的一位亲戚估计，他们那个阶层的女性每年要收发1000-1500张名帖。

洛尔在巴黎时，通常会把每天的拜访分成两轮，一轮是在上午早餐后，另一轮是在晚餐前，也就是一天的活动即将结束时。

其间，如果天气允许，她会在下午三时左右和贵族同伴们一起在布洛涅森林里漫步、骑马或乘坐马车，布洛涅森林以前是王室狩猎地，后来在 1850 年代由乔治－欧仁·奥斯曼改成了一座充满生机的城市公园。第二帝国时期（1852—1870），每天在布洛涅森林的中心地带沿湖边散步成为巴黎贵族们的专场演出，是他们向彼此和公众炫耀自己的精英朋友圈和漂亮时装的机会。帝国垮台后，上流社会恢复了这项活动，但把散步的地点从湖边改成了横穿森林的主道之一金合欢路（allée des Acacias）。这条枝繁叶茂的宽阔林荫道俗称"花蹊"[21]，每天下午四时左右，这里到处都是来露脸和会面的社会名流。对于洛尔这样一位上层新秀来说，出现在花蹊是吸引社交圈老手关注的重要机会——当然，最好还能得到他们的喜爱。

金合欢路俗称"花蹊"，是横穿布洛涅森林的一条主道，伊丽莎白、洛尔和热纳维耶芙与其他巴黎人一样，在那里会见他人、展示自己

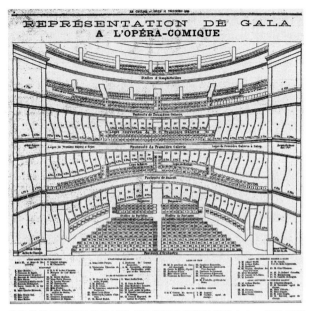

像这样的示意图标注出了坐在巴黎顶尖表演场所的人士，突出了观众本身也是一场重要表演

　　日落之后还有其他必行的仪式，例如城区人士在巴黎三个顶尖表演场所的"预约"之夜。[22] 出于不得而知的原因，上层社会固定的传统是每周一去歌剧院、周二去法兰西喜剧院、周六去喜歌剧院。在这些夜晚，巴黎贵族占据了剧场最好的座位：他们通过预约租下了整整一季的包厢和大厅包厢（baignoires：通常位于一层的超大型包厢）。他们身着晚间的盛装出席——绅士们穿正式晚礼服；女士们穿着晚礼服或皮草，佩戴传家珠宝——预约者们本身就是一场盛大的演出。谁穿戴了些什么，谁和谁坐在一起：比起舞台上发生的故事，这些戏剧场面才更吸引看戏的上流人士。[23] 坐在"天堂"（最上层的便宜座位被称为"天堂"）的观

者也会目不转睛地盯着他们。

在巴黎的这三个顶尖表演场所，观众如此热衷于窥探，以至于报纸会在每一季之初刊印这些场所的示意图，精准地标出贵族预约者包厢的位置。为了进一步迎合观者的好奇心，巴黎剧场和戏院的经理们会遵循每场演出从头到尾都开着观众席座灯的习俗。伊丽莎白·格雷弗耶在 1899 年赞助重演理查德·瓦格纳的《特里斯坦与伊索尔德》①时曾试图废除这一做法，理由是这位作曲家的作品需要观众全神贯注地倾听。但她的贵族同伴们强烈反对该禁令；他们更在意自己的优雅表现，很少甚至根本没有兴趣关注舞台上的表演。

洛尔享受预约之夜的原因和她喜欢在花蹊骑马一样：它们提升了她在城区的形象，为社交界报纸报道这类活动的记者们也渐渐对她津津乐道。最佳包厢的季票价格超出了她和阿代奥姆的支付能力，但由于不管什么包厢或大厅包厢，王室的宠儿都会为之增色，所以洛尔很少会缺少邀请。如果她时不时抱怨法兰西喜剧院或歌剧院"满是预约者的臭气"，那只是为了不显得对邀请人的施舍过于感激不尽。洛尔虽然"收入不高"，但自尊还是有的。

每周四和周日，她会和上层其他人一起出现在布洛涅森林的隆尚（Longchamp）赛马场或她的出生地帕西附近的奥特伊（Auteuil）赛马场。²⁴ 洛尔无须担心那些出游的票价，因为支付了骑师俱乐部会员费的交际家和他们邀请的客人可以坐在视野极

---

① 《特里斯坦与伊索尔德》(*Tristan und Isolde*)，理查德·瓦格纳的一部歌剧，他自己称之为三幕剧，于 1865 年 6 月 10 日在慕尼黑皇家宫廷与国家剧院首演。这部歌剧是瓦格纳和马蒂尔德·维森东克的恋情写照，被视为古典 - 浪漫音乐的终结、新音乐的开山之作。

佳的座位观看赛马。夫人们聚集在她们自己的女性看台，即所谓的"夫人看台"（Tribune des Dames），她们的丈夫却在附近一个男女共用的看台上与交际花们打情骂俏。[25] 为了报复那些交际花，贵妇们观看赛马时总是在着装打扮上极尽能事。据一位赛马场的常客说，正是这些

> 贵妇人……使得时尚品位到达了顶峰！她们簌簌轻裙，曳曳繁花，传家珠宝璀璨生辉，是专为今天这个场合从匣子里取出来佩戴上身的。夫人看台像一座法式花园……无檐和有檐帽上绽放着鲜花，小帽子上栖息着蜂鸟和天堂鸟，注定会让某些旁观者妒忌得发狂！[26]

洛尔不久就会开始关注时尚了，但她在赛马场上最挂怀的还是赌博。[27] 她自信出色的骑马技术给了她相当独到的选马眼光，内行地在马厩和围场附近奔忙着，一一审视那些纯种马，询问它们的骑师和驯马师。正如她的一位贵族同伴所说，她显然"热爱（赛马）到了疯狂的地步"，这使得许多著名的赛马主人都对她青眼有加，特别是埃德蒙·德·波尔塔莱 ① 伯爵及夫人，以及若阿基姆·缪拉 ② 亲王及夫人，她与他们建立了维系一生的友谊。然而一到比赛开始，洛尔就振奋精神，飞身回到"夫人看台"，透过长柄眼镜观看自己的马在赛道上飞驰：从起跑门到第一个转

---

① 埃德蒙·德·波尔塔莱（Edmond de Pourtalès，1828-1895），瑞士裔银行家、军人，法国政治家。

② 若阿基姆·缪拉（Joachim Murat，1834-1901），第四代缪拉亲王，曾任法国陆军少将。他是波拿巴 - 缪拉家族的成员。

弯，5~20 弗隆^①，速度达到顶峰，最后冲刺，冲向终点。

洛尔赌的数额很小，最多也就 50 法郎，但细心的同伴们注意到，每次她输了，脸上就变得毫无血色。不过就算在赌运不佳的日子里，从马术表演场回到巴黎的那段路也会让她恢复精神。这段旅程本身就是社交界的盛况。安坐在马车上或骑马的贵族夫人老爷们再度攀比起来。同样对他们的荣华富贵评头品足的，还有挤在道路两旁的寻常百姓，他们瞪着壮观的马车队伍和他们所谓"上等人"^②阶级的华贵服饰。上层对这些无所事事的懒汉们也有专属称谓，"穷光蛋俱乐部"，强调他们被巴黎所有像样的俱乐部拒之门外。²⁸ 在洛尔及其同伴们看来，这些下等的非俱乐部成员们发出的欢呼声和口哨声，像白噪声一样讨人欢喜，是他们理应享受的赞美的背景音效。

正如她的一位社交界友人安德烈·德·富基埃指出的那样，"穷光蛋们"还扮演着另一个角色。在参观了从隆尚或奥特伊回巴黎的"壮观游行"后，他们会再次回到首都的茫茫人海中，让自己看到的"这位小巧的男爵夫人的行头或那位侯爵的快马"在那里口口相传。就像预约夜晚之后从"天堂"传出去的八卦消息一样，这些喋喋不休的话语也会充斥社交界报纸的版面，强化了人们对上等人优雅生活方式的好奇心。²⁹ 洛尔能够参与到赛马后的游行中，表明她不仅在自己的贵族阶层中地位高，也令难以计数的"穷光蛋"仰之弥高，他们通过谈论和阅读她所在的世界，

---

① 弗隆（furlong），英国、前英国殖民地和英联邦国家的长度单位，一单位长度等于 660 英尺或 220 码或 10 链，约等于公制的 201.168 米。

② 在世纪末的平民看来，"上等人"（"la haute"）通常会取代贵族社交界用来指代自己的那些名词。贵族对这一称谓耿耿于怀，就像如今的人们不喜欢被形容为"有档次"（英语中的 classy，法语中的 classieux）一样。——作者注

骑师俱乐部成员的妻子们坐在隆尚赛马场特殊的"夫人看台"上。这张照片是由城区备受欢迎的意大利贵族热热·普里莫利①伯爵拍摄的

"渐渐地形成一种幻觉,仿佛他们并没有被拒之门外"。

另一个培养这种幻觉的事件就是慈善晚宴,巴黎上流社会的成员们在那里兜售自己(及其仆人)所做的定价过高的手工艺品货样,以此来为各种慈善事业筹款。[30] 从针绣坐垫和蕾丝小帽,到手绘扇子和装饰花哨的赞美诗书封,五花八门。有些胆大之人会献出手卷雪茄来卖,也有人会说服欧仁·拉米和夏尔·沙普兰等时髦画家捐出自己创作的小型艺术品。夫人们会暂时克服自己对辛苦"经商"的阶级偏见,亲自驾临售卖摊,比谁能卖出更多的商品。如果有王室成员浏览她们的商品,竞争就会更加激烈;像聚会一样,每当有陛下或殿下屈尊客串出场时,售货摊就会声名大噪。不过,慈善晚宴不仅仅是迎合精英阶层。普通巴黎人只

---

① 热热·普里莫利(Gégé Primoli),即朱塞佩·纳波莱奥内·普里莫利(Giuseppe Napoleone Primoli, 1851-1927)伯爵,意大利贵族、收藏家和摄影家,"热热"为其绰号。他的外公是拿破仑一世的侄子、第二代卡尼诺和穆西格纳诺亲王夏尔·吕西安·波拿巴。在 19 世纪后期,他拍摄了逾万幅照片。

需支付一笔小额入场费即可与上等人亲密接触几个小时之久，想来真是诱人。如果他们花钱买东西，还能与显赫的卖主当面交易，例如德·于扎伊公爵夫人和她活泼可爱的年轻表亲阿代奥姆·德·舍维涅伯爵夫人。

洛尔像个典型的名媛一样投身社交，但她的社交方式却带着一丝非正统的做派，这让她声望更盛了。尤其是像比贝斯科亲王夫人所说的那样，洛尔无视上层严格禁止"年轻太太们在丈夫无法陪同的情况下接受邀请进入上流社会"的规矩，在"可怜的阿代奥姆"不在时社交，让同伴们大为震惊。[31]

洛尔起初独自出入社交界时，她强烈地意识到那里迎接她的不满的目光和愤怒的私语。为了缓和反对者的情绪，她开始渲染自己的"乡巴佬"形象，睁大眼睛，装出一副天真的样子拉长语调说自己"像一只呆头鹅昂""就是杠小傻瓜"——就是她在奥地利时用得得心应手的那套口头语。然后她会对现场最明显的质疑者发表一通热切的小演讲——那通常是某个指手画脚、牢骚不断的老太婆，曾有一个爱开玩笑之人的诙谐地说这老太婆"简直比一袋缝衣针还要烦人"。[32]洛尔对可能诋毁她的人摆出最甜美的微笑，说没有亲爱的阿代奥姆给自己引路，这社交场合真让人望而生畏，但是——这里有一个戏剧性的停顿——他没法一边陪伴她来"我们的表亲德·于扎伊的慈善晚宴，一边在弗罗斯多夫城堡侍奉爵爷啊"。[33]

洛尔一说出这些有魔力的话语，就拔去了礼仪规矩之龙卫的毒牙，迫使他们认可她自封的特权，可以不必恪守其他人必守的规矩。几十年后，马塞尔·普鲁斯特会提到德·盖尔芒特公爵夫人如何在自己的圈子里特立独行，藐视礼仪法则，巧妙地把"我

不必"这个词变成了自己的体面，把无论多任性地"行使自己的
'社交自由意志'"变成一种艺术。这正是洛尔独一无二的立场。
就算在她生命即将结束时，在她本人也变成了"一袋缝衣针"一
样讨人嫌的老太婆时，社交界的人们还会称她为"全巴黎为数极
少的几个无须丈夫陪伴出行的女人之一"。[34]

比贝斯科亲王夫人在谈到友人外出没有监护人陪伴时，使
用的历史隐喻十分引人遐想："在巴黎，德·舍维涅夫人过着一
种 18 世纪廷臣的生活，从凡尔赛宫逃离出来，身穿便服在城市
的街巷里冒险"。[35] 洛尔比谁都清楚，弗罗斯多夫城堡根本无法
跟凡尔赛宫相提并论，但她欢迎人们把她比作那座更古老、更华
丽的宫廷的侍臣。在旧制度下，众所周知，凡尔赛宫过度的排场
和盛典往往会逼迫国王的侍从们偶尔摆脱束缚，来巴黎赴一场狂
欢。洛尔把自己套入这一先例，不仅能为自己违背礼仪的行为辩
解，也再次强调了她与波旁王朝的特殊联系。

为突出这一联系，她还打破了第二个重要的礼仪规矩：她讨
好新闻界。在洛尔进入社交界的前十年，那个世界的常客们一直
在试图接受这样一个事实，即在慈善拍卖、赛马场和预约之夜中
（半）公开社交意味着他们要冒被社交界报纸曝光的风险，媒体
无疑会连篇累牍地报道这些事件。自从 1870 年第三共和国成立
以来，这一巴黎新闻界的亚产业蓬勃发展；一反人们的直觉，在
废除了阶级制度之后，普罗大众对贵族的好奇心反而达到了前所
未有的高度。因此，上层的夫人和绅士们已经习惯了在社交专栏
上看到自己的名字，往往还附带着对其衣着、马车、马和帽子的
滔滔不绝的赞美。有些交际家甚或很欣赏这些肯定他们高人一等
的文字。然而他们只是私下里快乐，上流社会的官方说法是新闻
界低俗不堪，是污秽民众的喉舌，而民众的意见不会也不可能对

他们这群杰出人士产生任何影响。

因为这一信念，追求媒体的关注就相当于严重贬低了自己的高贵身份。何况如此自贬身份的还是一位女性成员，简直罪不可赦。在洛尔以前的那一代人中，萨冈亲王夫人是少数几个敢于无视这一准则的女人之一，她的名声因而一落千丈。社交界传统派的标准说法是，这位"下等丫头"与第四等级的杂役们打得火热，无疑暴露了自己低俗的真实出身。

洛尔做出同样的出格行为时，有着萨冈夫人没有的两个优势：一是她的"社交自由意志"，二是据传可以证实的显赫血统。当然，家徽悬挂在凡尔赛宫的十字军东征大厅的女人，不可能被贬低为下等人："此事众所周知。"作为见识一流的自我推销者，洛尔讨好影响力与日俱增的行业的大亨们。在"有生"阶层，洛尔凭借卓越的超前意识了解到，这种势力可能会对自己多么有用。正因为触角远远地伸到贵族的封闭小世界以外，它必将发挥难以估量的作用，影响观念，提振声望。《高卢人报》的经理、洛尔最强大的媒体同盟阿蒂尔·梅耶尔① 曾称自己的行业为"新闻界陛下"，这并非没有缘故。[36]

在大革命之后的那一个世纪，法国新闻界在一个重要意义上取代了国王陛下以前扮演的角色：制造和破坏名声，赋予和收回威望。在旧制度下，波旁宫廷构成了法国社会精英的神经中枢和顶峰，其成员知道，一切福祉仅来自君主。与此同时，王室审查法令严格禁止凡尔赛宫乃至整个王国的言论自由，这进一步支撑起君主无可辩驳的最高权力。[37]

君主制度瓦解之后，一切都变了。异军突起的日报和周报出

---

① 阿蒂尔·梅耶尔（Arthur Meyer, 1844-1924），法国新闻业巨头，著名的法国保守派日报《高卢人报》的经理人。梅耶尔是保王派。

作为巴黎顶尖的社交日报《高卢人报》的经理，阿蒂尔·梅耶尔热切结交"有生"阶层，通过宣传把他们变成名人

版物促成了民意的兴起，取代了国王的判断和宠幸。保守贵族抱怨说，法国缺乏井然有序的社会等级，变成了"一个巨大的无头畸形体"。事实上这个身体并非无头，只是他们不喜欢它的样子：现代性和大众统治、媒体宣传和民粹主义。如果在世纪末的法国有谁戴着王冠的话，那必是"新闻界陛下"。[38]

梅耶尔是对洛尔极有帮助的支持者，他毫无保留地尊重她自封的显赫身份，即便或者说恰恰是因为他自己出身低微。这位阿尔萨斯犹太人拾荒者之子是靠为第二帝国最著名的交际花布兰奇·德安蒂尼（Blanche d'Antigny）担任私人秘书起家的，据说这位交际花就是埃米尔·左拉的小说《娜娜》（*Nana*，1880）标题人物的原型。[39]与德安蒂尼那些高层情人的接触让梅耶尔对上层社会充满渴望，也成为他一生的执念。"他居然对社会等级的每一个细节烂熟于心，"一位贵族女人对此惊奇不已，"他知道有些公爵的地位高于亲王殿下，也知道有些尊称听起来无足轻重，却凌驾于听起来尊贵百倍的姓氏之上。"为了把这些神秘莫测的知识派上用场，梅耶尔后来成为社交新闻记者，先是为《巴黎新刊》（*La Nouvelle Revue de Paris*），后来又为《高卢人报》撰写社交界报道。

自 1879 年当上《高卢人报》的经理以来，梅耶尔便一直努力讨好自己的贵族订阅者，却总是因为自己犹太人的低微出身而遭到嘲笑。（他的对头们开玩笑说他的家徽座右铭是"旧衣服旧绶带有售"[40]；还有人说他"在王室成员面前会像个小姑娘一样脸红"[41]。）洛尔·德·舍维涅祖上赫赫有名，又在弗罗斯多夫城堡受宠，简直是梅耶尔梦想的盟友，而她又主动培养他，在社交活动上找到他，向他吐露自己对爵爷宫廷生活的内行看法。

她的友好姿态迎合了梅耶尔的自尊心和他的政治观点，此二者有着密切的联系。梅耶尔起初是个拿破仑信徒（在白手起家的法国人中，拥戴拿破仑者不算罕见），但他重新把自己塑造成为激昂的正统王朝拥护者，利用《高卢人报》作为头号讲坛，呼吁极端天主教、极端保守的亨利五世复辟，甚至还皈依了天主教以表忠心。他的宗教皈依在上层看来是不知羞耻的无赖和"势利小人"[42]行径——"势利小人"是巴黎方言中新增的骂人话，这句来自英格兰的外来语起源于拉丁语的 sine nobilitate（意为"没有贵族头衔"）。

能与"弗罗斯多夫的尤物"为友，让梅耶尔受宠若惊，作为回报，他总是在《高卢人报》中奉承洛尔，称她和阿代奥姆两人都是古老血统和热情拥护正统王朝的典范。后来他渐渐只提洛尔一人（这几乎肯定让她那位不愿意抛头露面的丈夫大松了一口气），同时注意突出她的祖上是那位"彼特拉克的洛尔"和德·萨德侯爵。

梅耶尔虽然总是遭到城区人士的嘲笑，但他的报纸却是那里的非官方权威。[43] 因此，梅耶尔对洛尔的赞美极大地提升了她在上流社会的声望，也让她在穷光蛋俱乐部名声大噪。她标志性的鹤立鸡群被其他媒体渠道争相报道，变成了巴黎的社交渴望者每天的精神食粮。梅耶尔的朋友朱丽叶·亚当写道：

> 德·舍维涅伯爵夫人身姿优美、碧眸如水、婀娜多姿，是当今巴黎社交圈最美丽的女人之一。她的祖辈是彼特拉克纯洁的情人，她也用自己清澈的目光启迪了诗人的灵感。她不可抗拒的美丽为她赢得了每一张选票。[44]

亚当的最后一句话揭示了洛尔频频出现在媒体上背后的悖论。作为保王派和贵族，她极力反对每个人都有一张"选票"的社会制度。但作为一个以保王派和贵族身份寻求声名远播的人，她又要迎合民意。如此一来，她就变成了那种社会制度的共谋，其中"无生"的普罗大众发挥着重要的甚至至关重要的作用。

自最初来到巴黎之日，洛尔还利用一种更显精英派头的方式来提升自己的名望：她开办了一个沙龙。这种上层阶级的活动可以追溯到旧制度，贵族女性把她们位于巴黎的客厅变成热烈交谈的场所，不受宫廷中各种严格规矩的限制。[45] 由于它的贵族起源和贵族色彩，沙龙在革命和恐怖统治时期衰落了，却在19世纪重新兴起，成为贵族社交的支柱，在君主制复辟和帝国统治时期盛极一时。随着第二帝国在1870年崩溃，沙龙再度陨落，却又在1880年代报复性地浮现，一连串以前革命时代的沙龙女主人为主题的怀旧新书重振起它的声望。最初出版且最有影响力的书籍之一就是奥特南·德·奥松维尔的《内克尔夫人的沙龙》（*Mme Necker's Salon*，1882）。

同旧制度时代一样，沙龙是在夫人的客厅里举行的，通常每周一次，由她选定"日子"。沙龙的常客们在社交界——据说在新闻界也一样——被称为女主人的小圈子。当那个圈子非常小而且非常排外时，它就会被称为"封闭"沙龙：那是社交声誉和威望的黄金标准。

作为巴黎的新秀，洛尔请她旧日在弗罗斯多夫的导师罗贝尔·德·菲茨－詹姆斯伯爵帮她召集一个令人艳羡的封闭式沙龙。和洛尔一样，菲茨－詹姆斯也曾频繁往返于奥地利和巴黎之间，往往会将旅行的时间调得与洛尔一致，而在爵爷死后，他也迁回了法国首都，长住下来。和在宫廷里一样，菲茨－詹姆斯在巴黎也积极关注他那位年轻的被保护人的社交轨迹，而作为社交界的中流砥柱，他召集了一群同样显赫尊贵的男人和他一起去她家里拜访。他们都是"骑师俱乐部"或"联盟俱乐部"的会员，或两者兼是；与洛尔的丈夫（他对他们中的任何人都不怎么友好）不同，他们都是交际家圈子中的一线明星，被公认为巴黎社交圈的领军人物。

其他许多沙龙女主人都争相邀请这些人，但他们顾及菲茨－詹姆斯的面子，听他说他们一定得会会洛尔，也就顺了他的意，但甫一见面，他们就被她那玩世不恭、元气满满的气质迷住了。这群温文尔雅的陌生人大多和菲茨－詹姆斯年纪差不多，比她大20岁左右，洛尔在这群着迷的听众面前谈笑风生。《高卢人报》最大的竞争对手《吉尔·布拉斯报》（*Gil Blas*）的一位专栏作家解释说：

> 德·舍维涅伯爵夫人粗鲁、机敏，还有一些野性，随时会拿那些太把自己当回事的人开个玩笑奚落一番，她用自己的魅力征服了古板的老派社交界。她为这个最保守的社交圈带来了一股喧闹活泼的生气；她的话锋时而跃起时而弹回，时而奔跑时而飞翔，永远不知疲倦，永远酬应如流，从不会砰然落地。她的才思会瞬间升入天堂，下一刻又跟魔鬼本人打情骂俏。她蛮横的笑话、意象、比喻，还有无人可比的大笑，让听众目瞪口呆。[46]

按照最好的沙龙女主人传统，她为那种往往会被礼仪、规矩

罗贝尔·德·菲茨－詹姆斯伯爵是洛尔在弗罗斯多夫和巴黎的导师，也是她多年的情人

束缚而全然缺乏想象力的环境注入了一丝轻佻，一种出其不意的乐趣。洛尔的拜访者们被彻底迷住了，以至于他们坚持一而再地登门拜访，不再是给菲茨－詹姆斯帮忙，而是为了自己享受。洛尔嘲笑他们的年纪大，称他们是"我的老头子们（vieux）"[47]；他们成了她那声誉极高的封闭沙龙的常客。

不久，老头子们开始觉得每周只见这位活泼热情的年轻朋友一次着实不够。他们放弃了其他所有的沙龙（激起了被他们抛弃的女主人们无穷无尽的怨恨），养成了每天在骑师俱乐部吃完午饭就来拜访洛尔的习惯，跟她在客厅里聊上至少两个小时才肯离开。必须要说，他们中间没有一个人是为了物质享受而来的。洛尔的客厅又小又挤，窗帘永远拉下来遮挡着阳光，以免那些已经褪色的破旧地毯和室内饰面继续被日照损伤，要说此举着实多余。一位客人曾说，她的家具"看上去仿佛是长在房子里的，不大可能是挑选、购买并搬到房子里来的，简直毫无特色"。[48] 椅子是出了名的不舒服，摇摇晃晃的，不可能让已过中年的访客们的关节和脊椎觉得舒服。老头子们一定觉得很渴，因为房间里烟雾缭绕；洛尔用那把长柄的琥珀烟斗一根接一根抽着卡波尔牌香烟。据一位忠实信徒说，信徒们"不怎么抽烟，但（他们）偶尔会自己从伯爵夫人桌子上的糖果盒子里取出一颗土灰色的止咳糖……恢复体力"。除此之外，拜访者们最好的零食就是一两杯橙汁了，很可能还是微温的。

然而乏味装饰的珀西尔大街 1 号还是有几样刺激的东西，直指洛尔的个人魅力。爵爷为她画的素描是其中一件，不过那幅画直到 1883 年才出现在她的沙龙里，那时老头子们已经是常客了。另一个标志着她与王室友谊的东西是一套法贝热①珠宝盒和彩色硬石镶嵌的小玩意儿，摆放在她身旁的桌子上，是"（她的）大公们送的礼物"。这些小玩意儿证实了洛尔那句自我描述：她"收入不高"，但"殿下不少"。

另一件惹人遐思的玩意儿是一座很大的皮埃尔·康布罗纳将军②的半身像，这位拿破仑军队里的军官最臭名昭著的事迹是他在滑铁卢投降时说了一句脏话："妈的！"（"Merde！"）自那以后，"康布罗纳的话"就成为法语中秽语脏话的同义词，虽然洛尔只要能用粗俗的话，就从不费事说什么委婉语，但这座将军半身像立在她的壁炉架上，无疑是在故意提醒人们，她自己有多喜欢说脏话。⁴⁹当然在更具体的意义上，它也提醒着人们她的一个更丢脸的成名原因：她是第一个被人听到在公开场合说出康布罗纳的脏话的贵妇人。如今我们已经很难想象要多大胆无礼才能说出这句话，但在当时是非常极端的。当然也很迷人——她的大胆让她的侍从们不间断地光临，日复一日，月复一月，最终，数十年如一日。

洛尔的曾祖父德·萨德的肖像表明，她的叛逆有种返祖的性质，这也为她的叛逆蒙上了更加诱人的光环。她与这样一个臭名昭著的堕落者有亲戚关系或许在寻找丈夫时会把很多追求者吓跑，但如今她已经结婚了——而且奇迹般地摆脱了配偶的监督——它就成了刺激男性展开遐想的元素。虽然他们和她有着

---

① 法贝热（Fnbergé），成立于俄罗斯圣彼得堡的珠宝品牌，由居斯塔夫·法贝热（Gustav Fnbergé）于1842年创立，后经由其子彼得·卡尔·法贝热（Peter Carl Fnbergé）经营。法贝热主要加工金、银、孔雀石、玉石、青金石等贵金属和宝石材料，许多作品都具有法国路易十六时代的艺术风格，早年为俄罗斯沙皇创作了一系列缀满珠宝的复活节彩蛋，并因此闻名。

② 皮埃尔·康布罗纳（Pierre Cambronne，1770-1842），法兰西帝国的将军，曾参加过革命时期和拿破仑时代的战争，后在滑铁卢战役中受伤。

巨大的年龄差距，但在大多数情况下，老头子们对洛尔的迷恋绝非慈爱的长者风范，起码绝非仅此而已。在解释自己为何很少允许新客人参与每天的封闭沙龙时，她开玩笑说："我的老头子们闻到新鲜肉体的味道就会咆哮。"[50] 一次，一位刚到巴黎的英国贵族女子有幸被她赋予了这一特权，成为少数进入沙龙的外来者之一，她证明了那些交际家们的热忱带着一股捕食气息，把他们比作对着一只鸟流哈喇子的"公猫"。[51]

莉莉·德·格拉蒙跟老头子们中的大多数人都认识，她也惊异地发现他们显然为洛尔销魂荡魄：

/ 178

> 德·舍维涅伯爵夫人坐在烟雾中，傲视着她那群交际家们。他们驼着背坐在扶手椅中，对她大献殷勤，仿佛感谢她容貌如此娇美，谈吐如此风趣……用她那因为抽太多烟、熬太多夜而稍显沙哑的女声谈天说地，打牙犯嘴。[52]

洛尔的娇美是情人眼里出西施。她娇小的身材皮包骨头，面部五官太有棱角：尖而高的颧骨，突出的下巴，鹰钩鼻的弧度总让人禁不住想起各种鸟类（老鹰、天鹅、隼、秃鹫和"海岛之鸟"）。[53] 她把草莓金色的头发梳到脑后紧紧向上盘起，一绺蜷曲的卷发留在前额周围，试图给自己加一些柔弱的女人味，却无济于事。心情不好时，她看上去像普尔奇内拉①——来自意大利

---

① 普尔奇内拉（Pulcinella），一个经典角色，最初出现在 17 世纪的意大利即兴喜剧中，成为那不勒斯木偶剧的固定角色。这个角色是意大利南部的明星，被称为"人民的代言人，因为像那不勒斯人那样生动鲜活的民族必然是直言不讳的"。在不同的剧目中普尔奇内拉这个人物的地位和态度也不同，让世界各地的观众为之着迷。

即兴喜剧①和大木偶剧院的鹰钩鼻女人。心情很好时，她像一个天使，那碧蓝色的眸子和金黄色的头发似乎不属凡间。而通常情况下，她的样子符合自己的绰号"彼特拉克下士"，那股"阳刚气质"不仅来自凸起的鼻子和下巴，也来自她锐利而低哑的声音（在同时代人听起来，仿佛"因为数百年发号施令而变得粗哑了"）。[54]

在她的朋友、著名巴黎银行家之子安德烈·热尔曼看来，洛尔有"一种神秘气息，仿佛这副美丽的骨骼是从她曾祖父（德·萨德）一百年前凋萎的那些监狱里逃出来的"[55]。比贝斯科亲王夫人则认为，她代表了"法国女人的形象，经过千年历史的浓缩，如法国玫瑰一般完美，像法国红酒一样曼妙"[56]。热尔曼和比贝斯科的比喻提到了让交际家们迷恋洛尔以及让她离不开他们的另一个重要元素。与她"骨感的传令官"样貌一样，她也和他们一样深深怀念着贵族拥有一人之下万人之上的尊贵地位的美好旧时光。[57]绝非偶然，这正是洛尔的老头子们出身的阶层。他们毫无例外地公开谴责自由和平等的力量摧毁了旧制度，在第三共和国更是达到了新高度。洛尔的沙龙常客们的社会和政治地位与她本人的"弗罗斯多夫的尤物"形象有着完美的契合。

对老头子们中的两个人——阿尔贝·德·曼伯爵和布勒特伊侯爵亨利·勒托内利耶——来说，持此反动立场意味着他们在共和国政府内部积极地扮演反对派角色。德·曼在出身（很久以前，他的外祖父也是为流亡国外的亨利五世光荣服务的人员之

---

① 意大利即兴喜剧（commedia dell'arte），16世纪在意大利出现的一种戏剧，是以喜剧小品为基础的即兴剧场，其特点是角色佩戴面具。意大利即兴喜剧的一个特色是插科打诨，另一个特色是其中的滑稽演员会以哑剧的方式呈现。剧中有许多定型角色，如愚笨的老人、狡猾的仆人、看似勇敢的军官等。

洛尔开玩笑说自己像意大利即兴喜剧中那位长着鹰钩鼻的小丑普尔奇内拉，有时还在化装舞会中扮演这个角色。这幅素描是由拿破仑一世的侄孙费迪南·巴克（Ferdinand Bac）所画

一）和信仰（德·曼是个狂热的天主教徒，不遗余力地批评共和左派的世俗化）上都是正统王朝拥护者，已经成为国民议会中的极右派代言人。他以激情四溢的演说而闻名，在演说中发自内心地呼吁"革命乃国之大敌"以及"混乱无序、社会堕落和道德败坏，那就是共和制的意义"。[58]

　　除了雄辩的口才之外，德·曼与梵蒂冈的独特联系也赋予他很大的权威。他能对教宗利奥十三世①施加影响，这一点在法国无人可比，以至于他的同胞们把他看作本国的教廷大使，是教宗派驻到他们中间的非正式代表。因此当德·曼批判共和国时，人们会认为他不仅代表了自己政党的观点，也是为教宗代言。目前的形势也的确如此，共和派意识形态中的反教权主义没有在圣伯

①　利奥十三世（Pope Leo XIII，1810-1903），1878 年起任天主教会的领袖。他以其知性和试图确定天主教在现代思想方面的立场而闻名于世，并因其关于《玫瑰经》的十一道教宗通谕而赢得了"玫瑰经教宗"之名。

多禄大教堂 ^① 赢得什么朋友。

　　能收服德·曼成为自己的信徒让洛尔很自豪，虽然他的虔诚信仰会让她觉得不够殷勤。她总是跟每一位老头子打情骂俏，每每和德·曼调情时，他会抗议说："我很抱歉夫人，但是你看，我绝不会对妻子不忠。"⁵⁹ 德·曼拒绝合作会激怒洛尔，但他间接地为她的沙龙蒙上了教宗的神秘光环，大大弥补了这一缺憾。毕竟教宗本人也是一位君主，因此德·曼出现在洛尔的招待会上就增加了她积累的王室声望，那会进一步让她声名远播，她对此十分珍视。

　　亨利·德·布勒特伊是议会中另一位致力于抵抗民主在法国扩张的君主主义领袖。布勒特伊的父系一方出了很多卓越的廷臣和政治家，还有一位 18 世纪最出色的沙龙女主人之一，埃米莉·迪沙特莱 ^②，她是牛顿的首位法语译者，也是伏尔泰的长期情人。和洛尔对待自己的中产阶级商人祖先一样，布勒特伊也很少提及自己母亲一方那些"无生"阶层的亲戚。他们是富尔德家族，一个非常有钱的犹太人银行家族。布勒特伊凭借他们的财富，过上了大地主的生活，又对拥有大地主的姓氏备感自豪。

　　和好友亨利·格雷弗耶一样，他也倾向于奥尔良派君主而不是波旁王朝复辟。过去十多年，他一直是巴黎伯爵在国民议会下议院——众议院（Chamber of Deputies）——的官方发言人，在那里发表和德·曼一样的反共和主张。1889 年夏，政府准备

---

① 圣伯多禄大教堂（St. Peter's Basilica Church），又称圣彼得大教堂、梵蒂冈大殿。由米开朗琪罗设计，是位于梵蒂冈的一座天主教宗座圣殿，建于 1506—1626 年，为天主教会重要的象征之一。

② 埃米莉·迪沙特莱（Émilie du Châtelet，1706-1749），法国数学家、物理学家和哲学家。1749 年，她完成了牛顿《自然哲学的数学原理》一书的法文翻译和评注。

保王主义政治家阿尔贝·德·曼（左）和君主主义历史学家科斯塔·德·博勒加尔（右），都是洛尔封闭沙龙的成员

庆祝 1789 年 7 月 14 日攻占巴士底狱一百周年时，布勒特伊在议会公开宣称，革命是这个国家彻头彻尾的灾难。

　　洛尔那个小圈子的其他成员则退出了公共生活，公然投身贵族的闲适享乐，以此来表明他们被剥夺了政治权利。菲茨－詹姆斯就是这么做的。他在弗罗斯多夫城堡的事业一经结束，就开始纵容自己的怠惰，觉得那是他的出身赋予他的权利；而他与一位来自维也纳的犹太女继承人，闺名叫罗莎莉·冯·古特曼（Rosalie von Gutmann）的女人的无爱婚姻，又给他提供了必要的资本。（虽然菲茨－詹姆斯和布勒特伊偶尔都会出于本能反对犹太人，但说起用犹太人的金子为自己的家徽重新镀金，他们还是十分乐意的。）

　　约瑟夫·德·贡托伯爵是老头子们中最年轻的一位，只比洛尔大八岁，也是贵族出身。他的家族有着拥护正统王朝的古老历史。1830 年，他的好几位祖辈曾陪伴法国波旁王朝的最后一位国王查理十世流亡海外。然而他的父亲埃利·德·贡托 - 比龙（Élie de Gontaut-Biron）却在 1871 年接受了第三共和国驻普鲁士大使一职；但六年后，他的保王主义朋友们在国内夺权失败，他被从任上召回。该事件导致贡托 - 比龙被迫辞职。[60] 不久，他的儿子约瑟夫这位法国顶尖军事学院圣西尔军校（Saint-Cyr）的毕业生和普法战争的荣誉老兵也辞去了军官之职，终结了这个家族长达 300 年的卓越服役传统。（在旧制度下，约瑟夫·德·贡托至少有四位父系祖先担任过这个国家最高的军事职位，即法兰西元帅。）约瑟夫有 21 个兄弟姐妹，因而本人也"收入不高"。但他娶了一位郡主埃玛·德·波利尼亚克（Emma de Polignac），她的嫁妆帮他维系着奢华的生活方式。据说贡托是巴黎最好的骑手，是越野障碍赛马全国冠军，也一直在法国积极推广这项英国传统的运动项目。他还是比利牛斯山脉的度假小镇帕乌（Pau）的猎犬专家，那里是上等猎狐犬的故乡。[61]

迪洛·德·阿勒曼侯爵阿尔弗雷德的父亲曾经是查理十世的一位低级侍从，他也是主动怠惰的典范。迪洛虽然曾在议会中短期担任过奥尔良派代言人，但他后来以"他的家族传统和过去百年来的动荡，让（他）有义务与任何及一切'革命'政府断绝关系"为由，退出了政界。[62] 迪洛有着典型的上流社会的诙谐，喜欢说他之所以退出公共生活，是为了全天候为一年一度在布洛涅森林中举办的鸽形土靶射击比赛做准备，他总是在该比赛中获得最高荣誉。他还是个狂热的业余摄影家。但他的密友们知道，把政治换成鸽形土靶和照相机让迪洛很难接受。[63] 其中一位写道，"他装出的闲散是一副面具，他只是用风度掩盖了自己的失落感

（son activité perdue）"；承认自己国家的政府中已经没有他的位置了，是"他最有勇气的行为之一"[64]。

科斯塔·德·博勒加尔侯爵夏尔－阿尔贝（洛尔称呼他"科斯塔"）一度也曾是君主主义代言人，他在清楚地看到自己的观点永远不可能与当权的共和派达成一致时，同样退出了政界。辞职后，他着手撰写一部四卷本的巨著——那部关于萨伏依王朝的著作最初是由他的曾祖父于1816年开始写作的，自17世纪起，科斯塔·德·博勒加尔家族就是该王朝颇受重视的顾问、廷臣和军官。[①] 和他未来的法兰西学术院同事奥特南·德·奥松维尔一样，科斯塔寻找慰藉的方式也是在写作中复兴那个他和同类人曾经当道的昨日世界。正如他在为已故的曾祖父所写的致辞中所说，"您把我们和往昔勇敢的一代联系起来"[65]，正是为了他们，

> 我努力重现旧日时光，重新发现他们的记忆，那些从我的心间取下的真正的枯萎的花朵就像扯下的书页。也正是为了那些先辈，为了让他们的后代热爱受他们本人那般敬重的王公们，（我从您手中）接过此任，写完了这些关于萨伏依王朝的回忆录。[66]

/ 182

---

① 法国王室与萨伏依王朝通婚的传统可以追溯至15世纪路易十一与萨伏依的夏洛特以及奥尔良王朝的查理一世与萨伏依的路易丝之间的结合，后一对夫妇就是弗朗索瓦一世的父母。这个传统一直维持到旧制度结束之时，最后的高潮是路易十六的两个弟弟，未来的路易十八和查理十世，分别娶了萨伏依的两个女儿。因此，亨利五世的祖母是萨伏依人。1861年，萨伏依公爵维托里奥·埃马努埃莱二世（Vittorio Emanuele Ⅱ）成为统一的意大利王国的第一位国王；他的儿子分别是意大利的翁贝托一世（Umberto Ⅰ）和德·奥斯塔公爵（Duke d'Aosta），即1870—1873年统治西班牙的阿玛迪奥一世（Amadeo Ⅰ）。——作者注

科斯塔作品中的怀旧色彩呼应了德·奥松维尔在关于内克尔夫人的著作中流露的一种情绪："（在这些）书页中重燃起昔日的灰烬……或许能创造一种类似海市蜃楼的东西，但只要还能看得见海市蜃楼，它所带来的幻觉本身就令人心醉神往。"[67]

同样的幻觉也笼罩着洛尔的沙龙。德·曼写道，在外面的世界，他和他的贵族同伴们受到了"未来之人"的十面埋伏。但对他们自己圈子里的"过去之人"而言，最快乐的事情莫过于用旧制度特权的海市蜃楼对抗现代民主社会的残酷现实。凭借着她的贵族身份和货真价实的正统王朝拥护者立场，洛尔是这群人完美的精神领袖。正如来访的英国朋友所见，老头子们把她那间昏暗发霉的起居室当成了"君主的接见厅"[68]，把这所房子的女主人当成了他们的女王：她是世俗世界的神圣权威，是有幸见证了政权崩溃的人。[69]

如果洛尔晚一个世纪出生，她几乎肯定能把自己塑造成一个品牌。她以超前的意识抓住了后来成为很多名人公关策略的关键，那就是一个人的形象应该足够统一，以便在仰慕者中间获得辨识度，但同时又要足够多变，才能赢得他们持续的关注。作为其核心，她的"普鲁托的新娘"生活方式之所以能引起同代人的共鸣，就是因为它让人们想起了关于世袭特权及其悲剧收场的更为宏大的叙事。

洛尔深知这一点，便扩充了保留曲目，加入了另一个基于同一主题的变调：不屈不挠、英勇无畏的德·萨德侯爵唐纳蒂安经历的灾难。在沙龙的墙壁上，她把曾祖父的肖像与爵爷画的她和鹦鹉的素描并排挂在一起，使之成为谈话中一个方便的提示符。如果她觉得朋友们对她那套"阴影王国"的老生常谈有些厌烦了，她会轻快地把香烟嘴弹到唐纳蒂安这一侧，顺畅转接到自己大家族历史的另一个章节。从孔戴亲王的玩伴到巴士底狱的囚徒，从皮克毕的掘墓者到沙朗东的病人，德·萨德的下滑趋势与亨利五世一样夸张，他的道德败坏让故事变得更加刺激。洛尔在弗罗斯多夫的乏味与"神圣侯爵"的地牢间转换话题，满足了同伴们对于一种文明黑暗而性感的魅力的渴望，那是他们的祖先曾一度大权在握并最终火尽灰冷的文明。

　　鉴于神秘的封建时代的普洛塞庇娜是洛尔在社交圈为自己构建的核心形象，人们大概会以为 1883 年 8 月爵爷的去世会导致她的声望下滑。但事实上，她的名声却大大提升了。除了她与媒体的接触和封闭沙龙外，她能继续声名显赫主要有两个原因。首先，如果洛尔的贵族同伴怀疑过她夸张了爵爷对她的喜爱的话，那么传说中他在临终前关于"老丫头"的那句俏皮话（她迫不及待地把它透露给了梅耶尔）似乎无可辩驳地证实了她的说法，老头子们亲眼看到了爵爷亲手画的那幅漫画。其次，她利用了贵族阶层对王室殉难者的特殊敬意。作为革命中最著名的王室受害者，路易十六、玛丽·安托瓦内特及其幼子路易十七在整个 19 世纪成为王室殉难的化身。在一生不幸遭遇之后还客死他乡，他们的亲戚亨利五世也有资格荣登传说中的殉难者之列。①

---

① 扼要重述一下亨利五世及其家人的不幸遭遇：路易十六和玛丽·安托瓦内特被废黜、监禁和斩首。其子路易十七被卫兵监禁、虐待和谋杀。女儿德·安古莱姆公爵夫人在革命期间受到精神创伤，一生无子，客死他乡。爵爷的祖父查理十世被废黜、流放、死于他国。他的父亲德·贝里公爵在他（亨利）出生之前就被暗杀了。他的母亲德·贝里公爵夫人因计划让他代替路易－菲利普登基而被监禁、流放，客死他国。他的婚姻无子嗣。他的继承人是仇恨的奥尔良派。他的旗帜被废弃。他丧失了自己的王国。他的马名叫"群众的要求"。如果他还有些什么的话，那就是历史，包括他自己那次流产的政变——那对他是致命一击——以及他自己终究身死异国。——作者注

洛尔从未见过奥匈帝国大公鲁道夫①，却在他1889年1月自杀之后为他服丧。她抓住每个机会展示自己对君主主义的忠诚

/ 184

在整个贵族城区，就连在尚博尔生前没有集结在他周围的人，也在他死后视他为富贵安逸却岌岌可危的逝去的时光[70]的象征。[71]这一反应的典型事例就是玛蒂尔德·波拿巴公主决定以"尚博尔伯爵的花束"作为自己新的标志性香水味道。[72]在政治上，玛蒂尔德公主是个波拿巴主义者，这也符合她的姓氏和出身。但由于她的波拿巴亲戚们也一样丧失了皇位，所以她对尚博尔的苦难充满同情，对那个君主统治这片国土的时代充满怀念。同样的情感也启迪了德·萨冈亲王夫人，这位坚定的奥尔良派在

---

① 鲁道夫（Rudolf，1858–1889），奥匈帝国皇帝弗朗茨·约瑟夫一世的独子。与父亲的保守主义立场相反，鲁道夫个人偏好自由主义，譬如父亲总是穿着军装并要求他效仿，这让他备感痛苦；受父亲的压力，他在1881年娶了比利时的公主史蒂芬妮。被迫的婚姻及不幸遭遇让他在婚后精神沮丧，随后精神崩溃，在1889年与女友一同殉情自杀。

波旁王位觊觎者死后不久，以"尚博尔的鲤鱼"作为她招待一位奥尔良派殿下的晚宴上的第一道菜。[73]

这类举动给予逝者荣光，这并非因为他具体的政治观点（他最主要的政治观点就是拒绝法国三色旗，至少可以说是搞错了方向）或政治成就（他根本没有成就），而是因为他，用一个奥尔良派内行的话来说，是"昔日的威严和荣耀……君主的特权，生来就拥有 14 个世纪的荣誉、忠诚和不屈不挠的刚毅的……光荣象征"。在这种情况下，洛尔的弗罗斯多夫叙事就获得了比以往任何时候都要大的效力。它让上层安心地觉得，如果说爵爷和他代表的王权理想在事实上消失了，那么它们的精神仍然闪现在他这位明艳动人、百折不挠的宠儿身上。

经过君主主义念旧情怀的渲染，洛尔的名望为她带来了大量新的邀请，去参加城区最尊贵的狂欢。在巴黎的前四年，她一直没能进入德·萨冈亲王夫人年度化装舞会的宾客名单。然而在爵爷的葬礼举办九个月后，德·萨冈夫人不但指定洛尔参加舞会，还邀请她前来参加舞会前仅有 100 人参加的晚宴。不止这些：亲王夫人还从 1000 多名受邀请人中选择洛尔在专业编排的舞蹈表演中扮演令人垂涎的 20 个角色之一，那是舞会的传统压轴表演。

德·萨冈夫人大肆渲染自己对玛丽·安托瓦内特的喜爱，指示宾客们要身着农民装束，因为她准备在一个古色古香的半木结构的乡间村落里招待他们，那个村落是模仿凡尔赛的王后农庄建造的（亲王夫人在自己宅邸的后花园里斥巨资重现了该场景）。[74]"有生"阶层的成员都知道，那个农庄是玛丽·安托瓦内特逃离凡尔赛宫繁复礼仪的避风港；她和朋友们在那里装扮成朴素的农民，在王后拙朴典雅的大理石牛奶场里饮用新鲜牛奶，与一群群特别喷洒了香水的羊群嬉戏。在这样的历史背景下，正式的宫廷芭蕾就会显得格格不入，因此德·萨冈夫人为舞者们安排了一段适合乡村场景的插曲：一段喧闹的踢踏布列舞曲。

这是女主人做出的一个大胆选择，如今冗长的宫廷庆典对贵族们而言已经成为一种奢望，这样的选择不一定合他们的口味。就连一贯奉承谄媚的《高卢人报》也表示反对，称布列舞是"舞蹈中的卷心菜汤"。然而洛尔一定对这个选择暗自高兴，对于她的乡下姑娘人设和天生的运动天赋来说，这再合适不过了。亲王夫人请舞者们穿的木屐绊倒了好几个动作不够灵活的舞队成员。但洛尔的布列舞充满活力，令观众眼前一亮。

布列舞之后的表演又给了她另一重提升：一位专业女歌唱家表演雅克·奥芬巴赫①的《布拉邦的热纳维耶芙》（*Geneviève de Brabant*，1859）中的一段咏叹调。得益于这一选择，洛尔能够把一位传说祖先的名字挂在嘴边，与洛尔·德·诺韦斯或德·萨德侯爵相比，她不经常提起这位祖先，但一样为之自豪。那就是布拉邦的玛丽（Marie de Brabant），这位中世纪的贵族女人被冤枉在丈夫参加十字军东征时对丈夫不忠。故事讲道，她丈夫离家期间，另一个男人来找玛丽，遭到拒绝之后，作为报复，他指控她通奸。她因为莫须有的罪名而被处死，但死后却沉冤得雪，她的故事变成了一个民间传说，传说中以巴黎的主保圣人之名为她重新命名为热纳维耶芙。[75] 第二帝国时期，雅克·奥芬巴赫把这个故事改编成一部喜歌剧，反响热烈。但洛尔那时还是个孩

---

① 雅克·奥芬巴赫（Jacques Offenbach，1819-1880），出生于德国的法国作曲家，浪漫主义时期的大提琴家和剧院经理。他以1850年代到1870年代的近百部轻歌剧而闻名，代表作是歌剧《霍夫曼的故事》（*Les Contes d'Hoffmann*，1881年上演）。

子，那以后，由于喜歌剧这个类型日趋衰落，《布拉邦的热纳维耶芙》也风光不再了。因此洛尔没有多少机会不经意地提起自己家谱中的这一分支。这样一个机会居然出现在她参加的第一个萨冈舞会上，这的确是一个愉快的巧合，她抓紧机会给那群对家世十分敏感的同伴们普及了自己跟布拉邦的联系。

那晚，洛尔简朴动人的装束为她赢得了更多赞美：一顶小小的头巾式女帽和褶边围裙搭配着一件条纹土布连衣裙。她对支持者们说，自己当晚的身份是"路易十六的烘焙女"[76]。这个称谓并没有听上去那么感觉良好，因为它暗含的典故是路易十六及其家人"殉难"故事的一个较早章节。1789 年 10 月 5 日晚，一群饥饿的巴黎暴徒行至凡尔赛宫，他们（错误地）怀疑国王和王后在那里囤积了大量面粉。劫掠者们冲入宫门，杀死了门卫。然后他们在王宫里疯跑，叫嚣要宰了那个"烘焙女"——玛丽·安托

/ 186

在德·萨冈亲王夫人 1884 年举办的农民舞会上，身着放肆的"烘焙女"装束的洛尔与她的朋友科斯塔

瓦内特，还要喝掉她的血。最后，入侵者抓住了王室一家，把他们强行带回了巴黎。这个插曲标志着法国君主制终结进程的开始，和所有持剑贵族一样，洛尔也十分明白这一点。她自称"路易十六的烘焙女"，就加入了玛丽·安托瓦内特的行列，或者更具体地说，加入了革命的受害者玛丽·安托瓦内特的行列。通过这种方式，洛尔再度把自己塑造成法国殉难统治阶级的典型人物。

除了其他舞会参与者的关注之外，洛尔的装束还为她赢得了最后一项特殊声望：《艺术与时尚》（*L'Art et la mode*）这家由她的好友热纳维耶芙·比才的堂兄卢多维克·阿莱维参与创办的短命时尚杂志将她的肖像用作了插图。这家杂志的化名记者并没有忘记她那身装束的政治暗示，用凝练的"梅亚克与阿莱维式幽默"写道："看着漂亮的德·舍**夫人，我们几乎忍不住想要原谅那些总是抢劫面包房和闹革命的群众了！"

虽然自称喜爱玛丽·安托瓦内特，但德·萨冈亲王夫人似乎不反对洛尔的烘焙女花招。作为一个富有经验的女主人，她一眼就知道谁是晚会宾客中的耀眼明星，洛尔显然大获成功。从那以后，亲王夫人每年的萨冈舞会和舞会前的晚宴就再也没有落下过她。

她还邀请洛尔参加她和自己那群老头子们的聚会，规模更小，宾客的选择也更挑剔：奥尔良派亲王们，如今他们作为法国王位的新继承人，变成了洛尔极有价值的关系网。在她所处的阶层，说到底最重要的不是谁戴上了王冠，而是谁站得与王位最近，得到它赋予的荣耀最多。洛尔本能地了解这一概念，毫无歉意地接受它。她好不容易离开了帕西、外省和阴影王国，当然不甘心让自己再度归于沉寂。普鲁托已死。普洛塞庇娜万岁。

注　释

1　关于爵爷的疾病和死亡，见 Joseph du Bourg, *Les Entrevues des princes à Frohsdorf: la vérité et la légende* (Paris: Perrin, 1910), and Monti de Rézé, op. cit., 202-30; Pierre de Luz (pseud. Pierre Henry de La Blanchetai), *Henri V* (Paris: n.p., 1931), reprinted as vol. 58 of *Les Amis du Comte de Chambord* (Paris: Plon, 2007), 459-60; Cornély, op. cit., 284-352。

2　AM, op. cit., 343. AM 还描写了爵爷为洛尔和她的鹦鹉所画的素描。

3　Hyacinthe de Paule de La Motte Ango, *Marquis de Flers, Le Comte de Paris*, trans. Constance Majendie (London: Allen & Co., 1889), 204.

4　Dubosc de Pesquidoux, op. cit., 448-89 and 465-66.

5　Un Domino (pseud. Meyer), "Les Fidèles," *Le Gaulois* (August 24, 1883): 2.

6　阿尔贝·德·曼伯爵, "Les Dernières Heures du drapeau blanc," *La Revue hebdomadaire* 46 (November 13, 1909): 141-63, 141。

7　PV, *Society in Paris*, 27.

8　关于葬礼上先后顺序的混乱，以及让巴黎伯爵把自己的祷告椅相对于其他人前移的建议，见 H. de Flers, op. cit., 206; Cornély, op.cit., 365。

9　关于夫人打算迁居，以及爵爷计划被葬在格里茨，见 Cornély, op. cit., 357-58; and Du Bourg, op. cit., 303。

10　在 1885 年的地理学会成员名单中，AC 和 LC 的住址是珀西尔大街 1 号。1880 年代后期，1886 年后 1889 年前，他们搬到了米罗梅尼尔街 34 号，也就是上文所述年轻的 MP 的"希望路线"的终点。关于格雷弗耶家族资助的珀西尔大街上的奥尔良派总部，见 "Ça manque de pigeons!" *La Lanterne* (August 3, 1878): 1。

11　关于爵爷的天主教家庭价值观，见 Chambord, op. cit., 227。

12　MB, *La Duchesse de Guermantes*, 78.

13　PM, *L'Allure de Chanel*, 106.

14　BL, op. cit., 80. 这个小插曲发生的时间可能是 1885 年春，那时 LC 有一次穿了一套铃兰装束。见 Vicomtesse de Renneville, "Chronique de l'élégance," *La Nouvelle Revue* 34 (May-June 1885): 444。

15　Laurence Klejman and Florence Rochefort, *L'Égalité en marche: Le Féminisme sous la Troisième République* (Paris: PFNSP/des femmes, 1989).

16　Diana Holmes and Carrie Tarr, eds., *A Belle Époque? Women in French Society and Culture, 1890–1914* (New York and Oxford; Berghahn, 2007), 12.

17　Guichard, op. cit., 17. 关于世纪末法国女性主义的兴起和掣肘，又见 Holmes and Tarr, op. cit., 12。

18　这里参考的自然是西蒙娜·德·波伏娃关于女性主义的奠基作《第二性》(*Le Deuxième Sexe*, 1949)。在本传记的所有主要人物中，只有 EG 一人活到了波伏娃的著作出版之时。

19　关于"上层阶级社交的金三角：海滨别墅、巴黎府邸和打猎城堡"，见 Fiette, op. cit., 217。

20　Martin-Fugier, *Les Salons de la IIIe République*, 100. 每年 1000–1500 张名帖的数字也得自同一来源。

21　CCB, op. cit., 47–48; Jean Lorrain (pseud. Paul Duval), *La Ville empoisonnée: Pall-Mall parisien* (Paris: Jean Crès, 1936), 210;《吉尔·布拉斯报》(1883 年 5 月 29 日): 1; and Sally Britton Spottiswood Mackin, *A Society Woman on Two Continents* (New York and London: Transatlantic, 1896), 172–73。

22　Burnand, op. cit., 226; Carassus, op. cit., 232–33; Aurélien Scholl, "Abomination!" in *Le Fruit défendu* (Paris: Librairie Universelle, 1888), n.p.; and GLP, *Trente ans de dîners en ville*, 82. GLP 指出，周五是上层资产阶级预约的，周六则专门留给贵族歌剧预约者。

23　关于预约者们对舞台上的故事不感兴趣，见 GLP, *Trente ans de dîners en ville*, 82 and 121; and AGG, *Souvenirs* (n.p., n.d.), 29。

24　LG, *Mémoires*, vol. 2, 168; and AGG, op. cit., 31–33.

25　Marie-Alice Hennessy, "Courses," in *Dictionnaire du snobisme*, ed. Jullian, 53–54.

26　Lysiane Sarah-Bernhardt (pseud.), "Les Courses," in *Le Protocole mondain*, ed. AdF, 340–41.

27　BL, op. cit., 81.

28　AdF, *Mon Paris et ses Parisiens*, vol. 1, 231. "穷光蛋俱乐部"出现在 OJFF 中，MP 写道："在'穷光蛋'的眼睛和想象中"，"那些不可逾越的障碍"似乎把他们和乘车驶过的优雅夫人们分成了两个世界。见 MP, OJFF, 627。

29 AdF, *Mon Paris et ses Parisiens*, vol. 1, 231. 关于"上等人"这句无产阶级称呼上层阶级的俚语，见 Aristide Bruant, ed., *Dictionnaire français: argot* (Paris: Flammarion, 1905), 28。

30 关于 LC 在德·于扎伊夫人的邀请下参加的一次慈善晚宴的记述，见 Louis Prudent (pseud.), "*A la rue de Sèze: fête de charité*," *Le Gaulois*, May 1, 1885, 2。

31 MB, *La Duchesse de Guermantes*, 80.

32 Comte Léonce de Larmandie, *Du Faubourg Saint-Germain en l'an de grâce 1889* (Paris: E. Dentu, 1889), 122.

33 *Le Gaulois* (May 1, 1885): 1. 又见 AF, "Le Salon de l'Europe"："当德·舍维涅夫人说到'阿代奥姆'时，她是在诉诸一种不容置疑的权威"(op. cit., 466)，即便 AC（通常）不知道 LC 在用他的名义达到那一目的。

34 Arnaud, op. cit., 76.

35 MB, *La Duchesse de Guermantes*, 80.

36 Arthur Meyer, *Ce que mes yeux ont vu* (Paris: Plon-Nourrit, 1912), 359.

37 关于大革命之前和之后法国新闻界的简史，见 Henri Avenel, *Histoire de la presse française, depuis 1789 jusqu'à nos jours* (Paris: Flammarion, 1900), 18–20 and 35–63; 关于 1789 年后发行量的大幅增加，见 Rolf Reichardt, "The French Revolution as a European Media Event," *EGO: European History Online* (August 27, 2012): 5。

38 据历史学家 Rolf Reichardt 说，1789 年 7 月 14 日攻占巴士底狱之前，全法国出版的大幅报纸的数目"可以用一只手数得过来"，而八年后，"单是巴黎的报纸的日发行量就达到了 15 万份"。其后 100 年，那个数字继续呈指数级增长。

39 Odette Carasso, *Arthur Meyer, directeur du Gaulois: Un patron de presse juif, royaliste et antidreyfusard* (Paris: Imago, 2003), 19–35.

40 ED, *La France juive*, vol. 2, 183.

41 Corpechot, op. cit., 104.

42 关于"势利"这个词条进入了世纪末的法国社交界话语，见 Carassus, op. cit., 47–60; Meyer, *Ce que mes yeux ont vu*, 409–10; and Zed (pseud. Maugny), *Parisiens et Parisiennes en déshabille* (Paris: Ernest Kolb, 1889), 3–12.

43 关于城区对《高卢人报》的喜爱，见 de Pange，他将其描述为"社交界的官方报纸"(op. cit., 272)。

44 PV, *La Vie à Paris*, 103.

45 关于法国的沙龙传统，尤见 Benedetta Craveri, *The Age of Conversation*, trans. Teresa Waugh (New York: New York Review Books, 2006); and Antoine Lilti, *Le monde des salons: Sociabilité et Mondanité à Paris au XVIIIᵉ siècle* (Paris: Fayard, 2005)。

46 Larillière (pseud.), "La Société de Paris: La Comtesse de Chevigné,"《吉尔·布拉斯报》（1903 年 8 月 17 日）：1。

47 Painter, op. cit., vol. 1, 111–12.

48 BL, op. cit., 75. 见 AF, "Le Salon de l'Europe," 463–65; and in Huas, op. cit., 165。

49 LC 的一位孙女后来写了一篇文章，讲述 LC 对这句脏话和使之出名的将军的半身像的喜爱。见 Marie-Laure de Noailles, "Clefs (les mots)," in Jullian (ed.), *Dictionnaire du snobisme*, op. cit., 51–52。

50 BL, op. cit., 78.

51 同上；引文又见 MB, *La Duchesse de Guermantes*, 32。

52 LG, *Mémoires*, vol. 2, 30–31.

53 对洛尔容貌的不同评价，见 Arnaud, op. cit., 75–76; Pierre Grenaud and Gatien Marcailhou, *Boni de Castellane et le Palais Rose* (Paris: Les Auteurs Associés, 1983), 158; PM, *L'Allure de Chanel*, 168–71; LG, Mémoires, vol. 2, 31; MB, *La Duchesse de Guermantes*, 33; and BL, op. cit., 78。

54 Arnaud, op. cit., 75–76. 由于如第 8 章所述，同样一句话被 EdG 用于描述德·欧马勒公爵的声音，LC 的粗哑嗓音可能就是 Arnaud 会说她"充满阳刚之气"的原因；见 Arnaud, op. cit., 75。

55 AG, *Les Clés de Proust*, 31.

56 MB, *La Duchesse de Guermantes*, 46–47.

57 Gilbert Guilleminault, *Prélude à la Belle Époque* (Paris: Denoël, 1957), 212.

58 Jacques Piou, *Le Comte Albert de Mun: sa vie publique* (Paris: Spes, 1925), 8; 对德·曼力图"把自己变成（法国）某个天主教政党的领袖"的评价，见 "Count Albert de Mun," *Public Opinion* 48 (November 13, 1885): 615。

59 LG, *Souvenirs du monde*, 39.

60 关于导致贡托的父亲被从柏林召回巴黎的国内政治危机，见 Albert, Duc de Broglie, *Ambassador of the Vanquished: The Viscount Élie de Gontaut-Biron's Mission to Berlin* (London: William Heinemann, 1896), 267–98。

61　关于贡托的家庭和休闲活动，见 Robert R. Locke, *French Legitimists and the Politics of Moral Order in the Early Third Republic* (Princeton, NJ: Princeton University Press, 2015), 56−57; and *La Revue des Basses-pyrénées et des Landes* 1 (1884): 334。

62　DH, *Pays parisiens*, 84.

63　关于迪洛的休闲活动，见 de Vaux, *Le Sport en France*, 199−202; *La Revue des Basses-pyrénées et des Landes*, 334。此外，本书中复制的许多照片要归功于两位摄影者，迪洛就是其中之一；他的摄影搭档是埃德加·德加的长期情妇奥尔唐斯·豪兰，他们拍摄的照片保存在阿莱维的家族相册中，如今由纽约大都会艺术博物馆收藏。

64　DH, *Pays parisiens*, 83−84.

65　charles-Albert, Marquis Costa de Beauregard, *Un homme d'autrefois: Souvenirs recueillis par son arrière petit-fils* (Paris: Plon, 1878), vi.

66　Ibid., 468.

67　Paul-Gabriel Othenin de Cléron, Vicomte (later Comte) d'Haussonville, *Le Salon de Mme Necker* (Paris: Calmann-Lévy, 1882), 3.

68　BL, op. cit., 78.

69　MB, *La Duchesse de Guermantes*, 107, and AM, op. cit., 81.

70　非正统王朝拥护者在爵爷死后对他的赞赏，见 Georges de Nouvion and Émile Landrodie, *Le Comte de Chambord: 1820−1883* (Paris: Jouvet, 1884), 396; Eugène Veuillot, "La Mort du Comte de Chambord," *L'Univers* (August 25, 1883): 1; and Dubosc de Pesquidoux, op. cit., 492−93。

71　世纪末法国贵族阶层对其光荣往昔的"自给自足的正统王朝梦"，以及与之相伴的"拒绝接纳现代世界"，概述见 Fiette, op. cit., 216。

72　Burnand, op. cit., 84. 正如 Burnand 指出的，对于一种香型来说，这个名字是"自相矛盾"的，因为波旁王朝的象征"百合""没有香味"。

73　Un Domino (pseud. Meyer), "Échos de Paris," *Le Gaulois* (April 29, 1888): 1.

74　关于德·萨冈夫人的农民舞会和 LC 当晚的装扮，见 "Bloc-notes parisien: au village," *Le Gaulois* (June 11, 1884): 1−2; Diable Boiteux (pseud.), "Nouvelles et échos,"《吉尔·布拉斯报》(1884 年 6 月 11 日): 1−2,(1884 年 6 月 12 日): 1, 以及 (1884 年 65 月 13 日): 1; 另见 Hy de Hem (pseud.). "La Fête villageoise de la Princesse de Sagan, *L'Art et la mode* 30

(June 21, 1884): 8-9。关于 LC 的服装的引文来自 Hy de Hem 的文章。

75　关于 LC 的祖先是布拉邦的"热纳维耶芙"（玛丽）和洛尔·德·诺韦斯，见 Henri Raczymow, *Le Paris littéraire et intime de Proust* (Paris: Parigramme, 1997), 26; and Henri Raczymow, *Le Paris retrouvé de Proust*, 196。我自己对洛尔及其丈夫的家谱的研究未能证实她和布拉邦一族有任何亲属关系。

76　François-René de Chateaubriand, *Mémoires d'outre-tombe*, tome I (Paris: Garnier Frères, 1899), 281.

"普洛塞庇娜的丈夫"（这是上层为阿代奥姆·德·舍维涅取的绰号）也和她一起出席了 1884 年的萨冈舞会，这对他来说是件稀罕事。他在这类大型的浮夸场合往往会很不适应，虽然他举止得体，但还是带着明显的无措神情。一位贵族曾写道，每当洛尔的丈夫碰巧出现在某个大型社交场合，他看上去就像一只被暴风雨弄得晕头转向的海鸟，正栖息在一只轮船的桅杆上歇息，以便攒足力气飞回到暴风雨中。[1] 舍维涅显然不曾在弗罗斯多夫城堡忍受过这么密集的社交活动。刚搬回巴黎那段日子，他很难推脱，不过还是勉力应付过去了。他虽不像妻子那样鄙视不可避免的礼仪要求，但哪些是为表示效忠家族或（已故）国王而必须公开露面——例如婚礼、葬礼和纪念波旁王朝的各类生日和忌日的活动，哪些是出席更严格意义上的社交活动，他分得很清楚。他尽可能避免后者，让洛尔在没有他陪伴的情况下无拘无束地享受社交生活。

舍维涅有自己的事情要忙。弗罗斯多夫城堡的那些年让他习惯了非常规律的生活方式，因此回巴黎后，也建立了一套刻板机械的日程。每天早饭后，他会步行至书记员路（rue Scribe）的骑师俱乐部，那里距离他和洛尔位于珀西尔大街的公寓不远。他会坐在战利品室（此名是因为墙上挂着很多剥制成标本的动物头）的扶手椅上阅读晨间报纸，直到下午一时。然后是午餐时间，这始终是骑师俱乐部的美味时刻，因为该俱乐部的厨师被美食界夸赞为当时唯一能在厨艺上与德国皇帝的私厨比高下的人。[2]午餐和晚餐期间，俱乐部大厅没什么人，会员们都去参加各自的女士朋友的沙龙（也包括他妻子的沙龙）了，然后还会去花蹊，但舍维涅一直待在那里,在战利品室继续阅读到晚餐时间。在会员餐厅用过晚餐后,他要么在吸烟室抽一支雪茄或玩一把纸牌,要么去参加自己的某个晚间活动。在巴黎的交际家中,舍维涅是个非典型的喜欢孤独的人。

他晚间最喜欢去的地方是歌剧院、喜歌剧院和法兰西喜剧院,去哪里则取决于是周几的晚上。他很少漏掉这些场所中的新剧演出——骑师俱乐部在三个表演场所都有会员包厢——但他总是避开洛尔和她的社交伙伴们扎堆儿的预约之夜。阿尔贝·弗拉芒(Albert Flament)是一位和善的同性恋作家,与舍维涅和洛尔两人都是好友,他觉得舍维涅看上去更"像个严肃的老兵或隐士"而非见多识广的文化人。不过伯爵很认真地对待表演艺术,喜欢不受干扰地欣赏它们。他对洛尔和她的朋友们趋之若鹜的作秀和八卦一点儿兴趣也没有。舍维涅来戏院看的是真正的戏剧。

有些下午和晚上,如果巴黎另一处他最爱光临的场所——地理学会——举办他热心参加的活动的话,他会对日程稍做改变。

骑师俱乐部是舍维涅在巴黎的另一个家。每天午餐后,俱乐部的其他会员们都成群结队地去拜访他的妻子了,他仍然待在那里

骑师俱乐部（它成立于 1833 年，宗旨是在法国推广驯马和赛马业）迎合的是有运动天赋的贵族的品位，而地理学会吸引的是一群更好学、更知性的会员。该学会常常在位于圣日耳曼大道的总部举办知名探险家和学者的讲座，每隔几年，活动委员会还会围绕一个国际性的主题组织一次大会。[3]

　　1879 年 5 月，在和洛尔首次从弗罗斯多夫回巴黎期间，舍维涅参加过一次这样的讲座。那次活动的主讲人德·莱塞普子爵费迪南①让他大为赞赏。莱塞普因在非洲开发苏伊士运河（于 1869 年竣工）而闻名于世，他现在又向地理学会的会员们推出一个新计划：在中美洲的巴拿马建一条类似的运河。他的演讲一如既往地激动人心。（"莱塞普对自己计划的成功信心十足……"他的一位崇拜者说"他能让上帝本人相信 A 等于 B"。[4]）舍维涅认为莱塞普给了他很大的启迪，遂决定把他和洛尔的部分积蓄投资在该项目上，巴拿马运河公司当天就正式成立了。这是舍维涅后来很后悔的一个投资决定。

　　从弗罗斯多夫退休后，舍维涅没有继续和埃米莉·"海豹"·威廉斯联系，后者本人也退出江湖了。[5]巴黎一度有传言说威廉斯之所以洗手不干，是为了写一部揭秘性的自传。但她离开这一行真正的动机没有那么猥琐：和许多迟暮之年的妓女一样，她也皈依基督教，弃绝了自己罪孽深重的行为。一位白发苍苍的交际家在威廉斯回归基督教之前就认识她，后来在圣奥古斯丁大教堂

---

① 德·莱塞普子爵费迪南（Ferdinand, Vicomte de Lesseps），即斐迪南·马里（Ferdinand Marie, 1805-1894），法国外交官、实业家。著名的苏伊士运河即由他主持开凿。1879 年的地理学会聚会上，包括他在内的 135 位学会成员以开凿巴拿马运河为目标，年逾古稀的德·莱塞普子爵被任命为巴拿马运河公司总经理。但公司经营不善，最终破产。

的弥撒礼上见过她。他在回忆录中写道：

> 要是你最近参加过每天上午 11 点在圣奥古斯丁举行的礼拜，你会注意到一位上了年纪的女人，保养得很好，穿着极为朴素，手里拿着一本祈祷书，目光低垂，态度谦卑地跪在正厅最右侧的长凳上，与礼拜的其他教众明显隔着一段距离。这位可敬的资产阶级显然急于躲开窥探的目光和熟悉的面孔，她就是，或者曾经是，近年来暗娼业的幕后操纵者埃米莉·威廉斯。如今她从良了，只想在清静中老去。

除了一位旧相识在这里提到她之外，威廉斯似乎确实如愿地过上了清静的生活。她的名字从暗娼阶层的年鉴里消失了，她的座右铭"海豹说妈妈，海豹说爸爸"也不再流传。（不过，先锋作家纪尧姆·阿波利奈尔在一个世代之后再次提起这句话，他有一首诗，题目就贴切地叫作《海豹》。）没有原始记录表明舍维涅从弗罗斯多夫回到巴黎之后曾试图跟威廉斯重新联系，而且他似乎也没有另找一位妓女来代替她。

但他大概找了一个更有争议的替代人选：一位聪明的、戴眼镜的贵族男子，小他 14 岁的德·塞纳瓦斯男爵布鲁诺·马里·泰拉松（Bruno Marie Terrasson, Baron de Senevas）。[6] 舍维涅初次见他是在 1886 年，地点可能就在地理学会，24 岁的塞纳瓦斯那时仍是单身，虽然他守寡的母亲一直催他成家，但他却想方设法保持单身。他真正热爱的是旅行。1882 年夏，从法学院毕业后，他奖励了自己一趟去比利时和荷兰的短途旅行。一年半以后，他又来了一次行程更长、野心更大的旅行，和一群大学好友一起去了斯堪的纳维亚、俄国、中东和北非。塞纳瓦斯原计划无限期地留在国外，但 1885 年一直资助他冒险的祖母去世了。他回到法国参加她的葬礼，从那以后就和母亲一起生活在巴黎。

为了避开母亲的逼婚，塞纳瓦斯躲到了地理学会的图书馆，他在那里找到了学会收藏的旅行资料，规划他下一次长途旅行的路线：到美国和东南亚。舍维涅此时已经不再定期前往奥地利，或许正渴望来一场旅行呢，便加入了他的研究。两个男人一起在地理学会那间安静的木板装饰的图书馆里消磨了许多个愉快的下午，向往着远方，规划着激动人心的旅行。

1887 年春，他们实施了计划，开启了一趟环球旅行。⁷ 3 月19 日，他们在勒阿弗尔①登上了"布列塔尼号"（Bretagne）邮轮，九天后在曼哈顿登陆。《纽约先驱报》（New York Herald）的"个人信息"栏写道，舍维涅和塞纳瓦斯在麦迪逊广场上的奢侈酒店霍夫曼酒店（Hoffman House）入住。6 月，他们来到了旧金山，两人的到达再度引起了当地报纸的注意：

> A. 德·舍维涅伯爵和德·塞纳瓦斯男爵都来自巴黎，入住了（旧金山的）王宫（酒店）。他们此次环球旅行的目的纯粹是娱乐，将乘坐下一艘汽船前往日本。

除了"布列塔尼号"的旅客舱单和《纽约先驱报》上的公告外，《上加利福尼亚日报》（Daily Alta California）的这篇报道，是提到两人这次旅行的唯一一份资料。如果舍维涅或塞纳瓦斯给自己国内的亲人写信提到过旅行的话，那些信件也都没有保存下来，不过塞纳瓦斯的母亲在自传中写道，他的确通知她说自

---

① 勒阿弗尔（Le Havre），法国北部诺曼底地区第二大城市，位于塞纳河河口，濒临英吉利海峡。

己和好友将绕道暹罗。他还捎信给她说他"很累",正考虑在亚洲长住下来。[8] 但他和舍维涅都在 1888 年春回到了巴黎。

他们的环球旅行或回国的消息都没有出现在巴黎的报纸上——这个疏漏乍看上去很令人不解,因为他们的冒险毫无疑问会让社交界的报纸很感兴趣。《高卢人报》有一个关于上层人士赴远(外国和外国宫廷)近(诺曼底的庄园、塞纳-马恩地区的城堡)各地旅行的每周专栏。阿蒂尔·梅耶尔没有在该专栏中报道塞纳瓦斯/舍维涅的旅行,大概是出于对洛尔的善意,因为报道中即便对其友谊的性质不做任何影射,单是公布两个男人一起外出一年之事,就足够制造一桩丑闻了。不管她对丈夫的名声受损有何感想,洛尔为了保护自己的形象,谅必希望这桩事件不要成为新闻。请求梅耶尔帮忙是洛尔的首选之举,而鉴于她一贯对他友善,答应帮忙也是他的必尽之责。不过这一事件似乎证实了梅耶尔的个人信条:"在社交界,五个男人里有三个是鸡奸者。"[9]

塞纳瓦斯的母亲、孀居的德·塞纳瓦斯男爵夫人也决心制止丑闻,单独采取了行动。在儿子前往纽约旅行前,她曾固执地想让他娶一位贵族出身的小姐。但他回国后,孀居的男爵夫人显然

1887 年 3 月,舍维涅和年轻的德·塞纳瓦斯男爵乘坐这艘船从勒阿弗尔驶向纽约,开启了持续一年多的环球旅行

这张图片展示的就是霍夫曼酒店的大厅，舍维涅和塞纳瓦斯在纽约期间曾入住这家酒店

认定她的布鲁诺即便娶一位中产阶级新娘，也总好过继续做一个性倾向可疑的单身汉。因此她降低了要求，安排他和一位中产阶级商人之女、22岁的玛丽-埃莉斯·卡米耶（Marie-Élise Carmier）结了婚。在回忆录中，男爵遗孀会（也的确）用好几页篇幅写自己在某个慈善晚宴上见到了德·比萨克公爵夫人，或在某个聚会上见到了巴黎伯爵夫人。然而对儿子的不当行为逼迫她安排的联姻却充满矛盾，只用短短一句话提到了他的订婚和婚礼，既没有说明卡米耶家人的身份，也没有提新婚儿媳的名字。[10] 在他自己的数卷本回忆录中，塞纳瓦斯或许也出于同一目的省略了这一段。他长篇大论地写了自己此前的数次出国旅行，却根本没提他与舍维涅长达一年的旅行。塞纳瓦斯那年12月结婚之后，两位朋友似乎彻底断了联系。[11]

/ 192

　　洛尔也从未谈及丈夫的旅行，不过只要她的圈子里有人风闻此事，就一定会让她难堪。同样，她本人也不是什么模范妻子——恰恰相反。[12] 正如她几十年后对可可·香奈儿所说，出于"对'那个'（ça）——也就是床事——的真正喜爱"，并已经认定丈夫不会给她那方面的任何指导，洛尔决定自己"从情人那里学习'那个'"。此外，她的不忠似乎至少早于舍维涅的不忠几年时间，也就是说不是因为看到丈夫与塞纳瓦斯有染而蓄意报复。说起来，她的通奸行为倒使得舍维涅此举名正言顺了，而不是相反。

洛尔或许能用她解释其他一切叛逆行为的逻辑为自己的调情辩解：标准的礼仪规则对她并不适用。但她尊重社交界的一个规矩，在婚外性行为中尽可能小心谨慎。她保守秘密的方式是极少对自己的私生活进行书面记录，咧嘴笑着说一切信件要么是控告罪状，要么就太乏味无趣，最好的策略是根本不写信。

洛尔寻求性教育的男人们也跟她一样圆滑，与她谈情说爱的地点都在他们的单身套房：就是城市远郊区的单身汉公寓，圈子里的人不可能看到他们的地方。为了赴这些幽会，洛尔会戴上一顶覆着精致小巧面纱的帽子——在这些出行中，看到她的脸的人越少越好——先躲到博物馆、百货商店或是某个无伤大雅的公共场所里。她的情人会用一架出租小马车（就是马车版的出租车）到那里接上她，带到自己的隐身处，享受一下午的男欢女爱。

洛尔的第一个情夫显然是菲茨－詹姆斯本人。不管偷情男女有多谨慎，在城区这么一个到处都是八卦闲人的小世界，秘密的激情很少能够保守秘密。因此，当康斯坦丝·德·布勒特伊在1886年的一篇没有署期的日记里附带地提了一句洛尔与菲茨－詹姆斯有染时，她已经把它当作众所周知的事实了。（不过作为洛尔另一位老头子的妻子，康斯坦丝或许了解这对男女私通的内情。）康斯坦丝与洛尔同岁，比菲茨－詹姆斯小 24 岁，她说他是个上了年纪的老色狼，早已风光不再了：

> 罗贝尔·德·菲茨－詹姆斯这位迟暮英雄一只脚已经踏进坟墓里了，要说他年轻时，或许比那一代的其他任何男人征服的女人都多！他年轻时出奇地英俊潇洒、教养良好（*plein de race*）、多才多艺，那股子亦正亦邪的魅力会让女人疯狂，让她们像任人践踏的草芥一样拜倒在他的脚下。[13]

康斯坦丝只是随口说了这么一句，对这位迟暮英雄的魅力不屑一顾，却没想到一只脚踏进坟墓的竟然是她自己。写下这篇日记之后几个月，她就在 1886 年夏死于肺结核，时年 27 岁。菲茨－詹姆斯活到 65 岁，直到 1900 年才去世。

当时，他仍有足够邪恶的魅力激起洛尔强烈的爱意。在奥地利，他曾以万无一失的宫廷礼仪指导赢得了她的信任。在巴黎，除了帮她开办沙龙外，他还就应该接受和婉拒哪些邀请、应该培养或冷落哪些熟人给她建议。和在弗罗斯多夫时一样，这些看起来微不足道的事情绝非无足轻重；洛尔处理这些小事的方式可能会大大提升或贬损自己的社交形象。

洛尔从菲茨－詹姆斯那里了解到，上层的社会等级观念与王宫里稍有不同，他们会考虑出身和为王室服务之外的其他因素。例如，美若天仙的德·埃尔韦·德·圣德尼侯爵夫人路易丝（Louise, Marquise d'Hervey de Saint-Denys），人称"金发克利奥帕特拉"，据说是尚博尔伯爵的外甥德·帕默公爵（Duc de Parme）的一个马倌的女儿；她的姐姐是个马戏团演员，母亲是个维也纳犹太人。[14] 然而凭借着自己的美貌和头衔——她通过嫁给年龄是自己两倍的知名汉学家而得到的头衔——路易丝把自己重塑为一位贵妇人。同样，夏尔·阿斯虽然是犹太人，但他高贵的言谈举止和极佳的文化品位却使他成为一个合适乃至理想的同伴。

洛尔听从了菲茨－詹姆斯的建议，与这两位社交界人物成为朋友，不过后来她却与金发克利奥帕特拉发生了激烈的争吵，德·埃尔韦侯爵死后，路易丝居然不知廉耻地嫁给了洛尔姐姐的长子雅克·德·瓦鲁。（与马倌的女儿社交是一回事，接受她成为家人则是另一回事。）虽然有这么一段遗憾的插曲，但洛尔一生都认为，关于上流社会，她需要知道的一切都是菲茨－詹姆斯教给她的。

他们的情爱关系在 1886 年有过短暂的中断，大概是因为他瞒着洛尔决定娶罗莎莉·冯·古特曼为妻。他没完没了地为穷困所迫，视这桩婚姻为纯粹的生意：罗莎莉这位来自维也纳的犹太女继承人（据说与金发克利奥帕特拉的母亲没有任何关系）能得到他的贵族头衔，而菲茨－詹姆斯将得到她的金钱。但洛尔对此持不同看法。康斯坦丝·德·布勒特伊在日记中写道，菲茨－詹姆斯突然结婚"令巴黎处处泪流成河。对他的情妇、娇小的德·舍维涅夫人也是一记重击，以至于她三天前卧床不起，佯装染上了流感"。[15] 很久以后，洛尔自己也承认，菲茨－詹姆斯的背叛让她受到了极大的伤害。不过她还说，她很清楚自己的出身，这总算让她没有当众出丑：

> 菲（茨－詹姆斯）爱我，至少我觉得如此。一天，我出行回来后，去参加城里的一场大型晚餐会。在门厅里我碰巧瞥了一眼留言簿，看到上面写着"罗（伯特）·德·菲（茨－

詹姆斯）伯爵和伯爵夫人"。那个混蛋居然没告诉我就跑去结婚了！我觉得我当时快要崩溃了，但我立即振作起来，对自己说：你是洛尔·德·舍维涅，娘家姓德·萨德。[16]

洛尔的沉着显然奏效了。菲茨－詹姆斯的婚书墨迹还未干，就有传言说他和德·舍维涅夫人"已经旧情复燃"了。[17] 社交圈里有爱开玩笑的人用画家罗莎·博纳尔（Rosa Bonheur，直译为"罗莎·幸福"）之名的双关语给他的新娘取了罗莎·玛纳尔（直译为"不幸"）的绰号。新任德·菲茨－詹姆斯伯爵夫人接受现实的办法是编了一句自我贬低的风趣咒语："我很丑，我很笨，那正是我别具一格之处。"[18] 她还开始制作一个与"以色列人"结婚的法国贵族家族名单。[19] 罗莎很清楚社交界的反犹情绪，她说列出这样一份名单是为了保护自己。

为了保护自己，洛尔也开始着手将"情人资产"多样化。1880 年代初期到中期的某个时段，她同时与另一位老头子开始了一段婚外情：约瑟夫·德·贡托。他和菲茨－詹姆斯"有点表亲关系"，事实上两人还有很多共同点。和菲茨－詹姆斯一样，贡托也来自古老的贵族世家：他的祖先包括查理大帝、征服者威廉和法兰克人的首位国王于格·卡佩①。近些年，得益于父亲担任驻普鲁士大使的职位，贡托也"殿下不少"；和伊丽莎白·格雷弗耶一样，他也利用父亲在国外工作的便利，与欧洲各国的王公贵胄培养了友谊。

---

① 于格·卡佩（Hugues Capet，941-996），法兰西国王。巴黎伯爵"伟大于格"（Hugues le Grand）之子，祖父为西法兰克王国国王罗贝尔一世，956 年继承父亲成为法兰西公爵。987 年被贵族正式选举成为法兰克人的国王，建立了法国历史上的卡佩王朝。

贡托交际甚广又温文儒雅，浑身透着一股妙不可言的气质，城区称之为"贡托家族的魅力"。[20] 他被称为"全巴黎最受欢迎的男人之一"，在女性中尤其炙手可热，在上流社会和暗娼阶层都颇有名气。[21] 由于相对贫困，他也出于权宜之计娶了富有、温顺而可爱的埃玛·德·波利尼亚克郡主。康斯坦丝·德·布勒特伊觉得郡主对他的爱近乎"疯狂的英雄崇拜"。[22] 贡托没有对埃玛付出同样的爱，但这并不妨碍他大手大脚地花她的嫁妆。

洛尔·德·舍维涅与好友及分分合合的情人约瑟夫·德·贡托一起在巴黎漫步。摄影：热热·普里莫利

据说，洛尔也疯狂地迷上了贡托。但事实证明，他的情感和菲茨－詹姆斯的一样靠不住。和洛尔幽会几年后的一天，贡托和一位名叫温思罗普夫人的美国女人私奔了，温思罗普夫人的丈夫是侨居海外的波士顿要人和猎狐爱好者，两人一直住在帕乌。贡托瞒着妻子和洛尔，与温思罗普夫人在帕乌私通缠绵已近三年。他写信把这个消息通知给埃玛——还是通过菲茨－詹姆斯这个渠道，压根没有对洛尔透露过半个字。贡托向全世界宣布，温思罗普夫人才是他一生至爱的女人。

这件事令洛尔愤怒，但她再一次保持了冷静。在贡托变心几年后，洛尔在巴黎的一个舞会上遇到了温思罗普夫人，带着冷冷的微笑对后者说："万分感谢你，省去了我面对老态龙钟的约瑟夫。"[23] 不过最终洛尔也没能躲过老态龙钟的约瑟夫。当他和他的美国甜心终于意识到没有配偶的财富就根本活不下去时，他们不得不分手了。温思罗普夫人的丈夫没有接纳她——他移情于她的妹妹，还说自己暗地里一直更喜欢妹妹——但埃玛和洛尔却都张开双臂欢迎贡托。其后20年，他与洛尔分分合合，一直保持着情人关系。

贡托虽然薄情寡义，但他拥有一项在洛尔看来可以说比始终不渝的爱情更加重要的东西：一群出身极其高贵、地位极其显赫的朋友。[24] 洛尔后来几位关系较好的社交界大人物最初都是通过他介绍认识的。贡托为她介绍的最重要的人物是俄国的弗拉基米尔大公和大公夫人，密友们昵称他们为"GDWs"（"弗拉大公夫妇"）。[25] 在城区，很少有人像他们那样尊贵，作为亚历山大三世（萨沙）的四个（嫡出）弟弟中最大的一个，弗拉基米尔大公在自己国家享有的权利和特权仅次于可怕的"全俄国的独裁者"沙皇本人。他的官方职位是帝国卫军（Imperial Guard）指挥和圣彼得堡总督，他和妻子玛丽亚·帕夫洛夫娜，闺名玛丽（米涵）·冯·梅克伦堡－什未林女公爵，在圣彼得堡的涅瓦河畔有一处宏伟的宫殿。弗拉基米尔宫殿是模仿 15 世纪的佛罗伦萨宫殿建造的，也是这对夫妇举行自己的盛大宫廷聚会的地点，其规模仅次于沙皇的宫廷。弗拉大公夫妇被怀疑觊觎王位——后来又为他们的儿子谋求王位——并非毫无根据。（1888 年 10 月，沙皇一家在火车失事中险些丧命，事故导致 23 人丧生，萨沙后来开玩笑说："想想看，弗拉基米尔听说我们还活着，该多失望啊！"[26]）

然而在城区，大公刻意宣扬的名声是沙皇最喜爱的弟弟，众人对此铭记在心。弗拉大公夫妇都是狂热的亲法分子，每年至少两次往返戛纳享受昼夜不停的奢华狂欢，可以说在喷气式飞机问世前三四代，他们就已经开了环球旅行的先例，在往返戛纳的路上，他们会在巴黎短暂停留。在巴黎，媒体记录了"美食家大公"（弗拉基米尔是个饕餮之徒，每顿饭都要有经过注释的菜单）对食物的毫无节制和大公夫人豪奢的购物习惯，据说她是卡迪亚独一无二的最佳顾客。（她拥有堪称世界上最精美的珠宝收藏。[27]）

贡托在父亲早年间在米涵的祖国德国任大使期间就认识她了，那时他二十多岁，她还不满二十岁。她结婚后，他们一直保持着联系，酷爱运动的大公也立刻就喜欢上了贡托。弗拉大公夫妇两人一见到好朋友那位漂亮的年轻情妇，立刻就喜欢上了她。洛尔对打猎和骑马的热爱与大公一拍即合，她喜欢爆粗口，他也一样。和已故的亨利五世（他的妻子与亨利五世还"有点表亲关系"）一样，大公也非常看重礼仪，但喜欢在各种礼仪场合来几句粗野的玩笑和幼稚的逗趣。大公夫人表面上看起来要比丈夫更得体一些，但也不是个谦逊怕羞之人。她强硬、聪明又极为独立，在圣彼得

俄国的弗拉基米尔大公和大公夫人，即弗拉大公夫妇，常常来巴黎狂欢，洛尔是他们来巴黎期间最喜欢的同伴和向导

堡，传说她能够"把丈夫控于股掌之中"。她是罗曼诺夫皇朝历史上第一位拒绝在婚后皈依俄国东正教的新娘。米涵做出那一决定时的冷静和勇敢，正是她惊喜地在洛尔身上发现的品质。

/ 197

贡托为洛尔介绍的另一位大人物是大她近 20 岁的法国贵妇人，德·拉特雷穆瓦耶公爵夫人（Duchesse de La Trémoïlle）。和洛尔的大部分老头子一样，亨利·德·布勒特伊也是公爵夫人的好朋友。他在日记中坦诚地说：

> 虽然我很喜欢她，但我必须说她长得很丑，非常丑，头太大、头发过密、五官粗糙，嘴里仿佛只有一颗牙齿，还……长着一双小眼睛，虽然那双眼睛和善而睿智。她的腰

身……太粗，脸色也太红润。不过在这副粗野的外表之下，她有一颗最美好、最高贵、最慷慨的心……以及最聪明、最风趣的头脑。[28]

洛尔和公爵夫人很快成了好友，养成了每天午前在拉特雷穆瓦耶位于协和广场的宅邸促膝谈心的习惯，那里距舍维涅家很近，步行就能到达。随后她们会分头进行各自的社交活动，洛尔回家开办她的沙龙。下午五时，她会回到拉特雷穆瓦耶府上，与公爵夫人玩一轮惠斯特纸牌游戏，其间互相汇报一天的见闻。

这样的生活安排使得洛尔常常能在谈话中提到这位尊贵朋友的名字，却又不显得是在吹牛。不过与公爵夫人结交的确值得夸耀，这不仅仅是因为她的爵位。玛格丽特－让娜·德·拉特雷穆瓦耶是路易－菲利普一位很有势力的大臣之女，也是奥尔良家族的长期密友，因此当巴黎公爵成为法国王位的觊觎者之后，她在上流社会的声望也与日俱增。正如奥尔良家族的地位提升让公爵夫人脸上有光，她的地位提升也让洛尔跟着沾了不少光。

德·拉特雷穆瓦耶夫人碰巧还是个疯狂热衷运动的女人。她和丈夫每年秋季都在他们位于卢瓦尔的雄伟城堡塞朗（Serrant）举办狩猎聚会，那是上流社会狩猎季的高潮，洛尔从不会缺席。[29]其他客人可能受邀在那里打几天猎，但洛尔往往至少待几个月，这是她深得女主人重视的另一个标志。在到访期间，洛尔也赢得了公爵的好感，只不过公爵更偏爱钻研祖先的资料（他是个狂热的家谱学者和家族历史学家），而不是在祖传的庄园里打猎。

公爵勤奋用功、偏爱独处的个性和对贵族昔日荣耀的着迷与洛尔的丈夫非常相似。不过舍维涅很少和妻子一起去塞朗，而是更喜欢在他和洛尔位于米迪地区的庄园卡巴纳酒庄里消磨闲暇时光，他在那里试验葡萄园的灌溉方法。这一安排使得贡托可以担当洛尔在塞朗的护花使者（把妻子埃玛留在家里）。只要他们在其他受邀的客人面前维持必要的外表上的体面，女主人并不反对年轻朋友们的风流韵事。不过上流社会还是开始风言风语，说洛尔在塞朗淫荡放肆；伊丽莎白·格雷弗耶写到过德·舍维涅夫人在某个城堡做客期间，被人看到在深更半夜悄悄出入"一间不属于她自己的卧室"。

/ 199

　　如果说洛尔知道这一传言，她显然不觉得那是在提示自己应该收敛了。她在巴黎也花很多时间和贡托在一起，后者对运动的热爱和她自己十分吻合。他们下午常常一起在人来人往的花蹊骑马，在那里，与贡托比肩而行的洛尔总是很早就被注意到了。由

德·拉特雷穆瓦耶公爵和公爵夫人在他们位于卢瓦尔的塞朗城堡招待洛尔，每年的狩猎季，洛尔都要在那里度过一个月的时光

于她自己的骑术高超，又总是出现在骑马和猎犬圈子里的传奇人物身旁，因此她很快就成了花蹊的耀眼明星，《吉尔·布拉斯报》的一篇文章就证实了这一点。1884 年 6 月，该报纸在头版列了一个名单，要为巴黎城里的每一位名媛取一个花朵绰号。取植物作为绰号有助于把这些小姐与同样在花蹊游走的时髦交际花们区分开来，后者通常都有以动物名取的外号（譬如"海豹"）。花朵绰号没有被众人接受，不过洛尔的绰号叫"金合欢"，就取自那条大道的正式名称：金合欢路。

作为城中精英阶层的聚会地点，花蹊还是新的时尚趋势的走秀台。洛尔在这方面也得益于与贡托的关系，后者表面看来是个体格强健的运动直男，事实上却有着完美的时尚感觉。他的朋友博尼·德·卡斯特兰常常讲一个故事，说的是共和国政治家保罗·德夏内尔 ① 在入选高层后派人向他——博尼——发出紧急请求，请他提供一些穿衣建议（这一要求表明，"无生"阶层在品位问题上永远缺乏自信）。作为德·萨冈亲王的外甥，博尼本人也很讲究穿戴，本可以提几条建议。但他对德夏内尔说："在这方面，有一个人可以提供比我更好的建议，那就是约瑟夫·德·贡托伯爵。"[30] 贡托是否同意给德夏内尔提供建议不得而知，不过那位政治家最后的选择无可指责：旺多姆广场上有名的裁缝店沙尔韦（Charvet）。

然而贡托在时尚方面真正的专长，还要数改造漂亮名媛的衣橱。他最成功的案例之一是博尼的嫂子让（多莉）·德·卡斯特兰伯爵夫人，后者之所以成为社交界的美女，在很大程度上得益于贡托的明智建议。[31] 伯爵夫人多莉闺名叫多萝泰·德·塔勒兰德－佩里戈尔（Dorothée de Talleyrand-périgord），是萨冈亲王夫人同

---

① 保罗·德夏内尔（Paul Deschanel, 1855-1922），法国政治家，1920 年 2 月 18 日至 9 月 21 日曾担任法兰西第三共和国总统。

父异母的姐姐，也是在德国长大的，还在那里嫁给了第一任丈夫、普鲁士人查理·埃贡·冯·翁·楚·菲尔斯滕贝格亲王（Prince Charles Egon von und zu Fürstenberg），被赞美为"德国皇帝的宫廷里最美的装饰品"。[32] 但菲尔斯滕贝格死后，多莉改嫁一位法国表亲，来到了巴黎，她的新同胞们却嘲笑起她那奢侈的"德国"服饰。贡托就在这时出手帮助了她。他鼓励多莉强化而不是弱化条顿人的时尚直觉，同时教了她一些更精致的裁剪要点，把她的"瓦尔基丽①之魅"变成了时尚的菁华。据安德烈·热尔曼说，那些曾经嘲笑她的巴黎人不久就开始模仿她的"瓦格纳式（与沃思②风格相反）"的大胆，并哀叹自己没能力驾驭这种风格（通常是因为他们相对矮小的身材）。当热尔曼说"多莉·德·卡斯特兰始终像个来自沃坦③王国的女子"时，他是在真诚地夸奖她。[33]

/ 200

贡托对洛尔似乎也采取了同样的做法，鼓励她尽可能突出自己在穿搭上的怪癖。在她假小子的少女时代，她养成了一套实用主义的、显然一点儿也不阴柔的穿衣风格。在情人的教导下，这种癖好成了她魅力的关键所在。洛尔有好几位同时代人都赞美她是"社交界第一个穿克里德④西装的女人"：修长得体、实用、

---

① 瓦尔基丽（Walkyrie），北欧神话中战神奥丁（Odin）的婢女之一。

② 沃思（Worth），指后文中提到的第一位在欧洲出售设计图给服装厂商的设计师查尔斯·弗雷德里克·沃思（Charles Frederick Worth）创造的服装风格。沃思是"公主线"时装的发明者，也是西式套装的创始人。他使用的布料奢华铺张，偏爱昂贵精细的面料和奢华的装饰，喜欢在衣身装饰精致的褶边、蝴蝶结、花边，在肩上垂挂皇家金饰，使用可折叠的钢架裙襟。

③ 沃坦（Wotan），前基督教时期德国日耳曼部落宗教中的神，相当于北欧神话中的战神奥丁。

④ 克里德（Creed），最初是英格兰的一家裁缝铺，由英裔法国时装经理人查尔斯·克里德（Charles Creed）创办于1760年，1980年代成为世界知名的香水品牌，总部位于巴黎。

裁剪精致的羊毛西装，和她那位衣着讲究的情人穿的一样，只不过用一条朴素的曳地长裙代替了长裤。[34]（她也有骑马时穿的长裤。）1885 年 6 月，《高卢人报》在一篇关于上层流行"着装阳刚化的新时尚"的文章中提到了她的名字。[35] 这一说法也表明，她在时尚界的名声越来越响亮了。

除了在户外具有优势之外，洛尔的男式裁剪服装还为当时主流女裙中过多的荷叶边和巨大累赘的内衣提供了一个很有吸引力的替代选择。在一篇批评世纪末女装中随处可见的裙撑这个"怪物"[36]的日记中，康斯坦丝·德·布勒特伊写道：

> 巴黎人很有品位，这确是无可辩驳的事实。但当前被热追的时尚完全破坏了他们对女性形体的感觉……我真不懂为什么我们必须穿裙撑不可。在身后再拖一个没身子没头的人实在不方便。仿佛那样的折磨还不够似的，为了保持整个撑架的适当位置，还得穿其他很多东西，那些一定全都是西班牙宗教裁判所的发明。首先不得不在紧身内衣周围戴一个马尾衬垫……然后还有那个撑起中间隆起部分的小棉垫，腰身四周还有更多的蕾丝花边，然后还有两三个巨大的铁环，那些铁环扎进大腿里，每次坐下都疼痛难忍。

除了不舒服之外，这些内衣还给那些碰巧要在情人而非丈夫面前脱掉它们的女人们造成了很大的难题。穿上那些内衣需要侍女帮忙，大多数堕落妻子们都不愿在外出与情人幽会时带上这么一个帮手。真的，那些在马车而不是单身套房里跟情人偷情的太太们，幽会时往往不得不把紧身内衣扔出马车窗外。这使得在每天五点到七点钟（cinq àsept）的通奸窗口期关闭，已婚妇女们衣冠不整地赶回家见丈夫之后，女士内衣在布洛涅森林里随处可见。

洛尔的"阳刚化"外表摈除了这些笨拙不雅的衣物，自然也解决了与之相关的问题。它加强了舒适度和实用性，而且它更漂亮、更自然的裁剪，在超时尚的巴黎人中获得了热切的拥护。不过这种风格要穿在瘦削健美的人身上才好看，而那时，丰腴、矮小、软胖的身材仍是女性魅力的典范。洛尔天生热爱运动，又注意保持身材瘦削，她引领了一种新的女性理想潮流，比玛德琳·薇欧奈①、普瓦·波烈②以及她未来的朋友可可·香奈儿等设计师提前十多年预演了修长而无内衣累赘的现代时尚。[37]

洛尔对自己的服装品位有了新的自信，便开始对服装问题发表意见了。[38] 洛尔说起英国好友德·格雷夫人（Lady de Grey）最新的高级定制服装——这位六英尺高的漂亮女贵族总是穿着奢华的沃思或雅克·杜塞③时装——会惊呼："哦，那位格拉迪斯！那位格拉迪斯！多时髦啊！在我们法国，还有哪个女人能穿成那样？"[39] 同样，在审视奢华女帽设计师卡罗琳·瑞邦④的作品时，洛尔也会用权威的口气说："一流啊，我亲爱的！……那才叫优雅！（Ça, c'est élégant!）"[40]

---

① 玛德琳·薇欧奈（Madeleine Vionnet, 1876-1975），法国时装设计师、企业家，被誉为"斜裁大师"，和可可·香奈儿、艾尔莎·夏帕瑞丽（Elsa Schiaparelli）齐名，是风靡于 1920 年代和 1930 年代的三大时装设计师之一。

② 普瓦·波烈（Paul Poiret, 1879-1944），法国 20 世纪前 20 年的大师级服装设计师，同名高级定制时装屋的创始人。他在自己领域中所做的贡献被认为堪比毕加索为 20 世纪艺术留下的遗产。

③ 雅克·杜塞（Jacques Doucet, 1853-1929），法国时装设计师和艺术品收藏家。他以轻薄半透明材料叠加柔和色彩的优雅服装而闻名。

④ 卡罗琳·瑞邦（Caroline Reboux, 1837-1927），巴黎著名的女帽设计师和时装设计师。她把高级时装帽作为一种艺术形式，在法国重新流行，取代了19 世纪中期的旧式女帽。

在这些例子中，洛尔的口头语缩写词"ça"加重了赞美的口气。在一个著名的例子中，她也用那个词传递了令人难堪的轻蔑。那次事件之所以有名，是因为被洛尔批评穿衣风格的对象不是别人，正是弗拉基米尔大公夫人。这位王妃在珠宝方面的一流品位不知为何没有延伸到穿衣选择上，她往往像许多（过去和现在的）王室女性一样，穿着过时的保守服装。洛尔认为自己有责任帮她改头换面。一天，她去欧陆酒店（Hôtel Continental，弗拉大公夫妇在巴黎最喜欢的酒店）接大公夫人，并和她一同去附近参加罗斯柴尔德家族举办的游园会时，就抓住了这个机会。洛尔看到大公夫人和以往一样穿着邋遢的裙子，立刻板起面孔。"你就穿那个（Ça）?！"她喊道，大声引用自己的口头语来突出厌恶之情。"在圣彼得堡可以！在海牙可以，在哥本哈根或许也可以！但在巴黎不可以！夫人到底是在哪儿做的'那个'？"随后她恢复了廷臣的谦卑姿态，平静地说："如果夫人允许，我现在就可以带夫人去沃思。对，就现在，居斯塔夫？"（居斯塔夫是舍维涅家的男仆，受命陪同洛尔出席特殊场合。）"现在就把大公夫人殿下的马车掉转方向！"[41]

和洛尔的每一个高光时刻一样，这一事件也变成了社交界的传说，表明她真如传言那样，与王室人物关系密切，而且还在他们面前表现出闻所未闻的随便态度。这个故事也彰显了她众所周知的巨大成就。洛尔不揣冒昧地就品位问题质疑一位罗曼诺夫大公夫人之后，便拥有了在巴黎这样一个时尚之都与王室成员的魅力一争高下的权威——这是"新闻界陛下"总是明确关注的权威。用热尔曼充满崇拜的赞词来说，时尚王国的权杖已经传到了洛尔手中。

注　释

1　MB, *La Duchesse de Guermantes*, 30; 将 AC 比作暴风雨中的海鸟的文字见同一页，又见 BL, op. cit., 76。

2　Scrutator (pseud.), "Dinners *à la Russe*," *Truth* (July 31, 1879): 138–40, 139.

3　骑师俱乐部和联盟俱乐部两家俱乐部的内部装饰，以及会员的习惯的详细描写，见 Charles Yriarte, *Les Cercles de Paris: 1862–1867* (Paris: Dupray de la Mahérie, 1864)。虽然 Yriarte 写这些俱乐部的时间先于本书讨论的时期，到世纪末，两家俱乐部的文化没有多少变化。

4　CCB, op. cit., 49.

5　关于"海豹"的详情，见 Zed (pseud. Maugny), *Le Demi-monde sous le Second Empire: souvenirs d'un sybarite* (Paris: E. Kolb, 1892), 105–7; and *Guillaume Apollinaire, Selected Writings, trans. Roger Shattuck* (New York: New Directions, 1971), 198: "I've the eyes of a sea-going calf... / I'm merely a seal by profession. / A seal-lion proud of its past / Papa Mama / Pipe and spittoon and a café concert / Heigh ho."

6　关于塞纳瓦斯的生平及旅行，见 Bruno-Marie Terrasson, Baron de Senevas, *Une famille française du XIVe au XXe siècles* (Paris: J. Moulin, 1939), vol. 2, 304–10, and vol. 3, 242–44。

7　报纸上提到 AC 与塞纳瓦斯一起旅行的文字出现在《纽约论坛报》的"个人信息"栏目（1887 年 3 月 28 日）：第三版；以及《上加利福尼亚日报》的"个人"栏目（1887 年 6 月 13 日）：n.p。

8　塞纳瓦斯将母亲的自传作为自己的多卷本回忆录和家族史的一部分出版了；见 Senevas, op. cit., vol. 3。

9　HR, *Les Cahiers*, 635.

10　关于孀居的男爵夫人提到自己与德·比萨克公爵夫人和巴黎伯爵夫人的结交，见 Senevas, op. cit., vol. 3, 243–44。关于她只用一句话提了一下布鲁诺的婚礼，见 Senevas, op. cit., vol. 3, 245。孀居的男爵夫人还有些焦虑地述及布鲁诺"按布列塔尼人的规矩称之为舅舅的"Auguste Grandin de L'Eprevier 拒绝担任证婚人，几年前他在她女儿 Marthe 的婚礼上就是证婚人。L'Eprevier 声称他身体不好，无法参加婚礼，但男爵夫人担心他事实上是出于某种原因而抵制婚礼（同上）。她没有说自己认为可能是什么原因，但根据她本人的偏见，她猜想与新娘不名誉的出身有关。

11　塞纳瓦斯对自己其他旅行的详细记录，以及他奇怪地对与 AC 一起长达一年的旅行只字未提，同上书，vol. 2, 304-10。

12　关于 LC 的婚外情和情人的单身套房，见 PM, *L'Allure de Chanel*, 106; and GLP, *Trente ans de dîners en ville*, 43。

13　CCB, op. cit., 194.

14　Anonymous, "A Leader of French Fashion," *The Searchlight* (January 21, 1905): 27; 关于 LC 与她争吵之事，见 AdF, *Mon Paris et ses Parisiens*, 104-5; and AG, *Les Clefs de Proust*, 31-32。

15　CCB, op. cit., 194.

16　PM, *L'Allure de Chanel*, 107.

17　AG, *La Bourgeoisie qui brûle: propos d'un témoin, 1890-1940* (Paris: Sun, 1951), 74.

18　AG, *Les Clés de Proust*, 139.

19　AG, *La Bourgeoisie qui brûle*, 185-86.

20　A. de Gramont, op. cit., 256.

21　PV, *France from Behind the Veil*, 349.

22　CCB, op. cit., 192-93.

23　MB, *La Duchesse de Guermantes*, 73. Painter 把这句挖苦话错引成了"谢谢你省去了我看着亨利老去的麻烦"，将它置于洛尔后来与 HB 的婚外情的背景，后者也离开她跟一个美国女人结婚了。LC 或许在遇到 HB 在 1891 年 3 月所娶的新欢时复制了这句侮辱，但若果真如此，Painter 却没有提供确定的来源。见 Painter, op. cit., vol. 1, 112。

24　A. de Gramont, op. cit., 454.

25　HB, op. cit., 194-95 and 204-5; and Galina Korneva and Tatiana Cheboksarova, *Grand Duchess Maria Pavlovna* (East Richmond Heights, CA: Eurohistory, 2015), 22-52.

26　Simon Sebag Montefiore, *The Romanovs: 1613-1918* (New York: Alfred A. Knopf, 2016), 470.

27　Korneva and Cheboksarova, op. cit., ch. 6, "Passion for Perfection and Jewels," 169-79.

28　HB, op. cit., 56.

29 关于 LC 每年前往塞朗，见 BL, op. cit., 82–83; 关于 AC's 在卡巴纳的葡萄栽培试验，见 *Le Journal de l'agriculture, de la ferme et des maisons de campagne* 3 (1892): 502–3; *Le Progrès agricole et viticole* 22 (1894): 392; *Le Bulletin du Ministère de l'Agriculture* 16 (1897): 821; *La Géologie agricole* 3 (1897): 249–50; *Les Annales de la science agronomique française et étrangère* 1 (1898): 348; and *Le Bulletin de la Société des agriculteurs de France* 59 (January-June 1906): 265。AC 和 LC 至少曾在 1894 年在卡巴纳主持过一次打猎聚会；见 Gant de Saxe (pseud.), "Mondanités: réceptions," *Le Gaulois* (January 20, 1894): 2。

30 Grenaud and Marcailhou, op. cit., 72; on Deschanel choosing Charvet, see PM, *1900* (Paris: Marianne, 1931), 13.

31 PV, *France from Behind the Veil*, 350. 博尼·德·卡斯特兰写过多莉（他的嫂子）有一种"大公夫人"的"国际风范"，而不是巴黎社交女子的"骨子里很法国"的样貌，见 Castellane, *Vingt ans de Paris*, 107。

32 AG, *Les Clés de Proust*, 127.

33 AG, *La Bourgeoisie qui brûle*, 189.

34 MB, op. cit., 12; 按照 MB 的说法，LC 因而"促成了女性时装的革命"（同上）。

35 "Bloc-notes parisien," *Le Gaulois* (June 11, 1885): 2.

36 CCB, op. cit., 223.

37 关于由男士剪裁的女式西装时尚促成的理想女性身材类型的变化，见 Eugen Weber, op. cit., 99–100。

38 MB, *La Duchesse de Guermantes*, 169.

39 AF, "Le Salon de l'Europe," 469.

40 同上书，464。瑞邦相对小巧、低调和不成型的草帽和毡帽相当于世纪末那些帽型巨大而装饰繁复的帽子，就像洛尔简洁的西装相对于那个时代带有裙撑又到处是荷叶边的时髦女服，是现代时装的代表。虽说瑞邦发明的钟形帽要到很晚才问世，早在 1870 年代和 1880 年代，她就已经开始试验尽量简洁的帽形了。具体实例见纽约大都会艺术博物馆中收藏的一顶小巧的蓝色帽子：Caroline Reboux, *Hat* (1870–1880); 编录号：CI.38.47.5。

41 同上书，49。

即兴曲
鸟鸣和鸟羽

一只鸟儿之所以被关在鸟舍或鸟笼里，要么是因为它的羽毛，要么是因为它的啁啾，它要么羽毛多彩瑰丽，要么歌喉婉转动听。可以说，概观之下，女人的燕语莺声和搔首弄姿也是一样。她利用一切时尚的手段，把自己变成一只蜂鸟、一只文雀、一只天堂鸟……

女人用自己独一无二但无可比拟（原文如此）的歌声让人着迷，让人欢喜，让人沉醉。她是一只唧哩着钻入云霄的云雀，一只在林中喧闹的黄莺，一只用天籁之音迎接黎明的夜莺。毫不夸张地说，当她的羽毛与歌声一样甜美，她就是一只真正的凤凰……

被关在鸟舍或鸟笼里的女人会为了寻欢、为了权力……优雅、品位等目的而修饰自己的羽毛或声线……当她从一根树枝跳上另一根树枝时……或者当她透过鸟笼的栏杆望向外面的世界时，自会燕语莺声、搔首弄姿。

——伊丽莎白·格雷弗耶，《女作家》

（"La Femme de lettres"，1884—1887 年前后）

洛尔·德·舍维涅并非独自掌握着时尚王国的权杖。与洛尔
极简主义的男式裁剪相反，伊丽莎白·格雷弗耶引领着一种装饰
华丽、天马行空的风格，这使她也成为上层的焦点。[2] 虽然像其
他方面的传统一样，那个阶层的着装一般需要严格符合规矩，但
伊丽莎白喜欢打破所有规矩的服饰。如《高卢人报》1882 年报
道的，她绚丽夺目的非主流让她成为贵族圈中的神秘人物。一篇
刊登在头版的"美丽的格雷弗耶子爵夫人"传略中一方面赞美她
是"甜美如梦的纯正贵族女性典范"，另一方面也称她为着装上
的叛逆者：

> 格雷弗耶（夫人）最痛恨的就是平庸。她在一切领域中
> 别出心裁，这让她的外表稍显怪异……她的服装是她本人专
> 为自己设计的。她穿着的一切都必须独一无二——她宁可看
> 上去古怪，也不愿意跟任何人雷同……然而不管她有多任性
> 善变，不管她的服饰多么异想天开，她却永远保持着一种极
> 为出众的风度。人们一眼就能认出她是一位贵妇人。[3]

这段描写基于一个悖论：伊丽莎白在着装上的"任性"非但
没有破坏，反而提升了她"极为出众的风度"。和洛尔一样，她
也为自己开辟出一条道路，发展了一套自觉的自我宣传策略，成
为贵族阶层高贵的典范。她发誓要在巴黎重现自己蜜月期间用那
件"伊丽莎白女士"的裙子获得的成功，为自己设置了一个头等
重要的目标："在他人面前，永远要对自己说：我要让此人在我
们相遇之后记住一个无与伦比的高贵形象。"[4] 在她信任的一位

导师的帮助下，伊丽莎白完善了这一形象，成为耀眼的明星。渐渐地，无论是朋友还是陌生人，亲王贵胄还是平民百姓，都会用"无与伦比的高贵"来形容她。

和那时及现在的大多数名人一样，伊丽莎白能够一战成名，也要依靠雄心、魅力、禀赋和时机。她创造并推出自己无与伦比的光环之时，恰逢法国君主制彻底丧失扮演该角色的能力。如果说尚博尔伯爵悲惨的事业已经无可挽回地摧毁了君主制在法国复辟的希望，那么他的继承人巴黎伯爵菲利普·德·奥尔良则给出了致命一击。巴黎伯爵天性腼腆胆怯，虽有很强的责任感，却没有真正的领导冲动或天赋，也没有展现"一个无与伦比的高贵形象"的意愿。威尔士亲王一向希望他的王室成员们多一些夸张的演技，他曾傲慢地评价菲利普·德·奥尔良"太像个资产阶级，当不了国王"。[5]

巴黎伯爵的个性与这一判断相当吻合，他谨慎地避免公开展示王室的排场，只有一个重要场合例外，但那次例外是致命的。1886 年 5 月，他和妻子在他们位于巴黎的宅邸加列拉宫（Galliera Palace）举办了一场奢华的盛宴，庆祝他们的长女阿梅莉·德·奥尔良（Amélie d'Orléans）与未来的葡萄牙国王订婚。欧洲各国的君主纷纷来到首都，保王派报纸狂热地报道这次盛宴，引发了共和派对于君主主义政变的恐惧。一个月后，政府投票决定流放巴黎伯爵和所有其他排队等待法国王位的亲王们。

菲利普悄悄地离开了法国，再也没有回来，但他的离去并没有明显降低社交界的魅力值。在他在巴黎作为假定国王的三年任期内，巴黎伯爵和他的妻子，一位瘦削脸、高大粗笨、永远叼着雪茄烟的女人，非常乐意将众人的关注留给像伊丽莎白·格雷弗耶这类真正享受它的人，后者也的确抓住了这个机会而没有放

伊丽莎白很高兴听到一位朋友说，在她身旁，奥尔良派法国王位觊觎者的妻子巴黎伯爵夫人就像个打扫房间的女仆

弃。听到德·玛萨侯爵 ① 说"在（她）身旁，巴黎伯爵夫人就像个打扫房间的女仆"，伊丽莎白壮起胆子，想出了一句毫不掩饰的自夸标签来形容自己："要做女王的女人"。[6]

　　伊丽莎白首次获得众人关注的亮相是在德·萨冈亲王夫人1880 年 5 月在圣日耳曼区举办的化装舞会上。那晚创造了许多个第一：德·萨冈夫人举办的第一个化装舞会；上层自普法战争后享受的第一次盛大狂欢；自格雷弗耶夫妇的婚礼以来，伊丽莎白第一次出现在上千位观者面前。

/ 205

　　由于亲王夫人没有为那年的舞会公布任何着装原则，宾客们

---

① 德·玛萨侯爵（Marquis de Massa），即德·玛萨侯爵亚历山大 – 菲利普·雷尼耶（Alexandre-Philippe Régnier，1831-1910），即后文中的菲利普·德·玛萨，法国骑兵军官、戏剧作者。

在1880年首次举行的萨冈化装舞会上，站在最右边的伊丽莎白装扮的是迪安娜，手持弓和箭。非洲来的男侍者萨利姆（Salem）帮她拿着箭筒。一位不具名的艺术家在《世界画报》（*Le Monde Illustré*）上重新想象了当时的场景

可自由安排自己的装束，而伊丽莎白为自己设计着装更是没有一丝马虎。她致敬丈夫所热心的帝王运动（或许也向她自己在性爱方面的含蓄致敬），装扮成了贞洁的狩猎女神迪安娜，头戴一个新月形状的钻石发饰，穿着一条用闪闪发光的镶钻锦缎制成的芭蕾舞短裙式裙装。[7] 裙装的下摆本身就是个大胆的设计，它短得足以露出伊丽莎白纤细的脚踝，却又用很多裙撑撑得很大，以至于德·萨冈宅邸那巨大的礼仪楼梯只容得下伊丽莎白一人。当然，萨利姆除外，这位六岁的非洲侍者是伊丽莎白的舅舅罗贝尔·德·孟德斯鸠最近赴丹吉尔①短途旅行时带回来的。虽然在

---

① 丹吉尔（Tangiers），北非国家摩洛哥北部的滨海城市，在直布罗陀海峡西面的入口，位处大西洋和地中海的交界。

标准的古典图像中，迪安娜是自己拿着箭筒，但伊丽莎白把这个任务交给了萨利姆，她声称后者疯狂地爱着她。

这显然不是打算泯然于众人的女人的装备。但不管它多华丽，都没能遮住穿戴者的美艳。"这位迪安娜，"加布里埃尔－路易·普兰盖写道，"完全可能出自普拉克西特列斯①或乌敦的雕塑；她精巧的头颅完美地安放在与她宽阔的双肩相连的天鹅般优美的脖颈之上。"[8]普兰盖惊叹伊丽莎白的"长裙拉长了她那曼妙婀娜的风韵和曲线……她迷住了上流社会，惊呆了他们，征服了他们，让他们五体投地"。[9]《世界画报》的一位专栏记者也持同一观点，看到她"路易十四风格的迪安娜"装扮后惊呼："多么漂亮的点漆之目！多么娇美的面庞！多么浓密的黑发！那优美的姿态就像漫步云端的女神！"[10]

《费加罗报》无处不在的社交专栏记者"星火"也呼应了同事的结论。她写道，德·萨冈夫人的舞会不但在战后十年的节衣缩食后恢复了城区的华丽盛典场面；还把

> 　　一颗炫目的新星捧上了社交界的地平线：20岁的美人格雷弗耶子爵夫人娘家姓希迈（原文如此），她那双黑色眸子闪烁的光芒要比她戴在浓密头发上的那颗钻石新月耀眼千倍……她（就是）女神迪安娜，却是从凡尔赛宫的宫廷芭蕾舞中走出的迪安娜。太阳王本人也要向这个帝王之夜鞠躬行礼。[11]

---

① 普拉克西特列斯（Praxiteles，公元前395—前330年），公元前四世纪古希腊著名的雕刻家，和留西波斯、斯科帕斯一同被誉为古希腊最杰出的三大雕刻家。他是第一个塑造裸体女性的雕刻家。

这里把子爵夫人描写成一个有能力征服路易十四本人的"王室"人物，把她与王室成员相提并论，这是有着巨大象征意义的胜利。

女王的比喻和启迪这一比喻的服饰，始终在巴黎人的想象中牵萦缠绕。1881 年 4 月，"星火"在《费加罗报》的一位同事宣布格雷弗耶夫人"在德·萨冈夫人去年的舞会上一举夺冠"，当然，舞会并没有设立名次。1882 年 4 月，笔名为"维奥莱塔"（Violetta）的记者在《高卢人报》上赞美她是"贵族的完美化身，'高贵苍白的美人、财富之女、天国之后、爱神之母'"。这里引用的是浪漫主义诗人阿尔弗雷德·德·缪塞①的句子，但维奥莱塔说，如果真想了解格雷弗耶夫人的"绝对优势"，只需记得

> 她穿着去赴德·萨冈亲王夫人的舞会的服装是活生生的女神迪安娜的形象，带着路易十四时代的高贵庄严和古代奥林匹斯山的神圣尊贵，像一个从太阳王的宫殿里走出的人物，她的形象映现在庆典大厅四面环绕的镜子里，层层叠叠，无穷无尽……12

这里再度把子爵夫人比作从路易十四的宫廷里穿越而来的人，是王宫乃至天神之尊贵的"活生生的形象"。"她在每个人的目光中看到了自己所引发的倾慕，那主要是一种敬畏之情，"维奥莱塔接着说，"那是一切女王应得的情感。"13

那正是伊丽莎白力图用自己后续的聚会服饰再现的情感。接下来的那一场萨冈舞会是为了向女主人的密友和传说中的前情人

---

① 阿尔弗雷德·德·缪塞（Alfred de Musset，1810-1857），法国贵族、浪漫主义诗人、剧作家、小说作家。

威尔士亲王伯蒂致敬而举办的，在那场舞会上，伊丽莎白穿一条血红色的天鹅绒宫廷服，披一件毛丝鼠斗篷，头戴一顶红宝石王冠，这套着装的灵感或许来自汉普顿宫悬挂的一幅年轻的伊丽莎白一世的肖像。[14]（伊丽莎白非常喜欢她这位圣洁的王室同名者，在她的档案中保留着一张印有这幅肖像的明信片。）伊丽莎白此前曾受到威尔士亲王的接见，当时是在她婚后的那个夏天苏格兰的一次松鸡狩猎聚会上。但她没机会给亲王留下深刻印象，那天下着冷雨，整个聚会每个人都裹着粗花呢外套。所以她急于让他见到自己身上的华服，那套既向他的王室祖先致敬，又能展示她自己的尊贵风范的服饰。

为了确保能在舞会上吸引他的注意，伊丽莎白看准时机，与亲王同时到达德·萨冈府邸。亲王殿下总是最后一个到，因此她

伊丽莎白穿着威尔士亲王伯蒂的祖先、女王伊莎丽白一世的服装，彻底迷住了亲王

设法和亨利一同很晚才到舞会现场，这个计划效验如神。格雷弗耶夫妇刚刚踏入府邸的门厅，德·萨冈夫人的瑞士守卫就宣布威尔士亲王到。按照礼仪，本应由亲王夫人先招呼自己的王室贵宾，但伊丽莎白抢先了一步，在亲王脚下行了一个非常庄严的屈膝礼，以至于等到德·萨冈夫人行礼时，亲王几乎连看都没看她一眼。（洛尔·德·舍维涅事后说："伊丽莎白·格雷弗耶，那才是个知道怎么行屈膝礼的女人呢！"）

威尔士亲王阅过无数漂亮的巴黎女人，但他显然很高兴看到眼前这位屈身行礼的"伊丽莎白女王"。他糊涂了几秒钟，想不起来在哪里见过她（因为她主动行礼表明他见过她）。直到他注意到自己的老朋友格雷弗耶站在她旁边，才想起来这位迷人的都铎王朝美人就是松鸡狩猎会上那位害羞的年轻新娘。明确了这一联系之后，亲王便开始滔滔不绝地赞美伊丽莎白，门厅里所有的客人都能听到他的声音。他们还听到他终于接受了亨利向他发出多年未果的邀请：同意那年秋天来布德朗森林打猎了。

从那天起，社交界的常客们经常说，伊丽莎白·格雷弗耶"能对威尔士亲王呼风唤雨"。[15] 在前一年的舞会上，旁观者们还只是猜测她有能力令王室殿下肃然起敬；这一年，他们目睹了她的成功。普兰盖写道，握有"美貌……财富以及无可比拟的尊贵的权杖"，伊丽莎白再次成为当夜的女王。

在之后那场萨冈狂欢上，她决定装扮成莫扎特的《魔笛》①

---

① 《魔笛》（*Magic Flute*）是莫扎特创作的最后一部歌剧，编号 K.620。《魔笛》于 1791 年 9 月 30 日在维也纳维登剧院首演，由莫扎特亲自指挥。作者于同年去世。这部歌剧取材自诗人克里斯多夫·马丁·维兰德（Christoph Martin Wieland，1733-1813）的童话集《金尼斯坦》（*Dschinnistan*）中一篇名为《璐璐的魔笛》（"Lulu, or the Magic Flute"）的童话，1780 年后由伊曼纽尔·席卡内德改编成德语歌剧脚本。

中的夜后，穿一件多褶边的黑色波兰舞曲长袍，背后戴一对巨大的薄纱蝠翼。亨利身穿红白色提花制服上衣、红色长裤和白色褶裥领（这套"红方片国王"的装扮非常适合他那长方形的头），陪她出席舞会。他这身装备一定为他赢得了不少恭维，因为后来他委托社交界的水彩画家欧仁·拉米创作一幅画来描绘他和贝贝斯出现在那场舞会的人群中的场面。[16] 最终的画作是一个纪念，那是亨利像妻子一样热衷于服装改变形象的魔力的少数实例之一。

在 1884 年的萨冈舞会上，伊丽莎白全然无视预先规定的"农民"主题，炮制了另一个版本的女王形象。亲王夫人和其他客人都穿着土布服装，配以方头巾和木屐，伊丽莎白却装扮成了路易十四那位美丽的孙媳妇勃艮第公爵夫人（Duchesse de Bourgogne）。路易十四老年时居然爱上了这位孙媳妇，举世愕然。（据说她 26 岁香消玉殒时，老国王的心都碎了。）这位年轻的公爵夫人有着传奇的美貌，就连素来挑剔的圣西蒙公爵也在他关于路易十四宫廷的多卷本回忆录中不吝恭维之词，这样的赞美在整部回忆录中屈指可数：

> 她大胆、高贵而优雅地昂着头；风度那般尊贵，笑容那般生动，身材苗条而比例完美，婀娜的姿态像女神走在云端：这一切令她的样貌赏心悦目。走起路来顾盼生辉……她是每个人眼中的尤物。[17]

伊丽莎白的贵族同伴们大概都很熟悉圣西蒙的文字，因为他毫不掩饰地对他们的祖先说三道四，他的回忆录也成为他们那个阶层的必读书。就连贵族中最没有文学细胞的人，也会津津有味地阅读公爵记录他们的祖先在凡尔赛宫耍弄权谋的花边新闻。

说到勃艮第公爵夫人，圣西蒙书中最刺激的花絮之一就是她和德·阿尔古亲王夫人的宿仇，后者年轻时曾是个美人，但人老珠黄，廷臣同伴们都称她为"金发怒神"。[18] 圣西蒙写道，德·阿尔古夫人说谎成性、水性杨花、阴险邪恶，早已成为太阳王的随从中最"可怕、可憎、可鄙"的女人之一。[19] 勃艮第公爵夫人比谁都恨她，并且毫不掩饰自己的厌恶，总是对亲王夫人开各种侮辱性的玩笑，比如在她的椅子下面点燃炮仗啦，对她投掷像石头一样硬的冰雪球啦，还在半夜三更让 20 名瑞士护卫敲锣打鼓地进入她的卧室，"用吵闹声把她惊醒"。[20]

伊丽莎白大概很高兴唤起人们对这些趣闻的回忆，因为亨利的情妇"美女波利娜"就是德·阿尔古亲王夫人的后代。至少在 17 世纪，说谎成性、水性杨花的德·阿尔古金发女郎得到了报应，而且国王对此听之任之。正如圣西蒙所说，国王觉得"公爵夫人所做的每一件事都是对的"，因此她能肆无忌惮地折磨亲王夫人。伊丽莎白从亨利那里得不到这样的支持，他永远不会支持她与他生活中的其他女人为敌。不过正是出于那个原因，伊丽莎白装扮成勃艮第公爵夫人时，一定沾沾自喜地幻想自己无所不能。

为了成功演绎这个典故，她那天正是按照凡尔赛宫中那幅公爵夫人著名肖像上的服饰穿戴装扮的，那幅肖像是让 - 巴蒂斯特·桑戴尔 ① 在 1708 年创作的。[21] 裙子是一件非常正式的蓝灰色锦缎宫廷服，多彩的宝石和金色饰边装饰着三角胸衣，还有一

---

① 让 - 巴蒂斯特·桑戴尔（Jean-Baptiste Santerre，1651-1717），法国画家，通常与法国洛可可时代最后一位重要代表画家让 - 奥诺雷·弗拉戈纳尔相联系，但他本身也是个值得注意的画家。

条极长的拖裙，不得不请孟德斯鸠那位可信赖的非洲侍者萨利姆再度客串。这一次，萨利姆还带着一把像棕榈树一样巨大的遮阳伞。

然而无论在桑戴尔的肖像中，还是在伊丽莎白的复制品中，真正令人叹为观止的是一袭华丽的深紫色天鹅绒斗篷。这件斗篷有一道纯白色饰边，上面缝着波旁王朝的百合花，彰显穿戴者的王室身份，与淳朴的"农民"嬉闹格格不入。这正是伊丽莎白选择它的原因。

她的女王装扮又一次在同代人中间引起了强烈的反响。整整五年后的1889年夏，社交界报纸的记者们还在恳求读者们"记住（格雷弗耶夫人）在德·萨冈亲王夫人的化装舞会上那套勃艮第公爵夫人的装束。她就像从太阳王的宫殿里走出的幽灵"。[22]

这最后一声喝彩的时机值得注意，因为那恰恰是法国大革命100周年，政府在巴黎举办盛大的新一届世界博览会，以表纪念。世博会轰动的序曲是工程师居斯塔夫·埃菲尔那座1000英尺高的铁塔于1889年3月31日落成，那是当时世界上最高的建筑物。[23] 作为进步、科技和勇往直前的共和国精神的标志，埃菲尔铁塔是独一无二的。然而就连它也无法，也的确没有让伊丽莎白的创新失色：一个从太阳王的宫殿里走出的时尚女王在现代巴黎的报纸上重获新生。

1889年世界博览会前十年，当伊丽莎白首次随亨利迁居巴黎时，她的生活中没有任何征兆表明她未来会变成时尚的偶像。这对新婚夫妇在布德朗森林度完蜜月后，就在格雷弗耶家族位于圣奥诺雷区的大院里住下了。那座大院由一群相邻的私人住宅和民用及商用建筑组成，所有这些都用通风廊、庭院和花园组成的网络相连，在安适静谧的德·阿斯托格街（rue d'Astorg）和

/ 210

在 1884 年的萨冈化装舞会上，伊丽莎白复制了 1709 年让－巴蒂斯特·桑戴尔所绘的勃艮第公爵夫人肖像中的王室服饰。其他众人都身着农民装束

德·拉维勒－勒维克街交叉的地段占据了大半个城市街区。这座大院有三四十英尺高的石墙和高大的铁艺大门，看上去极为壮观，邻居们称之为"梵蒂冈"。除了能圈养 30 匹马的马厩外，它还有 35 间仆人卧室：这纯属非必需的奢侈，因为管理这么大的宅院需要的人力之巨令人咋舌。

亨利叔叔那年四月去世后，伊丽莎白和亨利继承了他位于德·阿斯托格街 8 号的私人宅邸，那是一栋 18 世纪的大宅，后来在 1956 年，和整座大院的其他大部分建筑一样被彻底摧毁了。让－路易·普瓦雷（Jean-Louis Poirey）这位格雷弗耶家族的住家保安之子就是在那里长大的，在他没有出版的回忆录中，他详细描述了整个宅院的情况。普瓦雷回忆那里的花园是"一座巨大的私家公园，规模仅次于爱丽舍宫的花园"（即共和国总统居住的地方）。[24] 那里有茂密的悬铃木和栗树、精心修剪的树篱、井然有序的花圃，是首都市中心的一片闹中取静的绿洲。仅仅两个街区之外，马勒塞尔布大道上车水马龙，终日的喧嚣声即便门窗紧闭也不绝于耳。然而在格雷弗耶家的花园，最主要的背景音是鸟儿的欢唱和喷泉的叮咚声，间或能听到银铃般的笑声，那是从德·阿伦贝格家后院为孩子们建造的木偶戏院里传来的。

院墙外的街道上没有多少马车和行人声。格雷弗耶家族在那里买下的很多商业地产都被用来在他们自己和闹市之间增加一道缓冲，但亨利的父亲的确把他在德·阿斯托格街 30 号那座大楼的底层零售空间租给了很受欢迎的巧克力大亨费利克斯·波坦（Félix Potin）。这个品牌之所以获得了一批忠诚的客户，与其说是甜品的质量上乘，不如说聪明的营销技巧让它从竞争者中脱颖而出。每一盒、每一条波坦巧克力中都含有一张名人集换卡：把某一位家喻户晓的当代作家、艺术家、政治家或君主的照片印在一张廉价硬纸片上，被许多爱好者竞相收藏。① 除了费利克斯·波坦公司的人来人往之外，德·阿斯托格街上的嘈杂声主要是不协调的乡野腔调，比如山羊倌或牧羊人挨家挨户地叫卖新鲜羊奶时，一路走来的笛声或铃声。25 偶尔从街上吹送来的声音还有某一位售卖廉价小物的商人的叫声，他不时会游逛到这里，和着他的巴巴里风琴的刺耳音调高声叫喊着："幻灯，幻灯，出售天下奇物啦！" 26

德·阿斯托格街 8 号的大宅室内一层有八个洞穴般的接待厅，占地约 17 250 平方英尺。27 作为这座宅邸的女主人，伊丽莎白有权从中选一间开办自己的沙龙。她选择的那一间较小——

---

① 巴黎的另一个巧克力供应商介朗－布特龙（Guérin-Boutron）改进了波坦的创意，提供明星的彩色照片集换卡。两个品牌的集换卡见书中彩页。——作者注

虽然空间还是太大而不够温馨，但由于对着屋后的花园和房前的入口庭院两边都有窗户，所以这里的光线充足。（前后都有风景表明这座宅邸符合贵族住宅建筑的首要要求：位于"庭院和花园之间"。）她那间沙龙的方格天花板被涂成了天蓝色，上面点画着羊毛状的白云。墙壁镶嵌着手工雕刻的路易十五时代护壁板，有白色大理石的路易十六时代壁炉台干净的新古典主义线条衬托，它们旋转的卷须和贝壳也不显得杂乱无序。房间内的家具是一套昂贵的沙发和椅子，也都是路易十五时代风格的手工雕刻品，座位上铺盖的博韦①绣帷上是让-巴蒂斯特·乌德里②为让·德·拉封丹③的寓言故事书绘制的插图。除了一个曾属于玛丽·安托瓦内特的装饰性铜钟是格雷弗耶家族收藏的贵重物品外，这间客厅里的装饰物显示出伊莎丽白更为现代的品位。她把莫罗的那幅《花园里的莎乐美》悬挂在这里的墙壁上，把父母和兄弟姐妹的照片也摆了出来。这些物品创造了一种温暖随意的氛围，让它全然不同于这座宅子里的其他沙龙，那里无一不散发着装腔作势的特权、富贵和沉默的气息。[28]

212

在伊丽莎白看来，这座新宅邸另外两个最让人喜欢的地方，要属底层的冬季花园（jardin d'hiver）和楼上她的更衣室了。更衣室就在她的卧室旁边，卧室有一个可以俯瞰花园的室外大阳

---

① 博韦（Beauvais），位于法国上法兰西大区和瓦兹省的首府，下辖博韦区。博韦挂毯原是为富有的资产阶级和法国贵族生产的装饰品，同时也供出口，19世纪后质量开始下降，产量也减少了。

② 让-巴蒂斯特·乌德里（Jean-Baptiste Oudry，1686-1755），法国洛可可派画家、雕刻家和挂毯设计师。他尤以自然主义的动物画以及描写猎物的狩猎作品而闻名。

③ 让·德·拉封丹（Jean de La Fontaine，1621-1695），法国诗人，以《拉封丹寓言》留名后世。拉封丹生于法国中部埃纳省的蒂埃利堡，父亲为政府官员。曾习法律、神学，但最后决心成为作家。

台。亨利就寝的地方跟她不在一处，他的卧室和办公室在大厅的另一侧。

亨利在家时，往往也是通过仆人们传送纸条与她交流。如果他本人来到伊丽莎白跟前，多半都是因为他心情很差，要跟她吵架了。（"每当亨利贪婪地需要发脾气时，"她写道，"他本可以把怒气发在马车夫或厨子身上，但我总是他最喜欢的发泄对象。"）每到这时，他会冲她大声喊叫，弄得仿佛整个房子都在跟着震动。除此之外，这座宅子整日都是静悄悄的，只有地下室除外，那里的厨房、储藏室、酒窖、洗衣房和锅炉构成了一个庞大的网络。不过这些空间自有繁忙的工作人员打理，不是伊莎丽白的地盘。她虽然负责计划自己和亨利每天的菜单，但都是厨子和管家到楼上向她汇报，按照她的指令行事即可。

在这安静而孤立的王国中，与伊丽莎白交往最频繁的是她的婆家人。亨利的父母夏尔和费利西泰住在隔壁的德·阿斯托格街 10 号，他的妹妹路易丝和妹夫德·拉艾格勒伯爵罗贝尔（鲍勃）·德阿克雷①一家住在 12 号。另一个妹妹让娜和丈夫奥古斯特·德·阿伦贝格亲王②住在德·拉维勒－勒维克街 20 号，那座宅邸与德·阿斯托格街上的几座宅邸共享一片后花园。德·阿伦贝格家的房子是整座大院中唯一没有用有篷过道与其他房子相连的住宅，因此在下雪或下雨时就需要采取一些特殊措施。他们的女儿路易丝·（里凯特·）德·阿伦贝格后来充满感情地回忆

---

① 德·拉艾格勒伯爵罗贝尔（鲍勃）·德阿克雷（Robert [Bob] des Acres, Comte de L'Aigle, 1843–1931），法国政治家，1885—1893 年任众议院议员。

② 奥古斯特·德·阿伦贝格亲王（Prince Auguste d'Arenberg），即奥古斯特·路易·阿尔贝里克（Auguste Louis Albéric, 1837–1924），法国贵族、君主主义政治家。他以庞大的财富和遍布法国的地产而闻名。

起，每到恶劣天气，就要由一位仆人拉着一架两轮车送她一家人去附近外祖父的房子。[29]

这些安排使得四家人几乎天天见面，何况费利西泰还有每天早间弥撒后去看看每个孩子及其家人的习惯。此外，费利西泰要求整个家族每周至少四天晚上一起吃饭，最好在 10 号，那个餐厅本来就又大又暗，还悬挂着从天花板到地面的黑色佛兰德挂毯。她还希望整个家族每周日下午在她的沙龙里聚会，她的沙龙通常只有很少的一群亲戚和世交好友前去敷衍一下。[30]

费利西泰的招待会着实乏味。她那间昏暗的墨绿色客厅装饰得阴郁而单调，主题就是"死去的家人"：挂满了各种装在框子里的临终前肖像，玻璃下面压着一绺绺落满灰尘的头发。就连房间里仅有的那一点假装的生气和色彩——摆在中间圆桌上的巨大的"鲜花金字塔"（那是每天从布德朗森林的温室里采摘运来的）——也带着一股忧郁而压抑的气息，就像是新掘的坟墓上摆放的葬礼花环。谈话也一样无趣，因为费利西泰不但对宾客人选要求很严（大多都是像她一样守旧的老古董），对聊天的内容也有要求（同样守旧）。伊莎丽白在日记中称 10 号进行的交谈简直如教科书一般诠释了"在社交界不得不说的单调乏味的现成语言：大家全都为了礼仪说出冷漠的套话，将真正的感情隐藏起来"。另一位出席这些周日聚会的客人说它们"没有一点点吸引力（和）活泼的生气"，还说"那一家人没一个擅于社交的……格雷弗耶家人开办沙龙点起长蜡烛仿佛根本不是为了开心，而是为了完成任务"。

不过亨利动辄提醒伊丽莎白，所谓的良好教养莫过于履行义务和含蓄矜持。以他和奥古斯特·德·阿伦贝格亲王的关系为例，两个男人对彼此不屑一顾，以至于在私下谈话里，德·阿伦贝格曾不止一次威胁要在他和亨利的房子之间的公园中线上建一堵墙，这样两人就永远不必见面了。①31 如果说德·阿伦贝格没有实施这一威胁，那是因为和亨利一样，他知道维持一个联合家族阵线的表象是他们不可推卸的义务。在当前的共和制度下，消灭阶级的威胁如同一把利剑悬在贵族头上，在德·阿斯托格街，大家心知肚明的道理就是，要想保护自己免于被消灭的危险，就必须与同类结成一体，还要假装喜欢这么做。伊丽莎白既然是格雷弗耶家族的一员，也应遵循同样的规矩。亨利对她说的"唯一值得过的生活是私生活，隐秘的生活"，确是他的真心话。

不过亨利自己的私生活很大一部分都是在家外度过的，主要是为了躲避跟他结婚的那个女人。他虽然要求伊丽莎白参加每周若干次的家族晚宴和母亲的每一场招待会，却很少和她一起出席这些活动。他有俱乐部要去，有马要骑，有购买艺术品的狂欢，有含糊暧昧的政治野心，最重要的是还有婚外情，亨利在外面的娱乐太多了，不会愿意和贝贝斯一起围炉取暖。

她后来知道"美女波利娜"不是唯一一个跟她争夺亨利之爱的女人时，原本就很糟糕的一切变得更难以忍受了。迁入德·阿斯托格街后不久，伊丽莎白得知，家里有一位男仆每天唯一的任务就是把从布德朗森林的温室里采摘的好几十束兰花分别送给居

---

① 贵族家人之间的感情往往是浮皮潦草的，最贴切地表现这一特点的，莫过于亨利的表兄艾默里·德·拉罗什富科在野兽舞会当晚说的那句让他臭名远扬的话。在准备舞会时，拉·罗什富科得到消息，说他的一位亲戚已在弥留之际了。拉罗什富科对送信人喊道："你太夸张了吧！"然后就打发他走了。如果拉罗什富科承认那位亲戚已经奄奄一息，按照礼节，他就不得不错过舞会（服丧期间不得参加聚会），而他已经下定炉心要在蜜蜂芭蕾舞中扮演令人艳羡的角色了。事实上当那位亲戚去世的消息传来时，他已经戴上小小的金色触须和漂亮的条纹蜜蜂短袍，全副武装准备滑入舞池了。——作者注

住在全城各处的女人：亨利臭名昭著的后宫。[32] 这些女人来自各个阶层，有贵妇人、女演员、交际花、舞女、用人、马戏团演员和女教师，每个人都必须签署一份正式的"永恒的爱情盟约"，上面写着："我，_____，发誓一生钟情于亨利·格雷弗耶，至死不渝。"（亨利死后，伊丽莎白发现全巴黎有三百多个女人在同一份文件的副本上签过字。）亨利喜欢像单身未婚时一样，定期和每一位情妇幽会。但如今他结婚了，便稍稍改了一下规则，选择在不同的单身套房而非在那些女人的家里会面了。最后他还租下了巴加特尔（Bagatelle），那是位于布德朗森林正中央岛上的一座很小的新古典主义风格城堡。这处地产的前主人包括两位国王，一位波旁王位觊觎者和伊丽莎白的一位希迈祖先。亨利把它变成他自己的私人爱巢，与情妇们一起躲在这里，往往一待就是好几天。

亨利长期不住在德·阿斯托格街并不意味着伊丽莎白在他离家期间可以无拘无束。他援引礼仪之规，禁止她在无人陪伴时出巴黎城，洛尔·德·舍维涅那种廉价的自由活动可不适合他的妻子。亨利继而提醒她，如果她违背他的命令，他的母亲或姐姐或仆人们会向他告密（他们的忠诚最终只对他一人，这个付给他们工资的人），还说他会让她为违抗命令而后悔的。这一双重标准几乎和他的不忠一样令伊丽莎白愤愤不平，这也是她后来关注女性权利的起因。[33] 伊莎丽白思考着自己的困境，写道："女人被视为战利品、漂亮的个人财产……微笑、文静而迷人。永远待在鸟舍里，不得离巢。"只有男人，她接着写道："才有飞翔的自由。"[34]

婚后的前几年，伊丽莎白在镀金鸟笼里享受着仅有的一点自由。至少在巴黎，她不需要跟着去打猎，也就能安静地追求自己

/ 215

与伊丽莎白结婚后，亨利租下了布德朗森林一个岛上的小城堡巴加特尔，用作自己的爱巢，也就是奢华版的风流交际家单身套房

的室内爱好了。她在沙龙里那一架巨大的钢琴跟前一坐就是好几个小时，还自学吉他，想让自己的音乐曲目变得更多样一些。她怀念米米的家庭音乐会，在德·阿斯托格街上开创了一个新的家族传统：每周日晚上费利西泰的招待会后，她会在自己的沙龙里举办私人演奏会。虽然大部分音乐都是雇用专业音乐家演奏的，但伊丽莎白也鼓励有能力的客人参与演奏。她惊喜地发现，就连路易丝·德·拉艾格勒这样个性最拘谨、最没有艺术天分的客人，也会急切地抓住表演的机会。（亨利已经不再兴致勃勃地与伊丽莎白一起表演二重唱了，但如果他在家，有时也会来一段独唱。）

为了打发这些小型音乐会中间空闲的时光，伊丽莎白开始钻研亨利藏书中的珍本：她婚后那几年如饥似渴地阅读了大量书籍。德·塞维涅夫人的书信、乔治·桑的《弃儿弗朗索瓦》（*The Country Waif*）以及普罗斯佩·梅里美的《卡门》只是其中的一小部分。[35] 埋头于文学和音乐让伊丽莎白重新找到了母亲在她少女时代灌输给她的"对美好事物的热爱"[36]，以及她在父母的照应下品尝过的幸福。

但就算远离了布德朗森林，她那些阳春白雪的爱好还是遭到了费利西泰的坚决反对，后者重申伊丽莎白对艺术毫无节制的爱好不符合格雷弗耶子爵夫人的身份。婆婆指控说，贝贝斯沉迷于书籍不但不得体，简直就是装腔作势。费利西泰学识太浅还咄咄逼人，本人又过分关注形式，根本不能想象世上会有人以读书为消遣：那一定是在装。"所以我在假装读书？"伊丽莎白沮丧地写道，"'友好的'地狱犬又一次指控我故作姿态。"

地狱犬的儿子同样不友好。有一次亨利碰到伊丽莎白正在跟奥古斯特·德·阿伦贝格热烈地讨论音乐——她越来越喜欢阿伦贝格和他的妻子让娜，觉得他们是她婆家人里面最有教养的——就冷言冷语地说："我好像娶了米洛的维纳斯呢！"[37] 这是一语双关的讽刺，抨击伊丽莎白的美貌和她对音乐的热爱。亨利很喜欢自己的这个文字游戏，后来常常会这么说，全然不顾妻子泪眼婆娑地抗议"嘲讽会将爱情腐蚀殆尽"。[38]

鉴于他们明确表示要维护家庭和谐，亨利和费利西泰不得不忍受伊丽莎白的一个消遣：给远在比利时的父母、兄弟姐妹和表亲们写信。和蜜月时一样，她几乎每天都给母亲和妹妹们写信，虽然她总是强颜欢笑，但来自巴黎的长信还是让他们担心。"在她这个年纪，"吉吉苦恼地说，"没有消遣，不能离家，听到的都是令人不安的事，这太难过了。"[39] 玛丽-艾丽斯·德·卡拉曼－希迈就好哄多了，至少在伊丽莎白婚后一两年是这样。她那时还是个孩子，仍然对美丽的成年堂姐充满敬畏，无法从她的信中读出弦外之音，尤其是随信件一起寄来的经过精心挑选的来自巴黎的礼物：一枚猫眼石戒指啦，一瓶紫罗兰香水啦。这些礼物让玛丽－艾丽斯更崇拜堂姐了，也就更不会关注伊丽莎白语气中的压抑。小姑娘根本不会想到偶像（玛丽－艾丽斯真的把伊丽莎白比作圣餐礼[40]）的生活竟然如此不幸。

在卧室和更衣室这些绝对私密的地方，伊丽莎白写下了大量文字，更加直率地倾诉了自己的苦闷。（她知道如果亨利、费利西泰或路易丝看到她全神贯注地写字，又要抨击她"故作姿态"了。）她继续每天写日记，也会在阿孙塔和一群侍女每天为她穿衣、戴帽和脱衣时在笔记本或随手取来的纸片上涂写。当时上流社会的巴黎女性每天在不同的时间（早上、下午、晚间）要为各种活动（散步、骑马、跳舞）和场合（看戏之夜、赛马之日）换七八套衣服。[41] 每次换装都要由手巧的侍女精心摆弄一番，胸衣、裙撑、衬裙、罩裙、长袜、饰带、别针，还有一排排极小的纽扣，小姐夫人们根本不可能自己穿戴。就算是伊丽莎白这样的服装爱好者也会觉得这些过程无聊透顶。仆人们为她的衣着忙活时，她便用潦草的斜体写满一页页纸，宣泄婚姻生活带给她的伤痛和困惑。

"难过和哭泣有什么用呢？"她在一张便笺上自问自答：

> 会改变人心吗？你难道不知道受苦是你的命？听听多少个世纪以来的声音吧——你听到了吗，那些被辜负的爱人的叹息，那些幻灭的心灵发出的呻吟和哀叹，在他们的苦难解脱很久之后仍不绝于耳？那就是生活——真心注定会受伤。[42]

伊丽莎白重拾起她在蜜月期间开始的创意写作作品，关于18岁的德·蒙泰朗公爵夫人玛丽－爱丽丝极不愉快的新婚之夜的那本据称虚构的日记。她也写杂文，包括一个关于各类女性的"社会生理学研究"系列。社会生理学这种民间伪科学是由小说家莱昂斯·德·拉芒迪（Léonce de Larmandie）发明的，把贵族城区当作异族部落那样研究他们的风俗习惯。伊丽莎白采纳这一方法主要是为了写赞美自己的人物素描（《要做女王的女人》《引领时尚的女人》）以及不点名地损害她婆家那些女人的形象的文章（《丑女人》《凶残的女人们》）。

伊莎丽白少女时代担任父亲的秘书时，曾经学过杜普雷速记，她的有些作品就是用杜普雷速记的秘密代码写的。婚后，她不想让亨利知道自己的某些想法或心情时，常常会诉诸她半生不熟的速记法里那些晦涩难懂的圆圈和直线，亨利虽然不愿意在身边陪她，却不知为什么总是近乎偏执地关注他离家期间妻子做了些什么。他偶尔从后宫回家的那些夜晚，并非不会翻看贝贝斯的纸张，一旦对看到的东西有异议，就会冲她大喊大叫。因此，吉吉和米奈也学会了用速记符号给她写信，用代号来代替她们闲聊起的人名。他们给亨利的化名是"la Jal"，这是"the Jealous Woman"（"忌妒的女人"）的缩写：缩写和性别变化都是为防备他窥探。

不过伊丽莎白的大部分信件、日记和文学作品都是用直白的法语写成的，因此如果亨利愿意，他很容易就能辨认出这典型的悲伤段落：

我爱的人目光游离地瞥了我一眼，就找他的情人们去了。我孤身一人留在这里，拒绝他们给我的一切，呼唤那个

离我而去的人……我跪下来细看消失的一切，我的眼泪一滴
一滴，落在这颗看不见的心上。

这段哀叹把伊丽莎白的婚姻危机表达为一种可见度危机，把
她的痛苦归咎于亨利在事实和隐喻两个层面拒绝看她。让伊丽莎
白卑微地跪下细看的"消失的一切"，既有丈夫离开她"找他的
情人们去了"，也有她自己存在意义上的崩溃感，因为她挣扎着
想要留住却未能留住他游离的目光。

然而按照她婆婆的说法，隐形正是一个教养良好的妻子应该
期待的生活状态。在费利西泰以及被她耳濡目染而观念一致的孩
子们看来，德·阿斯托格街上那些必须参加的聚会已经给了这个
家族的女性足够的社交机会。除了这些适度的聚会外，格雷弗
耶家的夫人小姐们必须过一种难以察觉的隐居生活，因而除了
"梵蒂冈"这一比喻，邻居们最喜欢拿他们的宅子打趣的话就是
"德·阿斯托格街的每个人都在沉睡"。

费利西泰和她的女儿们即便出现在公共场合，也保持着极低
的姿态——据说让娜·德·阿伦贝格太自谦了，"几乎感觉不到
她的存在"。[43] 一般说来，她们在巴黎外出仅限于参加婚礼、葬
礼和她们极其乏味的亲戚们举办的极其私密的封闭沙龙。（这些
沙龙与洛尔·德·舍维涅的沙龙一样排外，却全然没有舍维涅沙
龙的欢乐和刺激。）格雷弗耶家的女人们还会参加慈善协会的会
议，以及各种为她们支持的其他事业筹款的盛典和慈善晚宴。奥
尔塞·路易丝·德·拉艾格勒偶尔还会外出前往花蹊和隆尚的夫
人看台。伊丽莎白得到亨利的许可后，有时也会在这类外出时跟
着一起去；她一点儿也不喜欢陪小姑子，但能走出家门透口气还
是让她心存感激。

每年有几次，整个格雷弗耶家族会出席城区那些更大、更"混乱"的聚会，但只有在他们认为有利可图时才会这么做。例如，虽然格雷弗耶一家看不起德·萨冈亲王夫人，觉得她是个粗俗的中产阶级暴发户，但他们认为她值得结交，因为威尔士亲王和巴黎伯爵那位英俊的金发碧眼的弟弟德·沙特尔公爵罗贝尔，都是她的好朋友（据说还是她的前情人）。亨利及其家人急于巴结这些王室子弟，认为有必要参加一年一度的萨冈舞会，哪怕这些舞会总是被报纸过多曝光。

除了这些精心策划的外出，亨利的母亲还支持他的观点，那就是尤其对贵族女性来说，"隐秘的生活"才是最值得过的。费利西泰总是不厌其烦地说，那些在全城抛头露面的名媛们可能会"让人说三道四"：在她嘴里，没有比这更严重的社会罪行了。

她觉得一个血统高贵的女人同样不贤惠的行为，就是对丈夫的出轨表现出哪怕一点点恼火的迹象。比方说，人人都知道奥古斯特·德·阿伦贝格常常不参加费利西泰的封闭沙龙，而是拜访那位名人寡妇热纳维耶芙·比才去了。与费利西泰的招待会相反，比才夫人的周日招待会是出了名的有趣。但里凯特·德·阿伦贝格后来回忆说，虽然家里有些人"责备（奥古斯特）与犹太人交好"，但让娜·德·阿伦贝格从不抱怨丈夫出轨。[44] 相反，她引用费利西泰（和亨利）最喜欢说的另一句话，"忍受着婚姻的镣铐"。[45] 让娜的婚姻把她变成了一个庄静的殿下，她有义务让自己的行为配得上这一头衔。

按照费利西泰的看法，对德·阿斯托格街上的夫人们来说，穿着朴素乃至邋遢过时也是一项义务，理由是只有像德·萨冈亲王夫人这样的女投机分子，才会因衣着而"被人说三道四"。费利西泰宣称，真正的贵妇人不需要这类卑鄙的伎俩；只要有良好的眼光，定会看出衣着拘谨本身就透着出身的高贵。

在婆婆所有关于优雅礼仪的说教中，这是最让伊丽莎白厌烦的。在她的婚礼之日以及后来在布德朗森林扮成"伊丽莎白女士"出场之时，她已经找到了在一群艳羡的观众面前"因感受到自己的美而获得的快乐"。[46] 她曾希望能在巴黎重新燃起那一腔热情，如今她就住在这座城市，刻薄的老费利西泰却晃着那口发黄的假牙和难看的假发，要求她放弃这种快乐。伊丽莎白写信向吉吉倾诉自己的沮丧，说她觉得"必须要把（我）自己变丑才能在这个家里取得谅解"。[47] 在那叠越堆越高的社会生理学研究中，她又写了一篇刻薄的文章，题为《友好的地狱犬，或主动请缨的免费陪媪》：

> 什么事情她都要说长道短；地狱犬还真难安抚。为了让她闭嘴，必须遵守她所有的准则：戴最不合适的帽子，穿最平庸的裙子——新奇的剪裁式样被绝对禁止。一点儿个性也不能有。绝对不能突出自己。[48]

刚结婚时，伊丽莎白尽力安抚地狱犬。她与亨利的关系自蜜月之后就开始紧张了，她知道如果再与他的母亲争吵，情况只会变得更糟。不过也正是为了遵守费利西泰与家人社交的规则，伊丽莎白突然发现了一个意外的自由通道。给远在比利时的家人写了那么多信件之后，她还是渴望有人陪伴。然而由于母亲体弱多病（和康斯坦丝·德·布勒特伊一样，米米也患上了结核病，身体每况愈下）而且父亲财力不支，他们没法时常来巴黎看她。事实上，约瑟夫亲王甚至在考虑卖掉马拉凯码头的家族宅邸。在寻找买主的过程中，他为了躲避债主，已经把楼上的房间租给了各色租客，包括精神病学家让－马丁·沙尔科医生和一位犹太银行家的女继承人弗洛尔·拉蒂斯博纳·桑热（Flore Ratisbonne Singer）。[①][49]

她所爱的家人无法从比利时来到身边，伊丽莎白就转而寻找她最喜欢的本地亲戚来陪她。那就是在孩童时期与她玩过家家和洋娃娃，她按照布列塔尼人的方式称其为舅舅的罗贝尔·德·孟德斯鸠－费赞萨克。如今仍被她称为罗贝尔舅舅的孟德斯鸠23岁，住在他鳏居的父亲位于河对岸的圣日耳曼区私人宅邸中。他居然很愿意恢复两人童年时期的联系。他的友好态度绝非定局，因为他是个敏感而好斗的人，常常挑起血仇闹着玩——费迪南·巴克把他比作"匕首飓风"[50]——还把自己心目中的英雄夏尔·波德莱尔的一句话作为座右铭："贵族就是以令人不快为乐的。"[51] 不过后来，让伊丽莎白的新家族不快真的成了孟德斯鸠的一大乐事，他认为他们就是没有教养的小市民。他当面称她的丈夫为"大榆木疙瘩"，一举两得地讽刺了亨利的方片国王脑袋和他（在孟德斯鸠看来）极其愚笨的头脑。反感是双方面的；亨利也恨他到了极点。

不过作为伊丽莎白的亲戚，孟德斯鸠绝对有权到家里来拜访她，因此他成了她在德·阿斯托格街上的第一位忠实访客。在此过程中，他也成为她反叛上流社会的导师和同谋，鼓励她不要把贵族身份等同于服从和自我贬低，而要把它等同于良好的艺术品

---

① 伊丽莎白总说亨利不给她零花钱，只授权她在娱乐和购买衣物上大笔开支。她无法帮助父母留住希迈宅邸，说明了她无法获得丈夫的财富的事实。格雷弗耶家族是全巴黎少有的几个能买得起该宅邸的富裕家族之一。但他们没有干预，因此，1884年，约瑟夫亲王把它亏本卖给了法国政府，后者把它并入了隔壁的高等美术学院。——作者注

位和华丽的自我展示。孟德斯鸠的教导与费利西泰关于贵族尊严的准则截然相反，却在心有灵犀的姑娘那里得到了共鸣。在她努力适应巴黎生活的那段时日，他给这位孤独的外甥女教授了一门被看见的艺术。

孟德斯鸠虽然贬低自己出身的阶层是"垂死的圣日耳曼区"[52]，但他却和费利西泰·格雷弗耶、波利娜·德·奥松维尔或艾默里·"座次"·德·拉罗什富科（这最后一位碰巧与亨利和孟德斯鸠都是表兄弟）一样，对自己的祖先充满自豪。（虽然他们都有着公爵的姓氏，但艾默里和孟德斯鸠的母亲是来自同一"无生"家庭的两姐妹，但两人都宁愿不提此事，这就是前者那句俏皮话"彼此不常走动的母亲"的来源。[53]）孟德斯鸠酷爱历数他那些显赫的（父系）祖先：墨洛温王朝的国王、阿基坦①和费赞萨克的公爵，特别是火枪手达达尼昂——这位17世纪的传奇英雄在1840年代因历史小说家亚历山大·仲马（大仲马）的小说而变成了家喻户晓的浪漫传说。孟德斯鸠向世人宣告他是这位传奇人物的后代时，有意不提火枪手原型没有社会地位，只是个新封爵不久的商人之子。相反，他强调达达尼昂的母系（孟德斯鸠）血统纯正，以及他为路易十四服役时的浪漫英勇行为。孟德斯鸠斥巨资修复加斯科涅②那座摇摇欲坠的达达尼昂城堡，在那里举办奢华的聚会，只允许少数尊贵的人参加（意大利作家加布

---

① 阿基坦（Aquitaine），法国西南部一个大区的名称。在罗马帝国时代，阿基坦高卢行省最初的范围是从比利牛斯山至加龙河，之后屋大维将加龙河至卢瓦尔河间的土地并入该行省。经历了近千年的分分合合，在百年战争期间，英格兰爱德华三世于1361年建立了阿基坦公国，但法国在1453年重新夺回该地。之后，阿基坦就成为法国历史的一部分。

② 加斯科涅（Gascony），法国西南部的一个地区，位于今阿基坦大区及南部 - 比利牛斯大区。

里埃尔·邓南遮 ① 就是这些尊贵的客人之一 [54]）并用卖弄自己伟大祖先的故事款待宾客。

孟德斯鸠还喜欢提及装饰家谱其他分支的图形字谜一般的家徽和昔日贵族姓氏："我梦见了我的一群女性祖先！" [55] 他尖叫着。"皮克塔瓦涅、克劳德、奥里安、阿尔派！布朗什弗洛尔、盖勒加、米罗蒙、奥德！……长长的一列头戴神圣桂冠的美人！" [56] 他认为这一谱系也赋予他神性。有一次在被问及为什么一位熟人打招呼而他没有回应时，孟德斯鸠尖声说："人们在十字架前面经过时会对它鞠躬！但十字架可从来不回应！" [57]

有时他的确会对某个地位较低的人致意，但他有一套古怪的礼仪。孟德斯鸠不是点头、鞠躬或伸出手（这是典型的上流社会致意的三要素），而是头往后仰，离他致意的那个人更远了。这一动作夸大了他脊椎已经十分严重的凹度，使他的形体从侧面看像个很长的右括号，而背部凹陷姿势的加重会让他的胸部更向前挺，脸更朝上扬。然后他才会一边眼睛朝天，一边对下面的小卒轻轻点一点下巴。甚至在平时，他也把那只骄傲的高鼻子向上倾斜着，一脸嘲讽。作家儒勒·雷纳尔称他是"一只以良好的自我感觉为食的猛禽"。[58]

不过与表兄艾默里不同的是，孟德斯鸠自视清高的并不仅仅是他的贵族出身。他骄傲的资本还包括他自称艺术家和艺术恩主，按照他自己的说法，是"美学教堂里的大祭司"。为了证明这一信念，他委托当代艺术家和工匠创作了大量作品，从安东尼

---

① 加布里埃尔·邓南遮（Gabriele d'Annunzio，1863-1938），意大利诗人、记者、小说家、戏剧家和冒险者。1889—1910 年，他在意大利文学界占有重要地位，主要作品有《玫瑰三部曲》。1914 年至 1924 年期间，在政治领域非常活跃。邓南遮常常被视为墨索里尼的先驱，在政治上颇受争议。

伊丽莎白在奥托·韦格纳面前做出害羞的
样子

奥·德·拉冈拉①到埃米尔·加莱②，还写了一卷又一卷的诗歌，
并声称那是他一生的至爱。他高声说："我为费赞萨克家族的公
爵冠冕上又加了一顶诗人的桂冠！"[59]

　　不过这个说法是有争议的。孟德斯鸠的诗歌只是兴奋地把扭
曲的句法、造作的新词和华而不实的专有名词杂乱地堆积在一
起，让一位评论家联想到"一本被飓风吹得歪七扭八的字典"。[60]

---

　　①　安东尼奥·德·拉冈达拉（Antonio de La Gandara，1861-1917），法国画
家、粉笔画家和制图师。
　　②　埃米尔·加莱（Émile Gallé，1846-1904），法国新艺术运动的艺术家之一，
出生于法国南希的一个手工艺者家庭。高中毕业后赴德国攻读了哲学、动物
学、植物学和矿物学，并学会了玻璃和木材的加工方法。1874 年他继承了父
亲的手工作坊，1883 年将其扩大为生产瓷器、玻璃制品和木制品的车间。

另一位评论家则称之为"浮夸菌的培养皿"。[61] 下面这首四行诗就是例子："我是神父佩特罗尼乌斯和弥赛亚梅塞纳斯，/ 是一只易变的词语挥发器（原文如此）/ 头戴宝石的法官啊，那才是华彩中，/ 我守望的美。"[62] 他的诗作是一种后天习得的品位……很少有读者能欣赏那种品位。批评者们背地里给他取名"拿起你的竖琴"·德·孟德斯鸠，这句话源于阿尔弗雷德·德·缪塞的一行诗。[63]

然而周围人的不理解对孟德斯鸠几乎没有影响。他坚称为美服务是人类最崇高的工作，由于这些活动需要创造力和胆识，艺术家及其恩主有权为所欲为。"在我看来，"他喊道，"一个人有了这样的德行，就应该免受常人礼法的束缚！"

他把这一道德观应用到个人生活的各个方面。和许多世纪末作家一样，孟德斯鸠也把自己和周遭看作可以用大胆创新的风格任意挥洒的画布。他的口头语就是"热爱那一生只能得见一次的事物吧"，多亏从自己那位中产阶级母亲那里继承的财富，他有钱把最为稀奇古怪的梦想付诸实践。[64] 他为自己的猫举行了奢华的洗礼仪式。他在夏天最热的一天在屋子里燃起旺火，"为了向火证明，我爱它本身，爱它的美，而不像其他人那样，愚蠢地只为取暖"。[65] 他把宠物龟送到法贝热去给龟壳镀金并镶嵌宝石，这个做法杀死了那只乌龟，却被用在约里斯－卡尔·于斯曼①的《逆流》（A Rebours，1884）中，成为小说中唯美主义的反正统主角德埃桑特公爵（Duc Des Esseintes）典型的优雅姿态，那个人物无疑会让人想起孟德斯鸠。[66]

---

① 约里斯－卡尔·于斯曼（Joris-Karl Huysmans，1848－1907），法国颓废派作家、艺术评论家，早期作品受到当时自然主义的影响。《逆流》是他最著名的作品，描写了一个无聊贵族的颓废经历。

这些漫画刻画了罗贝尔·德·孟
德斯鸠后仰的姿态、时髦的穿衣
风格和瘦削的侧影

　　于斯曼在描写主人公古怪的室内装修品位时，借用了孟德斯
鸠在他的巴黎住宅中的做法：用作门铃的教堂大钟，立在一整张
北极熊皮上的俄国雪橇，用宝蓝色丝绸镶边并装饰有飞翔的六翼
天使的拱形天花板。孟德斯鸠还有些宝贝物件没有被于斯曼写入
小说，包括杀死俄国诗人亚历山大·普希金的那颗子弹、惨遭
巴黎公社叛军破坏的欧珍妮皇后[①]半身像、历史学家儒勒·米什
莱[②]的金丝雀曾经栖息的鸟笼，以及拿破仑一世在滑铁卢之后用
过的床上便盆。"风格必须亲眼看见才能信其有，"孟德斯鸠在
写给伊丽莎白的一封信里如是说，"就算亲眼看见，人们还是不
信……有谁会对《蒙娜丽莎》信以为真？！"[67] 他就该主题写过
无数信件，每一封都用紫色墨水以他特有的华丽字体写就。
　　他的外甥女面临的更紧迫问题或许是，有谁会相信孟德斯鸠

---

① 欧珍妮皇后（Empress Eugénie，1826-1920），法兰西帝国皇帝拿破仑三世
　　的妻子，也是法国的最后一位皇后。
② 儒勒·米什莱（Jules Michelet，1798-1874），法国历史学家，被誉为"法
　　国史学之父"。"文艺复兴"一词就是他在 1855 年出版的《法国史》中提出的。

的着装选择？这位帮伊丽莎白打磨时装品位之人，自己的衣橱就充满惊喜。日式和服与墨西哥宽边帽、神父的无袖长袍与猎鹰者的手套、金线锦缎袍与碎花软绸领巾——没有什么古怪出格的事物为他所不容。莉莉·德·格拉蒙回忆说孟德斯鸠的服装样式简直令人咋舌：

> 他的淡天蓝色西装；他著名的淡绿色装束配一条白色的天鹅绒背心；还有其他更加古怪的装束，色彩狂野但裁剪完美……他根据自己的心情选择着装，而他的心情又像他那丝质夹克的彩虹色衬里一样多变……他曾经穿一件淡紫色夹克，淡紫色长裤和淡紫色衬衫出席（卡尔·马利亚·冯·）韦伯的专场音乐会，还在领口戴了一束粉白色紫罗兰取代领带。"因为，"他解释说，"听韦伯的音乐时只应穿淡紫色！"他戴领带时，领带别针往往是充满异国风情的珠宝艺术品，要么是一只翡翠蝴蝶，要么是一只黑玛瑙骷髅。他光滑细长的食指上戴一只巨大的图章戒指，上面镶嵌的水晶被挖空，装入了一滴眼泪——他从未透露过那是谁的眼泪。[68]

这些装束彰显了孟德斯鸠对绅士衣着"常人礼法"[69]的藐视，传统的持重色调就是灰色、黑色和白色。[70]〔仅有的例外是粉色骑马装、正式的红色西装（habits rouges）、打猎制服、化装舞会的装束，还有夏尔·阿斯那顶灰色丝质高顶礼帽的翠绿色里衬。〕然而与此相悖的是，孟德斯鸠的大胆因为他高贵的非同凡响而受到了贵族同伴们的景仰，恰如他的好友洛尔·德·舍维涅，他不久就会把这位朋友介绍给伊丽莎白。他的同代人或许会窃笑他的品位，却敬佩他的热情活力。其中一人承认，"即便

（孟德斯鸠）从头到脚穿一身卷心菜叶子……他仍是最完美的时髦人物"。事实上，他也的确冒险尝试过至少半植被的装束：一身贴身的黄绿色西装，就连他的朋友们也不得不承认，他穿上那身衣服看起来像一个豆角。[71]

孟德斯鸠在着装上的跃进也暗示了他明确拒绝异性恋中的阳刚身份。他由极端保守的鳏居父亲抚养长大，又在基督教神父那里接受教育，既害怕又向往同性爱情的"邪恶"。他内化了很多父辈对同性恋的极端厌恶，以至于他对性爱行为也怀着矛盾心理，近乎厌恶（这是他与伊丽莎白的许多共性之一）。为此，好几位传记作者都猜测孟德斯鸠的同性恋大概只停留在理论上，至少在他 1880 年代中期遇到自己的秘书兼同伴加布里埃尔·德·伊图里（Gabriel de Yturri）之前是这样。[72] 不过在那以前很久，他就开始无视自己所在阶级关于性的规矩礼法，培养了一种"娘娘腔"作为他的美学乃至道德立场。正如他在一篇诗作（这首诗说理中肯，很不像他的风格）中所写，"娘娘腔打架，娘娘腔复仇；／娘娘腔征服了……乏味而结实的男人。……／它本身就有不止一个物种，不止一个性别，／因而百折不回"。[73]

224

他忠于这一信条，采取了一个性别扭转的人格设定；如一位作家所指出的，"孟德斯鸠似乎在夸耀自己的与众不同，就像孔雀夸耀自己的尾巴"。事实上，孔雀羽毛的确是孟德斯鸠在装束中爱用的关键物件，还有高跟、脸彩、色彩绚丽的珠宝，珠宝往往还做成奇异的形状。就服装本身而言，孟德斯鸠喜欢奢华的"阴柔材质"，如天鹅绒、双面横绫缎、金线棉和皮草。他是巴黎第一个把上流社会的白色晚礼服换成英裔美国人的无尾晚礼服的人，并把衣料改良成绿玉色、紫色天鹅绒和绣着黑色绣球花的金色日本丝绸。当他不得不穿普通的白色晚礼服时，他会用从伊丽莎白那里借的毛丝鼠披肩作为装饰。他沉思着自言自语道，"这近乎仙气的皮草"，让他联想到"鸟羽……那般轻盈，仿佛一片雪花或一滴雨滴就能把它吹皱，很难称之为正经的皮草"。[74]

孟德斯鸠正是把外甥女的毛丝鼠挂在双臂上，请詹姆斯·阿博特·麦克尼尔·惠斯勒为他画了一幅全身肖像《黑色与金色的交响》（*Arrangement in Black and Gold*，1891-1892）。这是伊丽莎白在通过舅舅认识艺术家之后，委托后者创作的，孟德斯鸠摆了一百多次姿势才完成。（据孟德斯鸠说，这些会面实在累人，他靠一种特殊的鸡尾酒才算没有半途而废：在葡萄酒里掺可卡因。）惠斯勒是"为艺术而艺术"（这是他发明的口号）的主要倡导者，希望在画作中重现抽象的阴影和音乐中的和谐关系。这一观点让这对热爱音乐的舅舅和外甥女大为赞赏[75]，二人都视他为才华横溢的"好朋友"[76]。

同样令孟德斯鸠着迷的还有惠斯勒的好斗人格，典型代表就是他写作了一部清算敌我的巨著——《树敌的优雅艺术》（*The Gentle Art of Making Enemies*，1890），还有他丰美的装饰性壁画，代表作是他著名的"孔雀室"（1876—1877）。这个房间就是孟德斯鸠喜爱孔雀羽毛的源头；他常常吹嘘是"好朋友惠斯勒"教他欣赏"这些色彩斑斓的羽毛的……它们的上百个孔眼全都是'知识'"！

为互表尊敬，惠斯勒给孟德斯鸠取了个绰号叫"蝙蝠"[77]，与他自己的化名"蝴蝶"相呼应。表面看来，"蝙蝠"暗指伯爵的黑头发黑眼睛，或许还暗指他通过化妆添加的苍白的、吸血鬼一般的气质。（"好朋友"在给孟德斯鸠所画的肖像中突出了这种鬼魅般的特质——并非全然出于友善。）然而蝙蝠这种可怕的鸟兽组合也让人联想起诗人与"不止一个物种、不止一个性别"的象征性关系。（如第三章所述，海豹的混杂性也会引发类似联想，让·洛兰在1901年那部写孟德斯鸠的滑稽模仿作品中，就用海豹代替了蝙蝠。）伯爵把蝙蝠这种生物变成了他毫不难为情的"娘娘腔"的图腾。他在一部题为《蝙蝠：明暗对比法》（*Les Chauves-Souris*，1892）的诗集中向它致敬，还将惠斯勒和玛德琳·勒梅尔 ① 的画作用作该诗集的插图，用绣有标题动物的灰绿色丝绸装帧，出版了该诗集的奢华限量版。孟德斯鸠的第二自我远近闻名，以至于漫画家塞姆（Sem）的一个漫画系列画的就是他在夏维 ② 订购滑稽的蝙蝠主题的长裤。

225

另一位激起孟德斯鸠的创造性想象的，是当时法国舞台上顶尖的女歌唱家和享誉世界的名人之一莎拉·伯恩哈特。③[78] 他喜欢声称伯恩哈特是他曾与之做爱的唯一女人，在他们纵欲狂欢之后，他连续呕吐了整整一周。虽然如此，这位悲剧女演员还是说她爱孟德斯鸠"甜美和无限的温柔"，或许因为他是全巴黎屈指可数的几位风格之怪诞奇异可与她媲美的男人之一。"超凡入圣的萨拉"（她的歌迷们如此称呼她）总是穿着男装，她的情人有

---

① 玛德琳·勒梅尔（Madeleine Lemaire，1845—1928），法国女画家、诗人、知名沙龙女主人。她将普鲁斯特引介到上流社会，据说是普鲁斯特笔下维兰德夫人的原型。座上客包括威尔士亲王、各国大使、无数的公爵伯爵夫人等。她以画人物、风俗和花卉闻名，有清甜的沙龙气，格调不高。

② 夏维（Charvet），法国高端衬衫制造商和裁缝，创建于1838年，位于巴黎旺多姆广场28号。它为巴黎商店和国际奢侈品零售商设计、生产和销售定制的与成品的衬衫、领带、睡衣和西装。

③ 在剧作家小仲马的《茶花女》（*Dame aux camélias*，1852）中，伯恩哈特献上了她最著名的表演之一，但小仲马曾对这位女演员说，他的一位朋友在弥留之际用最后一口气说："真高兴我要死了，再也不用听萨拉·伯恩哈特唱歌了。"萨拉的宠物美洲狮吃掉了小仲马的硬草帽，算是为她报了仇。——作者注

这里画的是孟德斯鸠在夏维订购印有他的图腾生物蝙蝠的长裤

男有女〔从夏尔·阿斯到印象派女画家路易丝·阿贝玛（Louise Abbéma）〕，他们在热气球中做爱，在棺材里睡觉。她把一只中国鳄蜥戴在胸前，用一根细金链拴在紧身胸衣上；她的家里有一个动物园，养着一只鹦鹉、一头美洲狮、一条猎狼犬、两条柯利牧羊犬、一条巨蚺、一只名叫"达尔文"的猴子、一只名叫"亚力克西斯"（这是送给她这只鹰的那位俄国亲王的名字）的老鹰、一只安第斯野猫和一条喝香槟的鳄鱼。

孟德斯鸠对伯恩哈特的女扮男装尤其感兴趣，她在许多著名的女声男角中炫耀了那些男装。首先就是她在弗朗索瓦·戈贝 [1] 的歌剧《过客》（*Le Passant*，1869）中扮演流浪的吟游诗人扎内托的突破性表演；后来她又扮演了哈姆雷特、加略人犹大、小丑皮埃罗 [2]、洛伦佐·德·美第奇 [3]、罗密欧以及拿破仑一世那位

---

① 弗朗索瓦·戈贝（François Coppée，1842-1908），法国诗人、小说家。戈贝是颇有名望的高蹈派诗人，因为其诗歌描写平凡人朴素的情感，被称作"平凡人的作家"。他在1884年入选法兰西学院，1888年获法国荣誉军团勋章。

② 皮埃罗（Pierrot），哑剧和意大利即兴喜剧中的固定小丑角色。

③ 洛伦佐·德·美第奇（Lorenzo de Medici，1449-1492），意大利政治家，也是文艺复兴时期佛罗伦萨的实际统治者，被同时代的佛罗伦斯人称为"伟大的洛伦佐"（Lorenzo il Magnifico）。他是外交家、政治家，也是学者、艺术家和诗人的赞助者。

不幸的独子"雏鹰"①。在西方文学中的分身②[如罗伯特·路易斯·史蒂文森的《化身博士》(*Strange Case of Dr. Jekyll and Mr. Hyde*,1886)和王尔德的《道林·格雷的画像》(*Picture of Dorian Gray*,1891)]阴魂不散之时,孟德斯鸠在雌雄同体的萨拉身上看到了自己的神秘映像。1874年,19岁的他曾聘请摄影师纳达尔为身穿配套的扎内托剧服的他和伯恩哈特两人拍了一些照片。在成品照片中,两个朋友的褶边衬衫、天鹅绒披肩、硕大的大脚短裤和活泼的土耳其帽模糊了他们的性别差异。十年后,在米米和伊丽莎白带他去拜访居斯塔夫·莫罗的画室之后,孟德斯鸠聘用了一群奢侈品供应商来把萨拉装扮成画家作品中的一位人物,"一个被无数珠宝压得抬不起头的美人"。[79]这一装扮恰与伯恩哈特在维克托里安·萨尔杜的《狄奥多拉》(*Théodora*,1884)中扮演的标题人物拜占庭皇后狄奥多拉③不

---

① 指拿破仑唯一的婚生子拿破仑·弗朗索瓦·夏尔·约瑟夫·波拿巴(Napoléon François Charles Joseph Bonaparte,1811-1832),1814年4月4日,拿破仑宣布让位给儿子,称"拿破仑二世",但这个男孩仅仅"统治"了两天,拿破仑便于6日同意其本人及后代放弃法兰西帝位。1815年,卷土重来的拿破仑一世在滑铁卢之败后也曾让位给他的儿子。虽然富歇主持的临时政府和议会两院并不承认"拿破仑二世",但他持续十几天(1815年6月22日至7月7日)的"统治"还是被载入史书。1832年7月22日他在维也纳的美泉宫去世,年仅21岁。1900年,作家爱德蒙·罗斯坦(Edmond Rostand)向拿破仑二世致敬的戏剧《雏鹰》(*L'Aiglon*)上演,"雏鹰"这一绰号由此流传开来。

② 分身(Doppelgänger),本意指某个生者在两地同时出现,由第三者目睹另一个自己的现象。该存在与本人长得一模一样,但不限定为善或恶。总体而言,分身大抵上被视为神秘学现象。

③ 狄奥多拉(Théodora,500-548),拜占庭帝国查士丁尼王朝皇帝查士丁尼一世的皇后。和丈夫查士丁尼大帝一样,她也被东正教会封为圣人,纪念日为11月14日。

《过客》中的萨拉·伯恩哈特：这是一长串
男装人物中的第一个，也是她和罗贝尔·
德·孟德斯鸠在纳达尔的照片中穿着的戏服
的灵感来源

谋而合。她在那个角色中所穿的夸张戏服的很多灵感都来自莫
罗——和孟德斯鸠——的疯狂想象。

　　孟德斯鸠觉得伊丽莎白也是同道中人，同样喜欢冒险尝试衣
着方面的荒唐想法，且（不同于伯恩哈特）基本上不受各种相
互冲突的时间制约。[80] 从一开始，他对艺术的热爱就与外甥女产
生了共鸣，伊丽莎白总是被婆家人攻击"装模作样"，因而觉得
他的艺术追求简直就是一剂解毒良方。她向他透露自己秘密的
文学创作，渴望接受他的编辑建议。他集贵族血统和审美品位于
一身，支持她，认为她也在这两方面出类拔萃。和舅舅罗贝尔一
样，伊丽莎白也觉得与出身较低的人相比，显赫的血统赋予了她
隐含但无可否认的优越感。她在作品中无数次提到自己的"出身
自豪感"。

与他人打交道时，她从不刻意压抑这种自豪感。她曾赞美时尚设计师普瓦·波烈说："我知道你能让巴黎的小人物改头换面，但我还不知道你也有能力为贵妇人设计服装！"[81]（波烈听了这话后指示自己的销售团队，以后格雷弗耶夫人来买的所有衣服都要大大提高报价，要让"她也根本买不起"。[82]）她对贵族圈子里的人也同样霸道，提到艺术天赋时尤其不留情面。"我亲爱的T.，"她对一位在音乐、文学和绘画方面都有涉猎的交际家说，"你简直就是每个领域的陪跑者之王！"不过她对自己在同样这几个领域的业余尝试可是十分满意。她命令秘书抄写那篇题为《友好的地狱犬》的文章，写道："我觉得，我，伊丽莎白·C-C.格雷弗耶，把这个人物刻画得精妙之极。抄九份。"[83]

和孟德斯鸠一样，伊丽莎白也会自命不凡地谈起自己对艺术和美的热爱。"我一生中唯一真正的至爱就是和谐"，她在一次家族晚宴上宣称，或许是为了补偿她与亨利之间缺乏真正的至爱（以及和谐）的事实。她还在另一个场合宣称："为了生活，我必须超越存在……我需要去那高墙之外……进入无限王国，哪怕只是在想象中。"她喜欢对众人宣称，柏拉图曾说过，"美是善的荣光所在"。

无论是否有意为之，这些话使得亨利、费利西泰和路易丝更频繁地指责她装腔作势了。（温柔的让娜私下里是一位水彩画爱好者，谨慎地支持贝贝斯。）在榜样舅舅的鼓励下，伊丽莎白发誓要从容应对他们的嘲笑："我喜欢被迫害，被迫害让我在鄙视中变得高贵，也让我得以衡量我自己和那些激怒我之人的距离。"她在《凶残的女人们》一文中推论到，之所以会有那一距离，是因为对手们的平庸："光明、美好和才华让她们愤怒，让她们窒息……她们无法忍受其他人拥有她们（没有）的天赋。"

但与既不爱她也不懂她的人生活在一起，还是给她带来了伤害。每当丈夫或婆家人令她沮丧时，伊丽莎白都会向孟德斯鸠倾诉自己的苦闷：

> 我陷入了一种超乎想象的抑郁状态……我沉默地忍受着，却在心中愤怒地反抗某些死板僵化的人……然而我能做什么呢，答案是：什么也不能做。啊！我们属于那种只能生活在自己的无数雄心抱负中的伟大鸟类，总是振翅飞向蓝天！有时我真羡慕那些不因渴望成就而备受煎熬的人，他们心如止水。

她的舅舅深有同感。在孟德斯鸠傲慢自大的外表之下，他也和伊丽莎白一样被巨大的孤独感折磨着。他的孤立并非源于某个蠢笨的家族，而是源于整个蠢笨的社会，它辱骂像他这样"娘娘腔"的人，他则假装先发制人去嘲笑他们。伊丽莎白把自己的不快乐倾诉给他，也附和了他自认为被拒绝和误解的天才之感，使他获得自己一生中为数不多的亲密且长久的友谊。终其一生，孟德斯鸠都会开玩笑说外甥女是社交圈中唯一一个他"从不与之争吵"的人。[84]

他喜欢被她归为隐喻的"伟大鸟类，总是振翅飞向蓝天"，尽量鼓励她振作起来。"只有仓鸮才惧怕光明，而高贵灵魂的激情属于雄鹰，"他忠告她，"所以让你的灵魂像雄鹰一样飞翔吧，摆脱那些令人苦恼的忧思……让我来做那能让你汲取到渴望之光明的帐幔、让你宽心的明灯和指路灯塔。"[85]

虽然这里的隐喻十分混乱，但伊丽莎白很感激舅舅主动做她的灯塔。她更加感激他所用的雄鹰的比喻，因为那"伟大鸟类，总是振翅飞向蓝天"曾是她推定的祖先拿破仑一世的家徽，那是她为之欣慰的"出身自豪感"的众多来源之一。孟德斯鸠写给她的信中充满了这类恭维话，她总是让秘书把它们抄下来存档。如果说她对其他家人的信件并没有这么重视，那或许是因为只有舅舅的长信把她刻画成了自己希望的模样：一个因为王室血统和文化教养而变得高贵的美人。为了感谢孟德斯鸠的这一功劳，她对他说："只有你和太阳了解我。"[86] 他在数年乃至数十年后常常引用这句话来显示他对她的爱，往往还要骄傲地加上一句："我很高兴在我和太阳中，她把我放在了前面。"

孟德斯鸠鼓励伊丽莎白培养自己奢华的服装品位。他把城里最顶尖的女装裁缝带到德·阿斯托格街来见她，帮助她用"大榆木疙瘩"的钱装满了华美的衣柜。和历史上所有不忠的丈夫一样，亨利也愿意为妻子的疯狂购物买单，默认那是为了换取对他出轨的许可。虽然他拒绝给她哪怕一点点零花钱，但他每年给她的服装津贴高达30万法郎。[87] 要想为历史货币确定在当代的价值，我们只能得到可疑的结果：不过只要想想在1880年，在巴黎顶级的裁缝那里定制一身三件套男士西装的价格大概是160法郎[88]，或者在同一年，侍奉伊丽莎白的侍女的月薪为140法郎左右[89]，对这一数额之巨就会有更清楚的概念了。

既然在服装支出上基本没有限制，伊丽莎白便任由自己的想象力驰骋。在进行她舅舅所谓的"诗意购物"时，她总是以避开最新的时尚为宗旨。相反，她选择的东西，用她自己的话说，要能够表达她最为重要的"'与众不同'、创造新事物的渴望（和）决心"。[90] 在与设计师会面时，伊丽莎白会翻阅他们当季的全部产品；然后霸气地挥挥手，命令他们"给我做些跟那些不一样的东西"！[91] 就连为世界各地的后妃和女王们追捧的巴黎高级定制

/ 229

服装和斯文加利①风格的创始人查尔斯·弗雷德里克·沃思，也会听到同样的要求。伊丽莎白已经把孟德斯鸠的格言牢记心间了——她只想要"那些一生只能得见一次的事物"。[92]

她在另一篇题为《开创新风尚的女人》的社会生理学研究中提出了这一理念。这篇文章简述了伊丽莎白希望扮演的品位缔造者和时尚创立者的角色，以下是全文：

> 她对时尚的热爱并非在于追随，而在于确立它的走向；是她在颁布新形式，并扭转新奇的织物，赋予它新的功能。她随心所欲地委托创作新风格并将其公之于世，在任性的异想天开中呈现自己的美。她是一株名花，令人惊喜，令人讶异——无数充满爱和恨的目光和心意朝她涌来，这个独一无二的女人，这个无与伦比的女人——没有人敢模仿她，只有在她厌倦了某一个变革性的样貌之后，她留在他人头脑中的那个形象才会被他们的模仿抵消；随后"其他每个人"都竞相模仿她，机械地拿起她满不在乎地抛弃的东西——她此前曾经爱过的东西。[93]

孟德斯鸠在一篇赞美伊丽莎白的荣耀的文章中，也用同样的语词描述了她对时尚的敏感性，强调：

> 独创性，有时就是她宏大的奇思妙想和超凡品位。我曾

---

① 斯文加利（Svengali），法裔英国漫画家和作家乔治·杜莫里耶（George du Maurier, 1834–1896）的小说《特里尔比》（*Trilby*, 1894）中的人物。斯文加利是个邪恶的催眠术师，他催眠并操纵小说主人公特里尔比成为著名的歌唱家。这部作品获得了极大的成功，斯文加利也成为邪恶操纵者的化身。

见她穿过一件覆满珍珠的礼服，那华美的气度连卡利古拉①的妻子，连她那位伟大的同名女庇护人……英格兰的伊丽莎白女王也望尘莫及……我曾见她穿过一件破晓颜色的天鹅绒裙子，披一件装饰了十万根天鹅羽毛的斗篷，她看起来像一个落入凡间的仙人掌精灵。我见过她戴一个全用冠蓝鸦羽毛做成的毛茸茸的青绿色暖手筒，（搭配）一件波纹绸女装，蓝紫色中透着翡翠绿色，让她看上去像罗蕾莱②一般不容置疑。[94]

/ 230

除了上述装束之外，伊丽莎白早期在"诗意购物"方面的大手笔还包括：一件将白色和金色棕榈叶织入锦缎的淡紫色公主裙，搭配一顶薄纱无边帽和一条黑色的狐狸毛披肩，那条披肩极长，一直拖在她身后的地上；一件轻薄的白色塔夫绸礼服，用很多珍珠圈固定在肩上，配一顶微型的珍珠王冠；一条色彩斑斓的"黄褐色"丝绸高腰款长袍，褶饰卷边上点缀着丝质的银莲花；一条白色的缎面连衣裙，系一条淡蓝色缎子腰带，戴一个满是细平布玫瑰花的胸饰，每朵玫瑰花的花瓣上都坠着一颗真正的珍珠；还有一条钟形的粉色和蓝色织锦礼服，上面绣着明黄色的

---

① 指罗马帝国第三任皇帝盖乌斯·尤利乌斯·恺撒·奥古斯都·日耳曼尼库斯（公元12-41），后世史学家常称其为卡利古拉（Caligula）。卡利古拉是他自童年时的外号，意为"小军靴"，源于他婴儿时代随父亲屯驻日耳曼前线时，士兵为他穿上的儿童款军靴。卡利古拉被认为是罗马帝国早期的典型暴君。他建立恐怖统治，神化王权，行事荒唐。

② 罗蕾莱（Lorelei），莱茵河中游东岸的一块高132米的礁石，位于德国莱茵兰-普法尔茨州境内。罗蕾莱礁石处的莱茵河深25米，却只有113米宽，是莱茵河最深和最窄的河段，险峻的山岩和湍急的河流曾使得很多船只在这里发生事故遇难，因而传说罗蕾莱山顶上有位美若天仙的女妖罗蕾莱，用动人的美妙歌声诱惑行经的船只，使之遇难。

金合欢花。（和她舅舅的朋友洛尔·德·舍维涅一样，她也很享受金合欢路上向她投来的目光；媒体为伊丽莎白取的花朵绰号是"水仙"，至于原因，不久就满城皆知了。）[95]

伊丽莎白对待配饰和对待服装一样，纵容自己每一个"任性的异想天开"的点子。她早期最喜欢的配饰包括一件装饰着真正的蝴蝶的羽毛头饰；一顶覆盖着几百朵丝质紫罗兰的马尼拉阔边帽；一只填充的天堂鸟，它摇摆的尾羽正好与她面颊的弧度吻合；一对黑色的塔夫绸蝠翼（就是她在"夜后"装束中为了向舅舅致敬而戴的那一对）；以及一件繁复精美的鸟笼头饰。这最后一件女帽饰没有照片留下，也没有人详细描述过。但联想到她关于女人被监禁在"鸟笼中"的思考，它表明伊丽莎白的服饰和她的创作型写作一样，都是她深层次自我表达的方式：这件头饰就是她对自己被监禁在德·阿斯托格街所做的注解。

相反，孟德斯鸠写到的那件天鹅绒毛斗篷，伊丽莎白为它搭配了一双覆盖着更多天鹅羽毛的白色缎面无跟拖鞋，或许表明她对那种优雅超凡的飞禽的认同。她的舅舅极力支持乃至启迪了这种类比。他把她收入了自己和惠斯勒的有翼团体——显然忘记了他关于雄鹰与仓鸦的比喻——将"天鹅"之名施洗于她。为赞美她的脖颈和双肩的优雅线条，他发明了一个夸张的名词，"天鹅制服"（cygniform），并对她说，如果她将来要发表那些文学创作的任何一篇，不妨使用"天鹅"作为笔名。[孟德斯鸠本人后来正是用这个笔名摘录了一些伊丽莎白的文章选段，收入自己的散文集《思考的芦苇》（*Les Roseaux pensants*，1897年）中。[96]]舅舅和外甥女也都知道，天鹅在理查德·瓦格纳的作品中有着重大的标志性意义。和欧洲最著名的瓦格纳崇拜者、浮夸地自称

"天鹅王"的巴伐利亚国王路德维希二世 ① 一样，伊丽莎白和孟德斯鸠也热爱歌剧《罗恩格林》②（1850），在那部歌剧中，天鹅扮演了爱的神秘承载者的角色。[97]

孟德斯鸠还把伊丽莎白描述为"莉达之鸟的纯贞样本"，这个典故取自古典神话，朱庇特化身天鹅，爱上了一位名叫莉达的美人。对孟德斯鸠而言，把外甥女等同于男性的神而非凡间的女人，表现出一种有趣的性别扭转，把天鹅（和伊丽莎白）变成了一种性别模糊的象征——和蝙蝠（及他本人）一样。孟德斯鸠在下面的诗句中也表达了类似的意思：

/ 231

> 童贞的青年，仙界的天鹅，
>
> 美丽的仙女……
>
> 易变的王子，苍白的、引颈向上的鸟儿，
>
> 超凡入圣的双性人！[98]

由于她自己对性的矛盾心态，伊丽莎白或许很喜欢她的天鹅人格。它显然也很适合她的迪安娜这个人设。

和那位纯贞的狩猎女神一样，在同代人颂赞她的优美文字中，天鹅也随处可见。安德烈·热尔曼写她"如天鹅一般滑翔"[99]，而加布里埃尔 - 路易·普兰盖则称赞她的脖颈和头颅的

---

① 路德维希二世（Ludwig II，1845-1886），维特尔斯巴赫王朝的巴伐利亚国王。在巴伐利亚历史上一直被认为是最狂热的城堡修建者，特别是由于他对新天鹅堡的修建，民间称他为"童话国王"。

② 《罗恩格林》（Lohengrin），德国作曲家瓦格纳创作的三幕浪漫歌剧，脚本由作曲家本人编写。虽然剧中有历史成分，但其性质属于童话歌剧。歌剧灵感来源于中世纪沃尔夫拉姆·冯埃森巴赫的诗篇《提特雷尔》和《帕西法尔》。瓦格纳在其遗作《帕西法尔》中再次采用了这两个诗篇中的故事。

优雅姿态像极了天鹅。[100] 与孟德斯鸠有过短暂友谊的画家雅克·布朗什写道，无论伊丽莎白出现"在歌剧院还是乡间，真的，她永远都是她舅舅的《莉达与天鹅》(*Leda and the Swan*)"。[101]这样的类比支撑起伊丽莎白的自我形象：她是一只稀世珍禽，停留在粗糙的下等生物之间，永远无法与他们取得一致。像她的婆家人那样的生物，她在自己的一篇社会生理学文章中写道，他们的灵魂"如果变成人形，双手都会长满老茧"。

因为舅舅鼓励她夸示自己的美，她养成了请人创作肖像和照相的习惯，后来就拥有了极大一批肖像画和照片。孟德斯鸠也有同样的行动，力图打破怪人德·卡斯蒂廖内伯爵夫人① 创下的"不少于189次"摆拍照相的记录。[102] 他得意扬扬地无视亨利和费利西泰的愤怒，带着一个又一个艺术家来德·阿斯托格街介绍给伊丽莎白，并鼓励她委托每个人为她画一幅肖像。

伊丽莎白的父母也资助了许多艺术家，她也很高兴和舅舅提携的艺术家们见面。让他们照着她的样子绘画、素描、拍照和雕塑就更令她开心了，但她对他们的作品并非全都满意。她在多个场合抱怨说："有些日子我们状态不佳，但那偏偏都是要坐下来请人画肖像的日子。"[103] 她委托亚历山大·法尔吉埃雕塑的半身像让她非常失望，命人砍去了头部，只留下肩膀部分。[104] 孟德斯鸠留下了下巴部分。

不过，伊丽莎白很少会对那些表现她像天鹅的作品感到不

---

① 德·卡斯蒂廖内伯爵夫人 (Comtesse de Castiglione)，本名维尔吉尼娅·奥多伊尼 (Virginia Oldoïni，1837-1899)，19 世纪的意大利贵族，是法国拿破仑三世的情妇。她也是早期摄影史上的重要人物。她不惜举债，花了 40 年时间拍摄了 700 幅照片。罗贝尔·德·孟德斯鸠对她痴迷不已。他耗时 13 年为她撰写了传记《非凡的伯爵夫人》(*La Divine Comtesse*)，于 1913 年出版。

满。保罗·塞萨尔·埃勒是她舅舅罗贝尔 1886 年通过惠斯勒认识的一位年轻画家，他曾让她坐在一张"天鹅式样"的小桌子旁，利用这样的并置来突出被画之人和支撑物之间相得益彰的曼妙姿态。埃勒的另一件作品是一幅高大的全身肖像，如今仍然由她的后代保存着，那幅肖像也有类似的效果，上面的伊丽莎白身穿合身的珠光白缎曳地长裙，一只手停在一把巨大的天鹅绒毛扇的皱褶中。[105] 这幅肖像很符合被画者本人的心意。孟德斯鸠也欢呼雀跃，表扬埃勒为"漂亮的模特……加上了白天鹅的标志"。[106]

/ 232

伊丽莎白在一张由保罗·纳达尔 1887 年拍摄的照片中为自己加上了同样的标志，后者继承了父亲纳达尔［本名加斯帕尔 - 费利克斯·图尔纳雄（Gaspard-Félix Tournachon）］的事业，成为法国声望最高的肖像摄影师。她仍然穿着一件白色长袍，这是沃思的蓬松无肩带裙子，手里挥着另一把巨大的天鹅绒扇子；当她把扇子举到脑后时，它的羽毛仿佛是从她的肩部生出的翅膀。几年后，她又在纳达尔的一位竞争者奥托·韦格纳的镜头前摆了另一副鸟的姿势，她魅惑地望着镜头，双手高高地举着一件毛茸茸的白色斗篷，仿佛即将展翅高飞。[107]

另一次与韦格纳的会面产生了一幅两个伊丽莎白的复合像，鬼魅气氛令人难忘，一个身穿白色薄绸和蕾丝，另一个身穿黑色塔夫绸，是柴可夫斯基的《天鹅湖》（1877）中关于白天鹅奥杰塔／黑天鹅奥吉丽娅的重复段。

她最喜欢的照片中还有一幅是纳达尔在 1883 年拍摄的，伊丽莎白穿着她的曾祖母塔利安夫人（1773—1835）的衣服，那件婀娜多姿的拷花丝绒紧身连衣裙和白色的新古典主义头巾是她有一次在希迈城堡中拜访家人时翻出来的。在革命后的督政府时代，泰雷扎·卡巴吕·德·丰特奈·塔利安（后来的希迈亲王夫人）主持过全城最有名的沙龙之一。塔利安夫人复兴了遭到共和派恐怖统治严重破坏的艺术场景，作为高雅文化的资助人发挥了极大的影响。纳达尔的照片清楚地表明，伊丽莎白急于在这一点上向她看齐。

还有一点要说明一下。虽然塔利安夫人热爱艺术，但她也是督政府时期巴黎的时尚引领者，凭借一己之力恢复了前革命时代服装的精美繁复之风。一个著名的例子就是，塔利安夫人每个手指上戴一枚蓝宝石戒指，每个脚趾上套一枚宝石趾环，两踝均戴着金罗口，两条胳膊上各戴九只手镯，头上还戴着一顶红宝石王冠头饰，

伊丽莎白的这些照片呈现出她的"天鹅"人格的不同样貌，左图这张由纳达尔拍摄，右图由奥托·韦格纳拍摄

伊丽莎白喜欢这张由奥托·韦格纳拍摄的她自己的双重肖像，让人想起《天鹅湖》中的奥杰塔／奥吉丽娅	在这张纳达尔于1883年拍摄的照片中，伊丽莎白身上的裙子属于她最喜欢的祖先塔利安夫人，一位著名的沙龙女主人和时尚潮人

漫步穿过杜伊勒里宫 ①——往昔都是序曲——还有一位身穿制服的非洲侍者为她拖着长裙。这就是伊丽莎白所谓的"T. T. 装束"的起源，她把自己象征性地变成了曾祖母的风尚遗产的继承人。

　　事实上，伊丽莎白请女帽商为她制作样式可以追溯到督政府时期的帽子，还请人把头发照着塔利安的样子绾成一个督政府时期风格的松松的发髻，饰以金色发带，以宣扬这样一种观念：她

———————————

①　杜伊勒里宫（Palais des Tuileries），曾是法国的王宫，位于巴黎塞纳河右岸，于1871年被焚毁。

是那位女祖先的转世。常常有人赞美她那双美丽的黑眼睛，每当这时，伊丽莎白会说："我们家人称之为塔利安的眸子。"[108]

她常常提起自己的"T.T."血统[109]，就连弗拉基米尔大公也对此印象深刻，还送了她一本塔利安夫人的传记作为礼物。[110]这看似毫无新意的一举绝非无关紧要，因为与大多数王室成员一样，沙皇的这位弟弟对非王室的家世很少或根本没有兴趣。[正如另一位王室子弟曾经讥讽的那样，"从我所在的高度看，一切（爵位）都很低微"。]他一直记得这位年轻朋友的曾祖母的身份，并在很久之后送了她一本关于该主题的书，这足以证明伊丽莎白有着独一无二的血统家世，也证明了她成功地给身边的人留下了这一印象。无论他们的祖先作为廷臣或士兵有过多大的贡献，很少有持剑贵族能炫耀自己的祖先像塔利安夫人那样光彩夺目或声名远扬。和孟德斯鸠的火枪手达达尼昂及洛尔·德·舍维涅的"彼特拉克的洛尔"（及德·萨德侯爵）一样，伊丽莎白也通过强调与一个欧洲文化偶像的亲缘关系，来表现自己的与众不同。

正如她在萨冈舞会上的各种着装所体现的，伊丽莎白和塔利安夫人一样偏爱戏剧化服饰，灵感多来自绘画（列奥纳多）、文学（圣西蒙）和音乐（莫扎特）。这些不只是她晚会服饰的灵感来源。对日常穿戴，伊丽莎白也会依赖艺术品中的图案、色彩和质地。亨利的珍宝收藏始终是时装创意的来源，像弗朗索瓦·布歇①所绘的那套珍贵挂毯、镶嵌一颗柠檬大小的黄水晶的古董

---

① 弗朗索瓦·布歇（François Boucher，1703-1770），18世纪法国画家，洛可可风格的代表人物。他曾在路易十五的宫廷中担任首席画师，是蓬帕杜尔夫人最为赏识的画家。布歇的作品种类广泛，数量惊人，将洛可可时期的精致、细腻、优雅与浮华表现到极致。他绘画的题材多为神话和田园诗，尤擅装饰画，以明快的色调表现女性胴体，给人以感官刺激。

银质镀金遮阳伞柄，或是荷兰黄金时代画家梅尔希奥·德·洪德库特尔 ① 所绘的细节精密的彩虹色画作《鸟类音乐会》（*The Concert of the Birds*，1670）。[111]

因渴望证明艺术与时尚密切相关，伊丽莎白聘请了年逾八旬的水彩画家欧仁·拉米教她素描和水彩，就是受亨利委托画了两人在 1883 年萨冈舞会的场面的那位画家。[112]（多亏让娜·德·阿伦贝格为这一大胆举动开了先河，请玛德琳·勒梅尔为她教授私人艺术课程；勒梅尔的花卉静物画吸引了一批狂热的上流社会拥趸。）伊丽莎白跟随拉米学习绘画，提升了自己绘制服装设计草图的能力。

伊丽莎白还学了摄影，有一段时间，她在纳达尔位于嘉布遣大道（boulevard des Capucines）的工作室里给他当学徒，那里位于玛德琳画室以东大约四分之一英里处。[113] 没有信息记录她在那里具体做些什么，但很难想象她会乐意帮忙做些枯燥的琐事。倒是有更详细的文件记录她在家里跟随世交好友和热心的摄影爱好者德·圣 - 普里斯特伯爵（Comte de Saint-Priest）学习摄影的过程。他教给伊丽莎白如何在德·阿斯托格街的冬季花园里进行专业摄影。她在这里的模特包括罗贝尔舅舅、亨利和吉吉。

伊丽莎白聘请一位名叫德洛热的画家为她衣橱里的每一件单品画一幅水彩画：晨衣、日装裙、茶会服、舞会服、猎装、游泳装以及她为赴舞会穿戴的王室风范的华服美饰。[114] 由于只有她、德洛热和孟德斯鸠了解该过程，所以必是他们中间的一人将此事

---

① 梅尔希奥·德·洪德库特尔（Melchior d'Hondecoeter，1636–1695），荷兰动物画家。在职业生涯的初期，他几乎只画鸟类，通常是公园般的风景中有异国情调的鸟儿或猎禽。

透露给了《吉尔·布拉斯报》的某个人。该报纸报道说最终的画册必将成为后世的珍贵艺术品，这是一本附有说明的分类目录，其中的服饰"因为穿戴它们的女人的花容月貌而更加精美"。[115] 同样的报道还出现在德·沃男爵（Baron de Vaux）1885 年出版的一本关于巴黎最优雅女人的专著中；事实上，德·沃在书中用了整整一章来论述伊丽莎白的时装"都是从艺术角度精心选择的"。[116] 这些文字表明，她成功地把自己和服装作为值得纪念和展览的艺术品，呈现在世人面前。

孟德斯鸠也附和了这一观念，盛赞她是个"名垂青史的美人"，可与卢瓦河谷的城堡或光之城的博物馆媲美：

> 20 年后，来巴黎的游人将在导游手册上看到她的名字；他们会要求见到她——或许那是他们来此地的唯一目的——看到她之后……他们就死而无憾了。[117]

孟德斯鸠建议真正的唯美主义者把他们的座右铭从"一见威尼斯，虽死而无悔"改成"一见伊丽莎白，虽死而无憾"。他继而指出，为了那些终身没有机会目睹其芳华的可怜人考虑，她"作为美人，有（神圣的）义务让自己的魅力……在无数忠实的肖像画中得到永生，她的魅力不但令当代人沉醉，也将在博物馆中让子孙后代见之忘俗"。

炫耀自己的美丽的确引发了某些实际存在的难题，其中大多是亨利造成的。为防她"被人说三道四"，他禁止伊丽莎白的任何肖像出现在公共场所。[118] 她在日记中愤怒地抱怨自己无法"展出埃勒的'天鹅'"，孟德斯鸠曾对龚古尔说，"大榆木疙瘩"毁掉了埃勒给伊丽莎白画的很多素描，以防任何人看到它们。[119]

伊丽莎白经常为自己设计的裙子和帽子绘制草图

居斯塔夫·莫罗所画的伊丽莎白的肖像画大概也同样遭到了不测。那幅油画的创作始于 1887 年，花了好几年才完成，但伊丽莎白 1906 年在乔治－珀蒂画廊（Galerie Georges-petit）组织的莫罗画展中却不知为何没有展出这幅画。她把自己收藏的莫罗的全部画作都借去展览了，却独独没有他为她画的那一幅，后来那幅画也没有出现过。

为了限制她继续公开曝光，亨利对伊丽莎白实施了严格的晚上 11 时半宵禁，据说如果她回来晚了，他还会动手打她。[120] 支持这一谣言的证据见于她的档案中一个名为"亨利写来的讨厌信件"的卷宗：那些信件的主题包括他因为当着晚餐客人的面用手杖打她或当面啐她而道歉。[121] 其中也充满了家暴丈夫的陈词滥调：什么如果不是她激怒了他，他不会痛打她；什么他打她"完全不是有意的"；什么他永远不会再犯，等等。[122] 不过从伊丽莎白写给他的信来看，他还是再犯了——一而再，再而三。1909年，她将近50岁而他已年过花甲，她仍然在恳求亨利不要再让她陷入"那些暴力场面"，她认为那些暴力最终一定会杀死她。她解释说：

> 我不怕速死但我害怕被毁……那种恐惧已经发展成病态，（以至于单是听到）门突然打开（就能引发巨大的恐惧）……我讨厌因恐惧而发抖，讨厌在梦魇中度过（余生）……你会发现你的受害者得了脑动脉瘤，那时一切都太晚了。[123]

　　她的其他一些文字也暗示有家庭暴力存在，只不过写作的手法更加隐晦一些。她从1880年代末到1890年代初的日记中，好几次提到让整个巴黎社会为之愤怒的一桩婚内杀人案。1847年，在圣日耳曼区的家中，德·普拉兰公爵（Duc de Praslin）用匕首多次捅入23岁的妻子的身体，最终用一个钝器打碎她的头盖骨，杀死了她。案件发生前很长时间，上流社会一直怀疑普拉兰殴打妻子。若干年前，他曾试图把他和妻子的九个孩子的家庭教师变成孩子们真正的母亲；只要妻子求他让她见见孩子们，他就暴打她，此事一时间闹得满城风雨。在因杀妻而等待审判期间，他在监狱里服毒自杀了。

　　伊丽莎白屡次深思这一事件表明，她同情德·普拉兰公爵夫人，后者写给丈夫的信件曾在她死后发表在一家报纸上，从中可以看出这个女人深爱着丈夫，是他的残酷无情毁了她。伊丽莎白在日记中引用了公爵夫人在信中无心写下但事后看来充满反讽的片段（如"生命如此短暂，我亲爱的特奥巴尔德"）。伊丽莎白关于这桩谋杀案的笔记也透露出，她曾经就下毒杀人之事详细询问过一位不具名的医生：

> 下毒——有了现代科学，再没有比这更简单、更（杀人于）无形的办法了。把几滴细菌放在某人的手帕上，就能让他患上霍乱、斑疹伤寒，等等，随你所愿。那当是未来的德·普拉兰公爵们可期的结局。——医生，1892年

这段话的最后一句很难解读。伊丽莎白或许在想象自己和亨利重演普拉兰灾祸，而他，"未来的普拉兰公爵"，将杀死她，然后自杀。当然，她也有可能幻想过在亨利有机会害死她之前，先下手毒死他。

很难确切地说伊丽莎白曾经由丈夫联想到那位通奸、易怒、杀人的公爵，不过公爵的杀妻案是伊丽莎白在私人写作中提到过的唯一一桩此类丑闻。何况普拉兰谋杀案就发生在她自己的街区，更不用说还在她所处的社会阶层。的确，她的希迈家族与普拉兰家族甚至还"有点表亲关系"呢。

不管她是害怕谋杀还是策划谋杀，伊丽莎白确实严格遵守了亨利的宵禁。在上流社会的夜间活动中，她往往是第一个离开或唯一在午夜之前离开的客人。（相反，洛尔·德·舍维涅始终都是可以玩到晚会结束的几位客人之一——接着还要带一群人狂歌痛饮到黎明。）在像上层这样社交毫无节制的地方，如果是资质平庸的女人，早走可能会降低声望。但伊丽莎白想办法把这样的限制变成了对自己有利的因素，她精心研究了一系列技巧，充分利用了出现在众人面前的那一点有限的时间。

这些战术中最大胆的，是她在活动中现身的时间比其他人都晚得多，如此一来，她的出现就无法不吸引每个人的目光，她在威尔士亲王出席的那次萨冈舞会上就动用了这一技巧。城区的人称此为格雷弗耶夫人"优美的姗姗来迟"，在弗拉大公夫妇赴巴黎玩乐期间孟德斯鸠为二人组织的一场音乐会上，伊丽莎白的表现更是口口相传。[124] 整个巴黎上流社会都知道，按照礼节，如果有王室成员出席活动，其他客人都应在王室成员之前到达会场。但伊丽莎白足足晚了一小时才大摇大摆地走入舅舅的音乐会，还在入口处停留了片刻，让每个人的目光都从舞台转到她身上。然后她快步穿过大厅，优雅地坐进了弗拉基米尔大公身旁的上座。她坐下时对他粲然一笑，脸上没有一丝尴尬或自责。

大公虽然很喜欢伊丽莎白，但仍对她如此公然违反礼仪大感震惊。事后有人听到他把自己的疑问大声说了出来，"她是故意的？还是因为没有钟表？"[125] 若干年后，埃克托·柏辽兹的《浮士德的天谴》（*La Damnation de Faust*，1846）在巴黎重演时，她又在葡萄牙的阿梅莉亚王后 ① 面前故技重施。

与"优美的姗姗来迟"相媲美的，是伊丽莎白要求自己不但在其他人之前离场，而且往往刚到几分钟就先行告退了。这一伎俩也产生了极好的效果，让同去的狂欢者们看到她转瞬即逝的神秘风采，意犹未尽，回味无穷。其他目的相同的习惯包括她明确拒绝连续两晚外出，也拒绝出席任何晚餐会，英国大使馆举办的除外。（和英语世界里鼓吹法式风情一样，巴黎人也把英式派头

----

① 阿梅莉亚王后（Queen Amelia），即奥尔良的阿梅莉（Amélie of Orléans，1865-1951），她被丈夫的臣民称为"玛丽亚·阿梅莉亚·德·奥尔良"，是葡萄牙国王卡洛斯一世的妻子，葡萄牙最后一任王后。作为巴黎伯爵菲利普亲王和妻子玛丽·伊莎贝拉·德·奥尔良的长女，她的出身是"奥尔良郡主"。

看作上等的域外情调——这就是为什么上层总是把威尔士亲王夫妇奉为上宾，也是为什么伊丽莎白丈夫的名字要用英语拼法。）

伊丽莎白还有两个极为精彩的花招，专门用于上流社会的预约之夜。第一个只能在歌剧院使用，幕间休息时，她会站在从歌剧院大厅到包厢和大厅包厢的那两段楼梯的顶部。大厅是交际家们幕间休息时聚集的地方。他们把妻子们留在包厢里说长道短，在幕间这段时间出来抽根烟，或者看看有无可能跟女演员们欢会一时——很多女演员都是他们的情妇。伊丽莎白独自站在楼梯顶端，确保幕间曲结束、绅士们成群上楼入座时，每个人的目光都会被吸引到她身上。她愿意相信他们只要看她一眼——"立刻就有人说这位夫人：与众不同！"[126]——就会把他们几分钟之前还眉目传情的一众艳俗小歌星、小舞女忘得一干二净。

伊丽莎白的第二个预约之夜招数能在巴黎的三大表演场使用，因为所需的背景无非就是她自己的大厅包厢。巧妙编排之下，她会在整个表演过程中躲在自己那个大厅包厢的阴暗凹处，深知其他观众的长柄眼镜和单片眼镜会一直转向她这个方向，看看她在不在里面。然后，在一个精心选择的时刻，她会像布谷鸟自鸣钟里弹出的机械鸟一样，突然出现在剧院的强光下。她在接下来的几秒钟保持好姿势，享受着观众惊叹的低语和注视，随后再次陷入黑暗。[127] 从夏尔·阿斯这样的交际家到德·沃男爵这样的社交专栏作家，再到乔治·德·波托 - 里什这样的文人，对这些微型演出的结论都是一致的：伊丽莎白·格雷弗耶是一个"幽灵"，在所有见过她之人的心头萦绕不去。[128]

伊丽莎白白天出现在隆尚也会实现同样惊艳的效果，在那里，她会用好几层半透明的白色绢网遮住自己的脸，"像用纱布包裹的"（她写道）"一枚珍果"。[129] 表面上，这么做是为了防

伊丽莎白在巴黎歌剧院的大楼梯顶部上演小型戏剧，把自己精彩地呈现在公众面前

晒——由于被晒成褐色意味着生活艰难及室外劳作，19世纪末的贵妇人们都力求保持肌肤纯白无瑕。但伊丽莎白使用那些绢网的真正目的，却是保持神秘，激发起人们对那张半遮的面部更强烈的好奇心。

　　亨利及其母亲大概不敢承认，伊丽莎白用这些技巧，把格雷弗耶家族关于"隐秘的生活"优越性的信念完美地融入了让自己在社交场合出类拔萃的设计。她没有把自己隔离在卫道士的封闭沙龙里，而是通过在世人面前惊鸿一现便倏尔闪退来提升自己的高贵声望。如此刻意安排，她的美与受邀参加费利西泰的招待会一样昭昭在目。那种高不可攀正是它的威望所在。如安德烈·热尔曼所说，它保证了当伊丽莎白出现在社交场合时：

　　就仿佛她来自奥林匹斯山的王座，用自己的荣耀和光芒
照亮那些虽然奢侈但略显乏味的聚会，因为她的神秘光环，
它们顿时变得其华灼灼，其乐陶陶。[130]

　　同样，伊丽莎白也知道，如果她在奥林匹斯山上隐匿得太久，她的荣耀和光芒就会淡出人们的记忆。她从洛尔·德·舍维涅那里取经，开始栽培新闻媒体，与《高卢人报》的阿蒂尔·梅耶尔培养了友好（但相对疏远）的关系，对梅耶尔《费加罗报》的同行加斯东·卡尔梅特①也和蔼友善。通过这些人及其下属，伊丽莎白让她的奢华服装的细节得以传播。在第一次萨冈舞会前，她向梅耶尔透露说"20位女装裁缝正在夜以继日地赶制（她准备在舞会上穿的）那套美妙非凡的经典'迪安娜'装束"，"包括一个镶钻的新月形头饰，一定会成为当晚的谈论焦点"，当然还有"一个可爱的非洲小侍者"拖着的长裙。[131] 另一次，她在婆婆的客厅里穿着一件绣有合欢花的粉色和蓝色礼服首次亮相，那里显然不欢迎记者，但不知为何，这条裙子在第二天的《高卢人报》上获得了盛情赞美。

　　为防止有人模仿，伊丽莎白严令自己的服饰供应商不得为任何人复制她的装束。他们服从这一命令，让人们广泛猜测她根本没有惠顾巴黎任何一家高级服装定制商。一位《艺术与时尚》（*L'Art et la mode*）的记者猜测说，"这位贵妇人"没有"让女

---

① 加斯东·卡尔梅特（Gaston Calmette, 1858-1914），法国新闻记者和报纸编辑。1914年，卡尔梅特发起了反对财政部长约瑟夫·卡约的运动，因为后者开始实行累进税制，并在第二次摩洛哥危机中奉行对德国的和平主义立场。卡约夫人因为担心报纸会揭露其隐私而亲手枪杀了卡尔梅特。

装设计师们争相打扮她"，而是"自己设计所有服饰，在自己住宅中的一间私人工作室里完成成品"。[132] 这样的谣言听起来诱人，却毫无根据。虽然德·阿斯托格街上的宅院够大，完全能容纳这么一间工作室，但事实上根本没有。而且伊丽莎白几乎与所有顶级的高级服装定制商合作，她最喜欢的品牌一直是沃思，只不过为了谨慎起见，试衣都在她自己家里进行。

她更乐于泄露关于个人风格的其他秘密：她的祖先是塔利安夫人、她的文化品位阳春白雪，还有她总是避开"最新的时尚"。[133] 根据这些明智地与媒体分享的信息碎片，公众在想象中拼接成一幅完整的画面：一幅优美的、自成一格的画面。《费加罗报》赞美她"修正了帝国服饰"（这是对她那件督政府时期的"T. T."装束的误称）并"开启了将头发高高盘上的疯狂时尚，社交界称之为'小格雷弗耶发型'"。[134]（对开启了这一风尚的女人而言，"小格雷弗耶发型"最好地突出了她天鹅般优雅的脖颈。）《吉尔·布拉斯报》声称是她让满是荷叶边的18世纪"无赖裙"（*robe à la polisson*）重新流行起来，但警告说她是少数能成功演绎该时尚的女人之一：

> 如果哪一位贵妇人能把这条裙子穿得出彩（那的确很难），它就会产生一种愉悦的效果；但她的腰身必须很窄、很细、对称且优雅——如果她的身材较为丰腴，看起来就会像个马戏团的小丑……因此对如今大多数女人来说，避开这一时尚，只去欣赏能够胜任的少数美人，当属聪明和明智的做法。第一个穿这条裙子的德（原文如此）·格雷弗耶子爵夫人就是这样的美人。[135]

类似的媒体曝光帮助伊丽莎白同时表达了两个她最爱的社会生理学类型："要做女王的女人"和"引领时尚的女人"。1884年，《费加罗报》在头版刊登了一幅特写，将她与旧制度下的几位最著名的"时尚先锋"相提并论：蓬帕杜尔夫人、德·朗巴勒亲王夫人和玛丽·安托瓦内特。[136] 所有这些女人都让自己的衣着成为王室风范，这当然不是巧合。因此这一类比突出了伊丽莎白的新潮中女王气质的一面。

然而伊丽莎白在集中演绎这些历史范例的同时，还超越了她们，为一个名声才是终极权力手段的美丽新世界修正了那些时尚。与蓬帕杜尔、朗巴勒或玛丽·安托瓦内特不同，伊丽莎白不是通过与王室成员建立关系（她只是偶尔使用王室作为道具）来获得"时尚引领者"的权威的，她的耀目光彩仅仅来自她本人：她的想象力，她的创造力，她全身心地重塑自我和展示自我。她从崇拜者那里收获的无数激昂赞歌中有一篇称她为有着"上千种美丽"的女人。[137] 这是伊丽莎白认可的评价。她的美有很多，但它们的来源相同，那就是她散发出"无出其右的尊贵形象"的能力。

每一次更换服饰，每一次公开露面，每一次媒体曝光，伊丽莎白都在自己的完美形象中重新打造贵族的优雅高贵。她不仅为城区，也为"庞大而无名的"巴黎公众施行了一个无法抗拒的魔咒。《费加罗报》1891年报道了她在巴黎的家中举办的小聚会，其中写道：

> 格雷弗耶子爵夫人的品位绝对是新奇的，是"平凡庸常"的反面。因此她让客人拥有了为幻灯机喝彩的乐趣，那样的东西还前所未见。[138]

与普鲁斯特的《追忆似水年华》联系起来看，这几句话很值得注意，因为马塞尔也正是通过这里提到的同一介质，首次发现了盖尔芒特公爵夫人的神秘光环。然而在伊丽莎白不断变化的媒体形象的语境下，值得注意的是，它们这一次没有提到她穿戴的服饰。在她首次在萨冈舞会上华丽亮相九年后，这里描述的她演绎了一种虽有联系却全然不同的视觉效果：一连串光彩夺目而转瞬即逝的形象，那是她"绝对新奇"的品位才能想出来，并通过她自己选择的一个屏幕投射出来的——得到了众人的喝彩。记者没有更详细地描写她在这次表演中使用的幻灯机。或许德·阿斯托格街上的新奇小物商贩终于成功地卖出了一样东西。但道具不是重点。

伊丽莎白就是魔灯。伊丽莎白就是幻影。

注　释

1　本章标题参考的是博物馆长 Philippe Thiébaut 的展览目录，*Robert de Montesquiou, ou l'art de paraître* (Paris: Éditions de la RMN, 1999)，可贴切地译为"罗贝尔·德·孟德斯鸠，或者形象的艺术"。

2　2016 年，Olivier Saillard 和 Dr. Valerie Steele 组织了一次博物馆展览，展示 EG 的服饰，先后在巴黎的 Palais Galliera 和纽约的时装技术学院举行。在新闻媒体上，这次展览引发了好几篇关于 EG 的先驱性衣着风格和她"时尚偶像"的重要地位的文章。实例见 Madison Mainwaring, "Fashion Regained: Looking for Proust's Muse in Paris," *Paris Review* (March 16, 2016); and Isabelle Cerboneschi, "La Comtesse Greffulhe, icône de mode," *Le Temps*, December 23, 2015 (online editions)。但关于这一主题，最优秀、最富有学术气质的文章是 Valerie Steele, "L'Aristocrate comme œuvre d'art," trans.

Delphine N ègre-Bouvet, in Saillard, ed., op. cit., 60–65。另一篇同一类型的好文章是 Alexandra Bosc, "Elle n'a pas suivi les modes, elle était faite pour les créer" (76–80)。

3　Violetta (pseud. of Laincel), "Sous le masque," *Le Gaulois* (April 5, 1882): 1.

4　EG, in AP(II)/101/150; 引文又见 Cossé-Brissac, op. cit., 53。Hillerin 贴切地提到了 EG 的"出名策略"和"把自己放在舞台中央的艺术";见 Hillerin, op. cit., 211–14。

5　HB, op. cit., 355.

6　EG 把玛萨的赞美抄写在 "Hommages et appréciations" 中,见 AP/101/1。

7　关于 EG 装扮成迪安娜以及这次舞会的大致情况的准确描写,见 Vicomte Georges Letorière (pseud.), "Le Bal costumé de la Princesse de Sagan," *Le monde Illustré* (June 19, 1880): 382–83。

8　GLP, "La Souveraine de la Belle Époque," *Crapouillot: Les Bonnes manières* 19 (1949): 26–27, 26.

9　*Le Crapouillot: Le Savoir-vivre à travers les âges, l'étiquette des cours* (1952): 25.

10　Letorière, "Le Bal costumé…," 393.

11　Étincelle (pseud. of Peyronny), *Carnet d'un mondain*, n.p.

12　Violetta (pseud. Laincel), "Sous le masque," *Le Gaulois* (April 5, 1882): 1; 扩充版见 Alice, Comtesse de Laincel, *Les Grandes Dames d'aujourd'hui* (Paris: Société d'Imprimerie, 1885), 267–72。Violetta 引用的缪塞的那句诗选自《法国绅士拉斐尔的秘密想法》"Les Pensées secrètes de Rafaël, gentilhomme français";见 Alfred de Musset, *Poésies complètes* (Paris: Charpentier, 1840), 151。

13　Violetta (pseud.), op. cit.

14　关于 EG 在她参加的第二场萨冈舞会上穿的红色天鹅绒宫廷服,以及她恰好与威尔士亲王同时到场的描写,见 GLP, "La Souveraine de la Belle Époque," 27。EG 这件服装的原型或许是年轻的伊丽莎白一世的一幅肖像,灵感来自她档案中的一张图片明信片,上面显示的就是这样一条裙子,EG 手写标记:"伊丽莎白女王的照片——汉普顿宫。"1879 年到 1881 年期间,她和亨利一起多次前往大不列颠,其间她可能去过汉普顿宫;那些旅行大多是为了在苏格兰打猎松鸡,但也做出了游览伦敦和该国各大庄园的行程安排。

15 这是一个成语，有点像英语中说某人备受尊崇时会说此人是"宇宙的中心"（"the sun rises and sets on"）。

16 *LG, Marcel Proust* (Paris: Flammarion, 1948), 60.

17 James Eugene Farmer, *Versailles and the Court Under Louis XIV* (Philadelphia: Century, 1905), 290–91.

18 Saint-Simon, op. cit., vol. 4, 53.

19 同上书，56.

20 同上。

21 关于 EG 的勃艮第公爵夫人造型，有两篇优秀的叙述来自她最忠实的崇拜者之一：见 Le Diable Boiteux (pseud. de Vaux), "Nouvelles et échos," 《吉尔·布拉斯报》（1884 年 9 月 2 日）：1; 以及 the Baron de Vaux, *Les Femmes de sport* (Paris: Marpon & Flammarion, 1885), 148–49。

22 Le Diable Boiteux (pseud.), "Nouvelles et échos," *Le Gaulois* (June 13, 1889): 1.

23 Jill Jonnes, *Eiffel's Tower: The Thrilling Story Behind Paris's Beloved Monument and the Extraordinary World's Fair That Introduced It to the World* (New York: Penguin, 2009). Jill Jonnes 指出："（埃菲尔铁塔的）尖顶最终达到了 300 米或 984 英尺的高度。加上旗杆，塔高达到了 1000 英尺。"

24 "Ma comtesse: souvenirs d'un enfant, 8–10 rue d'Astorg, 1944–1956" (Gy: n.p., 2015). 非常感谢普瓦雷先生与我分享这份没有出版的文件。

25 L. de Vogüé, *Logis d'autrefois*, op. cit., 8.

26 HG, *Quantum mutatus ab illo* (n.p., 1913–1921), in AP(I)/101/32; 引文又见 Cossé-Brissac, op. cit., 147。

27 格雷弗耶家位于德·阿斯托格街的房屋的建筑面积和布局，见 Poirey, op. cit., 5。

28 关于 EG 的沙龙的家具和装饰，见 Gerald Reitlinger, *The Rise and Fall of the Objets d'Art Market Since 1750* (New York: Holt, Reinhart & Winston, 1965), 436; Hillerin, op. cit., 263; and Curtiss, *Other People's Letters*, 165。Curtiss 提到，César Ritz 后来借用将天花板刷成天空颜色的方法，设计了他位于巴黎和伦敦的同名酒店的餐厅。1880 年代末，EG 沙龙里的护壁板被搬到了布德朗庄园；它们如今悬挂在得克萨斯州休斯敦的 Colombe d'Or 酒店。见 John Harris, *Moving Rooms: The Trade in Architectural Salvage* (New Haven and London: Yale University Press, 2007), 208。1999 年，EG

沙龙里的一把不属于博韦系列的椅子，一把由 Jacob 签名并曾为玛丽·安托瓦内特所有的镀金木椅——在巴黎的拍卖中卖出了 250 万法郎，大约相当于 50 万美元。Judith Benhamou-Huet, "Pourquoi les meubles flambent," Les Échos. fr, December 5, 2000. 关于 Oudry 根据拉封丹画作设计的博韦绣帷的长沙发和椅子，见 Hillerin, op. cit., 135。Hillerin 声称这件家具给了 MP 灵感，RTP 中盖尔芒特家的某些家具就是根据这一灵感写成的，但事实上 GS 也有一个套房里面装满了 18 世纪家具，绣帷上的图案也来自拉封丹画作，而由于 MP 在 GS 的公寓里度过的时光远远多于在 EG 的住宅的时光，这里的灵感来源更有可能是 GS 的家具。到 1891 年，Oudry 装饰已经被移到了餐厅；见 EdG，日志，1891 年 4 月 25 日。

29 同上。

30 关于德·阿斯托格街上的居住安排和每周活动安排，见 L. de Vogüé, op. cit., n.p.; and cossé-Brissac, op. cit., 54。

31 A. de Gramont, *L'Ami du Prince*, op. cit., 326.

32 Hillerin, op. cit., 279.

33 关于 EG 对女性权利的关注，Hillerin 认为其主要表达是她写于 1904 年但未发表的一篇文章，题为《我关于应当赋予女性的权利的研究》（"My Study on the Rights to Be Granted to Women"）。见 Hillerin, op. cit. 473-74; 原文见 AP(II)/101/150。但事实上，EG 早在好几十年前就开始写关于性别平等和性别角色的文章了，那一系列文章的标题为《女人：一个社会生理学研究》（*Les Femmes: une physiologie sociale*），存档于 AP(II)/101/151。

34 EG, *Les Femmes*; 引文又见 Hillerin, op. cit., 280。

35 关于 EG 的阅读习惯和喜好，见 Cossé-Brissac, op. cit., 64; 关于 HG 的藏书，见 *Collection des livres anciens et modernes, provenant de la famille Greffulhe* (Monte-Carlo: Sotheby Parke Bernet Monaco, February 1982): 27 and 102。

36 1880 年 9 月 20 日 EG 致 Mimi 的信，见 AP(II)/101/40。1887 年 11 月 13 日，EG 在婚姻日志中就已经悲哀地得出结论："显然，[除了]几乎总是和我观点一致的德·阿伦贝格亲王之外，这一家人没有一点艺术品位。"

37 引文见 Hillerin, op. cit., 286; 又见 Jean Cocteau, *Le Passé défini* (Paris: NRF/Gallimard, 1983), 301。

38 EG, in AP(II)/101/150.

39 AP(II)/101/45; 引文又见 Hillerin, op. cit., 279。

40　1893 年 4 月 7 日 MACC 致 EG 的信，存档于 AP(II)/101/53.

41　Eugen Weber, *France Fin de Siècle* (Cambridge and London: Harvard University Press, 1986), 97.

42　EG, untitled note marked "La Rivière ' 89," in AP(II)/101/150.

43　PV, *Society in Paris*, 95. L. de Vogüé, op. cit., 12–13.

44　L. de Vogüé, ibid., n.p.

45　HG 致 EG 没有署期的信，存档于 AP(II)/101/14。

46　EG, in AP(II)/101/150.

47　Hillerin, op. cit., 48.

48　EG,《主动请缨的免费陪媪》，未发表作品中的一篇，存档于 AP(II)/101 /152。

49　关于 EG 的家人无法保留希迈府邸，见 JEB, *La Pêche aux souvenirs*, 201。关于该住宅于 1884 年出售的情况，见 Parisis (pseud. Émile Blavet), "L'Hôtel de Chimay," *Le Figaro* (June 14, 1884): 1; 以 及 The Paris Galignani's Messenger (pseud.), "The Fate of the Hôtel de Chimay," *New York Times* (July 4, 1884): n.p.关于拉蒂斯博纳·桑热夫人在希迈府邸开办的"犹太人……政治和艺术沙龙"，见 JEB, ibid., 97。

50　FB, op. cit., 180.

51　RM, *Notes et réflexions inédites*, 存档于 NAF 15108, folio 46; 又见 RM, *Les Pas effacés*, vol. 2 (Paris: Émile Paul, 1923), 53.

52　RM, "Aristos," in NAF 15183, folio 46/47.

53　Jullian, *Robert de Montesquiou*, 154.

54　《达达尼昂的城堡以 350 英镑出售》("D'Artagnan's Château Sold for £350")，见 *The Illustrated London News*, vol. 182 (1933): 42。

55　同上书，36。

56　HR, *Les Cahiers inédits*, 368, 432, and 433; and LG, *Robert de Montesquiou et Marcel Proust*, 22–23.

57　Chaleyssin, op. cit., 70.

58　Jullian, *Robert de Montesquiou*, 175.

59　Jullian, *Robert de Montesquiou*, 105.

60　同时代人对 RM "糟糕的"诗作的一篇评论，见 Lorrain (pseud.), *La Ville empoisonnée*, 97 and 103–4. 关于 RM 的"美学宗教"，详见第 24 章。RM 被写成他自己的美学宗教里的"大祭司"，见 *La Revue mondiale* (January 1,

1899): 97。

61　Raczymow, *Le Cygne de Proust*, 114.

62　Chaleyssin, op. cit., 85.

63　Thiébaut, ed., op. cit., 8.

64　RM, *Les Pas effacés*, vol. 3, 121.

65　FB, op. cit., 176.

66　关于RM与德埃桑特公爵的相似之处（包括导致乌龟死亡的浮夸装扮），见 Carassus, op. cit., 484–86; Chaleyssin, "Des Esseintes," in op. cit., 27–36; and Marc Fumaroli's excellent preface to Joris-Karl Huysmans, *A Rebours* (Paris: Gallimard, 1977 [1884])。AM 作为许多世纪末艺术家和交际家的朋友和告解神父，声称于斯曼本人曾对他说："德埃桑特一半是孟德斯鸠，一半是我本人。"虽然RM很享受人们从德埃桑特联想到他本人带来的名声，但后来也难免觉得厌烦；见RM, *Les Roseaux pensants* (Paris: Eugène Fasquelle, 1897); 以及 EdG，日志，1892 年 5 月 18 日的日记。

67　RM 致 EG，存档于 AP(II)/101/150。

68　Cornelia Otis Skinner, *Elegant Wits and Grand Horizontals: Paris—La Belle Époque* (New York: Houghton Mifflin, 1962), 45–46.

69　关于男式晚礼服和RM对它所做的变化，见 Burnand, op. cit., 91; and Thiébaut, ed., op. cit., 9。

70　关于上流社会的男士着装要求，见 GLP, "La Haute Société de la Belle Époque," *Le Crapouillot: La Belle Époque* 29 (1949): 2–7, 5。关于RM的高跟鞋，见 FB, op. cit., 70。

71　关于RM的优雅，见 Raoul Ponchon, "Gazette rimée: le mot 'chic,'" *Le Journal* (April 16, 1902): 2。就连继承了舅舅的"时尚之王"称号、极有眼力的博尼·德·卡斯特兰也极力称赞RM的风格。Boni de Castellane, *Comment j'ai découvert l'Amérique* (Paris: G. Crès, 1925), 90–91. RM 的紧身黄绿色西装或许是让·洛兰（以保罗·杜瓦尔为笔名）出版的《德·福卡斯先生》中标题人物穿着的灵感来源，*Monsieur Phocas* (Paris: Paul Ollendorff, 1901), 1–3。

72　关于RM对性的矛盾心理，见 Jullian, *Robert de Montesquiou*, 155–58。关于他与加布里埃尔·德·伊图里的关系，尤其见 Rubén Gallo, "An Argentinian in Paris," ch. 2 in *Proust's Latin Americans* (Baltimore and London: The Johns Hopkins University Press, 2014), 90–133。

73 Jullian, *Robert de Montesquiou*, 154.

74 Magali (pseud.), "Le monde et la mode," *La Vie élégante* 2 (July 15, 1882): 261-272, 271. 该文本特别提到了 EG 对毛丝鼠的喜爱。EG 后来指控伊图里偷了她的毛丝鼠，因为他和 RM 在惠斯勒的肖像画完成之后没有将其归还给她。关于 RM 把红酒和可卡因兑在一起喝才熬过了那么多次做模特的煎熬，见 EdG，日志，1891 年 7 月 7 日的日记。

75 关于 RM 与惠斯勒的"友谊"，见 Chaleyssin, op. cit., 143; Jullian, *Robert de Montesquiou*, 130-36; Munhall, ed., op. cit.; 以及惠斯勒与 RM 的通信，可在互联网上查阅，网址: http://www.whistler.arts.gla.ac.uk/correspondence/people/result/?nameid=Montesquiou_Rde&year1=1829&year2=1903&sr=0&firstname=&surname=Montesquiou.

76 关于惠斯勒是 EG 和 RM 的"好朋友"，见 EG 致 RM 的多封信件，存档于 AP(II)/101/150; 1891 年 3 月 16 日 EG 致惠斯勒的信，存档于 AP(II)101/26; 以及 EG 致惠斯勒的多封信件，存档于 AP(II)/101/116。

77 关于 RM 以蝙蝠为图腾，见 Munhall, ed., op. cit.; Jullian, *Robert de Montesquiou*, 156; and RM, *Les Chauves-Souris: clairs-obscurs* (Paris: Georges Richard, 1892)。关于《蝙蝠》珍藏版的奢华装订，见 LG, *Robert de Montesquiou et Marcel Proust*, 38。

78 关于 RM 与莎拉·伯恩哈特的友谊，见 Cornelia Otis Skinner, *Madame Sarah* (Boston: Houghton Mifflin, 1967), 101; 关于伯恩哈特家的动物园和其他的怪癖，同上书，93-94 and 238; 莎拉·伯恩哈特（伪冒），*My Double Life* (London: William Heinemann, 1907), 316-18; 以及 Robert Gottlieb, *Sarah: The Life of Sarah Bernhardt* (New Haven and London: Yale University Press, 2013)。小仲马那位奄奄一息的朋友的故事，见 Bernhardt, op. cit., 256。

79 Chaleyssin, op. cit., 29. Jullian 认为莫罗与惠斯勒的影响力不可相提并论，他写道:"惠斯勒在他面前举起了花花公子的抛光金属镜子，而莫罗找到了魔法师的水晶球。"Jullian, *Robert de Montesquiou*, 165. 关于 RM 把萨拉·伯恩哈特变成了莫罗画作中的人物，需要注意的是，RM 既迷恋又厌恶的奥斯卡·王尔德在自己的法语剧作《莎乐美》中专为这位女演员创作了标题人物，也设想她变成了从莫罗画作中走出的人物。关于王尔德的《莎乐美》（直到他入狱之后才被公演）的"颓废"审美的极佳论述，见 Rhonda Garelick, *Rising Star: Dandyism, Gender, and Performance in the Fin de*

Siècle (Princeton: Princeton University Press, 1999), 149。

80 关于 EG 对 RM 的"极端品位和与众不同"（如她对 MCC 所说）的崇拜，见 Hillerin, op. cit., 41−42; and Steele, op. cit., 61。

81 Paul Poiret, *Vestendo la Belle Époque, trans. Simona Broglie* (Milan: Excelsior, 2009 [1930]), 163.

82 同上。

83 AP(II)/101/50; 强调为 EG 自己所加。

84 AG, *Les Clés de Proust*, 129. RM, *Les Pas effacés*, vol. 2, 53.

85 RM 致 EG，存档于 AP(II)/101/150。

86 Chaleyssin, op. cit., 22.

87 Huas, op. cit., 180.

88 Senevas, op. cit., vol. 2, 302.

89 "Relevé des recettes et des dépenses faites pour Madame la Vicomtesse Greffulhe (1880)," in AP(I)/101/16.

90 EG,《风格》（"La Mode"），手稿署期 1887 年，存档于 AP(II)/101/150。

91 RM, *La Divine Comtesse*, 203. Steele, op. cit., 64; and Bosc, op. cit., 78.

92 EG, in AP(II)/101/151.

93 EG,《引领时尚的女人》，同上书；引文又见 Bosc, op. cit., 77。

94 RM, *La Divine Comtesse*, 203−4.

95 非其他归属的服饰的描述见 Étincelle (pseud.), "Carnet d'un *mondain*," *Le Figaro* (June 25, 1883): 1; *La Grande Revue* (May 1889): 322; *Le Gaulois* (April 29, 1887); Hillerin, op. cit., 220−25; *La Nouvelle Revue* (June 1884): 446; Steele, op. cit., 64; Violetta (pseud. Laincel), "Sous le masque," *Le Gaulois* (May 27, 1882): 1; and Valérie Laforge, *Talons et tentations* (Quebec: Fides, 2001), 68。

96 RM 在《思考的芦苇》中摘录伊丽莎白的创意写作选段的那一章，标题为"面具四重奏"（"Le Quatuor des masques"），署名"天鹅"（Le Cygne），还抄录了其他三位未署名的"业余作者"的作品。其他作者中的一位是Élaine Greffulhe，RM 为她的散文诗署名"天鹅之女……夜莺"。RM, *Les Roseaux pensants*, 292−313.

97 不出所料，RM 也很崇拜喜欢天鹅和瓦格纳的巴伐利亚国王路德维希二世，至少写过两首关于他的诗，"Armenta"和"Passionspiel"，收录于 *Les Chauves-Souris*, 305−8。

98 RM, Poem LXXXIV, in *Les Paons* (Paris: Georges Richard, 1908 [1901]), 144.

99 AG, *La Bourgeoisie qui brûle*, 190.

100 GLP, *Trente ans de dîners en ville*, 109.

101 JEB, *La Pêche aux souvenirs*, 204.

102 Thiébaut, ed., op. cit., 35. 关于 EG 的许多肖像画家，一个不错的总结见 Hillerin, op. cit., 506–7, n. 7。

103 Huas, op. cit., 181.

104 LG, *Mémoires*, vol. 2, op. cit., 25.

105 EG 的两把奢华的羽毛扇的近照，见 Saillard, ed., op. cit., 66–67。这两把扇子都不是埃勒的肖像画或纳达尔的照片中出现的那一把，一把太小，另一把太大，而且它们都是用鸵鸟毛做成的。

106 JEB 的引文见 *Propos de peintre*, ed. Frédéric Mitterrand (Paris: Séguier, 2013), 384–85。

107 Mary Bergstein 称韦格纳为 EG 拍摄的"复合像"源于世纪末时尚圈兴起的对"摄影招魂说"的兴趣，很有说服力。Mary Bergstein, *Looking Back One Learns to See: Marcel Proust and Photography* (Amsterdam and New York: Ropoli, 2014), 156.

108 对 Armand-Ghislain, Comte de Maigret 的采访，巴黎，2012 年 3 月 14 日。

109 MB, *Le Voyageur voilé*, 33.

110 EG 在一封未署期的信件中感谢他送自己塔利安的传记，存档于 AP(II)/101/24；这封信的摘录引文见 Hillerin, op. cit., 174。

111 关于德·阿斯托格街那所宅邸的艺术和家具，见 *La Collection Greffulhe: vente le lundi 6 mars 2000* (Paris: Drouot, 2000); *Catalogue on a Selected Portion of the Renowned Collection of Pictures and Drawings Formed by the Comte Greffulhe* (London: Sotheby's, June 22, 1937); and Charles Gueullette, *Les Cabinets d'amateurs à Paris, la collection du comte Henri de [sic] Greffulhe* (Paris: Detaille, 1887), 5–6。

112 1882 年 8 月 13 日 EG 致 MCC 的信，存档于 AP(II)/101/40; Cossé-Brissac, op. cit., 59; and Hillerin, op. cit., 266–77。关于让娜·德·阿伦贝格跟勒梅尔夫人学习，见 Horatio (pseud. MP), "Le Salon de Mme Madeleine Lemaire," in MP, *Le Salon de Mme de…* , 39。

113 cossé-Brissac, op. cit., 63–64. EG 在她的冬季花园拍摄的某些照片如今

可在奥赛博物馆的网站上查阅数字版，在 "Fonds autour de la comtesse Greffulhe (1860–1890)" 栏目。这些照片的编号为 PHO 2010 5 19 和 PHO 2010 5 20 (HG); PHO 2010 5 16 (Guigui); and PHO 2010 5 17（德·萨冈亲王，在奥赛的网站上被误称为"德·卡拉曼－希迈伯爵？？（原文如此）"。

114 Le Diable Boiteux (pseud. de Vaux), "Nouvelles et échos,"《吉尔·布拉斯报》（1883 年 11 月 3 日）：1。

115 同上。

116 de Vaux, *Les Femmes de sport*, 148.

117 RM, *La Divine Comtesse*, 199.

118 HG 致 EG 未署期的信件，存档于 AP(II)/101/32。

119 RM 详细描写了埃勒的"天鹅"肖像画，见 *La Divine Comtesse*, 200–201。

120 Painter, op. cit., vol. 1, 148; and Cossé-Brissac, op. cit., 133.

121 HG 致 EG，存档于 AP(II)/101/32。

122 HG 典型的精神分裂型"道歉"是他在 1902 年寄给 EG 的一封蓝纸头（petit bleu, 指快信——译者注），他在其中交替使用第一和第三人称："当他让她痛苦时，他的心在流泪，他也一样痛苦。我当时拿着手杖，碰巧没控制住自己的脾气。我很后悔。像那些（令人看不起的）行为让他比任何人都更加痛苦……他的心碎了。他请求她的原谅。他再也不会那样了。他喜欢他——她的亨利。" HG 致 EG，同上。

123 1909 年 1 月 4 日 EG 致 HG 的信件，存档于 AP(I)/101/22。

124 FB, op. cit., 183–84. EG 在一篇题为《论未揭秘之事的影响》的未发表文章中阐释了优美的姗姗来迟背后的理论。这篇文章的论点是"声望的来源是神秘感"。EG, "De l'influence du non-dévoilé," in AP(II)/ 101/150. 她还就同一主题写了另一篇文章，"Aperçu sur le prestige"，同上书，论证了"声望是'被想象出来的现实'"。两篇文章的更多引文见 Hillerin, op. cit., 213。

125 FB, op. cit., 184; Hillerin, ibid., 215. 关于 EG 在葡萄牙王妃面前优美地姗姗来迟，见 A. de Gramont, op. cit., 275。

126 EG, in AP(II)/101/151.

127 关于 EG 藏在里面并从她的大厅包厢的阴影中突然短暂出现的伎俩，见 MB, *Le Voyageur voilé*, 49。

128 Haas，引文见 cossé-Brissac, op. cit., 129; Le Diable Boiteux (pseud. de Vaux), "Nouvelles et échos," *Le Gaulois* (June 13, 1889): 1; 1925 年 1 月 GPR 致 EG 的信，存档于 AP(II)/101/107; 以及 EdG，日志，1891 年 4 月 25 日。

129 EG, in AP(II)/101/149.

130 AG, *Les Clés de Proust*, 33.

131 《高卢人报》（1880 年 5 月 26 日）：第 1 版。

132 Hillerin, op. cit., 223.

133 在他关于 EG 每次出现都如"女神"的论述中，AF 也强调她是塔利安夫人的后代，见 *Le Bal du Pré-Catelan*, 258–59。

134 Étincelle (pseud.), "Carnet d'un mondain,"《费加罗报》（1891 年 6 月 5 日）：第 1 版；引文又见 Bosc, op. cit., 77。

135 Santillane (pseud.), "Courrier de Paris",《吉尔·布拉斯报》（1883 年 11 月 24 日）：1。

136 Étincelle (pseud.), "Les Maréchales de la mode,"《费加罗报》（1884 年 9 月 1 日）：第 1–2 版。

137 Hillerin, op. cit., 203.

138 Étincelle (pseud. of Peyronny), "Mondains et *mondaines*,"《世界画报》（1891 年 1 月 10 日）：第 1 版。

短曲
鸟之歌

诗人，拿起你的竖琴；正是我，你那永生的
女神，我看见你今夜沉默有悲哀，
我好像是一只鸟，听见幼雏的呼唤，
为了和你一同哭泣，我从天空飞来。
　　　　——阿尔弗雷德·德·缪塞，《五月之夜》①

---

① 引自陈潆莱、冯钟璞译，《缪塞诗选》（北京：人民文学出版社，1960年），
　第74页。

伊丽莎白说公众的爱慕就像"无名之人大手的抚摸",平息了她的焦虑。[1] 在另一篇以她在蜜月中虚构的那个不快乐的新娘玛丽-爱丽丝·德·蒙泰伊昂之名所写的日记中,她写道:

> 年轻、美丽而迷人,感受自己支配他人的权力,真让人开心啊……我几乎想要为拥有这一天赋而感谢某个不知名的神祇了。而对自己来说,这又是多么令人愉悦的天赋啊!……无论我有任何焦虑和伤痛,我的镜子都会来安慰我。我看着自己的映像,看着自己的眼睛——我深知如何用它们蛊惑人心——我看着镜中的自己,总能找回良好的感觉。事实上,唯一让我心情糟糕无法自拔的,是我觉得自己状态不好,不够迷人的时候。[2]

她的罗贝尔舅舅认为萨拉·伯恩哈特是他的理想化分身,而伊丽莎白选择的分身却是她自己"迷人的"映像,通过公众、媒体、肖像画家和她的镜子反馈给她的形象。

不出伊丽莎白所料,费利西泰果然极力反对她的新晋名人身份,这位年长女人觉得这么做恶毒地冒犯了礼仪规矩。她提醒伊丽莎白,贵族女人的名字从她宣布婚讯之后就不该再出现在报纸上,直到她的讣告登出。

为了劝阻伊丽莎白在服装上的"夸张表现",费利西泰利用了她从贵族同伴们那里听到的一切负面评价。为满足费利西泰的目的,最有用的负面评价之一来自埃莱娜·斯坦迪什(Hélène Standish),伊丽莎白的这位表姐大她 13 岁,娘家姓德卡尔。埃莱娜一直被认为是城区最优雅的女人之一。有一个星期天，她来到费利西泰的沙龙，恰逢伊丽莎白在沙龙上展示一套新装束。[3]伊丽莎白很不高兴看到她（埃莱娜有个讨厌的习惯，总想抢她的风头），于是为了留住大家的注意力，便滔滔不绝地讲起那天上午往返教堂的路上有多少人向她投来赞赏的目光。说完，伊丽莎白假装伤感地叹了口气："唉，如果有一天街上的那些小人物不再驻足看我了，我就该知道自己的美丽一去不返了。""亲爱的，"埃莱娜从容应对，"要是你继续穿成现在这个样子，他们永远都会驻足看你的。"[4]

费利西泰是个没有多少幽默感的人，但她觉得埃莱娜的挖苦是她听过的最好笑的东西之一。她不顾自己制定的要维护家庭团结形象的规矩，忙不迭地把这句羞辱的话传得上流社会人尽皆知——她成功了。四分之一个世纪之后，马塞尔·普鲁斯特还在《追忆似水年华》的一版草稿中引用了它。

亨利看到妻子出名后，心情更加复杂一些。在某些信件中，他责骂她那些吸引眼球的时装，说它们损害了他的名誉：

> 我总是好奇，却始终不明白，一个智商和相貌都在中等之上的人怎么会堕落到如此地步，穿那些颠三倒四、乱七八糟的衣服，把自己弄得愚蠢而荒唐……我见不得自己的好名姓被这些古怪的戏服和丑陋的破布玷污。[5]

还有时他会指责孟德斯鸠诱惑她背离作为格雷弗耶子爵夫人本该追求的"平静的生活、隐秘的生活"："你宁愿跟你（舅舅）一起满城招摇，他只是想利用你满足他的虚荣心和不可抑制的想出名的渴望——为此付出任何代价也在所不惜。"

但亨利也并非一味地责备。有时他也在抱怨中掺杂一些恭维："你的帽子不合时宜，衣服也一样——我想看到你的眼睛闪亮，像碧（看不清）空中的两颗星——你根本不需要炫耀纤细的腰身。"[6] 有时则是毫不含糊的赞美。"我的思绪受到你的吸引，（渴望）在你的天空中驰骋，"他在一封没有署期的短信中写道，"（我）像一只被俘的爱情鸟，咕咕地向他的鸽子表达爱意，那只鸽子没有他的陪伴也能自由飞翔！"

亨利的喜怒无常起初让伊丽莎白很困惑。不过后来，她渐渐找到了他的刺激源：费利西泰一个严厉的眼神，某位妍头的一句挖苦[1]，多疑地想象贵族同伴们都在讥笑他"让"妻子抛头露面。反过来，其他人对她的评价偶尔也会激起亨利的爱意。从一开始，他就曾告诉她，他希望朋友们一看到她就说——"那个亨利真是个幸运的小子！他娶了全法国最美的女人！"[7] 多亏她设计巧妙的公开露面，如今外面流传的正是这句话。

伊丽莎白早期最直白的崇拜者包括布勒特伊，他仍然在责备亨利低估了她独一无二的魅力；罗贝尔·德·菲茨-詹姆斯伯爵在她首次出现在歌剧院舞会时就公然求欢（她赶走了他）；德·玛萨侯爵，这位上了年纪的花花公子和上流社会的盛典大师专门组织了一场烟花表演向"迪安娜-伊丽莎白"·格雷弗耶致敬，还就此主题写了一首十四行诗，把她与那位守护女神相提并论。[8] 另一位向她表达忠诚的交际家是将军德·加利费侯爵加斯东，这位功勋卓著的战争英雄因为在战场上受伤，肚子上还留着一块银板，令女人们着迷不已。虽然他曾因无情地镇压巴黎公社而

---

① 伊丽莎白设置了一个名为"亨利写来的讨厌信件"的卷宗，她为其中许多信件加了注解，诸如"他的情妇最近又肥了，所以忌妒我"。——作者注

得到了"克里希①的刽子手"的恶名，但在这可怕的名声背后，加利费有着顽童般的幽默感。[9] 他还是个嘻嘻哈哈的无耻好色之徒，常常公然挑逗伊丽莎白来激怒亨利。（亨利回击，称加利费是"老酒鬼克里希杀手"。[10]）弗朗索瓦·奥廷格（François Hottinguer）就没那么过分，这位沙黄色头发的瘦削交际家是布德朗森林发起人中唯一的单身汉。他是自己家族银行的高级合伙人，和伊丽莎白一样喜欢文学，因而与她展开了暧昧的通信，亨利似乎一直蒙在鼓里。[11] 不过奥廷格一见伊丽莎白就盯着她发呆，他对她的爱意已经是圈里公开的秘密了。最后，伊丽莎白最荒谬的社交圈情郎当属埃德蒙·德·波利尼亚克亲王（Prince Edmond de Polignac），这位性情古怪的作曲家和美学家自称是自己所在阶级中的败家子。他对伊丽莎白的着迷源于他们共同的音乐爱好，上层之人还从未见他有过那么狂热的激情；众所周知，他的性爱品位与女人无关。

除波利尼亚克之外，这些男人都是（探究）女性魅力的行家里手，因此亨利虽然讨厌加利费，却也很重视他的意见。和他收集的善本书籍和珍贵艺术品一样，妻子的魅力也因其显然很高的艺术价值而令他高兴。他喜欢人们说他拥有最好的一切。

在极少数情况下，另一个男人对伊丽莎白的赞美不但会让亨利充满自豪，还会激起他的情欲（或者说因自豪而起了贪念）。格雷弗耶夫妇婚后两年半，社交圈传言，亨利自新婚之夜后从未进过伊丽莎白的卧室——或者说她从未给他开过卧室的门。这样的猜测似乎与夫妻俩一直没有孩子有关，要知道他们急需给格雷弗耶家族的头衔和财富生一个继承人。不过与人们假定的二人

———————

① 克里希（Clichy），指巴黎市区西北部的克里希广场。

禁行婚姻义务同样值得注意的，是该禁令解除的时机。1882年
3月19日，伊丽莎白和亨利的第一个也是唯一的孩子埃莱娜降
生了，时间恰逢伊丽莎白公开诱惑威尔士亲王的那场舞会之后九
个月。这表明看到妻子居然令伯蒂魂不守舍，亨利也对她另眼相
待，伯蒂可以说是那个时代最高调（也是头衔最高）的风流情种
了。洛尔·德·舍维涅大概会说，没有什么比设想某位亲王的迷
恋更让一个贵族的心狂跳不已了。

然而亨利的心并没有狂跳太久。发现贝贝斯怀孕之后，他好
久没有回德·阿斯托格街；她抱怨说仿佛"他（在）躲一个传染
病人"。[12] 他消失了好久，以至于伊丽莎白开始担心他是不是在
离家期间跟别人结婚了。（几十年后，她会发现自己的这一担心
不无道理。）亨利最恶毒的时候往往会说伊丽莎白不是"真正的
格雷弗耶夫人"——他的某一位（或多位）情妇才是。

当时，他有三种不同类型的羞辱是专为她预备的。伊丽莎白
在妊娠中期对米米说，她刚刚收到"一封很奇怪的信"——一封
匿名信，在接下来的50年，她从亨利的情妇们（有时是亨利本
人，那是他特别想激怒她的时候）那里收到了数十封这样的短
信。[13] 那封未署名的信上写满了错别字、威胁和下流的俚语，说
亨利根本不爱她，他鄙视她的家族，觉得她瘦得让人讨厌［"你
的（原文如此）就是一麻袋骨头，对吧大姐"］，还说她的床上
功夫满足不了他。

结婚近三年后，看到亨利在外通奸的证据并没有让伊丽莎白
吃惊，令她吃惊的是除了对她不忠之外，他居然还在她的情敌们
面前侮辱她。他素来嚷着要装门面、做样子，却在背后毫不犹豫
地诽谤伊丽莎白。她又一次陷入了沮丧。"我曾经感觉到的爱情
已先我而死"，她在一封没有编号的日记中写道，纸页上沾满了

泪痕。"它被杀死了,躺在我面前的坟墓里。"

他们的爱已死,但伊丽莎白却动弹不得;虽然法国 1884 年就已经宣布离婚合法化了,但在她那个阶层,离婚仍是个抹不掉的污点。如果她离开亨利,就会给自己和孩子带来不尽的羞辱。何况如果没有他,伊丽莎白就不名一文,他从没有停止过提醒她这一点。"是我的好名姓在养活你",他会愤怒地说,他说的"养活"的确是字面意思。一天,伊丽莎白和吉吉回德·阿斯托格街吃晚饭时晚了几分钟,亨利就对厨房的人说:"不要给那两个骚货任何吃的!让她们饿死吧!"伊丽莎白写道:"这样不间断的吵闹让我因羞愧而脸红。假如我不必担心丑闻,会有勇气离开这里吗?"[14] 答案永远是否定的。

怀孕很艰难;伊丽莎白觉得肚子里有"一群大老鼠小老鼠"在啃噬她。[15] 她唯一的安慰就是毫无道理地坚信自己一定能生个男孩。她幻想着一旦"给"丈夫和婆家一个男性继承人,他们就会感激她留住了这个好名姓,如此就能对她好一些了——亨利是格雷弗耶家族的独苗。"如果是个女孩,我连看都不想看她一眼,你可以直接把她带走,"她对承诺她生产时来巴黎陪她的米米说,"我的荣辱全在此一举了——必须是个男孩。"[16]

她生下的却是个女孩。仿佛那还不够糟,小埃莱娜长得像极了亨利,那双突出的蓝眼睛和过大的鼻子更像费利西泰。虽然米米暖心地安慰她说婴儿大一点儿就会好看了,但伊丽莎白还是担心会发生最坏的情况。六个月过去了,仍不见女儿的相貌有什么改善,她简短地写道:"我看不出埃莱娜在变好看。"[17]

伊丽莎白本人则进入了全盛时期,坐完月子,人人都说她比以往任何时候更加迷人了。米米在巴黎住了很长时间,对伊丽莎白的"抑郁状态"产生了奇效,让她浑身上下散发出新的魅力光

伊丽莎白唯一的孩子埃莱娜长得很像亨利家的人

彩，她决定要好好利用一番。从现在起，她准备走进有人欣赏自己的地方——社交圈了。"我承认，"她写信给米米说，

> 我要大摇大摆地走进去。既然有了美女和才女的名声，我要让男人对我献点儿殷勤了。与其永远吹毛求疵，怪（亨利没有）回报我的投入、我的努力乃至我的爱，怪他为何宁愿躲开我，跟那些连给我提鞋都不配的女人们厮混……（我已经决定）过自己的生活，让自己光芒四射。[18]

埃莱娜出生后，伊丽莎白养成了引诱其他男人爱上她的习惯，她余生一直保持着这个习惯。正如她的传记作家洛尔·伊勒兰（Laure Hillerin）指出的，亨利早已"暴露出他自己与（伊丽莎白）渴望的一切，与她那颗渴望爱、热爱美的灵魂所冀望的一切截然相反"。[19] 为了获得补偿，她打算赢得男人们的心——甚至走出了最早那批求爱者的圈子，全然不顾他们是不是和她一样头衔尊贵、精神崇高了。

她追求这一目标的方式往往会暴露她的短处：她过分守礼、过分自信、唯我独尊，而且天真得近乎孩子气。伊丽莎白只想激发男人对她的美丽的最纯洁、最高尚的情感，以为他们不需要任何回报。她希望他们都是她梦想中的豪侠人物：月光骑士和穿绿衣的白马王子。在她的想象中，自己的生命将因他们的崇拜而变得神圣，会成为一件艺术品，这是她丈夫（"我的唐璜""我的浮士德"）明确拒绝参与的童话般的浪漫传奇。

伊丽莎白为这一角色试探的第一个候选者是 60 岁的德·欧马勒公爵亨利·德·奥尔良（Henri d'Orléans），他是国王路易－菲利普的第五个儿子，也是巴黎伯爵的叔叔。在所有的奥尔良亲王中，德·欧马勒是法国公众觉得最有魅力的一个，或许是因为人们认为他同情共和派，因此，他还算是个民族英雄。伊丽莎白初次见他是四年前在她的婚礼上，他的出席表明法国王室的那一支对格雷弗耶家族非常重视。她好奇地听说公爵还是法兰西学术院的成员，他能入选是因为拥有大量珍贵的艺术品收藏和三万册藏书。

自那以后，伊丽莎白和德·欧马勒在许多社交场合有过交集。但她似乎直到 1884 年秋，才第一次把寻找情郎的目光落在他身上，那年他邀请她和亨利到自己位于布德朗森林附近的尚蒂伊庄园参加打猎聚会。理论上，德·欧马勒似乎恰是那种能满足伊丽莎白绝望地"需要成就感"的男人。他既有王室血脉的荣耀、战士的英勇（他的确曾在阿尔及利亚英勇作战，后来还当过那个国家的总督），又有个人悲剧的传奇气质（他的妻子和七个孩子全都先他而死），还是个很有文化权威的"不朽者"。

然而近看之下，公爵并没有这些光环。[20] 伊丽莎白和亨利到达尚蒂伊打猎时，主人看上去比 60 岁还要老。几绺稀疏的白发从他黑色的天鹅绒骑手帽下面伸出来，那一撮纤细的白色山羊胡子还是更适合长在真正的山羊而非一位有王室血统的亲王脸上。德·欧马勒那张瘦削的脸被阿尔及利亚的阳光晒得像动物皮革一样粗糙，脸上沟沟壑壑，因为他不停地抽烟，所以身上有浓重的烟草味道。他的声音沙哑而刺耳，据同代人说，那是因为"多年下达命令"才"变得粗糙"的。[21] 和他的表兄尚博尔伯爵一样，他走路也跛着一只脚。公爵关于自己跛脚的玩笑——"我年轻时有柔软的四肢和挺直的身体，现在只有僵硬的四肢和瘫软的身体啦！"[22] ——大概会让亨利五世（和洛尔·德·舍维涅）乐不可支，却让伊丽莎白不知所措她期待的理想人物可不是这样的。

这个愚蠢的笑话暴露了德·欧马勒的智识水平有限。他收藏的油画和素描在全法国位列第二，仅次于卢浮宫；藏品包括拉斐尔的《美惠三女神》、乔托[①]的《圣母之死》以及列奥纳多《蒙娜丽莎》的一份裸体预备草稿。然而在领着客人们参观画廊时，他的愚钝再度体现出来：他现场评论的总是前一幅画作。举例来说，他跛行到一幅画着明媚阳光下的绿色橡树的画作跟前，缓慢庄重地说："看那白茫茫的雪地，如死神一般毫无血色。"[23] 他以为自己正在解说挂在橡树画旁边的杰洛姆[②]所绘的雪地决斗场景呢，但公爵毫无察觉。他的解说脚本是提前背下来的。

伊丽莎白不知道的是，事实上不满是双方面的。她在尚蒂伊

① 乔托·迪·邦多纳（Giotto di Bondone，约 1267-1337），意大利画家与建筑师，被认为是意大利文艺复兴时期的开创者，被誉为"欧洲绘画之父""西方绘画之父"。在英文中对他的称呼和中文一样，只称他为乔托。

② 让－里奥·杰洛姆（Jean-Léon Gérôme，1824-1904），法国历史画画家。在十九世纪中后期印象主义风行法国甚至全世界之时，法国也存在着另一股逆流，即坚守学院派的古典主义，让－里奥·杰洛姆就是其中之一。

COLLECTION FÉLIX POTIN

DUC D'AUMALE

德·欧马勒公爵，奥尔良派国王路易-菲利普之子，吸引了伊丽莎白的兴趣，将他看作一个有潜力的追求者

的第一晚，晚餐时还像平常一样得体，穿一件合身的白色晚礼服，在颈背处戴一朵硕大的白色百合花——这是向主人的百合花家徽致敬。德·欧马勒虽然开玩笑说自己不举，却素有讨女人喜欢的名声；他还有个长期的情妇，两人相处甚欢。他对伊丽莎白没有不良企图，却如条件反射一般，殷勤赞美她戴着那朵白色的家徽："夫人，您戴上这个就像个仙女。"但她会错了意。这恰是她希望听到的回应。她还没来得及鼓励公爵继续恭维，亨利就快速走过来抓住她的肘部，狠狠地捏了一下。"怎么了贝贝斯，你在搞什么鬼？"

亨利的干预让伊丽莎白下定决心无论如何也要跟王室成员调情,哪怕只是为了鄙视他虚伪的占有欲。他们在尚蒂伊剩下的时间里,她动用了所有手段企图征服公爵,却没能成功。德·欧马勒一定后悔说她像"仙女",因为他接下来的三天都在佯装无视她的扭捏作态,避开她的暗送秋波。拜访结束时,德·欧马勒看到她离开,大松一口气。"格雷弗耶夫人是一朵很容易变成爬藤的百合花。"他对自己的朋友、巴黎著名银行家埃德蒙·茹贝尔(Edmond Joubert)说。[24] 上流社会可是个名副其实的流言工厂,这句话很快就传到了伊丽莎白的耳朵里——古怪的是,居然是洛尔·德·舍维涅说给她的,洛尔的夫家跟茹贝尔有点亲戚关系。不过如果洛尔希望这句引言刺痛伊丽莎白,她可要失望了。伊丽莎白觉得这是一句恭维话,骄傲地命令秘书把它抄下来,归入了

德·欧马勒公爵位于布德朗森林附近的尚蒂伊城堡是法国顶尖的猎场之一

一个名为"敬辞和赞美"的卷宗。

尚蒂伊之后，伊丽莎白与另一位著名的法国亲王开启了一段更成功的风流韵事。这段关系的催化剂是1883年春，埃莱娜刚出生那段时间，她突然收到的一封电报：

> 昨天上午在皇家路上，一个酷似女王的美丽身影穿着那种不可思议的督政府时期的斗篷，让一个男人因为崇拜和欣赏而呆住了。每个人都在说着同一个词：非凡。这个男人后来对朋友们说的也是这个词，意思是优美、荣耀以及众人的敬畏。朋友们答道："笨蛋！你昨天才发现啊？"我想知道这位王室美人的名字，请帮帮我。——萨冈[25]

在那以前的超过四分之一个世纪，德·萨冈亲王博松·德·塔勒兰德-佩里戈尔一直是城区的时尚之王。能够吸引他的目光令伊丽莎白喜出望外，尤其是她还知道亨利厌恶此人。她在档案中的一张纸条上详细记录了亨利单方面与萨冈不共戴天的原因。在他与伊丽莎白结婚前几年，亨利曾与体态丰满的金发女演员布兰奇·皮尔逊（Blanche Pierson）有过一段私情，在她身上花了很多钱。[26] 他自以为他的慷慨足以换得布兰奇的忠贞。因此有一天他到（自己买给）她的公寓，居然见到她正在温柔地给萨冈洗脚，大为惊愕。亨利当场泪流满面，一生誓不原谅亲王在这场背叛中所扮演的角色。近十年后，每当亨利回忆起当时的场景，还会泪眼蒙眬："太可怕了！"他会抽泣着说："他可是来我家赴过晚宴的人！"[27]

伊丽莎白知道萨冈是妹夫奥古斯特·德·阿伦贝格的好友——事实上两位亲王还是表亲——便设法让德·阿伦贝格夫妇

在他们的沙龙里把他介绍给自己,亨利素来厌恶妹夫,千方百计不去参加他们的沙龙。(奥古斯特·德·阿伦贝格也一样讨厌这位内兄,自然十分愿意导演这场邂逅。)23 岁的子爵夫人与 51 岁的亲王在德·拉维勒-勒维克街一见如故。萨冈立即给伊丽莎白提供了一些他著名的时尚建议,把她带到克里德那里去对她的全套骑手服饰来了一番改头换面。[28]《吉尔·布拉斯报》谄媚地说起了这次改造:

> 格雷弗耶子爵夫人新做的狩猎服必将成为每个人追逐的典范:用墨绿色起绒粗呢做成的百褶窄裙长不过脚踝,里面

Le Prince de Sagan.

著名的时尚之王德·萨冈亲王成了伊丽莎白的时尚导师和专一的崇拜者

是白色的丝质灯笼裤，柔软的小牛皮靴子。上身是一件蕾丝镶边的香桃木色双排扣外套，上面有许多口袋；一件绒面革马甲；一件麻纱领；还有一顶圆边毡帽，帽檐上装饰着一束真正的石楠花。[29]

伊丽莎白愉快地欢迎萨冈进入她那个小小的亲信圈，激起了那个圈子中另外一位主要成员罗贝尔舅舅的强烈反对。孟德斯鸠在写给她的信中提到这位新对手时，引用维克多·雨果在拿破仑三世 1851 年政变之后那句浮夸的威胁说："如果我们中间还剩下一个人，那一定是我。"[①][30] 事情根本没到那一步，但他自那以后始终拒绝与萨冈同处一室。在伊丽莎白与亲王结交很多年后，孟德斯鸠在一个为了向他致敬而举办的午餐会上看到萨冈在座，仍愤然起身，拂袖而去。

孟德斯鸠的忌妒源于一个误解，他以为萨冈想取代他，成为伊丽莎白最信任的朋友和导师。其实，亲王是想做她的情人。萨冈在一连串炽烈的信件、电报和电话（1883 年德·阿斯托格街上首次安装电话）中表达的激情给她出了一个难题，因为伊丽莎白对他虽然没有爱意，却喜欢有他陪伴在侧。让亨利怒不可遏的是，她已经开始与亲王一起出入社交场所了（作为她妹夫的表亲，萨冈在理论上是她的亲戚，因此可以扮演合适的监护人角色），也享受与他同行所带来的声望。她兴奋地在每周四奥特伊赛马场的比赛开幕式上与萨冈和威尔士亲王一同站在王室的有篷看台上；萨冈凭一己之力在那里举办赛马，作为对上流社会每周

① "Et s'il n'en reste qu'un, je serai celui-là"：《追忆似水年华》中最可笑的一个段落就是，普鲁斯特也用这句名言表达了一位古板土气的外省贵族女人在看到"G***伯爵夫人"时的忌恨。——作者注

日的隆尚赛马会的义务性补充。她兴奋地在喜歌剧院里坐在他身旁的上座，他（同样凭一己之力）让每周二的预约之夜成为上层的礼仪。她兴奋地在社交专栏里看到自己的名字出现在他的名字旁边，向全世界宣布她与时尚之王的友谊。

萨冈虽然对艺术一窍不通，但他的好朋友夏尔·阿斯精通此道，他把阿斯介绍给伊丽莎白，三人一起去参观最新的画廊开幕式和博物馆展览。两个男人亲切而充满鼓励地赞美她对艺术的喜好，甚至在她自己的创作尝试中充当模特，不像亨利那样无情地不屑一顾。萨冈站在德·阿斯托格街的冬季花园里请她拍摄了一张照片，而阿斯则请她画了一张钢笔肖像画作为她美术课的作业。不过阿斯虽然英俊潇洒，却行踪不定，社交日程排得很满，伊丽莎白从来不清楚下次会在什么时候再见到他，萨冈则始终随叫随到。不管伊丽莎白想去哪里，总能请到他来陪伴，他曾说过她就是一位女王，总以侍奉女王之礼待她。

最重要的是，萨冈喜欢跟她讨论时尚，一聊就是好几个小

伊丽莎白学习了素描、绘画和摄影，朋友和家人常常被她用作模特，包括左图中的夏尔·阿斯

时，就细节提供自己的见解，诸如哪一种帽型适合她的漂亮脸型、或者裙子如何裁剪才更能突出她的优美身段。讨论她的"美的实验"似乎从来不会让他厌倦。（或许他很欣慰不必就与服装无关的话题搜肠刮肚。）偶尔，亲王会稍稍越过边界，惊呼她的美貌"把他逼疯了"。但就连这温和的越界在伊丽莎白看来也是洒脱迷人的。萨冈从不会太过分，而她永远欢迎有人提醒自己魅力十足。

在所有这些方面，亲王都是伊丽莎白理想的追求者。"无论何时，我们都能对彼此心领神会，还不乏热情！"她在一篇题为《错误的邂逅》（"False Encounters"）的文章中写道。"你对我说的话就像一连串充满爱意的赞美。我们是一体的，因为你相信我的梦，而那也是你的梦。"然而遗憾的是，他们共同的梦是两人共同痴迷于她一个人的美——并非彼此吸引。与德·欧马勒公爵不同，萨冈才刚过五十，仍然活力十足，对爱倾心。但伊丽莎白虽然觉得他健美的身材和精心裁剪的衣装、十足贵族范儿的五官和那头浓密的白发让他鹤立鸡群，却对他没有肉体上的爱欲。在《错误的邂逅》中，她哀叹自己面临的难题不公平，反问道："哦，为什么你所在的身体无法吸引我，为什么我无法爱上你的身体？"[31]

伊丽莎白对萨冈的爱只是精神上的，为此她想出了一个解决方案，希望对他们两人都好。她对吉吉说，她决定用文字的方式与他调情，"让亲王因期待而激动不已"。[32] 不光是给他写信，她在接下来的几个月里还写了一份正式的敬辞，分期寄给他。她在那份文本中用理智而无性的方式回报了新朋友的爱。

伊丽莎白请布德朗森林附近一个镇上的印刷商把她写完的小册子印在精美奢华的卡纸上[33]，她在其中赞美了笔下之人传奇的时尚风度：

> 见之忘俗（impressionner）是那些超群绝伦之人所拥有的妙不可言的气质的明显特征，那种气质让普通人说："他"或"她""与众不同"。
>
> 他是巴黎城里最优雅的男人，总是穿一袭黑衣，绕颈缠着一条黑色的波纹丝带（一头固定着他的单片眼镜），沉稳中不失雅致，古朴里蕴含情调……
>
> 德·X亲王的单片眼镜是一个晴雨表，标注的是他所审视的女人的美丽级别。如果他把它紧贴着自己那只内行的眼睛，就表明他对（她）姣美的容貌十分满意。如果他干脆冷冷地放下它，你就能看出他对眼前这女人的容貌毫无兴趣。他的单片眼镜是个立法者，道出令人胆寒的最终判决。

表面上，这篇颂文只是在重复同时代每一篇描写萨冈的文字中都会提到的陈词滥调：他的优雅形象，以及他作为时尚领军人物的至上权威。伊丽莎白这篇颂词的与众不同之处，是她对自己亦不吝赞美。从小册子的第二页开始，她赞颂的就不光是"他"，还有那个"与众不同"的"她"，用的恰是她在《引领时尚的女人》中对自己所用的句式。她提到亲王标志性的单片眼镜（那是他本人引入时尚的男性饰品，他觉得戴眼镜太像资产阶级了）时，称它是用来欣赏女性"容貌"的。[34] 在她看来，萨冈最出众的标志既不是他著名的单片眼镜，也不是他同样著名的白发，而是他对女性魅力的鉴赏力。

在这部小册子的第二部分，伊丽莎白改变了重点。她援引祖父翻译的彼特拉克的诗，将萨冈写成一位殷勤的情人，为一位高不可攀的理想女性而深深着迷：

> 他总是跟在她的身后，关注她的内心，服从，而从不发号施令。如果担心自己会超越爱的界限（outre-amour），他甚至会保护她不受自己的侵犯！因为他首先也是最重要的角色，是一位豪侠仗义的绅士……他为这个美丽女人的美而对她心怀感激，一如对待艺术一样愉悦欢喜而毫无自私自利，只有真正的情人才会那么做。他崇拜高贵，尊重珍品。[35]

这些句子里透着明显的自鸣得意。如果说亲王是可敬的，那是因为他欣赏"她的"美，对"她"视若"珍宝"，甚至会"保护她"不受自己低级本能的侵犯，完全出于感激"她的"美好而放弃肉体的愉悦，他认为美好本身就是回报——"只有真正的情人才会那么做"。

如此一来，亲王这位"情人"就与虚构的德·蒙泰伊昂公爵和现实的格雷弗耶子爵截然相反了。伊丽莎白虚构的和现实中的丈夫都在婚床上罪恶地亵渎了妻子的贞洁，而萨冈却把他的情人当作偶像一样崇拜，那才是她应有的位置。正如伊丽莎白在自己的小册子中写到的，他是她的骑士理想，是她的白马王子，只不过没有身穿绿衣，而是在一套黑色的萨维尔街西装外穿一件白色的凸纹背心。

遗憾的是，伊丽莎白的档案中没有提到萨冈对这篇文章做何反应，但其后很多年，他一直忠实地、看似在精神上爱恋着她。她在生命即将走到尽头时曾对一位采访者说："德·萨冈亲王一直到死都崇拜着我。"这倒不一定是真的：萨冈1897年中风了，余生都处于瘫痪状态，无法说话。但在这一悲剧发生之前，他似

乎接受了伊丽莎白的小册子为他们的友谊开列的条件。他安于
以"不乏热情的心领神会"爱着她：一种突出风格而欠缺性欲的
感情。超出此界的一切都会让伊丽莎白觉得受到"玷污"而离开
他。正如她在另一篇文章中所写的，"资产阶级的肉欲"为她所
不齿。

或者起码她是这么想的，直到另一位亲王的出现，彻底改写
了她两情相悦的无性之爱的脚本。

伊丽莎白1884年夏天初遇他时，被法国人称为让·博尔
盖塞亲王的堂·乔万尼·巴蒂斯塔·博尔盖塞（Don Giovanni
Battista Borghese）28岁，只比她大四岁。他皮肤黝黑、长相
英俊，有个很相称的绰号叫"罗马社交界的白马王子"[36]，虽然
个子不高，仪态却像猫一样轻盈优雅，因而伊丽莎白和吉吉在通
信中给他取了一个代号叫"黑豹"。[37] 乔万尼长着线条硬朗的下
颌、贵族式的瘦长体形、精心修剪的黑色络腮胡子，还有一双拉
罗什富科家族典型的锐利的蓝眼睛，这双眼睛长在她婆母和孩子
的脸上或许让伊丽莎白厌恶，长在他的脸上却异常迷人。他是费
利西泰那位闺名泰蕾兹·德·拉罗什富科的妹妹的儿子，是亨利
的嫡亲表弟。

乔万尼不仅母亲是贵族，他的父亲是第九代苏尔莫纳① 亲王
马尔坎托尼奥五世（Marcantonio V），因此他属于意大利和法
国贵族阶层的最高梯队。马尔坎托尼奥五世的母亲也来自拉罗什
富科家族，闺名阿代拉伊德（Adélaïde）；在罗马，有人说她毒
死了儿子的第一任妻子，以便为他和自己拉罗什富科家族的侄女

---

① 苏尔莫纳（Sulmona），意大利阿奎拉省的一个市镇。

泰蕾兹的婚姻铺平道路。[38]（这个家族就是有好战的家族精神，并非"座次"·德·拉罗什富科所独有。）如果这的确是阿代拉伊德的计划，那么她成功了：马尔坎托尼奥真的娶了泰蕾兹，两人生了九个孩子。乔万尼在七个儿子中排行倒数第二，与母亲极为亲近。据他的一位密友说："在所有的家庭成员和朋友中，他最爱的就是母亲。"[39]

博尔盖塞是一个双文化和双语家族，虽然在法国有很深的渊源，他们大多数时间却住在罗马，有时住在台伯河畔的博尔盖塞宫（Palazzo Borghese），有时住在博尔盖塞庄园，那是西班牙阶梯①以北的一处占地148英亩的庭院，里面保存着他们传说中的艺术藏品。虽然传说他们极为富裕，但博尔盖塞家的大部分财富都是土地和艺术之类不可变现的资产。为了保持偿付能力，马尔坎托尼奥和他的长子及继承人保罗开始涉足罗马的投机性房地产开发项目。不到十年后，这些计划将以丑闻告终，整个家族被推向财务破产的边缘。[40]

乔万尼还年轻，不急着成家立业，他也不必着急，因为已经有四个哥哥给父母生下了继承人。但因为英俊迷人，家世良好，他自然成了罗马的媒人们争抢的目标，在巴黎也一样，只不过（因为他不常来巴黎）没有那么热烈罢了。为了躲开这些爱管闲事的人，他决定周游世界，起点就是1883年作为罗马教廷代表团的一员赴莫斯科参加沙皇亚历山大三世的加冕礼。理论上只有

---

① 西班牙阶梯（Spanish Steps），位于意大利罗马的一座户外阶梯，与西班牙广场相连接，山上天主圣三教堂就位于西班牙阶梯的顶端。西班牙阶梯无疑是全欧洲最长与最宽的阶梯，总共有135阶，是法国的波旁王朝用法国外交官的遗产资助梵蒂冈在1723—1725年建造完成的。

不久将成为保加利亚摄政王（和后来的沙
皇）的费迪南亲王是个喜欢卖弄的怪人，是
乔万尼·博尔盖塞的好朋友

堂·乔万尼·博尔盖塞是个狂热的探险家，
资助并参与了 1880 年的一次穿越中非的
探险

高级教士才有资格享受这一殊荣，但自从他们的祖先保禄五世 ①
出任教宗以来，博尔盖塞家族在梵蒂冈一直有着很大的势力，乔
万尼入选代表团就是证明。根据教宗的命令，乔万尼被授予马耳
他骑士团的荣誉爵士之位，马耳他骑士团是一个主权宗教骑士
团，人称"教宗侍卫队"。②41 带着这一头衔，乔万尼加入了教
宗的莫斯科远征队。

鉴于"全俄国的沙皇和独裁者"当时掌握的权力无出其右，
乔万尼参加这次帝王加冕典礼也间接让国内的众人高看他一分；
无论在罗马还是巴黎，鲜见哪位贵族受邀参加这次加冕礼。他
也因为在莫斯科期间结交的王室友人而提升了自己的社会地位：
费迪南（福克西）·德·萨克森 - 科堡亲王 [Prince Ferdinand
(Foxy) de Saxe-Cobourg]。42 费迪南 1861 年生于维也纳，
属于萨克森 - 科堡和哥达的军官那一支系，与全欧洲的大多数
王室都有血缘或姻亲关系——甚至与少数拉丁美洲王室成员也
有关系。他的母亲克莱芒蒂娜·德·奥尔良王妃（Princesse
Clémentine d'Orléans）是路易 - 菲利普所有的孩子中最坚定、
最有抱负，据说也是最聪明的。传说从费迪南的孩提时代起，母
亲就谋划让他登上王位（不管哪国的王位）了。

年轻亲王的德·奥尔良血统和庞大的王室表亲网络让他成为
巴黎社交圈无尽幻想的对象。然而由于他住在维也纳，上层关于
他的大多数消息都是谣言，乔万尼的巴黎朋友们指望他来证实那
些谣言——如果能添油加醋，就更好了。乔万尼言行谨慎，很少

---

① 保禄五世（Paolo V, 1550-1621），原名卡米洛·博尔盖塞，为博尔盖塞家
族成员之一，于 1605 年到 1621 年出任教宗。

② 该骑士团最恶名昭彰的团友就是德·萨德侯爵，他加入骑士团不是想为教宗
服务，而是因为传说在那里可以方便地跟其他成员鸡奸。——作者注

说长道短，更不会为了逗同伴一乐而编故事。不过他确实驳斥了某些对好友的恶意毁谤，诸如有人说费迪南崇拜撒旦，还有人说他整日盯着卡布里岛上的年轻水手。

还有些得到乔万尼证实的传言不那么下流，诸如费迪南没有来由地怕马（虽然他在奥匈帝国骑兵队的职衔很高），还有他"女里女气的"着装风格。[43] 被维也纳同胞称为"女人费迪南"的他涂抹化妆品，穿女士胸衣，戴名贵珠宝；有一次参加英国王室葬礼时，还戴了一顶他自己设计的桃红缎子头巾帽。此外，他到哪儿都带着一条哼哧哼哧的浮夸巴哥犬"布比"，得意地说那是他的表姐维多利亚女王送给他的礼物。费迪南不知道的是，女王根本受不了他，把布比送给他也绝非出于善意。

关于费迪南，最精彩的故事跟他痴迷王室徽章有关，那和宝石、蝴蝶和异鸟并列为他的几大收藏。[44] 在莫斯科参加加冕礼期间，沙皇亚历山大三世授予外国贵宾荣誉勋章。费迪南收到圣亚历山大·涅夫斯基勋章 ① 后，把他（特别显眼的）鼻子翘得老高，说他想要象征着更高荣誉的圣安德烈勋章 ②。全俄国的独裁者被他的无礼激怒了，高声答道："那个小王子连圣亚历山大勋章都不配戴！"[45] 费迪南带着他那个次一等的勋章溜走了，但沙

---

① 圣亚历山大·涅夫斯基勋章（Order of Saint Alexander Nevsky），得名自古代罗斯的统帅和政治家，最早由俄罗斯帝国女皇叶卡捷琳娜一世在 1725 年颁授，用以表扬对国家有杰出贡献，主要是政治或军事功勋的俄国市民。

② 圣安德烈勋章（Order of Saint Andrew），第一受召使徒圣安德烈勋章是俄罗斯联邦及俄罗斯帝国最高等级的勋章。此勋章由沙皇彼得大帝于 1698 年设立，致敬圣安德烈，即耶稣的第一个使徒和俄罗斯的主保圣人。勋章只有一个等级，仅用于奖励最突出的民事或军事贡献。在被苏联废除后，俄罗斯于 1998 年重新设立其为最高级勋章。

皇从没有原谅过他的粗鲁无礼。

虽然有很多古怪的癖好，但喜欢费迪南的人都会欣赏他聪明、对世界充满好奇心，而且极有修养。他是个勇敢无畏的探险家，走遍了欧洲、非洲和美洲。1879 年，他曾与哥哥卢德维格·奥古斯特（Ludwig August）一起环球航行，两人在巴西海岸有一些著名的植物学发现。[46] 乔万尼和费迪南一样喜欢出国旅行。沙皇加冕礼三年前，他加入了第一批从东到西穿越非洲的欧洲探险家队伍，用自己的积蓄资助这次旅行（因此地理学文献中将这次探险命名为"博尔盖塞远征"）。[47] 正如乔万尼后来对伊丽莎白解释的那样，就连久经考验的探险家也曾警告他们，万万不可从西到东穿越非洲。

乔万尼和他的两个意大利旅伴佩莱格里诺·马泰乌奇博士（Dr. Pellegrino Matteucci）和阿方索·德·马萨里队长（Commandante Alfonso M. Massari）决心证明既有观念是谬误，于 1880 年 2 月从红海港口萨瓦金①出发了；他们的目的地是大西洋沿岸的几内亚湾。在其后 13 个月里，他们步行或骑骆驼向西南横穿苏丹。行至达尔富尔时，整个旅行只走完了五分之一，乔万尼收到了母亲的一封电报。她称自己得了重病，恳求他立即回罗马。[48]（罗马的传言后来推测说，泰蕾兹王妃命令儿子回国时身体很健康，只是想让作为天主教亲王的儿子远离疯狂的伊斯兰世界的威胁。[49]）他的两个同伴在他离开后完成了远征。马泰乌奇在那不久以后死于黄热病。

/ 259

① 萨瓦金（Suakin），苏丹东北部港口城市，位于苏丹港南部红海海岸。始建于 12 世纪，13 世纪初一度成为非洲红海沿岸最重要的港口，并成为渡海前往麦加朝圣的重要口岸。16 世纪被土耳其人占领后逐渐衰落。1821 年被埃及占领。

1884 年，伊丽莎白和乔万尼初次见面是在德·盖尔芒特城堡参加两人共同的一位亲戚的葬礼上

　　乔万尼离开非洲之前，努佩①苏丹送了他一个特别的纪念品：一张大猎物的兽皮。各类第三方叙述对这张兽皮的解释不一，有人说是金钱豹皮，有人说是黑豹皮。[50] 这个令人难忘的纪念品大概和乔万尼如猫一样优美轻盈的姿态一样，是伊丽莎白和吉吉为他取那个代号的灵感来源——特别是他可能曾把这张毛皮作为礼物送给她，她在野兽舞会上的装束或许能证实这一点。想想她在那场舞会上的装束模仿的是列奥纳多的《施洗者圣约翰》肖像，"施洗者圣约翰"的意大利语正是"乔万尼·巴蒂斯塔"，她在那次舞会上穿戴的金钱豹皮很可能就是乔万尼的。那次的豹皮装束明显不同于她以前的女王装束，大概就是以隐秘的方式向她最

---

① 努佩（Nupe），西非尼日利亚民族。主要分布在卡杜纳河两岸，从尼日尔河的布萨滩到贝努埃河与尼日尔河汇合处。努佩人早在 16 世纪就已建立王国。18 世纪曾受奥约人的约鲁巴王国统治，19 世纪中叶又遭北部富拉尼人的索科托王国侵袭，并传入伊斯兰教。

近的白马王子致敬吧。

那场迷恋始于 1884 年 7 月，她和乔万尼是在他和亨利的一位母系远房亲戚、两度丧偶的八旬老人皮科·德·当皮埃尔伯爵夫人（Comtesse Picot de Dampierre）的葬礼上认识的，伯爵夫人闺名欧内斯廷·普朗德里·德·盖尔芒特（Émilie-ernestine Prondre de Guermantes）。[51] 在巴黎开了一场追悼会后，葬礼在盖尔芒特城堡的家族教堂地窖里举行，那座路易十三时期的城堡位于塞纳－马恩地区，砖石外立面，双重斜坡屋顶。

已故的欧内斯廷在该地区是出了名的放荡不羁、尖酸刻薄。如果她觉得神父讲道的时间太长了，就会在专属于盖尔芒特家族的教堂长椅上尖叫："够了，神父！闭嘴吧，神父！"[52] 一次她去参观罗斯柴尔德家族 1850 年代建起的奢华城堡费里埃时，对主人们脱口喊道："这地方就是个精品店嘛，我家那个才是城堡！"[53] 参观附近的另一个庄园时，因为主人是个富有的可可商，她就称呼主人为"可可男爵"，还不停地叫唤："可可！可可！"[54]

在欧内斯廷的拉罗什富科亲戚看来，这些粗鲁话都恰如其分地表达了她的地位尊贵；他们认为，她作为一个位高年长的贵妇人，有权鄙视比她地位低下的人。她在盖尔芒特城堡的教堂下安葬之后（她是世上最后一个拥有该姓氏的人），整个家族深情回忆欧内斯廷，对她的离世充满惋惜之情。不过伊丽莎白和乔万尼都不认识她，两人对家人的追思都没有多大贡献。他们变成了谈话的边缘人物，就自然而然地彼此吸引了。

另一个共性大概就是已故的欧内斯廷曾经充满优越感地与费里埃相提并论的城堡居然如此邋遢，让两人都觉得好笑。[55] 乔万尼作为拥有全世界最大私人艺术收藏的家族的子弟，和伊丽莎白一样热爱和欣赏美丽的东西（"对他来说，美才是真正的宗教"，她赞许地写道），盖尔芒特家毫无美感，到了近乎滑稽的地步。老鼠已经繁衍了若干代，一直在啃食接待厅里悬挂的那些油画，那间 31 米长的画室天花板上的壁画不过是 20 年前画上去的，却已经积了厚厚的一层污垢。仆人们用的扫帚直接用楔子挂在 17 世纪的护壁板上，吝啬的欧内斯廷在餐厅的墙上铺的是仿科尔多瓦革的廉价墙纸。

乔万尼种种智识上的兴趣也很吸引伊丽莎白。他是个运动健将，却跟她认识的大多数人相反，更喜欢读书而非打猎。他如饥似渴地读了大量小说、诗歌、历史、宗教和哲学作品，对这些领域的话题都能侃侃而谈且很有见地。（马塞尔·普鲁斯特是 1890 年代中期与乔万尼交好的，他曾说后者是非常健谈的人。）乔万尼最喜欢谈论的话题是文学，他梦想着有一天自己也能成为一名作家。他对伊丽莎白说，他希望有一天至少能迁居巴黎，加入艺术家联盟组织，顾名思义，那是男士俱乐部中最有艺术气质的。[56]

在这些方面，乔万尼的感受力也跟伊丽莎白十分投契，没过多久，她就断定两人是灵魂伴侣，被一种看不见但不可否认的电流击中了。他们在盖尔芒特城堡的那段时间，每天只要想到即将见到他，她的期待就强烈得近乎疼痛。在亨利、费利西泰和其他家庭成员面前，伊丽莎白小心地掩饰着自己的激动。谈到乔万尼时，她彬彬有礼，装出冷静、庄重的中立态度。她想："社交圈创造了一套现成的语言，来自该阶层的人必须使用那套语言……它掩盖了所有的情感，不管是最冷漠的无动于衷，还是最真诚的温情爱意。"[57] 然而在与乔万尼交谈时，她觉得那种束缚竟也能制造出它自己的刺激：

当你用冷冷的得体语言去掩盖一种强烈的情感，它一听就是假的、完全相反的，由此而可爱又慌乱地支支吾吾竟然比最热烈的语词更令人喜悦。

伊丽莎白相信他能读懂每当他在场时她总是出错，慌乱地期期艾艾；她相信他懂得在他们两人之间，闲聊绝非无聊之举。

他们在一起的时间很快就结束了。（"我们每次随意聊到那些平庸的事物和我们热爱的事物时，"她写道，"时间总是过得飞快，像是跟我们作对。"[58]）整个家族在盖尔芒特庄园的团聚结束后，乔万尼和母亲一起回到意大利，而伊丽莎白与亨利和埃莱娜一起去诺曼底的海滨度假胜地迪耶普度假。格雷弗耶一家人住豪华的皇家酒店（Hôtel Royal），该酒店在宣传中称是全世界最昂贵的酒店，整个八月，他们一直住在那里。[59]

德·萨冈亲王和埃德蒙·德·波利尼亚克亲王都住不起这家酒店，但两人都急于重新进入伊丽莎白的生活圈，不久也分别在那里下榻了。亨利和往常一样找到了其他的乐子，她就和两位亲王一起沿木板路散步（这里就是上层夏季期间的金合欢路），带埃莱娜到酒店的私人沙滩上去看海鸥。

这期间，她一直想念着乔万尼。整个夏天，以及随之而来的秋冬，她给他写了很多语气亲密、倾诉衷肠的信，讲述她不幸的婚姻和"她沉重的个人负担"。她对他说自己多么渴望逃离；多么羡慕玛丽·德·迈利－内勒（Marie de Mailly-nesle），这位年轻优雅的名媛离开了不负责任的丈夫，与一位温雅自信的波兰歌剧演员私奔了——伊丽莎白写道，从那以后，她看上去"容光焕发"。

乔万尼回信的态度摇摆不定。在某些信中，他听起来和伊丽莎白一样备受煎熬，用抒情的语气写他们的通信让他多么开心、多么陶醉。他有一次对她说起一个孤独的冬夜，他的"心绪变得和天空一样阴郁冰冷"[60]时，一个来自布德朗森林的信封到了，散发出"我永生难忘的愉悦香气"，他的忧郁在"耀眼的光辉中"一消而散。[61] 但有时他给她的印象是被她的过于强势吓着了。看到她热情地讲述玛丽·德·迈利－内勒的丑闻时，乔万尼似乎担心伊丽莎白想把这事作为他们两人效仿的范例。他在回信中敦促她忘了自己：

> 我亲爱的朋友，不要为了我而折磨自己——我觉得自己越来越成为你的心病，想到你的负担本已过重，我于心不忍……我请求你，不要再想我了——抱怨生活是没用的，虽然我的生活中也有难处，我也有过机会，其他人知道如何将它们变得对自己有利，而我却并没有从中获益……那位"容光焕发"的M（玛丽·德·迈利－内勒），她【比我】坚强、勇敢，知道在面对牺牲时如何充分利用机会……对她的勇气担当，生活理应回报她以快乐。不要担心我，我不配；我从不知道如何从"我的语言引发的行动"中获益。[62]

乔万尼祈求两人保持距离，但没有得到他期待的结果。伊丽莎白从小习惯了被人追求，她对自己说，他的退缩只是在表达过于浓烈的爱意。正如她与德·欧马勒公爵那场失败的调情所表现的一样，百合花变得比爬藤还缠人。她继续接二连三地给乔万尼写信，诉说自己对婚姻的不满和对爱情的渴望。她给他寄去了自己的几张照片（包括纳达尔拍摄的那张她身穿"T.T."服饰的肖像），也得到了他的一张照片作为回报。

看到乔万尼继续写来心乱如麻的信，伊丽莎白对他的感情更

玛丽·德·迈利-内勒与歌剧演员雷什克私
奔，成为上层的一桩丑闻

加强烈了，无意中还有了些色情蕴含。她在亨利的图书室里看
到了夏尔·佩罗的《鹅妈妈的故事》（*Tales of Mother Goose*，
1697）的 1864 年版本，用红色的摩洛哥革装订而成，插图用的
是画家居斯塔夫·多雷 ① 所画的诡异似幻的版画。其中一幅版画
一下子吸引住了她：一个身穿舞会长袍的女孩在夜里沿着一段
楼梯走出城堡。这幅插图让伊丽莎白有了唯一一次有记录的性幻
想，她把那种幻想变成了一个残缺不全的故事，主人公是她新虚
构的第二自我埃莱奥诺尔（Éléonore），这位勇敢美丽的少妇爱
上了一位英俊的王子：

/ 263

---

① 居斯塔夫·多雷（Gustave Doré，1832-1883），19 世纪法国著名版画家、
雕刻家和插图作家。

埃莱奥诺尔一到楼梯下面就能看到王子，王子将陪着她走进舞厅，透过魔法宫殿那些金光闪闪的窗户，便可以看到那里。

她到达舞厅时，音乐停下，所有的目光都转过来，看见她穿着那件缀满宝石的华服翩翩而过，人群窃窃私语，赞叹这位美丽而神秘的女人。

王子会看着他！一种甜蜜的激动击穿了她；她感觉到他在身旁，仿佛他们一起升入虚空。

然后，他们一起出去，走进了魔法花园。她的目光变得恍惚缥缈，耳中传来他甜蜜的耳语，与远处传来的旋律混在一起，然后……[63]

画面在这里中断了，但是根据手稿中一个注解的说法，在此之前，埃莱奥诺尔的"想象产生了一种肉体需求，（她的）身体盲目却又狂热地渴望那种肉体需求"。

伊丽莎白狂热而盲目的饥渴让她变得勇敢起来。她把埃莱奥诺尔文本的一个副本寄给了乔万尼，仿佛是为了挑战他有没有胆量承认这样的通信多么有伤风化，而激发她写出这些信件的渴望有多强烈。但他只是重申自己无法兑现"我的语言引发的行动"的警告，简略地说了句，"我们正在走入险境"。

尽管如此，伊丽莎白仍怀有希望，认为乔万尼本可以轻易中断两人的通信，但他没有。更有甚者，他利用她的埃莱奥诺尔故事梗概提了一个建议，使两人不但可以而且必须继续定期保持密切联系。乔万尼以她当年应付德·萨冈亲王的方式对待伊丽莎白，不能不说是因果报应：他试图把二人的友谊从"险境"过渡到看似安全的、无性的写作领域。

/ 264

在一封署期为 1884 年 12 月 1 日的长信中，乔万尼简述了他的计划：他希望伊丽莎白和他一起写一部小说。他对小说的情节还没有什么成熟的想法，但这个做法本身就让人激动。这将是一部书信体小说，内容是他和伊丽莎白（一）以小说的两位主人公、注定无法终成眷属的埃莱奥诺尔和热拉尔的名义；及／或（二）以他们自己的名义——但假装埃莱奥诺尔和热拉尔是他们认识的真实人物，是两个姻亲表兄妹可以无伤大雅地闲聊的人——写成的信件。[64] 不知道伊丽莎白是否警告过乔万尼说亨利喜欢随意翻阅她的私人文件。如果她警告过他，那么以第三人称写写他们的第二自我，对她和乔万尼两人都是一个重要的安全措施。

不过他随即指出，以埃莱奥诺尔和热拉尔的名义写作，以及写作这两个人的故事这"两重巧计"不光是为保护隐私，也是出于文学艺术技巧的考虑。在书稿中"注入一点神性的、活生生的现实"可以让他和伊丽莎白重塑真实与虚构之间的界线，他们的这一努力或许能对小说这种体裁产生意义深远的影响。伊丽莎白的埃莱奥诺尔片段启发了两人朝这个方向迈出第一步。现在乔万尼鼓励她继续走下去，让他也参与到这一文学旅程中。

> 你觉得这个主意怎么样？要是能像龚（古尔）氏兄弟那样一起写点什么，该多惬意啊！他们常常并肩坐在同一张桌子旁，在同一张纸上写作！……他们的合作模式至今无人模仿。……即便我们最终的作品有瑕疵，写作的过程也会很有趣，不是吗？还有，我们远隔千里，却可以通过这种方式，把自己生活中的点点滴滴变成有趣的文字给对方看，对不

对？……这难道不是奇迹，不是命中注定……让我们隐身于众目睽睽之下，继续保持联系？……在书店橱窗里看到（我们的书）——一本人人传诵的神秘的书，该多奇妙啊！……或许写作这本书要花很长时间；不过你看树上的鸟儿一根一根地衔来树枝，却仍然能在爱的季节里飞速地筑起爱巢！[65]

这一提议打动伊丽莎白有若干原因。首先，她喜欢两人组成创作搭档的想法。她一直笔耕不辍地进行秘密的文学尝试，只有罗贝尔舅舅一个读者已经让她觉得不够了。他起初曾积极鼓励她的文学创作，最近却对她的作品失去了热情。不久以前，她总算鼓起勇气把玛丽－爱丽丝的手稿拿给他看，却被他用一句刻薄话怼了回来："一个早熟的小女孩含混不清的叙事。"更糟的是，孟德斯鸠还建议她彻底放弃小说，试试保守谨慎一些的目标，比如说翻译他们的朋友惠斯勒的文章。在她拒绝了舅舅的建议之后，他又说一个作家必须掌握基本的技巧才能开始真正的艺术实践，"就像总得先练习弹音阶才能弹赋格曲吧"！这些话动摇了伊丽莎白对自己的文学天赋的信心；乔万尼的建议却起到了相反的效果，重新激发起她的自信和创作渴望。

/ 265

一想到她和乔万尼可能成为他们这一代人对埃德蒙和朱尔·德·龚古尔的呼应，伊丽莎白更是备感荣幸。1870 年朱尔去世之前，龚古尔兄弟共同写作了无数小说、历史和艺术评论作品，"坐在同一张桌子旁，在同一张纸上"写作，据说两人分开的时间从未超过一天。（埃德蒙和朱尔都不曾结婚，埃德蒙有"同性恋"嫌疑，而朱尔染上了梅毒。）时至今日，埃德蒙·德·龚古尔仍然是文学世界的幕后推手；事实上他也是孟德斯鸠毫无保留地表示尊敬的少数几位在世的作家之一。[66] 伊丽莎白能以龚古尔兄弟而非其他作家作为自己的榜样，将迫使舅舅承认她的天赋。即便她和乔万尼从未对外人说起过他们合作的小说，她确信待时机成熟，她一定会把它泄露给罗贝尔舅舅。那时他就不得不承认自己低估了她的艺术才能。

同样甚至更让她激动的，是乔万尼似乎给了她一个加深两人情感联系的机会。他提出把他们的生活写入作品，让她想起了像龚古尔兄弟一样有名，却是基于浪漫爱情而非手足之爱而展开合作的文学搭档：乔治·桑和阿尔弗雷德·德·缪塞。两位作家的书信为他们的爱情留下了激动人心的记录：这段婚外恋与两人的小说和诗歌一样令伊丽莎白着迷。似乎可以肯定地猜测，乔万尼也很熟悉这两位作家传说中的这个方面，毕竟他都能背诵这两位作家的作品了。几个月前，伊丽莎白曾写信讲述了她关于"和谐"的超凡力量的沉思。让她高兴的是，他在回信中引用了两句缪塞的诗："痛苦的女儿呵，和谐！和谐！／为歌唱爱情，天才创造了这个语言！"[1]67

这里引用的诗歌再次让伊丽莎白看到了乔万尼的感受力与她多么一致。但这次引用对她的意义更加重大，因为这是她较早甚或最早一次看到他提及爱情。这背离了上流社会语言冷静得体的规范，即便不算出格，也似乎证实了她那么渴望相信的东西：他们深深地被彼此吸引着，两人共有的对艺术的痴迷只是那种内在情感的延伸而已。以同样的逻辑推断，乔万尼设想的文学项目也将认可和加深这一双向的情感纽带。

他的两只鸟儿"在爱的季节"共筑爱巢的比喻，更为伊丽莎白的这一理论添加了底气。他用这样的类比，除了表示他把两人

---

[1]　引自陈澂莱、冯钟璞译，《缪塞诗选》（北京：人民文学出版社，1960），第85页。

的合作看成求爱之外，还能有什么意思呢？他还建议他们把"一点神性的、活生生的现实"注入埃莱奥诺尔和热拉尔的故事，这不也是明示两人有可能开启浪漫关系吗？在伊丽莎白看来，这一模式将允许乃至鼓励虚构人物之间的爱情溢出到创作者的生活中。就此而言，这一项目也将有助于爱情的发展。

伊丽莎白有这么多令人信服的理由同意这一计划，当然迫不及待地答应了。她当天就给他写了回信，说："我说不出有多愿意把我们的两团火焰变成一团，我们藏在彼此的眼中，但或许注定有朝一日会打动他人的心灵。"

说到底，两人写作小说的过程绝不会像两团火焰的融合一样简单，也不会像共筑鸟巢一样迅速。整个过程前后持续了十多年，其中发生了许多令人心烦的曲折，直到两人的合作关系最终瓦解，伊丽莎白对它怀抱的希望也最终破灭。另外在他们最终分手之前，把他们"神性的、活生生的现实"变成虚构的尝试将让她和乔万尼陷入一个哈哈镜的迷宫里——在那里，想象和真实之间的界限变得越来越难以梳理了。

不过对一个爱上自己的影像的女人而言，哪怕是哈哈镜，也有某种令人眩晕的吸引力。当时，伊丽莎白全身心地欢迎这个折射、修改和放大自己的迷人影像的新机会。她将和堂·乔万尼·博尔盖塞一起隐身于众目睽睽之下，开创一种新的被看见的艺术。

注　释

1　AP(II)/101/151; 引文又见 RM, *Les Roseaux pensants*, 307。

2　EG, in AP(II)/101/152.

3　GLP, *Trente ans de dîners en ville*, 40.

4　Huas, op. cit., 180; Painter, op. cit., vol. 1, 152. Huas 和 Painter 两人都提到，MP 在 SG 的第二卷一个被放弃的段落中用到了这句妙语。有趣的是，MP 认为 EG 从雷加米埃夫人那里借用了这句关于"小人物"的话；见 Jeanne Maurice Pouquet, *The Last Salon*, trans. Lewis Galantière (New York: Harcourt, Brace, 1927), 325. 关于 EG 对雷加米埃夫人的认同，见本书第 20 章。

5　Hillerin, op. cit., 223.

6　HG 写给 EG 的这封信是写在他的伯爵信纸上的，因此写作日期必定是在 1888 年 9 月以后；AP(II)/101/32。这里引用的 HG 对 EG 说的其他的话也摘自同一档案编号下的信件中。

7　EG，婚姻日志，1878 年 10 月 26 日的日记。

8　在烟花表演的最后压轴戏中，玛萨侯爵那为 EG 组织的烟花在天空中组成了首字母 D-E（"迪安娜－伊丽莎白"）；他为 EG 写的十四行诗题目也是《迪安娜－伊丽莎白》，时间为 1886 年。近四分之一个世纪后的 1909 年，Judith Gautier 会把 EG 比作迪安娜和维纳斯两人，她写了一首无题十四行诗，头一句是"迪安娜邀请维纳斯来到森林"。EG 把这两首诗和玛萨（及其他崇拜者）写给她的其他许多文字都保留在了"Hommages et appréciations"中，AP(II)/101/1。

9　关于加利费在巴黎公社运动中扮演的角色，见 Horne, op. cit., 406-7。

10　HG 致 EG，存档于 AP(II)/101/32。

11　奥廷格致 EG 的信存档于 AP(II)/101/89。其中最激情洋溢的信大约持续了十年，从 1884 年到 1894 年。

12　cossé-Brissac, op. cit., 52.

13　1881 年 10 月 13 日 EG 致 MCC 的信，存档于 AP(II)/101/32。还有若干写给 EG 的其他匿名信——包括一封 EG 手写标注为"亨利写的匿名信"——都存档在同一卷宗。

14　Cocteau, *Le Passé défini*, 301.

15　1881 年 10 月 2 日 EG 致 MCC 的信，AP(II)/101/40。

16　1881 年 10 月 12 日 EG 致 MCC 的信，同上。

17　1882 年 12 月 8 日 EG 致 MCC 的信，同上。

18　1882 年 11 月 18 日 EG 致 MCC 的信，同上。

19　Hillerin, op. cit., 290–91.

20　关于德·欧马勒公爵的相貌和风度，见 X. (pseud.), "Choses et autres," *La Vie parisienne* (June 7, 1890): 319; Burnand, op. cit., 150; and Raymond de Monbel to EG, undated letter in AP(II)/101/99。

21　EdG，日志，1874 年 12 月 14 日的日记；以及 EG，存档于 AP(II)/101/59 and AP(II)/101/150。

22　LG, *Mémoires*, vol. 2, 169.

23　同上书，168。世纪末德·欧马勒收藏的完整目录，见 *Chantilly: Visite de l'Institut de France—26 octobre 1895* (Paris: Plon, 1896)。*Dormition of the Virgin* 展示在一个名为"乔托展室"的特别画廊中，后来被证明是由乔托的一位追随者所画。

24　EG，标记为 "cited by Monsieur Joubert" 的短信，存档于 AP(II)/101/150。关于 LC 的外甥女 Yvonne de Chevigné 与 Jean Joubert 的婚姻，以及德·欧马勒公爵与新郎父亲的友谊，见 Marquise de Dangeau (pseud.), "Chronique mondaine," *La Mode de style* (February 11, 1891): 51–54, 52。

25　德·萨冈亲王致 EG 的一封电报，见 AP/101/(II)/112；引文又见 Cossé-Brissac, op. cit., 62。

26　关于 HG 与布兰奇·皮尔逊的婚外情，见 Houbre, ed., op. cit., 153 and 188; and HB, op. cit., 40。

27　LG, *Mémoires*, vol. 2, 26.

28　cossé-Brissac, op. cit., 63.

29　Le Diable Boiteux (pseud.), "Nouvelles et échos,"《吉尔·布拉斯报》，1885 年 8 月 12 日，第 1 版。

30　RM 致 EG 的信，未署期，存档于 AP(II)/101/150。这句英雄体出自维克多·雨果的 "Ultima Verba"，见 *Punishments (Les Châtiments)* (1853)。关于 MP 借用了这句引语，见 CG, 735。

31　EG, "Fausses rencontres," 存档于 AP(II)/101/152。

32　EG 致 GCC，存档于 AP(II)/101/151。

33　EG 最终为这本小册子取的题目是 *Portrait du Prince de X*；见 AP(II)/101/152。这本小册子经过了排版印刷，但没有页码。当代人关于萨冈的优雅风度的三个典型记录，见 AdF, *Cinquante ans de panache*, 48–50; GLP, *Trente ans de dîners en ville*, 31; and Scrutator (pseud.), "Notes from Paris: Intermarriage and Degeneracy," *Truth* (August 14, 1902), 386。

34　EG, *Portrait du Prince de X.*

35　同上。

36　LG, *Mémoires*, vol. 2, 37.

37　1891 年 2 月 24 日 EG 致 GCC 的信，存档于 AP(II)/101/45.

38　Augustus Hare, *Story of My Life*, vol. 1 (Library of Alexandria: n.d.). 堂·马尔坎托尼奥与他闺名 Lady Gwendoline (Guendalina) Talbot 的第一任妻子所生的四个孩子也都早夭，但 Hare 没有说他们也是被阿代拉伊德·德·拉罗什富科毒死的。据他的朋友 Conte Edoardo Soderini 说，堂·马尔坎托尼奥同意再婚的唯一条件是"他发现泰蕾兹［德·拉罗什富科］长得和他的 Guendalina 一模一样"。Conte Edoardo Soderini, *Il Principe Don Marco Antonio Borghese* (Rome: Bafani, 1886), 12.

39　Commandante Alfonso M. Massari, *Don Giovanni Borghese: Cenni necrologici* (Rome: Presse della Reale Società Geografica Italiana, 1918), 6.

40　关于博尔盖塞家族在世纪末的财务困境，见 Frances Elliot, *Roman Gossip* (London: John Murray, 1894); Ian Chilvers, ed., *The Oxford Dictionary of Art* (Oxford: Oxford University Press, n.d.), 90; and René Guimard, "Les Borghèse,"《吉尔·布拉斯报》(1891 年 8 月 30 日): 1–2; GBB 及其家族的履历资料主要摘自 *Almanach de Gotha*, vol. 144 (1904): 281–83; 以及 Elliot, op. cit。

41　Enea Balmas, *Studi di letteratura francese* 18 (Florence: Olschki, 1990), 170. 关于马耳他骑士团中的同性恋，又见 Carlo Carasi, *L'Ordre de Malte dévoilé, ou voyage de Malte* (Cologne: n.p., 1790), 184–186; and Edward Prime-stevenson, *Du similisexualisme dans les armées et de la prostitution homosexuelle à la Belle Époque*, trans. Jean-Claude Féray (Paris: Quinte-Feuilles, 2000), 23。

42　关于费迪南·德·萨克森－科堡亲王的详细情况，摘自 Henry Fischer, ed., *Secret Memoirs of the Court of Royal Saxony* (1891–1922): *The Story of Louise, Crown Princess* (Bensonhurst, NY: Fischer's Foreign Letters, 1912), 36; Stephen Constant (pseud.), *Foxy Ferdinand, Tsar of Bulgaria* (London: Sidgwick & Jackson, 1979), 37–46; and John MacDonald, *Czar Ferdinand and His People* (New York: F. A. Stokes, 1945), 94。

43　Constant (pseud.), op. cit., 37 and 44; Anonymous (pseud.), "Ferdinand the Feminine," in *Ferdinand of Bulgaria: The Amazing Career of a Shoddy Czar*

(London: A. Melrose, 1916), 125–34; Duncan M. Perry, *Stefan Stambolov and the Emergence of Modern Bulgaria* (Durham, NC: Duke University Press, 1993), 216–17; and A. Nekludoff, "Auprès de Ferdinand de Bulgarie," *La Revue des deux mondes* 54 (November-December 1919): 546–76, 551。

44 Constant (pseud.), op. cit., 44; and the Baron Beyens, "L'Avenir des petits états: la Bulgarie," La Revue des deux mondes 44 (April 1818): 874–94, 875. 关于他的鸟舍，见 Anonymous, *Ferdinand of Bulgaria*, 128。

45 S. Constant (pseud.), op. cit., 37; and in J. V. Köingslöw, *Ferdinand von Bulgarien* (Munich, 1970), 34。

46 Heinrich Wawra de Fernsee, *Les Broméliacées découvertes pendant les voyages des princes Auguste et Ferdinand de Saxe-Cobourg* (Liège: C. A noot-Braeckman, 1880)。

47 关于博尔盖塞远征的一手详细资料，见佩莱格里诺·马泰乌奇博士的证词，节选见 Pietro Amat di San Filippo, *Gli illustri viaggiatori italiani con una antologia dei loro scritti* (Rome: 1885), 498–507; and Massari, op. cit。该远征的二手资料，见 Sir Harry Hamilton Johnston, *A History of the Colonization of Africa by Alien Races* (Cambridge and London: Cambridge University Press, 1899), 213–14; *Le Tour du monde: nouveau journal des voyages*, vol. 40–41 (Paris: n.p., 1881), 437; and *L'Exploration* 17 (1884): 228–29。

48 Massari, op. cit., 6; and "La Traversée de l'Afrique," in *Bulletin de la Société Royale Belge de Géographie* (1885): 861.

49 *Bulletin de la Société Royale Belge de Géographie* (1881): 457; GBB 离开非洲后两位同伴的命运，见 *Bulletin de la Société Royale Belge de Géographie* (1883): 861; and *Le Tour du Monde: Nouveau Journal des Voyages* 40–41 (1881): 437。

50 Sonia Bompiani, *Italian Explorers in Africa* (London: Religious Tract Society: 1891), 53; *Bulletin de la Société Royale Belge de Géographie* (1882): 117; and Massari, op. cit., 6.

51 HG 母亲的外婆 Anne Picot de Dampierre 有四个兄弟，其中一位娶了艾米莉·欧内斯廷·普朗德里·德·盖尔芒特（Émilie Ernestine Prondre de Guermantes），就是最后一位德·盖尔芒特伯爵（Emmanuel Paulin Prondre）的女儿（网上有好几份家谱错误地把"Prondre"写成了

"Pondre"，意为"孵蛋"的"孵"）。Ernestine Picot de Dampierre 于是就成了 HG 的曾祖舅妈。盖尔芒特家族的家谱见 A. Borel d'Hauterive and Vicomte Albert Révérend, eds., *Annuaire de la noblesse de France*, vol 54 (Paris: Bureau de la Publication, 1896): 369。关于欧内斯廷死后盖尔芒特城堡的后续主人，见 Suzanne Verne, *Guermantes de Louis XIII à nos jours* (Paris: Ferenczi, 1961), 182–86。关于欧内斯廷在巴黎和盖尔芒特城堡的葬礼，见 "Hommes et choses," *Le Matin* (July 10, 1884): 3。

52 Verne, op. cit., 175.

53 同上。

54 A. de Gramont, op. cit., 159.

55 关于盖尔芒特城堡 1880 年代的装饰，见 Verne, op. cit., 177–82。

56 关于 GBB 的优雅谈吐，见 Luca Bartolotti, *Roma fuori le mura* (Rome: La Terza, 1988), 78; and *Countess Maria Tarnowska, The Future Will Tell: A Memoir* (Victoria, BC: Friesen, 2016), 31。关于 GBB 的文学兴趣，见 Massari, op. cit., 5。

57 EG，一篇标注为 "4e volume: Le Revoir" 的文本，用 EG 混杂的速记法署期（翻译为：1885 年 2 月 10 日），第 1 页（页码仅仅是为 EG 一个笔记本的这一部分手编的），存档于 AP(II)/101/151。从日记判断，参考她如何在近半年后再度见他的文本，EG 似乎从盖尔芒特之后，就这么写到自己与 GBB 的初次相遇了。但我之所以再次引用，是因为它有益而精练地概括了她关于"用社交圈的语言"与他通信的大部分感受。

58 同上书，3。

59 JEB, *Dieppe* (Paris: Berthout 1992 [1926]), 21.

60 1887 年 12 月 28 日 GBB 致 EG 的信，存档于 AP(II)/101/53。

61 同上。

62 1884 年 12 月 1 日 GBB 致 EG 的信，存档于 AP(II)/101/151。

63 EG，未编页码的手稿，存档于 AP(II)/101/151。这一页的第一行是 "Ce soir-là, vibrante de plénitude elle chantait. …"

64 GBB 为自己的第二自我命名为热拉尔，或许是为了向法国 19 世纪最著名的非洲探险家"雄狮杀手"朱尔·热拉尔（Jules Gérard, 1817–1864）致敬；毕竟，有人认为 GBB 本人曾在非洲远征期间杀死了一头狮子或黑豹。一个奇怪的巧合是，1887 年，斯特凡·马拉梅曾给 DH 和 JB 布置作业，让他们在康多塞的英语课的翻译练习中写一篇《雄狮杀手热拉尔》。DH, *Pays*

parisiens, 113.

65　GBB 致 EG 的 日 期 标 注 为 "1884 年 12 月 1 日" 的 信，存 档 于 AP(II)/101/151。EG 对这封信的回信、GBB 的后续通信和许多埃莱奥诺尔和热拉尔文本也都存档于同一卷宗。

66　RM 致若瑟 - 马里亚·德·埃雷迪亚日期标注为 "(1883 年) 4 月" 的信，见 Heredia, *Correspondance*, ms. 5689, vol. 12。

67　摘自缪塞的诗《绿西》("Lucie")，这一句也被用作 GBB 唯一出版的书籍中关于音乐那一章的铭文。GBB [Prince Jean Borghèse], *L'Italie moderne* (Paris: Flammarion, 1913), 257.

理论上，洛尔·德·舍维涅和热纳维耶芙·斯特劳斯看似迥然不同。洛尔是外省乡绅出身，祖上是高贵的十字军骑士；热纳维耶芙是波希米亚资产阶级，"双料巴黎人"。骨感美人洛尔是王室"弗罗斯多夫的尤物"，热纳维耶芙则是神经衰弱的蒙马特尔女王。热爱赛马的洛尔身着娇小的粗花呢西装，是"武士精神的化身"；萎靡倦怠的热纳维耶芙穿着她丝质的淡紫色晨衣，是"最慵懒的缪斯"。洛尔是金发的天主教徒，热纳维耶芙是黑发的以色列人。在童话里，她们可能是互为陪衬的白雪和红玫，也可能是彼此为敌的白天鹅与黑天鹅。但在现实中，她们是密友。[1]她们在重要的方面改变了彼此的生活，同时也改变了巴黎社会的风貌。

在表面的迥异之下，洛尔和热纳维耶芙有很多共同点。两人都风趣、迷人，像大头钉一样尖利（一旦被激怒，也会像大黄蜂一样恶毒）。她们都喜欢男人超过女人——她们自己和彼此除外。① 两人都是不知疲倦的社交高手和毫无廉耻的风骚女人，两人都是自恋的自我鼓吹者和杰出的谎言大师。最后，两人都热爱巴黎，无论高低贵贱，贵族圈还是艺术圈。名媛洛尔为蒙马特尔着迷，波希米亚人热纳维耶芙被城区所吸引。两人都不打算彻底背离自己本来的特质。恰恰相反，两人都很清楚"她的"巴黎对外人的吸引力，并以此来支撑她自己的形象。更不寻常的是，两个女人都意识到彼此生活圈子的魅力所在，也都从那个圈子中借一点魔力给自己。

---

① 在热纳维耶芙1926年手写的遗嘱原稿中，洛尔是接受馈赠的极少数女人之一。其他女性受益人几乎全都是亲戚或仆人。——作者注

洛尔为上层注入了一股压抑不住的顽皮劲头。[2] 她总是第一个主动要求给一头活驴身上涂颜料，把它涂得像一匹斑马（这是歌剧院筹款抽奖中的头奖），或在"滑稽交响曲"中打响板（晚会宾客卖力装出噪音制造者的样子，真正的乐队在幕布后表演）；暴风雨袭击赛马场时，她总是最后一个去躲雨；气温降至零下时，她也是最后一个离开溜冰聚会。在她的"德·于扎伊表亲"和布德朗森林亨利·格雷弗耶共同举办的一次特别的火炬猎狐会上，她策马飞奔在最前列。

预约之夜可能会非常乏味无趣，仅有的一点乐趣是举着长柄眼镜查看贵族同伴，而完全忽略台上的表演。为了挽救这些聚会，洛尔会在演出结束后拖着一群朋友去最新的时髦餐厅或偏僻的舞厅（这些可不是家世良好的夫人该去的地方）。社交圈的大多数女人很早就睡下了，莉莉·德·格拉蒙写道，然而洛尔"会在外面玩到凌晨二时，12 个小时后又出来了，精神焕发、笑逐颜开，可爱如常"。[3]

在外玩到凌晨二时意味着到贵族城区以外去冒险，在这个意义上，洛尔也充满创意。当比贝斯科亲王夫人把她比作 18 世纪凡尔赛宫的廷臣，"冒险"在首都乱闯时，她不单是指洛尔没有丈夫陪伴在社交圈语笑喧阗，还指她更为莽撞地冲入那些她从儿时起就为之着迷的真实而另类的巴黎街区，包括活力四射、资产阶级聚集的第九大区——她的姐姐瓦伦丁已经不在那里生活了，但洛尔发现了一些好玩的吃饭喝酒的地方——还有城北景色优美的高地蒙马特尔，罪犯和艺术家们在那里自由自在地游逛。

去蒙马特尔郊游期间，洛尔交了很多朋友，很少有名媛愿意或敢于与那些人交朋友，哪怕是自称对艺术感兴趣的名媛。玛尔特·比贝斯科写道：

> 百伶百俐又对世界充满好奇的德·舍维涅夫人不会觉得
> 走出自己所在的阶层去探索社会边缘有任何不妥。她结交艺
> 术家、波希米亚人、音乐家、记者，以及任何让她觉得开
> 心和有趣的人……任何有天赋或才思的人，两者都有当然更
> 好。[4]

事实上，洛尔和她所在阶层的任何人一样重视家世和头衔，但她与反正统文化群体社交，反而为贵族式"单纯"主题创造出一种新的变调，假装相信"什么都没有天分重要"，相信她那些艺术家伙伴们的内心世界优于"最显赫的贵族……乃至某些王室成员"，而其他贵族女性只满足于对他们敬而远之。[5] 洛尔以这种方式维系着每个"单纯"贵妇人那种核心的悖论式假象：她天然"有生"，不必对出身大惊小怪。

说起来不大可信，洛尔能进入社会边缘人的群体，还要感谢她在上层最初结交的一位朋友：德·迈利－内勒伯爵夫人，闺名玛丽·德·古莱纳（Marie de Goulaine）。[6] 奇怪的是，她和洛尔长得很像，陌生人往往会误以为她们是姐妹。玛丽也和洛尔一样崇拜艺术天分——她本人就是个很有抱负的歌唱家——也一样对礼仪规矩的束缚很不耐烦。更有甚者，玛丽还与社交圈彻底决裂，她离开了蛮横的贵族丈夫，与让·德·雷什克（Jean de Reszké）私奔了，这位身材高大、魅力十足的波兰男高音不久将会成为他那一代最伟大的歌剧明星之一。（据说玛丽和雷什克私奔前曾是她丈夫的表亲亨利·格雷弗耶的情妇，这或许能解释伊丽莎白为何对她的私奔那么感兴趣。）玛丽

/ *269*

的大多数贵族同伴在她失节后都躲着她，洛尔却坚定地维持着两人的友谊，常常到她和雷什克位于蒙马特尔的工作室去拜访二人。洛尔正是在那里初次结识这对夫妇那位迷人的好朋友热纳维耶芙·比才（那时她还叫"贝贝"），并开始到附近的杜艾街去出席她的沙龙。

作为蒙马特尔地位最高的女人，玛丽和热纳维耶芙为她们充满趣味和创意的邻居们举办沙龙，洛尔也正是通过这两位，才把一群作家和艺术家吸引到了自己的社交圈。除了乔治·德·波托－里什外，洛尔在这个世界里最喜欢的人是三位著名的女艺人。第一位是当红歌女伊薇特·吉贝尔（Yvette Guilbert），

CHOCOLAT GUÉRIN-BOUTRON

270 Jean de Keské, dans le Cid.

著名波兰男高音歌唱家让·德·雷什克是洛尔结交的首批波希米亚友人之一

皈依蒙马特尔的贵族亨利·德·图卢兹-洛特雷克①，他用自己的画作让她名垂千古，骨瘦如柴的她戴着黑手套，尽显荣耀。第二位是世界著名女高音奥尔唐斯·施奈德（Hortense Schneider），因在雅克·奥芬巴赫作曲、梅亚克和阿莱维作词、流行一时的谐歌剧《热罗尔坦公爵夫人》（*La Grande-Duchesse de Gérolstein*，1867）中成功扮演标题人物而名扬四海。第三位是雷雅纳［Réjane，闺名加布丽埃勒·雷雅纳（Gabrielle Réjane）］，她也是出演梅亚克和阿莱维合作歌剧的老资格了，被誉为自"超凡入圣的"萨拉·伯恩哈特以来最出众的法国女演员。

洛尔喜欢对城区的贵族同伴们吹嘘她结交的这些朋友，后者往往觉得这样的关系很不得体。就连伊丽莎白·格雷弗耶这样自称热爱艺术的人也有这样的偏见，往往把受她提携的艺术家们当作她雇用的帮手。［她老年时曾雇用艾莎道拉·邓肯（Isadora Duncan）来德·阿斯托格街为她私人表演，却在表演后拒绝让这位舞蹈家与宾客同席。］洛尔则不同，她总是随意而熟稔地提起那些名人朋友的名字，在谈话中用诸如"波多跟我说雷雅纳……"之类的话来增加谈资。⁷ 如果有社交圈同侪碰巧提到了某一位她还不认识的前途无量的艺术家，洛尔就会一边露出难以置信的神情一边惊呼："什么？有一位新出世的天才，而我们还没有听说过她？"⁸ 她用王室使用的"我们"一词来突出她自诩

---

① 亨利·玛丽·雷蒙·德·图卢兹-洛特雷克-蒙法（Henri Marie Raymond de Toulouse-Lautrec-Monfa，1864-1901），简称亨利·德·图卢兹-洛特雷克，法国贵族、后印象派画家、近代海报设计与石版画艺术先驱，人称"蒙马特尔之魂"。洛特雷克承袭印象派画家克劳德·莫奈等人的画风，吸收了日本浮世绘的影响，开拓出新的绘画写实技巧。

夜总会歌手伊薇特·吉贝尔帮助洛尔进入了
蒙马特尔的夜生活

比谁都了解波希米亚生活。

　　有当地的朋友做向导，洛尔成了蒙马特尔夜生活的发烧友。她最喜欢光顾的地方是"黑猫"，那个有名的酒馆就在热纳维耶芙家公寓的附近。"黑猫"创办于1881年，所在地是一个三层楼的废弃邮局，外观是破旧的半木式结构，它是世界上第一家夜总会，顾客们可以在那里喝酒到深夜，同时观赏喧闹的现场表演。一头红发的浮夸经营者鲁道夫·萨利斯（Rodolphe Salis）主要为创意人士服务，他们在"黑猫"的内部报刊上发表自己的写作和艺术作品，在它的舞台上表演音乐和朗诵，还在墙上挂满自己的油画、素描和海报。（图卢兹－洛特雷克和泰奥菲勒·斯坦伦① 都是那里的常客。）

---

① 　泰奥菲勒·斯坦伦（Théophile Steinlen，1859-1923），出生于瑞士的法国新艺术运动油画家和版画家。

"黑猫"鼓吹一种"怪异的疯狂"美学。[9] 萨利斯对高雅艺术嗤之以鼻，让他的服务员穿上繁复的绿色和金色丝绸制服，戴上法兰西学术院的"不朽者"戴的那种双角帽。他让艺术家卡朗·德·阿谢（Caran d'Ache）在三楼安装了一个皮影戏台，剪影木偶（ombres chinoises，即中国皮影）以一个发光的幕布为背景欢跳着，对历史事件和圣经故事进行喧闹的滑稽演绎。[10]

作为主持人，萨利斯极端喜欢出风头，他挑出新顾客，特别是富有的顾客，像演戏一般用滔滔不绝的脏话对其展开攻击。下流话也是阿里斯蒂德·布吕昂①歌曲中的重头戏，布吕昂自称城市社会底层的英雄，是从约翰尼·卡什②到性手枪乐队③再到"声名狼藉先生"④等乐坛叛逆者的代表人物。[11] 布吕昂穿着火枪

---

① 阿里斯蒂德·布吕昂（Aristide Bruant，1851-1925），法国夜总会歌手、喜剧演员和夜总会业主。他最著名的形象是身穿黑斗篷、戴着红围巾，出现在亨利·德·图卢兹－洛特雷克的某些著名的海报中。他还被认为是写实歌曲这种音乐体裁的首创者。

② 约翰尼·卡什（Johnny Cash，1932-2003），美国音乐家、乡村音乐创作歌手、电视音乐节目主持人，创作和弹奏演唱歌曲包括乡村、摇滚、蓝调、福音、民间、说唱，多样曲风令人赞赏。多次获得格莱美奖。

③ 性手枪（Sex Pistols），英国朋克摇滚乐队，于1975年在伦敦组建。性手枪乐队只存在了两年半时间，仅发行了四首单曲和一张录音室专辑《别理那些小痞子，这里是性手枪》（Never Mind the Bollocks, Here's the Sex Pistols），却被视为流行乐史上最有影响力的乐队之一，引发了英国的朋克运动，启发了许多后来的朋克和另类摇滚音乐人。他们的公开露面常常以暴乱结束。乐队1977年的单曲《天佑女王》（God Save the Queen）攻击了社会成规和对王室的服从。他们时常越轨的歌词涉及的主题还有音乐产业、消费主义、堕胎和纳粹大屠杀。

④ "声名狼藉先生"（The Notorious B.I.G.，1972-1997），美国饶舌歌手，本名克里斯托弗·乔治·拉托·华莱士（Christopher George Latore Wallace）。他在2015年被"公告牌"（Billboard）列为"史上最伟大的十位饶舌歌手"第一名。

手的靴子和火红色围巾在舞台上大步行走，歌里唱的都是些卑微的人和恶棍，以及坚决不向律法强权屈服的社会弃儿。由于该街区在1871年巴黎公社运动中臭名昭著的影响，他那些蛊惑人心的颂歌在蒙马特尔引发了特殊的共鸣。正如历史学家杰罗尔德·塞盖尔（Jerrold Seigel）指出的，布吕昂在现实生活中也建立起自己的反叛形象，让仆人们称他"人民歌唱家"而不是正式的"先生"。[12]（"人民歌唱家，来吃晚饭了，烤肉都要熟过头了。"）

"黑猫"成为蒙马特尔声名狼藉、远近皆知的夜间娱乐场所

洛尔作为君主主义者，并不同情歌唱家的左翼政治立场，但他的
粗口和艺术叛逆却让她觉得极其有趣。

　　很多波希米亚艺术家对社交圈的认识也仅限于在八卦专栏里
读到的内容，洛尔的乡下土语、令人咋舌的脏话连篇和她挑战贵
族礼仪 ① 的粗鲁无礼颠覆了他们的认知。她的祖先是"彼特拉克
的缪斯"也让他们心生敬畏。波托－里什这类对《歌集》倒背
如流的作家 13，甚至能从金发女郎洛尔的鹰钩鼻相貌中看出被彼
特拉克称为"这只金羽凤凰"的那个女人的面部线条。14 这层关
系让洛尔的艺术家朋友们神魂颠倒，有人干脆称她为"德·舍维
涅伯爵夫人洛尔·德·诺韦斯"。15 还有人觉得她有如此绝妙的
文学遗产，一定也和 17 世纪的作家德·塞维涅夫人有关，遂将
错就错地以那个名字来称呼她。

　　就连她的娘家姓也被这群人正面解读——她的"有生"阶层
同伴们多半会一本正经地略过那个姓氏不提。16 波兰裔年轻钢
琴家米夏·纳坦松（Misia Natanson，后来嫁给了艺术家何塞－
马里亚·塞特 ②）的沙龙吸引了马拉梅 ③、德彪西、图卢兹－洛特
雷克、莫奈和雷诺阿等人，米夏说正因为"她的祖先是德·萨德
侯爵，（德·舍维涅夫人）才能够自由地说出其他任何人难以启

---

① "épater la noblesse"这个短语来自"épater la bourgeoisie"，意为挑战中产
　　阶级的礼仪规矩和权威，这里"épater la noblesse"的意思是挑战贵族的礼
　　仪规矩。

② 何塞－马里亚·塞特（José-María Sert, 1874-1945），加泰罗尼亚壁画家，
　　出身于富有的纺织实业家庭，是萨尔瓦多·达利的好友。他以浮雕式的灰色
　　画法而闻名，喜欢用金色和黑色。

③ 斯特凡·马拉梅（Stéphane Mallarmé, 1842-1898），原名艾提安·马拉
　　梅（Étienne Mallarmé），19 世纪法国诗人，文学评论家。他与阿蒂尔·兰
　　波、保尔·魏尔伦同为早期象征主义诗歌代表人物。代表作有《希罗狄亚德》
　　（1875）、《牧神的午后》（1876）、《骰子一掷》（1897）等。

齿的话"。[17] 米夏与洛尔关系亲密，她叹道："德·萨德！多美的姓氏啊。我愿意用我的一切换得这个姓氏！"[18]

居伊·德·莫泊桑（1850—1893）也对此十分景仰，洛尔是1880年代初通过波托－里什认识莫泊桑的。文学圈公认莫泊桑是19世纪最挑剔的散文体作家之一、已故的居斯塔夫·福楼拜（1821—1880）的得意门生，是个天赋惊人的作家。（龚古尔称莫泊桑是福楼拜的私生子，但这个说法从未经证实。）他是公认的短篇小说大师，在这一体裁上极为多产。但莫泊桑还是个肌肉发达、热爱刺激的拳击手、击剑手、水手、猎手和多才多艺的须眉男子，他的十足神气就连布吕昂也自叹不如：在莫泊桑看来，精神生活远没有肉体的愉悦来得重要。传说他睡过的女人和写的短篇小说一样多，约有300位，包括从站街女到大资产阶级贵妇等各色各样的女人。[19] 莫泊桑二十多岁就染上了梅毒，但公开宣称他很"骄傲自己患上了弗朗索瓦一世的疾病"，并坚称此病对他惊人的性欲没有丝毫影响。小说家约里斯－卡尔·于斯曼曾与他和福楼拜一起在城里玩了一夜，证实了此话并非信口开河：

> 莫泊桑吹牛说他能用做爱把女人累垮。（我们）移步一家妓院，莫泊桑接受考验当众解衣，与他选择的同伴来了五次。福楼拜高兴地叫道："啊，真让人神清气爽！"[20]

莫泊桑自称"神圣侯爵"的狂热仰慕者，这与他的人格面貌完全一致。他声称每当他想拉一个新情妇下水时，总会给她一本德·萨德的书作为入门读物。[21] 他还加入过一个只接收男性成员的秘密组织，和德·萨德小说中的许多同类组织一样，它也专门致力于各种淫乱、通奸和"残暴下流"的行为。[22] 莫泊桑为该组织撰写了疯狂的细则，它的活动后来还包括拉皮条和极端暴力，但后来因一个矢志参加的会员在入会期间被该组织的其他成员打伤致死，就解散了。它名叫"施虐狂克里普人协会"（Société Sadique des Crépitiens），"克里普人"是福楼拜杜撰的一个词，意义不明，"施虐狂"则无须解释。

洛尔致莫泊桑的信无一留存下来——鉴于她一贯吝于留下文字记录，她大概也没有给他写过很多信。不过他写给她的几封信最近在巴黎的一场拍卖会上出售了，表明他们的友谊深厚而持久。其中一封没有署期的长信是他从诺曼底写给她的，甚至暗示莫泊桑可能与洛尔关系暧昧，或至少试图说服她和自己卿卿我我。他邀请她来他的海滨别墅拜访，说她可以住在自己的客房，当然就连他自己也承认，如果他们住在一起，她"余生都会被流言纠缠"。[23] 他说，如果她想避开丑闻，可以在附近找个住处，"只要扮成男人到我这里来"就能阻止八卦满天飞了。[24] 至于如此纵容她享受自己的女扮男装癖好到底有没有说服洛尔成行，后人就不得而知了。

莫泊桑不惮于把女性友人写进自己的小说，或许还在《漂亮朋友》（*Bel-Ami*，1885）中给了洛尔一个配角，那部小说让他名声大噪，家喻户晓。小说的主人公是敢于冒险的贵妇人德·马雷尔夫人（Mme de Marelle），因为政治家丈夫不在身边，她总能自行其是，自由自在地潜入蒙马特尔的夜总会里去玩。一次，她装扮成打工女去那里时，带上了小说的标题人物漂亮朋友：一个英俊的万人迷作家。在克里希大道（"黑猫"所在地）上的一家吵闹的夜总会里，她越过喧哗声对他说出了心里话：

　　我一直不敢向你要求那个（ça），可是你怎么也想象不到我是多么喜欢逃到所有那些妇女们不去的地方消磨时间……我呀，我就喜欢那个（Moi, j'adore ça）！我是下等人的口味！①25

　　无论从风格还是内容上，这段自白一看就是洛尔的话，吹嘘"逃离"带来的禁忌之乐，又喜欢用她的标志俚语词，"那个"（ça）。莫泊桑那么崇拜她的曾祖父德·萨德，把她作为尝试出格行为和"下等人的口味"的榜样倒也恰如其分。

　　洛尔的波希米亚式冒险惹得城区的人们议论纷纷。有些一本正经的交际家，也就是"老头子们"的对立面，担心她给他们的妻女树下了坏榜样。亨利·格雷弗耶就是这一派的代表，明确反对除了他自己之外其他任何人的不端行为。他在家里命令贝贝斯"当心德·舍维涅夫人——她是个失足女人"！26 翻译过来就是：不要在社交圈里与她交谈，不要邀请她到家里来，甚至想都别想模仿她。②（伊丽莎白对这一禁令的虚伪性明察秋毫，她在日记中抱怨："他倒是什么麻烦都不怕招惹！"27）但洛尔对这些指责一笑而过。她非但没有觉得背离原来的圈子有何不妥，反而宣称她"享受"上流社会的舞厅和蒙马特尔的酒吧之间的"反差"。在萨德看来：洛尔无怨无悔。

---

①　译文引自莫泊桑，《漂亮朋友》，王振孙译（上海：上海译文出版社，2010），第138-139页。

②　亨利·格雷弗耶警告妻子远离洛尔有可能是此地无银三百两，因为草莓金色头发、眸子碧绿的洛尔正是他喜欢的类型。再说她一贯自称喜欢"肏*"，对亨利这样欲壑难填的男人而言，绝不会不感兴趣。不过即便两人的确有过私情，他们也没有留下任何证据。——作者注

　　她满不在乎的态度并没有阻止她设法打败自己的批评者。为了抗衡格雷弗耶之流的男人的责备，她把威严的弗拉大公夫妇也变成了蒙马特尔的热烈支持者。有一次他们来巴黎寻欢作乐期间，她把他们径直带入了"黑猫"，在鲁道夫·萨利斯用最低俗下流的语词申斥大公夫妇时，她和众人一起捧腹大笑。在俄国，侮辱罗曼诺夫王朝的王公可能会冒被流放西伯利亚甚至处死的风险，但正是因为这个原因，弗拉大公夫妇很开心。在萨利斯辱骂的间歇，大公开心地喊了一句话，大概也全拜洛尔自己的宣传，这句话后来变成了上层的王室成员语录："真棒，老丫头！"[28]这句赞美让洛尔十分自豪，因为它让人想起亨利五世对她的昵称，同时也让她想起自己旧日的王室友谊，突出了眼前这位新朋友的地位。后来，每当弗拉大公夫妇回到巴黎，都会要求洛尔带他们重返蒙马特尔，去寻找更多"危险的刺激"。

　　在另一个大胆实验中，洛尔决定在她位于圣奥诺雷区的公寓里为弗拉大公夫妇举办一个小小的午餐会。除了通常的贵宾德·拉特雷穆瓦耶公爵夫人、约瑟夫·德·贡托、亨利·德·布勒特伊，以及其他受到罗曼诺夫夫妇青睐的上流社会人士之外，洛尔还请来了一位出人意料的客人——除了她之外，没有谁有胆量请她与王室成员一起用餐：她的朋友、当红歌唱家奥尔唐斯·施奈德。[29]洛尔一定知道，早在1867年，弗拉基米尔大公就曾专程来巴黎观看奥尔唐斯在奥芬巴赫的《热罗尔坦公爵夫人》中的精彩演出，也知道自那以后，他一直渴望见到这位女演员。（奥尔唐斯素有吸引王室情人的名声，同时代的人打趣地称她为"亲王通道"。[30]）歌手和女演员或许能秘密地跟王室成员上床，但绝对不能在"体面的"女人在场时与王室成员交谈，更不要说还有"体面的"王室夫人在场。如今国家元首与演艺界人士同框或许

歌剧女演员奥尔唐斯·施耐德和许多来访巴黎的外国王室成员关系亲密，因此她有个绰号叫"亲王通道"

没有什么可大惊小怪的，但在 19 世纪末的社交界，那却是不可想象的，洛尔是第一个这么做的人。

当天午餐会的高潮是在奥尔唐斯的简短表演之后，洛尔问在座的其他人："现在我问你们，谁才是真正的女大公？"[31] 她装作对头衔全然无动于衷，却对天分极为重视，再度震惊了在场的同伴们。正如她的朋友阿贝尔·埃尔芒所说，洛尔的大胆构成了一种独有的至高无上的权力，由于出其不意，令明星女高音和皇室成员的光芒加起来也黯然失色。在所有听说过这次聚会（洛尔自会让它传得满城皆知）的人看来，这证明她"完成了全巴黎再没有第二个人敢于一试的壮举"。[32]

热纳维耶芙·比才弥合贵族与艺术家之间分歧的策略没有洛尔那么高调，但她同样以令人难忘的方式，把这两个世界的人融合在一起。她的童年虽然很不快乐，但年纪轻轻就习惯了大富大贵的奢华：家里有大批用人，贵重的艺术品和古董（中间夹杂着莱奥妮的破铜烂瓦），精美的服饰，上乘的餐具、食物和红酒。因此，贵族的富有不会令热纳维耶芙慌乱，她和那个阶层的成员一样淡定。能够从容面对特权阶层的身外之物，让她成为连接贵族城区和波希米亚生活的中间人的不二人选。

另一个让她适合这一角色的因素是她引人注目的三重身份：弗洛蒙塔尔·阿莱维的女儿、卢多维克·阿莱维的堂妹以及乔治·比才的寡妇。洛尔的女大公午餐会清楚地表明，就连王室成员也会被著名艺术家的光芒所吸引，而热纳维耶芙一生都被那种光芒环绕着。她还不会走路时，父母就在伦敦与被废黜的国王路易-菲利普觥筹交错了。她在第二帝国时代的巴黎长大，亲眼看到父亲和堂兄被那个政权下最有权势的人物奉承，从皇帝同母异父的兄弟德·莫尔尼公爵（Duc de Morny）到玛蒂尔德·波拿巴公主，前者是影响力极大的政治特工，却只渴望编写舞台剧本（卢多维克热心地与他合作完成了一部轻歌剧），后者招募卢多维克和弗洛蒙塔尔出席她的沙龙。"艺术圣母"（波拿巴公主）的偏好开创了许多艺术和社交事业，比才后来也吸引了她的兴趣，不过他太专注于自己的创作，没有利用她的提携为自己在专业领域或上流社会谋利。但在他去世并被奉为天才之后，他的寡妇把他很多出身高贵的崇拜者变成了自己邀请的人选。用卢多维克的儿子达尼埃尔（按布列塔尼人的规矩，他是热纳维耶芙的侄子）的话说，"比才的名字是她头上的耀眼光环"，她灰色、白色和淡紫色的半丧服饰也一样大放光彩。[33]

热纳维耶芙以比才寡妇的身份获得了重生，成长为一个著名的沙龙女主人。她把每周一次的招待会从自己杜艾街的公寓移到

COLLECTION FÉLIX POTIN

2ᵉ COLLECTION FELIX POTIN

DE HÉRÉDIA

BUSNACH

COLLECTION FÉLIX POTIN

COLLECTION FÉLIX POTIN

JULES LEMAITRE

GÉNÉRAL DE GALLIFET

这些巧克力卡上的人物（从左上开始，顺时针）分别是诗人若瑟－马里亚·德·埃雷迪亚、剧作家维利·布斯纳什、剧作家和戏剧评论家朱尔·勒迈特、将军加斯东·德·加利费侯爵了楼下卢多维克的住处，收获了一群新随从，他们改变了她的沙龙的主旨和构成。在整个家族中，卢多维克利用自己的名声在这个城市结交了为数最多的社会精英。[34] 通过他的波拿巴恩主，他结交了一些有权有势的朋友，其中包括玛蒂尔德公主的法意混血外甥、贫嘴的朱塞佩·(热热·) 普里莫利伯爵，还在巴黎公社将将军德·加利费侯爵变成"克里希的刽子手"之前若干年与他结交。卢多维克还加入了非常私密的比克肖晚餐会（Bixio Dinner），这个受邀参加的活动每周一次，成员包括加利费、奥古斯特·德·阿伦贝格亲王和德·欧马勒公爵。卢多维克起初是法兰西学术院的候选人，后来又成为学术院院士，自然要奉承那些有头衔的"不朽者"，尤其是历史学家德·奥松维尔伯爵约瑟夫·奥特南·德·克莱龙（Joseph Othenin de Cléron）和欧仁－梅尔希奥（梅尔希奥）·德·沃居埃子爵［Vicomte Eugène-Melchior（Melchior）de Vogüé］，后者在担任了一段时间的驻俄国宫廷外交随从之后，成为法国首屈一指的托尔斯泰和陀思妥耶夫斯基学者。除了德·欧马勒公爵外，这些人都成了热纳维耶芙每周四举办的沙龙的常客，前来的还有德·奥松维尔的儿子奥特南（"美女波利娜"的丈夫），以及无处不在的夏尔·阿斯。

据卢多维克说，这些绅士每周都会去蒙马特尔向他的堂妹献殷勤，那种越界出格的兴奋感与洛尔·德·舍维涅和弗拉大公夫妇去附近夜总会的兴奋劲儿是一样的："圣日耳曼区（前往）热纳维耶芙的沙龙，仿佛去逛'黑猫'。"[35] 他还说她那个圈子里的波希米亚人对于能与"有生"阶层融合也一样激动："'黑猫'（前往）热纳维耶芙的沙龙，仿佛那是圣日耳曼区。"两个圈子的相遇并非没有可能发生冲突：比方说，1871年，波托－里什不但在路障的另一端与加利费作战，还看到自己的很多朋友在将军及其部队的枪声中倒下（他本人也险些遭遇那样的结局）。然而年轻诗人和老兵在热纳维耶芙的沙龙里坦率交流，简直就是两个阵营和谐相处的榜样。艺术家和贵族们都努力对彼此保持礼貌，每个人都急于保住参加如此别具一格的多样化沙龙的特权。当时也有其他资产阶级沙龙女主人试图招募同样庞杂的一群宾客，但很少有人能够取得如此巨大的成功。（即便如此，热纳维耶芙仍然密切关注着几位竞争对手，偶尔也会出席她们的沙龙，并邀请她们来自己的沙龙做客。）

热纳维耶芙与埃米尔·斯特劳斯的爱情进一步扩大了她的小圈子，他从自己的阶层中招募了几位巴黎高层人士；他们与她圈子里的人不同，但彼此互补。作为公司法的顶级专家，斯特劳斯是罗斯柴尔德家族公司的顾问律师。在这一职位上，他结识了全城所有一流犹太人银行家族的成员，以及苏黎世运河的行家费迪南·德·莱塞普（Ferdinand de Lesseps）和新教徒实业家族子弟居斯塔夫·施伦贝格尔（Gustave Schlumberger）。斯特劳斯还结识了像约瑟夫·雷纳克（Joseph Reinach，1856-1921）这样的共和派领导人。埃德蒙·德·龚古尔虽然讨厌他，但也曾忌妒地说，这位政治家"毫无疑问将在今后的 20 年里成为掌控法国命运的几人之一"。[36] 由于他们"无生"的出身和自由主义的政治立场，这些人不会受到最有贵族风范的沙龙的欢迎，又因为他们的权势和财富，也不会成为波希米亚人的天然盟友（虽然许多银行家都收藏当代法国艺术作品）。在热纳维耶芙的沙龙里，金融大亨和政治领袖为这群人增加了另一层新意，提供了对手沙龙中没有的另一重刺激。

在斯特劳斯带入圈内的客人中，威望最高的无疑是阿方斯、居斯塔夫和埃德蒙·德·罗斯柴尔德三位男爵，即已故的詹姆斯［原名雅各布·马耶尔（Jakob Mayer）］·德·罗斯柴尔德男爵的三个成年儿子。詹姆斯男爵不到20岁就从法兰克福的犹太人贫民窟移民到法国，在这里创建了其家族跨国金融帝国的巴黎分支"罗斯柴尔德兄弟"（Rothschild Frères），掌握的权力可与欧洲最有权势的统治者媲美。诗人阿尔弗雷德·德·维尼（Alfred de Vigny）在1837年写道："这位犹太人银行家"拥有"万贯家财，那是社会的权柄"，因而"能够支配教宗和基督教。他付钱给王室，买下了一个个国家"。[37]

阿莱维相册里的两张照片。左起，德加、热纳维耶芙、阿尔贝·布朗热-卡韦、路易·冈德拉。右图，坐者左起，梅尔希奥·德·沃居埃、卢多维克·阿莱维、德·布鲁瓦西亚伯爵夫人（Comtesse de Broissia）、路易丝·阿莱维，站立者从左到右，达尼埃尔·阿莱维、夏尔·阿斯。该相册中的所有照片都是由洛尔和奥尔唐斯·豪兰两人的交际家朋友迪洛侯爵（Marquis de Lau）所摄，奥尔唐斯也长期是德加的情妇

詹姆斯男爵 1868 年去世时，几个儿子继承了他的财富和政治势力。长子阿方斯成为"罗斯柴尔德兄弟"的新主管，他和两个弟弟请埃米尔·斯特劳斯进公司担任法律顾问。这一决定更为流传甚广的传言增加了可信度，即斯特劳斯是其父的私生子。三位男爵也的确待斯特劳斯如兄弟，这让流言变得更加刺激。但这个兄弟很招人烦。他们出现在杜艾街就是因为被斯特劳斯纠缠了几个月："你一定要见见热纳维耶芙！"[38] 他们最终前往蒙马特尔完全是为了安抚他，但一到那里就见识了热纳维耶芙的魅力，并开心地加入了她日益扩大的忠实信徒圈子。

对热纳维耶芙而言，罗斯柴尔德兄弟来到她的沙龙是不可小觑的巨大成功。她仍然崇拜他们，认为他们是自己不光彩的佩雷尔亲戚的"更佳"版本，为他们这种温情脉脉的家庭氛围所吸引。她还知道在巴黎的犹太人中，没有谁拥有他们那么高的名望。每当有王室成员来到城里，罗斯柴尔德兄弟都会为他们举办聚会，就连反犹的上流社会人士也会渴望受到邀请。甚至连反犹的艺术家们也渴望结交他们，得到他们慷慨的恩顾。保罗·艾尔维厄虽然低声咕哝着"肮脏的犹太人"，私下里却也对亨利·德·雷尼埃说："我才不会与（热纳维耶芙）和斯特劳斯翻脸呢，是他们把我介绍给罗斯柴尔德兄弟的。"[39]

如果热纳维耶芙足够诚实，大概也会以同样的口气描述自己与斯特劳斯的关系。自从 1881 年初次与他一起拜访费里埃，她便如玛蒂尔德公主所说，抓住一切机会对罗斯柴尔德家的人"趋之若鹜"。这让热纳维耶芙的亲友们怀疑她之所以接受斯特劳斯成为追求者，他与罗斯柴尔德家的关系是一个关键的乃至决定性的因素。他们的共识是，虽然斯特劳斯"疯狂地爱（着）我们的女神热纳维耶芙"，她却没有用爱来回报他。达尼埃尔·阿莱维再度呼应父母的意见，写道自己的姑母之所以"容忍"斯特劳斯进入到自己的生命中，是"因为他来了，喜欢她……而他并没有得到爱"。[40]

斯特劳斯比热纳维耶芙大四岁，是个矮小纤瘦的男人，姿态萎靡，乱蓬蓬的红色毛发渐稀，眉毛上还有一道很大的马蹄形皱纹。他脸上最好看的部位是那尖削硬朗的下巴，上有一道强有力的凹痕。不过当时的文化认为胡子代表着阳刚，他的下巴上却只有一小撮稀稀拉拉的络腮胡子，多少还是被看作有缺陷。他26岁时曾主动要求在巴黎被围时参战，一枚炸弹在他的脸附近爆炸了。从那以后，他的一双蓝眼睛就皱成了永久的半眯样子，微笑时只有一边的嘴角能够上翘。当然，热纳维耶芙也不必因为追求者的局部面瘫而嫌弃他，鉴于她自己也患有面部抽搐，这一缺陷或许还能引发她的共鸣。有时候爱人的怪癖甚至能激起人的欲望。不过尽管如此，与她最亲近的人仍一致认为，她"可没（觉得斯特劳斯）是个阿多尼斯 ①"[41]——这是社交圈的经典反语，意在强调她一点儿也不觉得他英俊。

当然，他们坚称，他们的热纳维耶芙也并非为斯特劳斯的个性所倾倒。施伦贝格尔虽然名义上是他的朋友，却为许多忠实信徒代言，贬低斯特劳斯"资质平庸，教养很差，任性粗鲁，还有律师职业病，话太多"。（"施伦"作为研究十字军东征和拜占庭的学者，也同样是话痨，那也是学者的职业病。）龚古尔也觉得斯特劳斯那股"律师习气的啰唆"很讨人嫌，让·福兰（Jean Forain）画过一幅漫画，画中热纳维耶芙的情郎正在法庭中慷慨陈词，嘴巴张得极大，十分怪异。埃利·德洛奈通常对谁都不出恶言，却也批评斯特

---

① 阿多尼斯（Adonis），希腊神话中掌管植物每年死而复生的神，非常俊美。他本是黎巴嫩地区的神，后来被纳入希腊神话，但始终保持着中东闪族的来源。

劳斯是个"讨厌鬼"。热纳维耶芙难得有几位闺蜜，其中的一位，亨利·（洛尔·）贝涅尔［Henri（Laure）Baignères］夫人，说斯特劳斯又傲慢又没自信，"气人有，笑人无"。[42]

艾尔维厄、布尔热和波托－里什都讨厌斯特劳斯的"可怕的坏脾气"，他每次发作都大声咆哮，作家们因此为他取了"老虎斯特劳斯""斯特劳斯虎""可怕的斯特劳斯"等绰号。[43] 达尼埃尔·阿莱维写道，每次犯脾气时，斯特劳斯会破坏热纳维耶芙的沙龙，"阴沉着脸，像个陀螺似的满屋乱转，不是踩了这位女士的裙子，就是踏了那位男士的脚"，而且绝不会停下来为自己"不小心侵犯到别人"而道歉。[44]

在卢多维克和路易丝·阿莱维看来，热纳维耶芙与斯特劳斯的爱情源于她的两个最可悲的天性，同时也放大了这两个天性——"邪恶的虚荣和社交算计"。她与比才结婚的那几年搁置了那些冲动，但它们却在这段新的关系中变本加厉地重新出现了。热纳维耶芙日渐符合比才对她母亲的描述，和斯特劳斯一起并通过斯特劳斯与罗斯柴尔德兄弟同流合污，为的正是"社会地位（和）钱"！

因为急于讨好罗斯柴尔德家的男人们，热纳维耶芙对他们的妻子和女性亲友也一并发出邀请。这一招使她结交了阿方斯、居斯塔夫和埃德蒙男爵夫人们、她们的小姑莫里斯·埃弗吕西［Maurice Ephrussi，闺名贝亚特丽斯·德·罗斯柴尔德（Béatrice de Rothschild）］夫人，以及嫁入天主教贵族家庭的两位女性亲戚——（玛格丽特·）德·格拉蒙公爵夫人和（贝尔特·）德·瓦格朗亲王夫人［Princesse（Berthe）de Wagram］，这两姐妹都来自法兰克福的罗斯柴尔德家族。热纳维耶芙还敞开沙龙大门欢迎另外两个很有魅力且家世很好的姐妹——卢利娅·卡昂·德·安韦斯（Lulia Cahen d'Anvers）和玛丽·卡恩（Marie Kann），她们都是与罗斯柴尔德家族亲善的著名犹太银行家的妻子。雅克·布朗什给这一小群新的忠实信徒取名"犹大的伯爵夫人们"。达尼埃尔·阿莱维写道，通过她们的关系，他的姑母热纳维耶芙"受邀进入了最棒的圈子"，获得了"难以置信的成功"。[45]

　　然而她的吸引力还扩展到了这份独特的宾客名单大杂烩之外。热纳维耶芙在法兰西学术院的巨大影响力始终强烈地吸引着那些文艺志向高远的客人们。算上卢多维克及其写作搭档亨利·梅亚克（1888 年入选）、梅尔希奥·德·沃居埃以及小仲马（他是阿莱维家族的多年好友），在 40 位"不朽者"中，热纳维耶芙能够施加影响的人就有 4 位，而且她毫不避讳为朋友的利益动用这些关系。在她的一生中，至少还有 9 位沙龙常客会被提名入选学术院：历史学家奥特南·德·奥松维尔，小说家保罗·布尔热、保罗·艾尔维厄和莫里斯·巴雷斯（Maurice Barrès），诗人若瑟-马里亚·德·埃雷迪亚、亨利·德·雷尼埃和费尔南·格雷格，戏剧评论家（也曾是个剧作家）朱尔·勒迈特，还有她亲爱的表哥波托-里什。

　　据说热纳维耶芙为德·奥松维尔的入选发挥了关键作用。他父亲生前曾在学术院拥有一席反而对他不利，因为老德·奥松维尔"以贵族对下等人的鄙视"对待小仲马，得罪了后者。不过热纳维耶芙与卢多维克一起，确保小德·奥松维尔赢得了必需的选票。（至于这对堂兄妹有没有帮助他与小仲马和解，就不得而知了。）热纳维耶芙婉拒了另外两位忠实信徒获得入选资格的请求：施伦贝格尔和雷纳克。她坦率地写信给后者说他根本没机会入选，她也帮不了他（两人在德雷福斯事件中都支持阿尔弗雷德·德雷福斯上尉，这种有争议的立场影响了他们入选学术院）。雷纳克欣然同意热纳维耶芙的判断，他的顺从本身就证实了她在"不朽者"中间的影响力。

　　热纳维耶芙与上层社会成员相处的时间越长，她招待宾客的方式就改变得越明显，波希米亚风格越来越淡，转向传统的上流社会风格。在她开设沙龙的初期，她总是为客人举办特别的私人演奏会，或者请艺术家朋友们表演自己的新作品。她鼓励他们当中的作家把手稿带来，让她和其他客人提提意见。她有时甚至会亲自朗诵几首诗或唱一两首歌，由古诺或马斯内为她钢琴伴奏。这些娱乐项目使她的招待会全然不同于城区的其他沙龙，那些沙

美学家、作家和日记作者埃德蒙·德·龚古尔虽然痛恨犹太人，却是热纳维耶芙沙龙的常客；他通常会陪同玛蒂尔德·波拿巴公主出现在沙龙中，他那些未经过滤且挑剔、势利的日记一直是个宝贵的八卦来源，记录着他和热纳维耶芙那个圈子里的流言蜚语

龙往往是就着橙汁、法式小点心，（对男士们和洛尔·德·舍维涅而言）抽着烟闲聊几个小时。但后来，热纳维耶芙降低了文化在沙龙中所占的比重，因为她从贵族朋友们那里得知，热切地谈论阳春白雪的话题违反了社交圈关于得体谈话（应始终轻松愉快）和妇德（应避免书卷气）的基本要求。聪明世故如她，热纳维耶芙审慎地遵行这些标准，据莉莉·德·格拉蒙说，至少"她的朋友们对她不卖弄学问而心存感激"。[46]

埃德蒙·德·龚古尔常常陪同玛蒂尔德公主光临热纳维耶芙的沙龙。他对那里犹太人宾客占多数的格局嗤之以鼻，却喜欢热纳维耶芙营造的谈话氛围——"有趣而轻浮，就像在一个 18 世纪的沙龙里，充满了匠心独妙的恶意双关语，尖刻的挖苦如鄙夷一笑"。[47]诚如龚古尔的类比所示，这样的戏谑可以追溯到旧制度下的巴黎沙龙，为在宫廷上争权夺利而耗尽心力的贵族在离开凡尔赛宫度假期间，也要在沙龙上争取象征性的霸主地位。在这些客厅小冲突中，词语就是武器，胜者就是用最出色的才智和匠心击败同侪的人。普鲁斯特为《高卢人报》写的第一篇文章就是对伟大的法国沙龙的综述，他在其中写道："他们彼此之间总是话中带刺。"[48]

夏尔·阿斯是公认的熟谙这一战术的大师，像他对饶舌妇梅拉妮·德·波尔塔莱的突袭——"我还没在《浮士德》里听到过您的声音呢！"——就在圈里流传了几十年，他也会不断尝试新的素材。[49]他尤其喜欢抢朋友的风头——这倒是他皈依的那个阶级的典型特征——例如罗贝尔·德·孟德斯鸠，两人在普法战争之前就是密友了。[50]阿斯综合了社交圈幽默的两个专长：拟人和双关，模仿孟德斯鸠的慷慨陈词，故意糟践后者的自命不凡——"我为费赞萨克家族的公爵冠冕上又加了一顶诗人的桂冠

（couronne）！"他改动了"couronne"这个词的几个字母，把诗人的桂冠变成了心脏病。

奥古斯特·德·阿伦贝格亲王也擅长这轻巧却一击致命的招数，不过他更喜欢引用他人的巧妙应答而不是自己想出一计回应。他重复那句挖苦博尼·德·卡斯特兰的未婚妻、美国铁路大亨的女继承人安娜·古尔德（Anna Gould）腰缠万贯却长相一般的格言："从背影看，她足够漂亮了！"[51][法语中"背影"（dos）和"嫁妆"（dot）是同源词，这句格言就利用了这一点，暗示如果考虑到安娜·古尔德的财富，她很有吸引力。]这些淘气又刻薄的侮辱都可入选城区的格言警句——在热纳维耶芙越来越像上流社会的沙龙里也是一样。

刚有自己的沙龙时，洛尔·德·舍维涅没有多少时间出席热纳维耶芙的沙龙。但她有时也会来，向忠实信徒们展示"她的刻薄才思"何以成为"巴黎社交圈的欢乐和恐怖之源"。[52] 有一次她腋下夹着自己的小博美犬吉斯（Kiss）来到这里，当脸上的妆比女神游乐厅的艳舞女郎还要浓重的小说家让·洛兰出声地在小狗的头上吻了一下时，洛尔做出恐怖的表情，说："小心！你脸上的粉弄得它满身都是！"[53]（和阿斯一样，洛尔也惯于再利用自己的俏皮话：多年后她又把这句话说给了让·谷克多①听。）

284

还有一次，洛尔当面攻击了热纳维耶芙性情古怪的朋友波托茨卡伯爵夫人艾玛纽尔（Emmanuela, Comtesse Potocka），后者每次出现在公共场合的样子都很恐怖，黑漆漆的头发、黑色眼影粉，身材像她养的几十条灵缇一样消瘦——证实了她性生活放荡的传言。洛尔本人固然不是什么女德模范，却假装对波托茨卡

---

① 让·谷克多（Jean Cocteau，1889-1963），法国诗人、小说家、剧作家、设计师、编剧、艺术家和导演。

夫人为人不检点心生愤懑。有一天，当后者在一位据信为情郎之人的陪伴下起身向热纳维耶芙告辞时，洛尔抓住了机会。"她就像太阳"，她故意提高音量，好让离开的那一对听到。"在一个地方升起（se lève），在另一个地方落下（se couche）。"①54

热纳维耶芙圈子里的好几位艺术家也一样擅长这类辩论。德加出身贵族，却主动选择波希米亚生活方式，颇有"用不了三句话就能击败对手"的天赋。55 他最喜欢攻击的目标是热纳维耶芙沙龙里的其他画家。他曾讥讽居斯塔夫·莫罗，说"他让我们相信众神都戴着表链"！56（达尼埃尔·阿莱维在日记中解释道，这是讽刺莫罗画中那些令人眼花缭乱的神话人物。）他嘲笑因画战争场面而闻名的学院派画家爱德华·德太耶是个"武器贩子"57，说埃利·德洛奈是个"猫猫狗狗的水彩画家"58。这些羞辱贬损没有为德加赢得任何艺术家同行朋友，却让圈子里的其他人觉得很可乐。

德加嘲笑胖子的笑话也很出名，表达了他对尺码过大的女人的极端厌恶。达尼埃尔·阿莱维记得他讲了一个趣事，在场的人全都捧腹大笑：

> 一天在歌剧院，两位女士把大粗胳膊架在包厢前的天鹅绒横档上休息。突然，从顶层楼座上传来一声大叫："快把那块火腿拿走！"大家都懵了。顶层楼座上又传来哀怨的声音："快把那块火腿拿走！"观众们开始耳语，不知道是什么意思。最后他们看到了粗胳膊，哄堂大笑。两位女士只好躲进了包厢。59

---

① 这句俏皮话是上流社会文字游戏的另一个范例。因为在法语中动词"升起"和"落下"也有"醒来"和"上床睡觉"的意思，洛尔的玩笑暗指波托茨卡夫人如传言所说，到处跟人上床。——作者注

热纳维耶芙和洛尔一样执着于保持身材苗条，也和德加一样对胖人持有偏见，以她自己常说的一句话是"她不是一头母牛"（或黑豹），"她是整个牛群"。这类俏皮话会让身材丰满的玛蒂尔德公主不舒服，但她在这里是少数。

285

德加还沉迷于反犹笑话，显然不顾这会激怒他的犹太女主人和同伴们。他最喜欢讲的一个"有趣的"故事是两只宠物猴在费里埃的一个聚会上逃跑了。这里的梗是宠物猴们为参加聚会穿上了西装领带，如此便很难与被认定像猿猴的罗斯柴尔德家族的人们区分开来。为了找到逃跑的动物，一位客人决定把所有的客人聚在一起，问他们谁可以给他一枚两路易金币①。猴子们跳出来说它们有，暴露了身份——这正中设计者的圈套：只有猴子才舍得掏出钱来。

德加对阿斯也毫不留情地发起反犹攻击，这再次表明上流社交圈一旦开始插科打诨，残酷的性情必会战胜友谊的纽带。画家本人选择了远离自己出身阶层的那种无聊浮夸，因而很不赞同阿斯对那个阶层巴结奉承，认为他不知疲倦的社交活动显示了暴发户过于渴望融入的心情。德加嘲笑好友不停地赶去参加一个又一个聚会，给他取名"贫穷的犹太流浪汉"。[60]

洛尔·德·舍维涅也像德加一样喜欢侮辱犹太人，挖苦起来也丝毫不顾及所谓朋友的利益。阿蒂尔·梅耶尔很少出现在杜艾街（他和热纳维耶芙向来不和，两人都不赞同对方一心想进入上流社会的野心）。有一次他出席那里的沙龙之后，洛尔对在场的其他人说："我的犹太佬头都秃了，但他的身子骨还算硬朗。"[61]

---

① 两路易金币（two-louis coin），法国金币名，铸于1641—1795年，币上铸有路易十三和路易十四等人的头像。

她对阿斯更是恶意满满，背地里说他使用了一点卑鄙的犹太人手段才入选了骑师俱乐部。据洛尔说，阿斯等到可能投反对票的人都在巴黎围城期间去跟普鲁士人打仗了，才第五次（也是最后一次）以候选人身份争取入会。

这样的怪谈虽然只为博社交人士一乐，却也利用了一个极其严肃的对立，即英勇的持剑贵族与据称精明、懦弱、卖国而效忠"德国"的犹太人之间的对立。1890年代德雷福斯事件爆发时，自称法国爱国者的人会援引同样的刻板印象来证明，把一位无辜的犹太人军官当作普鲁士间谍处置是合情合理的。

很难确切地说出热纳维耶芙的犹太客人们对这类幽默做何感想。有些人会虚与委蛇，比如卢多维克·阿莱维也会自嘲，说自己符合刻板印象中"犹太人"的贪婪。他讲到他曾经拒绝两万法郎的出价为《高卢人报》写一部连载小说——"我必须掐自己一下。真的是我在说话吗？"[62] 至于在热纳维耶芙的圈子里反对这类反犹笑话的声音，有记录的实例似乎只有一次。一位未具姓名的犹太人朋友有一次不得不打断让·福兰（他是曾跟随德加学习的漫画家，以尖刻的幽默感成为热纳维耶芙最喜欢的一位客人）的种族主义攻击，插嘴说："但你们的耶稣基督是犹太人啊！"福兰和他的老师一样才思敏捷，反驳说："对，那是因为他谦虚。"这类反击或许阻止了犹太忠实信徒们更频繁的抗议。普鲁斯特后来在一个未发表的手稿片段中猜测，"或许一个犹太人"一生中"总（有）一个时刻要经历几乎不可避免的羞辱"，因此他已经"不怕被鄙视了"。[63]

至于热纳维耶芙，她那句"我没有多少宗教可改"或许能够表明她试图超脱"有生"阶层的朋友们打趣的种族主义侮辱。[64]另一方面，她自己成了沙龙中最幽默诙谐的人，更有力地制止了他们的偏见。

热纳维耶芙的尖刻绝不逊于宾客中的任何人，但她很少那么卑劣小气。费尔南·格雷格说她的幽默感鲜活地混合了

> 常识和意外惊喜，这让她能够以根本不真诚的方式说出最古怪的话。她和堂兄卢多维克·阿莱维一样有一副异想天开的头脑；说出的嘲弄有股子天然的温柔劲儿，逻辑则完全出人意料。[65]

热纳维耶芙那种尖刻打趣的俏皮话的确让人想起卢多维克和梅亚克合作的舞台剧中那种善意的讽刺。一位戏剧评论家曾赞扬"梅亚克和阿莱维"的才智"辛辣而节制；辛辣却从不落井下石，既粗鲁又可爱，他们也讨厌人性的弱点，却更觉得可笑"[66]，他们享有极高的文化威望。识别出他们的幽默与热纳维耶芙的幽默之间有着家人的一脉相承，无异于把她纳入了最有喜剧天赋之人的行列。

让热纳维耶芙不同于这对名人组合，并显然让同伴们觉得比后者更加有趣的，是她在说俏皮话时带着一脸和善的无辜。（龚古尔称之为她"犹太人的满不在乎"[67]。）正因为热纳维耶芙说话时面无表情，那些听起来很难令人捧腹的俏皮话才让听众忍俊不禁。她最著名的一句俏皮话来自在马斯内的歌剧《埃罗底亚德》（*Hérodiade*，1881）首演时与古诺的对话。幕间，古诺转向她，以说教的口气称："我觉得这音乐像八音盒。"热纳维耶芙立刻喊道："我正想说呢！"[68] 她睁着一双大眼睛，一点儿没有被逗乐的样子。她还有个常被引用的警句，即每当有不熟悉她的背景的人问她喜不喜欢音乐时，她总会答道："在我第一个家里，他们整天鼓捣那玩意儿。"[69] 热纳维耶芙对自己与 19 世纪最伟大的两位作曲家的关系如此轻描淡写，可见她对上流社会那套假装

的"单纯"轻车熟路。

光临她的沙龙的常客们惊叹她聪明诙谐，总是记下她的挖苦讽刺，"热纳维耶芙最新"语录便不断扩充更新。在两个周日之间为打发时间而重复她的俏皮话，简直成了他们集体自我抚慰的仪式。他们还会对各自圈里——贵族、财阀或艺术家——的门外汉们引用她的格言，并总是用这个问题抛砖引玉："你听到热纳维耶芙的最新语录了吗？"[70] 就像在风平浪静的湖中扔进了一块石子，这样的一咏三叹会在巴黎社交圈里激起涟漪，那些同心圆不断扩大，乃至覆盖整个湖面，没有哪个角落能保持平静。正如"美元公主"新娘的丈夫博尼·德·卡斯特兰带着巨大的惋惜所说，"昔日的公爵夫人们正在被风趣机智的女人所取代"。[71]

岁月流逝，热纳维耶芙还会找到其他加强神秘感的方式。不过她的"梅亚克和阿莱维式"诙谐的传说会通过三个各自独立但同样声望很高的朋友圈传遍全城，进而为她打下绝佳的基础。与洛尔深夜在"黑猫"疯玩的传说一样，这个传说不仅提升了女主人公的荣耀，还代表了蒙马特尔与上流社会之间一种象征性的融合。任何收集费利克斯·波坦集换卡的人都能证明，在 19 世纪末的巴黎，旧的藩篱正在倒塌，全新的社会秩序在它的残骸上建起。在特权的堡垒和天才的贫民窟之间出现了一个热闹的大市场，家世与天分、高贵与低贱一起出现在那里，以一种共同的货币进行交易：出名。作为这种和谐关系的促进者，热纳维耶芙和洛尔脱颖而出，成为两个最著名的典范。虽然她们姓氏的光芒都源于其他男人的成就（彼特拉克、德·萨德、比才和阿莱维家族），但这两个女人用她们非正统的社交能力和自我推销手段打出了自己的一番天地。热纳维耶芙和洛尔预见到了大多数同代人还没有感知的未来世界，她们因为出名而闻名遐迩。[72]

注　释

1　Bischoff, op. cit., 186; DH, "Deux portraits de Mme Straus," 177; and AM, op. cit., 430.

2　LC 社交恶作剧的这一简短样本来自 Eugène Hubert, "La Fête de l'Opéra," 《吉尔·布拉斯报》（1883 年 4 月 8 日）：第 3-4 版；"La Journée,"《高卢人报》（1885 年 4 月 29 日）：第 2 版；以及 "Bloc-notes parisien,"《高卢人报》（1889 年 3 月 17 日）：第 1 版。

3　LG, *Mémoires*, vol. 2, 31.

4　同上书，79-80。

5　AdF, *Mon Paris et ses Parisiens*, vol. 4, 118. 关于 LC 性格的这一方面，又见 AF, *Le Bal du Pré-Catelan*, 156-57。

6　MB, *La Duchesse de Guermantes*, 80; and AF, "Le Salon de l'Europe," 467-70. 关于雷什克的情爱丑闻，见 Garry O'Connor, *The Pursuit of Perfection* (Philadelphia: Atheneum, 1979), 49。玛丽·德·迈利-内勒由于不能离婚，不得不等到丈夫死后才嫁给雷什克；等那一天终于来到时，她和男高音已经一起生活十多年了。关于传说 HG 曾与玛丽·德·迈利-内勒有过婚外情，见 HB, op. cit., 40。

7　AF, "La Salon de l'Europe," 463.

8　同上书，450。

9　Harold B. Segal, *Turn-of-the-Century Cabaret: Paris, Barcelona, Berlin, Munich, Vienna* (New York: Columbia University Press, 1987), 20. 除特别注明之外，关于"黑猫"的详情均为 Segal 的描述 (19-37); 摘自 Theodore Child, "Characteristic Parisian Cafés," *Harper's New Monthly Magazine* 77 (April 1889): 687-703 and 700-703; 以及 Jerrold Seigel, *Bohemian Paris: Culture, Politics, and the Boundaries of Bourgeois Life, 1830-1930* (Baltimore and London: The Johns Hopkins University Press, 1996), 223-24 and 231-36。关于布吕昂在巴黎上层社会广受欢迎，见 Seigel, op. cit., 238-39; 以及 Alcanter et Saint-Jean (pseud. Marcel Bernhardt), "Les Vendredis d'Aristide," *Le Nouvel Echo* 3 (February 1892): 78-80。

10　"黑猫"的皮影戏模仿的历史和《圣经》人物包括拿破仑一世、圣安东尼和示巴女王；见 Segal, op. cit., 31。还有一部特别大胆的皮影戏讽刺了耶稣的一生；见 the *Chap-Book* (August 1, 1894): 201–2。

11   关于布吕昂蛊惑人心的人格面貌和音乐曲目，见 Seigel, op. cit., 235–39。

12   同上书，239。在法文中，尊贵的布吕昂让仆人们使用的称呼是 "Chansonnier
       populaire"，直译是 "大受欢迎的歌唱家"。但在法文中，"populaire" 不光
       有受欢迎之意，还有 "人民" "群众" 的内涵，布吕昂声称自己是百姓的代言
       人，因而尤其注重这一细节。

13   本书第 14 章也讨论了 GPR 对彼特拉克的兴趣，这方面的内容见 NAF
       24951, folio 156; and Walter Müller, *Georges de Porto-Riche, 1849–1930:
       l'homme, le poète, le dramaturge* (Paris: J. Vrin, 1934), 51。

14   Francesco Petrarca, "CLXII. *Questa fenice dell'aurata piuma*," in *Il
       Canzoniere*, vol. 1, ed. Lorenzo Mascetta (Lanciano: Rocco Carabba, 1895).
       在这句诗中，和彼特拉克的许多文字游戏一样，"dell'aurata"（金色的）也
       暗含着他的夫人的名字：洛尔。

15   Gratin (pseud.), "Femmes et fleurs," *Le Gaulois* (August 30, 1885): 1; 关于有人
       把 LC 误称为 "德·塞维涅夫人"，见 AF, "Le Salon de l'Europe," 460。

16   AG, *Les Clés de Proust*, 31; and Jean-pascal Hesse, *Donatien Alphonse Franç
       ois de Sade* (Paris: Assouline, 2014), 418–19. 在接受 Hesse 采访时，Xavier
       de Sade 说他的祖先唐纳蒂安 1814 年去世之后，"一个多世纪以来，我们只
       能在家里提一提侯爵的名字"（418）。1930 年代的年轻人 Xavier 还说，他被
       一位叔叔警告说，"你要是在敢外面提一句你的曾祖父，就会完蛋的"（419）。

17   Sert, op. cit., 87.

18   PM, *L'Allure de Chanel*, 107.

19   关于 GM 传说中的 300 个情妇，见 Armand Lanoux, *Maupassant le Bel-
       Ami* (Paris: Fayard, 1967), p. 241; and *La Revue des deux mondes* (October–
       December 1970): 84。

20   Louis Auchincloss, *The Man Behind the Book* (New York: Houghton
       Mifflin, 1996), 99.

21   LD, *Devant la douleur*, 119.

22   René Maizeroy, "Guy de Maupassant à Sartrouville," in *Le Gaulois* (July 3, 1912),
       1. Maizeroy 在文中称自己是 GM 最好的朋友。我引用的大量关于 GM 的秘密社
       团的信息都是他透露的。关于 "克里普人" 的详情，见 Bancquart, op. cit., 131;
       以及编辑们致 GM 的短简, *Contes et nouvelles*, ed. Dominique Frémy, Brigitte
       Monglon, and Bernard Fremech (Paris: Robert Laffont, 1988), 209。

508

23 GM，致一位女性朋友的信，未署期，拍卖编号为 #272，被转录于 *Autographes et manuscrits* (Paris: Ader, June 23, 2013)。这份拍卖品并未被认定为致 LC 的信，然而它是和一叠其他信件一起拍卖的，那些信件被确认为 GM 和 LC 的其他艺术家朋友（伊薇特·吉贝尔、弗雷德里克·米斯特拉尔和费迪南·巴克）写给 LC 的。这些信件据说都出自同一处家族地产。

24 同上。

25 GM, *Bel-Ami* (Paris: L. Conard, 1910 [1885]), 146.

26 cossé-Brissac, op. cit., 138.

27 EG，见 AP(II)/101/8。

28 在 RTP 中，MP 正确地指出这是弗拉基米尔大公的话，在 SG 的开头，盖尔芒特家的一次聚会上，他以配角身份出场。不过，大公之所以那么高兴，原因是一位名媛被主人家花园的喷泉淋得浑身湿透，又羞又臊。

29 AF, "Le Salon de l'Europe," 464-66.

30 F. W. J. Hemmings, *Culture and Society in France, 1848-1898: Dissidents and Philistines* (London: Batsford, 1971), 136. 关于鼎盛时期人称"巴黎女王"的施耐德对真正王室的魅力，见 Jacques Heugel, "Hortense Schneider," *Le Ménestrel* (May 14, 1920): 208.

31 AF 在 "Le Salon de l'Europe," 464 中对这一插曲的叙述稍有出入。

32 同上书，465。

33 DH, "Deux portraits de Mme Straus," 177.

34 关于 LH 的名士风范，见 Laurent, op. cit., 92; and J.-P. Halévy, "Ludovic Halévy par l ui-même," 141。他参加"比克肖晚餐会"一节，见 Laurent, op. cit., 43。

35 FG, *Mon amitié*, 42-43; Carassus, op. cit., 86; 关于 GS 的"混合"沙龙的独特性和声望，见 Balard, ed., op. cit., 162-63; DH, "Deux portraits de Mme Straus," 175; and Jacob, op. cit., 168-70. 关于她文学圈的朋友一直请她在事业上帮助他们，见 Bischoff, op. cit., 134-36.

36 EdG，日志，1893 年 2 月 17 日的日记。

37 Muhlstein, *Baron James*, 105.

38 Bischoff, op. cit., 111. 关于雷纳克嘲笑 ES 一刻不停地谈论 GS，见 LG, *Mémoires*, 200。

39 HR, *Les Cahiers*, 447.

40 DH, "Deux portraits de Mme Straus," 177.

41 Jacob, op. cit., 165.

42　HR, *Les Cahiers*, 278.

43　除特别说明外，一切 GS 的忠实信徒们对 EG 的抱怨和对其性格的评价的引文全都摘自 Bischoff, op. cit., 113-16. Bischoff 很奇怪地坚持认为关于 ES 的暴脾气和狂暴的占有欲的评价"不该被当真"(115)。不过在所有忠实信徒中，似乎只有保罗·艾尔维厄一人曾对 ES 发脾气的倾向轻描淡写。见 PH 致 GS 的信，未标明日期，存档于 NAF 13026, folio 37。

44　DH, "Deux portraits de Mme Straus," 178.

45　同上书，175。

46　LG, "L'entresol," 3. 同样，关于 GS "毫无书卷气、毫不贪恋文学也毫无学术气质的性格"，见 RD, "Madame Straus et Marcel Proust," 806。

47　EdG，日志，1895 年 2 月 18 日的日记。JEB 以同样的口气提到了 GS 沙龙里的打趣；见 *Mes modèles*, 114。

48　"全体巴黎人"（MP 的笔名），《巴黎的伟大沙龙》，《高卢人报》（1893 年 9 月 1 日）：第 1-2 版；译文见本书附录三。

49　关于阿斯和德·阿伦贝格的诙谐，见 Painter, op. cit., vol. 1, 128; and FG, *Mon amitié*, 43。

50　Chaleyssin, op. cit., 223.

51　Paul Grelière, *Les Talleyrand-Périgord dans l'histoire* (Paris: Éditions Clairvivre, 1962), 181.

52　AdF, *Cinquante ans de panache*, 52.

53　Arnaud, op. cit., 76; AG, *Les Clefs de Proust*, 15.

54　Huas, op. cit., 166.

55　FG, *Mon amitié*, 43. 这里，FG 事实上是指德加的学生和朋友、漫画家让－路易·福兰的刻薄嘲讽。但它同样适用于德加，福兰承认德加在艺术和头脑上都是他的老师。关于福兰是 GS "最喜欢的"风趣之人，见 Bischoff, op. cit., 138, n. 1。

56　DH, *My Friend Degas*, trans. Mina Curtiss (Middletown, CT: Wesleyan University Press, 1964), 47, n. 5.

57　同上。

58　EdG，日志，1885 年 6 月 6 日的日记。GS 虽然不是特别喜欢战争场面的油画，但她对德太耶的画特别偏爱，因为他画过《卡门》最初的舞台布景。

59　DH, *My Friend Degas*, 47.

60　Raczymow, *Le Cygne de Proust*, 92.

61　André Magué, *La France bourgeoise actuelle* (Paris: Février, 1891), 229. LC

声称掌握阿斯入选骑师俱乐部的秘密的引文见 PM, *L'Allure de Chanel*, 106；以及 DH, *Pays parisiens*, 82。关于参加普法战争的骑师俱乐部成员，见 "Le Jockey-Club à l'armée," *Le Figaro* (October 25, 1870): 2。

62 LH, *Carnets*, 590.

63 AGG, *Souvenirs*, 144.

64 这一片段被抄录在 Pléiade 版本的 RTP 的学术注释中。MP, RTP, vol. 1, 902.

65 FG, "Sur Marcel Proust" *Le Journal des débats* (February 7, 1937): 3; and FG, *L'Âge d'or*, 168. 同样，关于她的 "巧妙应答，其中她非常巧妙地注入了自己善意的讽刺"，见 RF, "Mort de Mme Émile Straus," 2. 关于 GS 的 "梅亚克和阿莱维式" 才智，又见 RD, *De Monsieur Thiers à Marcel Proust*, 21 and 29. 关于德·盖尔芒特夫人的 "梅亚克和阿莱维式" 才智，见 MP, TR, 785。

66 Jean-Claude Yon, "Le théâtre de Meilhac et Halévy: satire et indulgence," in *Loyrette*, ed., op. cit., 162–77, 168.

67 EdG, 日志，1887 年 3 月 28 日的日记。

68 LG, *Mémoires*, vol. 2, 201; FG, L'Âge d'or, 168.（是 FG 指出 GS 和古诺当时正在看《埃罗底亚德》。）许多年后，MP 在他模仿圣西蒙的回忆录中引用了这句话，说它是 GS 所说，但改变了她说此话的背景。MP, *Pastiches et mélanges* (Paris: Gallimard, 1947 [1919]), 84.

69 LG, *Mémoires*, vol. 2, 201. GS 其他最常被传颂的俏皮话，同上书，200–201；以及 MP 致 GS，见 MP, *Correspondance avec Mme Straus*, 99–100。

70 RD, *De Monsieur Thiers à Marcel Proust*, 18.

71 Castellane, *Vingt ans de Paris*, 106. 在同一段，Castellane 还指出 "（巴黎贵族的）旧宅子里的聚会越来越少，人们已经习惯了一种新型社会"（同上）。那种新型社会不仅包括 "聪明风趣的女人"，还有非贵族且往往是外国出生的女继承人，如 Castellane 本人的妻子安娜·古尔德。关于世纪末巴黎旧的社会樊篱的坍塌，更多内容见 Fiette, op. cit., 205–7；以及 CCB 在 1886 年的一篇日记："无论我们望向何处，那个旧世界，旧社会，似乎都正在瓦解。" CCB, op. cit., 196.

72 这里的一个重要例外是阿蒂尔·梅耶尔，他加入（并帮助）LC 和 EG 成为她们那个时代的名人偶像；据 JEB 说，梅耶尔的指导 "原则" 是 "名声比天分重要"。JEB, "Mes modèles" *Les Nouvelles littéraires, artistiques et scientifiques* (July 14, 1928): 2.

在她们各自的家中，洛尔和热纳维耶芙并不是唯一直面争议和无视传统的人。她们的丈夫也在颠覆着各自阶层不成文的规矩。阿代奥姆·德·舍维涅的反叛方式是与年轻的德·塞纳瓦斯男爵交往并与他一同旅行。埃米尔·斯特劳斯的反叛方式是拒绝安于自己出身的阶层——巴黎的移民工人阶级。关于阿代奥姆的出格行为，似乎没有更多的资料留存下来，因而也没有多少可说。而斯特劳斯反常的社交资历却有不少证据保存至今，足够对其人有更为清晰的了解。那些证据为我们呈现出一个有头脑、有野心、和他婆的女人一样复杂的男人；这位精力充沛的"无生"阶级奋斗者在一出大规模社会剧中扮演了他自己的配角，那是热纳维耶芙、洛尔和伊丽莎白共同主演的剧目：上层的阶级重构。

斯特劳斯毫不掩饰自己提升社会地位的欲望，这种做法常常令同代人错愕。他虽然只是个资产阶级犹太人，却以执拗的坚定和精明的策略成为一名律师，也以同样的坚定和精明巴结贵族乃至王室成员。按照那些非常了解他的人的说法，斯特劳斯急于挤入上层的渴望直接源于他对自己的家世背景的不自信。正如达尼埃尔·阿莱维所说，"和许多白手起家的人一样，斯特劳斯出身低微，却极端势利"。[1] 同样和许多白手起家的人一样，他从不谈论自己是从多深的底层爬上来的。斯特劳斯的名字在 19 世纪末的报纸杂志和回忆录中出现了数百次，但这些资料中无一处提到他的出身，或者他的社会地位和职业地位上升之前那些年的情况。斯特劳斯本人活到了八十多岁，却从未谈起或写过自己的出身。在他和热纳维耶芙结交的那些圈子里，人们往往会自负地谈起自己的家世背景，因此他把那些从自己的公开人格中彻底抹去的做法就显得更不寻常了。

　　我们很难断定斯特劳斯是否也对热纳维耶芙彻底隐瞒了自己的出身。不过在热纳维耶芙的通信中，没有第二任丈夫任何亲戚的来信或去信，这表明要么他选择不对她提起斯特劳斯家的其他人，要么她也愿意无视他们的存在。她对待第一任丈夫的家人可不是这样的，虽然他们也是无名之辈。比才死后，热纳维耶芙仍然与他鳏居的父亲、退休理发师和钢琴教师阿道夫联系密切，常常请他帮忙照顾雅克。在她的鼓励（可能也是在她的资助）下，阿道夫·比才甚至搬到了杜艾街 22 号她楼下的一间小公寓里，一直住到他 1886 年去世。

　　热纳维耶芙和斯特劳斯那年 10 月 7 日结婚时，两人或许都希望开启一段新生活。婚礼在巴黎大犹太会堂（Grand Synagogue of Paris）举行，那是一座庄严宏伟的现代会堂，外观是装饰繁复的新罗马风格，能容纳 1800 人。[2] 这座会堂位于第九大区，与新娘第一次举办婚礼的地方同处一个街区，但二者的相似之处仅此一项。热纳维耶芙和比才是在当地的市政厅里结婚的，举办了一个朴素的世俗仪式，只有几个最亲近的家人参加（还受到新娘母亲的抵制）。她和斯特劳斯的婚礼极尽排场，是由巴黎的首席拉比主持的宗教仪式——在高耸的大理石圣坛脚下，新婚夫妇在一个传统的犹太人婚礼彩棚下面交换了誓言。一群罗斯柴尔德家族（他们也是这座会堂的首要恩主）成员见证了他们的结合，其到场对新婚夫妇有极大的象征意义。到这时，热纳维耶芙和埃米尔的父母都已经去世了。夫妇俩仿佛在说，罗斯柴尔德家族以后就是他们的家人了。

　　仿佛还要让这假托的家世门第惠及他已故的母亲菲利皮内和父亲亚伯拉罕·斯特劳斯一样，新郎在结婚证书上把二人列为食利者：经济上自给自足的人。①3 这是他唯一一次在文件中提到自己的法定父母。这也是谎言，在很大程度上揭示了他计划如何与热纳维耶芙一起开始新生活。斯特劳斯擅长自我重塑，在这方面与热纳维耶芙不分高下，他将重新书写过往的历史，冲破特权的要塞，定义全新的自己。

亚伯拉罕·泽利希曼（Abraham Seligmann，1803—1881）出生于莱茵兰 - 普法尔茨州的上莫舍尔（Obermoschel），那是莱茵河谷的普鲁士领土，与法国的阿尔萨斯省接壤。大批阿什肯纳兹犹太人口居住在该地区，他的家族就在其中；亚伯拉罕有三个兄弟姐妹，他是次子。根据民事记录，他的父亲萨穆埃尔（1774—?）是法兰克福犹太巷的拾荒者，那是欧洲最古老的犹太人贫民窟之一。他迁居阿尔萨斯可能是为了加入一个家族造假币团伙，因为在 1806 年，萨穆埃尔有两个生活在该地区的泽利希曼家族亲戚因伪造奥地利、法国和普鲁士货币而被捕。4 这两位泽利希曼被审判和定罪后，萨穆埃尔把自己和最亲近的家人的姓氏改成了"施特劳斯"（Strauss），表明他们与这桩丑事无关。5 但没过多久，萨穆埃尔又回到了法兰克福贫民窟，把妻子和孩子们留在阿尔萨斯，后来他的儿子亚伯拉罕也曾做过一模一样的事。

1820 年代末，亚伯拉罕·施特劳斯在上莫舍尔娶了同样是阿尔萨斯阿什肯纳兹犹太人的菲利皮内·弗兰克（Philippine Frank，约 1812—1884），1830 年，两人在那里生下了长子利

/ 290

---

① 必须在民事文件上填写"职业"一栏时，财富自给自足之人就会使用食利者一词。比方说，马塞尔·普鲁斯特 1922 年的死亡证书上就准确地认定他为食利者。——作者注

埃米尔·斯特劳斯的父母就是在莱茵河下游河谷的这座
犹太人占多数的城镇里结婚的

奥波德。不久后他们移居巴黎。在迁居过程中，亚伯拉罕第二次
更改姓氏，去掉了最后一个"s"。从那以后，他的姓氏就改成
了法语发音的"斯特劳斯"（strôss）①，而不是条顿人的"施特劳
斯"（schtrauss）。这一发音变化对两人的幼子埃米尔十分重要，
因为这样一来，他就和自己不体面的莱茵传承之间有了清晰可辨
的距离。在19世纪和20世纪初的美国犹太人移民社区，德裔犹
太人位处社会等级的顶端，碰巧都属于泽利希曼和斯特劳斯（就

---

① 元音与英语的"dose"或"gross"相同。——作者注

目前所知，与亚伯拉罕和萨穆埃尔等人没有任何关系）等有钱有势的家族。[6] 相反在法国，说德语的阿什肯纳兹人一般都被看成粗鲁的贫民，不可与格拉迪斯、罗德里格斯和佩雷尔等祖产丰厚、数代以前就来到法国的伊比利亚塞法迪犹太人相提并论。德裔犹太人是"贫民窟贱民"的刻板印象在普法战争后变得更加偏激。[7] 那时，年轻的律师埃米尔刚刚在巴黎开始自己的事业，他总是强调自己姓氏的法语发音，以表达自己的学识、教养和爱国情怀。在德雷福斯事件期间，那些想羞辱他的人干脆就叫他"施特劳斯"。

一到巴黎，亚伯拉罕·斯特劳斯夫妇就在第二大区的一个蓝领社区住下来，菲利皮内在那里又生下了四个孩子，两个女儿和两个儿子。埃米尔出生于1844年，是最小的儿子，比斯特劳斯家的次子达尼埃尔小11岁。孩子们在家里说德语和意第绪语，这或许说明父母掌握的法语有限。和许多时代和文化中的移民后代一样，斯特劳斯兄弟姐妹大概都是在外面跟母语使用者学习的本地语言：玩伴、邻居、老师（如果孩子们上过学的话）。数十年后，埃米尔会重拾起自己少年时代的德语，将海因里希·海涅的一些诗歌翻译给维利·德·罗斯柴尔德女男爵（Baronne Willy de Rothschild）。

第二大区当时是，现在仍然是巴黎大堂 ① 的所在地，那是市中心的很大一片集市，被恰当地称为"巴黎之腹"。亚伯拉罕在那里找到了流动楼层小贩的工作，后来升级为面粉商人，在市场

---

① 巴黎大堂（Les Halles），法国巴黎的一个区域，位于时尚的蒙特吉尔街的南端。它的前身是已于1971年拆掉的中央批发市场，取而代之的是一个现代化的地下购物区——大堂广场。其露天中心区低于街道，像一个坑，有雕塑、喷泉和马赛克，以及格雷万蜡像馆。

最西边的谷物交易厅有固定摊位。在埃米尔·左拉反映现实的小说《巴黎之腹》（Le Ventre de Paris, 1873）中，他笔下的谷物交易厅是"一个巨大而沉重的石笼"[8]，满是粉尘的大面袋子垒得很高，上面覆盖着拱形圆顶。1885年，它将变成巴黎证券交易所的新大厅，该交易所此前位于隔壁的柱廊式新古典风格建筑中。巴黎大堂附近的整片区域每天从日出之前忙碌到日落之后。清晨天不亮，外省来的农民、渔民和猎人们就赶着车进城把货物从马车上卸下来；夜间，穷人和老鼠一样，到垃圾箱和污水沟里寻找吃食。

少年时代，利奥波德和达尼埃尔·斯特劳斯在最小的弟弟还未出生时，也和父亲一起在谷物交易厅从事面粉生意。（按理说他们应该没有读过高中。）菲利皮内或许也和他们一样劳动，当

这张照片上表现的就是典型的19世纪工人在巴黎大堂搬运谷物的形象。斯特劳斯的父亲和两个哥哥也曾干过这活

在"巴黎之腹",女人也是劳动力的重要组成部分

时有很多女人都在巴黎大堂干活。[9] 除了最重的搬运活之外,市场里的女性劳动者从事和男人一样的工作,从管理库存到与买方交易。如果菲利皮内确实在市场里帮忙,那么白天她大概会把两个牙牙学语的女儿留给某个邻居照看。无论如何,她仍然承担着做家务的主要责任,包括把洗澡、清洁和做饭用的水搬过狭窄的楼梯;买食品杂货,天热时它们很快就会坏掉;给鱼去鳞、给禽类去毛、给肉类去皮,在烟熏火燎的煤炉或燃气炉上烹制食物;把大卷的脏床单、脏衣服和尿布拖到河边洗净。巴黎上层阶级能够优哉游哉地享受,把所有沉重家务都分给仆人去做,像斯特劳斯家这样的家庭可负担不起那样的奢侈。

另一个奢侈是有一个年长的监护人,要么是男仆,要么是某个成年亲戚，在菲利皮内抛头露面时帮她守护名节。好也罢，坏也罢，没有这样的保护倒是为她的一段关系铺平了道路，那是她这样的女人无论如何都不大可能有希望碰到的巧遇。在 1840 年代中期的某个时候，菲利皮内与历史上最富有的男人之一詹姆斯·德·罗斯柴尔德（1792—1868）男爵有了一段婚外情。[10]

这段风流韵事的源起无从得知，不过谷物交易厅与证券交易所毗邻可能促成了他们最初和后来的邂逅，詹姆斯男爵每天都要去证券交易所。他们也有可能是通过面粉交易认识的。1840 年代中期，整个法国小麦歉收，导致商品价格上涨。大饥荒危险在即，詹姆斯男爵便采取行动预先制止了危机。他把巴黎的谷物商贩集中到一起，对他们说，只要他们同意不再涨价，他本人会出钱弥补亏空（他利用与俄国沙皇的衍生品互惠信贷筹资）。如果菲利皮内确实曾与亚伯拉罕和儿子们一起在生意场上帮忙，而且

詹姆斯·德·罗斯柴尔德男爵据说是埃米尔·斯特劳斯的生父，他是个富可敌国的金融家、慈善家，也是路易－菲利普的顾问

如果斯特劳斯一家确实作为商贩被男爵召集到这次会议上，那么她就有可能是在那里引起了他的注意。

什么让她和男爵走到了一起则是另一个难解之谜。菲利皮内没有个人作品——她大概都不会写字，因为在阿尔萨斯犹太人社区，只有男孩子才去上学——詹姆斯男爵的档案中似乎也没有任何关于这段婚外情的线索。但他毕竟是全欧洲最有钱有势的男人之一，这一公共形象与菲利皮内的籍籍无名形成了鲜明的反差，因此一切关于他们彼此吸引之基础的讨论都注定会朝当时和现在已知的关于他的资料倾斜。至于菲利皮内为何对男爵感兴趣，最没有新意却也是最有可能的解释，是他给了她一些在她和亚伯拉罕的生活中不敢想象的物质享受。众所周知，詹姆斯男爵对精美物品的胃口极大，常常斥巨资购买和享用。正如他的一位玄孙女安卡·米尔施泰因（Anka Muhlstein）在关于他的传记中所述：

> 这位罗斯柴尔德喜欢肆意炫耀和过度挥霍，表明一种强烈的……决心，他要超过任何人，让自己鹤立鸡群，决意要在贵族自己的游戏中打败贵族，那就是奢侈、品位和精致的游戏。[11]

除此之外，男爵对穷人也是出了名的慷慨。如果他在与菲利皮内交往中显示出这两个倾向中的一个或全部，那么他有可能以自己的慷慨赢得了她的喜欢。[12]

詹姆斯男爵并不以英俊著称，他长着滚圆的肚子、多肉的双下巴，还有一双浮肿垂睑的蓝眼睛，整个人像一只穿着银行家服饰的牛蛙。[13] 随着年岁增长，他越来越像牛蛙，腰腹部越发滚圆，到最后，他站着和躺着几乎一样高。爱开玩笑的社交人士打趣说，他为了弥补自己的丑陋而娶了一位美女——他19岁的侄女，闺名贝蒂·冯·罗斯柴尔德（Betty von Rothschild，1805-1886）。[14] 贝蒂是个性感丰腴的杏眼褐发美女，被德国诗人海因里希·海涅称为"无翼的天使"[15]。让·奥古斯特·多米尼克·安格尔[①]在1842年到1848年间为她创作的一幅巨幅肖像凸显了她一头浓密黑发的光泽、完美的鹅蛋脸型，以及肩部细腻优雅的线条，一条奢华的玫瑰色塔夫绸礼服将她的曼妙完全衬托出来。娶一位漂亮妻子当然不会妨碍他对婚姻不忠，但詹姆斯男爵在每一段婚外情中都很留意他在上流社会的名声，那是他非常在意的。[据当时的奥地利大使说，"大公们都在（取）笑他，但（还是）醉心于"出席他为了讨好他们而举办的聚会。[16]] 为避免丑闻，男爵喜欢从低阶妇女中挑选情妇。[17] 因此从社会阶层上来说，商贩的妻子恰是能吸引他色眯眯的目光的那种女人。

菲利皮内没有留下照片；和仆人们一样，斯特劳斯家人根本请不起人拍照或画像。假设她也像幼子一样有着瘦削的身材、浅色眼睛、白皙的皮肤和红色头发，那么她与男爵20岁妻子的样貌大相径庭。更有意思的可能是菲利皮内贫困的背景吸引了男爵，不仅因为这使她生活在他的社交圈之外，还因为这让他想起了自己的身世——令人始料未及，也再次与贝蒂形成了鲜明对比。

詹姆斯·德·罗斯柴尔德男爵出生于法兰克福犹太巷的一

---

① 让·奥古斯特·多米尼克·安格尔（Jean Auguste Dominique Ingres，1780-1867），法国画家，新古典主义画派的最后一位代表人物，他和浪漫主义画派的杰出代表欧仁·德拉克洛瓦之间的著名争论震动了整个法国画坛。安格尔的画风线条工整、轮廓确切、色彩明晰、构图严谨，对后来许多画家如德加、雷诺阿乃至毕加索都有影响。

个阿什肯纳兹家庭，那里也是菲利皮内的公公的出生地。他在家中五个儿子里排行最末，19 岁便受父亲的委派移居巴黎，创建家族银行生意的法国分部。父亲迈尔·阿姆谢尔（Mayer Amschel）以货币兑换商起家，那时已经是个银行家了。（詹姆斯的哥哥们被派驻全欧洲各个城市完成同样的使命，因而整个家族建起了一个跨国集团。）拿破仑战争（1803—1815）让罗斯柴尔德家族发了一大笔横财，为他们赢得了奥地利的贵族爵位；在巴黎，詹姆斯发财的途径是在证券交易市场上赌拿破仑一世一定会失败。不过他真正白手起家成为一个大亨，还是在七月王朝①（1830—1848）期间。凭借自己在金融方面的非凡才能，詹姆斯起初与佩雷尔兄弟合作，扩大生意规模，进入了必将成为那个世纪最重要、增长最大的行业——铁路。他以自己的精明能干赢得了国王路易－菲利普的信任，管理国王的私人投资，他和贝蒂也凭借国王的喜爱进入了社交圈。

　　然而夫妇俩社会地位的提升进一步突出了二人之间的深刻差异。贝蒂是罗斯柴尔德家族的第二代，一出生便享尽荣华富贵，正如她的一位同代人所写的那样，她"带着那种贵族式的无动于衷，将最昂贵的奢侈品视为家常"18。詹姆斯男爵没有妻子那种天然的从容不迫；他出生的世界——犹太巷——是她全然陌生的，不管他获得了多少财富和权势，也永远不可能把那一切抛诸脑后。如果这样的差异加重了男爵在社交场上的不自信，或者让他和贝蒂在家里生出其他争执，那么他就有可能被身份较低微的女人所吸引，就是像菲利皮内·斯特劳斯那样的女人。

------

① 七月王朝（July Monarchy），1830 年 7 月 27 日，法国爆发七月革命，革命持续了三天，波旁王朝复辟期结束，8 月 9 日，七月王朝宣布成立。奥尔良家族的路易－菲利普获得王位，成为新的国王路易－菲利普一世。

詹姆斯男爵的妻子贝蒂也是他的侄女。她被
认为是大美女，这幅肖像由安格尔创作

除了外表上天差地别之外，詹姆斯男爵和妻子的另一个明显的差异，就是她"说纯正的法语"，而他带着浓重的德裔犹太人口音——"Ponchour, Matame"（"你好，夫人"），这使他每次一张口就暴露了自己的贫民窟出身。[19] 小说家奥诺雷·德·巴尔扎克在《人间喜剧》（*La Comédie humaine*，1829-1847）中写到无所不能的德裔犹太人纽沁根男爵时，就给他赋予了詹姆斯男爵那种粗鲁的音调变化，让它们的发音跃然纸面。[①] 即便巴尔扎克很小心，除了"那胖犹太人"外没有详细描述此人，至今也

① 很难为英语世界的读者说清楚，这种"犹太人"法语在母语为法语的人听起来和（书面）看起来是什么效果。在他关于罗斯柴尔德家族的历史著作中，尼尔·弗格森写了一个例子，詹姆斯男爵在谈到佩雷尔兄弟时说："Vat do you mean? … I haf the greatest confidence in the chenius of Messrs. Pereire, … such clefer men."（"你这是什么意思？……我对两位佩雷尔先生的天分有最大的信心……他们真是精明。"）在《了不起的盖茨比》（1925年）中，斯科特·菲茨杰拉德写刻板印象化的古怪犹太人迈尔·沃尔夫山姆吹嘘自己的"business goneggtions"（商业人脉），也有同样的效果。——作者注

这张法兰克福犹太人贫民窟的明信片中用一个箭头标注了詹姆斯·德·罗斯柴尔德长大的地方

仍有人认为罗斯柴尔德是纽沁根的原型。在没有其他任何突出特点的情况下，这位虚构银行家的犹太巷土语就成了这个人物的核心特征。

菲利皮内的法语大概也有同样浓重的口音。贝蒂"非常纯正"的法语显示出她和自己的叔叔之间巨大的经验差异，而菲利皮内那一口移民的法语或许让他听到了熟悉亲切的乡音。那大概表明她有可能理解男爵在往往不怎么友好的异国他乡白手起家、不知疲倦地工作所经历的种种艰辛。虽然身份低微，但菲利皮内和家人每天仍面临着那样的艰辛。

埃米尔1844年出生时，菲利皮内在出生证上填写的父母是她自己和亚伯拉罕·斯特劳斯。然而孩子诞生后几个月，亚伯拉罕就搬去英国了，再也没有回来，这可不像一位宠爱新生孩子的父亲所为。亚伯拉罕突然永久出走标志着他与菲利皮内的婚姻事实上的终结。埃米尔的父母分开的时机似乎能够证实他并非亚伯拉罕所生，而是詹姆斯男爵之子的传言，他后来进入的社交圈对这个传言笃信不疑。

　　他获得的独一无二的教育优势进一步增加了传言的可信度。在斯特劳斯家的兄弟姐妹中，只有埃米尔一人被送去私立学校，少年时代寄宿在右岸的一个高级膳宿公寓布斯凯－巴思（Bousquet-Basse），那里的学生们都在附近很有名的私立日校——康多塞中学（Lycée Condorcet）读书。布斯凯－巴思和康多塞中学的校友名单就是这座城市大资产阶级和犹太精英的名人录。斯特劳斯能在那里入学，唯一可信的解释就是由詹姆斯男爵安排和出资的，男爵已经把自己的两个儿子和一个孙子詹姆斯·纳塔涅尔·德·罗斯柴尔德（James Nathaniel de Rothschild）送到了那里。詹姆斯·纳塔涅尔与埃米尔·斯特劳斯在布斯凯－巴思寄宿的时间有所重叠（前者比埃米尔大两岁，因此在学校里比埃米尔高两届），这表明大金融家没有刻意让自己的私生子远离那些得到承认的子孙。的确，高中毕业之后，斯特劳斯继续沿着詹姆斯·纳塔涅尔的成长轨迹，在他之后两年进入了巴黎的法学院。[20]斯特劳斯1867年毕业，成为亚伯拉罕和菲利皮内的家族中第一个获得大学学位的人。

　　斯特劳斯毕业后又创造了另一个家族第一。他成了一位作者，在巴黎一家小众出版社茹奥（Jouaust）发表了自己关于财产法的毕业论文，该出版社书单上除此之外仅有的一部法律专著就是詹姆斯·纳塔涅尔·德·罗斯柴尔德的法学院毕业论文。茹奥更有名的出版物是赞美詹姆斯男爵和罗斯柴尔德家族其他成员的系列宣传册。这家出版社的高级编辑之一是历史学家欧仁·阿尔方（Eugène Halphen），他（当时尚未诞生的）孙女诺埃米·阿尔方（Noémie Halphen）长大后嫁给了詹姆斯男爵的另一个孙子莫里斯·德·罗斯柴尔德（Maurice de Rothschild）。（诺埃米的外祖父碰巧是热纳维耶芙的前监护人欧仁·佩雷尔。[①]）鉴于茹奥与罗斯柴尔德家族的亲密关系，它出版一位名叫埃米尔·斯特劳斯的无名学生的法学院毕业论文的决定，似乎再次证明了此人是罗斯柴尔德之子的传言。

这些年里，斯特劳斯断断续续地记了一本日记。他在首页称："我只会说真话，只写给我自己。"[21] 作为他个人思绪的资料库，这本日记包括几个潜在的生平线索，虽然大多数是简略的。第一个也是最直接的线索，是他在日记中画了大量素描，写了不少短篇故事。这些涂鸦表明，斯特劳斯自称"像波希米亚人那样热爱一切艺术——绘画、音乐和诗歌"并非妄言，即便后来他几乎全盘否定了自己的过去，这种热爱也始终是他最为认同的特征。[22] 对于一个没有受过艺术培训（学习的是如何成为一名律师）的年轻人而言，他的钢笔画显示出极大的天赋。其中最好的一幅肖像画是一个穿着随便的黑发女人背对着观者，在燃烧的蜡烛火苗上焚烧一叠信件。巧合的是，这幅画让人想起他未来的妻子差不多在同一时期毁掉了与乔治·比才的全部通信。

另一个相关的线索是他晦涩地记述了自己与一位捐助人的会面，那显然还是在法学院的时候，这位捐助人只是被称作"陌生男人"（l'Inconnu）。[23] 听说了斯特劳斯的艺术倾向，而他本人又是一位世界级的艺术鉴赏家和收藏者，陌生男人请斯特劳斯拿

---

298

①　此处原文似有误，前文提到热纳维耶芙的前监护人为埃米尔·佩雷尔。——译者注

出画作来给他看看。斯特劳斯把日记本递过去，紧张地等待着，陌生男人则沉默地翻看那些画。最后男人说话了，语气生硬粗鲁，拐弯抹角地表扬了他：这些真的是斯特劳斯画的吗？画工很好，看上去不像是他画的。这样的反应听起来可能有点像侮辱，斯特劳斯却不这么认为。他对陌生男人认可自己的画表示"欣慰"。他再也没有提到过这位陌生人。如果詹姆斯男爵曾在年轻人的日记中扮演过一个小配角，那应该就是这一次了——上了年纪的威严财阀顺道过访，时间刚够他以模棱两可的父亲态度过问一下斯特劳斯的艺术创作，继而再次消失在陌生的未知世界。

如果说斯特劳斯日记中的这个线索表明有人短暂地出场，下一个线索就说明有人刺眼地缺席。他日记中没有一处提到亚伯拉罕、菲利皮内或四个兄弟姐妹中的任何一个。富裕家庭的男孩子

年轻的斯特劳斯写自己"像波希米亚人那样热爱一切艺术"，在日记本中画了很多素描

们把寄宿学校和大学看成稀疏平常的成长过程而非人生中前所未有的机会，作为在他们中间长大的外人，斯特劳斯大概会为自己乏善可陈的家庭感到尴尬。如果真是这样，那么他或许在同学中缄口不提自己的家庭以防被嘲笑；无论出于未经省察的习惯，还是出于有意为之的动机，这样的沉默也延伸到了日记中。无论动机如何，他在日记中一字不提家人的做法成为他一生遵循的行为模版：彻底疏远他们，仿佛根本不知道他们的存在。哪怕他真如自己所说，"只写真实的东西"，仿佛他的家人根本不曾存在。

斯特劳斯还在布斯凯－巴思时，有理由担心自己会遭到霸凌。该校的另一位校友曾瑟瑟发抖地忆起"（同学们）的残酷无情——他们私下里对待彼此就像野蛮人"[24]，以至于较为敏感的孩子会终日处于"恐惧和殉难感"中，恨自己为什么来到世上。[25]对斯特劳斯而言，他出身的阶层比同学们的低，受折磨的风险就够大了，更何况最初他的行为举止和标准跟他们的完全不同。不过斯特劳斯14岁时，他的两个哥哥卷入了一个屈辱的金融丑闻中。[26]他们在报纸上臭名远扬，或许让斯特劳斯获得了另一个有力的理由，对同学（或许也对自己）假装那些社会弃儿斯特劳斯小贩们跟他毫无关系。

父亲移居英格兰后，利奥波德和达尼埃尔继续在谷物交易厅做生意。将近20岁时，他们把家里的生意重组为"斯特劳斯兄弟面粉商"（Straus Brothers Flour Merchants），为增加销量采取了激进冒险的做法。1850年代初，利奥波德越过英吉利海峡到伦敦城开了一家分公司，而达尼埃尔留在原地监管巴黎大堂的国内生意。然而两个兄弟终究应付不来海外扩张。1858年，"斯特劳斯兄弟面粉商"宣布破产。巴黎和伦敦的报纸都刊登了公司倒闭的消息，以及该公司的两位所有人在两个国家面临的法律诉讼。

　　为了避免被投入债权人的私牢，利奥波德和达尼埃尔从各自的城市逃走了。达尼埃尔回到了祖先的故土阿尔萨斯，做些经营物件的小本生意。利奥波德起初在波尔多进口南美的红酒和烈性酒，后来又去了亚拉巴马，在那里被一对名为马克斯兄弟的干货商人以诈骗罪起诉到州最高法院。[27] 他最终到了旧金山，虽然他又在自己的姓氏最后加上了那个"s"，却仍无法声称自己与那里的李维·施特劳斯牛仔裤大亨有关。利奥波德或达尼埃尔后来是否还见过彼此、其他兄弟姐妹或母亲，历史记录中没有明显的线索证明这类团聚。他们的出逃和自我放逐，不但让斯特劳斯家族蒙羞，也毁了那一家人所剩无几的亲情。

　　斯特劳斯在日记中只字未提，但家庭蒙受的屈辱和内部破裂为解密他所写的短篇故事提供了一个有力的背景，那些故事合起来构成了另一条简略的生平线索。这些短文没有题目、没有署期，也未完成，多是些关于当代巴黎人做派的微型喜剧，从中看不出斯特劳斯画作中显示的那些天分，没有什么社会学见解或心理学深度。但它们仍然值得关注，一个重要原因是其中几乎每一位主人公都出身持剑贵族。法国天主教武士阶层的子弟作为一个社会类型，其形象正好与圈钱的犹太人移民相反，前者英勇神武神气活现，后者则是一群怯懦的恶棍，敲诈债权人，又在骗局曝光后弃国逃跑。斯特劳斯的虚构文字中那些温文尔雅的贵族军官，可以被视为他对自己从未认同的那个可耻而支离破碎的家庭的彻底重写。

　　斯特劳斯对持剑贵族的天真的理想化，不但出现在他的创意写作中，或许也影响了他毕业后职业道路的选择。他于 1867 年

就获得了法学学位，但直到 1870 年的普法战争之后，没有记录
表明他开始在巴黎执业。斯特劳斯在那段间歇期参了军。他或许
是巴黎被围后才应征入伍的，那时身体健康的法国男人全都应召
参军了。当然他也有可能此前就参军了，因为没有记录表明他在
那些年里从事过其他专业活动，而过上绅士阶层的闲适生活那时
还不是他的一个选项。因此他或许从法学院一毕业就去服强制兵
役了，后来又延长了兵役期，希望继续在军队里担任全职军官。
詹姆斯男爵在斯特劳斯获得法学学位的一年后就去世了，因此即
便男爵有意干预斯特劳斯的事业轨迹，他也未曾以"陌生男人"
的身份再度造访，批评年轻人浪费了极其正统的法学教育。

　　斯特劳斯在这段间歇期所写的日记提供了一些更为隐秘的
见解。在篇幅最长的短篇故事中，他给自己指定了一个第二自
我，阿拉米斯，取名自大仲马 1844 年的历史小说中三个火枪手
中的一个。大仲马笔下的阿拉米斯在三人中最有野心和才智，甚
至不惜暗算他人，但他也和同伴一样"温雅而出众"，那些正是
斯特劳斯为自己这个版本的人物赋予的特性。[28] 他还为自己这位
"当代阿拉米斯"[29] 赋予了明显与自己相似的特征，包括强烈地
"热爱一切艺术"，以及"瘦削的身材、金黄色的头发、鹰钩鼻
（和）尖下巴"。[30] 斯特劳斯把自己重新想象为持剑贵族，英勇
无畏地渴望为法国而战，这无疑显示出他毫不掩饰的社交欲望。
在他进入社交圈之后，这样的欲望被其同代人解读为势利：

　　　　啊！我觉得没有什么比为自己的祖国而战更光荣的事业
　　了，秉持自由的选择，逼迫与正义为敌之人就范！还有什么
　　比高贵的心灵更美丽、更神圣的吗？[31]

在斯特劳斯的日记和生活中，这种骑士幻想很快就结束了。在他写下最后一篇阿拉米斯故事时，战争爆发了，它毫无意义的"绝望和蹂躏"让我们这位英雄目瞪口呆。阿拉米斯消逝在黑暗中，代之以斯特劳斯对自己参加普法战争经历的不连贯记述。1871 年 1 月，双方已经宣布停战了，斯特劳斯却与一颗爆炸的炮弹不期而遇。

1871 年 3 月停战之后，斯特劳斯在巴黎过上了平民生活。他在第九大区租了一间公寓，距离他未来的妻子位于杜艾街的那座楼不远。靠近蒙马特尔或许是他强调自己"像波希米亚人那样热爱一切艺术"的方式，即便他正在着手开展自己的律师业务，在一个全无波希米亚风格的行业中打造一番天地。

斯特劳斯早期的一些案子枯燥无聊得近乎可笑。其中一个是代表一个女人起诉一位药剂师为她的狗配错了支气管炎药物，导致狗因摄入过量药物而死亡。[32] 另一个案子是一位有钱的老太太直到婚后才发现，自己那位自称塞加拉侯爵的年轻英俊的丈夫欺骗了她，他的头衔（假冒的；事实上他是西班牙宪兵之子）、家徽（也是伪造的），乃至年龄（35 岁，但他对她说自己只有 33 岁）全都是假的。斯特劳斯代表被告出庭，在结案陈词中把被告比作《热罗尔坦公爵夫人》中的弗里茨"，就因为年长的公爵夫人迷恋他，这位英俊的年轻士兵得到了一连串不劳而获的提升。[33] 如此恰当但出人意料的典故后来成为斯特劳斯在法庭上的鲜明特色之一，他似乎总能用恰当的文学典故和引文来支持自己的论点。他的聪明并没有为假冒的男爵赢得此案，但那是斯特劳斯罕见的一次败诉。塞加拉案和小狗支气管炎案据说是他仅有的两个败诉的案子。

其后十年，埃米尔·斯特劳斯大状——他很高兴自己也通过工作获得了一个专门的尊称——全心全意地投入了工作。他对每一个案子都巨细靡遗地纠缠细节，以工匠般的骄傲完善自己的诉讼摘要。他把曾投入到绘画中的精益求精和全神贯注投注于法律事业，并得到了快速发展。1879 年他 35 岁时，已经是同代人里公认最优秀的律师之一，成了"巴黎律师界的领军人物"。[34]

正是在这一时期，罗斯柴尔德家族找上门来，把斯特劳斯从一位引人注目的律师变成了不可战胜的律师。让他担任罗斯柴尔德兄弟的法律顾问（担任这个职位的同时，他仍然可以代理其他案件，只要没有利益冲突即可）似乎是詹姆斯男爵的长子阿方斯男爵（1827—1905）的主意，这位说话温和、眼神忧郁的男人长着上细下圆、擦到衣领的络腮胡子。由于已故的父亲指定他作为下一代家族领袖和公司领导，阿方斯或许也获知了斯特劳斯身世的秘密，以此为由找到了他。两人虽然差了 17 岁，但阿方斯和斯特劳斯关系友好融洽，因为两人都曾投身公共服务（阿方斯也曾在巴黎被围期间英勇作战；此外，他还给法国政府贷款数百万法郎，用于在和平时期支付普鲁士的战争赔款）；都热爱艺术（和詹姆斯男爵一样，阿方斯也是个眼光敏锐、知识丰富的艺术收藏家）；也都一丝不苟地对待工作。正是这最后一个价值观让这对据称为同父异母的兄弟走到了一起。阿方斯常常被看作他父亲的（婚生）孩子中最聪明、最勤奋的一个，他欣赏斯特劳斯的机敏才智和孜孜不倦的职业道德。[35] 斯特劳斯也欣赏阿方斯不摆架子的风度和对家族事业废寝忘食的投入。

与罗斯柴尔德家族的关系至少在两个方面彻底改变了斯特劳斯的生活。首先是财力方面。他在罗斯柴尔德兄弟得到的报酬应该相当优厚，不过位于伦敦的大家族档案中没有留下这类记录，因而没有关于他薪水的资料保存下来。但在为公司工作期间,斯特劳斯也在一个领域收获了专业才能,那就是如今所谓的公司法。(1899 年,《高卢人报》称他为巴黎首屈一指的"财务问题专家"。[36])随着法国工业化进程加速,经济越来越现代化和复杂,该专业使斯特劳斯变成了富人。

新增的财富使他能够接受与罗斯柴尔德同侪一样的品位和消费习惯了,只是没那么奢侈而已。或许是在阿方斯或埃德蒙(埃德蒙是罗斯柴尔德兄弟中与斯特劳斯年龄最接近的,他自己也有精美的艺术收藏)的怂恿下,他开始购买艺术品了。[37] 他主要收藏绘画大师的作品、18 世纪法国艺术品和现代艺术。与阿方斯和埃德蒙一样,斯特劳斯也严肃地对待自己的收藏。(阿斯给交际家朋友们的那套关于艺术收藏的简要提示,他们是不需要的。)或许跟他自己的绘画天赋有关,斯特劳斯目光独到,尤其是在当代收藏这一类别,这给了他足够的信心选择名气不大的艺术家的作品。他早期最棒的发现是克劳德·莫奈,他从后者那里购买了几幅色彩鲜艳的画作。

财富还让斯特劳斯有闲暇把律师事业拓展到不那么挣钱,纯粹因为兴趣而涉足的领域。他为一个文化促进组织,即剧作家和作曲家协会(Society for Dramatic Authors and Composers),提供无偿法律服务,致力于保护艺术家们为舞台写作和作曲的知识产权。得益于参与该组织的工作,斯特劳斯能够把知识产权法纳入自己的客户服务范围中,没过多久,他代表的当事人就包括了一大群各式各样的著名艺术家,像雷雅纳、居伊·德·莫泊桑、乔治·德·波托 - 里什和居斯塔夫·莫罗(斯特劳斯也收藏了他的作品),等等。作为公司法领域的领袖,斯特劳斯把自己"像波希米亚人一样热爱艺术"变成了一项核心的律师业务,这无疑非同寻常。

　　另一方面，他与罗斯柴尔德家族的联系也大大改变了他的社交地位和前景。与詹姆斯男爵关系的传言自始至终伴随着斯特劳斯，让他获得了极大的关注，那远不是一位资产阶级（工人阶级当然更少）犹太人律师所能得到的。关于他的父亲是谁的八卦无处不在，至少部分当归因于罗斯柴尔德家族臭名昭著的偏狭。他们有族内通婚的传统，詹姆斯男爵和贝蒂的结合只是很多实例中的一个而已，该传统的本意是防止外人进入家族，分得财产——虽然古怪，但它完全等同于在旧制度下法国贵族的氏族内通婚做法。19 世纪末的"有生"阶层仍然渴望能延续这一王朝模式，但他们的家徽需要镀金，就不得不屈尊妥协，而罗斯柴尔德家族的人没有这样的压力。1859 年，詹姆斯男爵和贝蒂的次子居斯塔夫男爵（1829—1911）娶的妻子不是亲戚，让整个家族为之

阿方斯男爵接替父亲詹姆斯男爵担任巴黎罗斯柴尔德家族的族长，雇用斯特劳斯做法律顾问

大怒。四分之一个世纪之后，贝蒂仍然不能接受这桩婚姻。她也未曾原谅自己的两位法兰克福侄女贝尔特和玛格丽特·冯·罗斯柴尔德嫁给天主教贵族。[38] 在此背景下，埃米尔·斯特劳斯能够被罗斯柴尔德家族接纳，令人震惊，此事前所未有，看起来唯一符合逻辑的解释，就是他是詹姆斯男爵的私生子。

斯特劳斯对贵族的崇拜和他对艺术的热爱一样，从少年时代持续到成年以后，不过他作为社交名流，可远不像艺术律师和收藏家那样游刃有余。当罗斯柴尔德家族的人外出社交时，他温顺地紧随其后，忙着巴结一生中头回见到的真正的贵族。然而无论是对他自己还是对身边的人而言，那种明显急于讨好的样子与他平日工作里养成的好斗傲慢的态度，以及对自己的出身迟迟不消的戒备心看起来都极不协调。斯特劳斯不久以后从热纳维耶芙的朋友们那里获得的批评——说此人招人讨厌、咄咄逼人、愤愤不平——只是把上层对他没风度没教养的抱怨换一套说法说了出来。罗斯柴尔德家族的人何以招惹这么一个粗野讨厌的人，这只会让他们是亲戚的猜测更加可信。要不然，他们到底为什么要容忍他呢？

斯特劳斯似乎读不懂社交圈熟人们躲开和冷落他的暗示。他顽固地追求社交人脉，运气最好的时候，他想要结交的大人物正好需要一位律师。他攀附保利娜·冯·梅特涅（Pauline von Metternich）的过程就是如此，这位尖嘴猴腮的奥匈帝国亲王夫人的社会地位在第二帝国时期，她丈夫以奥地利大使的身份入驻拿破仑三世的宫廷时达到了顶峰。第二帝国崩溃后，梅特涅夫妇回到了祖国，但亲王夫人疯狂地热爱音乐又追求时尚，偶尔会回巴黎听音乐会，定制高级时装。碰巧，斯特劳斯遇到她时，她有一位侍女的丈夫刚刚在奥地利因谋杀罪被捕（被捕时手里还握着血淋淋的刀）。斯特劳斯虽然对奥地利法律一无所知，但仍立即主动提出帮忙，他利用对杀人犯的漫长乏味的审判与保利娜保持通信。[39] 她没有保留他写来的信，但从她写给他的那些信中，可以看出这个女人客气地忍受着一个男人的殷勤，尽管欠了他人情，但还是希望他别来烦自己。斯特劳斯把她所有的信件都归入一个特殊的文件夹（这对他来说实属罕见，因为他没有几封其他通信被保留下来），至死都保留着它们。

斯特劳斯的社交事业原本很可能在这里戛然而止了，没有什么进步，所剩的只是一捆来自一位亲王夫人的敷衍潦草的信件，错把琐事当作奇迹。然而在此过程中他遇到了热纳维耶芙·比才，获得了冲破上流社会堡垒的第二次机会，他知道她就是那个能送他上青云的人。正如她的艺术家朋友们指望她帮他们出名，贵族朋友们指望她把他们变得有趣，斯特劳斯也指望她把自己改造成交际家。他没有料到对热纳维耶芙来说，这次尝试也和他的杀狗案和伪造家徽案一样，是她的特殊魔力失灵的罕见个例。

斯特劳斯走向未来新娘那条路的起点可能是很多地方，可能是剧作家和作曲家协会，她的很多朋友和亲戚都是那里的会员；也可能是某个社交场合，人人对有趣的比才寡妇趋之若鹜，对斯特劳斯则避之不及。他或许曾在自己住的街区、剧院或花蹊注意过她。两人的生活有很多交叉点，又有很多共同的熟人，以至于到他们在1880年8月到1881年3月期间的某个时候走到一起时，他们的关系想必会给人一种宿命感。

至少斯特劳斯有这种感觉。他很早就把自己的暗恋透露给了约瑟夫·雷纳克，此人后来在热纳维耶芙面前无情地嘲笑他，说斯特劳斯自从初次遇到她，就丧失了一切谈论其他事或其他人的能力。在他用那句"你一定要见见热纳维耶芙"的咒语纠缠罗斯柴尔德兄弟、雷纳克和施伦贝尔格陪他去拜访她的沙龙之前，那首先是他每天对自己念的咒语，关键词是"一定"。热纳维耶芙是他必要的需求，是一个像自由、公正或骑士荣誉一样绝对而不可妥协的原则。迷恋她将复活他心中的阿拉米斯，爱她会让他变得高贵。

这里的关键词——"高贵"——是个充满矛盾的词，斯特劳斯的阿拉米斯复活的利弊都被它召唤出来。一方面，他对热纳维耶芙的爱绝对是真诚不渝的，按照她的好友们的说法，那的确把他变成了一个更好的人。就连卢多维克的妻子、一向讨厌斯特劳斯的路易丝，也承认他变好了。"斯特劳斯这人浑身上下没有一点高贵之处。"[40] 她对儿子达尼埃尔抱怨说，但她又说："唯一让他高贵的就是他对你姑母的爱。"在这句话中，路易丝为高贵所赋予的意义与斯特劳斯在他的阿拉米斯故事中所指的意义相同：人格正直，道德高尚。斯特劳斯对热纳维耶芙的爱让他显露出自己最令人赞赏的品质，在这个意义上他的确变得高贵了。

问题在于"高贵"的另一层意义是斯特劳斯渴望归属的那个阶级。就此而言，它激发了伴随欲望而生并对其产生影响的一切势利小人自命不凡的冲动，让他显露出最招人鄙视的品质。

这是上层的阶级重构在人性方面的代价，热纳维耶芙和斯特劳斯两人结成搭档在上流社会攀升时，都付出了这样的代价。与她最亲近的人们很沮丧地发现她与斯特劳斯结为夫妻后，表现出了比以往更多"邪恶的虚荣"和社交"算计"，她的沙龙开始变得无趣了。[41]

虽然令人遗憾，但变得无趣也是她所做选择的必然结果。热纳维耶芙承担起让斯特劳斯变成交际家的职责，就意味着要接受这样一个前提，即"阶级"（或"俱乐部"）这个蛮横武断、排除异己的概念本身是值得追求的目标。那就意味着以一种不管不顾的方式接受下面这句格言的逻辑：

> 在我看来，"骑师俱乐部"的意思就是不管我在这里结交了什么人，让我最开心的始终是除我之外，外人没有这样的机会。[42]

/ 306

秉持这一准则（热纳维耶芙的确渐渐接受了这一准则），就是认定结交谁与他们是什么人无关，而只与他们不是什么人有关。

根据这一逻辑，忠实信徒们觉得热纳维耶芙"不爱斯特劳斯"也是合乎情理的。事实上她自己也挑明了这一点，从她1886年秋对他们讲起准备嫁给他的决定时所说的话就可以看出。"斯特劳斯，你丈夫？！那太可怕了！"他们抗议道。"我还能怎么办？"她叹口气说，"这是我唯一能甩掉他的办法了。"[43]

恰如所料，这个玩笑被收入了热纳维耶芙最新语录，这再次证明了她的生动有趣。然而这句玩笑话中的厌世情绪却也让我们看到了热纳维耶芙在做出这个决定时的某种伤感。嫁给斯特劳斯就是委屈自己过上一种没有爱的生活，虽然她算出这样的牺牲带来的收益（她已故的母亲痴迷的东西——"社会地位（和）钱！"）高于损失，但她可不觉得那是件容易的事儿——她既没有那么坚强，也没有那么天真。

斯特劳斯恐怕更难应对这些。在他和热纳维耶芙结婚之前，他就开始在一对矛盾的欲望之间挣扎了，一方面是对世故的企图（热纳维耶芙是他的战利品和社交帮手），另一方面是对爱情的希冀（热纳维耶芙是他一生的至爱）。罗贝尔·德雷福斯①说起他时用了一个比喻，大概会让这位从前自称阿拉米斯的律师会意一笑：

> 斯特劳斯让我想起一个古老的骑士传说中的骑士，为了征服超凡脱俗的公主，他必须放弃自己出于忌妒而把她锁在一座只有他才有钥匙的塔里的诱惑——因为他急于或者至少觉得自己必须，向（其他）值得尊敬的追求者打开城堡的大门。[44]

在他与热纳维耶芙的关系中，斯特劳斯面对的是一个经典的魔鬼交易：他要衡量一下自己独自享有的需求（他毫不掩饰这个需求，以至于加利费开玩笑地称他是热纳维耶芙的"业主"[45]）与收藏家炫耀珍品的渴望，看二者孰轻孰重。

最后，收藏家打败了配偶。急于讨好贵族人士的斯特劳斯积极鼓励热纳维耶芙投身于社交生活和沙龙，他知道除此之外，那些贵族人士根本不会理他。但在朝着这个方向敦促她时，他放弃了对"超凡脱俗的公主"的所有权。现存的热纳维耶芙和斯特劳斯的照片全都是和一位或多位她的忠实信徒一起照的，这就很能说明问题：恰如其分地图解了一桩被世故所腐蚀的婚姻。

虽然斯特劳斯和热纳维耶芙一样，是主动选择这桩交易的，但随着她的知名度日升，与交易相伴的情感负担日益沉重。斯特劳斯虽说"对妻子的沙龙充满自豪感，仿佛那是他自己的沙龙"[46]，但达尼埃尔·阿莱维写道，"他对社交圈的爱却始终与

---

① 罗贝尔·德雷福斯（Robert Dreyfus, 1873-1939），法国记者、作家，马塞尔·普鲁斯特童年时的友人。

阿莱维家庭相册中的另外几张照片：（左）斯特劳斯与热纳维耶芙坐在前面，布朗热－卡韦站在后面；（右）阿斯、热纳维耶芙、布朗热－卡韦和斯特劳斯

他的恐惧激烈冲突"，他总是要跟人争夺热纳维耶芙的关注。后来，这种内在冲突让他变得更加粗野，也更不掩饰自己的易怒和好战。

　　他总是向忠实信徒们证实自己是个"残忍"而"可怕"的人。[47] 有一次，普鲁斯特加入了小圈子，他注意到就连在其他客人离开之后留在沙龙里和斯特劳斯夫人一起围坐在炉火边这么一个无辜的举动，也会让斯特劳斯因为忌妒而慌乱不安。"你真应该看看他那副样子，"普鲁斯特对塞莱斯特·阿尔巴雷回忆道：

／ *307*

　　他受不了妻子叫我"亲爱的小马塞尔"……他会在椅子

上辗转不安、起身、四处走动，再坐下、拿起火钳捅火苗，然后把火钳丁零当啷地扔在地上。斯特劳斯夫人会说："埃米尔，求你了！"他会咕哝一句："我亲爱的热纳维耶芙，你说话太多，已经很累了……"但她会说："我亲爱的小马塞尔，请别在意。埃米尔，别烦我们！"斯特劳斯先生别无他法，只能继续把火钳弄得叮当乱响。[48]

另一位忠实信徒更笼统地记述了这一互动："斯特劳斯对（热纳维耶芙）的占有欲让他吃了很多苦头。他总是心怀不满，想必很渴望有机会能专横地对待她。"[49]

如果埃德蒙·德·龚古尔的话可信，那么斯特劳斯确实专横地对待过她。龚古尔经过对他和热纳维耶芙夫妇俩的一番审视，得出的结论是，在他们的关系中，"女人像个男人，不想被束缚"——带着热纳维耶芙的歌剧分身卡门的影子——"而男人的行为像个女人，总想永远独占爱人的一切"。此外，热纳维耶芙的飘忽不定也越来越让斯特劳斯无法忍受，以至于"有一天，他（在盛怒中）把她推倒在地"，从那以后她"总是害怕他会对她实施更多的暴力"。[50] 最后，据龚古尔说，热纳维耶芙之所以接受了斯特劳斯的求婚，就是"因为她害怕（如果她坚持拒绝）她的追求者要么杀了她，要么自杀"。

1886 年圣诞节，斯特劳斯婚礼之后还不到三个月，龚古尔就在日记中写道，热纳维耶芙"后悔嫁给了这位追求者"。如今已经与她终成眷属的追求者也会有自己的悔恨，令他心中那个秘密的阿拉米斯大失所望。[51]

注 释

1 Balard, ed., op. cit., 399.

2 由于法国法律不承认宗教婚姻有法律效力，ES 和 GS 也不得不在第九大区的市政厅登记民事婚姻；见 "Faits divers," *Le Temps* (October 9, 1886): 3。

3 *Staats-und Adress-Handbuch der Freien Stadt Frankfurt*, vol. 114 (Frankfurt: Krugs Verlag, 1852), 308.

4 关于泽利希曼亲戚们卷入造币团伙，见 *Journal politique de Mannheim* 107 (April 18, 1886): 4; and Maurice Mejan, *Recueil des causes célèbres et des arrêts qui les ont décidés*, vol. 1 (Paris: Plisson, 1807), 193–234。

5 MP 和 FG 两人后来都曾提到，斯特劳斯夫妇的长期"好友"德·奥松维尔在德雷福斯事件中与他们立场相对，便开始故意念错他们的姓氏来侮辱他们。FG, *L'Âge d'or*, 169; and Painter, op. cit., vol. 1, 225. MP 在 RTP 中描写过一个类似的互动，斯万变成了德雷福斯的支持者，触怒了很多社交圈的朋友；这以后，社交圈的某些人（其中包括他自己的女儿，他死后被她母亲出身贵族的第二任丈夫收养）开始把他的姓氏念成"斯旺"，"把这个源于英国的名字变成了一个德国姓氏"。关于这一变化的讨论，见 Raczymow, *Le Cygne de Proust*, 28。

6 关于德裔犹太人在美国的社会地位，见 Stephen Birmingham, *Our Crowd: The Great Jewish Families of New York* (New York: Harper & Row, 1967); 关于塞法迪犹太人在法国的声望，见 Philippe Erlanger, "Israélites français devant le snobisme," in Jullian, ed., 95–96。

7 关于这种有害刻板印象的起源和含义，尤其见 Hannah Arendt, *The Jew as Pariah* (New York: Grove, 1978) and *The Origins of Totalitarianism, Part I: Anti-Semitism* (New York: Harcourt Brace Janovich, 1951), 54–88。

8 Émile Zola, *Le Ventre de Paris*, 3rd ed. (Paris: Charpentier, 1874), 213.

9 关于巴黎大堂的男女混合劳动，见 Sante, op. cit., 104。

10 Ignotus (pseud.), "Les Roth schild," *Le Figaro* (January 30, 1878): 1; 关于他每天前往证券交易所，见 Muhlstein, *Baron James*, 86; 关于他对粮食危机的干预和他与沙皇的交易，见 G. de Rothschild, op. cit., 73–74。

11　Muhlstein, *Baron James*, 78.

12　Ignotus (pseud.), op. cit., 1; Septfontaines (pseud.), *L'Année mondaine 1889* (Paris: Firmin-Didot, 1890), 329; and Ferguson, op. cit., 19–20. 关于罗斯柴尔德家族通常的博爱精神，见 HB, op. cit., 46–48; Ferguson, op. cit., 19–20, 233, and 273–80；以及 RM, "Saints d'Israël," *Têtes couronnées*, 98–106。

13　Ferguson, op. cit., 111.

14　Muhlstein, *Baron James*, 76–78.

15　Heinrich Heine, "Die Engel," *Neue Gedichte* (Hamburg: Hoffmann & Campe, 1852), 219. 关于贝蒂写这首诗的灵感来源，见 Virginia Cowles, *The Rothschilds: A Family of Fortune* (New York: Alfred A. Knopf, 1973), 72。关于安格尔为贝蒂所画的肖像，见 Tinterow and Conisbee, eds., op. cit., 414–25。

16　Tinterow and Conisbee, eds., op. cit., 414. 关于詹姆斯男爵的野心，又见 Nicault, op. cit., 9; and Muhlstein, *Baron James*, 81。Muhlstein 提到詹姆斯男爵在巴黎时，每周开四场聚会。

17　1860 年代中期，詹姆斯男爵年逾七旬时，开始与拿破仑三世一位部长的美丽妻子（也是 MP 的一位未来指挥官的母亲）Walewska 伯爵夫人眉来眼去。但到那时，他避免与出身好的巴黎女人纠缠不休的名声已经众所周知了。Ferguson, op. cit., 109.

18　Muhlstein, *Baron James*, 78.

19　Nicault, op. cit.,000; and Ferguson, op. cit., 58. 关于詹姆斯男爵的"纽沁根式"发音，见 Ferguson, op. cit., 91。

20　ES 的法学院毕业论文写的是《拿破仑法典》中动产与不动产的差异。ES, *La Distinction des biens* (Paris: Jouaust, 1867). 詹姆斯·纳塔涅尔·德·罗斯柴尔德的作品也是由 ES 发表毕业论文的那家出版社出版的，题目是 *Des conventions qui modifient la composition de la communauté* (Paris: Jouaust, 1865)。

21　ES，日志，5，存档于 NAF 14386. 和法国国家图书馆保存的大多数档案不同，这份手稿没有为每一页编写档案号，因此我使用了页码。

22　同上书，19。

23　同上。"陌生男人"对少年 ES 居高临下的态度与詹姆斯伯爵在他的孩子、亲戚和下属面前一贯是个"专制的父亲"的描述一致；见 Ferguson, op. cit.,

228-29。

24 Constant Coquelin, *Un Poète philosophe: Sully Prudhomme* (Paris: Paul Ollendorff, 1882), 9.

25 Sully Prudomme, "Première solitude," cited in Coquelin, op. cit., 10-11.

26 Baudouin, "Tribunal de commerce: Faillites," *Gazette des tribunaux: journal de jurisprudence et de débats judiciaires* (January 24, 1857): 38; "Bankrupts," *Solicitor's Journal & Reporter* (March 14, 1857): 281; and "Meetings for Proof of Debts," *Solicitor's Journal & Reporter* (December 25, 1858): 139. 关于利奥波德·斯特劳斯在逃离巴黎后的活动，见 *Revue des vins et liqueurs et des produits alimentaires pour l'exportation* 12, no. 12 (1888): 24。

27 "Marx et al. v. Strauss [*sic*] et al.," *Southern Reporter* 9 (April 1891): 818-20.

28 ES，日志，op. cit., 24。

29 同上书，19。

30 同上。

31 同上书，22.

32 *Le monde Illustré* (March 20, 1880): 186; 关于斯特劳斯在法庭上打赢官司的记录，见 "Maître Émile Straus," *Le Gaulois* (June 22, 1889): 3。

33 Albert Bataille, "Gazette des tribunaux,"《费加罗报》，1884 年 3 月 13 日，第 3 版。这类夸张的文学类比的另一个例子，发生在 ES 代理一个不知名的诗人 Louis Ratisbonne 起诉一家文学杂志以 Ratisbonne 的名义发表了另一个人的糟糕诗作之时。在结案陈词中，ES 引用了缪塞一首关于抄袭的诗中有趣的一句："我的杯子或许不大，／但我才是那个用它饮水的人。"（"Mon verre n'est pas grand, / mais je bois dans mon verre."）这两句诗的前一句——ES 假设在场观众能够听出来源，就没有引用——是"我像痛恨死亡一样痛恨抄袭"（"Je hais comme la mort l'état de plagiaire"）。报道这个案子的那条新闻没有标题，见 *Le Livre* 4 (1883): 140。

34 Paul Hervieu 引自 Alphonse France, "Courrier des théâtres," *Le Figaro* (May 26, 1905): 5。

35 关于阿方斯·德·罗斯柴尔德出色的职业精神，见 HB, op. cit., 46-47; and Ferguson, op. cit., 228。

36 "Maître Émile Straus," op. cit., 3.

37 关于 ES 的艺术收藏，一个很好的资料来源是 *Collection Émile Straus: tableaux modernes, aquarelles, pastels, dessins, sculptures, tableaux anciens, terre cuites, meubles et sièges anciens, tapisseries Aubusson* (Paris: Galerie Georges Petit, June 1–2, 1929); 关于 ES 与艺术家协会的关系，见 Alphonse France, op. cit., 5; and Malcolm Daniel, *Edgar Degas, Photographer* (New York: Metropolitan Museum of Art, 1998), 62。

38 HB, op. cit., 46.

39 保利娜·冯·梅特涅致 ES 的信存档于 NAF 14383, folio 118/119 through folio 134/135。

40 DH, "Deux portraits de Mme Straus," op. cit., 177.

41 同上。FG 注意到一个类似的变化，说 GS 不再只因为自己喜欢其人而邀请人们来自己的沙龙了，她开始邀请"'时髦'之人"，只因为他们"时髦"而邀请他们。FG, *Mon amitié*, 42.

42 Racyzmow, op. cit., 23. 这句话的一个类似版本见 Louis de Beauchamp, *Marcel Proust et le Jockey-Club* (Paris: n.p., 1973), 17。

43 DH, "Deux portraits de Mme Straus," 179; FG, *L'Âge d'or*, 169. FG 还说："我不知道她是不是被斯特劳斯及：(对她) 鲁莽的崇拜激怒了。"

44 RD, *De Monsieur Thiers à Marcel Proust*, 117.

45 Bischoff, op. cit., 116.

46 DH, "Deux portraits de Mme Straus," 175.

47 Bischoff, op. cit., 115–16.

48 CA, op. cit., 154–55.

49 GL, *Souvenirs d'une belle époque* (Paris: Amiot Dumont, 1948), 156.

50 EdG，日志，1886 年 12 月 25 日的日记。

51 ES 还会写一系列虚构短文，都是在间接表达他对 GS 及其社交圈朋友的幻灭。这些故事被统一命名为《不幸的故事》("Contes chagrins," 1892)，见本书"参考文献"。

普利策奖入围作品
《泰晤士报文学增刊》年度图书
一个充满文化、魅力与特权的世界
一首唱给世纪末巴黎的挽歌

[下]

〔美〕卡罗琳·韦伯 / 著

CAROLINE WEBER

马 睿 / 译

Proust's
Duchess

普鲁斯特的
公爵夫人与世纪末的
巴黎

How Three Celebrated Women Captured the Imagination of
Fin-de-Siecle Paris

社会科学文献出版社
SOCIAL SCIENCES ACADEMIC PRESS (CHINA)

献给格洛丽亚·范德比尔特·库珀，

以崇拜，以热爱

让我的血液流入你的思想。

让我的血脉涌进你的梦境，

为它们填满美丽的猫眼石。

你的爱，由我的梦筑成。

——伊丽莎白·格雷弗耶，《与你有关》（*Tua Res Agitur*）

（1887 年前后）

如此说来，那世间最美的梦之花

叶脉中流淌着我们的血，又以我们的心灵为根。

——马塞尔·普鲁斯特，《路易·冈德拉先生的〈小鞋子〉》

（1892 年）

序曲　宛如天鹅　/ 001

第一部分

/　第1章　稀世珍禽（1885年6月2日）/ 045

主题旋律　美丽的鸟儿　/ 090

/　第2章　我的唐璜，我的浮士德　/ 091
/　第3章　阴影王国　/ 154

哈巴涅拉舞曲　自由的鸟儿　/ 213

/　第4章　波希米亚的孩子　/ 214
/　第5章　衰亡与兴替　/ 287
/　第6章　余桃偷香，红杏出墙　/ 335

即兴曲　鸟鸣和鸟羽　/ 360

/　第7章　被看见的艺术　/ 361

短曲　鸟之歌　/ 433

/　第8章　白马王子　/ 434
/　第9章　巴黎，无论高低贵贱　/ 475
/　第10章　当代阿拉米斯　/ 511

众赞歌　相思鸟　/　*545*

　　/　　第11章　疯子、情种和诗人　/　*546*
　　/　　第12章　跛脚鸭　/　*581*

第二部分

变奏曲　笼中鸟　/　*613*

　　/　　第13章　未曾送出的吻　/　*614*
　　/　　第14章　十四行诗的素材　/　*676*
　　/　　第15章　天堂鸟　/　*706*
　　/　　第16章　比才夫人的画像　/　*727*

华彩段　画家、作家、鹦鹉、先知　/　*769*

　　/　　第17章　优雅入门　/　*770*
　　/　　第18章　我们的心　/　*796*

帕凡舞曲　配对　/　*829*

　　/　　第19章　普鲁斯特的幻灭　/　*830*

挽歌　悲情鸟　/　*837*

　　/　　第20章　人已逝，爱未央　/　*839*
　　/　　第21章　后备情郎　/　*883*

/　　第22章　女神与恶魔 / *899*

/　　第23章　只要姿态优美 / *924*

/　　第24章　须臾之物的王（1894年5月30日 ） / *949*

回旋曲　真正的禽鸟之王，或幼王万岁 / *992*

尾声　天鹅绝唱 / *993*

致　谢 / *994*

附录一　作者附言 / *999*

附录二　法国政权更迭年表，1792—1870年 / *1001*

附录三　社交专栏作家普鲁斯特 / *1004*

插图权利说明 / *1026*

参考文献 / *1028*

索　引 / *1057*

我觉得整个天空变成了一轮光环，
用湛蓝和光明环绕着你，守护着你。
鸟儿栖息在一朵花上，振动双翼，
花自飘香，鸟自唏嘘，
你呼吸的空气充满了魔力。

——阿尔弗雷德·德·维尼，《牧羊人之屋》

（"La Maison du berger"，1844）

毫无疑问，忒修斯的妻子遭遇了最无法避免的激情之一，它让人心智迷狂，意志消沉。……但费德尔也有一个无比温柔和脆弱的灵魂，也备受折磨。……她面色苍白、神情憔悴，无法入睡，像个修女在自己的修道院里为某种神秘却无法治愈的欲望所扰，她的罪恶虽如熊熊烈焰，但事实上她像希波吕托斯一样忠于爱情。

——朱尔·勒迈特，在奥德翁国家剧院对拉辛的

《费德尔》（*Phaedra*）的剧评（1886）

/ 第11章　疯子、情种和诗人

马塞尔·普鲁斯特最早的文学创作灵感来自两位高中同学：雅克·比才和达尼埃尔·阿莱维。他们以热纳维耶芙的儿子和（按布列塔尼人的规矩）侄子的身份引领他来到她的沙龙，促成普鲁斯特进入上流社会社交圈。然而这两个男孩的行为首先为普鲁斯特的整个创作生涯提供了一个样板：他们让他着迷，继而令他失望，迫使他开始了写作。

1887年10月，雅克和达尼埃尔都年满15岁，进入了巴黎的康多塞学校，16岁的普鲁斯特比他们高一年级。两位表兄弟自孩提时就是最好的朋友，在位于杜艾街的同一栋公寓楼里长大。两家人和谐共住的时光在1886年10月就结束了，热纳维耶芙守寡11年后嫁给了埃米尔·斯特劳斯。婚礼之后，新娘和新郎就带雅克一起搬到了风景优美的第八大区的一间新公寓，那里距离蒙马特尔不远，但社交和精神气质却有天壤之别。这次搬家迫使雅克离开了他从自出生起就居住的公寓，以及与他手足情深的表弟。他经历了一段艰难的适应期。不过第二年秋，他和达尼埃尔就在康多塞团聚了。

康多塞学校创立于拿破仑一世时期，因而原名为波拿巴学校，是巴黎历史最悠久、声望最高的学校之一。[1] 它虽然建在一座前嘉布遣兄弟会①修道院的旧址上，却是右岸的犹太人大资产阶级（这对表兄弟从阿莱维家继承的遗产足以把他们归于这一类，虽然雅克的父亲是个天主教徒，达尼埃尔的母亲是个新教

---

① 嘉布遣兄弟会（Capuchin），天主教男修会，是方济各会的一个分支。

徒，而且两个孩子都受洗过）的首选高中。[2] 雅克的新继父就是康多塞校友，达尼埃尔的哥哥埃利也是，还有卢多维克·阿莱维已故的异母兄长阿纳托尔·普雷沃－帕拉多尔，以及雅克的舅公伊波·罗德里格斯。孩子们父母的那些很有影响力的朋友也都曾在那里接受教育，从共和派政治家约瑟夫·雷纳克到精神病学家埃米尔·布朗什医生，从作家小仲马和埃德蒙·德·龚古尔再到好几位罗斯柴尔德男爵。这样的人脉在康多塞学生的家族中非常典型，只不过由于两人的父亲都是名人，所以雅克和达尼埃尔或许是各自班级中最显眼的学生。

/ 311

　　两位表兄弟到学校后不久，就与普鲁斯特建立了虽反复无常但影响深远的友谊，和他们一样，普鲁斯特也来自备受尊敬的半犹太富人家庭（也是一位受洗的基督徒）。他和父母阿德里安·普鲁斯特医生夫妇，以及弟弟罗贝尔一起住在第八大区，就在玛德莱娜广场旁边。阿德里安出身低微，是伊利耶尔乡下村庄的一个小资产阶级杂货商，但他的医学事业蒸蒸日上，先是成为一名

16 岁的达尼埃尔·阿莱维相貌英俊，在康多塞很受欢迎，普鲁斯特在那里和他成为好友

卓越的病理学家，后来又成为新兴的流行病学领域的顶级权威。长子进高中时，他已经是第三共和国顶尖的公共卫生专家，在霍乱和疟疾暴发时帮政府制定应对政策，在全世界各地开展关于传染病病因和治疗的讲座。

阿德里安·普鲁斯特夫人闺名让娜·魏尔（Jeanne Weil），是既聪明又有教养的巴黎人，她的家族是来自阿尔萨斯的阿什肯纳兹犹太人，靠制造业和金融业发了财。她是已故的阿道夫·克雷米厄[①]的侄外孙女，这位共和派政治家和活动家曾通过1870年的《克雷米厄法》（Crémieux Decree）将公民权赋予法属阿尔及利亚殖民地的犹太人。这一成就让他遭到了新兴反犹运动的怨恨；该运动的头目埃杜瓦尔·德吕蒙说，克雷米厄因支持犹太人而"成为（全世界天主教徒的）敌人"。[3] 但在开明人士的圈子里，克雷米厄获得了极大的尊敬。少女时期，让娜跟随父母去拜访他时，见到了阿尔弗雷德·德·缪塞、乔治·桑和弗洛蒙塔尔·阿莱维等名人。[4] 阿道夫·克雷米厄也是康多塞的毕业生。哲学家亨利·柏格森[②]也是，他后来成了让娜另一位亲戚的丈夫。

在中上层阶级特权的外表下，让娜·魏尔与阿德里安·普鲁斯特的背景差异竟然与雅克·比才的父母在他父亲生前所面临的差异有着惊人的相似。[5] 正如传记作家埃弗利娜·布洛赫-达诺（Evelyne Bloch-Dano）指出的，阿德里安·普鲁斯特那位缺乏

---

① 阿道夫·克雷米厄（Adolphe Crémieux，1796–1880），法国律师和政治家，曾在第二共和国和国防政府期间担任司法部长，是法国犹太人权利的坚定捍卫者。

② 亨利·柏格森（Henri Bergson，1859–1941），法国哲学家，1927年度诺贝尔文学奖获得者，以优美的文笔和极具魅力的思想著称。

教养的、坚定的天主教母亲在儿子娶魏尔小姐之前大概"一辈子都不屑于看犹太人一眼"。但魏尔小姐的教养、魅力和丰厚的嫁妆与阿德里安的远大抱负和成功一起，大大增加了这对夫妇的社会财富。这桩婚姻"为他们进入（巴黎）大资产阶级阶层敞开了大门，白手起家的男人和犹太女继承人本来都没有机会进入那个阶层的"。作为两人婚姻的结晶，马塞尔是典型的康多塞生源，只不过在雅克和达尼埃尔出现之前，他在那里一直独来独往。

在康多塞校园，普鲁斯特最初在学校修道院时期留下的有柱回廊里见到雅克和达尼埃尔时，他们并不算是纯粹的陌生人。三个年轻人小时候曾在帕普－卡尔庞捷（Pape-Carpentier）上学，那所小学是康多塞的固定生源地；普鲁斯特还充满深情地记得雅克那位漂亮的母亲在放学后接儿子和侄子回家的场景。[6] 从那以后，他就再没见过这对表兄弟，两人在此期间都长成了高大英俊的小伙子。他们都爱运动、性格开朗，有那种受欢迎的学生的大

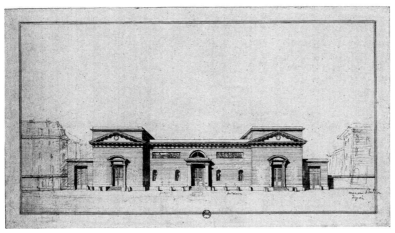

康多塞学校位于右岸的一座前嘉布遣兄弟会修道院的旧址上

/ 第11章 疯子、情种和诗人 /

大咧咧的神气，他们也的确很快就成了最受欢迎的学生。相反，普鲁斯特身材矮小，就算在完全成年以后，身高也只有 1.67 米。

普鲁斯特的身体状况也很差。他那时已经患上了过敏、哮喘、消化道疾病，还有将折磨他一生的失眠，整个童年的大部分时间都在病床上度过，因而身材瘦削，面色呈现出病人的苍白。达尼埃尔·阿莱维回忆说，青春期的普鲁斯特长着"一双东方人的大眼睛"和几乎不属于这个尘世的病态，看起来像个"受到惊扰又令人不安的大天使"——这显然不是年长的男孩愿意给新同学留下的印象。[7]

/ 313

普鲁斯特的行为举止有些古怪，既源于他的外表，也源于他的成长环境，长期生病卧床让他和母亲形成了非同一般的亲密关系。因为生病长期旷课在家，让娜请家庭教师来帮他赶上课

在学校里，普鲁斯特思想早熟，但社交能力非常笨拙

阿德里安·普鲁斯特夫人闺名让娜·魏尔，是长子生命中最重要的人

业，但她本人承担了在家教育儿子的主要责任。她接受过严格的教育，精通多个学科门类和好几种外语，在那个时代的女人中实属罕见，何况据大家所说，她非但博学，还很有头脑。鉴于普鲁斯特很小就表现出智识上的早熟，让娜非常适合做他的老师，也热切地把自己对文学、音乐、历史和艺术史的挚爱灌输给他。她在个人辅导期间展示出超凡的敏锐、无限的温情和才思，得到了"她的小狼"（她对儿子的称呼）的热切呼应，这也构成了二人强烈共生关系的基础。[8]

普鲁斯特少年时代的玩伴莫里斯·迪普莱（Maurice Duplay）惊异地发现，让娜和马塞尔只要有彼此陪伴就会喜形于色。他注意到他们喜欢在文学历史典故与日常生活中"最普通的事物"间进行"巴洛克式的荒谬"比喻，互相逗趣。这个游戏的起源是让娜为了让敏感的儿子不那么害怕"灌肠剂或牙医来访这类不愉快的事情"而想出的策略。[9]迪普莱记得：

> 每当普鲁斯特夫人不得不让马塞尔做好心理准备迎接这些痛苦时，她会用这样的句子开头——"列奥尼达一世[①]知道如何在最大的挑战面前保持镇静"或者"雷古鲁斯[②]平静面对灾祸，世人皆振奋"。

/ 314

这种有趣的并置后来成为普鲁斯特文学风格的一个标志性特

---

① 列奥尼达一世（Leonidas，公元前540—前480），也有译作李奥尼达一世。古代斯巴达国王，出自亚基亚德世系，阵亡于第二次波希战争中的温泉关之役。他率领的300名斯巴达士兵的英勇表现使他成为古希腊英雄人物。

② 马库斯·阿蒂利乌斯·雷古鲁斯（Marcus Atilius Regulus，？—约前248），古罗马军事活动家，第一次布匿战争时期的统帅。

征，他和让娜在通信和谈话中引经据典的习惯也是一样。（17 世纪的剧作家让·拉辛是两人最喜欢引用的作者。[10]）

普鲁斯特称母亲为"漂亮的小妈妈"，是她教他把两人彼此喜爱和理解的乐趣等同于从文学和艺术中获得的乐趣。他后来总是试图从其他关系中寻找同样的乐趣组合，却再也无法在钟爱的其他任何对象身上重建与母亲的那种完美的心灵相通。一直到她 1905 年去世，母亲始终是他生命中最重要的人。早在 1886 年，他第一次回答如今以他的名字命名的问卷时，普鲁斯特写道，他最无法想象的悲伤就是"离开妈妈"。[11] 六年后，他对同样的问题给出的答案是"从不认识我母亲"。[12]

普鲁斯特与让娜这种古怪又晦涩的交流给他带来了那么多快乐，但这种逗趣方式却让他成为同学中的另类。雅克和达尼埃尔的同学罗贝尔·德雷福斯写道，普鲁斯特对各种文化典故博闻强记、信手拈来，让他成为成年人的宠儿，却激发了"我们这些不成熟的少年（对他无情）的嘲笑"。[13] 更糟的是，德雷福斯说，普鲁斯特总是急于讨好大家，毫不为此害臊。他习惯了让娜无条件的爱，根本看不出同学们不喜欢他。他同样在"普鲁斯特问卷"中写下，他最大的心愿是"被爱"。他无法掩饰那样的渴望，这进一步加深了同学们对他的偏见。

达尼埃尔·阿莱维总是带头欺负普鲁斯特。他受到雅克·比才和罗贝尔·德雷福斯的教唆，会在课间追着普鲁斯特沿回廊满校园乱跑，毫不留情地奚落嘲笑他。[14] 男孩子们发现，把这位受害者的姓氏中的"s"去掉，就是"屁"（prout）。这个幼稚的侮辱虽然让普鲁斯特不安，却也产生了一个积极的结果。普鲁斯特一生都对名字塑造个性和影响命运的魔力很感兴趣，就是从这里开始的。[15]

达尼埃尔自己承认他在那个年纪是个彻头彻尾的暴君。在回忆录中，他以第三人称说高中时代的自己"暴力而残忍：同学们仰视他、服从他，却绝非真正喜欢他——他们只是不敢激怒他"。[16]他回忆自己和同学一起欺负普鲁斯特时写道：

> 他身上有种东西让我们很不舒服，于是我们残忍地对待他；甚至想过要揍他一顿。我们当然没有那么做——揍普鲁斯特是不可能的——但我们让他知道我们想揍他，就足以让他坐立不安了。他在我们眼里显然不像个男孩子。我们觉得他的友善、体贴的表达和温柔的讨好都太做作了；觉得他是个装腔作势的骗子，并当面这么称呼他——他那大大的东方人的眼睛会变得极其忧伤，但那也无法阻止他继续友善地对待我们。[17]

普鲁斯特忍受同学们的嘲笑有他自己的原因，那碰巧与名字的魔力有关。两位表兄弟有着他们的传奇父亲的姓氏，于是他们在他的眼中就有了无与伦比的魅力。[18]雅克·比才灿烂动人的笑容和一脸早熟的毛茸茸的胡子像极了他已故的父亲。随着作曲家的名声越来越响亮，这种相像更让他受人景仰。雅克高中一年级时，他父亲的最后一部歌剧《卡门》单在巴黎喜歌剧院就上演了330场，在世界各地上演，观众都起立鼓掌。达尼埃尔的父亲卢多维克·阿莱维作为第一位犹太人"不朽者"的地位让普鲁斯特大为震撼，他自己的父亲喜欢开玩笑说，将来马塞尔也会入选法兰西学术院。

在学校里，这对表兄弟的父亲的名声保护了他们，男同学们没完没了的恶作剧不会落在他们身上。有人曾听到一位恼怒的自习课督导高喊："你们很清楚，单凭自己的姓氏，你们也永远不会被开除！"[19] 对普鲁斯特而言，那些姓氏有一种特殊的、近乎神奇的魅力，那是他自己的姓氏永远无法拥有的。虽然父亲在医学和公共卫生领域的成就为家族的姓氏争了光，但普鲁斯特对那些不感兴趣。他彻头彻尾是母亲的儿子，崇拜的是艺术。普鲁斯特昵称雅克为"《卡门》之子"，只要有机会就当着达尼埃尔的面赞美卢多维克·阿莱维的著作，他坚持不懈地努力赢得他们的好感。

那对表兄弟很快就找到了容忍（还不算十分欢迎）他的友善的理由。两个男孩虽然因叛逆而行事荒诞，却自认为是知识分子，会被同样有着罗贝尔·德雷福斯所谓的"对文学的一往情深"的人所吸引。他们和德雷福斯以及班上另外两个学生费尔南·格雷格和罗贝尔·德·弗莱尔（Robert de Flers）一起组建了一个小团体，称为"文学小团伙"[20]，带着年轻人不自知的沾沾自喜筹划着要一举震惊巴黎文学界。11 月，他们创办了一个名为《周一》（Le Lundi）的文艺评论期刊，刊名取自另一位康多塞校友、已故评论家沙尔－奥古斯丁·圣伯夫①的《周一的讨论》（Causeries du lundi，1851–1862）。这本期刊的公开使命是发表"一切值得一读的东西，无论内容和体裁"，并捍卫"大获全胜的美学折中主义"——这是引用象征主义诗人保尔·魏尔伦的话。[21] 阿莱维任命自己为主编，卢多维克知道后吹嘘说："达尼埃尔离不开文学，那是他的宿命。"[22]

可能是在为《周一》招募新人的过程中，达尼埃尔主动与普

---

① 沙尔－奥古斯丁·圣伯夫（Charles Augustin Sainte-Beuve，1804–1869），法国作家、文艺批评家。圣伯夫生于布洛涅一个旧贵族家庭，1823 年进入医学院学习，1857 年至 1861 年在巴黎高等师范学院任教。他作为评论家的名声在第二帝国时期达到顶峰。

鲁斯特和解了，后者在前一学年结束时荣获康多塞备受垂涎的最佳法文作文奖，有了一定的知名度。普鲁斯特拿到的是一个典型的高中生作文题目 [23]——在皮埃尔·高乃依 ① 和让·拉辛的新古典主义悲剧中，情感起到了什么作用，他写了自己关于拉辛作品中"残酷的现实主义"和"极端的恐怖"的思考。[24] 他的论点全然不同于一般的中学生解读，传统上一直把拉辛对自私和不顾一切的欲望的描写与高乃依为英雄主义、胸怀大众的自我牺牲辩护对立起来。达尼埃尔为学长的大胆折服了，邀请他为文学小团伙新办的杂志供稿。"普鲁斯特比谁都有天赋"，他在日记中写道，还很有先见之明地加了一句，"或许他长大后，会发出最最耀眼的天才之光"。[25]

普鲁斯特抓住这个向达尼埃尔证明自己的机会，飞速地为《周一》12 月那一期写了一篇讽刺剧评：完美讽刺了朱尔·勒迈特。勒迈特是当代人对圣伯夫的回应，后者的评论风格总是充满趣闻逸事，毫不掩饰自己的偏见，充分发挥了评论家的主观性，勒迈特不仅喜欢写自己对某一部作品的主观"印象"，还喜欢预见那些印象将如何被驳斥，以此来削弱驳斥的力量。[26] 普鲁斯特写了一篇评论皮埃尔·高乃依的悲剧《贺拉斯》（1640）的文章，戏仿了这种方法，《贺拉斯》是康多塞课程中的必读书。普鲁斯特提出了一连串不言而喻得根本不值一提的见解（例如，《贺拉斯》的背景在罗马，因而人物都是罗马人），接着又用"又或者我错了"这个句式的多个变体，弱化每一个见解的气

---

① 皮埃尔·高乃依（Pierre Corneille，1606-1684），17 世纪上半叶法国古典主义悲剧的代表作家，法国古典主义悲剧的奠基人，与莫里哀、拉辛并称法国古典戏剧三杰。主要作品有《熙德》《西拿》《波利耶克特》《贺拉斯》等。他的剧作题材丰富，内容深刻，对当时的法国社会产生了很大影响。

势。读者如果不熟悉勒迈特那种过度模棱两可的文风，很难读懂这篇讽刺文章的高超技艺，但达尼埃尔在姑母热纳维耶芙的沙龙上见过勒迈特，在普鲁斯特文章中的每个句子里都看到了评论家的影子。不管普鲁斯特有多少怪癖，他都是《周一》不可多得的人才。

新供稿人在第二年春提交的另一篇稿件更令达尼埃尔震惊。这是以夏尔·波德莱尔那种阴郁而紧张的风格写就的无题诗，波德莱尔是达尼埃尔和普鲁斯特两人最喜欢的诗人。达尼埃尔那年注册了一门由斯特凡·马拉梅教授的英文课，马拉梅是那个世纪最重要的法国诗人之一，在他的指导下，达尼埃尔迷上了波德莱尔的《恶之花》（*Les Fleurs du mal*，1857），马拉梅称之为诗歌体裁的杰作。普鲁斯特没上马拉梅的课，却同样欣赏波德莱尔，但他看待波德莱尔的视角不同，或者说独树一帜：认为他是拉辛在 19 世纪的继承人。[27]

和拉辛的戏剧一样，波德莱尔的诗歌让普鲁斯特感兴趣的，是它关注欲望扭曲的、暴力的、自我毁灭的方面。[28] 在《恶之花》中，这一关注包括对同性恋和施虐受虐狂主题的考察，普鲁斯特对此最为着迷，他一生都认为"波德莱尔非常看重这些（主题），以至于本来想给整部诗集命名为《女同性恋者》（*The Lesbians*）而非《恶之花》"。这些主题也是普鲁斯特本人非常看重的，与对母亲的依恋相伴相生，他总是怀着一种深深的羞耻感为男人所吸引。（父亲曾把他送到一个妓女那里，试图"治愈"这一缺陷，却让他更讨厌自己了：此事以闹剧收场，普鲁斯特还没有完全解开大衣的纽扣，就打碎了一件陶器，仓皇逃离了现场。[29]）在普鲁斯特看来，爱意味着温柔和思想交流，性却只能带来堕落和痛苦，而后一种看法正是《恶之花》的核心主题。

普鲁斯特之前模仿勒迈特是为了达到喜剧效果，这次则借用波德莱尔来非常认真地描述爱的蛮荒海岸。

他为《周一》所写的无题诗讲述了一个"恐怖的梦境"，一群"漂亮的年轻人"被一个"残忍的国王，年轻的杀人者""用邪恶的刺穿身而过"。他严厉地抨击这位加害者（很像波德莱尔在《恶之花》那篇好战的开场白中高声向"虚伪的读者——我的兄弟和同类"的述说），普鲁斯特的诗歌叙述者也宣布与受到国王迫害的其他受害者同心同德：

> 哦国王！……我被这个噩梦惊呆了，被钉在
>
> 你的宫殿（ton palais；也可理解为"你的上颚"）里动
>
> 弹不得，
>
> 我每天都想放你的血……
>
> 我以那些苍白的梦游人的名义诅咒你，他们
>
> 被他们不安的英雄梦想欺骗了，
>
> 也在诅咒你，哦残忍的、暴虐的白国王。[30]

和《恶之花》一样，这里的诡谲意象和充满威胁的口气也与波德莱尔（以及拉辛）喜欢的语调高昂的古典英雄体诗形成了尖锐的对立。不过，普鲁斯特的诗歌不仅仅是用模仿向前辈致敬。这里充满了虐待者和失眠者、非人的折磨和无法实现的理想，可以看到他后期成熟作品中的许多标志性特点。

关于普鲁斯特与达尼埃尔的关系，这首诗还有个更巧妙的功能：它是对康多塞操场上那个"残忍的、暴虐的……王"的一记漂亮的回击。普鲁斯特本人就患有失眠症，身体虚弱，完全可以被称为"苍白的梦游人"，他太熟悉达尼埃尔在校园里嘲笑他时

使用的"邪恶的刺"。然而普鲁斯特用自己的诗歌表明,他完全
有能力反击,即使做不到以牙还牙,也能用写作针锋相对。

　　这部作品有一个特点尤其值得注意。诗歌叙述者既痛恨又迷
醉于国王的残忍,两次给仇敌以响亮的诅咒——这是从拉辛的悲
剧《费德尔》中借用的修辞手法,普鲁斯特和母亲一样对《费德
尔》倒背如流,这部剧中包含法国文学中最著名的诅咒情节。当
戏剧的同名女主人公坦白她对继子希波吕托斯的禁忌之爱时,他
惊恐地退缩了。她为了报复,便让丈夫国王忒修斯相信希波吕托
斯想诱奸她。暴怒的忒修斯诅咒自己的儿子,叫来海神尼普顿除
掉他。希波吕托斯勇敢地与接踵而至的海怪作战,直到他的马受
惊后把他拖死,结局悲壮。

　　《费德尔》以忒修斯谴责的警告为基点,突出了一般意义上
的诅咒的一个重要特征。它们是言语行为,完全靠词语进行。通
过在诗中使用这种修辞手法,普鲁斯特再次重申手中的笔可被用
作武器,与剑旗鼓相当。他表明,自己的力量在于掌握了波德莱
尔和拉辛的文学语言:那恰是这首诗的首位读者达尼埃尔渴望拥
有的语言。(他后来成为弗里德里希·尼采的首位法语译者和传
记作者,但在这一时期,达尼埃尔希望长大以后能够成为诗人。[31])
普鲁斯特生怕这些有针对性的攻击逃过了"残忍的国王"的眼
睛,在现实生活中,他对这位"残忍的国王"又崇拜又厌恶,还
给这首诗写上了"献给达尼埃尔·阿莱维,写于放学后留堂的前
15 分钟,那期间我一直盯着他看"。[32]

　　达尼埃尔又恼怒又钦佩,把这几句话和诗歌一起抄写到日记
中,从此养成了一个习惯:抄写普鲁斯特写给他和雅克的全部信
件,留给后世观看。在页面空白处,达尼埃尔写道:"普鲁斯特
(马塞尔),1888 年 5 月 13 日放学后留堂——这是他的第一首诗,

他是这么说的——这小子真令人难以忍受！"³³ 这句话流露出他羡慕那个大男孩显而易见的天赋。据信是为文学而生的达尼埃尔将继续惊叹普鲁斯特的才华，正如几个月后，他这样评论雅克收到的一封普鲁斯特的长信，

> 普鲁斯特……全篇没有一处涂抹的痕迹，没改一个字。这个疯子确实天赋惊人，我没有见过任何……写得比这更精彩的文字。³⁴

至于普鲁斯特模仿波德莱尔的诗，让达尼埃尔感到不安的不仅是它的文学技巧，还有其中暗示的作者的性倾向。从"残忍的国王"和受害者（被君主的"刺""穿透"之后，这些人被钉在他的宫殿里动弹不得，这里用了法语的双关语，"宫殿"也可作"上颚"解）之间施虐和受虐的关系，到献词中赤裸裸的欲望（"献给达尼埃尔·阿莱维，写于……一直在盯着他看"），它的同性恋倾向确定无疑。

至少这是达尼埃尔的解读。在后来的一篇日记中，他写到普鲁斯特虽然"比谁都有天赋"，但他"年轻而柔弱，（而且）他性交－合（原文如此），他手淫，甚至还有可能鸡奸（原文如此）"！文学小团伙中的其他人从一开始就觉得普鲁斯特"不像个男孩子"，自然一致同意这种看法。用德雷福斯的话说，

> 我们佩服普鲁斯特，也感觉他是个非同寻常的人物，但他的性倾向让我们害怕，就是16岁孩子的那种害怕。……那甚至成为我们嘲笑和虐待他、（试图）在我们的朋友圈子里疏远他的主要原因。³⁵

/ 319

不消说，普鲁斯特的性倾向也是他被达尼埃尔和雅克吸引的原因，他给这对表兄弟写了一连串信件，表达了对他们的向往。普鲁斯特从他们身上感受到的性魅力解释了他为什么坚持不懈地努力赢得他们的好感。追求这对表兄弟让他备受羞辱和单相思的煎熬。但普鲁斯特从康多塞毕业时，这些情感会让位给一种更有创造力和建设性的立场：他用自己的笔描述了这些男孩子的禁恋魅力，以及他如何挣扎，不再将他们作为爱恋的对象。

普鲁斯特最先关注的是比才，觉得他比达尼埃尔随和也更有同情心。[36] 这种看法大概与雅克对母亲的爱有关，他的母亲与普鲁斯特"漂亮的小妈妈"同年出生。两位母亲都有种漫不经心的冷幽默，透出她们的冰雪聪明，也都有股子不落俗套的美。她们的黑头发、黑眼睛和"漂亮的犹太人的五官"（普鲁斯特对让娜的描写），总是让儿子的朋友们想起《旧约全书》里的女主角们。

然而除此之外，两个女人一点儿也不像。[37] 热纳维耶芙是个长袖善舞的名媛，她高调的社交生活和名人朋友在巴黎人尽皆知。让娜则是个恋家的女人，当丈夫不得不和自己专业领域的政治掮客们周旋时，她宁愿让他一个人去应付。热纳维耶芙虚荣，和好友洛尔·德·舍维涅一样，欣然接受现代女性身材极其苗条的时尚，把自己饿得很瘦。丰满的让娜对减肥或追求时尚完全没兴趣。然而或许她们最大的区别还在于两人的育儿方式完全不同。让娜总是在儿子身边宠爱他，热纳维耶芙却总是事后才想到儿子，或者干脆当他不存在。

雅克热切地渴望母亲的爱，根本无法忍受"离开妈妈"的普鲁斯特对此心有戚戚焉。整个童年时期，每当热纳维耶芙因温泉疗养或社交任务而长期离家时，雅克总是写一封又一封的信求她回来，或者求她至少给他写一封回信。她就算在家，也从未踏入儿子的卧室半步。据达尼埃尔说，由于她的疏忽大意，雅克甚至私藏了很多刀片——这是他自毁冲动的早期征兆，这种冲动导致他在成年后酗酒、吸毒，乃至最终自杀。

普鲁斯特在 1887—1888 年冬天的某个时候首次向"《卡门》之子"示好，雅克的母亲在刚刚过去的秋天再婚，他正处于叛逆期，行为鲁莽轻率，经常在放学后被老师留堂。雅克在家里也总是麻烦不断。一天清晨，斯特劳斯发现他从公寓的一扇窗户爬回家，显然是未经允许在城里玩得彻夜不归。热纳维耶芙对此一笑而过，但斯特劳斯认为他们应当考虑动用更严格的措施规训孩子了，比方说送他去寄宿学校。几年后他们真的送他去了那里。（卢多维克暗示是热纳维耶芙"总是从一个城堡匆匆赶往另一个城堡"的习惯迫使她必须送走儿子。）

雅克与家长的冲突给了普鲁斯特一个突破口。他写信给雅克说他自己在家里也有麻烦，说他们应该相互支持：

> 我亲爱的小雅克，我的家人对我很不好。他们想把我送到外省的寄宿学校去。我非常悲伤，唯一的安慰就是爱与被爱。真的，是你回应了那样的需求，是你在这个冬天有那么多自己的麻烦要面对时，前几天还给我写了一封漂亮的信。吻你，全心全意地爱你。[38]

由于达尼埃尔没有抄写他和雅克写给普鲁斯特的信，只抄了普鲁斯特写给他们的信，雅克那封"漂亮的信"的内容已经不得而知了。不过普鲁斯特为它使用的形容词很值得玩味，那也是他常常用来形容自己深爱的妈妈的词。

这里提到寄宿学校也同样值得玩味。这显然是编造的，没有任何证据表明普鲁斯特曾有可能被流放到"外省"的某个学校。他与母亲和其他家庭成员的通信堆积如山，其中没有一处哪怕一句提到这种可能，那本来也不可能。和他一样，让娜也根本无法想象离开她的"小狼"。因此，看来普鲁斯特编造了寄宿学校的威胁，还声称父母对他不好，目的就是希望赢得雅克的信任。至于他说谎的动机不只是共情那么简单，从关于"爱与被爱"和"全心全意地"爱比才这些句子中就能看出来。就连"吻你"这句法语中常用的告别语，也有着充满爱意的弦外之音。它最贴近的英文翻译是"love and kisses"（"爱并吻你"）——这可不是异性恋少年们常用的说再见的方式。

那年春天的晚些时候，普鲁斯特向雅克的求欢更直接了。他的求爱信没有留下来，但他后续的一封信表明，雅克拒绝了他：

> 我亲爱的雅克，我很难过，但仍然尊重你的正直。你（拒绝）的理由很棒，我钦佩你在此问题上的周全考虑。然而……心灵——或者身体（le cœur—ou le corps）有着理智全然不懂的理由。因此我以对你的极大钦佩接受……你为我套上的残忍枷锁，但也带着巨大的悲哀。或许你是对的。但在我们能够采摘那朵娇艳欲滴的花时不去采摘，仍然让我伤感，因为如果（成年后）再去采摘，那时它就会结成——禁果。诚然，你觉得那果子有毒，那我们就别再想也别再提此事了。[39]

和这里暗示的雅克的拒绝一样值得关注的，是普鲁斯特拒不接受他的拒绝。即便他保证尊重雅克的愿望，两人却保留了柏拉图式的友谊，普鲁斯特对 17 世纪哲学家布莱兹·帕斯卡的名言用了一个双关语，重申了自己的爱欲："心灵（le cœur）有着理智全然不懂的理由"，在 cœur（心）后面附上了它的同音字 corps（身体）。普鲁斯特这么做，是在求助于最初把他引入雅克和达尼埃尔的圈子的"对文学的一往情深"。为了进一步强调那种一往情深，他赞美了雅克的周全和正直。普鲁斯特或许因为被拒绝的"残酷枷锁"而烦恼，但他暗示他的爱既是肉体之爱，也是精神之爱。

如此巧妙的推理并没有改变雅克的想法，他仍然拒不采摘那俗语中的花朵，但也没有因普鲁斯特的诱惑而生气。据达尼埃尔和罗贝尔·德雷福斯说，他坚信自己是个异性恋者，因此"对普鲁斯特迸发的激情只是耸耸肩膀一笑了之，他很清楚自己一点儿那方面的嫌疑都没有"。[40]

普鲁斯特承认自己失败了，但只是在某种程度上承认了这一点。雅克的无动于衷被他用作初次对达尼埃尔示好的借口，他在那年五月写信给达尼埃尔，表达了他渴望"永远凝视着雅克，吻（他），坐在（他的）膝上，用肉体爱（他），有血有肉的爱……全心全意地叫他'我的小可爱'和'我的天使'，哪怕全世界反对，也绝不会觉得这些行为是所谓的'鸡奸'"。[41] 他那封信的结尾带着戒备的语气，仿佛提前想到了达尼埃尔的嘲笑："我不知道为什么人们会认为这样的冲动就比普通的爱情更脏。"

这套辩词表面上是在倾诉他对雅克的爱，事实上却是冲着达尼埃尔来的。普鲁斯特利用后者理性分析的头脑，在第二封信中提醒他，西方经典中有两位最伟大的思想家都是爱男人的：

（至少）有两位智慧的大师在他们的一生中采摘了那朵

花：苏格拉底和蒙田。……他们认为年轻男子的友谊既是精神的，也是肉体的，可比跟愚蠢、堕落的女人纠缠好多了。[42]

"既是精神的，也是肉体的"关系显然是普鲁斯特在这里追求的——他现在透露，是达尼埃尔让他有了这样的冲动：

> 我要对你这个漂亮男孩解释一下我这句推理，这是我们都感兴趣的话题，即便我们通常不怎么愿意谈起它。……你以为我疲惫而虚弱，你错了。如果你能吸引我，如果你有一对漂亮清澈的眸子，它们又如此清晰透彻地反映出你那颗高贵的头脑，让我觉得我不亲吻你的双眼便无法全心全意地爱你的头脑，如果你的身体和眼睛像你的思想一样优雅机敏，让我觉得如果坐在你的膝上我便能进入你的思想，最后，如果你的你，你那有着活泼头脑（在我看来，那与你轻盈的身体无法分离）的你，能够改进和增加我"爱的甜美欢愉"，那么这一切哪有一丝一毫意味着我当受到你的嘲笑。……我知道很多极其聪明和正直的男人年轻时与其他男孩一起厮混。后来他们回头去找女人了。……所以不要把我看成鸡奸者——那会让我伤痛难过。[43]

普鲁斯特在这封向达尼埃尔求爱的信中使用的很多策略在致雅克的信中都用过：赞美朋友的聪明才智，幻想坐在他的膝上，假设同性尝试是可以接受的少年行为，坚称这样的尝试不构成实际上的"鸡奸"。（这是普鲁斯特年轻时常常用于形容同性恋的名词，很久以后他又换成了"变态"。）这封信和以前那些信唯一的重大区别，是普鲁斯特请求宽容。他抗议说自己既不"疲惫"也不"虚弱",恳求达尼埃尔不要唾弃他是个追求刺激的行为不轨之人。他,普鲁斯特所希冀的,不过是另一个男孩的"爱的甜美欢愉"。

普鲁斯特的恳求仍然没有结果。它甚至还破坏了他追求的目标,因为这似乎导致他和那对表兄弟关系破裂了。收到他的信后不久,达尼埃尔不再写信给普鲁斯特,也彻底不跟他说话了,雅克也这样对待他。到那年春季学期结束时,以及整个暑假,两个男孩都当普鲁斯特不存在。他们越是固执地无视他,他就越绝望。在一篇夸张的笔记中,他声称母亲发现了他和雅克之间"过分的肉欲之爱",禁止他们再见面。这大概又是他的编造,是临时想出来以制造紧迫感的——仿佛导致他与雅克分开的是让娜的禁止,而不是那对表兄弟的冷漠。无论如何,普鲁斯特宣称,他已经准备好如有必要就"在家以外的地方爱你"。"我的小可爱,我们可以把一所咖啡馆变成我们两人的温馨小家。"

普鲁斯特以夸张的方式把这封信标记为"我一生中写过的最艰难的信"。[44] 然而雅克和达尼埃尔不为所动。达尼埃尔把它誊抄在 6 月 14 日的日记中,写道:"那个可怜的普鲁斯特彻底疯了。这封信就是证据。"[45]

/ 323

随着新学年到来,那对表兄弟的"封口令"没有丝毫松动的迹象,这让普鲁斯特陷入了深深的绝望。8 月,他请求罗贝尔·德雷福斯(后者错就错在联系他,问了几个关于即将到来的新学期课程的问题)帮他解释情况何以如此。他恳求德雷福斯告诉他,为什么雅克"过去对我那么好,现在却彻底抛弃了我",为什么"他的表弟更彻底地抛弃了我"。[46] 谁也不知道德雷福斯是怎么回答他的。那年 9 月,普鲁斯特仍然在问他那对表兄弟究竟是怎么想的("他们是想捉弄我,想甩掉我,还是别的?"),渴望与他们和解。

在写给德雷福斯的信中，普鲁斯特甚至把自己比作拉辛笔下的费德尔，那是注定失败的性出轨的典范。费德尔对继子希波吕托斯的痴爱是通奸、乱伦和犯罪（因为她对国王丈夫不忠），是三重禁忌。同样，它的痛苦一定让17岁的普鲁斯特感同身受，他对德雷福斯说起自己最近见到达尼埃尔和雅克的情景时，这一点便明白无误："我简直要像费德尔那样说，重见阳光使我目眩神晕，／我双膝在颤抖，禁不住要往下沉。"①47

大致就在写这封信的那段时间，普鲁斯特第一次回答了他那份后来很著名的问卷，其中一个问题是最喜欢的文学人物是谁。普鲁斯特的回答是"费德尔"（但他后来划掉了，代之以拉辛的另一位女主人公贝雷尼丝，后者成功地克服了自己问题重重的欲望48）。正如他对德雷福斯解释的那样，他能理解费德尔对希波吕托斯的痴念——"他既年轻，又可爱，受到大家的仰慕。"②49

康多塞10月重新开学时，普鲁斯特在学校里的最后一年开始了，他失望消沉到了极点。然而不久他就有了顿悟，发现能够帮自己不再沮丧的灵丹妙药，恰是达尼埃尔和雅克此前愿意与他相遇的那个领域。在那个领域，假设的欲望和假想的言论不仅可以被容忍，简直就是被鼓励的，那就是文学。

10月初，普鲁斯特写了两首诗，给两个表兄弟一人一首。他写给达尼埃尔的新诗就是以《鸡奸》为题目，表明他执着的想法仍然没变。但这首诗用了一个全然不同的形式，在有着达尼埃尔那样的文学品位的读者看来，这种形式更容易接受——从五百

---

① 译文引自拉辛：《拉辛戏剧选》，齐放、张廷爵、华辰译（上海：上海译文出版社，1985年），第198页。

② 同上书，第223页。

年前的彼特拉克开始，那一直是遭拒的爱人占据的领地。最近，波德莱尔和马拉梅刚刚给了这种形式一种令人眩目的全新表达，现在普鲁斯特也用它来为自己的主题服务。《鸡奸》是一首十四行诗。

普鲁斯特的十四行诗遵循这一体裁的法语传统，开头是两段四节诗行，使用了波德莱尔、马拉梅和拉辛那种清晰的六音步抑扬格：

/ 324

> 如果我有一个大口袋，里面装着银锭、金子和青铜，
>
> 如果我有一点勇气，有充满力量的腰部、双唇和双手，
>
> 我会离开城市生活——离开这里的书籍、马匹和权术——
>
> 逃离那里，现在，今天，明天，
>
> 到一片结满覆盆子的草地上——泛着翡翠绿或胭脂红！——
>
> 那里没有乡间的麻烦，没有马蜂、露水和霜冻，
>
> 我会想永远待在那里，与他共眠、同住和爱恋
>
> 一个身体温热的男孩，他的名字叫雅克、皮埃尔或菲尔明。[50]

普鲁斯特只用条件动词来描写自己的同性恋乌托邦，强调了它与诗歌叙述者生活的世纪情况全然不同。《鸡奸》用一连串"如果"和"我会"在当前（现实）和可能（文学）之间划了一道安全的界线，不再是"真正的"普鲁斯特试图与朋友们一起探索那种可怕或可厌的可能性。相反，它成了最为常见的诗歌修辞，就像《费德尔》中那种近似于乱伦的爱，抑或《恶之花》中

那位"虚伪的读者"。同样,一旦"雅克"与虚构的"皮埃尔"和"菲尔明"并列,他就丧失了与雅克·比才的明显联系。他变成了被塑造出来的众多人物之一,所在的世界无论与作者的现实多么相像,仍与之截然不同。

把自己被禁的性伴侣和性冲动变为修辞手法之后,普鲁斯特放弃了起初描写它们的条件时态。在这首十四行诗的最后一段三行诗节中,他用现在时态重新表述了自己被禁的欲望:

> 让伪善之人怯懦的嘲笑见鬼去吧!
>
> 纷纷落下吧,鸽子!年轻的榆树,歌唱吧!苹果们,结果吧!
>
> 我想 [je veux] 呼吸他的芬芳直到死亡
>
> 在红色夕阳的金光下,在白色月亮的莹润光辉里,我想
> [je veux]——心醉神迷,以为自己已经死去
>
> 远离讨厌的美德敲响的丧钟!

叙述者两次高呼"我想",强调了自己的愿望的紧迫性,而不是条件性——这种强调重点的转换即所谓的转折(volta),一般是由十四行诗结尾的两个三行诗节开启的。在《鸡奸》中,转折把性与死并置,因为叙述者渴望的肉体的欢愉——呼吸爱人的芬芳,死在他的怀里——暗示了那种类似性高潮的"极乐"(petites morts)。

这首诗的两个三行诗节也尝试了拉辛式的言语行为,那句激励性的"让伪善之人怯懦的嘲笑见鬼去吧!"将恐同症驱逐出了叙述者的性爱乐园。通过这句诗,普鲁斯特沿袭了拉辛,召唤出一种新的语言现实——一种源于自己所处的世界,又与之截然不

同的现实。[51] 这里提到的拘谨而嘲笑的人可被解读为有针对性地指代普鲁斯特近期在达尼埃尔和雅克那里的遭遇，但叙述者呼吁把"伪善的"恐同者逐出自己的乐园，就在文学和生活之间画上了清晰的分界线。（没有"马蜂、露水和霜冻"也是一样，这些都是自然界不可避免的元素。）普鲁斯特表达出一种不被容许的渴望，对谴责它的人嗤之以鼻，在诗中想象了一个魔法仙境，那里的风俗习惯不同于现实，也优于现实。他的十四行诗正是它呼唤的乐园，是一个"远离讨厌的美德敲响的丧钟"的世界，年轻人可以随心所欲地"鸡奸"（用达尼埃尔的说法）的世界。

即便在这个诗化的世外桃源之外，《鸡奸》似乎也改善了普鲁斯特与那对表兄弟的关系，达尼埃尔总算在接受这首诗时打破了沉默，在诗旁边标注了编辑意见。达尼埃尔的反馈思维严谨、头脑清醒，关注作品的形式属性，表达了他已经改变立场，再度将普鲁斯特看成引人注目的作家而非需要躲避的变态。因为这首诗的文学价值，达尼埃尔对这位大男孩天赋的信心再度成为他们关系的焦点。

达尼埃尔对《鸡奸》的第二反应是送给了普鲁斯特一首他自己的诗，那首题为《爱情》（"Amour"）的诗冗长离题，共有 14 个诗节。[52] 该文本的灵感也源于波德莱尔，但读起来像蹩脚的模仿或无意的谐拟。单在开头第一个诗节中就包括了波德莱尔的三个最哗众取宠的比喻——一个吸血鬼、一具腐烂的尸体和一堆寄生虫，其后的诗节愈发糟糕。如果普鲁斯特高中时代的诗歌中包含他成熟作品中闪烁的"天才的光芒"的话，达尼埃尔在这方面的尝试就证明了他最终选择哲学和历史而非文学的决定有多么明智。

《爱情》写得一塌糊涂，却成了普鲁斯特的一次成功机遇，他抓住这个机会用自己高超的文学技巧击败了达尼埃尔。"全诗非常糟糕，"他写道，"没有任何天分可言，真让我绝望，而且完全不该是你写的东西。"他在纸张的边缘写上了自己的评语，诸如"幼稚糟糕的诗""无法理解的迂回说法、烦人的陈词滥调""在思想、语言和格律层面非常愚蠢"。普鲁斯特建设性的批评意见是敦促达尼埃尔重读经典——"荷马、柏拉图……莎士比亚、拉封丹、拉辛……拉布鲁耶①、福楼拜、圣伯夫……还有最重要的，卢多维克·阿莱维"——来纠正他粗鲁笨拙的文风。[53]

对普鲁斯特和达尼埃尔两人来说，这次交流十分重要，因为它使得两人再次变成了有远大抱负的作家同伴。那年秋天，文学小团伙决定再度出版杂志，更名为《丁香评论》（*La Revue lilas*，取自它使用的淡紫色印刷纸张），达尼埃尔不仅像开办该杂志前身时那样请求普鲁斯特供稿，还同意后者作为秘书长入选理事会。[54] 矛盾的是，让达尼埃尔坚信普鲁斯特的天赋比他的性倾向更重要的，居然是一篇关于鸡奸的十四行诗——或者至少让他觉得两者的关系密不可分。达尼埃尔将友人的《鸡奸》比作波德莱尔臭名昭著的大麻上瘾，猜想"如果（普鲁斯特）没有了他卑劣的一面，大概也会丧失他伟大的根基"。[55]

普鲁斯特为新杂志贡献的第一篇稿件是一首无题散文诗——这虽然是由波德莱尔开拓的体裁，但普鲁斯特再度为它加上了自己的独特印记。这首题献给"我亲爱的朋友雅克·比才"并充满同性恋渴望的诗歌描写了巴黎一间公寓里的一个不眠之夜。全诗共有两段诗行，第一段是这样写的：

---

① 让·德·拉布鲁耶（Jean de la Bruyère，1645-1696），法国哲学家、作家。他以描写17世纪法国宫廷人士、深刻洞察人生的著作《品格论》而闻名。

326

15 岁。傍晚七时。十月。

天空是深紫色，点缀着灯光。一片黑暗。哦，我可爱的小朋友，为什么哦为什么此时的我不是坐在你的膝上，我的脸紧贴着你的脖子？为什么哦为什么你不爱我？这是灯，是对平凡之物的恐惧。它们压迫着我。……这是对平凡之物的恐惧，是夜幕降临时毫无睡意，楼上有人在跳华尔兹，还能听见另一间屋里碗碟碰撞的噪音。哦，我可爱的小朋友……[56]

和《鸡奸》一样，这段文字也巧妙地用文学表达了作者本人清晰可辨的特征，从普鲁斯特夜间孤独的悲伤到他关于蜷缩在一位男性朋友膝上的幻想。

然后普鲁斯特引入了一个转折，突出了一个明显的变化。这一变化的引入不但与叙述者的色情幻想有关，也与叙述者过去只觉得"恐惧"的一整套具体的"平凡之物"有关，它在第二节也是最后一节诗中——列举了它们：

17 岁。夜间 11 时。十月。

灯光微弱地照在我房间的黑暗角落，在我突然变成琥珀色的手上、我的书，和我的书桌上投射出一片很大很亮的光圈。……在这间宽敞而沉默的公寓里，大家都睡着了。……我打开窗，最后看一眼友善的月亮那张甜美的圆脸。……我关上窗。上了床。我的灯在我身旁的床头柜上，在一堆杂乱的玻璃杯、盛放冰冷液体的烧瓶、精装的小书、来自朋友的信、情书中间，在我的书房深处照射出一缕微弱的光。神圣的时段！平凡之物，和自然一样——我无法征服它们，只好把它们变成神圣之物。我用自己的灵魂，用亲密而灿烂的形象遮盖住它们。我住在圣殿，住在奇观里。……灿烂的景象在我眼前舞蹈。床很软，我睡着了。[57]

327

这一段与普鲁斯特写给这对表兄弟和为他们而写的其他文字截然相反，甚至与上一段文字相反，整段没有一处提到同性的爱欲。虽然"上了床"和"床很软"这些句子里有暗含的性欲，但叙述者不再沉迷于他的不可能之爱的痛苦，而是突出了创造力补偿给自己的快乐。"平凡之物，和自然一样——我无法征服它们，只好把它们变成神圣之物。"过去那种对自然的恐惧，对无法改变的、不愿意或不能够容纳叙述者的禁忌之爱的现状的恐惧——在他召唤的灿烂形象面前消失了。诗人的艺术就是圣殿，其余的一切都是奇观。

除了改善自己与雅克的关系之外，这部作品还让这位年纪更小的男孩开始刻意地对他友善了。得知普鲁斯特有收集他崇拜之人的照片的癖好（这个习惯让很多人很困惑，因为当时人们只会把照片送给家人和密友）之后，雅克送了普鲁斯特一张自己的照片，并签上了一句中听的恭维话："给马塞尔·普鲁斯特，（你和阿莱维是）我最亲爱的朋友，1889 年 2 月。"

雅克也开始邀请普鲁斯特放学后到他家的公寓来。普鲁斯特像传说中的一样讨大人喜欢，用他的顺从讨雅克的父母开心，他的博学也给他们留下了深刻的印象。斯特劳斯夫妇对他的印象非常好，以至于事实上暂时搁置了送雅克去寄宿学校的计划。"问问斯特劳斯先生我对雅克的影响有多好吧，"1888 年 11 月，普鲁斯特对达尼埃尔沾沾自喜地说，"判断一个人的德行，最好的标准就是他（对他人）的影响。"普鲁斯特接着说，至于他的

"鸡奸"，雅克和达尼埃尔两人都无须再为此烦恼了，因为"我正努力保持纯洁，哪怕只是为了体面"。[58]

普鲁斯特或许在这一时期发现的一首诗中找到了保持纯洁的动力，即阿尔弗雷德·德·维尼的《牧羊人之屋》。这部作品歌颂了诗歌、"纯洁的精神"和"宁谧有爱的梦幻曲"，强调文学与性爱不同，它不受"心灵烦乱"的干扰，伟大艺术"那面纯洁的、如钻石般耀眼的镜子"是世上唯一"永恒的爱"。[59]另一方面，维尼的诗也承认追求这样的爱可能是一件孤独无助的事情，因为最"卑微的灵魂"在面对真正的天才时，"既无法（承受）它的激情，也无法（承担）它的重量"。1889年春，这一要旨或许对普鲁斯特有着特殊意义，让他从中感受到安慰，因为达尼埃尔和雅克拒绝了他投发在《丁香评论》的作品——一部短篇故事，讲的是一位古希腊的年轻英雄学会了将男性之间的柏拉图式友谊看得重于同性之间的爱欲。这对表兄弟曾以拒绝他的求爱伤害过普鲁斯特的感情，拒绝他的作品无疑是对他更大的伤害，这或许能解释他为什么会转向维尼那种孤独而崇高的世界观。他对自己说，他的天赋超出了这对表兄弟这样的凡人的眼界，如此便能对他们的忽视不屑一顾，提醒自己还有更高的艺术境界去追求。

/ 328

普鲁斯特这一思维方式的变化缓和了他对达尼埃尔和雅克的感情，他觉得以前看到他们的姓氏便以为他们是创作天才，但事实上并非如此。在那年5月写给达尼埃尔的一封信中，普鲁斯特指出两位表兄弟缺乏他以为他们拥有的过人智识，在他心目中的地位一落千丈：

　　昨天傍晚……我说自己不再像以往那样爱雅克，我觉得大概表达得还不够清楚。我绝不是说我觉得他愚蠢——只是他过去在我心目中的那个理想的形象有些模糊了，就像不再爱的那种感觉。……不过我仍然觉得他有不少（优）点——你本人或许不会欣赏那些优点，因为它们与感情有关，而感情并不能全然诉诸文学；对那些敏感的个性和细腻的情感，他远比你懂得更多。不过仔细想想，那些正是艺术的内容；是它们让伟大的书籍拥有了持久的魅力。……所以你看，我仍然非常喜欢比才，因为跟你相比，我更喜欢他。[60]

普鲁斯特以这种转弯抹角的方式证明自己的自尊，明确表示他盲目崇拜这对男孩的日子结束了。他进一步指出，如果这对表兄弟仍然拥有他的喜爱，那只是因为他们教给了他"艺术的内容"。普鲁斯特不再用爱情或色情标准来判断这对男孩，而是启用了美学标准。他们如今对他的意义仅仅在于那是他本人创作活动的起点，就像玻璃被熔化，变成了如钻石般闪耀的镜子，映照着他的艺术。

然而当普鲁斯特说他不再想念雅克时，他倒没有完全放弃爱情。只不过他把理想化的目光投向了一位更精巧、更有潜质的缪斯：一个已经启迪过无数巴黎艺术家并举办着全城最棒的沙龙之一的女人；一个和她的朋友夏尔·阿斯一样超越了犹太人身份，成为"有生"阶层的荣誉成员的女人。[61] 一个与雅克和达尼埃尔有关，但她的性别和年龄——还有她耀眼的社会地位和占有欲极强的丈夫——使她方便地逃脱了普鲁斯特"不纯洁的"同性恋渴望，让他得以自由地关注她的审美社交魅力的女人。一个达尼埃尔称之为"姑母"，雅克称之为"妈妈"，而社交专栏——那是普鲁斯特在人生的康多塞那一章结束时的固定阅读材料——用许多大写加粗的名字称呼的女人：热纳维耶芙·阿莱维·比才·斯特劳斯。

注 释

1　关于康多塞的前身是波拿巴学校（在复辟时期和七月王朝时期改为"波旁学校"），Charles Lefeuve, *Histoire du Lycée Bonaparte (Collège Bourbon)* (Paris: Bureau des Anciennes Maisons de Paris sous Napoléon III, 1862)。关于康多塞学校的大批犹太人校友，见 DH, *Pays parisiens*, 102。

2　康多塞虽然严格意义上是走读学校，但它也对寄宿在巴黎各大高级宿膳公寓的学生开放。如第 10 章所述，可以在那里上学，在布斯凯－巴思公寓住宿。关于波拿巴学校 / 康多塞截至 1862 年的大量（但仍不完整）知名校友名录，见 Lefeuve, op. cit., 107-270. See also Taylor, op. cit., 9。

3　ED, *Testament d'un antisémite*, 86, n. 1.

4　Carter, *Marcel Proust*, 6; and Benjamin Taylor, *Proust: The Search* (New Haven and London: Yale University Press, 2015). 关于《克雷米厄法》的重要意义（和局限），见 Maurice Samuels, *The Right to Difference: French Universalism and the Jews* (Chicago and London: University of Chicago Press, 2016), 74。

5　Évelyne Bloch-Dano, *Madame Proust: A Biography*, trans. Alice Kaplan (Chicago and London: University of Chicago Press, 2007); and Jean-Yves Tadié, *Marcel Proust, trans. Euan Cameron* (New York: Viking, 2000), 13-36; and Duplay, op. cit., 13.

6　Tadié, *Marcel Proust*, 55 and 68; Taylor, op. cit., 9; and Racyzmow, *Le Paris retrouvé de Proust*, 50.

7　DH, *Pays parisiens*, 123; 翻译稍有不同的引文又见 Edmund White, *Marcel Proust: A Life* (New York: Penguin, 1999), 28。

8　关于普鲁斯特夫人非同寻常的文化素养和教育背景，详情见 Bloch-Dano, *Madame Proust*, op. cit., 41-42 and 101-3。关于青年 MP 在"非同寻常的骚动期"，"永无餍足的阅读期"的"多病岁月"，见 Taylor, op. cit., 11–12。

9　Duplay, op. cit., 23.

10　关于母子二人彼此引用拉辛打趣，最早的有记录的例子见 MP, *Correspondance avec sa mère: 1887–1905*, ed. Philip Kolb (Paris: Plon, 1953), 23，让娜·普鲁斯特在一封致 MP 的信的最后引用了拉辛的《爱斯苔尔》中的一句话："时间太久，我心急如焚！"显然，在 MP 年纪很小，和一群邻居孩子在爱丽舍宫游玩时，就能"聊起他心爱的拉辛"了；见 Carter, *Marcel Proust*, 817, n. 36. 在本章后文中我还会谈起 MP 与拉辛的关系，并就此话题引用多部重要的学术资料。

11　关于 MP 何时首次填写这一问卷，学者们尚未达成共识。但算得上为重建普鲁斯特的生平大事年表做过最详尽研究的学者 Philip Kolb 认为那是在 1886 年。关于普鲁斯特问卷的详情，见 Carter, *Marcel Proust*, 55, and (crossing my desk just before this book went to press) Évelyne Bloch-Dano, *Une jeunesse de Marcel Proust: une enquête sur le questionnaire* (Paris: Stock, 2017)。MP 对第一份问卷的回答，见 Maurois, *Quest for Proust*, 52–54。MP 后来完成于 1892 年的问卷版本的副本见 Mireille Naturel, *Marcel Proust in Pictures and Documents*, ed. Suzy Mante-Proust and trans. Josephine Bacon (Zurich: Edition Olms, 2012), 118。关于普鲁斯特就母亲问题给出的问卷答案有一个风趣的讨论，见 Elisabeth Ladenson, "Someone like Maman," *London Review of Books* 30, no. 9 (May 8, 2008): 19–20。

12　正如最优秀的普鲁斯特传记作者 William Carter 所说，"少年时代的普鲁斯特……是最典型的可怜而没有安全感的妈妈的乖宝宝"。Carter, *Marcel Proust*, 75.

13　RD, Souvenirs, 43. 关于 MP 在同学中间不受欢迎，又见 JEB, *Mes modèles*, 103。关于同学们的父母都很喜欢他，同样见 RD，"真正喜欢马塞尔的人是年龄（比他的小同学）更大的一群人：他们一致惊叹他的礼貌、风度、温柔和良善"（25）。同样，吕西安·都德也回忆过他的成年家人多么喜欢 MP。"我祖母宣称'她从未见过像小普鲁斯特先生那么亲和、有教养的年轻人。'"吕西安的母亲称 MP 是个"非常可爱的孩子，读书极多，性格极好"。Lucien Daudet, *Autour de soixante lettres de Marcel Proust* (Paris: Gallimard, 1929), 11–13.

14　关于男孩子们在校园里嘲笑 MP，见 RD, *Souvenirs*, 31。

15　Roland Barthes, *Le Degré zéro de l'écriture* (Paris: Seuil, 1972), 133; and

Benjamin, *Sur Proust*, 9–11.

16 DH, "Autoportrait inédit," in *Cahier 2* (January 1889); reproduced in MP, *Écrits de jeunesse 1887–1895*, ed. Anne Borrel (Paris: Institut Marcel Proust International, 1991), 30.

17 DH, *Pays parisiens*, 122–23.

18 MP 并非唯一被这对表兄弟著名的家族姓氏吸引的人。后来与 JB 有姻亲关系的 Maurice Sachs 也曾写过类似的反应，见 Sachs, *Le Sabbat*, 45。

19 FG, *L'Âge d'or*, 136.

20 RD, *Souvenirs*, 56.

21 MP, *Écrits de jeunesse*, 94.

22 RD, *Souvenirs*, 54. 关于《周一》的创办和使命，见 MP, *Écrits de jeunesse*, 91–94。关于 MP 所获的法语作文奖，见 RD, *Souvenirs*, 22。

23 MP 关于拉辛与高乃依对比的文章见 André Maurois, *A la recherche de Marcel Proust* (Paris: Hachette, 1949), 33–49。传记作家 Biographer Jean-Yves Tadié 写道，这篇文章是"（MP）喜爱拉辛的第一条线索，他把后者看作兄弟，跟自己惺惺相惜的人"；在完成于康多塞的另一篇文章中，MP"提到'拉辛对现代文学的影响'，他（原文如此）肯定了爱情的力量"。Tadié, op. cit., 65. MP 还讨论过波德莱尔与拉辛的深刻联系，见 CSB, 329–32 and 432–34。在一篇关于 MP 与拉辛的关系的重要研究中，Antoine Compagnon 指出，MP 对拉辛式激情的"崇高的恐怖感"的喜爱并非原创；在世纪末，比 MP 年长一代的一群著名评论家提出过类似的解读——最著名的是 Ferdinand Brunetière，他赞美拉辛是整个"关于爱的激情的文学的"先驱。Antoine Compagnon, *Proust entre deux siècles* (Paris: Seuil, 1989), 95–102; Ferdinand Brunetière, "La tragédie de Racine," *La Revue des deux mondes* 62 (1884): 213–24. Compagnon 正确地指出，"普鲁斯特关于拉辛的观点的原创性在于，他始终把后者与波德莱尔联系在一起"（101）。我在本章后文中较为详细地讨论了这一并置，进一步参考了 Compagnon 就这个主题的研究。关于 MP"极为熟悉拉辛的文本"，又见 Anka Muhlstein, *Monsieur Proust's Library* (New York: Other Press, 2012), 94。

24 Antoine Compagnon, "Racine and the Moderns," *Theatrum Mundi: Studies in Honor of Ronald W. Tobin*, ed. Claire Carlin, Ronald W. Tobin, and Kathleen Wine (Charlottesville, VA: Rookwood Press, 2003), 241–49, 242.

25 DH, Carnet 1, 1886–1888, 转载于 MP, *Écrits de jeunesse*, 53。

26　Theodore Child, "Literary Paris," *Harper's New Monthly Magazine* 35 (August 1892): 337–39; MP 后来对勒迈特的评价，见 MP, "Pendant le Carême," 最初刊印于 *Le Mensuel* 5 (February 1891): 4–5 并转载于 MP, *Écrits de jeunesse*, 174–75。MP 为《周一》所作的模仿勒迈特的作品转载于 MP, *Écrits de jeunesse*, 101–2。

27　关于马拉梅对 DH 的巨大影响，见 DH, *Pays parisiens*, 105–17；以及 Sébastien, op. cit., 53–56。关于马拉梅是第一个让 DH 对迷上波德莱尔的人，见 DH, *Pays parisiens*, 117。

28　Compagnon, *Proust entre les deux siècles*, 101–7. MP, "A propos de Baudelaire," in MP, CSB, 632. 关于波德莱尔和阿尔弗雷德·德·维尼（也是为 MP 的 SG 提供灵感来源的诗歌的作者）两人对 MP 在文学中书写同性性欲的重要影响，见 Elisabeth Ladenson, *Proust's Lesbians* (Ithaca, NY: Cornell University Press, 2006), 18–22。

29　William C. Carter, *Proust in Love* (New Haven and London: Yale University Press, 2006), 14; and Carter, *Marcel Proust*, 70.

30　MP, 无名诗歌，署期为 1888 年 5 月 13 日；以 "Premiers vers de Marcel Proust" 为题抄录于 Borrel and J.-P. Halévy, eds., op. cit., 35–36。

31　关于 DH 的尼采研究，特别见 Laurent, op. cit., 75–82, and 201–21。日记作者 DH 的活动，见 Laurent, op. cit., 51–52。

32　Borrel and J.-P. Halévy, eds., op. cit., 35. 我不同意 Carter 的判断，即认为与 MP 这一时期的其他文本不同，这首诗中"没有任何同性恋的渴望"。Carter, *Marcel Proust*, 66.

33　Borrel and J.-P. Halévy, eds., op. cit., 36.

34　MP, *Écrits de jeunesse*, 52.

35　Borrel and J.-P. Halévy, eds., 37–38.

36　Borrel and J.-P. Halévy, eds., 66.

37　Huas, op. cit., 189. JB 致 GS 的信，同样见 JB 致 GS，存档于 NAF 14383, folios 20–48。JB 在这些信件中充满渴望的语气，以及 GS 对它们（以及对他）的无动于衷，见 Bischoff, op. cit., 103。

38　MP, *Écrits de jeunesse*, 41.

39　MP 致 JB，见 Kolb, ed., *Correspondance*, vol. 1, 101–2。

40　MP, *Écrits de jeunesse*, 120.

41　Borrel and J.-P. Halévy, eds., op. cit., 40–41.

42　同上书，51。

43　MP 致 DH，见 Kolb, ed., op. cit., vol. 1, 121–22。关于这封信如何预示了 MP 后来在文学中书写同性恋的讨论，见 Carter, *Proust in Love*, 15–16。

44　Borrel and J.-P. Halévy, eds., op. cit., 43.

45　同上。关于 MP 或许"编造了"寄宿学校的威胁，见 Tadié, op. cit., 69; 关于 MP 与那对表兄弟关系的破裂，同上书，69–71。干预让娜·普鲁斯特担心 MP 对 JB 的"肉欲之爱"，见 Carter, *Marcel Proust*, 69。

46　MP 致 RD, Kolb, ed., op. cit., vol. 1, 105–6; 相关讨论又见 Tadié, op. cit., 71。

47　Landes-Ferrali, op. cit., 200. 正如 Landes-Ferrali 所说，至少从 1886 年起，这两句诗一直让普鲁斯特念念不忘，他在一封写给外祖母的信中描写自己正在写一篇学校布置的论文遇到的困难时，开玩笑地把第二句改成了"（我需要的）语词受到了惊吓，禁不住地往下沉"(200)。1892 年第二次回答普鲁斯特问卷时，MP 仍然把费德尔列为"最喜欢的虚构人物"。Naturel, op. cit., 118.

48　Bloch-Dano, *Une jeunesse de Marcel Proust*, op. cit., 203.

49　拉辛，《费德尔》(*Phèdre*，第二幕，第五场）；MP 引用这句话时，却把前两个形容词的位置换成了"年轻，可爱"，见 MP, *Chroniques* (Paris: Gallimard, 1927), 32。正如 Antoine Compagnon 和 Anka Muhlstein 等人指出的，RTP 的叙述者在 CCS 的一个著名段落中把自己比作了费德尔；见 Compagnon, *Proust entre les deux siècles*, 84; and Muhlstein, *Monsieur Proust's Library*, 94–95。

50　MP,《鸡奸》，收录于 The Collected Poems of Marcel Proust, ed. Harold Augenbraum, New York: Penguin, 2013, 4–5。该诗集中包含有法语诗歌及其英文译文的极佳版本，以对开页形式排版。不过我这里使用的是我自己的译文，因为 MP 在本诗中列出了一连串叙述者未来情人的名字，而企鹅版的《鸡奸》译文莫名其妙地删去了"雅克"这个名字。

51　后来，MP 明确指出《费德尔》中那个表述性的供认（承认禁恋行为）是该剧中最"无法模仿的生动"手法。见 MP 为 PM, *Tendres stocks* (Paris: NRF, 1923) 所写的无标题前言，第 31–32 页。

52　DH 的诗被抄录于 MP, *Écrits de jeunesse*, 157；关于它所体现的波德莱尔的影响，见 Laurent, op. cit., 56–57。关于 MP 对这首诗的批评，包括这里引用的评论，见 MP, *Écrits de jeunesse*, 160; DH, *Pays parisiens*, 118–20。

53　Borrel and J.-P. Halévy, eds., op. cit., 60-61.

54　RD（和 MP、DH、JB 一样）是这本杂志及其后续杂志 *The Green Review* (*La Revue verte*) 和 *The Banquet* (*Le Banquet*) 的创刊编辑，他说《丁香评论》创办于 1888 年 11 月；见 RD, *Souvenirs*, 44。

55　Borrel and J.-P. Halévy, eds., op. cit., 44.

56　MP, *Écrits de jeunesse*, 123.

57　同上。

58　MP 致 DH，见 Kolb, ed., vol. 1, 122。

59　阿尔弗雷德·德·维尼，《牧羊人之屋》，vol. 1 (Paris: A. Lemerre, 1883)。这首诗在之后很多年里一直是普鲁斯特的试金石；例如 MP，署期为 1898 年 10 月第一周的信，见 Kolb, ed., op. cit., vol. 3, 473。

60　Borrel and J.-P. Halévy, eds., op. cit., 65-66.

61　关于 MP 把对 JB 和 DH 的喜爱转到了 GS 身上，见 Tadié, op. cit., 73-76。在本书后文中，我详细讨论了 MP 与 GS 的关系。但所有传记中关于二人关系的最精练的讨论，见 White, op. cit., 30-31。

/ 第12章 跛脚鸭

1889 年 11 月 11 日，40 岁的亨利·格雷弗耶伯爵发布了一个声明，令他的亲人们大吃一惊。他于那年 9 月 22 日在下议院获得了一个席位。在布德朗森林所在的默伦选区竞选时，亨利说自己"保守、独立、开明"，"不完全是一个君主主义者"，只是对奥尔良派亲王们的事业持有同情，毕竟格雷弗耶家族世代为其效力。他还宣传自己是共和派左翼分子直言不讳的批评者，谴责他们是"一群土匪和盗贼，剥削他人，道德沦丧"。[1] 认识亨利的人都知道，他绝无自己标榜的"开明"观点，他尖刻的反共和情绪是发自内心的。他一生傲慢地驳斥"自由、平等、博爱"的信条，常喜欢发表诸如"共和派都是臭气熏天的讨厌鬼！"这样的言论。[2] 这就是为什么在入职六周后，他居然声称自己改变了立场，让家人和朋友大吃一惊。他现在变成共和派人士了。[3]

亨利在政治上皈依共和派的消息尤其令 29 岁的伊丽莎白感到不快和震惊。过去两年，因为她不打算与他分享，所以一直独自黯然神伤，亨利大部分时间并不干预。但两人

1888 年，亨利·格雷弗耶成为格雷弗耶伯爵，这张照片由纳达尔拍摄

偶尔交谈时，他们谈论的多是政治局势，自奥尔良家族被流放后，这已经成为德·阿斯托格街晚餐上的一个主要话题。在这些交谈中，伊丽莎白和亨利惊喜地发现，两人虽然在婚姻的其他方面毫无共同语言，但在思索法国君主制的未来和亨利应该扮演何种角色时，意见却惊人的一致。伊丽莎白甚至曾自鸣得意，认为有了他的财富和奥尔良派的关系，加上她在新闻界的能力和神秘感，他们将组成一对不可战胜的政治搭档。他没有事先与她商量就变节加入共和派阵营，让伊丽莎白的这一希望破灭了。更让她无法接受的是，如果没有她，亨利根本不可能当选。起码她起初是这么想的。当然，后来真相大白，结果只会令她更加难过。

伊丽莎白认为，亨利的政治生涯正式开始于 1886 年夏，也就是她决定插手此事之时。在这以前她年复一年焦虑地等待着，想看看他是否准备实现自己宣称的进入公共生活的远大抱负。但他拖了一年又一年。伊丽莎白恋爱时曾幻想他成为驻俄国大使或出使圣詹姆士宫①，眼看也将成为泡影。因为害怕亨利发脾气，所以她也不愿敦促他别再如此怠惰。但 1886 年 6 月 22 日，一切发生了变化，政府通过了流放法，将法国王位的觊觎者全部驱逐出境。这一态势让伊丽莎白有了动力，也为她劝说丈夫实现自己的政治天命提供了一个突破口。

她在这样一个时刻将此事提上日程是违反常理的，因为亨利一生都支持的亲王们正被一一赶出法国。但奥尔良家族 6 月 24

① 圣詹姆士宫（Court of Saint James），伦敦历史最悠久的宫殿之一。虽然英国君主已经有近两个世纪的时间没有在这里居住了，但它至今仍然是英国君主的正式王宫，且在英国各王宫中居于首位。基于这个原因，英国朝廷即以圣詹姆士宫为名，正式名称为"圣詹姆士朝廷"。

日出发前往英格兰之前，在他们位于诺曼底的祖宅德·厄城堡举办了一个为期两天的告别仪式，那座城堡是在他们的君主先辈路易－菲利普时代建造的，也遵循了那一时期的建筑风格。除了全欧洲各国的王室亲戚，奥尔良家族还召集了城区君主主义小圈子的成员：格雷弗耶夫妇、拉特雷穆瓦耶夫妇、德·奥松维尔夫妇、德·曼夫妇、布勒特伊夫妇、斯坦迪什夫妇、萨冈夫妇和加利费夫妇（最后这两对是两位妻子一起来的，没有丈夫陪同）。正是在这些奥尔良派的核心保王派成员中，伊丽莎白对丈夫的政治未来有了顿悟，决心帮助他更积极地参与到奥尔良派统治事业中，成为中流砥柱。

伊丽莎白所获得的启示与其说源于政治意识，不如说源于个人直觉，她从没有见过那么多王室成员聚在一起；看着他们，她渐渐明白了。有些来厄镇送别奥尔良亲王们的王室成员是她

奥尔良家族的亲王们于1886年夏被流放前，在家族祖宅德·厄城堡举办了一次告别聚会。伊丽莎白和洛尔都是那次聚会的座上宾

表兄尚博尔伯爵1883年去世后，巴黎伯爵成为法国王位的假定继承人

见过的，例如比利时王室家族的成员，而其他人伊丽莎白还是第一次见，例如克莱芒蒂娜·德·萨克森－科堡王妃（Princesse Clémentine de Saxe-Cobourg）和她的爱子，即乔万尼的朋友保加利亚的费迪南亲王。晚上，在城堡的哥特复兴式[①]宴会厅里，由欧仁·维奥莱－勒－迪克[②]设计的护壁板上悬挂着绘有打猎场景的古董佛兰德挂毯，几十位陛下和殿下在烛光下共进晚餐的场景令伊丽莎白肃然起敬。单个看来，这些显贵人物中很少有人能满足伊丽莎白对魅力的极高标准。她觉得巴黎伯爵夫人仍然更像个洗衣妇，德·欧马勒公爵像一头老山羊，而克莱芒蒂娜老王妃那如山的体重直令她瞠目。但从整个群体来看，男人们戴着闪闪发光的勋章和绶带，勋章的名字听起来充满诗意（圣灵勋章、星十字勋章、金羊毛勋章、金刺勋章、嘉德勋章、圣母勋

① 哥特复兴式（Gothic Revival）建筑风格始于1740年代的英格兰。19世纪初，当时的主流是新古典式建筑，但崇尚哥特式建筑风格的人试图复兴中世纪的建筑形式。哥特复兴运动对英国乃至欧洲大陆，甚至对澳洲和美洲都产生了重大影响。哥特式的复兴与中世纪精神的兴起有关。

② 欧仁·维奥莱－勒－迪克（Eugène Viollet-le-Duc，1814–1879），法国建筑师与理论家，最有名的成就是修复中世纪建筑。他是法国哥特复兴式建筑的中心人物，并启发了现代建筑。

章、大象勋章），女人们戴着王冠，王冠上镶嵌着价值连城的宝石，她被他们的夺目光彩震慑了。在这样的场景中，伊丽莎白突然意识到，她和她的贵族同伴们已经太久没有见到端坐在王位上的君主了：王室宫殿的魔力是无法超越的。正是这一领悟让她下定决心，亨利应该在奥尔良派的最高指挥部承担起自己的职责。因为如果他能发挥作用帮助亲王们复辟，他和伊丽莎白就会在新的王宫中任职：以他们无与伦比的美貌、财富和宠幸，王宫才是最适合他们的地方。

和亨利一样，伊丽莎白也是在奉行君主主义的家庭长大的，不过就法国王位的继承问题，她的父母效忠的是波旁王朝而非德·奥尔良派。同样与亨利一样，伊丽莎白也不赞成共和派左翼的平等理想。正如她在1887年的一篇只有一页篇幅的杂文《平等》（"Equality"）中所述，

> 平等一词很危险，对公益有害。……想想蜂群吧，其中必有工蜂，有蜂王。如果个个都是蜂王，一切就会陷入停滞。不平等乃社会之福。[4]

此次前往厄镇，伊丽莎白前所未有地意识到，王室子弟作为一个独特的、绝对不平等的人群，享有的权力和荣耀是何等惊人。其他传记作家和学者们曾试图把她写成一个政治开明人士，但在这一最基本的意义上，她是个彻头彻尾的精英主义者。伊丽莎白真诚地相信，某些男人和女人的出身和地位使他们有权统治，那是绝对自然和必要的。（她的开明之处仅限于把女人包括在这一类别中。）她虽然开明地接受新闻媒体之类的民主权利方式，却不认为自己在大众中的名气能够替代一种更排他的社会权

威，即因接近君主制权力而获得的权威。是时候让"要做女王的女人"走出晚会服饰的小格局，涉足更宏大的事业了。

伊丽莎白在厄镇开始这一努力时，意外地与洛尔·德·舍维涅结成了同盟，后者独自一人来参加奥尔良家族的送别会，似乎很高兴看到格雷弗耶夫妇也来了。谁都知道洛尔与亨利五世关系密切，因而伊丽莎白对她出现在城堡感到很困惑，后来她注意到两件事。首先，洛尔与德·拉特雷穆瓦耶公爵夫人、德·萨冈亲王夫人、阿尔贝·德·曼和亨利·德·布勒特伊等奥尔良派死忠的关系非常要好。洛尔高调标榜自己在正统王朝派中的人脉，但她显然是通过这些朋友才进入亲王们的小圈子的。其次，洛尔在厄镇非常严格的正式王宫环境中如鱼得水、千娇百媚，那里的一切和弗罗斯多夫城堡没什么不同。在第三共和国时代成年的贵族们会对如此严苛繁复的宫廷礼节望而却步，尤其是德·欧马勒公爵在尚蒂伊并不实行这一套规矩，在所有的奥尔良亲王宅邸中，尚蒂伊距离巴黎最近，也是上流社会人士最常拜访的。（最近在那里举行的一次晚宴上，德·欧马勒请阿方斯·德·罗斯柴尔德男爵夫人坐在上座，把他的王室亲戚弗拉基米尔大公夫人安排在次座上，着实令王室家族蒙羞。）在这一背景下，洛尔轻松应付着主人的各种习俗，举止风度鹤立鸡群。看到她如此顺畅地重拾起在弗罗斯多夫城堡所受的训练，就能理解为什么奥尔良家族的人都喜欢请她陪伴左右了。除了所有讨人喜欢的特质之外，她对他们的生活方式了然于胸，那一代法国女人很少能望其项背。

在厄镇期间，洛尔为伊丽莎白提供了不可或缺的指导，伊丽莎白虽然像女王那样仪态万方，却对王室习俗没有多少经验。少女时代陪同父亲前往外国宫廷时，伊丽莎白因未婚，没资格出席正式场合。新婚不久，她和亨利曾在布鲁塞尔受到过比利时君主的接见。然而自那以后，她与王室的接触大多限于在巴黎的社交活动和布德朗森林及其他猎场的打猎聚会，那里的主流是上流社会而非王室的礼节。伊丽莎白因不得不承认对这些事情一无所知而闷闷不悦，或许还忌恨洛尔在厄镇的风头盖过了她。但看着那个周末来奥尔良家族城堡的一众人等，她实在找不出第二个能干的导师。康斯坦丝·德·布勒特伊病得很重（她不到一周之后就去世了），她的丈夫显然既要照顾她，又要与王室主人周旋，忙得不可开交。德·萨冈和德·加利费两位夫人只对彼此感兴趣；德·加利费将军和斯坦迪什夫人也一样，他们的风流韵事已经是圈里公开的秘密了。德·拉特雷穆瓦耶夫人太丑了，德·曼夫人又太自以为是，无法激起伊丽莎白的自信心，显然"美女波利娜"·德·奥松维尔是她最不愿意请求帮助的人。如果是其他场合，伊丽莎白大概会去询问萨冈的意见。但亨利在场，伊丽莎白可不想对他的仇敌过于友好。经过排除法，她只好让洛尔做自己的向导了。

伊丽莎白后来对自己的选择非常满意，不但因为洛尔对王室事务应付裕如对她帮助极大，还因为洛尔其人实在有趣。和一个年龄相仿的女人（那年夏天，洛尔27岁，伊丽莎白26岁）一起说笑八卦是伊丽莎白几乎从未有过的体验。除了母亲、妹妹和表妹玛丽-艾丽斯之外，她很少信任其他女人，因为她坚信女人之间的争风吃醋使她们很难有什么友谊，漂亮女人更是如此。不过洛尔的外表、时尚感和个性与她截然不同，伊丽莎白不觉得她们会有什么竞争关系。更重要的是，她喜欢洛尔那种邪恶的幽默感和它引发的那种合谋打趣的感觉，仿佛洛尔每时每刻都在默默地怂恿她在一切庄重和排场的外表下看出荒谬感。费迪南亲王有一次在晚餐上把啤酒洒在身上，脱了上衣，两位少妇看到他露出的一条胳臂从手腕到肩部挂满了金光闪闪的镯子，她们对视了一眼，以无声的兴奋睁大眼睛看着彼此，庆幸自己不是唯一看到那个场景的人。[5]

在厄镇，伊丽莎白还着手在可能领导奥尔良派政变的人中为亨利寻找同盟。因为如果这些人成功地把巴黎伯爵扶上王位，他们就会拥有在新政权中分配高位的权力，伊丽莎白希望他们支持亨利，幸运的是，其中三位已经这么做了，他们是布勒特伊、德·曼和德·奥松维尔。伊丽莎白还想拉一个人皈依自己的阵营，于是把目光投到了 51 岁的埃马纽埃尔·伯谢（Émmanuel Bocher）身上，她以前不太认识此人。伯谢的父亲是巴黎伯爵的私人银行家，他因此成为亲王最信任的顾问之一，也是奥尔良派的头目之一。在厄镇初遇时，伊丽莎白从伯谢关注的目光中看出他被自己迷住了，于是清醒地决定诱引他为亨利的事业成功加一把力。

和以往一样，伊丽莎白对她的新情郎没多大兴趣，但伯谢一边大献殷勤，一边高谈阔论，倒是让调情变得很轻松。他虽在政界身担要职，却自命为学者而非政治家。除收藏珍本书籍外，伯谢还热衷于考古学和 18 世纪法国铜版画，他收藏这类铜版画已有几十年，为这些藏品保留了附有说明的两卷本分类目录。[6] 他对伊丽莎白谈起他的收藏品，透露他把最喜欢的铜版画都收藏在蒙马特尔的一间画室里，连他 23 岁的妻子也不知道此事；他非常希望伊丽莎白能抽空到那里拜访他。这一披露让她警觉到伯谢对她的企图一点儿也不纯洁。但伊丽莎白相信只要能骗过他，就能确保他支持亨利。她在一篇题为《要做女王的女人》的杂文中写道："要做女王的女人要作伪证，要出卖肉体，是一个用于献祭的处女。"[7] 伯谢将成为她在厄镇的重大征服，但她"出卖肉体"始终停留在言语上，没有付诸行动。

6月24日上午，奥尔良家族的聚会即将结束。在与他们深爱的人们饱含深情地告别之后，亲王们走出城堡，看到草坪上站满了来自整个诺曼底和更远地区的送别者。布勒特伊那天暂别病情日益加重的妻子，来到了现场：

> 身穿罩衣的农民和来自海滨的水手与前（奥尔良派）大臣、公爵、银行业大亨和其他各界名人并肩而立。来自田间的农妇和来自勒特雷波尔的水手的妻子们就站在法国最高贵的夫人们身旁。几乎每个人都眼含热泪，当天在场亲眼见到这一情景的人，想必永远不会忘记这伟大、庄严而沉默的效忠游行。估计有12000人当天来到（厄镇）向亲王们致敬。[8]

奥尔良家族将乘坐私人火车前往海滨，在那里乘坐轮船前往英格兰，他们启程后，贵族宾客也都散了。包括布勒特伊在内的几位贵族乘坐火车陪同亲王们前往勒特雷波尔，那里的码头涌来了另外25000名效忠者。布勒特伊写道，轮船启航后，巴黎伯爵站在甲板上，对人群最后一次"哀伤而高贵地挥手致意。只脱口发出了一句呼喊：'法国万岁！'成千上万人随声附和。'国王万岁'的喊声相对较少，因为亲王已经告知众人，希望大家避免公开彰显"明显的君主主义情绪。直到最后，自封的菲利普七世都希望维持迫使他去国离乡的祖国的法律和秩序。

伊丽莎白和亨利从厄镇回到巴黎后，一直沉浸在一种复燃的君主主义热情中。正是从这时起，他们的政治合作关系进入关键时期，起码她当时是这么想的。过去，每当伊丽莎白责备亨利长期不着家时，他总是反驳说他不回家是为了避开她因为他还有其他女人而嫉妒地大发脾气。亨利觉得，伊丽莎白最近开始对他的事业感兴趣真是个讨人喜欢的改变，总好过像过去那样耍性子，而在伊丽莎白看来，他愿意与她讨论自己的政治轨迹也给了她一些安慰，至少她可以做一个他的情妇们无法替代的红颜知己。这次和解并没有让亨利的滥情有所收敛，也没有缓和伊丽莎白因此而感受到的痛苦。但在和解期间，夫妇俩共同的政治使命感确实为他们的婚姻生活带来了一点点和谐的氛围，那是这场婚姻几乎从一开始就从未有过的。

伊丽莎白离开厄镇后便开始与埃马纽埃尔·伯谢秘密通信，她没怎么对他谈起与丈夫和解之事，反而强调了自己的伤心和孤单。这些或许并非假话，但她暗示伯谢是那个能减轻她的痛苦之人，就是假话了。1887 年春，在巴黎的一次聚会上，她向他倾诉说，"（她的）双唇从未曾吐露过一个词"——爱。[9] 这样的招认使伯谢燃起了强烈的决心，一定要让她对自己说出那个词，而伊丽莎白故作扭捏，好让他充满期待。那年秋天，伯谢和父亲都忙安排亨利入选了默伦的镇议会，这是迈向政治高位的一小步，却是十分必要的第一步。

伯谢大概觉得如此为伊丽莎白的丈夫服务，就能以赢得她的爱作为回报。他如果真是这么想，那么就被无情地欺骗了，从他在亨利当选后寄给她的信件中可以看出这一点。1888 年 5 月 31日，伯谢写道，

> 您从未轻启双唇，真诚地告诉我是或否。您那双纤纤素手拒绝写下您希望说出的话。您不觉得吗？在某些感情上，

我们需要勇气，而您没有，我们也需要一种超越上流社会的繁文缛节的能力。我觉得您很可怜，仅此而已。

妻子1886年去世后，亨利·德·布勒特伊与伊丽莎白结下了亲密友谊，同时开始了与洛尔的婚外情

然而事实上并非仅此而已。最后，伯谢宣称"无论我多么痛苦……我的心将始终对您怀有深情不渝的爱"。[10] 伊丽莎白不为所动，甚至感到厌烦。她在他的另一封信件的背面潦草地写了句："蠢货！没有一句实话。我永远不会爱上他，我只是需要他。让他像其他人一样卑躬屈膝吧，又不是我的错。"[11] 如果伯谢继续爱她，那是他的问题——她可不打算可怜他。她将继续利用他，他将继续卑躬屈膝。

/ 336

到这时，伊丽莎白大概觉得她已经用不着顾及伯谢的感情了，因为看起来亨利提升政治地位的下一步要依靠另一位奥尔良派领袖，而那人已经十分忠诚可靠了。自从妻子在奥尔良家族离开法国后去世，亨利·德·布勒特伊与伊丽莎白结下了亲密的友谊，在丧妻的伤痛中把她变成了知己，经常与她和亨利共进晚餐，以免回到没有康斯坦丝的家里郁郁寡欢。布勒特伊还重新燃起了支持奥尔良派复辟事业的热情，试图以此来忘记伤痛，他绞尽脑汁希望找到一条路径，让巴黎伯爵回法国重登王位。

布勒特伊不久就在乔治·布朗热（Georges Boulanger,

1837—1891）将军身上找到了突破口，或者说他希望如此，前国防部长布朗热充满领袖魅力，在奥尔良家族刚刚被驱逐的那段日子里很快变成了享誉全国的民粹主义英雄。布朗热本人没有什么坚定的政治主张，他曾经参与镇压巴黎公社——和他的主要对手加利费一起枪杀激进分子，也曾成为德·欧马勒公爵的门徒，后来又加入了乔治·克列孟梭①领导的极左翼阵营，那是流放法最有力的支持者之一。[12] 将军甚至跟与奥尔良派争夺王位的对手波拿巴派眉来眼去，自称拿破仑式的军事独裁者。近年来，整个社会政治谱系中失去公民权的各类公民，从痛恨腐败官员和贪婪资本家老板的工人到同样仇恨那些资产阶级共和国卫道士的保守贵族，都怀有深深的阶级仇恨和民族主义焦虑，布朗热适时地利用这些，为自己进行政治投机。

将军越来越广泛的民众基础就包括仇外的埃杜瓦尔·德吕蒙最近刚刚在《犹太人的法国》（*Jewish France*，1886）一书中煽动的不满之人，他说犹太人正从内部颠覆法国，力图把他们变成外国威胁的替罪羊。布朗热也有类似的动作，他指责普鲁士人，将法国的经济和社会弊端归咎于在普法战争中的屈辱战败，呼吁再来一次全方位的军事对决。布朗热以叫嚣武力的极端沙文主义和骑在他标志性的黑马上的潇洒表象，挑动民众疯狂地推翻现任政府，并疯狂地崇拜他，指望他救万民于水火。

听从了德·于扎伊公爵夫人的建议，本人也是极端君主主义者的布勒特伊决定利用布朗热的民众基础来为奥尔良派的复辟开拓局面。让布勒特伊打定主意的景象发生在 1888 年 4 月 19 日，

---

① 乔治·克列孟梭（Georges Clemenceau，1841—1929），人称"法兰西之虎"或"胜利之父"。法国政治家，曾于 1906—1909 年和 1917—1920 年两次出任法国总理。

那天逾十万市民涌入巴黎的大街小巷欢迎将军，将军乘坐一辆艳俗的红绿色敞篷四轮马车，由几匹毛色光亮的黑马拉着，马笼头上别着将军的纹章红色康乃馨，马鬃上还饰有红绿色的丝球。布勒特伊在日记中写道，那是"彻头彻尾的骗子的装备"，但这个骗子让我们再明白不过地看到，尽管民众"高呼'共和国万岁！'，但他们真正热爱的还是一个人，他们真正渴盼的是一位主人"。[13] 布勒特伊曾亲眼看到巴黎伯爵在法国的最后一天引发了多么强烈的民众热情，他相信那位亲王正是这样一位主人，只要军队和民众愿意集结在他的旗帜下。

基于这一直觉，布勒特伊和德·于扎伊公爵夫人想出了一个计划，开始接近布朗热。他们提出在政治和财力上支持他发动军事政变，推翻第三共和国，把巴黎伯爵接回来作为菲利普七世登基。将军看到他们对自己的伟大力量竟有如此信心，何况未来的国王本人还给他写了一封亲切的感谢信，极尽恭维之词，于是欣然同意了这个提议。有了巴黎伯爵的祝福，布勒特伊和公爵夫人劝说城区的朋友们加入这次煽动叛乱的行动。最终结成的联盟是德·奥尔良派、波拿巴派、洛尔和阿代奥姆·德·舍维涅、瓦伦丁和皮埃尔·德·瓦鲁以及阿蒂尔·梅耶尔这类前正统王朝拥护者组成的大杂烩。不管他们曾因派系之争有过多大的分裂，这些贵族人士在一点上是团结的：都希望看到自己痛恨的共和国倒台。[14]

在布勒特伊的请求下，亨利·格雷弗耶也同意把自己的名字加在新成立的"布朗热委员会"的名单上。但他听从了伊丽莎白的建议，在计划看起来有把握成功之前，拒不进一步参与行动。伊丽莎白虽然很想看到亨利成为对亲王不可或缺的人，但她对布朗热能领导奥尔良派走向胜利怀有疑虑。作为一个音乐爱好者，她讨厌将军曾仇外地试图禁止她最喜欢的歌剧之一——瓦格纳的《罗恩格林》（1850）——在全法国演出。（20 年前，萨冈亲王也曾以爱国为由试图促使同样的禁令通过。但自那以后，他就慢慢地接受了伊丽莎白的立场。）此外作为一个"引领时尚的女人"，她觉得布朗热的马匹上的那些丝球太难看了，她女儿在成年以后仍然这么认为。但就算抛开这些吹毛求疵，伊丽莎白也担心将军根本是个信不过的人。她在军队中位居高位的朋友们，如加利费，都说他是个不道德的利己主义骗子。就连布勒特伊也开玩笑地蔑称他为"漂亮朋友将军"，用典就是莫泊桑小说中那个漂亮英俊但不择手段的主人公。[15] 在伊丽莎白听来，布雷特伊的玩笑暴露了他把希望寄托在这么一个可疑人物身上所承担的风险。她一点儿也不确定亨利是否应该跟风仿效。

一度，伊丽莎白发现自己居然和费利西泰不谋而合，后者写信对她发牢骚：

> 我一直觉得德·于扎伊公爵夫人疯了，但没想到她竟疯狂到如此地步，我总是说一个人在政治上必须谨慎，现在看起来，亨利可能迟早也会陷入荒谬可笑的境地，那还算好的，但如果他能听从我们的建议，就根本没什么好担心的。[16]

当亨利最终承认他在名义上已经加入了德·于扎伊／布雷特伊的委员会时，费利西泰大发雷霆。"只有野心勃勃的傻瓜才会转向布朗热的阵营。"她怒容满面。伊丽莎白表示同意，但她鼓励亨利小心行事，要巧妙地使布朗热阵营的人相信他会投身他们的事业。[17] 或许想起了自己与伯谢的周旋，她提议采取战术性欺骗：

> 只要比其他人稍微聪明一点儿，要参与其中，以误导的方式表达自己的意思，同时又不牺牲自己真正的信仰。[18]

伊丽莎白认为，如果亨利和布朗热团伙的人稍稍保持一点距离，就能给自己留条后路。如果政变成功，他就能以从头到尾的支持者身份出人头地；如果政变失败，他也可以和布勒特伊及其他共谋者划清界限，强调自己的君主主义立场比他们的更节制，不主张分裂。伊丽莎白写信给他说，无论如何，"我希望你最好是个独立派，与每个人搞好关系，但不要随波逐流"。[19]

事实上，需要说明的是，鉴于当前政治环境中激烈的党争现状，亨利作为独立派可能要比成为奥尔良派的正式成员对他的亲王更加有用。当前，政府中的共和派和君主派陷入了焦灼的对立状态。如果亨利以独立派身份在貌似中立的外表下支持巴黎伯爵复辟，或许议会的共和派会给他一点表达观点的机会，而如果一个公开的奥尔良派提出同样的观点，他们必然会反对。伊丽莎白觉得亨利以这种聪明的方式为亲王服务会更得后者的赏识，一旦新的君主制政府成立，他也一定会因此而得到重用。

不久，伊丽莎白和亨利得到了另一种提升。1888 年 9 月 27 日，夏尔·格雷弗耶在久病之后去世了，终年 74 岁。亨利和伊丽莎白成了新的格雷弗耶伯爵和伯爵夫人，而费利西泰则被降级为伯爵太夫人。除了给他们留下难以计数的财富之外，老人的去世还让整个家族有了六个月（他的寡妇有两年）的强制服丧期，

/ 339

其间须停止一切社交和娱乐活动。德·阿斯托格街和布德朗森林的客厅都挂上黑纱，整个家族的很多马车窗户上也是一样，马车用的马应该是全黑色，马笼头上戴着黑色花环，鬃毛里编入黑色丝带。马车夫和仆人把蓝金色的格雷弗耶家族制服换成黑色的丧服，质地比主人的庄严丧服要粗糙一些。整个家族在那年剩下的时间里取消了一切打猎活动，并提前自请回避来年春天巴黎的社交季。

这次不得不退出社交界的时机对伊丽莎白和亨利两人都是机缘凑巧。关于伊丽莎白为何会欢迎它，下文再详细说明。对亨利来说，父亲去世正好给了他一个很有说服力的借口，不再参与布朗热派委员会的工作，随着将军在民众中的支持率继续以骇人的速度增加，该委员会的活动在整个秋冬日益频繁。

格雷弗耶夫妇服丧期间，布勒特伊及其同伙经历了一段准备推翻现政府的欢乐旧时光。他们正在密谋叛变之事，这为他们的聚会带来了一种秘密的兴奋感，包括用作诱饵的马车、秘密的出入口，还有幼稚的化妆，男人们都戴着假胡子。[20] 他们在日常服饰中加入了红色康乃馨，得意地在胸衣和大衣翻领上体现自己是异见人士。布勒特伊和洛尔·德·舍维涅被整个事件这种醉人的乐观主义和偷偷摸摸的兴奋感冲昏了头脑，竟然还开始了一段婚外情。阿蒂尔·梅耶尔也陶醉在结识声名显赫的新"朋友"的兴奋中，在《高卢人报》上无缘无故地赞美他们。他甚至说服德·于扎伊公爵夫人在他皈依天主教后作他的教母。[21]［在说服她的过程中，梅耶尔表达了一个矛盾的愿望，希望由这个国家头衔最高的女贵族为自己施洗，"（为他）洗去渴望提升社会地位的焦虑"，据他所说，每个犹太人自一出生就受到这种焦虑的折磨。］[22]

布勒特伊及其同伙也努力专注眼下最重要的事。在年久失修的英国大使馆，他们与大使利顿勋爵[①]和威尔士亲王讨论了英法关系将来在菲利普七世治下的光明前景。在一点儿也不破旧的德·于扎伊公爵夫人府（用她那些"无生"阶层的祖先，也就是凯歌香槟公司的创始人留下的财富装饰一新），同谋们客气地询问布朗热本人有何进攻计划。他绝口不谈啰唆的细节让大多数人觉得这是教养良好的表现，一个烘焙师的后代居然有这样的修养，令他们又吃惊又高兴。（事实上将军的父亲是一位律师，但在"有生"阶层看来也没有什么区别；他的姓氏意为"烘焙师"，这就足够这些人了解他的出身了。）布朗热没有谈论战略或政策等问题，而是用含混却很有煽动性的语言对这群人讲述了他有独一无二的能力令法国人听从他的指挥。"我会不遗余力地煽动民意，"他对他们说，"我还有不少其他妙计呢。"[23]

他的锦囊妙计很快就用完了。到1888年底，据布勒特伊估计，布朗热已经"赢得了一百多万法国人的支持"，自称布朗热派的人士在全国各地参加竞选，他们虽然没有合法政党地位，却在许多选区赢得了胜利。1889年1月，将军本人代表巴黎竞选下议院的一个席位，票数以绝对优势遥遥领先。政府以他与军方的连属关系为由，宣布他的获胜无效，这一政策的目的就是阻止布勒特伊这伙人结成军政府。这一挫败激怒了巴黎内外布朗热的支持者。民众骚乱此起彼伏，共和国摇摇欲坠，发动军事政变的时机似乎成熟了。

然而，将军本人缺乏追随者们期待的凌厉霸气和坚定的使命

---

① 爱德华·罗伯特·布尔沃－利顿（Edward Robert Bulwer-Lytton，1831–1891），第一代利顿伯爵，英格兰保守派政治家、诗人。1876—1880年曾任印度总督，1887—1891年出任英国驻法国大使。

感，根本无法担此大任。恰恰相反，他开始精神错乱，突然间名声大噪让他不知所措，妄想自己面临监禁或暗杀的风险越来越大。他从情妇那里寻求安慰和指导，后者大概除了提供糟糕建议外，还给了他不少有害的药物。4月1日，就在政府以爱国主义为名大张旗鼓地为新建成的埃菲尔铁塔揭幕几个小时后，布朗热害怕自己以谋反和叛国罪而被捕，逃到了比利时。[24] 他随身带着情妇和上流社会支持者的钱（单是德·于扎伊公爵夫人一人就给了他300万法郎），再也没有回来。历史学家弗雷德里克·布朗（Frederick Brown）认为，"埃菲尔铁塔就像是在他逃跑的消息后面画了一个巨大的感叹号"，向每个人掷地有声地表明，共和国的根基仍然无比坚固。

看到自己的门生居然可耻地逃跑了，德·于扎伊公爵夫人言简意赅地写道："如此一来，将军的星光不是渐褪，而是彻底熄灭了。"[25] 他的消失让许多心怀不满的法国人失去了一个为他们不成熟的愤怒、偏见和恐惧代言的人。德吕蒙抓紧时机，粗制滥造出一系列新的反犹宣传文字，如《世界末日》（*The End of a World*，1889）、《最后的战斗》（*The Last Battle*，1890）、《一个反犹主义者的证词》（*An Anti-Semite's Testament*，1891），还创办了一份反犹报纸《自由言论》（*La Libre parole*，1892–1924）。在这些出版物中，他反复重申"犹太人"贪婪和危害国家的论调，如今，他还在犹太人反法的嫌疑罪行中加入了一条：埃菲尔铁塔亵渎了巴黎的天际线（哪怕埃菲尔本人是个基督徒）。

他呼吁每一位法国爱国者同心协力反对"外国人"的论调不久就得到了其他国家主义理论家的附和，包括前布朗热团伙成员、年轻作家和政治家莫里斯·巴雷斯（1862—1923），此人最近刚刚开始光临热纳维耶芙·斯特劳斯的沙龙。在政治谱系的另一端，社会主义和无政府主义煽动者们在工人阶级中赢得了支持，为资本主义的罪恶开出了激进的解决方案。左派和右派都呈现出极端主义抬头的趋势，第三共和国似乎正朝着一触即发的世纪末走去。事后想来，布朗热派危机似乎是这个政权陷入重大麻烦的开始，而非结束。

布朗热逃跑的另一个中短期后果，是它不但击垮了布勒特伊和他的朋友们发动政变的计划，还摧毁了法国君主主义者们最后一丝残存的正统论信仰，亲王们被流放已逾三年，他们仍然试图以此作为政治信条。随着新一轮大选在秋季开始，奥尔良派政治家们争相说服选民相信他们的政纲仍切实可行。同胞们在9月22日选举时，布勒特伊、德·曼和德·奥松维尔全都保留了各自在议会的席位。但在整个国家，他们的政党遭遇了毁灭性的失败。在梅耶尔《高卢人报》的办公室里听取了糟糕的选举结果后，布勒特伊反思了同人的失败：

> 我们没有选择——要么获胜，要么死亡，要么赢得多数，要么成为一个无能的少数派！这两种境地之间没有中间地带，我们没有其他的指望。避而不言是没有用的——我们失败了，无论接下来事态如何，当前，这是不可更改的事实。[26]

然而布朗热派计划的失败彻底改变了亨利·格雷弗耶的处境，并且让形势对他有利了。将军的盛衰起伏引发了极大的混乱，亨利趁此机会开始了首次在全国范围的竞选，作为默伦地区

亨利因为混杂的政治立场，被滑稽地刻画为
"蝙蝠候选人"

的代表竞选下议院议员。他没有参与布勒特伊流产的政变也没有
遭受牵连，因而他自我宣传的形象是既不同于君主主义者，又有
别于共和派的一个有益的中间人。他虽然不吝于批评当前政权，
却承诺他将让众人满意，拥护"保守、独立且开明"的政治利
益。这种前后矛盾的主张让对手们给亨利取了一个绰号叫"蝙蝠
候选人"（le candidat chauve-souris），大概是抨击他的意识形
态是诡异的杂交体。鉴于他那么厌恶罗贝尔·"蝙蝠"·德·孟
德斯鸠，亨利不可能喜欢这个比喻。

　　不过辱骂并没有阻止他继续推进自己一把抓的政治进程。他
滔滔不绝地空谈他能带领同胞走向更加光明的未来，听起来与逃
跑的布朗热如出一辙。他发誓将调和"昨天的法国（与）明天的
法国"[27]，并反复对媒体申明他将建立自己的政党，"一个像萨
宾女人那样站在敌对的派别之间，保护各个派别免受对手打击的

政党"。"萨宾女人"出自雅克－路易·达维德①的一幅著名的历史画作。[28] 每当被追问自己政治纲领的具体细节时,他会回答说自己"刚刚进入政坛,还不属于任何党派,因而不打算被称作或归于"任何派别。[29]

至此,亨利似乎不折不扣地遵行了伊丽莎白的建议,独立于任何具体派别。或许可以想见,他愚笨的竞选过程一定会激怒布勒特伊,后者预言亨利一定会"不遗余力地当选默伦地区的代表,无论发生什么,不惜一切代价"。[30](后面这个条件从句是亨利自己的口头语,一般都是用在责备贝贝斯违反了礼仪规矩之时。)然而奥尔良派需要争取一切代表的支持,考虑到亨利过去曾对他们的党派效忠,他们决定支持他作为他们在默伦地区的候选人。虽然布朗热失败了,但奥尔良派的核心在这个一直很保守的地区仍然保持着一定的影响力,因此事实上它的支持对亨利大有帮助。9月22日,亨利以60.5%的压倒性优势当选。[31]

----

① 雅克－路易·达维德(Jacques-louis David,1748-1825),法国画家,新古典主义画派的奠基人和杰出代表,他在1780年代绘成的一系列历史画标志着当代艺术由洛可可风格向古典主义的转变。除去在艺术领域的建树之外,他还是罗伯斯庇尔的朋友、雅各宾派的一员,在法国大革命中十分活跃。这里提到的画作名为《萨宾女人的调停》(*The Intervention of the Sabine Women*,1796-1799)。故事背景是在公元前753年罗马建国初期,第一任国王是年仅18岁的罗慕路斯。罗马人是拉丁移民,国民中多是年轻的单身男性。于是罗慕路斯设计以举行祭典并邀请临近的萨宾国民前来参加,因为祭祀日不能打仗,所以萨宾人没有防备,活动中罗马男人在罗慕路斯的带领下突然将萨宾的女人抢走。猝不及防的萨宾人只有仓皇逃走。这些被劫持的萨宾女人都成了罗马男人的妻子,并生下了孩子。后来的几年,萨宾人不断前来攻击罗马想讨回他们的姐妹,但这时他们的姐妹都已成为罗马人的妻子和母亲,这些女人带着孩子出来调停争斗,因为无论谁胜谁负,她们都将失去丈夫或父兄。于是罗马和萨宾化干戈为玉帛,合并为一个国家,享受罗马公民的待遇。

　　就算把当地奥尔良派金主们的支持考虑在内，亨利获得如此决定性的胜利也令人吃惊。不光是因为他在竞选时似乎毫无建树，而且在默伦地区和周边，从来没有人喜欢过他。自从他十年前从叔叔那里继承了布德朗森林后，亨利保留了"大胡子"作为他在该地区的执行人，恐吓嫌疑偷猎者和侵入者，引发了当地媒体不遗余力地批评。通过代理人来残酷地对待邻居让亨利获得了懦夫的名声，因此当地人流传着连他的漂亮妻子也"比格雷弗耶伯爵更像个男人"的说法。[32]（不仅如此，他对伊丽莎白抱怨说："我的对手们居然说我打老婆！"[33]）亨利知道自己在该选区有多

亨利喜欢把自己想象成达维德的《萨宾女人的调停》中阻止两方敌军互相残杀的萨宾女人

不受欢迎，在竞选期间一直避免公开露面，而是在一个选民不到
8000人的地区，依靠花钱雇来的四五百名支持者代他劝说民众
归附。[34] 他的对手则恰恰相反，他们举办了一次又一次煽动性的
演说，召开了一连串广受欢迎的城镇会议。在其中一次会议上，
亨利总算屈尊露面了，当他那一群武装护卫开始推搡人群时，活
动便沦为一场惨烈的斗殴。然而尽管如此，不知为何，他还是在
该选区获得了不可否认的胜利。

伊丽莎白觉得，丈夫的胜利似乎证明了她自己敏锐的战略直
觉。由于听从了她的建议保持中立，亨利在如今由共和派占绝对
多数的议会赢得了一席，这一胜利甚至惊动了巴黎伯爵，后者
亲自给他发来了贺信："你赢得的多数派是我得到的最满意的惊
喜。"[35] 获得王室的首肯令伊丽莎白充满乐观期待，相信亨利一
定能成为亲王背后的男人，届时她自己就是男人背后的女人。

然而就在那时，亨利变节了。入选后还不到两个月，他就公
开宣布放弃独立，投靠了议会的共和派。伊丽莎白事先并不知晓
他的决定，得知消息后十分愤慨。亨利突然改变方向可能会让她
为两人筹谋的一切成为泡影。她单刀直入地指责了他：

/ *344*

> 真是遗憾啊，遗憾，格雷弗耶伯爵先生居然是"明天的
> 共和派"——一点也不显不贵了！不管你的初衷如何，这么
> 做实在有失体面。而且你做出的让步越多，声名就越狼藉。
> 你会与他们（共和派）同流合污，被朋友们抛弃，被所有人
> 鄙视。一个像你这样的人不该出卖自己。相信我，我并不是
> 因为恼怒地发现自己居然嫁给了一个共和派才说这些的。我
> 说这些是想让你思考自己正在怎样一步步滑向堕落。我更希
> 望看到你是一个独立派，与每个人搞好关系，尤其不要随波

逐流。……低贱的共和派这一角色不适合你。[36]

　　抛开这么做一定会引发奥尔良派阵营的愤怒不提,亨利变节共和派之所以让伊丽莎白惊骇,是因为在她看来,这么做无异于抛弃了自己与生俱来的权利。作为一位贵族老爷,她的丈夫本该"凌驾于(其他)每个人之上",不仅在政界如此,他生来就该睥睨众生。这是他们那个阶层的人始终坚持的道德观。如今和过去一样,显贵和威望是他们身份的核心,是他们判定自己在贵族同侪和芸芸众生中的相对位置的依据,每当亨利本人斥责她败坏家族名誉时,提醒她的也正是这一点。然而他如今却在败坏家族名誉,犯下的恰是此罪。"出卖自己"给共和派就是在迎合最低层次的需求,就是支持上层的阶级重构。

　　伊丽莎白被他的无耻行为震惊了,此时她最关心的就是它将在贵族同侪中引发怎样的敌意,更不要说巴黎伯爵了。在来自英格兰的另一封信中,亲王以尖刻的低调含蓄对亨利写道,"我亲爱的格雷弗耶,我知道你能指望我的,和我能指望你的一样多"——换言之,全无指望。

　　最糟的还在后面。亨利变节后才几天的工夫,就有消息传出他竞选期间不择手段,贿赂某些选民,阻止另一些选民去投票。亨利发表声明断然否认:如果被指控的欺骗行径是真的,那也是他的竞选代理人背着他做的。丑闻让人们怀疑他所获得的60.5%多数票的真实性,也暴露了他刚刚采取的共和派立场的真实目的:这是懦夫先发制人的一招,以防遭到议会多数党的迫害。至少就此目的而言,亨利失败了。应激进议员卡米耶·佩尔唐(Camille Pelletan)的要求,立法者们开始对亨利在默伦的竞选展开正式调查。[37]

调查一直持续到那年年底。议员们研读了一份厚厚的卷宗，评估了针对格雷弗耶竞选活动的几项指控：（一）付钱给公民买选票，通常支付 5~10 法郎的金额；（二）阻止其他公民投票；（三）利用免费酒水换取另一些公民的支持；（四）与各个市政集团及其领导进行暗中交易——"吉涅斯社区需要一个水泵？格雷弗耶先生会给他们买一个水泵。香浦的消防员想办一个宴会？格雷弗耶先生会出钱让他们办宴会"。卡米耶·佩尔唐数次抱怨说，卷宗中的许多关键文件都不翼而飞了，其他资料看上去像是被篡改过的。如果这些属实，那么亨利和他的团队负责编写卷宗之事大概能解释这些异常情况。

获得了这些信息之后，议员们最终确定亨利在默伦只得到了52% 的选票，他仍然获得了微弱多数，但显然比原始计数少了很多。[38] 此外，他们还发现亨利在楠日（Nangis）区持有地产，后者也曾考虑在那里参选。但就算他在那里捐赠了一所医院和一所学校，他仍然在预备性投票中位列最后，因而只好放弃了楠日。这一点证据似乎符合佩尔唐试图为亨利建立的形象：他是个有钱的骗子，想花钱贿选进入政界。议员们在议会讨论调查结果时，亨利·德·布勒特伊和他的奥尔良派同僚们坐在一起，避免就此发表评论，但他一直在说：他的老朋友亨利·格雷弗耶"会不遗余力地当选默伦地区的代表，无论发生什么，不惜一切代价"。

1889 年 12 月 23 日，亨利的 41 岁生日前两天，议员们结束了调查，开始就此事投票。在对同僚发表的结辩陈词中，佩尔唐敦促他们宣布格雷弗耶伯爵的入选无效。他提醒左翼同人说，在变节皈依他们的阵营之前，伯爵曾屡次指控他们偷盗和腐败——如今证明，这正是他自己的竞选活动的两个基本特征。佩尔唐说，格雷弗耶参选的道德腐败是显而易见的，他不仅在财务上舞弊，还以"无限的，呃哼，可塑性""提议……调和右派和左派的激烈冲突，将自己比作达维德所画的'萨宾女人'"！佩尔唐把这一装腔作势的比喻作为笑料，发出了致命的一击：

> 但他太谦虚了！"萨宾女人"是被劫持的，但没有人劫持（格雷弗耶）——他劫持了自己，他没有从我们这里得到任何鼓励，就自发地加入我们伟大的共和派阵营！ [39]

听到这些话，议员们爆发出呼喊声、口哨声和哄堂大笑。佩尔唐停顿了足够的时间让他的观众们尽情欢乐，然后他又严肃起来，历数格雷弗耶的恶行。但那句话令每个人都难以忘怀，第二天还在全国各地报道这次会议的报纸上刊印出来，成为佩尔唐的致命一击——"他劫持了自己"。[40]

这句话所含的轻率而恶毒的讽刺意味很像梅亚克、阿莱维和热纳维耶芙·比才·斯特劳斯的风格。但这些话曾让那些人赢得诙谐风趣的好名声，却毁了亨利的声誉。最后，他倒是没有被踢出议会：有192名议员投票支持宣布他的入选无效，261名议员投票反对。[41] 尽管如此，他在议会的名声已经被佩尔唐的取笑彻底破坏了。

不久，哪怕有重要的投票，他也不再去议会了。"我再也受不了了，"他对伊丽莎白说，"我不会再去了，因为我从不知道怎样投票才能不让左派和右派都扭过头来针对我。"[42] 他们的女儿埃莱娜那年七岁，她写了一首题为《选举：一首道德诗》的原创作品来让父亲开心。在列举了参加"摧毁对手的战斗"的诸多挑战之后，诗的结尾写道：

选来选去又是为了什么?

不过是要赢得一席

而在那个席位上，发表一个观点

会招来一千个仇敌。

教训:

快乐的生活是隐秘的生活;

那些可怜的议员应该得到怜悯。[43]

　　亨利自怨自艾，起身前往布德朗森林，一直在那里待到打猎季结束。[44] 或许看到自己唯一的孩子同意他说隐秘的生活才是最优越的，他有了一点点安慰。在这个问题上，他和妻子从未达成一致。

　　伊丽莎白倒也没有因为再次预言成真而对亨利作威作福。她的沮丧令她无法沾沾自喜，这点胜利的代价太高，无法消除她的愁绪。她曾短暂地梦想能在宫廷有一个灿烂的未来，沐浴在丈夫（和国王）的荣耀中度过一生;就在她的另一个无限宝贵的梦想破灭之时，这个抚慰人心的梦想在她暗无天日的生活中闪出了一道亮光。然而现在，随着亨利政治生涯的终结，那个让她获得安慰的幻想也落空了。

　　她从这场灾难中得到的教训是，显贵和威望的确是他们的一切。

　　她没有从中得到的教训是，仰仗他人得来的荣耀一文不值。

注　释

1　the *Journal officiel de la République française: débats parlementaires, Chambre des Députés*, session of December 23, 1889, 520.

2　cossé-Brissac, op. cit., 123.

3　关于亨利自称皈依共和派，见 Legay, op. cit., 77–81。MP 在 JS 的一个段落中提到这种皈依。德·盖尔芒特公爵的前身德·雷韦永公爵像 HG 一样怒斥"讨厌鬼"，却"和共和派一起"选举，还说："我希望他们全都被杀死！" MP, JS, 403.

4　EG, "*Égalité*," in AP(II)/101/149. EG 用她含混的速记法在这篇文章最后签名"艾尔莎"（Elsa），即本书第 14 章提到的第二自我。

5　关于严格的宫廷礼仪，见 X. Brahma (pseud. EG), *Âmes sociales* (Paris: G. Richard, 1897), 68–69。关于 LC 与 EG 的友好，见存档于 AP(II)/ 101/77 的各类文件。关于看见费迪南亲王的手臂上满是手镯，见 PM, *Journal d'un attaché d'ambassade*, 438。

6　Emmanuel Bocher, *Les Gravures françaises du XIXᵉ siècle: Catalogue raisonné des estampes, pièces en couleur, au bistre et au lavis, de 1700 à 1800*, 2 vols. (Paris: D. Morgant, 1872–1880). 关于他在蒙马特尔的秘密画室，见伯谢致 EG，没有署期的信（写于 1887—1888 年前后），存档于 AP(II)/101/1。我这里应该多说一句，Anne de Cossé-Brissac 认为这封信的作者是埃马纽埃尔 78 岁的父亲埃杜瓦尔·伯谢（Édouard Bocher）。但在蒙马特尔拥有画室、收集版画并与 EG 秘密通信好几年的人是埃马纽埃尔。

7　EG, "La Femme-reine," 见 AP(II)/101/151。

8　HB, op. cit., 16.

9　伯谢在一封没有署期的信中对 EG 回引了这句话，见 AP(II)/101/1。

10　埃马纽埃尔·伯谢致 EG 的（未签名）信件，署期 1888 年 5 月 31 日，存档于 AP(II)/101/1。

11　同上；引文又见 Cossé-Brissac, op. cit., 121–22。

12　关于布朗热追随克列孟梭，以及后者对"那种不公正的流放法"的支持，见 d'Uzès, op. cit., 54。关于布朗热与德·欧马勒公爵的奇怪关系，见 Frederick Brown, *For the Soul of France: Culture Wars in the Age of Dreyfus* (New York: Anchor Books, 2010), 93-94。关于公众对骑在光鲜亮丽的黑马上的布朗热的崇拜，见 Brown, op. cit., 95-103。关于德·于扎伊公爵夫人决定支持他，见 d'Uzès, op. cit., 55-56。

13　HB, op. cit., 252. 布朗热在民众中的号召力启发了 HBd 政敌们同样的看法，如共和派议员 Jules Ferry。历史学家 Frederick Brown 写道："在麻烦重重的时期，Ferry 所谓的'民众的想象力'需要把激情和幻想集中在一个人身上。" Brown, op. cit., 103.

14　关于"民粹主义者"布朗热和法国贵族精英阶层本来不大可能的聚合，一个学术讨论见 William D. Irvine, "French Royalists and Boulangism," *French Historical Studies* 15, no. 3 (Spring 1988): 395-406。

15　HB, op. cit., 281.

16　费利西泰·格雷弗耶致 EG，1890 年 9 月（无日期）寄自拉里维埃的信，存档于 AP(II)/101/7。

17　1888 年 12 月 20 日费利西泰·格雷弗耶致 HG，存档于 AP(II)/101/7；引文又见 Cossé-Brissac, op. cit., 120。感谢 Cossé-Brissac 关于 EG 和 HG 对布朗热派事件的看法以及后者后续行动的精彩概述。

18　1888 年 7 月 EG 致 HG 的信，存档于 AP(I)/101/22；引文又见 Crossé-Brissac, op. cit., 121。

19　1889 年 11 月 EG 致 HG 的信，存档于 AP(I)/101/22。

20　HB, op. cit., 299.

21　Corpechot, op. cit., 97.

22　同上书，98。

23　HB, op. cit., 245.

24　Brown, op. cit., 124 and 146.

25　德·于扎伊, op. cit., 60.

26　HB, op. cit., 386.

27　Cossé-Brissac, op. cit., 122.

28　*Le Nouvelliste de Lyon* (October 16, 1889): 1.

29　*Journal officiel de la République française*, op. cit., session of December 23, 1889, 521.

30　HB, op. cit., 327-28.

31　Legay, op. cit., 61.

32　Le Père Gérôme, *Le Briard* (November 14, 1891): 1.

33　1888 年 8 月 5 日 HG 致 EG，存档于 AP(II)/101/32。

34　Legay, op. cit., 70–71.

35　Cossé–Brissac, op. cit., 120.

36　1889 年 11 月 EG 致 HG 的信，存档于 AP(I)/101/22；引文又见 Cossé–Brissac, op. cit., 124。

37　"Fin de session" and "Le Parlement: vérification des pouvoirs," *Le Petit Journal* (December 25, 1889): 1 and 3.

38　关于 HG 以 52% 而非 60.5% 的优势获胜，见 *Le Journal officiel de la République française, session of December* 14, 1889, 403; Cossé–Brissac, op. cit., 120, n. 3。

39　*Annales de la Chambre des Députés: débats parlementaires* 29 (November 12–December 23, 1889): 653.

40　"Bulletin du jour: Chambre des Députés," *Le Journal des débats politiques et littéraires* (December 24, 1889): 1; Pas Perdus (pseud.), "La Chambre," *Le Figaro* (December 24, 1889): 1–2, 2; "Chambre des Députés: La Séance," op. cit.; "L'Election Greffulhe: Discours de M. Camille Pelletan," *La Justice* (December 25, 1889): 1–3, 2; and "Le Parlement: Vérification des pouvoirs," op. cit.《高卢人报》是唯一拒绝报道 HG 的丑闻的报纸；阿蒂尔·梅耶尔这么做或许是为了向 EG 表达善意，正如他为了向 LC 表达善意而只字未提 AC 的环游旅行。

41　关于 HG 入选议会无效的投票结果的报道见 "Chambre des Députés: La Séance," *Le Temps* (December 25, 1889): 3。虽然 HG 胜利了，但他仍备受批评，例如被称为 "显然能向任何和所有买家免费提供商品的新共和派"；见 "Opportuno-réactionnaires," *La Lanterne* (December 28, 1889): 1。

42　Hillerin, op. cit., 180.

43　埃莱娜·格雷弗耶，"Les Élections: poésie morale," in AP(II)/101/35.

44　见 1889 年 11 月 15 日 HG 致 EG 的信，存档于 AP(II)/101/32。

第二部分

变奏曲
笼中鸟

我心中的每一份爱意都挣扎着冲出樊笼，就像数千只鸟儿振动翅膀，把鸟笼的笼条震得簌簌直响。

——伊丽莎白·格雷弗耶《与你有关》
（*Tua Res Agitur*，约 1887 年）

莎乐美：请让我亲吻您的嘴唇吧。

约翰：想都别想，巴比伦之女！索多玛之女！想都别想！

莎乐美：我要亲吻您的嘴唇，约翰。我要亲吻您的嘴唇。

年轻的叙利亚军官：公主殿下，公主殿下，您就像园中之香，您就像万鸽之王，别再看这个人，别再看他！不要对他说这种话。我不能容忍您说那种话。

——奥斯卡·王尔德，《莎乐美》（*Salome*, 1893）

我的诗像一只关在笼中的悲伤小鸟，
它被提到户外，放在一棵开花的树下，
那些自由的飞鸟听到它回荡的哀鸣而来
困惑地看着它，解不开眼前的谜题。

——埃莱娜·格雷弗耶《伤心玫瑰》
（*Les Roses tristes*，1906）

　　1887年春，短程加速赛（les drags）刚刚举办了四个年头，却早已成为巴黎社交季的一大焦点了。[1] 这项由国家障碍赛协会（National Steeplechase Society）赞助、由德·萨冈亲王主持的赛事，是当时风靡一时的英式短程加速赛。七位由萨冈亲自挑选的交际家驾驶着四马驿站马车，以惊人的速度从协和广场飞驰到奥特伊赛马场，赛后还将在那里享受一顿野外香槟餐。

　　在19世纪末，那些特别定制的喷漆马车就相当于如今的职业赛用车，喷漆使用的是骑手们家徽的颜色，车顶和车内有足够的座位容纳十几位亲友。为了向中世纪和文艺复兴时期的骑马比武致敬——那时在马上比赛枪术的贵族男子会勇敢地亮出自己爱人的徽章——短程加速赛的规矩是七个参赛者每人的妻子都要坐在骑手旁的驾驶位上。该做法维护了规矩礼仪的一个重要假说，那就是贵族老爷的妻子是他生命中最重要的女人。即便是最无可救药的色狼，也想在公开场合维持这样的体面，只有一个刺眼的例外：亨利·格雷弗耶。

　　结婚近十年后，伊丽莎白知道在任何特定的时期，亨利的后宫总有一个当朝的王后，他称之为"主理人"（La Principale）。波利娜·德·奥松维尔占据这一霸主地位长达十多年，但最近，一位报复心切的丰满的轻佻女子德·努瓦尔蒙男爵夫人（Baronne de Noirmont）迫使她退位了。伊丽莎白怀疑那位相貌平平的矮个男爵夫人之所以要跟亨利风流，首先是为了满足自己抢他名声在外的美貌妻子风头这么个不值一提的愿望。但伊丽莎白的这一推想没有具体的证据，一直到这年4月的一天傍晚，亨利冲进她位于德·阿斯托格街府邸的卧室，宣布了一个骇人的决定：他参加这一年的短程加速赛时，德·努瓦尔蒙夫人要位居上座，坐在他和贝贝斯中间。伊丽莎白极力反对，用她丈夫经常讲的维持体面的话好言相劝。但亨利咆哮着让她闭嘴，用一贯的残暴无情提醒她，除了服从命令，别无选择。

接下来的几周，伊丽莎白一直企图忘记即将到来的短程加速赛。她埋头于各种文化活动，去听音乐会、看画展，写自己私密的文学作品和通信。但5月10日赛马日当天，巴黎上空万里无云，整个城区的人都聚集在协和广场，衣冠楚楚的绅士们穿着晚礼服，扣眼上别着抱子甘蓝大小的康乃馨，喜气洋洋的夫人们身着夏季的印花裙，头戴镶着花环的遮阳帽。伊丽莎白用一幅不透明的白色面纱遮住脸颊，还举着一把镶褶边的白色遮阳伞。平时，她的这些饰品都是道具，为的是挑逗巴黎民众，维持神秘感。但今天，她用这些是为了保护自己。她不想让任何人看到她在绝望的羞辱中满脸通红。被身穿蓝金色格雷弗耶制服的男仆扶

短程加速赛的第一段，交际家们驾驶着自己的马车从协和广场走上香榭丽舍大道

上亨利的蓝金色马车后，她一眼就看到了得意扬扬的德·努瓦尔蒙夫人。伊丽莎白在座位上坐好，把那条褶饰的白裙往近前拉了拉，以免碰到情敌的裙子，亨利透过她的面纱满脸堆笑地看着她，仿佛在挑衅，看她敢不敢反对他变态的骑士风度。

所有的选手和乘客都就位后，鼓声齐鸣。德·萨冈亲王出现在奏乐台上，白发在黑色丝质高顶礼帽下闪闪发光，他透过单片眼镜巡视观众一周。接着他举起右手，像他身后那座3000年历史的方尖碑一样挺拔直立，冲着天空扣响了发令枪。听到枪声，7条长鞭一齐甩在28匹马的马背上，28个马车轮子一起转动，旋即加速。5.5公里的赛程沿着香榭丽舍大道开启，绕过凯旋门，经过布洛涅森林到达奥特伊。从头到尾，观众都站在道路两旁，为上流社会的壮观场面欢呼。对伊丽莎白而言，整个行程那颠簸喧闹的每一秒钟都是难熬的，有成千上万的巴黎人看着她蒙羞从眼前经过，不得不和丈夫的"主理人"共享她的上座。

第二天，伊丽莎白逃到了伦敦。此行的借口是卡罗勒斯－杜兰[①]为她画的最新肖像将于5月14日在皇家艺术研究院揭幕，但真相是她没脸留在巴黎。[2]崇拜者们无论怎么谈论她无与伦比的美丽，都无法安慰她当众出丑的难过心情。有一位可能的情郎的安慰或许对她无比重要，但他没有来城里参观短程加速赛，也没有在信中提及此事。或许这也无妨——伊丽莎白不想要他怜悯。她想要他的爱。

她在短程加速赛上受辱之事居然还带来了一个正面的后果。伊丽莎白的公公夏尔也为儿子如此虐待她感到震惊，在她从英格兰回国后，送她了一份她有生以来收到的最奢侈的礼物：位于迪

[①] 卡罗勒斯－杜兰（Carolus-Duran，1837-1917），法国肖像画家、艺术导师，曾获荣誉军团勋章，法兰西艺术院成员。

耶普的一处地产。迪耶普位于诺曼底海滨，是她最喜欢的度假小镇。那处地产名为拉卡斯庄园（Villa La Case），在交给她钥匙时，夏尔强调那是她名下的地产，只属于她一个人。

亨利当然对这份礼物心怀不满，不仅是因为它暗含着对他卑鄙行径的责备。[3] 他喜欢像鲁瓦亚温泉小镇（Royat-les-Bains）那样安静的温泉小镇胜过诺曼底海滨，他不喜欢那里炫富的上流社交圈，为首的都是像德·萨冈亲王夫人这类讨厌的人。但伊丽莎白欣喜若狂。她立刻为那所房子想出了合适的用场：把它变成自己的奢华艺术家之村，一个她和罗贝尔舅舅以及志同道合的朋友们可以随心所欲地写作、绘画和弹奏音乐的安静场所。[4] 当亨利在鲁瓦亚、巴黎或不知名的什么地方与他的"主理人"打情骂俏时，伊丽莎白可以藏身拉卡斯，在懂她爱她之人的陪伴下实施自己的创意计划。

罗贝尔舅舅觉得这个计划好极了，同意帮她举办庄园的开幕式，8月他将和伊丽莎白在那里举办一个乡村府邸聚会。他们一起拟定了一个很短但完美的宾客名单：两位作曲家埃德蒙·德·波利尼亚克亲王和加布里埃尔·福莱，福莱是伊丽莎白新提携的作曲家（最近刚刚开始创作一段题献给她的美妙的帕凡舞曲）；画家保罗·塞萨尔·埃勒；还有年轻有为的作家堂·乔万尼·博尔盖塞。罗贝尔舅舅不知道，事实上伊丽莎白在决定举办聚会时，心里想着的人正是乔万尼。她希望在沮丧之时，给她安慰的人是乔万尼。同样是乔万尼，她想从他那里得到的不是怜悯，而是爱。

自从伊丽莎白在盖尔芒特庄园当皮埃尔的葬礼上初遇亨利那位英俊的半意大利血统表亲以来，三年过去了，亲王仍然令她魂牵梦萦。"不想他的每分每秒都苦不堪言。"她写道。[5] 其实，想着他的每分每秒也一样苦不堪言，只不过那是一种全然不同的、带着些甜蜜的相思之苦。乔万尼偶尔与母亲一道或独自来巴黎，在此期间已经成为上层炙手可热的人物，因为他的温雅举止和有趣谈吐而备受欢迎。更不要说他那充满异国情调的英俊外表，那双拉罗什富科家族典型的蓝色眼眸在博尔盖塞家族深色面孔的映衬之下，像一对蓝宝石般明亮。莉莉·德·格拉蒙说他是"来自文艺复兴时期的意大利人"[6]，这让伊丽莎白想起了彼特拉克，在她的少女时代，是彼特拉克让她初次品味到苦乐参半的相思之苦。自乔万尼出现后，伊丽莎白真算是尝尽了相思的滋味。

353

这几年，她与他的友谊时断时续，时而被家庭悲剧（她的母亲和他的父亲分别在 1884 年和 1886 年去世）打断，仍然主要通过信件维持。乔万尼仍然和母亲一起住在罗马，但他继续谈论着以后会迁居巴黎。每当他来到巴黎，总是住在德·阿斯托格街费利西泰姨妈的宅邸。在这些来访期间，格雷弗耶家族的社交模式让伊丽莎白每天都能见到他。她见他的次数越多，就越深信他才是她这些年来一直渴望的灵魂伴侣。

伊丽莎白曾希望乔万尼在罗马期间，他们的文学合作能拉近两人的距离，在某种程度上的确如此。两人以"埃莱奥诺尔"和"热拉尔"的名义（乔万尼在手稿中对热拉尔也会用"G.B."和"王子"等代称）已经互写了几十封信件和日记。写小说的预设给了伊丽莎白勇气，让她对乔万尼倾诉了很多心里话，她原本全然不敢想象自己会对他说这些。"多好啊，"她以埃莱奥诺尔的口吻写道，"知道你会看穿这道透明的面纱，了解我的真意。"[7] 她对热拉尔说，她只有在一个男人看着她时，或者最好是一群人看着她时，才会觉得心中充满活力。（"我觉得那种无名之人的凝视会给我某种兴奋感，就像我们听到和声时获得的那种震颤；凝视是美的音乐！"[8]）她承认虽然自己的德行名声毫无瑕疵，但事实上"我拒绝追求者不需要什么德行"，因为他们几乎——事实上只有一人除外——都让她厌恶。她甚至承认一想到那位独具魅力的男性朋友，"我就得到了保护和抚慰，仿佛正躺在他的怀里，把头靠在他的肩上"。

如此袒露心扉严重背离了伊丽莎白在上层听到的整齐划一、苍白无力的谈话："在社交圈总是不得不说那种单调乏味的现成语言——人们完全是为了礼仪说出冷漠的套话，将真情隐藏起来。"[9]透过那层透明的虚构的面纱，她对乔万尼道出了真情。

一幅透明的面纱或者一面魔镜，就能够让她真实生活中的悲伤消失殆尽，把它们变成她渴望又缺乏的一切：爱情、亲密、自由、欢乐。不久前，伊丽莎白重读了阿尔弗雷德·德·维尼的

伊丽莎白的私人档案中保存着乔万尼的照片

/ 第13章 未曾送出的吻 /

《牧羊人之屋》，其中将诗歌形容为"如钻石般耀眼的镜子"，这让她想到了自己和乔万尼正在写的小说的使命。至少在她看来，两人正在为"永恒的爱"（维尼语）建造一座圣殿，这是他们生活在其中却又无法相聚厮守的那个限制重重又呆板乏味的环境之外的另一个选择。她早期致乔万尼的一封信引用了诗中两句："这样的日子有什么可爱？这样的社交圈有什么可爱？／只有你的眼睛说它们美丽，我才会说它们美丽！"[10]

伊丽莎白知道维尼所说的"社交圈"指的是广义的世界，但她就是想用这个狭义的社交圈的意义，因为她已经开始视社交圈为真正的敌人了。[11] 她一度被那里的优雅和热闹折服，如今却对那里令人窒息的礼节、恶名昭彰的虚伪、对真实情感毫不宽容而愤懑不已。她用一封又一封寄往罗马的信告诉他，这是她想要为乔万尼放弃的世界。

然而乔万尼丝毫没有迁就迎合她的意思。他和伊丽莎白本该合写一部爱情小说，但他寄来的稿子却总是回避爱情这个话题。到目前为止，他的稿件主要是些虚构的日记，讲述一次穿越非洲的旅行，故事的原型似乎是博尔盖塞远征。伊丽莎白让秘书把他寄来的片段抄写在一个血红色皮革封面的笔记本上，这些片段主要是些下面这样的段落：

> 18__ 年 10 月 1 日，上午 7 时。我被紧急信件召回欧洲，离开了塔马苏丹位于瓦达伊边境的宅邸达尔盖里。……我的两位同伴将在我走后继续远征，向乍得行进。

每当伊丽莎白急切地撕开他新近从罗马寄来的包裹，这些乏味的流水账都会让她想尖叫或哭喊。乔万尼用非洲旅行的后勤组织工作来回复她的真心告白，实在不怎么合适。

她站在文学的角度接受了这一点，乔万尼发展这一次要情节，一定有他的理由。他的想法大概是非洲之行是这部小说的框架叙事，小说的故事以热拉尔被截断的穿越撒哈拉旅行开头，那次旅行是在他和埃莱奥诺尔的爱情结束之后才开始的。（至于这对情侣感情如何或为何破裂，还须乔万尼详细解释——伊丽莎白根本不忍去想。）出发前夕，热拉尔会把一捆他和埃莱奥诺尔过去的情书送给一位同行者替他保管。这位次要人物"P.M."（大概是乔万尼那次博尔盖塞远征中的同伴佩莱格里诺·马泰乌奇的缩写），会成为小说中虚构的"编辑"，"在两位情侣最终都死去之后匿名"出版两人的通信。小说开头是P.M.写的一篇前言，揭示了那些信件为何会在他手里；随后是信件本身，把读者带回到这对情侣那段难成眷属的爱情故事的开端。

看到这样一个拟议结构，伊丽莎白承认非洲日记是一个重要的文学叙事手段。但作为乔万尼对她的感情的线索，这几乎全然没有用处。她以自己的名义写信给他时，试着暧昧地奚落他："我已经开始忌妒那些外国的土地了，那里如此彻底地拥有了你！"[12] 乔万尼没有上当，拒不回应。

他的稿件中有屈指可数的几处，小说人物的确提到了女人和爱情，但他也没怎么鼓励她发挥联想。例如，P.M.有一次说道，虽然他与"G.B.的关系比普通的友谊亲密得多"，但他从未听热拉尔"带着哪怕一丝兴趣提到过任何女人的名字"。[13] 与人物的这一特征相符，现存的信件中除了一封之外，热拉尔总是极力绕开感情这个领域。在一篇关于瓦格纳（乔万尼和伊丽莎白一样，对瓦格纳的音乐痴迷不已）的很长一段题外话的结尾，热拉尔发表了唯一一段关于爱情的讨论：

> 有距离感的现实总会显得更加美好，很少有什么能经得
> 起仔细审视。我曾经爱过一个女人，但有一次我透过放大镜
> 看她那"美丽的面孔"时，我必须承认……她脸上的毛孔吓
> 了我一跳。[14]

伊丽莎白绝不相信自己的毛孔会吓人一跳——如果说有任何
人的面孔经得起仔细审视，那就是她的了。尽管如此，乔万尼的
态度还是让她百思不解。除了亨利之外，伊丽莎白认识的男人中
没有一个看到她会无动于衷。就连她的发型师也声称爱上了
她——她有一沓充满激情的信件为证。[15]

伊丽莎白并不是唯一一个为乔万尼的躲躲闪闪为难，或者试
图用小说来解释这一切的人。就在那年春天，一位名叫弗朗西
斯·马里恩·克劳福德（Francis Marion Crawford）、生于意
大利、父母都是美国人的作家发表了一部名为《萨拉西内斯卡》
（Saracinesca，1887）的影射小说，小说主人公堂·乔万尼·萨
拉西内斯卡与堂·乔万尼·博尔盖塞之间惊人的相似令罗马社交
界议论纷纷。[16] 除了亲王头衔，他"非罗马人的"[17]血统［这一
"独特特征（归因于）他有一位外国母亲"[18]］，他的家族与教宗
的联系，以及他的相貌（"在那一头短短的黑发和山羊胡须的衬
托下，他的五官格外英俊"），虚构的乔万尼与真实乔万尼的一
个最为明显的共同特征，是他总是用"充沛的精力"去寻找冒
险，对浪漫爱情则避而远之。作为整个罗马最炙手可热的贵族男
子之一，他执拗地坚持单身，令那个阶层的女士们大惑不解：

堂·乔万尼未婚，但罗马城里没有几位适婚女人不愿意欢天喜地地嫁与他为妻。然而他一直在犹豫——或者更确切地说，他一直毫不犹豫地坚持单身。他拒绝结婚的行为已经引发了很多批评。……他充满野性的名声源于他喜欢追求危险的刺激，而非许多同代人生活中随处可见的那些可耻行径。但他对一切婚姻提议的回答都是他……还有的是时间，还没有见到一个他愿意与之结婚的女人，打算先自己消遣。[19]

在克劳福德的叙事中，乔万尼对异性缺乏兴趣的真正原因是他对科罗娜·德尔卡尔米内（Corona del Carmine）未曾启齿的爱，那位"异常美丽的"公爵夫人有一双"漂亮的黑眼睛"，那"（仿佛是她）手中了不起的武器"。[20] 科罗娜出身破落贵族，被迫为财富而嫁给了公爵。那是一场不幸的婚姻，因为公爵这位"放荡人类的可怜废物"对她不忠，与无数的女人通奸鬼混。然而科罗娜的高尚品行不允许自己通奸（"关于公爵夫人从来没有过一句传言"），乔万尼·萨拉西内斯卡的高尚品行也不允许自己诱惑她。

伊丽莎白在乔万尼的敦促下阅读了《萨拉西内斯卡》，希望相信她的王子也是出于同样的原因才与自己保持距离。事实上，他亲口对她承认，他就是小说主人公的原型，又警告她说"书中（把我）写得太好了"。[21] 伊丽莎白却觉得，书中的描写精准地抓住了他的特点，而且不光是肤浅的细节，还有他可敬的道德品行。和乔万尼·萨拉西内斯卡一样，乔万尼·博尔盖塞也是坚定的天主教徒，对自己的祖先与梵蒂冈的联系充满自豪。在非洲时，他曾在喀土穆的集市上花钱买了一个眉清目秀的17岁奴隶男孩玛拉吉安。[22] 除了让玛拉吉安受洗之外，乔万尼还把他带回罗马生活，并安排他在那里接受一流的天主教教育。这样高贵的品行是伊丽莎白看重乔万尼的众多特性之一，哪怕似乎正是这一品行阻止他向她表明心意。毕竟在天主教会看来，他们的私通不仅是通奸，还是乱伦。

然而不管乔万尼有多含蓄，她对他的亲密情感远超他的想象，足以让她在任何时候想起他时都会用"你"这个代词，虽然无论当面还是在她（甚至埃莱奥诺尔）的信中，她都绝不敢以这种亲密的方式称呼他。除了对女儿、兄弟姐妹和堂妹表妹外，按照礼节，伊丽莎白使用的代词从来都是敬而远之的"您"。鉴于她甚至对亨利和罗贝尔舅舅都使用"您"这个代词，这毫无疑问是一个对成年姨表姻亲的适当称呼。伊丽莎白在日记中想象她对乔万尼坦白了她想起他时使用的随便称谓：

> 与你在一起时，我会冷冷地叫一声先生，而你永远不会知道你是我的情人，既有柏拉图式爱情的温柔体贴，也有一切肉欲的疯狂。[23]

然而她还是想让他知道这一切。当他接受她的邀请，8月来迪耶普参加暖房聚会时，她对自己做出了承诺：她将在那时对他表明心迹。

在拉卡斯度过的第一个8月，伊丽莎白正在为迎接乔万尼、罗贝尔舅舅和其他两位客人做最后的准备。一群家佣在沉默地清扫整个庄园，把靠垫拍圆，给地板上光，而她则到屋外的花园去巡视一圈。庄园坐落在一个很高很陡峭的悬崖上，所在的岬角孤独地伸出英吉利海峡，但草坪却出奇地青翠繁茂。数十万天竺葵花开满花坛，在刷成白色的半木式房屋外立面周围形成了一股馥郁芬芳的红色浪潮。格雷弗耶家族的旗帜飘扬在一座仿中世纪的城堡主楼上。敞开的窗户上的铅条玻璃刚刚擦过，还散发着柠檬香气，在阳光下闪闪发光。除了海鸥从天空俯冲入海的声音外，伊丽莎白只能听到悬崖脚下海浪撞击的声音，还有她自己快速而稳定的心跳声。

/ 358

整个夏天她最深切的希望，是乔万尼像她一样为拉卡斯着迷。她甚至幻想他们两人可以远离各自的家庭和社交圈，在那里享受爱情生活。在罗贝尔舅舅的帮助下，她请人在花园里建起了一个装饰性建筑——一座极小的日本塔——想吸引自己的白马王子。与罗贝尔舅舅和埃德蒙·德·波利尼亚克一样，乔万尼也成了日本风的铁杆拥护者。[24] 所谓日本风，是由埃德蒙·德·龚古尔和夏尔·埃弗吕西（Charles Ephrussi，犹太人艺术鉴赏家，比夏尔·阿斯博学，但没他世故①）发起的对日本装饰艺术的狂热。[25] 一贯挑衅的亨利认为，日本风不过是娘娘腔的代名词，证据不光是孟德斯鸠和波利尼亚克的性倾向，还有龚古尔、埃弗吕西，以及乔万尼永远单身的事实。但在伊丽莎白看来，乔万尼喜爱日本风却能证明他的精致品位，并因而证明他与她心灵契合。此外，他对日本艺术（和对瓦格纳）的着迷意外地促成了他、罗贝尔舅舅和埃德蒙三人之间的亲密关系。虽然后两位是同性恋，但他们对伊丽莎白都有强烈的占有欲，对她的大多数男性信徒公开表示敌意。他们两人都喜欢乔万尼，她认为这对两人的未来是个好兆头。

---

① 埃弗吕西说话带着浓重的意第绪语口音，和詹姆斯·德·罗斯柴尔德男爵一样，这种口音也使他很难融入社交圈。的确，埃弗吕西在社交圈的外号是"玛塔姆"——这是"Madame"（夫人）一词的"贫民窟"发音。——作者注

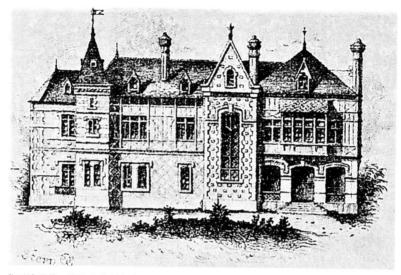

位于迪耶普，俯瞰英吉利海峡的拉卡斯庄园是伊丽莎白的公公送给她的礼物

这座塔并非伊丽莎白为迎接乔万尼的到来而准备的唯一惊喜。过去很多个月，她写了一套组诗和一些散文诗，希望能让他彻底明白自己的心意。在题献页，她抄上了日记里"你永远不会知道你是我的情人"那段文字，把它献"给你，那个不真实的你"，还写道，"你的心是我一直藏匿其中的清凉绿洲，而你并不知情"。[26] 为了向乔万尼的罗马血统致敬，她给整套诗集取名《与你有关》（*Tua Res Agitur*），取自罗马诗人贺拉斯的一句诗："如果邻人的墙着火了，此事与你有关。"[27] 乔万尼一定知道这个典故的出处，果真如此，他就会了解她的欲望如熊熊烈火，不可抑制。届时他们之间再没有千推万阻，再没有诈哑佯聋。

楠日的一家出版商曾经为伊丽莎白印刷她献给德·萨冈亲王的敬辞，如今也用同样的规格为她印制了一份《与你有关》——

用厚厚的、拜帖大小的漂亮浮雕纸装订而成的小册子。在乔万尼到来之前，她要做的最后一件大事，是想出一个策略来测试他对自己这些文字的反应如何，她打算把这本小册子放在他的房间里，他到达的当晚就能看到。几天前，她原本觉得要在其他客人不在场、他们两人独处时，询问他的看法。但她现在突然想到，可以让埃莱奥诺尔写一张纸条给热拉尔，问他对《与你有关》有何看法；既然两位小说人物经常讨论艺术，这当是他们通信中的一个毫不突兀的问题。伊丽莎白喜欢把自己写给乔万尼的诗歌变成两人小说原型的"神性的、活生生的现实"的一部分。是的，她将用这个办法请他就自己的诗作发表看法。她最后巡视了一眼花园，回屋睡觉去了。上床之前，她在钢琴上弹奏瓦格纳的《齐格弗里德牧歌》(*Siegfried Idyll*)。那是最令她心旷神怡的音乐。

第二天清晨，伊丽莎白感到多年未曾有过的希望和兴奋。她的乡村府邸聚会一定十分完美。《与你有关》一定十分完美。乔万尼一定十分完美。罗贝尔舅舅将于次日到达，其他人几天后到达。她简直望眼欲穿了。

在床上用早餐时，伊丽莎白翻看了整齐地堆在一个专门的银质托盘上的信件。一封来自罗马的电报放在信件的最上方；她抓起它，撕开，读完了。然后她又从头到尾读了一遍，想看看自己是不是弄错了。乔万尼遗憾地表示，他还是无法来拉卡斯；另一件紧急的事迫使他前往国外，目前不知归期。

伊丽莎白的心崩溃了。

她的墙烧毁了。

这本该与她的邻人有关，此刻邻人却不见踪影。

乔万尼在电报之后还差人送来了一大捧日本百合，是又一个道歉的表示。花香让伊丽莎白恶心，但她还是把它们摆在床头，那是她的逃跑王子留下的纪念。

她想都没想就拿起了《高卢人报》。在首页上读到："让·博尔盖塞亲王刚刚离开罗马前往保加利亚，并将在费迪南·德·萨克森－科堡亲王府上住一段日子，两人的关系极其亲密。"[28]

伊丽莎白模模糊糊地记起来了。上个月，乔万尼的老朋友费迪南·德·萨克森－科堡亲王刚刚被任命为保加利亚的统治亲王；报纸上报道了他将于那年夏末在索非亚上台执政的消息。她记得当威尔士亲王跟他们说起他的母亲听到这个消息的愤怒反应时，她跟亨利·德·布勒特伊还大笑了一通："科堡的费迪南亲

走在最右边的费迪南·德·萨克森－科堡亲王于1887年登上了保加利亚王位。他身后，左三，那个头戴大礼帽、满脸胡须的矮小身影就是乔万尼。他从索非亚启程去参加登基仪式

王（原文如此）根本不合适——那个孱弱、古怪的娘娘腔……应该立即阻止才是！"[29]（维多利亚女王也和沙皇亚历山大三世一样讨厌他。）她的朋友亨利也道出了类似的结论：

> 如果（保加利亚人）真的沦落到把空着的王位拱手让给费迪南·德·萨克森－科堡－哥达（原文如此）亲王，那么此事至少有其可笑的一面。我想不出比那个大鼻子、鼻音浓重——那是他从德·奥尔良家族继承的两个特征——的年轻王子浑身佩戴珠宝，身上浸满香水更滑稽的了。……他的法国亲戚全都无情地嘲笑他，（但）他母亲，出类拔萃的克莱芒蒂娜王妃，把他宠坏了。[30]

读罢《高卢人报》上的消息，伊丽莎白想不起来保加利亚在地缘政治中有何重要地位，大概与俄国、奥斯曼帝国和西欧之间的权力平衡有关吧。与她有关的事实只有一个：乔万尼前往索非亚，与好友共同庆祝胜利去了。他那位古怪的、娘娘腔的、亲密的好友。当然如此。

她应该猜到的，应该看到那些蛛丝马迹，如果不是在乔万尼本人身上——她仍然觉得他充满阳刚气概——那么也应该在费迪南亲王身上看出端倪。他去年夏天在厄镇脱掉外套时，露出的胳膊上戴满了手镯：单单那一个场景就该让她明白些什么了。

伊丽莎白应该注意到了这些事情，她应该意识到了。正如巴斯德① 医生在她最近去参观他的巴黎实验室时所说，"最严重的精神错乱是只按照自己希望的样子来看待事物"。[31] 另一件她应

/ 361

---

① 路易·巴斯德（Louis Pasteur，1822-1895），法国微生物学家、化学家，微生物学的奠基人之一，常被称为"微生物学之父"。

该注意却没有注意的事情是：那位当世最伟大的科学家认为，退居想象世界是愚蠢透顶的行为。根据巴斯德的标准，该如何形容埃莱奥诺尔／热拉尔的手稿？或《与你有关》？说它们是如钻石般耀眼的镜子吗？不——他一定会说它们全都是精神错乱。[32]

时间一分一秒地过去。伊丽莎白再次拿起《与你有关》，重写了第一页和最后一页的文字。在修订后的题献页中，她的笔调哀婉："我把这些短命的篇章献给你，那个不真实的你，它们就像快乐时光一样转瞬即逝。"[33]

新的结尾也弥漫着同样的情绪，其中提到乔万尼致歉的花束：

> 最美的日本百合散发出残忍的芬芳！
> 强烈的爱情突然刺痛了我的灵魂……
> 我们对彼此道出至高无上的快乐誓言
> 那是我们梦想的快乐，却把它隐藏在死板的面具背后。
> 那未曾送出的吻，让我们想象的双唇贴在一起。

拉卡斯，这座她寄托了那么多希望的房子，此刻却变得让她难以忍受。无论她看向哪里，都会感受到情人的缺席，都会渴望他从未曾送出的吻。她给罗贝尔舅舅和其他受邀客人发电报说，要把暖房聚会推迟到9月初。根据礼节，她不能彻底取消聚会。在没有真心的社交圈，伤心不是背弃诺言的理由。伊丽莎白将在几周后回来为朋友们扮好女主人的角色。但此时此刻，她必须逃离。"像一头动物藏起来死去，"她写道，"我也需要藏起来忍受痛苦。"

仿佛是为了惩罚自己未能看到最爱之人的真相，她去和自己最不爱的人，她的婆婆，共处了一段时间。费利西泰那年夏末在拉里维埃城堡度过，也就是伊丽莎白和亨利九年前度过蜜月前几周的地方。那段日子，亨利和父亲在布德朗森林为即将到来的打猎季做准备，因而城堡里只有费利西泰一个人。她尖刻、无聊的个性与乔万尼诱人的聪明有趣相差何止千里，但正是出于这个原因，伊丽莎白觉得在婆婆身边能迫使她重新适应那冷酷的无爱的现实，她竟如此愚蠢，还幻想着可以摆脱这样的现实。

伊丽莎白还需要一些个人空间来舔舐伤口——"我的头脑，"她在 8 月 22 日写道，"像一间恶意加工厂，那里的每一个轮子和嵌齿都在制造苦痛。"还好，费利西泰似乎愿意让她一个人待着。她没有强迫伊丽莎白住在城堡里面，而是答应了她的请求，让她住在城堡的一个附属建筑物：庞蒂耶夫馆（Penthièvre Pavilion）。大革命之前，庞蒂耶夫公爵曾是这里的主人，他不是格雷弗耶家族的祖先，格雷弗耶的一位祖先在革命后买下这处庄园，传给了后代。尽管如此，费利西泰对于自己的地产曾经属于路易十四的一位孙辈和路易十六的表亲之事还是过于自负。伊丽莎白怀疑婆婆之所以愿意让她住在庞蒂耶夫馆，无非是因为单是说出公爵的名字，就能让费利西泰获得巨大的满足。

庞蒂耶夫馆是个路易十六风格的装饰性建筑，面积不大但很迷人，但费利西泰很少听到有人主动要求住在那里，因为传说那里闹鬼，说是原主人阴魂不散。[34] 庞蒂耶夫是他那个时代最富有的人之一，曾把这个地方当成一间小作坊，在那里摆弄自己收藏的几百只钟表。自他 1793 年去世后，这些东西都留在原位没有人动过——分散在桌面上，摆满了整个馆内的玻璃柜，从没有人上过发条，但它们仍然准确报时。当地人迷信说它们之所以如此精准，是因为老公爵每天午夜都会来访。据说他的灵魂化作一团诡异的、无定形的光，回来照看自己的那些钟表。周围始终充满钟鸣激荡之声，伊丽莎白觉得自己在时间中凝固了，她的希望和未来全都被那封来自罗马的电报终结了。"其他每个人都在往前走，"她感伤地写道，"我却像一座停摆的钟。"35 她几乎有些遗憾，庞蒂耶夫为什么不在她住在他那些宝贝中间时出现在她面前。公爵心爱的妻子难产死去，七个孩子中有五个夭折了，唯一成年的儿子兼继承人生活放荡，却还是年纪轻轻便死了，公爵最后在年迈老朽之时，又目睹自己美丽无辜的儿媳德·朗巴勒亲王夫人玛丽-泰蕾兹·德·卡里尼昂（1749—1792）死于一伙革命暴徒的愤怒谋杀，他一生尝尽了失去至爱的痛苦滋味。

事实上，如果说伊丽莎白在馆内居住期间有谁曾阴魂不散的话，就是那位命运多舛的亲王夫人，亲王夫人的生平突然看起来与伊丽莎白本人的故事如此诡异得相似。德·朗巴勒亲王夫人曾是一位美丽的贵族处女，在国外的家里度过了快乐的童年，17岁就被送往巴黎，嫁给了贵族中最合适的子弟之一。她的丈夫就是上文所说的庞蒂耶夫的继承人，他无耻地轻慢和鄙视她，与几十位情妇私通，挥霍自己的财产，他苦恼的父亲只好将地产当作礼物送给儿媳作为安慰（帕西的朗巴勒府邸，也就是布朗什医生的精神病诊所所在地，也是其中之一）。亲王夫人为了缓解不幸婚姻带来的痛苦，与玛丽·安托瓦内特建立了亲密而热情的友谊，直到生命的最后一刻都对她无条件地忠诚——并为此付出了沉重的代价。在1792年9月巴黎的一连串骚乱中，一伙暴徒把亲王夫人拖到街上，要求她公开放弃对王后效忠，还指责她与王后是情人关系。亲王夫人拒绝后，暴徒们就把她劈成了碎块，用长矛挑着她的头颅、胸部，还有（据某些报道称）外阴部，带着这些惨不忍睹的战利品路过玛丽·安托瓦内特的监狱窗前，叫嚣着让王室囚徒"亲吻她情人的双唇"。

与玛丽·安托瓦内特、伊丽莎白女士和王室家族的其他成员一样，德·朗巴勒亲王夫人在贵族圈成员的记忆中也是为君主制献身的殉难者。（伊丽莎白的罗贝尔舅舅甚至就这一主题写过一些诗歌。[36]）然而伊丽莎白此刻觉得，亲王夫人不是为政治殉难，而是为爱殉难。说到底，她的死因是没有什么能够诱惑她放弃自己最珍视的友谊。伊丽莎白自言自语地说："一颗真诚的心注定要破碎。"[37] 她自己所受的痛苦虽然没有德·朗巴勒亲王夫人那样耸人听闻，却也同样让人痛不欲生。

起初住进拉里维埃城堡的那几天，她忽然想到在未来的某个舞会上可以穿上德·朗巴勒亲王夫人的装扮；和她那些精致的服饰一样，它将代表着忠诚和纯洁。但她住在那里期间，伊丽莎白想起来，由于众所周知德·萨冈亲王夫人总是把自己比作玛丽·安托瓦内特，上层就把她最好的朋友加利费侯爵夫人乔治娜称为"德·朗巴勒亲王夫人"。伊丽莎白还想起来，这个绰号带着不少丑闻的气息；因为和她们18世纪的同名者一样，大家认为这两个女人也是情人关系。被丈夫（长期不忠的德·加利费将军）疏远的加利费夫人住在德·萨冈夫人在圣日耳曼区府邸后面的花园为她建造的一所漂亮房子里。两个女人在社交圈出双入对，有时还穿着情侣装，她们在多维尔的度夏庄园也互相紧邻；多维尔也在诺曼底海滨，位于迪耶普西南，相隔几个镇子。她们甚至安排德·萨冈夫人的一个弟弟娶了德·加利费夫人的女儿安托瓦内特。据说两位母亲安排这一结合就是为了掩饰她们过分的亲密关系，按照上流社会八卦人士的说法，她们的关系综合了"朋友间最忠诚的友谊"与"姐妹间最温柔的亲情"。[38]

伊丽莎白从罗贝尔舅舅那里知道，这些话很少像表面听起来那么无辜。和圈里流传的与德·萨冈和加利费两位夫人有关的其他措辞，什么"亲密无间的友谊""非常密切的联系""最甜美的亲情"等一样，它们都是同性恋的委婉语。每当有人用这样的话来形容他与（打个比方吧）埃德蒙·德·波利尼亚克或者他的住家私人秘书加布里埃尔·德·伊图里的关系时，罗贝尔舅舅就会生闷气，但他却很享受用这些话来说别人的乐趣。

碰巧，乔万尼也是这样。几年前他在巴黎时，曾在信中对伊丽莎白讲述了一段（在他看来）十分下流的故事，那是他和朋友们一起度过的歌剧院之夜。乔万尼在与自己圈子里的一位"德·C.夫人"八卦时，注意到他们的另一位同伴"H.夫人"看到一对男女在街对面的浴室里亲热，越来越坐立不安。他和德·C.夫人一起得出结论，说 H.夫人不是忌妒那一对男女中的女人，而是忌妒那个男人。乔万尼在信中对伊丽莎白说，H.夫人的神情低落证实了"（他）六个月前就开始对她有所怀疑"。[①39]

当时，伊丽莎白没多想这个故事，只是好奇：严格说来，女性情人之间的亲密关系是什么样的呢？在她们的加密信件中，她和吉吉想象了两个女人互相又咬又撕对方的衣服、捏对方的乳头、一起跌跌撞撞地走向浴缸的场景。但事后想来，她意识到乔万尼的故事或许还有关于他自己的倾向的另一层重要信息。但伊丽莎白忽略了那条线索，最终害了自己。

---

① "德·C.夫人"很可能指代德·舍维涅夫人，她通过自己的表亲、夏尔·马罗凯蒂（Charles Marochetti）与乔万尼·博尔盖赛相熟，马罗凯蒂是意大利驻俄国大使，因此也是弗拉大公夫妇圈子里定期出现的人物。"H.夫人"似乎是指"无生阶层"的沙龙女主人奥雄夫人，后者经营一家医院，专门收治贫困家庭患结核病的女童。——作者注

　　伊丽莎白已经受不了再看一眼埃莱奥诺尔／热拉尔手稿了，但写作仍然是她的解脱方式，她比以往任何时候都需要写作。她又回到了自己写的德·蒙泰伊昂公爵夫人玛丽－爱丽丝的故事，增加了两个人物，创造了一段三角恋。布兰切·德·沃居庸这位天真的年轻新娘疯狂地爱着自己的新婚丈夫、英俊的环球旅行者艾马尔·德·韦尔特伊，在发现他与自己的亲戚玛丽－爱丽丝有一段地下情之后，她精神崩溃了。布兰切得知这段地下情时，艾马尔正在非洲和欧洲旅行，她在一连串日记和写给他的信中哀叹他的不忠。标准的布兰切式悲叹如下：

　　　　当你注定要欺骗我时，又为什么要让我相信你，我知道你是个骗子，但我仍然渴望相信你。……我为你神奇的力量所折服，竟全然无视自己的意志。我愤怒地把油泼洒在镜子上，这样我就看不到镜子里照出的真相了。哦，不要看。不要看。[40]

　　通过引入这一次要情节，伊丽莎白既表达了绝望，又探索了自己性格中相互冲突的不同侧面：既是让别人伤心的女人（她现在把玛丽－爱丽丝形容为"用自己极大的魅力征服了所有看到她的人：男人、动物……甚至女人"的"刽子手"[41]），也是伤心的女人。

　　至于艾马尔·德·韦尔特伊，他环球旅行的习惯一看便知与乔万尼有关，伊丽莎白为他选择的名字也一样：韦尔特伊是拉罗什富科家族名下一座有 800 年历史的坚固城堡[42]；它一位 12 世纪的主人名叫艾马尔二世·德·拉罗什富科。在该家族近代的历史中，一位拥护正统王朝的政治家德·当皮埃尔侯爵也有同样的教名。如此一来，虚构的韦尔特伊之名的现代拼法"Aymard"就含蓄地暗指欧内斯廷·皮科·德·当皮埃尔，伊丽莎白和乔万尼初次邂逅正是在她的葬礼上。

有了这些人物和线索，伊丽莎白的玛丽－爱丽丝手稿本身就像一面泼了油的镜子，在映照的同时也掩盖了她伤心的秘密。她在以布兰切的名义记录的日记中新写了一篇：

> 现在我懂了，哦，我付出这么大的代价终于懂了，那个曾经让我发笑的鸟儿的故事——那只鸟儿把头埋进沙堆，为的是看不到自己处于危险，而它的身体裸露在外。多希望我也能以同样的方式埋好自己的头和心，和骗子一道欺骗自己，为的是不要看，不要看。[43]

伊丽莎白和布兰切一样，都感到坟墓在召唤着她们，死亡比爱情仁慈："我已经进入到死亡的苦行，我们中间那些遭受如此苦痛的人根本就不该放开死神的手。"

事情过去一年后，1888 年 9 月 27 日，死神郑重地来到了德·阿斯托格街。它带走的是伊丽莎白的公公，她和亨利成了新的格雷弗耶伯爵夫人和伯爵。头衔提升和财富增加并没有让伊丽莎白精神振奋，她还和在拉里维埃城堡时一样低落。她沮丧得甚至没有注意到全黑的丧服让她的眼中闪出了"不可思议的光芒"（她的话），她以为这只是外部现象，与她无关，因而当罗贝尔舅舅即兴念了一句诗来赞美她——"美丽的百合花，黑色的雌蕊是她的眼睛"时，伊丽莎白转向来巴黎参加葬礼的妹妹，用就事论事的口气说："的确如此，你不觉得吗，吉莱娜？"在悄无声息、所有窗户和镜子都罩着黑纱的格雷弗耶府，吉吉听到贝贝斯如此自大，竟然笑出了声。

吉吉不知道，或者说任何人都不知道，伊丽莎白已经不再因为自己的美而开心了。她就是想不明白，一个人有着任谁都为之凝神屏息的美貌，又何至于如此悲伤——当然，她愿意付出一切代价吸引的那个人除外。她很好奇，"为什么非得是其他人在惊叹我闪烁的大眼睛"？既然"那个我不想叫出名字的'某人'"丝毫不为之所动，她要那盈盈秋水又有何用。[44]

至少她的忧郁还没有惹怒亨利。通常，伊丽莎白只要露出一点点悲伤的迹象，就会激怒他，引来他恶狠狠的责骂。（"不要跟个仆人似的哭哭啼啼！"[45]）不过到目前为止，由于父亲的去世在形式上需要表现悲痛，亨利欣然容忍她的低落。

有这样冠冕堂皇的理由来掩盖凄凉心境让伊丽莎白心怀感激，尤其是她无法跟任何人讨论自己心情糟糕的真正原因。正如她最近的一位崇拜者，英国大使利顿勋爵敏锐地写给她的话，"最大的不幸并非那些让我们身穿丧服、接受吊唁的伤痛"。[46]

过去几个月，利顿勋爵一直试图向伊丽莎白倾诉他不为人所知的忧愁，暗示她本人就是那忧愁的源头。尽管如此，他还是准确地描述了她的精神状态。她难过不是因为公公去世了——虽然她很喜欢夏尔，但完全能够接受年迈多病的他离世的事实——而是因为她自己还活着。她有一封没有发出的信是写给一位男性的，名字只用了一个"G."，在信中她说自己的生活变成了"无法言说、无法解释的混沌伤痛"，"无数的刀片"把她的心划成了碎片。她一如既往地渴望以死来解脱："从现在起，我沉浸在黑暗中的心只会渴求消灭思想的永恒沉寂。"[47]

自杀既诱人，又骇人。她以布兰切的名义写作时，沉思道：

/ 第13章 未曾送出的吻 /

如果我有机会结束这一切，不用想也不用体验生的一切，我会举起自己的手吗？让我害怕的是让我仍然留恋生的一切；否则无论什么来对我说"我就是虚无""神秘的……死神"，我都会满怀喜悦地投入它的怀抱。[48]

伊丽莎白以自己的名义起草了遗嘱，她死后将莫罗的《花园里的莎乐美》送给罗贝尔舅舅，她的私人文件留给吉吉，她沙龙里的那座古董钟留给乔万尼——那曾经是玛丽·安托瓦内特的财产。留给亨利的只是一道指示，说她死后停棺时希望穿戴什么：一件白色礼服和一条白色面纱，"就像结婚当天的新娘"。但她不愿意戴结婚戒指，想戴上两枚特殊的戒指，那是丈夫之外的某人送给她的礼物。一枚戒指上面雕着一把剑，另一枚雕着一只天鹅。她没有说它们是谁送的礼物。

罗贝尔舅舅在一切与审美有关的事情上都是她的顾问，也是唯一与她讨论过葬礼装束的人。他写了一首诗回答她，题为《死去的女人最后的停留》("Le Coucher de la morte")。诗中，一位美丽的少妇虽有大批潜在的追求者，却仍然决定去死，她的死亡构成了一幅古雅的画面。她选择了黑檀灵床，上面高高地堆满靠垫，靠垫里的填充物不是羽绒，而是无数渴望得到她却被她拒绝的男人写的信。伊丽莎白读到这首诗时泪流满面。那是她舅舅写得最好的作品。与利顿勋爵的格言一样，它精准地描述了她的悲哀。

亨利一如既往地与她不搭调，这段时间他的情绪异常高涨。伊丽莎白觉得他还在为父亲服丧，如此喜形于色实在不合理，但她本人也是他心情大好的部分原因。毕竟，是她敦促亨利更积极地参与奥尔良派的复辟事业和即将到来的布朗热派政变，他有理由对自己的政治前景充满乐观。她只希望一旦政变成功，他能够重新致力于拥护君主制，希望巴黎伯爵能给他相应的酬报。在此期间，她希望亨利约束一下自己的轻浮。那只会让她显得更加低落。

光明的政治前景并非亨利神采飞扬的唯一原因。他也在兴高采烈地讨论着如何花费遗产，因为继承了这笔遗产，他如今变成了法国最富有的男人之一。他计划大肆扩建布德朗森林，包括一个舞厅、几间豪华的新卧室套房，和一个能与希迈城堡的剧院媲美的私人剧院。[49] 最重要的工程是一个两层高的正式宴会厅，里面摆着一张能容纳百人用餐的餐桌，平时它隐藏在镶木地板下面的巨大底层空间里，用时轻按开关，它就升上来。

除此之外，亨利的建筑改造还将为布德朗森林装备奢华的现代设施，像电话、电灯和在餐厅与厨房之间运行的地下火车。（这最后一项创新是罗斯柴尔德家族首先在费里埃启用的，这个设计既可以确保客人远离厨房的声响和气味，也可以保证菜品在从厨房送到餐厅的过程中不会变凉。）按照礼节，他在父亲去世后六个月内不得社交，但这并没有阻止亨利幻想他在服丧期结束后举办的聚会——"不光让社交圈，也让全欧洲的贵族眼花缭乱"的聚会。[50] 他甚至短暂地宠爱了一下妻子，在自己的世外桃源给伊丽莎白安排了一个位置。"宾客、剧院、音乐，"他在写给她的信中按捺不住喜悦，"我已经能想象你在那里像个仙女一样翩然来去的样子了。"

伊丽莎白拼命眨眼忍住眼泪，不置一词。

不算太久以前有那么一段时间，她曾多么欢迎丈夫把布德朗森林变得更加喜庆的地方。这些年，她逐渐在德·阿斯托格街办起了自己的沙龙，在婆婆每周日晚间的家族聚会之后，她的沙龙算是尾曲。伊丽莎白的家庭招待会起初只是她为朋友和家人举办的小规模的表演活动，招待会的成功使她壮着胆子尝试了一些更耗时费力的活动。在罗贝尔舅舅的帮助下，她在全巴黎寻找有前途的艺术家和知识分子，主动提携和资助他们。她提携的人包括加布里埃尔·福莱，她在前一年9月还欢迎他来拉卡斯做客（除乔万尼之外，几位最初受邀的客人也都一起来了），还有路易·巴斯德，她出资帮助这位前途光明的微生物学家建起了新的研究机构。为了报答她的慷慨，这些人同意偶尔专程光顾她的沙龙，在那里与她和宾客们分享最新的音乐作品和科学发现。即便抛开内容，这些活动的新奇感也让伊丽莎白的朋友们很开心，特别是那些刚刚从她婆婆死气沉沉的客厅里来到她家的客人。费利西泰对此当然怀恨在心。

亨利起初也一样不高兴。他愿意出资给伊丽莎白让她去提携"天才之人"，完全是出于贵族有提携天才的光荣传统。但他与这些下等人划清界限，坚决不跟他们友善交往。他在一封愤怒的信中指责她说："一位淑女绝不应当让丈夫的房子遭到劫掠，无耻地公开露面，向野蛮人打开自家大门。"[51] 在另一封信中，他解释说贝贝斯邀请这些人进入她沙龙的习惯违背了他的等级秩序：

> 我是个有逻辑的人——我觉得开门请进那些小人物、陌生人和寄生虫不会有任何好处，所有这些邪恶的自私自利的苦力只能……突出证明人最好还是物以类聚，并证明我对野

蛮人的厌弃是多么正确。[52]

最终救了伊丽莎白的，是亨利自己的很多密友——从布勒特伊到迪洛，再到奥廷格兄弟和德·曼——全都迷恋她的文化活动。和上层其他女主人沙龙里的活动比起来，这些活动是那么与众不同。与他们惊叹她的美丽一样，亨利的同侪对她独创的、有些波希米亚风格的沙龙的赞美也让他改变主意，开始支持她了。不过一旦有任何小人物、陌生人或寄生虫让他不高兴，亨利仍然保留当众斥责他们的权利。（亨利对犹太人尤其充满敌意，他抱怨伊丽莎白的一次聚会说："几英里外都能闻到犹太佬的臭味！"[53]）但他总算更支持她的艺术聚会了。的确，他准备在布德朗森林里加盖的私人剧院使她也能在乡下以更大规模复制那些聚会，毕竟她很怀念在希迈的私人剧院里与表姐妹们创作的那些作品，常常希望能有那么一间剧院举办沙龙。

不出伊丽莎白所料，亨利的母亲强烈反对他建造私人剧院的计划，觉得那会把整个家族拖入不可逆转的阶级重构。费利西泰警告他说，如果他和伊丽莎白要"邀请半个城的人"来和他们一起住在乡下，那她本人将"宣布与布德朗森林决裂"。费利西泰一向讨好儿子各种放荡的生活习惯，现在总算意识到问题了。"毫无疑问，"她冷言冷语地说，"一夜暴富会让人变蠢，最终还会把他变得卑鄙下流。"[54]

费利西泰不知道儿媳多年来一直抱怨亨利的正是这一点——只不过是私下里，在日记里——也不知道伊丽莎白认为婆婆应该对亨利的道德堕落负责。伊丽莎白在日记中写到婆婆曾对他说："给你5000万法郎。去吧，全巴黎最漂亮的情妇随你挑！"[55]

如果米米还活着，伊丽莎白知道她会给自己怎样的建议：全心全意地做一个慈母，把埃莱娜抚养成人。但米米在1884年圣诞节当天去世了，年仅50岁，伊丽莎白悲痛欲绝，连自己都无法照顾，更不要提当时还在蹒跚学步的埃莱娜了。那以后一年多的时间，伊丽莎白把抚养埃莱娜的任务交给了费利西泰。在一位名叫安妮的英国家庭女教师和一队保姆、用人的帮助下，老太太不失时机地向孙女灌输了格雷弗耶家族的三宝：家谱、打猎和规矩礼仪。

如此熏陶，再加上相貌平常（埃莱娜继承了格雷弗耶家族的大方脸和拉罗什富科家族的大鼻子），如今已经六岁的埃莱娜让伊丽莎白觉得"太像他们了"：德·阿斯托格街上的仓鹄。[56]伊丽莎白禁不住会想，假如孩子长得像她一些，她的母爱大概也会多一点。

伊丽莎白和亨利的女儿埃莱娜画了这幅画，揭示了自己和他们在一起时的场景，反映了两人婚姻的紧张状态

事实上，埃莱娜曾经画过一幅她自己、伊丽莎白和亨利一家人在鲁瓦亚度假期间的图画，尖刻而精准地描述了一家人的状态。那幅画中，一个不幸的小女孩在母亲的身后摔倒了，踩着了母亲礼服后面的长拖裙。伊丽莎白的眼睛直视着前方，仿佛准备从页面的左侧走出这幅画，根本不理身后的女儿。亨利占据着页面的最右端，与妻子保持着这张纸所能容纳的最远距离。他面对着观者，也全然无视女儿的存在。埃莱娜虽然在父母的中间，却仍是独自一人。

伊丽莎白和四岁的埃莱娜一起，请纳达尔为他们拍照。伊丽莎白觉得女儿的相貌平常，令人失望

小姑娘有着超乎年龄的早熟，显然直觉地感受到自己的样貌令母亲失望，她视母亲为偶像，渴望自己长得像她。"我忘不了自己的出身，"她郑重地对伊丽莎白说，"我不希望本该像你的东西（原文如此）让你从天堂跌落到人间！"[57] 还有一次，埃莱娜注意到自己的五官发生了令人振奋的变化，高兴地大叫起来："我长得不再像爸爸了！我的眼睛几乎变成了黑色！"[58] 让母亲和女儿都感到遗憾的是，埃莱娜眼睛的颜色从拉罗什富科家族的蓝色变成了塔利安夫人的棕色之事，并没有改变伊丽莎白认为她从根本上是个异类的看法。几年后，埃莱娜高兴地向她报告说伊丽莎白强迫她穿的铁丝内衣真的让她的脊背"挺拔多了"。[59] 那个奇妙装置大概减轻了伊丽莎白的担忧，孩子长大后不会身体畸形了，但并没有让她相信埃莱娜会变成像她一样天鹅般优雅高贵的美人。

伊丽莎白看出来女儿身上至少有一点很像她，那就是她的艺术倾向。埃莱娜喜欢画画、阅读和写作，希望长大后成为她的教父罗贝尔舅舅那样的诗人。母亲鼓励她通过写作散文诗来锤炼文学技巧，主题是她们两人最爱的：伊丽莎白的美貌。埃莱娜自觉地把自己的第一篇文学创作命名为《关于妈妈的一切》（"All About Maman"）：

> 1887 年 12 月。妈妈很美，她有一双美丽的小耳朵，我告诉你，绝不像驴耳朵那么长。她那双漂亮的可爱眼睛很大。她的腰很细，牙齿雪白；她的下巴美得像两朵玫瑰花。她从楼上下来用晚餐时，那优雅的姿态，哇！她微微颔首，大家都凝视着她的美貌。她的头发上戴着钻石，穿一件男式的漂亮小马甲。你要是看到她，一定会因喜悦而拜倒在她脚

下。我觉得她迷死人了。[60]

罗贝尔舅舅觉得，《关于妈妈的一切》显示出了真正的文学天分，证明了不管他这位教女的长相多不像孟德斯鸠和希迈家族，她的血管里还是流着一些他们的血液。（他忍不住加了一句，虽然有这样的天赋，埃莱娜"无疑会长成一个高大结实的女猎手"——酷似父亲。他也不喜欢她那格雷弗耶家族的长相。）

孟德斯鸠关于埃莱娜有文学天赋的结论虽然让伊丽莎白多少有些欣慰，却没有驱散她生活中的黯淡阴郁。对她而言，只有一种光源能够驱散黑暗。"让太阳发光的你！"她抽泣地写道。

过去，每当伊丽莎白的情绪低落时，众人的崇拜会让她重新振奋起来。然而如今这方灵丹妙药是多么乏味无用啊。在《没有回音的呼喊》中，她分析了自己的烦恼：

> 一个年轻美丽的女人觉得整个巴黎都是她的王国；她喜欢自己，炫耀自己，以随意展示自己的美献身社交圈，谁都可以看她，任他是谁。
>
> 或许我会听到一曲圣歌！
>
> 她急切地倾听着，听到的却总是那乏味的叠句，让她恶心！那些是空洞的陈词滥调，是人们对年轻漂亮的女人惯用的套话，她哀叹道：哦！我不过是个年轻漂亮的女人！
>
> 对着不知如何去爱的心灵，响亮悦耳的七弦琴奏出再悲切的音乐，又有何用呢？[61]

这篇文章从那喀索斯（Narcissus）的神话讲起，这位把自己的名字给了水仙花的少年，因为被自己的水中倒影迷住了，没有

热热·普里莫利拍下了这张在布德朗森林的花园里摆出水仙花姿势的照片

注意到厄科 ① 正在用借来的语词恳求他的爱——水仙正是新闻界为伊丽莎白取的花朵绰号。⁶² 和她那位不幸的同名者一样，伊丽莎白也陷入了僵局。在社交界的同伴中，她的美貌只会引发毫无意义的乏味赞美，判定她"不过是个年轻漂亮的女人"，美貌令她如此势单力孤。

（除了自杀之外）伊丽莎白能够想出的唯一一种摆脱这种命

---

① 厄科（Echo），字面意思为"回声"，是古希腊神话中的一位掌管赫利孔山的山岳神女。

运的方法，就是一首圣歌，为她的美丽灵魂而非漂亮脸蛋而唱的圣歌。这样一首歌将宣告她的灵魂知己即将到来，那人有着和她一样罕见的内在天赋。那将驱散她的孤独，引出她曾经梦想着与乔万尼共同拥有的故事结局：两个知道如何去爱的心灵沐浴在无限的幸福中。

然而伊丽莎白在当前的生活环境中看不到如何才能找到另一位灵魂知己。城区是漂亮脸蛋的王国，不是美丽灵魂的疆土。

和家人的去世一样，伊丽莎白对社交界的幻灭也为她的悲伤提供了方便的借口。她与最亲密的朋友们谈话时，一次次地说起自己的幻灭感，但他们总是没法把这些与她联系起来。作为"时尚之王"，萨冈喜欢漂亮脸蛋的王国，想不出为什么王国中最漂亮的女人伊丽莎白会觉得它荒芜。布勒特伊也是彻头彻尾的社交名流，虽然他往往自称希望少花点时间参加聚会，多去逛逛博物馆。（伊丽莎白知道这只是骗术：每次布勒特伊对她夸口说去逛了哪个文化胜迹，像圣心教堂或卢浮宫，事实上都是跟他的情妇洛尔·德·舍维涅幽会去了。[63]）

至于罗贝尔舅舅，每当伊丽莎白对他抱怨贵族同伴缺乏精神和情感深度时，他都会生气地说，她早该看出这些缺陷了。他提醒她说，"有生阶层"本来就是一群没有感情的无知之人，还毫无根据地目中无人。因此，他们只配被取笑，"因为没有什么比一个人自认为伟大、事实上却很渺小，（或者）自己以为可以像雄鹰一般展翅高飞，事实上最多只有一对小鸡的翅膀更可笑的事了"。[64]

埃德蒙·德·波利尼亚克也对她的哀叹不屑一顾。这位作曲家和"性欲倒错者"自称讨厌骑师俱乐部中那些沉迷女色的笨蛋，却仍然每天去那里吃午餐——和布勒特伊一样，他关于社交界的保留意见也是一种姿态，是反向体现上流社会"单纯"的方式。[65] 持这一立场的埃德蒙对伊丽莎白说，她的焦虑只能怪她自己。"所有的午餐、晚餐，这些没完没了的社交聚会，不停地公开露面，这一切令我筋疲力尽。"他抱怨说。埃德蒙的言外之意很清楚：如果伊丽莎白的社交生活让他都筋疲力尽，对她的影响只会更大。

伊丽莎白虽然希望得到罗贝尔舅舅和埃德蒙的支持，但没把他们关于她社交生活的焦躁评论放在心上。她觉得这两个人显然对她有很强的占有欲，因而他们与其说不赞成她的社交生活，不如说不赞成她特别欣赏一位社交名流：利顿勋爵。前一年 12 月，利顿勋爵作为大不列颠驻法国的新任大使来到巴黎。这位 57 岁的英国人此前担任过外交随从，在巴黎已经很有名气了，如今更是受到上层的老朋友们英雄般的欢迎。他彬彬有礼、风度翩翩，又能熟练地使用双语，成为社交界最新的宠儿，并很快将伊丽莎白作为自己最爱的女性。

由于利顿勋爵拥有半王室地位，与他交往令伊丽莎白与有荣焉，巴黎其他贵族也是一样。他声称与欧文·都铎①是远亲，后者的孙子亨利六世创建了都铎王朝，妻子瓦卢瓦的凯瑟琳则是法国国王查理六世的女儿。此外，利顿勋爵本人曾在 1876 年到 1880 年担任印度总督，也相当于君王的地位。这些资历使他成为受到所有最尊贵的聚会和沙龙（包括伊丽莎白的沙龙）垂涎的宾客。

私下里与伊丽莎白交谈时，利顿勋爵表示她的同胞居然如此

---

① 欧文·都铎（Owen Totur, 1400-1461），威尔士的朝臣，英国国王亨利五世的遗孀瓦卢瓦的凯瑟琳（Catherine of Valois）的第二任丈夫，都铎王朝创始人亨利六世的祖父。

热衷于他的总督职位，让他大吃一惊，要知道他的印度臣民和本国同胞几乎全都认为那是他的失败和耻辱。他就任总督时，恰好碰上一场导致逾600万人死亡的大饥荒，让他这次的职业经历一开始就乌云笼罩。利顿勋爵不但没有为受饥荒打击最严重的穷人提供救济，反而认为让他们挨饿可以遏制人口过剩，那才是当时亟须采取的行动。被这一政策激怒的公众发现他在其他方面挥霍无度，更是怒发冲冠。担任总督期间，利顿勋爵花费巨资与阿富汗打了一场没有结果的战争。他还试图扩大印度的鸦片生产，累积了500000英镑的赤字。[66]（他本人吸食大量鸦片。）在他的批

身穿总督服饰的利顿勋爵，他担任过印度总督，是伊丽莎白的狂热崇拜者

评者们看来最糟糕的是，他举办了不少史无前例的奢华聚会，例如一场为期一周的宴会，据说是有史以来最昂贵的晚餐会，让68000位达官贵人享受山珍海味，痛饮"黄金深釜里欢腾起伏的香槟"；与此同时，单是迈索尔和马德拉斯，就有100000人饿死。[67] 这许多争议源头解释了他在1879年幸运地躲过一次暗杀，以及印度人和英国人给他取了贬义的绰号："印度的尼禄"和"大排场"。[68]

然而在巴黎社交界看来，与他曾经登上印度王位的荣光相比，利顿勋爵在印度的糟糕政绩就不算什么了。此外，巴黎贵族认为他热爱奢华盛典是优点而不是缺点。王室收藏品爱好者交换的烟草卡上画着这位英俊潇洒的伯爵头戴木髓遮阳帽——烟草卡是一些廉价的名人肖像画，相当于费利克斯·波坦的巧克力集换卡，只不过是附在烟草包装里的。社交行家们痴迷于他穿戴加冕服饰的照片，下身穿白色紧身裤，身体的细节暴露无遗。

城区如此重视利顿勋爵的另一个原因，是他（因为曾在驻西班牙、葡萄牙和奥地利的英国大使馆任职）与许多欧洲国家的君主建立了友好关系，与他本国的君主的友谊尤其亲密。维多利亚女王对自己的后代（尤其是对伯蒂）是出了名的严厉冷酷，对利顿勋爵却爱如己出。她赐予他荣耀，把他从准男爵（他父亲的头衔）升为伯爵，还让他的妻子伊迪丝·维利尔斯（Edith Villiers）担任她的宫廷女侍，并任命他进入自己的枢密院。女王甚至坚持要做他和伊迪丝的一个孩子的教母——那个孩子取名维克多，为的是向女王致敬——并授权利顿勋爵以第二人称而非第三人称来称呼自己，这本是王室家庭成员独享的特权。除了奢华享乐的本领外，利顿勋爵受到维多利亚女王宠爱的特殊地位，使得受邀到英国大使馆参加他举办的宴会成为巴黎最受追捧的礼遇之一。

潇洒的伯爵尤其受到上层女主人们的追逐，他那些精彩的印度故事和花哨殷勤的举止迷得她们神魂颠倒。侨居海外的巴黎人传言，英国外交使团中还从没有过一个比利顿勋爵更优秀的舞者和更活泼的聚会宾客：这是夫人们喜欢他的另外两个原因。

在伊丽莎白看来，他是最有趣的同伴，总是带她去城中各处新鲜有趣的地方，仿佛比她更熟悉这个城市。他带她去参观一位外科医生解剖死人尸体，去听灵媒与灵界对话，去看全木偶演出的莎士比亚的《暴风雨》。他带她和亨利·德·布勒特伊（两人通过威尔士亲王认识，是老朋友了）去拜访让-马丁·沙尔科医生的精神病诊所，这位精神病学家曾租过希迈府邸的一个厢房。[69] 如今沙尔科医生在沙普提厄医院（Salpêtrière Hospital）工作，是治疗癔症的专家，据说这种神经衰弱症状在女性中特别普遍。为了向伊丽莎白及其同伴展示自己如何治疗这种疾病，沙尔科在他们面前为一位病人催眠——那是个漂亮但衣冠不整的姑娘，穿着一件不像样的白色睡袍——并请他们给她"提议"一个狂想。利顿勋爵意味深长地看了一眼伊丽莎白，对那位病人说她"面前正有一场火灾"。这些话让姑娘陷入了绝望，哽咽、尖叫并疯狂地企图扑灭一场只有她才能看见的大火。

伊丽莎白非常喜欢和利顿勋爵在一起，以至于她婉拒了几乎所有的晚餐聚会邀请（涉及座位安排和食物供应等问题时，"优美的姗姗来迟"就没有那么容易成功了），却定期在英国大使馆与他共进晚餐。得益于他在社交圈的威望，伊丽莎白只对他一人例外，也大大增加了自己的神秘性，"她外出晚餐的地点仅限于英国大使馆"这句话，也和洛尔·德·舍维涅的那句"收入不高，但殿下不少"一样，成为她公共形象的关键句。[70] 不过伊丽莎白与利顿勋爵共进晚餐也有她私密而感伤的理由。英国大使馆位于距德·阿斯托格街不远的圣奥诺雷城区大街上，馆址是一座漂亮的 18 世纪宅邸，即博尔盖塞府。[71] 此名源于它最著名的前主人、拿破仑一世的妹妹波利娜·博尔盖塞（Pauline Borghese）亲王夫人，也就是乔万尼·博尔盖塞的伯祖母。伊丽莎白仍然因乔万尼去了索非亚而沮丧不已，但她内心仍有一个角落固执地希望他迟早能意识到，她才是他的一生至爱。看到他的家徽出现在大使馆各处在她看来是个吉兆，提醒她要坚守信念。

伊丽莎白在博尔盖塞府参加的某些晚餐是国事活动，在场的宾客有上百甚至上千人。不过更多的时候是温馨的非正式晚餐，除她之外只有男主人和布勒特伊在场。利顿勋爵不会邀请伊丽莎白的丈夫或他 25 岁的妻子来参加这些更亲密的聚会。亨利之所以容忍这种怠慢，完全是因为他坚信贝贝斯与利顿勋爵保持良好关系能加强他在威尔士亲王那里的影响力。（他也信任布勒特伊是个称职的陪护人。）利顿伯爵夫人伊迪丝则决心对此一笑置之。据她的密友说，丈夫迷上了格雷弗耶夫人让她私下里也很烦恼，但她"明智地装作把它看成一个笑话"。[72] 这位金发女人美若雕塑，身高比利顿勋爵整整高出一头，她自己也天天在社交界周旋忙碌，还喜欢在巴黎定制服装，这些都是她的精神寄托。虽然管理大使馆的费用已经令她和丈夫的家庭不堪重负，但她仍是沃思最大的客户之一。伊迪丝和丈夫一样亲法，她遵循"有生阶层"巴黎人的黄金法则：无论财务状况多么糟糕，婚姻关系多么冷淡，永远都要保持姿态完美。

利顿勋爵虽然在社交界大受欢迎，但当伊丽莎白向他倾诉那个圈子里的人如何肤浅轻薄、墨守成规时，从他那里得到的共鸣却远远多于其他社交好友。伊丽莎白用自己虽有些生硬但足够交流的英语对他抱怨说，他们的上流社会同道们"往往"会"遵循我们所谓'规矩'的惯例"，从不会独立思考，也不会渴望深邃。利顿勋爵深表同意，在一次关于该话题的对话中对她说：

> 仿佛社交生活中根本不允许有高洁、真诚和深刻的东西存在；相反，社交界总是欢迎一切下流、虚假和琐碎的东西。调情是可以的，而爱情，真正的爱情，却被轻视和贬低，说它麻烦、不妥、累人。

这段话让伊丽莎白想起了罗贝尔舅舅提到的仓鸮和雄鹰的区别。她想："我只知道，我再也不想跟没有精神世界的人交往了。"[73] 而利顿勋爵，伊丽莎白觉得他和她一样醉心于精神世界。[74]

上层依然故我，英国伯爵也不乏批评者，那些像"一袋缝衣针"一样尖刻讨厌的人质疑他"新奇"，这是社交界表示"怪异"的黑话。这些人窃笑利顿和他的母亲、爱尔兰美女罗西娜·惠勒·布尔沃－利顿都曾在精神病院住过，还说他已故的父亲"频繁地暴发抑郁和沮丧……接着就急切地寻找刺激"。[75] 众所周知，利顿勋爵的情绪也常常同样剧烈波动，他自己承认，他的情绪总是在无法控制的激动和一种他所谓的"忧郁的恶魔"[76] 或"几乎无法忍受的歇斯底里的抑郁"[77] 的状态之间摆动。约瑟夫·雷纳克忌妒利顿勋爵越来越受热纳维耶芙·斯特劳斯（英国人也是她沙龙里的常客）的喜爱，在报纸上诋毁他"整个人有四分之三都是疯的"。[78]

不管他是不是疯子，虽然利顿勋爵早年在东方就开始大量吸食鸦片，但那对他的精神状态并没有什么帮助。[79] 澳大利亚女歌唱家内莉·梅尔巴（Nellie Melba）有时候会陪伴着某一位亲王情人出现在社交界，她喜欢讲一个好笑的故事，说英国伯爵"非常频繁地"吸食一种物质，还企图让人以为那是鼻烟：

> （利顿勋爵）会从口袋里拿出一个小小的金色鼻烟盒，盒盖上画有珐琅画的那种，仔细地用手指蘸一点，抬眼看着天花板，然而很慢、很小心地把它吸进鼻子，露出无限享受的样子。那还没完。从鼻烟中获得了极度的快乐之后，他会弹一弹手指，从胸袋里掏出一块巨大的红手帕，无比仔细地擦自己的鼻子。然后他会说"啊"，双手在背后紧握，带着快乐的微笑走到窗前。整个过程让我觉得他那个牌子的鼻烟一定好得不得了。

奥古斯特·德·阿伦贝格经常在斯特劳斯夫人的招待会上碰到利顿勋爵，他说后者假装那是"鼻烟"根本骗不了那里的常客们——骗不了"总是浑身乙醚味儿"[80]的让·洛兰，骗不了精神药物的发烧友居伊·德·莫泊桑，也骗不了毫不掩饰地依赖吗啡的热纳维耶芙本人。在这个心照不宣的环境里，利顿勋爵疯狂痛快地吸鼻子，证明他也是毒品使用者。有一年夏天，雅克·布朗什和勋爵两人在诺曼底度假时，经伊丽莎白介绍认识了英国伯爵[81]，他说后者是个"在后宫里沉迷酒色的帕夏，愉悦地吸食鸦片的老色狼"。[82]

社交界提到利顿勋爵的父母那场丢脸的婚姻时，语调也一样充满恶意，传说他母亲狂怒地指责他父亲道德堕落，直到婚姻结束。[83] 在一部耸人听闻的影射小说中，罗西娜·布尔沃－利顿滑稽地模仿她的丈夫、著名作家爱德华·布尔沃－利顿，说他是个堕落冷酷的自大狂，一笑就露出"血盆大口"，那副邪恶的样子，"鹰钩鼻、厚嘴唇（和）干硬世故的线条（都表明他）邪恶的激情"。"如果有哪位艺术家要为《浮士德》绘制插图，需要找个魔鬼梅菲斯特的模特"，那他定是不二人选。

罗西娜说，同性恋是她丈夫"邪恶的激情"中最糟的一项，她公开指责他与犹太人政治家本杰明·迪斯雷利（Benjamin Disraeli）有染。如今两人都死了，但当年这些指控大概并非毫无根据，因为两人都曾模仿他们共同的偶像、诗人拜伦勋爵的样子穿女士的裙子，拜伦也是个恶名远扬的浪子和"鸡奸者"。与他们的英雄一样，迪斯雷利和爱德华·布尔沃－利顿也留飘逸的长发，戴耀眼的珠宝，穿五颜六色的蕾丝衣服。当关于布尔沃－利顿的"鸡奸"传说开始在社交界流传时，罗贝尔·德·孟德斯鸠也随声附和，添油加醋地加以谴责。他说他年轻时曾在地中海地区旅行，为了逃避那位英国老男人的欺负，从船上落水，差点儿淹死。在一封写给伊丽莎白的信中，他的这段回忆没那么言之凿凿，但挖苦的口气还是一样的。[84]

让罗贝尔舅舅遗憾（他也毫不掩饰自己的遗憾）的是，这个故事并没有让伊丽莎白对利顿勋爵产生偏见，她有足够的理由相信他喜欢的是女人。不过她的确不得不承认，他的时尚品位给了她另一种印象，也给了他的敌人们另一个诽谤他的理由。大使（和她舅舅一样）避免贵族们使用的冷色调和低调裁剪，偏爱巧克力棕色的西装、紧身裤和巨大的翻领，配上花色鲜艳的方巾，两只手的好几根手指上都佩戴着镶嵌多彩宝石的戒指——包括一颗很大的绿宝石，几乎与伊丽莎白从米米那里继承的传家宝戒指一样大。他还喷浓重的古龙水，举止绵软轻柔，令有些人觉得阴气十足。除了吸食鸦片的习惯和曾担任总督的经历之外，利顿勋爵的阳刚气质有些含混，伦敦的同胞们因而为他取了另一个贬义的绰号："副女王"。[85]

由于罗贝尔舅舅曾坚定地赞美"娘娘腔"，伊丽莎白以为他和有趣的英国伯爵两人会意气相投。谁知两个男人互相嗤之以鼻。在她那些年写好后让舅舅编辑的所有文字中，他最喜欢的一篇的主题是"没有什么比看到另一位美女的照片更让美女烦恼的事情了"。[86]或许他也是出于同样的原因讨厌利顿勋爵；他们太像了，很难不把对方看成对手。她曾经错误地对罗贝尔舅舅说她的英国朋友说他"太像女人"，在她舅舅听起来（同样，虽然他赞美娘娘腔），这样的描述等同于公开宣战。自那以后，伊丽莎白不得不接受现实，她生命中的两个罗贝尔 ① 永远不可能成为朋友。

她对此表示遗憾，因为利顿勋爵最吸引她的特质正是让她与罗贝尔舅舅最亲密的特质：文学天赋。然而这一共性或许也引发了她舅舅求胜的怨恨，因为利顿勋爵已经出版了六七本诗集。爱德华·布尔沃－利顿生前是非常成功的小说家和剧作家，很多经久不衰的陈词滥调都出自他的笔下，诸如"笔诛胜于剑伐""群氓""一个风雨交加的夜晚"，等等。利顿勋爵少时对父亲天赋的仰慕不亚于埃莱娜崇拜伊丽莎白的美貌。从 14 岁起，他就知道他也想成为一名作家，但父亲对他说文学世界太小，容不下"两位著名的布尔沃－利顿"。年轻的布尔沃－利顿只好妥协了，同意从事外交事业，将文学作为爱好而非职业。他还承诺用"欧

---

① 利顿勋爵的原名为爱德华·罗伯特·布尔沃－利顿（Edward Robert Bulwer-Lytton），其中的"罗伯特"与罗贝尔舅舅（本名 Robert de Montesquiou）中法语发音的"罗贝尔"拼写相同。

文·梅雷迪斯"（Owen Meredith，"欧文"是他传说中的都铎祖先的名字）的笔名出版所有作品，也的确用那个笔名粗制滥造了大量华而不实的诗作。[87] 梅雷迪斯的诗在评论家中评价不高，但据说维多利亚女王喜欢它们胜过其他任何英国诗人的诗作，不管是在世的还是已经去世的。

那年夏天，利顿勋爵送了伊丽莎白一部他的《格兰纳威利尔》（*Glenaveril*，1885）的译本，这部六章的史诗刚刚出版了法语版。她还没有开始读——她更喜欢阅读英文原版——却喜欢与作者探讨创作过程。当时，利顿勋爵正在写作自己的代表作《罂粟王》（*King Poppy*，1892），这部韵体讽刺狂想曲探讨了想象的力量（以及吸食鸦片的快乐）。或许是为了向好友洛尔·德·舍维涅致敬，他说作品标题中的罂粟是被普洛塞庇娜偷偷带到冥府的唯一一种花朵。

或许是为了向好友热纳维耶芙·斯特劳斯致敬，利顿勋爵还为一首关于"流浪的犹太人"的长篇喜剧诗做了注释，弗洛蒙塔尔·阿莱维的一部歌剧就以流浪的犹太人为主题。[88] 利顿勋爵研读了大量关于这位民间传说人物的资料，为了替信奉同一宗教的人们背叛耶稣的行为赎罪，他注定要永远在地球上流浪。英国伯爵把自己的研究发现讲给了伊丽莎白，后来她在自己的文学创作中也借用了它们，在一首散文作品的开头写下了这句引言："流浪的犹太人说'必须继续前行'。"

利顿勋爵很得意，自己居然影响了这位"才女，漂亮的上等女人"[89]，他在回国后写给她的一封信中这样描述她，揶揄地使用了这个下层阶级用于描述社交界的词儿，他们两人对社交界的归属感都充满矛盾。伊丽莎白没有告诉他，她自己关于流浪的犹太人的概念与他全然不同。利顿勋爵构想的人物是英国第一位犹太人首相迪斯雷利的神话版本，此人被政敌诋毁，被"群氓"斥责。伊丽莎白的视角不同。像在真实生活中一样，她在艺术中也试图理解男人为什么会出走，去别的国家，去找别的情人。就这一点，她标示过大仲马的一段引文：

> 没有什么比旅行癖更容易征服人类了；一旦我们为旅行而狂热，它就会催促我们前行，永远前行：流浪的犹太人只是一个象征。[90]

在伊丽莎白的文学想象中，流浪的犹太人就是艾马尔·德·韦尔特伊，他在全世界漂泊，却无法摆脱自己罪恶的重担，他没有背叛耶稣，却背叛了自己可爱的妻子布兰切。他背负的作为惩罚的磨石是他始终清楚地意识到布兰切爱他，连他的背叛也没有摧毁她的那份爱：

> 啊讽刺啊，讽刺（原文如此），他走得越远，身上的铁链越重，链条不断展开伸长（直到他）焦躁不安地喊出来：上帝啊，让我摆脱这个负担吧！但无论他去哪儿，都拖着那负重，谴责他，高声羞辱他，束缚他；这是一颗已死的心，只要他活着，就永远不会被献给另一个人。[91]

伊丽莎白也会给利顿勋爵看她的其他作品，却没有给他看这一篇，因为她知道这会为他打开一个缺口，大肆谈论他自己的难以克制的爱——对她的爱。近来在使馆的晚餐中，她越来越频繁地发现他斜视着自己，目光从起初的郁积心头到几近疯狂，他那双突出的、明亮的绿色双眸闪烁着新的令人不安的欲火。夏天快结束时，有一天他没有事先通知就出现在迪耶普的门口。伊丽莎白问他为什么没带家眷来，他抓住她的手，用那双明亮的碧眼狂热地看着她，沙哑地耳语道："我觉得你知道为什么。"[92]

要是她也怀着同样的爱意就好了。但穿戴着俗丽的围巾、戒指和紧身天鹅绒长裤的利顿勋爵实在不是伊丽莎白喜欢的男人类型。何况他的年龄比她大一倍，已经无法让她折服。即便如此，与年纪相仿的德·萨冈亲王不同，利顿勋爵没有顺从地接受伊丽莎白希望她的追求者们扮演的无性角色。她在一篇题为《真正的朋友》（"The True Friend"）的文章中勾勒过这一角色：

> 真正的朋友会给你母亲一般无私的情感。……这种依恋建立在尊重、信任和爱的基础上，但这种爱里没有任何与尊重矛盾的东西。……真正的朋友一点一点地赢得你的信任，只在你允许的范围内进入你的生活；他绝不会试图偷走任何没有给予他的东西。……真正的朋友就像彼此的守护天使。……当他们在一起时，那感觉仿佛两人都被白色的双翼笼罩，而不是身处群狼咆哮的密林。[93]

利顿勋爵没有被这样的论调说服，他反驳伊丽莎白说，自己对她的感情毫无严父风范，更无慈母之恩。他进而对她说，那一套"我们只是朋友"的甜言蜜语无法永远约束那些情感。除了眼睛里泛着不安而贪婪的微光之外，她最近还注意到他对她说话的方式也带上了明显的攻击性，仿佛两人都知道她一定会拒绝他，而他已经准备好为此而憎恨她了。她想，如果有朝一日英国伯爵想要吻她，他多半会扑上来咬她。

《我恨而且爱》（*Odi et amo*），这是卡图卢斯 ① 写的一首拉丁诗歌，她少女时代曾经读过："我恨，而且爱。"[94] 这些年，其他标榜爱她的男人也曾表现出同样的两重性——一旦遭到回绝，就会由喜爱转为愤怒。

伊丽莎白较为冷静达观的时候，会把这样的互动看成洞察男性心理的机会。她让自己笔下的人物玛丽－爱丽丝·德·蒙泰伊昂，"一位崇拜者不计其数的女神"，进行了类似的分析：

> 她一直希望了解那个词（爱）意味着什么，在送追求者们离开之前，仔细审视他们的面容。他们会滔滔不绝地谈论快乐、天堂、梦想，谈论这些时，他们的眼睛会古怪地大睁着，脸色通红；然后当她让他们知道"她并没有这种感觉"时，他们会毫无过渡地说起地狱、痛苦、折磨等词。那一刻，她的审视就结束了。[95]

然而尽管伊丽莎白对这样的态度激化已经很有经验了，她仍然无法面对这样的事情发生在利顿勋爵身上。她不愿屡屡想起他离开她就活不下去，而乔万尼显然可以。两个男人态度如此天差地别实在令人气馁，简直就是羞辱。"多么屈辱啊，"她写道，"让一个男人如此狂热地爱着，却让另一个男人这般嫌恶。"[96]

在为亨利的父亲服丧那六个月里，格雷弗耶一家人蛰居在德·阿斯托格街。（亨利很恼怒的是，根据礼节，那个打猎季他

---

① 卡图卢斯（Catullus，公元前 84—前 54 年），古罗马诗人。他继承了萨福的抒情诗传统，对后世诗人如彼特拉克、莎士比亚等产生了深远的影响。

也不能在布德朗森林打猎了。）与世隔绝正好符合伊丽莎白低落的心境，但经冬入春，她能看出亨利渐渐不耐烦了。他提醒她说一年多前他曾支付一大笔钱给居斯塔夫·莫罗，请他为她画一幅肖像，并责备她为什么不跟画家约时间，去当必要的模特。

伊丽莎白是故意不跟莫罗联系的；她仍然闷闷不乐，不想以这副样子入画。但为了安抚丈夫，她联系了艺术家，定在 4 月的某个日子去他的工作室当模特。她过去一直很喜欢去莫罗的画室，也试图告诉自己拜访画家会有好处。她总能跟他聊到一起——或许是因为他很少说话。

莫罗的工作室藏在第九大区一座小宅邸的石砖外墙后面，距离德·阿斯托格街不算远，乘马车几分钟就到了。但在伊丽莎白看来，那里完全是另一个世界，半是魔幻灯，半是珍品阁。[97] 墙上挂着各种珍品，是大师用画笔创造出来的世界。鹰爪、王冠和匕首上闪烁着鬼魅的宝石；头发和光环带着那种耀眼的暖金色。到处是神兽：喀迈拉[①]和海德拉[②]、塞壬和西牟鸟[③]、独角兽和斯芬克斯。一只孔雀在纠缠朱诺。丽达爱上了天鹅。俄耳甫斯[④]弹奏着七弦琴，瞥了一眼身后注定劫数难逃的欧律狄刻[⑤]；女祭司把他大卸八块。狄多和萨福在峭壁上摇晃着；她们跳起时，会带着心痛一起奔向死亡。《施洗者圣约翰》的头颅在半空中漂浮，

---

① 喀迈拉（chimera），希腊神话中会喷火的怪物。
② 海德拉（hydra），希腊神话中的九头蛇，传说它有九颗头，其中一颗头要是被斩断，立刻又会生出两颗头来。
③ 西牟鸟（simurgh），伊朗神话和文学中的一只仁慈的神话鸟。
④ 俄耳甫斯（Orpheus），希腊神话中的一位音乐家。传说他是色雷斯人，故乡是奥德里西亚王国的比萨尔提亚，参加过阿耳戈英雄远征。他的妻子欧律狄刻死后，俄耳甫斯进入冥府试图将她带回，但以失败告终。
⑤ 欧律狄刻（Eurydice），希腊神话中的一个精灵，俄耳甫斯之妻。

莎乐美诱惑着希律王①。伊丽莎白一层层脱去面纱，仿佛打开层层包装，把自己当作礼物呈现在画家眼前。

这最后一幅画，《幽灵》（*The Apparition*，1876），与米米在亨利1878年世界博览会上发作之后为伊丽莎白买下的那幅莎乐美水彩画全然不同。在伊丽莎白的《花园里的莎乐美》中，希律王的继女还没有表演她臭名昭著的脱衣舞。相反，她安静地站在那里，披着一件褶边的靛蓝色天鹅绒斗篷。她伸出胳膊握着被害者的头，审视着它，仿佛那是一份死亡警告，提醒她一切都将归于尘土。她的脸上带着忧伤的表情，蓝色的长袍把驱使希律王谋杀的身体的每一条曲线都遮住了。在这幅肖像中，犹太荡妇几乎变成了一位修女或圣人，变成了抹大拉的马利亚②，声明抛弃尘世的一切浮华虚荣。

结婚前夕，伊丽莎白被《花园里的莎乐美》中那位庄严、圣洁的女主人公吸引了。而此刻眼前这幅《幽灵》吸引她的，是年轻女人那无耻的色情欲望。伊丽莎白已经在于斯曼的小说《逆流》中读到过这幅画；在小说中，这幅画是她的罗贝尔舅舅的虚构分身德埃桑特的重要艺术藏品。德埃桑特认为，这幅莎乐美是：

> 不灭欲火的神祇，是有着受到诅咒之美的不死的歇斯底里女神……她无动于衷、不负责任、冷酷无情，就像古代的（特洛伊的）海伦，毒害每一位走近前来的人、每一位凝视

---

① 希律王（King Herod，即希律一世，公元前73—前4年），是罗马帝国犹太行省的从属王。根据记载，希律是个残酷的国王，为了权位，曾下令杀害自己的家人和多位拉比。但他也是犹太历史上最著名的建设者，他扩建了耶路撒冷的第二圣殿，修建了恺撒利亚的港口，以及马萨达与希律宫的城墙。

② 抹大拉的马利亚（Mary Magdalene），在《圣经·新约》中被描写为耶稣的女追随者。罗马天主教、东正教和圣公会都把她奉为圣人。

伊丽莎白在莫罗的画室请他画肖像时，爱上了他这幅《幽灵》

过她的人、每一位她碰触过的人。[98]

莫罗本人曾经说《幽灵》中的莎乐美是"永恒的女性，像飞鸟般自由，却致命而可怕，仿佛终其一生手握一朵花，寻找她虚幻的理想，把一切踩在自己的脚下践踏"。[99] 伊丽莎白在这两个原型中认出了自己。她已经数不清有多少个男人曾经这样描述过她了。

画像开始时，她和莫罗有一搭没一搭地说些客套话，莫罗是一位身材矮小的老人，留着不修边幅的白胡须，一双警觉的黑眼睛，银发乱蓬蓬地顶在头上。他问候了罗贝尔舅舅，说自己很欣赏他，还带着礼貌和戒备的神情听伊丽莎白谈起她最近雇用美国画家詹姆斯·A. M. 惠斯勒为他画一幅全身肖像画。她热情地赞美她和舅舅这位好朋友的天分，说为了让惠斯勒得到应有的重视，她正在与一些政治家朋友努力让他获得法国荣誉军团勋章。她请英国大使帮忙向法国政府举荐惠斯勒，虽然他还没取得成功，但伊丽莎白相信，即便职业外交家办不到的事，她也能办到。她已经决定亲手为惠斯勒绣他的玫瑰形饰物，也就是获得荣誉勋章的标记。

莫罗面无表情地听着这个消息。惠斯勒有多自我标榜和盛气凌人，莫罗就有多寡言少语和与世无争，他对其他画家争夺名利之事不感兴趣——伊丽莎白突然担忧地意识到，他对她这些妄自尊大的唠叨也不感兴趣。她有个糟糕的习惯——弟妹们总是笑话她这一点——只要她焦虑或生气或难过，就会自吹自擂。这段日子，这三种情绪总是萦绕在她心头。

那大概就是为什么她又在自吹自擂，向莫罗吹嘘自己了不起的成就。当时，整个巴黎正在准备那年 5 月开幕的 1889 年世界博览会，那场庞大的艺术、技术和文化展览会必将吸引数十万游客从世界各地涌来。由于第三共和国准备以这次盛会来庆祝大革命 100 周年，伊丽莎白在城区的贵族朋友们大多打算抵制它；他们对 1789 年的煽动者的标准评价是："他们砍掉了我祖母的头。我不想听到此事。"[100] 然而她自己却不自觉地对莫罗吹嘘起博览会史无前例的盛大宣传乃是不可多得的机遇。她已经决定利用这次机会做公益，在特罗卡德罗 ① 组织一场特别的筹款演出，上演

---

① 特罗卡德罗（Trocadéro），夏乐宫（Palais de Chaillot）所在地区，位于法国巴黎第十六区，隔塞纳河与埃菲尔铁塔相对。此名来自西班牙最南端加的斯湾的一个小岛。1823 年 8 月 31 日，法军出兵西班牙，支持受到叛乱威胁的西班牙国王斐迪南七世。在特罗卡德罗战役中，未来的法国国王查理十世之子德·昂古莱姆公爵率军击败了西班牙叛军，恢复了斐迪南七世的绝对统治。

乔治·亨德尔的《弥赛亚》（1742），一切收益将归慈善协会所有。[101]

演出日期定于 6 月 10 日，标志着两个第一：这是法国观众第一次听到完整的亨德尔杰作，也是巴黎慈善晚宴第一次以大型乐队表演的方式进行。通过菲利普·德·玛萨和夏尔·埃弗吕西两人的努力，喜剧小品和画展开幕已经成为巴黎社会公益活动的主流，但大型音乐表演还从未有过。她不顾婆婆的反对（她那位婆婆反对一切形式的创新），成功地说服慈善协会同意了这一提议。她在新闻界的联系人也已经预言该活动定将取得巨大的成功。

莫罗还是不置可否，短暂沉默后，他说自己决定不在今年的世界博览会上展出任何画作。他在 11 年前参加了上一届博览会，不打算重复这一经历；媒体的吹捧和公众的关注都会让他分心。他解释说："暴烈的观感会减损梦境的纯度。"[102] 说到这里，他的寒暄用词明显穷尽了，于是便重拾起画笔和调色盘，开始工作。

整个工作室安静下来，除了偶尔从莫罗的画架后面传来一句简短的评价。这期间，他似乎进入了入定状态。他的目光呆滞，对伊丽莎白说的话像是传授禅机，诸如"痛苦是必须的，那是一种净化"[103] 以及"必须隐避尘世，才能拥有新的视野"。[104]

伊丽莎白后来把这些话抄到日记本上，思考它们对自己的意义。她自己的痛苦绝不像净化，而像是一句诅咒。她避世的尝试也没有给她什么有益的新视野去理解痛苦。相反，它们让她在尘世中一味地沉溺和失落。她觉得自己消失了。

伊丽莎白知道，那些觉得她冷酷无情的男人们一定会把她看成莎乐美那样的人物，用她"受到诅咒之美"把他们一一打倒。[105]

他们不知道她也那么像莎乐美的受害者施洗者圣约翰，被"不灭的欲火"燃烧殆尽。"哦，我能感觉到心底里永恒的欲望的种子蠢蠢欲动，剧烈的、可怕的痛苦，"她写道，"我觉得自己像一团火焰，上下跳动。……我的痛苦幻化成一切模样在身后追逐着我。"[106]

它像野兽一样追逐着她，一时一刻都不放手——即使在莫罗的画室里也是如此。前去当模特时，她第一次注意到列奥纳多那幅《施洗者圣约翰》的一幅小型复制品挂在前厅：《乔万尼·巴蒂斯塔》，那个披挂豹皮的阴阳人。那曾是伊丽莎白在野兽舞会上的装束，曾是她如此珍视的记忆，如今却像是她无意间跟自己开的一个残酷的玩笑，嘲笑她怀着怎样温情脉脉的希望，才选择那样一身装束。

沿德·阿斯托格街回家的路上，她开始考虑自杀。"我在咆哮，我的血在沸腾，我心中充满仇恨，我想死。我觉得我即将犯罪、即将疯狂，哦疯狂！"[107] 她开始想要不计后果，毁灭一切。她不知道自己接下来会做些什么。

她不是特别虔诚的人，却祈祷着获得解脱。"赐予我力量吧，上帝，让我把痛苦埋在心底。我恳求您，如果我不再有力量忍受这一切，就让我摆脱这残酷而不幸的生活。"[108] 她期待着上帝听到她的呼喊。沿着塞纳河边孤独地漫步，她注意到埃菲尔铁塔在世界博览会前终于完工了。她觉得那细长的金属轮廓看起来像"两条垂挂蕾丝的长臂，到顶上双手合十，对着上天祈祷"。[109]

4月21日，周日，伊丽莎白独自一人到玛德莱娜教堂去参加复活节祷告，玛德莱娜教堂是右岸的一座古典风格的教堂。弥撒结束时，她垂着头，跪在祷告椅上没有动，身后教堂的中门开了，阳光洒入中殿。听到排钟的钟声，其他教众们一齐站起来，欢呼耶稣的复活和世界的重生。伊丽莎白没有感受到那份喜悦。

但就在那一瞬间，一个小小的私密的奇迹发生了，让她记起自己毕竟不是无可救药的孤独一人。4月22日，她写道："昨天在玛德莱娜教堂，我在哭，没有祷告，我觉得有一双不安的眼睛正在看着我，焦虑地试图猜想我眼泪的意义。"[110]

注　释

1　关于这次短程加速赛的最佳报道出现在《费加罗报》（1887年5月1日），第1版；就连这篇文章也写到了德·努瓦尔蒙男爵夫人与EG一起坐在HG的马车里。关于短程加速赛，也称邮政车赛，见 Élisabeth Hausser, *Paris au jour le jour: 1900-1919, les évenenements vus par la presse* (Paris: Minuit, 1968), 455; and GLP, *Trente ans de dîners en ville*, 76–77。

2　卡罗勒斯-杜兰为EG画的那幅肖像遗失了，但评论界认为那是那次展览上最出彩的作品之一。William Sharp, "The Royal Academy and the Salon," *The National and English Review* 9 (March-August 1887): 513-24, 514 and 518.

3　见EG致HG，一封写在维也纳Sacher酒店信纸上的未署期的信，存档于AP(I)/101/22。

4　Sylvia Kahan, *In Search of New Scales: Prince Edmond de Polignac, Octatonic Explorer* (Rochester, NY: University of Rochester Press, 2009), 59; and AGG, op. cit., 139.

5　EG, in AP(II)/101/150.

6　LG, *Mémoires*, vol. 2, 37.

7　埃莱奥诺尔（EG）致热拉尔（GBB），"1888年1月4日8时"的信件，存档于AP(II)/101/151。

8　EG, in AP(II)/101/152.

9　EG, "4ᵉ volume: Le Revoir," op. cit.

10　维尼，《牧羊人之屋》，EG在一封标记为"84年12月3日"的信件中引用，

/　第13章　未曾送出的吻　/

存档于 AP(II)/101/151。

11 关于 EG 越来越不喜欢上流社会社交圈，见存档于 AP(II)/101/150 的一个片段；开头一行写道："我不再喜欢社交界了……"

12 埃莱奥诺尔（EG）致热拉尔（GBB），存档于 AP(II)/101/150。在这部小说的排版页面上，EG 划去了"热拉尔"，在上面写上了"加斯东"。不过她似乎没有在手稿的其他地方做这一姓名的改动。

13 一本没有标记的红色笔记本上的一篇，是 GBB 的笔记，存档于 AP(II)/101/150（以下简称"热拉尔的日志"）。

14 同上。

15 EG 把这些信件保留在一个名为"敬辞和赏识"的文件夹中，存档于 AP(II)/101/1。

16 Jane Hanna Pease, *Romance Novels, Romantic Novelist: Francis Marion Crawford* (Bloomington, IN: AuthorHouse, 2011), 72.《萨拉西内斯卡》的一个法文版于 1890 年春在 *Le Temps* 上连载（首次出现在 3 月 12 日），一年后全书出版；见 *La Nouvelle Revue* (June 1891): 893。

17 F. Marion Crawford, *Saracinesca* (New York: Macmillan, 1893 [1887]), 8.

18 同上书，11。

19 同上书，17。

20 同上书，18。

21 1887 年 12 月 28 日 GBB 致 EG 的信，存档于 AP(II)/101/53。

22 *Les Missions catholiques* (November 5, 1880): 529；以及 EG，见 AP(II)/101/53。GBB 热衷天主教义似乎主要出于家族荣誉感而非信仰。一位跟他关系亲近的神职人员回忆道，他有一句"格言——我什么也不信，但死前还是会差人找一位神父来；这是我与生俱来的习惯"。Albert Houtin, *The Life of a Priest: My Own Experience* (London: Watts & Co., 1927), 227.

23 EG，1887 年 11 月 24 日的日记，存档于 AP(II)/101/150。

24 关于世纪末巴黎的日本风，见 Burnand, op. cit., 142; and Junji Suzuki, "Le Jardinier japonais de Robert de Montesquiou," *Cahiers Edmond et Jules de Goncourt* 18 (2011), 103-4。RM 写过自己（和龚古尔）对日本风的着迷，见 RM, "Japonais d'Europe," *Le Gaulois* (March 9, 1897): 1。

25 关于波利尼亚克对 EG 的世故的失望，见 Kahan, op. cit., 55。

26 EG，《与你有关》，存档于 AP(II)/101/150。下文中从《与你有关》中引用的句子均来自同一来源；这部作品的编辑版本和与它的创作有关的文本文件也都存档于同一处。

27　拉丁语原文是 "Nam Tua Res Agitur, paries cum proximus ardet"，出现于贺拉斯，《书信集》，I, xiii (l.84)。

28　"Échos de l'étranger," *Le Gaulois* (August 29, 1887): 1. 这篇新闻报道也出现在 "Petites annonces," *La Croix* (August 30, 1887): 4。

29　Constant, op. cit., 36.

30　HB, op. cit., 83. 关于"保加利亚问题"详细的当代评论，见 Sir Edward Hertslet and Edward Cecil Hertslet, eds., *British and Foreign State Papers: 1886-1887*, vol. 78 (London: William Ridgway, 1894): 908-18; 关于 EG 对这个话题的思考，见 AP(II)/101/197。

31　EG, in AP(II)/101/149.

32　几年后，EG 再度想到她那些浪漫幻想是一种疯狂，给一个不具名的男性写信时说："我（关于你）的这些幻想充斥在我的生活中——哦，就让我在怀中轻摇这些幻想吧，仿佛一个疯女人晃动着怀中的玩偶，坚信那就是她失去的孩子——谁敢对她喊出那玩偶是木头做的？" EG 写在布德朗森林的信纸上的笔记，署期为 1892 年 3 月 6 日，存档于 AP(II)/101/150；这封信的开头一句是："哦，请告诉我自己……"

33　EG，《与你有关》。很多年后，EG 把《与你有关》这次改动后的一份副本寄给了 EdG，问他是否觉得她应该出版这部作品（除了她私下里在楠日印制的"三到五"份现成副本外），如果应该，他是否愿意写一篇序言。见 EdG，日志，1894 年 7 月 5 日的日记。关于他试图劝阻她发表这部作品，见 EdG，日志，1894 年 8 月 8 日的日记；他在日记中写道："我担心我的回答会让渴望出名的伯爵夫人不满。"

34　L. de Vogüé, *Souvenirs*, op. cit., n.p.

35　EG，没有署期的短笺，存档于 AP(II)/101/149。

36　RM, *Les Perles rouges; les paroles diaprées* (Paris: G. Richard, 1910), xx, 82-83.

37　EG，存档于 AP(II)/101/152。

38　Brusquet (pseud.), "Le Régime du sabre," *Le Triboulet* (May 23, 1880): 5; and A. de Gramont, *L'Ami du prince*, 399, n. 2. 顺便说一句，Alexandre Seillière 不是德·萨冈夫人那位精神不正常的兄弟；那是 Raymond Seillière，德·加利费夫人显然曾试图让德·萨冈亲王夫人把后者送到精神病院。关于

这一丑闻，见 "France," *Papers Relating to the Foreign Relations*, op. cit., 303-55。

39 1884 年 4 月 GBB 致 EG 一封没有签名的短笺，红色笔记本第 21 页（书写页码），存档于 AP(II)/101/151。关于奥雄夫人为患有结核病的女童开办的医院，见 Maxime Du Camp, *La Charité privée à Paris* (Paris: Hachette, 1892), 257。

40 EG，另一张标注为"德·布兰切日志"的排版页，存档于 AP(II)/101/152。这篇日记开头写道："有些东西最好不要写。"

41 EG，未编号稿纸，存档于 AP(II)/101/152。

42 Marquis de Amodio, "Le Château de Verteuil," 可上网查看电子导游书 andre.j.balout.free.fr/Charente(16)_pdf/verteuil_chateau003.pdf. 关于艾马尔·德·拉罗什富科（在某些早期历史记录中，他的名字被写作"艾马尔·德·拉罗什"），见 *Documents historiques sur l'Angoumois* (Angoulême: n.p., 1864): 255; and *Bulletins et mémoires de la Société Archéologique et Historique de la Charente*, vol. 6 (Angoulême: L. Coquemard, 1897): 123。

43 EG，《德·布兰切日志》，存档于 AP(II)/101/152。

44 EG, AP(II)/101/[152].

45 HG 致 EG，未署期信件，存档于 AP(II)/101/32。

46 LL 致 EG，重新打字的信件片段，署期为 1884 年 1 月 9 日，存档于 AP(II)/101/151。

47 EG，存档于 AP(II)/101/152。

48 EG，一张排版页面，被裁成了一个约 1 英寸 ×3 英寸的长方形，存档同上。她在另一张纸上列出了自己打算在下葬时穿白裙戴白纱的计划，见 AP(II)/101/152; 这张纸开头写道："已经准备好穿一件最美的白裙和白色披肩死去……"几年后的 1892 年，EG 改变了计划，决定穿黑裙子下葬。关于 RM 的《死去的女人最后的停留》，见 EG 致 EdG 未署期的信件，存档于 AP(II)/101/151。

49 Hillerin, op.cit., 253-54; and JEB, *La Pêche aux souvenirs*, 204.

50 Hillerin, 253.

51 HG 致 EG，未署期的明信片，存档于 AP(II)/101/32。

52 HG 致 EG，未署期的信件，存档同上。

53 1897 年 7 月 3 日 HG 致 EG 的信件，存档于 AP(II)/101/32。

54 Hillerin, op. cit., 254.

55 EG，未署期的笔记，存档于 AP(II)/101/149。

56 同上书，296。

57 埃莱娜·格雷弗耶从鲁瓦亚温泉小镇写给 EG 的信，存档于 AP(II)/101/37。

58 埃莱娜·格雷弗耶致 EG，没有署期的信，存档于 AP(II)/101/34。

59 1896 年 7 月 21 日埃莱娜致 EG 的信，存档于 AP(II)/101/37。在同一封信中，埃莱娜提到也用电疗法改善了身体姿态。

60 这篇文章出现在埃莱娜·格雷弗耶，*Le Livre d'ambre par Élaine Greffulhe de 5 à 7 ans*，罗贝尔·孟德斯鸠作序 (Nangis; L. Ratel, 1892 [1887–1889])，n.p.。RM 在同一本著作中，在他为德·吉什公爵夫人埃莱娜·格雷弗耶的作品 *Les Roses tristes* (Paris: Presses de l'Imprimerie Nationale, 1923 [1906])，vii-viii 所写的序言中，以及 1890 年 11 月写给 EG 的一封信（"无疑会长成一个高大结实的女猎手"），存档于 AP(II)/101/150 中，都表达了对埃莱娜的文学天赋的看法。

61 EG，《没有回音的呼喊》，被收入一本名为 "Essais d'esquisse sur vingt motifs" 的手写散文集，第 12 页，存档于 AP(II)/101/152。EG 在她的组诗《与你有关》中发展了这一有些前后矛盾的"圣歌"概念，本章后文中有所讨论："*Il faudrait douce et tendre la passion d'une main à la hauteur de la mienne—tandis qu'allongée sans voir—Presque sans penser—sans parler—une mélodie divine traduirait cette extase*"；"*J'entendis de si douces choses en écoutant mon cœur que je me taisais.*" 见 EG，《与你有关》，存档于 AP(II)/101/150。

62 关于 EG 自比那喀索斯，见 Larmandie, op. cit., 218。

63 EG, AP(II)/101/1; and HB, op. cit., 384.

64 RM, *Les Quarante Bergères: portraits satiriques en vers inédits* (Paris: Librairie de France, 1925), 54. 这部文集是 RM 死后出版的，但 RM 好几十年前就已经开始发表其中很多讽刺小品文了。

65 Kahan, op. cit., 56.

66 *The Spectator* (12 August 1876): 2–3.

67 Mike Davis, *Late Victorian Holocausts: El Niño Famines and the Making of the Third World* (New York: Verso, 2001), chapter 1, n.p. 这一章的数字版节选可见 www.nytimes.com/books/first/d/davis-victorian.html。

68 "G. Aberigh-Mackay's 21 Days in India," in Sujit Bose, ed., *Essays on Anglo-Indian Literature* (New Delhi: Northern Book Center, 2004): 41–

49; and Edward Hower, *Shadows and Elephants* (Wellfleet: Leapfrog Press, 2002), 91.

69　关于参观沙尔科的诊所以及与被催眠患者的互动，外加 LL 的引文（"面前正有一场火灾"），见 "T.P. in His Anecdotage," *T.P.'s Weekly* (December 7, 1906): 723。

70　LG, *Souvenirs*, op. cit., 148.

71　英国大使馆所在建筑位于圣奥诺雷郊区街 39 号，最初是德·沙罗斯特府，得名于 1720 年代建造该府邸的法国公爵。1803 年，波利娜·波拿巴应兄长拿破仑的要求，嫁给堂·卡米洛·博尔盖塞（GBB 的伯祖父）后，这里变成了她在巴黎的住所。1814 年，拿破仑倒台后，波利娜把这座建筑卖给了惠灵顿公爵，后者把它捐赠给了英国王室。关于博尔盖塞府的简史，见 Anne Martin-Fugier, *La Vie élégante, ou la formation de Tout-paris* (Paris: Fayard, 1993), 149–50。Jean-Dominique Ronfort and Jean-Mérée Ronfort, *A l'ombre de Pauline: La Residence de l'ambassadeur de Grande-Bretagne à Paris* (Paris: Éditions de Centre de Recherches Historiques)。

72　Mary Lutyens, *The Lyttons in India: An Account of Lord Lytton's Viceroyalty 1876–1880* (London: John Murray, 1979), 10. 关于利顿夫人对沃思高级定制服装的喜爱，见 Diana de Marly, *Worth: Father of Haute Couture* (London: Elm Tree Books, 1980), 162–63。

73　EG, AP(II)/101/149.

74　关于 EG 对 LL "精神世界" 的赏识，见 JEB 致 EG，没有署期的信件，存档于 AP(II)/101/67。

75　John Ferguson Nisbet, *The Insanity of Genius* (New York: Scribner's, 1912 [1891]), 129. Nisbet 还讨论了 LL 家其他成员的精神疾病的例子 (128)。

76　LL in Lady Betty Balfour, ed., *Personal and Literary Letters of Robert Lytton, First Earl of Lytton* (hereafter Balfour, ed.), vol. 2 (London: Longmans, Green, & Co., 1906).

77　Lutyens, op. cit., 5.

78　HB, op. cit., 330.

79　"The Late Lord Lytton an Opium-smoker," *Friend of China* 16, no. 4 (October 1896): 109; "Owen Meredith," *Illustrated American* (December 12, 1891): 165. 这两篇文章发表时都没有署名，本章引用的这个段落见 Nellie Melba (pseud.), *Melodies and Memories* (New York and Cambridge:

Cambridge University Press, 2011 [1925]), 90。

80　Chaleyssin, op. cit., 31.

81　1885 年 12 月 25 日 JEB 致 EG 的信，存档于 AP(II)101/67。

82　JEB, *Mes modèles*, 114.

83　Rosina Bulwer-lytton, Baroness Lytton, *A Blighted Life* (London: Bloomsbury, 1994), 219–29. 关于传闻中迪斯雷利与爱德华·乔治·布尔沃 – 利顿之间的同性恋关系和"拜伦式"爱情的详细讨论，见 Andrew Elfenbein, *Byron and the Victorians* (Cambridge: Cambridge University Press, 1995), 206–29; Andrew Elfenbein, "The Shady Side of the Sword: Bulwer-Lytton, Disraeli, and Byron's Homosexuality," in *Byron*, ed. Jane Stabler (London and New York: Routledge, 2014), 110–22。关于迪斯雷利"模棱两可的性取向"，见 William Kuhn, *The Politics of Pleasure: A Portait of Benjamin Disraeli* (London: Free Press, 2006), 5, 12, and 125。Adam Gopnik 关于 Kuhn 的书籍的评论文章 "The Life of the Party," *New Yorker* (July 3, 2006) 中有一句令人难忘的对"迪西的浮夸形象"的描述："他无须再在赫勒海游泳或为希腊而战，就能变成所谓的拜伦式英雄：他成了一个娘娘腔，（穿成）塞西尔·比顿和'村民'摇滚乐团成员之间四不像的样子；一次在马耳他度假期间，他穿着全套海盗服饰，还佩戴着手枪和匕首。后来……据一位关爱他的观察家说，他还穿了'一条猩红色的马甲，带着很长的蕾丝荷叶边，……白手套，外面套着好几个金光闪闪的戒指'。他屡次戴着出门的金链子是个珍品，他的喷漆卷发是个奇观。"

84　RM 致 EG，邮戳在迪耶普所盖，署期为 1890 年 9 月（？）的信，存档于 AP(II)/101/150。

85　Sir Salar Jung, "An Indian Mayor of the Palace," *Today* 1 (July 1883): 342–52, 351; and Jehu Junior (pseud. Thomas Gibson Bowles), "Statesman: Lord Lytton," *Vanity Fair* 219 (March 18, 1876): 223.

86　EG, "La Preuve," in AP(II)/101/150. 这篇文章被 RM 手写的一个词标注为"好"。

87　关于 LL 的文学事业，见 Louise Dalq, "Lord Lytton: philosophe et poète," *Le Figaro: supplément littéraire* (November 12, 1887): 1–2; 关于他父亲力劝他放弃该事业，见 Leslie George Mitchell, *Bulwer-lytton: The Rise and Fall of a Victorian Man of Letters* (London: Bloomsbury/A&C Black, 2003), 83–84。关于"欧文·梅雷迪斯"源于"欧文·都铎"，见 Harlan, op. cit., 67。

"梅雷迪斯"这个姓氏也出自同一来源，是布尔沃－利顿家谱中一个不算坚挺的支系：Harlan 写道，这个家族的"传统"就是重申"安·梅雷迪斯是嫁到布尔沃－利顿家族的，不是欧文·都铎的姐妹或侄女"(67)。关于《格兰纳威利尔》法文版的出版，见 Le monde Illustré (June 2, 1888): 1。

88　*Balfour*, ed., op. cit., vol. 2, 364. 关于 LL 对阿莱维的《犹太女》的英文改编，标题就改成了《剧》(1887)，见 E. Neill Raymond, *Victorian Viceroy: The Life of Robert, the First Earl of Lytton* (London and New York: Regency, 1980), 265-66。另一个值得注意的要点是，LL 的曾祖父 Richard Warburton Lytton 是一位古代语言学者，曾用希伯来语写了一部戏剧。这部作品从未上演——据作者说，这是因为他"找不到足够精通希伯来语的演员来表演"。Nisbet, op. cit., 128.

89　Balfour, ed., op. cit., vol. 2, 387.

90　Alexandre Dumas père, *Quinze jours au Sinaï* (Paris: Charles Gosselin, 1841), 289.

91　EG，《德·布兰切日志》，存档于 AP(II)/101/152; 该段落出现在一张裁下来的校样中，那一页开头写道："*Quel mépris angoisseux s'empare de celui qui ne voit pas aimé…*"这段引文的开头就是"*Hélas ironie ironie…*"

92　Lord Lytton 致 EG，存档于 AP(II)/101/95; 关于 EG 觉得如果 LL 想吻她，多半会狠狠地咬出血来，见她写于 1889 年 10 月 27 日的日记，存档于 AP(II)/101/150。

93　EG, "L'Ami vrai," in AP(II)/101/150. Hillerin 敏锐地观察到《真正的朋友》"是亨利的反面肖像"(235)。

94　关于 EG 的希腊和罗马文学教育，包括卡图卢斯，见她的课堂笔记本，存档于 AP(II)/101/1。

95　EG，没有编号的校样，标注为"德·玛丽－爱丽丝日志"，存档于 AP(II)/101/152。

96　EG, AP(II)/101/150; Cossé-Brissac, op. cit., 93.

97　EG 拜访莫罗画室的记录，见 "Visite chez Gustave Moreau"，以及好几页没有标题的零星笔记，存档于 AP/101/151 and 152。关于莫罗画室和家的装饰，又见 Geneviève Lacambre, "De la maison au musée" and "Des œuvres pour le musée," in *La Maison-musée de Gustave Moreau* ed. Marie-Cécile Forest (Paris: Somogy, 2014), 25-68。

98　Huysmans, op. cit., 145.

99　Gustave Moreau, *L'Assembleur de rêves: Écrits complets de Gustave Moreau*, ed. Pierre-louis Matthieu (Paris: Fata Morgana, 1984), 78. 和福楼拜和王尔德一样，莫罗和于斯曼也极大激发了世纪末文化对莎乐美的兴趣。Toni Bentley, *Sisters of Salome* (New Haven and London: Yale University Press, 2002), 22–25.

100　MB, *Égalité*, 48.

101　Kahan, op. cit., 67.

102　EG，标注为"拜访居斯塔夫·莫罗"（"Visite chez Gustave Moreau"）的单页笔记，存档于 AP(II)/101/151。

103　EG，AP(II)/101/152 中的无标题笔记。

104　同上。

105　例如，OM 就曾在"Saturnalia"中把 EG 比作莎乐美："此刻她的手中握着的。那是 / 一个死去男人的头颅。现在她那灼灼双眼中 / 有制造恐怖的窃喜！她那红红的嘴唇如何能亲吻 / 那些白色的唇！ / 是的，那就是她。我认出了 / 埃罗底亚德"——埃罗底亚德是莎乐美母亲的名字，有时也用于指代女儿。"Saturnalia"被收录在《玛拉》（1892）的一卷中，LL 死后，EG 听说那是为她而写的；我在第 20 章较为详细地讨论了那本书。OM, "Saturnalia," *Marah* (London: Longmans, Green, 1892), 150.

106　EG, AP(II)/101/152. 关于莫罗画室前厅挂的列奥纳多的《施洗者圣约翰》的复制品，见 RM's preface to *Exposition Gustave Moreau*, 13。

107　EG，《德·布兰切日志》，存档于 AP(II)/101/152。

108　同上。

109　EG, in AP(II)/101/152.

110　EG，1889 年 4 月 22 日的日记，存档于 AP(II)/101/150。

巴黎。1887—1888 年冬。乔治·德·波托 - 里什遇见了一个新缪斯。她美丽、已婚、富有，是"有生"者——换句话说，跟他完全不是一路人。尽管如此，他预言格雷弗耶子爵夫人将成为他一生的挚爱。"她让男人对自己过去的那些女人充满厌弃。"他写道。[1] 而波托 - 里什阅女无数。[2]

他第一次见到她是在几个月以前，她像个身穿黑衣的白色仙女，看到她的那一刻融化了他胸中的块垒，导致作家十多年无所事事的阻碍一下子消失了。他的父亲是一位富裕的波尔多军火商。他年轻时，父亲想让他从事银行业或律师，但他顶住了极大压力，成了一名作家。他 20 岁出头就发表了好几首广受好评的诗歌和几部独幕剧，那些作品获得的正面评价似乎证明了他职业选择的正确性。他的文学前景看似一片光明；波托 - 里什对自己反抗父亲、以自己的方式面对生活深感自豪。就在那时，一切土崩瓦解了。

26 岁时，波托 - 里什对天赋的自信达到顶峰，尝试了他到此时为止最有野心的作品——《菲利普二世时代的戏剧性事件》（*Drame sous Philippe II*，1875）。这部戏剧背离了他早期作品的浪漫和抒情主题，围绕着一个鲜为人知的历史事件：16 世纪比利时布拉邦公国的一次起义。在表妹热纳维耶芙（那时她还叫贝贝）的帮助下，波托 - 里什甚至说服了儒勒·马斯内为这部戏剧创作一套原创曲目。但这部作品彻底失败了，评论家们嗤之以鼻，说它简直是个被宠坏的半吊子的虚荣副业。在他们看来，他最大的错误显然是出身食利阶层，而且姓氏里居然还很不幸地带有一个"里什"①，它再度突出了他的出身，虽然他试图让人知道他放弃遗产追求艺术，但反对者对这样的牺牲并不买账。一位评论家甚至指责他不但付钱给剧院上演他的作品，"还出价给某些评论家收买好评"。³

《菲利普二世时代的戏剧性事件》获得的糟糕评价让波托－里什发自内心地恐惧，以至于这部剧尘埃落定之后，他决心再也不提笔写作了。除了几个微不足道的例外，他的确恪守誓言。直到他遇到了格雷弗耶夫人。在那以前，他唯一一次违背誓言的严肃尝试是在1886年夏，那年他重读彼特拉克，再度想起文学表达居然可以如此强烈、如此崇高。⁴但那时，波托－里什还缺一位缪斯。现在他终于找到了她，不知不觉，她再度点燃了他的创作火花。正如他对一位最近刚刚表示有兴趣跟他合作的剧院经理所说，"当年初试牛刀后，我太幼稚，居然放弃了写作事业，十年来几乎一事无成。但现在，我再次充满了急切的写作欲望"。37岁的波托－里什觉得自己又回到了年轻时代，灵感迸发、志向远大：他将把诗歌像花朵一样撒在她的脚下。他的戏剧将让她为认识他而傲视众生。⁵

只不过她根本不知道他的存在——波托－里什尽全力改变这一现状。幸运的是，格雷弗耶夫人就住在他的公寓附近，他与妻子莉佐特、他们七岁的儿子马塞尔和一条恰如其分地取名为米塞利（Misère，意为"穷"）的狗一起住在那里，位于爱丽舍宫对面的圣奥诺雷郊区街。得益于住所紧邻，他整个秋冬都在多方打听关于这位美丽的子爵夫人的一切。他在她位于德·阿斯托格街的宅邸的高墙外等待，跟踪她来来往往。他跟着她走过整个街

① *riche*，意为"富有"——译者注

乔治·德·波托－里什远远地爱上了伊丽莎白，为她写了一连串诗歌，后来这些诗歌结集出版，书名为《错过的幸福》（*Happiness Manqué*）

区，步行尾随她那辆漂亮的马车，直到马车扬长而去。她带女儿和狗出门散步时，他也会跟在后面，格雷弗耶夫人有一条小型西班牙猎犬和一条大灵缇，出门溜米塞利时，波托－里什会像童话故事里的顽童那样特意在口袋里放一些面包屑，万一与他心爱的女人走近时，好给她的宠物们一点儿好处。（有一位身穿制服的高大男仆时时处处陪伴着她，波托－里什没有机会靠近，但仍然满怀希望。）

他记下了她在家附近最喜欢逛的书店是阿喀琉斯书店[6]，最喜欢的画廊是乔治－珀蒂画廊。他在一群在花蹊炫耀新衣服的漂亮女人中寻找她的身影。他仔细查找社交报纸上的公告，看她打算去哪些音乐会、戏剧和歌剧，然后每一场都买票去看。他坐在"天堂"的顶层座位上，用观剧望远镜对着她，仔细端详子爵夫人。至少在她为每次演出停留的那段时间里端详她；通常，她停留的时间不会很长。

他在社交界的朋友屈指可数，洛尔·德·舍维涅就是其中之一，于是他总是向她打听格雷弗耶夫人的私生活。[7] 她读些什么书？拜访哪些朋友？当她离开巴黎去度假时，会去哪里？当她穿上某件华丽而老派的长裙时，希望取悦谁？她的丈夫对她冷酷无情、不忠于她的传言是真的吗？她对他忠诚吗？她会不会也在找机会出轨？她对表亲孟德斯鸠的喜爱会不会延伸到其他作家身上？

正如洛尔已经多次对波托－里什说过的那样，她本人也偏爱作家——作为彼特拉克笔下的洛尔的后裔，她怎么会不喜欢作家呢？因此她尽可能满足他的好奇心，只不过其中不无夸张编造的成分。洛尔滔滔不绝地讲起亨利和"贝贝斯"两人婚礼当天的盛况，闭口不提她并没有受邀参加他们的婚礼。她描述了他们在巴黎的宅院奢华得令人咋舌，但她也只进去过一次，那是去年春天去参加子爵夫人在那里举办的演奏会。（亨利·格雷弗耶仍然觉得洛尔会对他的妻子产生坏影响，但她与公爵和大公们的友谊，多少还是让他高看她一眼。）

洛尔用沙哑的声音娓娓道出一个她想象的世界，那里的每一个男人都是亲王，每一所住处都是城堡。她谈起两年前的夏天，巴黎伯爵被流放前夕，自己和格雷弗耶夫妇作为"特别精选"的小圈子成员，受邀前往德·奥尔良家族在诺曼底的宅邸厄镇城堡去送别伯爵——"那个，人人都知道的嘛。"她说俄国第二号人物弗拉基米尔大公从未拒绝到格雷弗耶家族位于塞纳－马恩地区的地产打猎的邀请，哪怕最近一次打猎出现了一点礼节上的疏忽，令他十分错愕。在追猎中，有一张记录着每一位王公的全名和头衔的卡片，上面标记着他在追猎队伍中的位置或隐蔽处。

（相反，非王室成员的隐蔽处只用数字标记：按照洛尔的说法，那个也是人人都知道的嘛。）在为大公准备这一特殊标记物时，布德朗森林里的一位猎人搞砸了，漏掉了"殿下"，还把大公的全名简称为"大弗拉"。

洛尔抖这个包袱时，波托－里什没有跟着她一起大笑：他不关心什么追猎，什么隐蔽处，什么大弗拉。他只关心格雷弗耶夫人，关心的程度或许都让他的好友有些厌烦了。不过洛尔还是很耐心地对他。她看似满嘴脏话，其实心肠很软。[8] 波托的窘境感动了她，她在帮他。

他还没有对他生活中的另一位名媛、他的表妹热纳维耶芙讲述自己的暗恋，虽然他认为如果她愿意帮忙，应该能从她的朋友、格雷弗耶夫人的妹夫奥古斯特·德·阿伦贝格那里搜集一些有用的情报。问题在于，热纳维耶芙一定不愿意。她经常跟波托－里什倾诉自己跟别人打情骂俏，但每次他谈起自己的风流韵事，都会让她十分恼怒。紫衣缪斯讨厌情敌。

波托－里什想出了一个更好的主意。子爵夫人只要在巴黎，大多数星期天都会去玛德莱娜教堂，通常是与丈夫的两个妹妹（一个身材高大、声音洪亮，另一个身材矮小、沉默寡言）和婆婆（假发难看，说话刻薄）一起。由于她总是坐在家族祷告长椅的尽头，与其他几位女人保持着一段距离，波托－里什觉得他可以神不知鬼不觉地留一封信给她。想想吧，和耶稣受难日祷告时在阿维尼翁的教堂里注视着洛尔·德·萨德的彼特拉克一样，他也把教堂当成了一个只为爱情祈祷的场所。在拿破仑一世（据说"贝贝斯"也是他的后裔）时期，玛德莱娜教堂被称为荣耀的殿堂，是纪念法国士兵的丰碑。[9] 波托－里什成功实现自己的计划后，那里将成为世人心目中的爱的殿堂。

他是犹太人，没有亵渎神灵的担忧。"你们那位金色胡须的耶稣……为世人而死。"他写道，已经开始对自己的缪斯讲道理了："但是……我要为你而死。"你：伊丽莎白。他无法面对面地与她交谈，就试图在纸上与她对话，亲密的口气仿佛她已经是他的爱人了。从那以后每个星期天，她都会在玛德莱娜教堂自己的祷告椅上发现一封他留下的没有署名的情诗。

波托－里什打算暂不对她透露自己的身份。他希望在她打听自己的身份之前，有机会用情诗对她展开攻势。他不希望她听到的关于他的第一句话是，"人们曾经读过他写的东西"。在下结论之前，让她读一读他的新作品吧，那是她所启迪的作品。如

/ 390

波托－里什最初追求伊丽莎白的方式是在她位于玛德莱娜教堂的祷告椅上留下没有署名的情诗

为了对伊丽莎白掩盖自己的身份，波托－里什把那些情书交给了保罗·艾尔维厄，见左图，请他用自己的笔迹抄写一遍

果她喜欢他写的东西，一定会欣然同意见他。波托－里什自信，她一见他就会爱上他的。女人都是那样。[10]

　　与此同时，为了保持匿名，他还请自己的作家朋友，30 岁的保罗·艾尔维厄替他把那些情诗抄写一遍。由于艾尔维厄紧凑的向右倾斜的笔迹与波托－里什垂直的螺纹书法全然不同，这样的伪装堪称完美。艾尔维厄的个性也很谨慎；在热纳维耶芙的八卦沙龙里，他一直以守口如瓶著称。诚然，有些忠实信徒也觉得他是个伪君子。比方说年轻的作家莱昂·都德（Léon Daudet，乔治·比才曾根据其父阿方斯的中篇小说创作了《阿莱城姑娘》）就觉得艾尔维厄：

　　　　是个保守拘谨、野心勃勃的人，对一切都有冷静的算计。他精明、暧昧、巴结、谨慎，是个完美的狗腿子。[11]

亨利·德·雷尼埃也持同样看法，开门见山地说，"艾尔维厄对人客气，是因为他精明地算计了那人有何价值"[12]，以及"恐怕就连他备受称赞的正直也不过是实现野心的诡计。……他是个出纳员，是个算计者；他的整个生活就是一场算计"。[13] 但至少在热纳维耶芙的朋友圈里，都德和雷尼埃还是少数。大多数忠实信徒看到女主人喜欢艾尔维厄，也就依样说他是最为"言行审慎"之人[14]；小马塞尔·普鲁斯特更是把他夸上了天，甚至说他是"友谊雕塑"的完美模特——看一眼艾尔维厄就知道他绝不会背叛好友。[15] 波托-里什假定普鲁斯特是对的，对此深信不疑。

至于他的情人，波托-里什希望他的身份谜团能激发起她的兴趣。前一年 5 月，他在巴黎重新上演理查德·瓦格纳的《罗恩格林》（1850）时从远处对她眉目传情，剧中的标题人物向布拉邦公爵夫人艾尔莎宣示忠诚时有一个条件：她绝不能知道自己的名字。[16] 鉴于伊丽莎白是个著名的音乐爱好者，把自己和他想成瓦格纳歌剧里的人物或许能勾起她的兴趣。

（在这一点上他还真猜对了。这段时间前后，伊丽莎白开始在以她特殊的编码速记法写成的某些日记中用"艾尔莎"作笔名。她也有自己的秘密，但那些秘密与波托-里什无关。）

波托-里什在圣诞节前不久留了第一封情书给她。全诗抄录如下：

> 从第一次见到她我就开始写诗，
> 但她只对自己的丈夫忠实。
> 我回家的路上，她经过我的街道；
> 安坐在马车里，目不斜视。

她的脸颊没有因爱抚而焕发容光；

身上的裙裾还是去岁的款式。

你们这些王后啊，都是忌妒的国王的囚徒，

我见到她，就想起了你们。

如果他曾在教堂里逗留，想看她发现纸条后有何反应的话，他没有把这些写在日记里。不过她确实把这首诗带回了家，放入了一个标记为"来自素不相识之人的敬辞和赏识"的卷宗里。

波托－里什决定继续实验。接下来的六个月，那些诗耗尽了他的才思。他每隔一两周给她写一首新诗，全都没有标题，全都只有几行。他写她的眼睛，写它们如何萦绕在他的眼前挥之不去。她的"黑眼睛""摩尔人的大眼睛""温柔甜美的眼睛""如此傲慢的眼睛""太美而令人难忘的眼睛""（她的）眼睛就是他的应许之地"。

他写她的婚姻，洛尔跟他说过她的婚姻麻烦重重："她很少出门；是个诚实的贤妻。／他们说她不快乐。／他们说她读诗歌／而她终日等待着自己严厉的主人回家。"

他写自己为了追求她而想出的"每一次努力，每一个计谋"："我从 12 月起就站在你的屋外等你"；"我到处寻找你，／在剧院（和）森林／……我在报纸上遍寻你的名字"；"我跪在你那满墙壁画的教堂"。关于教堂，他暗示了自己的犹太人身份（"我亵渎了神圣，不为众人，只为你，我美丽的基督徒"）并吹嘘上帝之子也比不上他："我比耶稣更有勇气"；"比你们基督徒的物神更勇敢，／我会带给你永恒的爱。"他的确带着一种恋物癖的热情描述她的衣服，仿佛它们能替代他渴望拥抱的那具身体。"在剧院的人群里，我蹭了蹭你那件中世纪的裙衣。""我跪在你身后，碰触你裙子的褶边；／那件裙子你穿上那么合身。／你身上的衣裙，仿佛已经是我的情人。"在这些，乃至他为她所写的所有诗行里，她都是"你"，与他身心合一。他对她的爱超越了一切礼仪规矩。

一天，伊丽莎白把扇子落在了教堂里。波托－里什带着扇子逃走了，把自己的下一首诗涂写在它丝质的皱褶中："终有一天，这把扇子会在她的嘴边扑动，／人们会看到她脸红，会好奇那是为何。／那是因为她在自己不可信赖的唇边／感受到我送出的看不见的吻。"

按顺序读下来，他的诗描摹出一个不稳定的情感弧。在最初那些诗中，他卑躬屈膝。"我是一介平民，爱上了女王，／但女王不爱我。"[17]"你生命中一个可怜的魔鬼……／但愿你知道，美丽的陌生人，他多么热烈地爱着你啊！""我忠实的心属于你；／如果你一定要羞辱它，随你。"恳求者的立场对波托－里什并不容易，他一向自认为是个登徒子，是萨缪尔·理查森的《克拉丽莎》①（1747）中那位冷血的瘾君子。波托－里什习惯了轻而易举地俘获女人心，继而不假思索地让她们心碎。

1月底，与伊丽莎白裙衣的亲密接触让他恢复了一些登徒子式的自负："你一定会遇到那位追踪你的足迹的情人……／你可知道等待你的是怎样热烈的激吻？"但他的乐观心态不久就逐渐消失了，被单相思之苦一点点侵蚀："人们问我是不是病了；／

---

① 《克拉丽莎》（*Clarissa*），英国作家萨缪尔·理查森（Samuel Richardson）于1747—1748年出版的书信体小说。它讲述了一个年轻女子克拉丽莎·哈洛的悲惨故事，她对美德的追求总是被家庭挫败。哈洛家是暴发户，一心只想提升社会地位，他们总是不肯放过对女儿克拉丽莎的控制，克拉丽莎最终因此而死。

心痛让我的白发和皱纹越来越多，／我觉得 37 岁的我，真的老了。"在另一张纸条上，他威胁要从她的生命中彻底消失："我以为为你写下这些悲伤的诗句／可以给我黑暗的日子带来些光明。／但我已不堪忍受了。……／我总是歌咏自己的伤悲／这份苦太重太深。"

留诗给她的做法也失去了新鲜感。他渴望与她面对面交谈，写信请求她让他去招待会拜访她。但她不为所动。"我一步也迈不进你生活的世界。"他抱怨道。他知道她邀请了其他艺术家去她的沙龙，为什么他就不行呢？

2 月，他再次遭受打击。波托－里什跟着伊丽莎白和她的一伙朋友进了阿喀琉斯书店，藏在一个书架后面偷听。他听到的话瞬间击溃了他的自信心。他简短地记述了那次事件，标记为"188_ 年 2 月。阿喀琉斯书店"。"我全都听到了。你的朋友们对你说我是／一个无可夸耀的诗人和没有家世的男人。／的确如此，我不值一提；但尽管我出身卑微，／我也有感觉，也会痛苦，和最伟大的男人没有差别。"

他再次提到自己的犹太人身份，重复了《威尼斯商人》中夏洛克的悲叹（当时这部喜剧正在奥德翁国家剧院排练——他和伊丽莎白都出席了首演之夜，两人都是独自去的 [18]）。"我是一个犹太人。……难道犹太人……没有眼睛（和）血气吗？……你们要是用刀剑刺我们，我们不是也会出血的吗？你们要是搔我们的痒，我们不是也会笑起来的吗？……那么要是你们欺负了我们，我们难道不会复仇吗？" [19]

我们会的，波托－里什坚定地想。第一次，一丝复仇的火苗悄悄爬进了他的诗句。他伤心地想象自己未来在文学上取得的伟大成就会永远打败那些势利眼：

明天还有谁会记得你的朋友？

他们死后会变成无名的头骨和丑陋的灰烬，

而我，今天看似籍籍无名，

将对后世有无限价值。

一旦结束这些耻辱和怨怒的日子，

我的名字将在爱神的年鉴里长存。

　　这次爆发是情感宣泄，却只给了他一时的安慰。向伊丽莎白的朋友透露他正是她的同伴们在书店里诋毁的"无可夸耀的诗人"之后，波托－里什不再像以往那么确信她对自己的追求不做回应并非对他的个人偏见了。她现在知道了他是谁，却仍视他为无物。

　　波托－里什担心艾尔维厄出卖了自己，就不再让他做中间人了。[20] 他开始用自己的笔迹给她写诗，把它们寄到她的巴黎住所。整个春天，他一再恳求她同意见面详谈。他说他的社交资质比她预想的要好："我的好些朋友都受邀去你家了……／拜托你，也对我打开你的门吧……／虽然我来自波希米亚，／但我对沙龙礼仪一清二楚！"为假装上流社会的风流潇洒，他像德·萨冈亲王那样留长了头发，也是同样艺术家风格的桀骜不驯的样式，看上去就像他的头顶有一座火山即将爆发。波托－里什浓密的头发基本上还是黑色的；一旦它们变白，就和时尚之王的样子没有什么区别了。

　　伊丽莎白对波托－里什的新发型无动于衷（她大概根本没有看到——她看剧的那些夜晚，观剧眼镜从来不会朝上看向"天堂"的方向）。他改变了方针，开始谈论自己的性技巧："我梦想过要给你生命中最棒的五分钟。"只有五分钟？他调整了语调：

> 一旦我把你长久地拥入怀中，
> 你就不再会介怀我低微的出身。
> 你会如饥似渴地盼望享受过的狂喜，
> 我会用数不清的激吻唤醒你沉睡的双唇。……
> 我是情爱天才，令所有的男人眼红。

还是石沉大海，他开始诉诸她对艺术的热爱，那是社交界报纸的读者们共知的事实：

> 啊！你不光是个贵妇人，还是个艺术家……
> 用你启迪灵感的目光和你隐秘的爱意。

波托－里什模仿德·萨冈亲王留了一头马鬃一样浓密的长发。法国－意大利海报设计者莱奥内托·卡皮耶洛（Leonetto Cappiello）画下了他的这个新形象

看在所有打动过你的传奇的份上，

看在所有珍爱过你的天才的份上，

请对一个无名的可怜虫仁慈一些吧，他所祈求的只是仰
慕你。

　　她毫不仁慈。她的态度没有一丝缓和，迫使他再次幻想待他
功成名就的那一天，那些躲避他的人必会后悔。"你会买我的小
说，为我的戏剧鼓掌。……／终有一天，我成名成家，／或许那
时，你会但愿自己认识我，／你会后悔这一段虚度的似水年华。"
　　但虚度年华的是波托－里什，"在怨怒和羞辱中度日如
年。"[21] 到那年 6 月，他已经束手无策了。他愤怒地回击，警告
伊丽莎白一旦她失去容颜，一定会后悔曾经轻视过他：

未来是公平的，会给我复仇的机会。

十年后，我会嘲笑你的失落……

会比你快乐得多。……

那时没有人再跟踪你，而我，一个恢复了平静的诗人

也不会再送情诗给你。

那时你会后悔曾经的冷漠：

你会又丑又老，又从未曾爱过。

　　说她韶华易逝显然无法赢得他渴望的美人心。因此波托－里
什祭出了自己的撒手锏。7 月，他开始与另一个女人寻欢作乐，
还在写给伊丽莎白的诗中得意地炫耀："我的情人和你一样美；／
和你一样柔弱易碎。……／当我们的贪欢结束，／我们会一起散
步，路过你住的房子。"[22] 那段时间，他不再写信给她了。让她

好奇去吧。让她烦恼去吧。

巴黎。1888—1889 年冬。波托－里什恨自己不争气，但他不得不宣告失败。他已经近六个月不与伊丽莎白——自从她的公公那年 9 月去世，她如今已经是格雷弗耶伯爵夫人了——联系了，然而这一成就并非源于他自己的克制，而是她从社交圈消失了。(他从报纸上得知她出城旅行去了，还得知她公公去世和随之而来的服丧期。)12 月，他在城里再次见到她的那一刻，"(她)像第一次俘获我心时那样身穿一袭黑衣"，所有的意志力都土崩瓦解了。距离他第一次在玛德莱娜教堂给她留情书，时间过去了将近一年，他崩溃了，给她写了一首新诗。从这时起，他会像"所有珍爱过你的天才"彼特拉克、龙萨 ① 和莎士比亚那样为自己的颂诗编号。他用这些诗再次开启了追求她的脚步：

> 啊，她来了，她又回来了，像上一季一样高高在上。……
> 六个月那么长，她小小的心灵那么坚硬，竟从未
> 想起来问问我如何挺过了没有她的时光，从未曾问问
> 我做了些什么，甚或爱她是否仍是我生命中的大事。……
> 她的马车从我身边过去了，马儿一路小跑；她的灵魂，
> 玩偶的灵魂，
> 似乎牵挂着他人的爱慕，他人的亲吻。

---

① 比埃尔·德·龙萨 (Pierre de Ronsard，1524-1585)，法国诗人。19 岁时成为一名神职人员。这位本来一心侍奉神的少年情窦初开时，出于对美丽的卡桑德拉的爱慕，龙萨开始了爱情诗的创作。他在 1552 年为自己的女神写下著名的十四行诗《爱情》。因为作品大获成功，龙萨从此便被承认了作家的身份，并被公认为卓越的爱情诗人。

我本想要跟随她的，冷酷的女人——

但她小小的心灵从未把我过问。

伊丽莎白一如既往地无视他，对他奚落她"玩偶的灵魂"也处之坦然，他本希望这么说可以刺激她开口说话的。他推测她大概还在为他不忠的消息而难过。于是又写了一首诗，通知她说自己争强好胜的一时欢乐已经结束了："我冷漠地赶走了／我短暂的情人。／她哭了，身穿平庸的蕾丝裙的她／并非不妩媚温存。"他现在是伊丽莎白的人了，只要她愿意。

她毫不动摇的沉默迫使他更严肃地考虑他所说的她的"隐秘的爱意"到底是什么。要是伊丽莎白的心真的属意于他人的爱慕、他人的亲吻呢？一年前，波托－里什曾把她描述成"一个诚实的妻子""只对自己的丈夫忠实"，但她的贞洁会不会只是表象？会不会她愿意违背结婚誓言——只不过不是为了他？

波托－里什为了寻找线索，在2月的一场音乐会上用观剧眼镜审视着她。在黑色的丧服映衬下，她的脸像大理石一样苍白肃穆，她的目光如未点燃的炭一样毫无生气。但就在那时，音乐出现了变化，她也一样。当弦乐队奏出波澜起伏的和声"引出了爱的忧伤"时，她的眼中重新跳动起炫目的火焰。这一变化让他确认了自己最深的恐惧："有人把她从我这里带走了。"

不久，他的焦虑就变成了愤怒。波托－里什为了赢取她的芳心付出了那么多努力，一想到她在为另一个男人而憔悴，他简直怒不可遏——毫无疑问，那一定是个贵族男人。他在日记中咆哮："那么，她只挂念那些出身高贵的情人了——我藐视他们每一个人！"23 他让伊丽莎白知道自己的愤怒，尖刻地（在给她的信中）以第三人称如此写她："她无疑会对头衔高贵的轻浮情事点头应允。"波托－里什是一介平民，爱上了一位女王，但女王不爱他。"经过了整整一年漫长的挣扎，我甚至连她的手都未曾碰过。"

不过他还可以做些别的：查出她的秘密。他把这一点透露给她："我对她的了解胜过她自己，／整整一年，我跟着她，／身心投入，亦步亦趋；／我看到了一切，我洞察一切。……／我会是第一个猜出她的所爱的名字的人。"

当他询问洛尔·德·舍维涅，伊丽莎白是否可能有婚外情时，洛尔当面嘲笑了他。"你疯了，你疯了，你真的疯了！"她大声叫道，那是她因吃惊而不知所措时的标准抗议。然后她对他分析了原因。首先，亨利·格雷弗耶绝不会对这样的背叛坐视不管；据说妻子哪怕有一点违背他的意愿，他都会动手，通奸断无可能。此外，人人都知道伊丽莎白对"那个"没兴趣——她永远都用童贞女王和童贞女神的装束提醒人们这一点。更何况亨利·德·布勒特伊曾对洛尔讲起最近一次拜访迪耶普时，他发现伊丽莎白"瘦削而紧张，焦虑不安，没有胃口"——看似已经被某种不知名的疾病折磨了至少一年。根据洛尔的内行观点，这听上去不像是个恋爱中的女人。

作为男人，一个朋友们都把他的暗恋误会成疾病的男人，波托－里什用恳求的语气说出了不同意见。"如果贝贝斯憔悴了，"他叹道，"那就是贝贝斯恋爱了。"洛尔假装被他的双关语逗笑了，但波托并没有笑。①

他强迫自己专注于工作。1月，他在《插图评论》（*La Revue*

---

① 波托－里什的哀叹，"如果贝贝斯病了，那就是贝贝斯恋爱了"取自让·拉辛的悲剧《贝雷尼丝》（1670）中的一句著名台词："如果蒂图斯妒忌了，那就是蒂图斯恋爱了。"继发明了所谓的"情爱剧"之后，波托－里什后来又被称为"犹太拉辛"。——作者注

illustrée）上发表了一个独幕喜剧，名为《弗朗索瓦丝的运气》（*La Chance de Françoise*，1889），那时他的好友莫泊桑也以一段失败的爱情为灵感，刚刚开始在同一本文学评论杂志上连载自己的最新小说《如死之坚强》（*Fort comme la mort*）。在《弗朗索瓦丝的运气》中，标题人物死心塌地爱着自己的丈夫马塞尔，马塞尔自诩登徒子，能够忍受她的崇拜，却还是后悔娶了她。整部剧中，弗朗索瓦丝面对马塞尔对婚姻充满疑虑和不忠的越来越多的证据，仍毫无根据地坚信终有一天她的运气会转变——"弗朗索瓦丝的运气！"——那时，丈夫会认识到他爱的还是她，只有她。这种自欺欺人的幻想构成了整部剧的讽刺架构，产生了始料不及的感染力。

出乎波托－里什的意料，《弗朗索瓦丝的运气》竟然大获成功，因苦涩尖刻而毫无感伤地刻画了两性关系而备受赞誉。评论家们欢呼他是个天才，是这种从根本上充满现代性的戏剧体裁——情爱剧（le théâtre d'amour）——的发明者。[24] 几乎一夜之间，他又从一个毫无指望的半吊子变成了巴黎戏剧舞台上的焦点。

在那些很了解他的人看来，波托－里什这部突围的剧作描述的婚姻很像他自己的婚姻。（正如他的朋友朱尔·勒迈特在一篇头版评论中赞颂的那样："这是一位取材于真实生活的丈夫！源于生活！"[25]）起初他的家人和莉佐特——她是波托－里什的嫡亲姨表妹——的家人都试图阻止两人结婚，但这些障碍反而激发了他的热情。但莉佐特刚成为他的妻子，他就对她丧失了兴趣，与一个又一个女人爱得死去活来，还辩解说这是在为作品收集素材："这不是不忠，是调研！"而被儿子拴在家里的莉佐特痛苦地意识到波托－里什在外面的风流韵事之后，却仍然爱着他，并坚信他最终一定会转变。当弗朗索瓦丝贬低自己"只是个一生只会爱一个男人的小傻瓜"[26]时，洛尔·德·舍维涅或许觉得那是可笑地向她本人致敬，但波托－里什的其他朋友则听到了可怜的、被亏待的莉佐特的声音。

这些朋友不知道他心碎的秘密，因而不可能知道，波托－里什刻画的弗朗索瓦丝其实有他自己的影子。在下流的人格面具下，他是个像她一样毫无希望的多情之人，得不到所爱之人一点鼓励，却仍然坚持爱着那人，哪怕还有可能会遭到背叛。"如果我有权悲哀，一切就容易多了。"[27]当马塞尔谴责弗朗索瓦丝为自己玩弄女人日益不安时，弗朗索瓦丝叹道。波托－里什也没有权利悲哀。他得不到伊丽莎白的心。

让他始料未及的是，他新近的声名大噪显然彻底改变了她的看法。《弗朗索瓦丝的运气》开演后不久，伊丽莎白打破沉默，对波托－里什发出了他等待已久的邀请，请他来参加自己的家庭招待会。震惊之余，他把她的指令写成了诗歌：

> 我会在她丈夫出城时把名帖留在她的屋前；
> 她会遵守新的原则，为我打开她的房门。
> 后来，如果她的丈夫问起，她会微笑地对他说
> 一天夜里在歌剧院的前座有人介绍诗人给她认识。
> 我们共同的朋友，他们见到过我的悲伤，
> 会对我们伸出帮助的手。

在他的记忆里，这是他第一次为"乔治的运气"而欣喜若狂。

塞利斯贝格。1889 年 7 月。波托－里什与妻儿一起在瑞士的阿尔卑斯山区度假。他在给伊丽莎白的信中写道："我逃离了她令人不安的目光。……／我并没有她想的那么好／最好还是逃跑。"他最好还是逃跑，因为说到底，与她上床并不会让他快乐。反思过后，波托－里什觉得自己在两人关系中的一切快乐皆在于想象，在于追逐："我一直在渴望和追逐／最真切的欲望，最纯粹的梦境；／我看到了一个美丽的陌生人／渴望她为我创造幸福的未来。"正是因为她高高在上，才激起了他的欲望。一旦他看起来能够真正拥有她了，他对她的欲望就消失了，就那么简单。

或许也没那么简单。

诚然，波托－里什的爱火并非一夜之间熄灭的。在伊丽莎白打破沉默之后那一个半月，他比以往任何时候都更加想念她，对她如此惊人的诱惑天赋充满怨愤。在吩咐他把名帖留给德·阿斯托格街的门房后，她巧妙地没有提出他们见面的具体日期。相反，她给他布置了一连串更难以完成的指令：在赛马会上，我那一束花中一朵康乃馨的花瓣里藏着一封信，找到它；把你的回信留在阿喀琉斯书店一本海因里希·海涅的诗集里；幕间休息时，在喜歌剧院的大厅里塞给我一张纸条。这些不无幼稚的小花招提高了波托－里什的期待，让他幻想自己和伊丽莎白走入了一部托尔斯泰小说或莎士比亚悲剧的书页里，爱情危险而不可抗拒，值得为它冒险，哪怕付出生命也在所不惜。只要她坚持这样的策略，她会一直拥有他。

然而到了 4 月，她开始显得过于急切，几乎带着一种绝望，敦促波托－里什快些跟她幽会。他试图警告她，她正在破坏爱情的乐趣：

啊！不要那么快就离不开我了！还是轻蔑吧，善变吧；

你不知道，亲爱的放纵的姑娘，我还能忍受许多苦痛。……

让我们等待吧，等我因为你的拒绝，对你的感情更加炽烈……

请不要让你那条太过大胆的裙子露出太多乳沟。

你会在八月屈服于我——到那时，我将彻底赢得你的心。[28]

然而伊丽莎白没有领会他的意思，仍催促他与她约会，她的急切引起了他的怀疑。她到底为什么改变了对他的态度？对她那样一个女人，一部独幕剧的成功真的会引发爱意吗？即便如此，她又为什么如此急切地想要结束这场追逐游戏，那可是她带头玩的，而他显然乐在其中？

波托－里什思考着这些问题，再度怀疑她大概有另一位爱慕的对象。如果的确如此，那么她突然如此急切地想要见他很可能是一个手段，目的是挑起他的情敌的忌妒。

波托－里什再度通过远距离观察伊丽莎白来寻找答案。复活节周日，他跟着她来到了玛德莱娜教堂，在弥撒期间窥视着她。虽然一条淡紫色的面纱遮挡着她的脸，但她的手不停地伸入面纱下面，紧攥着一块潮湿的手帕。波托－里什顿时明白了一切。他本人（尚且）不是她哭泣的理由，所以她一定在为另一个人哭泣。他气愤地想，那必是一位"出身高贵的情人"了，"我的心无关紧要"。

夏洛克还会找机会报复的：波托－里什知道他将如何让她付

出代价。他会同意幽会，一见面就争取跟她上床。不管她是否屈服，他都会在事情结束后把她的所作所为公之于世。"我会毁掉她的名声／来补偿我的失败。／我会用我仇恨的指控，／败坏她珍贵的名誉，／没有人会怀疑我，／瞧，我已经有过那么多次成功。"²⁹ 如果伊丽莎白要嘲笑他是个粗鄙之人，他完全可以做出粗鄙的样子给她看。

但事到临头，波托－里什却还是做不出那么卑鄙的事。在定下幽会的日子之后，他用这篇冷漠的诗歌取消了他们的约定：

> 我不知为什么在她所给的爱面前退缩了；
> 或许我还在算计虚度的年华，经历的苦痛。
> 希望与渴念的兴奋感从我的胸中消失了；
> 我重新找回了过去那位邪恶的登徒子……
> 我会背叛她，那是一定的；一旦我的快乐消失，
> 我会从毫无悔意中获得意外的喜悦。

波托－里什还是用他的笔发出了最后一击。他把写给她的整组诗发表在了《插图评论》中，取名《错过的幸福：一个恋爱中的男人的日记》（*Bonheur manqué: carnet d'un amoureux*，1889）。他希望通过发表诗歌，让伊丽莎白明白整个过程都是他在利用她而非相反，促使他追求她的是艺术的野心而非爱情。他编了一句格言，讲述像她那样的女人为何不该低估他这样的男人："就算在床上，作家们也在想／不是想他们的情妇，而是考虑名声。／亲爱的美人，你不过是，／十四行诗的素材，小说中的人物。"³⁰ 让她觉得自己被利用、被暴露，那就是复仇。那就是他要的公正。

　　然而波托－里什还是宽厚地并未一击致命，他没有公开她就是诗人在《错过的幸福》中对话的那个女人。[31] 鉴于她众所周知的高不可攀和名望，透露这段秘密的文学纠葛给波托－里什带来的宣传效果，可能是他写一辈子成功的戏剧也达不到的。尽管如此，在把诗歌交给《插图评论》之前，他还是把诗中那个女人从深褐色头发的女人改成了金发女郎，并改动了所有可能让人联想到伊丽莎白的地点和日期。

　　剩下的唯一一个指向她身份的线索，出现在他为这套组诗选择的引言中。在他收到的她最后几封信中，她曾对波托－里什说她对阿尔弗雷德·德·缪塞和乔治·桑之间的强烈情感着迷不已。当时，波托－里什把这当成了对他的鼓励。作为他和伊丽莎白这段浪漫感情的范例，缪塞和桑的关系与他原本想象的模板一样诱人：罗恩格林和艾尔莎·德·布拉邦。因此，他最后一个浪漫感伤的姿态，就是在《错过的幸福》引言中使用了一段缪塞的引文，听起来像是罗恩格林说的话。那是要对情人的名字永远保密，以此来保护一段神圣爱情的誓言："如果你觉得我会告诉你／我大胆爱上的是谁／即便你给我一座王国，／我也不会说出她的名字。"[32] 只有伊丽莎白会知道这些句子是写给她的——那是一位奴仆对他的女王虔敬的道别。

　　完成杰作之后，他带上莉佐特、马塞尔和米塞勒一起出发，前往瑞士度夏。波托－里什声称他想躲开混乱喧闹的巴黎世博会，但那是谎言。他只对伊丽莎白承认了真相："我要去一个远离法国的地方，一个不是所有的鸟儿都会用你的声音歌唱的地方。"[33]

　　迪耶普。1889 年 8 月。最终，波托－里什还是无法逃避。

他把莉佐特和马塞尔留在瑞士，独自一人赶回了巴黎，又从那里去了迪耶普，伊丽莎白正在那里度夏。他无视热纳维耶芙一连串打听他近况的信件，热纳维耶芙太了解他了，已经感觉到他会惹是生非。[34] 她像洛尔·德·舍维涅一样，想知道波托-里什到底是不是疯了。

他没疯。他的热恋让他一时冲动来到了诺曼底，但让他留在那里的却是他的艺术。事情是这样的：他一到塞利斯贝格，就收到了伊丽莎白的信，是经由巴黎转到这里来的。在信中她敦促他"大胆地踏入你觉得环绕着（她的住所）的'恐怖区域'"[35]，来海滨拜访她。几天的忙乱之后，他来到迪耶普，住进了位于阿瓜多街（rue Aguado）的一家旅馆。他的房间正对通往大海的木板人行道，从那里可以看见远处格雷弗耶家族的地产，虽然远，却是城西海岸线上的一个清晰的黑点。那座房子坐落在风中一个孤立的悬崖上，与世隔绝，遗世独立。当波托-里什步行上岬角到那里拜访她时，他心中再次充满了那种熟悉的不自信感，用他在日记中引用的维克多·雨果的一句话来概括就是："我是一条蚯蚓，爱上了天上的星。"[36]

波托-里什准备好了接受伊丽莎白的鄙视，所以到达庄园后，看到她像老朋友那样欢迎他，或至少把他当人看待，他大吃一惊。她亲自为他开门，仆人们在她的身后忙碌着，其中一位用水晶杯给她送来了橙汁，另一位送来了一方小小的蕾丝手帕——放在一个光洁锃亮的银托盘里。除了仆人之外，伊丽莎白似乎独自一人住在这座高高在上的豪华城堡里，他第一次觉得她是个实实在在的人，甚至还有些孤独。

后来，波托-里什只用一连串零星的笔记记录了他们那次见面的细节。但那些笔记表明，伊丽莎白希望谈论的是她自己的感

1889 年夏，波托－里什在伊丽莎白的召唤下，中断了与家人在阿尔卑斯山区的旅行，她邀请他到拉卡斯庄园拜访她

情而不是他的：

> 于是她就那样，谈兴甚浓地告诉我，做一个漂亮女人、一个被崇拜者缠绕的美人是怎样的感觉，有着怎样的欢愉。她从未体验过比那更美妙的感觉。她只尝过被男人效忠的甜美。[37]

伊丽莎白也清楚地表明，让她备尝甜美的效忠来自比波托－里什身份高贵得多的追求者，这促使他再度对那些"出身高贵的情人"燃起了怒火，在她的心目中，他们终究比他高出一筹。他在日记中重复道："我藐视他们每一个人！"[38]

唯一的可取之处是：伊丽莎白的坦白让他获得了一部新作品的灵感，他有史以来的第一部小说作品。波托－里什随手记下了核心构思：

> "中篇小说"
>
> 一个在其他男人看来仍然美丽优雅的贵夫人独自一人，被丈夫忽视和抛弃，她也不爱丈夫。
>
> 她打算和一位身份非常高贵、行踪非常不定的（划掉了）男爵开启一段婚外恋。他们打算（看不清）艺术。他们的婚外情将以通信的方式进行。[39]

在另一篇涂鸦中，他写道："热拉尔忌妒了吗？"[40]

波托－里什告诫自己，这些句子为他指出了一条解脱之路；它们会帮助他弥补自己的错误。是的，他中断假期、风尘仆仆地从瑞士阿尔卑斯山区赶往英吉利海峡，却只听到伊丽莎白再度确认他不是她所爱之人，的确愚蠢。但这一次，作为对他忠诚的回报，她给他的礼物远比她的芳心更加珍贵。不管无心还是有意，她把自己的故事送给了他。

注　释

1　GPR, *Bonheur manqué*, 首次发表于 *La Revue illustrée* 81 (May 15, 1889): 313-23。除非特别说明，引用的均是这一版本的《错过的幸福》，因为它们最贴近 EG 从 GPR 那里收到的手写原文；起初在教堂写下，后来又用邮件寄给了她。她把大部分原诗和信件都存档保留下来，见 AP(II)/101/1。这些诗歌的时间顺序——有些作者以邮件发送的可以邮戳为证——后来在《错过的幸福》的成书版中被打乱了。

2 本章关于 GPR 的生平信息（从他征服的女人到他早期的文学成就再到他十年的写作障碍）的出版资料包括 Edmond Sée, *Porto-Riche* (Paris: Firmin-Didot, 1932); AdF, *Mon Paris et ses Parisiens: le Faubourg Saint-Honoré; A. Antoine, Mes souvenirs sur le Théâtre-libre* (Paris: Fayard, 1921); Brugmans, op. cit.; Lavedan, "Un raffiné: Georges de Porto-Riche"; Charles Monselet, "Théâtres," in *Le monde Illustré* (July 5, 1873): 11; HR, *Nos rencontres*。

3 除特别标注的之外，本章的档案资料包括（请注意 GPR 档案的卷宗编号混乱是法国国家图书馆原始资料的编号混乱）：GPR 和艾尔维厄致 EG 的未签名信件，存档为 "Lettres d'un soupirant inconnu," 见 AP(II)/101/1; GPR 致 EG 的其他信件，存档于 AP(II)/101/107; GPR, NAF 24951, folios 16, 30, 76, 80, and 88; GPR,《错过的幸福》的片段和草稿，存档于 NAF 24951, folios 40–70; GS 致 GPR，存档于 NAF 24944, folios 260/261, 262/263, and 494/495; LC 致 GPR, NAF 24954–24955 and NAF 24980; EG 致 GPR，存档于 NAF 24971, folios 185–91，以及 GS 致 GPR，存档于 NAF 24971, folios 262/263 and 358/359。

4 GPR, NAF 24951, folio 156.

5 关于 GPR 重燃起创作天才作品的决心，见 GPR，存档于 NAF 24951, folios 5 and 79。

6 这间书店是世纪末人们很爱去的地方。Jules Claretie 写道，阿喀琉斯书店的顾客们常常能在那里遇到著名政治家和知名作家（如他本人）。Claretie 有一次偶尔听到一位优雅的老妇人请阿喀琉斯的店员指给她"最新的严肃书籍"——原来她是被废黜的皇帝拿破仑三世的寡妇欧珍妮皇后。Jules Claretie, *La Vie à Paris: 1898* (Paris: Charpentier, 1899), 9.

7 GPR, NAF 24951, folio 24; 以及 GPR 致 LC，见 NAF 24980, folio 17/18。AF 确认了 LC 关于的婚礼所说的话都是谎言，见 AF, "Le Salon de l'Europe," 476。

8 LC 致 GPR, NAF 24955, folio 228; 以及 GPR 致 LC, NAF 24974, folio 31。

9 *Le Guide pittoresque de l'étranger dans Paris et ses environs* (Paris: Jules Renouard, 1843), 92; *Description du fronton de l'église de la Madeleine* (Paris: Gauthier, 1834), 6; and Lebrun (pseud.), *Manuel complet du voyageur dans Paris* (Paris: Roret, 1843), 294。

10 GPR, 见 NAF 24951, folio 44。

11 LD, *La Melancholia* (Paris: Grasset, 1928), 205.

12 HR, *Les Cahiers*, 468.

13 同上书，492。

14 *Les Hommes du jour: annales politiques, sociales, littéraires et artistiques* (1911): n.p. 参见以如下内容开篇的无标题戏剧评论，"*Des gens, sans doute bien intentionnés, ne cessent de nous proposer, depuis dix ans, pour modèle parfait, le théâtre de M. Paul Hervieu*"。

15 MP, *Letters to a Friend*, preface by GL, trans. Alexander and Elizabeth Henderson (London: Falcon Press, 1949), 22.

16 Albert Gier, "Marcel Proust und Richard Wagner: Zeittypisches und Einmaliges in einer Beziehung zwischen Literatur und Musik," in Hunkeler, ed., op. cit., 142; and Prod'homme and Dandelot, op. cit., 213. Prod'homme 和 Dandelot 写道，这次制作出演的《罗恩格林》打败了《浮士德》，成为巴黎社交界最喜欢的歌剧。

17 原文是：Je suis comme Ruy-Blas, amoureux de la reine, / Mais la reine ne m'aime pas. Ruy-Blas 是维克多·雨果 1838 年的一部戏剧中的同名主人公，这位契约平民痴迷西班牙女王，后者冲破禁忌回报他同样的爱。或许 GPR 知道雨果是 EG 最喜爱的诗人之一。或许不知道。不论如何，这段典故太长了，不大适合纳入我对这两句诗的译文。

18 一部由 Edmond Haraucourt 根据莎士比亚的《威尼斯商人》改编、由加布里埃尔·福莱作曲的法文三幕剧于 1889 年 12 月在奥德翁国家剧院开演。Edmond Haraucourt, *Shylock ou le marchand de Venise* (Paris: n.p., 1889); and *Le monde Illustré* (December 28, 1889): 402. 事实上，GPR 不知道的是，福莱曾于 1889 年 10 月写信给 EG，说就是因为参观了她"美丽的花园"，才让她获得了灵感，创作了一部特别"精巧的乐句——一部威尼斯的月光曲——献给夏洛克"。经 RM 介绍，EG 对福莱的提携始于一年前。这封关于夏洛克的月光曲的信件引文见 Jean-Michel Nectoux, *Gabriel Fauré: A Musical Life*, trans. Roger Nichols (Cambridge and London: Cambridge University Press, 2004), 145。

19 威廉·莎士比亚，《威尼斯商人》，第三幕，第一场。

20 见 GPR 关于在"格（雷菲勒）夫人和乔（治）及保（罗）"一事上他的朋友"P"的"出卖行径"的笔记，存档于 NAF 24979, folio 17；又见 GPR 所说的关于"失去的友谊，决裂"的话，存档于 NAF 24951, folio 70。GPR 还对 HR 抱怨过艾尔维厄的"恶意算计";见 HR, *Nos rencontres*, 124。GPR 的怀疑都是有根据的;如第 21 章所述,艾尔维厄 1888 年春就开始以自己的名义给 EG 写信了;见 AP(II)/101/1。

21 GPR, NAF 24951, folio 66.

22 这是 GPR 把《错过的幸福》手稿交给《插图评论》时从中删去的若干诗歌中的一首。但这首诗出现在了成书中;见 GPR, *Bonheur manqué* (Paris: Ollendorff, 1908 [1889]), 26。

23 GPR, NAF 24951, folio 16.

24 R F, "Théâtre d'amour: Georges de Porto-Riche," *La Presse* (July 13, 1898): 4.

25 Jules Lema î tre, "*La Chance de Françoise* de Georges de Porto-Riche," *La Revue illustrée* (January 1, 1889): 1.

26 GPR, *La Chance de Françoise* (1888), in *Théâtre d'amour*, 15.

27 同上书,41。关于 GPR 自己的"运气",见 NAF 24974, folio 88。

28 GPR, 见 NAF 24951, folio 56。

29 GPR 在一篇名为 "Poème" 的未发表文本中也探讨了这个观点,见 NAF 24951, folio 91: "He loves her, and wants to behave like an honest man; but when he sees that he is looked down upon, he becomes rabble (*canaille*) once again. And how better to show that he is rabble than by calumny? He will say that this woman became his mistress, and people will believe him… because he is a libertine whom women find irresistible."

30 GPR, *Théâtre de l'amour*, 344.

31 在《错过的幸福》的未出版注释中,GPR 解释了自己决定不公开 EG 就是这本书所题献的人;见 NAF 24951, folio 60。关于 GPR 的缪斯身份的神秘性,又见 Marc Gérard, "Bonheur manqué," in *Le Gaulois* (July 14, 1889): 2。

32 GPR 在那些诗歌作为成书再版时,去掉了这段引言。

33 GPR, NAF 24951, folio 56.

34 1889 年 7 月 17 日 GS 致 GPR 的信,NAF 24516, folio 47; 1889 年 8 月 18 日 GS 致 GPR 的信,NAF 24944, folio 262/263; 以及 1889 年 8 月 2 (?) 日 GS 致 GPR 的明信片,NAF 24944, folio 494/495。

35 EG 致 GPR,存档于 NAF 24971, folio 185。

36 这里的用典是雨果的韵体悲剧《吕布拉斯》(*Ruy Blas*),如前所述,其中一位平民爱上了一位女王。除了在手稿注释中引用这部剧外,GPR 还在《错过的幸福》中的一首诗中明确地把自己比作《吕布拉斯》的主人公。

37 GPR, NAF 24951, folio 30.

38 GPR，标注为"（1889 年）8 月 9 日星期五"的日记，存档于 NAF 24951, folio 70。

39 GPR，"中篇小说"（笔记），存档于 NAF 24951, folio 26。

40 GPR，"Trop honnête"（笔记），存档于 NAF 24951, 未编号卷宗。

/ 第15章　天堂鸟

年轻的普鲁斯特曾梦想过要去遥远的魔幻大陆来一场探索之旅。从地理方位上来看，这一未知领域距离他位于马勒塞尔布大道的住所一点儿也不远。然而从社会阶层上来说，他为了到达那里而必须跨越的距离似乎遥不可及且危险重重。正如他的朋友费尔南·格雷格后来回忆的那样：

> 1890年前后，普鲁斯特的出身成为他进入城区的障碍，至少他自己是这么认为的。……普鲁斯特初入社会时，觉得城区是一块禁地；那就是他对那里魂牵梦萦的原因，就像一个收集明信片或邮票的孩子向往大溪地或锡兰一样。与早期非洲的制图大师们一样，在普鲁斯特的想象中，这片未知领域到处是怒吼的雄狮和天堂鸟。他想象中的雄狮代表着男人，也就是那些大名鼎鼎的贵族男人们……鸟儿则代表着女人。

普鲁斯特向来不擅运动。但从1890年代初开始，他把自己变成了一个探险家，英勇无畏地踏入了一片雄狮和珍禽的领地。

遗憾的是，普鲁斯特的家庭背景对他进入这个世界并无帮助。正如他后来对塞莱斯特·阿尔巴雷所说的，

> 我父母认识的人是一回事。凭我父亲（所处）的地位，他们的圈子是由一位杰出的医生和他杰出的同事们组成的，再加上一些有名的患者。但我希望认识的是社交人士，是所谓"圣日耳曼区"的精华。……母亲无力介绍我认识那些人。

母亲无能为力，但他的朋友雅克·比才的母亲有办法，也的确这么做了。1880年代末，普鲁斯特开始光临雅克家的公寓时，热纳维耶芙的社交声望已接近巅峰。和她的老朋友阿斯一道（普鲁斯特在她的客厅里首次见到了阿斯）——斯特劳斯夫人就是活生生的证据——表明资产阶级犹太人出身丝毫不会阻碍他们在社交界塑造辉煌。因此，普鲁斯特指望她帮助自己探索那个世界，并把自己变成了她沙龙里的常客，就是自然而然的事了。

/ 404

当时，普鲁斯特的同窗好友们担心他对"社交界的极度痴迷"（罗贝尔·德雷福斯语）会阻碍他的艺术潜力的发展。[1]他们许多人后来都在回忆录中承认，他们错把他对社交界的好奇当成了庸俗的趋炎附势。"那段时间，"德雷福斯回忆道，"普鲁斯特似乎决意要受邀前往某些贵族宅邸，投入文学创作的时间和精力反而少得多，这让我们一头雾水。"费尔南·格雷格警告普鲁斯特，如果把这么多时间都花在社交界，他很可能变成一个"无可匹敌的半吊子"。[2]雅克·布朗什也随声附和，劝好友不要变成"可怕的知识分子上层'学徒'中的一员"。[3]

然而普鲁斯特显然心中有数。他从一开始就领悟到斯特劳斯夫人能够且的确引领他进入的领地有多丰富灿烂。她那个精英圈子里的陌生人和风俗习惯将为他提供一生受用的文学素材，它最终的轮廓就呈现在虚构的《盖尔芒特家那边》中。

当然，与斯特劳斯夫人和她的朋友们共度美好时光并非年轻的普鲁斯特生活的全部内容。1889年夏从康多塞毕业后，他还须花很多时间完成一系列其他义务、成年仪式和消遣。1889年11月，18岁的他到驻奥尔良的一个步兵团去报到，开始了为期一年的兵役，奥尔良位于巴黎西南70英里的卢瓦尔河畔。[4]大大出乎他所料的是，他虽然不是个称职的士兵，却很喜欢那段军旅生活。（在所在营队的 64 位新兵中，他排名第 63；当他主动提出将值勤期延长一年时，上级斩钉截铁地拒绝了他。）指挥官们知道普鲁斯特身体不好，因而对他很宽容——他因为哮喘而咳嗽不止，实在不可能注意不到。他躲过了最严酷的军训，周日都回巴黎过，还雇了个勤杂工来照管他的军服和装备。他不住营房，住在奥尔良一间舒适的公寓里；新兵伙伴们怀疑普鲁斯特在那间安逸的特殊宿舍里，连吃早餐都不下床。

　　虽然军训生活很松弛，但普鲁斯特的确学会了如何开枪和持剑，这些不仅是军队的必要技能，在社交界也很有用。为了解决事关荣誉的争执，贵族的决斗传统那时仍很受人们偏爱。（1897年 2 月，普鲁斯特本人就进行了一场决斗，他的沉着和勇气给朋友们留下了深刻的印象。）一次从马上摔下来受伤之后，他放弃了第三项同样不可或缺的绅士运动——骑马。

　　军队让普鲁斯特接触到了自己在骑师俱乐部的两个熟人：两位都是他的指挥官，夏尔·瓦莱夫斯基伯爵（Charles, Comte Walewski）和阿尔芒－彼埃尔·德·肖莱伯爵（Armand-Pierre, Comte de Cholet）。学者们认为，这两位伯爵是《追忆似水年华》和《让·桑特伊》中两个出身尊贵的军队人物的粗线条原型。但除此之外，瓦莱夫斯基和肖莱也是有据可查的最早在普鲁斯特与德·盖尔芒特夫人的两位原型人物之间建立联系的人。夏尔·瓦莱夫斯基是拿破仑一世与一位波兰贵族女人所生的私生子的儿子，那位波兰贵族据说就是伊丽莎白·格雷弗耶的祖先。瓦莱夫斯基对普鲁斯特很和善，有一次还夸奖他的粉色信纸很好看。至于德·肖莱伯爵，他与洛尔·德·舍维涅"有点表亲关系"。（德·萨德这一系的一位伯母，她的堂姐洛尔·德·兰古的母亲，娘家姓肖莱）。和瓦莱夫斯基一样，肖莱也对普鲁斯特很好，甚至还应年轻人的要求送了一张自己的签名照给他。肖莱在照片上用萨德式的夸张语气写道："送给临时兵马塞尔·普鲁斯特，来自一个折磨过他的人。"[5]

1890 年 11 月，兵役结束时，普鲁斯特搬回了巴黎的公寓。他听从父母的吩咐，注册了索邦大学和巴黎政治学院学习法律和外交，父母希望他从这两个领域中选择一个体面的资产阶级职业。（他的弟弟罗贝尔已经打算继承父业行医了，后来成为一位著名的妇科医生。）但普鲁斯特提醒父亲说，他觉得自己学习法律和外交完全是虚度年华[6]；他唯一感兴趣的是文学。

普鲁斯特荒废学业，遵循自己制定的一套繁忙的教育课程。他去看戏、听歌剧；去看博物馆的展览和夜总会的表演。他贪婪地阅读且涉猎广泛，既包括以前就喜欢的作家（拉辛、圣西蒙、维尼、波德莱尔），也包括当代作家（居伊·德·莫泊桑、保罗·布尔热、保罗·艾尔维厄、阿纳托尔·法朗士）和英语文学大师（爱默生、莎士比亚、雪莱、乔治·艾略特）[7]。他阅读的是法语译文，而母亲阅读的则是他们的英文原著。从康多塞毕业时，他获得了最后一次法语作文奖；奖品是让·德·拉布鲁耶的《品格论》（*Characters*，1688），那是对路易十四宫廷生活的简洁优雅的描写，成为普鲁斯特的又一部判断作品好坏的标准文本。在他开始考察上流社会之后，《品格论》派上了大用场。

普鲁斯特自学的那些东西到考试时都毫无用处；他不止一科不及格。但几年后他还是完成了两个大学的课程。1893 年获得法学学位时，由于父母仍在敦促他从事一份正当的职业。为安抚他们，他接受了在一家律师事务所实习的工作。实习律师普鲁斯特只坚持了两周，之后整个成年生活就再也没有正式就业。

长子看似缺乏目标的人生令普鲁斯特的父母很失望，在他们看来，所谓的人生目标就是在某一个收入不菲的职业中获得成功。不过正如传记作家威廉·卡特（William Carter）所指出的，让娜和阿德里安·普鲁斯特没有意识到"马塞尔看似闲情逸致，事实上那是一种非常特殊的学徒生涯"[8]，是一个作家在寻找自己的主题和表达方式。另外，普鲁斯特的父母也没有以中断财务支持来惩罚他。他们的财富足够养活他一辈子，尽可以让他悠闲地寻找和实践自己真正热爱的职业。

在充沛的自由时间里，普鲁斯特继续与文学小团伙保持联系，该组织在1890年代初有了好几个新成员：乔治·德·洛里（Georges de Lauris）、路易·德·拉萨莱（Louis de La Salle）、罗贝尔·德·比伊（Robert de Billy）和雅克·贝涅尔（Jacques Baignères，斯特劳斯夫人的朋友亨利·贝涅尔夫人之子）。该组织还迎来了雅克·布朗什的加入，他也是康多塞校友，只不过年龄稍大一些，还是普鲁斯特以及比才／阿莱维家的世交好友，后来成了文学小团伙的标志性画家。这群人目标明确、冲劲十足，其中很多人已经在自己选择的领域有了些名声：达尼埃尔在哲学领域，格雷格在诗歌创作，布朗什在画像方面。雅克·比才已经决定学医，但他名义上仍然认同该组织的学术和艺术倾向。

同伴们如此雄心勃勃让普鲁斯特觉得自卑，也深受启发，他断断续续地锤炼自己的写作技艺。还在服兵役时，他就开始写一些短篇小说、诗歌和文学评论发表在各种报刊上，包括保尔·魏尔伦和康多塞英文教师斯特凡·马拉梅等象征主义诗人们偏爱的前卫文学期刊《白色评论》（La Revue blanche）。普鲁斯特还曾为另一份出版物写过一篇评论，不吝赞美德·肖莱伯爵的一本关于土耳其的著作；肖莱送他签名照片，大概也是为了感谢他写作这篇书评。

1892 年 1 月，普鲁斯特帮达尼埃尔、格雷格等人共同创办了他们的最后一份文学杂志《酒筵》（*Le Banquet*），这似乎是一份月刊，出刊一直持续到 1893 年 3 月，之后与《白色评论》合刊。[9] 出版《酒筵》是一桩家务事，是由雅克·比才同父异母的哥哥让·赖特尔在自己做排字工的那份报纸的印刷厂里印制的。年轻人们把杂志的订阅权卖给了斯特劳斯夫人沙龙里的忠实信徒们。

这一群胸怀抱负的年轻作家在这个圈子里打下的读者基础是令人振奋的，包括斯特劳斯夫人的常驻"不朽者"（德·奥松维尔、沃居埃、小仲马、梅亚克和阿莱维），她那些有影响力的评论家朋友（朱尔·勒迈特、冈德拉兄弟），诗人若瑟－马里亚·德·埃雷迪亚和亨利·德·雷尼埃，还有小说家居伊·德·莫泊桑和让·洛兰。这群人里，就连在热纳维耶芙起初与之结交时尚未出名的那些作家，此刻也都功成名就了。保罗·艾尔维厄的第一部关于上层的小说《眉来眼去》（*Flirt*，1890）大获成功，该小说的续篇《他们的自白》（*Peints par eux-mêmes*，1893）更是轰动一时。保罗·布尔热关于社交界的小说也广受好评；1893年，《纽约先驱论坛报》称他是"巴黎的文学大家之一"。[10] 波托－里什也好运连连。虽然《错过的幸福》（1889）并没有得到多少好评，但《弗朗索瓦丝的运气》（1889）引起了人们对他的"情爱剧"的极大热情，而波托－里什为该体裁创作的后续作品《不忠的爱》（*L'Infidèle*，1891）也巩固了他的明星地位，该剧由雷雅纳担任女主角。他成功的终极标志？洛尔·德·舍维涅兴高采烈地宣称，弗拉大公夫妇觉得他"十分迷人"。[11]

有这样一群名人订阅《酒筵》，普鲁斯特利用这个机会给他们留下了很好的印象，对于同样吸引他们光临斯特劳斯夫人沙龙的现象，他有自己相当敏锐的见解：世故。普鲁斯特为杂志写的第一篇稿件，就是为路易·冈德拉的短篇小说《小鞋子：一个圣诞故事》（"The Little Shoes: A Christmas Story"，1892）所写的评论，那是一个故作多情的故事，讲一位巴黎贵族想离开妻儿和一位交际花私奔，却在看到孩子的小鞋子后心碎和动摇，决定留在他们的身边。冈德拉的故事矫揉造作，自然很快就无人问津了，但普鲁斯特的评论以该故事为基础，探索了两个值得注意的要点。首先，普鲁斯特认为由于城区普遍存在着对婚姻不忠的现象，冈德拉之所以写《小鞋子》，一定是为了给真实世界中丈夫不忠的社交名媛们带去些许安慰。在这里，普鲁斯特就许多描写世纪末上层的文学作品（包括他自己未来的杰作）得出了一个推论：它们是以实实在在的生活经验为原型的。

后来谈到《追忆似水年华》时，普鲁斯特否定了这一论点；他也会更笼统地假定作家的生活和工作是在两个截然不同的领域里展开的。[12] 然而在整个 1890 年代，普鲁斯特反复明确提到，他的文学作品是想象力和他周围的世界共生关系的成果，而他所谓的"周围的世界"往往是指上流社会。的确，当普鲁斯特把这些年的作品收入《欢乐与时日》（Les Plaisirs et les jours，1896）时，热纳维耶芙的朋友让·洛兰发表了一篇评论，称该书的内容"都是些关于优雅的乏味琐事"。洛兰的这句话毫无疑问是贬义，他的评论相当恶毒，还提到了关于普鲁斯特的性倾向的刺耳之语，因而导致上文提到的那场决斗。然而就其缩略的格式和主题焦点来看，"关于优雅的乏味琐事"简直精准地概括了普鲁斯特从二十多岁发表关于《小鞋子》的评论起的所有文学作品的特征。[13] 这篇文章为他后来投稿于《酒筵》的稿件确定了基调，它们几乎全都采用了报告文学或短篇影射小说的形式，内容几乎都与当代巴黎社会有关。

在为《小鞋子》写的评论中，普鲁斯特还重复了他在康多塞的最后一年获得的见解：当现实令人失望时，艺术会给人以安慰和救赎。[14] 在这篇文章的结尾，普鲁斯特猜想故事中那位不快乐的已婚贵妇人的真实原型"很可能正在徒劳地期待冈德拉先生用看似讲述故事的方式向她承诺的奇迹"。然而，普鲁斯特接着说：

> 那没关系——她不会觉得太幻灭，因为通过（这么说吧）把她的痛苦平移到小说世界中，冈德拉先生已经摒弃了它自私的一面，提供了独具创意的慰藉。他的谎言是唯一的现实；即便我们真的热爱生活中那些令我们神魂颠倒的"真实的"东西，它们也已经开始一点点褪色，直至消失。那些事物所拥有的让我们快乐或悲伤的力量都会减弱，这反而使得它们在我们的灵魂中生根，我们在灵魂中把它们的颜色转化为美感。那才是真正的快乐所在，那才是真正的自由。

这段话证明了普鲁斯特敏锐的洞察力，就算是像《小鞋子》这样老套的作品也能启迪他对文学艺术之惊人转化力的深刻思考。然而他才刚刚开始，他还没有准备好摒弃那些令他"神魂颠倒的东西"——诸如社交圈的珍禽异兽。在摒弃那些东西之前，他首先要邂逅它们，考察它们，他必须先去好友母亲的沙龙里来一番探险。

热纳维耶芙·斯特劳斯每周日下午都会在位于奥斯曼大道

134号的夹层公寓里招待忠实信徒，从那里可以俯瞰一座刚刚竖起的威廉·莎士比亚的雕像。她所在的街道以第二帝国时期那位城市规划师的名字命名，他在这一带开拓出郁郁葱葱的宽阔林荫道，使得圣奥诺雷区和蒙索公园之间的那一狭窄地带成为最新的理想住宅地段。达尼埃尔·阿莱维抱怨奥斯曼摧毁了旧巴黎杂乱无章的建筑和扭曲的巷道，把右岸的这一带变成了"一个没有历史的地方，枯燥乏味如澳大利亚"。[15] 然而即便如此，这一街区的便利和现代设施仍吸引了不少娇生惯养又有眼光的居民。让热纳维耶芙满意的是，罗斯柴尔德家族的好几位亲戚都住在附近。

让普鲁斯特满意的是，他也住在附近，距离斯特劳斯家大约半英里。与他不久以后到德·舍维涅夫人位于米罗梅尼尔街的住处所走的"希望路线"一样，他每周日从马勒塞尔布大道9号步行到奥斯曼大道134号的路程也很短，风景也不怎么优美。但那里有两个地标为他的文学想象打下了基础，让他准备好面对自己将在夹层公寓里发现的世界，并影响了他对那个世界的文字记录。

普鲁斯特周日朝圣路过的两个地标中的第一个位于马勒塞尔布大道46号，大致就在他家和斯特劳斯家公寓的正中间。这座地标，即圣奥古斯丁大教堂，是奥斯曼时期的另一件作品：是巴黎第一批主要用钢铁建成的教堂之一。[16] 就连它那260英尺高的穹顶也被包上了铁护套，站在凯旋门上，远远望一眼就能认出它来。除了穹顶大得不成比例，以及整个教堂的建筑风格是哥特式、拜占庭式和罗马式建筑的大杂烩外，圣奥古斯丁大教堂常因外观丑陋而遭人诟病。不过，普鲁斯特喜欢把它想象成他家后院里的一座微型罗马城。它的拱形圆顶和金属的轮廓，加上钟楼常常映出巴黎天空反复无常的色彩变化，在他看来仿佛出自皮拉奈

马勒塞尔布大道是拿破仑三世时期的城市规划师乔治－欧仁·奥斯曼1853—1870年间在右岸开拓的一条宽阔的新林荫道。普鲁斯特家于1873年搬到了那里

奇 ① 笔下的永恒之城 ②。

　　在普鲁斯特的幻想中，这种昔日的伟大光环与当前圣奥古斯丁教堂会众的荣耀融为一体。与玛德莱娜教堂一样，这座位于马勒塞尔布大道南端、有悬饰的礼拜堂也吸引了一群杰出的天主教会众。第二帝国期间，拿破仑三世和他那位时髦的配偶欧仁妮皇后就在那里礼拜，皇帝夫妇倒台后，教堂的声望丝毫没有减损。第三共和国期间，社交界媒体报道说，圣奥古斯丁仍然是"全巴黎最高贵的教区"，是普鲁斯特的天堂鸟们最喜欢的一块栖木。[17]

----

① 乔凡尼·巴提斯塔·皮拉奈奇（Giovanni Battista Piranesi, 1720-1778），意大利画家、建筑师、雕刻家。

② 永恒之城（Eternal City），指罗马。

如果前往夹层公寓的时机正好，他还可以在这些多彩的物种刚刚做完弥撒走出教堂时，停下来欣赏她们。她们斜撑着遮阳伞，摇着手里的扇子，叽叽喳喳地闲聊几分钟，等待自己的马车到达，停在教堂前庭。这些人中间至少有一位从良的名妓，即埃米莉·"海豹"·威廉斯，但普鲁斯特只会关注贵族女人，他可以从她们的男仆的制服颜色和马车门上刷漆或镀金的家徽来猜出她们的头衔和姓氏。

他喜欢思索这些珍禽栖息在怎样令人眩晕的高处。这种脑力练习产生了不少作品，其中之一是一篇只有一段长的文章，题为《致一位（女性）势利眼》（"A une snob"，1893）。这篇文章开头对城区的精神鸟巢进行了仿英雄体的描写："家族树（家谱）的根基深植于最古老的法国土地下面。"[18] 然后提出（并得出结

圣奥古斯丁教堂位于普鲁斯特的公寓和斯特劳斯家公寓之间的中点。他喜欢在前庭停留一会儿，瞥一眼刚刚做完周日弥撒的高贵的教徒们

论）这种"社交界令人炫目的象征观念"——贵族社会是"家族树组成的一片森林"——的核心在于

> （一个）把现在和过去结合在一起的梦境。十字军的灵魂让当代（贵族）们平庸的脸也变得生动起来。从他们每个人的名字中，你能否感受到昔日奢华的法国正在活跃地、几乎乐声悠扬地复苏，就像一个死去的女人从她刻有家徽的墓碑下面坐了起来？

关于贵族女人死而复生的隐喻让人想起了洛尔·德·舍维涅装扮的普洛塞庇娜，其中心思想也基本一致：那个有着古老的持剑十字军阶级的"昔日奢华的法国"既没有灰飞烟灭，也没有被人遗忘。或者用普鲁斯特正要去拜访的那个女人的话说，"过去不死"。

在这些年的其他作品中，普鲁斯特把过去的重生特别归功于贵族名姓的悠扬魔力。他推理道，资产阶级的名字之所以缺乏这种魔力，是因为"那个无法走入的长夜遮住了他们古老的渊源"。相反，法国最高贵家族的名字可以追溯到数世纪以前，甚至更久。如此锚定在"古老的渊源"之上，它们就把当代拥有那些名字的人与历史和传说中的人物联系了起来。"这些名字呈现出幻灯片一般稚拙明快的颜色，通过那些颜色"，他在另一篇文章中指出，我们就能"看到（一个）长着（一脸）蓝胡子的勇武贵族或立在塔中的（一个被囚禁的姑娘）……或者看到一位武士骑着马穿过 13 世纪的巷道"。[19] 这种浪漫联想不仅起源于乡绅贵族的姓氏（那些姓氏因为十字军东征的英雄或国王的廷臣而举世皆知），还源于它古雅的往往只属于某些氏族的教名，由当代

/ 411

子弟把它们带入了当世：

> 奥东、吉兰、尼弗隆……杜克杜瓦勒、阿代奥姆或雷努尔：这些风雅的教名来自如此深远的过去，似乎神秘地闪烁着不寻常的光芒，就像我们教堂的彩色玻璃上镌刻的那些先知或圣人的名字。[20]

《追忆似水年华》的读者们会发现，原来普鲁斯特早在这一时期就表达了他在"盖尔芒特"之类高贵的姓名中寻求的"充满诗意的快乐"，他赋予它们以彩色玻璃、幻灯片和布拉邦的热纳维耶芙的幽灵才有的那种鬼魅般的光辉。[21]

普鲁斯特步行至斯特劳斯家的两个关键景点中的第二个位于此行的终点：萨顿（Sutton's）裁缝铺，位于夹层公寓正下方的底层零售空间。这类商业设施在巴黎的现代化街区并不罕见；普鲁斯特家的公寓楼（也是奥斯曼时代的建筑）底层就有两个裁缝精品店，埃普勒（Eppler's）和桑特－拉博德（Sandt & Laborde）。然而这些店铺都没有萨顿那么吸引他。埃普勒和桑特－拉博德都是面向大众的裁缝铺，而萨顿却专门为贵族家庭缝制制服：这是"昔日奢华的法国"让年轻的普鲁斯特浮想联翩的另一个古雅的遗俗。[22]

萨顿缝制的制服可分为两类：猎服和家仆制服。普鲁斯特从未受邀参加过打猎聚会，因而对打猎的仪式和盛况并不熟悉，似乎也不曾对那些盛会的衣装感兴趣。但他每天看到男仆们护送社交界的夫人们前往巴黎各处，对他们惹人注目的服饰很感兴趣。这些家仆们统一穿着法式制服的传统可追溯到旧制度，那时王室和贵族家庭的男仆们头戴白色假发，身穿齐膝短裤，脚套丝质长袜,还穿着他们服务的家族颜色的正装礼服,扣子上饰有该家族的纹章。大革命过去了一百年,这种古色古香的穿着仍然是城区男仆们必要的礼节。在不需要陪伴女眷出行时,这些男仆在主人家里白天或晚上有客来访时扮演着双重角色。[23] 男仆们口头通知主人每一位客人的到来,并在视觉上让每一位来访者注意到其雇主的高贵身份——里凯特·德·阿伦贝格别出心裁地称这一任务为"脑力劳动"。[24] 巴黎最高贵的宅邸中都有大批这样的卫兵,站在每一间接待厅的入口和每一段楼梯的底部。

/ 412

法式制服的布料和配饰昂贵,裁剪正式而合身,再加上白色丝袜很容易弄脏或弄破,显然不适合穿着它们做家务琐事,不过当男仆的第三个工作就是侍奉晚餐会,不得不偶尔端个盘子或托盘。他们显然被免除了更繁重的家务,这一点突出了他们作为

288. PARIS
L'Avenue de Messine
et la Statue de Shakespeare
C. M.

这张明信片上印的就是 1888 年这座莎士比亚铜质雕像竖起之后,斯特劳斯家所在的公寓楼。他们的夹层公寓就位于主层以下,制服裁缝萨顿的店面顶上

地位象征的重要性。正如普鲁斯特在拉布鲁耶的作品中读到的，"贵族家庭中……身穿制服的男仆"的首要任务是让人"在他们的主人面前……自惭形秽；因为谁都要受到贵族乃至他们一切所属之物的傲视"。[25]

普鲁斯特的家族没有纹章颜色装备自己的家仆，在他看来，贵族为自己的奴仆规定的特别服饰显然与那个阶层的"单纯"相矛盾——它总是装作淳朴自然。他在一篇没有发表的手稿片段中详细讨论了这个想法，这个片段最终变成了《在斯万家那边》，但普鲁斯特把它从小说的最终版中删去了，这篇关于上流社会的伪装的思考以两位虚构的夫人为例：

> 德·博韦亲王夫人上门拜访她的嫂嫂德·艾诺子爵夫人时，接待室中有一股无形的力量使得一位男仆一动不动、面无表情地站在那里，虽然姑嫂二人都不觉得头衔有什么重要，这股力量却命令男仆必须身穿艾诺家族颜色的制服。……子爵夫人家里遵行的是上流社会的法则，她选择着装（以及）每一个动作、每一次进出，每一个（行动）也都遵行着同样的法则，就像芭蕾舞步一样严格。……子爵夫人本不关心贵族身份或奢侈生活……是上流社会的法则为她的男仆们穿上了艾诺家族颜色的制服，让他们像雕像一样站在那里，一动不动。[26]

这些句子直指那些贵族的虚伪，他们即便在积极努力维持"头衔的重要性"时，嘴里还在否认它的重要性。如果像普鲁斯特虚构的德·博韦和艾诺夫人这样的人诚实的话，她们一定会承认，自己是特意通过诸如法式制服这样浮夸炫耀的标记来彰显身份地位的。相反，她们把自己的选择归因于"上流社会的法则"，这一法则是像重力一样不可动摇和不偏不倚的"无形的力量"，使她们无须采取任何行动。[27]

和这种"无形的力量"一样让普鲁斯特觉得有趣的，是它还有一个卑鄙的阴暗面，即债务，因为虽然昔日的巴黎贵族们能将身穿制服的家仆看成天赋权利，当前的许多贵族却早已无力支付它的高昂费用。普鲁斯特听说，"半个城区的人"都欠萨顿的钱，金额高达六位数。因此，偶尔偷窥一眼制服裁缝铺，就能看到某一位大老爷或贵妇人正处于令人难以置信的窘况：生动地展示了历史感与现代性的冲突。

偷窥到这一场面的乐趣也在普鲁斯特的作品中有所表现，不过他把它们变成了揭露变态而非穷困的场景，那是上流社会最下流的秘密。在他的短中篇小说《无动于衷的人》（*L'Indifférent*，1893，发表于 1896 年）中，一位名叫莱普雷的交际家有着"一张漂亮而高贵的路易十三的脸"[28]，无意中赢得了玛德莱娜·德·古韦斯的芳心。玛德莱娜是个精力充沛的黑发寡妇，许多声名显赫的绅士都拜倒在她的石榴裙下，但都被她拒绝了。莱普雷之所以吸引玛德莱娜，是因为只有他对她的魅力无动于衷。玛德莱娜"陷入了一种疯狂地需要"让莱普雷爱上她的情绪[29]，符合"那句著名的台词'如果你不爱我，我就爱你'（Si tu ne m'aimes pas, je t'aime）中包含的关于调情的至理名言"（普鲁斯特很难克制住向活泼的黑发比才寡妇致意的冲动）。[30] 但她每次尝试诱惑他都以失败告终。她最后惊恐地得知，莱普雷每晚在巴黎的贫民窟游逛，寻找"阴沟里的卑劣女人"。他高贵的风度掩盖了一个无耻的恶行："他只爱满身泥污的女人，他疯狂地爱着她们。"[31]

这样的倾向不光使得玛德莱娜无法得到莱普雷的爱，还使他作为已故父亲的独子无法延续家族的血脉。他的一位朋友向玛德莱娜解释说，他不愿意与同阶级的女人做爱，"莱普雷太爱惜羽毛，根本不考虑结婚。……他的儿子也不会像他，因为他根本不会有儿子"。[32] 莱普雷的性喜好让他在性交之后绝不可能生育一位合法继承人，因而以一种惊人的方式反转了普鲁斯特的姓名重生模式。一个像"阿代奥姆"这样的名字固然能够重现一段古代的祖先历史，但莱普雷这样一个变态却注定会使一个姓氏和血统彻底消失。

《索多姆和戈摩尔》(*Sodome et Gomorrhe*，1921-1922)中有一个情节更直接地移植了在萨顿裁缝铺里发生的粗俗一幕。叙述者偷窥到德·盖尔芒特公爵夫人的一位表亲、蛮横的德·夏吕斯男爵进了位于盖尔芒特家右岸住所底层的制服裁缝铺。马塞尔预感到夏吕斯此行必有故事，便潜入裁缝铺隔壁没人的出租铺子，他在那里隔着薄薄一堵墙听到的声音"仿佛魔杖一般迅猛和彻底"地"完全改变了"他的观念，让他获得了重新看待一切的视角："在此之前，我一直都不明白，也未曾目睹过。"[33] 马塞尔看到的，更确切地说，他听到的，是一个裁缝与夏吕斯之间吵闹的性接触。夏吕斯是一个鳏夫，素有花花公子的名声。后来，从自己的藏身处偷看外面的庭院时，普鲁斯特看到男爵要为这次幽会向那位性伴侣付钱。夏吕斯的故事与莱普雷的故事一样，都是性偏离的污点取代了财务困境的耻辱——并最终预示了一个贵族家族血统的终结，单单贫困是不大可能使家族走向终结的。

此外，这些场景还使普鲁斯特有机会探索肤浅与深度、相似与真实之间的复杂关系。与"把现在和过去结合在一起"的姓名一样，犯有隐秘罪行的贵族也横跨两个本该相互矛盾的世界：高贵与低贱。无论多么荒谬，他的高贵出身和贵族特权始终与它们本该排斥的堕落并存。

　　普鲁斯特每周日在前往奥斯曼大道134号的行程中瞥见的表面上的高贵和背后隐藏的堕落并存，成为他笔下的社交界的一个基本特征。他会在到达目的地之后对这些看似矛盾的东西进行更为细致的观察，并做出更加深刻的解释。经过莎士比亚雕像（虽然普鲁斯特喜欢这位吟游诗人，但这座纪念碑却没有在他的作品中留下任何痕迹）后右行，就到了斯特劳斯家的住址，他会推开萨顿裁缝铺门面右边的那扇厚重的木质前门。一进大厅，他会登上一小截楼梯，戴着手套的手掠过新艺术风格的楼梯扶手那段铁艺曲线。如果哮喘发作，他会略过楼梯，乘坐小小的电梯上楼，电梯的样子十分有趣，像一把路易十五时代的围手椅。正如他的朋友乔治·德·洛里后来所说，在整个行程的这最后也是最短的一段，普鲁斯特的兴奋感会达到峰值，理由也很充分。一旦越过门口，跨进斯特劳斯夫人的沙龙，他真正的发现之旅就要开始了。[34]

注　释

1　RD, *Souvenirs*, 57.

2　FG，引文见 RD，同上。

3　JEB, *Mes modèles*, 108.

4　关于 MP 服兵役的资料包括 Carter, *Marcel Proust*, 103-5; AG, *Les Clés de Proust*, 115; Tadié, op. cit., 58; Taylor, op. cit., 19-23; and Marie Miguet, "Le Séjour à Doncières dans *Le Côté de Guermantes*: Textes et avant-textes," in Vers une sémiotique différentielle, ed. *Anne Chovin and François Migeot*

(Besançon: Presses Universitaires Franc-comtoises, 1999), 27-50。感谢 Philippe d'Ornano 体贴地与我分享他关于波拿巴家族与其瓦莱夫斯基祖先的知识。

5　Chovin and Migeot, op. cit., 30.

6　1893 年 9 月 28(？) 日 MP 致阿德里安·普鲁斯特的信，见 Kolb, ed., vol. 1, 236。

7　关于 MP 这一时期对英语文学的兴趣，见 Daniel Karlin, *Proust's English* (Oxford: Oxford University Press, 2007), 27。

8　Carter, *Marcel Proust*, 160.

9　RD, *Souvenirs*, 79-133; FG, L'Âge d'or, 148-52; Carter, *Marcel Proust*, 131-32; and Painter, op. cit., vol. 1, 114-15. 关于让·赖特尔在他工作的报纸 (*Le Temps*) 印刷厂里制作《酒筵》，见 FG, *Mon amitié*, 59-60; and Raczymow, *Le Paris retrouvé de Proust*, 137。关于文学小团伙把《酒筵》的订阅权卖给了 GS 沙龙的客人，见 RD, "Madame Straus et Marcel Proust," 16。

10　"Paul Bourget in New York," *Pittsburgh Press*, August 21, 1893, 2; 关于 GPR 取得的成功，见 HR, *Nos rencontres*, 122; 关于保罗·艾尔维厄的成功，见 Octave Mirbeau, *Combats littéraires* (Paris: L'Âge d'homme, 2006), 82。

11　关于 LC 报告说 GDW 最近开始欣赏 GPR 了，见 NAF 24955, folios 208, 211, 245, and 264。

12　关于年轻 MP 坚持作家的生活与他的艺术密不可分 (而不是在他继《驳圣伯夫》以后宣称的绝对不可比)，尤其见 JS，它在开篇就发表了免责声明："这本书能否被称为小说？它不如小说，又或者大大高于小说：它是我生活的底色，没有多少装饰……这本书不是写作而成的，它是我采摘的。" MP, JS, 183. MP 在整个 JS 中不断重提这一概念，例如他还写道，"我们的生活无法彻底与我们的作品分开。我向您叙述的所有场景都是我在生活中经历过的"(490)，或者在把作家的生活"情景，无论快乐的还是可怕的"作为艺术"素材"之后，MP 得出结论——"无论我们过着什么样的生活，我们的生活永远是我们学习阅读 (并学习写作我们周围的世界) 的字母表"(477)。读者或许能够注意到这种艺术生活共生的概念和 GBB 试图与 EG 共同探讨的那种观念之间的相似性，后者也力图把"一点神性的、活生生的现实"注入他们共同的文学创作中。

13　Jean Lorrain (pseud. Duval), 无标题评论转载于 PJ, 294-296, 295。FG 提到同样的问题时写道, 虽然 PJ 中包含"一些很有趣的东西", 但它还是有"太多的亲王夫人、太多忧郁的美人、太多优雅"; 见 FG, *Mon amitié*, 65。FG 在 MP 对冈德拉的《小鞋子》的书评中看出了同样的特质, FG 说它"语气上很像社交界——当时, 世故是他可爱的小罪过, 也一直是他的主要灵感来源之一。"同上书, 53。

14　该文本的引文摘自 MP, "'Les Petits Souliers,' par M. Louis Ganderax," *Le Banquet* 1 (March 1892)。冈德拉的小说本身, "Les Petits Souliers: conte de Noël," 发表于 *La Revue des deux mondes* 109 (January 1, 1892)。

15　DH, *Pays parisiens*, 148.

16　David Jordan, *Transforming Paris: The Life and Labors of the Baron Haussmann* (New York: Simon & Schuster, 1995), 194-95.

17　X. (pseud.), "Choses et autres," *La Vie parisienne* (November 13, 1875): 642.

18　MP, "A une snob," in PJ, 89. 该文本最早发表在 *La Revue blanche* 26 (December 1893): 392-93。

19　MP, *Days of Reading*, trans. by John Sturrock (London and New York: Penguin Books/Great Ideas, 2008), 104.

20　同上书, 103.

21　MP, CG, 825. 这最后一行出现在关于贵族姓名的响亮魔力的长篇讨论中, 其中 MP 指出: "与我自己的审美愉悦相比, 我对历史并没有那么好奇。"又见 MP, CSB, 248: "在我看来, 盖尔芒特是他们的名字。……盖尔芒特这个名字融合了（诸如）布拉邦的热纳维耶芙的珍奇, 仿佛（一幅）画有查理八世的挂毯, 一扇印着恶棍查理的彩色玻璃窗。……我受邀把这些传奇人物, 这些幻灯片上的人物、彩色玻璃窗上的人物、（来自）九世纪的挂毯上的人物融合在一起时, 盖尔芒特这个光荣的名字仿佛获得了重生, 能够认出我, 开口呼唤我。"

22　"Le Livre d'or du *Figaro*," *Le Figaro* (December 26, 1877): 2.

23　de Pange, op. cit., 23.

24　L. de Vogüé, op. cit., n.p.

25　La Bruyère, op. cit., 132.

26　MP, *Manuscrits autographes: Soixante-deux cahiers de brouillons, etc.*, NAF 16652, cahier 12, folios 124-29.

27 在 RTP 中，MP 把同样的"法则"或"力量"称为"盖尔芒特的天才"（le génie des Guermantes），génie 既有"天才"也有"精灵"之意，这个短语含有人类发明和超自然神力的神秘融合之意。MP 在 JS 中讨论过同一现象的类似情况，关于有些贵族"在言谈举止以及艺术……品位中谦和地贬低自己的贵族身份"，同时又以微妙的方式，例如"用小小的贵族王冠装饰的信纸，一群看似漫不经心地称他们为'公爵老爷''公爵夫人太太'的仆人，祖先的画像，带有他们的名字的城堡，以及刻有家徽的银器"来强调自己头衔的题外话。MP, JS, 448.

28 MP, *L'Indifférent*, PJ, 263. MP 在 1893 年夏就写出了这部作品，却一直到 1896 年才发表；同上书，348; and Kolb, ed., op. cit., vol. 1, 133。

29 MP, *L'Indifférent*, 264.

30 同上书，257。MP 对玛德莱娜的寡居的叙述读来也像是暗指 GS："在她四年的寡居生涯中，（社交界）最出色的男子每天都会来府上拜访好几次。""他们的一致意见让她知道自己是巴黎最有魅力的女人，她聪明（和）风趣的名声……更为她的美貌增色不少。"(261)

31 同上书，266。

32 同上。

33 MP, SG, 11.

34 GL, op. cit., 145.

普鲁斯特的同窗好友们虽然抱怨他出于对"社交圈的极度痴迷"而每周光临斯特劳斯夫人的沙龙,但文学小团伙中有好几个人——雅克·布朗什、费尔南·格雷格、罗贝尔·德雷福斯、罗贝尔·德·比伊和乔治·德·洛里——也都是那儿的常客。他们坚称自己不像好友普鲁斯特那样热衷于上流社会;不管这是否属实,布朗什后来回忆道,他们继续"哀叹普鲁斯特对社交界的关注"。他们事后才意识到,普鲁斯特从一开始就很清楚,为了发挥自己的艺术想象力,他需要仔细考察那个曲高和寡的世界。要写作关于上层的出色作品,他必须靠自学去了解那里的居民,到此时为止,他只有一个地方可以近距离地观察他们。[1]正如格雷格在回忆录中所写的,"普鲁斯特关于社交圈的一切,都是在斯特劳斯夫人家里学到的"。

为此目的,普鲁斯特前往斯特劳斯夫人的夹层公寓时,认定他可以从常客们的每一句措辞、每一个手势和每一次伪装中旁收博采。布朗什惊异地看到普鲁斯特强大的观察力,把它比作"蜜蜂的触角和有着上千个小眼面的昆虫复眼"。这一比喻与普鲁斯特后来说他进入社交界是为自己艺术的"黑蜜"收集花粉的话异曲同工。与他心目中的另一位文学英雄、小说家奥诺雷·德·巴尔扎克一样,普鲁斯特也将得益于自己包罗万象的观察,一丝不走地创作人物和场景。无论年轻时代的初试牛刀还是在后来的成熟作品,上层的习惯和怪癖都将是他的素材来源。

普鲁斯特在斯特劳斯夫人的沙龙里学到的东西也对他的创作产生了更深刻、更广泛的影响。他最初拜访沙龙的那几年,她的好几位长期忠实信徒由于在现实生活中爱上高不可攀的社交名媛，也发表了有感而发的作品。其中最著名的是莫泊桑的《如死之坚强》，这部小说与他的朋友波托－里什的《错过的幸福》同时连载发表。《如死之坚强》和莫泊森随后的小说《我们的心》（*Notre cœur*，1890）都被公认为受他与斯特劳斯夫人之间的情事启发。也就是说，就在年轻的普鲁斯特刚刚开始从事写作、成为巴黎上流社会的吟游诗人之时，莫泊桑也和波托－里什一样，在普鲁斯特未来的盖尔芒特公爵夫人的几位原型人物之中，找到了一位缪斯。

　　《如死之坚强》的作者为普鲁斯特树立了一个尤其重要的榜样，因为与波托－里什不同，莫泊桑送出了自己的吻，也讲述了他的故事，而波托－里什至死都没有说出他那本《错过的幸福》是题献给伊丽莎白·格雷弗耶的。[2] 更确切地说，莫泊桑在小说中穿插了不少一看便知与斯特劳斯夫人和他自己有关的细节，引导读者产生了令人信服的印象：他讲的是亲身经历的情爱秘密。在此过程中，他所树立的先例对普鲁斯特有两重意义。首先，他强调自己的生活与作品之间公认的交会点，将现实的元素重新编排进作品，使之带上艺术真实的印记。虽说普鲁斯特在高中时代的作品中已经开始尝试这种美学了，但比他大 20 岁的著名小说家莫泊桑却更加纯熟地表达了这一美学观念。

　　其次，莫泊桑使用艺术碰撞现实的手法来批判斯特劳斯夫人和她的朋友们为之倾心的优雅文化。人们不久就会看到，莫泊桑本人在生活中决心成为上流社交界的一员。但在他的文学作品中，他同样决心抨击他们。他在创作上的诚实正直不允许他在作品中对那么一个阶级进行理想化的描述，无论他作为一个男人多么渴望进入那个阶级，作为艺术家的他很清楚，那个阶级是空洞的、堕落的。"社交人士应该意识到，"莫泊桑在别处写道，"他们对小说家敞开大门的危险，不亚于一位谷物商在自己的仓库里养老鼠。"[3] 这一比喻大概并非不含恶意；如果他和热纳维耶芙真像朋友们怀疑的那样亲密，那么她很有可能曾对莫泊桑透露过丈夫不体面的家庭背景。（果真如此的话，那要算是她少有的重大供述，因为忠实信徒中其他人的公开和私人作品加起来足有几千页了，却没有一人提到过斯特劳斯的谷物商亲戚。）

然而对普鲁斯特来说，更重要的一点在于：莫泊桑亲身展示了不加粉饰地描写社交界是可能的，甚至是必须的。在《如死之坚强》中，莫泊森指出上层的文学价值不在于它的优雅本身，而在于这样的优雅既促成又掩盖的那种错位的雄心、幻灭的渴望和大量的欺诈。虽然年轻的普鲁斯特并未完全理解这一理论，但假以时日，它将对他关于上层的最精准敏锐的描述产生影响。

30 年后，在《盖尔芒特家那边》中，普鲁斯特会写到德·盖尔芒特公爵夫人"同我谈圣日耳曼区时，就像在同我谈文学，并且，只有在她同我谈文学时，我才觉得她比任何时候更愚蠢，更带有圣日耳曼区的特征"。[①][4] 结合上下文，这几句话提到的现象与《如死之坚强》中讨论的现象稍有不同。普鲁斯特的叙述者赞美德·盖尔芒特夫人的"文学"特质时，他讨论的是她的血统令人浮想联翩的象征：十字军祖先、家族纹章，以及古老而充满诗意的姓名。叙述者认为，比起公爵夫人试图显摆教养的那些枯燥无味的寒暄闲聊，这些贵族标识才是更加丰富多彩的艺术素材。

然而，这句关于城区的文学性的话也在更笼统的意义上适用于普鲁斯特和莫泊桑在热纳维耶芙·斯特劳斯的沙龙里亲眼所见

/ 417

① 译文引自马塞尔·普鲁斯特：《追忆似水年华》，李恒基、徐继曾等译（南京：译林出版社，2001 年），第 843 页。

在《如死之坚强》（1889）中，居伊·德·莫泊桑抨击了他在热纳维耶芙的沙龙中见到的世故的文化

的动态。那里上演的交际互动是一出出皮影戏，在真实戏码的表面之下还上演着一出双簧，正如歌剧院舞台上的表演之于预约之夜的社交界。进入社交界就意味着戴上面具，向世人展示一副优雅的外表，将一切私密的、"不雅的"、真实的痕迹藏匿起来。在这个重要的意义上，贵族社会很可能是世纪末巴黎最富有文学性的背景，因为它要求成员必须以虚构的方式存在。《如死之坚强》中的一个人物曾说："在社交界，一切都是假象。"[5] 这是最为深刻的真理。

　　嫁给斯特劳斯并搬到第八大区后，热纳维耶芙离开了充满艺术气息、混乱无序的蒙马特尔。但为了保持一点使她杜艾街的沙龙大受欢迎的波希米亚风，她迫使丈夫做出了妥协。在他们新搬入的街区，贵族家庭一般要么住在庄严古老的府邸，要么住在某一座住宅楼主要楼层的豪华公寓里，这一带有许多奢华的第二帝国时代的住宅楼。斯特劳斯家迁入的奥斯曼大道134号大楼也同样奢华，也有主层公寓，配有两层高的天花板、正式的双开门和这类住宅中常见的巨大的铁艺阳台。但在热纳维耶芙的劝说下，斯特劳斯夫妇放弃了这一选项，而住进了这座住宅楼的夹层，那是位于主层以下、底商萨顿裁缝铺高高拱起的窗户上面的一个低矮空间。在其他这类住宅楼中，像萨顿这样的商人要么把夹层用作仓库，要么用作自己"店铺楼上"的住处。斯特劳斯夫妇既有钱又有地位，做出这么一个房产决定十分古怪。然而在热纳维耶芙和她的忠实信徒看来，夹层与她以前那间蒙马特尔的公寓一样，是个诱人而别出心裁的另类，背离了上流社会古板无趣的庄严奢华。的确，在少女时代与继母德·格拉蒙公爵夫人（娘家姓罗斯柴尔德）一起拜访过那里的莉莉·德·格拉蒙回忆说，那是个迷人的地方，几乎带有某种魔力。由于公寓的窗户正对着奥斯曼大道两旁的树梢，它给了访客们一种登上树屋的愉快感觉，那里低矮的天花板也有助于营造一种温馨的气氛。据格拉蒙回忆，夹层公寓那种"无可名状的诱人而亲密的魔力"也延伸到了它那位孤独的女住户身上："在低矮的沙龙里，阳光透过窗外栗子树的叶子斜照进来，埃米尔·斯特劳斯夫人散发出一股前所未有的迷人气息。"[6]

热纳维耶芙的沙龙位于大楼圆形建筑的那间漂亮的椭圆形房间，她如今作为斯特劳斯的妻子享受的富有生活也在那里（不管是不是夹层）绽放出最为耀眼的光彩。她的一位忠实信徒曾写道，斯特劳斯把她视为"他的杰作"[7]，把她安置在一个精美绝伦的环境里，周围摆满了路易十五和路易十六时期价值连城的古董。[8] 访客们就坐的手工雕刻的椅子和长沙发上有玛丽·安托瓦内特的家具师乔治·雅各布 ① 的签名。家具上的奥布松饰面上绘有农人赌博或花环图案，还有拉封丹《寓言》的插图，与伊丽莎白·格雷弗耶客厅套房里的博韦挂毯一样。奥布松挂毯悬挂在洛可可风格的护壁板上，上面所绘的田园场景与斯特劳斯收藏的画作交相辉映：那些画作不拘一格，但都是一流的18 世纪法国大师（华托、纳蒂埃 ②、格勒兹 ③、弗拉戈纳尔 ④、布歇）以及当代画家（莫奈、毕沙罗 ⑤、雷诺阿、维亚尔 ⑥、秀拉 ⑦，以及福兰、德洛奈、莫罗、德太耶等知交故友）所绘。在所有的 19 世纪法国艺术家中，斯特劳斯最热衷收藏的是欧

---

① 乔治·雅各布（Georges Jacob，1739-1814），巴黎最著名的两位大师级木匠之一，曾为法国王室城堡制作座椅家具及家装，主要采用新古典主义风格，让人联想起路易十六时代的家具。

② 让－马克·纳蒂埃（Jean-Mark Nattier，1685-1766）法国画家，以为国王路易十五宫廷里穿着古代神话服饰的女人画肖像而闻名。

③ 让－巴蒂斯特·格勒兹（Jean-Baptiste Greuze，1725-1805），18 世纪法国画家，与同时代描绘宫廷和神话为主的画家不同，格勒兹关注市民生活，善长风俗画和肖像画。

④ 让－奥诺雷·弗拉戈纳尔（Jean-Honoré Fragonard，1732-1806），法国洛可可时代最后一位重要代表画家。他的前期画作以宗教、古典故事为主题，后期基本以奢侈、享乐、情欲为主题。

⑤ 卡米耶·毕沙罗（Camille Pissarro，1830-1903），丹麦裔法国的印象派、新印象派画家。毕沙罗喜好写生，画了相当多的风景画，他的后期作品是印象派中点彩画派的佳作。

⑥ 爱德华·维亚尔（Édouard Vuillard，1868-1940），法国画家、纳比派成员。其作品多为肖像画、室内画和装饰性壁屏，常以周围常见的食物为题材。维亚尔实现了拉斯金、莫里斯等人提出的"艺术平等"口号。

⑦ 乔治－皮埃尔·秀拉（Georges-Pierre Seurat，1859-1891），点彩画派的代表画家，后印象派的重要人物。他的画风与众不同，充满了细腻缤纷的小点，每一个点都充满着理性的笔触。秀拉擅长画都市中的风景画，也擅长将色彩理论套用到画作当中。

仁·布丹^①，此人最痴迷于描画海滩、港口、栈桥、船只、低潮和强浪。热纳维耶芙有时会叹息道："我看布丹看得够够的。"⁹ 她不喜欢水景，或许因为自己的姐姐是溺水而死的。

有些艺术藏品被按照主题归置在一起。福尔图尼^②所绘的农村姑娘水彩画与米勒^③同一主题的蜡笔画相邻；格勒兹和福兰所画的半裸姑娘构成了另一对诱人的组合。还有些组合显示出女主人著名的任性的幽默感。在两幅油画中，朱庇特以两种不同的面具侵犯了两个不同的女人。米勒所画的维纳斯和丘比特的铅笔素描夹在拉米的《奥赛罗与伊阿古》（*Othello and Iago*）和巴瑞^④的《两只孟加拉虎相争》（*Two Bengal Tigers Fighting*）之间。这组三联画有何寓意？爱会伤人，嫁给"老虎斯特劳斯"后尤其如此。附近还悬着杜米埃^⑤的一幅漫画，画着一位秃顶的律师在法庭上大放厥词，更是再明白不过地凸显了这一寓意。

/ 419

壁炉旁边的架子上立着一群学术派动物雕像：石膏雕塑的一

---

① 欧仁·布丹（Eugène Boudin，1824-1898），法国风景画家。早年跟随米勒和特罗容学画。布丹出身水手世家，其父为导航员。布丹一生受其影响，热爱法国西部海岸的景致。他的第一次作品展是在1857年，被称为"印象派之父"，也是莫奈的启蒙恩师。

② 马里亚·福尔图尼·马尔萨尔（Marià Fortuny i Marsal，1838-1874），19世纪加泰罗尼亚画家。他是欧洲最早的一批现代主义艺术家之一，也是当时在巴黎和罗马知名的加泰罗尼亚籍画家。

③ 让-弗朗索瓦·米勒（Jean-François Millet，1814-1875），法国巴比松派画家，以乡村风俗画中感人的人性而闻名法国画坛。他的画作以写实的风格描绘农村生活，是法国最伟大的田园画家。

④ 安东尼·路易斯·巴瑞（Antonie Louis Barye，1796-1875），走兽雕塑家，是杰出雕塑家波西奥和画家格罗的学生。1831年的沙龙中展出了安东尼·路易斯·巴瑞的雕塑《猛虎吞噬鳄鱼》，使他获享盛名。

⑤ 奥诺雷·杜米埃（Honoré Daumier，1808-1879），法国著名画家、讽刺漫画家、雕塑家和版画家，杜米埃是当时最多产的艺术家。

头狮子和一条灵缇；青铜雕塑的一只矮脚猎狗和一头单峰骆驼。这些奇异的组合也表明它们出自热纳维耶芙之手，她在情绪低落时曾说过，婚姻状态就像一个悲剧的错配，把两头注定无法同步而行的野兽束缚在一起。[10] 有些组合就显得比较欢快，例如一群纤巧而精美的 18 世纪陶土小雕像组成的方阵，排列在壁炉台上。

墙角的一个玻璃柜里展示着一套由皇家哥本哈根瓷器厂制作的昂贵而花里胡哨的小动物塑像。没有罗斯柴尔德家族的人在场时，热纳维耶芙会对那些"可怕的哥本哈根"[11]翻翻白眼，解释说她没法扔掉它们，因为那是阿代勒·德·罗斯柴尔德多年前送给雅克的生日礼物。热纳维耶芙用这么一句装腔作势的抱怨摆出大胆不敬的样子，恰如洛尔·德·舍维涅嘲笑那些罗曼诺夫朋友们的坏品位。（"我去过沙皇村，那里一点儿都不时髦！"）考虑到就连那些忌妒罗斯柴尔德家族的财富和社会地位的上流名士们也承认他们艺术收藏的品位无人可比，这真是一记险招。热纳维耶芙对"可怕的哥本哈根"的蔑视表明她对人们普遍认同的观点无动于衷，对于她自己的名望所依赖的那些价值连城的东西不屑一顾。的确，热纳维耶芙声称雅克之所以接受了阿代勒送他的这套小动物塑像生日礼物，是因为阿代勒和她已故的丈夫萨洛蒙·德·罗斯柴尔德男爵（Baron Salomon de Rothschild）是他的教母和教父。事实上萨洛蒙男爵在雅克 1872 年出生前八年就去世了，雅克婴孩时期的受洗证书上，教父母一栏也没有显示他或妻子的名字。

另一个陈列柜里的那个白色陶瓷的绽放鲜花的花园就没什么争议了。堆放的第三套物品是热纳维耶芙的母亲雕塑的好几个半身像，她早在 1884 年就去世了。那些小雕像包括除了热纳维耶芙本人之外的每一位家人，莱奥妮直言不讳地拒绝为她塑像。

这个玻璃柜上方悬挂着康坦·德·拉图尔①为伏尔泰所绘的著名肖像。哲学家带着稀疏的假发，面露凶相的笑容，让雅克·布朗什觉得简直就是热纳维耶芙疯癫的老姑妈梅拉妮"逼真的模拟像"。

再婚并搬到夹层公寓后，热纳维耶芙丢弃了父亲和前夫曾在上面作曲的那架钢琴，在两个巨大的花盆架之间安放了一架新的大钢琴，两个花盆架上都开满了新鲜的玫瑰花。花也是斯特劳斯痴迷的东西：据说按顺序排下来，他最爱的三样东西分别是他的妻子、他的艺术藏品和他的玫瑰花。

/ 420

屋子里四处散落的摆设桌上堆放着书和杂志，上面写着献给热纳维耶芙的谄媚献词。她并不会一一阅读或承认自己读了那些作品，却很喜欢炫耀它们。时间在古董时钟的滴答声中流逝，时钟又重重叠叠地映现在古董镜子里。

房间正中央，在壁炉对面的墙上，悬挂着那幅得意之作：身穿丧服的比才夫人画像，眸似轻烟，面如晶玉。

德洛奈的肖像画是沙龙里的点睛之笔，就挂在热纳维耶芙斜靠着招待宾客的路易十五时代的长沙发上方。忠实信徒们一致认为相形之下，那幅肖像使得"世上所有的毕沙罗、拉图尔、秀拉和莫奈都顿时显得乏味起来"。普鲁斯特更甚，他曾对着不止一位初来沙龙的访客问道："您看，先生，它比《蒙娜丽莎》还美，不是吗？"[12] 自1878年在巴黎沙龙面世以来，这幅油画收获了无数好评[13]，例如下面这一则：

---

① 莫里斯·康坦·德·拉图尔（Maurice Quentin de La Tour，1704–1788），法国洛可派肖像画画家。他著名的肖像画人物包括伏尔泰、路易十五、蓬帕杜尔夫人等。

比才夫人的唇上挂着憔悴的微笑，摇摆不定的火焰在她那对炽热的眸子里灼烧。她的美像个萦绕在心头的愁绪，一定很难描画。德洛奈先生却把它表现到了极致：他创作了一幅杰作。

另一种典型评论突出了被画者"令人不安的魅力"，称整幅画作是"黑色和金色的绝响"，这一说法先于惠斯勒为罗贝尔·德·孟德斯鸠所绘肖像的题目，《黑色与金色的交响》（1890—1891）。事实上，孟德斯鸠是斯特劳斯的一位当事人，也成了热纳维耶芙的好友。他为那幅传说中的肖像写过一篇颂歌："德洛奈为你的灵魂画了一幅肖像，／画中你的双眼燃烧着一团火焰／公然藐视流逝的时间。"

热纳维耶芙的朋友中只有德加一人拒绝赞美德洛奈的肖像画是天才之作。他说那幅肖像戏剧化地突出她的黑色丧服，是为传递悲伤而设计的讨巧的捷径。德加或许不无道理，因为热纳维耶芙请德洛奈画像之时，她与德拉博尔德已经秘密订婚好几年了。但德加的牢骚一点儿也没有影响其他人对这幅画作的赞赏。据莫泊桑说，他们把它视为一种宗教遗物，一到沙龙就赞美它，"很像人们一进教堂就在胸前划十字架"。[14]

热纳维耶芙享受这些致敬，哪怕它们违反了她在沙龙中不得讨论艺术的禁令。乔治·德·洛里猜测她之所以破例，是因为"她沙龙里的一切都是献给她的"。除此之外，她仍然劝阻忠实信徒们讨论阳春白雪的话题。洛里转述她的话说，她为自己的原则辩解时，指出"她的朋友们的任何书籍或（画作）自然只能是好的。为什么要对显而易见的事实喋喋不休呢"？[15]

鉴于她沙龙里的天才异常集中，热纳维耶芙关于高雅话题的禁令让普鲁斯特大吃一惊。他习惯了与他"漂亮的小妈妈"和高中时代的好友们谈论书籍和艺术，如今见到了这么多著名作家，却不能挑起文学的话题，让他十分失望。他曾在交给《周一》的第一份稿件中戏仿朱尔·勒迈特，如今却不能当面问他关于高乃依和拉辛的问题；他曾在 1893 年夏的一段时期试图模仿上流社会书信体小说《他们的自白》，却无法与保罗·艾尔维厄讨论此书；也不能就《错过的幸福》询问波托 - 里什的创作灵感（普鲁斯特私下里认为那部"书中收录的诗都很糟糕"[16]，但据《高卢人报》称，该书在巴黎"女人中很受欢迎，人手一册"[17]）。雅克·布朗什写道，普鲁斯特尤其难过的是，无法与利顿勋爵一起讨论英国文学。

中年以后，普鲁斯特会把这一困局写入《盖尔芒特家那边》。首次出席德·盖尔芒特公爵夫人府上的晚餐会时，叙述者恼火地发现"当她和诗人或音乐家在一起时，她只同他们谈论天气，并使这种极其平常的谈话具有一种优雅的韵味"[18]，而不谈论他们的作品。叙述者说"这种克制，会使一个不了解情况的第三者感到迷惑不解，甚至感到神秘莫测"[①]，如果来访者是一位他"渴望能一饱耳福的著名诗人"[②]，尤其如此。但热纳维耶芙拒绝讨论她那些著名朋友们的成就，是她自己经过深思熟虑表演出来的贵族式"单纯"。与贵族人士假装对血统无动于衷一样，她对天才的不屑一顾也凸显出她天生就有权对其习以为常。

即便在这段较早的时期，热纳维耶芙的反才女态度也常常令

---

① 译文引自马塞尔·普鲁斯特：《追忆似水年华》，李恒基、徐继曾等译（南京：译林出版社，2001 年），第 673 页。

② 同上书，第 674 页。

普鲁斯特觉得不太适应。"如果斯特劳斯夫人对我们喜欢的东西根本不感兴趣,"他问洛里,"而 X 夫人那么了解文学和艺术,我们又怎么会更喜欢斯特劳斯夫人而不是 X 夫人的沙龙呢?"[19] 洛里猜测她作为女主人的吸引力"与她天生的诱惑力有关"[20],起初,普鲁斯特同意这种说法。但没过多久他就明白,她的诱惑力绝不是天生的。

嫁给斯特劳斯后,热纳维耶芙对她可爱的人格做了些微调。除了风趣(那也发生了变化)之外,她打动忠实信徒的主要是三个特征。首先是她独树一帜的美,由于岁月流逝、神经衰弱和药物滥用的蹂躏,她本人的美比德洛奈的肖像画凸显出更大的"麻烦"。她躺椅旁边桌子上的药水瓶和注射器说明了她有多么依赖佛罗拿①和吗啡。[21] 自称"能读懂人心的心理学家"保罗·布尔热注意到她对鸦片的依赖越来越重,曾屡次恳求她减量,但她充耳不闻。

/ 422

热纳维耶芙声称用药是为了治病,但它们几乎没怎么缓解她的面部抽搐,她的脸仍然周期性地震动一下,"就像夏日天空的闪电"。然而正如这个比喻所示,她羸弱的体格也是她的魅力所在,她对此心知肚明。热纳维耶芙扮演了性感的多病之身,重演了一代人之前由她的好友小仲马那部出奇轰动的小说改编的通俗剧《茶花女》(La Dame aux camélias,1848)所张扬的憔悴病态的女性美。与住在蒙马特尔时一样,她穿着有伤风化的家居服接待来访者:婀娜多姿的便服和缀满蕾丝的晨衣,颜色是她标志性的灰色、淡紫色和白色。她大量喷洒自己最喜欢的香水"西班

---

① 佛罗拿(Veronal),巴比妥的商用名。

牙皮革"（Peau d'Espagne），以至于埃利·德洛奈恳求她"不要用那么多'西班牙皮革'了，你本来的味道就不难闻"！[22] 但和布尔热关于药物的说教一样，德洛奈的恳求也被当成了耳边风。据她的侄子达尼埃尔说，热纳维耶芙从早到晚都在身上"喷洒过量的香水"。[23]

热纳维耶芙懒洋洋地躺在铺着缎面坐垫的舒服睡榻上，家里的客厅终年燃烧着旺火，但她还是常常抱怨体冷。她会迷人地颤抖一下，抓过一件昂贵的皮草披肩或羊毛围巾包住脖子和胸部，同时把睡衣的下半部分敞开一些，露出脚踝和双脚，那是那个年代的"体面"女人绝不该暴露的身体部位。为了进一步增加刺激，她还穿着肉色的丝质长袜，双腿看起来像是裸露的。这一假象让龚古尔感到震惊，他在日记中抱怨斯特劳斯夫人"不是个上流社会的夫人，倒像个冒牌交际花"！[24] 玛蒂尔德公主也有同感，她哀叹从她自己作沙龙女主人（以及后来的红颜祸水）的黄金时代以来，社交界世风日下。但热纳维耶芙的其他访客——至少圈子里的异性恋男子们——都被迷住了。约瑟夫·雷纳克开玩笑说："应该立法禁止那一类挑逗。"[25]

然而雷纳克和热纳维耶芙两人都很清楚，那一类挑逗是她的魅力必不可少的部分，她正是用那种微妙但清晰的性欲暗示来诱惑忠实信徒的。对绝大多数拥趸而言，那一暗示只是假象。热纳维耶芙知道自己卖弄的风情会吸引他们的兴趣，但她也知道须适可而止，才能保护名声不受损害。上流社会的性别双标就是，如果她展露的性暗示过于明显，就违反了社交名媛应该遵守的礼仪。洛尔·德·舍维涅固然可以对这样的束缚嗤之以鼻，但热纳维耶芙的资产阶级犹太人出身却没有赋予她这样的自由。作为上层的一名荣誉成员，她必须奉行女性安分守己的信条。她也的确正己守道，手法之娴熟，不明所以的陌生人有时候还以为她是在修道院里长大的呢。①

因此，为了恪守妇道，热纳维耶芙把一本正经的保守姿态融入了风情，构成了她的第二个魅力标志。当忠实信徒们激情燃烧时，她保持冷静，暗示自己的冷淡源于对丈夫始终不渝的忠诚——她的第一任丈夫。虽然斯特劳斯有着"可怕的坏脾气"，但热纳维耶芙凭直觉就知道，在追随她的人看来，斯特劳斯远没有他的前任那种不可动摇的力量。因此她让忠实信徒们明白，她将永远为已故的伟大的乔治·比才守丧。她把最喜欢的长椅放在德洛奈为她创作的身穿丧服的寡妇画像下面，就是在鼓励人们持这种看法，还有就是，她只穿色彩黯淡柔和的半丧服。

这些巧计给热纳维耶芙的侍从们留下了长久的印象，保罗·艾尔维厄称她为"身穿淡紫色睡袍的美丽芬芳的夫人"[26]，保罗·布尔热借用她的某些特征塑造了他关于上流社会的小说《妇人之心》（*Un cœur de femme*，1890）中那位诱人的寡妇女主角。罗贝尔·德·孟德斯鸠为她操纵异性恋友人的纯熟技巧所折服，写了一首诗，把她比作在奥德赛多年流浪期间仍对丈夫忠贞不渝的佩妮洛普，全然无视一群追求者正在争夺她的芳心："她是著名作曲家的遗孀……／仍受到亡夫曲调一咏三叹的蛊惑……／她是佩妮洛普，永远不让追求者们近身／绝不接受其中任何一人——／但这位佩妮洛普敢于再婚。"[27] 这是孟德斯鸠最深刻的诗作之一。两人都擅长装腔作势，但他欣赏热纳维耶芙聪

---

① 热纳维耶芙或许从家族中两个在修道院里长大的女性成员那里学会了一些小窍门，她们就是卢多维克已故的同母异父哥哥阿纳托尔·普雷沃－帕拉多尔的两个女儿。其中一个女儿泰蕾兹甚至担任了神职，后来还在这个故事中扮演了一个小角色。——作者注

明的招数。再婚的佩妮洛普本来就是个自相矛盾的语词，但那正是让她如此迷人的特质。

斯特劳斯虽然忌惮孟德斯鸠的门第，却无法欣然接受他把热纳维耶芙描写为另一个男人的佩妮洛普。但就连斯特劳斯也知道，在某种程度上，热纳维耶芙仍然或者说装作仍然活在对比才的记忆中。普鲁斯特发现，斯特劳斯"每当妻子提起乔治·比才时都变得焦虑不安，她一直深深地爱着前夫"[28]，龚古尔也看到过斯特劳斯类似的反应，说热纳维耶芙每次"偶尔"哼起《阿莱城姑娘》或《卡门》中的某个曲调时，眼神会不知不觉变得恍惚起来，没有什么比那种眼神更让斯特劳斯怒不可遏的了。[29]

但同样，她故作比才寡妇的姿态绝非偶然：她有时在家里组织的比才音乐演奏会不是偶然（那又是故意违反自己的反艺术政策）；她用他歌剧中的人物为自己小型贵宾犬取名不是偶然；每一次他的作品重演她都出席不是偶然；她奔走努力，让他的纪念碑在喜歌剧院竖起也不是偶然，那里已经有一座她已故父亲的半身像了。热纳维耶芙促成了比才纪念碑落成之事简直让斯特劳斯嫉妒得发疯，龚古尔都怀疑是不是律师的某一位仇敌向她提议了这个计划。

不管斯特劳斯多么焦虑，热纳维耶芙仍然维持着比才寡妇的形象，她很清楚在继续哄骗忠实信徒和把他们从身边推开之间有一条微妙的界线，而维持这个形象绝对有助于她安全通过那个界线。与比才以她为原型在《卡门》中创造的那个吉卜赛荡妇一样，热纳维耶芙拒绝归属于任何一个男人，或者说，至少她想让大家相信这个说法。

按照莉莉·德·格拉蒙的记述，热纳维耶芙最迷人的特质之三就在于她：

有讨人喜欢的罕见直觉，她能用女性的敏锐触角了解到你最私密的想法和最深层的欲望。她知道你想要什么，正在渴望什么，焦虑什么；她讨好你，抚慰你。[30]

格拉蒙尤其崇拜热纳维耶芙优雅地抚慰德·罗斯柴尔德男爵夫人，她的丈夫阿方斯据说是斯特劳斯同父异母的哥哥，如今是罗斯柴尔德家族的族长，因而也是该家族在巴黎这一支系中最富有、权势最大的成员。阿方斯的妻子在社交界人称劳丽男爵夫人（Baronne Laurie），是他来自英国那一支的同族侄女。她生在罗斯柴尔德家族，惊人的财富仿佛一层绝缘保护膜，使她面对外部世界常常晕头转向。（有一次在参观一位好友位于英格兰的庄园时，她带着真诚的好奇问道："你们找来这么多干枯的树叶干吗啊？"）她的公公詹姆斯男爵 1868 年去世之后，劳丽男爵夫人和阿方斯继承了三亿法郎的财产，就变得更加与世隔绝了。[31] 当年，那笔财富相当于罗斯柴尔德兄弟银行一位中层管理人员年薪的 15000 倍。[32]

一走出家族的保护膜就心慌意乱的劳丽男爵夫人还有着隐匿的女同性恋倾向，这更令她茫然无措。在第二帝国时代，巴黎秘密警察曾经监视到她与德·萨冈亲王夫人的好友乔治娜·德·加利费之间有一段谨慎的情爱史。后来帝国崩溃，该警察部队也被解散了，自那以后，劳丽男爵夫人的性倾向一直是严防死守的秘密。但那个秘密在热纳维耶芙的沙龙里很有暴露的危险，少有的几位公开宣称同性恋的忠实信徒之一、小说家和记者让·洛兰最热衷于八卦巴黎上流社会秘密的同性恋。当然，洛兰深知他的女主人格外重视罗斯柴尔德家族，因而闭口不提劳丽男爵夫人的女同性恋倾向，热纳维耶芙则格外小心地安抚她：

> 如果劳丽男爵夫人带着一脸惊恐焦虑的神情走进门，斯
> 特劳斯夫人会立即站起身给她递上一杯加奶的热茶和一些巧
> 克力，不断提醒她这些高级巧克力是侯爵送来的。然后她会
> 喃喃低语："费里埃……你的沃思礼服好漂亮……大鸟笼里
> 的那些鸟儿怎么样了？"[33]

/ *425*

这种毫无痕迹的安慰就像给劳丽男爵夫人吃了一颗定心丸。
罗斯柴尔德家族的女族长片刻之后就安下心来，证明热纳维耶芙
的悉心关怀极其有效。

39岁的热纳维耶芙与她最重视的宾客之一，50岁的"劳丽（··德·罗斯柴尔德）男
爵夫人"一起摆拍的照片

不知情的人会觉得热纳维耶芙的关怀只是出于善意，例如，普鲁斯特就很赞赏（或者标榜赞赏）她的"善良""慈悲""教养之下的道德魅力"。但更了解她的人（如莉莉·德·格拉蒙）知道，热纳维耶芙"热切地关怀（朋友）的艺术"首先是"让他们离不开自己的艺术"。[34] 如果洛里觉得她"是个柔情入骨的女人"，那是因为"她知道如何讨好你，让你反过来讨好她"。[35] 莫泊桑觉得她之所以展现出"难以想象的周到体贴、精细入微（和）无尽的好心"，根源就在于她全身心地需要"让她的俘虏们靠近她，臣服于她"。

虽然热纳维耶芙的风趣一直是忠实信徒们被她吸引的一个官方理由，但和她的美貌一样，她敏捷的才思也开始衰退了。她最受欢迎的一些俏皮话如今已经传了十年之久，诸如"我正想说呢！"（回应古诺说马斯内的音乐像"八音盒"时的话）以及"这是我唯一能甩掉他的办法了"（虚假地解释为什么嫁给斯特劳斯的话）。但她仍然常常把它们拿出来说，对听众的冲击力与日俱减。即便像洛里这样年轻的访客还没怎么听过这些重复段，也评价它们是（温暾无味的）"炒冷饭"[36]，而不属于她的忠实信徒小圈子的阿蒂尔·梅耶尔居然斗胆说：

> 很遗憾，她才思敏捷，却不知该如何大方、低调一些。……真正的女主人应该知道如何开启谈话并让它顺利地进行下去，而不急着占上风。……她应该把网球拍递给客人们，而不是亲自下场打球。[37]

用这些标准来看，热纳维耶芙不是沙龙女主人的典范。但她真正的信徒们拒绝承认这类异端邪说。他们假装她一如既往地令人捧腹，每次听到她的俏皮话，总是装出一片欢腾气氛，莫泊桑（可能还有其他人）觉得那伪装的欢腾才是上流社会的本质：

> 在上流社会，笑从来就不是真诚的。出于礼貌，人们表现出愉快的气氛并佯装大笑。他们交出了一份通情达理的笑的摹本，却从未曾真正地一展欢颜。[38]

或许忠实信徒们放大了热纳维耶芙的诙谐风趣的魔力，以此来增强留在她身边的满足感，安慰自己说从社交角度来看，他们为之倾心的是全巴黎最棒的女主人。["您的谈话，"普鲁斯特滔滔不绝地对她说（无论真诚与否），"真是一件艺术品！"] 或许当她沙龙里的幽默伤害了他们本人时，他们得用伪装的大笑来缓和刺痛，就像阿斯忍受德加的反犹笑话那样。普鲁斯特忍受洛兰叫他"马塞尔·屁"也是一样，洛兰不知从哪儿听说了他高中时代的这个屈辱绰号。

这种防御奚落的办法大概对一个人尤其有用——作为对自己的短小俏皮话的补充，热纳维耶芙最喜欢讲述长故事来逗弄此人——那就是卢多维克的写作搭档亨利·梅亚克，他真的是打热纳维耶芙一出生就看着她长大的，骄傲地自称是她最狂热的拥趸。毫无疑问，他也的确有着最大的块头：这位渐秃的红脸单身汉长着一圈浓密灰白的海象胡子，因为肥胖而从来蹲不下身去系鞋带，他走路总是拖着鞋带在后面。热纳维耶芙和朋友们戏称他为"肉疙瘩"[39]——艾尔维厄又把它改为"法兰西学术院的肉疙瘩"[40]，谅必是出于嫉妒，因为梅亚克1888年入选了这一最高学术机构。

鉴于他在歌剧和戏剧界的成功，梅亚克可以随意挑选歌唱家和女演员跟他上床，他不在夹层公寓时就是这样消遣的。但热纳维耶芙在场时，他会热诚地宣称她是他唯一钟爱的女人，并竭尽全力证明自己的忠诚。每当她离开巴黎去做温泉疗养（一年有很多次），他总是坚定地尾随，跟她一起旅行。但如此一来，他就把自己变成了她回家后讲述的"有趣"故事的冤大头。梅亚克生长在巴黎的林荫大道中，对城市之外的生活一无所知，他那倒霉相简直就是热纳维耶芙取之不尽的笑话大金矿。她讲述他为了取悦她，在瑞士的一个湖边温泉变成了游艇驾驶员——"梅亚克租了一艘小摩托艇，开始讨论在自己的法兰绒裤子上绣满船锚"[41]——还有一次去比利牛斯山脉的旅行中，梅亚克试图"做

亨利·梅亚克是卢多维克·阿莱维长期的写作搭档，也是热纳维耶芙最为盲从的忠实信徒。她和保罗·艾尔维厄戏称他为"法兰西学术院的肉疙瘩"

个徒步者和远足者，头戴贝雷帽挥舞着一根（牧羊人的曲柄杖）四处炫耀。那真是一幅很美的画面"[42]，这些故事让忠实信徒们十分欢乐。

这些趣闻逸事变成了热纳维耶芙施展幽默的主体，以至于在她的沙龙里，当常客们像普鲁斯特后来在《追忆似水年华》中所写的那样，说起她的"梅亚克和阿莱维式"诙谐时，他们所指的可能不仅仅是她与阿莱维共有的反讽能力，还有她对梅亚克的嘲弄奚落。它们或许也凸显出她把表兄的合作者控于掌心的卡门式风格（"如果我爱上你，你可要当心"），她越是拿他开心，他就越发卑微地爱她。在一封她拿出来向朋友们显摆的信中，梅亚克奴颜婢膝地对她信誓旦旦，说："勒迈特所说的我的一切'天才'都起于你，源于你。……我所写的一切美好的东西都是因你而起。"[43] 他可是这个国家的 40 位"不朽者"之一，这样的颂词非同小可。

热纳维耶芙的故事并非都以笨手笨脚的"肉疙瘩"为主角。不过大多数故事都围绕着她离开巴黎的旅行——或许想到能够获取一些新谈资，就会让这些离开城市的时光变得稍微不那么令人沮丧。她有一个故事就来自在暴雨中搭乘轮渡横穿马焦雷湖（Lake Maggiore）的旅行，那次梅亚克不在身边：

/ 428

> 我上了轮渡，在意大利美丽的天空下——那是我见过的最恶劣的天空。……还有暴雨！大家都到船舱里去躲雨，我要是告诉你们有一支意大利军乐队先到了船舱，你们就知道那里有多挤了。……黑压压一片，根本不能动，船上下颠簸着。伞都撑开了，行李要么湿透了，要么找不到了，还有电闪雷鸣，就在那时，哈，意大利人真是天性喜乐，乐队指挥

给了个手势，然后砰、砰——表演开始了！我整个人动弹不得，左边是个扁衣箱，右边是支伸缩号。[44]

另一个精彩片段的高潮是，她在鲁瓦亚的一处温泉看到了一个"古怪的东西"，把祷告椅和坐浴盆合二为一："我还从未见过这种东西——它的发明者一定是个大忙人！"[45]

在热纳维耶芙"难忘的、几乎不可描述的四个小时"[46]的故事中，梅亚克再次出现，她同他和斯特劳斯一起去参观卢尔德的圣母朝圣地（孀居的尚博尔伯爵夫人在位于格里茨的花园里竖起的就是那个朝圣地的微型复制品）。但这个故事中的点睛之笔居然不是梅亚克，这可是绝无仅有的：

> 想想吧，满城都是精神失常的疯子跪在街道中央，女人们手拿蜡烛四处走动，神父们唱着圣歌列队前行，害痨病的、半身不遂的、癫痫症患者和疯女人们被人用小车推进洞穴，人群在泥地里挤来挤去，尖叫着对圣母祈求，声音大得不像是祈祷，倒像是骂人。……那天的卢尔德大概有10000个朝圣者……上帝在那个城里只扮演一个小角色，那种感觉很古怪……一切都是献给圣母的：雕塑、祈祷、横幅，等等等等。人们嘴里只会谈论圣母，上帝给我的印象就像个"不堪大用的丈夫"，大家只是出于礼貌才跟他打个招呼。

思维敏捷的听者马上就知道，"不堪大用的丈夫"恰是斯特劳斯在热纳维耶芙的沙龙里的角色。自从他娶了他们的朋友，那些他对其地位垂涎三尺的大人物都明确地对他说，他们到夹层公寓唯一要做的事就是与他的妻子交往。更令人恼火的是，她自己如今也开始鄙视斯特劳斯了，龚古尔也注意到此事，记下了这样一则对话："丈夫说漏了嘴，说'昨晚上我做了个最最愚蠢的梦'。S 夫人答道：'亲爱的，你确信你当时没醒？'"[47] 为了避免这类打击，斯特劳斯越来越频繁地缺席她的沙龙，而据达尼埃尔·阿莱维说，没有一个人想念他。

最不想念他的当属热纳维耶芙和莫泊桑，两人的秘密交往始于 1885 年末或 1886 年初。最初可能是波托 - 里什、洛尔·德·舍维涅或玛蒂尔德公主介绍他们认识的，后者声称莫泊桑受她提携，因为她与他已故的导师居斯塔夫·福楼拜交情甚笃。初遇莫泊桑时，热纳维耶芙还在为她是否应"最终答应"嫁给斯特劳斯而举棋不定，而比她小一岁半的莫泊桑风头正劲，刚刚出版了第二部小说《漂亮朋友》（1885），出版短短四个月就重印了 36 次。[48]《漂亮朋友》讲述了一位沉迷女色的粗鲁记者靠与女人上床一路攀爬到巴黎社会顶端的故事，不但让它的作者声名大噪，还给他带来了足够的财富有能力购买一栋海滨别墅、一艘游艇和埃米尔·斯特劳斯提供的法律服务。小说家同行保罗·莫朗①估计，莫泊桑的轰动大作为他创造了 90000 法郎的年收入，对虚构文学作品来说，这是史无前例的巨款。

《漂亮朋友》的巨大成功使人们关心的焦点转向了莫泊桑本人丑闻连连的名声。他鼓励人们八卦这部小说的自传性质，信件签名都用"漂亮朋友"，还吹嘘说"漂亮朋友就是我自己"（这是在模仿福楼拜的名言："包法利夫人就是我自己"）。[49] 和他的小说主人公一样，莫泊桑也曾是个记者，因傲慢粗野的举止、结

---

① 保罗·莫朗（Paul Morand，1888-1976），法国著名作家、法兰西学术院院士、外交官，被誉为现代文体的开创者之一。跟法兰西学术院文学大奖并列的保罗·莫朗文学奖就是以他来命名的。

实健壮的体格和浓密的胡须（他在作品中把这当作性能力的关键象征），以及对女人的致命吸引力而声名远扬——传说有 300 个女人委身于他。只要他还在公众的视线内，莫泊桑的性能力就始终是他标志性的特征之一。人们认定小说的主人公很像他，进一步巩固了关于他的传奇的那个方面。

和大多数传奇一样，这个传奇也有它的黑暗面：梅毒。到 1889 年，莫泊桑的疾病已经造成了严重的视力问题，更让他身边的人心烦的是，他经常会做出癫狂行为。一个朋友说，有一次他和莫泊桑在乡间散步，莫泊桑突然抓起一根掉在地上的树枝，使劲儿插进地里，咆哮着说一年以后，它就会生出"千百个小莫泊桑"。[50]

1887 年，莫泊桑与另外 300 位法国艺术家联名抵制埃菲尔铁塔，当时铁塔在建，准备迎接 1889 年世博会开幕。后来他经常在塔里的餐厅吃饭，"因为这是全巴黎唯一一个（他）无须看到"铁塔的地方。他还有一句不那么诙谐的俏皮话，声称："上帝在埃菲尔铁塔塔尖宣布：'德·莫泊桑先生是上帝之子，是耶稣基督。'"[51] 脱离语境来听，这类自大狂的宣言或许是名声带来的自恋症状：是大量财富和阿谀奉承几乎必然带来的自我膨胀。只有更了解他的人才知道，他正摇摇晃晃地走在彻底疯狂的边缘。[52]

对热纳维耶芙来说，在嫁给一位古板拘谨的律师之前，这位坏小子小说家实在是个诱人的冒险。说到底，她对精神失衡并不陌生，虽然她本人如今比以往任何时候都更加世故，但她仍然一如既往地钟情于波希米亚风。（如格雷格所说，就算在嫁给斯特劳斯之后，她也"从未停止过对反叛艺术家的喜爱"。[53]）何况莫泊桑还有名声和财富这两大诱惑，简直就是热纳维耶芙心目中理想的男子汉。他渲染自己淘气的名声，在把自己的畅销书送给她时，题字是"漂亮朋友本人敬赠"。[54]

不过漂亮朋友本人对比才寡妇倒不是一见钟情，她的头发是黑色的，五官还有强烈的"闪族"特征，而他更喜欢金发女郎，讨厌犹太人。（在另一部小说中，莫泊桑揣度当代犹太人"正在用金钱的力量报复他们长期以来受到的其他种族的压迫"。[55]）但热纳维耶芙是个名人，这引起了他的兴趣，她的人脉尤其加分。莫泊桑的姓氏中虽然有贵族小品词，但他不是贵族；他的父亲在 1846 年才在他们的姓氏中加了那个"德"，母亲则出身体面的诺曼底资产阶级。然而莫泊桑急于征服城区，他也意识到热纳维耶芙能帮助他实现那一成就。在龚古尔看来，莫泊桑的社交野心是他精神健康日益恶化的症状之一；这位年长的作家曾鄙夷不屑地说"（莫泊桑）家里收藏的唯一一本书就是《哥达（年鉴）》"。[56]

莱昂·都德也发现莫泊桑渴望提升社会地位，证据如下：

> 一个晴朗的日子，我们听说他给自己买了三打玫瑰色内裤，两打漆皮鞋，各种颜色的西装，还与最时髦的衬衣裁缝进行了正式会谈，他觉得他们非常聪明。他还开始急切地寻找有头衔的人，积极加入交际俱乐部、沙龙……并请求他们帮助自己改变（以前很粗鲁的）吃相、衣品、步态和骑术。当老朋友们嘲笑他突然变得势利时，他回击道："我不想再做贱民了——我要向上爬——如果我有个孩子，我希望他是个社交名士，我宁愿做一个血统高贵的二流子，也不想做一个出身低贱的天才！"[57]

都德还写道，他和他的朋友们忍不住嘲笑莫泊桑的势利眼，但"我们也为他感到悲哀"。[58] 他们想不通为何一位如此伟大的天才也"落入了上流社会的陷阱"，在这些琐事上分心，去巴结谄媚那些下流无耻、不识抬举的笨蛋。

考虑到他的社交野心，莫泊桑最初走近热纳维耶芙与其说为追求色欲，不如说是为了满足发迹的渴望。可以肯定的是，在她1886年10月嫁给斯特劳斯之前，莫泊桑至少向她发出了两个下流的提议。[59] 5月，他邀请她和波托－里什夫妇一起来他家里共进晚餐——波托也是他的一位好友——"也可以带上斯特劳斯"。"我知道一位夫人来单身汉家里赴宴不怎么'规矩'，"小说家承认道，"但我觉得如果这位夫人还有另一些她认识的女人作陪，就不那么糟糕了。"（所谓的"另一些女人"事实上就是莉佐特·德·波托－里什一人。）热纳维耶芙写给莫泊桑的信件无一留存下来——看起来他似乎在某个时间段把它们全都毁掉了——原始记录中也没有其他资料点明他家里的那场晚宴到底有没有发生。不过没过多久他再次写信给她，显然是在回复她邀请他光临沙龙：

> 我下面的话未免有失鲁莽。我有没有可能在社交交际标准时间之外的某个时候和你见面？如果你觉得这个要求粗鲁不敬，直说无妨。（不过）想多见见自己感兴趣的女人，单独见她们，以便品味她们的魅力和风度——以便为她们着迷，这些难道不是正常的想法吗？
>
> 家庭招待会让我不堪忍受。……我更想在你只招待我一个人的时候前去拜访，只见我一个人，只听我一个人说话，只让我一个人见识你的美丽和妩媚——我不会待太久，我保证。

莫泊桑在这封信中给热纳维耶芙留下了直接回绝他的余地，但她没有那么做。他的第二封信写于 1886 年夏，表明她在回复他希望得到特殊对待的请求时，承认自己最近开始脱发，对当时（乃至任何时候）社交界的女人来说，向一个刚刚认识的人透露这么私密的事，几乎是不可想象的。热纳维耶芙刚刚与斯特劳斯一起启程去瑞士度长假，为了避开斯特劳斯，莫泊桑的回信是通过两人的一位旅伴转交的，即德·黎塞留公爵的未亡人（Dowager Duchesse de Richelieu），闺名艾丽斯·埃纳（Alice Heine，1858-1925）。这位金发女郎美如雕塑，长着一双凄婉的棕色眼眸，一口精致的小龅牙。她生在新奥尔良，是一位波尔多富裕犹太银行家的女儿。她在美国内战期间搬回了法国，通过两人共同的波尔多犹太人精英亲戚认识了贝贝。1875 年，艾丽斯嫁给了一位一贫如洗的法国公爵——这又是一例在现代为家徽镀金的例子，但五年后就孀居守寡了。自那以后，她和热纳维耶芙就成了一对不可分割的同伴，两人都寡居，都与音乐界联系密切（艾丽斯是个狂热的歌剧爱好者和赞助人），都热衷于社交。她们到死都为彼此保守着秘密，两人应该有过这方面的约定，可能就是从艾丽斯收到莫泊桑写给热纳维耶芙的信开始的。

那年夏天，两位女性朋友和斯特劳斯一起的旅行是他和热纳维耶芙订婚前的最后一次。但热纳维耶芙还是对莫泊桑很感兴趣，才会不嫌麻烦地请艾丽斯做中间人，在旅行中与他保持联系。这点骗术还是必要的，鉴于斯特劳斯毫无疑问会被莫泊桑的信激怒：不光是写信之事本身，还有他们讨论的亲密话题和语气。由于脱发是他的梅毒症状之一，莫泊桑给热纳维耶芙提供了一个偏方，附上详细说明：在热水中加入氨水、甘油和一种"起

/ 432

泡的焦油化合物，好点儿的药店都有卖"，混合调制即可。她居
然指望他提出建议，这表明他已经向她透露了自己的病情，除非
她是通过《漂亮朋友》中主人公翘起的小胡子推断出莫泊桑知道
如何处理毛发问题。（如果是这样的话，她的推断没错：关于头
发的色情化描写，在法国文学经典中只有波德莱尔能与莫泊桑媲
美。）无论如何，在信件结尾，他请求她送他一样能满足恋物癖
的小东西作为回报："如果我的办法如我所愿成功了，那么我请
求您（我保证不会告诉任何人）让我保留几根您的头发，作为为
您效劳的奖赏。"

艾丽斯·埃纳出身富有的犹太银行家庭，
1879 年嫁给德·黎塞留公爵时皈依了天主
教。她和热纳维耶芙一样年轻守寡，后来
又于 1889 年 10 月嫁给了摩纳哥亲王阿尔
贝一世。这次婚姻并不幸福，两人最终于
1902 年合法分居

热纳维耶芙那年秋天与斯特劳斯结婚后，和莫泊桑继续保持通信联系，大概仍然是背着律师进行的。[60] 莫泊桑四处漫游和诱惑女人的积习难改，因此每当旅行或性征服占据了他的注意力，他与热纳维耶芙的书信传情就会变得稀少。（事实上热纳维耶芙可能不知道，他至少与她的两位女性忠实信徒玛丽·卡恩和波托茨卡伯爵夫人有过私情，或许还曾和玛丽的妹妹卢利娅有染。）不过1888年，他们的友谊发生了关键的变化，莫泊桑写给热纳维耶芙的信明显又增加了。为了写自己的下一部小说，他前往阿尔及利亚旅行了一个月，其间寄了不少情感丰沛的长信给她，描述周围的美景："溪谷中全是原始森林"；屋顶的吊床"上的天空中布满了巨大、火热、神奇的非洲恒星"；到处是跳蚤的清真寺是"石头盖成的宁静避风港，我常去那里，像个守规矩的穆斯林"。这些句子听起来更像是出自一个单相思的侠客而非性欲旺盛的漂亮朋友，给热纳维耶芙的印象是他一个人待在那里，孤独地想念着他远离的"人们"：

> 晚上，我会在沙漠的干燥空气里独自饮酒，品味着这份孤寂。这很不错，也很悲哀。有些傍晚，我到达一家朴素的非洲客栈，在四面白墙的单间里充分感受到我与深爱之人竟相隔千里，因为我的确深爱着他们。

在最后这句意味深长的话后，他寄了一件充满暗示意味的礼物给她：在阿尔及尔的露天市场里买的一对"奴隶少女"耳环。他说起深爱之人用的虽然是"他们"而不是"她"，但莫泊桑一生中从未给其他任何女人买过这样的礼物或写过这样的信。热纳维耶芙的光芒压过了她们所有人。

　　她和莫泊桑两人都在巴黎时，会安排常常见面，一般都是请两人共同的朋友作陪，或者作为他们见面的借口。一个夏日的午后，热纳维耶芙与若瑟－马里亚·德·埃雷迪亚和玛德琳·勒梅尔一起出现在战神广场（Champ-de-Mars），观看莫泊桑乘热气球飞越巴黎，他以自己最著名的短篇小说《奥尔拉》为气球命名。另一次，她与热热·普里莫利、梅亚克和小仲马的女儿科莉特·仲马·李普曼（Colette Dumas Lippmann）一起到塞纳河畔特列勒（Triel-sur-Seine）去拜访莫泊桑，他在那个河边的小村庄租下了一处农庄，以便安静地写作。普里莫利拍的照片里显示莫泊桑划着一条标有"MADAME"（"夫人"）的小船，带着两个女人泛舟河上，另一张照片上，莫泊桑殷勤地献花给热纳维耶芙。

1889 年夏，热热·普里莫利为泛舟塞纳河上的热纳维耶芙（左）、科莉特·仲马·李普曼和居伊·德·莫泊桑拍下了这张照片

39 岁的莫泊桑与 40 岁的热纳维耶芙在塞纳河畔特列勒的花园里调情。热热·普里莫利摄

　　热纳维耶芙与莫泊桑可能还曾设法幽会。1888 年 6 月，他写信给她，确认两人将在巴黎城外相聚："我明天一早起床就会去普瓦西（Poissy）。要是没接到你乘下午两点的火车过来，我就先去圣日耳曼（昂莱）那条路上的树林里等你。"卢多维克在那附近有一所房子，热纳维耶芙大概安排了与他和路易丝聚会，以此作为与莫泊桑幽会的挡箭牌。热纳维耶芙后来向雷纳克抱怨，说路易丝拒绝在她去阿莱维夫妇的乡间别墅做客时"睁一只眼闭一只眼"，但她没具体说是针对什么。[61]

　　7 月，莫泊桑到斯特劳斯夫妇在滨海特鲁维尔（Trouville-

sur-Mer）租下的庄园去拜访他们，那是位于诺曼底海滨的一个时髦的度假城，这对夫妇后来在此地买下了自己的大庄园。[莫泊桑就生长在该地区，在特鲁维尔东北 35 英里外的埃特勒塔（Étretat）有一处房产。]阿莱维家庭相册中有一张热纳维耶芙和莫泊桑与好几位社交名人一起在阶地摆拍的照片，包括梅尔希奥·德·沃居埃、他的俄国岳父安年科夫将军（General Annenkoff）和妩媚动人的（只不过就热纳维耶芙的目的来看，她十分平庸，毫无威胁）资深社交名媛德·布鲁瓦西亚伯爵夫人。那年秋天，热纳维耶芙安排莫泊桑参加了在费里埃举办的打猎聚会。他接受了邀请，但对那里装腔作势的体育精神嗤之以鼻，对龚古尔抱怨说，罗斯柴尔德家族的人没有让宾客去追逐一头活的野兽，而是让他们的猎人把一头死鹿拖到森林里，再往那个方向放猎犬。不过由于许多王公贵族都去费里埃打猎，此次经历后来还是给了莫泊桑很有价值的吹牛资本，这再次证明热纳维耶芙的提携还是很重要的。

除了向莫泊桑敞开社交界的大门以外，热纳维耶芙似乎还为他提供了写作素材。1889 年 2 月，正好在她 40 岁生日之前，莫泊桑在阿尔及利亚写作的那部小说开始在《插图评论》上连载：《如死之坚强》。[62] 那年 5 月，这部作品以成书形式出版，令评论界和书迷都吃了一惊，因为它写的是上流社会，是作者以前的作品中几乎从未提到的场景。（在《漂亮朋友》中，主人公一直到小说结尾才爬到那个顶峰。）而且在知情的读者看来，《如死之坚强》反映了作为作家乃至作为男人的莫泊桑生活重点的重大变化。[63] 具体说来，它促使人们猜测小说原型是他和热纳维耶芙·斯特劳斯之间的风流韵事。按照《高卢人报》的说法，这种看法反过来又促成了这部小说"在公众中的轰动效应"。

热纳维耶芙（中）把莫泊桑（最左）介绍给了她的许多贵族朋友，包括（从左到右）布鲁瓦西亚伯爵夫人、欧仁－梅尔希奥·德·沃居埃子爵和沃居埃的俄国岳父安年科夫将军

　　《如死之坚强》的女主人公，40岁的安娜（安妮）·德·吉勒鲁瓦［Anne（Any）de Guilleroy］是个风情万种的社交沙龙女主人，虽出身资产阶级，但已经融入了上层。[64] 她穿着紧身性感的衣服，肉色的袜子，嫁给了一个毫无风度、社交野心很大的财阀，她从未爱过他，他则把她当成自己艺术收藏中的"杰作"。吉勒鲁瓦夫妇完全买得起一座宅邸，却选择住在马勒塞尔布大道上的一间古怪拥挤的公寓里。（在小说的一篇早期草稿

中，吉勒鲁瓦夫妇住在奥斯曼大道上。）两人唯一的孩子自幼便被送到外省的一户人家，以便让母亲腾出时间应付繁忙的社交日程。该日程既慰藉了安妮无爱的婚姻，也掩盖了她与另一位社交界名誉成员之间长期的婚外情。

安妮用她活泼的才思、"麻烦的"美貌和敏锐的社交直觉征服了上层："她能读懂……人心，知道他们想听什么，让他们很安心。"她的沙龙是"艺术家和交际家的神秘融合"，有一群忠实常客。[65] 她把常客们称为忠实信徒，其中包括一位肥胖而蛮横的孀居贵妇，整日自豪地宣称自己提携了艺术家，但对被提携者的作品一无所知；一位聪明的退休艺术审查员，把自己的博学都浪费在了迟钝的社交名士身上；还有安妮的秘密情人，相貌英俊但性情粗鲁的奥利维耶·贝尔坦（Olivier Bertin），此人由著名画家变成了交际家，城区也接受了他的加入。就是贝尔坦创作了她的忠实信徒们每次来沙龙都要膜拜一番的画作："一个（穿戴着）金色和黑色的漂亮女人，整个画面由阳光和伤逝构成"，画中的她正在为一位死去很久的亲戚服丧。[66]

这些元素一看就让人想起热纳维耶芙，实在是再明显不过了，似乎向朋友们证实了他们猜测的她和小说家之间的秘密情事。贝涅尔夫人对龚古尔八卦说，热纳维耶芙曾亲口对她说过："有朝一日，如果莫泊桑请她跟他私奔，她会不顾一切地跟他走。"把这个消息传给了热热·普里莫利的波托－里什说，莫泊桑曾亲口对他承认他与热纳维耶芙有染，但后来又补充说他们只上过一次床，是在《如死之坚强》问世之后。由于热纳维耶芙本人没有留下她对这部小说有何感想的记录，我们不可能知道她怎么想。但小说对女主人公的描写可算不上恭维。

　　在《如死之坚强》所有的人物生平细节中，最引人注目的当属奥利维耶·贝尔坦在与安妮·德·吉勒鲁瓦相恋之初所画的那幅由阳光和伤逝构成的肖像画。小说的故事在1887年春开始时，两人已经出双入对12年了。他们都是上流社会的名誉成员而不是"天生"在此，因而谨慎但快乐地在社交名人朋友们的眼皮底下交往着。但随着他们步入中年，贝尔坦为他的情妇所画的她年轻时的那幅肖像开始不断提醒他们，两人很快就会失去他们在彼此或在自己身上唯一真正热爱的东西：外表的魅力。这对情人为这一至高无上的崇高价值奉献了一生，在小说叙述的那几个月，他们惊恐地发现，他们的感情和一开始让他们爱上彼此的那幅画作一样脆弱易逝，一样缺乏深度。

　　两人的失败是由安妮十来岁的女儿安奈特不经意间促成的，在小说开头，安奈特已经结束了在外省的童年，回到了巴黎。父母当初把她送走是为了专注于社交生活，如今把她带回来则是为了把她嫁给一位温文尔雅的年轻侯爵。安奈特初次在社交界露面时，父母的朋友们看到她简直与贝尔坦所绘的安妮肖像一模一样，都惊呆了。他们赞美姑娘摄人魂魄的美固然表明安奈特在看重外表的社交界前途一片光明，但安妮觉得，那也意味着自己作为社交女王的时日无多了。她仪态万方地魅惑了忠实信徒那么多年，容颜日衰让她惊恐万分，以致患上了神经强迫症：每隔几分钟就要照镜子，看看是不是有新的皱纹长出来。她的不安变得越来越病态和强烈，最终再也无法公开露面了。她黯然神伤，滥用吗啡，独自一人关在她曾经如女神般艳压群芳的典雅客厅里，那幅曾经是沙龙焦点和荣耀的肖像只是在不断提醒着她死期将近。

　　和安妮一样，贝尔坦也出身资产阶级，只是因为年轻时容貌英俊和一度因此而拥有的人格魅力，才暂时在上层有了一席之地。同样和安妮一样，他也因为意识到自己的魅力日减而经历了一场中年危机——那次顿悟同样是由安奈特和那幅肖像促成的。由于姑娘太像他为她母亲画的像，贝尔坦绝望地爱上了她，安奈特甚至根本没注意到他的暗恋。他在她眼里只是个无足挂齿的老人，相貌和声望都比不上她出身高贵的未婚夫。她还在一本杂志上看到，贝尔坦的艺术作品也过时了。贝尔坦知道，至少这最后一个缺陷是他自己的过错；画过安妮之后，他就放弃了宏大的艺术抱负，一心追求她和上流社会的世故去了。然而他对安奈特强烈的爱颠覆了他长期以来的信念：他一直坚信自己为了一生难求的爱情而牺牲了天赋。正如书名引用的诗篇①中所写，爱情"如死之坚强"，然而贝尔坦被迫看到了他对安妮的感情从一开始就是肤浅的；让他着迷的是那幅画，而不是那个女人。[67] 虽然他拼命地否定这一想法，但每当他凝视着安妮的画像，"如今我眼前浮现的都是安奈特的样子。母亲已经消失了"。[68]

　　贝尔坦一直坚信自己的中产阶级出身和艺术追求让他摆脱了"有生阶层"的浅陋，如今看到自己的浅薄更令他痛心切骨。他发疯地妒忌安奈特有贵族头衔的未婚夫，甚至自以为是地给安奈特说教了一番贵族阶层如何乏味，跟她说：

> 上流社会（的男人和女人）的智慧不值一提，毫无内容亦毫无价值；他们的信念没有支撑，他们的品位轻浮可疑……他们没有任何深刻的想法、由衷的体味或真诚的情感；他们的教养是虚无的，他们的世故只是虚伪的；简言之，他们是创造出假象并按照精英人群的规定动作行事的假人，他们不

---

① 《圣经·旧约·雅歌》8:6，第1072页。

这部小说的高潮出现在一次《浮士德》的特别演出中[70]，贝尔坦看到安奈特一脸崇拜地盯着"显然是虚构的假人"主演，内心卷起了狂怒的波澜。[71] 她能对这位外表英俊但音乐才能平庸的男高音如此喜爱，表明她也是贝尔坦警告过她的那种轻浮之人。画家惊恐地发现，他也深受同样扭曲的观点之害；与古诺歌剧中的主人公一样，他也把灵魂出卖给了那些虚幻的最终招致毁灭的享乐："仿佛他本人正在变成浮士德。"[72] 那天深夜，他因为自责而发疯，撞上了一辆飞驰的公共马车。

虽身受重伤，但他对外表的狂热一直持续到生命的最后一刻。当安妮赶到他的临终卧床前时，贝尔坦表达了两个遗愿。第一，他希望能看着她女儿的脸死去。第二，他恳求安妮毁掉两人的信件，如果不慎落入他人之手，它们可能会毁了她品行端正的伪装。把她和贝尔坦的情书付之一炬，眼看着它们灰飞烟灭，她觉得"他们的爱本身也变成了灰"[73]，信封上液化的封蜡就像从伤口奔涌而出的血。接着，蜡变成血的比喻在小说的最后一段倒转过来。贝尔坦死了，留下安妮惊恐看着他的尸体变成一尊苍白冰冷的蜡像。他死后才变成了完美无瑕的上流人士：一个"被动的、无情的"假人。[74]

这是对这对情人的真实原型的警示？也许吧。没什么用就是了。

注　释

1　MP 的同代人提供的关于他在 GS 的沙龙里充当社交界学徒的情况和引文摘自
　　JEB, *Mes modèles and La Pêche aux Souvenirs*; RD, *Mon amitié and "Madame
　　Straus & Marcel Proust"* ; AGG, op. cit.; FG, *L'Âge d'or*; and GL, op. cit。

2　关于 GM 对 MP 之影响的敏锐思考，见 Patrick Mimouni, "La Vocation
　　talmudique de Marcel Proust: I. Les Lois causales," in *La Règle du jeu* 35
　　(September 2007): 82-114, 83-85。Tadié 也简短地提到过 GM 对 MP 早期作
　　品的影响，见 op. cit., 57。

3　PM, *Vie de Guy de Maupassant*, 144.

4　MP, CG, 786. 有趣的是，短短几页之前，叙述者刚刚说起德·盖尔芒特夫人
　　"同梅里美、梅亚克和阿莱维的性格相近"（同上书，285）。这些都让人想起
　　GS，不但提到了梅亚克（还通过他间接提到了他的写作搭档 LH），还提到了
　　梅里美，梅亚克和 LH 正是在他的中篇小说的基础上为 GB 的《卡门》创作了
　　剧本。本章之初，德·盖尔芒特夫人还滔滔不绝地讲起了 GB 的《阿莱城姑
　　娘》；见 MP, CG, 776。

5　GM, *Fort comme la mort*, in *Romans de Guy de Maupassant, ed. Louis
　　Forestier* (Paris: Gallimard/Pléïade, 1987), 877.

6　LG, *Mémoires*, vol. 1, 198.

7　Bischoff, op. cit., 123.

8　GS 沙龙里的家具、艺术品和摆设摘自拍卖目录 *Collection Émile Straus*. 本
　　章描写的所有物件都在那次拍卖中出售，只有一个例外：德洛奈的热纳维耶
　　芙·阿莱维·比才的画像。斯特劳斯夫妇的继承人把那幅画作捐给了卢浮宫；
　　它如今被收藏在奥赛博物馆。

9　Bischoff, op. cit., 118.

10　关于 GS 把爱情描述为两头注定无法同步而行的野兽，见 EdG, 日志, 1887
　　年 3 月 28 日的日记。

11　Bischoff, op. cit., 119; and Racyzmow, *Le Paris retrouvé de Proust*, 50.

12　JEB, *Mes modèles*, 113.

13　这里引用的同时代人对德洛奈的 GS 画像的评论有 A. Surmay, "Exposition

de peinture: Salon de 1878," *Musée des familles: lectures du soir* 45 (September 1878): 258; and "Le Salon des Beaux-Arts de 1878," *Gazette des beaux-arts* (July 1878): 58。RM 关于那幅画作的诗见 RM, "Dédicace à Mme Émile Straus," in *Les Paroles diaprées* (Paris: Sansot, 1910)。关于德加不喜欢德洛奈的画像，见 DH, *My Friend Degas*, 37。其他忠实信徒对它大加赞赏的引文见 Balard, ed., op. cit., 116–17。

14　GM, *Fort comme la mort*, 878.

15　GL, op. cit., 154.

16　MP, in Kolb, ed., op. cit., vol. 3, 44.

17　M. Gérard, "Bonheur manqué," 2.

18　MP, CG, 505. 在这一段，MP 把公爵夫人只愿意与艺术家谈论 "菜肴或即将开始的纸牌游戏" 归咎于无关的 "梅亚克和阿莱维式诙谐，那也是她的机智"。MP, CG, 506.

19　GL in op. cit., 155.

20　同上。

21　EdG, 日志，1894 年 6 月 18 日的日记；Bischoff, op. cit., 132; Florence Callu, "Madame Straus," in Tadié, ed., *Le Cercle de Marcel Proust*, 203 and 207; and Sachs, Le Sabbat, 16。关于 GS 的面部抽搐 "像夏日天空的闪电" 等，见 AF, *Le Bal du Pré-Catelan*, 158。

22　1890 年德洛奈致 GS 的信，存档于 NAF 14383, folio 82/83。

23　DH, Carnet 3, May 30, 1890; Balard, ed., op. cit., n. 118.

24　EdG，日志，1899 年 4 月 15 日的日记。关于 GS 的肉色丝袜，同上书，1891 年 2 月 22 日和 1886 年 4 月 16 日的日记。

25　Bischoff, op. cit., 141.

26　Bischoff, op. cit., 261.

27　RM, "Ginevra," *Les Quarante Bergères*, n.p.

28　Bischoff, op. cit., 122.

29　EdG，日志，1886 年 12 月 25 日的日记。

30　LG, *Mémoires*, vol. 2, 201.

31　HB, op. cit., 120; 中层银行家年薪的数字用的是 1880 年的法国法郎，PM 在提到 GM 的出色财力时给出的。PM, *Vie de Guy de Maupassant* (Paris: Pygmalion/Gérard Watelet, 1998 [1942]), 120–21.

32　1880 年在巴黎，一位夫人的侍女的平均年薪大约是 360 法郎，罗斯柴尔德兄弟银行一位中层雇员的平均年薪为 2000 法郎。Carassus, op. cit., 117.

33　LG, *Mémoires*, vol. 2, 201.

34　同上书，202。

35　GL, op. cit., 154.

36　GL, op. cit.; JEB, *Mes modèles*, 114; and HR, *Les Cahiers*, 382.

37　梅耶尔，*Ce que je peux dire*, op. cit., 89-90。

38　GM, *Fort comme la mort*, 877.

39　Bischoff, op. cit., 240. GS 为梅亚克取的绰号的法语原文是 "la Tourte"，字面意思是 "圆圆的一条很结实的面包"，习语意为 "懒汉" 或 "肉疙瘩"。

40　1892 年 9 月 11 日保罗·艾尔维厄致 GS，引文见 Bischoff, op. cit., 241。关于梅亚克因为太胖而无法蹲下身系鞋带，见 LG, *Mémoires*, vol. 2, 201。

41　Balard, ed., op. cit., 191.

42　同上书，181。关于梅亚克受虐狂似的献身于 GS，最佳叙述见 Bischoff, op. cit., "Meilhac: La 'Tourte' Amoureuse": 240-45。

43　1890 年 6 月 30 日梅亚克致 GS 的信，信头标注为 "维特尔赌场"（Casino de Vittel），引文见 Bischoff, op. cit., 242。

44　Balard, ed., op. cit., 155.

45　同上书，175。

46　同上书，182。

47　EdG, 日志，1895 年 2 月 18 日的日记。

48　关于《漂亮朋友》的畅销、批评以及巨大收益的情况参考了 PM, *Vie de Guy de Maupassant*, 120-21。

49　引文同上书，121；又见 GPR, *Sous mes yeux* (Abbeville: F. Payart, 1927), 46。

50　Dr. Zacharie Lacassagne, *La Folie de Maupassant* (Toulouse: Gimet-Pisseau, 1907), 46. 关于 GM 与埃菲尔铁塔，见 PM, *Vie de Guy de Maupassant*, 139-41; and Jacob T. Harskamp, *The Anatomy of Despondency* (Leiden: Brill, 2011), 282。

51　A lain-Claude Gicquel, *Maupassant: tel un météore* (Paris: Castor Astral, 1993), 242.

52　Sherard, op. cit., 55.

53　FG, *L'Âge d'or*, 125.

54　PM, *Vie de Guy de Maupassant*, 121.

55 同上书，138。

56 EdG，日志，1892 年 1 月 1 日的日记。Édouard Maynial, *Guy de Maupassant: la vie et l'œuvre* (Paris: Société du Mercure de France, 1906), 200.

57 LD, *Devant la douleur* (Paris: Nouvelle Librairie Nationale, 1915), 116–17.

58 同上。

59 EdG 声称 GM "试图在她（GS）嫁给斯特劳斯之前占有她，（并）在那以后继续追求她"。EdG，日志，1890 年 7 月 5 日的日记。

60 GM 致 GS 的信的所有引文都可见于方便查询的莫泊桑通信数字版：网址是 www.maupassant.free.fr（以下简称"GM, *Correspondance*"）。这些信件是按照时间顺序编号的；本章引用和提到的信件有 417, 418, 514–20, 526, 529, 531, 535, 536, 588, 614 和 615。如本章所述，GS 致 GM 的信件无一留下。或许并非偶然，《如死之坚强》的最后一个场景就是据信以 GS 为原型的女主人公烧掉了她与据信以 GM 为原型的主人公的全部信件，以防丈夫或其他任何人发现他们的婚外情。我们知道 GS 和 LH 毁掉了她与 GB 的大部分通信，但不知道是谁毁掉了她与 GM 的通信。不过 GM 本人也可能是个自愿的参与者；1890 年他与 GS 处于热恋期时，他在一封写给某位没有标注姓名的女性通信人的信中写道，他害怕想到"后代对我的私生活充满好奇……一想到人们会谈论她和我，男人们评头论足，女人们说三道四，想到记者们会对我们大书特书，我对她充满尊敬的温柔会被扒光底裤（请原谅这个可怕的表达，但话糙理不糙）……我就会感到剧烈的愤怒和深刻的悲哀"（信件 645）。

61 雷纳克致 GS，存档于 NAF 14383, folio 148/149。

62 关于评论界对《如死之坚强》的反应，见 Louis Forestier's "Notice" to GM, *Fort comme la mort*, 1560–61. 关于人们认为这部小说是关于 GM 和 GS 真实的风流韵事，见 JEB, *La Pêche aux souvenirs*, 173; EdG，日志，1895 年 1 月 28 日的日记。

63 Sherard, op. cit., 59–63.

64 为了缩短这本书的整体篇幅，我大大精简了 GM 的书的内容概要和分析，但我打算在网络上或者以书的形式提供一个未精简的内容概要版本。在此期间，推荐有兴趣的读者阅读《如死之坚强》的一个很有说服力的摘要：Anka Mulhstein, *The Pen and the Brush: How Passion for Art Shaped Nineteenth-Century French Novels*, trans. Adriana Hunter (New York: Other Press,

2017), 146–51。

65　GM, *Fort comme la mort*, 869.

66　同上书，848。

67　《所罗门之歌》8:6。

68　同上书，987–88。

69　同上书，875–76。

70　同上书，1000。这一场景让我们想起了1887年秋天为纪念《浮士德》在喜歌剧院演出500场，在那里举行的一场真实的筹款演出，GS和LC的朋友让·德·雷什克扮演标题人物。这位男高音吸引安奈特的好几个细节似乎都指向雷什克，尤其是他充满丑闻的爱情生活。

71　同上书，1003。

72　同上书，1001。读者或许注意到这里呼应了MP的那句话："我总觉得书里说的事儿……全都同我直接有关。"的确，关于《如死之坚强》对RTP的影响，还有很多话要说。正如我准备在其他地方说明的那样，两本书的联系不在于对世故的批评，而在于建立了一种感官经验，能够在情感上（有效地）唤起过去生活中的某个被遗忘的时刻的"无意识记忆"的模式。当然，在RTP中，叙述者是被"小玛德莱娜"点心放入茶水中泡软后的滋味带回到童年。在《如死之坚强》中，贝尔坦与安奈特在蒙索公园散步时也有类似的体验。听到女孩的声音，他突然听到了数年前她母亲安妮与贝尔坦初坠爱河时安妮的声音，"那种神秘复活的人声"（900）把"他旧日的生活活生生地带回到眼前"（899），让他陷入了"（他以为已经）消失、陷入虚无的回忆。……仿佛有一只手搅动起沉淀的记忆"（899）。

73　同上书，1027。

74　同上书，1028。

华彩段
画家、作家、鹦鹉、先知

　　文士墨客艳羡画师，也想去画画速写，搞搞写生，他如果这样做了，那就会一败涂地。可当他写作的时候，他笔下人物的动作、癖好、口音，无不是他的记忆授意于他的灵感的。在一个虚构人物的名字下，没有不能放上六十个他见到过的人物的名字，他们有的做出一副怪相，有的献出一只单片眼镜，某人是怒气冲冲的模样，某人又只剩下自命不凡的手势，等等。此时，作家发觉，他那当画师的梦想是不可能有意识地如愿以偿的，但是，这个夙愿却已经实现了，作家在不知不觉中也完成了他的速写本。因为，在他自身具有的本能的推动下，作家，远在他自信有朝一日能成为作家之前就已经在有规律地疏漏那么多为别人所注意的东西，致使别人责备他心不在焉，而他也以为自己既不善于听，又不善于观察，然而正是在这段时间里，他授意自己的眼睛、耳朵永远地抓住那些在别人看来实属无谓的琐碎小事，某时某人讲某句话时所用的语调、脸上的神色以及耸肩动作，此人其他方面的情况他可能一无所知，如此行事已有多年，而这是因为种种语调他早已听到过了，或者预感到他还会再听到，觉得这是一种可更新的、能持久的东西。因为他只是在其他那些人那么愚蠢或者那么疯癫地鹦鹉学舌、重复与他们品性相似的人的话语，从而甚至使自己成为先知鸟、成为一条心理法则的代言人的时候，他才听取他们说的话。他只记住一般的东西。

——马塞尔·普鲁斯特，《重现的时光》

（*Le Temps retrouvé*，1927）①

---

①　译文引自马塞尔·普鲁斯特：《追忆似水年华》，李恒基、徐继曾等译（南京：译林出版社，2001年），第1725—1726页。

莫泊桑在《如死之坚强》中对外表超越实质、形式战胜情感的上流社会发出了强有力的抨击。假以时日，普鲁斯特也将越来越无情地批判这一现象，在《追忆似水年华》中谴责"出于宫廷生活的遗风"，由表及里，"表面的反而变成重要的和深刻的了"。① 然而在他还是个社交新手时，他再度以斯特劳斯夫人和她的朋友们为榜样，渴望早日适应那里做作的浅薄规则。

普鲁斯特在这一初级阶段学习适应时，上流社会的肤浅教条支配着他的两类主要行为。第一个与他的性道德有关。早在高中时代与雅克·比才和达尼埃尔·阿莱维交往时，普鲁斯特就已经得出结论：他应该尽量压制自己的同性恋倾向，"哪怕只是为了优雅"。在定期拜访夹层公寓的前五年，他的言行也遵循着这个想法。普鲁斯特之所以能装成"异性恋"，得益于在他拜访的沙龙里，每一位（男性）宾客都被默认为暗恋女主人，同时又被坚决规劝不要受欲望的摆布。正如莫泊桑在下一部影射小说中表现的那样，这样的双重规则让某些忠实信徒很难适应，对普鲁斯特却是个完美的安排。他效仿斯特劳斯夫人的其他随从，把她奉若神明，当成遥不可及的"无情的妖女"②。他接二连三地送她赞美和鲜花；给她写激情澎湃的信件，其中充斥着"和一切其他方面一样，您拥有独一无二的超凡技艺，总能使人心驰荡漾直至心碎成伤"这类语句。¹ 如果她允许（这种情况不经常发生），普鲁

---

① 译文引自马塞尔·普鲁斯特：《追忆似水年华》，李恒基、徐继曾等译（南京：译林出版社，2001 年），第 802 页。

② 《无情的妖女》（"Belle Dame sans Merci"）是约翰·济慈所作的一首诗。诗歌题目为法文，原是法国普罗旺斯一支歌曲的名字。

斯特真的会把一张搁脚凳或箱式凳放在她最喜欢的睡榻下面，坐在她的脚下。他的这一姿态让好友雅克·布朗什想起了莫扎特的歌剧《费加罗的婚礼》(*Le nozze di Figaro*，1786)中那个毫无希望地迷恋教母的温柔小杂役凯鲁比诺。[2]

布朗什的比喻很贴切，不仅因为凯鲁比诺是女声男角，歌唱家的女性特质（和女高音的音域）突出了这个人物的特性，还因为普鲁斯特的激情本来就是表演，并没有肉体的欲望与之对应。普鲁斯特本人在最初写给斯特劳斯夫人的一封信中也含蓄地透露了这一点：

/ 441

> 您并不是十分信服我们必须仰赖柏拉图式爱情的真相（我觉得您不信服任何真相！）。……既然我愿意遵循您禁止失礼举动的动听教训，我就不再说什么了。但请您，我请求您，仁慈地恩顾一下让（我）对您如此依恋的热切的柏拉图式爱情。[3]

这几句话中暗含的防卫语气表明，普鲁斯特的爱可能过于纯真了，不合热纳维耶芙的口味，因为虽然她声称不会对信徒们的爱欲给予任何回应，却毫不掩饰激起那种爱欲带给她的快感。而对普鲁斯特来说，柏拉图式爱人的角色是个轻松乃至（根据他的朋友们的说法）惬意的默认立场。文学小团伙的成员们一致认为，"谁都没有普鲁斯特更享受那种伪装"。

与他的殷勤姿态一样，普鲁斯特觉得，斯特劳斯夫人第一次写信给他是在1890年的耶稣受难日，也有着特殊意义。（他已经给她写了一年多的信，她总算施恩回了他一封信。）他想象这一巧合在他对斯特劳斯夫人的无性爱恋与彼特拉克对洛尔·德·

萨德未成眷属的爱情之间建立了一种象征性的联系，那位意大利诗人第一次看到自己的爱人，就是在五百多年前的耶稣受难日。这样的联想又反映出普鲁斯特的爱充满了理智和文学性质，从他最初写给斯特劳斯夫人的另一封信中也可见一斑："在这里献上我虚构的温柔的吻，我怕真实的吻会让您感到麻烦。"[4]

除了掩饰自己的同性恋倾向之外，普鲁斯特热恋斯特劳斯夫人的假象也是他勤勉出席她的家庭招待会的借口。此举同样是"为了优雅"，因为没有什么比一个趋附者急于闯入上流社会更不优雅的事了，虽然普鲁斯特每周孜孜不倦地出席她的沙龙也是出于同样的急切，但他知道，公开承认这一点相当于阻断自己在社交界的前途。正如他几年后在《让·桑特伊》中戏说的，对于有远大抱负的社交人士来说，"罗恩格林对艾尔莎透露自己的姓名和出身时所说的话之危险性和破坏力"相当于说"我一见你就醉了，我们可以一起用晚餐吗？"[5] 他推论说，这些话"不可挽回地破坏了"说者的名声，因为它们暴露了他过于急切的讨好心态；"人只会对地位高于自己的人友好"。[6] 这很可能也是普鲁斯特从斯特劳斯夫人那里听到的"禁止失礼举动的动听教训"之一，他在 1892 年夏天对她抗议说："您要是以为我渴望成为社交名士，就大错特错了。"[7]

在斯特劳斯夫人所有的忠实信徒中，最夸张地诠释了一心想发迹的危险的，恐怕就属莫泊桑了。正如他艳俗的时尚翻新和手头那本翻旧了的《哥达年鉴》所示，莫泊桑丝毫不觉得渴望进入上流社会有何难为情，为此头等大罪，热纳维耶芙的两位"犹太伯爵夫人"无情地惩罚了他。据莱昂·都德说，玛丽·卡恩和她的妹妹卢利娅·卡昂·德·安韦斯设计了一连串恶作剧来恶搞小说家：

有一次，她们让莫泊桑穿一套红色西装去赴晚宴，当他穿着那一身衣服，像一只长尾鹦鹉一样站在一群身着晚礼服的绅士们中间时，她们因为羞辱了他而乐不可支。另一次，【不知玛丽还是卢利娅】请他来幽会，他到了她家里，发现每一件家具下面都躲着她的朋友，一个个笑得眼泪都流下来了。还有一次，她们寄了一沓由侍女签名的充满激情的情书给他。[8]

这些恶作剧把莫泊桑变成了一个可怜的傻瓜。这些故事在夹层公寓讲述时总会引发全场哄笑，突出了上层对一心讨好之人发自内心的鄙夷。

在热纳维耶芙的随从大军中，另一位深受此看法之害的人是费尔南·旺德莱姆 [Fernand Vandérem，本名旺德雷姆（Vanderheym）]。他是个精明的小说家，经莫泊桑介绍来到她的沙龙。性情沉稳、举止文雅的保罗·艾尔维厄虽然也出身大资产阶级，却与这群人中的交际家们一样看不起旺德莱姆，说他是个卑劣的犹太人暴发户，对龚古尔痛斥"一切都是被这些人玷污和败坏的"。[9] 旺德莱姆的确有很大的社交野心——正如他的一位同代人所说，他"不仅想要争得一席之地，还想得到首席"[10]——但他也担心自己的犹太人身份会阻碍他向上爬。[11] 艾尔维厄深知这一心理，开始在圈里传播恶意的谣言，说热纳维耶芙头衔最高的宾客之一奥古斯特·德·阿伦贝格亲王私下里很讨厌旺德莱姆。旺德莱姆得到艾尔维厄的提示，立即上当了，每当亲王在场，他就慌作一团，不知所措。德·阿伦贝格不在场时，他会祈求别的忠实信徒解释一下，他这么一个身份低微的职业写手究竟怎么得罪尊贵的殿下了。旺德莱姆的痛苦成了夹层公寓的一个经久不衰的笑话，再次向喜欢他的普鲁斯特表明，隐藏自己的社交雄心有多重要，并再度促使后者明确表达了对斯特劳斯夫人"伪装的爱情"。[12]

渴望从内部观察社交界不仅影响了普鲁斯特的性人格，也影响了他整个行为举止。在观察斯特劳斯夫人那些上流社会的朋友时，他并不满足于评说他们过度关注形式。[13] 他观察到，他们在交际中使用的语言和姿态有着成千上万的微妙差别。作为外人，普鲁斯特很快就明白，对这类细微差别的无知可能会让他在那个世界里名誉扫地。如果斯特劳斯夫人和她的小圈子觉得他是个不值一提的俗物，那么就连他在那里岌岌可危的地位也会不保。他可不想事情发展成那样，或许正因为如此，普鲁斯特才决心自学上流社会优雅的礼仪和奥妙。

首先，他注意到在上层，"优雅"这个词本身就要遵守一个必不可少、心照不宣的法则。这个词当时（现在仍然）是巴黎人世故的陈词滥调，它的意思不仅包括礼貌和教养，还包括毫不费力地掌握相关规则，自然从容却又万无一失地过上富贵安逸的生活。法国社交界没有一个词与意大利语中的"sprezzatura"（意为"若无其事"）对应，因此（如今还是如此）就拿"优雅"这个万金油来将就。普鲁斯特发现，社交新手的危险在于，这个至关重要的词有很多看似差不多的同义词——事实上却事与愿违，这些变体暴露了一个人从根本上缺乏优雅。"华丽"是用来形容乡巴佬的，"漂亮"是形容粗人的，或许最糟糕的当属"时髦"，那是用在太小心、太努力讨好之人身上，是形容"势利眼"的。[14]

普鲁斯特在 1892 年 5 月那一期《酒筵》上发表了一篇题为《势利眼》的文章，饶有兴味地强调了这一偏见。除了模仿拉布鲁耶不动声色、心照不宣的语气之外，这篇文章还采纳了拉布鲁耶对路易十四时代的凡尔赛宫那些卑劣的、一心渴望身份地位的廷臣们的尖刻批判视角。《势利眼》开头描写了一位普通的当代贵妇人事实上极其在意也极其努力，却自欺欺人、迷人眼目：

> 一个女人毫不掩饰自己热爱舞会、赛马乃至赌博的事实。她对此直言不讳，大方承认，甚至张扬其事。但要让她承认自己热爱"时髦"，她就要蛾眉倒蹙、凤眼圆睁了。……深通世故的女人害怕被人指责喜欢时髦，以至于她们绝不会直接用这个词；有时迫于压力，她们会诉诸一个委婉语，以免道出那个可能有损她们名声的情人的名字。她们会执着于"优雅"一词，这……至少能给人这样的印象：主导她们生活的是审美而非虚荣。[15]

秉持着拉布鲁耶的精神，普鲁斯特提出了一个尖锐的社会学结论："优雅"是社交界为不敢声张的爱或自恋——势利、虚荣——发明的暗语。

更让普鲁斯特惊异的是，斯特劳斯家那些"优雅"的玩笑话居然如此寡淡无味。他发现，由于那里禁止高雅话题而鼓励浮夸，人们被迫表现出"自我肤浅的一面"，与他们最为珍视的"品位、信念（以及）观点"决裂。[16] 他写道，由于社交界的打趣仅限于最新的轰动新闻[17]或"（某个夫人的）公寓里的琐碎物品"[18]这类琐事，它们最多也就是"讨人喜欢的蠢话，我们在内心深处深知它们不可理喻、自欺欺人，简直就像一个人对着家具说话，因为妄想家具是活物"。[19]

普鲁斯特虽然急于讨好斯特劳斯夫人和她的朋友们，但在跟她们聊天时，却觉得他得不断压低自己的智力水平才行。但他也为陷入"迂腐"付出了代价，二十多年后，他回忆道：

> 年轻人如果反应比较迟钝，在（社交界）成功的概率会比聪明人更大一些。……我当时太年轻。起初我只说幼稚愚蠢的话。有一回我话锋伶俐了一些，就被屏蔽（在小圈子之外）长达六个月，只能参加（较大的）聚会。[20]

这段回忆录那种不带感情色彩的中立口气表明普鲁斯特当时备感屈辱。《让·桑特伊》中有一个片段更有启发性，写作的时间也更贴近，以斯特劳斯夫人为原型的马尔梅夫人是来自"无生"阶层、渴望在社交界出名的沙龙女主人，她在朋友们面前羞辱了年轻的男主人公。让·桑特伊崇拜马尔梅夫人的"话锋犀利（和）才思敏捷"，但他每次兴奋地在谈话中偶露锋芒，却只能得到她的鄙视。[21] 当他在她的沙龙里提起那些话题时，她"嘲讽地回应他的观点"，对其他客人喊道，"他怎么每次开口都像个装腔作势的蠢货啊"！[22] 让·桑特伊"糊里糊涂地觉得自己大概因为太天真而犯了错，缺乏良好的判断力，（因而）羞耻得无地自容"。[23] 这次挫折还唤醒了让·桑特伊高中时代最糟糕的回忆，一群因"看似聪明而让他有些喜欢的男孩……在他开口说话时嘲笑他，满校园追赶他"，全然无视他"（那些）最真诚和优美的信"，这使他备感痛苦。[24] 把马尔梅夫人比作让·桑特伊的前校友进一步暗示了文学小团伙与斯特劳斯夫人之间的关系，他们的共同点就是嘲笑年轻人太书呆子气，却又急于表现得世故圆滑。

普鲁斯特对伊丽莎白·格雷弗耶所谓的上流社会礼节的"单调乏味的现成"性也颇有微词。[25] 在斯特劳斯夫人的沙龙里，贵族们依靠现成的浮文套语为谈话定下基调，处处透着客气，却既不包含也不会引发任何真正的同理共情。一个例子是摩纳哥亲王阿尔贝一世，他在1889年娶了艾丽斯·德·黎塞留之后就成了一位荣誉忠实信徒。每次在斯特劳斯夫人府上遇到一位新的艺术家，阿尔贝亲王都会带着迷人的微笑说："您在摩纳哥家喻户晓。"[26] 一般来说，他本人从未听说过自己恭维之人。不过他道出此话时的大家风范会让不谙世事的听者误以为他是真诚的，饱经世故者便会更明白事体一些。他们知道阿尔贝亲王所说的不过是套话，客气得就像"他在颁发文凭或让对方吃一盒法式小点心"。[27] "发现这类可亲话语的虚构特性就是他们所谓的成熟"，普鲁斯特写道，而"对这样的友好举动信以为真"则是粗鲁无礼的明显标志。[28]

　　普鲁斯特还谴责了社交界对陈词滥调的喜爱。斯特劳斯夫人的贵族宾客们原则上都是虔诚的天主教徒（实际上则不一定），因而更偏爱陈腐无趣的圣经格言。奥特南·德·奥松维尔在考察法国上层和下层阶级之间不可估量的经济差异时，就引用了福音书："因为常有穷人和你们同在。"①[29] 德·奥松维尔可是研究城市贫困的专家，本该道出一些更有深度的见解。与他同为"不朽者"的院士梅尔希奥·德·沃居埃用拉丁语引用圣经格言，也没有表现出多少激情和活力：我怜悯这众人（Misereor super turbam）②。[30] 在普鲁斯特听来，这类陈词滥调唯一有趣之处，就是它们表现了说者毫不自知的自以为是。德·奥松维尔和沃居埃生来就拥有巨大的财富和特权，他们喜欢援引古老的基督教真理来证明当前的世界秩序是正确的：除他们之外，到处都是需要怜

---

① 《圣经·新约·约翰福音》12:8，第187页。
② 《圣经·新约·马太福音》8:2，第31页。

悯的穷人。[31]

更让普鲁斯特怒不可遏的是，这些操持着油滑乏味语言的绅士都是享有盛誉的作家，而正如他对斯特劳斯夫人所说，最优秀的作家应该"创造属于自己的语言"。更有甚者，这种陈腐的自我表达之风也传染给了"无生"阶级的作者，只不过他们的流行语往往都是世俗的，与《圣经》无关。举例而言，旺德莱姆就沉迷于讨论社会阶级。但不知是出于神经质的自我贬低还是单纯出于无知，他喜欢用一套毫无教养的惯用语来表达观点，令社交名士们深觉尴尬。旺德莱姆喜欢用的词有"出风头""高大上"。[32]他用"上层的精华（cream）"来表示"上层"，或者另一个更糟糕的词，"上等人"。他谈到贵族时用的词是"有品之人"。这一套词汇在上层阶级的人听来极其刺耳，很可能也让奥古斯特·德·阿伦贝格深恶痛绝，干脆趁势认可了传说中他对旺德莱姆的积怨。甚至也有可能，艾尔维厄正是注意到了德·阿伦贝格听到旺德莱姆粗俗聒噪时的一脸嫌恶，才开始传递那个谣言的。

斯特劳斯夫人的表兄路易·冈德拉虽然编辑了全法国最有名的文学期刊《巴黎评论》（La Revue de Paris），但此人偏爱另一种陈词滥调：三流雇佣文人的语言。在为《酒筵》撰写的关于冈德拉的《小鞋子》的书评中，普鲁斯特称赏不置——他太渴望有朝一日能在《巴黎评论》上发表作品，赞美编辑大人可能也是怀此目的。但他私下里怒斥冈德拉的弱点恰在于他"声词雅美"，然而灾梨祸枣，那些语词早已变得粗陋不堪。直到近二十年后，普鲁斯特才对斯特劳斯夫人承认了他有多厌恶她表兄那种陈旧过时的文风，1908 年，他总算对她宣泄了一番：

> （冈德拉先生）的文字怎么充满了陈腐之气？为什么他

2ᵉ COLLECTION FÉLIX POTIN

GANDERAX.
HOMME DE LETTRES

路易·冈德拉和他的弟弟艾蒂安是表妹热纳
维耶芙终生的好友。路易作为一本著名文学
杂志的编辑，是兄弟二人中更有成就的一位

在提到"1871年"①时，一定要加一句"那最可憎的一年"？
为什么他会不自觉地把巴黎定性为"大城市"，（还）说德
洛奈是"大师级画家"？为什么……态度友好就一定要"面
带微笑"，而丧亲之痛就一定是"天地不仁"？ 33

/ 446

普鲁斯特学者们往往引用这几句话作为一种负面的"诗艺"

————————————

① 正是在1871年，第三共和国向普鲁士割让了阿尔萨斯省和大部分洛林地区，
20000人在巴黎公社运动中丧生。普鲁斯特也是那一年出生的，因此在他看
来，那一年必定没有冈德拉感觉的那么"可憎"。——作者注

（ars poetica）论，是一位艺术家谴责懒惰而陈腐的文风，而这两个形容词很少（至少在他成熟的作品中）能用在他身上。然而阿兰·德·波顿 ① 对这段批判文字的注释更有深度，他指出普鲁斯特的文学思想和他在社交界的经历之间有一个重要联系：

> 陈词滥调的问题并不在于它们的观点有错，而在于它们肤浅地表达了很好的观点。……陈词滥调之害就在于，它们只是蜻蜓点水的肤浅之言，却让人误以为是对某种情境的深虑远议。

犹太人笑话是斯特劳斯夫人沙龙里广为流传的第三类老生常谈。毫不走心的成见中充斥着反犹主义，忠实信徒们的逗乐打趣也一样，哪怕那会伤害她和她丈夫的感情，事实也经常如此。让·洛兰附和德加对莫罗的华丽美学的讥笑，打趣说后者的画作之所以吸引犹太收藏家，是"因为画里全是金银财宝"，全然不顾斯特劳斯家的沙龙里就挂着好几幅莫罗的油画。龚古尔宣称斯特劳斯"完美地诠释了卖长柄眼镜的邪恶商人的模样"。[34] 这里重复了一个老掉牙的说辞，居斯塔夫·福楼拜在他的《庸见词典》（*Dictionnaire des idées reçues*）中嘲讽了这个说法："犹太人：以色列的儿子。犹太人全是卖长柄眼镜的。"[35] 福楼拜重弹这些旧调是为了证明它们有多陈腐和愚蠢。普鲁斯特对此心服

---

① 阿兰·德·波顿（Alain de Botton，1969–）出生于瑞士、居住在英国的作家、电视节目主持及制作人。他的著作及制作的电视节目惯以哲学角度，诠释与探讨各种日常生活中的际遇。他出版的小说《爱情笔记》售出了两百万册；《拥抱似水年华》《身份的焦虑》《幸福建筑》都创出了最畅销书籍的佳绩。

首肯，但他惊异地发现，像龚古尔和洛兰这样功成名就的作家显然并非同道。

夹层公寓里的语言课并非全都这般扫兴。正是从斯特劳斯夫人的贵族朋友们那里，普鲁斯特习惯了他尤其钟爱的一套词汇的奇妙发音方式：姓氏。他惊喜地发现，许多古老贵族姓氏的发音与它们的拼写方式不同。这种不成文的贵族语言规则把"比萨恰"念作"比萨克"，"布罗格利"念作"布罗伊"，"卡斯特拉内"念作"卡斯特兰"，"卡斯特里"念作"卡斯特"，"格雷菲勒"念作"格雷弗耶"，"罗昂"念作"鲁昂"，"塔列朗"念作"塔勒兰德"，"德·于泽斯"念作"德·于扎伊"，如此等等。有些精英地名也使用如此神秘的发音系统。比方说，已故的尚博尔伯爵的王国就读作"弗罗施多夫"，第一个音节的韵脚不同于（法语和德语语音所规定的）"罗斯"，而同于"罗氏"或"道氏"。[36]

这些细微的差别让普鲁斯特意识到了他从未曾察觉的复杂丰富的层次。就美感而言，诸如"布罗伊"和"德·于扎伊"这样诡谲怪诞的发音中包含着一种诗意元素，普鲁斯特在许多贵族姓氏中都发现了这种元素，它源于古老法国的历史沉淀，那种熹微的光泽会让人想起岩块剥落的炮塔和墨洛温王朝的历代国王。他在《追忆似水年华》中详细论述了这一观点，他写道：

> 她的那种发音方式，如果其中没有任何做作之处，没有任何创造一套语汇的意图，真称得上是一座用谈话作展品的法兰西历史博物馆。"我的叔祖菲特－雅姆"不会使人感到吃惊，因为我们知道菲茨－詹姆斯家族是会很愿意申明他们

作为法兰西的名门望族，不想听到人家用英国腔来念他们的名字。不过有些人，他们原先一直以为得尽力按照语法拼读规则来念某些名字，后来却突然听见德·盖尔芒特夫人不是这么念的，于是又尽力照这种他们闻所未闻的念法来念那些名字，这些人驯顺到如此可怜的地步，倒是实在令人吃惊。比如说，公爵夫人有一位曾祖父当过尚博尔伯爵的侍从，为了跟后来当了奥尔良党人的丈夫开个玩笑，她总喜欢说"我们这些弗罗施多夫的旧族"。那些原先一直以为该念"弗罗斯多夫"的客人当即改换门庭，满嘴"弗罗施多夫"的说个不停。①37

普鲁斯特在一篇未发表的手稿片段中讨论了这些细节的社会功能，那篇手稿写一位笨拙的犹太趋炎附势者像旺德莱姆一样，"尽说些社交界的人从不会说的话"。38 叙述者带着淘气的、拉布鲁耶式的人情练达反问道："单是发出'卡斯特里'中的'里'音，就能证明此人对上流社会一无所知吗？"39 然而这句评语的讽刺意味也延伸到了评论者本人，即普鲁斯特身上。毕竟，他也和旺德莱姆及其他任何资产阶级人士一样，从不知道'卡斯特里'中的'里'不发音。成年后的普鲁斯特自觉地调整了发音，和那位一听到公爵夫人的发音方式便立即改口说"弗罗施多夫"的笨蛋一样，"驯顺到如此可怜"。②

普鲁斯特还学会了注意穿衣细节，那更能区分谁是交际家、谁是大老粗。斯特劳斯夫人有伤风化的女主人行头经她一番筹

---

① 译文引自马塞尔·普鲁斯特：《追忆似水年华》，李恒基、徐继曾等译（南京：译林出版社，2001年），第1225页。

② 同上。

划，大胆打破了其他沙龙（更不用说她自己的宾客）所遵行的着装规则。女性访客通常会戴着帽子、手套，穿着典雅的曳地日装裙，臀部周围用衬裙和裙撑撑起，由于身着日装紧身衣，所以腰部急剧变窄（这件衣物穿着要比僵硬的夜装紧身衣舒服一些，但洛尔·德·舍维涅通常什么紧身衣都不穿）。男性访客穿着深色长礼服，坎肩及长裤、阔领带、别在扣眼上的花、手套和高顶礼帽的颜色与礼服要么色调统一，要么构成巧妙的对比色。他们一进客厅就会脱下高顶礼帽，把它顶部朝上放在门道旁边或自己座椅旁边的地板上。夏尔·阿斯在行脱帽礼仪时，会露出一圈活泼的绿色丝绸衬里。不过阿斯这样的创新属于新手勿试，对新手而言，任何背离规则的变化只能表明他的无知而非出色天分。

　　无知就意味着粗俗，它会引发"有生"阶层的怒斥。莱昂斯·德·拉芒迪伯爵，就是关于城区的社会生理学研究带给伊丽莎白·格雷弗耶启发的那一位，讲过一个小资产阶级巴黎人的故事。因为曾经救过一位大老爷的性命，他受邀前往后者的府邸晚餐，但他系了一条黑色而非白色领结赴宴，显得方枘圆凿，格格不入。[40] 拉芒迪发表这个故事的年份是 1889 年，但普鲁斯特对它念念不忘，整整 15 年后，他仍难免弄巧成拙，系着白色领结去参加他的朋友吉什公爵阿尔芒在乡间别墅举办的午宴，不想到场的其他人都穿着打猎和骑马的服装。那以后一个多月，仿佛是为了弥补这次失礼行为，普鲁斯特又摇摆到了另一个时尚极端，戴一顶随意的圆顶礼帽去参加吉什在巴黎举办的婚礼。但这一选择也大错特错了：参加上流社会的婚礼必须戴高顶礼帽。在最近发现的一段电影胶片中可以看到一位脸颊瘦削、满脸胡子的人物，历史学家们认为那就是普鲁斯特，他正尾随着婚礼队伍（新娘是埃莱娜·格雷弗耶）匆匆走出玛德莱娜教堂，头上那顶不合时宜的圆顶毡帽在高顶礼帽丛中格外显眼。[41]

　　自他的社交事业之初，着装疏漏就一直困扰着普鲁斯特。最初，他还在奥尔良的军团服兵役，趁周日休假赶来出席斯特劳斯夫人的招待会，那身统一分发的步兵制服简直让他如坐针毡，在那个场合，它看上去格外寒碜。他有一次写信给她，为自己"骇人的"制服上衣道歉，并向她保证在找到更得体的衣服之前，他不会再出席她的沙龙了。雅克·布朗什在关于夹层公寓的回忆文字中提到了身穿难看军装的普鲁斯特：

　　　　我至今还能记起马塞尔身穿士兵制服、敞披斗篷、头戴硬军帽的样子。他可不是为了好玩儿才穿那身军装的，它与他黑色的胡须和标准的椭圆脸型构成了古怪的反差，让他看上去像个年轻的亚述人。……马塞尔坐在一张箱式凳上，对两天没刮的胡子毫不以为然，想帮忙倒茶反而撞翻了陶瓷杯，那一情景历历在目，恍然如昨。[42]

　　画家还写到普鲁斯特的帽子永远"像个（满身绒毛倒竖的）斯凯狻或刺猬"。[43]

　　然而布朗什接着说，兵役一结束，普鲁斯特就告别了军服和两天没刮的胡子，改头换面、破茧成蝶了。那个邋遢的军校学员不见了，更别说康多塞中学那个郁郁寡欢的少年。此时的他挺拔而立（或坐在箱式凳上），是一位温雅自信的"学徒交际家"，"系着一条随意扎结的绿色阔领带，下着紧身长裤"，长礼服的翻领上别着一朵山茶花。[44] 1892 年布朗什为他创作肖像画时，普鲁斯特就是这副样子，布朗什只是改变了被画者领带的颜色（改成了白色）和他领上别着的那朵花（改成了一朵兰花）。

虽有后一种改动，但普鲁斯特后来回忆起自己二十多岁初涉社交圈的那段日子，总会把生命中的这一阶段称为他的"山茶花时期"。[45] 据费尔南·格雷格说，普鲁斯特对自己扣眼上别着充满异域风情的花朵颇为自豪，它替代保险的白色康乃馨而成为精雅别致的选择，因为它是利顿勋爵送给他的礼物。

除了提高穿衣品位，普鲁斯特还培养了独到的眼光，看出社交界哪怕最乏味无趣的交际也有微妙的权术在起作用。玛蒂尔德·波拿巴公主，即"艺术圣母"，给他提供了不少这方面的素材。他在夹层公寓初遇她时，公主已年过六旬，早已失去了年轻时苗条的腰身——身材曾最好地补偿了她的凸眼泡和阔大苍白的脸颊。相反，此时的她结实圆胖，看上去与波拿巴家族的祖籍科西嘉岛上的农妇别无二致。[46] 虽说穿戴的都是公主的行头——穿着制作精良的绸缎女装，通常都带有拖裙，并点缀着鸡蛋大小的大溪地珍珠——但她硕大的体格实在像个整日围着脏衣服团团转的洗衣妇。乍看之下，她的行为举止也是一样。公主对自己提携天才年轻人的声名甚为自豪，总喜欢安慰他们说她这人不拘礼节。因此，无论是对热纳维耶芙沙龙里的常客，还是对那些仍在每

/ 450

21岁的普鲁斯特还在服兵役时，利用每周一天的休假去拜访热纳维耶芙

周二光临自己的招待会的人们，这位年长的妇人都会夸张地表现自己的"单纯"，温柔地提醒那些波希米亚人，她的波拿巴家族也是新贵出身："要是没有法国大革命，我还在阿雅克肖①的街上买橘子呢！"⁴⁷

然而仔细观察公主就会发现，她的谦逊只是伪装的表象，无论是她对大仲马的意评（"我可没法因为他血统高贵而邀请他，他是个杂种，有一半黑人血统"），还是她蛮横地依赖头衔带来的特权，都将这一点暴露无遗。"玛蒂尔德公主鼓励（我们其他人）对她特别卑躬屈膝，"亨利·德·雷尼埃写道，"为表示尊敬，说话必须压低声音，动词必须变成第三人称，（我们还必须）欣然服从。"⁴⁸ 此外，当雷尼埃和他的艺术家兄弟们按照礼节行吻手礼（baisemain）向她致意时，公主会把手尽量贴近地面，以至于他们鞠躬时，前额几乎碰到了地板。她通过强制人们实施这类恭敬的礼仪，在自己标榜尊重的那些艺术家中间端起了公主架子。

玛蒂尔德公主的"单纯"本质上充满矛盾，暴露了上流社会那一经典的装模作样毫无诚意。务实的贵妇人的虚伪将成为普鲁斯特在写到城区时最青睐的主题之一，例如《盖尔芒特家那边》中有一个场景，叙述者尖刻地写道："当膳食总管称呼（这个只信精神不信爵位的）女人为'公爵夫人'时，这种意外的现象并没有使她感到不舒服。"②⁴⁹ 这句话的讽刺意味就在于，马塞尔描述的情况根本不是意外。公爵夫人虽然常常宣称自己"只信精

---

① 阿雅克肖（Ajaccio），科西嘉岛最大的都市，位于法国科西嘉岛西岸，是科西嘉岛的首府，也是拿破仑·波拿巴一世的出生地。

② 译文引自马塞尔·普鲁斯特：《追忆似水年华》，李恒基、徐继曾等译（南京：译林出版社，2001年），第811页。

身穿黑衣的热纳维耶芙，左起第四，与一群人一起参加了1889年巴黎世界博览会，同去的人包括斯特劳斯（右边紧挨着热纳维耶芙）、玛蒂尔德·波拿巴公主（最左）、卢多维克（右起第三位头戴高顶礼帽者）和梅亚克（最右）。摄影：热热·普里莫利

神"（根本不信爵位），但正是她本人坚决要求仆人们使用头衔。然而她从来没有质疑过——如普鲁斯特早年写到虚构的德·艾诺子爵夫人及其身穿法式制服的仆人时所用的词——她必须利用自己的地位背后的那种"无形的力量"："她从来没想要求管家只喊她'夫人'……每每有事要叫丈夫办理，她总对膳食总管说：'您提醒公爵先生……'。"① 德·盖尔芒特夫人的"单纯"只是虚构，粉饰了她极其重视公爵头衔的真相。

/ 451

① 译文引自马塞尔·普鲁斯特：《追忆似水年华》，李恒基、徐继曾等译（南京：译林出版社，2001年），第811页。

　　假以时日，普鲁斯特会发现，这种虚伪也是斯特劳斯夫人（后来的德·舍维涅夫人也是一样）身上最令人不快的特质之一。但同样的特征出现在波拿巴公主身上却并没有让他那么厌恶。这大概是因为她是他见过的第一位王室成员，和任何社交人士一样，普鲁斯特也很容易被王室成员头顶上公认的光芒所打动。在上层的年资越深，接触到的王室成员越多。但就算在生命尽头，他说起玛蒂尔德公主时，也始终带着一股迷离的怀旧感，称她为"我的第一位殿下"。[50]

　　事实上，他不仅在《追忆似水年华》中提到了这一别称（在一个嘲讽"玛蒂尔德·波拿巴公主……并不摆出一位殿下的派头"的段落中），还在1922年与詹姆斯·乔伊斯的第一次也是最后一次谈话中屡屡提到"殿下"二字，令爱尔兰人甚是反感。后来乔伊斯抱怨同为天才的普鲁斯特"只谈到了公爵夫人"，而普鲁斯特若是听到此言，大概会忙不迭地指出玛蒂尔德公主不是公爵夫人而是一位皇殿下。[51]他初次在夹层公寓见到她时，就知道了此二者的区别。即便发现她的"单纯"并没怎么掩饰她的傲慢，他仍为结识了一位王侯的后代而深感自豪。

　　公主从斯特劳斯夫人的访客那里获得的第三人称表达方式让普鲁斯特更笼统地了解了王室和贵族称谓的复杂细节。①在《布瓦尔与佩居榭的世故》（"*Mondanité* of Bouvard and Pécuchet"，1893）中，他深入挖掘了这些神秘的古老细节中的荒诞主义喜剧效果。[52]他在文中再度发挥模仿天分，想象居斯塔夫·福楼拜的《布瓦尔与佩居榭》（*Bouvard and Pécuchet*，1881）中的两位标题人物，那对天资愚钝的小资产阶级博学者，

---

　　①　关于法国王室和贵族称谓的规则，详见本书附录一。——作者注

下决心进入社交界。在福楼拜的讽刺小说中，两人试图自学庞杂的学问，从医学到育儿和景观建筑，再到玄学。但他们的"知识"是各种靠不住的资讯、半生不熟的观点和庸俗成见的大杂烩，每次他们试图付诸实践，都会滑稽地一败涂地。在普鲁斯特的模仿作品中，布瓦尔与佩居榭考察了贵族阶层的方式和路径，同样遭遇了不可救药的坏运气。

两位朋友为未来的社交归附迈出的第一步，是试图解决应该如何对社交界的大人物鞠躬致意的问题："是整个身体都向前弯曲呢，还是颔首即可？动作应该快还是慢，向前一步还是留在原地？……双手应该保持在身体两侧，握住帽子，戴着手套吗？"[53]然后他们排练了其他"彬彬有礼"的仪态，效果是不自知的荒唐可笑："布瓦尔靠在壁炉架上，小心把玩着他专为此目的带来的一双浅色手套（以免弄脏），为使效果逼真，称呼佩居榭为'夫人'或'将军'。"[54] 在面对引荐的问题时，两人更迷茫了："应该先说谁的名字？应该用手指着被点名之人，还是冲其人点头，还是保持静止，不动声色？"

当布瓦尔和佩居榭说到"以合适的头衔称呼每一个人"的话题时，他们的迷惑达到了闹剧高潮，这个话题令人望而生畏，没过多久，他们就不得不认输了：

> 应该称男爵、子爵和伯爵为"先生"，但"您好，侯爵先生"在他们听起来毫不热情，而"您好，侯爵"又太傲慢。他们只好说"亲王"或"公爵先生"，但就连他们也觉得后一种用法有点恶心。殿下们更让人头疼；布瓦尔一想到自己那些王室熟人就觉得脸上有光，想出了一千句以各种方式突出这一称谓的话；他赧然一笑、轻轻垂首，双腿跳来跳

去地说出了这个词。但佩居榭宣称他会忘记，或者稀里糊涂，或者干脆当着亲王的面笑场。简言之，为免去麻烦，他们决定干脆还是别进圣日耳曼区了。[55]

虽然表面看来荒诞不经，但布瓦尔和佩居榭"干脆还是别进圣日耳曼区"的决定，恰恰突出了那个世界的优雅守则显然着意发挥的排外功能。那些守则的目的就是吓退和羞辱外人；它们的本意就是要炫耀德·阿伦贝格们与旺德莱姆们之间、骑师俱乐部和穷光蛋俱乐部之间有一条不可逾越的鸿沟。

在普鲁斯特的模仿文章的最后一段，布瓦尔和佩居榭突然充满鄙夷地话锋一转，针对起就连他们这样的土包子也自以为完全有资格嘲笑的那个社会群体：

> 说到犹太人，布瓦尔和佩居榭承认他们讨厌待在犹太人身边。他们（犹太人）年轻时都是在德国卖长柄眼镜的。他们都长着鹰钩鼻、想法离奇，邪恶的灵魂一心一意钻钱眼儿。何况他们还组成了某种庞大的秘密社会，把自己取之不尽的财富任由不知名的敌人挥霍，目的可怕而神秘。[56]

在一篇滑稽模仿上流社会优雅守则的文章的结尾来这么一段枯燥冗长的反犹俗套，乍看上去似乎不合逻辑，细想则不然。虽说普鲁斯特也和前辈福楼拜一样对这类噱头反感透顶，但斯特劳斯夫人的其他朋友们却总是乐此不疲。在夹层公寓，人们听到侮辱性的反犹言论时总会报以大笑，不管他们的宗教信仰如何，原因很简单，反犹是"优雅的"，犹太人身份代表着粗俗。

如果你是普鲁斯特，你的愉悦就没那么旗帜鲜明了。你的笑可能是出于尴尬、自我厌恶，或者装作蛮不在乎（"单纯"）。你笑是为了讨人喜欢，或者像个非犹太人（无论如何，普鲁斯特已经受洗，如果血统上不完全是非犹太人，他的宗教信仰已经与犹太人无关了）；或者是为了忍住不哭。不过也有可能，你的笑声中暗含着某种骇人的秘密，希望终有一日，你可以利用自己毫不留情的天分，把那些上等人统统打入他们自己的穷光蛋俱乐部。一想到彼时他们的优雅也救不了他们，你笑了。

注　释

1　邮戳为 1892 年 11 月 13 日 MP 致 GS 的信，见 MP, *Lettres à Madame et Monsieur Émile Straus*, 6。

2　JEB, *Mes modèles*, 113. 居斯塔夫·施伦贝格尔的看法略有不同，他把年轻人坐在脚凳上的情景描述为"怪诞"。Gustave Schlumberger, *Mes souvenirs: 1844–1928*, vol. 1 (Paris: Plon, 1934), 304.

3　"1892" 年 MP 致 GS 的信，见 MP, *Lettres à Madame et Monsieur Émile Straus*, 11; MP 在第四页提到了他与 GS 的"耶稣受难日"纪念日。

4　MP 致 GS 未署期的信，同上书，5。

5　MP, JS, 667.

6　同上。

7　1892 年夏 MP 致 GS 的信，见 R. Proust, ed., op. cit., 7。

8　LD, *Devant la douleur*, 118. LD 在叙述时并没有点明卢利娅和玛丽就是这些恶作剧的设计者；该信息见 Bischoff, op. cit., 231。

9　EdG, op. cit., 1889 年 12 月 11 日的日记。

10　Paul Allain, "En passant: La Place à table," *Le Radical* (November 9, 1922): 1.

11　LD, *Fantômes et vivants* (Paris: Nouvelle Librairie Nationale, 1914), 293.

12　Taylor, op. cit., 26. 正如 Taylor 一针见血地指出的，MP "一生中从未垂涎过女人。他只是希望垂涎她们"(27)。

13 不过，MP 的确认为这样的关注是世故的基石，他在二十多岁时就写道："社交界的人们通常会用外表来判断一切。" MP, JS, 628.

14 Bruant, ed., op. cit., 180–82.

15 MP, "Études I. Snobs," *Le Banquet* 3 (May 1892); 以 "Snobs" 为题转载于 MP, PJ, 86–88。

16 MP, JS, 677.

17 HR 提到在 1891 年春，GS 和她的忠实信徒们就非常痴迷于谈论一位通奸的法国少妇在北非毒死了丈夫然后自杀的新闻。关于这一丑闻的报道，见 Amédée Blondeau, "L'Empoisonneuse d'Aïn-Fezza: Mme Weiss," *Le Rappel* (May 30, 1890): 1; Émile Massard, "Jeanne Weiss," *La Presse* (May 30, 1891): 1; Notre Envoyé Special (pseud.), "L'Empoisonneuse d'Aïn-Fezza" (May 31, 1891): 1–2; and "Le Suicide de Mme Weiss," *L'Avenir de Bel-Abbès* (June 3, 1891): 1–2。

18 MP, JS, 678.

19 Alain de Botton, *How Proust Can Change Your Life* (New York: Pantheon, 1997), 108.

20 MP, in Kolb, ed., vol. 3, 247.

21 MP, JS, 677–78.

22 同上。

23 同上书，679。

24 同上书，258；1068，注释 3。这条注释中包括一个从 JS 的手稿中删除的短小段落，其中 MP 明确将马尔梅夫人比作了高中时代折磨他的让的"小团伙"，认为他们的相似之处不仅在于残忍地对待他，还在于他错以为他们聪明。

25 EG, "Le Revoir," op. cit., 几年后在 JS 中，MP 会同样抱怨世故的现成语言束缚了情感、心理和创作自由："所谓'良好教养'的那些不假思索的回答破坏了一切天性、一切独立思考和一切诗意的可能。"见 MP, JS, 525。

26 Bischoff, op. cit., 127. 关于 MP 对毫无意义的"社交友好"的分析进一步的讨论，见 Gilles Deleuze, *Proust et les signes* (Paris: PUF, 1964), 10–11。

27 MP, CG, 833.

28 MP, SG, 62. MP 在其他地方曾称之为友好谈话的"荣誉功能"（CG, 834），不仅限于世纪末的贵族阶层。如今大多数说英语的人早晚会意识到"你好吗？"和阿尔贝亲王对陌生人的万金油赞美一样，纯属套话。问出这个问题的人很少能听到真诚的回答，希望得到真诚回答的就更少了。

29　《马太福音》26:11。德·奥松维尔还在他的至少一部书中引用了这句话。Paul-Gabriel Othenin de Cléron, Comte d'Haussonville, *Socialisme et charité* (Paris: Calmann-Lévy, 1895), 381.

30　这是圣莫代福塞修道院（Monastery of Saint-Maur-des-Fosses）12 世纪唱和歌集里的一句歌词；保存在国家图书馆的手稿部，siglum F-Pnm lat.12044。Vicomte Eugène-Melchior de Vogüé, *Le Roman russe* (Paris: Nourrit-Plon, 1888), xxiii.

31　MP 关于这一现象最风趣幽默的描写，是一位虚构的君主从小就相信"神圣天意要你生来就高人一等、堆金叠玉……仁慈的天主希望你拥有苏伊士运河几乎全部的股份和罗斯柴尔德家族在皇家荷兰石油公司股份的三倍"。MP, CG, 720.

32　Lucien Descaves, "Opinions et souvenirs: Fernand Vandérem," *Le Journal* (February 6, 1938): 3; Robert de Traz, "Chroniques," *La Revue hebdomadaire*, 2, no. 7 (February 12, 1938); 229-35.

33　MP 致 GS，见 MP, *Correspondance avec Mme Straus*, 109。在同一封信的后文中，MP 解释说套话不可能创造出伟大的文学，是因为"只有那些带有我们的品位、我们的疑虑、我们的欲望和我们的弱点的东西才是美的"(112)。的确，在表达和描述现实时，"陈词滥调的问题"在于它们只是"蜻蜓点水的肤受之言"。Botton, op. cit., 88.

34　EdG，日志，1885 年 6 月 6 日的日记。

35　居斯塔夫·福楼拜，*Dictionnaire des idées reçues, suivi des "Mémoires d'un fou"* (Paris: Nouvel Office d'Édition, 1964), 84。多加一句，EG 也不总是靠开玩笑来缓和自己的反犹主义观点；他直率地自称"理论上是整个犹太种族的敌人"；见 EdG，日志，1891 年 6 月 24 日的日记。

36　关于那些发音与拼写不符的法国贵族姓氏，又见 Cécile David-Weill, *The Suitors*, trans. Linda Coverdale (New York: Other Press, 2012), 101。在这部 21 世纪关于世故的精彩作品中，作者之所以要追究姓氏的发音，是因为女主人公 Laure Ettinguer 的姓读作"埃廷格齐"，正如 EG 和 HG 的朋友们奥廷格一家把自己的姓氏念作"奥廷格齐"。

37　MP, LP, 543.

38　MP，存档于 NAF 18324, folio 83/84。

39　同上书,86。在同一本笔记中,MP 讨论了其他错误的"措辞"和"名词形式"

暴露了自称的交际家事实上是个冒牌货；例如，"把德·杜多维尔……公爵称为'德·拉罗什富科·杜多维尔公爵'"以及"不省略喀斯特兰和塔勒朗中的'e'和'ey'的发音，等等"：同上书，84。在 SG 中，他又回到了德·于扎伊的发音问题，指出对一个加入贵族的中产阶级女性而言，婚姻的主要乐趣之一就在于她有权说起"我的德·于扎伊姨妈"，按照起初"曾令她十分惊讶的方式"来发音。MP, SG, 213.

40 Larmandie, op. cit., 91.

41 有些学者认为这段胶片捕捉到了 MP 在新娘派对刚刚结束后离开教堂的情景；可在以下网址观看 http://www.france24.com/en/20170215-france-literature-marcel-proust-footage-wedding-clip. 婚礼发生于 1904 年 11 月，即 MP 拜访 AGG 的城堡后一个月左右。

42 JEB, *Mes modèles*, 112–13。

43 同上书，111。

44 同上书，113。关于 MP 新近对社交界风格细节的关注，又见 Sisley Huddleston, Paris Salons, Cafés, Studios (New York: Blue Ribbon Press, 1928), 277。"他说，他有必要知道一位亲王（原文如此），优雅的评判者，如何戴自己的单片眼镜"，他说 LC 收藏的帽子是"一座活生生的行走的博物馆"。

45 CA, op. cit., 145.

46 匿名作者，*Biographie de Mme Demidoff: la Princesse Mathilde* (London and Brussels, 1870), 31。匿名作者这里把"滚圆肩膀"的玛蒂尔德公主比作了"博斯平原的一位肥硕的农妇"。

47 MP, "Un Salon historique: le Salon de S.A.I. Princesse Mathilde," in *Le Salon de Mme de⋯* (Paris: L'Herne, 2009), 15–35, 16.

48 HR, *Les Cahiers*, 278. GPR 在其他文字中也曾抱怨玛蒂尔德公主的高傲，见 NAF 24951, folio 44。

49 MP, CG, 732–33.

50 在 OJFF 中，叙述者提到虚构的德·卢森堡亲王夫人（据信原型为德·萨冈亲王夫人）时说，她是"我的第一位殿下"，然后又在这句话后面加了一句限定语："我说她是我的第一位，因为玛蒂尔德公主"——叙述者先遇到的——"从仪态上说完全不是一位殿下"。这里的笑话是，德·卢森堡亲王夫人和玛蒂尔德公主都认为自己对地位低下的人很"单纯"——不装腔作势，十分务实，但事实上她们的举止极其高傲。写明德·卢森堡亲王夫人无意间对叙述者及其祖母的可憎行为的场景是 RTP 最有趣的段落之一。
Walter Benjamin 引用乔伊斯引述 MP 曾经对他说 "她是我的第一位殿下"。
Walter Benjamin, "Pariser Köpfe," in *Walter Benjamin Passagen: Schriften zur französische Literatur, ed. Gérard Raulet* (Frankfurt: Suhrkamp, 2007), 174–81.

51 Carter, *Marcel Proust*, 778.

52 故事梗概见 Brooks, *Flaubert in the Ruins of Paris*, 161–63。

53 MP, "*Mondanité et mélomanie de Bouvard et Pécuchet*," in *La Revue blanche* 21–22 (July-August 1893); 收录于 MP, JS, 57–65, 59。

54 同上书，57。

55 同上书，59–60。

56 同上书，62。关于这一段落的简略但精辟的评论，见 Carter, *Marcel Proust*, 152。关于 MP 面对上流社会反犹主义盛行的矛盾的愉悦感，见 JEB, *Mes modèles*, 121。

2 月的巴黎流感肆虐，所以利顿勋爵谨遵医嘱，去尼斯住了几周，就住在西米埃兹（Cimiez）区的异乡人酒店（Hôtel des Étrangers），位于俯瞰城市的半山。海边的空气和阳光有助于他身体复原；前一年 5 月他做了一个手术，从鼻腔里取出了一个肿瘤，自那以后健康便每况愈下。[1]（这位英国人"吸鼻涕"的习惯也更严重了。）但不管里维埃拉的日光浴对身体的疗效如何，都未能让利顿勋爵的心情恢复平静。近来他愁肠百转，忧心忡忡。

1890 年 2 月 16 日，他在给妻子的妹妹特里萨·厄尔（Theresa Earle）的信中写到了自己的焦躁不安：

> 我觉得我像风一样飘摇不定，我确定无疑地意识到我不知道自己是谁。真的，我是一个自己也难解的谜。我只知道我体内至少有六七个不同的人格，他们彼此间全然不同——他们朝不同的方向撕扯着，争相阻隔彼此——而且我也不觉得世上有谁比我自己更了解他们一些。[2]

由于他没有详细说明那些冲突的自我的身份，特里萨·厄尔大概只能猜测姐夫说的是他的两个职业人格：一边是大使阁下，一边是欧文·梅雷迪斯。同时应付外交和文学工作的确让他力不从心，而且他还必须这么做：利顿勋爵指望靠卖书的（微薄）收入来支付管理大使馆（高得离谱）的费用呢。前一周，他对妻妹说，他刚刚"改写和重写了《罂粟王》的大部分文字"，希望能尽快出版。他坦言在修订这部代表作的过程中，他尽量不过于担忧"它出版后的商业反响，哪怕它看似有可能一败涂地"。[3]

　　然而事实上，对他而言，诗作的商业反响事关重大。他少年在哈罗公学求学时，同学们便称他为"穷鬼利顿"，那个绰号至今仍然适用。他尽量不张扬自己的财务压力——甚至给一条最喜欢的宠物狗（最近刚刚死去）取名"预算"——但他再也不想当朋友圈里最捉襟见肘、左支右绌的人了。

　　特里萨·厄尔大概还会猜测姐夫的抑郁症又犯了。这段时间，他一直觉得"（他）和（自己的）理想之间有着不可逾越的距离，让他痛苦不堪"，还把自己的痛苦归咎于外交和社交地位的局限。他在写给另一位最亲密的知己、已婚的女儿贝蒂·鲍尔弗夫人的信中说：

> 　　我就像一只被困在养禽场的野鸟，如果说被绑的双翅偶尔还能在笼子下面扑腾，它们感觉压抑的另一个原因是知道自己身为病人，这样坐立不安不甚体面。[4]

　　鸦片有助于平复那些坐立不安的情绪，但效果从不长久。

　　利顿没有告诉贝蒂或特里萨·厄尔的是，他一直在谨慎地追求巴黎的两位已婚女人，而且局面越来越难以维持了。虽然这两个女人——热纳维耶芙·斯特劳斯和伊丽莎白·格雷弗耶——并非好友，但她们的社交圈有很大的交集，他脚踩两只船的真相迟早会为人所知。这更加重了利顿勋爵的心病，但他还不至于蠢到跟女儿或妻妹提及此事——两人都会替他的妻子愤愤不平的。

　　利顿勋爵的尼斯之行或许让他的感情生活变得更加复杂了。他2月7日入住异乡人酒店。两天后，热纳维耶芙单独出现在城里，也住进了同一家酒店。她的官方说辞是要在蒙特卡罗的亲王宫殿与老朋友艾丽斯·德·黎塞留共度几个月时光，后者如今已经是摩纳哥的艾丽斯王妃了，正在准备自己当上王妃后的第一次舞会，请热纳维耶芙务必在蒙特卡罗多住些时日，"帮她处理那些烦琐的差事"，此外也请她出席《卡门》的巡回演出，这次堂·何塞将由让·德·雷什克出演。（艾丽斯要在这两个重大活动中面对公众，需要热纳维耶芙全力给她道义上的支持，因为阿尔贝亲王选择独自一人驾驶新游艇"艾丽斯王妃号"过一个超长蜜月。[5]）然而私下里，热纳维耶芙的摩纳哥之行使她总算有机会在没有丈夫监督的情况下在当地游历一番了。斯特劳斯陪她来到蒙特卡罗，却在他和热纳维耶芙到达宫殿短短几天后被一个案子召回了巴黎。他不在场，热纳维耶芙独自一人去了尼斯，中途还在戛纳停留了一天。

不知是巧合还是刻意安排，从 6 月中旬开始一直驾驶着游艇"漂亮朋友号"环游地中海的居伊·德·莫泊桑也在热纳维耶芙到达两个城市期间出现在戛纳和尼斯。她在西米埃兹时，莫泊桑也寄宿异乡人酒店——要知道他来尼斯时通常都和母亲住在一起，她在附近有一所房子。[6]

热纳维耶芙在里维埃拉海滨期间的通信显然缺失了，这使我们很难确定她在那里做了什么，什么时候，与谁在一起。2 月，她从蒙特卡罗写信给婶婶纳尼内·阿莱维，讲述在亲王宫殿的遭遇，假装抱怨那里的种种缺陷：什么它"有自己的镜厅，这名字倒是合适，因为那里冷得跟冰窖似的"[①][7]，什么她住在一间"可怖的卧室，那是某一位约克公爵咽气的地方"，什么"这里的大理石或斑岩地板太滑，走路时摇摇晃晃、手舞足蹈的"。那个月

---

① "镜厅"在法语中写作"Galerie des Glaces"；"glace"既有"镜子"之意，也有"冰"的意思。——作者注

晚些时候，她从尼斯给波托－里什寄了一封神秘的短信："运气好的话，事情会圆满解决的。"至于是什么事情，为什么需要运气才能"圆满解决"，她一个字也没有解释。8

然后她的通信就中断了六个月。

不过，埃利·德洛奈在 3 月寄来的欢迎热纳维耶芙回巴黎的信表明，她曾向他倾诉自己在旅行期间见到了英国伯爵。她或许是在转达利顿勋爵对德洛奈为她所画肖像的赞美时透露此事的，因为画家写道："我那忧郁的、目光如丝绒般柔软的东方侍婢啊……很荣幸利顿勋爵喜欢我（给你画）的肖像，不过我觉得他更爱本人是绝对正确的！"9 她忧郁的原因是另一个谜，但她丈夫大概与此有关，因为保罗·布尔热在 3 月 18 日写给她的信中问道："斯特劳斯控制住他可怕的坏脾气了吗？"10 不管他是否知晓她在法国南部的幽会，布尔热显然担心热纳维耶芙此时在家里面对的头疼事儿。

关于两人在尼斯期间发生了什么，利顿勋爵的通信所能提供的线索就更少了。他指名写给热纳维耶芙的信件存世很少，其中一封是几个月前写的，利顿勋爵称她是"最聪明迷人的女人，作曲家阿莱维之女、经久不衰的歌剧《卡门》的作曲家比才的遗孀"。11 两人的通信也在里维埃拉之行后中断了大约六个月之久，另一个原因或许是事后为顾全大局进行的审查。（在他去世后为他编辑信件出版时，贝蒂·鲍尔弗夫人扣下了父亲可能不愿公开的所有文件；利顿勋爵也曾为自己已故的父亲尽过同样的义务，隐瞒了英国伯爵生前许多轻率之举。12）

不过从利顿勋爵这段时期其他文本可以清楚地看到热纳维耶芙的影子。例如，他虽然生前没来得及把《流浪的犹太人》改编成讽刺剧，却完成了对她已故父亲的另一部歌剧《犹太女》的英语改编。(利顿勋爵版本的标题就叫《剧》(*The Play*),从未上演。)他还以谄媚的口气写到在她的沙龙里遇到的那些文学泰斗,表达了自己更偏爱"害羞、沉默,显得笨拙,却极为风趣的"梅亚克,把梅亚克比作"一头粗壮的大象,却有一条出奇灵巧敏捷的象鼻子"。[13]

利顿勋爵重视这类人脉,他知道在巴黎,要想拥有这些人脉,热纳维耶芙是最好的帮手。他在英格兰也有很多作家朋友,包括查尔斯·狄更斯、罗伯特·勃朗宁和奥斯卡·王尔德;结交这些人让利顿勋爵安心了一些,虽然他出身贵族又从事外交,但作家同行们还是严肃地对待他的艺术天分。(他如此戒备是有充分理由的,因为总有人公开诋毁他的写作天分,包括他的父亲至死都瞧不起欧文·梅雷迪斯,说他是个抄袭者和雇佣文人;说到儿子与狄更斯是好友,爱德华·布尔沃 - 利顿的不屑之词名声在外:"猫还要瞅国王一眼呢。"[14])利顿勋爵担任驻法国大使期间,总希望赢得这个国家最著名的作家们的尊重。他总往夹层公寓跑,就是觉得那是和他们相遇的理想场所。

热纳维耶芙大概也给了他一些创作灵感。他以欧文·梅雷迪斯为笔名创作了一首甜蜜而心酸的爱情诗——《在夹层公寓》("A l'entresol"),写给一位有着"深邃而潮湿的黑色眸子",紧张得"脸颊颤抖"的"忧郁"迷人的巴黎女子。这首诗用英文写成,但它的法文标题暗示了它的场景:右岸一个夹层公寓的优雅客厅,诗中的叙述者和他的女主人在那里独自度过了一个温馨的夜晚。沙龙的摆设让人想起热纳维耶芙沙龙中的东西,不管是"一面清澈的大镜子"中映出的"伟人伏尔泰的眉峰",还是"格勒兹笔下娇小的法国美人",以及"丽达那白天鹅的后背 / 被她充满爱之重的吻压弯了",抑或是新鲜采摘的大量玫瑰,为了抵御外面的严冬而"花冠紧闭"。

在与房屋的女主人相顾无言时,叙述者站在沙龙的窗前,凝视着下面"起伏的大道熙熙攘攘"。与此同时,在他身后的壁炉架上,"时钟的指针飞快地行走",表示时间正一分一秒地过去。这提醒他时光飞逝,更令叙述者悲喜交集。起初,它使他急于与目光忧郁的女主人及时行乐:"哦是啊,/时光如流沙/还是不要问,不要说/……让我们用热吻把魔咒打破!"然而就在他准备拥抱她时,他退缩了,在火光映衬下,她那双黑色眸子的光芒突然让他想起了另一间沙龙,另一位沙龙女主人。《在夹层公寓》的结尾,叙述者不再对同伴说话,而是对自己的心发出了祈求,那里住着另一个女人,那是她的王国:"哦我的心啊,她看上去跟她那么像,简直可怕!/让我躲开自己的绝望吧,/躲开我梦中的那个幽灵!"15

这些诗句大概勾勒出了紫衣缪斯的影响在何处终结,一位对手缪斯出现了,因为利顿勋爵梦中的幽灵不是热纳维耶芙,而是伊丽莎白。前往尼斯之前的六个月,他终于厌倦了伊丽莎白混沌不明的暧昧态度,断然终止了两人的关系。然而,他摆脱她的努力并没有平息他对她说起过的"从我初见你的那一刻起就把我彻底笼罩的不可思议的情感"。16他说他想终结友谊之后很长时间,伊丽莎白一直是利顿勋爵魂牵梦萦的人。

从已出版的通信来看,除了一句("才女,漂亮的上等小女子")之外,他的女儿贝蒂在他死后删除了提到格雷弗耶夫人的所有语句。然而伊丽莎白档案中保留的信件表明,利顿勋爵是在1889年8月底9月初与她断绝联系的,那之前他们刚刚在迪耶普度过了一个假期,两人的配偶和子女均不在场。17她并未邀请他与她同住在拉卡斯,他只好寄宿在城里的皇家酒店(这是他消受不起的奢华）。然而利顿勋爵还是发誓对她矢志不渝，是她的反对引起了两人关系的破裂。他写了封短信，离开了她：

> 鉴于您亲口道出也亲身展示了您对我的感情只是纯粹的精神性质，我必须说我高估了自己在那种条件下维系我们之间关系的能力。[18]

利顿勋爵随后启程去了滨海特鲁维尔，那是热纳维耶芙在诺曼底海滨最喜欢逗留的地方，专栏作家们看到他与她和梅亚克一起出现在赛马场和赌场中。

伊丽莎白早已预感到终有一天，她的英国朋友会下此最后通牒的。然而他决定彻底终结两人的关系还是令她十分震惊。1889年10月，她把他们没有结果的爱情故事重写成了一则精练的道德寓言："他爱她。她恪守贞操。他就不再爱她了。这个故事告诉我们：要爱彼此（Aimez-vous les uns les autres）。"[19] 她在这篇文字中再次审视了利顿勋爵的殷勤背后郁积的愤怒，也记得在自己因为乔万尼而陷入绝望的低谷时，英国伯爵是"第一个注意到我的面容开始憔悴的人；他也许会愿意陪我变得又老又丑、招人讨厌。这样的特质让他的爱与芸芸众生的截然不同"。[20]

自迪耶普那决定命运的一别之后，利顿勋爵一直坚守着不再见伊丽莎白的决心——除了在大型社交聚会中，那时他们避开彼此不会引起过多关注。即便如此，他还是忍不住写信给她，在那年冬天的一封信中向她坦白，只需"一句、一词、一念，就能重新唤起我对你的一往情深"。[21] "重新唤起"这个词用得不当，他对她的渴望从来没有休眠过。至多有过几次短期的退潮。每当爱的潮水轰然而涨，他唯一可以平息胸中澎湃的方法，就是把思念付诸纸上。

这类文本中有一篇独出心裁的对伊丽莎白的人物素描，她在利顿勋爵去世之后才收到这封信。原文以法文写成，开头和结尾都断言她的幽灵总是纠缠着他，以下是精简片段：

> 今晚的伦敦，一切显得那么阴郁悲伤，写这封信是为了给你讲述一个幻象，它一直顽固地盘绕在我的脑际，挥之不去，连它最微小的细节也仿佛离我那么近，那么逼真，跟它相比，伦敦的肮脏街道倒是一片模糊了。

> 那是个年轻女人的影子。……她是十足的贵妇，简直就是女王，但她仍然是一个女人。然而她与其他女人绝无半点相似，就像童话中的公主和庸常俗气的公主们，天差地别。

> 她今晚的装束是一件精美的粉色晨衣……透明的皱褶翩然起落，为她苗条优雅的身段勾勒出美妙的轮廓，她浑身散发出仙境的光芒，就像悬浮在落日的玫瑰色余晖上的一朵云霞。……

> 偶尔会有一只穿着粉红丝质拖鞋、裹着粉红色丝袜的可爱小脚从起伏的云朵下面露出来，……忽而消失，忽而重现，就像一只鸽子眷恋着一位隐形的女神，迟迟不肯离去！

> 这只小脚的主人似乎陷入了沉思……棕色大眼睛——深邃、狂野、谜一样的眼睛——的神情就像一只牝鹿突然在森林里停下来，惊魂未定地倾听着远处只有她能辨出的一缕回声。牝鹿只有回到了森林才会心安，被魔杖轻点而变成公主之后，只有到了公主的世界才会无忧。……这个女人周身充满诗意；她就是一首关于自己的诗篇。……她把文字变成了诗，把诗变成了歌声。

/ 459

　　她那美丽的嘴角上有时会住着一位嘲讽的小恶魔，这一次，请它祈求她不要取笑这篇匆匆写下的未完成的幻象素描，它常常出现在我的梦里。

——皇家利顿伯爵 R.，伦敦，1890 年 8 月 4 日，
星期日晚[22]

　　这份文件的日期很能说明问题：利顿勋爵写信之时，距离二人宣布分手已经过去了近一年。但他仍然想念着伊丽莎白，满脑子都是她的影子。

　　利顿勋爵内心深处一定暗自希望：迟早有一天，他对她本人避而不见却仍以书信传情的策略会引诱她再度请求见他，甚至终有一日会被他的爱降服。不过一旦她听说他同时与热纳维耶芙眉来眼去，这样的希望就彻底破灭了。利顿勋爵曾不止一次向伊丽莎白保证对她的感情忠贞不贰，"绝不可能与其他任何女人有染，甚至不可能对任何女人有所企图"。[23] 根据他从她和布勒特伊那里听说的关于亨利·格雷弗耶的后宫的事，利顿勋爵知道伊丽莎白断然不接受爱情的出轨。要是她发现利顿勋爵一面声称非她不爱，一面去追求比才遗孀，她永远不会原谅他。

　　然而他追求热纳维耶芙之事属实。社交新闻报道表明，两人从尼斯返回巴黎后那几个月，她和利顿勋爵的联系更紧密了。在那以前，热纳维耶芙只收到过英国大使馆最大型聚会的邀请（最多可能会有 2000 人参加），现在却常常与大使先生和少数几位宾客一起享受私密的午餐。利顿勋爵亲自从热纳维耶芙的忠实信徒中挑选其他受邀者参与聚会，都是他个人最喜欢的几个圈中人：梅亚克、阿莱维、小仲马、艾尔维厄、布尔热，这些日间聚

会的私密程度相当于他先前与伊丽莎白和布勒特伊共进晚餐。然而热纳维耶芙自己最喜欢的同伴却是莫泊桑，英国人一点儿都不喜欢这个人。（利顿勋爵骨子里是个浪漫主义者，曾公开批评莫泊桑对男女关系的描述太过残忍尖刻。[24]）热纳维耶芙招募莫泊桑陪同她一起赴博尔盖塞府午餐之举，把利顿勋爵卷入了又一场短命的爱情三角中——她本轻浮，而他还不得不与小说家争宠。

莫泊桑这段时期的活动证明了这一态势。1890 年 3 月从法国南部回到巴黎后，他开始撰写第二部关于上层的小说《我们的心》；该书在当年 6 月 20 日由奥兰多夫（Ollendorff）出版社出版发行。莫泊桑写作《我们的心》的三个月，恰好是他常常挽着热纳维耶芙一起出入英国大使馆的日子。他初次在那里与她和利顿勋爵共进午餐是 3 月 12 日，最后一次是三个月后。那年 4 月，莫泊桑秘密地到鲁昂短住过几天，在那里写信给好友罗贝尔·潘雄（Robert Pinchon）说他"不是一个人，但请不要对任何人说起我这次旅行。此事必须保密，因为和我一起来这儿的女人的丈夫妒忌心极重"。无论在写给潘雄的信还是其他通信件中，他都没有点明这个女人的身份。但莫泊桑那年春末写给热纳维耶芙的信中提到了"鲁昂之行"，仿佛那是他们两人之间的一个秘密。[25]

此外，根据他对波托－里什透露的消息，莫泊桑与热纳维耶芙的第一次也是唯一一次性交，时间似乎是他对《我们的心》的手稿进行了最后一轮修改之后。按照热热·普里莫利转述波托－里什的说法，热纳维耶芙"对莫泊桑（在床上）的兽行反感"至极，对他说自己"再也不想有第二次了"。[26] 波托－里什对普里莫利说，莫泊桑把这一事件写入了他的新小说："她只干吊别人胃口的事"。① 热纳维耶芙给了他写《我们的心》的灵感。莫泊桑一写完那部小说,与她的联系就陡然减少了。[27]

和《如死之坚强》一样,《我们的心》也讲述了一位显然很像斯特劳斯夫人的虚荣愚蠢的贵妇人的秘密爱情故事。这第二个写照比第一个更为致命。虽然安妮·德·吉勒鲁瓦也是与人偷情的奸妇,也因个性轻浮浅薄而几乎丧失了真爱的能力,但她只爱一个男人:奥利维耶·贝尔坦,至少她在这一点上还是真诚正直的。相反,《我们的心》的女主人公米歇尔·德·比尔纳(Michèle de Burne)却把许多追求者玩弄于股掌之上,对任何人都没有感情。她是个"成熟得恰到好处"的寡妇[28],年轻时"十分不幸……(嫁给了)一个家庭暴君,在他面前任何人都得俯首屈膝……她得忍受种种苛求、冷酷、妒忌以至那个令人无法忍受的主子的各式暴行"。[29] 和斯特劳斯一样,已故的比尔纳先生除了欺负妻子外,还为满足自己的社交野心而"把她变成了一个漂亮、有礼、训练有素的哑巴女奴"。[30] 当他在婚后第五年死于动脉瘤破裂后,米歇尔·德·比尔纳发誓再也不让另一个男人来控制她了。

孀居的米歇尔培养了一群由艺术家、交际家和银行家组成的忠实信徒。[31] 她凭借万种风情和"变幻莫测、精彩活泼的机智"[32]成为这"一帮崇拜者"的"偶像,……迷恋……人间的女神"[33];

---

① 热纳维耶芙与莫泊桑的首次性交也是最后一次,这或许让她没有染上梅毒,不过在二人传说中的幽会后不久,她确实有了两个症状,都是莫泊森的梅毒症状:偏头痛和眼部极度疼痛。热纳维耶芙的精神症状也在随后那些年明显加重了;这种情况加上她新增的对被关在布朗什医生诊所的恐惧,最终导致她在第一次世界大战期间自杀未遂。不过由于她长期神经衰弱,很难言之凿凿地把她的精神状况恶化归咎于梅毒。——作者注

他们的爱慕"升华和神化了她，像是遍体馨香"。

在《我们的心》开头，主人公安德烈·马里奥首次由朋友马西瓦陪伴，拜访了米歇尔的夹层公寓，马西瓦是著名的作曲家，也是那里的常客。[34] 马里奥相貌英俊、爱好运动，既有钱又不乏艺术天赋，在这位 37 岁的单身汉的眼里，异性早已勾不起什么好奇。遇到这位不顾一切地保持独立的女人倒让他心潮澎湃。听马西瓦警告说她所有的忠实信徒都试过勾引她，但谁也没有成功，她因难以征服而拥有了无法抗拒的性魅力。其后几个月，他尺素传情，并最终让她屈服于他。

然而她是个冷酷的情妇，在两人首次交媾之后便回避与马里奥进一步的肉体接触。[35] 她来单身套房与他见面时，表现得像常规的社交拜访。她拒绝他的求爱，宁愿谈些琐事：她最新潮的时尚装束啦、最近的社交大胜啦、忠实信徒的怪癖啦，如此等等。[36] 这些不愉快的约会让马里奥觉得情妇只是在"假意温柔"，而米歇尔本人只是个女人的拟像。

然而有悖常理的是，她越回避他的抚摸，马里奥对她的"贪馋欲望"就越不可抗御。当她开始与罗多尔夫·德·伯恩豪斯伯爵（Comte Rodolphe de Bernhaus）眉来眼去时，他内心的煎熬越发深重，伯爵是个"有魅力、健淡、出类拔萃"的奥地利外交官。[37] 虽刚来巴黎不久，却已是城区的新宠，一夜之间"变得与莎拉·伯恩哈特齐名"。米歇尔和她已故的丈夫一样在意自己在上流社交界的地位，急于把伯爵变成她沙龙里的"明珠"。马里奥从其他忠实信徒那里得知，她和伯恩豪斯大概已经暗通款曲了。这样的消息让马里奥陷入绝境，驱使他逃到乡下，在该书收尾部分，他在一位可爱的乡下姑娘的怀里寻求慰藉。但即便到那时，他仍然忍不住想起自己那位忸怩作态的情妇。到小说结尾，

/ 462

马里奥与乡下姑娘做爱，却骗自己说她就是那个冷酷无情的女人米歇尔·德·比尔纳。

认识或听说过热纳维耶芙的读者一看就知道，莫泊桑小说中的女妖就是她本人的写照，作者对此几乎不加掩饰。[38] 和许多巴黎文人学士一样，龚古尔也在《我们的心》一问世就迫不及待地把它读完了，正如他在 7 月 5 日所写，

> 莫泊桑在《我们的心》中描画了现代巴黎贵妇德·比尔纳的肖像，这个人物的原型是施特劳斯夫人（原文如此）。……是的，热纳维耶芙就是德·比尔纳夫人：没有良心、没有人性、没有底线的男人杀手；在她那个小小的朋友圈里，她一直在扮演这样的角色。想想她是怎么对待梅亚克的吧！[39]

事实上，莫泊桑的确想到了她是怎么对待梅亚克的——并在书中影射了两人的关系。在米歇尔所有的家臣中，最可怜的就要数衣冠不整的"胖子弗莱斯耐"了，此人"矮胖、气喘、讨厌、没有胡子，是个夸夸其谈的老家伙。对那位少妇说来他肯定只有一种价值，那就是比别人、比谁都千百倍地盲目爱她，这让别人都讨厌，可在她眼中至关重要"。在《我们的心》中，这位梅亚克的翻版亦步亦趋地跟着米歇尔，每时每刻都渴望得到她的爱。他处处低声下气、俯首帖耳，令其他的崇拜者们厌烦透了，给他取了个"海豹"的诨名（似乎是在影射他身材肥胖，与阿代奥姆·德·舍维涅的前任情妇那种令人费解的性能力无关）。当忠实信徒批评她对马屁精的"这种该受批评的口味，这种不顾旁人的庸俗爱好"时，"比尔纳夫人微笑着回答说：'我就爱他像个忠心的老伯'"。这正是朋友们对她抱怨梅亚克时，热纳维耶芙标

保罗·塞萨尔·赫勒鲁所绘的《格雷弗耶伯爵夫人》（1891年前后）。在为她画肖像的许多画家中，伊丽莎白喜欢赫勒鲁突出她宛如天鹅的轮廓的方式。1891年，她邀请他在乡下共同度过了一个周末。在这期间他创作了一百多幅水彩画和素描，但亨利觉得那些画作的视角过于亲密，把大多数作品都销毁了

左图：朱尔－埃利·德洛奈的《乔治·比才夫人的画像》（1878 年）。这幅为服丧的 29 岁热纳维耶芙所画的肖像在 1878 年的巴黎沙龙上引发轰动，巩固了她比才遗孀的公共形象。它也是莫泊桑的《如死之坚强》中那幅"阳光和伤逝的画作"的灵感来源

右图：詹姆斯·A. M. 惠斯勒的《黑色与金色的交响：罗贝尔·德·孟德斯鸠－费赞萨克伯爵》（1891~1892 年）。伊丽莎白和孟德斯鸠都极其崇拜这位他们称之为"好朋友"的画家。在这幅由伊丽莎白委托创作的肖像中，孟德斯鸠的造型是把她的毛丝鼠斗篷搭在胳膊上

行为乖僻的费迪南·德·萨克森-科堡亲王是乔万尼最亲密的好友之一。1887年夏，乔万尼取消了前往迪耶普拜访伊丽莎白的计划，以便去索非亚参加费迪南成为保加利亚摄政王的登基大典

左图：伊丽莎白与亨利的法意混血表亲堂·乔万尼·巴蒂斯塔·博尔盖塞有过很长时间的秘密通信。她和乔万尼合作近十年写一部书信体小说，小说讲述的是他们难成眷属的第二自我埃莱奥诺尔和热拉尔的故事

右图：38 岁的居伊·德·莫泊桑（1888 年）是那个时代最有天赋的作家之一。人们普遍认为他最后两篇小说《如死之坚强》（1889 年）和《我们的心》（1890 年）都基于他与热纳维耶芙的秘密恋情。纳达尔摄

伊丽莎白与无数王室成员缔结了友谊，包括俄国皇族成员。沙皇 1896 年送了她一件俄式礼拜袍作礼物，她请沃思把它改成了一件夸张的晚礼服斗篷

在他的诗歌中，彼特拉克把他对洛尔·德·诺韦斯那种可望而不可即的爱想象成一只浴火重生的凤凰。他还曾把洛尔本人比作这种神鸟，把她金黄色的头发写成"金羽"。利顿勋爵在写给伊丽莎白的十四行诗组诗《玛拉》（1892 年）中借用了凤凰的比喻

阿里斯蒂德·布吕昂是蒙马特尔的民间歌手，他在那里的传奇夜店黑猫夜总会（后来在他自己的夜店）里表演。他以不合礼法的虚张声势和关于贫民与罪犯阶层的充满俚语的小曲而闻名

普鲁斯特对贵族阶层的服饰，包括贵族男仆们那些有着繁复装饰的制服，十分着迷。巴黎最有名的制服裁缝铺之一萨顿裁缝铺的店面就在斯特劳斯家公寓楼的一层，位于奥斯曼大道 134 号

伊丽莎白跟随社交界的摄影爱好者纳达尔学习摄影，在她位于德·阿斯托格街的冬季花园里自己布景拍照，请家人和朋友担当模特。这是她为德·萨冈亲王，即"时尚之王"拍摄的一幅照片

上左：卢多维克·阿莱维
上右：德·奥松维尔伯爵
下左：梅尔希奥·德·沃居埃
下右：保罗·布尔热

热纳维耶芙的沙龙吸引了一群艺术家和贵族，他们构成独一无二的宾客组合。声名卓著是她的信徒们的共同点，其中许多人都成了世纪末巧克力公司制作的名人集换卡上的人物

359. Ludovic Halévy, Acadie Franç..

284. Le comte d'Haussonville, Académie-Franç..

286. Paul Bourget, Académie-Française

471. Melchior de Vogüé, Acadie-Fran..

乔治·布朗热将军，被画成红心国王是因为他长相英俊，又颇受民众喜欢，因叫嚣与普鲁士再战而成为全国推崇的民粹主义英雄。洛尔加入了共谋支持他发动军事政变的君主主义组织，但因他在 1889 年 4 月 1 日逃离法国，计划失败了

作为英国大使来到巴黎之前，利顿勋爵曾担任印度总督，他在那里奢华的享乐做派为他赢得了"尊贵傀儡"的绰号

LORD LYTTON.
Governor-General of India, 1876-80.

弗洛豪塔尔·阿莱维的歌剧《流浪的犹太人》（1852 年）是许多社交界人士的一个参照，从戏称阿斯为"流浪的犹太人"的埃德加·德加到各自在创意写作中改编了这个故事的利顿勋爵和伊丽莎白

罗贝尔·德·孟德斯鸠为伊丽莎白所取的"天鹅"绰号可能来自理查德·瓦格纳的《罗恩格林》（1850年）。乔治·德·波托－里什把自己和伊丽莎白想象成这部歌剧里的一对爱人：天鹅骑士罗恩格林和比利时贵妇布拉邦的艾尔莎

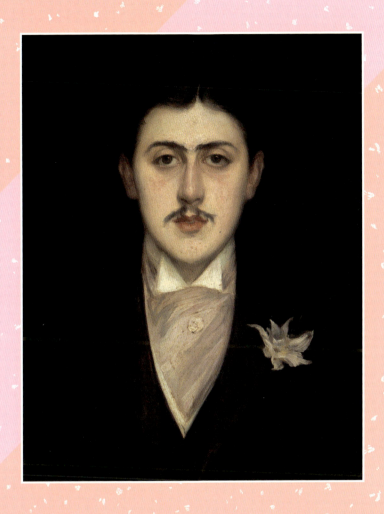

雅克·埃米尔·布朗什的《马塞尔·普鲁斯特的画像》（1892 年）。这幅画像中的普鲁斯特 21 岁，刚刚开始他所谓的"山茶花时期"，也就是他青年时代进入社交界的那段日子。据布朗什说，这枚花朵胸饰是利顿勋爵送给他的礼物

在斯特劳斯家位于特鲁维尔的庄园里拍下的照片（1893 年前后），从左到右（站立者）：费尔南·格雷格、乔治·德·波托－里什、路易·德·拉萨莱；以及（坐者）普鲁斯特、路易·冈德拉和热纳维耶芙

准的辩解之词。

　　没有现存证据表明梅亚克读过《我们的心》，或者表明如果他读过，他在"海豹"身上看到了自己的影子，看出了热纳维耶芙就是米歇尔·德·比尔纳的原型。不过她的其他几位密友都得出了与龚古尔一样的结论。在一个家庭相册中，达尼埃尔·阿莱维在他姑妈的一张照片下面写下了一行说明文字："这就是斯特劳斯夫人，居伊·德·莫泊桑的《我们的心》的女主人公。"[40] 达尼埃尔一反常态地没有利用这个机会重申对这位亲戚的人格有多鄙视："如魔鬼一般任性，又如玩偶一般轻率。"[41] 或许他觉得把热纳维耶芙等同于米歇尔·德·比尔纳就足够表明她有多讨厌

热纳维耶芙顽皮地为梅亚克整理领花

了。达尼埃尔的母亲路易丝更明确地表达了反感。同样据龚古尔说，她在城中四处散布"如果我是热纳维耶芙，我会反抗，会去怒斥莫泊桑"！ [42] 另一位好友也指责热纳维耶芙的第二自我如此无情地对待马里奥。热纳维耶芙反驳道："对男人就该那样！"这样的反应进一步证明了德·比尔纳夫人就是她的分身。

利顿勋爵也参与了关于《我们的心》的讨论，但他发表了不同的观点。"据说斯特劳斯夫人就是莫泊桑那部我非常讨厌的小说《我们的心》的女主人公"，他写信给一位英国朋友说。[43] 但他只字不提伯恩豪斯，那位与萨拉·伯恩哈特齐名的"有魅力、健谈、出类拔萃"的外交官①，与他本人也有无数相似之处，利顿勋爵宣称热纳维耶芙"一点儿也不"像比尔纳夫人。[44]

至于斯特劳斯，他或许不像利顿勋爵那样善意地认为热纳维耶芙是无辜的，不过同样，我们不大清楚这段时间发生了什么。我们唯一知道的是，在《我们的心》出版一周后，莫泊桑、热纳维耶芙和利顿勋爵最后一次在英国大使馆共进午餐。那次聚会之后，三个人都离开巴黎度夏去了，而斯特劳斯则留在城里，处理莫泊桑的委托，对一个未经他同意便复制其肖像的出版商提起诉讼。（正如莫泊桑在那年 6 月对斯特劳斯申斥的那样，他无法忍受在书店橱窗里看到自己的脸；他觉得自己的每张照片都"令人讨厌"。[45]）热纳维耶芙 7 月去了诺曼底，和洛尔·德·舍维涅一起在多维尔观看了赛马，还在附近的滨海特鲁维尔物色了几处待售地产。后来，她在梅亚克和德洛奈的陪同下前往巴涅尔德

---

① 利顿曾入读波恩大学，说一口流利的德语，早年曾在英国驻奥地利大使馆任职。此外由于英语中的 "earl"（伯爵）相当于法语中的 "comte" 头衔，社交界报刊有时会称他为 "le Comte de Lytton"（德·利顿伯爵）。——作者注

吕雄①温泉疗养，那是比利牛斯山区的一处风景秀丽的水潭。整个8月，以及9月的前三周，她都住在吕雄的顶级酒店萨卡隆（Sacaron）。据说热纳维耶芙在那里治疗她的偏头痛，她原本就一身病痛，最近又添了这一症状。

这段时期，莫泊桑似乎尽量在旅行中避开热纳维耶芙。她前往北部的特鲁维尔时，他去了南部的尼斯和艾克斯②（在那里，他通过一位共同的朋友见到了在那里出差的阿德里安·普鲁斯特医生，这个消息让马塞尔极为兴奋）。当热纳维耶芙前往南部的吕雄时，莫泊桑又到了北部埃特勒塔的海滨别墅。与此同时，利顿勋爵回英格兰住了几个月，他的妻子和年幼的孩子们夏天都在内布沃思（Knebworth）的小木屋度假，那是布尔沃·利顿家位于赫特福德郡的祖产。（为了抵消庄园的置业开支，利顿勋爵把主屋租给了几个租户。）

然而在8月4日，他本人就去了伦敦——他正是在这一天写下了前文引用的伊丽莎白的人物素描——到接下来那一周的周末，他在迪耶普逗留三天之后，也住进了巴涅尔德吕雄的萨卡隆酒店，同样没有家人陪伴。[46] 和热纳维耶芙一样，他也在吕雄一直住到9月底。

有梅亚克、德洛奈和利顿勋爵陪伴，我们不清楚热纳维耶芙是否还在等丈夫来吕雄跟她会合。但不管她期待与否，斯特劳斯在8月5日~27日之间的某一天出现在了萨卡隆。而也是在这期间，热纳维耶芙的鼻梁骨折了。

---

① 巴涅尔德吕雄（Bagnères-de-Luchon），法国上加龙省的一个市镇，位于该省西南部比利牛斯山区，属于圣戈当斯区（Arrondissement de Saint-Gaudens）。

② 艾克斯（Aix），法国普罗旺斯－阿尔卑斯－蓝色海岸罗讷河口省的一座城市。

　　热纳维耶芙的通信时断时续，这一次的中断在她在吕雄小住期间恢复了，她给婶婶纳尼内·阿莱维写了四封信。其中最长的一封署期 8 月 27 日，热纳维耶芙在信中解释说，她试图独自驾驶一辆轻便马车，从驾驶座上摔下来，脸朝下摔到地上。她后来一如既往地把这次事故说成了玩笑，说或许她现在有资格加入马戏团做"一枚女'人体炮弹'"了。

　　比较反常的是热纳维耶芙在那封信的结尾有句为自己辩护的话："埃米尔没对你隐瞒什么，我发誓！你会看到我的鼻子还完整无缺地留在原处！"[47] 这句话表明，纳尼内曾对斯特劳斯关于妻子受伤的说法表示过怀疑。鉴于他名声在外的野蛮脾气，纳尼内可能怀疑他打伤了热纳维耶芙，然后编出这么一场事故作为

热纳维耶芙和利顿勋爵都以疗养为名住在巴涅尔德吕雄，那里的温泉疗养远近闻名

借口。

　　如果斯特劳斯的确要为热纳维耶芙的鼻梁骨折负责，那么问题就变成这次大打出手的具体原因是什么。《我们的心》本身不大可能是激怒他的直接原因；因为作为莫泊桑的律师，斯特劳斯在 8 月底到达吕雄之前很久，就已经非常熟悉这部小说，以及它的女主人公与自己妻子的相似之处了。（斯特劳斯与莫泊桑的通信表明，他十分重视阅读自己当事人的书。）不过，或许发现利顿勋爵与热纳维耶芙住在同一家酒店，让斯特劳斯看到了米歇尔·德·比尔纳与德·伯恩豪斯伯爵的风流韵事竟然可能是有事实基础的。果真如此，那么这一怀疑就有可能引起他的暴怒，而如若他的怒气转为暴力，事后就有可能对纳尼内隐瞒热纳维耶芙骨折的真实原因。

　　不管斯特劳斯夫妇之间在吕雄发生了什么，家暴是优雅的上流社会最不愿承认的失礼事件之一；一位贵妇人即便鼻梁骨折了，也会对此类不愉快的事装出一副毫不知情的美丽面孔。因此，热纳维耶芙回到巴黎后对大家宣称自己"非常满意被写入莫泊桑的书里"或许就是做戏。据龚古尔说，"施特劳斯夫人（原文如此）费尽口舌，四处申辩说（《我们的心》）是莫泊桑迄今为止最优秀的小说"。龚古尔冷冷地说"S 夫人的随从觉得她没理由为（莫泊桑）笔下的她而自豪"，然而在热纳维耶芙看来，莫泊桑把她作为小说女主人公这件事本身，就足以令她满心欢喜了。

　　"S 夫人的随从"的确怒不可遏。一位忠实信徒再度非议起热纳维耶芙的人品，抱怨说"只有交际花才会对……莫泊桑这样的……平民……感兴趣，犹太女人一心只想与名人上床，为的是通过结交名人提升地位"。[48] 波托－里什在这段时间跟热纳维耶芙闹翻了，他也表达了不满，冷言冷语地说："她一点也不在乎那个人物有没有德行；她一点儿也不在乎那位女主人公是好是坏；她在乎的只是那位女主人公名气很大，还被人当作是她！"[49]波托－里什虽然没有点名，却显然是在责备表亲贪慕虚荣。

这类批评并非全无道理，但热纳维耶芙的朋友们或许误解了她声称喜欢《我们的心》的原因。正是因为她非常在意自己在世人眼中的形象，所以她或许觉得不得不对这本书喜爱若狂。即使米歇尔·德·比尔纳这个人物的塑造令她不安，但把自己的窘迫表现出来只会给她造成更大的伤害。她要维护自己的名声，不论是贞洁的妻子（和寡妇），还是一位时尚典范、花心女人和无与伦比的缪斯。她表露出任何对《我们的心》的不安都相当于承认

1890 年夏，热纳维耶芙和利顿勋爵同时住进了这家酒店，两人的配偶都留在家里

自己的尴尬和痛苦。她费了很大力气才建立起来的自我形象，承认这一点必会前功尽弃。

评论家和学者们往往觉得《我们的心》是莫泊桑最糟糕的作品之一。[50] 情节不足为道，结局虎头蛇尾，人物扁平而老套：忌妒的情人、残忍的戏弄、有着金子般真心的乡村少女。几位评论家觉得这些缺陷要归咎于在写《我们的心》那段时期，莫泊桑的梅毒症状大大加重了。[51] 1890 年 3 月，他对父亲抱怨说仅仅读或写几行字就会"引发我难以忍受的眼痛"。偏头痛也让他虚弱无力。如今这两个症状也开始困扰热纳维耶芙了。

这一时期，莫泊桑的精神状况也开始恶化。他对保罗·布尔热坦承：

> 我每次走进自己的房子，总有一半的概率会迎头遇上跟自己长得一模一样的人。我一打开门，就看见自己已经坐在扶手椅上了。[52]

或许这种幻觉也能解释莫泊桑何以那么厌恶自己的肖像，指示斯特劳斯禁止一切未经允许的肖像出现在公共场合。然而他还有其他幻觉。他声称一位医生给他开的药丸"用它们的小小声音跟他说话，给他建议，遣词造句好过他写的任何东西"。[53] 他严厉斥责忠心侍奉他近十年的男仆弗朗索瓦·塔萨尔（François Tassart）"给上帝写信，指责我强奸了一只鸡、一头山羊，如此等等"。[54] 他指责另一位家仆从他的个人积蓄中偷了"70000 法郎，后来又偷了 400 万，然后又偷了 600 万"[55]，他咆哮说必须得挖个洞把自己那"数百万、数十亿、数万亿的钱"藏起来。[56]他再度可怜地装成上流社会的一分子，命令家中所有的仆从称他为"伯爵先生"。

然而莫泊桑精神状况恶化最令人心碎的证词，当属他在1890年6月写下的一封断断续续的信，收信人是一位不具名的女人，或许是热纳维耶芙，或许不是：

> 我所有的感觉都在我的体内膨胀，就像胆汁泄漏，让我苦不堪言。不过要是我把它们吐出来，或许它们就会消失，而我也会变得一身轻松、心情愉快，谁知道呢？当一个人的头脑只是一个裂开的伤口，思考就变成了难以忍受的折磨。我的头脑中有那么多伤口，以至于只要我动一动心思，就疼得想高声尖叫。为什么？为什么？仲马可能会说这是因为我胃不好。但我觉得这是因为我有一颗可怜的、骄傲的、可耻的心，一颗人心，那种人人都会嘲笑却有感情也会受伤害的人心，我的头脑也会受到伤害，我有一个破旧的、拉丁人的灵魂。有些时候我不这么想，却也一样痛苦，因为我来自一个被鞭挞的家族。但我不说，我不拿它示人，我觉得我甚至把它掩盖得很好。毫无疑问，我给人的印象是最满不在乎的那种人。我是个怀疑论者，但那不是一回事，我是个怀疑论者是因为我的眼睛洞察万物。我的眼睛对我的心说："藏起来吧，你这古雅的老灵魂。"于是它就藏了起来。[57]

在这样的状况下写作《我们的心》，莫泊桑或许注定达不到他此前的作品所确立的高标准。只有热纳维耶芙试图声称他再度获得了成功。

小说出版后，莫泊桑的身体症状更加严重了，这迫使他不得不彻底停止写作：《我们的心》是他出版的最后一本书。在那年余下时间和第二年一整年中，莫泊桑都在进行随意的治疗和游览航行，但他的精神分裂日趋加重。1891 年 12 月 31 日，他写信给一位医生，声称他自拟的鼻腔灌洗疗程在他的脑子里灌满了盐水，以至于他能：

> 感觉到我黏稠的脑浆从鼻子和嘴巴里滴漏出来。死神就要来到，而我疯了！我的大脑正在紧锣密鼓地催我撤退。永别了，朋友，你再也不会见到我了。[58]

第二天夜里，1892 年 1 月 1 日，莫泊桑试图对自己的头开枪。他一扣动扳机，就发现弗朗索瓦·塔萨尔早已有所防备，把子弹从枪里取出来了。于是莫泊桑抓过一把开信刀，从自己的下巴下面划过，血从伤口喷涌而出时，他高喊着："看看我干了什么，弗朗索瓦，我割了喉：这显然是疯狂的症状！"[59]

塔萨尔叫来了医生，医生正好来得及为莫泊桑缝合伤口，使他免于失血而死。医生给小说家服用了镇静剂，然后在"漂亮朋友号"船员中一位魁梧水手的帮助下，给他套上了约束服。为了阻止他进一步伤害自己，莫泊桑被马车送到了布朗什医生位于帕西的诊所。

热热·普里莫利后来讲述了好友精神崩溃的一个悲惨故事：

> 他们来领莫泊桑离开家去布朗什医生的诊所时，可怜的人被五花大绑，眼睛里噙着泪水，恳求看护者把他带到海边，让他最后看一眼"他那般心爱的船"（"漂亮朋友号"）。不要……这些对梦中知己的感人告别让人想起了罗恩格林准备离开理想国度、与残酷的现实搏斗时，对自己的天鹅所说

的话。[60]

然而莫泊桑再也无法与现实搏斗了。接下来的一年半,作为布朗什位于德·朗巴勒府邸的精神病院的住院病人,他只能与在自己想象中虚构出来的事物搏斗:昆虫"从远处"蜇了他一针吗啡;他的胃里有"一团霍乱病毒"在腐烂;一群暴徒决心杀死他,"因为我烧掉了自己的房子"!他在府邸内的病房——"装饰成佛罗伦萨风格的"15号病房——俯瞰塞纳河美景,却也无济于事。从那时一直到他去世,莫泊桑每天都不得不盯着耸立在对岸的宿敌:埃菲尔铁塔。

莫泊桑住院期间,热纳维耶芙曾多次去帕西看他,但每次都被布朗什医生诊所的工作人员拒之门外,说这是患者母亲的要求。一听说儿子疯了,洛尔·德·莫泊桑的第一反应就是试图用头发勒死自己——这一行为引发了一个有趣的问题:居伊在小说中对头发的色情化描写有无病理学基础?有其母必有其子:洛尔·德·莫泊桑自杀未遂——一位医生把她绕颈锁喉的大粗辫子剪断了,救了她。[61] 她一恢复理智(至少又能说话了),就通知布朗什医生,无论如何,绝对禁止任何女性访客探望她儿子。在她看来,女人是他一切问题的根源所在。她甚至可能把自己也归于祸水一类了。莫泊桑在德·朗巴勒府邸住了18个月,母亲从没有去探望过他。

洛尔·德·莫泊桑不知道,热热·普里莫利和乔治·德·波托-里什也就她儿子的精神崩溃有过同样的猜测,不过他们针对的只是一个女人。他们猜想"《我们的心》中的那位漂亮的女主人公……大概(用她销魂蚀骨的花言巧语)加速了致命危机的到来",最终击倒了小说家。[62] 假如波托-里什和普里莫利对弗朗索瓦·塔萨尔

莫泊桑讨厌埃菲尔铁塔，称之为"丑陋无比的大铁块"和"花里胡哨的烟囱"

说起自己的猜测，他们或许还会在后者独自收集的关于主人之死的证据中找到支持自己的理由。塔萨尔说这场悲剧的始作俑者是一位残忍无情的荡妇，他只称她为"身着灰衣的夫人"。

　　自塔萨尔的回忆录出版之后，一代又一代学者就这个女人的身份展开辩论，认为（并挑选出）最大的可能性当是卢利娅·卡昂·德·安韦斯或玛丽·卡恩，就是那两位常以羞辱莫泊桑为乐的"犹太人伯爵夫人"。[63] 但这些评论家全都忽视了一点，只要仔细研读塔萨尔的回忆录就会强烈地感受到，热纳维耶芙才是那位身着灰衣的夫人。

　　塔萨尔在回忆录中描写这位神秘的女人是一位"极其时髦的资产阶级女人"，总是穿着深紫灰或珍珠灰色的衣服，总是"喷洒大量香水，却不是交际花"。（这一描写让人想起了德洛奈曾抱怨热纳维耶芙用了太多"西班牙皮革"香水，达尼埃尔·阿莱维指出她一出场总是"喷洒过量香水"，龚古尔说她像个"冒牌交际花"。）在塔萨尔的叙述中，这个女人的其他典型特征包括她"非常优雅的举止"（"仿佛曾在修道院接受教育"），她"惊人的智慧"和眼睛里散发的独特的光芒，很可能是吸食吗啡的结果。

塔萨尔写道，身着灰衣的夫人于 1890 年 5 月 18 日首次出现在莫泊桑位于博卡多尔路的公寓里，大概就是作家当年 4 月在鲁昂的幽会到 6 月出版《我们的心》这段时间的正中间。从一开始，塔萨尔就觉得身着灰衣的夫人拜访自己雇主的"'官方'住宅"而非莫泊桑通常云朝雨暮的单身套房，真是咄咄怪事。5 月和 6 月还有许多次，这个女人屡次避开莫泊桑的爱巢，来到他位于博卡多尔路的公寓，这位男仆猜测，这一行为所暗示的性保留态度或许能解释她给他的雇主带来的"巨大伤害"。在莫泊桑 6 月前往艾克斯前夕，小说家对塔萨尔说，他想"不计一切代价摆脱'身着灰衣的夫人'"。

之后就是一段间歇期，与莫泊桑和热纳维耶芙那年夏天和初秋毫无交集的旅行吻合。但身着灰衣的夫人于 1891 年 2 月开始再度拜访博卡多尔路，那恰是莫泊桑和热纳维耶芙恢复联系的时候。小说家于 2 月 15 日在夹层公寓与她单独共进晚餐，并计划那个月的晚些时候与她和洛尔·德·舍维涅一起去"黑猫"夜总会。那以后线索就中断了，直到那年 8 月，莫泊桑和热纳维耶芙两人都去了日内瓦湖温泉疗养。她在埃维昂莱班① 租了一处庄

---

① 埃维昂莱班（Évian-les-Bains），简称"伊云"，法国的一个市镇，位于上萨瓦省北部的日内瓦湖畔，瑞士洛桑的对面。

园，而他入住了迪沃讷莱班①的一处温泉，据说那里为严重眼疾患者提供专门的水疗。

热纳维耶芙 9 月初在依云写给婶婶纳尼内的信中提到莫泊桑最近"让她去迪沃讷两日游"。[64] 这一细节与塔萨尔关于身着灰衣的夫人到那里拜访了主人的记录吻合。根据莫泊桑的通信记录，他至少在 9 月 4 日去依云看望过热纳维耶芙一次。几天后，他回到依云，陪她一起到布兰科旺公主（Princesse Brancovan）位于湖边的宅邸巴萨拉巴庄园（Villa Bassaraba）参加聚会，热纳维耶芙在聚会上拨雨撩云，处处留情。一位社交界记者说她"穿得像个交际花……裙子上点缀着丁香花"，说"伟大的阿莱维之女"就像"从（欧仁·）斯克里布的剧本中走出的风流女主"（斯克里布是她父亲生前的合作者，他们共同创作了《犹太女》《暴风雨》《流浪的犹太人》）。[65]

他们离开瑞士前不久，塔萨尔写道，莫泊桑"在烈日下驱车几个小时从迪沃讷前往日内瓦城，去普雷尼（Pregny）拜访 R. 男爵夫人"，那段时间的治疗效果也就一笔勾销了。（德·普雷尼城堡为罗斯柴尔德家族所有，是热纳维耶芙离家前往日内瓦湖畔期间的住处。）莫泊桑到达城堡时，男爵夫人和她的朋友们出去了，没有留下口信，他也不知该去哪儿找他们。塔萨尔认为这次徒劳的远行对他的雇主造成了无法挽回的身心创伤。男仆再度怀疑穿灰衣的女妖罪不可恕，说她的心一定是"大理石做的"，才会如此残忍地玩弄莫泊桑。

塔萨尔有种不祥的预感，预言说这个女人的游戏将是对他雇主的最后一击，此预言十分准确，莫泊桑在四个月后自杀未遂。

---

① 迪沃讷莱班（Divonne-les-Bains），法国东部安省的一个市镇。

据男仆说，是那位身着灰衣的夫人"从东方"寄来的一封电报触发了莫泊桑疯狂的自残行为。的确，当那封致命的电报到达戛纳时，卢利娅·卡昂·德·安韦斯和玛丽·卡恩都在法国，不在东方。但热纳维耶芙和卢多维克一起去了亚历山大，在那里拜访他已故的同母异父的兄弟阿纳托尔的女儿泰蕾兹·普雷沃－帕拉多尔。泰蕾兹在父亲 1870 年自杀后进了一座天主教修道院，最近刚刚升任了院长。

1893 年 7 月 6 日，莫泊桑在布朗什医生的诊所去世，死时距离自己的 43 岁生日还差一个月。医生对龚古尔说莫泊桑临终时已经"兽化（原文如此）"，"不可救药地疯了"。他的遗言是："人影！有人影！"[66]

在热纳维耶芙那个充满轻浮氛围的沙龙，莱昂·都德曾拿莫泊桑的姓氏谐音开玩笑，叫他"抹脖杀"（maupassa）。[67]

两天后，他被葬在巴黎。热纳维耶芙参加了葬礼，斯特劳斯却没有。在埃米尔·左拉的倡议下，罗斯柴尔德家族捐资在距离夹层公寓不远的蒙索公园为莫泊桑竖起了一块纪念碑。[68] 在这座由拉乌尔·韦尔内（Raoul Vernet）雕塑的塑像中，小说家与一位世纪末荡妇做伴，显然让人想起了热纳维耶芙。博学的马克斯·诺尔道①医生在他最著名的著作《堕落》（Degeneration，1892）中考察了道德沦丧与天才之间的关系，其中有一段对这座石雕双人肖像的洞隐烛微的描写：

> 一个女人慵懒地斜靠在贵妃榻上……一堆靠垫散乱地放在

---

① 马克斯·诺尔道（Max Nordau, 1849-1923），犹太复国主义领袖、医生、作家和社会评论家，世界犹太复国主义组织的联合创始人。

她的身旁脑后，十分撩人。她身上的每一个特征都带着纯正的巴黎式优雅的烙印。……她的双脚俏皮地从裙子下面伸出来，穿着绣花丝袜，高跟拖鞋。她身穿居家便服，有大量蕾丝花边。……韦尔内先生费了很大工夫勾画这些"内衣"，因为它们似乎恰是他希望赋予这个女人乃至整座纪念碑的象征意义（原文如此）。这位身穿挑逗"内衣"、足蹬机智（原文如此）鞋子的巴黎女人手里十分随意地拿着一本书……那是莫泊桑的想象力的成果。在她的身后竖立着（作家）本人的半身像，他逼真得骇人……低矮的额头、短粗的鼻子、蓬乱的胡须、粗野而肉感的嘴。……莫泊桑凝神盯着女人——不是她手里

莫泊桑纪念碑上有一个不具名的女人，显然很像热纳维耶芙

的他的小说，也不是她的手，而是看向更低处，她那很有表现力的双足，特别是那些看似带给人无限遐想的内衣。韦尔内先生的作品……讲述了一个色情催眠的故事，说明了女性的诱惑力多么强大。[69]

诺尔道这段话虽然准确地描述了纪念碑的奇妙之处，却有一个不显眼的小错误。他写道，韦尔内雕塑的莫泊桑凝神盯着的"不是他的小说"而是手拿小说的那位穿着丝袜的荡妇。这句话默认了书和女人不同。但对《我们的心》的作者来说，在他犯下的致命错误中，它们或许根本就是同一回事。

注　释

1　*Archives diplomatiques: mensuel international* (April-June 1889): 352; and Balfour, ed., op. cit., vol. 2, 384-85.

2　Balfour, ed., ibid., 395.

3　同上。

4　同上书，424。

5　AdF, *Mon Paris et ses Parisiens*, vol. 4, 23; Baron de Vaux, ed., *Le Sport en France et à l'étranger* (Paris: J. Rothschild, 1899), 84.

6　在一封署期为 1890 年 2 月 16 日的电报中，GM 写道："于尼斯的异乡人酒店。"在那以前，GM 最后一份留存下来的通信署期为 1890 年 1 月 26 日，那时他在戛纳的玛丽-路易旅馆（Pension Marie-louise）。和他在尼斯期间不住在母亲家里的决策一样，他选择玛丽-路易旅馆也很反常，因为他的"漂亮朋友号"就停泊在戛纳，通常他一到那个港口，会选择睡在船上。GM, letters 596 and 595. 关于 GM 母亲的住处离西米埃兹很近，见 Jacques-louis Douchin, *Vie érotique de Guy de Maupassant* (Paris: Suger/Pauvert, 1986), 150.

7 1890 年 2 月 GS 致 NH 的一封邮戳为"摩纳哥王宫"的信，见 Balard, ed., op. cit., 184-85。

8 1890 年 2 月 GS 致 GPR 的信，寄自尼斯，存档于 NAF 24971, folio 276。

9 1890 年 3 月 18 日埃利·德洛奈致 GS 的信，存档于 NAF 14383, folio 82/83。

10 1890 年 3 月 18 日保罗·布尔热致 GS 的信，引文见 Bischoff, op. cit., 116。

11 Balfour, ed., op. cit., vol. 2, 402.

12 关于 LL 在父亲死后对其信件的审查，见 Louisa Devey, *Life of Rosina, Lady Lytton* (London: S. Sonnenschein, Lowrey, & Co., 1887), vi-x. 关于 GS 和 LL 现存信件中的缺失：GS 的通信于 1890 年 8 月 27 日恢复，LL 的通信于 9 月 8 日恢复。在后一个日期，LL 用萨卡隆酒店的信纸写了一封信，GS 在署期为前一个日期的信中给他的回信地址正是萨卡隆酒店。Balfour, ed., op. cit., 187.

13 Balfour, ed., op. cit., vol. 2, 402.

14 L. G. Mitchell, op. cit., 83.

15 OM (pseud. LL), "A l'entresol," in *The Poetical Works of Owen Meredith* (New York: New York Publishing Company, 1895), 213.

16 1889 年 7 月 17 日 LL 致 EG 的信，存档于 AP(II)/101/95。

17 从 1889 年 8 月开始，LL 与 Lady Dorothy Nevill 的通信都写于迪耶普的皇家酒店（Hôtel Royal）。Lady Dorothy Nevill, *Under Five Reigns* (London: Methuen, 1910), 245.

18 LL 致 EG，存档于 AP(II)/101/95。

19 EG，1890 年的日记，存档于 AP(II)/101/150。

20 EG，没有标题的笔记，署期 1889 年 10 月 12 日，同上。

21 LL 致 EG，存档于 AP(II)/101/95。

22 1890 年 8 月 4 日 LL 致 EG 的信，存档于 AP(II)/101/95; 引文又见 Hillerin, op. cit., 245-46。

23 1890 年 9 月 20 日 LL 致 EG 的信，存档于 AP(II)/101/95; 引文又见 Cossé-Brissac, op. cit., 93。

24 Balfour, ed., op. cit., vol. 2, 405.

25 本章参考的 GM 致 GS 的信件均摘自 GM, *Correspondance*, op. cit., are: 669, 672, 673, 700, 706, 707, 771, 772, and 773。

26 Joanna Richardson, *Portrait of a Bonaparte: The Life and Times of Joseph-Napoléon Bonaparte* (London: Quartet, 1987), 195.

27 在某种程度上，GM 与 GS 像这样减少联系是可以量化的。1888 年，GM 开始写《如死之坚强》时，他写的信中有 20% 都是写给 GS 的（60 封中的 12 封）。1890 年，这个数字降到了 1.4%（那年 72 封信中的 1 封）。

28 GM，《我们的心》，见 *Romans de Guy de Maupassant*, ed. Forestier, 1032。

29 同上书，1034。

30 同上书，1035。

31 同上书，1042。

32 同上书，1058。

33 同上书，1115。

34 同上书，1033。

35 米歇尔·德·比尔纳极不情愿与情人再次上床，这个决定很容易让人想起 GPR/GM/ 普里莫利关于 GS 拒绝与 GM "有第二次" 的传言，这比我这里的情节梗概更有趣。虽然米歇尔难以抑制处处留情，但她最亲近的人认为她 "无性"，GM 在文中有几处暗示她与德·马尔唐郡主有同性恋关系（同上书，1120 及 1128-29），这个人物的原型似乎是 GS 和 LC 的朋友（格拉迪斯·）德·格雷夫人。一位著名评论家和编辑也很诧异米歇尔这个人物居然还有同性恋的弦外之音，以至于在写给 GM 的信中，他称她为 "一位萨福"；见 GM, *Correspondance*, letter 617。

36 书中另一个很有暗示意味的细节会让人联想起与 GS、EG 和 LC 有关的鸟类意向，GM 写道，德·比尔纳夫人为情人展示了她的一套新装束，一件缀满羽毛的斗篷，让她的 "样子很古怪，像只野鸟"；见 GM，《我们的心》，1128。这件斗篷诡异地很像第 7 章中 RM 描述的那一件 EG 的斗篷，也让人想起了彼特拉克曾把洛尔写成一只有着美丽羽毛的珍禽，见本书的彩页插图。在 GM 小说的上下文中，作者暗示的米歇尔的同性恋倾向和她的鸟类装束都表明，他笔下的贵妇人是 "变态" 或 "怪异" 的，关于这一看法的一般性讨论，见 Bancquart, op. cit., 213-14。

37 GM，《我们的心》，1100-01 and 1103。

38 关于 "在莫泊桑的心目中，她（GS）就是德·比尔纳夫人"，见 Borrel, "Geneviève Straus," 124。

39 EdG，日志，1890 年 7 月 5 日的日记。

40 DH, Carnet 3, 189; DH 剪贴簿的这一页再现于 Loyrette, ed., op. cit., 117。

41 Balard, ed., op. cit., 118; Hervé Lacombe, *Georges Bizet: Naissance d'une identité créatrice* (Paris: Fayard, 2000), 744.

42 Jacob, ed., op. cit., 175.

43 Balfour, ed., op. cit., vol. 1, 402; 1890 年 9 月 8 日的信件。

44 同上。

45 1890 年 6 月 20 日 GM 致 ES 的信，letter 628，见 *Correspondance*。

46 EG 在 1890 年 9 月 3 日的一封致 "X" 的信中提到了这次来访，还说 LL 从
    迪耶普去了吕雄，存档于 AP(II)/101/26。

47 1890 年 8 月 27 日 GS 致 NH 的信，见 Balard, ed., op. cit., 167。

48 Bischoff, op. cit., 231.

49 GPR, *Sous mes yeux*, 47-48. 同样，EdG 也批评她热爱出名，说 GS 把 "娱
    乐业" 的风气带入了社交界，见 EdG，日志，1892 年 5 月 17 日的日记。

50 对《我们的心》的负面评价包括 Douchin, *La Vie érotique de Guy de
    Maupassant; René Doumic, Les Écrivains d'aujourd'hui: Bourget—
    Maupassant—Loti—Lemaître* (Paris: Perrin, 1895), 91; Remy de Gourmont,
    Promenades littéraires, vol. 4 (Paris: Mercure de France, 1927), 145-48。
    Sherard 猜想这部小说 "一定是完全为商业目的而写的"。Sherard, 62.

51 Louis Forestier's "Notice" to GM, *Notre cœur*, 1621-22.

52 Sven Kellner, *Maupassant, un météore dans le ciel littéraire de l'époque* (Paris:
    Publibook, 2012), 58.

53 EdG，日志，1893 年 10 月 1 日的日记。据 EdG 说，GM 在戛纳自杀未遂的
    前一天晚上曾大声抱怨那些药丸和 "小小声音"。

54 Georges Normandy, *La Fin de Maupassant* (Paris: Albin Michel, 754), 194.

55 Murat, *La Maison du docteur Blanche*, 336.

56 Sherard, op. cit., 65.

57 GM 致一位不具名的女性通信人的信，未署期，letter 646，见 GM,
    Correspondance。

58 1891 年 12 月底 GM 致 Dr. Henri Cazalis 的信，letter 751，见 GM,
    Correspondance。

59 PM, *Vie de Guy de Maupassant*, 250.

60 J. Richardson, op. cit., 132; and Bruno Haliou, "Comment la syphilis
    emporta Maupassant," *La Revue du practicien* 53 (2003): 1386-89.

61 Bancquart, op. cit., 194; and Murat, *La Maison du docteur Blanche*, 338.
    Murat 还就 GM 在布朗什诊所临死前那段时期的情况提供了宝贵的记录，
    "Fou? Maupassant et le docteur trois-étoiles," 同上书，328-48。

62 J. Richardson, op. cit., 195.

63 关于玛丽·卡恩、卢利娅·卡昂·德·安韦斯和 GM 的 "身着灰衣的夫人" 的争论，一个很好的概览见 Douchin, *La Vie érotique de Guy de Maupassant*。所有弗朗索瓦·塔萨尔的引文均摘自他的 *Souvenirs sur Guy de Maupassant par François, son valet de chambre, 1883–1893* (Paris: Plon, 1911)。关于塔萨尔所说的那封促成了 GM 自杀未遂的 "来自东方" 的电报的细节肯定地排除了玛丽·卡恩和卢利娅·卡昂·德·安韦斯是 "身着灰衣的夫人" 的可能性，因为 GM 接到那封电报时她们两人都在法国，而 GS 和 LH 一起去了亚历山大。关于拉姆拉修道院，见 Liévain de Hamme, *Guide-indicateur des sanctuaires et lieux historiques de la Terre Sainte* (Paris: Imprimerie des Pères Franciscains, 1897), 138。关于泰蕾兹·普雷沃 – 帕拉多尔在那里担任神职，见 *The Nation* 59 (September 24, 1894): 215。关于泰蕾兹·普雷沃 – 帕拉多尔和她的两个兄弟姐妹露西和亚尔马，见 JEB, *La Pêche aux souvenirs*, 92–103; and Pierre Guiral, "Anatole Prévost-Paradol," in Loyrette, ed., op. cit., 128–35, 133–34。

64 GS 致 NH，标记为 "1891 年 9 月初" 的信，见 Balard, ed., op. cit., 192。

65 Étincelle (pseud.), "Les Parisiennes au Léman," reprinted in *La Grande Dame* 1, no. 1 (1893): 5–7. GS 说起过她拜访了德·布兰科旺公主和罗斯柴尔德家族位于日内瓦湖畔的庄园，见 Balard, ed., op. cit., 191–92。

66 EdG，日志，1893 年 1 月 30 日。

67 LD, *Souvenirs littéraires* (Paris: Grasset, 1968), 100.

68 关于 GM 纪念碑的落成，见 *La Gazette anecdotique* 21 (November 15, 1897): 258–59。

69 Douchin, *La Vie érotique de Guy de Maupassant*, 10–11.

帕凡舞曲
配对

我们要制止她们的赞叹！我们很快就会变成她们的
奴隶！

一如既往！始终一贯！

我们彼此热爱！彼此憎恨！

我们诅咒所爱之人！

> ——加布里埃尔·福莱，献给伊丽莎白·格雷弗耶的
> 《帕凡舞曲》，作品50号（1887），作词：
> 罗贝尔·德·孟德斯鸠

凤凰这种珍奇而孤独的禽类……食香料，住在至纯至净
之域，在由太阳点燃的芳香木的葬火中终结自己美丽的一
生。然而毫无疑问，他曾不止一次妒忌过白鸽的命运，因为
她有一个情投意合的伴侣！我没有过度赞美您，您对自己的
形象明察秋毫，您在自己喷洒的香水和脚下燃烧的熏香中陶
醉。您在许多方面是天使，但终究还是个女人。

> ——皮埃尔 - 西蒙·巴兰切[1] 致朱丽叶·雷加米埃[2]
> （约1805年）

---

[1] 皮埃尔 - 西蒙·巴兰切（Pierre-Simon Ballanche，1776-1847），法国作家和反革命
哲学家，他阐述了一种进步神学，在19世纪初的法国文学界具有相当的影响力。

[2] 珍妮·弗朗索瓦丝·朱丽叶·阿德莱德·雷加米埃（Jeanne-Françoise Julie
Adélaïde Récamier，1777-1849），又称"雷加米埃夫人"，法国著名的沙
龙女主人，托克维尔曾是她沙龙里的座上宾。她的一生经历了法国大革命，
目睹了法兰西第一共和国、法兰西第一帝国的兴起和覆灭，又亲历了波旁王
朝复辟和七月王朝的建立，最后她在法兰西第二共和国成立的次年去世。

到莫泊桑去世时，斯特劳斯夫人在普鲁斯特心目中的形象已经一落千丈了。他对她与小说家的蜂缠蝶恋知晓多少，我们不得而知，因为普鲁斯特长达 22 卷的通信中最长的一次中断，碰巧就是在热纳维耶芙／莫泊桑的私通以不幸终结的那段时间，这一巧合着实令人抓狂。1890 年一整年，普鲁斯特似乎只有两封信留存下来，其中一封是写给父亲的短笺，里面羞涩地自夸说著名的居伊·德·莫泊桑"一定或多或少知道我是谁"，另一封写给斯特劳斯夫人的信更短，是一束菊花的附言。让娜于 1891 年写给他的一封信表明，普鲁斯特和母亲交换过对《我们的心》的看法，但从她的文字中无法推断出他的意见。1891 年和 1892 年，似乎总共只有四封信留存下来，其中三封都是写给斯特劳斯夫人的，这本身或许已经很能说明问题了，这些信件中无一处提到莫泊桑、利顿勋爵甚或埃米尔·斯特劳斯，但从中可以看到，普鲁斯特对紫衣缪斯的感情发生了明显的变化，或许可以说是淡化。

第一封信的署期是 1891 年复活节前后，普鲁斯特含蓄地自比彼特拉克，将斯特劳斯夫人比作洛尔·德·诺韦斯，说他把耶稣受难日当成二人关系的纪念日，因为斯特劳斯夫人正是在那一天首次写信给他（但那份文件也缺失了），用她"腾跃洒脱"的字迹迷住了他。他把自己与彼特拉克、斯特劳斯夫人与"美丽的洛尔"进行类比，弦外之意是他曾寄予厚望，想让好友的母亲成为自己的灵感之源。

一年后，那些希望破灭了。1892 年春季某日，普鲁斯特给斯特劳斯夫人写了一封信，以恭敬有加的颂词开头，但很快就变成了一场个人攻击：

> 夫人：
>
> 我钟情于神秘的女人，因为那就是您的模样，我常常在《酒筵》中这么写，也常希望您能在其中辨认出自己的影子。但我再也不能全心全意地爱您了，以下是原因。……我总是看见您被二十几个人团团围住，或者更确切地说，总要越过二十几个脑袋才能看到您，因为（您）与之保持最远距离的，始终是那个年轻人。但假设经过多次努力，我终于能单独见您了，您也只有五分钟时间与我谈话，而就在那五分钟里，您仍在想着别的事。更糟的是，跟您谈论书籍，您说我是书呆子；跟您谈论人，您说我轻率八卦；跟您谈论您，您又觉得可笑。[1]

不管是在聚会中与他"距离最远"，还是在他终于有机会单独见她时显得心不在焉，斯特劳斯夫人显然伤了他的自尊。但普鲁斯特也厌倦了她"禁止失礼举动的动听教训"，它们使谈话变得如此乏味而空洞。此时的他思维敏锐，求知若渴，早已无法满足于闲牙闲嗑，特别是他深信本可与对之论今说古、无所不谈的人。

在这一系列的第三封信中，普鲁斯特写及收信人，来了一段诡秘而模棱两可的人物素描：

> 关于斯特劳斯夫人的真相
>
> 起初，我以为您只爱美好的事物，以为您非常了解

它们——然后我发现，您根本不在乎它们。后来我以为您只爱人，（直到）我看出您对他们也漠不关心。如今我觉得您只爱一种特定的生活方式，在这种生活方式中最引以为傲的不是智慧而是机灵，不是机灵而是风度，不是风度而是衣装。（您是）一个喜欢这种生活方式胜过一切其他人事的人——（然而您）仍然风姿绰约。正因为您风姿绰约，您千万不要窃喜，以为我如今少爱您半分。为了证明事实正好相反（因为您知道行胜于言——而您素来有言无行），我会寄给您最美的鲜花——这大概会让您厌烦，因为您不肯屈尊关心一下我作为您这位尊贵的冷漠女王最恭敬的仆从，痛彻心扉的情感。

马塞尔·普鲁斯特[2]

如果热纳维耶芙读过达尼埃尔·阿莱维的日记，她大概会惊异地发现，这篇假装赞美的颂词与普鲁斯特在高中时代寄给她侄子和儿子的诀别信多么相似，他在那封信中也坚称，虽然那对表兄弟并不像他一度希望的那么聪明，但他仍然喜欢他们。在这篇《关于斯特劳斯夫人的真相》中，只是批评的内容发生了变化，因为他给她的标签不是愚蠢，而是莫泊桑为《如死之坚强》和《我们的心》的女主人公们赋予的性格弱点：虚荣的心性、虚假的妩媚、虚伪的承诺（"有言无行"）。普鲁斯特的感情始终在狂喜与自贬的刀尖徘徊，发现自己曾在一个虚假的偶像面前五体投地令他"痛彻心扉"。这不是因为女王没穿衣服，而是她空洞得只剩下衣服。

似乎可以合理地推测，热纳维耶芙与莫泊桑之间糟糕的私情触发了他的顿悟，哪怕只是因为整个闹剧上演期间，普鲁斯特有那么多时间都是在沙龙里度过的。毕竟，《我们的心》引发的混乱至少让另一位忠实信徒，乔治·德·波托－里什，坚定地视热纳维耶芙为不可救药的浅薄之辈——而普鲁斯特后来所说："我就是波托－里什！"但即便普鲁斯特对热纳维耶芙的风流情史一无所知，单凭整日流连于夹层公寓而日益熟稔，就足以令他越来越不屑了。正如莫泊桑在他的最后两部小说中强调的——但普鲁斯特自己也看到了这一点——那一切关于优雅的课程都贬损了教授者的形象。彼特拉克从没有走近洛尔而为她的缺陷大感失望，无论洛尔有何缺陷。普鲁斯特的女神一旦近观，就失去了圣洁的光环。

所幸，普鲁斯特已经从热纳维耶芙的儿子和侄子那里知道，梦想破碎也可以成为另一种富有营养的创作源泉。1892 年某日，他写了一个关于祛魅的童话故事，尝试了这一观念。[3] 故事梗概如下（引文都是普鲁斯特的原文）："很久以前，有一个'籍籍无名的青年'名叫珀西。他出身卑微，与此相称，他独自住在一个不起眼的住所。在童话社会——也就是王公贵族的社会中——珀西毫无出众之处，虽然他与浪漫主义诗人珀西·比希·雪莱同名，那是他的创造者最近喜欢上的作家之一。"

然而在普鲁斯特的作品中，名字始终预示着命运。因此，珀西充满诗意的名字也就预示着一种充满诗意的命运。一天，"美丽"和"名声"两位仙女决定特别青睐他一番。于是她们挥舞着魔杖，在珀西的头脑中注入了"关于名声和美丽的最美好的想象"——他在那些想象中扶摇而上，摆脱了卑微出身带来的平庸生活。正如她们希望的那样，两位仙女的门生为自己的想象力而陷入了狂喜。他急于征服一位美丽的殿下（童话仙境中的终极奖赏），把克利奥帕特拉本人召唤到他卑微的桌前，她为能与他共进晚餐而欣喜不已。更有甚者，她常常来与他共度美好时光。"女王被她的魔术师的美妙头脑所吸引，常常接受他的邀请。"在仙女们带他进入的精神世界中，珀西生活中其他的一切也变得崇高伟大起来。他简朴的住所也变成了"一座宫殿，那一两样不值钱的小装饰也变成了无价之宝"。

/ 477

珀西从未因梦想与生活现实相去甚远而苦恼，直到他 20 岁出头的一天，

> 他的虚荣心要跟他谈一谈。在这场对话中，（珀西的虚荣心）对他说："仙女们骗了你，我的朋友。她们让你尝到了名声和美丽的滋味，给了你关于名声和美的梦，却没有给过你美丽和名声。"

他的虚荣心举例说明珀西为自己理想的女人赋予了"她大概根本从未有过的风姿"，说年轻人太专注于幻想，对现实视而不见：别说是女王，哪怕最普通的女人也对他鄙夷不屑。"就连一点儿都不高贵的 X 夫人，她有不少情人还远不如你呢，你要是敢对她谈起爱情，她也会对你不理不睬。"

珀西被这些话刺痛了，叫来了名声和美丽两位仙女。他用甜言蜜语恳求她们让他美妙的梦境成真，"就像把巨大的珍珠砸在她们发光的肉体上"。他具体提出，想要一个女王做情妇——一位真实的女王来替代克利奥帕特拉——以此来报复势利的 X 夫人。两位仙女神色悲伤地解释说，她们可以满足他的愿望，但代价是一旦她们这么做了，她们就会永远从他的生命里消失。一心要对 X 夫人炫耀一番的珀西同意了这些条件，美丽和名声两

位仙女便伤感地与他告别："再见了，亲爱的孩子，魔咒破除了，但我们必须满足你。"

她们真的满足了他。第二天，珀西继承了一大笔财产，还有一座城堡。他还遇到了一位光彩夺目的女王对他一见钟情——"毫无逻辑地求欢于他"。珀西的愿望实现了，X夫人忌妒得发狂。

然而正如仙女们警告的那样，我们的主人公愿望一旦实现，起初让那些愿望充满诱惑的魔力就烟消云散了。珀西没有从此与自己的女王幸福地生活在城堡中，而是

> 惊异地发现，他不再渴望那些美丽公主（原文如此）了，过去她们只存在于他的梦里时，曾令他多么心醉神怡。现在他觉得她们那么平庸；他越了解她们，她们的魅力就越弱。她们的魔力早已不再精妙、醉人和神秘了。

这以后，普鲁斯特的叙事断裂了，发展成为诸如"他花费了那么多心思去采摘，却亲手毁了那朵花"的混乱的片段，以及像"S特劳斯／S坦迪什"之类的记号，或许有些暗示意味，但作者未加解释。

普鲁斯特再也没有写完珀西的故事，也未曾发表过。然而他从未忘记过它的基本假设。他会在接下来的30年里不断撰写和重写这一主题的各种变调：高高在上的缪斯一旦走近，她的魅力就风流云散了。花儿被采摘的那一刻，就被毁了。天鹅总是摔落在大地上的。

眼下，普鲁斯特要去猎获一只新的稀世珍禽。

注 释

1 MP 致 GS，见 MP, *Correspondance avec Mme Straus*, 21–22。
2 MP 致 GS，见 Kolb, ed., op. cit., vol. 1, 163–64。
3 复录于 MP, *Écrits de jeunesse*, 207–10。

挽歌
悲情鸟

很久很久以前，

有一位公主，被囚禁

在海滨一座中了魔法的塔里：

每当公主从塔内远眺，

看到头顶和脚下只有

海浪、云朵和飞鸟。……

她觉得自己大概

也是一只飞鸟。有一天她对鸟儿们，

叹道，"哦姐妹们，把我带到远方"

"离开这里吧！""你得戴上翅膀啊，"它们说。

她张开双臂让它们落在上面，答道，

"我不能！哦，要有翅膀才能飞离！

为什么独我没有翅膀？

为什么只有我是异类

要孤独地从生到死？"

"公主，"一只鸟儿对她说，"您不是"

"孤独的异类。在很远很远

的地方，在海对面的一个遥远

的地带，也有像您这样

的鸟儿。那些鸟儿没有显形的翅膀

但我听到他们多次宣称

只要对他们说一个词

就能把他们带入天堂。"

"那是什么词？哦快告诉我！"她说。

"我可以告诉您，"那只小鸟答道，

"但即便我告诉了您，对您也没什么用处……"

"快告诉我！""是我爱你。"那以后

公主就陷入了忧伤。但她喃喃

自语着那句我爱你，一遍又一遍

每次她对自己发出

那个声音，都会伴随着一声叹息：奇怪的是，每当

她叹息一声，她小巧的胸脯都会起伏和颤抖。

"我对谁都说不出那句可爱的话，"

"也没有谁会用那美妙的句子作答。"

——欧文·梅雷迪斯（利顿伯爵爱德华·罗伯特·

布尔沃–利顿的笔名），《格兰纳威利尔》或称

《变形记》（1885 年）

海鸟们很难过，

他们哭着说：

我们再也不会喝

海里的水了，

那原是我们的眼泪。

——埃莱娜·格雷弗耶，《琥珀之书》

（*Le Livre d'ambre*，1887–1889）

/ 第 20 章　人已逝，爱未央

关于斯特劳斯夫人与利顿勋爵的风流韵事，真相扑朔迷离；同样，现存资料的缺失缩小了可知范围。在比利牛斯山脉共度良辰后，两位朋友的通信出现了另一个巨大缺口，仿佛他们商量好了似的（还仿佛与年轻的马塞尔·普鲁斯特商量好了，当然那是不大可能的）。热纳维耶芙信件的缺口从 1890 年 9 月持续到 1891 年 8 月，利顿勋爵的则从 1890 年 12 月持续到 1891 年 5 月。只有一个线索留存下来，但它很有价值：一封写给热纳维耶芙的未署期、未发表的短信。由于信尾签名只有一个"L."，所以学者们此前未能确定它的归属。事实上这封信一看便知是利顿勋爵的笔迹，信纸上还印着他的家徽。他写道，"那位夫人在吕雄"的"不幸消息……让我难过极了"（未具体说明是什么消息），并提议他们"在我庄静的邻人家里"讨论一下此事，"时间由您来定"。[1]（这里提到的邻居十之八九是庄重的殿下奥古斯特·德·阿伦贝格亲王，后者的宅邸位于德·拉维勒 - 勒维克街，从博尔盖塞府步行五分钟即可到达。）利顿勋爵在结尾处强调，无论夫人在吕雄遇此不幸之后会发生什么，他永远是她"非常、非常、非常忠诚的"崇拜者。

然而两人度夏归来后，那种忠诚的性质发生了变化。很多同时代人的回忆录和媒体报道都表明，从 1890 年秋开始，利顿勋爵和热纳维耶芙两人中断了在英国大使馆的私密午餐，也不再在社交场合出双入对了。（比利牛斯山脉之行前，人们经常看到两人在社交界同进同出。）萨卡隆酒店插曲之后紧接着就出现了这些变化，或许能证明斯特劳斯发现利顿勋爵也住在该酒店，进而打断了热纳维耶芙的鼻梁的猜想。这样一场变故很可能会导致这对（婚外情）伴侣就此分手，历史记录似乎也能证明，事实的确如此。

然而他们的关系并未彻底终结。回到巴黎后，利顿勋爵仍然会偶尔拜访夹层公寓。表面上看，这似乎不符合他和热纳维耶芙必须分手才能平息斯特劳斯之怒的猜想。但这两位都是精通社交界表面文章的老手了，他们知道利顿勋爵突然从她的沙龙里消失就意味着他们的关系正式破裂，势必会让人说长道短。那些看出《我们的心》中的罗尔多夫·德·伯恩豪斯伯爵就是罗伯特·利顿伯爵的读者，想来尤其擅长推理。这么做的结果将是丑闻曝光，热纳维耶芙可能会遭到"老虎斯特劳斯"变本加厉的报复。因此就目前来看，利顿勋爵在忠实信徒中维持正常的假象，似乎是更安全的做法。

这出双簧使得利顿勋爵、热纳维耶芙和斯特劳斯三人都能继续从他们的关系中各取所需。斯特劳斯醋海翻波，自然不愿看到情敌出现在热纳维耶芙的客厅里，但他一心攀附权贵，又不忍从妻子的宾客名单中划去这么一个尊贵的名字。热纳维耶芙一贯对侍从们的忠诚没有信心，得知英国伯爵没有彻底抛弃她自是心满意足，而利顿勋爵对自己的作家名声也一样毫无把握，仍渴望在她德高望重的文学信徒中享有一席之地。

因此至少在表面上，这一爱情三角愉快地相安无事——堪比《奥赛罗》的金屋闹剧。就像米歇尔·德·比尔纳对马里奥"假意温柔"一样，斯特劳斯夫妇与利顿勋爵也维持着虚假的友谊，甚至在 1891 年 4 月来了一场异地重逢，三人都来到蒙特卡罗，成为亲王宫殿的座上宾。艾丽斯王妃一定提前警告了热纳维耶芙——她们是无话不谈的闺蜜，王妃不可能对利顿勋爵的闹剧一无所知——或许两个男人也事先想到了会在那里碰面。即便在此次做客期间出现了任何紧张事态，也没有任何直接的证据留存下来。唯一的间接证据是摩纳哥亲王夫妇与斯特劳斯夫妇的一张合照，利顿勋爵拒绝出镜。但这次回避多半与他自己的婚姻有关，而不是为了照顾热纳维耶芙的夫妻感情；他从宫殿写信给妻子，想让她以为他是摩纳哥亲王夫妇唯一的贵宾。或许伊迪丝也需要丈夫跟她保证自己的婚外风流已经结束了。

1891 年秋，利顿勋爵最后一次拜访奥斯曼大道 134 号，那时他的好友奥斯卡·王尔德为自己的法语剧目《莎乐美》（1893）上映之事已来巴黎数月，请他引荐并登门拜访声名远扬的紫衣缪斯。那次拜访并不顺利，但并非利顿勋爵的过错。王尔德从一开始就称女主人为"斯特劳斯太太"，激怒了热纳维耶芙，那是当面称呼社会地位较低之人的方式。[2] 一位名叫马塞尔·普鲁斯特的漂亮纨绔子弟对他的到来表现得过于热情（"您看，先生，它比《蒙娜丽莎》还美，不是吗？"[3]），王尔德会错了意，以为小伙子向他求爱；直到后来发生了一场令两人都十分尴尬的事件，他才意识到自己自作多情了。[4] 他高高在上地赞美德加说："您不知道您在伦敦的名声有多响。"画家干脆回敬道："还好没您那么响。"[5] 德加和约瑟夫·雷纳克毫不掩饰对王尔德的厌恶，用利顿勋爵本人的话说，他的言谈举止"十分娘娘腔"。

后来，雷纳克还奚落热纳维耶芙怎能容忍同性恋毁了自己的沙龙。她反驳道，"有什么关系呢？他们寻找的猎物和我们又不一样。"[6] 这位"性欲倒错者"虽然没能取悦热纳维耶芙，但他日益响亮的名声却让她喜欢表现出被他取悦的样子。之后几年，随着王尔德越来越臭名昭著——轰动一时的高潮是他于 1895 年因公开猥亵罪而被审判、获罪和入狱——他当年在夹层公寓中的那次出场也就变成了斯特劳斯夫人神话中越来越关键的情节。在这一语境下，她与英国当世最有争议的作家之间的"友谊"成为她深远影响力的又一个标志。热纳维耶芙甚至喜欢暗示，德洛奈为她所画的肖像是《道林·格雷的画像》（1891）的灵感源泉，而这是不可能的，因为王尔德首次拜访她的沙龙时，那本书已经问世六个月了。

如果热纳维耶芙读过《道林·格雷的画像》，她大概就会掂量一下还要不要宣称书中那位非正统主角的画像与自己的画像有关了。在王尔德的小说中，标题中的画像表现了那位看似漂亮的被画者内心的丑陋，呈现了道林·格雷道德败坏的堕落灵魂。再顺便说一句，不过此事与热纳维耶芙密切相关：道林的一位朋友警告她远离"那些服饰充满感伤色彩（向她们爱着的男人致敬）的女人"，指出，"永远不要相信穿紫衣的女人"。[7] 鉴于热纳维耶芙以淡紫色为主和明显感伤主义的穿衣风格，这句格言大概不会让她十分开心。

然而同样，王尔德小说的这些方面大概还不足以阻止热纳维耶芙宣称自己为其创作发挥了重要作用。她对《道林·格雷的画像》的态度很可能跟对《我们的心》的态度一样，促使波托－里什讥讽她："她一点儿也不在乎那位女主人公是好是坏；她在乎的只是那位女主人公名气很大，还被人以为是她！"[8]

无疑，从吕雄回到巴黎之后，热纳维耶芙比以往任何时候都更加孜孜不倦地追逐焦点。1890年秋冬，她成为社交场上无处不在的核心人物。（如果德加乐意用他形容夏尔·阿斯的话来嘲笑她，大概也会称她为"流浪的犹太人"。）此外，热纳维耶芙还加倍努力地代表父亲和已故丈夫遗产的公共形象。10月，她坐在前排重要位置出席了新制作的《犹太女》首演，正是那次隆重的首演让年轻的普鲁斯特开始了对那部歌剧持续一生的痴迷。不久，在喜歌剧院大厅里竖起一座比才雕像的宣传活动声势高涨，以《阿莱城的姑娘》和《卡门》分别在 11 月和 12 月的特别纪念演出达到高潮。热纳维耶芙没有参与策划这些演出，但她的名字出现在两次演出的前期宣传广告的重要位置。有了她象征性的祝福，两次活动都人满为患，最后只剩下站位了。

这些演出成为热纳维耶芙提升公共形象的新高峰。在首演中，她和舞台上下的所有名人一样，吸引了大量关注的目光。这在《卡门》的演出中尤为难得，要知道两位享誉国际的男女主角，让·德·雷什克和澳大利亚女歌唱家内莉·梅尔巴（Nellie Melba）在音乐世界的地位至高无上；而在观众席中，忠实的摩纳哥艾丽斯王妃势位至尊。（普鲁斯特极为激动地出席了这场星光灿烂的特别演出，但他被安排的位置是低等的"男人席"，站在斯特劳斯夫人前排包厢的最后面。）坐在包厢席位的其他尊贵人士还有德·欧马勒公爵、德·于扎伊公爵夫人、德·萨冈亲王、罗贝尔·德·菲茨－詹姆斯伯爵、阿尔贝·德·曼伯爵、阿代奥姆·德·舍维涅伯爵〔他没带洛尔出席，而带来了新结交的美国朋友詹姆斯·戈登·贝内特（James Gordon Bennett），这位《纽约先驱论坛报》的老板住在巴黎，惯于高调炫富〕，以及意料之中的罗斯柴尔德家族的一群人。不过当晚毫无争议的女王是热纳维耶芙——或者更确切地说：比才遗孀。在《卡门》和《阿莱城的姑娘》两部剧的首演之夜，她把平日以灰、白和淡紫色为主的半丧服换成了全黑的丧服，让人想起她在德洛奈肖像画中的一身墨缤。[9]

自热纳维耶芙为那幅肖像楚楚作态后，十多年过去了，近看之下，她的面容继续显出岁月的痕迹，依赖鸦片也对她的容貌造成了严重的破坏。[10] 但从远处看，她仿佛刚从德洛奈的画布中款款下来，艺术逼真地还原了真实。就连因讨厌斯特劳斯而殃及热纳维耶芙的埃杜瓦尔·德吕蒙，也不情不愿地承认她在《卡门》首演上风头极盛——说"身穿黑色蕾丝，戴着黑色面纱"的她简直是"完美的比才遗孀"。[11] 比才纪念碑本身进一步将热纳维耶芙的形象塑造成了比才薪火的传承者。那座雕塑是亚历山大·法尔吉埃的作品，后者的创作构想很像韦尔内创作的莫泊桑纪念碑，选择不把主题人物表现为孤独的艺术家，而是一个被女人束缚的男人形象。除了作曲家本人相对较小的半身像外，法尔吉埃还为比才那位天意选定的缪斯雕了一个全身塑像。乍一看去，这个人物似乎是卡门，穿着有伤风化的"吉卜赛"服饰。但她的脸一看就是热纳维耶芙的脸。就这样，她与一位天才的情爱故事再度被庄严铭刻，在艺术中获得了永生。

比才纪念碑最终完成时，《我们的心》已经出版了好几年。但法尔吉埃的作品会帮助细心的读者理解那本书中一个原本无法解读的细节。书中有一位名叫普雷多莱的次要人物，由于被越来越多的人认为是有史以来最伟大的雕塑家而受邀来到米歇尔·德·比尔纳的沙龙，他很喜欢她壁炉架上的一套"很有现代感的群雕"。当普雷多莱问她群雕的创作者是谁时，她说是法尔吉埃，继而毫无来由地笑了。莫泊桑的同时代人看到普雷多莱都会想到奥古斯特·罗丹，他才华横溢，却因总是拙劣地企图把女主人带入他热切的艺术讨论而在巴黎社交界臭名远扬。[12]（这或许能解释为什么罗丹与热纳维耶芙向来话不投机，以及为什么他与伊丽莎白·格雷弗耶一见如故。）《我们的心》的作者为罗丹安排了一个虚构的名字，而法尔吉埃却以真名出现在书中，显然更高调地突出了后一位艺术家。米歇尔提到他时的神秘一笑也是一样。由于法

热纳维耶芙参与了在喜歌剧院大厅竖起一座
比才纪念碑的发起活动，宣传了自己比才遗
孀的形象

尔吉埃的姓名或艺术本身没有什么可笑之处，她笑的似乎是她和
她所对应的真实人物都知道的一个圈子里著名的笑话——她对应
的真实人物当然也喜欢收藏那位雕塑家的作品。

　　与她的高调截然相反，与热纳维耶芙分开后，利顿勋爵在
社交界一直保持低调。他在 9 月 20 日写道："如今的巴黎是一
座孤寂的城。"孤寂是他自己选择的，只偶尔有极少的公开露
面。10 月，他去看了好友萨拉·伯恩哈特演唱的《克利奥帕特
拉》（*Cleopatra*，1890 年，由维克托里安·萨尔杜创作的过于
紧张的商业剧），并于第二天上门拜访了她，说自己有多喜欢那
部剧（事实上他并不怎么喜欢）。[13] 利顿勋爵还在布里斯多酒店

（Hotel Bristol）为威尔士亲王举办了一场"非正式"午餐——地点是伯蒂选的，他喜欢这里舒适的最新现代化设施，不喜欢博尔盖塞府那种老旧的奢华——还与亨利·德·布勒特伊的女友洛尔·德·舍维涅一起参加了一场降神会。[14] 那天的预言家未能知会洛尔她即将在五年内第三次把情人拱手让给一位外国女人：1891 年 3 月 3 日，43 岁的亨利·德·布勒特伊将迎娶 23 岁的玛尔塞利塔·加尔内（Marcellita Garner）——父母双亡、纽约州沃平杰斯福尔斯市（Wappingers Falls）一座价值数百万美元的"漂白粉"实业的女继承人。[15] 即便洛尔或利顿勋爵在降神会上得知了其他玄妙天机，两人也没有把它们付诸笔端。

除了这些外出，利顿勋爵一直待在大使馆中，"每天下午和晚上都待在家里，抽很少的烟"，"预算"的后继者、一条名叫"小妖怪"的壮硕的大比利牛斯山犬，在他的脚下打着呼噜。[16] 他的女儿贝蒂惊慌地说他"身体几乎病痛不断……身体不好，（加上）精神抑郁"。1890 年 11 月 8 日是利顿勋爵的 59 岁生日，他会活到 60 岁，但没过多久就去世了。

从利顿勋爵的视角来看，身体虚弱有一个好处，就是可以把使馆的大部分日常工作转交给妻子伊迪丝，腾出时间专注写作，伊迪丝非常喜欢这个工作。他仍在修改《罂粟王》，社交界报刊始终不改口地称之为《软饭王》（King Pappy），这让他很生气。然而在他生命的最后一年里耗费他最多心血的却是一部题为《玛拉》（Marah，1892）的抒情组诗。这部诗集充满了晦涩的文学典故和没有翻译的拉丁语原文片段，缺乏畅销书的特质。但正如他对特里萨·厄尔所说，"一个在写作时一心想要成名或迎合当前品位的人，是不可能写出伟大诗作的。诗人必须取悦自己"。

《玛拉》写了一桩"注定难成眷属的爱情"，这个主题不算愉悦，却令诗人深陷其中。1890 年圣诞节，利顿勋爵对特里萨·厄尔抱怨说"（除了丁尼生和勃朗宁……）我们当代的英国诗歌奇怪地缺乏激情或柔情"。然而在他看来，那是全无道理的，抒情诗尤其不该没有感情。利顿勋爵对妻妹说，自彼特拉克以降，该体裁的存在本身就是为了抒发"强烈的情感"，那种情感是"烙在（诗人）最深层的意识中的，（他需要）自己从（内心）最幽微的角落把它挖掘出来，一切代价自己承担"。

他在写给女儿贝蒂的信中重复了同样的论调："在我看来，某种个人情感元素是一切真正的爱情诗所不可或缺的。"不管他试图在《玛拉》中表达的爱情多么不幸，那是利顿勋爵内心深处的真情实感，自从与热纳维耶芙半分手以来，那种感情变得更加强烈了。他觉得仿佛有一双手紧紧卡住他的咽喉，挤出他气管里残存的空气，然后，用欧文·梅雷迪斯的话说，把他猛抛向"令人窒息的蓝色锥体，融入无边的暗夜"。利顿勋爵对伊丽莎白始终不渝的爱是火也是冰，灼伤他的皮肤、凝固他的血液。那是他的福祉和祸根，是他的美德与罪行，如果他不能在作品中表现那样的爱情，那么或许父亲说得没错：他根本不该自称诗人。[17]

书写《玛拉》是利顿勋爵给自己定下的一个艰巨任务。随着他"越来越专注于创作"，贝蒂·鲍尔弗写道："他极其痛苦地感觉到……他本人与周围的环境之间不可调和的对立。"利顿勋爵的确常常抱怨那种"对立"让他永远矛盾重重，但这一次他对贝蒂诉说的却与其他情形不同，不是他的公开与私人身份的冲突，而是他对艺术的远大抱负与他实现那些抱负的能力不匹配。他担心自己缺少天分，无法表现出内心爱情的复杂层次。在写给女儿的信中，他没有说那份爱本身就是不可调和的对立，正是它内在的矛盾使它如此难以表现。

在《玛拉》组诗较早的一篇《偶像崇拜》（"Idolatry"）中，叙述者宣称"爱就是要在这里，在苍穹之下 / 创造一位人间的神"。然而由于"人间的种种缺憾，…… / 被创造出来的人间的神 / 只能是神圣与邪恶的合体；/ 令人又爱又恨的神"。爱中带恨的传统主题再度出现在《孪生子》（"Twins"）中。这段从《玛拉》的最终版本中删去的文字表现了叙述者的两难选择："一个我恨的女人，…… / 她的一切亲密关系绝无瑕疵，/ 她的一切行为谨慎得体——/ 一位社交场上的圣人"和"一个我爱的女人……，/ 不是圣人也不是罪人，/ 而是不齿于真相的狂野之人。"在这首诗的结尾，他揭示出这两个女人是一体的。的确是 Odi et amo（我又恨又爱）：伊丽莎白的理解没有错，利顿勋爵对她的爱正是那样，因为《玛拉》的叙述者诉说的隐秘对象就是她。

利顿勋爵对贝蒂说，组诗的题目选自约翰·班扬的基督教寓言《天路历程》（The Pilgrim's Progress，1678），该诗把"苦水"玛拉与"乐土"伯拉（Beulah）对立，标题中的基督徒从与死亡和罪恶世界相关的苦水走向乐土，那里"远离死荫谷，也不在绝望巨人的势力范围之内"。他解释说，《玛拉》将逆转这一轨迹。在整部诗集的四个诗章里，诗歌叙述者会越来越远离救赎，走向悲苦——在班扬的文本中，精神之旅是由上帝启迪的，而在利顿的文本中，它是由叙述者的"异教徒偶像"，也就是他一边崇拜一边斥责的那位夫人启迪的。叙述者在挚爱之人身上寻找天堂，却不可避免地堕入地狱。

然而这些对立的逻辑是易变的，与之相应，利顿勋爵刚开始创作《玛拉》，他对伊丽莎白的恨意就转向了反面。那年年终的某个时候，两位朋友和解了。"哦亲爱的，亲爱的！"他在写给她的信中说，"那些看不见你、听不到你的消息、不知道你在哪里、在做些什么、不知道你感觉如何的日子，我多么难过啊！" 18 伊丽莎白的玄孙女、传记作家安·德·科塞-布里萨克（Anne de cossé-Brissac）认为，这封信的写作日期是 1890 年秋。信中的话表明，此时伊丽莎白和利顿勋爵不但恢复了通信，而且恢复了经常见面。这一转变何时发生或由何事促成不得而知，但英国伯爵在《玛拉》第一章中增加了一首诗，题为《心灵感应》（"Telepathy"），讲述了叙述者越过一个拥挤的房间与前爱人对望，一瞬间就重新系上了二人情感的纽带："而后越过喧哗的人群／你的目光与我相遇；／心对心所倾诉的一切／尽在那无声的一瞥之中。"

那个社交季，利顿勋爵与伊丽莎白唯一一次有记载的相遇发生在 12 月，那是在布洛涅森林举办的一场滑冰聚会，他与妻子伊迪丝和青春年少的女儿康斯坦丝同去，伊丽莎白则是独自一人。不过两人也有可能早在 10 月利顿勋爵与洛尔·德·舍维涅一起参加降神会时就恢复联系了；伊丽莎白这段时间的记事本上提到了好几次这样的聚会，它们当时很受圈子里思想开放（或轻信）的成员欢迎。伊丽莎白从米米死后便一直对玄学津津乐道，利顿勋爵声称他的英格兰租屋内布沃思"常有一个名为'黄孩儿'的幽灵出没"，与她颇有共同语言。如果他与伊丽莎白的和解的确发生在某个降神会上，那么"心灵感应"这个题目大概是个私下的玩笑，暗指两人和解的背景。

威尔士亲王在布里斯托酒店的午餐会也发生在 10 月，那是伊丽莎白和利顿勋爵重新建立联系的又一个机会。作为能在巴黎对伯蒂"呼风唤雨"的女人，伊丽莎白当是显而易见的贵宾人选（利顿勋爵应亲王要求没有对媒体公开宾客名单）。而且她也会欣然接受邀请，原因不只是她从不拒绝王室的召唤。那年秋天，乔万尼·博尔盖塞为避开罗马城里疯传的他的家族即将破产的谣言而回到了巴黎，伊丽莎白决心炫耀一下自己那些位高权重的崇拜者，诱惑他离开自己的密友费迪南。换句话说，哪怕只是因为伯蒂的地位高于保加利亚的摄政亲王，她也会迫不及待地参加为威尔士亲王举办的午餐会。

那年冬天，伊丽莎白还把目光转向了另一位王室成员：伯蒂亲爱的姐姐维多利亚长公主之子、德国皇帝威廉二世。[19] 30 岁的伊丽莎白还没有机会见到他，但那年 31 岁的皇帝从两年前登基以来就开始让她着迷了。她从那以后就开始谨慎收集他的照片，从照片中看到这位德国统治者相貌极其英俊，认为他可以为自己现有的崇拜者群体锦上添花。（半个世纪后，她还对贝尼托·墨索里尼得出了同样的结论，尽管她根本不认识其人。[20]）在她与乔万尼对弈的情感棋局上，德国皇帝是一枚极有价值的棋子。或者准确地说，一个"王"。

"如你所知"，她在新年那天写信给吉吉说，"我一直想找机会让威廉二世认识我"，多亏威尔士亲王，她终于等到了机会。伊丽莎白从伯蒂和布勒特伊那里听说维多利亚——她的普鲁士臣民称她为"腓特烈太后"——打算在 2 月来访问巴黎，但她将微服出访，因为她儿子德国皇帝的政府还没有正式承认第三共和国。伊丽莎白明白即便是微服出访，腓特烈太后此行也需要得到上流社会一定规格的接待，便主动提出在德·阿斯托格街为她举办一个绝密的下午茶会。

那正是伊丽莎白梦寐以求的机会。她激动地对吉吉说："我为皇帝陛下帮的这个忙，这可是货真价实的外交任务呢……定会让他永远也忘不了我！"[21] 更棒的是，她接着说："我已经问了乔万尼——'我的嫡亲表兄'——能否跟我一起接待。"亨利已经出于政治原因拒绝了接待。（他如今被报界讽刺为"萨宾女人党的创始人"，不能再冒被人看到与德国王室成员私相授受的风险，给自己再惹争议了。[22]）

为了让自己的下午茶会圆满成功，伊丽莎白不得不与贵宾的母国英格兰的大使馆秘密协调。从这一背景来看，她与利顿勋爵和解的时机或许不是巧合。无论她与他和解有无其他动机，为了顺利实施欢迎皇太后——并顺带迷住德国皇帝，让乔万尼妒忌——的计划，大使的帮助都是必不可少的。

利顿勋爵对伊丽莎白的隐秘意图一无所知，在那头晕目眩的几个月，与伊丽莎白恢复友谊令他飘飘欲仙。他对贝蒂说，他如今打算给《玛拉》安排一个大团圆结局，把开头那个"注定难成眷属的爱情"变成"平静而幸福的爱恋"。他甚至把整部诗集的题目改成了《玛拉和伯拉》（*Marah and Beulah*），表明诗化叙述者就像班扬的基督徒一样，将从悲伤走向极乐。

在第一章结尾的《缺席》（"Absence"）中，叙述者重申了他对情人完全的依赖："没有你来点亮，我就没有光，／就像一盏无人执掌的微弱烛灯！／就像地球没有了天空，／天空没有了太阳。／回来吧！／回来吧！"诸如此类。利顿勋爵把《缺席》与《她的肖像》和其他几首诗与几封信（包括那篇早先写的牝鹿变成公主的人物素描）单独抄写出来，请人在他去世后寄给伊丽莎白。这些文本将提醒她，他从未停止爱她，还写了一部《玛拉和伯拉》来证明对她的爱。

鉴于他已经在伊丽莎白那里尝尽苦头，利顿勋爵大概也感觉到了，这一次他的境遇也好不到哪里去。在《凶兆和预言》（"Omens and Oracles"）中，叙述者意识到自己需要小心了："所有那些未来的魅影，过去的幽灵，／在这个不眠之夜来到我

伊丽莎白收集了不少德国皇帝威廉二世的明信片，她在见到他之前就希望能用自己的美貌和在上流社会的声望打动他

身边，叹息着，高喊着，'小心啊，傻瓜！/ 反省一下你偷来的感情吧！'"[23] 然而，利顿勋爵仍然无视内心的忠告，自信这一次他与挚爱的关系将与往日不同。

然而美梦破碎得太快，他不久就发现，伊丽莎白对他入骨伤害的旧习未改。德国皇帝的母亲于 2 月 24 日莅临德·阿斯托格街（伊丽莎白向吉吉报告说，多亏乔万尼，下午茶会极为成功："太后与'黑豹'聊了很久，堪称完美；他表现得机智而得体"）。随后几个月的某个时候，利顿勋爵和伊丽莎白又吵了一架，这一次，他担心他们终究要分道扬镳了。[24] 他沮丧地叹息伊丽莎白"可怕的信中那些残忍的话"，表明这一次提出分手的是她。[25] 这封信后来也不见了，也没有人知道伊丽莎白这样做的原因。不过可能的解释是，她利用利顿勋爵完成取悦德国皇帝的"外交任务"之后，就再也不需要他了。她关于埃马纽埃尔·伯谢的那句冷酷的话——"蠢货！我永远不会爱上他，我只是需要他"——暴露了她常常对喜欢自己的人采取功利态度。或许她也把利顿勋爵当成了"蠢货"。

从她那年秋天写的一封信来看，事实显然如此，她向收信人（此人的名字被划去了，代之以"X"）倾诉道：

> 利顿勋爵给我写了 70 页的信，我甚至提不起精神给他回复两个字：可怕。世事如此：你那么渴望从他那里收到这么多页纸的人，却很少写信或根本不写。[26]

这几句话表明，即便在利顿勋爵以为他们神秘的爱情重获新生时，伊丽莎白也觉得他很讨厌。从那一点来看，她再度抛弃他只是时间的问题。

这一段中同样值得注意的，是她用对利顿勋爵如此勤于笔耕的抱怨让收信人明白，"你那么渴望从他那里收到"这些爱情印记的人一如既往（令人烦恼）地未能满足她的愿望。在她写给和关于乔万尼·博尔盖塞的所有哀叹中，这是最常重复的一条。这可以总结为："世上其他人全都爱我——为什么你不爱我？"的确，在她的档案中，这封写给"X"的信被归入了"博尔盖塞"文档，表明她之所以甩了利顿勋爵，或许是因为到那时，乔万尼已经让她魂牵梦绕，完全没有心思理会英国伯爵和他"可怕"的70页长信了。

此外，她从未给利顿勋爵看过她的埃莱奥诺尔／热拉尔小说，1891年春，那部小说的写作再度占去了她的大部分精力，即便她的共同作者的速度仍然慢于她的期待。她记得乔万尼最初关于像龚古尔兄弟那样合作的建议，便提议龚古尔兄弟中健在的埃德蒙那年4月来德·阿斯托格街小聚。龚古尔后来写道，她请他来居然不是为了社交，而是为了讨论"写一部关于社交界女人、一位上流社会的贵妇人、一个无论是莫泊桑还是其他任何人都从未准确描述过的人物的小说"，这令他十分震惊。[27] 龚古尔从这一切推断出，格雷弗耶夫人打算劝他写一部关于她的小说，但事实上，她是在为有朝一日请他评价她自己（和乔万尼）的手稿做准备。当时，她只是"碰巧"给这位长者看了几首埃莱娜写的散文诗。

伊丽莎白主动接触龚古尔之举大概是想让乔万尼对自己的文学资本心服口服。但她更渴望让他明白，她是个多么理想的女人。从那年春天他们的往来信件看，伊丽莎白（或埃莱奥诺尔）一直在吹嘘有多少男人为她神魂颠倒，想以此来挑衅乔万尼（或热拉尔）。乔万尼应答的"虚构"信件则有一种他们自己的爱憎并存的特质。在有些信件中，热拉尔责备埃莱奥诺尔"病态地需要用（她的）身体取悦每一双眼睛，满足每一个卑劣的愿望"[28]，指责她对她"最近征服的某一位要人"或最近"大获成功的王室接见"的在意胜过了对他的关心。[29]另一些信件则表达了他希望"我曾经因她而起的那些圣洁的梦想"（不管那是什么梦想）仍有可能实现。

伊丽莎白看到这些信件中的一往情深，应该会暗自得意，在她的鼓动下，写作搭档总算不那么冷漠了。她甚至还说服他那年7月与她、吉吉、孟德斯鸠和热热·普里莫利一起去德国拜罗伊特（Bayreuth）旅行。那里举办的夏季戏剧节近年来成为备受理查德·瓦格纳拥趸青睐的时髦胜地，她的舅舅罗贝尔已经去过一次，坚称伊丽莎白一定要跟上潮流。（"我可不是在建议你，我是在命令你。"）同为瓦格纳崇拜者的乔万尼自然应该成为这次冒险的同行者。但伊丽莎白邀请他的理由当然不纯粹出于文化上的志同道合。或许乔万尼的理由也一样；他答应同去，但想中途在哥达逗留几天，那是费迪南亲王家族公国的两个首府之一。

乔万尼还以自己的名义寄给伊丽莎白一封令她既受鼓舞又感挫败的短信，令后者十分抓狂。他在信中为自己对她"或许过于冷漠"而道歉，解释说在遇到她以前，他"从未见过一个爱好、品位和头脑与我如此投契的女人"。[30]尽管如此，他仍然恳求她"彻底忘掉我那副古旧的皮囊"——这是他对自己身体的老派说法——爱"我最好的东西，我的精神，我从未曾把它献给别的任何人"。

即便有选择地只读其中令人鼓舞的句子，这些信也算不上伊丽莎白长久以来翘首以盼的爱情宣言。她自认为德国之行一定会

1891 年夏，31 岁的伊丽莎白（最左）与孟德斯鸠（伊丽莎白右边）、乔万尼（最右）和拍摄这张照片的热热·普里莫利一起去拜罗伊特旅行

/ 493

促使他道出真情，因而急切地盼望着出发的日子。至于她与利顿勋爵的关系，拜罗伊特的短途旅行大概成了她与他分手的另一个迫切理由，这位追求者太难伺候了。她在日记中写道，是时候"积聚（自己的）力量"集中诱捕她的逃跑王子了。[31]

　　另一种全然不同的可能是，她之所以与利顿勋爵断绝关系，是因为听说了他与热纳维耶芙·斯特劳斯迎风待月。他收到伊丽莎白那封"可怕"的诀别信后，回复了一首诗，痛骂"卑劣的告发者"把他变成了"你最大的仇敌，/ 你最该害怕的男人，/ ……你年轻的一生中最险恶 / 最致命的危险"。[32] 在伊丽莎白的小圈子里，有两个人最有可能诋毁利顿勋爵。首先是她的舅舅罗贝尔，后者在这一时期的通信中屡次责备她与一个讨厌的男人恢复了毫无价值的友谊。那个男人倒不一定是利顿勋爵——孟德斯鸠妒忌外甥女的每一位男性朋友，他也没有在那些书信体的侃侃说教中指名道姓——但英国人挖苦伊丽莎白这位亲友"太像女人"大概会让他位列后者的仇人长名单之首。如果孟德斯鸠听到关于利顿勋爵与热纳维耶芙的不伦爱恋的风言风语，一定会趁机在外甥女耳边煽风点火。

利顿勋爵的另一位可能的"告发者"奥古斯特·德·阿伦贝格也一样。过去这一年，德·阿伦贝格和伊丽莎白几乎每天都见面，拟定她最新的文化项目——法国伟大音乐试演协会（Société des Grandes Auditions Musicales de France）——的相关细节。[33] 该协会创建于 1890 年春，是个资助音乐表演的慈善组织，赞助的都是不知名或没有受到足够重视的法国作曲家创作的音乐。这是伊丽莎白的发明，也是全欧洲历史上第一个此类型组织。但出于礼仪考虑，她请妹夫作为该组织名义上的牵头人。经过与她密切合作，德·阿伦贝格对伊丽莎白与一群男人眉来眼去的友谊有了十分不安的新看法。

/ 494

数年前，正是德·阿伦贝格本人唆使她与德·萨冈亲王初会的。然而他没想到嫂嫂居然习惯了这类见面。德·阿伦贝格向来注重家庭荣誉，讨厌看到伊丽莎白置名声于不顾。在他看来，她位于迪耶普的庄园简直是导致名誉蒙羞的危险催化剂；他对费利西泰说，没有亨利陪伴的伊丽莎白在那里招待男性客人着实不妥。而所有在拉卡斯簇拥在她身边的人中，佩戴珠宝首饰、写诗、抑郁又吸毒的利顿勋爵让德·阿伦贝格尤其担心。

　　如果德·阿伦贝格希望毁掉嫂嫂和英国伯爵的友谊，他凭借自己与热纳维耶芙·斯特劳斯的亲密关系很容易找到必要的武器。作为她长期忠实信徒中的一位，德·阿伦贝格大概和波托－里什或德洛奈等人一样，是她倾诉的对象。利顿勋爵提到过"庄静的殿下"府邸，表明他甚至撮了英国人与热纳维耶芙的秘密情事。如果德·阿伦贝格的确以这种方式帮助过两人的话，那么他毫无疑问对他们的纠缠了然于胸。他曾一本正经地就拉卡斯发牢骚，这证明他愿意干预嫂子的婚外情，那他自然也会毫不犹豫地挑拨他与那位可疑的英国朋友反目。

　　不管是谁告密，也不管原因是什么，与伊丽莎白失和彻底击垮了利顿勋爵。他故技重施，避免参加任何可能和她相遇的聚会，但社交圈很小，他做不到无限期地躲开她。德·莱昂亲王夫人 5 月 26 日的化装舞会就引发了一次痛苦的相遇。德·莱昂亲王夫人 38 岁，出身贵族，以前的名声大多源于她显赫的婚姻（嫁给了德·鲁昂公爵的长子和继承人）、收集大量洋娃娃和喜欢玄学诗。最近这位亲王夫人决定挑战一下德·萨冈亲王夫人在化装舞会领域的垄断地位。"有生"贵族德·莱昂夫人准备入侵"下等丫头"统治长达十多年的地盘，令社交界十分激动，焦急地等待大戏开场。当年轻的亲王夫人透露她的舞会主宾是西班牙王后时，上流社会的期待更加强烈了。这一消息意味着利顿勋爵作为英格兰女王的大使必须出席舞会，哪怕要遇上伊丽莎白。他最大的希望就是不要在人群中看到她，鉴于德·莱昂亲王夫人的宾客名单那么长（1700 人），而伊丽莎白通常在社交场合只是露个脸就走，这样的希望看起来也不无道理。

　　事与愿违。为了让自己的舞会有别于萨冈舞会，德·莱昂夫人发布的着装规定完全不同于对手极力夸张的异想天开：唯一的

由于他担任过总督，又有吸食鸦片的习惯，《名利场》杂志刊登了"副女王"利顿勋爵的这幅漫画

着装要求是宾客不得穿任何彩色服装。（杜鲁门·卡波特 ① 大概不知道，这才是最早的黑白舞会。）极少数客人无视这一规定，包括洛尔·德·舍维涅，那天她扮了一身黄蓝格子的小丑造型，吸引了不少眼球。但大多数狂欢者都遵守规定，利顿勋爵的妻子和女儿身穿沃思制作的白色丝质蓬蓬裙出场，伊丽莎白·格雷弗

---

① 杜鲁门·卡波特（Truman Capote，1924-1984），美国作家，著有多部经典文学作品，包括中篇小说《蒂凡尼的早餐》和《冷血》。在《冷血》中，卡波特开创了"真实罪行"类纪实文学，被公认是大众文化的里程碑。《冷血》出版时，卡波特在纽约举办了一个"黑白舞会"，被称为"世纪派对"，是当时媒体追逐的对象，也是至今仍为人称道的社交盛事。

耶也没穿戴彩色服饰。一看到她，利顿勋爵就恨自己不该来。就算在一片黑白色的海洋里，她还是孤雁出群，穿一件样式简单的白色长袍，头发上戴着一条金色的饰带。她的目光越过舞厅勾住了利顿勋爵的心。他的悲愤在偌大的空间里盘旋。他看向别处，待回转目光——她已经翩然远去了。

莱昂舞会后，社交界的报刊报道说，格雷弗耶夫人再度以卢浮宫的一幅杰作作为模版，设计了自己的晚会服装：达维德的《雷加米埃夫人肖像》（约1800）。作为自我营销的策略，伊丽莎白的这一选择极其聪明，符合洛尔·德·舍维涅关于名人的形象应该在一致的基础上足够多变，才能吸引大众兴趣的洞见。她装扮成督政府时期最著名的两位女主人之一朱丽叶·雷加米埃（1777—1849）有两个目的。一是她重申了自己是督政府时期另一位最著名的沙龙女主人雷加米埃夫人的好友兼对手塔利安夫人的事实。另一方面，伊丽莎白使人们联想起一个不同以往的新传说：一个恪守贞操的狐狸精的传说。雷加米埃夫人蛊惑了她那个时代最伟大的男人，从法国公爵到德国殿下，从拿破仑一世的弟弟吕西安到小说家勒内·德·夏多布里昂①。［巧合是，夏多布里昂还迷恋过亨利的姑婆科尔代利亚·格雷弗耶（Cordélia Greffulhe），在德·阿斯托格街，很少有人会提到这位丑闻缠身的叛逆者］。然而不管曾让多少人神魂颠倒，众所周知，雷加米

---

① 弗朗索瓦－勒内·德·夏多布里昂（François-René de Chateaubriand，1768-1848），法国作家、政治家、外交家，法兰西学术院院士。他出生于法国布列塔尼伊勒－维莱讷省的圣马洛市，拿破仑时期曾任驻罗马使馆秘书，波旁王朝复辟后成为贵族院议员，先后担任驻瑞典和德国的外交官，及驻英国大使，并于1823年出任外交大臣。

埃夫人与一众男人的关系都是精神恋爱，她的贞洁从未被玷污。她嫁的那位富有而残忍的银行家根本不爱她，据说他们甚至未曾圆房。

虽然雷加米埃夫人的贞洁从她有生之年就人尽皆知，但最近奥斯卡·王尔德在他自己编辑的一本英格兰淑女杂志上发表了一篇赞颂她的谄媚文章，文中写道：

> 雷加米埃夫人发明了一种新型的感情，它既不是友谊也不是爱情，而是两者的混合体。它就像贝阿特丽切和洛尔启迪（但丁和彼特拉克）的感情一样，只不过他们对爱人只是远观，而雷加米埃夫人的爱人们可以有幸陪伴自己的偶像，

伊丽莎白参加 1891 年莱昂舞会的服饰灵感来自达维德 1800 年为督政府时期的著名美人朱丽叶·雷加米埃所绘的画像

喜爱的……热度始终不减。

　　这几句话呼应了伊丽莎白曾为利顿勋爵规定的"真正的友谊"，她鼓励每一位崇拜者谨遵这一吩咐。雷加米埃夫人这神秘的一面想必令伊丽莎白心有戚戚焉。

　　伊丽莎白或许还很欣赏雷加米埃夫人以凤凰作为图腾的著名传说。除了奇迹般地浴火重生之外，这种鸟的另一个神奇之处，是它严格拒绝交配，这点冷知识非常符合雷加米埃夫人拒不满足肉体欲望的声明。与拿破仑的鹰或瓦格纳的天鹅一样，凤凰也是一种超凡脱俗的鸟类。因此，伊丽莎白穿成雷加米埃夫人的模样，就把自己变成了另一种稀世珍禽的象征，同样也是利用服装来突出自己的高贵。与此同时，和雷加米埃的其他传说一样，凤凰的联想也突出了伊丽莎白无可指责的性道德。那件完美无瑕的白色长裙突出了她冰清玉洁的气质，是对乔万尼暴躁地诋毁她 / 埃莱奥诺尔"病态地需要用（她的）身体取悦每一双眼睛"的有力反驳。

　　遗憾的是，在现存的她与乔万尼的通信中，没有一处提到伊丽莎白的雷加米埃晚会装束或晚会本身。但她那天的装束在其他地方引发了不少关注，用孟德斯鸠的话概括："格雷弗耶伯爵夫人就是我们这个时代的雷加米埃夫人。"[34] 这一断言反复出现在社交专栏中，是对她超乎寻常的诱惑力的认同。

　　可以预见，伊丽莎白高调现身莱昂舞会之事自然遭到了亨利的反对。虽然鲁昂家族（遑论西班牙王后）的声望之高无可争辩，但他仍拒绝陪她出席，原因很可能是整个格雷弗耶家族仍在按规矩为让娜·德·阿伦贝格服丧。让娜那年三月死于肺结核。伊丽莎白不顾丧期，决定参加舞会，公然违反了礼节，使亨利更变本加厉地斥责她所谓的"雷克加米埃夫人"宣传噱头。[①][35]"更得体的做法是待在家里，而你没有，"他写道"你现在应该意识到真正的贵妇人、最高贵的贵妇人，是不被说三道四的人！！"

让娜虽然是她在德·阿斯托格街上唯一的同盟，但伊丽莎白显然没有因为违反了为小姑子服丧的礼仪而感到内疚。至于亨利的"雷克加米埃"指责，她觉得那是因为他的"主理人"嫉妒她，她在他来信的空白处潦草地写着："人人都在谈论我，这让德·努瓦尔蒙夫人不高兴了。"伊丽莎白翘首企盼着逃往德国的旅行。

/ 498

在莱昂舞会上见到她再次让利顿勋爵"痛心切骨"。他再次把组诗更名为"玛拉"：根本没有什么大团圆结局。他如今的诗歌一派消沉。书信也一样。他对特里萨·厄尔倾诉道：

> 我累了，病了，对一切充满厌倦。玫瑰对我来说太过红艳，阳光刺心怵目。我觉得每一朵玫瑰都有溃疡，每一线阳光都可能引发疟疾——不管肉体多么光鲜，它都会先于其下的骨骼而腐烂。[36]

更不用说他的肉体确实日渐衰退。[37] 除了前一年春天的鼻腔手术后出现的呼吸道问题之外，利顿勋爵还患上了严重的膀胱感染。最近，他又开始感到胸痛。在博尔盖塞府，他的卧室和书房

---

① 亨利说这句羞辱来自"（他）圈子里的（一个）年轻人"，没有具体说明是谁，在他的圈子里，最机智的当属迪洛、菲茨－詹姆斯和阿斯。这一挖苦的确需要一些语言天分，亨利显然没有：Réclamier（"雷克加米埃"）是 Récamier（"雷加米埃"）和 réclame（"宣传"）这两个词组成的混合词。——作者注

都位于楼上，为了免得他费力爬楼梯，伊迪丝在一层的绿色沙龙给他支了一张床和一张桌子。

这些安排治标不治本，英国伯爵的身体和精神健康每况愈下。他对贝蒂说他觉得自己距离那个男人（和女人）的世界越来越远，仿佛全人类的存在不过是为他一人上演的一场空洞的演出。他说："在我看来，所有人都是皮影戏。"与此同时，他不安地感觉到无生命的物体全都活了。据他的小女儿埃米莉·布尔沃－利顿说，这一时期利顿勋爵坚信法国的 20 法郎和 100 法郎金币上的寓言人物——"起草宪法的共和国天使"，是他"在人间的最后一位朋友"。他和法国贵族朋友们一样反对共和制，因此他对金币的迷恋与政治倾向无关。绝望已经把他推进了一个超越政治甚至超越逻辑的王国。

看到丈夫的情况如此糟糕，伊迪丝吓坏了，建议 7 月一起去拜罗伊特旅行，她一直想去那里参加一年一度的瓦格纳音乐节。利顿勋爵虽然不像妻子那样是个乐迷，但他从在波恩上大学起就

在生命最后的日子，利顿勋爵的精神状况极度恶化，以至于他坚信 20 法郎金币上的寓言人物是他唯一的朋友

爱上了德国，欣然同意去那里旅行对他的健康有益。他长期以来对巴黎的迷恋已经消失了；他如今说它是个"可憎的"地方，"它的活力、它的爱情、它穿戴讲究的女人和诙谐机智的男人说的做的全都一样，无可挑剔，却总是令人厌倦地重复着同样的类型和语调——极为肤浅"。[38] 正如伊丽莎白所说，城区是漂亮脸蛋的王国，不是美丽灵魂的疆土。利顿勋爵或许还会加上一句：不是伤心人的疆土。无论哪里，就连全世界的瓦格纳之都，也比他所在的这座城市更加亲切。

到达拜罗伊特后，他惊喜地发现这里虽深受热爱音乐的巴黎人欢迎，但它与"光之城"形成了"非常喜人的反差"。"这里的生活简单而朴实，"他在一封信中以异乎寻常的乐观语调对贝蒂说，"情感强烈而严肃。"这是最适合他忧伤心绪的生活。而音乐节竟是又一重意外之喜。他写信给小女儿康斯坦丝说，他这人素来"不是很容易被音乐效果打动，对音乐创作的艺术一无所知"，但瓦格纳的音乐出乎意料地令他振奋。[39]

利顿勋爵也很喜欢拜罗伊特节日剧院（Festspielhaus），这是专为瓦格纳歌剧设计的演出空间。它在构造格局上有多项创新，其中的隐形乐池和双前台开辟了作曲家所谓的公众与舞台之间的"神秘洞穴"（mystische Abgrund）[40]；呈现出利顿勋爵从未见识过的一种超凡脱俗的舞台调度效果。[41] 瓦格纳的最后一部伟大作品，《帕西法尔》（Parsifal，1882），就是专为拜罗伊特的舞台创作的，这部歌剧是对亚瑟王圣杯传说的富有争议的改编，作曲家留下遗嘱，禁止这部歌剧在任何其他地方上演。在这样的布景中聆听作曲家的音乐，利顿勋爵有一种幻觉，仿佛自己来到了"风平浪静的梦境中心"。[42]

然而各种凶兆不断提醒他，此地并不风平浪静。《帕西法尔》

演出一开始，他就不愉快地发现这部歌剧为不断变形的妖妇孔德丽使用的化名之一就是埃罗底亚德，也就是莎乐美之母的名字，而在创造那个人物时，瓦格纳从"流浪的犹太人"传说中借鉴了大量内容。鉴于伊丽莎白对这两个人物以及瓦格纳本人都非常痴迷，利顿勋爵又一次陷入了对她的想念。孔德丽的奸计也让他想起了伊丽莎白。正如一位评论家所说，瓦格纳笔下的这个人物代表了世纪末巴黎社会中不算罕见的一类女人："恶毒的"悍妇，对她们来说"没有什么……比利用自己的超自然能力"从男人那里获得"浑身颤抖的爱更令人着迷"，她们的口号是"你不要爱我，而要充满敬畏和恐惧地倒在我脚下的尘土中"。这恰是伊丽莎白要求利顿勋爵所做的；这是她给他判处的死刑。

7月20日，她再度挤入了他的记忆。那天他和伊迪丝应邀与闺名科西马·李斯特（Cosima Liszt）的瓦格纳遗孀一起享用下午茶。在瓦格纳拥趸看来，能受到这位伟大人物的妻子接见是至高无上的荣誉；瓦格纳夫人如今越来越受人崇拜，俨然拜罗伊特的女祭司。在她面前，热纳维耶芙传奇的比才遗孀形象也相形见绌了。见到科西马让利顿勋爵神清气爽，他与她已故的父亲弗朗茨·李斯特是好友，在她身上他看到了"不少李斯特的精彩人格魅力"。不过当她提到他和伊迪丝刚刚错过了首次来拜罗伊特的格雷弗耶伯爵夫人时，他就变得心神不宁了。伯爵夫人和她的旅伴们——来自巴黎、布鲁塞尔和罗马的一群亲戚，也在科西马府上用了下午茶。

对利顿勋爵而言，提一下伊丽莎白的名字就足以再度点燃他逃到拜罗伊特所躲避的压抑已久的怒火和搔首踟蹰的爱欲（这是《帕西法尔》中的一个关键比喻）。[43] 他情人的名字有一种魔力，这是他早在《玛拉》第一章就写过的现象，叙述者高声喊道："啊，然而就连陌生人的双唇也会再续 / 你的名字的魔力！ / 昨晚，有人提起你时，/ 我觉得全身的血变成了一团火焰。"在这部作品中，火的比喻有着积极的联想。那时他还乐观地以为可以与她美梦成真，诗歌叙述者将火当成强烈激情的证明。但对1891 年夏天的诗人本人来说，至爱之人的名字已经变成了一句邪恶的咒语，越发激怒了他体内的恶魔。就连拜罗伊特的梦境也并非清净人间，可以远离在巴黎酝酿的噩梦。

此时在利顿勋爵的想象中，伊丽莎白已经变成了比无所不在的幽灵更加邪恶的人——或事。他回想起两人有一次在巴黎参观一家医院之后的对话，他们在那里目睹了一具尸体的解剖和火化过程。伊丽莎白看到那个场景竟然非常兴奋，令利顿勋爵十分震惊，她事后充满热情地对他说："记住，迪厄拉富瓦教授说尸体被火化后，心是全身最后一个被烧灼的器官！"[44] 当时，利顿勋爵对自己殷勤的回答很满意："那一定是为什么它在我们活着时这般火热的原因吧！"然而回想起来，这段对话简直是一语成谶。这个女人竟然挑战人心的耐久性，来测试自己超常的毁灭能力。他如今恐惧的是，她要亲手把他的心掏出胸膛，把它烧成灰烬，方才罢休。

和伊迪丝从拜罗伊特回到巴黎后，他写了一篇很长但根本不抒情的诗作为《玛拉》的第四章，也是最后一章。这首诗题为《凶残的梦》（"Somnium Belluinum"），再度描述了利顿勋爵的一颗脱离肉体的心脏燃烧的噩梦。诗的开头描述了"可怕的一大群"幻影似的动物，涌动在叙述者时断时续的不安梦境中。[45] 队列中的每只动物都让他"因一种不同的痛楚"而"战栗"："充满爱欲的渴望""无法言传的悲伤""一团剧烈燃烧的火焰""生命的终结"。那些野兽像它们引发的情感一样千差万别。有些是自然界已知的物种："柔韧的金钱豹、雪豹和山猫，/然后是美洲豹、黑豹和美洲狮。"更多的动物并非如此。有长着40只脚的龙和"金顶的"狮鹫，有"手持魔杖的超自然巨猿"，还有"两条腿的狗神气活现"。有用目光杀人的"体态光滑优美的蛇怪"；有摇动箭袋的"欢乐的半人马"；有"人脸的迦勒底公牛/组成的缓慢方阵……，/那令人困惑的巨大方阵怕是象征着/恐怖的想法会多么有力"。整段"阴森的动物游行"读来像是德·萨冈亲王夫人和居斯塔夫·莫罗编造的一个疯狂的育种实验，仿佛后者画室里的动物群与前者野兽舞会的动物们开始了交配。

至于这些野兽象征的"恐怖的想法"究竟是什么，只有当"一群色彩诡异的鸟类"突然间和地上的动物们开启了"一场喧嚣的盛会"时，叙述者才恍然大悟。"有孔雀、鹦鹉和吸蜜鹦鹉，/有火烈鸟、戴胜和各种家禽/它们瞪着巨大的眼珠，挥舞着愤怒的禽爪。"随着禽类在他周围聚拢，诗人充满恐惧，不久他就明白了原因。它们的领导者来了，那是只残忍的、无所不能的凤凰，鸟喙中叼着"一块火热的炭"，叙述者认出那是他"自己燃烧的心脏"。

叙述者惊恐地高喊："你要对我的心/做什么……/你用地狱之火如此猛烈地点燃了它/到底用来祭祀什么？"听到此问，凤凰和它"行进的……鸟群"开始抑制不住地愤怒尖叫、振翅、抓挠。它们起伏的黑色风暴遮蔽了太阳，朗朗乾坤竟突然天昏地暗。它们转向叙述者，"像杀人的教士一般追逐着他"，彼时"一团血红的云烟……笼罩了战栗的大地"。奇怪的是，当叙述者从睡梦中惊醒后，这场煎熬的恐怖才达到高潮："禽鸟和蛇怪疯狂搅动着空气/可怕地尖叫着，发出嘶嘶声：想抓住我的心脏，/直到最后我绝望地醒来。/但是太晚了！它不见了。"

这是《玛拉》最后一章的最后几句诗。

1891 年 11 月 24 日，第一代利顿伯爵爱德华·罗伯特·布尔沃 - 利顿死于巴黎博尔盖塞府的家中，享年 60 岁。《纽约时报》报道他因"突发心脏病"而死。[46] 其他出版物提到了动脉瘤和心脏骤停，一个英国反鸦片组织的公告声称死者死于"对鸦片烟枪的迷恋"。《高卢人报》回忆起利顿勋爵两年前一次鼻腔手术后染上流感，说从那以后他的身体就没有彻底恢复过。新闻界异口同声地说巴黎公众对他的去世悲痛不已。利顿勋爵是少数在法国接受国葬的外国人之一，但他并没有葬在那里。在巴黎的葬礼结束后，他的遗体被运回了英格兰，和他的祖先一起葬在了内布沃思。

他的妻子和女儿们说，利顿勋爵死前曾到内布沃思住了几天，在那里感染了致命的风寒，后来"体内炎症"又加重了他的膀胱感染，导致他卧床一个多月，最终还是去世了。后一种病症在他穿越英吉利海峡的回程中愈发严重，以至于他到达巴黎时，已经痛得直不起腰了。医生们再度叮嘱他绝对卧床。一位医生甚至建议他辞去大使职位——利顿勋爵如今这般痛恨他居住的城市，倒也没有完全拒绝这一做法。他们全都劝他不要再继续任何工作，警告他说一点点劳累都可能要了他的命。

利顿勋爵没有遵医嘱，继续诗歌创作。他一意孤行地在绿色沙龙的床上修改《玛拉》。伊迪丝、贝蒂和埃米莉都说他死时正在为那部诗集撰写一篇补遗。他已经吩咐伊迪丝让出版商把这最后一篇加在书的结尾，作为组诗的最后一首。贝蒂对他死时的情况描述如下：

他一直把手稿放在身边，实际上在动脉血块从心脏转移至脑部时，他正在写一行新诗。……还好他没有经历什么痛苦，总算遂了长久以来的愿望，可以安歇了。[47]

尸检证实了血块的存在，还披露"严重脓肿的肾脏"和"比正常情况薄 1 英寸的心脏"。传记作家洛尔·伊勒兰（Laure Hillerin）尝试着给出了一个象征意义的诊断："毫无疑问，他的心脏太过老弱，已经承受不住他汹涌澎湃的天性了。"[48]

太过老弱，或许的确如此，但有些证据表明，利顿勋爵并非心碎而死。虽然贝蒂·鲍尔弗也曾尝试在历史记录中抹去这些证据，但伊丽莎白的档案和当代报刊还是留下了蛛丝马迹。这些资料显示，利顿勋爵并没有像家人后来声称的那样绝对禁足在博尔盖塞府。在生命最后一周的几天，他违反医嘱离开了病榻——去布德朗森林参加为欢迎弗拉基米尔大公夫妇举办的乡村府邸聚会。

这场聚会的"规模很小"，只请了 26 位宾客，如果利顿勋爵没有再次与伊丽莎白和解的话，他不会被邀请，也不会不顾舟车劳顿前去参加。就此而言，《玛拉》结尾描写的凤凰的确是对诗人所迷恋之人的恰当比喻。正如欧文·梅雷迪斯所写的抒情诗体裁的鼻祖彼特拉克在写到自己对洛尔的爱时所说，"这就是我的爱。……它像凤凰一样，燃烧、死去、重获新生"。[49] 1891年秋，利顿勋爵的"人已逝，爱未央"也是类似的壮举。

弗拉大公夫妇在 11 月 19 日周四下午到达布德朗森林，11月 21 日周六晚间回到巴黎，来回都乘坐亨利·格雷弗耶付钱给铁路公司专门去接他们的豪华私人火车。"发起人"们几乎悉数到场，欢迎王室夫妇来访：德·阿伦贝格一家、德·拉艾格勒一家、拉福斯一家、奥廷格一家、迪洛和科斯塔·德·博勒加尔。那一帮人中唯一缺席的成员是布勒特伊，那时他远赴大西洋的另一边，正在纽约州沃平杰斯福尔斯拜访新婚妻子的家人呢（很遗憾，他没有记录那次旅行的印象）。

格雷弗耶家那个周末招待的其他客人包括德·萨冈亲王（亨利同意他出席的唯一原因是弗拉大公夫妇喜欢他）、德·加利费将军、英国大使，以及德·于扎伊公爵夫人（她提携的布朗热将军身败名裂，几个月前自杀了，她需要振作起来）。利顿勋爵虽然病体支离，但他在聚会的两天半时间必须全程陪同，因为礼仪规定所有宾客都必须在王室成员之前到达，在他们离开后方能离场。伊丽莎白常常打破这个规矩，但职业外交官必须毫无条件地遵守。

弗拉大公夫妇在布德朗森林的活动包括白天耗费巨大的追猎（主人特意从匈牙利进口了14000只山鸡，以确保俄国大公满载而归）[50]和夜间奢华丰盛的晚宴。晚间的宴会在城堡新建的侧翼举行，格雷弗耶家借弗拉大公夫妇到访之机为它揭幕。新增建筑实现了亨利的奢华构想，亮点是一个恢宏的双层高宴会厅，通过地下传送轨道车与厨房相连。只需按下开关，光滑的镶木地板就会从中间分开，一个带座椅的餐桌会从地下升上来，能同时容纳100位客人就餐，就像歌剧中某种扭转乾坤的神力。事实上，格雷弗耶的建筑师在设计空间时的确采用了加尼耶设计的巴黎歌剧院的夸张风格；多年后来此参观的雅克·布朗什写道，宴会厅"到处是栏杆、壁柱、走廊、长廊、多枝烛台和花彩，这些装饰物流光溢彩，粗野地泛着石英的光泽"。[51]布德朗森林新建的私人剧院也是同样的装饰风格，也能容纳100人看戏。在罗曼诺夫

亨利1888年为布德朗森林新建的奢华侧翼"本身就是一座城堡"。它的亮点是一个可同时宴请百人就餐的餐厅、连接餐厅和厨房的地下传送轨道车和一座私人剧院

皇室夫妇逗留的第二天晚上，一个专业男子合唱团在剧院的舞台上合唱了俄国国歌。

外界对布德朗森林这些改建的评价毁誉参半。《费加罗报》主编加斯东·卡尔梅特向读者描述新侧翼"本身就是一座城堡"，他并没有应邀参加揭幕式，这句话大概是在重复伊丽莎白透露给他的原话。德·拉福斯公爵觉得身为老朋友（和一位公爵）他必须诚实而不留情面，因而嘲笑亨利把"太阳王的凡尔赛宫生硬嫁接到了一座资产阶级房子里"。[52] 无论好坏，这些豪奢的装修解释了伊丽莎白后来参观英国王室位于诺福克的乡村府邸时居然不为所动的原因："亨利让我在布德朗森林看尽了奢华，桑德灵厄姆（Sandringham）根本无法与它相提并论。"

在"可怜的利顿"眼中，他的情人在布德朗森林尽享的奢华大概让他十分沮丧，除非他回想起年轻时作为印度的尊贵傀儡的美好时光。他选择不参加格雷弗耶家组织的追猎——他向来不怎么喜好打猎，何况现在身体条件不允许。[53] 英国伯爵回避打猎大概让他至少从死神手里骗得了几天时间，因为弗拉基米尔大公对枪械安全疏忽大意，因为没按规矩开枪，几乎打爆了另一位猎手的头。（这让非常看重打猎规矩的德·于扎伊公爵夫人极为愤慨，大公轻描淡写地对她说自己知道危险，但必须要命中目标。）拒绝帝王的游戏还让利顿勋爵有机会单独跟女主人待一会儿，其他人都去田间打猎了；德·拉福斯公爵注意到伊丽莎白也拒绝参加追猎会。

经历过《玛拉》的一切积怨和伤痛，利顿勋爵对伊丽莎白的爱居然并未消失，而此时此刻，他觉得她奇迹般地再度点燃了他的爱火。她在那年夏末从迪耶普写给他的一封神秘的信中写道："你一个人就能让我忘记其他的一切。这么多的动荡、困窘和不安（原文如此）——直到有一天，一朵小花盛开了，给梦想涂上了珐琅彩的光泽。"[54] 她说的梦想是什么？为什么如利顿勋爵在那年8月寄给他的一束花的附卡中所说，她终于决定"把（她的）宠幸再度施舍给（他）一点了"？

很难说。不过她改变主意可能与她自己那年7月的拜罗伊特之行有关。除了热热·普里莫利在途中为他们拍下的合照之外，那次出行没有留下任何书面记录。伊丽莎白和乔万尼在共同旅行期间没有写信当然没什么稀罕的，但两人后来的通信中也从未提到过那次旅行，就有些奇怪了。乔万尼保留的一封没有署期的信中责备她"在前一天晚上的表演中对我太苛刻了"，这表明只要事情与他有关，伊丽莎白就把失望的阈值设得过低。[55] 因此，他们在德国共度的时光大概未能满足她的期待。另一个指向这一原因的暗示出现在她唯一一篇提到这次旅行的日记里。后来回到迪耶普后，她记录了拜罗伊特的音乐"让她身临其境地"以为"信仰被唤醒而……爱终将破茧而出"。然而她写道，那样的希望并没有把她实际生活中的关系变成童话中的浪漫；让她最终只剩下音乐这一个爱人了：

> 人最初都会爱事物本身。后来她需要爱某个人，就不再爱事物本身，而只爱与那个人有关的东西。再后来，她又开始爱事物本身了。

在伊丽莎白的日记中，这段话与她抄写的那段关于想到利顿勋爵"一人就能（让她）忘记（生命中）其他的一切"的段落出现在同一页。因而看起来，乔万尼在与伊丽莎白一同旅行的过程中，大概不知怎么把自己从她的头脑中抹去了，至少当时如此，一回到巴黎，她便最后一次回到利顿勋爵那里，用他来填补空白。

伊丽莎白的其他两位传记作家无一提过她对乔万尼辗转反侧的爱情——与这一具体事件有关的讨论或笼统的讨论都没有。不过其中一位传记作家，安·德·科塞－布里萨克，确认了拜罗伊特之行归来后，伊丽莎白的精神前所未见地萎靡，利顿勋爵11月来到布德朗森林时，"她生平头一次对孤独感同身受"。[56] 科塞－布里萨克写道，备感孤独的"伊丽莎白突然极度渴望感受（利顿勋爵）的双眼、双手和双唇落在自己身上，给她安心，让她幻想……自己并非孑然一身"。

伊丽莎白有没有对利顿勋爵表达这些情感也很难说，但他尿道剧痛，大概无法享受性爱。不过他的确想象自己的文学分身的爱情终于得以圆满。利顿勋爵去世前几天写下的两首诗提到了与一位"一直在矛盾该不该献身于他的女人"的热烈性交。[57] 第一首诗没有署期、没有题目、没有签名，是利顿勋爵在布德朗森林的信纸上随手涂写的。那首法文诗共有八行，用英雄体写成，赞美了"至爱时刻的不可言说的颠三倒四，（彼时）一个人与另一个人的心灵感应，仿佛拨响了里拉琴的琴弦"。为了"帮助他的爱人克服对性的惧怕"，叙述者"解释他在她身上激发的爱欲"，并用他的雄辩"大半征服了"她。当她终于"屈服，迷恋地"投入他的怀中时，诗人觉得自己"像个热恋中的青年"，"陶醉在希望"中：他总算得到了"爱"的回报。这里抒发的情怀十分悲壮：一个 60 岁的将死之人梦想自己再度年轻。[58]

第二首诗就是英国伯爵去世时正在写的那份《玛拉》补遗，不知是他的家人还是编辑给它安上了题目：《利顿勋爵的绝笔诗》。与《玛拉》中的其他诗歌一样，这篇未完成的诗作也没打算记录活生生的经验。相反，它呈现了一段变动不居的关系的最后一个阶段，诗人把整部诗集题献给伊丽莎白，但这段关系可能跟他与伊丽莎白的关系相似，也可能无关。同样，这首诗写作的时机——伊迪丝说丈夫从布德朗森林回来的当天就开始"写它，仿佛很急切"——或许能够表明，与伊丽莎白共度的那个周末给了他灵感。他直到死神降临的那一刻都在写这首诗则表明，在生命的尽头，没有什么比诗更让利顿勋爵挂怀：他的诗，以及诗中表达的爱情。

利顿勋爵明确说明《玛拉》的创作目的是要表达一种"（作者）本人从（灵魂深处）最幽微的角落挖掘出来的"情感，"一切代价自负"。这本书在他死后不久就出版了，被誉为令人信服地彰显了上述观点，《利顿勋爵的绝笔诗》尤其因为强烈的真情实感而备受关注。伦敦《国家评论》（*National Review*）的一位记者总结说："在既非评论家又非诗人的外行看来，利顿勋爵的作品……（中）确定无疑的真诚力透纸背。想必许多读者读诗时会不由地低呼'好可怜'！但也有人会加一句，'好真实'！"[59]

作为《玛拉》组诗的最后一首，《利顿勋爵的绝笔诗》标志着叙述者起伏不定的情感历程走到了尽头。结局居然是完美的，如果读者还记得上一次见到主人公时，一只冷酷成性的凤凰用鸟喙叨着他的心飞走了，这样的结局真是出乎意料。自从饮了玛拉的苦涩泉水，在经历了一路折磨他的伤害、孤魂和凶禽之后，叙述者终于得到了自己的姑娘。

奇迹是在他与她一起步行到一片绿色林地时发生的，她很熟悉那片林地，但他还是第一次来。把他领上一段"森林茂密的山坡"俯瞰美景后，她停下来，露出了牝鹿一般警觉的神情：

> 你四处观望，侧耳聆听，
> 你那双碧绿的眸子在林地里变得深邃。……
> 你甩开棕色的卷发，
> 徒劳地试图把它们弄直，
> 然后，笑了起来。

她出声地问其他人都去了哪里，然后两人陷入了尴尬的沉默：他们此前只是在"其他人在场时才会相遇"，此刻，她和叙述者突然独处，竟不习惯。

两人的紧张逐渐升级，最后她突然把她的"脸正对着我的，……带着游离的目光和有些伤心的微笑"。他们的目光一经相遇，两人就完全失控了：

我们浑身颤抖着，

像一场坚不可摧的飓风

把一切带起、抓牢、卷走，

我们在一声微弱的野性呼唤中奔向彼此，

投入了一个无声的拥抱。

　　与在布德朗森林写的那首诗一样，女人的"屈服"对同伴有一种重获新生的效果，不过在这里，重生笼罩了一切，让他们周围的世界也都变了样子："我们／顷刻间成了彼此，／我这个孤独的男人，和她那个孤独的女人，／在这面目全非的新世界／仿佛鸿蒙初辟，天地初开。"

　　随着这一转变，叙述者对自己所爱的女人有了可喜的新看法。他审视着她那种"屈服于爱情的美丽柔软的面孔""靠在我的胸前"，头一次发现她曾经用来折磨他的"骄傲的反抗"和"时断时续的突然的冷淡"原来是多次表明她爱他，而不是拒绝他。他不知道，在她挣扎着不愿屈服于自己的禁恋之时，最严重的"苦楚，／（和）剧痛"已经摧毁了她那颗"高贵的心"：她"可耻地承认爱情胜利了"。但此刻，他们拥抱在一起时，她放下了"残忍的女人的艺术／用鄙视保护自我的艺术／对爱情忠诚的艺术"。诗歌在此中断——诗人再也不能写作了。[60]

　　如果他临终前自以为他与伊丽莎白的爱情的版本是这样的，那么我们有理由认为，利顿勋爵死亦瞑目了。

注　释

1　LL 致 GS，写在 LL 的信纸上的未签名信件，存档于 NAF 14826, folio 110。

2　NAF 14383, folio 181/183. 关于这种称呼方式至今在法国社会仍属失礼，见 David-Weill, op. cit., 101，其中有一个喜剧情节是一位外行"能成功地把这么多失言丑态塞到一次问候中，简直算得上巨大成就"。(100)

3　JEB, *Mes modèles*, 113.

4　这一事件发生在普鲁斯特家的公寓里，两人 1891 年 12 月在贝涅尔夫人家里再次见面后，MP 邀请王尔德共进晚餐。到达马勒塞尔布大道 9 号后，王尔德发现普鲁斯特的父母也将跟他们一起就餐，十分震惊。尴尬的王尔德粗鲁地评价公寓"毫无品位……风格古旧的资产阶级"的装修，然后就起身告辞，总共也就待了几分钟时间。MP 问他是不是不舒服，王尔德回答道："没有，我的身体没有丝毫不适。我以为我是来（和你）独享晚餐的，谁知道被招呼进了客厅。我往里一瞧，看到你父母远远地坐在那里，就泄了气。再会了，普鲁斯特先生。"和他被引荐给 GS 那次一样，王尔德对男主人的称呼也是对社会地位较低之人的称呼方式（"普鲁斯特先生"）。关于这一事件的详情，见 Robert Fraser, *Proust and the Victorians: The Lamp of Memory* (New York: St. Martin's, 1994), 212–13; and Emily Eells, "Proust et Wilde," in *Le Cercle de Proust*, ed. Jean-Yves Tadié (Paris: Honoré Champion, 2013): 225–36。

5　DH, *My Friend Degas*, 84.

6　GS 致约瑟夫·雷纳克，存档于 NAF 14383, folio 49。

7　奥斯卡·王尔德，《道林·格雷的画像》, ed. Robert Mighal (London: Penguin Classics, 2006 [1891]), 99。

8　GPR, *Sous mes yeux*, 47–48.

9　关于比才纪念碑筹款活动的媒体报道，见 *Le Temps* (December 3, 1890): 4; *Le Temps* (December 27, 1890): 3; 以及 LH 为了宣传第二天晚上的《卡门》重演接受《高卢人报》的采访（1890 年 12 月 11 日），第 2 版。对该活动和《卡门》义演的辱骂性报道，见 ED, *Testament d'un antisémite*, 244–47。

10　让－路易·福兰有一幅没有标题的肖像画极为清晰地展现了 GS 的容貌日益

衰老丑陋。这幅画中的热纳维耶芙穿着淡紫色晨衣靠在美人榻上，一只小型贵宾犬伏在她脚下，但她虽然姿势优美，脸却像一副死人面具，脸颊消瘦，气色苍白，两只眼睛像两个巨大的黑洞，眼圈发红。遗憾的是，这幅画是私人收藏，无法在本书中复制，但画中女人的药物上瘾已经是人尽皆知了。

11 ED, *Testament d'un antisémite*, 244.

12 FB, op. cit., 104.

13 LL 对贝蒂说《克利奥帕特拉》让他"极为失望"。Balfour, ed., op. cit., vol. 2, 406.

14 关于与 LC 一起参加降神会，见 Cossé-Brissac, op. cit., 141-42; 关于 LL 对"通灵术"的兴趣，见 C. Nelson Stewart, *Bulwer-lytton as Occultist* (LaVergne, TN: Kessinger, 2010)。

15 HB 的再婚见报道 "Married to a Marquis," *New York Times* (March 3, 1891): 1; and Our Own Reporter (pseud.), "A Visit to Wappingers Falls," *Poughkeepsie Eagle* (June 12, 1891): 1。

16 除非特别说明，关于 LL 独自一人待在博尔盖塞府和他创作《玛拉》的一切情况介绍和引文均引自 Balfour, ed., op. cit., vol. 2;《玛拉》的引文也都摘自那部诗集。

17 关于出动 LL 创作《玛拉》的火与冰、夜晚与太阳的老套话题，尤其见那部诗集中的 "Absence" "Death" "Amari Aliquid" "By the Gates of Hell" "Selene" "Travelling Acquaintance" 和 "Somnium Belluinum"。又见 OM (pseud. LL), "The Earl's Return," in *The Poetical Works*, 314。关于 LL 感觉他没有天分实现自己的诗人抱负，见 Raymond, op. cit., 296。

18 LL 致 EG，未署期，存档于 AP(II)/101/92; 引文又见 Cossé-Brissac, op. cit., 136, n. 1。

19 关于 EG 对德国皇帝威廉二世的兴趣，见 AP(II)/101/151 中的各类文件。这些文件最终没有被归入她的国际关系卷宗而被归入了一个"文学"卷宗，和她与 GBB 的小说文本混在一起，这个事实表明在她的心目中，德国皇帝与她和 GBB 的感情有关。

20 关于她后来对墨索里尼的兴趣，见 EG，存档于 AP(II)/101/149 的一份未署期的机打笔记，其上写道："显然，（当今）欧洲只有一个男人，那就是墨索里尼！所以，我这么一个一直在徒劳地找机会认识他的人感到很难过的是，我根本见不到他！"（EG 接着写道，意大利大使馆的 Manzoni 伯爵已经给了她一本"很重要而有创意的"书，*Mussolini Speaks: Speeches Are Facts*）。

21 1891 年 2 月 24 日 EG 致 GCC 的信，存档于 AP(II)/101/151。

22 *Annales de la Chambre des Députés: débats parlementaires—session extraordinaire de 1889* (Paris: Imprimerie des Journaux Officiels, 1890), 653.

23 OM, "Omens and Oracles," in *Marah*, 44. 我忍不住要在这里引用这一句诗，因为虽然 LL 的文学作品没有为后世提供像他父亲爱德华·布尔沃‐利顿那么多的老套格言，但"反省一下你偷来的感情吧"可以被看作"反省一下自己，别毁了自己"在维多利亚时代的先驱版本。

24 关于太后莅临及莱昂舞会的详情，尤其见上文引用的 EG 在 1891 年 2 月 24 日致 GCC 的信件；*Le Gaulois* (May 27, 1891): 1; and *Le monde Illustré* (May 30, 1891): 425。

25 alfour, ed., op. cit., vol. 2, 66.

26 1890 年 9 月 3 日 EG 致"X"的信，存档于 AP(II)/101/26。注：这封信和若干与 GBB 来往的其他信件被归入了同一卷宗。

27 EdG，日志，1891 年 4 月 25 日的日记。

28 GBB，《热拉尔的日记》，署期为"4 月 9 日……凌晨 1 点 45 分"，第 7 页（页码用蓝色铅笔标注在页面顶端）。

29 GBB，同上书，署期为"4 月 16 日……中午"，第 14 页（页码用蓝色铅笔标注在页面顶端）。

30 GBB 致 EG，存档于 AP/101(II)/150。

31 EG，署期为 1890 年 11 月的笔记，存档同上。

32 OM，《利顿勋爵的绝笔诗》，见 *Marah*，202. 关于德·阿伦贝格的双胞胎兄弟被杀，见 PV, "La Société étrangère à Paris," *La Nouvelle Revue* 70 (May-June 1891): 677–701, 680。

33 宣布成立法国伟大音乐试演协会的宣言刊登在那年 4 月的《费加罗报》上；见 Gaston Calmette, "Les Compositeurs français joués en France," *Le Figaro* (April 10, 1890): 1–2; and "Musical Notes," *Monthly Musical Review* 20 (May 1, 1890): 116–17. 关于法国伟大音乐试演协会及其在世纪末法国音乐文化中发挥的作用，见 Cossé-Brissac, op. cit., 87–91; Kahan, op. cit.; Jann Pasler, "Countess Greffulhe as Entrepreneur: Negotiating Class, Gender, and Nation," in *The Musician as Entrepreneur*, ed. William Weber (Bloomington: Indiana University Press, 2004); and James Ross, "Music in the French Salon," in *French Music Since Berlioz*, ed. Smith and Potter, 91–116。

34 RM, *La Divine Comtesse*, 198. 事实上，由于雷加米埃夫人比塔利安夫人名气更大，新闻界往往称 EG 的督政府风格装束模仿的是前者而非后者。例如，关于 "Mme G***'s legendary beauty and *Récamier* hat" 的评论，见 Frivoline (pseud.), "Art et chiffons," *L'Art et la mode* 29 (June 20, 1885): 337-38, 337。

35　HG 致 EG，未署期的信件，存档于 AP(II)/101/32。

36　Balfour, ed., op. cit., vol. 2, 416; Raymond, op. cit., 295.

37　Raymond, op. cit., 295; 关于 LL 对女儿所说的 20 法郎金币上的人物是他在人间的最后一位朋友的话，同上书，302; 关于他的拜罗伊特之行，同上书，295。

38　Balfour, ed., op. cit., vol. 2, 419.

39　同上书，420。

40　关于瓦格纳的"神秘洞穴"概念，见作曲家"关于'音乐剧'这一名称"的话（他说《帕西法尔》是"音乐剧"而非"歌剧"），见 Richard Wagner, *Actors and Singers*, trans. William Ashton Ellis (London: Kegan Paul, Trench, Trübner, & Co., 1896), 354。William James Henderson, *Richard Wagner: His Life and His Dramas* (New York: G. P. Putnam & Sons, 1910), 140; and Daniel H. Foster, *Wagner's Ring Cycle and the Greeks* (Cambridge and London: Cambridge University Press, 2010), 76。

41　关于 LL 对拜罗伊特的舞台调度的印象，见 Balfour, ed., op. cit., vol. 2, 419-20。

42　同上。关于瓦格纳在创作孔德丽这个人物时受到了《流浪的犹太人》的影响，见 Dieter Borchmeyer, *Drama and the World of Richard Wagner* (Princeton, NJ: Princeton University Press, 2003), 90。

43　OM, "Figures of Speech," in *Marah*, 67。

44　cossé-Brissac, op. cit., 92.

45　OM, "Somnium Belluinum", 179-86.

46　*New York Times* (November 25, 1891): 1. 关于 LL 之死和葬礼，又见 Balfour, ed., op. cit., vol. 2, 430-33; Raymond, op. cit., 303; Scott (pseud.), "Les Obsèques de Lord Lytton," *Le monde Illustré* (December 5, 1891): 1-2。

47　Balfour, ed., op. cit., vol. 2, 430-31. 这一细节出现在 LL 的许多讣告中，例如 *Annual Register* 上刊登的讣告提到他"一直在写诗，他心脏突然停止跳动倒下的那一刻，墨迹还未干"。"Obituary of Eminent Persons: The Earl of Lytton," *Annual Register and Review of Public Events at Home and*

Abroad (November 1891): 197–98.

48 Hillerin, op. cit., 245.

49 Petrarch, "XCV. Qual pi ù diversa e nova," in *Il Canzoniere*, 482–83.

50 Du Bled, op. cit., 164; 关于专业合唱队的表演，见 "Nouvelles et faits: Seine-et-Marne," *Le Journal du Loiret* (November 24, 1891): 3。

51 JEB, *La Pêche aux souvenirs*, 149.

52 La Force, op. cit., 77.

53 "Lytton: Edward Robert Bulwer-lytton," in *The New Volumes of the Encyclopaedia Britannica*, vol. 6, ed. Sir Donald Wallace, Arthur Hadley, and Hugh Chisholm (London and Edinburgh: Adam and Charles Black, 1902), 386–88, 386. 关于弗拉基米尔大公随意违反武器协议，见 d'Uzès, op. cit., 88。

54 EG, 标记为"一位（罗贝尔）"的日记（括号里的名字是用她的速记手法写的），署期为"迪耶普，1891 年 9 月 1 日"；这里的"罗贝尔"显然是 LL 而非 RM，因为她与后一位罗贝尔的关系——这对 RM 也非同寻常——完全没有挣扎、困惑和"力比多"。

55 GBB 致 EG，AP(II)/101/152 中同一本红色小笔记本中的未署期日记。

56 cossé-Brissac, op. cit., 135–36.

57 Raymond, op. cit., 302.

58 在 EG 的档案中，这篇文本和《玛拉》中的好几首诗一起，都没有和她与 LL 的通信归档在同一个纸箱里，而是放在一个收集很多她认识的人献给她的"敬辞和赏识"的纸箱里（与另行归档的陌生人的敬辞和赏识分开）。LL 在布德朗森林的信纸上为她所作的无题诗开头写着"Ô des instants d'amour l'ineffable délire"；存档于 AP(II)/101/1。《利顿勋爵的绝笔诗》在他死后由贝蒂和伊迪斯·布尔沃-利顿加入《玛拉》的结尾部分，197–202。

59 A.B. (pseud.), "Marah," *National Review* 19 (March-August 1892): 200–11, 203.

60 OM，《利顿勋爵的绝笔诗》，见 *Marah*, 197–98。

利顿勋爵留下遗嘱，在他死后把一个包裹寄给人在巴黎的伊丽莎白。伊迪丝·布尔沃－利顿执行了他的遗嘱，证明了她对丈夫的诚实和爱。除了一沓信件和他在写作《玛拉》期间专为伊丽莎白而作的诗歌（《为格雷弗耶伯爵夫人而作并献给她的诗》）之外，包裹中还有一颗很大的宝石，上面镌刻着难以辨认的神秘符号。她一直保留着它，直到一位占卜师说那颗宝石是受到诅咒的，任何拥有它的人都会因此而死，包括利顿勋爵。得知此事，伊丽莎白把它抛入了塞纳河。[1] 孟德斯鸠后来说，从宝石落在水中的那一刻起，巴黎的河水就再也无法饮用了。

伊丽莎白确实保留了利顿勋爵的诗歌和信件。但她自己的文字中丝毫没有显出曾为他的死黯然神伤；她只不过失去了棋盘上的一颗棋子而已。她一如既往、不由自主地想念的人还是乔万尼。利顿勋爵在巴黎的葬礼过后一周，她写道："他的爱毫无保留，让我理解了自己的爱——我的爱被窒息却仍未死灭，用一首感性的田园诗转移了注意力。那个真正拥有我全部身心的情人，仍然被动地与我保持着距离。"[2]

心情好的时候，伊丽莎白试图把乔万尼的疏远归咎于外部条件。他们一同前往拜罗伊特的旅行虽没有如她所愿，但她仍然期待着有机会事后与他重新联系，摆脱他们的旅伴，在巴黎或迪耶普单独见面。但他们一回到法国，乔万尼母亲寄来的一封快讯就把他急召回了罗马，长期以来关于他的家族财务窘况的谣言终于发展成一桩人尽皆知的丑闻。[3] 8 月，博尔盖塞家族开始变卖资产，整个过程艰难而漫长，成为世界各地报纸的头版头条。在巴黎，幸灾乐祸向来是名人崇拜的孪生恶魔，上流社会的报纸连篇累牍地报道亲王们屈辱地跌下神坛，连最微末的细节也不放过。（一个特别尴尬的报道是，博尔盖塞家把一幅拉斐尔的肖像画卖给阿方斯·德·罗斯柴尔德男爵，但事实证明那幅画是赝品。[4]）读到这些报道，伊丽莎白几乎坚信乔万尼对钱财的忧虑才是一直以来横亘在两人之间的真正障碍，只要这个麻烦一解决，他一定会赶回巴黎找她。她充满乐观地写信给吉吉说："等 G. 回来了，好事一定会发生的！"[5]

然而看到与她夺爱的情敌似乎一夜之间多了起来，伊丽莎白的好心情就更难维持了。拿罗贝尔舅舅来说，在几人一同前往拜罗伊特旅行期间，他变得比以往任何时候都更喜欢乔万尼了，热热·普里莫利的照片就是证据：每张照片都能看见这两个男人在一起。此外，她的堂妹，如今 22 岁自称"艾丽斯"的玛丽－艾丽斯·德·卡拉曼－希迈，不知何时也开始背着伊丽莎白与乔万尼通信，或许是在她为数不多地几次到访德·阿斯托格街期间见到他之后吧。艾丽斯与寡母住在外省，由于没有嫁妆，看似注定一生恨嫁、孤独终老，近年她曾含糊其词地写信给伊丽莎白，说起无法实现对爱情的渴望，挣扎着"不再祈求生命中最想拥有的东西"。[6] 伊丽莎白一直以为艾丽斯是笼统地谈及结婚的渴望。但吉吉从米奈那里听说后传给伊丽莎白说，艾丽斯正在与乔万尼联系，这个消息让她不得不以不同的、更加不安的眼光看待自己这段禁恋。伊丽莎白不打算让事态继续下去。她要开始给堂妹灌输乔万尼"名下分文也无"，因为单是这一事实，他和艾丽斯之间就不可能有任何未来。[7] 尽管如此，要把艾丽斯看成与自己争夺白马王子的情敌，仍然令伊丽莎白很不愉快。

然而更让她惊骇的是飞短流长，谣言四起，说博尔盖塞家族正在设法撮合他们那位逍遥派的单身子弟迎娶美国女继承人格特鲁德·范德比尔特（Gertrude Vanderbilt）。伊丽莎白一向鄙视"美元公主"，虽然她自己家里如今就有这么一位——一年前，她哥哥约·卡拉曼－希迈娶了密歇根钢铁和木材大亨的女儿克拉拉·沃德（Clara Ward）。约的新娘说话高声大嗓、穿衣品位极差，还浓脂厚粉，俗艳不堪。但最让伊丽莎白感到厌烦的是，克拉拉不仅觉得自己是个大美女，还设法吸引了比利时国王利奥波德二世的目光，并公然与他红杏出墙。伊丽莎白一想到乔万尼落入这么一个"野蛮人"（她在背后这么称呼克拉拉，还说她"非我族类"，她的"卡拉曼－希迈亲王夫人做不了太久"！[8]）手中，就怒不可遏。如果比利时人的国王都能看上她嫂子那么平庸的美国荡妇，就没有什么不可能发生的事了。

对这样的前景思前想后让伊丽莎白很沮丧，觉得乔万尼不大可能心甘情愿地回到她身边来了。她又仔细寻味了一下他长期以来对自己的冷漠行为。在写给吉吉那封快活的信短短几周后，伊丽莎白写道："他对我视而不见，我在他眼里是一段真空"，以及"对爱我的人，爱我本身就足够让我讨厌他了，而你，我爱的你，却对我拒而远之。我的吻会让你反感"。[9] 不知道她是不是有意在呼应比才的《卡门》（如果你不爱我，我就爱你）。比才不是伊丽莎白最爱的音乐家，但她有时也把他的歌剧选段写入她在德·阿斯托格街举办的演奏会的节目单中。

/ 510

然而要说任何人只要爱她就会让她讨厌，也并不完全属实。如今利顿勋爵已死，而德国皇帝之母的巴黎之行结束后，她向德国皇帝示好也告一段落了，伊丽莎白没有什么风流计划让她专注，变得无所事事。不知是为了激起乔万尼的强烈反应，还是单纯地为了抚慰自己受伤的自尊，她进入了一个极为活跃地卖弄风情的时期，只要见到新的崇拜者，就立即将其招募在石榴裙下。

她的目标中至少有一位，诗人亨利·德·雷尼埃，看到她贪婪的目光而迟疑了，阻止了她投怀送抱。他写道："她不安分的凝视看上去就像一只猛禽。"[10] 但伊丽莎白还是有不少送上门来的猎物，如此一来，她门下的侍臣就像她衣橱里的衣物（或《玛拉》中描述的情感）一样又多又杂了。

她的新献身者之一，肖像画家保罗·塞萨尔·赫勒鲁（Paul César Helleu），是 1889 年夏天她和孟德斯鸠邀请来参加她在迪耶普举办的首次乡村聚会的宾客。自那以后，伊丽莎白一直在培养赫勒鲁。他骄傲的矜持近乎傲慢（她觉得对一个来自布列塔尼的小资产阶级而言，这是非常引人注目的品质）和对女性身体毫无保留的尊崇吸引了她。正如一位当代评论家谈到他时所说，"对赫勒鲁来说，女孩的面部轮廓和女人的肩部线条……都必须认真对待，仔细研究"。[11] 伊丽莎白认为，赫勒鲁是唯一一位不但能够捕捉而且发自内心地欣赏她"天鹅般的"优雅体态的人。

为了考验画家的爱慕，她邀请他到布德朗森林度周末，届时她将独自一人在那里；她打算让他住在庄园里的"桦木屋"，就是亨利在他和伊丽莎白蜜月期间与"美女波利娜"幽会的那所房舍。赫勒鲁此行对外宣称的目的是要在几天的闲暇时间里，请伊丽莎白在室内外摆出多种姿态，为她画素描。但她在日记中透露，她真正要做的是以此为诱饵，与一位英俊且（她以为）爱她的艺术天才一起挑战得体男女关系的极限。亨利当然不会容忍此事，于是她对丈夫隐瞒了画家来访之事，这也表明她知道自己行走在危险地带，她要的或许不是又一大摞画像那么简单。

那些赫勒鲁倒是做到了，他在来访的短短几天内创作了惊人的数量：总共一百来张素描。但伊丽莎白在日记中写到那个周末时，却只字未提那些作品。相反，她滔滔不绝地写"美人"

与艺术家共进晚餐有多么兴奋……"就我们俩！！！！仿佛置身于林深之处！！！"他们的谈话总是"回到那个不可避免的话题：爱"！！！ [12] 伊丽莎白在日记中记录那些独处时光时，仿佛没有注意到是她自己反反复复地把话题朝那个方向引去。例如在一天深夜摆姿势画像时，她假装相信"艺术家……在美面前"保持超脱，"如大理石一般冷漠"；这是赫勒鲁的无声抗议，"事实恰恰相反"！！！！ [13] 另一次请艺术家画像时，她问他是否把她的任何画像拿给他结婚五年的妻子艾丽斯看过，那位性感的红发女子是他最喜欢的模特。赫勒鲁回答是的，还引用妻子的话恭维"美人"说，"这些看起来很像我们刚结婚时你给我画的那些画像"。

保罗·塞萨尔·赫勒鲁给伊丽莎白画的素描和画像超过了其他任何肖像画家。她的提携让他成为备受追捧的艺术家。多年后，他为纽约市的大中央总站绘制了屋顶壁画

伊丽莎白从此推断出，艺术家多么希望他娶的是"美人"。

和往常一样，伊丽莎白在这些对话中追求的似乎是爱慕而不是激情，不知是出于职业的礼貌还是性情的文雅，赫勒鲁很合作，毫不吝啬自己的赞美。即便当她试图抱着最新的宠物（一只听从罗贝尔舅舅的建议购买的白色孔雀）摆姿势却遭遇了顽固抵抗，弄得鼻青脸肿时，赫勒鲁仍然安慰她说："你那个样子看起来很美。"[14] 在两人独处时，他从未有过任何乘人之危的非分之举。伊丽莎白关于那个周末的日记中没有说赫勒鲁的保守令她失望；相反，那些是她写过的最轻佻的几页日记。

与赫勒鲁的越轨行为的确引发了一个不愉快的后果。亨利以后不久就发现了，他暴跳如雷，坚信她一定以某种难以置信的方式委身于画家了。那些素描画对伊丽莎白那个周末的经历或许无关紧要，但亨利却把它们当成炮轰她和赫勒鲁的确凿证据。艺术家的确在画作中给她天鹅般的体态中加入了一丝性感；在亨利看来，最终的成像显示出一种亲密得近乎淫荡的视角，无疑证明了赫勒鲁与贝贝斯有过暧昧。亨利震怒，简直要与艺术家来一场决斗，只不过他最终觉得自己身为格雷弗耶伯爵，把这么一个农奴视为情敌实在是自贬身份。据孟德斯鸠说，"大榆木脑袋"以毁掉赫勒鲁的大量素描作为报复，但有些素描还是逃过了他的魔爪。

亨利对这一事件的怒火并没有阻止伊丽莎白继续寻找其他追求者，甚至在他的眼皮底下也毫无忌惮。赫勒鲁来访几个月之后，她又和丈夫的一位好友、阿尔贝·德·曼伯爵开始了一段任性的逢场作戏，她同样邀请他来到布德朗森林。这次倒不是她诱骗赫勒鲁的那种私密接触。亨利和"发起人"全都在，德·曼到来的官方理由是同他们一起打猎。但打猎结束后，他私下里写信给伊丽莎白表达了对"我们共度这三天美好时光的无限感激"，还说"谢谢你为我、为我们所做的一切"。[15]

这最后一个代词所隐含的亲密似乎是纯感情的，这正是伊丽莎白喜爱的方式。德·曼之所以愿意规规矩矩，大概与他一贯声称自己是个宗教狂有关，他在抵挡洛尔·德·舍维涅更粗俗的攻势时也援引了同样的信条。作为一个虔诚的已婚天主教徒，德·曼对伊丽莎白说，他只允许自己"以最为温柔的尊重"来觊觎邻人的妻子；任何其他感情"都是可怕的渎圣行为"！[16]

说到写信的狂热，就连口吐莲花的德·曼也不是阿尔贝·德·罗沙上校（Colonel Albert de Rochas）的对手，这位头发灰白的退伍军官当时的第二职业是超自然心理学家。[17] 在伊丽莎白这一时期的追求者中，罗沙是最多产的通信人，用他夸张的情书对她狂轰滥炸长达五年多。伊丽莎白最初去找他大概是在1892年3月父亲去世之后，希望罗沙能帮助她联系到去世后的父母。他迎合她，希望她能爱上自己。最终两人都非常失望，只不过伊丽莎白的确从他那里学到了很多关于轮回、升空、通灵和遥感的知识。罗沙关于控驭心灵和"外部化情感"的理论启迪了她，让她觉得自己的美本身也是一种超自然力。

伊丽莎白新一轮追求者中的最后两位都叫"保罗"，是两个英俊潇洒、才华横溢的男人。两位都只比她大几岁——她已人老珠黄，这么换换口味很不错——也都是各自选择的领域中冉冉升起的新星。第一位是保罗·德夏内尔（1855—1922），就是曾经向博尼·德·卡斯特兰询问服装裁剪建议的那位共和派代表。德夏内尔自从发现了沙尔韦，就成了政府中最时髦的人之一。他也是最有领袖魅力和影响力的政府成员，鼓舞人心的演讲天赋使他成为进步左派对阿尔贝·德·曼的有力回应。伊丽莎白初识他还是在德夏内尔与亨利在下议院共事期间，亨利在下议院的事业遭遇挫败，但德夏内尔的政治前途却一片大好。他将在 40 岁之前多次赢得国民议会主席职位（相当于美国国会的众议院议长），1920 年，他将成为共和国总统。如果伊丽莎白要寻找她那一代人中最有可能成功的政治家，德夏内尔是当之无愧的人选。

事实上，虽然她始终同情君主主义，对平等主义意识形态充满厌恶，但她一直想在共和派阵营中寻找这么一位同盟。自亨利 1889 年皈依共和派以来，政治风向就开始朝那个方向转变了，如果他不是从一开始就那么彻底地妥协，这种转变当会对他的政治事业有利。过去几年，君主主义一派继续失势，随着复辟希望彻底破灭，在流放中黯然神伤的巴黎伯爵也没有为复燃那些希望做出任何努力。1892 年 2 月，教宗良十三世对奥尔良派发起了最后的致命一击，号召全体法国天主教徒搁置政治分歧，"团结"在第三共和国旗下。（那以前，梵蒂冈官方一直谴责法国的

阿尔贝·德·罗沙是军官转行的超自然现象专家，他关于超自然的研究让伊丽莎白很感兴趣。这幅插图选自他关于催眠的著作

世俗主义政权，支持法国右翼分子以宗教为由反对政府。）阿尔贝·德·曼自称一生捍卫天主教，除了服从教宗的意志并鼓励同事们效法外，别无选择。有些死忠宁愿彻底远离政治，布勒特伊就是一例，但他们的退场只能进一步巩固敌人的胜利。伊丽莎白意识到共和派胜利了，便选择与胜利者站在一起，正如洛尔·德·舍维涅在尚博尔伯爵去世后便与奥尔良派为伍一样。在证明了自己持之以恒地赞助艺术和科学的巾帼气概之后，伊丽莎白还想把势力范围延伸到政治领域，德内夏尔显然是一位出色的统筹人，与她身败名裂的丈夫不同。在他和另一位年轻的左翼土耳其人加布里埃尔·阿诺托（Gabriel Hanotaux）的协助下，伊丽莎白将成功地把自己重新塑造成在共和国政府高层具有一定影响力的人物。可以肯定地说，这不是她那个阶层的许多女人能够（或愿意）取得的成就——费利西泰一如既往地大惊失色——伊丽莎白能够取得这样的成就，德内夏尔功不可没。

/ *514*

然而就其本身而言，德内夏尔的政治支持或许还不是让伊丽莎白动心征服他的理由。他英俊的外表、老道的着装风格和魅力十足的个性一目了然，使她毫无难度地加入了他蒸蒸日上的爱情事业。她还对他的写作成就很感兴趣，特别是他关于旧制度下沙龙女主人的专著——《女性人物》（*Figures de femmes*，1889），世纪末出版了大量关于这一主题的著作，这是其中的一本。伊丽莎白既是塔利安夫人的后代，本人也是很有声望的沙龙女主人，因而对德内夏尔的研究很感兴趣。她尤其喜欢他对雷加米埃夫人的形容——"那个举世公认且被全欧洲的精英膜拜的美人……让所有的男人心醉神迷，因为谁也不能说自己占有了她。"[18] 事实上，德内夏尔的书或许是伊丽莎白在 1891 年莱昂舞会上的雷加米埃夫人造型的灵感来源之一。

COLLECTION FÉLIX POTIN

PAUL DESCHANEL

伊丽莎白虽然在政治上持精英主义观念，但她在1890年代培养了许多共和派领导人朋友，其中包括很有领袖魅力且后来成为共和国总统的保罗·德内夏尔

　　伊丽莎白对这位端庄的冷美人的认同并没有阻止她继续撩拨德内夏尔，给他一些爱情的希望。他在1890年代早期到中期写给她的信中提到过两人几次私下接触。"我想以无限的诚意对您说，"一年冬天，他在写给住在布德朗森林的她的信中说，"那些（最近在那里）与您独处的时光，是自我们在迪耶普的那些早晨一起散步以来，我一生中最快乐的时刻。"[19]与洛尔·德·舍维涅不同，伊丽莎白不习惯摆脱监护仆人独自外出。因此，她与德内夏尔独自散步想必对她来说是重大事件，需要特别的规划，我们有理由认为那是为了什么特殊目的。作为她选择一同散步的

同伴，德内夏尔应该有理由认为对她的追求不会无功而返。

　　然而伊丽莎白虽然表现出愿意为他而通融，德内夏尔最终还是不得不接受这样的事实：他们激动人心的独处不会有任何结果。他在研究雷加米埃夫人的著作中写道：

> 必须承认，她有一种特别残忍的"善"。……她对爱来者不拒，却缺乏对爱她之人的同情；她在一种最奇怪的交际中付出精神而非肉体，在那样的交际中，最优雅的卖弄风情假冒成了贤良淑德。[20]

　　伊丽莎白对自己的雷加米埃人格十分得意，但德内夏尔了解那种模式，意识到它将给她的情郎带来无尽折磨。他发现"付出精神而非肉体"也是伊丽莎白的惯用伎俩之后，并没有与她争吵——此人野心勃勃，不会低估她的资助对他有多重要——但写给她的情书不似以往那般狂热了。

　　伊丽莎白对真爱的抽象观念在另一位保罗那里得到了更为赏识的回应，此人就是在她的情感双重生活中地位格外突出的著名作家保罗·艾尔维厄（1857—1915）。[21] 艾尔维厄来自讷伊（Neuilly）的一个富裕家庭，担任过外交随员，有着他在小说和戏剧中所写的上流社会的优雅举止和孤傲态度。他为人极其冷漠拘谨，以至于有一位常和他一同光临热纳维耶芙·斯特劳斯沙龙的人说他"那撮小胡子的两角挂着极小的冰柱"[22]；另一位忠实信徒猜想他大概是硬纸板做成的。[23] 但艾尔维厄用矜持掩盖了自己贪婪的野心，正是那样的野心，让他在相对年轻的43岁就入选了法兰西学术院。他在1887—1888年冬天初次接触伊丽莎白是为了替波托-里什那些没有署名的情书担当抄写员，那时艾尔维厄还在努力立足于文学界，他的天赋只受到了内行的赏识，还没有为大众所知。几年后，他成了法国最著名的作家之一，所写的关于当代城区的辛辣风俗喜剧备受赞誉。就在那段时间，艾尔维厄从波托－里什追求伊丽莎白过程中的隐形中间人变成了一个追求者，看似势在必得。

1888 年春，艾尔维厄开始以自己的名义给伊丽莎白写信，正好是波托－里什担心被出卖而免了他中间人义务的那段时间，可见波托并非杞人忧天。艾尔维厄起初对伊丽莎白示好的手段不是信件，而是各种经典作家关于一见误终身、为爱情痴狂

COLLECTION FÉLIX POTIN

PAUL HERVIEU

在抄写波托－里什写给伊丽莎白的情诗期间，艾尔维厄开始以自己的名义给她写激情四溢的情书

的格言混搭——狄德罗和济慈、卢梭和歌德、雪莱和缪塞。像波托－里什的情诗一样，这些文字也符合伊丽莎白的文学倾向，满足了她对童话爱情的渴望。但波托－里什的情诗到那年春天已经变得充满愠怒和纠缠，而艾尔维厄的格言混搭却只用最崇高的话语说出自己的爱。随着波托－里什的辞令变得越来越暴躁，艾尔维厄知己知彼，在伊丽莎白面前表现为一个恭敬有礼的情人，崇拜、顺从，只求爱与奉献。在极少数的一次自己写诗的尝试中，艾尔维厄将自己"忍耐而顺从的心"献给伊丽莎白，那颗"心里只有你"和"无尽的爱"。[24]

这是伊丽莎白希望每一个男人对她说话时的口气；完美地符合她近十年来一直宣扬的贞洁的精神之爱的理想，只是成功率低得可悲。她的某些崇拜者一开始会在口头上同意她的柏拉图之恋的信念，但早晚都会厌倦那一切。一旦厌倦了，他们就会尽情释放自己的苦痛、愤怒、玷污的渴望和要求；他们折磨和纠缠伊丽莎白，直到她一见到他们就充满厌恶。但艾尔维厄不是这样。他那撇胡子上那些隐喻的冰柱表明，此人有一定的自律，这让他成为她的新白马王子的一个极佳人选。

她崇尚贞洁的雷加米埃姿态很可能也在艾尔维厄那里引起了共鸣。他终身未娶，不过后来他又与另一位社交名媛艾默里－哈蒂（玛格丽特）·德·皮埃尔堡［Aimery-Harty（Marguerite）de Pierrebourg］男爵夫人建立了一段公开的长期关系。[25] 德·皮埃尔堡夫人在 1890 年代为了他而离开丈夫，但她和艾尔维厄从未同居。文学或许是他们结合的主要黏合剂，因为她也是一位作家，以看不出性别的"克劳德·费瓦尔"为笔名出版了不少很受欢迎的小说。据 1910 年娶了德·皮埃尔堡夫人之女的乔治·德·洛里说，他的岳母与艾尔维厄觉得自己就是当代版的乔治·

桑与阿尔弗雷德·德·缪塞——那对天才的模式正是伊丽莎白在与乔万尼和波托-里什两人的关系中寻求的样板。

此刻在伊丽莎白看来，同样的模式也成为她与艾尔维厄建立友谊的可能样板，而他陷入同样情境的两位前任对此却一无所知。乔万尼和波托-里什都不知道她与艾尔维尔的秘密交往（不过波托-里什在 1888 年春就有所察觉，从那以后就不再视他为朋友了）。因此，两人都没有意识到以关于上流社交界的作品轰动一时的艾尔维尔，尤其擅长写书信体小说的艾尔维尔，曾经为她呈现出一种新的可能性，那就是如果做不成情人，他们起码可以在艺术上惺惺相惜。这位著名的青年小说家努力又听话、痴迷又冷血，将超越讳莫如深的意大利亲王和喜怒无常的犹太诗人，成为出色地帮助她讲述自己故事的重要人物。[26] 或许终有一日——如果她在那个世纪结束之前真的希望他扮演这一角色——他还会成为伊丽莎白的合作者，与她一起书写她的梦境。

注　释

1　EdG 在日志中复述了这个故事，见 1895 年 8 月 15 日的日记。

2　1891 年 12 月 6 日 EG 写给自己的短笺。该短笺开头写道："他的爱毫无保留，让我理解了……"。在这篇文本中，"情人"二字是 EG 用自己的速写密码写的，其他文字则是用法文写的。AP(II)/101/149.

3　关于博尔盖塞家的破产丑闻和一连串资产变卖，见 Elliot, *Roman Gossip*, 117; Chilvers, ed., *The Oxford Dictionary of Art*, 90; and Guimard, "Les Borghèse," 1–2。

4　当博尔盖塞那年十月把切萨雷·波吉亚的肖像画卖给罗斯柴尔德时，该交易成为世界各地的头条新闻，因为它被认为是"拉斐尔最精美的画作之一"，"自问世以来便一直是博尔盖塞家艺术收藏的传家宝"；见 "Rothschild Buys a Raphael," *Chicago Tribune* (October 4, 1891): 2。一个月后被发现为赝品，当初围绕着这宗买卖的高调宣传加重了该家族的难堪。

5　EG 致 GCC，存档于 AP(II)/101/151。关于博尔盖塞／范德比尔特订婚的传闻，感谢我的好友格特鲁德·范德比尔特回答了我就此话题的一通打听。

6　1893 年 2 月 26 日 MACC 致 EG，存档于 AP(II)/101/53。又见同一卷宗，1889 年 7 月 14 日、1892 年 7 月 6 日和 1893 年 4 月 7 日 MACC 致 EG 的信。

7　1894 年 7 月 MACC 致 GCC 的信，同上。

8　EG，1890 年 9 月的笔记，存档于 AP(II)/101/26。

9　EG，手写笔记，页面顶端的标记为 "*Mort atroce celle des cœurs*"，底端页码为 "[18]92"，存档于 AP(II)/101/149。

10　HR, *Les Cahiers*, 378. HR 感觉 EG 以一种心照不宣的色情目光看着他，仿佛看着一只猎物，读者在这里可以看到 MP 的先例，他的叙述者在初次见到德·盖尔芒特夫人时，有那么短暂的一刻觉得她的眼睛里含着一种性暗示或兴趣。MP, CCS, 175. 关于 MP 小说的这个场景中公爵夫人释放的"温柔而放荡的"诱惑，又见 Beckett, op. cit。

11　Perriton Maxwell, "Helleu and His Art," *The Cosmopolitan*, 43 (May-October 1907): 119-27, 120.

12　EG，存档于 AP(II)/101/150。

13　同上。

14　HR, *Les Cahiers*, 378.

15　1892 年阿尔贝·德·曼伯爵致 EG 的未签名的信，存档于 AP/101/150。

16　1893 年 10 月阿尔贝·德·曼伯爵致 EG 的未签名的信（开头一行是 "Je n'ai pu vous dire merci!"），存档同上。

17　Rochas 与 EG 的友谊始于 1892 年，其后好几年他似乎屡次乞求她做自己的情妇，但都没有成功。1896 年 1 月 13 日，他写信给她，说她"让我的生活变得不可忍受"，因为她"对我采取了一种怠惰和沉默的策略，比任何对待外交对手的手段都更加残忍。……你的手段让我受尽凌辱、鼻青脸肿、遍体鳞伤。……当我把生命的一切能量、心灵的一切希望都放在你身上，你让我如何'保持优雅'；现在我发现，哦，绝望地发现，我为她的圣坛献上滚烫的生命的女神居然在嘲笑我的天真和我老派的感伤，把我的爱当成发疯！在这样的情况下，真的有可能'保持优雅'吗"？ EG 在这封信的背面标注道："我受够了这样的絮叨"；见 AP(II)/101/109。

18　保罗·德夏内尔, *Figures de femmes* (Paris: Calmann-Lévy, 1889), 266 and

268。

19 1895 年 12 月 30 日（？）保罗·德夏内尔致 EG 的信，存档于 AP/101(II)/79。

20 德夏内尔, *Figures de femmes*, 309–10。

21 艾尔维厄致 EG 的信，存档于 AP(II)/101/1 和 AP(II)/101/88。关于艾尔维厄的外交背景和优雅做派，见 LG, *Mémoires*, vol. 1, 205–7; and FG, *Mon amitié*, 40。关于艾尔维厄生硬冷漠的态度，见 HR, *Les Cahiers*, 200, 478。

22 FG, *L'Âge d'or*, 263.

23 LD, Souvenirs littéraires, 169; and LD, Au Temps de Judas (Paris: Nouvelle Librairie Nationale, 1920), 76. 关于艾尔维厄作为 "社交界小说家" 的成功，见 Henri Lavedan, "Paul Hervieu," *Le Figaro* (September 26, 1895): 1。

24 1888 年 4 月 10 日艾尔维厄致 EG 的信，存档于 AP(II)/101/1。

25 德·皮埃尔堡夫人以 "克劳德·费瓦尔" 的笔名写作，于 1903 年获得了法兰西学术院的蒙提昂奖金（Prix Montyon），又于 1934 年获得了该机构的最高奖项学术院奖（Prix Académie）。见 http://www.academie-francaise.fr/claude-ferval。关于她和艾尔维厄自认为是乔治·桑和缪塞，见 AdF, *Cinquante ans de panache*, 61。关于皮埃尔堡 / 艾尔维厄的情人关系，又见 Painter, op. cit., vol. 1, 104。

26 艾尔维厄或许不像他在 EG 面前表现得那么顺从和无性。这段时间前后，文学界传言说，艾尔维厄与圈外一位女人注定没有结果的爱情，让他有了自杀的倾向；见 Auchincloss, op. cit., 125。

/ 第22章 女神与恶魔

1892年春，普鲁斯特与热纳维耶芙有过一次接触，证实了他最糟糕的怀疑：她是个没有灵魂的人。普鲁斯特用了近30年时间才把心中的不满以文学形式表达出来，把那次决定命运的经历写成了《盖尔芒特家那边》（1920—1921）的最后一个场景，赤裸裸地表现了痴迷于外表的社交界内心是多么空洞。《追忆似水年华》的这一卷问世之前，普鲁斯特曾提醒斯特劳斯夫人，说他"把红鞋子写入了"自己的故事，"但没有提您的名字"。[1] 普鲁斯特隐去了斯特劳斯夫人的名字显然是对她表达的善意，因为这段小插曲揭露了书中这对贵族式优雅的典范——德·盖尔芒特公爵夫人和丈夫——是怎样肤浅而自私的可怕之人。

由于普鲁斯特在其他任何语境中都没有提到过"红鞋子"事件的原委，要想知道他在半生之前到底见到斯特劳斯夫人做了什么，《盖尔芒特家那边》中复述的版本就成了唯一的信息源。在小说中，犹太人交际家夏尔·斯万（热纳维耶芙看出了他与骑师俱乐部那位犹太人的相似之处，遂改叫他"斯万－阿斯"[2]）出现在巴黎的盖尔芒特府上，但事不凑巧，公爵和夫人正赶着要出门，去蒙索公园附近的一个朋友家参加化装舞会。一贯逢聚会必到的斯万这次一反常态，居然没打算跟他们一起出席；他解释说医生刚刚说他得了绝症，最多只能活三四个月了。作为他认识最久、最亲密的朋友之一，公爵夫人听到这个消息本该十分难过，但她和公爵二人急着去参加舞会，便假装把斯万的话当成玩笑——如果他在开玩笑，他们也就没有义务继续与他交谈了。斯万再次表现出与个性不符的异常，不打算这么轻易地放过他们。他用挖苦的口气答道："那这个玩笑就开得太有意思了。"[3] 普鲁斯特在这里把上流社交界的两大主要内容——玩笑和趣味，与人之将死的悲怆对立起来，强调了礼仪的空洞和轻浮。

正是以礼仪的名义，德·盖尔芒特公爵匆匆打断谈话，指出如果他和妻子再耽搁下去，他们就要迟到了——这是不可原谅的社交失礼。但就在那时，他注意到公爵夫人穿了一双黑鞋配红裙，他觉得这样的搭配丑陋不堪，对妻子大吼起来，让她立刻回屋去换一双红鞋子。她焦虑地柔声提醒公爵，他刚刚还对阿斯说他们要迟到了。"还来得及，"公爵泰然自若地反驳道，"到蒙索公园用不着十分钟。"[4] 公爵夫人无话可说，只好服从丈夫的命令，表现出她虽然腾不出一分钟安慰将死的朋友，却"还来得及"调整自己的装束。外表的优雅再次超越了人类最为迫切的生死大事。

据传记作家乔治·佩因特说，让普鲁斯特受到启发写下这段插曲的真实故事发生在他二十岁出头，去夹层公寓接斯特劳斯夫妇一起去附近参加舞会的时候，同去的还有一大群忠实信徒。斯特劳斯夫人穿着红裙子、黑鞋子下了楼，登上普鲁斯特等候的马车，但一贯以无可指责的穿衣品位而自豪的斯特劳斯一看到这样难看的颜色搭配就大发雷霆。佩因特写道，因此"和公爵夫人一样，斯特劳斯夫人也被愤怒的丈夫逼着换"双红色的鞋子，就让"普鲁斯特本人……上楼去（为她）取下来"。[5] 佩因特没有说明斯特劳斯夫妇要去参加什么活动，也没有提到如果真有其事的话，是哪一位同伴试图在那时向他们透露自己得了绝症。

不过热纳维耶芙的红裙子倒可以帮我们精准定位那次活动，因为红色与她平常的半丧服色调极不协调，只有一份文件记录表明她穿着那个颜色参与了某个场合。那是 3 月 2 日，她和斯特劳斯与普鲁斯特、冈德拉、雅克·布朗什和爱德华·德太耶一起去玛德琳·勒梅尔位于蒙索公园附近的宅邸参加化装舞会。由于那场舞会的主题是"纸张",热纳维耶芙就穿成了扑克牌中红桃王后的样子;《高卢人报》记录她的着装是一件红色丝缎舞会礼服和一顶红黑色的"鲁本斯帽"。热纳维耶芙刚刚有过两次婚外恋,故意穿成这样大概是想用俏皮的方式平息丑闻的余波。她打扮成红桃王后,既正面承认了自己"男人杀手"的名声,又以她著名的满不在乎的机智将其轻描淡写,一笑而过。

报界没有提到她丈夫或普鲁斯特的晚会服装,却报道了雅克·布朗什戴一顶硬纸板做成的巨大天鹅头,打扮成《罗恩格林》的剧中人。更遗憾的是,关于勒梅尔舞会的公开或私下报道中,没有一处提到斯特劳斯夫妇的随从里有一位成员将命不久长,虽然人们第一个会想到斯万的分身阿斯,但他直到1902年才去世。但热纳维耶芙有一位最忠实的老朋友,作曲家埃内斯特·吉罗,确实在舞会后仅仅两个月就去世了,享年55岁。[6]因此毫无疑问,吉罗在勒梅尔舞会的当晚出现在夹层公寓,透露了与斯万类似的消息。想想普鲁斯特关于热纳维耶芙对他人"漠不关心"的理论——或者达尼埃尔·阿莱维说她"如魔鬼一般任性,又如玩偶一般轻率"——那么如果吉罗确实对她说了自己的健康状况不佳,她很有可能像未来的德·盖尔芒特夫人那样轻率作答。无论当晚发生了什么,它在普鲁斯特心中留下了持久的印象,促使他对斯特劳斯夫人的幻想破灭,加速了他寻找新的社交名媛典范的行动。

/ 520

普鲁斯特本人也受邀参加了"纸张"舞会,表明他在成为时髦社交家的道路上取得了进步,因为玛德琳·勒梅尔的友谊本身就是在上流社会享有声望的标志,为他在社交界扶摇直上铺平了道路。城区的内行们都把勒梅尔浮夸虚饰的美学作为画家式优雅的权威。据莉莉·德·格拉蒙说，"每一位（贵）夫人都有一把用勒梅尔（夫人）的水彩画装饰的扇子"，一般是她标志性的花朵主题之一，而勒梅尔的素描则被用作罗贝尔·德·孟德斯鸠伯爵、保罗·艾尔维厄和已故的利顿勋爵等社交界名声大震的作家们珍藏版书籍的插图。勒梅尔夫人这位富有、聪明、喜好交际的资产阶级把自己的艺术成就变成了在上流社交界获得一席之地的资本，与斯特劳斯夫人不相上下。她每周二在位于蒙索街的玻璃屋顶画室里举办的招待会也吸引了同样混杂的人群，而且请来的

COLLECTION FÉLIX POTIN

MADELEINE LEMAIRE

随着他对斯特劳斯夫人的幻想破灭，普鲁斯特开始依靠其他社交老手引领他进入社交界，包括人脉深广的画家和沙龙女主人玛德琳·勒梅尔

宾客往往正是前往热纳维耶芙奥斯曼大道的周日招待会的那群人，从小仲马到玛蒂尔德公主，从德·奥松维尔到雷雅纳。[7]

　　这样的人员重叠导致两位女主人之间明争暗斗，暗地里都从彼此的沙龙里挖墙脚。正因为此，普鲁斯特才被拉入了勒梅尔夫人星光灿烂的圈子。两人初次在夹层公寓邂逅时，他 20 岁，她 47 岁，画家一下子就被普鲁斯特过人的才华和顽皮的幽默感吸引了，称他是自己"漂亮的小仆人"。[8] 这个绰号听起来有些居

玛德琳·勒梅尔，《艺术家画室里的优雅茶会》(*An Elegant Tea-Party in the Artist's Studio*，1891)：最右的勒梅尔夫人结交了热纳维耶芙的许多侍从，包括艾尔维厄（最左侧面坐着的那位）、路易·冈德拉（左边站着三人的中间那位）以及莫泊桑（站在中间、留八字胡的那位）

高临下，却暴露了她对他发自内心的喜欢，也让普鲁斯特深觉温柔可亲。与至今视他为讨厌的平庸之辈的斯特劳斯夫人不同，勒梅尔夫人对这位有趣的新客人笑脸相迎，这让他很感激。她不仅欢迎普鲁斯特光临她每周一次的沙龙，还邀请他参加自己有时在画室后面的丁香花园里举办的大型聚会。她在 3 月 2 日举办的晚会就是贵族阶层与波希米亚人融合的欢宴，其盛大隆重是普鲁斯特在夹层公寓未曾见过的，或许算是他有生以来参加过的第一次真正的"社交"活动。那天，以及在勒梅尔后来的聚会上，普鲁斯特结交了几位名流，他们成了他探索上层的新向导。

事实上随着普鲁斯特日益深入了解社交界，他越发知道斯特劳斯夫人在那个圈子里的地位并不高。毕竟如费尔南·格雷格提到她时所说，"这个妩媚的女人可不是天生的名媛"，而在某些更为保守的贵族看来，就连"热纳维耶芙最新"语录和她那个诱人的混杂沙龙，也无法弥补她平民犹太人出身的双重耻辱。[9] 普鲁斯特也深为这两个劣势所拖累，因而斯特劳斯夫人的出身在他看来并非缺陷而是他学习的可靠先例。但他越来越疑心她的人品，也不再如以往那般依赖她进入社交界，他对她的社交地位开始有了更为冷静的看法。

例如，他注意到斯特劳斯夫人未能受邀参加 1891 年社交季最负盛名的聚会：德·莱昂亲王夫人的黑白舞会。这一铺张华丽的大型娱乐活动吸引了上层最显赫的贵宾，社交界报刊也进行了夸张的连篇报道。[10] 关于这次舞会的报道令普鲁斯特如痴如醉，以至于他后来在《追忆似水年华》中反复提到它，连女主人的姓名都没有更换。[11] 对他以及任何一直关注社交界风向的其他人来说，斯特劳斯夫人被排除在莱昂晚会之外，无疑标志着不管她如何声名远扬，有些大门永远不会对她开启。

普鲁斯特禁不住想到，与她相反，对其他上流社会名媛，似乎每一扇门都是开着的。拿阿代奥姆·德·舍维涅伯爵夫人来说吧。他初遇她要么是在勒梅尔夫人的化装舞会上，要么是在那以后不久，他甚至无须跟她说话，就能一眼看出她是贵族血统的化身。1892 年春，普鲁斯特 20 岁，德·舍维涅夫人 32 岁。作为《高卢人报》的忠实读者，普鲁斯特知道德·舍维涅夫人是每一场顶级晚会的嘉宾，无论是萨冈夫人的"农民"嬉闹晚会还是德·莱昂夫人的著名舞会。在前者，她曾以一曲布列舞令现场观众眼前一亮，而在后者，她与一群年龄大她一倍的交际家演了一出喜剧小品。（洛尔参加这场表演是为了抓住这一时机调笑自己长相酷似普尔奇内拉一事。）最后，作为骑师俱乐部会员的妻子，德·舍维涅夫人还是隆尚的夫人看台的固定成员，那是如女王般高贵的一群人，斯特劳斯夫人只能以其他人的客人身份出现在那里，普鲁斯特肯定地意识到了这一点，因为他曾无意中听一位圈内亲王说，埃米尔·斯特劳斯是绝对不可能被骑师俱乐部批准入会的。[12]

德·舍维涅夫人吸引普鲁斯特的理由还不止这些。她丈夫那个封建气息十足的名字"阿代奥姆"就让他着迷，把它纳入自己收集的一长串"来自那么久远的往昔……的教名"中，它们一个个仿佛是被镌刻在"我们教堂的彩色玻璃"上的。他渴望进一步了解被伯爵夫人的魔力蛊惑的那些王公贵胄的隐秘藏身之地，不管是在弗罗斯多夫宫廷中统治的亨利五世，还是出入她巴黎封闭式沙龙的交际家们。他目不转睛地注视着她简约风格的时髦衣着和她在马背上超凡脱俗的优雅姿态。他对她的"豪迈气质"痴迷不已，那是两个极端的综合：一方面是她下巴略方的面部轮廓和走起路来的刚健活力，另一方面是她天使般的蓝眼睛、"金色的头发和天鹅样的脖颈"。[13]（普鲁斯特大概还注意到，在报道莱昂舞会时，至少一位记者把身穿黄蓝色丑角服饰的德·舍维涅夫人误认为一名男子。）就连她乡土气息的鼻音和粗俗下流的措辞在普鲁斯特看来也是加分项，觉得她简直就是"乡绅阶层时髦气度的最佳代表"。[14] 拥有这些特质的德·舍维涅夫人成为斯特劳斯夫人永远无法匹及的贵族优雅的典范：是贵族血统的典范，她的出身可以追溯到遥远的过去。

　　普鲁斯特深受这位新缪斯的影响，开始用封建历史和皇家神话的棕褐色调重塑自己对上流社会魔力的观察。用传记作家克劳德·阿诺（Claude Arnaud）的话说，普鲁斯特关注"这座与（女人的）家族纹章有关的丰碑（她的家徽自 1177 年起就装饰着阿维尼翁的桥），就是提升自己，与最高贵的一群人为伍"，

德·莱昂夫人要求宾客只能穿黑白两色来参加她 1891 年的舞会，但洛尔（左图中间）却穿着黄蓝色的小丑服饰。她穿这套装束大概是为了俏皮地取笑自己长得像意大利即兴喜剧中的鹰钩鼻平民普尔奇内拉（右）

而幻想"一位在'未来的'亨利五世宫廷里服侍的夫人沿用旧制度下凡尔赛宫的生活方式，就是在幻想他（普鲁斯特）正在（自己的头脑中）重建一座宫廷乃至一个王国"。[15] 普鲁斯特向许多朋友透露了自己的新恋情，其中一位朋友，罗贝尔·德·比伊，肯定了它对未来小说家的创作观的巨大影响。据比伊说，"正是（A.德·舍维涅）伯爵夫人，那位卡斯蒂利亚的布兰卡的随从武官后裔的妻子，首次启发马塞尔实现了记忆、形象和观念的古怪叠加，那些后来丰富了"他笔下对德·盖尔芒特公爵夫人的描述，"就像透过彩色玻璃窗射入的一缕阳光，像某种刻有家徽的装置，像彼特拉克笔下的人物"。[16]

/ 524

比伊在此处提及意大利诗人当然恰如其分，鉴于德·舍维涅夫人是"美丽的洛尔"的后代——这一关系似乎能够证明普鲁斯特的迷恋具有特殊的艺术质感。他早就知道社交界看不起那些藏不住感情的人，但说到这位"骨感的、有家徽的"伯爵夫人，普鲁斯特就是情难自已。没过多久，他在上层的熟人们就开始窃笑："普鲁斯特想说服洛尔·德·舍维涅相信，他就是她的彼特拉克！"[17] 直到几十年后，他早已不再迷恋她时，还有人把这两件事扯在一起。1920 年，普鲁斯特对一位朋友说，他发现自己在写到年轻时代那些社交界美人时，总是情不自禁地"像彼特拉克那样，反复用洛尔"来展现女性的完美。[18]

同样，也许并非只与女性有关，因为德·舍维涅夫人似乎不是她家中第一个促使普鲁斯特在文学上才思泉涌的人。在初见她一年多以前，普鲁斯特的一位大学同学把他介绍给了洛尔的姐姐瓦伦丁三个儿子中的幼子居斯塔夫·洛朗斯·德·瓦鲁（Gustave Laurens de Waru）。普鲁斯特和瓦鲁同岁，1890—1891 年冬天两人都是 19 岁，但洛尔的外甥在普鲁斯特脑中却俨然是一位中世纪的十字军战士或游侠骑士，是古老的高贵种族的后代。让普鲁斯特如此浮想联翩的原因，大概是瓦鲁不仅是一位持剑贵族，还是著名的圣西尔军校的校友，尽管瓦鲁和他一样只是一位平庸的战士，毕业时在班里451名军官学员中排名第411位。

最令普鲁斯特着迷的是瓦鲁的贵族特点，不久他会在这个男孩的姨妈身上再次看到那些：碧眼金发、苗条健美的身材、突出的下巴和显眼却略带鹰钩的鼻子。普鲁斯特觉得这些古雅的面部特征让瓦鲁的气质如圭如璧，相比之下他自己着实平庸，或许只有最后一个例外还让他稍感宽慰。格雷格曾说普鲁斯特"过去常常抱怨自己鼻梁上高出的小小一块"，直到他看到瓦鲁脸上也有同样的缺点，才不再挂怀。[19] 瓦鲁的鼻子有点像鸟喙，在普鲁斯特眼中那就是天生高贵血统的外在表现。格雷格写道，自从普鲁斯特确定了这一点，他就开始"撒娇地"关注自己鹰钩鼻的侧影，仿佛拥有了它，自己也获得了一点声称天生高贵的权利。[20]

为了讨好瓦鲁，普鲁斯特为他写了一首诗——一首不像出自普鲁斯特笔下的乏味而毫无创意的颂歌，献给一位没有具体指出性别的爱人，叙述者但愿能沉溺在此人那双"冷漠、倦怠、神秘的眸子"里。[21] 这首诗发表在1891年2月的《月刊》（Le Mensuel）上，题献很清楚，但标题很模糊："诗，献给居斯塔夫·L.德·W."。瓦鲁对普鲁斯特的感情一直亲切而暧昧，即便普鲁斯特为他写诗的大动作对他也没有什么太大的影响。普鲁斯特以为能用诗歌赢得年轻贵族的心，这大概错了；因为与他曾经有过同样想法的达尼埃尔·阿莱维不同，瓦鲁对文学毫无兴趣——物理学才是他的强项。然而普鲁斯特与达尼埃尔互动的一个方面延续到了他与瓦鲁的关系中。普鲁斯特知道自己的同性之爱纯属单恋之后，就把关注的目光转到了年轻人的姨妈身上。那是他初始爱恋对象的另一个版本——年纪较大，性别更得体，却也同样真爱难求。他一如既往地急于淡化自己对其他男人的迷恋——"哪怕只是为了体面"——对德·舍维涅夫人的崇拜中带有同样招摇的柏拉图式激情，一如他曾经给予斯特劳斯夫人的那种激情。[22]

一开始迷上德·舍维涅夫人时，普鲁斯特曾恳求斯特劳斯夫人为他牵线搭桥；希望那位摄人心魄的贵妇人知道他对她情真意切。热纳维耶芙让普鲁斯特以为她把话带给了好友，而洛尔故意对他不屑一顾，但她说谎了。热纳维耶芙刚刚经历了失去莫泊桑和利顿勋爵的双重打击，不打算再冒险失去另一个情郎，哪怕是像"小马塞尔"这样一个微不足道之人。事实上，前一年秋天，热纳维耶芙得知他开始拜访洛尔·艾曼①时，还跟他吵了一架，她的另一位忠实信徒保罗·布尔热也跟艾曼那个荡妇郎情妾意。[23]〔普鲁斯特是通过舅舅路易·魏尔（Louis Weil）认识艾曼的，魏尔是对她满意的众多顾客之一；普鲁斯特的父亲或许也体验过与她耳鬓厮磨。〕热纳维耶芙对普鲁斯特基本上都持轻蔑的态度，但这丝毫没有减轻她对他可能"抛弃"她之事的极度敏感。波托－里什在企图诱惑格雷弗耶夫人而寻找同盟时就已经看到，请热纳维耶芙帮忙办这种事根本没用。紫衣缪斯讨厌情敌。

热纳维耶芙没料到的是，让普鲁斯特以为德·舍维涅夫人拒绝了他反而激发了他的爱欲。普鲁斯特早年与达尼埃尔和雅克的关系，以及后来与斯特劳斯夫人本人程度略逊的关系就已经

---

① 洛尔·艾曼（Laure Hayman，1851-1932），生性风流的法国女雕塑家。

表明，即便遭到拒绝，他也有心理准备以爱的名义忍受一定的痛苦。如高中时代一样，普鲁斯特仍然是莱辛和波德莱尔的信徒，认为性渴望从根本上说是肮脏的、兽性的、变态的现象，必然会遭遇痛苦和鄙视。无论出于被动（例如斯特劳斯夫人把他看作她沙龙里最微不足道的人）还是主动（例如她的儿子和侄子在康多塞对他的虐待），普鲁斯特因为暗恋而承受的羞辱是也将一直是他的欲望得以维系的苦涩食粮。用学者安托万·孔帕尼翁（Antoine Compagnon）的话说，"残忍，萨德式和施虐式轮番上阵的残忍"是普鲁斯特的性爱的基本原则。[24] 因此，果真如热纳维耶芙所说，德·舍维涅夫人对他没有兴趣对他而言与其说是遏制他继续的阻力，不如说是一剂催情的春药。

德·舍维涅夫人的萨德家世是她吸引普鲁斯特的另一个重要

洛尔的艺术家朋友费代里科·德·马德拉索画出了她读书的样子，那是她最着迷的私密嗜好之一

原因，他觉得"神圣侯爵"太迷人了。他把德·萨德的色情小说与莱辛的悲剧和波德莱尔的诗歌归入同样重要的一类：坚定不移地把性爱描述为暴力和堕落。的确，普鲁斯特唯一一次尝试戏剧，就是试图说服一位朋友跟他合作一部名为《施虐狂》(*The Sadist*)的剧目。这本身就很能说明问题了，要知道在他生活的时代，戏剧是远比小说声誉更高也更有利可图的文学体裁。[25] 那次合作未能成功，但该剧的剧名足够清楚地表明了普鲁斯特对萨德的传说有多着迷，而它的同性恋元素更让他沉溺。德·萨德的

作品在1878年出了一个著名的版本，声称作者不但在理论上吹捧鸡奸的乐趣，还身体力行。普鲁斯特得知此事，大概对德·舍维涅夫人的"豪迈气质"更感兴趣了——仿佛爱上她就意味着爱上了一个同为男儿身的"性欲倒错者"。[①][26]

　　3月的惊鸿一瞥之后，普鲁斯特对德·舍维涅夫人展开了双重攻势。一是跟踪。像前辈波托-里什一样，普鲁斯特也找到了女神的住处，每天到她的街区附近去跟踪她。1880年代末，舍维涅夫妇搬到了米罗梅尼尔街34号一个很不起眼的小楼里，那是圣奥诺雷区较为乏味的街道之一。社交界爱开玩笑的人断言，洛尔选择这个新住处是因为它的位置方便她那些老男人，"就在他们去俱乐部的路上"。但它的位置对普鲁斯特也很方便；他沿着自己的"希望路线"步行十来分钟，就能从父母的公寓到达

---

① 20年后，普鲁斯特向女演员雷雅纳要了一幅她装扮成德·萨冈亲王的照片，表明他仍然采用同样的方式与上流社交界互动。由于普鲁斯特刚刚凭借《在少女们身旁》(*A l'ombre des jeunes filles en fleurs*, 1919)赢得了一项文学大奖，她便答应了他的请求。当一位记者试图就获奖小说采访他时，普鲁斯特反而谈起了这位女演员扮成男装的照片，说："我视之为珍宝。我崇拜雷雅纳。"就此而言，他真正珍视的是一位女性化的时尚之王的形象。——作者注

那里。

　　仔细观察后，普鲁斯特断定与德·德维涅夫人相遇的最佳时间是上午，她通常在上午离开公寓，漫步到协和广场附近的拉特雷穆瓦耶府邸，与公爵夫人闲聊一会儿。她每天要去看望公爵夫人两次，这是第一次。普鲁斯特一贯喜欢熬夜阅读写作，每天那么早就要起床，步行到米罗梅尼尔街去赶上伯爵夫人，对他或多或少是个挑战。但那是他甘愿为爱所做的牺牲。

　　为艺术所做的牺牲是他的第二重追求策略。由于他和朋友们已经把自己的文学杂志《酒筵》的订阅权卖给了斯特劳斯夫人的忠实信徒，普鲁斯特有理由希望，如果他在《酒筵》杂志上发表赞美德·舍维涅夫人的文章，她可能会注意到。4月，他写了一篇献给她的赞歌，发表在了5月那期《酒筵》上。

　　普鲁斯特写给德·舍维涅夫人的赞歌题为《以德·*** 夫人为原型的人物素描》（以下简称为《素描》），是关于社交界场景片段的一系列作品中的一篇，该系列名为《意大利喜剧片段》（*Fragments of Italian Comedy*，1892-1893）。[27] 之所以为这个系列取这个名字，大概是暗指德·舍维涅夫人在前一年的莱昂舞会上扮演了意大利即兴喜剧中的普尔奇内拉。除此之外，该文本的"意大利"层面主要限于其中人物的可爱的名字，事实上都是希腊和意大利风格的名字——西达利斯（Cydalise）、米尔图（Myrto）、希波莉塔（Hippolyta）。普鲁斯特对朋友们承认，这些人物的原型都是巴黎社交界的名媛，西达利斯的原型是玛丽·德·迈利-内勒[28]（她"看上去可爱又难过……有一种忧伤的美"[29]），米尔图的原型是斯特劳斯夫人[30]（"诙谐……而魅惑，却囿于时尚"[31]），而《以德·*** 夫人为原型的人物素描》的女主人公希波莉塔的原型则是德·舍维涅夫人。

特别是在最后一篇文字，人物的名字值得注意，因为它是拉辛的《费德尔》的标题人物爱恋的对象希波吕托斯的阴性形式。从某一个层面上来说，这个名字唤起了普鲁斯特本人禁忌的欲望——对一位年龄足以做他母亲的已婚伯爵夫人的欲望（和对她异性恋外甥的欲望）。在另一个层面上，它微妙地反转了作者与他笔下人物之间的性别角色，将德·舍维涅夫人与对继母费德尔的不伦之爱无动于衷的希波吕托斯相对应，而普鲁斯特本人对应那位悲剧的王后，即便得不到回应，也全心全意地爱着他的女人。（读者不妨回忆一下第11章内容，在哀叹自己对雅克·比才和达尼埃尔·阿莱维的爱欲得不到回应时，普鲁斯特曾明确地将自己比作费德尔。）另外，这个名字也是向德·舍维涅夫人的赛马癖好致敬——在希腊语中，希波吕托斯意为"解缰放马之人"。[32]

最后但同样重要的是，这个名字让人想起了普鲁斯特崇拜的另一位17世纪作家让·德·拉布鲁耶在研究路易十四宫廷生活的一针见血的著作《品格论》中，为掩饰真实贵族身份而使用的那些希腊罗马式化名。[33] 拉布鲁耶的作品常常直奔主题，通过"哲学"对话的方式展开立论。这两个技巧都出现在普鲁斯特的《素描》中，他的文本结构采取第一人称叙述者与同伴之间辩论的形式，叙述者为希波莉塔神魂颠倒，那位同伴则不相信她的鹰钩鼻竟有那么大的魅力。以下是全文摘录：

/ 528

> **你怎么会觉得希波莉塔比我刚刚提到的那五个女人更可爱呢？她们可是维罗纳①无可争议的美人啊。首先，她的鼻子太长，鹰钩太明显了。**

———

① 维罗纳（Verona），位于意大利北部威尼托阿迪杰河畔的一座历史悠久的城市，有"爱之都"之称。

你还可以说她的皮肤太细，上唇太薄，因此她一笑，嘴就会上扬成一个很尖的锐角。但看到她笑却让我无比享受；最完美的轮廓也无法像她（在你看来）那只鹰钩太过明显的鼻子侧影那么打动我，它让我想起飞鸟，让我心动如潮。如果沿着她的前额和后脖颈看过去，会发现她的头部也有些像鸟，而她那双漂亮而锐利的眼睛更是如此。她坐在剧院里时，往往把臂肘支在包厢的栏杆上；带着白手套的玉臂直直地顶住下颌，手指张开托着下巴。她完美的身材撑开家常的白纱裙褶，仿佛它们是折叠的双翼。看到她，会让人想起一只陷入沉思的鸟儿，用瘦弱而优美的禽爪栖息在那里。我每次见到她的孩子或外甥们——他们都有着和她一样的鹰钩鼻、薄嘴唇、锐利的目光和细腻的皮肤——必会被打动，意识到他们无疑是一个女神和禽鸟混血的种族。在这种如今让这个女人的身体有了某种飞翔的欲望的蜕变中，我看到了一只孔雀高贵的小小头颅，它的身后不再流动海蓝或海绿色的激流，也不再有她神秘的锦翅激起的泡沫。她是个女人，是一个梦，一头能量充沛却玲珑精致的小兽，一只长着雪翼的孔雀，一羽以宝石为眸的文雀。她让人想起神话，她的美令人震颤。[34]

普鲁斯特在这里借用另一位作家的写作技巧，再次超越了最初级的模仿。在这些句子中，他的想象力插上了翅膀，把剧院里的一位身穿白衣的金发女人变成了出身高贵的珍禽之美的标志。普鲁斯特从她和外甥瓦鲁一样鲜明的鹰钩鼻，构想出了稀世珍禽的奇喻。希波莉塔或许把她"神秘的锦翅"换成了"家常的"社交晚礼服，但她的相貌和姿态仍一丝不差地保留着鸟类的轻柔妩媚。它们刺激了叙述者"飞翔的欲望",在隐喻意义上把他提升到了她自己栖居的高空,那是众神和百鸟的家园,是神话和绝美的所在。

如果说斯特劳斯夫人以她的偏见、癖性和无数动听的虚伪影响了普鲁斯特对名媛精神的理解,那么德·舍维涅夫人则塑造了他对贵妇人这个肉体样本的理想。从那以后,碧眼金发鹰钩鼻的鸟神就永远成了他头脑中贵族优雅的原型,预示着有一个高高在上的王国,像他这样的凡人必须插上神圣欲望的双翅方能抵达。

一篇发表的作品就像一封瓶中信——你把它抛入"海蓝或海绿色的激流",希望得到最好的结果。普鲁斯特渴望德·舍维涅夫人在希波莉塔素描中认出她自己的影子,但除了把文章发表在《酒筵》上,他却无法确保她读过它。如果洛尔的确读过,她的反应却没有留下任何记录。

然而有些证据可以证明另一位贵族女人读到了普鲁斯特的文章。并且还不是普通的贵族女人,而是不久就会替代洛尔——正如洛尔替代了热纳维耶芙——成为普鲁斯特的名媛缪斯的人。在厄镇与德·奥尔良家族告别之后,伊丽莎白·格雷弗耶给她的玛丽-爱丽丝小说增加了一个次要人物:德·特勒斯男爵夫人,这位自私自利、打破成规的社交老手与洛尔·德·舍维涅有着明显的相似之处。[35] 在伊丽莎白的叙事中,男爵夫人的青年时代是在一个流亡国王位于中欧的宫廷里度过的,那位坏脾气、性无能的国王有一匹羸弱的驽马名为"群众的要求"。男爵夫人常常(带着虚伪的"单纯")对社交界的朋友们吹嘘她与王室的良好关系,但她其实是个身穿廷臣制服的叛逆者。她从德·萨德侯爵的小说中获得灵感,享受"独立于(她)不爱的丈夫的生活"。

在城里，她"总是在夜间探入巴黎的阴暗角落里娱乐"，去蒙马特尔之类的地方。在乡下，在一个喜欢她的老年公爵夫人的城堡中，她在午夜潜入情夫的卧室（还残忍地捉弄了德·加利费将军）。男爵夫人这个人物就是一个矛盾体，既高雅又粗俗，既规矩又家常，既阴柔又豪迈。

简言之，她的原型就是洛尔·德·舍维涅。男爵夫人的姓氏更明白无误地体现了二者的联系，它是洛尔的那些被封为男爵的商人祖先的姓氏"Thellusson"（特勒森）的简写形式。至于男爵夫人的名字，伊丽莎白最终确定为"马克西米莉安妮"（Maximilienne），但那不是她唯一的选择。她在手稿校样上所做的修正表明她曾经考虑过给这个人物取名"希波莉塔"，或许是为了突出男爵夫人模糊的性别形象和"豪迈气质"，她甚至还想给她取名"希波吕托斯"（法语写作"伊波利特"）。

鉴于伊丽莎白的文学品位偏天主教，"希波莉塔"这个名字可能借自莎士比亚的《仲夏夜之梦》。但除了喜爱骑马和打猎之外，萨翁笔下那位温顺的亚马孙女王与伊丽莎白笔下这位顽皮机智的男爵夫人毫无相似之处。必须承认，普鲁斯特的希波莉塔跟她的莎士比亚同名者也没有可比性。不过那是因为《素描》的叙述者只是远观自己的梦中女郎，他看到的只是一个形象，并非实实在在的人。毫无疑问，那个形象就是洛尔·德·舍维涅的形象。因此，伊丽莎白笔下那位洛尔式男爵夫人的名字更有可能取自普鲁斯特的致敬文字而非莎士比亚戏剧。

这当然不是说伊丽莎白本人是普鲁斯特和朋友们推销《酒筵》的夹层公寓常客之一。[36] 谁都知道，伊丽莎白从未频繁光顾过热纳维耶芙的沙龙，她详细记录的沙龙女主人日志表明，她也从未邀请热纳维耶芙来过德·阿斯托格街，更不用说布德朗森林和迪耶普了。两个女人不仅不是朋友，她们唯一一次因利顿勋爵而起的情敌关系或许还让她们对彼此长期怀有敌意。但伊丽莎白的妹夫德·阿伦贝格却对热纳维耶芙忠心耿耿。不仅如此，到《酒筵》出版时，他还欠热纳维耶芙一个人情，因为她通过一些有势力的共和派朋友的帮忙，任命德·阿伦贝格为苏伊士运河公司总裁，这可是名利双收的职位。[37] 虽然他直到1894年才最终获得任命，但那是个很长的过程；在此过程中，亲王掏出十法郎购买热纳维耶芙儿子和侄子的杂志简直是小菜一碟，如此又能对她表达感激，何乐而不为呢？因此，如果《酒筵》确实到了伊丽莎白之手，几乎可以肯定是经由德·阿伦贝格转交的。[38] 伊丽莎白甚至可能很喜欢在上面读到的文字，因为一年后《酒筵》与《白色评论》合并之后，伊丽莎白还继续订阅《白色评论》来看。

　　至于普鲁斯特，他过早地发现了德·舍维涅夫人身上吸引他的是形象，而非本人。[39] 他沿着自己的"希望路线"步行了几个星期，或许最多两个月，而只要他热爱的对象正好在他伸手可及的范围之外，做一只在他视线的远端振翅的"漂亮的金色飞鸟"，就能让他痴心妄想、不能自拔。在充满敬意的跟踪者的距离之外，看到她那双眼皮松弛的碧眸和帽子上新鲜的蓝色矢车菊的完美搭配，都能让他喜出望外。当春风轻拂香榭丽舍大道时，他会充满柔情地盯着她白净的皮肤下面散开的玫瑰痤疮的暗斑。他会观察她与过往的陌生人互动——德·舍维涅夫人没有男仆陪同，有时会引来街头工人的口哨声，对此她毫不掩饰自己的开心。（有个好色的男人对着她的臀部吹口哨，她听见后毫不迟疑地喊道："等等亲爱的！你还没看见正脸呢！"[40]）普鲁斯特只是从远处看到这些互动，并没有听到她说什么。但他可以也的确记得德·舍维涅夫人在大笑时，嘴唇会弯成"一个很尖的锐角"，既不是玫瑰花瓣的形状，也没有要送出亲吻的意思，而是一个退化的副喙的尖利而骄傲的薄片——是她神秘的禽鸟种族的又一个标志。

最棒的是，她从视线中消失后，普鲁斯特还可以沉浸在自己的梦想中，想象德·舍维涅夫人过着怎样的生活：她读些什么书，看望哪些朋友，离开巴黎时去探访哪些城堡。普鲁斯特可以把她想象成王室外围的任何人——身体特征、家世细节、社交资质——她无意间为他的幻想插上了翅膀。他可以像崇拜一个落入凡间的鸟神一样崇拜她，他写道："因为他看她时动用的是想象力而非双眼，那可以让一切变得崇高而尊贵。"[41]

随后就发生了那个春天的早晨那可怕的一幕，德·舍维涅夫人在步行中突然转过身来，瞪着他，尖声说："菲特亚穆在等着我呢！"她已经连着多少个星期对他不理不睬了，为什么突然在那时对普鲁斯特大发脾气，这始终是个未解之谜。或许她与菲茨-詹姆斯幽会迟到了——普鲁斯特注意到她那天用一幅小巧的面纱遮住了面部。或许她正恼火着，因为另一位时断时续的情人亨利·德·布勒特伊和他年轻的美国妻子最近宣布他们的第一个孩子出世了：一个瘦骨嶙峋的男继承人。或许她很不安，因为无政府主义者的炸弹最近开始在巴黎各处爆炸，连她的好朋友让娜·德·萨冈的府邸也未能幸免。或许她正为金钱发愁，自从阿代奥姆在巴拿马运河的投资打了水漂，生活变得更加拮据了。或许她很不高兴丈夫已经准备挣钱谋生，为他的朋友戈登·贝内特的报纸《纽约先驱报》撰写乐评了；要么是阿代奥姆最初写的一篇关于瓦格纳的乐评，居然说格雷弗耶伯爵夫人是巴黎时尚的引领者。（洛尔虽然很喜欢伊丽莎白，但应该更希望得到这种评价的是她自己。）或许她很烦乱，因为有个发卡的位置不对，刺进了她的头皮；或者一场雨过后，有泥水渗入了她的鞋子。或许她正因为跟孩子们那位苛刻的爱尔兰保姆弗朗西丝争执而生着闷气。或许她正心怀怨恨，老朋友阿尔贝·德·曼，那位每次见她频送秋波都要声称自己是个虔诚教徒的家伙，居然克服了宗教顾虑，疯狂地爱上了另一个女人。（至于是谁，他拒绝交代。）或许洛尔就是受够了这个圆眼睛的年轻陌生人不速而至，尾随跟踪她。或许她根本就没生气，是普鲁斯特误读了她的神态和语气。

总之，他最终也没弄明白自己到底怎么激怒了德·舍维涅夫人。虽然普鲁斯特后来通过他们在上层共同的朋友跟她变得熟络了，但他从未敢过问她那天为什么要那样对他说话。不过他从未忘记她曾怎样傲慢地在她（和"菲特亚穆"）这样的大人物与他这样的下等人之间"划清界限"。即便对他这样一个倾向于认为爱必会带来痛苦的年轻人来说，那样残忍地拒之门外也难以承受。据塞莱斯特·阿尔巴雷说，德·舍维涅夫人那一刻对普鲁斯特造成的伤害一直持续到他生命的最后一刻：始终在提醒着他，当他渴望的是一位娘家姓德·萨德的贵族时，应该对自己渴望的对象更加谨慎一些才好。[42]

注　释

1　MP 致 GS，见 MP, *Correspondance avec Mme Straus*, 268。

2　Bischoff, op. cit., 281. 同样，FG 在他关于 GS 沙龙的回忆录中也提到了"阿斯－斯万”；见 FG, *Mon amitié*, 46。

3　MP, CG, 883. 必须要说，这是 MP 听到阿斯在社交界使用的一句俏皮话，当时一位朋友请他评价一下那位朋友收藏的一幅画作，他说出这句话来取笑那位朋友。Painter, op. cit., vol. 1, 94.

4　MP, CG, 884.

5　Painter, op. cit., vol. 1, 90-91. 关于“红鞋子”这个插曲，最棒的学术讨论见 Murat, "Les Souliers rouges de la duchesse," 96-105. 关于 GS 在勒梅尔舞会上的红黑色装束，见 Gant de Saxe (pseud. M. Ferrari), "Mondanités: Tout au papier," *Le Gaulois* (March 2, 1892): 1; 又见 EdG, 日志，1892 年 3 月 2 日的日记。EdG 提到冈德拉和德太耶是另外两个参加勒梅尔舞会的忠实信徒。

6　关于吉罗之死，见 Imbert, *Médaillons contemporains*, 293。

7　关于勒梅尔夫人的“混杂”沙龙逐渐成为 GS 沙龙的一个有力对手，见 George Painter：“不久，整个圣日耳曼城区就来了，因为见到艺术家很开心，然后又来了更多的艺术家，因为见到城区的感觉真好。”Painter, op. cit., vol. 1, 105. 这几句话当然呼应了 LH 的话：“圣日耳曼区（前往）热纳维耶芙的沙龙，仿佛去逛‘黑猫’。（而）‘黑猫’（前往）热纳维耶芙的沙龙，仿佛那是圣日耳曼区。”

8　Link-Heer, op. cit., 84.

9　FG, *Mon amitié*, 41. JEB 也呼应了这个观点。说虽然马塞尔“出席过埃米尔·斯特劳斯夫人鼎盛时期的沙龙”，那和“受邀进入‘真正的上层’是两回事，他很少能去那里”，见 JEB, *Mes modèles*, 112。

10　Étincelle, (pseud.), "Les Grandes Réceptions: le bal blanc de la Princesse de Léon," *Le Figaro* (April 11, 1891): 1-2; Comtesse de Vérissey, "Chronique mondaine," *La Mode de style* (June 3, 1891): 179-180; and Gant de Saxe (pseud.), "Mondanités," *Le Gaulois* (June 23, 1891): 3.

11　MP, CCS, 26, 97, and 172.

12　MP 明确提到过这一事实，记录了他有一次听到俱乐部会员埃德蒙·德·波利尼亚克亲王说，“但他当然不会入选骑师俱乐部……（波利尼亚克说起斯特劳斯）（原文如此）”。MP, *Carnets*, 152.

13　MP, *Days of Reading*, 79.

14　Arnaud, op. cit., 76. 同样，Painter 也写道，LC 声音中“乡气的沙哑”在 MP 看来也是“她与众不同的一个标志”，因为它“来自她外省的祖先”。Painter, op. cit., vol. 1, 113.

15 Arnaud, op. cit., 75.

16 Billy, op. cit., 79. 关于 MP 把 LC 写入了自己从《酒筵》到《追忆似水年华》的文字，见 RD, De Monsieur Thiers à Marcel Proust, 17。

17 Benaïm, op. cit., 36.

18 Christian Gury, *Proust: clés inédites et retrouvées* (Paris: Kimé, 2003), 203.

19 FG, *Mon amitié*, 33.

20 同上。FG 还说，MP 常常觉得 LC "那只鹰钩鼻是从德·萨德家族继承的"（同上）。

21 MP, "Poésie," 见 MP, *The Collected Poems of Marcel Proust*, ed. Augenbraum, 19。关于居斯塔夫·洛朗斯·德·瓦鲁的情况，似乎很少有资料留存下来，除了他在圣西尔军校的班级排名通知被刊登在《费加罗报》（1889 年 10 月 23 日）：第 4 版。但他在学校获得过一个物理学奖项。成年后，他的职业生涯完全不同于社交界的交际家——他管理着塞纳－马恩地区的 Marais 造纸厂，专门制造高质量的造纸材料。1912 年之前他一直是"坚持独身的单身汉"，41 岁时娶了 34 岁的表妹妮可·德·瓦鲁。婚后无子嗣。

22 关于 MP 一直急于淡化自己的同性恋倾向，见 Arnaud, op. cit., 74。关于 GS 对 MP 谎称她把他的暗恋之事告诉了 LC，见 AM, op. cit., 504。

23 MP 致 GS，见 MP, *Correspondance avec Mme Straus*, 14–16 and 23。关于艾曼与 MP 和他舅舅路易的关系，见 Carter, *Marcel Proust*, 84–85。关于艾曼可能与阿德里安·普鲁斯特医生有染，见 Taylor, op. cit., 15。

24 Compagnon, *Proust entre deux siècles*, 182. Compagnon 在这里默认"萨德式"与"施虐式"不同，因为 MP "的'施虐'概念往往包括各种笼统定义的变态行为，包括性受虐和恋物癖"，以及德·萨德（在艺术和生活中）欣赏的其他冲动，而"施虐"严格说来不包括那些（同上书，171, n. 3）。

25 René Peter, *Une saison avec Marcel Proust*, ed. Jean-Yves Tadié (Paris: Gallimard/NRF, 2005), 136. William Carter 在 *Proust in Love*, 75 中简短讨论了这部剧，没有提到剧名。按照 MP 的构想，标题中的施虐狂将"与多名妓女通奸并享受……玷污他自己的美好情操"，MP 也把同一种倾向给了 *L'Indifférent* 的主人公。

26 脚注里所讲的关于普鲁斯特与雷雅纳扮成德·萨冈亲王的照片的故事见 Brassaï (pseud. Gyula Halász), *Proust in the Power of Photography*, trans.

Richard Howard (Chicago and London: University of Chicago Press, 2001), 10。

27 在为《意大利喜剧片段》所做的注解中，编辑 Thierry Laget 说该文章标题表明它可能参考了意大利即兴喜剧，但没有把它与 LC 或 1891 年莱昂舞会上的意大利即兴喜剧表演联系起来。PJ, 309, n. 1.

28 MP, in Kolb, ed., op. cit., vol. 7, 239–40.

29 MP, "Cires perdues," *Fragments de comédie italienne*, in PJ, 85.

30 MP 致 GS，见 Kolb, ed., op. cit., vol. 1, 195; MP, PJ, 310, n. 1.

31 MP, "Les Amies de la Comtesse Myrto," *Fragments*, 81. 关于希波莉塔就是 LC，见 RB, op. cit., 79–80; RD, *De Monsieur Thiers à Marcel Proust*, 17; RD, *Souvenirs*, 71; and Karlin, op. cit., 56, n. 88。

32 在古典神话中，希波吕托斯之名源于他的母亲希波莉塔，就是在费德尔之前嫁给忒修斯的那位亚马孙武士女王。拉辛的《费德尔》中虽然没有希波莉塔这个人物，她却是莎士比亚的《仲夏夜之梦》（1595—1596）中的一个次要角色，在第四幕中嫁给了忒修斯。但后一部剧作为普鲁斯特灵感来源的可能性远远低于拉辛的剧目。从童年时期的信件一直到成熟的文学作品，普鲁斯特的文字中充斥着出自拉辛的作品，尤其是《费德尔》的典故。相反，普鲁斯特不是不读莎士比亚，但他的作品中唯一一处《仲夏夜之梦》的典故还是《追忆似水年华》的首位英译者 Scott Moncrieff 加上的，在那部小说的译文中笼统地提到了"一部莎士比亚狂想曲"。(Moncrieff 翻译《追忆似水年华》的书名时使用的也是莎士比亚式而非普鲁斯特式语言：*Remembrance of Things Past* 取自莎士比亚的第 30 首十四行诗。)

33 关于 MP 在早期作品中刻意模仿拉布鲁耶，见 Nicola Luckhurst, *Science and Structure in Proust's "A la recherche du temps perdu"* (Oxford: Clarendon, 2000), 18–21。Luckhurst 没有提到《以德・*** 夫人为原型的人物素描》，但她讨论了 MP 在这段时期写作的其他文本中使用过拉布鲁耶的两个关键写作手法——对话形式和文章开头开门见山。

34 这篇文章最初刊登在《酒筵》第三期（1892 年 5 月），全文重刊于 RD, *Souvenirs*, 71–72. 还有一个删除了倒数第二个句子的稍微缩略的版本出现在 "Cires perdues, II," 见 MP, PJ, 85–86。

35 关于 EG 虚构的德・特勒斯男爵夫人的全部细节都取自 X. Brahma (pseud. EG), *Âmes sociales*, op. cit。EG 这部小说的校样中有很多迷人的变化写法，主要存档于 AP(II)/101/152。

36 FG, "Hommage à Marcel Proust," *La Nouvelle Revue française* (January 1923): 41.

37 LG, *Mémoires*, vol. 2, 201; and "L'entresol," 3.

38 Racyzmow, *Le Paris retrouvé de Proust*, 137.

39 关于这一点，见 Iswolsky, op. cit.: "Proust fell deeply in love with her image" (91)。

40 Huas, op. cit., 168.

41 MP, *La Fin de la jalousie et autres nouvelles*, ed. Thierry Laget (Paris: Gallimard, 1993), 82.

42 关于 MP 由来已久的对 LC 的菲特亚穆"斥责"的"怨恨"，见 Huas, op. cit., 171; Painter, op. cit., vol. 1, 110-11; and Albaret, op. cit., 244。

普鲁斯特对巴黎贵族阶层的着迷始于 1892 年春跟踪德·舍维涅夫人，却没有随着停止跟踪而结束。受到她尖锐的斥责之后，他不屈不挠，继续努力征服他如今所谓的"真正的上层"。[1]他仍然是斯特劳斯夫人沙龙里的常客，却越来越不依赖斯特劳斯夫人，转而求助于他通过她认识的其他几位女主人：玛德琳·勒梅尔、玛蒂尔德·波拿巴公主以及两位罗斯柴尔德家的"犹太女伯爵"——德·瓦格朗亲王夫人和德·格拉蒙公爵夫人。这些女人都不是持剑贵族出身，但后面这两位嫁入了该阶层，而四人全都是各自尊贵的社交小圈子的领军人物。普鲁斯特利用自身的魅力挤入了这几位夫人的宾客名单，一有机会就逢迎讨好她们的朋友。

也不是每个社交名人都欣赏他的凯鲁比诺式表演——夏尔·阿斯就对他不屑一顾，每次和他不期而遇，都拒绝"跟他说话，甚至不肯屈尊瞧他一眼"。[2]莉莉·德·格拉蒙认为，阿斯看不起普鲁斯特是因为他们每次在上层的晚餐会上见面时，年轻人总是坐在桌子的末端，而这位骑师俱乐部犹太会员可不是靠在无名小辈身上浪费时间爬上高位的。（另一种可能是，阿斯觉得巴黎的社交界容不下两位没有出身、只靠头脑的资产阶级犹太人。）但其他社交人士很喜欢普鲁斯特，从暴脾气的"同性恋"埃德蒙·德·波利尼亚克亲王到高傲而美丽的德·奥松维尔伯爵夫人波利娜。提到自己在这一小撮精英中价值日升时，普鲁斯特说："关键是获得进入的资格，其后的一切都是顺理成章的了。"[3]他卧室的镜子变成了他如今大受欢迎的神龛，上面装饰着各种名片、感谢信（感谢他"时时处处"送来的那些花束），以及各种雕版印刷的晚餐会、慈善晚宴、艺术开幕式和舞会邀请函。

　　普鲁斯特在这个圈子里混得风生水起，因此在 1894 年 5 月 30 日，终于有幸认识了他们中间最高贵的贵妇人，格雷弗耶伯爵夫人伊丽莎白。那年他 22 岁，她 33 岁；两人都要在即将到来的 7 月过生日，她的生日只比他晚一天。他们并非一见如故，但这次相遇为普鲁斯特的小说提供了另一个不可或缺的要素，也标志着他的社交事业到达了新的顶峰。

　　在大多数学术和传记作品中，普鲁斯特本人这一时期的大部分著述也是一样，他对贵妇人的着迷往往占据了大量篇幅，但对其所发生的历史背景交代不足。他对德·舍维涅和格雷弗耶两位伯爵夫人及其生活的世界苦思冥想的那段时期，恰逢巴黎反政府暴力肆虐。1892 年 2 月 29 日，也就是普鲁斯特开始每天早上跟踪德·舍维涅夫人在圣奥诺雷区漫步的那段时间前后，无政府主义者的一枚炸弹在河对岸的圣日耳曼区被引爆了。这次爆炸开启了为期两年的无政府主义"黑色恐怖"，整个城市各处还发生了多起爆炸，最终导致第三共和国总统玛利 - 弗朗索瓦·萨迪·卡诺① 于 1894 年 6 月 25 日死于暗杀，距离普鲁斯特初遇格雷弗耶夫人还不足一个月。4 关于普鲁斯特的"山茶花时期"的现有文献大多忽视了这一历史背景，但它十分重要，因为它突出体现了他追求优雅的另一重深刻矛盾。

---

① 玛利 - 弗朗索瓦·萨迪·卡诺（Marie-François Sadi Carnot, 1837-1894），法国工程师出身的政治家，法国大革命时期著名的"胜利的组织者"拉扎尔·卡诺之孙，左派议员伊波利特·卡诺之子。1887 年当选法兰西第三共和国的第四任总统。1894 年 6 月 24 日遭到意大利无政府主义者桑特·格罗尼莫·卡塞里奥刺杀，于午夜过后死亡。

贵族城区闰日爆炸的地点并非无关宏旨。[5] 它发生在上层最有名的聚会场所之一，德·萨冈府邸。2月29日上午，两束炸弹在府邸门口起爆。爆炸震碎了府内的50块玻璃和附近区域的近200块窗玻璃。

德·萨冈亲王夫人本人当时不在家，几天前，她逃离了冰天雪地的首都，和德·加利费夫人一起去阳光明媚的戛纳欢度嘉年华了。唯一的伤者是亲王夫人的看门人，他在打扫卫生时偶然发现了炸弹；它用棕色的包装纸包成圆形，看门人还以为是一包果酱。"这位仆人居然能死里逃生，堪称奇迹"，一个美国记者写道。他全身只有几处擦伤和瘀青，"没受什么伤，但着实吓坏了"。[6]

随后的警方调查表明，爆炸是无政府主义者所为，或许与前一年春天给德·萨冈夫人寄了一封匿名信、威胁要在她即将举办的年度舞会上引爆炸弹的是同一伙人。亲王夫人刚刚被莱昂盛典抢了风头，已经把那年的宾客名单缩减到了只有500位受邀者——还不到以往人数的三分之一——并吩咐他们穿上在对手的晚会上穿过的黑白服装。或许是为了避免可能发生的爆炸伤害客人，德·萨冈夫人把舞会办在了"（她在）花园里支起的一个巨大帐篷里，帐篷由四个饰有缎带的柱子支撑，顶棚覆盖着花朵"。[7] 府邸整夜关闭，举办盛典的庭院也一样，通常，那里到处都是闲置的马车、马匹、车夫，以及来来往往的狂欢者。这些防范措施虽然给府邸笼罩了一层阴郁沉闷的氛围，但晚会倒还顺利。自那以后，亲王夫人就不再去想无政府主义恐怖的事儿了，直到自家前门口发生爆炸。

德·萨冈夫人匆匆回城估算损失。那时，巴黎的社交季刚刚开始，她却没有像往常一样兴致高涨地投入狂欢。事实上，她再

由于无政府主义者威胁要在她1891年春举办的年度化装舞会上引爆炸弹,德·萨冈亲王夫人在公园规模的花园里举办了那年的舞会,其间关闭了庆典的庭院和府邸大门

也没有举办过化装舞会,警方也未曾找到发动袭击的罪犯。

　　这次爆炸以耸人听闻的方式表达了人们对社会政治的深刻不满,自从布朗热将军两年前逃跑之后,不满情绪日益加重。一个原因是政府军和激进游行队伍(无政府主义者和罢工的工人)于1891年劳动节当天在巴黎和外省城镇富尔米①发生的一系列冲突,引发了越来越大的民愤。在富尔米,军队向手无寸铁的群众开枪,杀害了十位平民,其中包括两个孩子。屠杀引起了骚动,一位名叫拉瓦绍尔〔Ravachol,本名弗朗索瓦·柯尼希施泰因(François Koenigstein)〕的无政府主义者发誓要为受害

---

① 　富尔米(Fourmies),法国上法兰西大区诺尔省的一个市镇,位于该省东部,属于埃尔普河畔阿韦讷区。

者报仇。1892 年 3 月 11 日，他炸毁了圣日耳曼大道上的一座建筑物。他声称自己的目标是一位住在那里、正在主持某个劳动节事件审判的法官。但由于那座建筑物是罗贝尔的叔叔、伊丽莎白·格雷弗耶的舅公弗洛迪米尔·德·孟德斯鸠（Wlodimir de Montesquiou）伯爵的财产，拉瓦绍尔的爆炸也象征着对巴黎贵族的迎头一击。[8]

与巴拿马运河公司有关的巨大财务丑闻激起了更大的民愤。1882 年到 1888 年，六十多万名小投资者把一生的积蓄投到在中美洲新建一座跨大洋运河的风险项目中。公司发起人是苏伊士运河的传奇建设者费迪南·德·莱塞普和设计埃菲尔铁塔的工程师居斯塔夫·埃菲尔，他们通过一系列证券发行筹集了 14 亿法郎的资金，却未披露在半个地球之外的多重成本问题很快就宣告该项目注定失败了。到 1885 年，资金早已枯竭，但莱塞普、埃菲尔及其同事贿赂了一百五十多位政府官员，把投资者蒙在鼓里。

巴黎的一个民事法院在 1890 年 2 月宣布巴拿马运河公司破产，并下令启动司法调查。其后两年，各种欺诈细节逐渐披露，人们看到了严重的公司渎职和惊人的政治腐败。（包括舍维涅夫妇在内的）数十万人对该公司的投资血本无归，但管理团队及其政府亲信却中饱私囊。有一位在此次欺诈中扮演重要角色的法 - 德金融家雅克·德·赖纳赫（Baron Jacques de Reinach），单在一次欺诈性证券发行中就净赚 610 万法郎。他在 1892 年 11 月自杀了，其后不久，埃菲尔、莱塞普和其他同谋者也先后被判监禁。[9]

在如此令人无法容忍的氛围中，无政府主义组织如雨后春笋般建立起来。一贯反动和势利的龚古尔在 1892 年 5 月抱怨说："无政府主义派正在把一切失败者、一切失意者、一切罗锅和驼背，一切对生活不满的人招募在自己麾下。"[10] 拉瓦绍尔之流最顽固的不满者决定用炸药来伸张自己的发言权。对圣日耳曼区发动了两次袭击之后，无政府主义者又炸毁了巴黎多处财富和权力的堡垒，包括位于右岸最时髦的王宫区的一家餐厅和一处警察局。拉瓦绍尔于 1892 年 7 月 11 日被处决，他唱着"要想快乐，去他妈的，就得一个不剩杀死那些有产者。……"铡刀落下之时，他还在高喊"革命万岁"！[11]

拉瓦绍尔之死激怒了他的同志们。1893 年 12 月 9 日，无政府主义者奥古斯特·瓦扬（Auguste Vaillant）把一颗自制的炸弹扔进了下议院，有力地传达了该组织早已臭名远扬的信息。[12]

从 1892 年到 1894 年，无政府主义者对法律、秩序和特权的堡垒发起了一连串爆炸袭击，震惊了整个巴黎

（爆炸导致 20 人受伤，其中没有一位是伊丽莎白、热纳维耶芙或洛尔的朋友；亨利·格雷弗耶早在那年秋天就放弃了再次竞选，躲过了爆炸。[13]）瓦扬于两个月后被送上断头台，政府为打击其他煽动者，通过了一系列"流氓法案"（lois scélérates）。但袭击仍在继续。3 月，一颗炸弹在巴黎火车站的一家咖啡馆里爆炸，4 月，另一颗炸弹在一家餐厅引爆，威尔士亲王本来打算在剧院度过一晚之后在那里用餐的。[14] 亲王那晚换了用餐地点，但爆炸导致很多其他受伤，两万多人涌向现场，一时乱作一团。

在蒙马特尔，鲁道夫·萨利斯和阿里斯蒂德·布吕昂等人的反主流文化姿态又有了新的锋芒，或邪恶，或尖刻，取决于各自的政治倾向。[15] 无政府主义者们唱着布吕昂的反叛小曲，填上他们自己发明的歌词，例如：

> 国王上帝都死了，而我们不在乎。
> 明天的我们会像空气一样自由。
> 再没有信仰、法律、奴隶和过去
> 我们是打破一切旧传统的英雄。[16]

以及：

> 我有足够的匕首、长矛和枪……
> 　　去攻击加利费和警察们的要害。……
> 我有苦味酸钾和氯化氮……
> 　　他妈的还有足够的炸弹……
> 去把整个法国砸烂。[17]

这里提到加利费，把新一代无政府主义者与 1871 年由这位将军带头屠杀的巴黎公社起义者联系起来。对向火车站和警察局投弹的 21 岁埃米尔·亨利而言，这一联系与他个人息息相关：他的父亲曾在巴黎公社中与"克里希的刽子手"对抗。在埃米尔·亨利和他的同路人看来，加利费就是统治阶层置民生于不顾的极坏典型。

极端主义权威抓住时机，把矛头对准了另一群大敌。1892 年秋天，埃杜瓦尔·德吕蒙新办的《自由言论》上刊登了一位匿名记者的文章，煽动读者们"对去岁的金牛犊①群起而攻之"。[18] 虽然这里提出的攻击对象很宽泛，可能包括腐败政治家、堕落贵族和刽子手将军，但这个比喻事实上将矛头指向了德吕蒙长期以来企图妖魔化的人群：犹太人。雅克·德·赖纳赫在自杀前曾给了德吕蒙一个名单，上面列出了在巴拿马丑闻中有罪的全部当事人，敦促他把该名单公之于众。这份独家新闻让《自由言论》一夜成名，却没有得到德吕蒙感恩的回报。他和反犹同伴们攻击赖纳赫的犹太人身份——还谎称埃菲尔和莱塞普也都是犹太人，进一步证明"犹太人之祸"正在威胁法国。社会主义日报《强势报》（L'Intransigeant）的创办者、自称"贫民窟报纸之王"[19] 的亨利·罗什福尔（Henri Rochefort）在一篇社论中大放厥词，论调如此极端，以至于德吕蒙在自己的报纸上转载了全文：

> 看起来无论高低贵贱，所有的犹太人都（串谋参与了）这场让那么多公民血本无归、让那么多代表名声扫地的灾难。……犹太人……是这场肮脏交易的始作俑者。[20]

---

① 金牛犊（Golden Calf），摩西上西乃山领受十诫时，以色列人制造的一尊偶像。根据希伯来《圣经》的记载，金牛犊是亚伦制造的，以取悦以色列人。

这一观点为罗什福尔和德吕蒙赢得了无政府主义者的"极大尊重和崇高敬意"[21]，那些人发现，栽赃犹太人能够支持他们关于共和国的政治掮客都是"必须消灭的恶魔"的信念。[22] 无政府主义者把这些恶魔归为同一类仇敌："秃鹫先生"。[23] 在讽刺漫画家们笔下，这位先生往往有一个"犹太人的"大鼻子。

《自由言论》使得反犹漫画在巴黎随处可见。1893年12月，德吕蒙发行了该周报的免费特刊，首页的整版插图题为《犹太人的品质》。这幅素描对一个丑陋的鹰钩鼻犹太人的头部进行分区，各自标记着"诚实""慈善""敬神""爱国"等品质。每一个分区中画着一个小小的、违背所列特质的简笔人物画：偷窃他人的口袋、对慈善事业嗤之以（鹰钩）鼻、对着一枚金币膜拜，以及拒绝参军等。这最后一则小品画让人想起洛尔·德·舍维涅曾指责她的好友、骑师俱乐部的犹太会员阿斯逃避服兵役之事。

"爱国"这个分区还为德吕蒙在后来那个丑闻中的立场埋下了伏笔，没过多久，那件丑闻就轰动全国，让无政府主义者和巴拿马运河事件都相形见绌了。1894年冬，法国军队的一位阿尔萨斯犹太人炮兵军官阿尔弗雷德·德雷福斯上尉被诬陷为普鲁士间谍；《自由言论》是第一个重点报道德雷福斯"叛国"事件的出版物。在报道上尉被捕新闻的那一期头版，德吕蒙刊登了一幅整版漫画，画的是他自己用一对垃圾夹把"犹大德雷福斯"清扫到下水道里。插图说明是："法国的人民啊，过去八年我每天不厌其烦地对你们说什么来着？"除了头戴有尖的普鲁士头盔，额头写着"叛国者"，巨大的鹰钩鼻上还架着长柄眼镜之外，被德吕蒙的夹子夹住的德雷福斯与《犹太人的品质》中的那个恶棍一模一样。

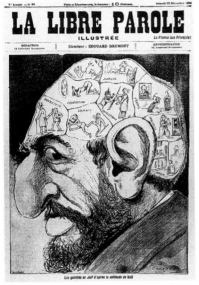 

埃杜瓦尔·德吕蒙的《自由言论》首页刊登的这些人物角色在普鲁斯特的同代人中激起了反犹情绪。（左）《用加尔①的方法研究得出的犹太人的品质》，1893年12月23日。（右）《关于犹大德雷福斯》，1894年12月16日

　　在上层，无政府主义者时断时续的疯狂发作提醒着人们特权的脆弱性，令人胆寒。上流社会的成员们遵循着一套仪式化习俗和后顾性传统，仿佛生活在时间隧道中。荒谬的是，他们想象自己生活在路易十四或路易十六的君主制度下，反而比想象生活在梯也尔或卡诺总统治下来得容易。然而尽管如此，在生活中常常参照旧制度却又让他们对终结旧制度的灾难记忆犹新。每个人的具体记忆不同——最精通此道的当属洛尔·德·舍维涅，她如今

---

① 弗朗兹·约瑟夫·加尔（Franz Joseph Gall，1758-1828），原名弗朗兹·加洛（Franz Gallo），是德国神经解剖学家、生理学家，率先研究了大脑中不同区域的心理功能。

自称"弗罗斯多夫的幽灵"²⁴——但那种记忆就在一个极端不适的隔离带附近盘旋。

世界各地的消息都表明，王室机构脆弱而不堪一击。1881年3月，弗拉基米尔大公的父亲沙皇亚历山大二世在无政府主义者导演的一场爆炸中，惨死于圣彼得堡。从那以后，弗拉基米尔大公为防被暗杀，无论去哪里都要背墙而坐，即使来法国寻欢作乐也不例外。他最富裕的巴黎朋友们，像格雷弗耶夫妇，总会在他和大公夫人来塞纳 - 马恩地区时专门花钱加强安保。

就在萨冈爆炸前一个月，保加利亚首都索非亚的警方挫败了一起谋杀该国执政者费迪南亲王的阴谋。①[25] 伊丽莎白·格雷弗耶或许私下里为情敌的经历而幸灾乐祸；她在一个"国际事务"卷宗中保留了一张关于该事件的剪报。（她还加倍努力自学时事，联系她的共和派朋友、不久被任命为法国外交部长的加布里埃尔·阿诺托每周为她送来新闻综述。）除此之外，费迪南亲王与死亡擦肩而过进一步加重了上层的焦虑。亲王虽然为人古怪又远隔千里，但他是奥尔良家族的后代，因而也是上层的一员。想要谋杀他的凶手在1892年8月被处决，也没有给他在巴黎的同情者们带去多少安慰；甚至还有可能引发他们国内更多的麻烦。罗什福尔报道暗杀者在索非亚被处绞刑，要求法国的"社会主义者和革命者"起来反对"'机枪手'加利费……之流的刽子手"，因为保加利亚人一定会继续反抗"绞刑吏费迪南"的。[26]

———————

① 沙皇亚历山大三世虽然讨厌费迪南亲王，但后者在1880年无意间拯救了整个俄国皇室，令其躲过了另一次暗杀行动。一位无政府主义者在冬宫放置了一枚定时炸弹，预备在罗曼诺夫皇朝的成员晚餐时引爆。但当晚来皇室做客的费迪南亲王迟到了很久，以至于炸弹爆炸时，餐厅还空无一人。他的粗鲁和虚荣救了皇室一家的命。——作者注

面对仇恨言论，加利费不得不乘坐防弹马车行走在巴黎街头。但他仍然固执地出现在社交界各处。位于"后院和花园之间的"各处府邸会给他和他的同伴们一些安全感，因为那些房屋的接待室与街道之间有一定的距离。像斯特劳斯家那样的公寓则缺乏这种缓冲。热纳维耶芙客厅的窗户正对着大街，也完全暴露在大街的视线之内。因此只要加利费的敌人们想这么做，看到他在那里就向夹层公寓投一枚炸弹也并非难事。

无政府主义在巴黎肆虐的那几年，热纳维耶芙的通信又出现了一段很长的空白期，因而很难说她是否曾担心无政府主义的恐怖会尾随加利费进入她的家门。在现存的写给她的信中，将军对危险轻描淡写。[27] "'1871 年的机枪手'——这么说有些夸张了，"他引用关于自己的最新负面报道安慰她说，"但既然传说盛行，我再推卸与之相应的责任就有些低级趣味了。"[28] 作为一个军人、持剑贵族和交际家，加利费有三重理由对此类威胁一笑而过，哪怕只为追求高尚品位，也要坚持传统，勇敢无畏地泰然处之。

就算那些素日不与加利费交好的社交界中坚力量也有理由担心，因为引爆者的目标既然是让娜·德·萨冈、弗洛迪米尔·德·孟德斯鸠和威尔士亲王伯蒂这类与军队无关的人物，就意味着上层的任何人都可能成为下一个目标。社交人士在聚会上的标准反应是很快提一句最近发生的不愉快事件——"好可怕啊，这些爆炸！"——就迅速回到更宜人的话题。但有些贵族敢于直面威胁。德·于扎伊公爵夫人宣称她素来"善待（手下的）工人们"（就是她家里和家族的香槟企业——凯歌香槟——雇用的那些人），"他们不会想去炸任何人或任何东西。要是每个人都像我一样就好了"！[29] 她的地位至高无上，便自认为有权偶尔扮

斯特劳斯夫妇的夹层公寓（右）就在萨顿裁缝铺上面的拱形窗户里，正对着街上潜在的引爆者，十分危险

演古板女教师的角色——她非常清楚贵族同伴们不像她那样"善待"下人——但没有一个人领情。

　　素来放肆无礼的罗贝尔·德·孟德斯鸠则公然对叛乱者表示欣赏，在高顶礼帽上别一枚红色的无政府主义帽章，还吹嘘他与亨利·罗什福尔十分要好。[30] 他会在社交场合堵住那些乏味的孀居贵妇，深知她们很容易受到惊吓，就对她们谈论流血事件可怕的崇高性和革命"永恒的黑色诗意"。[31] 他认为如果动乱导致她们这个圈子里的某些人死亡，那么剩下的人会因此而更加高贵，"就像远东人常说的那样，如果某些枝头上的花蕾被剪掉了，邻近的花儿会越发鲜艳"。[32] 他甚至引用一位无政府主义诗人关于下议院遭袭的打油诗："只要姿态优美，哪管被害的是谁？"[33] 孟德斯鸠意在激怒自己的贵族同伴，他激进的高谈阔论以一种迂回的方式道出了他们肤浅的道德观。通过美化社会动荡的危险性，他给这些危险赋予了坚持纯粹形式的正统性，因而削弱了恐怖的锋芒。

社交界的陈词滥调没有那么耸人听闻，但也有同样的功效。它们也执着于事物的表象，为恐怖的炸弹和你死我活的阶级斗争盖上一层"优雅"的面纱。鉴于无政府主义者暴动的背后往往有其经济动机，德·奥松维尔的"因为常有穷人和你们同在"这类圣经格言就意外地变得切中时弊了。如果把这句话诠释为贫穷是人类存在的一个不可避免的特征，就很容易从逻辑上说服自己相信拉瓦绍尔和埃米尔·亨利之流此战注定会失败，无论他们的对手是"秃鹫先生"还是上帝的意志。这样的推论无论多么华而不实，至少能给他们一些虚幻的抚慰，让下一次恐怖主义爆炸的威胁变得不那么可怕。

普鲁斯特的《城里的一次晚宴》（"Un dîner en ville"，1895）是他这些年出版的作品中唯一一篇提到无政府主义袭击的文章，其中戏剧化地描述了社交界退而陷入陈词滥调的现象。故事的背景是一位弗雷默夫人在右岸的宅邸中举办的晚宴，这位"野心勃勃、诡计多端"的中产阶级女主人"习惯于把大作家介绍给公爵夫人们"，还颇为促成了这两个阵营的"和谐交谈"而自豪。[34] 她的客人包括一位"德·沃居埃夫人的亲戚"[35]，一位"莫里斯·巴雷斯夫人的信徒"（这两个名字都取自斯特劳斯夫人的小圈子），一位名叫奥诺雷、深知最好不要对餐桌同伴谈论文学的"很英俊"的年轻人[36]，还有一些来自蒙索平原的乏味无聊的太太。奥诺雷观察到，客人们和女主人及其丈夫（一位富有而贪婪的资产阶级）一样，"全都有着同一个愚行：势利"。[37] 因此，这群人在整个晚宴上谈论的也就是一些家长里短。

到晚餐快要结束时，谈话才开始变得有内容。在餐后休息时，桌上的蜡烛快要熄灭，觥筹交错，戒备心没那么重了。"绅士们开始抚摸坐在身旁的女士们的膝盖"，过了一会儿，弗雷默夫人的客人们无意中开始了"关于无政府主义者的严肃讨论"。[38]但普鲁斯特没有详细描述这群人谈论的细节，而是把发言权给了晚宴的女主人，她用一套令人安心的陈词滥调结束了关于恐怖主义的谈话（以及整个故事）：

> 仿佛顺从地向某个无可争辩的自然法则低头，弗里曼夫人慢条斯理地说："说这些有什么用呢？世上总是有富人和穷人的嘛。"听到这里，所有的客人——他们中最穷的人每年也有十万法郎收入——都如释重负，愉快地喝下了最后一杯香槟。[39]

弗雷默夫人虽然出身平民，却表现出一位"有生"名媛的良好直觉。她把客人们的注意力从无人乐见的政治现实中引开，让他们继续愉悦地幻想自己骄纵而富裕的生活是永恒不变的现实。

《城里的一次晚宴》以结尾不露声色的反讽，重现了普鲁斯特的"山茶花时期"其他一些社交界素描中出现的淘气的社会批评。然而他讽刺贵妇人口中"世上总是有……穷人"这种自私自利的沾沾自喜，并不意味着他自己关心社交界其他人宁愿无视的社会弊端。恰恰相反，普鲁斯特自1890年代以后发表的文学作品（除了上文引用的段落外）不仅完全避免提及当代政治动荡，他在那十年中写的几百封信中也无一处写到无政府主义恐怖、投弹手被处决、"流氓法案"或卡诺总统被暗杀。他也从没有述及劳动节冲突、巴拿马运河乱局或德吕蒙和罗什福尔的反犹论战。[40]

普鲁斯特后来在德雷福斯事件中与反犹派对立，但在那以前，他对自己所处时代的社会政治事务没有表现出任何明显的兴趣。[41]

在某种程度上，我们可以把他对时事漠不关心归咎于少不更事。毕竟，巴黎的爆炸开始时，普鲁斯特只有 20 岁，卡诺被杀时他也只有 22 岁。不过，有些无政府主义者也和普鲁斯特一样年轻，家境也同样富裕。此外，那时候他至少有一位朋友已经开始严肃地研究经济不平等、工人权利以及社会和教育改革的问题了。比普鲁斯特晚一年、1890 年从康多塞毕业的达尼埃尔·阿莱维，开始充满激情地阅读马克思主义和社会主义思想。[42] 令他的奥尔良派父母恼怒的是，达尼埃尔在巴黎读大学的大部分时间都去探访工人阶级社区、走访当地人，为一部（从未完成的）现代社会主义研究做笔记了。

就算不提达尼埃尔和他的研究，普鲁斯特的社交圈也没有完全把他和那个时代的政治动荡隔离开来。阿德里安医生作为公共卫生专家的地位继续为他获得重要的政府声誉和任命，通过他，普鲁斯特及其家人与共和派的很多官员都非常熟络，包括未来的共和国总统菲利·福尔（Félix Faure）及其家人。（福尔的两个女儿露西和安托瓦妮特是普鲁斯特最好的两个童年玩伴，起初正是安托瓦妮特给他那份最终以他的名字命名的问卷）。普鲁斯特一家与巴拿马运河事件的罪魁祸首之一居斯塔夫·埃菲尔也走得很近，埃菲尔的姐姐是让娜·普鲁斯特的闺蜜。

作为斯特劳斯夫人沙龙的常客，普鲁斯特与像埃菲尔那样卷入巴拿马灾祸中的国人有了很多联系。新入伙的忠实信徒莫里斯·巴雷斯当时还是布朗热派的新代表，是政府方对这次欺诈批评最激烈的评论人之一，而埃米尔·斯特劳斯则为其中一位犯人提供法律辩护。由于他和当事人都是犹太人，斯特劳斯成为反犹主义者发泄怨怒的对象，身败名裂的雅克男爵的侄子约瑟夫·雷纳克也一样。此外和热纳维耶芙所有的忠实信徒一样，普鲁斯特也不得不忍受和加利费一起待在夹层公寓可能遭遇的危险。[不过在他这些年的通信中，普鲁斯特只有一次提到将军，还是跟礼仪有关："德·波利尼亚克亲王对加利费以（非正式的）'你'相称。"[43]] 1893 年与《酒筵》合并、普鲁斯特还为其撰写了好几篇文章的文学杂志《白色评论》在这一时期成为无政府主义同情者的主要文学刊物。[44] 它的一位编委会成员甚至曾作为卡诺暗杀事件的嫌疑人接受过审判。

如果说普鲁斯特在这一时期有过任何政治观点，它们也是模糊但偏右的，这或许也让他的父亲大吃一惊，其程度不亚于达尼埃尔·阿莱维的社会主义观点给卢多维克带来的震撼。阿德里安·普鲁斯特医生是个坚定的共和派，这也符合他白手起家的经历和在政府中的地位。让娜·普鲁斯特的政治观点不那么容易归类。和许多历史悠久的法国富裕犹太人家族（包括阿莱维家族）一样，魏尔家族在历史上也一直倾向于支持开明的奥尔良派君主。让娜保留着那一偏见，同时也——作为一个顺从的妻子和没有选举权的公民——明确支持丈夫的政治主张。普鲁斯特说她同情"奥尔良共和派"，这听起来是个不协调的古怪组合。[45]

年轻的普鲁斯特看似吸收了母亲的君主派观点——他的朋友安托瓦妮特·福尔曾奚落他"对奥尔良派心驰神往"——同时又拒绝母亲的共和派成分。[46] 他仍然一心沉浸在路易十四统治时期的文学中，似乎首先对旧制度的理想化图景充满乡愁般的眷恋。1894 年 4 月，他出席了一次关于玛丽·安托瓦内特的新展览的开幕式。展览展出了她生前死后的遗迹，展品都是从许多声名显赫的贵族家族（拉罗什富科、孟德斯鸠、德·于扎伊）那里借来的。①47 他后来对一位朋友说：

> 我谴责大革命的，是它全面摧毁了一切优雅和美好的东西……玛丽·安托瓦内特的尊严……（路易十五的情妇）杜巴利夫人的禁奢蠢行。48

在安托瓦妮特·福尔看来，普鲁斯特对大革命"诗意"的反感显示了"（他）根深蒂固的世故，乃至（他的）势利"。49 他反驳说他"不是斯特劳斯那样浅薄的势利小人"，把他与这么一个毫不敏感、不得人心的暴发户归为同类让他很"伤心"。他对自己的思想意识观念不置一词。安托瓦妮特的结论不无道理，至今仍然能在普鲁斯特学者中引发共鸣。如让娜·卡纳瓦贾（Jeanne Canavaggia）所述，"普鲁斯特和政治？总的来说，提出这个问题只会引来一个面带微笑的回答：'公爵夫人'"。50

这里的关键是，如果普鲁斯特在20岁出头的岁月里无视政治，那么他这么做是故意的。他自觉地决定关注社交界及其行家里手，将时事排除在外。不仅1890年代以后的文学作品，就连他的信件中也充斥着大量的贵族姓氏，这证明了安托瓦妮特·福尔的观点。那些姓氏多半属于普鲁斯特有待结交（如坏脾气的交际家德·杜多维尔公爵，他曾希望骑师俱乐部是"整个巴黎终归得有那么一个地方是不计个人成就的"51 或未曾有机会结交的人（如巴黎伯爵一家）。与他好奇的对象素不相识并没有阻止普鲁斯特热心地讨论他们。他喜欢传播二手八卦——"我听说德·莱昂亲王夫人蕙质兰心"52，还喜欢从比他人脉更广的朋友那里

/ 544

---

① 出于未明说的理由，格雷弗耶家族没有把他们名下曾经属于玛丽·安托瓦内特的钟表出借展览。——作者注

收集信息——"据说有一次……有人问德·拉特雷穆瓦耶夫人对爱情有何看法，她粗鲁地答道：'我常常做爱，却从不曾谈情说爱！'是真的吗？"[53]

在文学小团伙看来，普鲁斯特眉飞色舞地谈论社交界印证了他们的担忧，他的确正在变成一个可怕的势利眼。雅克·布朗什恳求他对社交界的熟人们多一些怀疑的态度："你必须傲视他们——就像他们轻视我们那样。"[54]普鲁斯特早期对上层最一针见血的描写表明，他的确能够很无情地看待"他们"。然而他毕竟年轻，无法始终如一地坚持一种观点。布朗什不愿意看到才华过人的好友"平和甚至合作地"顺从贵族们极为"无礼的冒犯"。布朗什写道：

> 如果我哀叹他把自己的天才都浪费在这些贵族子弟身上了，（普鲁斯特）会为自己辩解说："我向你保证亲爱的老 X（或其他某个贵族姓氏）非常善良；请别见怪，我得说他是我见过的最好心的朋友；他帮过我很多忙！你要是知道罗罗曾为我做过什么事就好了！他给我看了里卡德为他的祖母德·X 侯爵夫人画的肖像，还有曾经属于他的叔叔、元帅德·X 亲王的手杖，那些都放在一个秘密的小隔间里，得用枚胸针才能打开，里面还有一封叶卡捷琳娜二世的情书——是不是很伟大？"

没什么伟大的，阅读普鲁斯特哪怕刚刚 20 岁出头写的那些优秀作品，我们也会觉得，以他的过人才智，不该如此浅薄地故弄玄虚。但正如一位天文学家花了很长时间用望远镜观察一个星系，最终克服重重困难进入那里一样，普鲁斯特也"任由《哥达年鉴》……的熠熠星光"把"自己（晃得）目眩神迷"。[55]

当朋友们抱怨他对城区过于热心时，普鲁斯特坚称他在那里寻找文学灵感，并不是为了攀附权贵。在《让·桑特伊》（1896—1899）中，他带着认真的急切、自我辩护的戒备和自我贬低的复杂心情，写到了那些"痴迷于社交界"的作家：

> 很少有文人像世人以为的那样，是不谙世事的势利眼。当（此人进入社交界时），他对自己说的不是："我想来这里，我想成为社交界炙手可热的人物……"不，（他）对自己说："我想感受一切，体验一切……为的是有朝一日能够描写生活，我想要过一遍这里的生活。"（不过当然，这个理由并没有促使他去体验贫穷……和富裕一样，贫穷也不失为一种生活方式。）[56]

在括号里这句揶揄的结尾中，普鲁斯特承认文人去写穷人也会和写特权之人一样成果丰硕。不过他继而解释说，当作者们追求"富裕"时，真正的动力是渴望自己得不到的东西。他们"渴望自己始终缺乏的东西——因为他们对社交界的了解全是自己的想象……"[57] 上层之所以吸引艺术家，是因为它并非他们伸手可及之物（而贫穷多半是）。重申比贝斯科亲王夫人的概念："在巴黎市中心，它构成了一个远离市井平民的世界，就像高高在上的月亮之于地球。"普鲁斯特认为，正是这一距离启迪了作家的想象力，促使他去创作。为了精准地描述它，他或许要尽力让自己进入那个王国，近距离地审视它。但他的艺术有一个不可或缺的首要前提，就是要感知自己与那个吸引他的平流层之间的无限空间，那里灿若繁星、高不可攀、遥不可及。

这是他自始至终的观点。早在 1892 年，普鲁斯特就写了那个关于珀西的悲伤的童话故事，只有在公主和城堡远离他时，他对那一切的迷恋才会不断涌现。20 年后，他还将把那个童话故事重写成《追忆似水年华》，让他的叙述者沿着长达 4000 页的一连串类似的魅惑和骗局循环往复。然而在刚刚成年时期面对政治剧变、反犹主义歇斯底里和无政府主义愤怒的背景，普鲁斯特对遥不可及的优雅的审美却带有另一层含义。他对"一切优雅和美好的东西"的迷恋暴露了他对贵族阶层的浅薄道德观的喜好，这令人困扰，因为在较为清醒的批判时刻，他声称自己谴责的正是这种道德观。

年轻时的普鲁斯特大概已经是一位挑剔的读者和天才的作者，不会对陈腐、浅薄的措辞有多少耐心。但他还没有成熟、不够自觉，也还没有无情地幻灭，还不知道他关于显赫姓氏便一定对应着高贵人品（德·莱昂亲王夫人对应"蕙质兰心"，"某一个公爵的姓氏"对应模范的友谊）的想象本身就是浅薄和陈腐的。当动荡、偏见和恐怖在他的城市和国家肆虐时，普鲁斯特却把自己的一部分，并非微不足道的一部分，献祭给了上流社会的表象崇拜。

注　释

1　Chaleyssin, op. cit., 65.

2　LG, *Robert de Montesquiou et Marcel Proust*, 60. MP 本 人 在 RTP 中 写道，他的第二自我马塞尔在阿斯的第二自我斯万眼里一定"像个小笨蛋"。Carassus, op. cit., 543.

3　CA, op. cit., 149.

4 Carassus, op. cit., 372. 关于这次 "为期两年的无政府主义疯狂"，又见 E. Weber, op. cit., 109-17。关于同时代整个欧洲和美国的无政府主义的兴起，见 E. Weber, 同上; "Les Attentats anarchistes," in L'Intransigeant, December 12, 1893, 2; and Albert Bataille, *Causes criminelles et mondaines de 1894: Les Procès anarchistes* (Paris: E. Dentu, 1895), xi-xvi。

5 Jean de Paris (pseud.), "La Dynamite chez la Princesse de Sagan," *Le Figaro* (March 1, 1892): 2-3; "La Dynamite à Paris: L'Hôtel de Sagan," *Le Petit Parisien* (March 1, 1892): 1; Le Masque de fer (pseud.), "Hors Paris," *Le Figaro* (March 2, 1892): 1-2; "La Dynamite: Attentat contre l'hôtel de la Princesse de Sagan," *Le Petit Journal* (March 1, 1892): 1-2; and "Faits divers: La Dynamite à l'hôtel de Sagan,"《吉尔·布拉斯报》(1892 年 3 月 2 日)：2。

6 An American (pseud.), idem.

7 Marquise de Dangeau (pseud. of Comtesse de Vérissey), "Chronique mondaine," *La Mode de style* (July 1, 1891): 208-211, 211; and Diable Boiteux (pseud.), "Nouvelles et échos,"《吉尔·布拉斯报》(1891 年 6 月 7 日)：1。

8 关于城区第二次爆炸的目标，见 Sante, op. cit., 248; and Will-Furet (pseud.), "Faits divers: L'Attentat du boulevard Saint-Germain," *Le Gaulois* (March 14, 1892): 2。关于上流社会对 "无政府主义阴谋和可恶的爆炸" 的焦虑，见 de Pange, op. cit., 58。

9 这里给出的关于巴拿马运河的信息均参考了 Arendt, *The Origins of Totalitarianism*, 95-99; Maurice Barrès, "The Panama Scandal," *The Cosmopolitan* 17 (May-October 1894): 203-10, 204; HB, op. cit., 316-17; and Augustin Hamon and Georges Bachot, *L'Agonie d'une société: histoire d'aujourd'hui* (Paris: Albert Savine, 1889), 12。

10 EdG, 日志，1892 年 5 月 1 日的日记。关于无政府主义者以炸药为武器，见 E.C. [*sic*], "Dynamite," *L'Oued-Sahel* (March 20, 1892): 1; and "La Dynamite," *Le XIXᵉ siècle* (October 31, 1892): 1。

11 John Merriman, *The Dynamite Club: How a Bombing in Fin-de-siècle Paris Ignited the Age of Modern Terror* (Boston and New York: Houghton Mifflin Harcourt, 2009), 82. 关于拉瓦绍尔，又见 Philippe Dubois, "L'Affaire Ravachol-Koenigstein," *L'Intransigeant* (April 8, 1892): 1-2; Jean de Paris (pseud.), "Les Anarchistes," *Le Figaro* (April 5, 1892): 2; Saint-Réal (pseud.),

"La Détente mondaine," *Le Gaulois* (April 6, 1892): 1; and "Ravachol," *Le Petit Parisien* (April 3, 1892): 1–2。

12 "LA DYNAMITE AU PALAIS-BOURBON," *Le Journal* (December 10, 1893): 1–2; Jules Dietz, "L'Attentat du Palais-Bourbon," *Journal des débats* (December 10, 1893): 1; "L'Attentat du Palais-Bourbon," *Journal des débats* (December 11, 1893): 1–2; "L'Attentat du Palais-Bourbon: Découverte du coupable, ses aveux," *L'Intransigeant* (December 12, 1893): 1–2; Saint-Réal (pseud.), "Chez le défenseur de Vaillant," *Le Gaulois* (December 13, 1893): 1. 有趣的是，瓦扬的律师是一个名叫迈特尔·阿尔贝·克雷米厄（Maître Albert Crémieux）的人。如本书第11章所述，MP母亲家与颇有实力的克雷米厄家族是亲戚。我无法确定阿尔贝·克雷米厄是否是该家族成员。

13 "Chronique électorale: conscience et liberté," *La Croix* (August 11, 1893): 2; "Chronique électorale: dans les départements—Melun," *Le Rappel* (August 12, 1893): 1; and Jacques Saint-Cère (pseud.), "Les Nouveaux Elus," *Le Figaro* (September 13, 1893): 2.

14 关于4月26日的爆炸，见 Associated Press Dispatches, "Panic-Stricken Paris: Consternation Reigning at the French Capital," *Los Angeles Herald* (April 27, 1892): 2; Walter F. Lonergan, *Forty Years of Paris* (London: T. Fisher Unwin, 1907), 177–78; and Alan Sheridan, *Time and Place* (London: Scribner, 2003), 229。

15 关于蒙马特尔是社会主义和无政府主义酝酿疯狂的温床，见 Merriman, *The Dynamite Club*, 60–62。

16 E. Weber, op. cit., 110.

17 Flor O'Squarr (pseud. Charles Flor), *Les Coulisses de l'anarchie* (Paris: Albert Lavine, 1892), 88–89. 关于加利费成为无政府主义者的替罪羊，见 Charles Malato, *De la Commune à l'anarchie*, 3rd ed. (Paris: Tresse & Stock, 1894)。

18 Brown, op. cit., 167.

19 Merriman, *The Dynamite Club*, 125. Merriman 提到罗什福尔这位直言不讳的布朗热派在将军逃跑之后被流放到了英格兰，此事属实。但 Merriman 说罗什福尔是《强势报》的"记者"（同上）则有误；他是该报纸的创始人。

20 Brown, op. cit., 171.

21 O'Squarr, op. cit., 84.

22 同上书，311。

23　Jean Conti, *Monsieur Vautour: pièce en un acte* (Paris: Éditions Théâtrales, 1911).

24　MB, *La Duchesse de Guermantes*, 67 and 106.

25　关于针对费迪南亲王的暗杀计划，以及弑君未遂者的处决，见 Félix de Régamey, "La Guerre de demain," *Le Figaro-graphic* (January 25, 1892): 3.

26　Henri Rochefort, "Les Policiers possibilistes," *L'Intransigeant* (August 8, 1892): 1。

27　Galliffet 致 GS，NAF 14383, folios 93/94–109/110。

28　Galliffet 致 GS，同上，folio 104/105。

29　O'Squarr, op. cit., 51.

30　LD, *Fantômes et vivants*, 283–84; and Bertrand, op. cit., vol. 1, 33, n. 2.

31　RM 的这个表达方式是从埃米尔·左拉那里剽窃来的。Patrick McGuinness, *Poetry and Radical Politics in Fin-de-siècle France: Anarchism to Action Française* (Oxford: Oxford University Press, 2015), 90.

32　Thiébaut, op. cit., 17.

33　Alvan Francis Sanborn, *Paris and the Social Revolution* (Boston: Small, Maynard & Co., 1905), 367.

34　MP,《城里的一次晚宴》, PJ, 159。

35　同上书，153。

36　同上。

37　同上书，158。

38　同上书，159。

39　同上。

40　就算在德雷福斯事件期间，MP 也从未在信件中提到过罗什福尔或 ED，我打算在本书的一个续作中进一步探讨他为何避之不谈。

41　JS 中的确有一个很长的段落写德雷福斯事件，用较短的篇幅写巴拿马丑闻，还顺嘴提了一句拉瓦绍尔（提到他是为了制造喜剧效果，一位夸夸其谈的小资产阶级觉得声称喜欢"拉瓦绍尔的姿态优美"会让自己听起来很有"艺术气质"）。但 JS (a) 在 MP 生前并未出版，(b) 写于 1896 年到 1899 年，在这里讨论的时期之后。

42　关于 DH 对社会主义的兴趣，见 Laurent, op. cit., 67–70。巴雷斯强烈谴责巴拿马丑闻的例子，见 Barrès, "The Panama Scandal," 203–10。对 ES 作为巴拿马丑闻的被告律师的反犹主义反应，见 Hamon and Bachot, op. cit., 19。

43　（1899 年 9 月 10 日）MP 致母亲的信，见 Kolb, ed., op. cit., vol. 2, 304。当时加利费担任陆军部长，已经成为德雷福斯事件中的一个争议人物。

44　Claire Paulhan, "*La Revue blanche: tout l'esprit d'une époque*," *Le Monde: Le monde des livres* (December 6, 2007), n.p.; and Carassus, op. cit., 372-73.

45　（1887 年 7 月 15 日）MP 致安托瓦妮特·福尔的信，见 Kolb, ed., op. cit., vol. 1, 96。

46　同上书，95。 事实上，如果 MP 对君主制有任何喜好，那大概也和他生活中的其他领域一样，与他的文学视野密切相关，因为他热爱 17 世纪文学，整日沉浸在国王有着至高无上权力的世界里。如 MP 和 LC 未来的朋友 René Boylesve in *Feuilles tombées* (Paris; Schiffrin, 1927), 147 中所写的，"拉辛（描述了）作为国王之臣民的人类，被极端'君主化'的人类"。这一"君主化"的世界也是圣西蒙和塞维涅作品的主题，它们也是 MP 的主要参照系。

47　MP 事实上本打算在展览上与 RM 和加布里埃尔·德·伊图里会合的，但他到得太晚了，见（1894 年 4 月）MP 致伊图里的信, Kolb, ed., op. cit., vol. 1, 286-87。该展览的目录，以及出借自有藏品的家族的名称，见 *Catalogue de l'exposition de Marie Antoinette et son temps*，由 Germain Bapst 作序 (Paris: Galerie Sedelmeyer, 1894)。

48　Duplay, op. cit., 123.

49　（1887 年 7 月 15 日）MP 致安托瓦妮特·福尔的信，见 Kolb, ed., op. cit., vol. 1, 95。

50　J. Canavaggia, *Proust et la politique* (Paris: A.-G. Nizet, 1986), 7. 在这本书中，卡纳瓦贾简略地探讨了 MP 在 JS 中写到的巴拿马丑闻之事 (21-25)。

51　Hanoteau, op. cit., 90.

52　MP, in Kolb, ed., op. cit., vol. 1, 226.

53　署期为"这个周四"（1893 年 1 月 26 日？）MP 致 RB 的信，同上书，199。

54　JEB, *Mes modèles*, 109.

55　同上。

56　MP, JS, 427-28.

57　同上书，426-27。

对这段时期的普鲁斯特而言，优雅的化身暂时是一个男人。

身形瘦削、面相不善的孟德斯鸠挥舞着手杖，仿佛那是决斗者的花剑。[1] 他从未有过一丝乱发，黑色的卷发就像一幅凝固的汹涌海景：那是发蜡和自律的功劳。他穿着时髦，"一身烟雾灰或墨纸灰的西装，裁剪细节透着一股潇洒的夸张"，领结处戴一束紫罗兰，帽檐上别一枚红色的无政府主义帽章，能与他的朋友乔万尼·博尔盖塞胸口上的那枚马耳他骑士团的红色十字徽章相媲美。[2] 孟德斯鸠离不开意大利亲王，却又对他决绝而无情，用诗歌来嘲笑他众所周知的贫穷处境：

> 关于他的庇护人施洗约翰，
>
> 乔万尼·巴蒂斯塔只剩下
>
> 他手里那只乞丐的碗，那只盘子被传来传去，
>
> 求人们施舍下一顿饭。[3]

孟德斯鸠和他的毒舌好友吉米·惠斯勒念着这首诗，大笑了好一阵子。

孟德斯鸠不但自己发明了很多诗意比喻，还启迪他人创作了不少。他瘦长结实的体形看上去就像一只穿着大衣的灵缇或"一株在无休止的风暴中摇摆的剑兰"。[4] 他的性情"像他的身体一样晃荡，他穿着高跟鞋，身体后仰的幅度过大，随时都有摔倒的危险"。[5] 他目露凶光地瞪着对手，那双眼睛就像一对在釉彩的白垩地壳下面焖烧的黑色岩浆池。他长着一个放肆无礼的鹰钩鼻、两撇得意扬扬的达达尼昂式胡须，贵气十足，拒人于千里

之外。惊世骇俗的传说在他与世人之间筑起了一道高高的堡垒，"虽是杯弓蛇影，却也坚如磐石"。[6]

　　孟德斯鸠努起嘴唇，仿佛尝到了什么恶臭的滋味——下等人呼吸的空气让他的舌尖发苦。作为墨洛温王朝的一个分支——"我的叔叔希尔德贝尔特"[7]虽然已经死了 1300 年，却仍然在精神上与他血脉相通——他活得"像个被流放的国王"。[8] 事实上他如今更是过着王公贵族的生活，因为他最近刚刚从圣日耳曼区搬到凡尔赛的一座 18 世纪华美建筑中，与那座波旁王宫位于同一条道上，相距仅半英里。他喜欢那座建筑的历史：它的前主人包括路易十六的一位持剑者、玛丽·安托瓦内特的一位管家，以及路易十五的一个女儿。伯爵花了 4.58 亿法郎修复这座建筑，然后用自己的名字为它命名——"孟德斯鸠公馆"。[9]

　　在变更住址的同时，孟德斯鸠换上了一副新人格——"蝙蝠们的月亮王"，生活在波旁王朝落日投射的阴森恐怖的阴影之下。[10] 挽歌作者孟德斯鸠为一个沉没的王国高唱赞歌，说那些

到孟德斯鸠 1894 年迁入凡尔赛时，前王宫已经变成了一座博物馆，但当时并没有很多游人来参观

"只求庄严地倒下的石头"惨遭屠杀。[11] 在下垂的眼睑后面，他看到了"在病榻上奄奄一息的太阳王……太阳王在夜间死去，深紫的棺椁上泛着黄色和淡紫色的天光水影"。[12] 他曾在梦里见到过断头台，一条溅着鲜血的珍珠项链。[13]

孟德斯鸠的每一次谈话都是独白，每一段独白都是表演。他"神情古怪地嘎嘎大笑，话音尖锐刺耳，用女高音的声音嗤笑，还用一只戴着精致手套的手掩住发黑的小牙齿"，手套上戴满了珠宝戒指。[14] 每当他高谈阔论时，那些闪闪发光的纤细手指就在空中画出奇异的图画。他是个皮影戏王、幽灵书法家，"云彩雕塑师"！[15] 他用那个世纪最伟大的几位诗人——雨果、波德莱尔、他本人——的诗歌作为缎带，把自己的言论包裹起来，作为献给听者的礼物。

孟德斯鸠举办晚会时，不光拿起自己的鲁特琴，还会雇用整整一支乐队，他为新居落成而举办的聚会就是这样。他把乐手们安排在屋后那座法式花园的装饰性树林里，种植风格模仿的就是半条街外的那座城堡。孟德斯鸠花园里的某些雕塑是那些仍然伫立在王宫废弃杂树林里的雕塑的复制品：月亮和狩猎女神迪安娜，阴影王后普洛塞庇娜。[16] 其他雕塑会让人想起路易十四那座动物园里离散已久的栖居者：一只铜雕的长腿苍鹭，一头有干草垛大小的大象。

/ 548

从低层的白色公馆出来，有多条修剪整齐的小径向外辐射出去，途经苔藓丛生的雕塑，沿着一个草坡通向孟德斯鸠的日本温室，那是摆满菊花和日本盆景的缩微博物馆。然而室外景观的焦点是他在花园正中央建起的一座小型洛可可式戏院，周围种满了茂密的蓝色绣球花。[17] 这座戏院用散发着清香的幼松板材建成，屋顶是拱形的帆篷，墙上悬挂着用错视画法画成的摇摇欲坠的廊

65 — Versailles (S.-et-O.) - Avenue de Paris

孟德斯鸠的新公馆面对着穿过凡尔赛镇通向王宫的三条东西向大道中的一条

柱，构成了一种视觉陷阱——那也是凡尔赛宫景观的拟像。

戏院里面有一个低矮的舞台，一位少年钢琴家会在那里弹奏肖邦、李斯特和福莱的作品。其后，巴黎舞台上的明星会朗诵18世纪最伟大的诗人（指孟德斯鸠）的作品，他的头顶上有一条巨大的饰带，上面写着"须臾之间"。这个形容词是伯爵倒写姓名缩写（FMR：费赞萨克·孟德斯鸠·罗贝尔）的同音异义字，让人想起他的座右铭："我乃一切须臾之物的王。"[18] 就像被朗诵的诗行和被演奏的音乐，就像一缕缕薄纱，"轻柔的，细密的"，在纺织的同时就消失了。[19] 孟德斯鸠所谓的"文艺聚会"将向这些须臾之间的奇迹致敬，也向他自己——统治它们的王——致敬。[20]

至于宾客名单，孟德斯鸠从他声称对他效忠的几个敌对阵营中选择受邀者，分别由他的两位主宾代表：伊丽莎白·格雷弗耶和莎拉·伯恩哈特。他从上层邀请了自己的朋友（洛尔·德·舍维涅、罗莎·德·菲茨－詹姆斯）和敌人（德·萨冈亲王、亨利·格雷弗耶），每个人的名字都是"有生阶层"玫瑰经上的一颗闪闪发光的圣珠。孟德斯鸠邀请仇敌的理由是，他知道他的艺术表演趣味高雅，定会让他们为自己的愚蠢而自惭形秽。一想到他们失败后的绝望，就像溺水者拼命朝闪着暗绿色阳光的水面挣扎，水面越来越远，他们肺部收缩、双眼突出、鼓起的嘴向某位不屑一顾的神祈求着，却注定无果。格雷弗耶显然一想到此

/ 549

孟德斯鸠请人在花园里建了一座日式装饰性建筑，除此之外，那里的景观很像凡尔赛宫。他摆出一边沉思、一边用一根天鹅羽毛写字的姿势。摄影：热热·普里莫利

／ 第24章 须臾之物的王（1894年5月30日）／

就吓坏了，婉拒了邀请。而萨冈，愚蠢的萨冈，竟接受了邀请，毫不知情地准备实现孟德斯鸠很久以前关于他的预言——用雨果那句目空一切的名言说，如果我们中间还剩下一个人，那一定是我。

孟德斯鸠麾下培养了一群天才，他从那里召集著名的画家（勒梅尔、德太耶）、诗人（波托－里什、雷尼埃）和其他"语词的魔术师"（冈德拉、巴雷斯）。他还召集了外甥女那三个名叫保罗的"宠物"：赫勒鲁、艾尔维厄、德夏内尔。这三人中只有小说家无礼地谢绝了邀请，说是痛风发作，脚肿得穿不上鞋子了。伯爵写了一首傲慢的三行体诗来报复他的轻慢："作家保罗·艾尔维厄／老迈龙钟／身先朝露。"[21] 艾尔维厄那年 36 岁，比孟德斯鸠还小三岁。

最后，伯爵还邀请了一个无关痛痒的人物——事实上从出身或才学来看只是个小人物——为社交界报刊撰写关于这次聚会的报道。此人是一个 22 岁的大学生和抱负远大的作家，一年前被孟德斯鸠收为门徒。这个年轻人虽然是个前途未卜的门徒，但他恭维的天赋颇高，文学（《蝙蝠》）品位一流，怎奈这些都被他资产阶级的行为举止和令人狼狈的反叛性情削弱了。（据说他曾在勒梅尔夫人和斯特劳斯夫人的沙龙里模仿伯爵，相似度奇高，简直不可思议。[22]）由于这些缺点，孟德斯鸠已经与这位侍从闹翻过一次了；在之后几十年里，他们的关系还将经历多次破裂。但他还是请小伙子就文艺聚会写一篇恭敬有礼的报道，赞美夫人们的裙子多么华丽，主人的文学选择多么精致高雅。

这位秘书不辱使命，没有令人失望，但他辛苦工作的最终成果却令自己失望了。他在晚会次日清晨的《高卢人报》上读到了自己写的文章，署名为"全体巴黎人"，但自己全面的时尚描写

弗朗索瓦·吉拉尔东（François Girardon）的《劫持普洛塞庇娜》（The Abduction of Proserpina，约 1675-1695），竖立在凡尔赛宫的庭院里；孟德斯鸠有这座雕塑的一件复制品

被删掉一些。更糟的是，他列出的狂欢者名单中缺失了他最想看到的名字：他自己的名字。"全体巴黎人"试图不把这一遗漏视为冒犯，这表明他没有资格进入那个排外的社交圈，他的笔名也正有此意。他还看到几个比他尊贵的宾客的名字也被遗漏了，例如堂·乔万尼·博尔盖塞，多少还得到了一些安慰。

除此之外，"全体巴黎人"的任务也给他带来了一件不同的奖品，这件奖品有着更大、更持久的意义。在凡尔赛，他总算见到了格雷弗耶伯爵夫人：他这位彼特拉克最新的洛尔，他理想中代表贵族气度的最后一个人物。"我从未见过这么美的女人。"[23]"全体巴黎人"会在这条声明下签上自己的名字：马塞尔·普鲁斯特。

/ 551

1893 年 4 月的一个傍晚，在玛德琳·勒梅尔位于蒙索平原的那间玻璃屋顶画室里，普鲁斯特参加了为庆祝罗贝尔·德·孟德斯鸠的最新诗集《雅致气息的酋长》（*Le Chef des odeurs suaves*，1894）出版而举办的聚会。[24] 从某种意义上说，普鲁斯特对孟德斯鸠算是未见其人，先闻其声。早在勒梅尔夫人介绍他们认识之前，普鲁斯特就知道伯爵是一位尊贵的大老爷，手握着城区某些顶级沙龙的钥匙，包括格雷弗耶的沙龙。[25] 他还很熟悉孟德斯鸠身为神经紧张而颓废堕落的审美家、莫罗作品收藏者和乌龟镀金者的形象。但他没想到伯爵居然有着"巴洛克式的博学"，与普鲁斯特本人不相上下，伯爵那癫狂的夸张也让这位崭露头角的讽刺作家无法抗拒。[26] 这些特质和孟德斯鸠的出身与社会地位一样，打一开始就深深吸引了普鲁斯特，激发了被文学小团伙称为"普式马屁"的冲动：当场开始专心致志、谀辞如潮的赞美。[27] 例如，"您不仅是须臾之物的王，还是永恒之物的王"[28]，以及"您的诗行和您的目光中倒映着我们这些凡人永远看不到的大陆"。[29]

孟德斯鸠沉醉于这些马屁，它们雄辩传神，让身为作家的他十分满意，它们又恭敬谦卑，令身为贵族的他心生欢喜。普鲁斯特的相貌也吸引了他。虽然伯爵与他的秘书、曾经的领带推销员、来自阿根廷的加布里埃尔·德·伊图里已经相恋八年并将持续终生，但孟德斯鸠仍然对深褐色头发、充满异国情调的英俊之人很有好感，他总是和乔万尼·博尔盖塞（在家族破产之后，迁居巴黎了[30]）出双入对就是证据。[31] 据费尔南·格雷格说，二十出头的普鲁斯特有一种类似的异国情调："他很美，几乎是那种东方或意大利式的美；我常说他像个那不勒斯王子，他每次都会大笑。"[32] 雅克·布朗什给身穿燕尾服的普鲁斯特所画的肖像于那年 5 月在巴黎沙龙中展出，完美展示了这一特征，摆脱了他那个落落寡合的少年自我的一切外在痕迹。普鲁斯特后来在《让·桑特伊》中描述了这幅肖像的一个版本，它向巴黎沙龙的观众们展示了：

> 一个英俊的青年……那双美丽的、呈现出新鲜杏仁那种奶白色的长眼睛痴痴地望着……粉白的皮肤……到耳根才有些潮红，几根柔软的、光滑的、如丝的黑色卷发轻拂而过……他的脸色鲜亮如春天的朝露，因温柔深思的美（而容光焕发）。[33]

/ **552**

普鲁斯特沉思的美让孟德斯鸠陷入了沉思。他收回了通常对陌生人的鄙视，建议年轻人在聚会之后给他写信。普鲁斯特知道这样的开端有多珍贵，自然毫不犹豫地抓住了机会。据塞莱斯特·阿尔巴雷说，他"从未隐瞒过一个事实，那就是他也急于结识"伯爵。[34]

然而与孟德斯鸠相反，普鲁斯特的急切中毫无被前者的身体吸引的成分。在社交界，普鲁斯特已经习惯了自己"漂亮的小仆人"的角色，总是义务地对年纪足以做他母亲的女人献殷勤。[35]然而在同龄人那个圈子里社交时，他继续暗恋同龄的男子。最近，他刚刚爱上了身材矮小的英国年轻人威利·希思（Willie Heath），他像个雌雄同体的小天使，还有着神秘莫测的保守矜持，让普鲁斯特想起了列奥纳多的《施洗者圣约翰》。[36] 他和希思于 1892 年夏天初遇。到 1893 年春，他们就常常一起漫步在布洛涅森林里，琢磨（用普鲁斯特的话说）共同的"梦想，几乎计划一生都尽量陪伴在彼此身边"了。[37] 这个梦想因希思去世而破碎了，他在 1893 年 10 月突然死于痢疾。但无论在希思去世之前还是之后，孟德斯鸠都不会是把他男孩般的形象从普鲁斯特的心中逐出的人；普鲁斯特的性爱偏好一直是青年男子。他对伯爵的兴趣无论在当时还是以后，都只是智识上的棋逢对手，心理上的探本溯源，社交上的权宜之计。[38]

　　普鲁斯特与其说劝阻了孟德斯鸠的爱慕，不如说改变了它的方向。他与伯爵展开了热烈的通信，用"普式马屁"取悦他的"美学教授"（这个绰号本身就是普式马屁）。[39] 在信中，普鲁斯特对孟德斯鸠的文学作品赞不绝口，称之为"荣耀的奖杯""神圣的鸦片"[40]"鲜花满天下面一片星光熠熠的草地"。[41] 与此同时，普鲁斯特还把自己塑造成美学新手，仿佛要从艺术专家伯爵那里从头学起。"有一位艺术家，"他后来在《让·桑特伊》中写到第二自我时说，"是他……用权威和启迪的教导，引领（让）进入了美的世界；因为他的心灵常常孤独，需要指引。"[42] 和他的创造者一样，让·桑特伊也将到"艺术之美的最高鉴赏家德·孟德斯鸠那里"寻求这一指引。

　　孟德斯鸠习惯了为伊丽莎白扮演这一角色，因而热心地指导普鲁斯特，只不过常常毫不留情。他用起伏的紫色草书批评这位学生的信件，严厉地评价他的用词（他形容"美"的词一点儿也不美）和风格（他评价普鲁斯特的文风"满分 20 分的话，你连 15 分都得不到"[43]）。孟德斯鸠虽然世故地自称特立独行，却完全不能忍受形式上的丝毫马虎。普鲁斯特有一封信上染了很大的墨迹，收获了苛刻的编辑意见："蹩脚货"和粗鲁的人身攻击，"没教养"。[44] 普鲁斯特请伯爵寄一张自己的签名照片给他时，也引来了一番指责。伯爵反驳说，一位绅士应该明白，这样私密的赠物最好当面递交。

普鲁斯特认为这句劝说是暗示他去拜访孟德斯鸠位于巴黎的宅邸，两人在勒梅尔家里初遇后不到两周，他就首次去那里朝圣了。伯爵用他盼望已久的照片奖励了他的主动，那是一张面目忧郁的头像，上面印着："我乃须臾之物的王。"他还送给这位新的追随者一本书，扉页孟德斯鸠的签名之上写着同样的座右铭，这是《蝙蝠》的珍藏版，用奢华的丝绸装订，加上惠斯勒和勒梅尔绘制的插图，把它"变成了一个小玩意儿"。[45] 作为回报，普鲁斯特改写了维克多·雨果的《吕布拉斯》中的一个奇喻来恭维伯爵："一条蚯蚓爱上了天上的星。"他热情洋溢地写道："《蝙蝠》就是在天空中一闪而过的星，照亮了每一个星球，也把耀目的星光洒在这条蚯蚓的头顶上。"[46]

普鲁斯特接二连三地送给伯爵各种富有新意的礼物：一只关在笼子里的蓝鸲，一叠利伯缇领带，一个从古董圣诞马槽中取下的没有鼻子的圣婴。[47] 他还把自己发表的一篇作品送给了孟德斯鸠一份，在附信中说他把自己卑微的文章献给伯爵这样才高八斗的作家，就像送"一条蚯蚓来回报满天繁星"一样"荒谬"。[48] 但私下里，这条蚯蚓却在研究着那些繁星。

研究结果毁誉参半。普鲁斯特越来越意识到，上层循规蹈矩的心态让他非常欣赏伯爵从容的特立独行，特别是在语言的运用上。除了偶尔说几句圣经格言之外（他喜欢《诗篇》中的"……应当省悟；你们世上的审判官该受管教"，倒是符合他"美学教授"的身份[49]），孟德斯鸠不像社交界其他人那样惯用陈词滥调。恰恰相反，他喜欢晦涩难懂的词汇（他说"缠丝玛瑙"时用"sardonyx"而不用"onyx"，说"鳝鱼"时用"moray"而不用"eel"[50]），还喜欢发明笨拙的新词（他发明了"蓬帕杜尔式"，取代"洛可可式"）。他说话的方式也毫不寻常（喜欢高声尖叫）。普鲁斯特对他说："在我看来，您的措辞有一种得体的魔力。"[51]

年轻人后来在《美学教授》（"Un professeur de beauté"，1904）一文中试图重现这种魔力，那篇文章说孟德斯鸠应当是名副其实的法兰西学术院候选人。普鲁斯特提醒读者，学术院应当负责为法国语言编写官方词典，而伯爵在这方面才能出众：

> 任何见过（德·孟德斯鸠先生）在说出一个词之前停顿一下，直起身子，仿佛一匹马看到一条鸿沟时炮起蹶子，那是这个词的过去与现在之间的鸿沟，它已经因我们日复一日地使用而变得平庸，他在眩晕中意识到这个词原本的优雅，仿佛一朵花儿在悬崖边缘颤抖；他抓住那个词，说出它所有的美，品味它（因为它的强烈风味和特色而几乎面目狰狞）、肯定它、重复它、吟唱它、歌颂它、用它变出眼花缭乱的万千变体，即兴赋予它丰富的含义，令你的想象力踟蹰不前，令诠释无功而返，任何见到他做这一切的人都可以想象，他入选学术院编辑辞典将多么美妙。[52]

在这篇描述孟德斯鸠疯狂的言语戏剧化的文字中，普鲁斯特疯狂的言语戏剧化更多是赞美而非奚落；感觉更像是致敬而非滑稽模仿，后者也是他与此人交友十年之后的态度。起初，普鲁斯特非常欣赏伯爵的语言活力，甚至把他最荒谬的装腔作势当成有意的而非意外出丑。中年普鲁斯特曾对罗贝尔·德雷福斯承认："起初，我不知道孟德斯鸠不知道自己很可笑。"[53]

这位导师对室内装饰的狂热就更令青年普鲁斯特情绪复杂

了。普鲁斯特养成了登门拜访伯爵的习惯——先是去他在巴黎的家，从 1894 年初开始又频频前往孟德斯鸠公馆。之后，这种狂热愈发明显。在室内装饰这个领域，倒是可以恰当地用蚯蚓与星辰来形容两人能力的对比，普鲁斯特来自一个对拥有美好事物毫无兴趣的家庭。虽然他们家境富裕，让娜的品位也很精致，但他的父母从不收藏艺术品或精美家具；他们的装饰品位守旧而平庸。格雷格回忆起他们位于马勒塞尔布大道的公寓，说那是个

> 舒适……阴暗的室内空间，堆满了厚重的家具，一层层窗帘遮蔽着，一块块地毯压抑着，主色调是黑色和红色……是个乏味的资产阶级公寓，想到巴尔扎克小说中那种阴郁的杂乱无章时，我们脑子里出现的大致就是那种场景。[54]

在普鲁斯特的"山茶花时期"，这种寒酸的生活氛围得到了一些眼光敏锐的拜访者如埃米尔·斯特劳斯、奥斯卡·王尔德和孟德斯鸠本人的鄙视。普鲁斯特了解他们的嫌恶，却不以为然。他喜欢在卢浮宫或诸如斯特劳斯家的私人收藏中观看伟大的艺术作品，却说自己不想购买这类宝物，因为他的头脑中已经有一座"无与伦比的博物馆"了。[55] 但孟德斯鸠却在自己家里拥有一座无与伦比的博物馆，他的装饰方案虽然比大多数城区家庭的装饰矫揉造作得多，却同样坚持贵族的奢华风格。就连伯爵最古怪的室内装饰也是一种戏剧化的展示，是他无出其右的杰出品位的神坛。[56]

在这些场景中与孟德斯鸠交谈，就是要听从他就自己"信奉美的宗教"没完没了地长篇大论。这个宗教的许多信条都刻意与当时上层阶级的品位对立。例如，就家具而言，巴黎贵族往往喜

爱 18 世纪路易十五时期的"蓬帕杜尔式"和路易十六时期的新古典主义风格，避免那以后拿破仑一世统治时期过分修饰的繁复样式。伯爵鄙视这种偏见，喜欢三种风格的混搭。在孟德斯鸠公馆，他主要摆设的是典雅的路易十五和路易十六时期的家具，它们与 18 世纪的建筑风格形成了自然的互补，同时很不协调地点缀了花哨的帝国时期的椅子和小桌子，它们极为光泽的樱桃木框架上闪耀着仿金铜的拿破仑统治标志：狮身人面像、鹰和天鹅。如果某一位客人碰巧对这些帝国时代的家具侧目而视，孟德斯鸠就会指出它们是他的曾祖母"鸠妈妈"①的遗产，拿破仑一世曾亲自挑选她作为自己唯一的儿子"罗马王"的家庭教师。（和"私生子"一样，一旦涉及君主，"家庭教师"这个标签也立刻从低等变得高贵起来。）普鲁斯特记住了这个细节，把它用在了《追忆似水年华》中，德·盖尔芒特夫人宣称："这是一件珍品……这些（帝国）家具是巴赞从孟德斯鸠家继承下来的！"②这让她的朋友们又惊又怕。

珍品是孟德斯鸠的严师和他的神。为了向它效劳，无论他住在哪里，都要像对待自己的诗歌一样，痴迷专注地反复修改自己的居住环境。他每天修修补补，在这里加一点日本风格，在那里来一点新艺术主义。修补是靠购买供养的，他把自己和伊丽莎白在服装上的诗意购物用在了装饰艺术中。孟德斯鸠不知疲倦地寻找各种古怪和稀有之物，又是洗劫古董店，又是突袭拍卖行。

---

① "鸠妈妈"（Maman Quiou），即路易丝·夏洛特·弗朗索瓦丝·德·孟德斯鸠（Louise Charlotte Françoise de Montesquiou，1765-1835），法国朝臣。1811—1814 年担任拿破仑二世的家庭教师。

② 译文引自马塞尔·普鲁斯特：《追忆似水年华》，李恒基、徐继曾等译（南京：译林出版社，2001 年），第 856 页。

他买了不少文艺珍品，"乔治·桑夫人抽过的烟蒂……缪塞豪饮过的苦艾酒瓶"。[57] 他常常与同为收藏家的朋友龚古尔、阿斯和夏尔·埃弗吕西交换心得和宝物。他丢弃了旧的修饰（孔雀羽毛），尝试新的（莱俪水晶）。他在保留主题的同时更换形式，淘汰了北极熊地毯，但委托玻璃艺术家艾米里·加利（Émile Gallé）为他创作了一只蚀刻着北极熊剪影的花瓶。

孟德斯鸠把自己的小物件摆成精美的静物，他的朋友阿贝尔·埃尔芒曾这样描述过其中一个有代表性的样本：

> 展示架上睡着蝙蝠和绣球花，或是雕于瓷器，或是画在花瓶，也有凿刻在木头或金属上的，与珍珠母镶嵌、象牙和彩色硬石镶嵌一起发着暗光，用玻璃隔板与绿色或粉色或蓝色的珍贵陶瓷茶碟和茶杯以及旧时代的纪念品分开……日本卷轴画、书籍装帧、手杖柄，还有美丽的卡斯蒂廖内伯爵夫人的石膏模型。[58]

埃尔芒用这种混乱的排比句法反映了所展示的物品的独特性，传递了它们共同造就的令人迷失方向的视觉效果。然而正如孟德斯鸠以他同样支离破碎的文风宣称的那样，他的美学目标就是要令人不知所措，而不是抚慰人心：

> 把各种物件摆放在一起，仿佛它们是一个补闩，是一场独创的、有时难免惊心动魄的交谈，令眼睛四顾不暇，让灵魂惊骇不已，那正是我以自己独特的、撩人的高妙才智希望实现的效果，作为一个吸食鸦片者，我反反复复地为之陶醉。[59]

孟德斯鸠公馆：孟德斯鸠（头戴平顶硬草帽，右）与他的住家秘书加布里埃尔·德·伊图里（头戴高顶礼帽，最左）在1894年5月"文艺聚会"举办两周后，站在凡尔赛的这座18世纪宅邸前拍摄了这张照片

　　孟德斯鸠对自己的装饰成就无比自豪，甚至常常屈尊邀请记者来参观自己的房子，认为媒体报道一定会有助于传播他的"信奉美的宗教"。

　　据起初陪普鲁斯特一起拜访孟德斯鸠公馆的莱昂·都德说，主人的"疯狂不仅限于炫耀，还表现在他大加赞美并事无巨细地解释自己的收藏"，令人不胜其烦。参观他的房子旷日累时，但即便参观之人已筋疲力尽，伯爵也是要么没看见，要么看见了也不管不顾。他永远有更多的细枝末节要灌输给他们。"他会越来越感性、暴躁、激动，然后突然平静下来，在长时间的沉默之后呻吟一声：'它多——美——啊！'"[60]另一位客人回忆道，他带我们穿过巨大的沙龙，里面到处是玻璃柜、餐具柜和圣物柜。他偶尔会打开它们，取出一件罕见之物，在食指和拇指之间把玩："这就是盛放过阿格里皮娜（皇后）① 的眼泪的泪瓶。这是克利奥帕特拉的镜子和梳子。毫厘不差。这是玛丽·安托瓦内特 1776 年 1 月 13 日穿的可爱的丝绸上衣。这是外科医生费利克斯用来给路易十四做瘘管手术的解剖刀。"[61]

孟德斯鸠似乎把价值等同于曾为王室所拥有，这再度反映了他的阶级偏见——"（前主人的）名字就足够证明它们（非同寻常），就连最微不足道的器物也被赋予了荣光。"[62]

普鲁斯特虽然对伯爵的矫饰做作着迷，却不怎么喜欢随之而来的关于物件起源的乏味的喋喋不休。他自己也对名字（和王室成员）无限迷恋，但他不认为一件物品曾一度属于某一位陛下或殿下，就会让它从本质上变得有趣。与都德不同，普鲁斯特并不厌烦物件的主人说的太多。他厌烦的是孟德斯鸠对物件本身说得太多，对那些物件可能参与的人类故事却谈得不够。拿那把解剖刀来说，它突出体现了路易十四极强的政治意志。1686 年，他不得不请人把一根瘘管从肛门中取出，（在麻醉剂发明以前的时代）这个外科手术疼得他一度昏迷过去。由于人们认为他的身体与法国的命运息息相关，国王的晕厥让侍臣们惊恐万分。他苏醒过来后的第一个本能反应就是宽慰他们说，他这位超人陛下不可能有危险："那个人受了不少煎熬，但国王一切安好。"[63] 这才是

---

① 指小阿格里皮娜（Agrippina the younger，公元 15-59），古罗马皇后，暴君尼禄的生母，不列塔尼库斯、克洛迪雅·奥克塔薇尔的继母。她是罗马帝国早期最著名的妇女，也是古代世界最有名的投毒者之一。

普鲁斯特觉得能够生动再现孟德斯鸠那些小摆设的故事，也是孟德斯鸠始终遗漏没讲的故事。

在参观伯爵的藏品时，人们会怀疑普鲁斯特之所以不停地拍普式马屁，大概是为了掩饰自己的厌倦。不过有一次拜访时，孟德斯鸠显然发现了他的百无聊赖，于是后来寄来了一封言辞激烈的信，扬言绝交。那封信遗失了，但普鲁斯特引用了伯爵在信中所写的话："我用无限的热情对您进行考验，这是唯一能区分良莠的考验。"[64] 重点是普鲁斯特就是莠，他忘恩负义、粗鲁无礼，对孟德斯鸠那些"多——美——啊"的物件没有给予应有的重视。后来没过多久这位贵族的愤怒就消退了，再度招呼普鲁斯特来家做客，仿佛什么都没有发生过。不过孟德斯鸠让普鲁斯特了解了他对友谊的严苛标准，以及达不到那些标准的人会有什么风险。

学者们指出，普鲁斯特后来把孟德斯鸠的愤怒写进了《索多姆和戈摩尔》，在其中一章，"喜欢把自己想象成国王"[65] 的德·夏吕斯男爵斥责二十多岁的叙述者出身于不知感恩的无知的"资产阶级家庭（只是在说这个形容词时，他的声音才微微带点不礼貌的摩擦音）"[①]。[66] 没有证据表明小说的这一部分复制了孟德斯鸠与普鲁斯特的冲突。不过这段场景倒处处是花絮，难免让我们从虚构的男爵联想到现实的伯爵。这段对话发生在叙述者拜访夏吕斯位于巴黎的府邸，无意中冒犯了他，促使年长的男人宣称：

> 我做的是一个贵族应该做的事。我的行动是不是伟大，这是有目共睹的，可您却置之不理。……我对您进行了考验，当代最杰出的人风趣地把这种考验叫作态度的考验，用无限

---

① 译文引自马塞尔·普鲁斯特：《追忆似水年华》，李恒基、徐继曾等译（南京：译林出版社，2001年），第879页。

的热情考验您的态度，他有充分理由说，这是最可怕的考验，因为这是唯一能区分良莠的考验。①67

夏吕斯接着又辱骂了叙述者长达好几页篇幅，其间还不停地放出话说这是"我们将要进行的最后一次谈话"。68 然而和孟德斯鸠一样，男爵也总有更多的鸡毛蒜皮要灌输给同伴，哪怕他怒吼要彻底断交。在一个到处摆着奇怪的器物和不同历史时期的家具的沙龙里，他继续滔滔不绝地说：

> 对一个能把奇朋代尔式②家具当成洛可可式椅子的人，我不指望他能讲出非常准确的话……我一直觉得自己有点像维克多·雨果诗中的博阿茨：我是鳏夫，孤独无依，日暮途穷。③69

普鲁斯特写下的这段关于家具的训斥和对雨果的引用，再次让读者想到了孟德斯鸠，男爵说话的暴怒和说教的口气无疑与他别无二致。

他带领叙述者经过府邸的接待室到达前门，一路都在对自己的物件唠唠不休：

> 我和他一起又穿过绿色大客厅。70 我随口对他说，我觉

----

① 译文引自马塞尔·普鲁斯特：《追忆似水年华》，李恒基、徐继曾等译（南京：译林出版社，2001 年），第 878—879 页。

② 奇朋代尔（Chippendale，1718-1779），英国制造乌木家具的工匠。

③ 译文引自马塞尔·普鲁斯特：《追忆似水年华》，李恒基、徐继曾等译（南京：译林出版社，2001 年），第 879—882 页。

得客厅很美。"是吗？"他回答。"应该确确实实地爱一样东西。细木护壁板……找到了希迈的一个旧公馆。此人过去谁也没有见过，他只是为我才到这里来了一次。……瞧！在这间屋子里，陈放着伊丽莎白夫人、朗贝尔公主和王后戴过的全部帽子。您对这不感兴趣，就像没有看见似的。您的视神经大概出毛病了。……您还是想回去？……"他深情而忧郁地对我说。……德·夏吕斯先生尽管一再郑重表示我们以后不再见面，但我敢保证，倘若我们还能见面，他是不会不高兴的。[71][①]

这里再度出现了很多孟德斯鸠的影子，从王室成员的时装零碎到亲自参观希迈家的旧公馆。然而，更有趣的是普鲁斯特对男爵反复无常性格的简明而细致的描述。在短短几行篇幅中，夏吕斯从一个厌倦享乐的外行（"应该确确实实地爱一样东西"）变成了一个有特权的大人物（"他只是为我才到这里来了一次"），接着变成了一个对纪念品充满执念的人［"陈放着（玛丽·安托瓦内特等人）戴过的全部帽子"］，又变成了一个被动－挑衅的无理之人（"您的视神经大概出毛病了"），最后变成了一个孤独的坏脾气老头，待他意识到一旦把这位客人打发走，他就没有人可以诉说了，为时已晚。这段变形记本身就是一篇小型杰作，彰显了作者精湛的文学技巧，从男爵言辞浮夸的唠叨的喜剧旋即过渡到孤独和缺乏精神陪伴的悲怆，他虽傲慢自大，但终究难掩孤单。

然而在他早期的文学作品中，普鲁斯特既没有这么高超的技

---

① 译文引自马塞尔·普鲁斯特：《追忆似水年华》，李恒基、徐继曾等译（南京：译林出版社，2001 年），第 882—883 页。

艺，也没有像这样集中描写复杂的人性。正如孟德斯鸠对物件起源的着迷让他厌烦，他在写及自己最为崇拜的物神——高不可攀的贵妇人时，也沉迷于同样空洞的废话。1893 年夏天发表在《白色评论》上的《其他遗物》（"Autres reliques"）是两页篇幅的第一人称叙述，讲的是一个不具名的年轻人刚刚买来了一位最近去世的贵妇人的全部财物。[72] 他在开头解释说，之所以要买入它们，是因为贵妇人是"我本想结交的人，但她却不肯屈尊跟我说一句话"。[73] 这番披露之后，叙述者并没有详述这位贵妇人、她的死和他本人与她之间的互动。相反，他对自己从她家买来的东西进行了巨细靡遗的描写：一副扑克牌、一些封皮上印着她的家徽的小说、两只绒猴和一条狗。一笔带过之后，这些宠物就从他的叙述中消失了。但他对书和扑克牌却充满迷恋，认为它们曾经见证过死去的女人"最不设防、最不可侵犯的私密时光"[74]：

> 她曾在晚间与最爱的朋友们一起玩的扑克牌，……它们见证过她初坠爱河，那时她放下它们去吻（所爱之人）；她视心情和体力或打开或合上的小说，……其中的人物和作者的生活曾潜入她的睡梦……也继而让她梦到了自己的生活。

叙述者无视这个女人的活的玩伴（她的宠物），反而偏爱那些无生命的物件，突出了他这种迷恋的病态和徒劳。他对她的书和扑克牌提出的问题也是一样："你们难道没有留下她的一些记忆，不能给我讲述一些她的生活吗？"[75] 可以预见，它们没有回答，它们的沉默似乎表明，利用遗物来重建生活是不会有结果的。

《其他遗物》读到这里，我们大概会把它当成含蓄地批评孟德斯鸠对死者废弃物的尊崇，意在驳斥物件起源本身足以"为最微不足道的器物赋予荣光"。但故事的下半段反转了这一观点，叙述者的结论是，他的夫人的遗物或许终究能保留下一些她的精神气质：

> 扑克牌啊，小说啊，因为她常常把你们握在手中，……你们尚且留有她的卧室（和）衣物纤维中曾经充溢的香气。……你们保留了她因为快乐或紧张而留在手上的黏腻；如果她因心痛而哭泣，或为自己的生活、或为书中的人物，你们或许仍然保留着她的泪迹。……触摸你们会让我颤抖，为你们的启示心急如焚，为你们的沉默屏气敛息。[76]

这段话是为"须臾之物"所写的辩解词。它不保证这类物件会打破沉默，讲一讲这个"它们无意中见证（过）她的绰约风姿"的女人。但它暗示，那个女人最轻微的痕迹，扑克牌上残留的一丝香水味或汗湿气，都能孕育新的生命，哪怕那生命是脆弱的、主观的。下面几句话是这一段的结尾也是全篇的结尾："或许关于她的美，最真实的东西是我的欲望。……她活过自己的生命，而或许独有我曾经梦到过她。"那个女人已经死了，但梦到她的人永生。

按照这一逻辑，一个女人不一定要存在过，才能在另一个人的胸中燃起激情。只要天性中带有一定的内省，一个陌生人就能在一副扑克牌或一堆小说中发现足够的素材来激发自己的想象力。他或许对自己的物神很满意，把它们视作一个人的模糊剪影。事实上，如果距离能够孕育他的渴望而靠近反而杀死了它，那么他甚或更偏爱剪影，更偏爱在一面不透光的白墙上跳舞的皮影戏，而不是有血有肉的人。他或许把自己的心交给了一幅模拟像，还把这一举动称为爱情。

不知是惊人的偶然，还是根本不是巧合，普鲁斯特正是在初次瞥见格雷弗耶夫人短短几天后写下《其他遗物》的。7月1日，他在德·瓦格朗亲王夫人在巴黎的府邸举办的舞会上从远处窥视了她。第二天，他在写给孟德斯鸠的一封信中兴冲冲地说：

> 我（昨天在德·瓦格朗夫人家里）总算见到了格雷菲尔勒（原文如此）伯爵夫人。正如我曾经冲动地告诉过您阅读《蝙蝠》如何令我激情澎湃，我必须向您坦白，我昨晚感受到了同样的激情。她的头发绾成优雅的波利尼西亚发式，淡紫色的兰花垂在颈背，像一顶"花编的帽子"……很难评价她，因为评价就意味着对比，而在她身上看不到其他女人和其他任何地方的任何一个元素。但她的美的全部秘密都在那双谜一样的明眸中。[77]

这一瞥开启了普鲁斯特成长岁月中对社交界的第三次也是最后一次着迷，或许能够解释他为什么把不久后写成的故事命题为"其他遗物"，这个题目听起来像是他准备扩充某个事先存在的遗物收藏。在某种意义上来说的确如此，因为到1893年夏，普鲁斯特已经把斯特劳斯夫人和德·舍维涅夫人整齐地归置在自己头脑博物馆的展柜里，随时准备把它们重新摆放成一个生动的华丽或祛魅的静物组合。"毫厘不差"——孟德斯鸠讲到克利奥帕特拉的梳子和镜子时说的这句话，也是普鲁斯特为自己的原型贵妇人们写下的箴言。他认为她们能够毫厘不差地激发自己的创造力。毫无疑问，她们对他的价值更像遗物而非真正的女人，就他

/ 第24章　须臾之物的王（1894年5月30日）　/

的愿望和需要而言，她们更加柔韧可塑。[78] 有了格雷弗耶夫人，他想象中的玻璃柜又添了一件精美的新品。

她出名的疏离不仅突出了其高高在上的魅力，在艺术上也对她有利，因为她的遥不可及让她不可能像斯特劳斯夫人和德·舍维涅夫人那样暴露出某种粗鲁不雅的人性缺陷。普鲁斯特相信格雷弗耶夫人跟另外两位不同，她的魅力不会消减，因而渴望见到她。他渴望沐浴在她那对眸子的光芒中，渴望解开那个谜团。他渴望用风趣的文学典故逗她开心（和其他贵妇人同类不同，她从不讳言自己爱书），为此得到她银铃般的笑声作为奖赏，"像布鲁日的钟声一样清脆"。[79] 如果他读到或听说过她在野兽舞会上的豹纹装束，那么他或许还渴望在她的身姿中找到一点像威利·希思的地方，他不久就会在赞词中写后者："您那神秘莫测的强大的内在生命让我想起了达·芬奇的一幅（画）。您的眼睛常常那么不可捉摸，您的笑靥就像一个您不愿透露的秘密，我觉得您很像列奥纳多的《施洗者圣约翰》。"[80] 他渴望研读她达·芬奇式的微笑，猜测它隐藏了怎样的秘密。他焦急地渴望着这一切，而他知道只有一个人能够帮助他获得这一切。即便普鲁斯特觉得孟德斯鸠很可笑，也绝不会让他知道。起码在与格雷弗耶夫人正式见面之前，不能让他知道。[81]

孟德斯鸠可没打算让他那么容易得手。普鲁斯特那年夏天阅读《雅致气息的酋长》时注意到，诗人把那本书题献给了格雷弗耶夫人，把其中的一首十四行诗献给了德·莱昂亲王夫人。普鲁斯特以此为借口对伯爵说，他多么希望见一见"您最经常提及的几位夫人朋友（格雷弗耶伯爵夫人、德·莱昂亲王夫人）"。[82] 孟德斯鸠此前没有理会普鲁斯特对伊丽莎白的赞美，但这次他又提到，真让他百爪挠心。最初是伯爵把被看见的艺术教给了伊丽莎白，但想到这时她已经技高一筹，他又闷闷不乐。他着实郁闷，感觉到社交界的许多人，甚至许多艺术家，如今与他交好（或者忍受他的怪癖）都不是为了他，而是为了外甥女，更不要说她还有可能从他身边夺走他的新侍从（当然，孟德斯鸠也曾在拜罗伊特之行中与乔万尼越走越近，可以说他也曾对伊丽莎白有过类似的背叛）。因此当普鲁斯特第二次对他提起伊丽莎白的名字时，伯爵只用一个问题就重重地反击回去："你难道不知道，你出现在她的沙龙中，恰恰破坏了你希望它具备的高贵感吗？"[83]

　　普鲁斯特只有忍气吞声（据担心他的朋友们说，他受过很多这样的侮辱[84]）。他要跟孟德斯鸠下一盘旷日持久的棋，他要等待时机。

　　在等待的过程中，普鲁斯特找到了一种文学方式来表达他对格雷弗耶夫人的幻想。7月下旬，他找到最近刚刚停刊的《酒筵》的三位联合创始人——费尔南·格雷格、达尼埃尔·阿莱维和路易·德·拉萨莱，提议四人一起开启一场新的文学冒险：写一部关于社交界的书信体小说，就像艾尔维厄最近的畅销书《他们的自白》那样，每个人用小说中不同人物的口气写信。朋友们同意了，他们一起设计自己的第二自我。普鲁斯特创造了波利娜·德·迪夫（Pauline de Dives）这个人物，这位贵族少妇秘密地喜欢上了没出息的单身汉努拉瓦（Nulleroy），拉萨莱主动提出要为后者代言。格雷格构想了沙尔格兰（Chalgrain）这个人物，这是个衣冠楚楚的资产阶级作家，对社交界心驰神往。达尼埃尔担当的人物角色是波利娜的知己德·特赖斯梅神父（Abbé de Traismes），这位和善而世故的神父的原型是穆尼埃神父（Abbé Mugnier），他是格雷弗耶夫人、德·舍维涅夫人和她们的许多贵族同伴的亲切和蔼的告解神父。

普鲁斯特在想象中创造的波利娜似乎以格雷弗耶夫人为原型，并没想她与努拉瓦有一场注定没有结果的热恋，这使得努拉瓦成为她的个性乃至整部小说的关键。正如他在8月3日对达尼埃尔吐露的，"真的，一个陷入相思的上流社会少妇就像一首无声的诗，她的忧郁和苦闷会让那首诗变得更加动人"。只要孟德斯鸠坚持不让他们接触，格雷弗耶夫人在他的想象中就始终是一个无声的诗意形象。普鲁斯特将借波利娜之口填补这位缪斯的沉默；她将用他的自叙对他开口诉说。

普鲁斯特以波利娜的口气写的信表明，他对格雷弗耶夫人是做过一番研究的。他的女主人公是个优雅的审美家，为自己精致（有时难免做作）的品位而自豪。她说她在乡间散步时，总是在树后寻找瓦尔基丽。她琢磨着准备买些孔雀放养在花园，说这灵感来自"罗贝尔·德·孟德斯鸠的《雅致气息的酋长》中"关于这种禽鸟的"两首绝妙的诗；那本书还没有上市，但珍藏版已经出了"。她对靠金钱进入"我们的世界"的那些"美国姑娘"嗤之以鼻。她吹嘘说沙尔格兰从她身上获得了灵感，如果她愿意，他巴不得做她的情人呢。

然而比这些信件让人想起格雷弗耶夫人之事更值得注意的，是它们没有触及普鲁斯特此前说他准备探讨的情感——"忧郁和苦闷"。波利娜只在一封信中引入了感情的痛苦这个话题，而即便那时，她也没有认同那是她自己的痛苦。在一封写给神父的口气儿戏、漫不经心的信中，波利娜简略地提到贵族圈里到处是没有爱的婚姻的传统，说那是"可憎的毁灭之举"，导致"湮没在眼泪中的人，丈夫们在发狂的妻子面前被情妇勾搭走了，等等"。她只字未提自己的婚姻，继续以同样笼统的口气说，"一个热恋中的女人"焦急地、日复一日地等待一封永远不会寄到的情书是"可悲的"。在这封写给神父的信中乃至手稿的其他部分，波利娜没有表明她本人或许正是上文中那位"热恋中的女人"（那只会是读者的推论，因为她是整部小说中唯一的女性角色）。或许如果普鲁斯特知道格雷弗耶夫人本人也在年复一年地等待一封从未寄到的情书——乔万尼的一句斩钉截铁的爱情宣言——他会着更多笔墨来剖析笔下人物的这个方面。

但其实，普鲁斯特并没有进一步研究他这位"陷入相思的上流社会少妇"。考虑到他和朋友们原本旨在描述那个阶层的肤浅轻薄，没有赋予波利娜任何情感深度似乎是作者的一个不无道理甚至符合逻辑的选择。但波利娜的肤浅又与他自己声明的对她隐秘的受苦一面感兴趣自相矛盾；也与格雷格的沙尔格兰痛苦的绝望形成了鲜明对比（沙尔格兰哀叹波利娜高不可攀的情节可能直接取自波托－里什的《错过的幸福》）。普鲁斯特构想的波利娜没有希望的爱情虽然是小说的最主要情节，但他仿佛太沉迷于她优雅的外表，忘记了赋予她内在生命。这既不是第一次也不是最后一次，上流社会辩护者普鲁斯特险胜上流社会批判者普鲁斯特，更不用说写作者普鲁斯特了。几个月后这个项目失败了，难说不是文学界的一大损失。[85]

普鲁斯特和他的写作搭档们的大部分手稿是在 1893 年 8 月和 9 月初的暑假里写成的，其间他们以各自人物的口气给彼此写信。在瑞士逗留了几周后，普鲁斯特来到特鲁维尔，下榻奢华的德罗驰诺尔宅邸，它就建在俯瞰海景的宽阔步道上。那年 7 月，斯特劳斯夫妇刚刚搬到他们位于特鲁维尔的新别墅桑葚别墅（Le Clos des Mûriers），那是个半木结构的木屋式建筑，周围是茂密的玫瑰园和高大的树木，人在其中，很容易忘记这里近在海边。[86]（这个景观特征可能是考虑到热纳维耶芙害怕溺水，也可能是纵容了她丈夫对玫瑰的喜爱。)普鲁斯特重新召集达尼埃尔、格雷格和拉萨莱来这里共度一段时间，这几位当时都在附近度假。德加的长期情妇奥尔唐斯·豪兰拍下的一张照片显示着四位合作作者中的三位与斯特劳斯夫人、路易·冈德拉和波托－里什一起在阳台上。几个年轻人决定在小说中加入一个海滨的次要情节，利用桑葚别墅的一个房子作为背景。普鲁斯特或许很喜欢这个主意，因为达尼埃尔声称斯特劳斯夫妇出于根深蒂固的势利，请人模仿格雷弗耶位于迪耶普的庄园建造了这个地方。

　　几位朋友那年秋天回到巴黎后，俗务纷至沓来，对这个项目的热情就渐渐消退了。普鲁斯特休息了一段时间——刚够他完成最后一轮法学院考试——并于那年 10 月获得了学位，似乎没过

斯特劳斯夫妇的海滨别墅桑葚别墅的明信片，正面有热纳维耶芙的笔迹

多久就把它忘到九霄云外了。同一个月，他的朋友威利·希思去世了。带着丧友之痛，普鲁斯特忙着出版一本文学素描集结的"小书"，用它来纪念一个"我全心全意爱过的人"。[87] 到11月5日，他已经说服勒梅尔夫人同意为那本书画插图，那些插图不仅包括她标志性的花束主题，还有苗条的贵族美女，幽然神往地望向远方。或许普鲁斯特决定要依赖勒梅尔来替他表现社交界贵妇的忧郁和苦闷了。

普鲁斯特放弃了波利娜·德·迪夫的故事，但他仍在写上流社会。9月，他为《高卢人报》贡献了第一篇稿件——《巴黎上流社会的沙龙》（"The Great Parisian Salons"）。[①] 在这篇署名为"全体巴黎人"的文章中，他对构成"贵族和优雅社会"的等级的无数渐变层次进行了巨细靡遗的描写，那些层次时而分明，时而模糊。[88] 他在文章中把他认为互不相容的两类沙龙加以区分，一种是"优雅的开放式沙龙"，一种是"封闭式沙龙"，却把格雷弗耶夫人的沙龙同时归入这两类，表现出对她过分的喜爱。斯特劳斯夫人的沙龙被他归入资产阶级"文学沙龙"这一次类。鉴于紫衣缪斯决心摒弃才女或资产阶级的做派，她大概会把这样的归类视为冒犯，普鲁斯特或许正有此意。他绝口不提德·舍维涅夫人，可能是为了报复，她的怠慢至今仍令他耿耿于怀。

/ 565

《巴黎上流社会的沙龙》发表之后，孟德斯鸠责备普鲁斯特又犯了一个社交礼仪上的错误。这篇文章称德·莱昂亲王夫人是一个著名的"开放式"沙龙的女主人。然而伯爵教导普鲁斯特说，已经不存在德·莱昂亲王夫人了；她的公公8月6日去世之后，她继承了新头衔，变成了德·鲁昂公爵夫人（Duchesse de

---

① 这篇文章的译文见附录三。——作者注

玛德琳·勒梅尔为普鲁斯特的第一本书《欢乐与时日》(*Pleasures and Days,* 1896 年)画的插图,表现了他虚构的社交女前辈那种忧郁的神往之情

Rohan),她 14 岁的未婚儿子成为新的德·莱昂亲王。[89] 这次纠错一定是普鲁斯特必须吞下的苦果,表明他虽然自以为已经在上层取得了很大进步,却始终是个局外人。更糟的是,他把自己对贵族术语的无知公然展示在了社交界最喜欢的日报上。到那时,他已经很细致地研究了"有生阶层",知道他们一定会抓住这个错误,丝毫不留情面地指责他,普鲁斯特虽然(遵循社交界报纸的标准做法)用了笔名,但他没有理由相信伯爵会对他的失礼保持沉默。要说起来,孟德斯鸠一定会洋洋得意,看来他对普鲁斯特的评价一点儿没错:没教养。

在这种情形下,能有机会为《高卢人报》再写一篇稿件,就为普鲁斯特提供了在报纸读者面前为自己挽回尊严的途径。来年 5 月,伯爵宣布他将在那个月底在凡尔赛举办文艺聚会时,这个机会终于出现了。他急于宣传自己的聚会却又不愿意表现出自己参与了宣传,就授权普鲁斯特为《高卢人报》写一篇关于聚会的报道。阿蒂尔·梅耶尔同意了这个做法，他认为孟德斯鸠只邀请120个人的计划将使这场聚会成为那个社交季最为人津津乐道的大事件。事实证明这位编辑的直觉完全正确。在"最佳"聚会往往邀请一千多人的社交界，伯爵大幅缩减宾客名单的消息一出，就引发了疯狂的期待。还有幸灾乐祸——许多交际家一想到他们的朋友将成群地被排除在自己即将参加的活动之外，心跳都加快了一些。邀请函一发出，这种激动就变成了难以置信的愤怒（除了那120人外）；孟德斯鸠的贵族同侪们不习惯被归为穷光蛋俱乐部。然而他们的愤怒进一步满足了伯爵"不取悦他人的贵族快感"，让他更加恶名昭著则不必说。至于普鲁斯特，他受命记录这次聚会似乎成了唯一可取之处，因为这使他有机会（他以为）把自己列为入选参加的幸运少数之一。他会向城区公布，自己一个区区资产阶级，击败数百大人物而取得了成功。程度虽弱，但也堪比阿斯入选骑师俱乐部。

梅耶尔大笔一挥，把普鲁斯特这一小小的社交胜利一笔勾销了。但年轻人生平头一次，后到的失望并没有打消先来的狂喜。因为狂喜的确先来，它似乎可以暂时抵挡住任何失望的打击。

这一福祉就在聚会上降临在他的头顶，他被引荐给格雷弗耶夫人似乎终于无法避免了。孟德斯鸠那天把所有的宾客一一引荐给她——作为聚会的无冕之后，她必须接受每一位来到她跟前之人的敬意。伯爵大概不愿意让普鲁斯特获此殊荣，但也无能为力。蚯蚓必须跟星星面对面了。

普鲁斯特准备好了，他要抓住这个时机。他专注地研究了社交界的习俗，已经了解到如何脱下高顶礼帽，把马六甲手杖转动到臂弯一侧，将脊椎弯曲90度，让一绺漂亮的额发涌向额头。他已经了解到如何用自己的右手接过她的右手，两只手套碰一下，做出亲吻的姿势而事实上只是在空中擦过。（毫无疑问，任何发出声音的嘴碰到手的举动都是不可想象的粗俗行为。）他眼中的她恰如一株专为他的身高（1.67 米）而培育的嘉德丽雅兰花，"美妙地穿着一件玫瑰紫丝绸的裙子，裙子上布满了（手绘的）兰花，覆盖着同色的丝绸薄纱，一顶包着紫色薄纱、开满兰花的帽子"。[90] 面纱如云朵一般飘浮在她的脸庞周围，一点儿也不透光，几乎很难捕捉到她眸子里的深色火焰和她脸颊上的淡淡月牙。[91] 许多宾客抱怨她的面纱，甚至在事后称之为那天聚会的最大败笔（他们认为聚会被过度夸大了，总算给被拒绝的人带去了一些安慰）。乔治·德·波托－里什甚至直接责备伊丽莎白，事后写信给她："您的面纱太厚了！"但普鲁斯特没有一句抱怨。[92]

他一点儿也不觉得她的装束与孟德斯鸠为她在花园铺设的地毯颜色冲突了，那突出了她王后般的地位。他也一点儿都不在意淡紫色，如伯爵所说，"这个色调并没有突出"他外甥女的脱俗气质。[93]

无政府主义者埃米尔·亨利于九天前被送上断头台之事没有影响普鲁斯特的好心情。德·舍维涅夫人参加了狂欢（在至高无上的格雷弗耶伯爵夫人身旁，谁还在乎她是谁？）或是斯特劳斯夫人没有参加（老实说，她被排除在聚会之外让普鲁斯特更为自己的出席而得意扬扬），对他都没有丝毫困扰。他绝不介意聚会因为暴雨推迟了一周，举办当天烈日当空、晴朗无云。他一点儿也不挂怀好几位宾客在酷暑中晕倒了，他们身着华服中了暑，只能到有顶棚的剧院里稍微凉快一些 [94]，他们的主人身穿华丽的珍珠灰女式长袍，在剧院里给他们准备了沉闷乏味的朗诵会。朗诵者是打扮得过于讲究的女演员，时不时被孟德斯鸠的叫声——"多——美——啊！"——打断甚至当他看到"可怜的人们带着逆

21 岁的埃米尔·亨利是至少两起巴黎无政府主义爆炸案的罪魁祸首。他于 1894 年 5 月被处决

来顺受的表情倾听台上的表演，狼狈得就像在大雨中淋得湿漉漉的猫"⁰⁵，也没有一丝烦恼。

　　用上层的行话来说，他还有其他的猫要管。① 他一度从关于格雷弗耶夫人的狂喜中醒过神来，被另一个同样迷人的尤物吸引

————————————

①　这是洛尔·德·舍维涅最喜欢用的成语，意为"另有要事"，与之对应的英语是"other fish to fry"。——作者注

了，她像猫一样凶狠凌厉，正如伯爵夫人如花一样清丽脱俗。刚刚在巴黎成功巡演了《费德尔》的莎拉·伯恩哈特无声地走上舞台演唱终曲，她轻盈柔韧的身段裹在一条滑溜溜的白裙中。她的眼里闪着猫一样冷酷的光，或许令孟德斯鸠的一些客人想起了五年前围绕这位女演员掀起的一场媒体热议。传说她在巴黎的家中招待宾客时，对众多宠物中的一只越来越不耐烦，觉得那只猫的叫声太大了。为了让它收声，她抓住它的颈背，把它扔进了一个烧着煤的热火炉，也不理会"它被慢烤而死的过程中撕心裂肺的叫声"。[96] 关于这一事件的报道成为全世界的头版头条，伯恩哈特极力否认，但那种残忍野蛮的气息至今仍然黏在她身上。普鲁斯特虽然把残忍等同于魅力，倒也没把那事儿放在心上。

显然，孟德斯鸠也没有放在心上。他恳求伯恩哈特来表演的理由是，只有她才有资格朗诵他的诗。有些客人私下里或许觉得他的诗配不上她，但她给了人们一个惊喜，她用"无情而怠惰的抑扬顿挫"朗诵，使诗歌摆脱了夸大做作，为它注入了一种不可抗拒的魔力。[97] 她用自己的艺术魔力拯救了他平庸的艺术创作。

她让《咏叹调》移星换斗："幽谷之荫，／鹪鹩之骨。"[98] 她为《莎乐美》点石成金："我爱碧玉，它的颜色像埃罗底亚德的目光，／还有紫晶，它的色泽是施洗约翰的眼眸。"[99] 节目最后，她还为《死去的女人最后的安息》施展了妖术，召唤来一幅堆满坐垫的灵柩：

> 坐垫里满是让她厌倦透顶的情书。……
> 是一曲表白、恳求和眼泪奏成的交响，
> 有爱的轻言，恨的诅咒……
> 对安息的她歌唱着……低语着……

孟德斯鸠认为自己伟大的诗歌只有请莎拉·伯恩哈特这样
举世闻名的天才朗诵，才相得益彰，肖像创作者是乔治·
克莱兰（Georges Clairin）

拥有这份爱的女人永远不会死。[100]

如果初读这首诗曾潸然泪下的格雷弗耶伯爵夫人此时因再度听到，又一次泪流满面，那么那条淡紫色的面纱总算派上了用场。至于普鲁斯特，他不知道孟德斯鸠这首《死去的女人最后的安息》是为她而作，但这首诗让他铭记在心，在为《高卢人报》写的文章中把它全文抄录了下来。[101] 伊丽莎白从第二天早晨的头版中把它剪下来，又保存了60年——那是普鲁斯特永不知道的她的另一个秘密。[102]

普鲁斯特本人近来也总是在想死去的女人。想她们把多少秘密带进了坟墓，又为世人留下了多少线索。死去的女人是神秘的，正如他曾对斯特劳斯夫人说过的，他热爱神秘的女人，不过他或许应当加上一句，他所谓的"神秘"是指"空白画布"，而他所谓的"空白画布"是指"皮影戏"或"幻灯片"，或"拟像"，或"圣所"，或"标本"，或"遗物"。普鲁斯特的23岁生日就在六周以后，他的前半生还没有过完。然而他已经在目标明确地、心生欢喜地走向死亡，走向他自己的那座阴影王国了。

在那个神秘的王国——无论在这次聚会上还是之后的漫长时光，他快乐的要诀就在这里——他从自己的缪斯那里获得的东西已经足够。何况她甚至不知不觉已经好几次化身缪斯给过他不少。他将用那条遮挡着面庞的如云薄纱来织就自己梦中的书卷。那个梦会用无数的情书填满无数的灵柩上的无数坐垫，它们对死者、对那位死去的优雅的女人，当然无关紧要，却会带着他一起走向永生。

因为拥有这份爱的他永远不会死。

因为他的爱将承载一切、相信一切、渴望一切、忍受一切。直到力竭。

因为他可以更好。

因为他可以想象。

（因为他情不自禁）。

因为他可以写作。

注　释

1　Jacques Saint-Cère (pseud. of Armand Rosenthal), "Une heure chez le Comte Robert de Montesquiou," *La Revue illustrée* (June 15, 1894): 117–24, 118. 这个动作几年后还会回来纠缠RM。

2　RM, 见 NAF 15038, folio 95/96。

3　Valentino Brosio, *Ritratti parigini del Secondo Impero e della Belle Époque* (Paris: Nuovedizioni E. Vallecchi, 1975), 182; Jullian, *Robert de Montesquiou*, 205.

4　Chaleyssin, op. cit., 95.

5　FB, op. cit., 173.

6　Saint-Cère (pseud.), "Une heure chez le Comte de Montesquiou," 119.

7　Brosio, op. cit., 182.

8　Lucien Corpechot, "Les Lettres françaises: le Comte Robert de Montesquiou," *La Revue de France* 2, no. 23 (February 15, 1922): 435–44, 435.

9　本段对RM和孟德斯鸠公馆的描写资料来源于RM，关于孟德斯鸠公馆的无标题笔记，存档于 NAF 15040, folio 7/8; Chaleyssin, op. cit., 71; Munhall, op. cit., 94; HR, *Nos rencontres*, 161; and Saint-Cère (pseud.), "Une heure chez le Comte de Montesquiou." 公馆如今仍然屹立在原处——53, avenue de Paris, 那条两旁绿树成荫的宽阔大道始于凡尔赛城堡门前那片巨大的开阔庭院 the place d'Armes, 向东北方直通巴黎。

10　R, *Les Cahiers*, 159. 关于RM优雅的、皇朝没落的美学，见 Bertrand, op. cit., vol. 1, 226–28; and RM, "Apollon aux lanternes (Versailles)," in *Autels privilégiés* (Paris: Bibliothèque Charpentier, 1898), 329–44。

11　RM, "Apollon aux lanternes," 332.

12　同上书，334。

13　RM, *Les Pas effacés*, vol. 3, 32–33. 关于RM的溅着鲜血的珍珠的梦境，见 RM, Les Perles rouges, viii。(这本诗集中的诗作耽搁了近20年才发表，MP 在这一时期与RM的通信中提到了其中的某些诗。)

14　William Samson, *The World of Proust* (New York: Scribner, 1973) and

André Maurois, *Le monde de Proust* (Paris: Hachette, 1960), 33.

15 Saint-Cère (pseud.), "Une heure chez le Comte Robert de Montesquiou," 119. 关于RM（认为）夸张的诗句是献给听者的礼物，见Lorrain (pseud.), *La Ville empoisonnée*, 105。

16 "文艺聚会"之后几年，RM把这座雕塑，弗朗索瓦·吉拉尔东的《劫持普洛塞庇娜》的复制品，卖给了美国收藏家乔治·古尔德（George Gould），就是博尼·德·卡斯特兰（及后来的海莉·德·塔勒兰德－佩里戈尔的）的"美元新娘"安娜·古尔德（Anna Gould）的兄弟，见 Jules Huret, *En Amérique de New York à La Nouvelle-Orléans* (Paris: Fasquelle, 1904), 199。

17 关于RM专为聚会而建的戏院，见HR, *Nos rencontres*, 161。

18 这是RM《蝙蝠》中的一首诗，题为"Maëstro"的第一行，见 *The Bats*, 13。关于这个口号，又见MP, "Robert de Montesquiou," in CSB, 426–35, 434。

19 Tout-paris (pseud. of MP), "Une fête littéraire à Versailles," *Le Gaulois* (May 31, 1894): 1.

20 RM, "1894年5月24日星期四的日程"（"Programme du jeudi 24 mai, 1894"），存档于NAF 15040, folio 73。5月24日是原定的聚会日期，如前所述，实际日期因雨而推迟了。关于RM愉悦地想象参加其聚会的仇敌们如坐针毡，见RM, *Les Pas effacés*, vol. 3; RM, "Le Pavillon Montesquiou à Versailles"; 以及RM致EG，存档于AP(II)/101/150。关于艾尔维厄最后一刻取消了参加RM聚会的计划，见1894年5月30日艾尔维厄致RM的信，存档于NAF 15247, vol. 236, folio 41。

21 RM致保罗·艾尔维厄，存档于NAF 15247，未编号卷宗。

22 MP的模仿促成了两个男人的第一次暂时决裂。见LG, *Robert de Montesquiou et Marcel Proust*, 34。关于他（和其他宾客）的名字被删除，以及他为《高卢人报》所写文章中的时装描写，见（1894年5月31日星期四）MP致RM的信，Kolb, ed., op. cit., vol. 1, 297。Jullian, *Robert de Montesquiou*, 222; and Carter, *Marcel Proust*, 170.

23 MP致RM标记为"1893年7月2日星期日"的信，见Kolb, ed., op. cit., vol. 1, 217。正如MP后来对CA所说，"我觉得我初次见到她的那一刻就已经被征服了。她的血统、阶级和气场如此强大，那高高在上的样子如此美妙。她的头发上戴着一只天堂鸟，简直鹤立鸡群"！CA, op. cit., 156.

24 《高卢人报》刊登了一篇关于玛德琳·勒梅尔1893年4月13日星期四的晚

会的报道。由于勒梅尔夫人经常在周二宴请宾客，因此为 RM 举办的晚会日期有可能是那年的 4 月 11 日。Carter, *Marcel Proust*, 145.

25　同上书，148。

26　HR, *Nos rencontres*, 161.

27　FG, *Mon amitié*, 47.

28　MP 后来会在《罗贝尔·德·孟德斯鸠》一文中重新修改这句话，见 CSB, 435, 说"（RM 的）王国不仅属于这个世界，和须臾之物一样，他也心心念念地牵挂着永恒之物"。

29　MP 致 RM 的未署期的信，很可能写于 1893 年春末或夏初，见 *Lettres à Robert de Montesquiou*, ed. Robert Proust and Paul Brach (Paris: Plon, 1930), 6。Robert Proust 和 Brach 在这一版中没有试图确定这些信件的日期。

30　GBB 迁居巴黎之事似乎发生在 1893 年初那几个月。惠斯勒提到那年 1 月底与 GBB、RM 和 EG 一起去看戏。根据社交界报刊的报道，GBB 从那年 2 月开始每周在巴黎社交圈亮相，更经常地与 RM 而非 EG 在各个聚会上出双入对。看似 1891 年夏天的集体拜罗伊特之行让 RM 和 GBB 走得更近了；这不仅能够解释他们关系的变化，也能解释 EG 为何显得对那次出行很失望。

31　GBB 搬到巴黎后几个月，他被批准成为艺术家联盟组织的临时会员，1894 年 6 月成为该俱乐部的永久会员，他的保荐人就是 EG 的妹夫鲍勃·德·拉艾格勒。*Le Gaulois* (June 28, 1894): 4.

32　FG, *Mon amitié*, 33.

33　MP, JS, 675. 在这部小说中，MP 把这幅画的创作者写成了 JEB 的对手、RM 提携的社交界肖像画家安东尼奥·德·拉冈达拉 (675)。

34　CA, op. cit., 256.

35　Chaleyssin, op. cit., 64.

36　MP, "A mon ami Willie Heath" (July 1894), in PJ, 40.

37　同上。关于希斯之死，见 Painter, op. cit., vol. 2, 138。

38　关于 MP 希望结交 RM（与性欲无关）的动机，见 Painter, op. cit., 134; Chaleyssin, op. cit., 76–77; and Maurois, *Quest for Proust*, 66。

39　MP, "Un professeur de beauté," *Les Arts de la vie* (August 15, 1905), 转载于 Léon Guichard, "Un article inconnu de Marcel Proust: Marcel Proust et Robert de Montesquiou," *La Revue d'histoire littéraire de la France* 2 (1949): 161–75, 163–72。又见 RM and MP, *Le Professeur de beauté*, preface by

Jean-David Jumeau Lafond (Paris: La Biblio thèque, 1999); and Jullian, *Robert de Montesquiou*, 18。

40　MP 致 RM 标记为 "这周四傍晚"（1893 年 6 月 29 日）的信，见 Kolb, ed., op. cit., vol. 1, 216。

41　MP 致 RM, Proust and Brach, eds., op. cit., 7。

42　MP, JS, 332.

43　Jullian, *Robert de Montesquiou*, 220.

44　CA, op. cit., 258. 关于 RM 的照片之事，见 MP 致 RM，署期（1893 年 6 月 28 日）的信，见 Kolb, ed., op. cit., vol. 1, 214; and Carter, *Marcel Proust*, 160。

45　LG, *Robert de Montesquiou et Marcel Proust*, 38.

46　MP 致 RM，见 Proust and Brach, eds., op. cit., 15。

47　MP 致 RM，署期为（1894 年 3 月 11 日）的信，见 Kolb, ed., op. cit., vol. 1, 277。Kolb 提到，RM 在送给 MP 的那本有签名的《蝙蝠》上写着，"送了我一只蓝鸲的马塞尔·普鲁斯特先生留念"(280, n. 2)。关于利伯缇领带的礼物，见 Jullian, *Robert de Montesquiou*, op. cit., 221。关于圣诞马槽这件礼物，见 MP 致 RM，署期为（1894 年 3 月 28 日）的信，见 Kolb, ed., op. cit., 284。

48　见 MP 致 RM，署期为（1893 年 6 月 25 日）的信，见 Kolb, ed., op. cit., vol. 1, 213。同一封信出现在 Proust and Brach, eds., op. cit., 8 中，编辑对日期未做任何猜测。

49　《诗篇》2:10。与梅尔希奥·德·沃居埃一样，RM 也喜欢引用拉丁文，因此他这句指令是这么发出的：Nunc erudimini. Chaleyssin, op. cit., 69. FG 喜欢引用这句话来嘲笑 RM。

50　Jullian, *Robert de Montesquiou*, 184, 189, and 190。

51　Chaleyssin, op. cit., 67. LD 对 RM 的演讲风格的记述就远没有那么恭维了，见 LD, *Fantômes et vivants*, 185。

52　MP, "Un professeur de beauté," 163–64.

53　Jullian, *Robert de Montesquiou*, 216. MP 不知道，EG 也逐渐对 RM 有了同样的看法，在背地里说他"很遗憾，他那么可笑"。Hillerin, op. cit., 41–42.

54　FG, Mon amitié, 32. 关于普鲁斯特家公寓"可怕而安逸"的装饰，又见 Duplay, op. cit., 24。

55　同上。

56 RM 对室内装饰的兴趣和尝试本身就是一个庞大的课题；有一个很好的综述，见 Bertrand, op. cit., vol. 1, "Partie I: L'Espace intérieur," 53–258。关于 RM 家室内都是 "戏剧化的宇宙"，同上书，vol. 2, 703–4。

57 LD, *Fantômes et vivants*, 284.

58 Abel Hermant, "Jours de guerre," *Le monde Illustré* (July 15, 1917): 40.

59 RM, *Les Pas perdus*, vol. 2, 94.

60 LD, *Fantômes et vivants*, 284–85.

61 Bertrand, op. cit., vol. 1, 87–88.

62 RM, *Brelan de Dames* (Paris: Fontemoigne, 1912), 15.

63 特别感谢南斯拉夫季米特里王子殿下让我注意到他家族传说的这一小部分内容。对该瘘管手术的讨论又见 Stanis Perez, *La Santé de Louis XIV* (Paris: Perrin, 2010), 73–83。

64 Chaleyssin, op. cit., 67; MP 致 RM, Kolb, ed., op. cit., vol. 1, 410; 以及 MP, RTP, vol. 2, 1813, n. 2。

65 MP, CG, 842.

66 同上书，845。

67 同上书，844。

68 同上。

69 同上书，849。

70 同上书，849–50。

71 同上书，851。

72 发表《其他遗物》的那一期《白色评论》出版于 7 月 15 日。从他与编辑 Thadée Natanson 的通信来看，MP 似乎是在该期杂志付印之前一周左右写完并存档了他的故事；见 Kolb, ed., op. cit., vol. 1, 231, n. 3。

73 MP, "Autres reliques," 起初发表于 *La Revue blanche* 21–22 (July-August 1893): 51–52, 51；并以 "Reliques" 之题转载于 PJ, 175–76, 175。

74 同上。

75 MP, "Reliques," PJ, 176.

76 同上。

77 MP 致 RM 署期为（1893 年？7 月 3 日星期日）的信，见 Kolb, ed., op. cit., 217。

78 在生命即将结束时，MP 对 CA 回忆起那些为他的小说 "提供模特" 的社交界的人士（包括 LC、GS 和 EG），明确提到它们就像展示的遗物，是压在玻璃下面的僵死物件。"啊，塞莱斯特，"他叹道，"一切都归于尘土了。就像墙上的一个美丽的古董扇子。你欣赏它们，却再没有一只手能让它们复活。它们压在玻璃板下面这件事本身，就足以证明舞会已经结束了。"CA, op. cit., 159.

79 Huas, op. cit., 185.

80 MP, "A Willie Heath," PJ, 40. MP 这篇献词的署期是 1894 年 7 月，但它直到 1896 年才发表，他把它用作了 PJ 的前言。

81 关于 MP 决心通过 RM 与 EG 见面，见 Huas, op. cit., 181; and Taylor, op. cit., 30。Taylorf 风趣地写道："能被引荐给（RM 的）表甥女格雷弗耶伯爵夫人（是）每一位势利眼的最高目标。"

82 1893 年 MP 致 RM 的未署期信件，见 Proust and Brach, eds., op. cit., 9。

83 Briais, *Au temps des Frou-Frou: Femmes célèbres de la Belle Époque* (Paris: Imprimerie de Frou-Frou, 1902), 267; Chaleyssin, op. cit., 110.

84 FG 尤其担心 RM 一定极力羞辱 MP；见 FG, *Mon amitié*, 33-35。FG 还写道，据埃勒说，1921 年 CA 听说 RM 之死（很悲惨），"乐疯了"。FG 琢磨了一下这个消息，写道："她知道什么？怎么会如此恨之入骨？"（同上书，35）在 MP 写给 RM 的信中，能够清晰地看到一种近乎"肉疙瘩"式的自卑能力。在被 RM 恶毒地训斥之后，MP 写信对他说："亲爱的先生，人不会因闪电而愤怒，哪怕被它打到，因为它来自天上。"MP 致 RM，见 Proust and Brach, ed., op. cit., 13。

85 关于这部集体书信体项目的起源和四位作者每个人承担的任务，见 MP, *Écrits de jeunesse*, 218-19。FG 不久以后把沙尔格兰这个人物从小说家改成了一位画家，但他仍然保留了这个人物的基本人设，即一位没有出生在社交界却一心想在那里社交的艺术家，就像《如死之坚强》中的奥利维耶·贝尔坦或 GS 的忠实信徒中的任何人。关于《他们的自白》的有用梗概，见 Auchincloss, op. cit., 125-31。这篇关于该小说的评述的最后一句话是："我们能够看到（MP）为何如此崇拜艾尔维厄对'旧城区'的精致描写 (131)。"顺便说一句，MP 赞赏艾尔维厄的小说为书信体小说，这个体裁和上流社会风俗喜剧带来了"未曾预见的丰富质感"，见 MP 致德·皮埃尔堡夫人，Kolb, ed., op. cit., vol. 21, 244。这里与 MP 的集体书信体小说有关以及他对波利娜·德·迪夫这个人物的塑造的引文，均出自 MP, *Écrits de jeunesse*, 252-66。

86 关于桑葚别墅模仿格雷弗耶夫妇的迪耶普庄园，见 Bischoff, op. cit., 203 引用的 DH 的原话。

87　MP 致 RB，署期为星期日（1893 年 11 月 5 日）的信，见 Kolb, ed., op. cit., vol. 1, 245。正是在这封信中，MP 提到了勒梅尔夫人已经同意为他的"小书"绘制插图了。

88　Tout-paris (pseud. MP), "Les Grands Salons parisiens," *Le Gaulois* (September 1, 1893): 2.

89　关于 RM 就德·莱昂亲王夫人（与德·鲁昂公爵夫人）纠正 MP 之事，见 Philip Kolb, "La Correspondance de Marcel Proust: Chronologie et commentaire critique," *Illinois Studies in Language and Literature* 33, nos. 1-2 (1949), 5 and 9; and Carassus, op. cit., 538-39。

90　Tout-paris (pseud.), "Une fête littéraire à Versailles." 这条裙子的照片见本书的彩页插图。

91　关于 EG 的淡紫色面纱不透明，以及它引发的其他宾客（他们大概都想一睹她的芳容）的抱怨，见 EdG，日志，1894 年 5 月 30 日和 1894 年 5 月 31 日的日记。另一篇关于聚会的不那么热情的报道，见 HR, *Nos rencontres*, 161-65。

92　GPR 致 EG 未署期的短笺，存档于 NAF 24974, folio 169。

93　RM, *Les Pas effacés*, vol. 3, 165; Florence Callu and Jacques Lethève, eds., *Marcel Proust—Exposition à la Bibliothèque Nationale, juin-septembre 1965* (Paris: Tournon & Cie., 1965), 34.

94　LD, *Souvenirs littéraires*, 145.

95　同上。

96　Sherard, op. cit., 331.

97　HR, *Nos rencontres*, 161. 关于在他自己的"文艺聚会"上凸显出来的 RM 的艺术的平庸，见 Jean Ajalbert, "Rimes riches,"《吉尔·布拉斯报》（1894 年 6 月 5 日）：1-2。

98　RM, "Aria," in *Les Chauves-Souris*, 22.

99　RM, *Salomé* (per RM's program for the party in NAF 15040), 多年后以"L'Irresponsable"为标题出版，见 Les Paons: édition définitive (Paris: G. Richard, 1908), 90; 引文又见 HR, *Nos rencontres*, 165。

100　RM, "Le Coucher de la morte," in *Les Chauves-Souris*, 393-94.

101　MP 在 Tout-paris (pseud.), "Une fête littéraire à Versailles." 中引用了这首诗的全部三个诗节，在介绍这首诗时，MP 称之为"能够永恒的书页"。

102　"Une fête littéraire" 至今被保留在 EG 的档案中，存档于 AP(II)/101/136-38。

回旋曲
真正的禽鸟之王，或幼王万岁 *

传说当自然界的各种禽鸟要分出个三六九等，它们一致同意把王冠授予那个飞得最高、离太阳最近的鸟。

雄鹰展翅直上九霄，眼看超越了所有竞争对手，直到最后他累了，停下来歇息巨大的双翅——他不知道那里停着一只小小的鹪鹩，一路仰面舒服地躺着，此时却突然腾云驾雾，独自翱翔云端，睥睨众生。

据说鹪鹩此举有失体面，他的胜利毫无价值，因此后来永远鲜明地出现在旗帜和王座上、成为王室象征的，是雄鹰。

有些人则不认为抖那么个小机灵就会让我们丧失统治世界的资格，在他们看来，鹪鹩才是真正的禽鸟之王。

——保罗·阿尔维厄，《巴黎的愚蠢》
（*La Bêtise parisienne*，1897 年）

---

* 原文"Roitelet"在法语中不仅有"麻雀"之意，在更古老的用法中，它的另一个意思是"年幼的国王"。——作者注

尾声
天鹅绝唱

　　一顶王冠，一只天鹅，一个未曾送出的吻。年华似水。

　　来此人世一遭，每个人都想拥有一点意义。每个人都希望自己不可或缺。每个生命都是一个微型太阳系，是外部无法觉察的行星、月亮和彗星组成的旋涡；每个自我都在那个太阳系的中心灼灼发光。每个人都说，我是一颗太阳。巨大的银河系也无法让我相形见绌，神秘的众神也无法抵消我存在的价值。你，你们——会看到我，感受到我的光芒。也会记住我的名字。

　　我们奢侈地挥霍着每一分钟，仿佛它们是不值钱的硬币。当口袋空空，我们推脱时世艰难，渴望从未曾拥有过的财富。我们收集护符法宝：一顶王冠、一只天鹅、一个未曾送出的吻。我们追求神的眷顾，以虚幻的愚人金构筑巢穴。如果可以，我们会竭尽所能，在虚无中筑起圣殿，修建抵御遗忘的堡垒。

　　逝者如斯，我们浪掷的光阴如不尽长河，滚滚东流。年华似水，每一个被追悼的太阳都是我们的救赎。让我们再活一次。

致 谢

虽然写一本书往往看似且感觉像一个孤寂的事业，它却很少是一个女人的独角戏。很多人在我写作本书的过程中给过我帮助，我对每个人深表感激。希望这篇致谢词没有遗漏他们中的任何一个人。

我要感谢我的写作对象的后裔，没有这些当代贵族的协助，我绝不可能重现他们祖先的似水年华。特别感谢洛尔·德·格拉蒙、她的哥哥德·格拉蒙伯爵居伊和他们已故的堂兄弟德·格拉蒙公爵，以及德·比达什亲王（Prince de Bidache）安托万十四世，他们允许我阅读伊丽莎白·格雷弗耶庞大的个人档案：足有 32 码长的私人文件，其中大多从未对《追忆似水年华》学者和研究世纪末的历史学家们公开过。我在这个不可思议的巨大宝库中所做的发现并非全都一目了然或不容置疑。例如，我花了一年多时间，试图解读伊丽莎白根据一种 19 世纪的速记法发明的私人语言，但最后只能说部分解开了密码。尽管如此，她的文件仍有助于我全方位地了解这个女人，启发我读懂了另外两位女主人公生活中的一些此前不明就里的暗角。同样重要的是，伊丽莎白档案那 208 个文件盒中，有一个里面存放着普鲁斯特关于她的沙龙的未完成、此前未发表也未翻译过的文章。诚然，如果格拉蒙家人没有把这些材料托付与我，本书篇幅就要短得多。但作为一本学术著作以及如我希望，作为一部故事书，它的内容也会乏味得多。

本书中其他人物的后代也跟我分享了他们家族的回忆录、文件、传说和联系人，在此一一感谢：南斯拉夫季米特里王子、皮埃尔·德·阿伦贝格亲王、亚历山德拉·德·里凯·德·卡拉曼－希迈公主、马克·德·贡托－比龙伯爵、德·迈格雷伯爵阿尔芒－吉兰、德·奥尔纳诺伯爵菲利普、德·莱斯贝男爵罗兰、阿希尔·缪拉·盖斯特和卡罗·佩罗内。还要感谢在德·阿斯托格街格雷弗耶府邸员工宿舍里长大的让－路易·波瓦雷把自己未出版的关于那些年的回忆录寄给我，感谢格扎维埃·吉罗·德·圣－埃马尔为我讲述贡托－比龙家族的迷人历史。

　　同样令我感激不尽的，是伊丽莎白的玄孙女和传记作家安·德·科塞－布里萨克，这里要特别感谢她的慷慨相助。她不但把自己的笔记和文件与我分享，还和丈夫德·朗比托伯爵帕特里斯一起，邀请我到他们位于勃艮第的朗比托城堡中进行深入的实地研究，两人还说服她的兄弟德·科塞－布里萨克伯爵菲利普及其岳父母罗歇·德·蒙泰贝洛伯爵和伯爵夫人在威尼斯的孔塔里尼－波里涅克宫热情慷慨地接待了我。该家族这一支系的人对我表达的善意让我更加深刻地感受到书写一位并非我亲戚的人，可谓责任重大。① 由于我披露的关于伊丽莎白私生活的大部分信息没有出现在安·德·科塞－布里萨克的书中（或其他任何地方），我在叙述中出现的任何疏漏理所当然是我一个人的责任。不过我想强调一点，那就是揭开伊丽莎白的——以及热纳维耶芙和洛尔的——秘密并不是我对自己的传主缺乏尊重，而是我致力于尽可能真实地将她们呈现在读者面前。如前所述，普鲁斯特未能全面立体地观察他的贵妇们，是这位艺术家罕有的缺陷之一。如果我也满足于对这些女人的理想化或脸谱化，将会违背我写作本书的初衷，那就是重新赋予她们一些复杂性、深度和细微

---

① 为充分披露之故，我应该说明，在为本书进行研究的过程中，我发现我母亲有一位中世纪的法裔祖先嫁入了舍维涅家族。我以前并不知道有这一层关系，这一信息当然也没有使我在描写舍维涅家族时有任何偏爱或偏见。——作者注

情感，即她们在普鲁斯特的公爵夫人那里所缺失的东西。

在美国和欧洲帮助我深入研究的图书馆员、档案馆员、博物馆员和收藏品管理人包括：法国国家档案馆（巴黎）私人档案部的瓦伦丁·魏斯，耶鲁大学拜内克珍本与手稿图书馆的莫伊拉·菲茨杰拉德，法国国家图书馆（巴黎）手稿和版画部的夏尔－埃卢瓦·维达尔博士、阿奈·迪皮伊－奥利维耶和纪尧姆·福，尚博尔国家领地（尚博尔）的波利娜·萨瓦伊尼，罗马普利莫里宫的瓦莱里娅·佩蒂托，纽约大都会艺术博物馆的梅雷迪思·弗里德曼，纽约摩根图书馆与博物馆的约翰·温科勒，巴黎装饰艺术博物馆的帕梅拉·格尔宾，纽约时装技术学院博物馆的瓦莱丽·斯蒂尔，国家肖像画廊（伦敦）的埃玛·巴特菲尔德，纽约市纽约公共图书馆的戴维·罗萨多，以及伦敦罗斯柴尔德档案馆的贾斯廷·凯文奈利斯－弗罗斯特。获得本书中图片的复制权本身就是一项繁重的工作，我的研究助理朱莉娅·埃尔斯基和洛尔·詹森沉着冷静地完成了这项任务，在几十个项目中，还要多亏纽约艺术资源组织的罗比·西格尔提供了帮助。关于手稿的版式，全靠托马拉·奥尔德里奇和桑德拉·费福尔尽职尽责的努力。

在巴纳德学院和哥伦比亚大学，我得到了教务长琳达·贝尔、安·博伊曼、彼得·康纳、皮埃尔·福斯、泽格·加夫隆斯基、罗斯·汉密尔顿、安·伊戈内、劳丽·波斯特维特和我最喜欢的普鲁斯特学者伊丽莎白·拉登森的支持。其他学校的同行们——哈佛大学的克里斯蒂·麦克唐纳、伊利诺伊大学厄巴纳分校的弗朗索瓦·普罗克斯、加州大学洛杉矶分校的洛尔·穆拉特和巴黎高等师范学校的纳塔莉·莫里亚克·戴尔——也都慷慨地与我分享他们关于普鲁斯特的专业知识，帕特里克·米穆尼也是一样，正是这位知识如百科全书一样渊博的普鲁斯特迷最初让我了解到热纳维耶芙和洛尔的复杂背景。和上一本书一样，我的经纪人罗布·麦奎尔金也是本书最好的第一读者和我最信任的顾问，他是忠诚、希望、热爱和全心全意的源泉。

我有幸与克诺夫出版公司的一个极其出色的团队合作，为首的是我那位冰雪聪明的可爱编辑谢利·万格。她为出版本书孜孜不倦，对一切细节明察秋毫，更不用说还数次允我扩充内容，使得成品比最初计划的篇幅多了一倍多；还多亏她揶揄的幽默感，让最紧张的时刻也充满乐趣。谢利的助手布伦娜·麦克达菲以及她们的同事维多利亚·皮尔森、扎基亚·哈里斯、尼古拉斯·拉蒂默和凯瑟琳·朱克曼，都为这一在公司内部被称为"普鲁斯特那群人"的项目做出了不可或缺的贡献。特约文字编辑艾米·瑞安和校对员本杰明·汉密尔顿对本书的校对无比严格，清除了数百个骇人的错误，封套设计师詹妮弗·卡罗为本书封面选择了最完美地象征"盖尔芒特家"的迷人诱惑（和道德堕落）的形象。我希望为本书撰写续作时，能再度与这一群才华出众的人合作。

或许写作本书最难的莫过于为了完成它，我不得不远离深爱之人数年之久。然而就算在隐士般的孤独生活中，许多朋友还是坚定地加入帮助我的行列。罗贝尔·库蒂里耶和艾萨克·米兹拉希分别在贵族礼仪和制服课题上给了我很好的建议。卡罗琳·雷诺尔兹·米尔班克无意中瞥见了一幅关键的纳达尔照片，帮了大忙，阿曼达·福尔曼透露了一个章节顺利过渡的技巧。安·巴斯知道红鞋子的故事，而格洛丽亚·范德比尔特·库柏对其他一切故事了然于胸。萨曼莎·博德曼、伯纳德-亨利·利维、凯蒂·马伦、凯西·雷纳和塞西尔·戴维-魏尔，每个人都曾在我写作过程的不同节点诱惑我远离自己的普鲁斯特堡垒，把我安顿在一个极其奢侈的"自己的房间"里。其他与本书有关的善意举动来自：乔纳森·伯纳姆、利·卡彭特、彼得罗·奇科尼亚尼、艾米·法恩·科林斯、戴维·帕特里克·哥伦比亚、彼得·达钦、苏珊·费尔斯－希尔、詹妮弗·费洛斯、弗雷德·伊斯曼、芭芭拉·利伯曼、弗朗辛·迪普莱西·格雷、艾丽斯·卡普兰、苏珊娜·肯尼迪、安·德·马尔纳克、已故的伯纳德·米诺雷、格雷琴·鲁宾、谢丽尔·桑德伯格、珍妮特·桑格、玛丽－莫尼克·斯特克尔和杰基·韦尔德。莫里斯·塞缪尔斯为手稿的好几个章节提出了洞中肯綮的意见，而我英雄的最卓越的匠人约翰·哈比希·所罗门从头到尾阅读了全书，对几乎每一页内容提供了独到的建议，他以自己的高妙智慧和无尽神采屡次提醒我，我事实上并未陷入一种自己建造的疯狂的文字牢狱中。对于他为这本书和为我所做的一切，我无以为报。

　　我的母亲卡罗尔和父亲杰克·韦伯，还有我的哥哥乔纳森，始终如一地给我支持，这份坚定从《辛纳蒙的生日》时代就从未改变过。最后，感谢我的男朋友保罗·罗默，他从未抱怨四年前我搬到他的家里时，还带着四个早已过世却仍然责备求全的巴黎人（还有四条活泼乱跳却同样吹毛求疵的救援犬）。还好保罗跟我一样有工作狂倾向，还有他虽然是个经济学家，但跟我一样对措辞是否贴切斤斤计较。他还没有读过全书，发誓说他只会在出版后对我发难。有朝一日他读这本书时，我希望他阅读愉快，或者至少我希望这本书可以打动他再去尝试一下《在斯万家那边》。真的，那是我对本书每一位读者的希望。

附录一　作者附言

　　关于本书中的大小写和命名法的几点说明。很抱歉，这些解释或许听起来拘于小节和迂腐学究。它们与当时微妙的礼节和社会等级密切相关，在今天看来或许无足轻重，但在本书中描述的世界，却事关重大。

1. 为迁就英文语法规则，本书中王室和贵族头衔的首字母都大写了。这些头衔在法语中是以小写字母开头的，例如 the comte d'Haussonville（德·奥松维尔伯爵）、the prince de Sagan（德·萨冈亲王）。

2. 有时我会偏离这些规则，对族长（chef de famille）只称呼他的尊称和姓，而家中排行靠后的儿子们则要称呼尊称、名和姓。阿代奥姆·德·舍维涅是幼子，因此严格来说他应该被称为"阿代奥姆·德·舍维涅伯爵"，但为了相对简洁，我有时会称他为"德·舍维涅伯爵"，在他出生前，这个头衔先是属于他的父亲，后来又依次为他的三个哥哥所拥有。

3. 与以上第2条相关的一个规矩要求当（a）人们希望说出一位族长的教名或（b）人们在指称家族中唯一拥有某个头衔的贵族时，他的名字会被写在尊称之前，例如（a）亨利，格雷弗耶伯爵 [①]，以及（b）博松·德·塔勒兰德 - 佩里戈尔，德·萨冈亲王 [②]——而不是（a）亨利·格雷弗耶伯爵或（b）博松·德·萨冈亲王。由于这既不需要我赘言，也

[①] 亨利，格雷弗耶伯爵（Henry, Comte Greffulhe），在这种情况下，本书译者均处理为将名字写在尊称后面，即格雷弗耶伯爵亨利，使之符合中文习惯。

[②] 同上。

无须读者具备什么专门知识，我在本书中遵守了这一规则。

4. 我还遵守了法国人在不带尊称提到贵族姓氏时省略贵族小品词"德"的规则（如"她对拉福斯说"而不是"她对德·拉福斯公爵说"），姓氏只有一个音节（"她对德·曼说"）或以元音或不发音的"h"（"她对德·阿伦贝格和德·奥松维尔说"）为首字母的情况除外。

5. 公爵在法国贵族头衔中排位最高，仅次于君主，一般要高于（排位依次下降）侯爵、伯爵、子爵和男爵。当一位法国亲王并非王族时，公爵的地位也高于他。事实上，公爵的长子往往带有"亲王"头衔。一般来说，法国王族的亲王的地位高于公爵，但前者往往也有他们自己的公爵头衔：例如路易十四的弟弟就是德·奥尔良公爵。或许更让一般读者不明就里的是，法国王室家族的某些成员会出于各种原因故意自称为伯爵，例如尚博尔伯爵（1820—1883）和巴黎伯爵（1838—1894），两位分别是 19 世纪最后几十年波旁一系和奥尔良一系的法国王位觊觎者。普鲁斯特在《追忆似水年华》中利用王族称呼的这个模糊地带写了一个小插曲，没有受过社交培训的交际花奥黛特·德·克雷西错把尚博尔伯爵当成了一位"普通的"伯爵。

6. 由于王室和贵族头衔的世袭性质，这些头衔并不一定自始至终伴随着持有者的一生。《追忆似水年华》中另有一例：盖尔芒特公爵和公爵夫人最初是洛姆亲王和亲王夫人，只是在亲王的父亲去世之后才继承了公爵地位。或者举一个英语世界的读者熟悉的真实世界的例子：格雷弗耶的朋友威尔士亲王伯蒂在他的母亲维多利亚女王 1901 年去世之后继承了王位，成为联合王国国王爱德华七世。

- 1792 年 9 月：法国革命推翻了国王路易十六和他的波旁王朝。一个新的共和政府宣布成立，即第一共和国。
- 1793 年 1 月 21 日：路易十六在巴黎的协和广场被送上断头台。十个月后的 10 月 16 日，他的王后玛丽·安托瓦内特在同一个地方被处决。
- 1793 年 8 月—1794 年 7 月：在雅各宾派激进分子马克西米利安·德·罗伯斯庇尔的领导下，公共安全委员会（Comité de Salut Public）统治法国，以血腥的恐怖统治清洗"反革命"。恐怖统治以罗伯斯庇尔的倒台及其亲信们的所谓"热月政变"失败而告终。
- 1795—1799 年：随着公共安全委员会的解散，一个名为"督政府"的五人委员会开始统治法国。
- 1799 年 11 月 8—9 日：在所谓的"雾月十八政变"中，拿破仑·波拿巴将军推翻了督政府，代之以"执政府"并担任其最高长官。这将是第一共和国的最后一个政府机构。
- 1804 年 12 月 2 日：成功建立军事独裁后，第一执政官波拿巴登基成为法国皇帝拿破仑一世。第一拿破仑帝国成立。
- 1814 年 4 月：与欧洲各国联军进行了旷日持久的战争之后，拿破仑一世被迫退位。路易十六两个幸存的弟弟中的年长者登基成为路易十八，这是波旁王朝复辟的第一阶段。拿破仑·波拿巴被流放至厄尔巴岛。
- 1815 年 2—3 月：波拿巴从流放地回国企图卷土重来。

他和一队支持者一起向巴黎进军，重新夺得政权，这个政权持续了很短一段时间，史称"百日王朝"。

· 1815 年 6 月 18 日：在滑铁卢战役中，波拿巴再次被联军打败。四天后，他第二次退位，流亡圣赫勒拿岛，于 1821 年在那里去世。

· 1815 年 7 月：路易十八重新掌权，开启了波旁王朝复辟的第二阶段，也是持续时间较长的阶段。

· 1824 年 9 月：路易十八去世，由他的弟弟继承王位，即查理十世。

· 1830 年 7 月 26—29 日：查理十世日益专制的统治风格引发了起义，即所谓的"七月革命"，革命以洗劫杜伊勒里宫和波旁王朝的倒台而告终。

· 1830 年 8 月：查理十世退位，与家人一起流亡。取代他登上王位的是他的堂弟、法国王室庶系分支的族长德·奥尔良公爵路易－菲利普。德·奥尔良以法国国王路易－菲利普之名登上王位。他的统治是相对较为开明的立宪君主制，史称"七月王朝"。

· 1848 年 2 月：1848 年革命推翻了七月王朝；第二共和国宣布建立。

· 1848 年 12 月 10 日：拿破仑·波拿巴的侄子和继承人路易－拿破仑·波拿巴亲王以压倒性的胜利当选第二共和国总统。

· 1851 年 12 月 2 日：波拿巴总统以一次政变解散了法国的全国立法机构国民议会，成为法国唯一的统治者。

· 1852 年 12 月 2 日：第二帝国建立，前总统波拿巴登基为法国皇帝拿破仑三世。

· 1870 年 9 月 2 日：自 7 月开始与普鲁士交战，拿破仑三世在色当会战中输给了敌人。三天后，共和派政治家莱昂·甘必大（Léon Gambetta）正式宣布第二帝国终结。第三共和国建立，并持续存在了 70 年。1940 年夏，法国被纳粹德国占领，维希政府成立，第三共和国最终崩溃。

附录三　社交专栏作家普鲁斯特[*]

1.《格雷弗耶伯爵夫人的沙龙》("The Salon Of The Comtesse Greffuliie"，约 1902—1903 年)[①]

作者注：伊丽莎白把这篇文章存入了她档案中一个没有标记的盒子里，后来她以为这篇文章丢了，在一张便条上重做了标记，洛尔·伊勒兰引用如下："（普鲁斯特）在见到我之后寄给了我一篇写我的人物素描，他一直梦寐以求见到我。他说如果我觉得文章够好（可以发表），就把它还给他。但由于我丈夫让我害怕公开露面，我就把它藏在了布德朗森林。啊，我把它弄丢了吗？"

这篇文章支离破碎，从作者的手写编号来看，这篇用打字机写就的文章共有八页，而现存的文稿始于第三页。以下摘录中完全保留了原文中所有的中断、漏洞和未完成的文字。

……请的人。或许原计划只请十位，但数字很快越来越多。不过这个聚会当是维克多·雨果歌颂的那群人的反面：

> 离开卡迪克斯（原文如此）时，我们只有十个人。

---

* 这两篇文章都是我本人翻译的，全部脚注也都由我本人所注。第一篇文章没有写完，其中有一些模糊的难点，我在翻译成英文时只能尽量忠实于作者的原意。——作者注

① 普鲁斯特在这里记录的聚会是伊丽莎白 1902 年 5 月 14 日星期三下午在德·阿斯托格街为欢迎瑞典国王奥斯卡二世（1872—1905 年在位）而举办的"文学和音乐聚会"（matinée littéraire et musicale）。共有 200 人参加这次聚会，包括罗贝尔·德·孟德斯鸠、洛尔·德·舍维涅、约瑟夫·德·贡托、梅尔基奥尔·德·沃居埃和乔治·德·波托 - 里什（还有很多人普鲁斯特没有提到）。——作者注

我相信很快我们就会变成200人。说很快，是因为（聚会）一个小时后就开始了。如果谁能瞥一眼巴黎最优美的府邸里人来人往的忙碌情景，看看那些美丽的女人在激动中优雅地引颈翘盼的样子，该多么有趣、多么迷人啊。天气晴好，她们的敞篷马车等在前门或庭院里，过一会儿，城中各处会有100位马车夫得到同样的地址，穿行在响晴白日下的街道，马车上的乘客穿着花枝招展的裙装，与路过的人笑盈盈地相互致意。

首批客人陆续到达，格雷弗耶夫人把他们安排在府邸巨大的客厅靠墙的位置，让客厅中央保持干净无阻，以迎接陛下的到来和行进。只有几个人还在那里徘徊，就像阅兵之日总会有几个离队的士兵在将军到来之前在兵营空旷的庭院中穿行，待第一声号角响起就会立即归队。将首批受到陛下接见的女士们被安排在靠前的位置。有德·普塔莱斯夫人，她本人也是一位陛下，但她首先是庄静的埃德蒙·德·普塔莱斯伯爵夫人殿下，她仍然保留着曾经令举世惊艳的那种庄重仪态，丝毫无损。当（第二）帝国时代就认识她的国王见到她时，定会难以相信岁月在她身上竟没有留下一丝痕迹，而他一定以为格雷弗耶夫人就是那个用自己的魔法把昔日美人未曾更改的容颜召唤到他眼前的仙女。她的身旁是德·吕内公爵夫人（Duchesse de Luynes），娘家姓拉罗什富科，她身上散发着一种她自己和两个孩子所独有的魅力。他们就坐在她的身旁：双眸迷人的德·诺瓦耶公爵夫人（Duchesse de

---

① 这两句诗摘自维克多·雨果的史诗《世纪传说》（*La Légende des siècles*，1859–1883年发表）。——作者注

Noailles）和温文尔雅、彬彬有礼的德·吕内公爵，简直就是贵族风度的化身。她后面是保罗·德·波尔塔莱伯爵夫人，一位高挑匀称、相貌端正的金发女人；泰尔诺-孔潘斯夫人；娘家姓韦莱（Werlé）的德·卡拉曼-希迈亲王夫人①；卡齐米尔-佩里耶夫人（Casimir-Périer）；德·格拉蒙公爵夫人。这时更多的人已经到来。格雷弗耶夫人站在门口通道，"像一只巨大的金鸟"②，随时准备展翅高飞。她的漂亮眼眸里波光流转。"你看见那片像骆驼一样的云吗？"③哈姆雷特问波洛涅斯，然后又看到云的样子瞬间千变万化。格雷弗耶夫人的眼眸也一样瞬息万变。这一刻它们是静止的，有着宝石的矿物质感；仿佛把它们放入玻璃柜，就会点亮整座卢浮宫。她眼里的瞳仁就像被抛入清澈河水中的一对卵石。但每次她看到有朋友到来时，微笑立刻会让那对瞳仁摆脱凡俗，带上一种来自天界的仁爱，仿佛星辰那神秘而透明的可爱光辉。它们每时每刻都是"他者"。这是迪洛侯爵，他是格雷弗耶夫人的老朋友了，曾在军中与加利费将军共事，红润的脸色和明亮的碧眼让他看似基兰达奥④画中走出的人物。与他交谈的另一位老年军官是路易（原文如此）·德·蒂雷纳伯爵（Comte Louis [*sic*] de Turenne），也是他们那个阶层中最有风度的男人。德·蒂雷纳先生在任何情况下都体面、正直、和

---

① 玛尔特·玛蒂尔德·韦莱（Marthe Mathilde Werlé）是伊丽莎白的弟弟彼埃尔的第一任妻子。——作者注

② 这一形象取自若瑟-马里亚·德·埃雷迪亚的《战利品》（*Les Trophées*，1893）中的十四行诗《塔索斯河》。——作者注

③ 《哈姆雷特》第三幕，第二场。——作者注

④ 多梅尼科·基兰达奥（Domenico Ghirlandaio，1448-1494），意大利文艺复兴时期的画家，也是佛罗伦萨在文艺复兴时期涌现的第三代画家之一。在其画室的众多学徒中，最著名的是米开朗琪罗。

蔼可亲，学问涵养也很深厚，杰出的成就闻名遐迩①；他位于德政中路（rue de la Bienfaisance）的小公寓既是优雅人士聚会的中心，也是思考和研究的世外桃源。德·蒂雷纳先生属于我们所说的那种能呼风唤雨的人，一旦他们把这点能力保留给仁慈的上帝，或许他们就能得到一点无谓的特权，如今这种呼风唤雨的能力在某种程度上属于物理学家。然而事实上在从德·特隆歇街（rue Tronchet，普塔莱斯府）到耶拿大街（avenue d'Iéna，斯坦迪什府）、从马里尼大道（avenue de Marigny，德·拉特雷穆瓦耶公爵和居斯塔夫·德·罗斯柴尔德府）到圣多米尼克路（rue Saint-Dominique，萨冈府）这个极其有限的宇宙中，他的权力可说是无远弗届。

他依次向以下人士问好致意：外表年轻却有一个古老姓氏的德·蒙莫朗西公爵（Duc de Montmorency）②，格雷弗耶伯爵和伯爵夫人的好朋友夏尔·埃弗吕西先生，德·卡斯特兰侯爵（Marquis de Castellane）和德·朗比托伯爵（Comte de Rambuteau）。格雷弗耶夫人在她的朋友、娘家姓迈利－内勒的德·凯尔桑伯爵夫人（Comtesse de Kersaint）旁边安排的是她的表亲，黑发、年轻、高挑的德·埃拉格侯爵夫人（Marquise d'Eyragues），她娘家姓孟德斯鸠（亨利·德·孟德斯鸠伯爵的

---

① 1870年代中期，德·蒂雷纳·德·艾纳克伯爵路易曾游历美国和加拿大，随后出版了游记《在北美的十四个月》（*Quatorze mois dans l'Amérique du Nord*，1879）。——作者注

② 这一头衔可以追溯至15世纪，但之后曾两次重设。普鲁斯特这里所说的德·蒙莫朗西公爵尼古拉·德·塔勒兰德－佩里戈尔（Nicolas de Talleyrand-Périgord），是从他叔叔那里继承该头衔的。尼古拉的儿子和继承人拿破仑·路易·欧仁·德·塔勒兰德－佩里戈尔（Napoléon Louis Eugène de Talleyrand-Périgor）将是最后一位德·蒙莫朗西公爵；他在1950年代去世之后，这个头衔就消失了。——作者注

妹妹、娘家姓诺瓦耶的伯爵夫人的小姑）。这个女人聪明风趣，但凡认识她的人都觉得她可爱至极。她的风趣是那种天赋的伶俐，有一种洞察世事的独特而微妙的视角，以至于在她看来没有哪件事无关紧要，也没有哪个人乏味无趣，她能从最无聊的石头中发掘出金子般的闪光质感。因此她刚一落座，其他宾客就过来围在她四周，坐得离她最近的人显然已被她天马行空的谈话逗得前仰后合。德·玛萨侯爵夫人、德·加布里亚克伯爵夫人（Comtesse de Gabriac）和德·雷焦公爵夫人（Duchesse de Reggio）看到德·埃拉格夫人后，都离开座位，来到她的附近找地方坐下来。她们自己在议论着哪些出色的作家和科学家也出席了聚会，即将被引荐给陛下。天才总是围绕在出色的女性核心人物周围。但今天，（再次运用前文提到的比喻）一个伟大的阅兵日，法国思想界的老兵们都会前来向国王表示敬意，先锋和后卫部队、少将和预备队都受命全副武装。除了年轻的（画家）赫勒鲁、拉冈达拉、洛布罗①（和）拉西泽朗②外，还有伟大的化学家贝特洛③先生、有着机敏而深邃的历史学家头脑的艾伯特·索雷尔④先生、卡米耶·圣桑⑤先生；保罗·艾尔维厄先生虽然年轻，却也同样杰出，他以富有音乐性的缓慢语词表情达意，带着

---

① 莫里斯·洛布罗（Maurice Lobre，1862-1951），法国画家。

② 罗贝尔·德·拉西泽朗（Robert de La Sizeranne，1866-1932），法国艺术评论家，19世纪末、20世纪初的作家。

③ 马塞兰·贝特洛（Marcellin Berthelot，1827-1907），法国著名化学家，研究过脂肪和糖的性质，合成出多种有机物。

④ 艾伯特·索雷尔（Albert Sorel，1842-1906），法国历史学家，曾九次获得诺贝尔文学奖提名。

⑤ 卡米耶·圣桑（Camille Saint-Saëns，1835-1921），法国作曲家，键盘乐器演奏家。他的作品对法国乐坛及后世带来深远的影响，重要的作品有《动物狂欢节》《骷髅之舞》《参孙与大利拉》等。

和谐而缓慢的抑扬顿挫，把我们全都吸引住了，耐心地等待着他说出每一个深奥而迷人的词语。伟大的天文学家让森①先生身着晚礼服出席聚会，虽说这才下午四点——他或许是对聚会的正式性过于重视，或许是出于一个科学家对着装的琐碎细节的不屑一顾，又或者是对时尚一无所知却又想恪守规矩这么一种感人的愿望。其他任何人在任何场合这么穿都会显得可笑，但让森先生却带着一种高贵且极为动人的神情，让人觉得在场的其他智者大概都乐意换上和他一样的晚礼服，就像小仲马对乔治·桑那样对他说："我宁愿和你一起犯错，也不愿和其他人一样循规蹈矩。"国王还没有到。眼前情景像大家坐在一间教室里等待考官。大家继续闲聊着。正对着花园的窗户开着，飘来一阵甜丝丝的丁香花香，夹杂着金翅雀的歌声。偶尔有谁说一句风趣的话逗得格雷弗耶夫人开怀大笑。啊！她多美啊！有那么一刻，她好像对自己不那么自信，仿佛有点儿犹豫，但她自己的笑声即刻引爆了全场，众人随声附和，语笑喧呼。

她的美让人目不斜视。她"在每一双凝神注视着她的目光中都是那么美丽"。②

今天有一位对手在跟她争夺众人入神的凝望：壁炉架上那尊乌敦雕塑的迪安娜（半身像）。就在这小小的社交表演大幕拉开之前，我已经像一个尽责的剧作者一样向诸位一一介绍了

---

① 皮埃尔·让森（Pierre Janssen, 1824-1907），法国天文学家，氦元素的发现者。

② 法语原文为 "Elle est 'Belle du flamboiement des yeux fixés sur elle'"。这也模仿了雨果的《世纪传说》中的一句话，在那部史诗中，爱之女神塞丽斯（Cyris）被"每一双凝神注视着她的目光环绕着"（ceinte du flamboiement des yeux fixés sur elle）。——作者注

出场人物，但我还没有讲到一个无生命的旁观者，也是他们中间最生动的旁观者，乌敦的迪安娜，她的监督是那样异乎寻常，以至于正是她为我这篇文章的题目赋予了灵感。① 趁聚会还未开始，让我很快讲述一下她的故事吧；因为有些活动已经启动了。格雷弗耶夫人刚刚快步走出沙龙，我怀疑陛下就快到了。故事是这样的，大约十年前，格雷弗耶夫人想在一场化装舞会上装扮成迪安娜，在为自己的着装做研究时，她想看看某一位乡下邻居拥有的一尊乌敦的迪安娜雕塑，那是个很卑微的乡巴佬，她与他并不相熟。于是她去找他们，却见那家人都披麻戴孝，我也不清楚是乌敦半身像主人的妻子还是女儿去世了，但格雷弗耶夫人觉得她应该向那家人表示慰问。她的慰问淳朴自然，言语诚恳，发自内心。十年后，半身像主人本人去世时，为了纪念她当年的来访，就在遗嘱中把这尊半身像留给了她。（这一事件的完整报道刊登在龚古尔兄弟的杂志上，那份杂志就不用我特别推荐了。）那就是这位可爱的大理石"客人"享有特权参加格雷弗耶夫人的每一次聚会的原因，这让许多有血有肉的真人都羡慕不已呢。不，不是国王来了，我还有时间说完我的故事，他还没有来。

但难道守时不是……你们懂的。② 以下这几位迟到了：埃杜瓦尔·德·拉罗什富科伯爵和伯爵夫人，后者娘家姓科尔贝（Colbert）；亨利·德·孟德斯鸠伯爵和伯爵夫人，后者娘家姓

---

① 由于这篇文章的第一页遗失了，普鲁斯特为它取了什么题目，我们不得而知。——作者注

② 普鲁斯特在这里似乎要尝试一句老生常谈，但开玩笑似的，还没说完就止住了，他想以反问揶揄的格言是：守时是王者之礼（l'exactitude est la politesse des rois）。——作者注

诺瓦耶；马蒂厄·德·诺瓦耶伯爵和伯爵夫人，后者娘家姓布兰科旺；以及亚历山大·德·卡拉曼－希迈亲王和亲王夫人，后者娘家姓也是布兰科旺。① 但我在这里得插一句话。我提到最后两个名字时，心中的情感很难一时说清。德·诺瓦耶伯爵夫人和德·希迈（原文如此）亲王夫人② 已经分别是伟大的诗人和伟大的散文作家了——不过截至一个月前，说德·诺瓦耶夫人是伟大的散文作家也无妨——看起来似乎应该用整整一卷文学评论来介绍她们，她们的名字应该出现在一本法国文学史中，而不是社交界的报章杂志上。看到她们的名字出现在一份"淑女"名单中会产生一种认知失调感，就像在一本复辟时期的回忆录中读到这么一句话："今天，在德·***公爵夫人家里举办了一场豪华晚会。客人包括德·***和德·***夫人。其中一位宾客，不知是德·卡斯特（de Castrie）（原文如此）③ 先生还是德·布罗伊先生带来的德·拉马丁先生，为大家朗读了他题为《诗意的冥想》中的

---

① 埃莱娜·德·卡拉曼－希迈亲王夫人是伊丽莎白最小的弟弟亚历山大的妻子，也是普鲁斯特的好友。她和妹妹安娜·德·诺瓦耶都是法国－罗马尼亚贵族出身。安娜是一位诗人，与洛尔·德·舍维涅和热纳维耶芙·斯特劳斯都是好友。——作者注

② 就算在社交界浸淫 20 年后，普鲁斯特仍然会时常把人们的头衔弄错。"德·希迈亲王夫人"是族长之妻的头衔，1902 年，族长是伊丽莎白的长兄约瑟夫。约瑟夫 1897 年与他的第一任妻子克拉拉·沃德离婚（在她与一位罗马小提琴家私奔之后），1920 年再婚，他的第二任妻子就成为新的德·希迈亲王夫人。嫁给约瑟夫最小的弟弟后，埃莱娜·德·布兰科旺"只能"成为德·卡拉曼－希迈亲王夫人。伊丽莎白及其弟弟姐妹的母亲米米也是如此，她和他们的父亲约瑟夫直到 1886 年才获得这一头衔。——作者注

③ 这个（原文如此）是普鲁斯特加的，意在指出与他引用的回忆录作者不同，他知道"卡斯特"应该写作"Castries"（最后的"ies"不发音）。——作者注

几行诗作。"① 我知道说到女性（作家）情况不尽相同。但文学史中还从未有过这类事件发生，因此没有先例可循。保罗·艾尔维厄先生走上前去祝贺德·诺瓦耶夫人那部精彩的小说，与此同时，人们目不转睛地凝视着他们，仿佛被她深邃的双眸钉在了原地，它们充满了明暗光影，光影的余晖为她唱起了一首赞歌，赞美她毫无瑕疵的美、弃绝凡俗的圣洁和端方仪态。②

德·希迈亲王夫人面孔玲珑精致，仿佛世间最精细、最灵巧的手满怀欢喜地雕琢出来的，也传递着同样巨大的魔力。她美丽的眼睛虽然近视，却能深刻地洞察事物的本质；她的楚楚身姿灵动而绰约；她浑身上下都散发出一种野性不羁的可爱。把这两位才女娶回家颇需要一些细腻心思和复杂技巧，马蒂厄·德·诺瓦耶伯爵和德·希迈亲王③（原文如此）显然能担此大任；而（这两个男人）还不止如此，他们自身也德行出众。思考和艺术创作难免使妻子们疲惫和疑虑，每当此时，两个男人的勇气和善良恰是她们非常需要的避风港。但我还是过段日子再抽空继续这篇人物素描吧，因为国王已经由格雷弗耶夫人搀扶着走进了客厅。我不想描写他，以防他被读者认出来；如此可以维护他微服私访的初衷。您会说那无关紧要，哪个国王没有光临过德·阿斯托格街

① 普鲁斯特这里所指的是阿尔方斯·德·拉马丁（Alphonse de Lamartine, 1790-1869），他是一位享有盛名的诗人，非常重要的文学人物，他的名字不该仅仅作为当晚的娱乐内容出现在社交界的大事年表中。的确，拉马丁的《诗意的冥想》（*Poetic Meditations*，1820）在当时和现在都被认为是一部杰作。——作者注

② 安娜·德·诺瓦耶的《白日的阴影》（*L'Ombre des jours*，1902年）于那年春天出版。普鲁斯特对那本书爱不释手，因为它的封面主要位置印着拉辛的《费德尔》中的一句引文。——作者注

③ 这事实上是指亚历山大·德·卡拉曼-希迈亲王，是伊丽莎白·格雷弗耶和德·希迈亲王约瑟夫两人最小的弟弟。——作者注

或布德朗森林？任何王室成员来到巴黎，拜访格雷弗耶夫人的沙龙已经和参观爱丽舍（宫）、卢浮宫或巴黎圣母院一样，成为行程中不可或缺的部分了。给诗人以灵感、伴帝王以威仪、对谁都坦诚相待、在谁看来都美丽非凡的格雷弗耶夫人挽着国王走上前来，向他引荐或重新给他介绍埃德蒙·德·普塔莱斯伯爵夫人、德·费赞萨克公爵夫人、公爵遗孀德·吕内夫人、德·拉特雷穆瓦耶公爵夫人、卡齐米尔-佩里耶夫人、德·比萨克公爵夫人、娘家姓德·肖尔纳的德·于扎伊公爵夫人 ①、德·鲁昂公爵夫人、马蒂厄·德·诺瓦耶伯爵夫人、亚历山大·德·希迈亲王夫人（原文如此）、德·莫特马尔公爵夫人（Duchesse de Mortemart）、德卡尔公爵夫人（Duchesse des Cars）。国王祝贺德·鲁昂公爵夫人最新发表的诗作 ②

卡尔梅特正值

风华正茂

格雷弗耶夫人来

男人们

（向）君主致意，就像给他们戴上一顶王冠。她纤细地站立在那里，手指毫无偏差地指着他们，清晰地叫出他们的名字："贝特洛先生。"贝特洛先生上前一步，与国王陛下简短交谈；旺达尔 ③ 先生，他教养良好、风度翩翩；"福莱先生"，这位伟大的音乐家样貌英俊而乐观，他的头发过早地发白了，却打理得像

---

① 这是本书中提到的德·于扎伊公爵夫人（到 1902 年她已是德·于扎伊公爵遗孀）的儿媳。——作者注

② 1900 年代，前德·莱昂亲王夫人、德·鲁昂公爵夫人赫米尼耶（Herminie, 1853-1926），已经出版了好几部诗集。——作者注

③ 阿尔贝·旺达尔（Albert Vandal, 1853-1910），法国历史学家，1897 年入选法兰西学术院。

人工造雪一样整齐，蓝色的眼眸在就像白雪皑皑的阿尔卑斯山下漫山遍野的远志花；"朱尔·罗什 ① 先生"。国王陛下似乎特别喜欢跟这位德高望重的政治家（罗什）交谈，他目光锐利、言辞热情生动，才智过人。然后国王坐下来，演出开始了。节目全都是贝多芬的奏鸣曲及肖邦的序曲和波兰舞曲，由（弗朗西斯·）普朗泰 ② 先生演奏。凡没有听过普朗泰先生演奏的人，都不知道一架钢琴在伟大的艺术家手中能经历怎样的变形记，时而如怒海咆哮，时而似夜莺婉转，时而像深林回音。人们一定会说，除了里斯勒 ③ 先生之外，没有哪一位钢琴家能够达到这样的高度。但没有听过普朗泰先生演奏的人也不知道这位杰出的艺术家有许多有趣的怪癖。普朗泰先生不会没有表达地单纯弹琴，他会用一个手势强调它，在某个音出现之前给观众一个预警，之后说一句赞赏的评价。我们还必须说正是因为这种古怪是他发自内心的表达，它非常讨人喜欢，不像某些钢琴家表现出来的那种做作，德拉福斯 ④ 就是一例，他是一位天才的音乐家和作曲家，但他令人讨厌而做作的风格常常会让他显得不那么优美。

大家就座。普朗泰先生准备开始了。他把手指放在琴键上，声音看似一触即发，不。普朗泰先生停下来，转身对着国王说："鉴于国王陛下想听一点音乐，我将首先为他演奏一支序曲。我称之为"比亚里茨的岩石"（The Rocks of Biarritz）。"他又

---

① 朱尔·罗什（Jules Roche，1841-1923），法国政治家。1881—1919 年间为众议院成员。

② 弗朗西斯·普朗泰（Francis Planté，1839-1934），法国钢琴家。他是法国 19 世纪除肖邦之外最重要的钢琴家。

③ 爱德华·里斯勒（Édouard Risler，1873-1929），法国钢琴家。

④ 莱昂·德拉福斯（Léon Delafosse，1874-1955），法国作曲家和钢琴家，以其疑似普鲁斯特《追忆似水年华》中夏尔·莫雷尔的人物原型而闻名。

转向博纳先生，接着说："是的，老伙计，比亚里茨，哈！多么风景秀丽的地方啊！"他开始弹奏了；可以听到一个精细的颤音，他一边演奏一边说："这是海浪，你可以听到它，听到它珍珠般的笑声。"他又看着格雷弗耶夫人："啊！我觉得这位伯爵夫人可以听到，我好开心。"他笑了。（他说话时，颤音继续，游刃有余，没有停歇。）"（海浪）多么清澈啊！哦，但是要当心，它会让我们浑身湿透的！"他转向给他伴奏的乐队，"哦，亲爱的中提琴，声音不要太大，让我歌唱，因为我喜欢歌唱"（他手指始终未停，让钢琴在他的指尖庄严华丽地高歌起来），"这里！"（他还在弹着琴）"让我们一起歌唱……这——呃——样！就——这——样！让我们歌唱吧，让我们歌唱吧"（再度对乐队说），"啊，你说得太好了，现在让我来回答你"（的确，钢琴回答了由乐队开启的那个乐句）。随后整个乐曲结束，演出停了下来。普朗泰先生太热了，说他想去冲个澡。那一刻，一位警觉的、令人尊敬的、仍显得很年轻的老人走了进来，卓越的（画家埃内斯特·）埃贝尔[①]，他对一切新的艺术动态和社交界的娱乐都很感兴趣。"陛下，这位是出色的、风流潇洒的埃贝尔先生"，格雷弗耶夫人用她非凡的嗓音把埃贝尔先生介绍给国王，她的声音就像在语词上凌波微步。出于对埃贝尔先生的巨大声誉和德高望重的充分尊重[②]，国王站起身，快步走向他，邀请他坐在自己身边；他们一起聊了很长时间。然后刚刚洗完澡准备回来继续演出的普朗泰先生再次出现了，他换了一件质地更轻的西装，在钢琴前就座，宣布要弹一首肖邦夜曲，他已经决定给这首夜曲取名为《埃贝尔的忧郁》（*Hébert's Melancholy*）。"当心，老朋

---

① 埃内斯特·埃贝尔（Ernest Hébert, 1817-1908），法国学院派画家。
② 1902 年 5 月，奥斯卡二世 73 岁，埃贝尔 84 岁。——作者注

友，"他对大画家说，"我将直抵心灵。"的确，他弹奏的方式以一种神圣庄严的方式直抵心灵。埃贝尔显然被感动了，在他弹完之后拥抱了他。但是遗憾啊！国王到得太晚了，以至于聚会才进行了一半，就已经六点钟了；我得走了。我还没有看够，但想必你们已经看厌了，一定觉得我对这些分分秒秒的叙述太冗长啰唆，而对我来说，那些分分秒秒瞬间就飞逝了。

——多米尼克 [1]

2.（1893 年 9 月 1 日）刊登在《高卢人报》上的《巴黎上流社会的沙龙》（"Les Grands Salons Parisiens"，1893 年 9 月 1 日）。

在最近的一封读者来信中，一位订阅户提了这样的问题："巴黎最'封闭'的沙龙中排名前十或者前二十的有哪些？最优雅的沙龙中排名前十或者前二十的有哪些？最贵族的沙龙前十或前二十？您觉得后面两个问题与第一个问题是不是同样的问题？"

我们不愿意就此问题提供个人观点，就请专家畅所欲言，如果本文中出现了任何调查中的疏漏或错误，特此道歉。

封闭沙龙：如今已经不再是（波旁王朝）复辟时代、七月王

---

[1] 普鲁斯特从小说家司汤达那里借用了这个笔名，他分别在 1903 年 2 月 25 日和 1903 年 5 月 11 日发表在《费加罗报》上的两篇文章《玛蒂尔德公主殿下的沙龙》（"The Salon of Her Imperial Highness Princesse Mathilde"）和《玛德琳·勒梅尔夫人的沙龙》（"The Salon of Mme Madeleine Lemaire"）也用了这个笔名。普鲁斯特显然也打算把《格雷弗耶伯爵夫人的沙龙》发表在《费加罗报》上，他用铅笔在背面写道："卡尔梅特文章——未完成。"但他把文章寄给伊丽莎白后，文章被她收了起来。这导致普鲁斯特在 1903 年 4 月抱怨说，《费加罗报》主编加斯东·卡尔梅特还没有同意发表这篇文章，"我想不出是什么原因"。如上所述，原因是伊丽莎白害怕"抛头露面"会激怒亨利。——作者注

朝或（拿破仑）帝国时期了。没有宫廷（原文如此），没有什么能够阻止新人们凭借自己的德行、财富或教育在最好的沙龙中赢得一席之地，进入上流社会。

把这些人排除在外难免会显示出不合时宜的等级观念；而对他们每个人敞开大门则会把贵族沙龙变成拥挤的赌场。

两害相权取其轻，但哪一个轻又由谁说了算呢？正如这类事例的一贯情形，大家见仁见智，试图妥协的人会列出三种不同的宾客名单：长名单列出每年邀请一次的宾客；"半长名单"列出每年邀请两三次的宾客；还有一个短名单，所列的是尽可能经常邀请的宾客。

有句格言说得好："一扇门不是开着，就是关着。"这里我们不妨像过去在宫廷里（原文如此）所做的那样，要么开一扇，要么开两扇门，这取决于具体情况的需要。

俱乐部（例如骑师俱乐部或艺术家联盟组织等）也为我们的沙龙带来了变化。沙龙过去所扮演的角色恰是如今俱乐部起到的作用；人们在沙龙里谈论一切，从文学到政治，无所不包。人们在沙龙里声名远扬，新思想在那里遭到抨击。每个沙龙都立场鲜明，常客们要么宣扬新思想，要么抨击新思想。

那时，没有几个伟人在建功立业前未曾光临过某个沙龙，他们在那里明智地与一两位手眼通天的女人交好。波拿巴正是在巴拉斯①的客厅里初遇塔里安夫人的朋友（约瑟芬·德·）博阿尔内夫人并赢得了她的芳心，后者帮助他获得了埃及军队指挥官的职位，这是他崛起之路的第一步。他后来立她为皇后，正是为了

---

① 指巴拉斯子爵保罗·弗朗索瓦·让·尼古拉（Paul François Jean Nicolas, vicomte de Barras，1755-1829），简称保罗·巴拉斯，法国大革命时期的政治家，在 1795 年至 1799 年担任法国督政府的督政官。

酬功报德。

复辟时期，沙龙在某种程度上变成了清一色的君主主义者聚集的地方，因为（拿破仑一世军队的）元帅们都听从王室的召唤。雷加米埃夫人很受人敬爱，她让（作家勒内·德·）夏多布里昂主导谈话，还有马蒂厄·德·蒙莫朗西公爵和其他几位贵宾。这些特权阶级的绅士们在她的沙龙里拥有席位，但倾听者为数众多，后者不得不站着，对预言家们唇间吐露的每一个字赞叹不已。

德·斯戴尔夫人的沙龙没有这么多学究气，人们的谈话更随便、更风趣，但它仍是个封闭沙龙，在（她位于瑞士的城堡）科佩（Coppet）尤其如此，那里的宾客们被迫流亡海外，无处可去。德·斯戴尔1817年就去世了，因此未能留下任何关于复辟时期社交界的回忆录。

神秘的德·科马尔夫人几乎是亚历山大的缪斯，她也有一个封闭的沙龙，吸引了一群品格高尚的精英。①

七月王朝时期，沙龙分为两大阵营，一派是君主主义（正统君主主义）者，一派是开明人士（奥尔良派）。他们挑起事端，散布谣言，针锋相对。

波佐·迪博尔戈公爵夫人（Duchesse Pozzo di Borgo）是正统（波旁）王朝的坚决拥护者，她在自己的沙龙里招待整个圣日耳曼区的宾客；德·利芬亲王夫人有着独特的俄式美貌和魅力，她虽然支持新政权（奥尔良派），却也无法在基佐先生和梯

---

① 德·科马尔伯爵亚历山大和他的妻子佩拉吉是生活在巴黎的波兰贵族，她是巴黎的一位著名的沙龙女主人。这对夫妇的一个孙子克莱芒·德·默尼（Clément de Maugny）后来成了普鲁斯特的好朋友，也是《追忆似水年华》中的罗贝尔·德·圣卢这个人物的第一个原型。——作者注

也尔先生之间做出选择，甚至还对贝里耶先生示好。① 她本打算对巴黎的每个人敞开沙龙的大门，但后来意识到自己的错误，因此选择与基佐同一阵线；她刚一去世，梯也尔就说她是个"疯子和骗子"。她的开放沙龙日益封闭。

第二帝国时期，以前针锋相对的沙龙多少取得了一些和解，也出现了一些支持帝国政策的新沙龙。那时，玛蒂尔德（·波拿巴）公主在巴黎的沙龙首屈一指。她对每一位才华横溢的作家和艺术家敞开大门，（包括）圣伯夫、龚古尔兄弟、福楼拜、泰奥菲尔·戈蒂耶②、梅里美；直至今日，她的沙龙欢迎法国天才的名声仍在流传。

德·加列拉公爵夫人（Duchesse de Galliera）继续主持光鲜的聚会，但参加者仅限于奥尔良派：梯也尔先生、德·雷米萨③先生、（德·）帕基耶公爵④等聚集一堂。德·奥松维尔伯爵家是（法兰西）学术院的聚会场所，既包括现有的成员，也包括有志成为院士的人。奥地利大使德·许布纳先生既要主持公务招待会，又要举办聚会款待圣日耳曼区的宾客。

---

① 阿道夫·梯也尔这位历史学家和政权掮客在推翻查理十世和建立七月王朝的过程中扮演了关键角色。他和同为奥尔良派、也是历史学家兼政治家的弗朗索瓦·基佐是对头，两人都曾在不同时期担任过国王路易－菲利普的总理。（梯也尔后来还成为第三共和国的首任总统。）普鲁斯特本人曾在另一篇文字中仅从文学能力上评价二人，他认为他们的文采都很"可怕"。梯也尔和基佐是安托万·贝里耶（Antoine Berryer）的死敌，后者是路易－菲利普统治时期正统派反对党的领袖之一。——作者注

② 泰奥菲尔·戈蒂耶（Théophile Gautier, 1811-1872），法国19世纪重要的诗人、小说家、戏剧家和文艺批评家。

③ 夏尔·德·雷米萨（Charles de Rémusat, 1797-1875），法国政治家和作家。

④ 德·帕基耶公爵（Duc [de] Pasquier），即艾提安－德尼·帕基耶（Étienne-Denis Pasquier, 1767-1862），法国政治家，1842年入选法国学术院。国王路易－菲利普于同年为他设立了一个公爵爵位。

在帝国终结和（普法）战争爆发之后过了一段时间，沙龙才重新开办。同样，一位俄裔夫人率先垂范，利斯·特鲁别茨科伊亲王夫人（Princesse Lise Troubetskoy）的热情好客令人震惊。梯也尔先生是她的首位客人；她希望（开办）一个政治沙龙，但没有成功。然而另一位俄裔人士德·兰纳维尔伯爵夫人（Comtesse de Rainneville）在自己距离博瓦乌广场两步之遥的（府邸）大开客厅之门，那变成了国民议会的辩论开始和结束的地方。这个沙龙欢迎每一位举足轻重的保守派人士。

与此同时，政治和文学对话被移到俱乐部，沙龙沦为纯粹的娱乐场所。从那时起，它们的权威下降了，封闭沙龙只有一个目标：在严肃的贵族氛围中维持一种宝贵的亲密感。

我们可以轻而易举地数出当今（巴黎）的多达十个封闭沙龙；很明显，它们都是贵族沙龙。

如果一定要列举最优雅的沙龙，就必须列举贵族沙龙，反之亦然。

因而可以把它们分成两类而不是三类：一种是封闭沙龙，一种是最优雅、最贵族气派的沙龙。

贵族沙龙是指，主人是贵族，接待的宾客也是贵族和上流社会的成员。优雅沙龙指的是，主人不属于贵族阶层，却接待那个阶层的某些成员和上流社会的成员。

如今巴黎最受人尊崇的封闭沙龙是由以下人士主办的：德·诺瓦耶公爵夫人；德·莫特马尔公爵遗孀，她最近正在服丧，无法接待宾客；德·马耶公爵遗孀（Dowager Duchesse de Maillé）；德·拉特雷穆瓦耶公爵夫人；德·阿瓦尼公爵夫人（Duchesse d'Avarny）；艾默里·德·拉罗什富科伯爵夫人；格雷弗耶伯爵夫人；德·莱维侯爵夫人（Marquise de Lévis）；

斯坦迪什夫人；德·芒特布瓦西埃侯爵夫人（Marquise de Montboissier）；德·克鲁瓦伯爵夫人（Comtesse de Croix）；以及德·格拉蒙·德·阿斯特尔伯爵夫人。

这是十二个。我们认为这份尊贵的名单应该无法再延长了。

有人会称之为小集团，还有人（会称之为）好品位（的灯塔）。我们认为这些沙龙既不值得如此过誉，也不该受此侮辱。①

巴黎也有很多对较大数目的宾客开放并且十分欢迎新人的贵族和优雅沙龙；要列出这类沙龙，就要提出一个很长的名单，以免显得我们孤陋寡闻。

哪些沙龙更有贵族气派，哪些沙龙更加优雅？分界线是什么，如何进行这样的区分而不致（给某些女主人）留下攻击的口实？

我们将仅关注在这些开放沙龙中，有几个沙龙在某些日子是封闭的，这取决于宴请的宾客选自短名单、"半长名单"，还是长名单。这里干脆将它们归为一类——最有贵族气派和最优雅的开放沙龙：

德·杜多维尔公爵夫人、目前正在服丧的德·莱昂亲王夫人、娘家姓卡拉曼－希迈的格雷弗耶伯爵夫人、德·波尔塔莱伯爵夫人、德·萨冈亲王夫人、德·拉费罗纳伯爵夫人（Comtesse de La Ferronays）、德·格拉蒙公爵夫人……让·德·蒙泰贝洛伯爵夫人（Comtesse Jean de Montebello）、O.德·孟德斯鸠伯爵夫人、（娘家姓罗斯柴尔德的）德·瓦格朗亲王夫人、德·布兰科旺亲王夫人、缪拉亲王夫人、富尔塔多－埃纳（Furtado-Heine）夫

① 这是拉辛的悲剧《布里塔尼古斯》（*Britannicus*，1669）中一句著名的台词，普鲁斯特在康多塞中学的第一年就学了这部戏剧，也是他未完成的自传体小说《让·桑特伊》中的标题主人公阅读的剧目。关于这句引语为何值得注意，详见我在这篇文章末尾的说明。——作者注

人、波尔热斯（Porgès）夫人……德·奥松维尔伯爵夫人……斯特恩夫人……德·若古侯爵夫人（Marquise de Jaucourt）、奥廷格子爵夫人等。

还要在这个名单最后加上专门的文学和艺术沙龙，如奥雄（Hochon）夫人、斯特劳斯夫人和欧贝农（Aubernon）夫人的沙龙。

这些类别中不包括那些只有政治界、文艺界和社交界最为卓越的人士才能参加的王室沙龙。

德·欧马勒公爵没有在巴黎开设沙龙，但尚蒂伊庄园离巴黎不远，他经常在那里宴请来自法兰西学会、军队和文学界的宾客。德·沙特尔公爵和公爵夫人偶尔也在位于让－古炯街（rue Jean-Goujon）的宅邸开设沙龙，但他们不做宣传，客人仅限于少数好友。至于玛蒂尔德公主，她仍然慷慨地接待任何在文学或艺术界声名鹊起的人，以及帝国的保皇派。

开放沙龙：过去几年，这个词让许多女主人觉得害怕，因为新人潮继续上涨。不管是出于好奇，还是出于势利，抑或是想要光临某个得体聚会的自然而然的愿望，请求受邀的数目逐年上升。而由于这些请求多来自女主人们很难拒绝的朋友的朋友，就连最大规模的沙龙也开始感觉拥挤了。

这就是为什么在如今，短名单是最受偏爱的。

——全体巴黎人

作者说明：如本书前文所述，《巴黎上流社会的沙龙》此前从未被认为是普鲁斯特所作。因此，以下是我将其归于普鲁斯特笔下的详细原因，我毫无保留地认为这一归属是正确的。

1. 笔名："全体巴黎人"正是普鲁斯特在九个月后同样发表在

《高卢人报》（第24章有详细介绍）上的《凡尔赛的一场文艺聚会》（"Une Fête littéraire à Versailles"）所用的笔名。

2. 这篇文章的时机和主题及发表的平台：1890年代初期到中期，普鲁斯特的文学作品主要是（一）出现在各类报纸和杂志上的报道，（二）聚焦社交界。因此，一篇关于"最有贵族气派和最优雅的沙龙"的综述与普鲁斯特这一时期所关注的东西完全一致，而《高卢人报》是他写上流社会的文章的理想发表渠道——1893年他曾在一封信中如是说。

3. 错误地提到"德·莱昂亲王夫人"：同样如第24章所述，德·莱昂亲王夫人赫米尼耶的公公于1893年8月6日去世了。因此一个月后，她的确正在服丧，"全体巴黎人"关于此事的报道属实。但他称她为"德·莱昂亲王夫人"却有误，因为她的公公一去世，她就是德·鲁昂公爵夫人了。罗贝尔·德·孟德斯鸠在1893年秋天写信给普鲁斯特纠正他的正是这个错误。另一位社交界的记者也恰恰在同一细节上犯错，犯错的时间也和普鲁斯特一样，这样的可能性似乎微乎其微。

4. 两次提到格雷弗耶夫人：然而如第24章所述，格雷弗耶伯爵夫人是唯一同时出现在"全体巴黎人"（本该）互不相容的两个名单——封闭沙龙女主人和既有"贵族气派"又优雅却开放的沙龙的女主人——中的女人。这一特异之处所显示的对格雷弗耶夫人的着迷当然并非普鲁斯特独有，但他对这个女人的着迷始于1893年夏，就是"全体巴黎人"发表《上流社会的沙龙》几个月前。7月3日，普鲁斯特写信给孟德斯鸠宣布他"（昨天在德·瓦格朗夫人家里）总算（第一次）见到了格雷弗耶伯爵夫人"，他从没见过比她更美的女人。一个星期后他再次写信给孟德斯鸠，问他："您把我的话传给格雷弗耶伯爵夫人了吗？"［普鲁斯特的原话是"faire ma commission"（我的事您帮我办了吗），他请求斯特劳斯夫人转达他对德·舍维涅夫人的暗恋时，用的也是同样的表达方式。］普鲁斯特对格雷弗耶夫人魂牵梦萦是最近的事，情感也很强烈，这是"全体巴黎人"在两个对立的类别中提到她的名字的一个可能的原因，除此之外便没有其他合理的解释。

5. 不合时宜地引用拉辛：如第 11 章所述，普鲁斯特喜欢在不合适的语境中引用古典文学文本——特别是让·拉辛的戏剧。在这篇文章中，"全体巴黎人"引用了拉辛的悲剧《布里塔尼古斯》（1669 年）中的一个场景，未来的罗马皇帝、邪恶的尼禄企图强行追求他同父异母兄弟的未婚妻茹涅（Junie）。尼禄求婚时，茹涅嘟囔了一句尖刻的反驳语："我敢说我既不值得如此过誉，也不该受此侮辱"（J'ose dire pourtant que je n'ai mérité / ni cet excès d'honneur, ni cette indignité）。指出把巴黎的沙龙称为"小集团"就像罗马暴君尼禄试图诱惑兄弟的未婚妻，正是普鲁斯特喜欢创造的那种失调的并列。除了他写的其他文章外，我在为本书做研究而阅读的数百篇世纪末的社交专栏中，没有看到过一个同类的并列。

6. 在首屈一指的沙龙女主人名单中包括了"无生的"犹太女主人：德雷福斯事件发生之前，德·罗斯柴尔德男爵和男爵夫人们在上层的声望无可置疑（虽然也会遭到反犹分子的腹诽）。然而其他巴黎犹太人即便也非常富裕，在上流社交界的地位却没有那么笃定，"全体巴黎人"理所当然地在他的社交高手名单中提到了这些家族的几个女人——富尔塔多－埃纳家族（金融家）、波尔热斯家族（钻石大亨）和斯特恩家族（与罗斯柴尔德家族联姻的银行家）。这些都是普鲁斯特通过斯特劳斯夫人认识的"犹大的伯爵夫人们"所属的家族。

7. 最后一段中出现的鲜明的普鲁斯特风格：在考察请求受邀拜访沙龙的人数最近几年为何逐年增加时，"全体巴黎人"用了普鲁斯特标志性的修辞手段之一，对可能的隐秘动机列出了一系列相互矛盾的解释："不管是出于好奇，还是出于势利，抑或是想要光临某个得体聚会的自然而然的愿望。"正如他的首位德文译者瓦尔特·本杰明（Walter Benjamin）在1929年所说，普鲁斯特最鲜明的叙事策略之一就是"一连列出无数个'要么……'，通过这种手段展示某一行为的发生可能会有的无数动机，从而以一种详尽无遗的……方式来描述该行为"。

　　这种《追忆似水年华》中随处可见的叙述建构方式在普鲁斯特的《让·桑特伊》中就已见端倪了。以下是从那部未完成的小说中摘取的一个例子，作者这里探讨的是一个人刚刚读完一本好书之后可能会产生的复杂的情感反应：

　　刚合上书时，我们不敢声称自己得到了全然的满足，要么是出于羞愧（soit honte），要么是出于一种总想成为被怜悯对象的欲望（soit désir），抑或是为了不要显得太快乐，又或者是因为快乐（soit que le bonheur）一旦被考察或质疑，它就消失了。

插图权利说明

（此部分页码为原书页码，即本书页边码）

The illustrations appearing on the following pages are reproductions of items from the author's personal collection of vintage postcards, chocolate cards, calling cards, press clippings, party programs, original photographs and sketches, family papers, and magic-lantern slides:

IN TEXT: 24, 54, 68 *(top)*, 101, 176, 178, 180, 185, 191, 198, 207, 249, 256, 257, 259, 262, 269, 277, 298, 330, 331, 336, 342, 360, 412, 427, 432, 446, 504, 514, 516, 520, 523 *(left)*, 548.
COLOR INSERT: 3 *(bottom)*, 4 *(bottom right)*, 11 *(bottom)*, 13 *(all 4 images)*.

As far as the author has been able to determine, these images are either in the public domain or, regrettably, cannot be traced to a copyright holder. The same holds true for the images reproduced on the following pages:

IN TEXT: 67, 86, 173, 190, 205, 225, 250, 290, 291, 292, 295, 351, 401, 417, 464, 465, 495, 513, 538 *(right)*, 549.
COLOR INSERT: 4 *(bottom)*, 7 *(top)*.

Copyright holders of images uncredited here are asked to contact the publisher so that this information might be included in future editions.

The remaining illustrations are used by permission and courtesy of the following:

IN TEXT:
Archivio Primoli, Fondazione Primoli, Rome, Italy: 158, 170, 195, 372, 434, 451, 463, 493, 549.
Art Resource, New York, NY, USA: 251.
Bibliothèque Nationale de France, Paris, France: 2, 9, 22, 39, 68 *(bottom)*, 88, 95, 105, 135, 146, 150, 157, 160, 162, 167, 204, 270, 271, 282, 293, 298, 303, 312, 387, 390, 485. 511, 523 *(right)*, 535, 547, 550.
Beinecke Rare Book and Manuscript Library, Yale University, New Haven, CT, USA: 564.
Fine Art Photographic Library/Art Resource, New York, NY, USA: 521.
© Gramont family. Image source: Gramont/Greffulhe private archives. Archives Nationales de France, Paris, France: 235, 253, 296, 358, 369, 490 *(both)*
Harvard University Libraries, Harvard University, Cambridge, MA, USA: 565.
HIP/Art Resource, New York, NY, USA: 197 *(left)*
The Jewish Museum, New York, NY, USA/Art Resource, New York, NY, USA: 538 *(left)*.
La Revue Illustrée (June 15, 1894): 556.
La Vie Moderne (June 1885): 24.
Le Gaulois (December 11, 1890): 168.
Mary Evans Picture Library, London, England: 14, 449.
© The Metropolitan Museum of Art. Image source: Art Resource, New York, NY, USA: 164, 279, 307, 311, 389, 425, 435, 526.
© Ministère de la Culture/Médiathèque du Patrimoine, dist. RMN-Grand Palais, Paris, France/Art Resource, New York, NY, USA: 232 *(left)*, 313 *(both)*, 329, 370.
Musée des Beaux-Arts, Nantes, France: 154
© Musée du Louvre, dist. RMN-Grand Palais, Paris, France/Angèle Dequier/Art Resource, New York, NY, USA: 342.
National Portrait Gallery, London, England: 374
New York Public Library, New York, NY, USA: 197 *(right)*, 222, 226, 471.
Österreichische Nationalbibliothek, Vienna, Austria: 103.
© RMN–Grand Palais, Paris, France/Art Resource, New York, NY, USA: 28, 119, 127, 129, 211, 353, 383, 394, 496, 569.
Roger–Viollet, Paris, France: 29, 47, 52, 57, 70, 85, 97, 130, 183, 188, 220, 232 *(right)*, 247, 498, 534.
Rue des Archives, Paris, France: 433.
© Scala/Art Resource, New York, NY, USA: 25, 115.
© Snark/Art Resource, New York, NY, USA: 35.
State Library of Victoria, Melbourne, Australia: 214, 238, 275, 409, 410.

COLOR INSERT

1 *(top left)*	Roger-Viollet, Paris, France.
1 *(top right)*	© Ministère de la Culture/Médiathèque du Patrimoine, dist. RMN-Grand Palais, Paris, France/Art Resource, New York, NY, USA.
1 *(bottom right)*	© Ministère de la Culture/Médiathèque du Patrimoine, dist. RMN-Grand Palais, Paris, France/Art Resource, New York, NY, USA.
2 *(top)*	Bibliothèque Nationale de France, Paris, France.
2 *(bottom)*	Bibliothèque Nationale de France, Paris, France.
3 *(top)*	Bibliothèque Nationale de France, Paris, France.
4 *(top left)*	Roger-Viollet, Paris, France.
5 *(top left)*	Erich Lessing/Art Resource, New York, NY, USA.
5 *(bottom right)*	Roger-Viollet, Paris, France.
6 *(top left)*	© RMN-Grand Palais, Paris, France/Art Resource, New York, NY, USA.
6 *(top right)*	Bibliothèque Nationale de France, Paris, France.
6–7 *(bottom)*	Erich Lessing/Art Resource, New York, NY, USA.
7 *(bottom right)*	© The Metropolitan Museum of Art, New York, NY, USA. Image source: Art Resource, New York, NY, USA.
8 *(top right)*	Bibliothèque Nationale de France, Paris, France.
8 *(bottom left)*	© Christie's Images Limited (2002).
9 *(top)*	Alfredo Dagli Orti/Art Resource, New York, NY, USA.
9 *(bottom)*	The Frick Collection, New York, NY, USA.
10 *(top)*	Bibliothèque Nationale de France, Paris, France.
10 *(bottom left)*	Société de Géographie, Paris, France/Bibliothèque Nationale de France, Paris, France.
10 *(bottom right)*	Bibliothèque Nationale de France, Paris, France.
11 *(top)*	© Gramont family. Image source: Gramont/Greffulhe private archives. Archives Nationales de France, Paris, France.
12 *(top)*	Bibliothèque Nationale de France, Paris, France.
12 *(bottom left)*	© Musée des Arts Décoratifs, Paris, France.
12 *(bottom right)*	© RMN-Grand Palais, Paris, France/Art Resource, New York, NY, USA.
14 *(top)*	Bibliothèque Nationale de France, Paris, France.
14 *(center)*	New York Public Library, New York, NY, USA.
14 *(bottom)*	Bibliothèque Nationale de France, Paris, France.
15	Alfredo Dagli Orti/Art Resource, New York, NY, USA.
16 *(top)*	Erich Lessing/Art Resource, New York, NY, USA.
16 *(bottom)*	Rue des Archives, Paris, France.

参考文献

I · ARCHIVAL SOURCES

A · Archives Nationales de France, Paris

Private archive of the Comtesse Greffulhe. AP(II)/101/1–203; and six "noncoded, supplementary" files
Private archive of the Comte Greffulhe. AP(I)/101/1–63
Private papers of the Gramont family. AP/101/A1–J5
Private papers of the Greffulhe family. AQ/61/1–6

B · Bibliothèque Nationale de France, Paris

1. Département des Manuscrits

Letters of Georges Bizet and Geneviève Halévy, later Mme Bizet. NAF 14345
Letters and papers of the Halévy, Bizet, and Straus families. NAF 13205; NAF 13208; NAF 13209–13210; NAF 13212–13222; NAF 14346–14355; and NAF 14383–14386
Letters addressed to Mme Bizet, later Mme Straus. NAF 14826; NAF 24838–24839
Letters of Paul Hervieu, addressed to Mme Bizet, later Mme Straus. NAF 13206–13207
Letters of Georges de Porto-Riche, addressed to Mme Bizet, later Mme Straus. NAF 13211
Letters of Comte and Comtesse Adhéaume de Chevigné, addressed to Georges de Porto-Riche. NAF 24954–24955; NAF 24980
Letters and papers of Georges de Porto-Riche. NAF 24510–25021
Letters and papers of Ludovic Halévy. NAF 19801–19915
Letters and papers of Comte Robert de Montesquiou-Fezensac. NAF 15012–15380
Papers of the Guérin and Straus families. NAF 14826
Selected writings of the Princesse Bibesco. NAF 28220
Selected writings of Marcel Proust. NAF 16612–16616; NAF 16696; NAF 18313–18325; NAF 24884; NAF 27350–27352

2. Département de la Musique

Letters of the Comtesse Greffulhe, addressed to various composers. NLA 305–334; VM BOB-20541

3. Bibliothèque de l'Arsenal

Correspondence of Comtesse Adhéaume de Chevigné with Ferdinand Bac. Ms. 14159
Papers of Paul Hervieu. Ms. 13969

4. Bibliothèque–Musée de l'Opéra

Letters of Eraïm Miriam Delaborde. VM BOB-19470
Dossier pertaining to the composition and premiere of Georges Bizet's *Carmen* (1875). FOL-ICO THE-648
Letters of Mme Straus, addressed to various composers and musicians. NLAS-119(49); LAS BIZET (GENEVIEVE)

C · The Metropolitan Museum of Art, New York

Halévy family album, containing photographs by and of various members of the Halévy, Bizet/Straus, and Chevigné families; Edgar Degas; Mme Meredith (Hortense) Howland; Charles Haas; Alfred, Marquis du Lau d'Allemans; Vicomte Eugène-Melchior de Vogüé; General Mikhail Annenkov; Guy de Maupassant; and Georges de Porto-Riche. Accession Number 2005.1001.587.1-29

D · The Morgan Library and Museum, New York

Letters of Émile Straus. MLT H148.S912; LHMS 193335
Letters of Lord Lytton. MA 1714-120627; MA 3944-120670; MA 4500-186849

Manuscript of Mme Straus's last will and testament. LHMS 193949. NB: Although Émile
Straus is listed as the author of this document, it is written in Mme Straus's hand.

E · *Beinecke Rare Books and Manuscript Library, Yale University*

Frederick R. Koch Collection: GEN MSS 601, box 49
Letters of Mme Straus and Marcel Proust. Folder 1022
Manuscript writings of Marcel Proust. Folder 1034

F · *Digital Archives and Resources*

Archives départementales de Seine-et-Marne. Melun. http://archives.seine-et-marne.fr
/archives-en-ligne
Archives du Musée d'Art et d'Histoire du Judaïsme. Paris. https://www.mahj.org/fr
/ressources-documentaires/archives
Archivio fotografico digitale della Fondazione Primoli. Rome. http://www.archivioprimoli.it
Correspondance de Guy de Maupassant. www.maupassant.free.fr
Correspondence of James A. M. Whistler. University of Glasgow. http://www.whistler.arts
.gla.ac.uk/
Fonds autour de la Comtesse Greffulhe. Musée d'Orsay. Paris. http://www.musee-orsay.fr/fr
/collections/
Journal des Goncourt. https://fr.wikisource.org/wiki/Journal_des_Goncourt/I
The Kolb-Proust Archive for Research. University of Illinois at Urbana-Champaign. http://
www.library.illinois.edu/kolbp/
Mémoire des équipages: Équipage de Bois-Boudran (1836–1912). http://www
.memoiredesequipages.fr/fiche/2691
The Rothschild Archive. London. https://www.Rothschildarchive.org/

G · *Other Archives*

Mina Curtiss Collection. Music Division, New York Public Library. New York. JBP 93–95,
Series 1–7
Correspondence of Comte Albert de Mun. Archives Jésuites de la Province de France. Vanves.
HDu61-70
Greffulhe family films. Centre National de la Cinématographie. Paris. Thirty-six home
movies shot between 1899 and 1913 and filed under "[Film de famille Greffulhe]."
Greffulhe family papers. Centre des Archives Nationales du Monde du Travail. Paris.
2006/064/M1-6

II · BIOGRAPHIES, CORRESPONDENCE, AND OTHER WRITINGS ABOUT AND BY MMES DE CHEVIGNÉ, GREFFULHE, AND STRAUS

Acker, Paul. "La Comtesse Greffulhe." In *Portraits de femmes.* Paris: Dorbon Aîné, 1912.
Balard, Françoise, ed. *Geneviève Straus: Biographie et correspondence avec Ludovic Halévy: 1855–1908.*
Paris: CNRS Éditions, 2002.
Bibesco, Marthe, Princesse. *La Duchesse de Guermantes: Laure de Sade, Comtesse de Chevigné.* Paris:
Plon, 1950.
Bischoff, Chantal. *Geneviève Straus: Trilogie d'une égérie.* Paris: Balland, 1992.
Bled, Victor du. "Comtesse Greffülhe [*sic*] née Caraman-Chimay." In *Le Salon de la Revue des deux
mondes.* Paris: Bloud & Gay, 1930.
Borrel, Anne. "Geneviève Straus, la 'muse mauve'." In *Entre le théâtre et l'histoire: la famille Halévy
1760–1960.* Edited by Henri Loyrette. Paris: Fayard, 1996.
Bosc, Alexandra. "Elle n'a pas suivi les modes, elle était faite pour les créer." In *La Mode retrouvée: les
robes trésors de la Comtesse Greffulhe.* Edited by Olivier Saillard. Paris: Palais Galliera, 2015.
Brahma, X. (pseud. Comtesse Greffulhe). *Âmes sociales.* Paris: Georges Richard, 1898.
Brisman, Shira. "Biographies: Geneviève Straus." In *Jewish Women and their Salons: The Power of
Conversation.* Edited by Emily D. Bilsky and Emily Braun. New York: The Jewish Museum, 2005.
Buffenoir, Hippolyte. *Grandes dames contemporaines: la Comtesse Greffulhe, née Caraman-Chimay.*
Paris: Librairie du Mirabeau, 1894.

Callu, Florence. "Madame Straus." In *Le Cercle de Marcel Proust.* Edited by Jean-Yves Tadié. Paris: Honoré Champion, 2013.

Cerboneschi, Isabelle. "La Comtesse Greffulhe, icône de mode." *Le Temps* (December 23, 2015).

Clermont-Tonnere, Élisabeth de Gramont, Duchesse de. "L'Entresol." *Le Figaro: supplément littéraire* (March 3, 1928): 3.

Cossé-Brissac, Anne de. *La Comtesse Greffulhe.* Paris: Perrin, 1993.

Dreyfus, Robert. "Madame Straus et Marcel Proust." *La Revue de Paris* 42 (October 15, 1936): 803–14.

Flament, Albert. "Quelques apparitions de la Comtesse Greffulhe." *La Revue des deux mondes* (March 1953).

———. "Le Salon de l'Europe: La Comtesse Adhéaume de Chevigné." *La Revue de Paris* 44 (November 15, 1936).

de Flers, Robert. "Mort de Mme Émile Straus." *Le Figaro* (December 23, 1926).

Halévy, Daniel. "Deux portraits de Mme Straus." In *Marcel Proust: Correspondance avec Daniel Halévy.* Edited by Anne Borrel and Jean-Pierre Halévy. Paris: Fallos, 1992.

Hillerin, Laure. *La Comtesse Greffulhe: l'ombre des Guermantes.* Paris: Flammarion, 2015.

———. "Trajectoire d'une étoile oubliée." In *La Mode retrouvée: les robes-trésors de la comtesse Greffulhe.* Edited by Olivier Saillard and Valerie Steele. Paris: Paris-Musées, 2015.

Jacob, Andrée. *Il y a un siècle . . . quand les dames tenaient salon.* Paris: Arnaud Seydoux, 1991.

Laincel, Comtesse Alice de. *Les Grandes Dames d'aujourd'hui.* Paris: Société d'Imprimerie, 1885.

Largillière (pseud.). "La Société de Paris: la Comtesse de Chevigné." *Gil Blas* (August 17, 1903).

Loyrette, Henri, ed. *Entre le théâtre et l'histoire: la famille Halévy 1760–1960.* Paris: Fayard, 1996.

Mainwaring, Madison. "Fashion Regained: Looking for Proust's Muse in Paris." *Paris Review* (March 16, 2016).

Meyer, Arthur. "Salons d'aujourd'hui et d'hier." In *Ce que je peux dire.* Paris: Plon, 1912.

Pasler, Jann. "Countess Greffulhe as Entrepreneur: Negotiating Class, Gender, and Nation." In *The Musician as Entrepreneur 1700–1914.* Edited by William Weber. Bloomington: Indiana University Press, 2004.

Poirey, Jean-Louis. "Ma Comtesse: Souvenirs d'un enfant, 8-10, rue d'Astorg, 1944–1956." Gy: n.p., 2015.

Pringué, Gabriel-Louis. "La Souveraine de la Belle Époque." *Le Crapouillot: les Bonnes manières* 19 (1952): 26-29.

Proyart, Jean-Baptiste de. "Marcel Proust et la Comtesse de Chevigné: Envoi autographe sur *Le Côté de Guermantes* I et correspondance" (June 2008).

Romani, Bruno. "La Regina degli Snob: la Contessa Greffulhe." *Il Messaggero* (September 9, 1956).

Steele, Valerie. "L'Aristocrate comme œuvre d'art." In *La Mode retrouvée: les robes-trésors de la comtesse Greffulhe.* Edited by Olivier Saillard and Valerie Steele. Paris: Paris-Musées, 2015.

Steta, Annick. "À la recherche de la Comtesse Greffulhe." *La Revue des deux mondes* (February 12, 2016).

Vaux, Baron de. "La Vicomtesse de [*sic*] Greffulhe." In *Les Femmes de sport.* Paris: Marpon & Flammarion, 1885.

III · MARCEL PROUST BIBLIOGRAPHY

A · Selected Correspondence, Journalism, and Literary Works

De Brabant (pseud.). "Exposition Internationale: Galerie Georges-Petit." *Le Mensuel* (December 1890).

Proust, Marcel. *A la recherche du temps perdu.* 4 vols. Edited by Jean-Yves Tadié et al. Paris: Gallimard/ Pléiade, 2005.

———. "A une Snob." *La Revue blanche* 26 (December 1893).

———. "Les Amies de la Comtesse Myrto." *Le Banquet* 2 (April 1892).

———. "Autres reliques." *La Revue blanche* 21–22 (July–August 1893).

———. *Les Cahiers 1 à 75 de la Bibliothèque Nationale de France.* Edited by Nathalie Mauriac Dyer, Bernard Brun, Antoine Compagnon, et al. Tournhout: Brepols, 2008.

———. *Carnet de 1908.* Edited by Philip Kolb. Paris: Gallimard/NRF, 1976.

———. *Carnets.* Edited by Florence Callu and Antoine Compagnon. Paris: Gallimard/NRF, 2002.

———. *Chroniques.* Edited by Robert Proust. Paris: Gallimard/ NRF, 1927.

———. *The Collected Poems.* Edited by Harold Augenbraum. New York: Penguin, 2013.

———. *Contre Sainte-Beuve, suivi de nouveaux mélanges.* Paris: Gallimard/NRF, 1954 [c. 1895–1900].

———. "Contre une Snob." *La Revue blanche* 26 (December 1893).

———. "Conversation avec Maman." In *Contre Sainte-Beuve*. Paris: Gallimard/NRF, 1954.

———. *Correspondance, 1880–1922*. 21 vols. Edited by Philip Kolb. Paris: Plon, 1971–1993.

———. *Correspondance*. Edited by Jérôme Picon. Paris: Flammarion, 2007.

———. *Correspondance avec Daniel Halévy*. Edited by Anne Borrel and J.-P. Halévy, op. cit.

———. *Correspondance avec Madame Straus*. Introduction by Susy Mante-Proust. Paris: Plon, 1936.

———. *Correspondance avec sa mère: 1887–1905*. Edited by Philip Kolb. Paris: Plon, 1953.

———. "Cydalise." *Le Banquet* 2 (April 1892).

———. *Days of Reading*. Translated by John Sturrock. New York: Penguin/Great Ideas, 2008.

———. *Écrits de jeunesse: 1887–1895*. Edited by Anne Borrel. Paris: Institut Marcel Proust International, 1991.

———. *Écrits sur l'art*. Edited by Jérôme Picon. Paris: Flammarion, 1999.

———. "Esquisse d'après Madame de ***." *Le Banquet* 3 (May 1892).

———. "Esquisse de vie mondaine." *Bulletin de la Société de Marcel Proust* 11 (1961).

———. "Étude I [Les Maîtresses de Fabrice]." *Le Banquet* 2 (April 1892).

———. "Étude II [Les Snobs]." *Le Banquet* 3 (May 1892).

———. "Étude IX [Amitié]." *La Revue blanche* 21–22 (July–August 1893).

———. *La Fin de la jalousie et autres nouvelles*. Edited by Thierry Laget. Paris: Gallimard, 1993.

———. *Fragments de comédie italienne*. In *Les Plaisirs et les jours*. Paris: Gallimard, 1993.

———. "Gustave Moreau." In *Contre Sainte-Beuve*. Gallimard/NRF, 1954.

———. "Henri de Régnier." In *Contre Sainte-Beuve*. Paris: Gallimard/NRF, 1954.

———. *Jean Santeuil*. Edited by Pierre Clarac. Paris: Gallimard/Pléiade, 1971.

———. *Letters to a Friend*. Preface by Georges de Lauris. Translated by Alexander and Elizabeth Henderson. London: Falcon Press, 1949.

———. *Letters to His Mother*. Translated and edited by George D. Painter. New York: Citadel, 1957.

———. *Lettres à Madame et Monsieur Émile Straus*. Edited by Robert Proust. Paris: Plon, 1936.

———. *Lettres à M. et Mme Sydney Schiff, Paul Souday, J.-É. Blanche, etc.* Edited by Robert Proust and Paul Brach. Paris: Plon, 1932.

———. *Lettres à Robert de Montesquiou*. Edited by Robert Proust and Paul Brach. Paris: Plon, 1930.

———. "Un livre contre l'élégance: *Sens dessus dessous*." *Le Banquet* 2 (April 1892).

———. *Matinée chez la Princesse de Guermantes*. Edited by Henri Bonnet. Paris: NRF/Gallimard, 1982.

———. "Mondanité de Bouvard et Pécuchet." *La Revue blanche* 21–22 (July–August 1893).

———. "Noms de personnes." In *Contre Sainte-Beuve*. Paris: Gallimard/NRF, 1954.

———. *Pastiches et mélanges*. Paris: Gallimard, 1947 [1919].

———. "Pendant le Carême." *Le Mensuel* (February 1891).

———. "'*Les Petits Souliers*' par M. Louis Ganderax." *Le Banquet* 1 (March 1892).

———. *Les Plaisirs et les jours, suivis de "L'Indifférent."* Edited by Thierry Laurent. Paris: Gallimard, 1993.

———. Preface to Paul Morand, *Tendres stocks*. Paris: NRF/ Gallimard, 1923.

———. "Un professeur de beauté." *Les Arts de la vie* (August 15, 1905).

———. "Robert de Montesquiou." In *Contre Sainte-Beuve*. Paris: NRF/Gallimard, 1954.

———. "Le Salon de la Comtesse Greffulhe." Unpublished manuscript from AP(II)/101, in one of six "cartons non cotés, supplémentaires." Reproduced in translation in appendix C.

———. *Le Salon de Mme de . . . .* Paris: L'Herne, 2009.

———. "Sixteen Letters of Marcel Proust to Joseph Reinach." Translated and edited by D. R. Watson. *Modern Languages Review* 63, no. 3 (July 1968).

———. *Swann's Way*. Translated by C. K. Scott Moncrieff. Edited and annotated by William C. Carter. New Haven and London: Yale University Press, 2013.

———. *Textes retrouvés*. Edited by Philip Kolb and Larkin B. Price. Urbana and Chicago: University of Illinois Press, 1968.

———. "La Vie mondaine." *Le Mensuel* 3 (January 1891).

Tout-Paris (pseud.). "Une Fête littéraire à Versailles." *Le Gaulois* (May 31, 1894).

———. "Les Grands Salons de Paris." *Le Gaulois* (September 1, 1893). Reproduced in translation in appendix C.

———. "Mondanités." *Le Gaulois* (August 24, 1895, and June 18, 1896).

B · Selected Memoirs, Biographies

Albaret, Céleste. *Monsieur Proust*. Translated by Barbara Bray. New York: New York Review Books, 2003.

Bibesco, Marthe, Princesse. *Au bal avec Marcel Proust*. Paris: Gallimard/L'Imaginaire, 1989 [1928].

———. *Le Voyageur voilé*. Geneva: La Palatine, 1947.

Billy, Robert de. *Marcel Proust: Lettres et conversations.* Paris: Portiques, 1930.

Blanche, Jacques-Émile. "Mes modèles." *Les Nouvelles littéraires, artistiques et scientifiques* (July 14, 1928).

———. *Mes modèles: Souvenirs littéraires.* Paris: Stock, 1984 [1928].

———. *La Pêche aux souvenirs.* Paris: Flammarion, 1949.

———. *Propos de peintre.* Edited by Frédéric Mitterrand. Paris: Séguier, 2013 [1919–1928].

Bloch-Dano, Évelyne. *Madame Proust: A Biography.* Translated by Alice Kaplan. Chicago and London: University of Chicago Press, 2007.

———. *Une jeunesse de Marcel Proust: enquête sur le questionnaire.* Paris: Stock, 2017.

Carter, William C. *Marcel Proust: A Life.* New Haven and London: Yale University Press, 2013.

———. *Proust in Love.* New Haven and London: Yale University Press, 2006.

Colette (pseud. Gabrielle-Sidonie Colette). "Préface: Marcel Proust." In *Marcel Proust.* Paris: Le Capitole, 1926.

Daudet, Lucien. *Autour de soixante lettres de Marcel Proust.* Paris: Gallimard, 1929.

Dreyfus, Robert. *De Monsieur Thiers à Marcel Proust: histoire et souvenirs.* Paris: Plon, 1939.

———. *Souvenirs sur Marcel Proust, accompagnés de lettres inédites.* Paris: Grasset, 1926.

———. "Souvenirs sur Marcel Proust: L'Année du *Banquet*, 1892–1893." *Le Figaro* (April 10, 1926): 1–2.

Duplay, Maurice. *Mon ami Marcel Proust: souvenirs intimes.* Paris: Gallimard, 1972.

Gramont, Armand, Duc de Guiche, later Duc de. *Souvenirs: 1879–1962.* Unpublished manuscript.

Gramont, Élisabeth de (Duchesse de Clermont-Tonnerre). *Marcel Proust.* Paris: Flammarion, 1948.

———. *Robert de Montesquiou et Marcel Proust.* Paris: Flammarion, 1925.

Gregh, Fernand. *L'Age d'or.* Paris: Grasset, 1947.

———. "Hommage à Marcel Proust." *La Nouvelle Revue française* (January 1923).

———. *Mon amitié avec Marcel Proust: Souvenirs et lettres inédites.* Paris: Grasset, 1958.

Hayman, Ronald. *Proust: A Biography.* New York: Carrol & Graf, 1992.

Lhéritier, Gérard, ed. *Proust, du temps perdu au temps retrouvé: Précieuse collection de lettres et manuscrits provenant d'André et Simone Maurois et de Susy Mante-Proust.* Paris: Équateurs, 2010.

Maurois, André. *Le Monde de Marcel Proust.* Paris: Hachette, 1960.

Montesquiou-Fezensac, Comte Robert de, and Marcel Proust. *Le Professeur de beauté.* Preface by Jean-David Jumeau-Lafond. Paris: La Bibliothèque, 1999.

Painter, George D. *Marcel Proust: A Biography.* 2 vols. London: Chatto & Windus, 1959–1965.

Peter, René. *Une saison avec Marcel Proust.* Preface by Jean-Yves Tadié. Paris: Gallimard/NRF, 2005.

Pierre-Quint, Léon. *Marcel Proust: sa vie, son œuvre.* Paris: Simon Kra, 1925.

Sollers, Philippe. *L'Œil de Proust: les dessins de Marcel Proust.* Paris: Stock, 1999.

Souday, Paul. *Marcel Proust.* Paris: Simon Kra, 1927.

Tadié, Jean-Yves. *Marcel Proust.* Translated by Euan Cameron. New York: Viking, 2000.

Tadié, Jean-Yves, ed. *Le Cercle de Marcel Proust.* Paris: Honoré Champion, 2013.

———. *Marcel Proust et ses amis.* Paris: Gallimard/NRF, 2010.

Taylor, Benjamin. *Proust: The Search.* New Haven and London: Yale University Press/Jewish Lives, 2015.

White, Edmund. *Marcel Proust: A Life.* New York: Penguin, 1999.

C · Criticism and Scholarship—Books

Aciman, André, ed. *The Proust Project.* New York: FSG/Books & Co./Helen Marx Books, 2004.

Adorno, Theodor W. *Notes to Literature.* 2 vols. Translated by Shierry W. Nicholsen. New York: Columbia University Press, 1991–1992.

Arnaud, Claude. *Proust contre Cocteau.* Paris: Grasset, 2013.

Bardèche, Maurice. *Marcel Proust romancier.* 2 vols. Paris: Sept Couleurs, 1971.

Barthes, Roland. *The Preparation of the Novel.* Translated by Kate Briggs. New York: Columbia University Press, 2011.

Beckett, Samuel. *Proust.* London: Chatto & Windus, 1931.

Benjamin, Walter. *Sur Proust.* Translated by Robert Kahn. Paris: Nous, 2010.

Bergstein, Mary. *Looking Back One Learns to See: Marcel Proust and Photography.* Amsterdam and New York: Ropoli, 2014.

Bernard, Anne-Marie, ed. *The World of Proust as Seen by Paul Nadar.* Photographs by Paul Nadar. Translated by Susan Wise. Cambridge and London: The MIT Press, 2002.

Bersani, Leo. *Marcel Proust: The Fictions of Life and of Art.* Oxford: Oxford University Press, 1965.

Botton, Alain de. *How Proust Can Change Your Life.* New York: Pantheon, 1997.

Bowie, Malcolm. *Proust Among the Stars.* New York: Columbia University Press, 2000.

Brassaï (pseud. Gyula Halász). *Proust in the Power of Photography.* Translated by Richard Howard. Chicago and London: University of Chicago Press, 2001.

Canavaggia, J. *Proust et la politique.* Paris: A.-G. Nizet, 1986.

Carassus, Émilien. *Le Snobisme dans les lettres françaises de Paul Bourget à Marcel Proust: 1884–1914.* Paris: Armand Colin, 1966.

Clarac, Pierre, and André Ferré, eds. *Album Proust.* Paris: Gallimard/Pléiade, 1965.

Compagnon, Antoine. *Proust entre deux siècles.* Paris: Seuil, 1989.

Deleuze, Gilles. *Proust et les signes.* Paris: PUF, 2007.

Diesbach, Ghislain de. *Proust.* Paris: Perrin, 1991.

Finn, Michael R. *Proust, the Body, and Literary Form.* Cambridge and London: Cambridge University Press, 1999.

Forest, Philippe, and Stéphane Audeguy, eds. *La Nouvelle Revue française: D'après Proust* 203–4 (March 2013).

Francis, Claude, and Fernande Gontier. *Marcel Proust et les siens.* Paris: Plon, 1981.

Fraser, Robert. *Proust and the Victorians: The Lamp of Memory.* London: Macmillan/Springer, 1994.

Gallo, Rubén. *Proust's Latin Americans.* Baltimore and London: The Johns Hopkins University Press, 2014.

Germain, André. *Les Clés de Proust, suivies de Portraits.* Paris: Sun, 1953.

Grimaldi, Nicolas. *Proust, les horreurs de l'amour.* Paris: PUF, 2008.

Guichard, Léon. "Un article inconnu de Marcel Proust: Marcel Proust et Robert de Montesquiou." *La Revue d'histoire littéraire de la France* 2 (1949).

Harris, Frederick John. *Friend and Foe: Marcel Proust and André Gide.* Lanham, MD: University Press of America, 2002.

Huas, Jeanine. *Les Femmes chez Proust.* Paris: Hachette, 1971.

———. *L'Homosexualité au temps de Proust.* Paris: Danclau, 1992.

Hunkeler, Thomas, ed. *Marcel Proust und die Belle Époque.* Frankfurt: Insel/Marcel Proust Gesellschaft, 2002.

Jullien, Dominique. *Proust et ses modèles: Les "Mille et une Nuits" et les "Mémoires" de Saint-Simon.* Paris: José Corti, 1989.

Kadi, Simone. *Proust et Baudelaire.* Paris: Pensée Universelle, 1975.

Karlin, Daniel. *Proust's English.* Oxford: Oxford University Press, 2007.

Karpeles, Eric. *Paintings in Proust: A Visual Companion to "In Search of Lost Time."* London: Thames & Hudson, 2008.

Ladenson, Elisabeth. *Proust's Lesbians.* Ithaca, NY: Cornell University Press, 2006.

Landes-Ferrali, Sylvaine. *Proust et le Grand Siècle: formes et significations de la référence.* Preface by Antoine Compagnon. Tübingen: Gunter Narr, 2004.

Luckhurst, Nicola. *Science and Structure in Proust's "A la recherche du temps perdu."* Oxford: Clarendon, 2000.

Mante-Proust, Suzy, and Mireille Naturel, eds. *Marcel Proust in / Pictures and Documents.* Translated by Josephine Bacon. Zurich: Olms, 2012.

Mauriac, François. *Proust's Way.* Translated by Elsie Pell. New York: Philosophical Library, 1950.

Maurois, André. *Quest for Proust.* Translated by Gerard Hopkins. New York: Penguin, 1962 [1950].

McDonald, Christie, and François Proulx, eds. *Proust and the Arts.* Cambridge and London: Cambridge University Press, 2015.

Moss, Howard. *The Magic Lantern of Marcel Proust.* Foreword by Damion Searls. Philadelphia: Paul Dry Books, 2012 [1962].

Muhlstein, Anka. *Monsieur Proust's Library.* New York: Other Press, 2012.

Oriol, Judith. *Femmes Proustiennes.* Paris: EST, 2009.

Raczymow, Henri. *Le Cygne de Proust.* Paris: Gallimard, 1989.

———. *Le Paris littéraire et intime de Proust.* Paris: Parigramme, 1997.

———. *Le Paris retrouvé de Marcel Proust.* Paris: Parigramme, 2005.

Recanti, Jean. *Profils juifs de Marcel Proust.* Paris: Buchet/Chastel, 1979.

Shattuck, Roger. *Proust's Way: A Field Guide to "In Search of Lost Time."* New York: W. W. Norton & Co., 2001.

Vignal, Louis Gautier. *Proust connu et inconnu.* Paris: Laffont, 1976.

D · Criticism and Scholarship—Articles and Chapters

Adam, A. "Le Roman de Proust et le problème des clefs." *Revue des sciences humaines* 65 (1952).

Beauchamp, Louis de. *Marcel Proust et le Jockey-Club* (Paris: n.p., 1973).

Benjamin, Walter. "The Image of Proust." In *Illuminations*. Translated by Harry Zorn. Edited by Hannah Arendt. New York: Schocken Books, 1968.

Borrel, Anne. " 'La Petite Société des quatre amis'." In *Marcel Proust et ses amis*. Edited by Jean-Yves Tadié. Paris: Gallimard/NRF, 2010.

Compagnon, Antoine. "Morales de Proust." In *Résumés des cours et travaux du Collège de France* (2009).

————. "Note sur 'La Simplicité de M. de Montesquiou.'" *Romanic Review* 81, no. 1 (1990).

————. Preface to MP, *Sodome et Gomorrhe*. Paris: Gallimard/Folio, 1989.

————. "Proust et le judaïsme." *Critique* 54 (1991).

————. "Proust on Racine." *Yale French Studies* 76 (1989).

————. "Racine and the Moderns." In *Theatrum Mundi: Studies in Honor of Ronald W. Tobin*. Edited by Claire Carlin, Ronald W. Tobin, and Kathleen Wine. Charlottesville, VA: Rookwood Press, 2003.

Enthoven, Jean-Paul. *Saisons de papier*. Paris: Grasset, 2016.

Fernández, Ramón. "La Vie sociale dans l'œuvre de Marcel Proust." *Les Cahiers Marcel Proust* 1 (1927).

Fifield, William. "Interview with Jean Cocteau." *Paris Review* 32 (Summer–Fall 1964).

Gantrel, Martine. "Jeu de pistes autour d'un nom: Guermantes." *Revue d'histoire littéraire de la France* 3 (October–December 2004): 919–34.

Gier, Albert. "Marcel Proust und Richard Wagner: Zeittypisches und Einmaliges in einer Beziehung zwischen Literatur und Musik." In *Marcel Proust und die Belle Époque*. Edited by Thomas Hunkeler. Frankfurt: Insel/Marcel Proust Gesellschaft, 2002.

Goux, Jean-Joseph. "Un inédit. Le *Carnet de syntaxe* de Proust." *La Nouvelle Revue française: D'après Proust*, op. cit.

Gregh, Fernand. "Sur Marcel Proust." *Le Journal des débats* (February 7, 1937): 3.

Gury, Christian. *Proust: Clés inédites et retrouvées*. Paris: Kimé, 2003.

Hersant, Marc, and Muriel Ades. "D'un bal de têtes à l'autre." In *"Le Temps retrouvé" quatre-vingts ans après: essais critiques*. Edited by Adam Andrew Watt. New York: Peter Lang, 2009.

Johnson, Theodore. "Marcel Proust et Gustave Moreau." *Bulletin de la Société des Amis de Marcel Proust* 28 (1978).

Keller, Luzius. "Proust und die Belle Époque." In *Marcel Proust und die Belle Époque*. Edited by Thomas Hunkeler. Frankfurt: Insel/Marcel Proust Gesellschaft, 2002.

Koestenbaum, Wayne. "I Went by a Devious Route." In *The Proust Project*. Edited by André Aciman. New York: FSG/Books & Co./Helen Marx Books, 2004.

Kolb, Philip. "Marcel Proust et les dames Lemaire, avec des lettres de Proust à Suzy Lemaire." *Bulletin de la Société des Amis de Marcel Proust* 14 (1964).

Lacretelle, Jacques de. "Les Clefs de l'œuvre de Proust." *La Nouvelle Revue française* 112 (January 1923).

Ladenson, Elisabeth. "Proust and the Marx Brothers." In *Proust and the Arts*. Edited by Christie McDonald and François Proulx. Cambridge and London: Cambridge University Press, 2015.

————. "Someone like Maman." *London Review of Books* 30, no. 9 (May 8, 2008): 19–20.

Lamont, Rosette C. "Le bonheur chez Proust." *Bulletin de la Société des Amis de Marcel Proust et de Combray* 16 (1966).

Link-Heer, Ursula. "Mode, Möbel, Nippes, *façons et manières*: Robert de Montesquiou und Marcel Proust." In *Marcel Proust und die Belle Époque*. Edited by Thomas Hunkeler. Frankfurt: Insel/Marcel Proust Gesellschaft, 2002.

Litvak, James. "Strange Gourmet: Taste, Waste, Proust." *Studies in the Novel* 28, no. 3 (Fall 1996).

Maurois, André. *A la recherche de Marcel Proust*. Paris: Hachette, 1949.

————. *Le Monde de Marcel Proust*. Paris: Hachette, 1960.

Miguet, Marie. "Le Séjour à Doncières dans *Le Côté de Guermantes*: textes et avant-textes." In *Vers une sémiotique différentielle*. Edited by Anne Chovin and François Migeot. Besançon: Presses Universitaires Franc-comtoises, 1999.

Mimouni, Patrick. "Fumer avec Proust." *La Règle du jeu* 60 (April 2010).

————. "La Vocation talmudique de Proust: I. Les Lois causales." *La Règle du jeu* 35 (September 2007).

Murat, Laure. "Les souliers de la duchesse, ou la vulgarité de l'aristocratie française." *La Nouvelle Revue française: D'après Proust*. Edited by Philippe Forest and Stéphane Audegy (March 2013).

Samuels, Maurice. "Proust, Jews, and the Arts." In *Proust and the Arts*. Edited by Christie McDonald and François Proulx. Cambridge and London: Cambridge University Press, 2015.

Sonnenfeld, Albert. "Marcel Proust: Antisémite?" *The French Review* 62, no. 1 (October 1988).

Thurman, Judith. "I Never Took My Eyes off My Mother." In *The Proust Project*. Edited by André Aciman. New York: FSG/Books & Co./Helen Marx Books, 2004.

Zoberman, Pierre. "L'inversion comme prisme universel." *Magazine littéraire: Marcel Proust* (2013).

A · Primary and Secondary Sources—Books

Adelon, M. H., G. Benoist, et al., eds. *La Chasse moderne. Encyclopédie du chasseur moderne.* Paris: Larousse, 1912.

Aderer, Adolphe. *Une Grande Dame aima.* Paris: Calmann-Lévy, 1906.

Aesop. *Fables.* New York: Cricket House Books, 2010.

d'Albiousse, Lionel. *Les Fiefs nobles du château ducal d'Uzès.* Uzès: Malige, 1906.

Aldobrandini, Giovanni. *Élites dell'Ottocento: Politica e cultura in Gran Bretagna e Italia.* Rome: Gangemi, n.d.

Andia, Béatrice de, ed. *Autour de la Madeleine: art, littérature et société.* Paris: Action Artistique de la Ville de Paris, 2005.

Anne, Théodore. *M. le Comte de Chambord: Souvenirs d'août 1850.* Paris: E. Dentu, 1850.

Anonymous. *Ferdinand of Bulgaria: The Amazing Career of a Shoddy Czar.* London: A. Melrose, 1916.

Anonymous. *Biographie de Mme Demidoff, Princesse Mathilde.* London and Brussels: n.p., 1870.

Antoine, A. *Mes souvenirs sur le Théâtre-Libre.* Paris: Fayard, 1921.

Antonetti, Guy. *Une maison de banque à Paris au XVIIIᵉ siècle: Greffulhe Montz et Cie.* Paris: Cujas, 1963.

Apollinaire, Guillaume. *Œuvres en prose complètes.* Vol. 3. Edited by Michel Décaudin. Paris: Gallimard, 1993.

———. *Selected Writings.* Translated by Roger Shattuck. New York: New Directions, 1971.

Apostolescu, Ginette. *Mon journal: 1879–1880.* Paris: Cercle des Amis de Marie Bashkirtseff, 2004.

d'Arenberg, Princesse Louise-Marie (Marquise de Vogüé). *Logis d'autrefois.* Paris: n.p., n.d.

———. *Souvenirs: 1903–1939.* Paris: n.p. 1941.

Armstrong, Carol. *Odd Man Out: Readings of the Work and Reputation of Edgar Degas.* Chicago and London: University of Chicago Press, 1991.

Astruc, Gabriel. *Le Pavillon des fantômes.* Paris: Belfond, 1987.

Auchincloss, Louis. *The Man Behind the Book.* New York: Houghton Mifflin, 1996.

Austin, J. L. *How to Do Things with Words.* Edited by J. O. Urmson and Marina Sbísa. Cambridge: Harvard University Press, 1962.

Avenel, Henri. *Histoire de la presse française, depuis 1789 jusqu'à nos jours.* Paris: Flammarion, 1900.

Bac, Ferdinand (pseud. Ferdinand Sigismond Bach). *Intimités de la IIIᵉ République: La Fin des temps "délicieux."* Paris: Hachette, 1935.

Bach, Général André. *L'Année Dreyfus: Une histoire politique de l'armée française de Charles X à "l'Affaire."* Paris: Tallandier, 2004.

Bachaumont (pseud. Émile Gérard). *Les Femmes du monde.* Paris: E. Dentu, 1876.

Bader, Luigi. *Album: Le Comte de Chambord et les siens en exil.* Paris: Diffusion Université-Culture, 1983.

Balfour, Betty Bulwer-Lytton, Lady. *The History of Lord Lytton's Indian Administration, 1876 to 1880; Compiled from Letters and Official Papers.* London: Longmans, Green, 1899.

Bancquart, Marie-Claire. *Paris "Fin-de-Siècle."* Paris: SNELA La Différence, 2009.

Un Banquier (pseud.). *Que nous veut-on avec ce Rothschild Iᵉʳ, roi des Juifs et dieu de la finance?* Brussels: Chez les principaux libraires de la Belgique, 1846.

Barrès, Maurice. *Le Culte du moi.* Paris: Plon, 1922 [1888–1891].

Barthes, Roland. *Le Degré zéro de l'écriture.* Paris: Seuil, 1972.

———. *The Rustle of Language.* Translated by Richard Howard. Berkeley: University of California Press, 1989.

———. *Sur Racine.* Paris: Seuil, 1963.

Bartolotti, Luca. *Roma fuori le mura.* Rome: La Terza, 1988.

Baudelaire, Charles. *Les Fleurs du mal: Édition définitive.* Paris: Calmann-Lévy, 1919.

Beard, George Miller. *A Practical Treatise on Nervous Exhaustion (Neurasthenia).* New York: Treat, 1880.

Bellenger, Marguerite. *Les Courtisanes du Second Empire.* Brussels: Office de Publicité, 1871.

Benaïm, Françoise. *Marie-Laure de Noailles, vicomtesse du bizarre.* Paris: Grasset, 2002.

Bentley, Toni. *Sisters of Salome.* New Haven and London: Yale University Press, 2002.

Bergerat, Émile. *Souvenirs d'un enfant de Paris: 1879–1884.* Paris: Charpentier, 1912.

Bernhardt, Sarah (apocryphal). *My Double Life.* London: William Heinemann, 1907.

Bertrand, Antoine. *Les Curiosités esthétiques de Robert de Montesquiou.* 2 vols. Geneva: Droz, 1996.

Bienvenu, Jacques. *Maupassant inédit.* Aix: Edisud, 1993.

Biez, Jacques de. *Rothschild et le péril juif.* Paris: Chez l'auteur, 1891.

Bizet, Georges. *Lettres; Impressions de Rome; la Commune.* Preface by Louis Ganderax. Paris: Calmann-Lévy, 1907.

Blanche, Jacques-Émile. *Dieppe.* Paris: Berthout, 1992 [1927].

du Bled, Victor. *La Société française depuis cent ans.* Paris: Bloud & Gay, 1923.

Blount, Sir Edward. *Memoirs.* Edited by Stuart J. Reid. London: Longmans, Green, 1902.

Bocher, Émmanuel. *Les Gravures françaises du XVIIIe siècle: Catalogue raisonné des estampes, pièces en couleur, au bistre et au lavis, de 1700 à 1800.* 2 vols. Paris: D. Morgant, 1872–1880.

Bompiani, Sofia. *Italian Explorers in Africa.* London: Religious Tract Society, 1891.

Bondeson, Jan. *The Great Pretenders.* New York: W. W. Norton, 2005.

Borchmeyer, Dieter. *Drama and the World of Richard Wagner.* Princeton, NJ: Princeton University Press, 2003.

Borghèse, Prince Jean (Giovanni Battista). *L'Italie moderne.* Paris: Flammarion, 1913.

Bouilloud, Jean-Philippe, ed. *Un univers d'artistes.* Paris: L'Harmattan, 2004.

du Bourg, Joseph. *Les Entrevues des princes à Frohsdorf: La Vérité et la légende.* Paris: Perrin, 1910.

Bourget, Paul. *Un cœur de femme.* Paris: Alphonse Lemerre, 1890.

———. *Essais de psychologie contemporaine.* Vol. 1. Paris: Plon, 1920 [1883].

Boutet de Monvel, Roger. *Eminent English Men and Women in Paris.* Translated by G. Herring. New York: Scribner's, 1913.

Bouvier, Jean. *Les Rothschild: Histoire d'un capitalisme familial.* Brussels: Complexe, 1992.

Boylesve, René. *Feuilles tombées.* Paris: La Pléiade, 1927.

Bramsen, Michèle Bo. *Portrait d'Élie Halévy.* Amsterdam: John Benjamins Publishing Company, 1978.

Bredin, Jean-Denis. *The Affair: The Case of Alfred Dreyfus.* Translated by Jeffrey Mehlman. New York: George Braziller, 1986.

Breteuil, Henri Le Tonnelier, Marquis de. *La Haute Société: Journal secret 1886–1889.* Paris: Atelier Marcel Jullian, 1979.

Briais, Bernard. *Au temps des Frou-Frou: Femmes célèbres de la Belle Époque.* Paris: France Empire, 1985.

de Broglie, Albert-Jacques-Victor, Duc. *Ambassador of the Vanquished: The Viscount Élie de Gontaut-Biron's Mission to Berlin.* London: Heinemann, 1896.

Brook-Shepard, Gordon. *Uncle of Europe: The Social and Diplomatic Life of Edward VII.* New York: Harcourt Brace Jovanovich, 1976.

Brooks, Peter. *Flaubert in the Ruins of Paris: The Story of a Friendship, a Novel, and a Terrible Year.* New York: Basic Books, 2017.

Brosio, Valentino. *Ritratti parigini del Secondo Imperio e della Belle Époque.* Paris: Nuovedizioni E. Vallecchi, 1975.

Brown, Frederick. *For the Soul of France: Culture Wars in the Age of Dreyfus.* New York: Anchor Books, 2010.

Brugmans, Hendrik. *Georges de Porto-Riche: Sa vie, son œuvre.* Geneva: Slatkine, 1976.

Buffon, Georges Louis Leclerc, Comte de. *Œuvres complètes.* Vols. 1 and 6. Paris: Abel Ledoux, 1844–1846.

Bulwer-Lytton, Edward Robert, Lord Lytton. *Personal and Literary Letters of Robert, First Earl of Lytton.* 2 vols. Edited by Lady Betty Balfour. London: Longmans, Green, 1906.

———. *The Ring of Amasis.* London: Macmillan, 1890.

Bulwer-Lytton, Rosina (Baroness Lytton). *A Blighted Life.* London: Bloomsbury, 1994.

Burnand, Robert. *La Vie quotidienne en France de 1870 à 1900.* Paris: Hachette, 1948.

Busnach, Willie. *Le Phoque à ventre blanc.* Paris: E. Chatot, 1883.

Carassi, Carlo. *L'Ordre de Malte dévoilé ou voyage de Malte.* Cologne: n.p., 1790.

Carasso, Odette. *Arthur Meyer, directeur du Gaulois: un patron de presse juif, royaliste et antidreyfusard.* Paris: Imago, 2003.

Castelbajac, Constance de (Marquise de Breteuil). *Journal: 1885–1886.* Edited by Éric Mension-Rigau. Paris: Perrin, 2003.

Castellane, Boni de. *Comment j'ai découvert l'Amérique.* Paris: G. Crès, 1925.

———. *Vingt ans de Paris.* Paris: Fayard, 1925.

de Castries, René de La Croix, Duc. *Le Testament de la monarchie.* Vol. 5: *Le Grand Refus du Comte de Chambord.* Paris: A. Fayard, 1970.

Chaleyssin, Patrick. *Robert de Montesquiou: Mécène et dandy.* Paris: Somogy, 1992.

Chambord, Henri d'Artois, Comte de. *Lettres d'Henri V depuis 1841 jusqu'à nos jours.* Edited by Adrien Peladan. Nîmes: P. Lafare, 1873.

Charle, Christophe. *Histoire sociale de la France au XIXe siècle.* Paris: Seuil, 1991.

Chateaubriand, François-René. *Mémoires d'outre-tombe.* Vol. I. Paris: Garnier Frères, 1899 [1849–1850].

Claretie, Jules. *La Vie à Paris: 1880–1885.* Vols. 1–6. Paris: Victor Havard, 1880–1885.

————. *La Vie à Paris: 1898*. Paris: Charpentier, 1899.

Cocteau, Jean. *La Fin du Potomak*. Paris: Gallimard/NRF, 1939.

————. *Le Passé défini*. Paris: Gallimard/NRF, 1983.

————. *Portraits-souvenir*. Paris: Grasset, 1935.

Condé, Gérard. *Gounod*. Paris: Fayard, 2009.

Constant, Stephen. *Foxy Ferdinand, Tsar of Bulgaria*. London: Sidgwick & Jackson, 1979.

Conway, David. *Jewry in Music: Entry to the Profession from the Enlightenment to Richard Wagner*. Cambridge and London: Cambridge University Press, 2011.

Coquelin, Constant. *Un poète philosophe: Sully Prudhomme*. Paris: Paul Ollendorff, 1882.

Cornély, Jules. *Le Czar et le roi*. Paris: Clairon, 1884.

Corpechot, Lucien. *Souvenirs d'un journaliste*. Paris: Plon, 1936.

Costa de Beauregard, Charles-Albert, Marquis. *Un homme d'autrefois: souvenirs recueillis par son arrière petit-fils*. Paris: Plon, 1878.

Cotterel, François-Frédéric. *Tableau historique du procès des fabricateurs des faux-billets de la Banque de Vienne, et autres valeurs de la plupart des gouvernements d'Europe*. Strasbourg: F.-G. Levrault, 1807.

Cowles, Virginia. *The Rothschilds: A Family of Fortune*. New York: Alfred A. Knopf, 1973.

Crafty. *La Chasse à tir: Notes et croquis*. Paris: Plon, 1887.

Craveri, Benedetta. *The Age of Conversation*. Translated by Teresa Waugh. New York: New York Review Books, 2006.

Crawford, F. Marion. *Saracinesca*. New York: Macmillan, 1893.

Crémieux, Hector-Jonathan, and Étienne Tréfeu. *Geneviève de Brabant*. Libretto to the opera buffa by Jacques Offenbach. Paris: Michel Lévy Frères, 1868 [1859].

Crouthamel, James L. *Bennett's "New York Herald" and the Rise of the Popular Press*. Syracuse, NY: Syracuse University Press, 1989.

Curtiss, Mina. *Other People's Letters*. New York: Houghton Mifflin, 1978.

————. *Bizet and His World*. New York: Alfred A. Knopf, 1958.

Dahan, Philippe. *Guy de Maupassant et les femmes*. Paris: Bertout, 1996.

Daudet, Ernest. *Ferdinand Ier, tsar de Bulgarie*. Paris: Attinger Frères, 1917.

Daudet, Léon. *Au temps de Judas*. Paris: Nouvelle Librairie Nationale, 1920.

————. *Devant la douleur*. Paris: Nouvelle Librairie Nationale, 1915.

————. *Fantômes et vivants*. Paris: Nouvelle Librairie Nationale, 1914.

————. *La Melancholia*. Paris: Grasset, 1928.

————. *Souvenirs littéraires*. Paris: Grasset, 1968.

David-Weill, Cécile. *The Suitors*. Translated by Linda Coverdale. New York: Other Press, 2012.

Davies, Helen M. *Émile and Isaac Pereire: Bankers, Socialists, and Sephardic Jews in Nineteenth-Century France*. Oxford: Oxford University Press, 2016.

Davis, Mike. *Late Victorian Holocausts: El Niño Famines and the Making of the Third World*. New York: Verso, 2001.

Dean, Winton. *Georges Bizet: His Life and His Work*. London: J. M. Dent & Sons, 1965.

Delacour, Alfred, and Alfred Hennequin. *Le Phoque*. Paris: Allouard, 1878.

Delacroix, Eugène. *Journal*. Paris: Plon, 1932.

Demachy, Édouard. *Les Rothschild: Une famille de financiers juifs au XIXe siècle*. Paris: Chez l'auteur, 1896.

Dermenjian, Geneviève, Jacques Guilhaumou, and Martine Lapied, eds. *Femmes entre ombre et lumière: recherches sur la visibilité sociale, XVIe–XXe siècles*. Paris: Publisud, 2000.

Deschanel, Paul. *Figures de femmes*. Paris: Calmann-Lévy, 1889.

Desplaces, Ernest, and Louis Gabriel Michaud, eds. *Biographie universelle, ancienne et moderne*. Vol. 37. Paris: Chez Mme C. Desplaces, 1843.

Devey, Louisa. *Life of Rosina, Lady Lytton*. London: S. Sonnenschein, Lowrey, & Co., 1887.

Dickens, Charles. *A Tale of Two Cities*. London: James Nisbet & Co., 1902.

Diesbach, Ghislain de. *Secrets of the Gotha*. Translated by Margaret Crosland. New York: Meredith Press, 1968.

Doré, Gustave, and Pierre Dupont. *La Légende du Juif-Errant*. Paris: Garnier-Frères, 1859.

Douchin, Jacques-Louis. *Vie érotique de Guy de Maupassant*. Paris: Suger/Pauvert, 1986.

Doumic, René. *Écrivains d'aujourd'hui: Paul Bourget, Guy de Maupassant, Pierre Loti, Jules Lemaître*. 2nd ed. Paris: Perrin, 1895.

Drumont, Édouard. *La Dernière Bataille: nouvelle étude psychologique et sociale*. Paris: E. Dentu, 1890.

————. *La Fin d'un monde*. Paris: Savine, 1889.

————. *La France juive: Essai d'histoire contemporaine*. 2 vols. 43rd ed. Paris: C. Marpon & E. Flammarion, 1886.

———. *Le Testament d'un antisémite.* Paris: E. Dentu, 1891.

Du Camp, Maxime. *La Charité privée à Paris.* Paris: Hachette, 1892.

Dumas, Alexandre, *fils. La Dame aux camélias.* Paris: Librairie Théâtrale, 1853.

Dumas, Alexandre, *père. Quinze jours au Sinaï.* Paris: Charles Gosselin, 1841.

Dürhen, Dr. Emil (pseud. Iwan Bloch). *Der Marquis de Sade und seine Zeit.* Berlin: H. Barsdorf, 1901 (1899).

Eddie, William A. *Charles-Valentin Alkan: His Life and His Music.* London: Ashgate, 2007.

Elfenbein, Andrew. *Byron and the Victorians.* Cambridge and London: Cambridge University Press, 1995.

Elias, Norbert. *La Société de cour.* Translated by Pierre Kamnitzer. Paris: Calmann-Lévy, 1974.

Elliot, Frances. *Roman Gossip.* London: John Murray, 1894.

Enard, Mathias. *Boussole.* Paris: Actes Sud, 2015.

Étincelle (pseud. Vicomtese de Peyronny). *Carnet d'un mondain.* 2 vols. Paris: Rouveyre, 1881–1882.

Farmer, James Eugene. *Versailles and the Court Under Louis XIV.* Philadelphia: Century, 1905.

Fauré, Gabriel. *Correspondance.* Edited by Jean-Michel Nectoux. Paris: Fayard, 2015.

———. *A Life in Letters.* Translated and edited by J. Barrie Jones. London: B. T. Batsford, 1989.

Fauser, Annegret. *Musical Encounters at the 1889 World's Fair.* Boydell & Brewer: Suffolk, 2005.

Ferguson, Niall. *House of Rothschild.* Vol. 2: *The World's Banker (1849–1999).* New York: Penguin, 2000.

Ferval, Claude (pseud. Baronne Aimery-Harty de Pierrebourg). *Paul Hervieu: deux portraits hors texte.* Paris: Fayard, 1916.

Fiette, Suzanne. *La Noblesse française des Lumières à la Belle Époque.* Paris: Perrin, 2015.

Fischer, Henry, ed. *Secret Memoirs of the Court of Royal Saxony, 1891–1922: The Story of Louise, Crown Princess.* Bensonhurst, NY: Fischer's Foreign Letters, 1912.

Flament, Albert. *Le Bal du Pré-Catelan.* Paris: Arthème Fayard, 1946.

Flaubert, Gustave. *Dictionnaire des idées reçues, suivi des "Mémoires d'un fou."* Paris: Nouvel Office d'Édition, 1964.

de Flers, Hyacinthe de Paule de La Motte Ango, Marquis. *Le Comte de Paris.* Translated by Constance Majendie. London: Allen & Co., 1889.

Forberg, F. C. *Manuel d'érotologie classique.* Paris: Isidore Liseux, 1883.

Fouquier, Marcel. *Jours heureux d'autrefois: une société et son époque, 1885–1935.* Paris: Albin Michel, 1941.

Fouquières, André de. *Cinquante ans de panache.* Paris: Pierre Horay, 1951.

———. *Mon Paris et ses Parisiens.* 4 vols. Paris: Pierre Horay, 1953–1956.

Fournel, Victor. *Ce qu'on voit dans les rues de Paris.* Paris: E. Dentu, 1867.

Fournier, Alfred. *The Treatment and Prophylaxis of Syphilis.* Translated by C. M. Marshall, M.D. New York: Rebman, 1907.

Fumaroli, Marc, Gabriel de Broglie, and Jean-Pierre Chaline, eds. *Élites et sociabilité en France: actes du colloque de Paris, 23 janvier 2003.* Paris: Perrin, 2003.

Galateria, Daria. *L'Étiquette à la cour de Versailles.* Paris: Flammarion, 2017.

Garelick, Rhonda. *Rising Star: Dandyism, Gender, and Performance in the Fin de Siècle.* Princeton, NJ: Princeton University Press, 1999.

Genlis, Stéphanie-Félicité du Crest de Saint-Aubin, Comtesse de. *Pétrarque et Laure.* Paris: E. Ladvocat, 1819.

Germain, André. *La Bourgeoisie qui brûle: propos d'un témoin, 1890–1940.* Paris: Sun, 1951.

Gicquel, Alain-Claude. *Maupassant: tel un météore.* Paris: Castor Astral, 1993.

Giraud, Victor. *Un Grand Français: Albert de Mun.* Paris: Bloud & Gay, 1919.

Goncourt, Edmond de, and Jules de Goncourt. *Journal: Mémoires de la vie littéraires.* Edited by Robert Ricatte. 21 vols. Paris: Fasquelle & Flammarion, 1936–1956.

Gosse, Edmund. *Portraits and Sketches.* London: William Heinemann, 1913.

Gottlieb, Robert. *Sarah: The Life of Sarah Bernhardt.* New Haven and London: Yale University Press, 2010.

Gourmont, Remy de. *Épilogues: réflexions sur la vie 1895–1898.* Paris: Mercure de France, 1903.

———. *Promenades littéraires.* Vol. 4. Paris: Mercure de France, 1927.

Graham, Victor E., ed. *Rymes: Édition critique.* Geneva: Droz, 1968.

Gramont, Alfred, Comte de. *L'Ami du Prince: Journal inédit, 1892–1915.* Edited by Eric Mension-Rigau. Paris: Fayard, 2011.

Gramont, Élisabeth de (Duchesse de Clermont-Tonnerre). *Mémoires.* Vol. 1: *Au temps des équipages.* Paris: Grasset, 1928.

———. *Mémoires.* Vol. 2: *Les Marronniers en fleurs.* Paris: Grasset, 1929.

————. *Mémoires*. Vol. 4: *La Treizième Heure*. Paris: Grasset, 1935.

————. *Souvenirs du monde: 1890 à 1940*. Paris: Grasset, 1966.

Gray, Francine du Plessix. *At Home with the Marquis de Sade: A Life*. New York: Simon & Schuster, 1998.

Greffulhe, Élaine (later Duchesse de Guiche, then Gramont). *Le Livre d'ambre*. Paris, 1887–1889.

————. *Les Roses tristes*. Preface by Robert de Montesquiou. Paris: Presses de l'Imprimerie Nationale, 1923 [1906].

Grelière, Paul. *Les Talleyrand-Périgord dans l'histoire*. Paris: Éditions Clairvivre, 1962.

Grenaud, Pierre and Gatien Marcailhou. *Boni de Castellane et le Palais Rose*. Paris: Les Auteurs Associés, 1983.

Grubb, Alan. *The Politics of Pessimism: Albert de Broglie and Conservative Politics in the Early Third Republic*. Wilmington: University of Delaware Press, 1996.

Gueullette, Charles. *Les Cabinets d'amateurs à Paris, la collection du comte Henri de* [sic] *Greffulhe*. Paris: Detaille, 1887.

Guichard, Marie-Thérèse. *Les Égéries de la République*. Paris: Payot, 1991.

Guilleminault, Gilbert. *Prélude à la Belle Époque*. Paris: Denoël, 1957.

Guinon, Georges, ed. *Clinique des maladies du système nerveux: M. le Professeur Charcot, hospice de la Salpêtrière*. Vol. 2. Paris: Progrès Médical, 1893.

Gyp (pseud. Comtesse de Mirabeau-Martel). *La Joyeuse Enfance de la IIIe République*. Paris: Calmann-Lévy, 1931.

Halévy, Daniel. *My Friend Degas*. Translated by Mina Curtiss. Middletown, CT: Wesleyan University Press, 1964.

————. *Pays parisiens*. Paris: Grasset, 1932.

————. *La République des ducs*. Paris: Grasset, 1937.

Halévy, Léon. *Fromental Halévy, sa vie et ses œuvres*. Paris: Ménestrel, Heugel, 1863.

Halévy, Ludovic. *Carnets: 1878–1883*. Paris: Calmann-Lévy, 1935.

————. *Parisian Points of View*. Translated by Edith Matthews. New York: Harper, 1894.

————. *Princesse*. Paris: Calmann-Lévy, 1889.

Hallman, Diana R. *Opera, Liberalism, and Antisemitism in Nineteenth-Century France*. Cambridge and London: Cambridge University Press, 2007.

de Hamme, Liévan. *Guide-indicateur des sanctuaires et lieux historiques de la Terre Sainte*. Paris: Imprimerie des Pères Franciscains, 1897.

Hamon, Augustin, and Georges Bachot. *L'Agonie d'une société: histoire d'aujourd'hui*. Paris: Albert Savine, 1889.

Hanoteau, Guillaume. *Paris: Anecdotes et portraits*. Paris: Fayard, 1974.

Haraucourt, Edmond. *Shylock ou le marchand de Venise*. Paris, 1889.

Hare, Augustus. *Story of My Life*. 2 vols. Virginia: Library of Alexandria, n.d.

————. *The Story of Two Noble Lives: Memoirs of Louisa, Marchioness of Waterford*. London: George Allen, 1893.

Harlan, Aurelia Brooks. *Owen Meredith: A Critical Biography of Robert, First Earl of Lytton*. New York: Columbia University Press, 1946.

Harris, John. *Moving Rooms: The Trade in Architectural Salvage*. New Haven and London: Yale University Press, 2007.

Harris, Ruth. *Dreyfus: Politics, Emotion, and the Scandal of the Century*. New York: Metropolitan, 2010.

Harris, Trevor A. *Maupassant et "Fort comme la mort."* Paris: Nizet, 1991.

Harskamp, Jacob T. *The Anatomy of Despondency*. Leiden: Brill, 2011.

d'Haussonville, Paul-Gabriel Othenin Cléron, Comte (initially Vicomte). *Le Comte de Paris: souvenirs personnels*. Paris: Calmann-Lévy, 1895.

————. *Femmes d'autrefois, hommes d'aujourd'hui*. Paris: Perrin, 1912.

————. *Le Salon de Mme Necker, d'après des documents tirés des archives de Coppet*. Paris: Calmann-Lévy, 1882.

————. *Socialisme et charité*. Paris: Calmann-Lévy, 1895.

Heine, Heinrich. *Neue Gedichte*. Hamburg: Hoffmann & Campe, 1852.

Hemmings, F. W. F. *Culture and Society in France, 1848–1898: Dissidents and Philistines*. London: Batsford, 1971.

Henderson, William James. *Richard Wagner: His Life and His Dramas*. New York: G. P. Putnam & Sons, 1910.

Heredia, José-Maria de. *Les Trophées*. Paris: Alphonse Lemerre, 1893.

Hermant, Abel. *Le Faubourg: comédie en quatre actes*. 4th ed. Paris: Paul Ollendorff, 1900.

————. *Vie littéraire*. Paris: Flammarion, 1923.

Herrick, Agnes, and George Herrick. *Paris Embassy Diary.* Lanham, MD: University Press of America, 2007.

Hertslet, Sir Edward, and Edward Cecil Hertslet, eds. *British and Foreign State Papers: 1886–1887.* Vol. 78. London: William Ridgway, 1894.

Hervieu, Paul. *L'Armature.* Paris: Alphonse Lemerre, 1895.

———. *La Chasse au réel.* Introduction by Henri Malherbe. Paris: E. Sansot, 1913.

———. *Flirt.* Paris: Alphonse Lemerre, 1890.

———. *Œuvres choisies: romans, nouvelles, théâtre.* Edited by Henri Guyot. Paris: Delagrave, 1919.

———. *Peints par eux-mêmes.* Paris: Fayard, 1907 [1893].

Hesse, Jean-Pascal. *Donatien Alphonse François de Sade.* Paris: Assouline, 2014.

Higgs, David. *Nobles in Nineteenth-Century France: The Practice of Inegalitarianism.* Baltimore and London: The John Hopkins University Press, 1987.

Holmes, Diana, and Carrie Tarr, eds. *A Belle Époque? Women in French Society and Culture, 1890–1914.* New York and Oxford: Berghahn, 2007.

Un Homme d'état (pseud.) *Histoire du Comte de Chambord.* Paris: Bray & Retaux, 1880.

Horne, Alistair. *The Fall of Paris: The Siege and the Commune 1870–1871.* London: Reprint Society, 1965.

Houbre, Gabrielle, ed. *Le Livre des courtisanes: Archives secrètes de la police des mœurs 1861–1876.* Paris: Tallandier, 2006.

Houssaye, Arsène. *Les Mille et une Nuits parisiennes.* Vol. 4. Paris: E. Dentu, 1878.

Houtin, Albert. *The Life of a Priest: My Own Experience.* London: Watts & Co., 1927.

Hower, Edward. *Shadows and Elephants.* Wellfleet: Leapfrog Press, 2002.

Huddleston, Sisley. *Paris Salons, Cafés, Studios.* New York: Blue Ribbon, 1928.

Huret, Jules. *En Amérique de New York à La Nouvelle-Orléans.* Paris: Fasquelle, 1904.

———. *Tout yeux, tout oreilles.* Preface by Octave Mirbeau. Paris: Eugène Fasquelle, 1901.

Huysmans, Joris-Karl. *A Rebours.* Preface by Marc Fumaroli. Paris: Gallimard/Folio, 1977.

Iacometti, Francesco. *Marco Antonio Borghese.* Rome: Tipografia A. Befani, 1886.

Imber, Hugues. *Georges Bizet.* Paris: Paul Ollendorff, 1899.

———. *Médaillons contemporains.* Paris: Fischbacher, 1902.

———. *Portraits et études—Georges Bizet: lettres inédites.* Paris: Paul Ollendorff, 1894.

Iswolsky, Helene. *No Time to Grieve: An Autobiographical Journey.* Philadelphia: Winchell, 1985.

Janin, Jules. *Le Marquis de Sade.* Paris: Chez les marchands de nouveautés, 1834.

Johnston, Sir Harry Hamilton. *A History of the Colonization of Africa by Alien Races.* Cambridge and London: Cambridge University Press, 1899.

Joliet, Charles. *Les Pseudonymes du jour.* Paris: E. Dentu, 1884.

Jollivet, Gaston. *L'Art de vivre.* Paris: Maison Quantin, 1887.

———. *Souvenirs de la vie de plaisir sous le Second Empire.* Preface by Paul Bourget. Paris: Tallandier, 1927.

Jonnes, Jill. *Eiffel's Tower: The Thrilling Story Behind Paris's Beloved Monument and the Extraordinary World's Fair That Introduced It to the World.* New York: Penguin, 2009.

Jordan, David. *Transforming Paris: The Life and Labors of the Baron Haussmann.* New York: Simon & Schuster, 1995.

Jordan, Ruth. *Fromental Halévy: His Life & Music, 1799–1862.* New York: Limelight, 1996.

Julia, Isabelle, ed. *Jules-Élie Delaunay, 1828–1891.* Nantes: Musée Hébert, 1988.

Jullian, Philippe. *Robert de Montesquiou, prince de 1900.* Paris: Perrin, 1965.

Jullian, Philippe, ed. *Dictionnaire du snobisme.* Paris: Plon, 1958.

Jungle, Ernest. *Profils parisiens.* Paris: A. Melet, 1898.

Kahan, Sylvia. *In Search of New Scales: Prince Edmond de Polignac, Octatonic Explorer.* Rochester, NY: University of Rochester Press, 2009.

Kellner, Sven. *Maupassant, un météore dans le ciel littéraire de l'époque.* Saint-Denis: Éditions Publibook, 2012.

Kleinmichel, Marie von Keller, Countess von. *Memories of a Shipwrecked World.* New York: Brentano's, 1923.

Königslöw, J. *Ferdinand von Bulgarien.* Munich: n.p., 1970.

Korneva, Galina, and Tatiana Cheboksarova. *Grand Duchess Maria Pavlovna.* East Richmond Heights, CA: Eurohistory, 2015.

Kuhn, William. *The Politics of Pleasure: A Portrait of Benjamin Disraeli.* London: Free Press, 2006.

La Douasnerie, Dominique Lambert de, ed. *Autour du congrès légitimiste d'Angers du 7 août 1887.* Angers: Congrès légitimiste, 1888.

La Ferronays, Guillemine Lucie Marie de. *Mémoires de Mme de La Ferronays.* Paris: Paul Ollendorff, 1900.

La Force, Auguste de Caumont, duc de. *La Fin de la douceur de vivre: souvenirs, 1878–1914.* Paris: Plon, 1961.

Lacassagne, Dr. Zacharie. *La Folie de Maupassant.* Toulouse: Gimet-Pisseau, 1907.

———. *Vacher l'éventreur et les crimes sadiques.* Paris: Masson & Stock, 1899.

Lacombe, Hervé. *Georges Bizet: Naissance d'une identité créatrice.* Paris: Fayard, 2000.

Laforge, Valérie. *Talons et tentations.* Quebec: Fides, 2001.

Lanoux, Armand. *Maupassant le Bel-Ami.* Paris: Grasset, 1995.

Larmandie, Comte Léonce de. *Le Faubourg Saint-Germain en l'an de grâce 1889.* Paris: E. Dentu, 1889.

Laurent, Sébastien. *Daniel Halévy: du libéralisme au traditionalisme.* Paris: Grasset, 2001.

Lauris, Georges, Marquis de. *Souvenirs d'une belle époque.* Paris: Amiot Dumont, 1948.

Lefeuve, Charles. *Les Anciennes Maisons de Paris sous Napoléon III.* 3 vols. Paris: Achille Faure, 1863–1865.

———. *Histoire du Lycée Bonaparte (Collège Bourbon).* Paris: Bureau des Anciennes Maisons de Paris sous Napoléon III, 1862.

Legay, Éric. *Le Comte Henry Greffulhe: Un grand notable en Seine-et-Marne.* Unpublished master's thesis. Université de Paris X Nanterre, 1986–1987.

Lemaître, Jules. *Les Contemporains: Guy de Maupassant, Stéphane Mallarmé, Général Boulanger, Guillaume II.* Paris: Société Française d'Imprimerie, 1898.

———. *Impressions de théâtre.* Paris: Lecène, Oudin, 1888–1892.

Leprieur, Paul. *Gustave Moreau et son œuvre.* Paris: Bureaux de l'Artiste, 1889.

Lerner, Michel. *Maupassant.* New York: Braziller, 1975.

Leroy, Géraldi, and Julie Sabiani. *La Vie littéraire à la Belle Époque.* Paris: PUF, 1998.

Lever, Maurice. *Sade: A Biography.* Translated by Arthur Goldhammer. New York: Farrar, Straus & Giroux, 1993.

Liégeard, Stéphen. *La Côte d'Azur.* Paris: Libraires-Imprimeries Réunies, 1891.

Lilti, Antoine. *Le Monde des salons. Sociabilité et mondanité à Paris au XVIIIᵉ siècle.* Paris: Fayard, 2005.

Locke, Robert. *French Legitimists and the Politics of Moral Order in the Early Third Republic.* Princeton, NJ: Princeton University Press, 2015.

Loliée, Frédéric. *Women of the Second Empire: Chronicles of the Court of Napoleon III.* Translated by Alice Ivimy. London and New York: John Lane, 1907.

Lonergan, Walter F. *Forty Years of Paris.* London: T. Fisher Unwin, 1907.

Lorrain, Jean (pseud. Paul Duval). *Lettres à Marcel Schwob.* Edited by Eric Walbecq. Tusson: Lérot, 2006.

———. *Monsieur de Phocas: Astarté.* Paris: Paul Ollendorff, 1901.

———. *Le Vice errant.* Paris: Paul Ollendorff, 1902.

———. *La Ville empoisonnée: Pall-Mall Paris.* Preface by Georges Normandy. Paris: Jean Crès, 1936.

Lottman, Herbert. *The Return of the Rothschilds: The Great Banking Dynasty Through Two Turbulent Centuries.* London: I. B. Tauris, 1995.

Lumbroso, Albert. *Souvenirs sur Maupassant: sa maladie, sa mort.* Rome: Bocca Frères, 1905.

Lutyens, Mary. *The Lyttons in India: An Account of Lord Lytton's Viceroyalty, 1876–1880.* London: John Murray, 1979.

de Luz, Pierre (pseud. Pierre Henry de La Blanchetai). *Les Amis du Comte de Chambord.* Vol. 58: *Henri V.* Paris: Plon, 2007 [1913].

Lynch, Lawrence W. *The Marquis de Sade.* Boston: Twayne, 1984.

MacDonald, Hugh. *Bizet.* Oxford: Oxford University Press, 2014.

MacDonald, John. *Czar Ferdinand and His People.* New York: F. A. Stokes, 1945.

Mackin, Sally Britton Spottiswood. *A Society Woman on Two Continents.* New York and London: Transatlantic, 1896.

Magué, André. *La France bourgeoise actuelle.* Paris: Février, 1891.

Malato, Charles. *De la Commune à l'anarchie.* 3rd ed. Paris: Tresse & Stock, 1894.

Maral, Alexandre. *La Chapelle royale de Versailles sous Louis XIV.* Wavre, Belgium: Mardaga, 2010.

Marancour, L. Massenet de. *Les Échos du Vatican.* Paris: Hachette, 1864.

Marie-Laure (pseud. Vicomtesse de Noailles). *La Chambre des écureuils.* Paris: Plon, 1955.

Marly, Diana de. *Worth: Father of Haute Couture.* London: Elm Tree Books, 1980.

Martin-Fugier, Anne. *Les Salons de la IIIᵉ République.* Paris: Perrin, 1993.

———. *La Vie élégante, ou la formation de Tout-Paris.* Paris: Fayard, 1993.

Massa, Philippe, Marquis de. *Au mont Ida: comédie en un acte.* Paris: Paul Ollendorff, 1887.

Massari, Commandante Alfonso M. *Don Giovanni Borghese: cenni necrologici.* Rome: Presse della Reale Società Geografica Italiana, 1918.

Maugny, Comte de. *Cinquante ans de souvenirs, 1859–1909.* Edited by René Doumic. Paris: Plon, 1914.

Maupassant, Guy de. *Bel-Ami*. Paris: L. Conard, 1910 [1885].

——. *Correspondance*. Edited by Jacques Suffel. Évreux: Cercle du Bibliophile, 1973.

——. *Romans*. Edited by Louis Forestier. Paris: Gallimard/Pléïade, 1987.

Mauriac, Claude. *Hommes et idées d'aujourd'hui*. Paris: Albin Michel, 1953.

Maussion, Baronne de, née Thellusson. *Contes aux enfants du château de Vaux*. Paris: Aymot, 1846.

Mayeur, Jean-Marie, and Madeleine Rebérioux. *The Third Republic from Its Origins to the Great War, 1871–1914*. Translated by J. R. Foster. Cambridge and London: Cambridge University Press, 1984.

Maynial, Édouard. *Guy de Maupassant: la vie et l'œuvre*. Paris: Mercure de France, 1906.

McClary, Susan. *Georges Bizet: Carmen*. Cambridge and London: Cambridge University Press, 1992.

McGuinness, Patrick. *Poetry and Radical Politics in Fin-de-Siècle France: Anarchism to Action Française*. Oxford: Oxford University Press, 2015.

Meilhac, Henri, and Ludovic Halévy. *Carmen: An Opera in Four Acts*. Libretto to the opera by Georges Bizet, adapted from the novella by Prosper Mérimée. Introduction by Philip Hale. Boston: Oliver Ditson, 1914.

——. *Théâtre*. 8 vols. Paris: Calmann-Lévy, 1899–1902.

Mejan, Maurice. *Recueil des causes célèbres et des arrêts qui les ont décidés*. Vol. 1. Paris: Plisson, 1807.

Melba, Nellie (pseud. Helen Porter Mitchell). *Melodies and Memories*. Cambridge and London: Cambridge University Press, 2011.

Mercier, Louis-Sébastien. *Tableau de Paris*. Vol. 1. Paris: Virchaux, 1781.

Meredith, Owen (pseud. Edward Robert Bulwer-Lytton, Lord Lytton). *Glenaveril, or The Metamorphoses*. 2 vols. London: Longmans, Green, 1885.

——. *King Poppy: A Fantasia*. London: Longmans, Green, 1892.

——. *Marah*. London: Longmans, Green, 1892.

——. *Poetical Works*. New York: New York Publishing Company, 1895.

——. *Selected Poems*. London: Longmans, Green, 1894.

Mergier-Bourdeix, ed. *Jules Janin: 735 lettres à sa femme*. Paris: Klincksieck, 1976.

Merriman, John. *The Dynamite Club: How a Bombing in Fin-de-Siècle Paris Ignited the Age of Modern Terror*. Boston and New York: Houghton Mifflin Harcourt, 2009.

——. *Massacre: The Life and Death of the Paris Commune*. New York: Basic Books, 2014.

Meyer, Arthur. *Ce que je peux dire*. Paris: Plon, 1912.

——. *Ce que mes yeux ont vu*. 50th ed. Preface by Émile Faguet. Paris: Nourrit-Plon, 1912.

Mitchell, Leslie George. *Bulwer-Lytton: The Rise and Fall of a Victorian Man of Letters*. London: Bloomsbury, 2003.

Montefiore, Simon Sebag. *The Romanovs 1613–1918*. New York: Alfred A. Knopf, 2016.

Montesquiou-Fezensac, Comte Robert de. *Autels privilégiés*. Paris: Bibliothèque Charpentier, 1898.

——. *Brelan de Dames*. Paris: Fontemoigne, 1912.

——. *Les Chauves-souris, clairs-obscurs*. Paris: Georges Richard, 1892.

——. *Le Chef des odeurs suaves*. Paris: Georges Richard, 1893.

——. *La Divine Comtesse*. Paris: Manzi, Joyant, 1913.

——. *Les Paons*. Paris: Georges Richard, 1908 [1901].

——. *Les Pas effacés*. 3 vols. Paris: Émile-Paul, 1923.

——. *Paul Helleu: Peintre et graveur*. Paris: Sansot, 1913.

——. *Les Perles rouges; Les Paroles diaprées*. Paris: G. Richard, 1910.

——. *Les Quarante Bergères: portraits satiriques en vers inédits*. Paris: Librairie de France, 1925.

——. *Les Roseaux pensants*. Paris: Fasquelle, 1897.

——. *Les Têtes couronnées*. Paris: Sansot, 1916.

Monti de Rezé, Comte René de. *Souvenirs sur le Comte de Chambord*. Paris: Émile-Paul, 1930.

Montréal, Fernand de. *Les dernières heures d'une monarchie*. Paris: Victorion, 1893.

Moonen, Antonius. *Petit Bréviaire du snobisme*. Paris: L'Inventaire, 2000.

Morand, Paul. *L'Allure de Chanel*. Paris: Hermann, 1996.

——. *Fin de siècle*. Paris: Stock, 1957.

——. *Journal d'un attaché d'ambassade*. Paris: Gallimard/NRF, 1963.

——. *1900*. Paris: Marianne, 1931.

——. *Vie de Guy de Maupassant*. Paris: Pygmalion/Gérard Watelet, 1998.

Moreau, Gustave. *L'Assembleur de rêves: écrits complets*. Edited by Pierre-Louis Matthieu. Paris: Fata Morgana, 1984.

Mugnier, Abbé. *Journal, 1879–1939*. Edited by Marcel Billot. Paris: Mercure de France, 1985.

Muhlfeld, Lucien. *Le Monde où l'on imprime*. Paris: Perrin, 1897.

Muhlstein, Anka. *Baron James: The Rise of the French Rothschilds*. New York and Paris: The Vendome Press, 1983.

————. *The Pen and the Brush: How Passion for Art Shaped Nineteenth-Century French Novels.* Translated by Adriana Hunter. New York: Other Press, 2017.

Müller, Walter. *Georges de Porto-Riche, 1849–1930: l'homme, le poète, le dramaturge.* Paris: J. Vrin, 1934.

de Mun, Comte Albert. *Dieu et le roi.* Paris: Librairie de la Société Bibliographique, 1881.

————. *Pour la Patrie.* Paris: Émile-Paul, 1912.

Murat, Laure. *La Maison du docteur Blanche.* Paris: Hachette/Lattès, 2001.

Musset, Alfred de. *Poésies complètes.* Paris: Charpentier, 1840.

Nectoux, Jean-Michel. *Gabriel Fauré: A Musical Life.* Translated by Roger Nichols. Cambridge and London: Cambridge University Press, 2004.

Nevill, Lady Dorothy. *Reminiscences.* Edited by Ralph Nevill. London: Edward Arnold, 1907.

————. *Under Five Reigns.* Edited by Ralph Nevill. New York: John Lane, 1910.

Nisbet, John Ferguson. *The Insanity of Genius.* New York: Scribner's, 1912.

Nordau, Max. *Degeneration.* London: D. Appleton & Co., 1895 [1892].

Nouvion, Georges de, and Émile Landrodie. *Le Comte de Chambord: 1820–1883.* Paris: Jouvet, 1884.

O'Connor, Garry. *The Pursuit of Perfection.* Philadelphia: Atheneum, 1979.

O'Monroy, Richard. *La Soirée parisienne.* Paris: Arnould, 1891.

O'Squarr, Flor (pseud. Charles Flor). *Les Coulisses de l'anarchie.* Paris: Albert Savine, 1892.

de Pange, Pauline de Broglie, Comtesse. *Comment j'ai vu 1900.* Paris: Grasset, 2013.

Paris, Gaston. *Le Juif-Errant.* Paris: Sandoz & Fischacher, 1880.

Parisis (pseud. Émile Blavet). *La Vie parisienne: la ville et le théâtre.* Preface by Aurélien Scholl. Paris: Paul Ollendorff, 1886.

Pasler, Jann. *Writing Through Music: Essays on Music, Culture, and Politics.* Oxford: Oxford University Press, 2007.

Pearl, Cora (pseud. Emma Crouch). *Mémoires de Cora Pearl.* Paris: J. Lévy, 1886.

Pease, Jane Hanna. *Romance Novels, Romantic Novelist: Francis Marion Crawford.* Bloomington, IN: AuthorHouse, 2011.

Pellapra, Émilie de (Comtesse de Brigode, Princesse de Chimay). *Mémoires publiées.* Paris: La Sirène, 1921.

Perez, Stanis. *La Santé de Louis XIV.* Paris: Perrin, 2010.

Perry, Duncan M. *Stefan Stambolov and the Emergence of Modern Bulgaria.* Durham, NC: Duke University Press, 1993.

Pesquidoux, Dubosc de. *Le Comte de Chambord d'après lui-même.* Paris: Victor Palmé, 1887.

Petrarcah, Francesco. *Il Canzoniere.* Edited by Lorenzo Mascetta. Lanciano: Rocco Carabba, 1895.

————. *Épîtres, églogues, triomphes.* Translated by Comte Anatole de Montesquiou-Fezensac. Paris: Aymot, 1843.

————. *Petrarch's Lyric Poems.* Translated and edited by Robert M. During. Cambridge: Harvard University Press, 1979.

Pierrefeu, Jean de. "Société d'écrivains?" *Les Nouvelles littéraires* (July 14, 1928): 1.

Pimodan, Comte de. *Simples souvenirs, 1859–1907.* Paris: Plon, 1908.

Pinson, Guillaume. *Fiction du monde: analyse littéraire et médiatique de la mondanité, 1885–1914.* Ph.D. dissertation. Montreal: McGill University, 2005.

Piou, Jacques. *Le Comte Albert de Mun: sa vie publique.* Paris: Spes, 1925.

Plessis, Alain. *Régents et gouverneurs de la Banque de France sous le Second Empire.* Geneva: Droz, 1985.

Poiret, Paul. *Vestendo la Belle Époque.* Translated by Simona Broglie. Milan: Excelsior, 2009.

Porto-Riche, Georges de. "Bonheur manqué: Carnet d'un amoureux." *La Revue illustrée* 81 (May 15, 1889): 313–23.

————. *Bonheur manqué: Carnet d'un amoureux.* Paris: Paul Ollendorff, 1905.

————. *Sous mes yeux.* Paris: F. Payart, 1927.

————. *Théâtre d'amour.* Paris: Paul Ollendorff, 1921.

————. *Tout n'est pas rose.* Paris: Calmann-Lévy, 1877.

Pottier, André. *Histoire de la faïence de Rouen.* Rouen: Le Brument, 1870.

Pougy, Liane de (Princesse Ghika). *Mes cahiers bleus.* Paris: Plon, 1977.

Pouquet, Jeanne Maurice. *The Last Salon: Anatole France and His Muse.* Translated by Lewis Galantière. New York: Harcourt, Brace, 1927.

Pringué, Gabriel-Louis. *Trente ans de dîners en ville.* Paris: Revue Adam, 1948.

Prochasson, Christophe. *Paris 1900: essai d'histoire culturelle.* Paris: Calmann-Lévy, 1999.

Prod'homme, Jacques-Gabriel, and Arthur Dandelot. *Gounod: sa vie et ses œuvres, d'après des documents inédits.* Paris: Charles Delagrave, 1919.

Proust, Dr. Adrien. *Traité d'hygiène publique et privée.* Paris: Masson, 1877.

Proust, Dr. Adrien, and Dr. Gilbert Ballet. *Hygiène de neurasthénie.* Paris: Masson, 1897.

Racine, Jean. *Œuvres complètes: théâtre, poésie.* Edited by Georges Forestier. Paris: Gallimard/Pléiade, 1999.

Raymond, E. Neill. *Victorian Viceroy: The Life of Robert, the First Earl of Lytton.* London and New York: Regency, 1980.

Régnier, Henri de. *Les Cahiers inédits: 1887–1936.* Edited by David J. Niederauer and François Broche. Paris: Pygmalion/Gérard Watelet, 2002.

————. *Nos rencontres.* Paris: Mercure de France, 1931.

Reinach, Joseph. *Les Petites Catilinaires: Bruno-le-fileur.* Paris: Victor-Havard, 1889.

Renard, Georges François. *Les Princes de la jeune critique.* Paris: La Nouvelle Revue, 1890.

Renard, Jules. *Critique de combat.* Paris: E. Dentu, 1894.

————. *Journal inédit.* Paris: Bernouard, 1927.

Retté, Adolphe. *Au pays des lys noirs: souvenirs de jeunesse et d'âge mûr.* Paris: P. Téqui, 1913.

Richardson, Joanna. *Portrait of a Bonaparte: The Life and Times of Joseph-Napoleon Primoli, 1851–1927.* London and New York: Quartet, 1984.

Ridley, Jane. *Bertie: A Life of Edward VII.* London: Vintage, 2003.

Robert, Frédéric. *Bizet: l'homme et son œuvre.* Geneva: Slatkine, 1980.

Rochas d'Aiglun, Albert de. *L'Envoûtement.* Paris: Librairie Générale des Sciences Occultes, 1895.

Röhl, John, and Nicolaus Sombart. *Kaiser Wilhelm II: New Interpretations.* Cambridge and London: Cambridge University Press, 1982.

Ronfort, Jean-Dominique, and Jean-Mérée Ronfort. *A l'ombre de Pauline: la residence de l'ambassadeur de Grande-Bretagne à Paris.* Paris: Éditions du Centre de Recherches Historiques, 2001.

Rothschild, Baron Guy de. *Contre bonne fortune . . .* Paris: Pierre Belfond, 1983.

Rougerie, Jacques. *Paris libre: 1871.* Paris: Seuil, 2004.

Rounding, Virginia. *Grandes Horizontales: The Lives and Legends of Four Nineteenth-Century Courtesans.* New York: Bloomsbury USA, 2003.

Rousset-Charny, Gérard. *Les Palais parisiens de la Belle Époque.* Paris: Action Artistique de la Ville de Paris, 1992.

Rouvillois, Frédéric. *Histoire du snobisme.* Paris: Flammarion, 2008.

Sachs, Maurice. *Au temps du Boeuf sur le toit.* Paris: La Nouvelle Revue Critique, 1948.

————. *Le Sabbat: souvenirs d'une enfance orageuse.* Paris: Gallimard, 1960.

————. *Tableau des mœurs de ce temps.* Paris: Gallimard, 1954.

de Sade, Chevalier Louis. *Extraits du "Lexicon politique."* Paris: A. Barbier, 1831.

————. *Préceptes à l'usage d'une monarchie.* Paris, 1822.

de Sade, Donatien-Alphonse-François, Marquis. *Idée sur les romans.* Preface by Octave Uzanne. Paris: Rouveyre, 1878.

————. *Œuvres choisies.* Edited by Guillaume Apollinaire. Paris: Bibliothèque des Curieux, 1909.

————. *La Philosophie dans le boudoir, ou les instituteurs immoraux.* Québec: Bibliothèque Électronique de Québec, n.d. [1795].

de Sade, Jacques-François-Paul, Abbé. *Mémoires pour la vie de François Pétrarque.* Amsterdam: Arskée & Mercus, 1764.

de Sade, Louis-Marie, Comte. *Histoire de la nation française, première race.* Paris: Delaunay, 1805.

Saint-Simon, Louis de Rouvroy, Duc de. *Mémoires.* 21 vols. Edited by M. Chéruel. Preface by Charles-Augustin Sainte-Beuve. Paris: Hachette, 1858.

Samuels, Maurice. *Inventing the Israelite: Jewish Fiction in Nineteenth-Century France.* Palo Alto, CA: Stanford University Press, 2008.

————. *The Right to Difference: French Universalism and the Jews.* Chicago and London: University of Chicago Press, 2016.

Sanborn, Alvan Francis. *Paris and the Social Revolution.* Boston: Small, Maynard & Co., 1905.

San Filippo, Pietro Amat di. *Gli illustri viaggiatori italiani con una antologia dei loro scritti.* Rome: Stabilimento Tipografico dell'Opinione, 1885.

Sante, Luc. *The Other Paris.* New York: Farrar, Straus & Giroux, 2015.

Sapin, Philippe. *Les Juifs dans toute la presse française, l'armée et la finance.* Lyon: n.p., 1898.

Sartoris, Adelaide. *A Week in a French Country House.* London: Smith, Elder & Company, 1867.

Schlumberger, Gustave. *Mes souvenirs: 1844–1928.* 2 vols. Paris: Plon, 1934.

Schneider, Marcel. *L'Éternité fragile.* Vol. 2: *Innocence et vérité.* Paris: Grasset, 1991.

————. *Moi qui suis né trop tard.* Paris: Grasset & Fasquelle, 2006.

Scholl, Aurélien. *Le Fruit défendu.* Paris: Librairie Universelle, 1888.

Scribe, Eugène. *La Juive (The Jewess): Opera in Five Acts.* Libretto to the opera by Fromental Halévy. New York: Fred Rullman, 1919.

Scribe, Eugène, and Henri de Saint-Georges. *Le Juif-Errant: opéra en cinq actes, musique de Fromental Halévy.* Paris: Brandus, 1852.

Segal, Harold B. *Turn-of-the-Century Cabaret: Paris, Barcelona, Berlin, Munich, Vienna.* New York: Columbia University Press, 1987.

Seigel, Jerrold. *Bohemian Paris: Culture, Politics, and the Boundaries of Bourgeois Life, 1830–1930.* Baltimore and London: The Johns Hopkins University Press, 1986.

Senevas, Bruno-Marie Terrasson, Baron de. *Une famille française du XIVᵉ au XIXᵉ siècles. Étude sur les conditions sociales, la vie et les alliances des Terrasson de Senevas.* 4 vols. Paris: J. Moulin, 1939.

Sert, Misia. *Misia and the Muses: The Memoirs of Misia Sert.* New York: The John Day Company, 1953.

Shapcott, Thomas. *The White Stag of Exile.* Brisbane: A. Lane, 1984.

Sherard, Robert Harborough. *Twenty Years in Paris, Being Some Recollections of a Literary Life.* London: Hutchinson, 1905.

Sheridan, Alan. *Time and Place.* London: Scribner, 2003.

Sillery, J. *Monographie de l'hôtel de Sagan.* Paris: Frazier, 1909.

Skinner, Cornelia Otis. *Elegant Wits and Grand Horizontals: Paris—La Belle Époque.* New York: Houghton Mifflin, 1962.

———. *Madame Sarah.* Boston: Houghton Mifflin, 1967.

———. *Robert de Montesquiou: The Magnificent Dandy.* London: Michael Josephs, 1962.

Smith, Richard Langham, and Caroline Potter. *French Music Since Berlioz.* Aldershot, UK: Ashgate, 2006.

Soderini, Conte Edoardo. *Il Principe Don Marco Antonio Borghese.* Rome: Bafani, 1886.

Somerville, Frankfort. *The Spirit of Paris.* London: Black, 1913.

Sowerwine, Charles. *France Since 1870: Culture, Society, and the Making of the Republic.* New York: Palgrave Macmillan, 2009.

Steele, Valerie. *Paris Fashion: A Cultural History.* New York: Berg, 2001.

Stewart, C. Nelson. *Bulwer-Lytton as Occultist.* New York: Kessinger, 2010.

Straus, Émile. *La Distinction des biens.* Paris: Jouaust, 1867.

Stricker, Rémy. *Georges Bizet.* Paris: Gallimard, 1999.

Syme, Alison. *A Touch of Blossom: John Singer Sargent and the Queer Flora of Fin-de-Siècle Art.* University Park: Penn State University Press, 2010.

Tarnowska, Countess Maria. *The Future Will Tell: A Memoir.* Victoria, BC: Friesen, 2014.

Tassart, François. *Souvenirs sur Guy de Maupassant par François, son valet de chambre, 1883–1893.* Paris: Plon, 1911.

Techener, Léon. *Bulletin du bibliophile et du bibliothécaire.* Paris: L. Techener, 1873.

Tenroc, Charles (pseud. Charles Cornet). *Féminités.* Paris: Imprimeries Techniques, 1902.

Thomas, Louis. *La Maladie et la Mort de Maupassant.* Bruges: Arthur Herbert, 1906.

Ticknor, George. *Life, Letters, and Journals.* Vol. 2. New York: Houghton Mifflin, 1879.

Tiersten, Lisa. *Marianne in the Market: Envisioning Consumer Society in Fin-de-Siècle France.* Berkeley: University of California Press, 2001.

d'Uzès, Anne de Rochechouart de Mortemart, Duchesse. *Souvenirs 1847–1933.* Paris: Lacurne, 2011.

Vasili, Comte Paul (pseud. Juliette Adam). *France from Behind the Veil.* London: Fassell, 1915.

———. *Le Grand Monde.* Paris: La Nouvelle Revue, 1887.

———. *Society in Paris: Letters to a Young French Diplomat.* Translated by Raphael Ledos de Beaufort. London: Chatto & Windus, 1890.

———. *Les Soirées de Paris.* Paris: La Nouvelle Revue, 1887.

Vatout, Jean. *Le Château d'Eu: notices historiques.* 6 vols. Paris: Félix Malteste, 1836.

de Vaux, Baron. *Le Sport en France et à l'étranger.* Paris: J. Rothschild, 1899.

Verne, Suzanne. *Guermantes de Louis XIII à nos jours.* Paris: Ferenczi, 1961.

Viel-Castel, Comte Horace de. *Le Faubourg Saint-Germain.* 6 vols. Paris: L'Advocat, 1837–1838.

———. *Mémoires sur le règne de Napoléon III.* Vol. 3. Paris: Guy Le Part, 1979.

Vigny, Alfred de. *Œuvres complètes.* Vol. 1. Paris: A. Lemerre, 1883.

Villoteau, Pierre. *La Vie parisienne à la Belle Époque.* Paris: Levallois-Perret, 1968.

Vitali, Lamberto. *Un fotografo fin de siècle: il conte Primoli.* Turin: Einaudi, 1968.

Vizetelly, Ernest. *The Court of the Tuileries, 1852–1870.* London: Chatto & Windus, 1907.

———. *Republican France, 1870–1912: Her Presidents, Statesmen, Policy, Vicissitudes, and Social Life.* London: Holden & Hardingham, 1912.

Vogüé, Vicomte Eugène-Melchior de. *Pages choisies.* Preface by Paul Bourget. Paris: Plon-Nourrit, 1912.

———. *Le Roman russe.* 5th ed. Paris: Plon-Nourrit, 1904 [1886].

Vuiller, Gaston. *A History of Dancing.* Translated by Joseph Grego. New York: D. Appleton, 1898.

de Waal, Edmund. *The Hare with Amber Eyes: A Hidden Inheritance.* New York: Picador, 2010.

Waddington, Mary Alsop King. *Letters of a Diplomat's Wife: 1883–1900.* London: Smith, Elder, & Co., 1903.

Wagner, Richard. *Actors and Singers.* Translated by William Ashton Ellis. London: Kegen Paul, Trench, Trübner, & Co., 1896.

Wawra de Fernsee, Heinrich. *Les Broméliacées découvertes pendant les voyages des princes Auguste et Ferdinand de Saxe-Cobourg.* Liège: C. Anoot-Braeckman, 1880.

Weber, Eugen. *France, Fin de Siècle.* Cambridge and London: Harvard University Press/Belknap, 1986.

Weber, William, ed. *The Musician as Entrepreneur 1700–1914.* Bloomington: Indiana University Press, 2004.

Wilde, Oscar. *The Picture of Dorian Gray.* Edited by Robert Mighal. London: Penguin Classics, 2006 [1891].

————. *Salomé, drame en un acte.* Paris: G. Crès, 1922 [1893].

Willy (pseud. Henry Gauthier-Villars). *Soirées perdues.* Paris: Tresse & Stock, 1894.

Wilson, Barbara Lister (Lady Wilson). *The House of Memories.* London: William Heinemann, 1929.

Wolff, Jetta Sophia. *Historic Paris.* Paris: John Lane, 1923.

Wright, Leslie A. *Bizet Before "Carmen."* Ph.D. dissertation. Ann Arbor: University of Michigan, 1985.

X., Dr. Jacobus (pseud.). *Le Marquis de Sade et son œuvre devant la science médicale et la littérature moderne.* Paris: Charles Carrington, 1901.

Zed (pseud. Comte Albert de Maugny). *Le Demi-monde sous le Second Empire: souvenirs d'un sybarite.* Paris: E. Kolb, 1892.

————. *La Grande Vie de Paris.* Paris: E. Kolb, 1889.

————. *Les Inconvenances sociales: fragments du journal d'un vieux garçon.* Paris: E. Kolb, 1891.

————. *Parisiens et Parisiennes en déshabillé.* Paris: E. Kolb, 1889.

————. *La Société parisienne.* Paris: Librairie Illustrée, 1891.

B · Primary and Secondary Sources—Articles

1. Attributed Articles

A.B. (pseud.). "Marah." *National Review* 19 (March–August 1892): 200–211.

A. de B. (pseud.). "Par çi, par là." *Le Voleur illustré* (June 11, 1885): 382–83.

Alcanter et Saint-Jean (pseud. Marcel Bernhardt). "Les Vendredis d'Aristide." *Le Nouvel Écho* 3 (February 1, 1892): 78–80.

Allain, Paul. "En Passant: La Place à table." *Le Radical* (November 9, 1922): 1.

An American (pseud.). "To Blow Up a Princess: Dynamite Bombs Explode in the Doorway of the Princesse de Sagan." *Baltimore American* (March 1, 1892): 1.

A.M.M. (pseud.). "Gossip of the French Capital." *New York Dramatic Mirror* (May 2, 1896): 18.

Amodio, Marquis de. "Le Château de Verteuil." *Mémoires de la Société Archéologique et Historique de la Charente* (1958).

Archiduc (pseud.). "La Journée mondaine." *Le Matin* (August 18, 1898): 2.

d'Arenberg, Prince Auguste. "Notice sur le duc d'Aumale." In *Annales de l'Académie des Beaux-Arts.* Paris: Firmin-Didot, 1898.

Asmodée (pseud. Baron de Vaux). "Notes mondaines." *Gil Blas* (June 5, 1885).

Associated Press Dispatches. "Panic-Stricken Paris: Consternation Reigning at the French Capital." *Los Angeles Herald* (April 7, 1892): 2.

Barrès, Maurice. "The Panama Scandal." *Cosmopolitan* 17 (May–October 1894): 203–10.

Bataille, Albert. "Gazette des Tribunaux." *Le Figaro* (April 29, 1880).

————. "Gazette des Tribunaux." *Le Figaro* (March 13, 1884).

Baudouin. "Tribunal de Commerce: Faillites." *Gazette des tribunaux: journal de jurisprudence et de débats judiciaires* (January 24, 1857): 38.

Benjamin, Walter. "Pariser Köpfe." In *Walter Benjamin Passagen: Schriften zur französische Literatur.* Edited by Gérard Raulet. Frankfurt: Suhrkamps, 2007.

Bernard, Alice. "Le Grand Monde parisien à l'épreuve de la guerre." *XXᵉ siècle* 99 (July–September 2008): 13–32.

Beyens, Baron de. "L'Avenir des petits états: la Bulgarie." *La Revue des deux mondes* 44 (April 1918): 874–94.

Bleuzet, Ludivine. "Mystères et code secret au château de Condé." *L'Union* (July 23, 2004): 7.

Blondeau, Amédée. "L'Empoisonneuse d'Aïn-Fezza: Mme Weiss." *Le Rappel* (May 30, 1890): 1.

Blum, Ernest. "Un krach princier." *Le Rappel* (August 10, 1891).

Borel d'Hauterive, A. "Musée de Versailles: Notice sur les cinq salles des Croisades et sur les person-nages dont les noms et les armes y figurent." *Annuaire historique pour la Société de l'Histoire de France* 9 (1845): 127–95.

Bras, Jean-Yves. "Qui était Éraïm Miriam Delaborde?" *Bulletin de la Société Alkan* 4 (March 1987): 3–6.

Brionne (pseud.). "Carnet mondain." *Gil Blas* (June 7, 1897).

Brooks, Peter. "Persons and Optics." *Arcade* (March 16, 2015).

Brunetière, Ferdinand. "La Tragédie de Racine." *La Revue des deux mondes* 62 (1884): 213–24.

Brusquet (pseud.). "Le Régime du sabre." *Le Triboulet* (May 23, 1880): 5.

Calmette, Gaston. "Au jour le jour: le château de Bois-Boudran." *Le Figaro* (November 22, 1891): 1.

———. "Les Compositeurs français joués en France." *Le Figaro* (April 10, 1890): 1–2.

Caraman-Chimay, Princesse Alexandra de Riquet de. "Généalogie de Riquet." Presented by "les Amis de Riquet," June 13–14, 2009.

Cassagnac, Paul de. "Les Élections." *L'Express du Midi* (May 25, 1898): 1.

Castelbajac, Gaston, Marquis de. "La Chasse à tir." In *Le Protocole mondain*. Edited by André de Fouquières. Paris: Levallois-Perret, n.d., 359–64.

Catani, Damian. "Notions of Evil in Baudelaire." *Modern Language Review* 102, no. 4, 990–1007.

Chaline, Jean-Pierre. "La Sociabilité mondaine au XIXᵉ siècle." In *Élites et sociabilité*. Edited by Fumaroli, Broglie, and Chaline, op. cit.

Charle, Christophe. "Noblesses et élites en France au début du XXe siècle." In *Les Noblesses europé-ennes au XIXᵉ siècle: Actes du colloque organisé par l'École Française de Rome et l'Université de Milan, Milan-Rome, 21–23 novembre 1985*. Milan: EFR, 1988.

Chéron, Raoul. "Nécrologie: M. Charles Haas." *Le Gaulois* (July 16, 1902): 2.

Child, Theodore. "Characteristic Parisian Cafés." *Harper's New Monthly Magazine* 77 (April 1889).

———. "Literary Paris." *Harper's New Monthly Magazine* 35 (August 1892): 337–39.

———. "Society in Paris." *The Fortnightly Review* 39 (January–June 1886): 480–99.

Colas, Damien. "Halévy and His Contribution to the Evolution of the Orchestra." In *The Impact of Composers and Works on the Orchestra: Case Studies*. Edited by Niels Martin Jensen and Franco Piperno. Berlin: Berliner Wissenschafts Verlag, 2007, 143–84.

Consuelo (pseud.). "Chronique parisienne." *La Grande Dame* 28 (April 1895).

Corpechot, Lucien. "Les Lettres françaises: Le Comte Robert de Montesquiou." *La Revue de France* 2, no. 23 (February 15, 1922).

Cotta, Laurent. "Paul César Helleu: Représenter l'intime." In *La Mode retrouvée*. Edited by Olivier Saillard and Valerie Steele. Paris: Paris Musées, 2015.

D. (pseud.). "Échos de Paris." *Le Figaro* (March 29, 1884).

Dalq, Louise. "Lord Lytton: Philosophe et poète." *Le Figaro: supplément littéraire* (November 12, 1887): 1–2.

Dame Pluche (pseud.). "Chronique." *La Gazette des Femmes* (June 10, 1884).

Dangeau, Marquise de (pseud.). "Chronique mondaine." *La Mode de style* (February 11, 1891): 51–54; and (July 1, 1891): 208–11.

Dantin (pseud.). "Mondanités: Chronique de l'élégance." *Le Gaulois* (June 12, 1896).

———. "Mondanités: Chronique de l'élégance." *Le Gaulois* (December 17, 1896).

Darcours, Charles (pseud. Charles Réty). "Notes de musique à l'Exposition." *Le Figaro* (October 2, 1889).

Demailly, Charles. "Bizet." *Le Gaulois* (December 11, 1890).

Descaves, Lucien. "Opinions et souvenirs: Fernand Vandérem, *Gens de qualité*." *Le Journal* (February 6, 1938).

Le Diable Boiteux (pseud. Baron de Vaux). "Échos." *Gil Blas* (December 7, 1894).

———. "Nouvelles et échos." *Gil Blas* (January 31, 1880); (April 5, 1881); (May 15, 1883); (November 3, 1883); (June 2, 1884); (June 12, 1884); (June 13, 1884); (June 20, 1884); (September 2, 1884); (September 20, 1884); (December 22, 1884); (April 13, 1885); (May 10, 1885); (June 4, 1885); (August 7, 1885); (June 13, 1889); (March 15, 1892); (June 13, 1892); (July 2, 1892); (June 12, 1893); (July 4, 1893); (January 23, 1894); and (May 12, 1894).

Un Diplomate (pseud.). "La Grande-Duchesse Wladimir." *La Grande Dame* 1 (1893): 192–98.

Dives, Auguste (pseud.). "Mondanités. *Le Gaulois* (June 12, 1889).

Dominique, Pierre. "Sous le règne de l'étiquette." *Le Crapouillot: Les Bonnes Manières* 19 (1952): 19–25.

Un Domino (pseud. Arthur Meyer). "Échos de Paris." *Le Gaulois* (May 26, 1880); (May 10, 1885); (May 29, 1885); (June 3, 1885); (April 28, 1888); (April 29, 1888); (February 1, 1889); (April 1, 1889); (March 28, 1890); (May 12, 1890); (July 21, 1890); (December 24, 1890); (February 20, 1891); (March 2, 1892); and (December 17, 1896).

————. "Les Fidèles." *Le Gaulois* (August 24, 1883).

Don Caprice (pseud.). "Nouvelles: Rome." *Gil Blas* (October 31, 1891).

Dubois, Philippe. "L'Affaire Ravachol-Koenigstein." *L'Intransigeant* (April 8, 1892): 1–2.

Durel, Pétrus. "Les Faux-Monnayeurs." *La Nouvelle Revue* 19 (November–December 1902): 410–17.

E. C. (pseud.). "*Les Rimes de François Pétrarque,* traduction nouvelle par Francisque Reynard." *Le Livre* (1883): 504.

Elfenbein, Andrew. "The Shady Side of the Sword: Bulwer-Lytton, Disraeli, and Byron's Homosexuality." In *Byron.* Edited by Jane Stabler. New York and London: Routledge, 2014.

Éluard, Paul. "L'Intelligence révolutionnaire du Marquis de Sade." *Clarté* 6 (February 1927).

Étincelle (pseud. Vicomtesse de Peyronny). "Carnet d'un mondain." *Le Figaro* (April 29, 1881); (May 3, 1881); (June 25, 1883); (May 28, 1885); (June 5, 1885); (June 10, 1885); (June 5, 1891); and (November 22, 1891).

————. "Les Grandes Réceptions: Le Bal Blanc de la Princesse de Léon." *Le Figaro* (April 11, 1891).

————. "Les Maréchales de la mode." *Le Figaro* (September 1, 1884).

————. "Mondains et mondaines." *Le Monde illustré* (January 10, 1891).

————. "Les Parisiennes au Léman." *La Grande Dame* 1 (1893): 5–7.

————. "Tableaux mondains." *Le Figaro* (May 28, 1884).

Feather (pseud.). "Les Adieux." *L'Art et la Mode* 29 (June 19, 1886).

Ferrari, M. "Au jour le jour." *Le Figaro* (May 23, 1895): 1.

————. "Le Monde et la ville." *Le Figaro* (April 25, 1899): 2.

Fidus (pseud. Arthur Meyer). "Le Château de Frohsdorf." *Le Gaulois* (July 5, 1883): 1.

————. "Le Jour de l'An à Göritz." *Le Gaulois* (January 2, 1881): 1–2.

Flament, Albert. "Je débute!" *Le Figaro* (May 13, 1923): 1.

Flers, Robert de. "Théâtre d'amour: Georges de Porto-Riche." *La Presse* (July 13, 1898): 4.

Fouquières, André de. "Une saison de printemps commence." *La Semaine à Paris* (May 8, 1936): 4.

Fourcaud (pseud.). "*Carmen." Le Gaulois* (December 12, 1890): 1.

France, Alphonse. "Courrier des théâtres: Le Dîner de la Société des Auteurs Dramatiques." *Le Figaro* (May 26, 1905): 5.

Friedrichs, Otto. "Desinit in Piscem." *La Légitimité* 19 (May 16, 1886): 289–93.

Frimousse (pseud.). "La Soirée parisienne: article de toilettes." *Le Gaulois* (December 11, 1890).

————. "La Soirée parisienne: *Le Cœur de Paris." Le Gaulois* (May 22, 1887).

————. "La Soirée parisienne: la représentation de gala." *Le Gaulois* (December 12, 1890).

Frivoline (pseud.). "Art et chiffons." *L'Art et la Mode* 29 (June 20, 1885).

Galérant, Germain. "Psychopathologie de Maupassant." *Actes de la Société Française d'Histoire de la Médecine* (February 2, 1991).

Ganderax, Louis. "Les Petits Souliers: conte de Noël." *La Revue des deux mondes* 109 (January 1, 1892).

Gant de Saxe (pseud. M. Ferrari). "Mondanités: A l'hôtel de Sagan." *Le Gaulois* (June 23, 1891).

————. "Mondanités: Bulletin." *Le Gaulois* (May 5, 1894).

————. "Mondanités: Réceptions." *Le Gaulois* (June 7, 1891); (February 2, 1893); (June 22, 1893); (August 30, 1893); and (January 20, 1894).

————. "Mondanités: Tout au papier." *Le Gaulois* (March 2, 1892).

Gay, Robert Coleman, Jr. "Porto-Riche: Pathologist of Love." *Texas Review* 6, no. 4 (July 1921): 337–51.

Gérard, Marc. "Bonheur manqué." *Le Gaulois* (July 14, 1889): 1.

————. "Carnet de mariage." *Le Gaulois* (September 27, 1887); (January 17, 1889); (January 24, 1889); and (July 26, 1889).

————. "Carnet mondain." *Le Gaulois* (November 23, 1880); (May 9, 1888); (June 11, 1889); (May 28, 1890); and (June 7, 1890).

————. "La Journée du Grand-Duc." *Le Gaulois* (April 25, 1888).

Gérault-Richard (pseud.). "Le Scandale Greffulhe: Achat d'une circonscription." *Le Briard* (March 13, 1889).

Gérôme, Le Père (pseud. A. Vernant). "Greffulhe la Sabine." *Le Briard* (November 4, 1903).

————. "Notes sur la Grande Propriété: Chez M. le Comte Greffulhe." *Le Briard* (October 21, 22, and 25, 1892).

Godin, Romaric. "Les Frères Pereire, le salut par le credit." *La Tribune* (December 26, 2011).

Gopnik, Adam. "The Life of the Party." Review of *The Politics of Pleasure: A Portrait of Benjamin Disraeli,* by William Kuhn. *New Yorker* (July 3, 2006).

Goubaut, Christian. "Maupassant et le journalisme." *Précis analytique de l'Académie des Sciences, Belles-Lettres et Arts de Rouen* (February 6, 1993): 187–208.

Goujon, Bertrand. "Un lignage aristocrtique d'envergure internationale dans l'Europe du XIXᵉ siècle: La Maison d'Arenberg." *Revue belge de Philologie et d'Histoire,* 88 (2010): 497–518.

Gourdon de Genouillac (pseud.). "Gazette Héraldique." *L'Art et la mode* 20 (April 15, 1887).

Gratin (pseud.). "Femmes et fleurs." *Le Gaulois* (August 30, 1885).

Le Greffier (pseud.). "Carnet judiciaire." *Gil Blas* (July 30, 1892).

Gregh, Fernand. "Hommage à Porto-Riche." *Les Nouvelles littéraires* (September 13, 1930).

Guimard, René. "Les Borghèse." *Gil Blas* (August 30, 1891): 1–2.

Guiral, Pierre. "Anatole Prévost-Paradol." In *Entre le théâtre et l'histoire*. Edited by Henri Loyrette. Paris: Fayard, 1996.

———. "Les Écrivains français et la notion de la décadence." *Romantisme* 13, no. 32 (1983): 9–22.

Guyot-Daubès. "Les Phoques savants." *La Nature: Revue des sciences et de leurs applications aux arts* 647 (October 24, 1885): 321–23.

H.N. "Les Attentats à la dynamite." *L'Intransigeant* (April 8, 1892): 2.

Halévy, Jean-Pierre. "Ludovic Halévy par lui-même." In *Entre le théâtre et l'histoire: La Famille Halévy, 1760–1960*. Edited by Henri Loyrette. Paris: Fayard, 1996.

Haliou, Bruno. "Comment la syphilis emporta Maupassant." *La Revue du practicien* 53 (2003): 1386–89.

Harding, James S. "Art Notes from Paris." *Art Amateur* 17, no. 2 (July 1887): 31.

Heugel, Jacques. "Hortense Schneider." *Le Ménestrel* (May 14, 1920): 208.

Hubert, Eugène. "La Fête de l'Opéra." *Gil Blas* (April 8, 1883): 3–4.

Hy de Hem (pseud. Henri de Montaut). "Le Bal de Mme la Princesse de Sagan." *L'Art et la Mode* 28 (June 13, 1885): 6–7.

———. "La Fête villageoise de Mme la Princesse de Sagan." *L'Art et la Mode* 30 (June 21, 1884): 8–9.

Irvine, William D. "French Royalists and Boulangism." *French Historical Studies* 15, no. 3 (Spring 1988): 395–406.

Jean-Jacques (pseud.). "Nouvelles." *Gil Blas* (January 25, 1895).

Jung, Sir Salar. "An Indian Mayor of the Palace." *Today* 1 (July 1883): 342–52.

Junior, Jehu (pseud. Thomas Gibson Bowles). "Statesman: Lord Lytton." *Vanity Fair* 219 (March 18, 1876): 223.

Kindleberger, Charles P. "Origins of United States Direct Investment in France." MIT Department of Economics. Working Paper 105 (March 1973).

L.D. (pseud.). "Le Charmant chroniqueur Robert Dreyfus." *La Tribune juive Strasbourg-Paris* 28 (1939): 433–34.

Lacambre, Geneviève. "De la maison au musée" and "Des œuvres pour le musée." In *La Maison-musée de Gustave Moreau*. Edited by Marie-Cécile Forest. Paris: Somogy, 2014, 25–68.

Lambert, Louis. "Autour de la séance." *Le Gaulois* (November 16, 1889): 2.

Landauro, Inti. "Louvre to Restore da Vinci's *John the Baptist*." *Wall Street Journal* (January 13, 2016).

Largillière (pseud.). "La Société de Paris: La Duchesse de Talleyrand et Sagan." *Gil Blas* (May 13, 1903).

Lauzun (pseud.). "Chronique mondaine." *L'Art et la Mode* 8 (1883); 16 (1883); and 24 (1883).

Lavedan, Henri. "Paul Hervieu." *Le Figaro* (September 26, 1895): 1.

———. "Un raffiné: Georges de Porto-Riche." *Le Journal* (May 16, 1894): 1.

Lazarille (pseud. Fernand Bourgeat). "Échos de partout." *La Semaine littéraire* 7 (September 30, 1899): 464.

Lemaître, Jules. "*La Chance de Françoise* de Georges de Porto-Riche." *La Revue illustrée* (January 1, 1889): 1.

———. "Le Théâtre à Paris." *Cosmopolis* 1 (January 1896): 196–208.

Letorière, Vicomte Georges de (pseud.). "Le Bal costumé de la Princesse de Sagan." *Le Monde illustré* (June 19, 1880).

Magali (pseud.). "Le Monde et la mode." *La Vie élégante* 2 (July 15, 1882).

Maizeroy, René. "Guy de Maupassant à Sartrouville." *Le Gaulois* (July 3, 1912): 1.

Marciat, Dr. "Le Marquis de Sade et le sadisme." In *Vacher l'éventreur et les crimes sadiques*. Edited by A. Lacassagne. Paris: Masson, 1899, 185–237.

Masck (pseud.). "En redingote noire." *Le Gaulois* (May 24, 1884).

Le Masque de Fer (pseud. Émile Blavet). "Échos de Paris." *Le Figaro* (March 29, 1884); (September 1, 1884); (September 26, 1884); (November 29, 1884); (May 23, 1885); (September 27, 1887); (January 30, 1891); (November 22, 1891); (May 30, 1894); and (December 12, 1897).

Massard, Émile. "Jeanne Weiss." *La Presse* (May 30, 1891): 1.

Massolleau, Louis. "Henri Meilhac." *Le Rappel* (July 9, 1897).

McCallum, Stephanie. "Alkan: Enigma or Schizophrenia?" *Alkan Society Bulletin* 75 (April 2007): 2–10.

Meyer, Henri. "Les Funérailles de Lord Lytton." *Le Journal illustré* (December 13, 1891).

Monselet, Charles. "Théâtres." *Le Monde illustré* (July 5, 1873): 11.

Un Monsieur de l'Orchestre (pseud. Émile Blavet). "La Soirée théâtrale." *Le Figaro* (December 12, 1890): 2; and (April 26, 1891): 2.

Montesquiou-Fezensac, Comte Robert de. "Japonais d'Europe." *Le Gaulois* (March 9, 1897).

Montferrier, H. G. "Étranger: Le Prince de Saxe-Cobourg en Bulgarie." *Le Journal des débats* (September 21, 1887).

Montjoye (pseud.). "Chronique mondaine." *L'Art et la Mode* 20 (April 12, 1884); 22 (April 26, 1884); 27 (May 30, 1884); 28 (June 7, 1884); 42 (September 13, 1884); 43 (September 20, 1884); 48 (October 25, 1884); 23 (May 9, 1885); 25 (May 23, 1885); 27 (June 6, 1885); 28 (June 13, 1885); 30 (June 27, 1885); 25 (May 22, 1886); 28 (June 13, 1886); 8 (January 7, 1887); 22 (April 29, 1887); 8 (January 20, 1888); 29 (June 15, 1888); and 8 (June 26, 1889).

de Mun, Comte Albert. "Les Dernières Heures du drapeau blanc." *La Revue hebdomadaire* 46 (November 13, 1909): 141–63.

Nekludoff, A. "Auprès de Ferdinand de Bulgarie." *La Revue des deux mondes* 54 (November–December 1919): 547–76.

Nicault, Catherine. "Comment 'en être'? Les Juifs et la haute société dans la seconde moitié du XIXe siècle." *Archives juives: revue d'histoire des Juifs de France* 42 (2009): 8–32.

Notre envoyé spécial (pseud.). "L'Empoisonneuse d'Aïn-Fezza." *Le Petit Parisien* (May 31, 1891): 1–2.

Our Own Reporter (pseud.). "A Visit to Wappingers Falls." *Poughkeepsie Eagle* (June 12, 1891): 1.

The Paris Galignani's Messenger (pseud.). "The Fate of the Hôtel de Chimay." *New York Times* (July 4, 1884).

Parisis (pseud. Émile Blavet). "L'Hôtel de Chimay." *Le Figaro* (June 14, 1884).

———. "La Vie parisienne: chez Arsène Houssaye." *Le Figaro* (March 29, 1884).

———. "La Vie parisienne: la chasse à courre." *Le Figaro* (September 26, 1884).

———. "La Vie parisienne: le bal Sagan." *Le Figaro* (June 5, 1885).

———. "La Vie parisienne: le matin au Bois." *Le Figaro* (October 29, 1884).

Pas Perdus (pseud.). "La Chambre." *Le Figaro* (December 24, 1889).

Le Passant (pseud. Ernst d'Hervilly). "Les On-Dit." *Le Rappel* (June 11, 1884); and (July 9, 1897).

Paulhan, Claire. "*La Revue blanche:* Tout l'esprit d'une époque." *Le Monde: le Monde des livres* (December 6, 2007).

Pharaon, Florian (pseud.). "La Vie en plein air." *Le Figaro* (June 18, 1884).

Ponchon, Raoul. "Gazette rimée: le mot 'chic.'" *Le Journal* (April 16, 1902).

Pringué, Gabriel-Louis. "La Haute Société de la Belle Époque." *Le Crapouillot: La Belle Époque* 29 (1955): 2–7.

Prudent, Louis (pseud.). "A la rue de Sèze: fête de charité." *Le Gaulois* (May 1, 1885).

———. "Ouverture de l'Exposition Canine." *Le Gaulois* (May 29, 1884).

Régamey, Félix de. "La Guerre de demain." *Le Figaro-graphic* (January 25, 1892).

Reinhardt, Rolf. "The French Revolution as a European Media Event." *EGO: European History Online* (August 27, 2012).

Renneville, Vicomtesse de. "Chronique de l'élégance." *La Nouvelle Revue* 28 (May–June 1884); and 34 (May–June 1885).

Rochefort, Henri. "Les Policiers possibilistes." *L'Intransigeant* (August 8, 1892): 1.

Rod, Édouard. "L'Esprit littéraire." *Cosmopolis* 2 (February 1896): 455–56.

Rodays, Fernand de. "Gazette des Tribunaux." *Le Figaro* (March 12, 1877): 2; and (December 29, 1877): 2.

Roma, A. I. "La Question juive." *La Bastille: journal anti-maçonnique* 530 (March 21, 1914): 5–6.

Royer-Saint-Micaud, Vicomte André de. "Avons-nous une noblesse française?" *La Revue des revues* (October 1898): 1–20.

De la Rue (pseud.). "Quelques profils de chasseurs: Le Comte Greffulhe." *Le Figaro: supplément littéraire du dimanche* (September 5, 1880): 2.

Sadinet, Abbé (pseud.). "Le Bal des bêtes." *La Vie moderne* 24 (June 13, 1885): 392–93.

Saint-Cère, Jacques (pseud. Armand Rosenthal). "Une heure chez le Comte Robert de Montesquiou." *La Revue illustrée* (June 15, 1894): 117–24.

———. "Les Nouveaux élus." *Le Figaro* (September 13, 1893).

Saint-Pierre, B. de (pseud.). "Soirée mondaine." *Gil Blas* (June 12, 1893).

Saint-Réal (pseud.). "La détente mondaine." *Le Gaulois* (April 6, 1892).

———. "La mort de Lord Lytton." *Le Gaulois* (November 25, 1891).

Santillane (pseud.). "Courrier de Paris." *Gil Blas* (November 24, 1883).

Sarah-Bernhardt, Lysiane (pseud.). "Les Courses." In *Le Protocole mondain*. Edited by André de Fouquières. Paris: Levallois, n.d.

Scott (pseud.). "Les Obsèques de Lord Lytton." *Le Monde illustré* (December 5, 1891).

Scrutator (pseud.). "Dîners à la Russe." *Truth* (July 31, 1879).

———. "Notes from Paris: Intermarriage and Degeneracy." *Truth* (August 14, 1902).

Smith, Paul. "Théâtre du Grand Opéra: *Le Juif-Errant*." *Revue et gazette musicale de Paris* 17 (April 25, 1852): 137–40.

Stead, Évanghélia. "A Flurry of Images and Its Unfurling through *La Revue illustrée*." *Studi de Memofonte* 13 (2014): 3–28.

Straus, Émile. "Golo s'amuse (Conte chagrin)." *Le Nouvel Écho* 29 (June 15, 1892): 356–60.

———. "Le Petit Pierrot (Conte chagrin)." *Le Nouvel Écho* 8 (April 15, 1892): 230–33.

———. "Villa à vendre (Conte chagrin)." *Le Nouvel Écho* 10 (May 15, 1892): 295–304.

Surmay, A. "Exposition de peinture: Salon de 1878." *Musée des familles: lectures du soir* 45 (September 1878): 258.

Suzuki, Junji. "Le jardinier japonais de Robert de Montesquiou: ses évocations dans les milieux littéraires." *Cahiers Edmond et Jules de Goncourt* 118 (2011): 103–12.

Tom (pseud.). "La Grande Villégiature." *L'Illustration* 92 (July 21, 1888).

Tout-Paris (pseud.).* "A l'épatant." *Le Gaulois* (June 15, 1889).

———. "Feuilles d'hiver." *Le Gaulois* (November 16, 1890).

———. "Le Monde et la ville. *Le Gaulois* (June 13, 1885).

———. "Pour les enfants délaissés." *Le Gaulois* (March 17, 1889).

de Traz, Robert. "Chroniques." *La Revue hebdomadaire* 2, no. 7 (February 12, 1938).

Trégastels, Comtesse de (pseud.). "Chronique de la vie mondaine." *La Diplomatie* 1 (May 5, 1897): 17–19.

de V., A. (pseud.). "Mœurs contemporaines: la société à Paris." *La Revue britannique* (1886): 67–92.

de V . . . (pseud.). "Nos grandes mondaines: la Princesse de Sagan." *La Revue mondaine illustrée* (February 10, 1893).

Vassili, Comte Paul (pseud. Juliette Adam). "La Société étrangère à Paris." *La Nouvelle Revue* 70 (May–June 1891).

de Vaux, Baron. "Concours hippique." *Gil Blas* (April 13, 1885).

Vérissey, Comtesse de. "Chronique mondaine." *La Mode de style* (June 3, 1891) and (July 1, 1891).

A Veteran Diplomat (pseud.). "The Passing of Talleyrand, *le Roi du Chic*: A Chapter in the Fall of Past Grandeur." *New York Times* (February 27, 1910).

Veuillot, Eugène. "La Mort du Comte de Chambord." *L'Univers* 25 (August 1883).

Vicomte Rolph (pseud.). "Échos du High-Life." *Le Triboulet* (February 9, 1879).

———. "Échos du High-Life." *Le Triboulet* (February 16, 1879).

———. "Échos du High-Life." *Le Triboulet* (August 17, 1879).

Victor-Meunier, Lucien. "A la Chambre." *Le Rappel* (December 25, 1889).

Violetta (pseud. Comtesse Alice de Laincel). "Sous le masque." *Le Gaulois* (April 5, 1882); (May 27, 1882); and (June 6, 1882).

Vogüé, Vicomte Eugène-Melchior de. "L'histoire à Versailles." *La Revue des deux mondes* 6 (1901): 193–209.

W. (pseud.). "Mondanités." *Le Gaulois* (June 27, 1891).

Wailly, Georges de. "La Vénérie moderne." *La Nouvelle Revue* 80 (January–February 1893).

X. (pseud.). "Choses et autres." *La Vie parisienne* (February 5, 1870); (November 13, 1875); and (June 7, 1890).

Xau, Bernard. "Derniers Échos de Göritz." *Gil Blas* (September 9, 1883).

Yon, Jean-Claude. "Le Théâtre de Meilhac et Halévy: satire et indulgence." In *Entre le théâtre et l'histoire.* Edited by Henri Loyrette. Paris: Fayard, 1996.

Zola, Émile. "Types de femmes en France." *Le Messager de l'Europe* (June 1878).

2. Unattributed Articles

"Les Abus de la Grande Propriété." *Le Briard* (January 23, 1897): 1–2.

"Appel pour la fondation de la Société des Études Juives." *La Revue des études juives* 1 (1880): 161–62.

"Au Village." *Le Gaulois* (June 11, 1884).

"Avis mondains." *Le Figaro* (April 8, 1883); (April 25, 1883); (May 23, 1883); (August 19, 1884); and (November 19, 1888).

"Bankrupts." *Solicitor's Journal & Reporter* (March 14, 1857): 281.

---

* Before Proust took it as his alias in 1893–1894, "Tout-Paris" designated another columnist for *Le Gaulois*. The reader will note that the earliest of the articles by this "Tout-Paris" listed here appeared in 1885, shortly before Proust's fourteenth birthday.

"Bloc-notes parisien." *Le Gaulois* (May 20, 1884); (May 26, 1884); (June 11, 1884); and (June 14, 1885).

"Les Borghèse." *Le Gaulois* (January 28, 1880).

"Ça manque de pigeons!" *La Lanterne* (August 3, 1878): 1.

"À la Chambre: clôture de la session." *La Lanterne* (December 25, 1889).

"Chambre des Députés: la séance." *Le Temps* (December 25, 1889).

"Chez Greffulhe et cie." *Le Briard* 75 (September 30, 1908).

"Chronique électorale: conscience et liberté." *La Croix* (August 11, 1893).

"Chronique électorale: dans les departments—Melun." *Le Rappel* (August 12, 1893).

"Count Albert de Mun." *Public Opinion* 48 (November 13, 1885).

"Dans les départements." *Le Rappel* (August 12, 1893).

"Deuil: le Comte Robert de Fitz-James." *Le Figaro* (September 26, 1900).

"Les Distractions de Mme Bizet." *Le Temps* (June 10, 1885).

"Échos de l'étranger." *Le Gaulois* (August 29, 1887); and (May 20, 1885).

"L'Election Greffulhe: discours de M. Camille Pelletan." *La Justice* (December 25, 1889): 1–3.

"L'Expédition Borghèse." *L'Exploration*. 17 (1884): 228–29.

"L'Exposition de Marie Antoinette et son temps." *La Chronique des arts et de la curiosité* (April 14, 1894): 117–18.

"Fin de session." *Le Petit Journal* (December 25, 1889).

"France." *Papers Relating to the Foreign Relations of the United States, for the Year 1887.* Washington, DC: Government Printing Office, 1888, 303–55.

"French Topics of the Day: Two Charitable Fêtes." *New York Times* (May 2, 1885).

"Les Funérailles de Lord Lytton." *Le Petit Express* (November 29, 1891).

"G. Aberigh-Mackay's *Twenty-One Days in India.*" In *Essays on Anglo-Indian Literature*. Edited by Sujit Bose. New Delhi: Northern Book Center, 2004.

"Gazette des Tribunaux." *Le Figaro* (January 14, 1900): 3.

"Geographical Notes: Italian Explorers in Africa." *Proceedings of the Royal Geographical Society* (September 1880): 317–18.

"Gossip of the French Capital." *New York Dramatic Mirror* (May 2, 1896): 18.

"Greffulhe-Bischoffsheim." *La Lanterne* (January 24, 1890): 1.

"Historic Residences of Paris Now Occupied by Antiquaries." *New York Herald* (January 2, 1910): 11.

"Hommes et choses." *Le Matin* (July 10, 1884): 3; and (July 16, 1893): 2.

"Informations." *Journal officiel de la République française* 18, no. 72 (March 14, 1886): 1235.

"Le Jockey-Club à l'armée." *Le Figaro* (October 25, 1870): 2.

"La Journée parisienne." *Le Gaulois* (January 21, 1880): 2.

"The Late Lord Lytton an Opium-Smoker." *Friend of China* 16, no. 4 (October 1896): 109.

"A Leader of French Fashion." *Searchlight* 25 (January 21, 1905): 27–28.

"Le Livre d'or du *Figaro.*" *Le Figaro* (December 26, 1877): 2.

"Madame de [sic] Récamier." Edited by Oscar Wilde. *A Woman's World* 2 (November 1889): 349–52.

"Maître Émile Straus." *Le Gaulois* (June 22, 1889): 2–3.

"Le Mariage d'Étincelle." *La Revue des grands procès contemporains* 14 (1896): 266–348.

"Married to a Marquis." *New York Times* (March 3, 1891).

"Marx et al. v. Strauss [sic] et al." *Southern Reporter* 9 (April 1891): 818–20.

"Meetings for Proof of Debts." *Solicitor's Journal & Reporter* (December 25, 1858): 139.

"Mœurs électorales: l'incident Breton-Greffulhe." *Le Rappel* (March 13, 1898): 1–2.

"Mondanités." *Le Petit Parisien* (September 27, 1887): 1.

"Musical Notes." *Monthly Musical Review* 20 (May 1, 1890): 116–17.

"Nos dépêches." *L'Aurore* (November 9, 1897).

"Nouvelles." *Gil Blas* (July 17, 1892).

"Nouvelles et faits: Seine-et-Marne." *Le Journal du Loiret* (November 24, 1891).

"Obituary: The Earl of Lytton." *Annual Register and Review of Public Events at Home and Abroad* (November 1891): 197–98.

"Opportuno-Réactionnaires." *La Lanterne* (December 28, 1889): 1.

"Owen Meredith." *Illustrated American* (December 12, 1891): 162–65.

"Paul Bourget in New York." *Pittsburgh Press* (August 21, 1893): 2.

"Personal Intelligence." *New York Herald* (March 28, 1887).

"Personalities in Comedies." *New York Times* (May 3, 1896).

"Personals." *Daily Alta California* (June 13, 1887).

"Petites nouvelles." *La Croix* (August 30, 1887).

"Prince de Sagan Suffering from Brain Trouble." *New York Times* (May 26, 1897).

"Propos de coulisses." *Gil Blas* (October 21, 1891).

"Queer Prince de Sagan." *New York Times* (November 3, 1897).

"Report from the Geographical Society of Rome." *Proceedings of the Royal Geographical Society* (December 1881): 111–12.

"Rothschild Buys a Raphael." *Chicago Tribune* (October 4, 1891).

"Royalty on Half-Pay." *Switchmen's Journal* 7, no. 8 (December 1892): 597–99.

"La Salle des samedis à l'Opéra-Comique." *Le Figaro* (December 3, 1885): 3.

"Le Salon des Beaux-Arts de 1878." *Gazette des Beaux-Arts* (July 1878).

"Séance du 23 décembre 1889." In *Annales de la Chambre des Députés*, 5e Législature. (Paris: November–December 1889), 649–66.

"La Société Étrangère à Paris: la maison de Caraman-Chimay." *La Nouvelle Revue* (May–June 1891): 692–94.

"Société Médico-Psychologique: le cas du Baron Seillière." *La Petite République française* (June 30, 1887).

"Society." *Lady's Realm* 14 (May–October, 1903): 675–78.

"Le Suicide de Mme Weiss." *L'Avenir de Bel-Abbès* (June 3, 1891): 1–2.

"Suite de la vérification des pouvoirs: l'élection du Comte Greffulhe dans l'arrondissement de Melun (Seine-et-Marne)." *Le Journal officiel de la République française* (December 23, 1889): 520–28.

"Télégrammes et correspondances: Autriche-Hongrie." *Journal officiel de la République française* (February 16, 1896).

"Things in Paris." *Vanity Fair* 25 (March 26, 1881).

Le Tour du monde: nouveau journal des voyages 40–41 (1881).

"La Traversée de l'Afrique." *Bulletin de la Société Royale Belge de Géographie* 7 (1885).

"La Vente de la collection Émile Strauss [*sic*]." *Le Petit Parisien* (June 5, 1929): 2.

C · Selected Reference Works

1. *Mondain* Paris

Annuaire international des cercles et du sport. Paris: Hinrichsen, 1884.

Briat, Pierre de. *Les Grands Cercles de Paris.* Paris: n.p., 1933.

Le Carnet mondain. Paris: Carnet Historique et Littéraire, 1901–1905.

Kerviler, René Pocard de Cosquer de, Sir Humphrey Davy, and Louis-Marie Chauffier, eds. *Répertoire général de bio-bibliographie bretonne.* Vol. 9. Rennes: Plihon & Hervé, 1897.

Saint-Martin, A. de, ed. *Paris mondain: annuaire du grand monde et de la colonie étrangère.* Paris: n.p., 1894.

Septfontaines (pseud. Comte Ducos). *L'Année mondaine 1889.* Paris: Firmin-Didot, 1889.

Tout-Paris: Annuaire de la société parisienne—noms et adresses, dictionnaire des pseudonymes. Paris: A. La Fare, 1893.

Tully, Baron de. *Annuaire des grands cercles de Paris: Cercle de l'Union, Jockey-Club, Cercle Agricole, Cercle de la rue Royale, Cercle des Chemins de fer, Cercle de l'Union Artistique, Sporting-Club.* Paris: A. Lahure, 1897–1930.

Yriarte, Charles. *Les Cercles de Paris: 1828–1864.* Paris: Dupray de la Mahérie, 1864.

2. Royal and Noble Genealogy*

Almanach de Gotha: Annuaire généalogique, diplomatique et statistique

Annuaire de la noblesse de France

Annuaire de la noblesse de France et des maisons souveraines de l'Europe

Annuaire de la pairie et de la noblesse de France et des maisons souveraines de l'Europe

Annuaire général héraldique

Armorial général, ou registres de la noblesse de France

Armorial universel, précédé d'un traité complet de la science du blason

Bulletin héraldique de France, ou revue historique de la noblesse

Dictionnaire des familles françaises, anciennes ou notables

Dictionnaire des figures héraldiques

Dictionnaire universel de la noblesse de France

La France héraldique

Légendaire de la noblesse française: devises, cris de guerre

Nobiliaire universel, ou recueil général des généalogies

---

* No publication dates are given for these works as they were regularly updated.

3. Other Reference Works

Annuaire de la Société des Auteurs et Compositeurs Dramatiques. Volume 2. Paris: Commission des Auteurs et Compositeurs Dramatiques, 1885.

Annuaire de la Société des Études Juives. Vol. 3. Paris: A. Durlacher, 1884.

Annuaire des artistes, 2nd ed. Paris: E. Risacher, 1903.

Dictionnaire français: argot. Edited by Aristide Bruant. Paris: Flammarion, 1905.

Dizionario Biografico degli Italiani. Vol. 70. Rome: Treccani, 2008.

The Encyclopaedia Britannica. Vol. 6. London and Edinburgh: Charles and Adam Black, 1902.

Galignani's New Paris Guide. London: Simpkin, Marshall & Co., 1863.

A Handbook for Travellers on the Riviera. London: John Murray, 1896.

Liste des membres de la Société de Géographie, avec la date de leur admission. Paris: Hôtel de la Société, 1885.

Manuel de politesse à l'usage de la jeunesse: savoir-vivre, savoir-parler, savoir-écrire. Paris: Librairie Générale, 1922.

Les Pseudonymes du jour. Edited by Charles Joliet. Paris: E. Dentu, 1884.

Staats-und Adress-Handbuch der Freien Stadt Frankfurt. Vol. 114. Frankfurt: G.-F. Krugs Verlag, 1852.

Sténographie Duployé, ou l'art de suivre avec l'écriture la parole la plus rapide. 25th ed. Paris: Duployé, 1907.

4. Catalogues

A. AUCTION CATALOGUES

The Belle Époque: Fashionable Life in Paris, London, and New York 1870–1914. New York: Stair Galleries, November 10–December 4, 1981.

Catalogue de la bibliothèque de S. E. Don Paolo Borghèse, Prince de Sulmona. Rome: Unione Cooperativa Editrice, 1892.

Catalogue des objets d'art et d'ameublement du palais du Prince Borghèse à Rome. Rome: Palazzo Borghese, March 28–April 9, 1892.

Catalogue on a Selected Portion of the Renowned Collection of Pictures and Drawings Formed by the Comte Greffulhe. London: Sotheby's, June 22, 1937.

Collection de livres anciens et modernes provenant de la famille Greffulhe. Monte Carlo: Sotheby's/Sporting d'Hiver, February 10, 1982.

Collection Émile Straus: Tableaux modernes, aquarelles, pastels, dessins, sculptures, tableaux anciens, terre cuites, meubles et sièges anciens, tapisseries Aubusson. Paris: Galerie Georges Petit, June 1–2, 1929.

Collection Greffulhe: Tableaux anciens, mobilier, objets d'art, tapisseries. Paris: Drouot, March 6, 2000.

Manuscrits et autographes. Paris: Ader, June 27, 2013.

Manuscrits, photographies, livres anciens et modernes. Paris: Tajan/Drouot, June 11, 2014.

Précieux livres anciens à figures; Neuf lettres inédites de Marcel Proust à la Comtesse Greffulhe. Paris: Drouot, November 8, 1991.

A Selected Portion of the Renowned Collection of Pictures and Drawings Formed by the Comte Greffulhe. London: Sotheby's, July 22, 1937.

Souvenirs historiques: Archives et collections de la Princesse Marie d'Orléans. Edited by Olivier Coutau-Bégarie. Paris: Drouot, April 26–28, 2014.

B. EXHIBITION CATALOGUES AND CATALOGUES RAISONNÉS

L'Art de notre temps: Gustave Moreau. Edited by Jean Laran. Paris: Librairie Centrale des Beaux-Arts, 1914.

La Belle Époque. Preface by Philippe Julian with illustrations selected by Diana Vreeland. New York: The Metropolitan Museum of Art, 1982.

Catalogue de l'exposition de Marie Antoinette et son temps. Preface by Germain Bapst. Paris: Galerie Sedelmeyer, 1894.

Catalogue des tableaux par Gustave Jacquet. Preface by Comte Robert de Montesquiou-Fezensac. Paris: Galerie Georges-Petit, 1909.

Chantilly: Le Cabinet des livres. Paris: Plon, 1900.

Chantilly: Visite de l'Institut de France. Paris: Plon, 1896.

Degas: A Strange New Beauty. Edited and with an introduction by Jodi Hauptman. New York: MoMA, 2016.

Edgar Degas, Photographer. Edited by Malcolm R. Daniel. New York: Metropolitan Museum of Art, 1998.

Exposition des arts de la femme: Guide-livret illustré. Paris: Warmont, 1892.

Exposition Gustave Moreau. Preface by Comte Robert de Montesquiou-Fezensac. Paris: Galerie Georges-Petit, 1906.

Jewish Women and Their Salons: The Power of Conversation. Edited by Emily D. Bilsky and Emily Braun. New York: The Jewish Museum, 2005.

The Louvre: All the Paintings. Edited by Pomar de Vincent. London: Black Dog & Leventhal, 2011.

Les Lys et la République: Henri, Comte de Chambord (1820–1883). Edited by Luc Forlivesi. Paris: Somogy, 2013.

La Maison-musée de Gustave Moreau. Edited by Marie-Cécile Forest. Paris: Somogy, 2014.

La Mode retrouvée: les robes-trésors de la Comtesse Greffulhe. Edited by Olivier Saillard and Valerie Steele. Paris: Paris Museés, 2015.

Robert de Montesquiou, ou l'art de paraître. Edited by Philippe Thiébaut. Paris: Éditions de la RMN, 1999.

Portraits by Ingres: Images of an Epoch. Edited by Gary Tinterow and Philip Conisbee. New York: Metropolitan Museum of Art/Harry N. Abrams, 1999.

Whistler and Montesquiou: The Butterfly and the Bat. Edited by Edward Munhall. New York and Paris: The Frick Collection and Flammarion, 1995.

D · Selected Periodicals

Annales de la Chambre des Députés: Débats parlementaires

L'Art et la mode

L'Aurore

Le Banquet

Bollettino della Società Geografica Italiana

The Bookman

Le Briard

Bulletin de la Société d'Acclimatation Nationale de France

Bulletin de la Société des Agriculteurs de France

Bulletin de la Société Royale Belge de Géographie

Bulletin de la Société Royale d'Anvers de Géographie

Bulletin des Séances de la Société Nationale d'Agriculture

Bulletin du Ministère de l'Agriculture

Bulletin héraldique de France, ou revue hebdomadaire

Cosmopolis

Le Crapouillot

La Croix

Daily Alta California

L'Express du Midi

Le Figaro

Le Figaro-Modes

Le Gaulois

La Gazette de France

La Gazette des Beaux-Arts

La Gazette des femmes

La Gazette des tribunaux

Gil Blas

La Grande Dame

L'Illustration

L'Intransigeant

Le Journal

Le Journal de l'agriculture

Le Journal des débats

Le Journal illustré

Le Journal officiel de la République

La Légitimité: Organe de la survivance du roi-martyr

La Libre Parole

Le Livre

Le Lundi

Le Matin

Le Ménestrel
Le Mensuel
Le Messager de l'Europe
Il Messaggero
Les Missions catholiques
La Mode de style
Le Monde illustré
Le Monde moderne
Musical Standard
The Nation
National Review
New York Herald
New York Times
Le Nouvel Écho
La Nouvelle Revue
La Nouvelle Revue française
Les Nouvelles littéraires
La Patrie
Le Pays
Le Pèlerin
Le Petit Journal
Le Petit Parisien
La Petite République française
La Presse
Le Progrès agricole et viticole
La Quinzaine: revue littéraire, artistique et scientifique
Le Radical
Le Rappel
Le Recueil général des lois et des arrêts
La Revue blanche
La Revue de l'agriculture et de la viticulture
La Revue de Paris
La Revue des deux mondes
La Revue des revues
La Revue de viticulture
La Revue et gazette musicale de Paris
La Revue illustrée
La Revue lilas
La Revue mondiale
La Revue verte
Le Rire
Le Sans-Culotte
Searchlight
The Standard
Le Temps
Le Triboulet
Truth
L'Union
L'Univers
Vanity Fair
La Vie élégante
La Vie moderne
La Vie parisienne
Woman's World
Le XIXe siècle

索　引

（此部分页码为英文版页码，即本书页边码。斜体页码表示插图）

Abbéma, Louise, 225
Abduction of Proserpina, The (Girardon), *550*
"Absence" (Meredith/Lytton), 489
Académie des Beaux-Arts, 127, *129*
Académie Française, 37, 127, 181, 248, 271, 276, 281, 426, *427*, 515, 553, 554
Ache, Caran d', 271
Adam, Juliette, 40, 174
adultery, 87
Against the Grain (Huysmann), 222
Agrippina, Empress, 556
Aix, 464, 470
Ajaccio, 450
Albaret, Céleste, 10, 12, 15, 531, 552
Albert Edward "Bertie," Prince of Wales, 33
Albert I, Prince of Monaco, *432*, 444, 455, 482
Alembert, Jean Le Rond d', 78
"A l'entresol" (Meredith/Lytton), 457
Alexander II, tsar of Russia, 55, 152, 538
Alexander III, tsar of Russia, 55, 196, 257, 258, 539*n*
Alexandra, Princess "Alix," 33
Alexandria, 471
Algeria, 433, 435
Alkan, Charles-Valentin, 145, 147–8
allée des Acacias, 167, *167*, 199
Almanach de Gotha, 3, 441, 544
Alphonse, Baron, 34
Alsace, 140, 445*n*
Amadeo I, King of Spain, 181*n*
Amelia, Queen of Portugal, 237
Angoulême, Duc d', 109
Angoulême, Duchesse d', 103, 109, 183*n*
Annenkoff, General, 434, *435*
Annunzio, Gabriele d', 220
anticlericalism, 179
Antigny, Blanche d', 173
anti-Semitism, 18, 41, 43–4, 180, 194, 284–6, 446–7, 453, 537–8, *538*, 542
Antoine, André, 120
Anvers, Lulia Cahen d', 281, 432, 442, 470, 471
Apollinaire, Guillaume, 89, 189
Argentina, 551
"Aria" (Montesquiou), 568
aristocracy
　　adultery in, 87
　　anti-Semitism of, 41
art collecting by, 35
calculated humiliations by, 38
class-based protocols in, 38
decline of, 5–6
family connections in, 87
importance of appearances to, 87–9
inherited, land-based wealth of, 29
marriage for money in, 30–1
relative poverty of, 30–1, 87
sense of superiority of, 27–30
social obligations in, 166–7
as status symbol, 5
tradition of royal service in, 92
undercurrent of malice in, 26
Armand, Duc de Guiche, 13
Arnaud, Claude, 523
Arrangement in Black and Gold (Whistler), 224
Assunta (maid), 63–4, 79, 216
At the Milliner (Degas), *122*
Aumale, Henri d'Orléans, Duc d', 67, 248–50, *249*, 253, 262, 484
Austria, 463*n*
Auteuil, 169, 252
Avignon, 84, *86*, 523

Bac, Ferdinand, 219
Bagatelle, 214, *214*
Bagnères-de-Luchon, 464, *464*, 465, 481, 483
Baignères, Madame, 436
bal des bêtes (ball of the beasts), 21–8, *24*, 35–6, 39–44, 213*n*
bal de têtes (death-masks' ball), 10
Balfour, Betty, Lady, 455, 456, 457–8, 486–7, 489, 498, 499, 502
Ballanche, Pierre-Simon, 473
ballet de cour, 27, 28
ballet des abeilles, 39–41, *39*, 41–2
Balzac, Honoré de, 415
Banque de France, 87
Banquet, The, 443, 445, 474, 520, 527, 529, 530, 543, 562
Barrès, Maurice, 281, 542, 549
Barry, Mme du, 543
Barthes, Roland, 15
Basin, Duc de Guermantes, 11
Bastille, 78, 93, 180

Bats, The: Chiaroscuro (Montesquiou), 224, 550, 553, 560
Baudelaire, Charles, 89, 219, 525, 547
Bayreuth, Germany, 492, *493,* 499, 500, 505, 508, 509, 562
Bayreuth Festival Theater, 499
Beaumont, Comte de, 40
Beauregard, Costa de, *180,* 503
Bel-Ami (Maupassant), 273, 429, 432, 435–6
Bel-Ami (yacht), 455, 468
Belle Époque, 27
Benda, Julien, 133
Bennett, James Gordon, 484, 531
Berlioz, Hector, 136, 237
Bernhardt, Sarah, 73, 225–6, *226,* 243, 269, 462, 485, 548, 568, *569*
Bernini, *115*
Berry, Duc de, 106, 183*n*
Berry, Duchesse de, 106, 183*n*
Bibesco, Marthe, Princesse, 12, 30, 92, 94, 98, 171, 172, 178, 268, 545
Bichonne, 167, *167,* 199, 218
Big Moustache, 66
Billy, Robert de, 415, 523
Bisaccia, Duchesse de, 24–5
Bischoff, Chantal, 132–3
Bismarck, Otto von, 157
Bizet, Adolphe, 134
Bizet, Geneviève Halévy, *see* Straus, Geneviève Halévy Bizet (Bébé)
Bizet, Georges, 17, 37, 77–8, 117, 124, *135,* 136–7, 138, 139–40, 141, 144, 145, 146, 148, 149, 153, 276, 281, 423–4, 456, 483, 484, *485,* 509
  illness and death of, 151
  National Guard service of, 137, 139
  secret engagement of, 133–4
  wife's affair and, 149
Bizet, Jacques-Fromental, 12, 13, 121, 141–2, 143, 145, 151, 153–4, *154,* 440, 491, 525, 527
Blanche, Émile, 129–30, *130,* 131, 132, 134, 460*n,* 468, 469, 471
Blanche, Jacques-Émile (Jacques), 120, 131, 143, 231, 281, 415, 419, 421, 440, 449, 503, 519, 544, 551
Bloody Week, 140
"bluestocking," 55
Bocher, Emmanuel, 491
Bois-Boudran, 65–74, *67, 68,* 79, 80–1, 83, 210, 213, 502, 503–4, *504,* 505, 506, 510, 512, 515, 530
Bois de Boulogne, 167, *167,* 169, 181, 200, 214, *214,* 267–8, 488, 552
Bonaparte, Lucien, 496
Bonaparte family, 450

Bonheur, Rosa, 194
Bonn, University of, 463*n,* 499
Book of Amber, The (Greffulhe), 480
Bordeaux, 36
Borghese, Giovanni Battista, 255–66, *257,* 458, 488, 489, 491, 492, *493,* 497, 505, 508–10, 517, 546, 550, 551, 562, 563
Borghese, Marcantonio V, Prince, 256
Borghese Expedition, 258–9
Borghese family, 256, 508, 509, 551
Borrel, Anne, 153
Botton, Alain de, 446
Boucher, François, 234, 418
Boudin, Eugène, 418
Bougival, 145, 149
Boulanger, General, 503, 534
Boulanger-Cavé, Albert, 136
Bourbon family, 53
Bourbon palace, 547
Bourbon Restoration, 51–2
Bourbons, 90
bourgeoisie, 27
Bourget, Paul, 34, 143, 144, 281, 421, 423, 456, 460, 467, 525
Bourgogne, Duchesse de, 208–9, *210*
bourrée, 184
bout de table ("below the salt"), 38–9
Bouvard and Pécuchet (Flaubert), 452
Brabant, Marie de, 185
Brancovan, Princesse, 471
Bretagne, 190, *190*
Breteuil, Constance de, 70–1, 73, 76, 192–4, 200
Breteuil, Henri Le Tonnelier, Marquis de, 40, 53–6, 57, 179–80, 197, 244, 274, 459, 460, 485–6, 488, 503, 513, 531
Breteuil, Marcellita Garner de, 485–6
British Embassy, 460, 463, 481
Broissia, Comtesse de, *279,* 435, *435*
Browning, Robert, 457
Bruant, Aristide, 271–2, 536
Buffon, Comte de, 21, 25, 101
Buffon, Georges Comte de, 78
Bulgaria, 488
Bulwer-Lytton, Constance, 488, 499
Bulwer-Lytton, Edith, 482, 486, 488, 498, 499, 500, 502, 508
Bulwer-Lytton, Edward, 457
Bulwer-Lytton, Emily, 498, 502
Bunyan, John, 487, 489
Busnach, Willie, 143, *277*
bustles, 200

Cabannes, domaine de, 87, 198
Calmette, Gaston, 240

Cambronne, General Pierre, 177

Camille, Baronne Marochetti, 86

Canal du Midi, 48

Canavaggia, Jeanne, 543

Cannes, 196, 455, 471, 533

Capet, Hugues, 194

Capote, Truman, 495

Caraman-Chimay, Alexandre de (Mousse), 49

Caraman-Chimay, Geneviève de (Minet), 49, 61, 509

Caraman-Chimay, Ghislaine de (Guigui), 47n, 49, 62, 216, 246, 254, 488, 489, 491, 492, 508, 509

Caraman-Chimay, Joseph de (son), 46, 48, 49, 52, 509

Caraman-Chimay, Marie-Alys de "Alys," 51, 65, 216, 509

Caraman-Chimay, Pierre de (Toto), 49

Caraman-Chimay, Prince Eugenè de Riquet de, 51

Caraman-Chimay, Prince Joseph de Riquet de, 46–9, 50, 53, 55, 58, 219, 512

Caraman-Chimay, Princesse Marie de (Mimi), 46–9, 50–1, 52, 64, 81, 219, 246, 488

Carmen (Bizet; 1875), 37, 117, 124, 142, 145, 149–50, *150*, 151, 152–3, 423, 424, 455, 456, 483–4, 509

Carmen (Mérimée), 141, 215

Carmier, Marie-Élise, 191–2

Carnaval, 533

Carnot, Marie-François Sadi, 533, 538, 542, 543

carte de visite (calling card), 166–7

Carvalho, Léon, 141

Castelbajac, Constance de, 55

Castellane, Comte Boniface de (Boni), 38, 199, 283, 286–7, 512

Castellane, Jean, Comtesse de (Dolly), 199–200

Castiglione, Comtesse, 555

Castille, Blanche de, 92, 523

Catherine the Great, 544

Catholicism, 92, 174, *432*, 445, 512, 513

celebrity, 6

celebrity trading cards, 211

censorship laws, 173

Central America, 534

Cercle de la rue Royale (Tissot), *35*

Cercle de l'Union Artistique, 13, 22, 52, 175, 260

Chamber of Deputies, 179, 536, 540

Chambord, Comtesse de, 105, 108, 109, 110–11, 161–2, *162*, 428

Chambord, Henri d'Artois, Comte de, 53, 92, 94, 98, 102, 103, 104–5, *105*, 106–16, 120, 163, 174, 182–3, 203, 248, 447, 514, 523
  attempted coup by, 105–6

death of, 159–62, *160*

sexual apathy of, 109

Champs-Élysées, 530

Chanel, Coco, 192, 201

Chantilly, 66–7, 248–50, *250*

Chaplin, Charles, 58, 171

Characters (La Bruyère), 527

Charcot, Jean-Martin, 121, 219

Charenton, 89, 128

charity bazaar, 170–1

Charlemagne, 194

Charles X, King of France, 53, 84, 106, 160, 180, 181n, 183n

Charlus, Baron de, 11

Chartres, Robert, Duc de, 218

Chateaubriand, René de, 496

château de Chimay, 48

château de Condé, 83–4, *85*

château de Pregny, 471

château de Saint-Thomas, 96, 107, 163

Châtelet, Émilie du, 179

Chat-Noir, 270–1, *271*, 470

Chavannes, Pierre Puvis de, 136

Chevigné, Adhéaume, Comte de, 83, 92–3, 94, 97–8, *101*, 105–6, 107, 108, 109, 120, 161, 165, 169, 174, 187–92, 198, 462, 484, 522
  admirable qualities of, 99
  ambition lacked by, 99–100
  Chambord's death and, 159–60, 162
  dislike of society events and, 187
  marriage proposal of, 95
  mistress of, 100–2
  name of, 95
  poverty of, 96
  routine of, 187–8
  Senevas and, 189–92
  world tour of, 190–1

Chevigné, Arthur, Marquis de, 96

Chevigné, François de, 163, *164*

Chevigné, Laure de Sade, Comtesse de, 5–6, 11, 12, 14, 16–17, 18, *24*, 26, 40, 43–4, 83, 94, *97*, 100, 128, 156, 159–86, *183*, 187, 191, *195*, 203, 207, 214, 218, 223, 237, 239, 245, 250, 267, 419, 422, 429, 448, 451, 463–4, 470, 486, 488, 495–6, 512, 514, 515, 522–4, *523*, 525, 526–7, *526*, 528, 529, 530–1, 532, 533, 536, 537, 538, 548, 561, 562, 565, 567, 568n
  anti-Semitism of, 285
  athletics of, 89
  "baker-woman" garb of, 185–6, *185*
  betting on horses by, 169–70
  Bohemian tastes of, 268–75
  celebrity friends of, 269–70
  Chambord's portrait of, 159–60, 162, 171

Chevigné, Laure de Sade, Comtesse de
  (*continued*)
  Chambord's relationship with, 111–16, 163–4,
    182–3
  charisma of, 177–8
  childhood of, 85–6
  children of, 163
  coed social club founded by, 165
  contradictory traits of, 23
  court presentation of, 104–5, 107–8
  décor of salon of, 176–7
  diet of, 110
  dowry of, 87
  family tree of, 94
  fashion style of, 200–1
  feminist movement and, 165–6
  Fitz-James and, 192–4
  in Frohsdorf, 102–16
  as gifted raconteur, 116
  Gontaut and, 194–9
  hunting by, 111–12
  infidelities of, 192–3
  insulting wit of, 283–4
  intelligence of, 89–90
  La Trémoïlle and, 197–8
  Mailly-Nesle and, 268–9
  on Marquis de Sade, 91
  marriage prospects of, 86–9
  media presence of, 172–5
  mondain engagements of, 164–5, 166–7
  morality redefined by, 91
  obscene language used by, 91, 112, 118, 177
  parents' deaths and, 86
  on paternity of her children, 164
  playfulness of, 267–8
  political views of, 90
  popularity of, 184–5
  prettiness of, 178
  protocol flouted by, 171–2
  Proust's changing opinion of, 15
  Proust's stalking of, 1–4
  reactionary politics of, 178–9
  reinvention of, 98–9
  royal etiquette mastered by, 113–14
  at Sagan's costume ball, 22–3, 184–6
  salon of, 13, 175–82
  smoking of, 177
  social commitments of, 171–2
  subscription evenings of, 169
  as trophy guest, 120–1
  unchaperoned sorties by, 171–2
  wedding of, 97–8
Chevigné, Louis, Comte de, 96
Chevigné, Marie-Thérèse de, 163, *164*

Chieftain of Suave Odors, The (Montesquiou),
  551, 561, 562
Childebert, 546–7
Chopin, Frédéric, 548
Christian IX, King of Denmark, 33
Cimiez, 455
Clairin, Georges, *569*
Cleopatra, 556, 561
Cleopatra (1890), 485
Clichy, place de, 140
"closed" salon, 175
Clotaire II, King of France, 47
Cocteau, Jean, 283
Communard, 536
Commune, 536
Compagnon, Antoine, 525
Condé, Princesse de, 93
Condorcet, 525, 542
Conservatoire de Paris, 126
Conway, David, 147
Coppée, François, 225
Corbeil, 126, 145
Corsica, 450
Cossé-Brissac, Anne de, 487, 505
Costa de Beauregard, Charles-Albert, Marquis,
  181–2, *185*
Country Waif, The (Sand), 215
couronne fermée (closed crown), 47
court ceremony, 26–7, 30, 38
court etiquette, 104
Crédit Mobilier, 131
cross-dressing, 26
crowns, 54n
cult of appearances, 17
Curtiss, Mina, 149

Daily Alta California, 190
Dame aux camélias (Dumas), 225n
Damnation of Faust, The (Berlioz), 237
dancing, 61
d'Arenberg, Louise (Riquette), 212, 218
d'Arenberg, Prince Auguste, 212, 213, 215, 218,
  251, 276, 283, 442, 445, 481, 493–4, 503,
  530
d'Arenberg, Princesse Jeanne, 52, 69, 71–2, 80,
  215, 217–18, 234, 497, 503
d'Arenbergs, 453
d'Artagnan (musketeer), 220
Daudet, Alphonse, 141
Daudet, Léon, 430, 442, 471, 556, 557
Daumier, Honoré, 419
David, Jacques-Louis, 495, *496*
"Dead Woman's Final Rest, The"
  (Montesquiou), 568, 569

Deauville, 464
de Chevigné, Olivier, 92–3
déclassement, 213
déclassement du gratin, 42
Degas, Edgar, 17, 18, 37, *122*, 126, 135–6, 143,
    284–5, 420, 426, 446, 482, 483, 563
Degeneration (Nordau), 471–2
Delaborde, Eraïm (Élie), 145–51, *146*, 153, *154*,
    155, 420
Delacroix, Eugène, 125–6, 128
Delaunay, Élie, 122, 143, 152, 153, 280, 284, 418,
    420, 421, 422, 423, 445–6, 456, 464, 470,
    483, 484, 494
Delaunay, Jules-Élie, 18
de Léon, Princesse, 8
de Mun, Albert, Comte, 161, 179, *180*, 182, 484,
    512, 513, 531
de Porto-Riche, Georges, 117
depression, 127–8
Deschanel, Paul, 199, 512–13, 514–15, *514*, 549
Detaille, Édouard, 136, 284, 418, 519, 549
d'Haussonville, Othenin, 77–8, 82, 175, 181, 182,
    276, 281, 445, 520
d'Haussonville, Pauline, 74–7, 78, 79, 81, 82, 87,
    209, 220, 510, 520, 532
d'Haussonville family, 541
Diana (goddess), 82, 205, 547
Dickens, Charles, 457
Dictionary of Received Wisdom (Flaubert),
    446–7
Diderot, Denis, 78, 516
Dieppe, 458, 464, 494, 505, 508, 510, 515, 530,
    564
"Dinner Party in Town, A" (Proust), 541–2
diplomacy, 48
Directoire, 496
Divonne-les-Bains, 470, 471
divorce, 91, 246
domestic violence, 236–7
Doppelgänger, 225
Doré, Gustave, 136, 262–3
d'Orléans family, 53–4, 77, 514, 529, 539, 543
Doudeauville, Duc de, 34
Dreyfus, Alfred, 18, 282, 537–8, *538*
Dreyfus, Robert, 415, 554
Dreyfus affair, 17, 18, 90, 282, 537–8, 542
driven shoot (*battue*), 69
Drumont, Édouard, 43–4, 484, 537, *538*, 542
Dubufé, Édouard, *127*
Dumas, Alexandre (*fils*), 122, 143, 145, 225*n*, 281,
    422, 433, 460, 520
Dumas, Alexandre (*père*), 33, 47, 220, 450
Duncan, Isidora, 270
Duployé shorthand, 217

d'Uzès, Duc, 5
d'Uzès family, 543

Earle, Theresa, 454–5, 486
"effeminacy," 223
Eiffel, Gustave, 209, 535, 537, 542
Eiffel Tower, 209–10, 429, 469, *469*
Elegant Tea-Party in the Artist's Studio, An
    (Lemaire), *521*
Élisabeth, Madame, 79, 80, 106
Elizabeth I, Queen of England, 207
Élysée Palace, 211
Émile Paul bookstore, 1, 2
End of the World, The (Drumont), 44
England, 456–7, 464, 489, 502
English Channel, 502
Éntincelle, 206
Ephrussi, Charles, 555
Equality, 30
Equality (Princesse Bibesco), 94
Étretat, 434, 464
Évian-les-Bains, 470–1

Fables (La Fontaine), 418
faire-part, 87
Falguière, Alexandre, 18, 231, 484–5
farming, 73, 80
fashion, 200–1, 203
Faubourg, Le (Hermant), 78
Faubourg Saint-Germain, 4*n*, 48, 85, 416–17,
    453, 533, 535, 547
Faubourg Saint-Honoré, 1, 4*n*–5*n*, 51, 85, 107,
    162, 165, 210, 526, 533
Faure, Antoinette, 542, 543
Faure, Félix, 542
Fauré, Gabriel, 143, 548
Faure, Lucie, 542
Faust (Gounod), 51
Federico de Madrazo, 18
Felipe V, King of Spain, 161*n*
Feminine Figures (Deschanel), 514
feminist movement, 165–6
Ferdinand de Saxe-Cobourg, Prince, *256*, 257–8,
    488, 492, 539
Ferrières, 156–8, *157*, 259, 435
Feuillet, Octave, 56
Figuro, Le, 206, 240, 241
Fitz-James, Robert, Comte de "Feetjahm," 3,
    13, 111, 113–14, 116, 175, 176, *176*, 180, 192–4,
    244, 447, 484, 497*n*, 531
Fitz-James, Rosa de, 548
Flament, Albert, 188
Flaubert, Gustave, 272, 429, 446–7, 452, 453
Foa, Eugénie, 147

Folies-Bergère, 85
Fontainebleau, 48, 63
Forain, Jean-Louis, 280, 285, 418
Fortuny, Marià, 418
Fould family, 179
Fouquières, André de, 120, 170
Fourmies, 534
Fragments of Italian Comedy (Proust), 527
Fragonard, Jean-Honoré, 418
Frances (governess), 163, 165, 531
Franco-Prussian War, 31, 41, 135, 136–40, *158*, 180
Francport, 73
Franz I, Emperor of Austria, 36
Free Speech, 537–8, *538*
French aristocracy, 4, 17
French flag, 106, 184
French Revolution, 5, 30, 78, 79, 90, 93, 103, 175, 180, 186, 209, 450, 543
French Riviera, 454, 455, 456
Friedrich, Vicky, Dowager Empress, 488–9, 491, 510
Frohsdorf, 92–3, 95, 100, 102–16, *103*, 161–2, 163, 172, 187, 193
Fürstenberg, Prince Charles Egon von und zu, 199

Galabert, Edmond, 133
Gallé, Émile, 221, 555
Galliera Palace, 204
Galliffet, Gaston, Marquis-Général de, 140, 245, 276, *277*, 278, 503, 536, 539, 542
Galliffet, Georgina, Marquise de, 31, 424
Galli-Marié, 149, *150*
Ganderax, Étienne, 143, *446*
Ganderax, Louis, 124, 143, 149, 445, *446*, 519, *521*, 549, 563
Garamantes (mythic bird), 8
garçonnières, 192
Garner, Marcellita, 485–6
Gazette de France, 74
Geneva, 471
Geneviève de Brabant, 7–8
Geneviève de Brabant (Offenbach), 185
Gentle Art of Making Enemies, The (Whistler), 224
Germain, André, 98, 178, 199–200, 231, 239
Germany, 499, 505
Gil Blas, 175–6, 199, 235, 240
Girardon, François, *550*
Girl from Arles, The, 141, 423, 483, 484
"giving the hand" (*donner la main*), 38
Glenaveril, or The Metamorphoses (Meredith/ Lytton), 479–80
Goblin (dog), 486

Goethe, Johann Wolfgang von, 516
Goncourt, Edmond de, 27, 128, 265, 272, 278, *282*, 283, 422, 423, 428, 430, 435, 436, 442, 446, 447, 462–3, 466, 470, 471, 491–2, 535, 555
Goncourt, Jules de, 265
Gontaut, Joseph, Comte de, 23–4, 180–1, 194–9, *195*, 199–200, 274
Gontaut-Biron, Élie de, 180
Gontaut-Biron, Françoise, Comtesse de, 40, 41, 44
Göritz, 160–1, 428
Gotha, 492
Gould, Anna, 283
Gounod, Charles, 51, 136, 143, 151, 425, 438
Gradis (Sephardic clan), 36
Gradis family, 125
Gramont, Duchesse de, 41, 281, 418, 532
Gramont, Élisabeth de (Lily), 60, 418
Gramont, Lily de, 76, 85–6, 177–8, 223, 268, 283, 424, 425, 520, 532
Grand Central Terminal, *511*
Grand Guignol, 178
"Great Parisian Salons, The" (Proust), 564–5
Greffulhe, Charles, Comte, 51, 53, 71, 72, 81, 212
Greffulhe, Cordélia, 496
Greffulhe, Élaine, *see* Guiche, Élaine Greffulhe
Greffulhe, Élisabeth de Riquet de Caraman-Chimay, Vicomtesse, 4, 5–6, 12, 13–15, 16–17, 18, *25*, 32, 35, 42*n*, 46–82, *57, 70*, 83, 116, 165–6, 168–9, 198, 202, 203–41, *220, 233*, 243–66, 416, 418, 444, 448, 455, 457–60, 464, 473, 484, 487–98, *490, 493*, 496, 499–500, 502, 503, 504–7, 508–17, *511, 513, 514, 516*, 525, 529–30, 531, 532–3, 536, 538, 539, 548, 549, 551, 552, 555, 558, 560, 561–3, 564–5, 566, 567, 568, 569
   ambivalence about marriage of, 60–1
   appearance of, 55–6
   artistic pretensions of, 226–8
   autobiographical novel of, 65
   aversion to sex and pregnancy of, 61–2
   at *bal des bêtes*, 24–5
   beauty of, 25
   at Bois-Boudran, 65–74, 80–1
   Borghese and, 255–66
   celebrity of, 243–4
   correspondence of, 215–16
   curfew on, 236, 237
   death of sexual awareness of, 61–2, 64–5
   early admirers of, 244–5
   education of, 48–9
   engagement photo of, *47*
   fan mail of, 11

fashion statements of, 79–80
fashion style of, 203, 228–30, 234–5, 240–1, 243–4, 251
flirtations of, 247–66
Henry's abuse of, 72–4, 236–7, 246
Henry's courtship of, 56–9
hobbies of, 215
hunting disliked by, 69–70
identification with Diana of, 82
intelligence of, 56
invisibility of, 217–18
on learning of Henry's affairs, 74–5, 78–9
marriage dowry of, 51, 53, 87
"Marriage Journal" of, 59–60, 62–3, 64, 72, 74
marriage of, 46–7
marriage prospects of, 49–50
media presence of, 239–41
mistresses of, 62–3
mother-in-law of, 71–2
mother-in-law's disapproval of, 215, 219
musical training of, 51
nickname of, 49
only documented sexual fantasy of, 263
paintings and photographs of, 231–4, 232
parents' relationship with, 50–1
Paris home of, 211–12
passion for the arts of, 25–6
photography studied by, 234
picturesque lateness of, 237–8
portraits of, 235–6
pregnancy of, 246
Proust's changing opinion of, 15
reading of, 74, 215
recitals given by, 215
and Sagan, 251–5
at Sagan's balls, 204–10, 205
self-reinvention of, 80–2
shortcomings of, 247–8
subscription evening ploys of, 238–9
swan motif of, 230–1
unchaperoned outings forbidden to, 214–15
unhappiness of, 216, 228
vanity of, 81
wardrobe of, 64, 79–80, 81
wedding day of, 62–3
wedding night of, 64–5
writing of, 18, 216–17, 226, 263–6
Greffulhe, Félicité, Comtesse, 69, 71–2, 80, 81, 212–13, 215, 216, 217–19, 220, 227, 243–4, 246, 260, 494
at-homes of, 212–13, 215
viciousness of, 72
Greffulhe, Henry, Comte, 11, 51, 71, 72, 79, 80, 81

Greffulhe, Henry, Vicomte, 46–7, 51–82, 53, 54, 116, 179, 207, 208, 210, 212, 213, 215, 216, 217, 219, 220, 227, 235, 459, 494, 497, 503, 504, 504, 511–12, 513, 536, 538, 548, 564
arrogance of, 56–7, 72, 76
art collecting of, 56
dislike of female intelligence, 56
Élisabeth abused by, 236–7
on Élisabeth's fashions, 244
and Élisabeth's flirtations, 248–9
engagement photo of, 47
erotic appetites of, 62
height of, 57–8
hunting by, 69–70
mistresses of, 62–3, 74–7, 81, 87, 209, 214, 251
narcissism of, 77
and Pauline d'Haussonville, 74–7, 510
political philosophy of, 69
private life of, 213–14
reading disliked by, 74
Sagan feud of, 251
secret marriage of, 246
temper of, 58–9, 72–4, 75, 244, 246
views on marriage of, 54–5
Greffulhe family, 51–2, 72, 73, 94, 543n
hunting preserve of, 65–6
Paris compound of, 210–11
Gregh, Fernand, 11, 121n, 281, 286, 415, 430, 449, 521, 524, 551, 554, 562, 563
Greuze, Jean-Baptiste, 418, 457
Grey, Lady de, 201
Guérin-Boutron, 211n
Guermantes, château de, 259–60
Guermantes, Duc de, 518–19
Guermantes, Oriane de Guermantes, Duchesse de, 7–11, 12, 14, 15, 16, 416, 421, 447, 450–1, 518–19, 520, 523, 555
Guermantes, Princesse de, 8
Guermantes Way, The (Proust), 416, 421, 450–1, 518–19
Guiche, Armand, Duc de, 448
Guiche, Corisande de, 116
Guiche, Élaine Greffulhe, 61, 245, 246–7, 247, 250, 448, 480, 492
Guilbert, Yvette, 269, 270
Guiraud, Ernest, 137, 143, 144, 145, 155, 519–20
Gurnigel, Switzerland, 121, 123, 154–5
Gustave, Baron, 34
Gutmann, Rosalie von, 180, 193–4

Haas, Charles, 11, 33–6, 35, 37, 38, 41–2, 43–4, 193, 223, 225, 239, 252–3, 253, 276, 283, 285, 426, 448, 483, 497n, 519, 532, 537, 555, 566
at bal des bêtes, 35–6

Halévy, Alexandrine (Nanine), 121, 125, 132, 154, 455, 465–6, 470
Halévy, Daniel, 131, 142, 144, 153, 280, 281, 284, 428, 440, 462, 470, 475, 519, 524, 525, 527, 542, 543, 562, 563, 564
Halévy, David, 121
Halévy, Esther, 122, 126, 128, 130, 131, 132, 139
Halévy, Flore, 130
Halévy, Fromental, 7, 36–7, 125–7, 130, 133–4, 144, 145, 146, 148, 276, 471, 483
Halévy, Joseph, 147
Halévy, Léon, 37, 130, 136, 147
Halévy, Léonie, 121, 125–6, 131, 134, 136, 137–9, 140, 142, 145, 148, 275, 419
   deep depression of, 127–8
   in mental clinics, 129–30
   shopping binges of, 128
Halévy, Louise Breguet, 132, 281, 434, 462–3
Halévy, Ludovic, 37, 117, 121, 128, 131–2, 135, 136, 138, 141, 142, 150, 152, 155, 186, 276, 281, 426, 427, 434, 451, 471, 543
Halévy, Mélanie, 130, 419
Halévy, Valentine, 129, 137–8, 139, 268
Halévy family, 543
Hanotaux, Gabriel, 514, 539
Happiness Manqué (Porto-Riche), 415, 416, 421, 563
Harcourt, Princesse d', 209
Haussmann, Georges-Eugène, 30, 167
Hayman, Laure, 525
Heath, Willie, 552, 561, 564
Heine, Heinrich, 157
Helleu, Alice, 511
Helleu, Paul César, 18, 231, 510–12, 511, 549
Henri IV, King of England, 80, 108, 116
Henri V, *see* Chambord, Henri d'Artois, Comte de
Henry, Émile, 536, 541, 567, 567
Heredia, José-Maria de, 14n, 143, 277, 281, 433
Hermant, Abel, 78, 555
Hertfordshire, 464
Hervey de Saint-Denys, Louis, Marquise d', 193
Hervieu, Paul, 143, 280, 281, 421, 423, 427, 442, 445, 460, 512, 515–17, 516, 520, 521, 549–50, 562, 571
Higgs, David, 29
Hillerin, Laure, 12, 247, 502
History of the French Nation: The First Race (de Sade), 90
Hoffman House, 190, 191
homosexuality, 16
Hondecoeter, Melchior d', 234
Hope, Henry Thomas, 21
horse racing, 17–18, 169–70, 252

hôtel Borghèse, 460, 481, 485, 498, 502
Hotel Bristol, 485, 488
hôtel de Chimay, 48, 219n, 558
hôtel de Condé, 93
hôtel de Lamballe, 468–9
Hôtel de Sacaron, 464, 481
hôtel de Sagan, 21–6, 22, 34, 533–4, 534
Hôtel des Étrangers, 455
Hôtel des Roches-Noires, 563
Hôtel Royal, 458
Hottinguer, François, 245
Hottinguers, 503
Houdon, Jean-Antoine, 82
House of Savoy, 181, 181n
Howland, Hortense, 136, 563
Hugo, Victor, 38, 252, 547, 553, 558
   funeral of, 28–9, 29
Hugues de Sades, 84
hunting, 65–72, 80, 102, 111–12
Huysmann, Joris-Karl, 222, 272–3

"Idolatry" (Meredith/Lytton), 487
India, Grand Ornamental in, 504
In Search of Lost Time (Proust), 6–11, 14–15, 427, 440, 447–8, 451–2, 518, 522, 545, 555
   "inversion of essences" in, 15–16
Institut de France, 127, 129, 129
In Their Own Words (Hervieu), 421, 562
Intransigent, The, 537
Israelite Scientific and Literary Society, 147

Jacob, Georges, 418
James II, King, 116
Jean Santeuil (Proust), 15, 441, 444, 544–5, 551, 552
Jewish France (Drumont), 43–4
Jews, 34, 36, 41
Jockey-Club, 3, 13, 22, 41, 52, 100, 169, 170, 175, 187, 188, 188, 453, 518, 522, 532, 537, 544, 566
   exclusivity of, 34
John the Baptist (Leonardo da Vinci), 25–6, 25, 552, 561
Joubert, Edmond, 250
Joyce, James, 451
Jullien, Dominique, 8
July Revolution, 84
Jupiter and Semele (Moreau), 7
Justine, or The Misfortunes of Virtue (de Sade), 88

Kann, Marie, 281, 432, 442, 470, 471
Kaufmann, Caroline, 166
Keats, John, 516
King Poppy (Meredith/Lytton), 454, 486

Knebworth (Bulwet-Lytton estate), 464, 488, 502

Krakatoa, 159

La Bruyère, Jean de, 443, 447, 527

La Canard, 40

La Case, 458, 494

La Comtesse Greffulhe, l'ombre des Guermantes (Hillerin), 12

Ladies' Tribune, 169, *170,* 218, 522

La Duchesse de Guermantes: Laure de Sade, Comtesse de Chevigné (Princesse Bibesco), 12

Lady of the Camellias, The (La Dame aux camélias) (Dumas), 422

La Fontaine, Jean de, 211, 418

La Force, Duc de, 503, 504

La Gandara, Antonio de, 221

La Grande Commune, 54

L'Aigle, Bob de, *68*

L'Aigle, Comtesse (later Marquise) de, 52

L'Aigle, Louise, Comtesse de, 64, 69, 71, 80, 215, 216, 218, 503

L'Aigle, Robert des Acres, Comte de (Bob), 212, 503

La Juive (Halévy), 7, 36, 126, 456, 471, 483

Lake Geneva, 470, 471

Lake Maggiore, 428

Lamballe, Princesse de, 241, 558

Lami, Eugène, 157, 171, 234, 419

La Nôtre, André, 48

La Revue de Paris, 445

La Rivière, château de, 63

Larmandie, Léonce, Comte de, 216–17, 448

La Rochefoucauld, Aimery, Comte de "Place à Table" de, 38–9, 75–6, 213*n,* 220, 256

La Rochefoucauld family, 94, 543

L'Art et la mode, 186, 240

La Salle, Louis de, 562, 563

La Tour, Quentin de, 419

La Trémoïlle, Duchesse de, 197–8, 274

La Trémoïlle, Mme de, 544

Lau d'Allemans, Alfred, Marquis du, 181, 497*n,* 503

Lauris, Georges de, 415, 420, 421, 426, 517

Le Briard, 66

Le Brun, Charles, 48

Le Clos des Mûriers, 563, *564*

"Le Cydnus" (Heredia), 14*n*

Le Figaro, 42, 504

Le Gaulois, 15*n,* 42, 97, 173, *173,* 174, 184, 191, 200, 203, 206, 239–40, 283, 285, 421, 436, 502, 519, 522, 550, 564, 565, 566, 569

"legitimists," 84

Le Horla (hot-air balloon), 433

Lemaire, Madeleine, 224–5, 234, 433, 519, 520–1, *520, 521,* 522, 532, 549, 550, 551, 553, 564, *565*

Lemaître, Jules, 143, *277,* 281, 421

Le Mensuel (The Monthly), 524

Léon, Princesse de, 494, 495, *496,* 497, 498, 514, 522, *523,* 527, 533, 544, 545, 561, 565

Leonardo da Vinci, 25–6, *25,* 552, 561

Leopold II, King of the Belgians, 48, 54–5, 509

Leo XIII, Pope, 179, 513

Le Pèlerin (The Pilgrim), 42–3

Les Bouleaux (house), 510

Lesseps, Ferdinand, Vicomte de, 188–9, 278, 534–5, 537

Le Trémoille mansion, 526

lightbulbs, 510

Ligne, Louis de, 52

Lippmann, Colette Dumas, 433, *433*

Lisbon earthquake (1755), 159

Liszt, Franz, 50, 500, 548

"Little Shoes, The" (Ganderax), 445

Lohengrin (opera), 230

London, 126, 464, 482

Longchamp, 169, *170,* 218, 239, 252, 522

"Lord Lytton's Last Poem" (Meredith/Lytton), 506–7

Lorrain, Jean, 101, 283, 424, 426, 446, 447

Lorraine, 140, 445*n*

Losers' Club, 170, 174, 453

Louis, Prince de Ligne, 49

Louis IX, King of France, 84, 92

Louis XI, King of France, 181*n*

Louis XIV, King of France, 7, 17, 26–7, *28,* 31, 38, 48, 103, 104, 108, 116, 206, 208, 209, 220, 443, 527, 538, 543, 548, 557

Louis XV, King of France, 57, 93, 108, 116, 420, 543, 547, 555

Louis XVI, King of France, 36, 75, 79, 93, 106, 108, 183, 186, 538, 547, 555

Louis XVII, King of France, 106, 183

Louis XVIII, King of France, 92, 103, 108–9, 181*n*

Louis-Philippe, King of France, 53, 67, 84, 106, 126, 198, 248

Lourdes, 428

Louvre, 495, 554

Loves of Henri VI, The, 79

Luc, Charles de Vintimille du, 57

Lucat, Eliseo, 62

L'Univers, 43

Lytton, Edward Robert Bulwer-Lytton, first Earl of (aka Owen Meredith), 421, 449, 454–5, 456–60, 463, 464, *464, 465,* 466, 474, 481–2, 485–8, 489–91, 492, 494–5, *495,* 497, 498–507, *498,* 508, 510, 520, 525, 530

MacMahon, Maréchal de, 69, 80, 106, 112
Madrazo, Federico de, *526*
Magic Flute (Mozart), 208
Mailly-Nesle, Marie de, 261–2, *262*, 268–9, 527
Manet, Édouard, 146
Mansart, François, 48
Marah (Meredith/Lytton), 486–8, 489, 498, 500, 501, 502, 503, 504, 505, 508, 510
Marie Antoinette, Queen of France, 21, 42, 79, 103, 104, 106, 108, 159, 183, 184, 186, 212, 241, 418, 543, 547, 557, 558, 559
Marie-Henriette, Queen consort of the Belgians, 47*n*, 62
Marie-Thérèse de Modèrne, 92
"marking the distances," 113
Marmontel, Antoine, 145
Marriage of Figaro, The (Mozart), 440
Martin-Fugier, Anne, 166
Marx, Gustave, 156
Marx, Karl, 140
Massa, Marquis de, 204, 244–5
Massari, Alfonso M., 258
Massenet, Jules, 136, 143
mass media, 5
Mathilde Bonaparte, Princesse, 33, 37, 148, 183–4, 276, 280, 284, 422, 429, 449–50, 451–2, *451*, 520, 532
Matteucci, Pellegrino, 258
Maupassant, Guy de, 17, 37, 89, 272–3, 415–17, *417*, 420, 425, 426, 429–38, *433*, *434*, *435*, 441–2, 455, 460–3, 464–72, *469*, *472*, 474, 476, 491, *521*, 525
Maupassant, Laure de, 469
McCallum, Stephanie, 148
media, 42–3
Meilhac, Henri, 37, 117, 141, 143, 281, 426–7, *427*, 428, 433, *451*, 456, 458, 460, 462, *463*, 464
"Meilhac and Halévy wit," 37, 287
Melba, Nellie, 484
Meredith, Owen, *see* Lytton, Edward Robert Bulwer-Lytton, first Earl of
Mérimée, Prosper, 141, 215
Merovingian dynasty, 546–7
Meyer, Arthur, 173–4, *173*, 183, 191, 239–40, 285, 426, 566
Midsummer Night's Dream, A (Shakespeare), 529
Millet, Jean-François, 418–19
Mistral, Frédéric, 141
Mme Bizet Straus as a Child (Dubufé), *127*
Mme Necker's Salon (Haussonville), 175
Monaco, 444, 455
mondaine (society woman), 2–3

"*Mondanité* of Bouvard and Pécuchet" (Proust), 452–3
Mondays, 421
Monde illustré, Le, 206
Monet, Claude, 145, 272, 418
Monnais, Édouard, 125–6
Monte Carlo, 455, 482
Montespan, Athénaïs de, 116
Montesquiou, Wlodimir, Comte de, 534, 539
Montesquiou family, 543
Montesquiou-Fezensac, Anatole, Comte de, 60
Montesquiou-Fezensac, Robert, Comte de, 11, 13, 49–50, *52*, 61, 101, 205, 219–26, *222*, *225*, 227, 229, 235, 237, 243, 244, 252, 264–5, 283, 420, 423, 473, 492, 493, *493*, 497, 508, 509, 510, 511, 512, 520, 534, 540, 546–59, *547*, *548*, *549*, *550*, *556*, 560, 561–2, 565, 566, 567, 568, 569, *569*
homosexuality of, 223–4
loneliness of, 227–8
poetry of, 221
wardrobe of, 222–4
Montesquiou Pavilion, 547–8, 554, 555–7, *556*
Montmartre, 134–5, 137, 140, 142, 143, 268–75, 417, 536
Montmartre Cemetery, 130, 151
Morand, Paul, 429
Moreau, Gustave, 7, 17, 58, 136, 212, 226, 235–6, 284, 418, 446, 501, 551
Morisot, Berthe, 145
Mozart, Wolfgang Amadeus, 208, 440
Mun, Comte Albert de, 53*n*
Murat, Prince Joachim, 169
Murat, Princesse Joachim, 169
Murger, Henri, 135
Musset, Alfred de, 206, 242, 265, 516, 517, 555
Mussolini, Benito, 488

Nadar, 226, 232, *232*, *233*, 234
Nadar, Paul, 232
Nana (Zola), 173
Napoléon I, Emperor of France, 47, 84, 228, 496, 555
Napoléon III, 30, 33, 34, 39–40, 136, 157
Napoleonic Wars, 36
Natanson, Misia, 272
National Assembly, 53, 179, 513
National Review (London), 506
Nattier, Jean-Marc, 418
Nebuchadnezzar, Babylonian king, 43
Necker, Jacques, 78
Necker, Suzanne, 78
Neuilly, 515
neurasthenia, 121

New York, N.Y., *511*
New York Herald, 190, 484, 531
New York Times, 29, 48, 501
Nice, 455, 456, 457, 460, 464
Nietzsche, Friedrich, 152
"Night in May, The" (Musset), 242
noblesse d'Empire, 84
noblesse d'épée, *7n*, 84, 92
noblesse de robe, *7n*
Nordau, Max, 471–2
Norfolk, 504
Normandy, 434, 463
"Notes on the Mysterious World of Gustave
    Moreau" (Proust), 45
Nouvelle Revue de Paris, La, 174
Noves, Laure de, *see* Sade, Laure de Noves,
    Comtesse Hugues de

O'Connor, Arthur, 79
Offenbach, Jacques, 185, 269
Ollendorff, 460
"Omens and Oracles" (Meredith/Lytton), 489
Opéra-Comique, 141, 145, 168, *168*, 187–8, 252,
    423, 483, *485*
Order of Malta, 257
Orléans, Amélie d', 204
Orléans, Charles d', *181n*
Orléans, Duc d', 106
Othello and Iago (Lami), 419
"Other Relics" (Proust), 559–61
Oudry, Jean-Baptiste, 211
Our Heart (Maupassant), 415, 460, 461–3,
    465–7, 468, 469, 470, 472, 474, 476, 481–2,
    483, 484–5

Painter, George, 3, 519
Panama, 188–9
Panama Canal affair, 531, 542
Panama Canal Company, 189, 534–5, 537
Paradol, Lucinde, 136
parc Monceau, 471, 519
Paris, 30, 32, 85, 134–5, 445, 448, *451*, 454, 455,
    456, 471, 481, 482, 483, 485, 488, 500, 502,
    503, 508, 531, 533, 534, 535–6, *535*, 537, 539,
    542, 544, 545, 551, 553, 554, 555, 558, 560, 564,
    567, 568
  Prussian triumphal parade in, 139
  siege of, 136–40
Paris, Comte de, 53, 76–7, *98n*, 248, 513, 544
Paris, Comtesse de, 76–7, 204, *204*
Paris, Philippe d'Orléans, Comte de, 160–1,
    203–4
Paris Commune, 119, 135, 140, 245, 271, *445n*
Parisian Silliness (Hervieu), 571

Paris Opéra, 34, 168, 169, 187–8, 238, *238*, 417,
    503
Parme, Duc de, 193
Parsifal (Wagner), 499–500
Passant, Le, 226
Passerby, The (Coppée), 225
Passy, 83, 84, 85, 130, 468, 469
Pavane, op. 50 (song; Fauré), 473
Pawlowna, Maria, 196
Peacock Room, 224
Pearl, Cora, 100
Pellapra, Émilie de, 47
Pereire, Émile, 131, 137, 158
Pereire, Isaac, 131, 137, 158
Perrault, Charles, 262–3
Petipa, Joseph Lucien, 39
Petipa, Marius, 39
Petrarch, 23, 45, 60, 83, 90, 98, 120, 174, 272,
    441, 474, 476, 486, 503, 523, 524, 551
Peyronny, Vicomtesse de, 42
Phaedra (Racine), 527
philanthropy, 78, 170–1
Picpus, 94
Picture of Dorian Gray (Wilde), 225, 483
Pierrebourg, Aimery-Harty, Baronne de
    "Marguerite," 517
Pierson, Blanche, 251
Pigalle, 85
Pilgrim's Progress, The (Bunyan), 487
Pinchon, Robert, 460
Pisarro, Camille, 418
Pleasures and Days, The (Proust), *565*
Pluto, 90, 114–15, *115*
Poiret, Paul, 201, 227
Poirey, Jean-Louis, 210–11
Poissy, 434
Polignac, Prince Edmond de, 245, 261, 532
Polignac, Princesse Emma de, 181, 194–5, 198
Political Lexicon, 90
Pompadour, Mme de, 241
Popular Demand (horse), 106, *183n*
popular opinion, 5
Porto-Riche, Geneviève Halévy Bizet, *see* Straus,
    Geneviève Halévy Bizet (Bébé)
Porto-Riche, Georges de, 13, 118–21, *119*, 123–4,
    140, 143, 156, 239, 269, 278, 281, 415–16, 421,
    429, 431, 436, 456, 460–1, 466, 469, 476, 483,
    494, 515, 516, *516*, 517, 525, 526, 549, 563, 567
  politics of, 119
  sex appeal of, 120
Porto-Riche, Liselote (Lizote) de, 118, 120, 123,
    431
Portrait of Mme Georges Bizet (Delaunay), 153
Portrait of Mme Récamier (David), 495, *496*

Portugal, 36
Potin, Félix, 211
Potocka, Emmanuela, Comtesse, 284, 432
Pourtalès, Edmond, Comte de, 169
Pourtalès, Mélanie, Comtesse de, 34, 169, 283
Praslin, Duc de, 236–7
Praslin, Duchesse de, 236–7
presse mondaine (society press), 13, 42–3, 169,
    170, 172–5, 191, 209
Prévost-Paradol, Lucien-Anatole (Anatole), 136,
    422*n*
Prévost-Paradol, Thérèse, 422*n*, 471
primogeniture, 31, 83–4
Primoli, Giuseppe (Gégé), Comte, *170*, 276,
    433, *433*, 434, 436, *451*, 460–1, 468, 469, 492,
    493, 505, 509, *549*
Prince's Palace (Monte Carlo), 455, 456, 482
Princess Alice, 455
Pringué, Gabriel-Louis, 76, 205–6, 208, 231
"Professor of Beauty, A" (Proust), 553–4
Proserpina, 114–15, *115*, 547
Proust, Adrien, 10, 13, 464, 542, 543
Proust, Jeanne, 474, 542, 543, 554
Proust, Marcel, 6–11, 12–13, *14*, 17, 18, 42*n*, 45,
    89, 124–5, 171, 241, 244, 252*n*, 260, 415, 416,
    417–20, 421, 423, 425, 426, 427, 439, 440–1,
    442–6, 445*n*, 447–53, *449*, 464, 474–8,
    481, 482, 518–31, *520*, 532–3, *538*, 541–5, 546,
    550–5, 556, 557–70, *565*
    de Chevigné stalked by, 1–4
    health of, 1
    laziness of, 11
    at Straus's salon, 12–13
    unpublished essay of, 15
Prussia, 136, 445*n*, 488
psychiatry, 89
psychoanalysis, 89
public opinion, 173
Pulcinella, 178, *178*, 522, *523*, 527
Pyrenees, 427, 464, 481

Queen of Spades, The (Halévy), 126

Racine, Jean, 7, 525, 527
Raczymow, Henri, 75
Raincourt, Laure, Baronne de, 92
Raphael, 508
Ravachol (François Koenigstein), 534, 535–6,
    541
Reboux, Caroline, 201
Récamier, Juliette, 473, *496*, 497, 514, 515, 517
Regnault, Henri, 133, *135*
Régnier, Henri de, 143, 280, 281, 450, 510,
    549

Reinach, Jacques, Baron de, 535, 537, 542
Reinach, Joseph, 278, 282, 422, 434, 482–3, 542
Reiter, Jean, 134, 145, 151
Reiter, Marie, 134, 145, 151
Réjane, Gabrielle, 269, 520, 526*n*
Renard, Jules, 5, 221
Renoir, Pierre-Auguste, 145, 272, 418
Républicain de la Loire et de la Haute Loire, 42
Reszké, Jean de, 269, *269*, 455, 484
Revolution of 1830, 115
Revue illustré, La, 435
Rezé, René de Monti de, 102
Richard the Lionheart, 75
Richelieu, Alice Heine, Dowager Duchesse de
    (Princess Alice of Monaco), 431, *432*, 444,
    455, 482, 484
Richelieu, Duc de, *432*
Rime Sparse (Petrarch), 45, 83
Riquet family, 48
robe de cour, 104
Robespierre, Maximilien de, 93–4
Rochas, Albert de, *512*, *513*
Rochefort, Henri, 537, 539, 540, 542
Rodin, August, 18, 484
Rodrigues, Hippolyte (Hippo), 134, 136, 138,
    147
Rohan, Duc de, 494
Rohan family, 497
Romanovs, 503, 539*n*
Rome, 488, 508, 551
Rose Fairy, The (Halévy), 126
Rothschild, Adèle de, 419
Rothschild, Alphonse, Baron de, 278, 279, 281,
    424, 508
Rothschild, Edmond, Baron de, 34, 281
Rothschild, Gustave, Baron de, 281
Rothschild, James, Baron de, 156, 278, 424
Rothschild, Laurie, Baronne de, 424–5, *425*,
    471
Rothschild, Salomon, Baron de, 419
Rothschild family, 34, 36, 131, 147, 148–9, 156,
    158, 419, 424, 435, 471, 484
Rothschild Frères bank, 278, 279, 424
Rouen, 460, 470
Rousseau, Jean-Jacques, 29, 516
royal hunt, 27
Royat, 428
Russia, 55
Ruy Blas (Hugo), 553

Sacré-Coeur Basilica, 134–5
Sade, Abbé de, 90
Sade, Auguste de, 83–4
Sade, Chevalier Louis de, 90

Sade, Donatien-Alphonse-François, Marquis de, 23, 87–9, *88*, 90–1, 93–4, 174, 177, 182, 185, 272, 525–6, 529
Sade, Germaine de, 84–5
Sade, Jean-Baptiste de, 93
Sade, Laure de, *see* Chevigné, Laure de Sade, Comtesse de
Sade, Laure de Noves, Comtesse Hugues de, 23, 83, 90, 98, 185, 272, 441, 474, 476
Sade, Louis-Marie de, 90
Sade family, 83–4, *86*, 92–3
sadism, 89
Sadist, The (unfinished play), 525
Sadistic Crepitians' Society, 273
Sagan, Boson de Talleyrand-Périgord, Prince de, 31–2, 34, 250–5, *251*, 261
Sagan, Jeanne Seillière, Princesse, 31–2, 531, 539
Sagan, Prince de, 484, 494, 503, 548, 549
Sagan, Princesse de, 34, 38, 40, 172, 184, 207, *210*, 218, 424, 501, 522, 533–4, *534*
    annual costume ball of, 21–6, *22*, 27, 28, 38, 39–44, 184–6, *185*, 187, 204–10, *205*, 494
Saint-Cyr, 180, 524
Saint-Germain-des-Prés, 62
Saint Petersburg, 196, 538
Saint-Philippe du Roule, 98
Saint-Priest, Comte de, 234
Saint-Simon, Duc de, 7, 208–9
Salem (African page), 205, *205*, 209, 240
Salis, Rodolphe, 270–1, 536
"Salome" (Montesquiou), 568
Salomé (Wilde), 482
Salome in the Garden (Moreau), 58, 212
Salon de Paris, 35, 146, 551
salons, institution of, 175
Sand, George, 6–7, 215, 265, 517, 555
Sandringham, 504
Santerre, Jean-Baptiste, 209, *210*
Sardou, Victorien, 143, 226, 485
Sargent, John Singer, 18
Savoie, Charlotte de, 181*n*
Savoie, Louis de, 181*n*
Schlumberger, Gustave, 278, 280, 282
Schneider, Hortense, 269, 274–5
Schumann, Clara, 50
Scribe, Eugène, 126, 471
"Seal, The" (Apollinaire), 189
seating charts, 38–9
Second Empire, 30, 34, 37, 84, 175, 424
Second Republic, 84
Secrets of Bohemian Life (Murger), 135
Sedan, Battle of, 136
Seigel, Jerrold, 271
Seillière, Achille, 31

Seillière, Raymond, 32
Seine, *433*, 469, 508
Seine-et-Marne, 538
Sem (caricature), 225
Senevas, Bruno Marie Terrasson, Baron de, 189–92
Senevas, Dowager Baron de, 191–2
Serrant, 198, *198*
Seurat, Georges, 418
Seven Years' War, 93
Sévigné, Mme de, 7, 215
Shakespeare, William, 529
Shelley, Percy Bysshe, 476, 516
simplicity, 75–6, 286
Singer, Flore Ratisbonne, 219
Sisley, Alfred, 145
"Sketch Based on Mme de ***, A" (Proust), 527–8
Société de Géographie, 100, 188–9, 190
Société des Grandes Auditions Musicales de France, 493–4
Société Philanthropique, 78, 218
socio-physiological studies, 216–17, 219
Sodom and Gomorrah (Proust), 557–9
Sofia, 538–9
"Somnium Bellunium" (Meredith/Lytton), 501
Spain, 494
Staël, Germaine de, 77, 78
Standish, Hélene, 243
Steinlen, Théophile, 270
Stevenson, Robert Louis, 225
Strange Case of Dr. Jekyll and Mr. Hyde (Stevenson), 225
Straus, Émile, 147, 156–7, *158*, 278, 280–1, 417, 418, 419, 420, 423, 424, 426, 428–31, 432, *451*, 455, 456, 463, 465, 467, 471, 474, 481, 482, 484, 519, *540*, 542, 554, 563, 564, *564*
Straus, Geneviève Halévy Bizet (Bébé), 4, 5–6, 11, 12–13, 14, 16–18, 36–7, 38, 41, 118–58, *152*, *158*, 218, 267, 269, 275–87, 415, 416, 417–36, *417*, *425*, *427*, *433*, *434*, *435*, 440–6, *446*, 447, 448–9, *449*, 450, 451, *451*, 452, 453, 455–6, 457, 458, 459, 460–1, 462–8, *463*, *464*, *465*, 469, 470–2, *472*, 474–6, 481–5, *485*, 486, 494, 500, 515, 518–20, *520*, 521–2, *521*, 524, 525, 527, 528, 529, 530, 532, 536, 539, *540*, 541, 542, 550, 561, 563, 564–5, *564*, 567, 569
    as art collector, 18
    blackouts of, 140
    childhood of, 128–33, 275
    Delaborde affair of, 145–51
    Delaborde engagement of, 153, 155
    depression of, 131–3
    difficulties of motherhood for, 141–2

Straus, Geneviève Halévy Bizet (Bébé)
(*continued*)
engagement of, 133–4
exoticism of, 143
flirting by, 123–4
in Franco-Prussian War, 136–40
Jewishness as important to, 146–7
Montmartre home of, 134–5
mother's opposition to marriage of, 134
in move to Bougival, 145
nervous breakdown of, 140–1
nervous collapse of, 138–9
nervous illness of, 121–2
parents' relationship with, 128–9
Paris loved by, 122–3
Porto-Riche and, 123–4
Proust's changing opinion of, 15
Proust's friendship with, 12–13
salon of, 12–13, 18, 37–8, 120–1, 142–4, 156,
276, 278, 279–80
sense of humor of, 286–7
separation of, 144
sister's death and, 131–3
social life of, 126
solitude dreaded by, 124–5
spa trips of, 121–2
as widow, 151–3
will of, 267*n*
wit of, 136
Strong as Death (Maupassant), 415–17, *417*,
435–8, 440, 461, 476
subscription evenings, 168–9, 170, 187–8, 238–9,
252, 268
Suez Canal, 188, 278, 535
Suez Canal Company, 530
survivor's guilt, 132
Sutton (livery-maker), 411, *412*, 413, 414, *418*,
540
Swann, Charles, 11
Swann's Way (Proust), 12
Switzerland, 32, 427, 431, 471, 563

Tales of Mother Goose (Perrault), 262–3
Tallien, Madame, 47, 78, 232–4, 240, 496
Tassart, François, 467, 468, 469–70, 471
Tchaikovsky, Peter Ilyich, 152
"Telepathy" (Meredith/Lytton), 487–8
telephones, 252
Tempest, The (Halévy), 471
Terror, 93, 94, 175
Théâtre-Français, 168, 169, 187–8
Thellusson, Georges-Tobe, 4
Thellusson family, 94, *95*
Théodora (Sardou), 226

Thiers, Adolphe, 5, 538
Third Republic, 5, 30, 32, 106, 136, 137, 140, 172,
179, 445*n*, 513, *514*, 533
insecurity of, 53–4
Three Musketeers (Dumas), 47
Time Regained (Proust), 9–10, 16, 16*n*, 439
Tinan, Charles Pochet Le Barbier de (Charlie),
61–2
Tissot, James, *35*
Toulmouche, Auguste, 122
Toulouse-Lautrec, Henri de, 18, 269, 270, 272
"Tout-Paris" (Proust pseudonym), 550–1, 564
Triboulet, Le, 97–8, 99
Triel-sur-Seine, 433–4, *434*
Tristan and Isolde (Wagner), 168
"Triumph of Love" (Petrarch), 114–15
Trouville-sur-Mer, 434, 458, 464, 563
Turgenev, Ivan, 136, 145
Two Bengal Tigers Fighting (Bayre), 419

Ulmann, Madame Benjamin (Eulalie), 121, 153,
155
Ulmann, Marcelle, 121, 154
Umberto I of Italy, 181*n*
Union Interalliée, 165
Utrecht, Treaty of, 161*n*
Uzès, Duchesse d', 102, 110, 484, 503, 504,
540

Vaillant, Auguste, 536
Valley of Andorra, The (Halévy), 126
Vanderbilt, Gertrude, 509
Vandérem, Fernand, 442, 445, 448, 453
Vanity Fair, 495
Vatican, 179, 513
Vaux, Baron de, 235, 239
Vernet, Raoul, 471, 472, 484
Versailles, 21, 27, 29, 30, 48, 84, 102, 103, 104,
172, 173, 209, 443, 523, 547, *547*, 548, *548*,
549, *550*, 551, 556, 565
mob assault on, 186
Queen's Hamlet at, 184
Veuve Clicquot, 540
Veuve Clicquot Champagne, 96
Victoria, Queen of England, 53, 54, 152, 258
Vigée-Lebrun, Élisabeth, 104
Vigny, Alfred de, 278
Villa Bassaraba, 471
villégiatures, 166
violence, ritualized, 26
Vionnet, Madeleine, 201
Vittorio Emmanuel II, King of Italy, 181*n*
Vogué, Vicomte Eugène-Melchior de, 276, 281,
434, *435*, 445

volcanic eruptions, 159
Voltaire, 29, 419, 457
Vuillard, Édouard, 418

Wagner, Cosima Liszt, 500
Wagner, Richard, 126, 168, 230, 492, 499–500,
    531
Wagram, Princesse de, 281, 532, 560
Wales, Bertie, Prince of, 53–4, 204, 206–8, *207*,
    218, 245, 252, 485, 488, 536, 539
Wandering Jew, The (Halévy), 39, 126, 456, 471
Wappingers Falls, N.Y., 485–6, 503
Ward, Clara, 509
Waru, Adolphe Laurens, Baron de, 87
Waru, Gustave Laurens de, 524
Waru, Jacques des, 193
Waru, Pierre Laurens, Baron de, 85, 86, 87
Waru, Valentine de, 84–5, 86, 87, 524, 528
Waterford, Marchioness of, 110
Waterloo, battle of, 177
Watteau, Jean-Antoine, 418
Wegener, Otto, *14*, 232, *232, 233*
Weil, Louis, 525
Weil family, 543
Whistler, James Abbott McNeil, 224, 230, 420,
    546, 553
White Review, The, 530, 543, 559
Wilde, Oscar, 225, 457, 482–3, 496, 554

Wilhelm I, Kaiser of Germany, 157–8, *157*
Wilhelm II, Kaiser of Germany, 488, 489, *490*,
    510
Williams, Émilie "the Seal," 100–2, 189
William the Conqueror, 194
Winter Palace, 539*n*
Within a Budding Grove (Proust), 526*n*
Wladimir, Grand-Duc, 196–7, *197*, 234, 237,
    274, 502, 504, 538
Wladimir, Grande-Duchesse, 196–7, *197*, 201,
    274, 502
Wladimir Palace, 196
"Woman of Letters, The" (Greffulhe), 202
Woman's Heart, A (Un cœur de femme)
    (Bourget), 423
"Woman Who Sets the Fashions, The"
    (Greffulhe), 229
women
    legal status of, 165–6
    voting rights of, 5*n*
women's rights, 215
World's Fair, 58, 209, 210, 429, *451*
World War I, 460*n*
Worth, Charles Frederick, 229, 240

Yturri, Gabriel de, 223, 551, *556*

Zola, Émile, 50, 173, 471

图书在版编目（CIP）数据

天鹅之舞：普鲁斯特的公爵夫人与世纪末的巴黎：
上下 /（美）卡罗琳·韦伯（Caroline Weber）著；马
睿译. -- 北京：社会科学文献出版社，2021.6
　　书名原文：Proust's Duchess: How Three
Celebrated Women Captured the Imagination of Fin-
de-Siecle Paris
　　ISBN 978-7-5201-8176-1

　　Ⅰ.①天… Ⅱ.①卡… ②马… Ⅲ.①普鲁斯特(
Proust, Marcel 1871-1922)-小说研究 Ⅳ.①I565.074

中国版本图书馆CIP数据核字（2021）第055039号

天鹅之舞：普鲁斯特的公爵夫人与世纪末的巴黎（上、下）

著　　者 / ［美］卡罗琳·韦伯（Caroline Weber）
译　　者 / 马　睿

出 版 人 / 王利民
责任编辑 / 周方茹

出　　版 / 社会科学文献出版社·联合出版中心（010）59367151
　　　　　地址：北京市北三环中路甲29号院华龙大厦　邮编：100029
　　　　　网址：www.ssap.com.cn
发　　行 / 市场营销中心（010）59367081　59367083
印　　装 / 三河市东方印刷有限公司

规　　格 / 开　本：787mm×1092mm　1/16
　　　　　印　张：70　插页：2　字　数：829千字
版　　次 / 2021年6月第1版　2021年6月第1次印刷
书　　号 / ISBN 978-7-5201-8176-1
著作权合同
登 记 号 / 图字01-2019-1969号
定　　价 / 239.00元（上、下）

本书如有印装质量问题，请与读者服务中心（010-59367028）联系